Mémorial de Sainte-Hélène

2

Emmanuel de Las Cases

Mémorial de Sainte-Hélène

2

PRÉFACE DE JEAN TULARD

PRÉSENTATION ET NOTES
DE JOËL SCHMIDT

Éditions du Seuil

enrichi, il devient aussitôt un mauvais soldat ; il ne veut plus se battre. D'ailleurs, observait-il encore, le pillage n'est pas dans nos mœurs françaises : le cœur de nos soldats n'est point mauvais ; le premier moment de fureur passé, il revient à lui-même. Il serait impossible à des soldats français de piller pendant vingt-quatre heures : beaucoup emploieraient les derniers moments à réparer les maux qu'ils auraient faits d'abord. Dans leur chambrée, ils se reprochent plus tard, les uns aux autres, les excès commis et frappent eux-mêmes de réprobation et de mépris ceux d'entre eux dont les actes ont été trop odieux. »

Sur les trois heures, le nouvel amiral, sir Pultney Malcolm, et tous ses officiers ont été présentés à l'Empereur. L'amiral a causé d'abord seul avec lui près de deux heures. Il a dû être très frappé de la conversation, car il a dit en sortant qu'il venait de prendre une bien belle et bonne leçon sur l'histoire de France.

L'Empereur a dû lui dire, en terminant, ce que je crois d'ailleurs avoir déjà inscrit quelque part plus haut sur ce même sujet : « Vous avez levé une contribution de sept cents millions sur la France ; j'en ai imposé une de plus de dix milliards sur votre pays. Vous avez levé la vôtre par vos baïonnettes ; j'ai fait lever la mienne par votre parlement. – Et c'est bien là la véritable analyse des affaires », a répondu l'amiral.

L'amiral était à Bruxelles à dîner avec lord Wellington, lorsque Blücher envoya dire qu'il était attaqué. Wellington, disait l'amiral, avait à Waterloo quatre-vingt-dix mille hommes, et Bülow vingt-cinq mille. C'était précisément là le compte qu'avait estimé l'Empereur ; l'amiral ramenait d'Amérique douze mille hommes de vieilles troupes, sans aucun soupçon du nouvel état de l'Europe. A la mer, un bâtiment lui apprit la révolution du retour de l'île d'Elbe ; elle lui sembla si magique, qu'il ne put la croire. Toutefois, à la vue de Plymouth, il reçut ordre de continuer en toute hâte sur Ostende ; il l'atteignit à temps, quatre mille hommes purent prendre part à la bataille, et ils étaient sans contredit ce qu'il y avait de meilleur dans toute la ligne, assurait l'amiral. Qui peut assigner leur degré d'influence ! Les Anglais crurent la bataille perdue tout le jour, et ils conviennent

qu'elle l'était sans la faute de Grouchy. L'amiral était venu de sa personne durant la bataille à portée de Wellington.

VENDREDI 5.

Anecdotes sur le 18 brumaire. Sieyès. Grand électeur. Cambacérès. Lebrun, etc.

L'Empereur, après s'être promené quelque temps dans le jardin, a été joindre sa calèche. Le temps était délicieux ; nous avons fait deux tours au galop. J'étais seul avec lui. Il m'a beaucoup parlé de mon fils, de son avenir, avec un intérêt et une bonté qui me remplissaient le cœur. Il disait que, vu son âge, cette circonstance de Sainte-Hélène était sans prix pour le reste de sa vie, que son moral s'y serait trouvé en serre chaude, etc.

Après dîner, l'Empereur est revenu sur le 18 brumaire, et nous l'a raconté avec une infinité de petits détails. Comme il l'a dicté depuis longtemps au général Gourgaud, c'est là que je renverrai pour la masse de l'événement. Je n'en vais donner ici que quelques traits ou accessoires qui ne s'y trouveront sans doute pas.

La situation de Napoléon à son retour d'Égypte fut unique. Il s'était vu aussitôt sollicité par tous les partis, et avait reçu tous leurs secrets. Il en était trois bien distincts : *le Manège*, dont un général fort connu [1] était un des chefs ; *les Modérés*, conduits par Sieyès, et *les Pourris*, disait-il, ayant Barras à leur tête.

La détermination que prit Napoléon de s'associer aux Modérés lui fit courir de grands dangers, disait-il. Avec les Jacobins il n'en eût couru aucun ; ils lui avaient offert de le nommer *dictateur* : « Mais après avoir vaincu avec eux, disait l'Empereur, il m'eût fallu presque aussitôt vaincre contre eux. Un club ne supporte point de chef durable, il lui en faut un pour chaque passion. Or, se servir un jour d'un parti, pour l'attaquer le lendemain, de quelque prétexte que l'on s'enveloppe, c'est toujours trahir ; ce n'était pas dans mes principes.

« Mon cher, me disait l'Empereur dans un autre moment, après avoir parcouru de nouveau l'événement de brumaire,

1. Jourdan.

il y a loin de là, vous en conviendrez, à la conspiration de Saint-Réal, qui offre bien plus d'intrigues et bien moins de résultats : la nôtre ne fut que l'affaire d'un tour de main. Il est sûr, ajoutait-il, que jamais plus grande révolution ne causa moins d'embarras, tant elle était désirée ; aussi se trouva-t-elle couverte des applaudissements universels.

« Pour mon propre compte toute ma part dans le complot d'exécution se borna à réunir à une heure fixe la foule de mes visiteurs, et à marcher à leur tête pour saisir la puissance. Ce fut du seuil de ma porte, du haut de mon perron, et sans qu'ils en eussent été prévenus d'avance, que je les conduisis à cette conquête : ce fut au milieu de leur brillant cortège, de leur vive allégresse, de leur ardeur unanime que je me présentai à la barre des Anciens pour les remercier de la dictature dont ils m'investissaient.

« On a discuté métaphysiquement, et l'on discutera longtemps encore si nous ne violâmes pas les lois, si nous ne fûmes pas criminels ; mais ce sont autant d'abstractions bonnes tout au plus pour les livres et les tribunes, et qui doivent disparaître devant l'impérieuse nécessité ; autant vaudrait accuser de dégât le marin qui coupe ses mâts pour ne pas sombrer. Le fait est que la patrie sans nous était perdue, et que nous la sauvâmes. Aussi les auteurs, les grands acteurs de ce mémorable coup d'État, au lieu de dénégations et de justifications, doivent-ils, à l'exemple de ce Romain[1], se contenter de répondre avec fierté à leurs accusateurs : *Nous protestons que nous avons sauvé notre pays, venez avec nous en rendre grâces aux dieux.*

« Et certes tous ceux qui dans le temps faisaient partie du tourbillon politique ont eu d'autant moins de droit de se récrier avec justice que tous convenaient qu'un changement était indispensable, que tous le voulaient, et que chacun cherchait à l'opérer de son côté. Je fis le mien à l'aide des Modérés ; la fin subite de l'anarchie, le retour immédiat de l'ordre, de l'union, de la force, de la gloire, furent ses résultats. Ceux des Jacobins ou ceux des Immoraux auraient-ils

1. Scipion l'Africain. Accusé de corruption, celui qui avait vaincu le Carthaginois Annibal et sauvé Rome rappela ses exploits et entraîna la foule en s'écriant : « Romains ! c'est à pareil jour que j'ai vaincu Annibal à Zama : allons au Capitole rendre grâces aux dieux. »

été supérieurs ? Il est permis de croire que non. Toutefois il n'est pas moins très naturel qu'ils en soient demeurés mécontents et en aient jeté les hauts cris. Aussi, n'est-ce qu'à des temps plus éloignés, à des hommes plus désintéressés qu'il appartient de prononcer sainement sur cette grande affaire. »

Au surplus, voici deux traits qui aideront à juger de l'état réel de la République, à l'époque de brumaire. Après cette journée, il ne se trouva pas au trésor de quoi expédier un courrier ; et quand le consul voulut se procurer la force précise de l'armée, il fut réduit à envoyer des personnes sur les lieux. « Mais, disait-il, vous devez avoir des rôles au bureau de la guerre ? – A quoi nous serviraient-ils, répondait-on, il y a eu tant de mutations dont on n'a pu tenir compte. – Mais du moins, vous devez avoir l'état de solde qui nous mènera à notre but ? – Nous ne la payons pas. – Mais les états des vivres ? – Nous ne les nourrissons pas. – Mais ceux de l'habillement ? – Nous ne les habillons pas. »

La révolution de brumaire accomplie, il se trouva trois consuls provisoires : Napoléon, Sieyès et Ducos. Il fallait un président. La crise était chaude et rendait le général bien nécessaire, aussi saisit-il le fauteuil, et ses deux acolytes n'eurent garde de le lui disputer. Ducos, d'ailleurs, se prononça dès cet instant une fois pour toutes. Le général seul pouvait les sauver, disait-il ; et dès lors il se déclarait pour toujours de son avis en toutes choses. Sieyès s'en mordit les lèvres ; mais il dut en faire autant.

Sieyès calcule volontiers ses intérêts. Dès la première réunion des trois consuls en séance, et dès qu'ils furent seuls, Sieyès alla mystérieusement regarder aux portes du palais si personne ne pouvait entendre ; puis revenant à Napoléon, il lui dit avec complaisance et à demi-voix en lui montrant une commode : « Voyez-vous ce beau meuble ? vous ne vous doutez peut-être pas de sa valeur ? » Napoléon crut qu'il faisait considérer un meuble de la couronne, et peut-être qui aurait servi à Louis XVI. « Ce n'est pas du tout cela, lui dit Sieyès, voyant sa méprise ; je vais vous mettre au fait. Il renferme huit cent mille francs !!! (Et ses yeux s'ouvraient tout grands.) Dans notre magistrature directoriale, nous avions réfléchi qu'un directeur sortant de place pouvait fort bien rentrer dans sa famille sans posséder un denier, ce qui n'était pas convenable. Nous avions donc imaginé cette petite caisse, de laquelle nous tirions une petite somme pour chaque membre sortant. En cet instant plus de directeurs, nous voilà donc possesseurs du reste. Qu'en ferons-nous ? » Napoléon, qui avait prêté une grande attention, et commençait enfin à comprendre, lui répondit : « Si je le sais, la somme ira au Trésor public ; mais si je l'ignore, et je ne le sais point encore, vous pouvez vous la partager, vous et Ducos, qui êtes tous deux anciens directeurs ; seulement dépêchez-vous, car demain il serait peut-être trop tard. » Les collègues ne se le firent pas dire deux fois, observait l'Empereur ; Sieyès se chargea hâtivement de l'opération, et fit le partage, comme dans la fable, en lion. Il fit nombre de parts ; il en prit une comme plus ancien directeur, une autre comme ayant dû rester en charge plus longtemps que son collègue, une autre parce qu'il avait donné l'idée de cet heureux changement, etc. Bref, dit l'Empereur, il s'adjugea six cent mille francs et n'en envoya que deux cent mille au pauvre Ducos, qui, revenu des premières émotions, voulait absolument réviser ce compte et lui chercher querelle. Tous les deux revenaient à chaque instant, à ce sujet, à leur troisième collègue pour qu'il les mît d'accord ; mais celui-ci répondait toujours : – Arrangez-vous entre vous ; soyez surtout tranquilles ; car si le bruit remontait jusqu'à moi, il vous faudrait abandonner tout[1].

« Lorsqu'il fallut se fixer sur une Constitution, disait l'Empereur, Sieyès donna une autre scène fort plaisante. Les circonstances et l'opinion publique en avaient fait une espèce d'oracle en ce genre : il déroula donc aux commissions des

1. Des amis de M. Sieyès, et il s'en trouve beaucoup, ont été peinés de cette anecdote ; s'ils m'eussent fait connaître leurs observations à temps, je me serais décidé peut-être à la laisser de côté. Mais la supprimer aujourd'hui qu'elle a paru dans la première édition, ce serait lui reconnaître un sens et une importance qu'elle n'a pas, car la somme dont il est question n'appartenait pas à l'État, et MM. Sieyès et Ducos y avaient incontestablement des droits. C'était ce que pensait Napoléon, qui, toujours sans préjugés et sans préventions, parle ailleurs de M. Sieyès dans les meilleurs termes et cite particulièrement sa probité. Il ne resterait donc plus que la gaieté du récit ; récit, il est vrai, fort plaisant, soit que ces détails soient exacts ou qu'ils se trouvent brodés ; car les amis de M. Sieyès les contredisent ; mais dans ce cas encore de quelle injure pourrait-il être à M. Sieyès ? L'importance et la célébrité de sa carrière politique ne l'ont-elles pas placé au-dessus du ridicule ? *(Las Cases.)*

deux conseils, mystérieusement et avec poids et mesure, les différentes bases, qui furent toutes adoptées, bonnes, imparfaites ou mauvaises. Enfin, il couronna l'œuvre en dévoilant la sommité, ce qu'on attendait avec une vive et curieuse impatience. Il proposa un *grand électeur* qui résiderait à Versailles, jouirait de six millions annuels, représenterait la dignité nationale et n'aurait d'autre fonction que de nommer deux consuls : celui de la *paix*, celui de la *guerre*, tout à fait indépendants dans leurs fonctions. Encore si cet électeur avait fait un mauvais choix, le Sénat devait-il *l'absorber* lui-même. C'était l'expression technique, c'est-à-dire le faire disparaître en le faisant rentrer par forme de punition dans la foule des citoyens. »

Napoléon, faute d'expérience dans les assemblées, et aussi par une circonspection commandée par le moment, avait pris peu ou point de part à ce qui avait précédé ; mais ici, à ce point décisif, il se mit à rire, dit-il, au nez de Sieyès, et sabra ce qu'il appelait ses niaiseries métaphysiques. Sieyès n'aimait pas à se défendre, disait l'Empereur, et ne savait pas le faire. Il essaya pourtant ici de dire qu'après tout un roi n'était pas autre chose. Napoléon lui répondait : « Mais vous prenez l'abus pour le principe, l'ombre pour le corps. » Puis il l'acheva en lui disant : « Et comment avez-vous pu imaginer, M. Sieyès, qu'un homme de quelque talent et d'un peu d'honneur voulût se résigner au rôle d'un cochon à l'engrais de quelques millions ? » Après une telle sortie, qui, disait l'Empereur, fit rire aux éclats tous les assistants, la création de Sieyès demeura noyée ; il n'y eut plus moyen pour lui de revenir à son grand électeur, et l'on se décida pour un premier consul à décision suprême, ayant la nomination à tous les emplois, et deux consuls accessoires à voix délibératives seulement. C'était au fait dès cet instant l'unité du pouvoir. Le premier consul était un vrai président d'Amérique, gazé sous des formes que commandait encore l'esprit ombrageux du moment ; aussi l'Empereur dit-il que son règne commença réellement dès ce jour-là.

L'Empereur regrettait en quelque sorte que Sieyès n'eût pas été l'un des trois consuls. Celui-ci, qui le refusa d'abord, le regretta aussi, mais quand il n'était plus temps. Il s'était mépris sur la nature de ces consuls, disait Napoléon ; il craignait pour son amour-propre et redoutait d'avoir à chaque instant le premier consul à combattre. « Ce qui eût été vrai, observait l'Empereur, si tous les consuls eussent été égaux : nous aurions été alors tous ennemis ; mais la Constitution les ayant faits subordonnés, il n'y avait plus de lutte d'amour-propre, aucune cause d'inimitié, mais mille d'une véritable union. » Sieyès le reconnut, mais trop tard. L'Empereur disait qu'il eût pu être fort utile au Conseil, meilleur peut-être que les autres parce qu'il avait parfois des idées neuves et très lumineuses, mais que, du reste, il n'était pas du tout propre à gouverner. En dernière analyse, disait l'Empereur, pour gouverner il faut être militaire : on ne gouverne qu'avec des éperons et des bottes. Sieyès, sans être peureux, avait peur de tout : ses espions de police troublaient son repos. Au Luxembourg, durant le consulat provisoire, il réveillait souvent Napoléon, son collègue, et le harcelait avec les trames nouvelles qu'il apprenait à chaque instant de sa police particulière. « Mais a-t-on gagné notre garde ? lui disait celui-ci. – Non. – Eh bien, allez dormir. En guerre comme en amour, pour conclure, mon cher, il faut se voir de près. Il sera temps de nous inquiéter quand on attaquera nos six cents hommes. »

L'Empereur disait qu'au demeurant, il avait choisi en Cambacérès et Lebrun deux hommes de mérite, deux personnages distingués ; tous deux sages, modérés, capables, mais d'une nuance tout à fait opposée. L'un, avocat des abus, des préjugés, des anciennes institutions, du retour des honneurs, des distinctions, etc. ; l'autre, froid, sévère, insensible, combattant tous ces objets, y cédant sans illusion, et tombant naturellement dans l'idéologie.

L'Empereur revenait à faire observer que Sieyès aurait peut-être contribué à donner une autre couleur, une autre tournure, d'autres nuances à l'administration impériale ; mais on répliquait que cette variante n'eût pu qu'être nuisible ; car on avait beaucoup loué dans le temps le choix de Napoléon. Les hommes qu'il avait appelés, lui disait-on, n'étaient pas dans le cas d'être désavoués de personne en Europe. Ils avaient beaucoup contribué à lui ramener l'opinion des diverses nuances parmi nous en France ; il n'en eût pas été de même de Sieyès. Son nom et son souvenir eussent, aux yeux de beaucoup, nui aux actes auxquels il eût participé, et on cita dans ce temps, avec un empressement qui faisait voir toute la malveillance qu'on lui portait, une anecdote qu'on disait s'être passée aux Tuileries entre lui et l'Empereur. Il était échappé à Sieyès, disait-on, parlant de Louis XVI à l'Empereur, de dire *le tyran*. « M. l'abbé, faisait-on répondre à l'Empereur, s'il eût été un tyran vous diriez la messe et moi je ne serais pas ici. » L'Empereur a souri à cette anecdote, sans exprimer autrement si elle était vraie ou non. On verra plus loin qu'elle était fausse.

SAMEDI 6 AU LUNDI 8.

Nouveaux torts du gouverneur. Ses absurdités.

Il y a longtemps que je n'ai parlé du gouverneur. Nous cherchions à l'éloigner le plus possible de notre pensée ; nous ne l'apercevions presque plus. Ses mauvaises manières, ses vexations me forcent d'y revenir aujourd'hui : elles semblent prendre une nouvelle activité. Il vient de nous garder des lettres d'Europe, bien qu'elles fussent venues ouvertes, et de la manière la plus ostensible ; mais seulement parce qu'elles n'avaient point passé par les mains du secrétaire d'État, sans faire attention qu'un manque de formalité peut se réparer facilement en Angleterre, mais qu'il demeure sans remède pour nous à deux mille lieues de distance. Si encore en exécutant aussi rigoureusement la lettre de ses instructions, il avait l'humanité de nous laisser savoir qu'il a reçu ces lettres, et de qui elles sont, il nous tranquilliserait sur des personnes dont nous pleurions la négligence ou la santé ; mais il a la barbarie de nous en faire un mystère. Il y a peu de jours que la comtesse Bertrand ayant écrit à la ville, il a fait saisir le billet et le lui a renvoyé comme ayant été écrit sans son aveu. Il a accompagné cette injure d'une lettre officielle par laquelle il nous interdit dès à présent toute communication par écrit ou même verbale avec les habitants, sans avoir été soumise à son visa ; et, chose absurde et peu croyable, c'est qu'il nous a fait cette interdiction vis-à-vis de personnes qu'il nous laisse la liberté d'aller visiter à notre gré. Il a accompagné la publication du bill qui nous concerne de commentaires qui ont répandu la terreur parmi les habitants ; il se récrie sur l'excessive dépense de la table de l'Empereur ; il insiste sur de fortes diminutions. On n'avait point entendu que le général Bonaparte aurait autant de personnes autour de lui. Les ministres, nous dit-il ingénument, n'avaient point douté que la permission qu'il nous avait apportée de nous en aller ne nous eût décidés à quitter l'Empereur, etc. Toutes ces tracasseries ont amené un échange de notes assez vives. A un article du gouverneur, dans lequel il disait que si les restrictions qu'on nous impose nous semblaient trop dures, nous pourrions nous en affranchir en nous en allant, l'Empereur a dicté lui-même l'addition suivante à la réponse que nous avions déjà faite : « Qu'honorés par lui dans sa prospérité, nous placions notre plus douce jouissance à le servir, aujourd'hui qu'il ne pouvait rien pour nous ; et tant pis pour quiconque ne comprenait pas cette conduite. »

MARDI 9 AU JEUDI 11.

Nouvelles vexations. L'Empereur sort à peine. Tristan. Fables de La Fontaine, etc. Le ventre gouverne le monde. Difficulté de juger les hommes.

Les vexations du gouverneur continuent, et il ne cesse de gagner du terrain sur notre malheureuse situation. Son parti semble pris de nous mettre au secret. Il a publié une proclamation en ville, ordonnant de lui envoyer, sous peine de châtiment, dans les vingt-quatre heures, tous billets ou lettres que nous pourrions adresser aux habitants, pour quelque motif que ce fût. Il a interdit à ceux-ci de visiter le grand-maréchal et sa femme, qui se trouvent en tête de notre enceinte. Les premiers moments de ce nouveau blocus de Mme Bertrand ont été si sévères, que des médicaments envoyés d'ici par le docteur à un des gens du grand-maréchal, qui était à la mort, n'ont pu y entrer, et que ce n'est que par accommodement que l'officier a pris sur lui de les faire parvenir par-dessus le mur.

Le gouverneur ayant lu dans une lettre de l'un de nous en Europe qu'il demandait plusieurs objets de vêtements et de toilette, il est venu lui dire qu'il pouvait prendre la plupart de ces objets parmi ce que le gouvernement avait envoyé ici pour Napoléon. Et comme celui-là lui a répondu qu'il préférait les acheter, ne voulant pas gêner ses sentiments d'aucune reconnaissance, le gouverneur a observé sèchement qu'il lui serait loisible de les payer s'il en avait la fantaisie ; à quoi l'autre a répliqué : « Pardonnez, monsieur, j'aime à choisir mes boutiques. » Il en est résulté que le gouverneur lui a fait dire plus tard par le docteur, qu'il allait porter des plaintes, pour avoir refusé avec *mépris* les dons du gouverneur. A quoi il lui a été riposté aussitôt, qu'on lui serait obligé ; qu'on était bien plus heureux qu'il eût à transmettre à ses ministres des refus, que des demandes.

Toutes ces tracasseries, la longueur et l'attrait des lectures, le concours du mauvais temps, qui est épouvantable, accroissent la réclusion de l'Empereur, et lui donnent de la mélancolie ; il ne met plus le pied dehors. La diversion se borne à aller parfois faire visite, vers les cinq heures, à Mme de Montholon, qui n'est point encore sortie depuis ses couches. Nous nous y trouvons tous réunis, et l'Empereur y cause une demi-heure ou trois quarts d'heure avant de rentrer chez lui.

Aujourd'hui il y a rencontré le petit Tristan, fils aîné de M. de Montholon, qui n'a guère que sept ans, et court tout le jour. L'Empereur l'a fait approcher entre ses deux jambes, et a voulu lui faire réciter quelques fables, dont le pauvre enfant sur dix mots n'en comprenait pas deux. L'Empereur en riait beaucoup, condamnait qu'on donnât La Fontaine aux enfants, qui ne pouvaient l'entendre, et s'est mis à expliquer ces fables à Tristan, à vouloir les lui rendre sensibles ; et rien de plus curieux que ces développements, leur simplicité, leur justesse, leur logique.

Dans la fable du *Loup et l'Agneau*, rien n'était plus risible comme de voir le petit bonhomme dire Sire et Votre Majesté, et en parlant du loup et en parlant de l'Empereur, mêler à tort et à travers tout cela dans sa bouche, et bien plus encore probablement dans sa tête.

L'Empereur trouvait qu'il y avait beaucoup trop d'ironie dans cette fable, pour être à la portée des enfants. Elle péchait d'ailleurs, disait-il, dans son principe et sa morale, et c'était la première fois, observait-il, qu'il s'en sentait frappé. Il était faux que la raison du plus fort fût la meilleure ; et si cela arrivait en effet, c'était là le mal, disait-il, l'abus qu'il s'agissait de condamner. Le loup donc eût dû s'étrangler en croquant l'agneau, etc.

Tristan est fort paresseux. Il avouait à l'Empereur qu'il ne travaillait pas tous les jours. « Ne manges-tu pas tous les jours ? disait l'Empereur. – Oui, sire. – Eh bien ! tu dois travailler tous les jours : car on ne doit pas manger si l'on ne travaille pas. – Oh bien ! en ce cas, je travaillerai tous les jours, disait vivement l'enfant. – Voilà bien l'influence du petit ventre, disait l'Empereur, en tapant sur celui de Tristan ; c'est la faim, c'est le petit ventre qui fait mouvoir le monde. Allons, mon petit, si tu es sage nous te ferons page de Louis XVIII... – Mais je ne veux pas », disait Tristan en grognant et faisant la grimace.

Nos après-dîners étaient employés à trouver quelque lecture qui pût nous faire gagner une heure ou une heure et demie de temps. C'étaient en ce moment un *Voyage au Spitzberg*, le *Naufrage des Hollandais à la Nouvelle-Zemble* ; les *Causes célèbres*, celle de Calas, celles de Martin-Guerre, de la marquise de Brinvilliers. L'auteur observait dans quelque endroit de celle-ci que la figure trompait souvent sur le caractère. L'Empereur s'est arrêté, a posé le livre avec un visage pénétré, un accent convaincu ; il a dit : « C'est bien vrai, et quelque étude que l'on fasse, l'on ne saurait se flatter d'y parvenir. Que de preuves j'ai dans ce genre ! par exemple, j'avais quelqu'un auprès de moi ; sa figure, sans doute... Mais après tout, en effet, ce quelqu'un avait un œil de pie ; j'aurais dû y deviner quelque chose. » Et il s'est étendu sur le caractère de cette personne[1]. Ils s'étaient connus dès l'enfance, disait-il ; il lui avait donné longtemps toute sa confiance ; il avait du talent, des moyens ; l'Empereur croyait même qu'il avait été attaché, fidèle. « Mais il était aussi par trop avide, disait-il, il aimait trop l'argent. Quand je lui dictais et qu'il lui arrivait d'avoir à écrire des millions, ce n'était jamais sans un mouvement sur toute sa figure, un lèchement de lèvres, une certaine agitation sur sa chaise, qui, plus d'une fois, m'avait porté à lui demander ce que c'était, ce qu'il avait, etc. »

L'Empereur disait que le vice était trop prononcé pour qu'il eût pu garder cette personne auprès de lui ; mais que, vu ses autres qualités, il eût dû peut-être se contenter de le placer différemment, etc., etc.

1. Bourrienne.

VENDREDI 12.

Sur le Masque de fer, etc. Fable ingénieuse.

La conversation a conduit aujourd'hui à traiter le Masque de fer[1]. On a passé en revue ce qui a été dit par Voltaire, Dutens, etc., et ce que l'on trouve dans les Mémoires de Richelieu : ceux-ci le font, comme l'on sait, frère jumeau de Louis XIV et son aîné. Or, quelqu'un a ajouté que travaillant à des cartes généalogiques, on était venu lui démontrer sérieusement que lui, Napoléon, était descendant linéal de ce Masque de fer, et par conséquent l'héritier légitime de Louis XIII et de Henri IV, de préférence à Louis XIV et à tout ce qui en était sorti. L'Empereur, de son côté, a dit en avoir en effet entendu quelque chose, et il a ajouté que la crédulité des hommes est telle, leur amour du merveilleux si fort, qu'il n'eût pas été difficile d'établir quelque chose de la sorte pour la multitude, et qu'on n'eût pas manqué de trouver certaines personnes dans le Sénat pour le sanctionner, et probablement, a-t-il observé, celles-là mêmes qui plus tard se sont empressées de le dégrader, sitôt qu'elles l'ont vu dans l'adversité.

On est passé alors à développer les bases et la marche de cette fable. Le gouverneur des îles Sainte-Marguerite, disait-on, auquel la garde du Masque de fer était alors confiée, se nommait M. de Bonpart, circonstance au fait déjà fort singulière. Celui-ci, assurait-on, ne demeura pas étranger aux destinées de son prisonnier. Il avait une fille ; les jeunes gens se virent ; ils s'aimèrent. Le gouverneur en donna connaissance à la cour ; on y décida qu'il n'y avait pas grand inconvénient à laisser cet infortuné chercher dans l'amour un adoucissement à ses malheurs ; et M. de Bonpart les maria.

Celui qui parlait en ce moment disait que quand on lui raconta la chose, qui l'avait fort amusé, il lui était arrivé de dire qu'il la trouvait très ingénieuse ; sur quoi le narrateur s'était fâché tout rouge, prétendant que ce mariage pouvait se vérifier aisément sur les registres d'une des paroisses de

1. Personnage mystérieux qui fut détenu en France au milieu du XVIIIe siècle. Il portait un masque pour qu'on ne le reconnaisse pas et cependant on lui témoignait de grands égards.

Marseille qu'il cita, et qui en attestait, disait-il, toutes les traces. Il ajoutait que les enfants qui naquirent de ce mariage furent clandestinement, ou sans bruit, écoulés vers la Corse, où la différence de langage, le hasard ou l'intention avait transformé leur nom de Bonpart en Bonaparte, et Buonaparte ; ce qui au fond présente le même sens.

A cette anecdote, on a ajouté qu'au moment de la Révolution, on avait fait une histoire semblable en faveur de la branche d'Orléans. On la fondait sur une pièce trouvée à la Bastille. On supposait qu'Anne d'Autriche, qui accoucha après vingt-trois ans de stérilité, avait mis au monde une fille ; la crainte qu'elle n'eût point d'autre enfant avait porté Louis XIII à éloigner cette fille, et lui substituer faussement un garçon, qui avait été Louis XIV. Mais l'année suivante, la reine accoucha encore, et cette fois ce fut un garçon, Philippe, chef de la maison d'Orléans, qui se trouvait ainsi, lui et les siens, les héritiers légitimes, tandis que Louis XIV et les siens n'étaient plus que des intrus et des usurpateurs. Dans cette version, le Masque de fer était une fille. Une brochure courut les provinces à ce sujet, lors de la prise de la Bastille. Mais l'histoire ne fit pas fortune ; elle mourut sans avoir même un instant, à ce qu'il paraît, occupé la capitale.

SAMEDI 13.

Sur Junot, sa femme, etc.

La conversation est revenue sur Junot. Des grandes fortunes que l'Empereur avait créées, celle de Junot, disait-il, avait été, sans contredit, une des plus désordonnées. Ce qu'il lui avait donné d'argent ne saurait se croire, observait-il, et il n'avait pourtant jamais eu que des dettes ; il avait dissipé de vrais trésors sans avantages, sans discernement, sans goût ; trop souvent même, ajoutait-il, dans des excès grossiers.

Plus d'une fois, dans son bel hôtel à Paris, après avoir fortement déjeuné, on l'a vu entrer en fureur aux moindres réclamations du plus petit créancier, et prétendre le solder à coups de sabre. Toutes les fois qu'il revoyait l'Empereur, disait Napoléon, c'était pour laisser pressentir quelque gêne nouvelle, être grondé et secouru. Dans la campagne d'Austerlitz, il vint trouver l'Empereur à Schœnbrunn ; mais cette fois, disait Napoléon, l'intercession n'était pas précisément pour lui. Il prenait en ce moment un vif intérêt à la belle Mme Récamier. Il arrivait de Paris, et débuta auprès de l'Empereur par une sortie virulente contre M. de Marbois, alors ministre du Trésor, qui avait eu l'indignité, disait-il, de ne pas empêcher la faillite de M. Récamier, en lui refusant un prêt de seulement deux millions. « Tout Paris en était dans l'indignation. Ce Marbois, disait-il, était un méchant homme, un mauvais serviteur ; il n'aimait pas l'Empereur : lui, Junot, n'hésitait pas à le prononcer, et tout Paris pensait avec lui que si l'Empereur eût été dans la capitale, il n'eût pas balancé à les lui faire donner. – Il s'adressait bien, disait l'Empereur. Eh bien ! Paris et vous, vous vous trompez, répondis-je froidement à cet admirateur passionné, qui était tout hors de lui. Je n'aurais pas fait donner deux mille sous, et j'eusse été fort mécontent de Marbois s'il eût agi autrement. Je ne suis point amoureux de Mme Récamier, moi, et je ne viens point au secours des négociants qui tiennent une maison de six cent mille francs par an ; sachez cela, monsieur Junot ; sachez que le Trésor ne prête point à des gens qu'il sait en faillite depuis longtemps : il a bien d'autres destinations. Et Junot, continuait l'Empereur, dut se calmer, trouvant peut-être qu'on avait à Vienne le cœur aussi dur qu'à Paris. »

Junot voyageait avec la vitesse de l'Empereur ; il avait ses propres relais, disait Napoléon, des centaines de chevaux, et d'autres folies semblables.

L'Empereur ajoutait que moins encore comme souverain que comme aimant Junot, guidé aussi par le rapport natal de la Corse, dont sa femme était originaire, il la fit venir un jour pour lui donner des avis paternels sur les dépenses désordonnées de son mari, sur la profusion de diamants qu'à son retour de Portugal, elle-même, Mme Junot, avait étalés inconsidérément ; sur ses intimes liaisons avec un étranger[1]..., qui pouvaient inquiéter la politique, etc. « Mais elle repoussa vivement ces avis dictés par le seul intérêt. Elle se fâcha, dit l'Empereur, et j'en fus traité comme un petit garçon ; alors il ne me resta plus que de l'envoyer promener et de l'abandonner à elle-même.

1. Metternich.

« Elle se croyait une princesse de la maison de Comnène [1] ; on l'avait persuadé à Junot en la lui faisant épouser. Cette famille était de la Corse et du voisinage même de la mienne ; elle avait à ma mère de grandes obligations de bienveillance, et de plus directes encore. » Et l'Empereur alors a donné l'explication suivante :

« Les Génois avaient transporté anciennement près d'Ajaccio une colonie de Maniotes, en évacuant la Morée. M. de Vergennes, ambassadeur à Constantinople, y épousa une Grecque. Revenu en France, et fort en crédit auprès de Louis XVI, il lui prit fantaisie d'avoir épousé une princesse. Son désir se trouva secondé par des circonstances politiques : on rêvait alors la chute de Constantinople. La France eût eu quelque intérêt à mettre en avant des prétentions sur quelques débris de cet empire. On fut donc chercher auprès d'Ajaccio, dans la colonie grecque, quelqu'un du nom de *Comnène*, parent de Mme de Vergennes ; on le fit venir à Versailles, et il fut bientôt après reconnu descendant des empereurs de Constantinople par lettres patentes de Louis XVI.

« Ce Comnène du reste, continuait l'Empereur, était un assez gros fermier, dont une sœur, quelques années auparavant, avait fait le mariage inespéré d'un commis aux vivres, Français, du nom de P... [2]. Depuis l'élévation de la famille, et par le crédit de M. de Vergennes, ce même P..., commis aux vivres, était devenu un homme fort important, ayant eu toute l'entreprise de l'armée de Rochambeau. La fille de ce commis aux vivres était précisément Mme Junot, duchesse d'Abrantès.

« Junot, dans la campagne de Russie, disait encore l'Empereur, me mécontenta fort ; on ne le reconnaissait plus ; il fit des fautes capitales qui nous coûtèrent bien cher. »

Au retour de Moscou, par suite de ce mécontentement, Junot perdit le gouvernement de Paris. L'Empereur l'envoya à Venise. Cette espèce de disgrâce fut adoucie presque aussitôt par le gouvernement général de l'Illyrie ; mais le coup était porté. Les irrégularités qu'on avait observées depuis quelque temps dans Junot, et qui avaient pris leur source dans ses excès, éclatèrent en insanité complète. Il fallut se saisir de sa personne et le transporter chez lui, dans la maison

1. Famille qui donna des empereurs à Byzance.
2. Permon.

paternelle, où il périt misérablement peu de temps après, mutilé de ses propres mains...

DIMANCHE 14.

Sur le maréchal Lannes. Murat, sa femme, etc.

Durant le dîner, au sujet de toilette et de parure, on disait que parmi les grands personnages du jour, aucun n'en avait poussé le ridicule plus loin que Murat, et encore, observait-on, était-elle la plupart du temps tellement singulière, tellement bizarre, que le public l'en appelait *roi Franconi*[1]. L'Empereur en a beaucoup ri, confessant qu'il était vrai que certains costumes et certaines manières lui donnaient en effet parfois l'apparence d'un opérateur, l'air d'un charlatan. Et revenant à la toilette, on ajoutait que Bernadotte y mettait aussi un soin infini, et Lannes beaucoup de temps. L'Empereur s'est montré fort surpris de ce qu'on lui apprenait des deux derniers. Cela l'a conduit naturellement bientôt à répéter ses vifs regrets sur la perte du maréchal Lannes, qu'il a terminés en disant : « Ce pauvre Lannes avait passé la nuit qui précéda la bataille dans Vienne, et pas seul. Il parut au combat sans avoir mangé et se battit tout le jour. Le médecin disait que ce triple concours avait causé sa perte. Il lui eût fallu beaucoup de forces après sa blessure, et il n'y avait plus à remédier à celles qu'il avait perdues.

« On dit d'ordinaire, observait l'Empereur, qu'il est des blessures qui feraient préférer de perdre la vie. Il en est bien peu, je vous assure. C'est au moment de quitter la vie qu'on s'y rattache de toutes ses forces. Lannes, le plus brave de tous les hommes, Lannes, privé de ses deux jambes, ne voulait pas mourir et s'irritait au point de me dire qu'on devrait pendre les deux chirurgiens qui venaient de manquer si brutalement à un maréchal. C'est qu'il venait d'ouïr les deux chirurgiens qui le soignaient se dire tout bas, sans croire être entendus, qu'il était impossible qu'il en revînt.

« A chaque instant le malheureux Lannes demandait l'Empereur ; il se cramponnait à moi, disait Napoléon, de tout le reste de sa vie ; il ne voulait que moi, ne pensait qu'à

1. Franconi fonda un music-hall, ancêtre du cirque.

moi. Espèce d'instinct ! observait l'Empereur. Assurément il aimait mieux sa femme et ses enfants que moi ; il n'en parlait pourtant pas : c'est qu'il n'en attendait rien ; c'était lui qui les protégeait, tandis qu'au contraire moi j'étais son protecteur ; j'étais pour lui quelque chose de vague, de supérieur ; j'étais sa providence, il implorait !... »

Quelqu'un observa alors que le bruit des salons avait été bien différent ; qu'on y avait répandu que Lannes était mort en furieux, maudissant l'Empereur, contre lequel il se montrait enragé, et on ajoutait qu'il avait toujours eu de l'éloignement pour lui, et le lui avait souvent témoigné avec insolence... « Quelle absurdité ! a repris l'Empereur : Lannes m'adorait au contraire. C'était assurément un des hommes au monde sur lequel je pouvais le plus compter. Il est bien vrai que, dans son humeur fougueuse, il eût pu laisser échapper quelques paroles contre moi ; mais il était homme à casser la tête à celui de qui il les aurait entendues. »

Revenant ensuite à Murat, quelqu'un observa qu'il avait grandement influé sur les malheurs de 1814. « Il les a décidés, a repris l'Empereur ; il est une des grandes causes que nous sommes ici. Du reste, la première faute en est à moi. Ils étaient plusieurs que j'avais faits trop grands ; je les avais élevés au-dessus de leur esprit. Je lisais, il y a peu de jours, sa proclamation en se séparant du vice-roi ; je ne la connaissais pas encore. Il est difficile de concevoir plus de turpitude : il y dit que le temps est venu de choisir entre deux bannières, celle du crime ou de la vertu ; or, c'est la mienne qu'il appelle celle du crime. Et c'est Murat, mon ouvrage, le mari de ma sœur, celui qui me doit tout, qui n'eût été rien, qui n'existe, qui n'est connu que par moi, qui écrit cela ! Il est difficile de se séparer du malheur avec plus de brutalité, de courir avec plus d'impudeur au-devant d'une fortune nouvelle. »

Madame Mère, depuis cet instant, ne voulut avoir aucun rapport avec lui ni avec sa femme ; quelques efforts d'ailleurs qu'ils fissent vis-à-vis d'elle, sa constante réponse était qu'elle avait en horreur les traîtres et la trahison. Dès qu'elle fut à Rome, après les désastres de 1814, Murat s'empressa de lui envoyer, de ses écuries de Naples, huit très beaux chevaux. Madame n'en voulut point entendre parler. Elle repoussa de même toutes les tentatives de sa fille Caroline, qui ne cessait de répéter qu'après tout il n'y avait pas de sa faute, qu'elle n'y était pour rien, qu'elle n'avait pu commander son mari. Mais Madame répondait comme Clytemnestre[1] : « Si vous n'avez pu le commander, vous auriez dû le combattre ; or, quels combats avez-vous livrés ? quel sang a coulé ? Ce n'est qu'au travers de votre corps que votre mari devait percer votre frère, votre bienfaiteur, votre maître. »

« A mon retour de l'île d'Elbe, continuait l'Empereur, la tête tourna à Murat de me voir débarqué. Les premières nouvelles lui apprirent que j'étais dans Lyon. Il était habitué à mes grands retours de fortune. Il m'avait vu plus d'une fois dans des circonstances prodigieuses. Il me crut déjà maître de l'Europe, et ne songea plus qu'à m'arracher l'Italie : car c'était là son but et ses espérances. Vainement des gens à grand crédit parmi les peuples qu'il voulait soulever se jetèrent-ils à ses genoux, lui dirent-ils qu'il s'abusait ; que les Italiens avaient un roi, que celui-là avait leur amour et leur estime. Rien ne put l'arrêter. Il se perdit, et contribua à nous perdre une seconde fois, parce que les Autrichiens, ne doutant pas que ce fût à mon instigation, ne voulurent pas croire à mes paroles, et se défièrent de moi. La malheureuse fin de Murat répond à toute cette conduite. Murat avait un très grand courage et fort peu d'esprit. La trop grande différence entre ces deux qualités l'explique en entier. Il était difficile, impossible même, d'être plus brave que Murat et Lannes. Murat n'était demeuré que brave. L'esprit de Lannes avait grandi au niveau de son courage ; il était devenu un géant.

« Au surplus, a terminé l'Empereur, l'exécution de Murat n'en est pas moins horrible ! C'est un événement dans les mœurs de l'Europe, une infraction aux bienséances publiques. Un roi a fait fusiller un roi reconnu comme tel par tous les autres !!!... Quel charme il a violé !... »

LUNDI 15.

Bill de notre exil. Beaumarchais.
Historique des travaux de Cherbourg.

Sur les dix heures l'Empereur est entré dans ma chambre ; il voulait me surprendre, voulant se promener. Je l'ai suivi ;

1. Épouse d'Agamemnon, roi de Mycènes. Elle tua son mari, lorsque ce dernier revint de la guerre de Troie, pour pouvoir épouser son amant Égisthe.

il a marché quelque temps vers le bois, où la calèche est venue le prendre : il y avait bien longtemps qu'il n'en avait fait usage. J'étais seul avec lui, et la conversation a roulé tout le temps sur le bill qui le concerne et qui nous est étranger.

Au retour, l'Empereur a hésité s'il déjeunerait sous les arbres ; mais il s'est décidé à rentrer, et n'est pas ressorti de tout le jour ; il a dîné seul.

Après son dîner il m'a fait appeler ; il lisait des *Mercures* ou journaux anciens. Il y trouvait diverses anecdotes et circonstances de Beaumarchais. Cette lecture était piquante par l'extrême différence des mœurs, bien que dans des temps si voisins. Elle lui a présenté le voyage de Louis XVI à Cherbourg, sur lequel il s'est arrêté quelque temps, puis il a passé aux travaux de Cherbourg et a parcouru leur historique avec cette clarté, cette précision, ce piquant qui caractérisent tout ce qu'il dit.

Cherbourg se trouve au fond d'une anse semi-circulaire, dont les deux extrémités sont l'île Pelée à droite, et la pointe Querqueville à gauche. L'alignement qui joint ces deux points forme la corde ou le diamètre, et court de l'est à l'ouest.

En face, au nord, et à très peu de distance, vingt lieues environ, est le fameux Portsmouth, le premier arsenal des Anglais. Le reste de leurs côtes court presque parallèlement aux nôtres. La nature a tout fait pour nos rivaux ; à nous, elle a tout refusé. Leurs rivages sont sains et se nettoient encore chaque jour ; ils présentent beaucoup de fond, une multitude d'abris, de havres, de ports excellents ; nos côtes, au contraire, sont remplies d'écueils, elles ont peu d'eau et s'encombrent journellement davantage. Nous n'avons pas un seul véritable port de grande dimension dans ces parages ; si bien que les escadres ennemies, mouillées à Portsmouth, n'ont pas même besoin de mettre sous voiles pour nous inquiéter ; il leur suffit de quelques bâtiments légers pour les avertir, et en un moment, sans peine et sans danger, elles se trouvent sur leur proie : on pourrait dire que de là les Anglais sont tout à la fois et chez eux et chez nous.

Si nos escadres, au contraire, osent se hasarder dans la Manche, qui ne devrait s'appeler, à bien dire, que la *Mer française*, elles s'y trouvent en péril permanent ; la tempête ou la supériorité de l'ennemi peut amener leur destruction totale, parce que dans les deux cas il n'est point d'abri pour elles. C'est ce qui arriva à la fameuse journée de la Hougue, où Tourville, à la gloire d'un combat aussi inégal, eût pu joindre encore la gloire d'une belle retraite, s'il eût existé un port où se réfugier.

Dans cet état de choses les gens à bonnes vues, aimant le bien de leur pays, vinrent à bout, à force de projets et de mémoires, de déterminer le gouvernement à chercher dans le secours de l'art ceux dont nous avait privés la nature : et après beaucoup d'hésitation et de tâtonnement on s'arrêta sur la baie de Cherbourg, qu'il s'agissait d'abriter à l'aide d'une immense digue jetée dans la mer. Par là nous devions obtenir, aux portes mêmes de l'ennemi, une rade artificielle où nos vaisseaux pourraient à toute heure et par tous les vents courir sur lui ou échapper à sa poursuite.

« C'était une magnifique et glorieuse entreprise, disait l'Empereur, bien forte pour le faire et pour les finances de l'époque. On imagina de former la digue par d'immenses cônes construits à vide dans le port, et remorqués ensuite jusque sur leur emplacement, où ils étaient immergés à force de pierres dont on les remplissait [1], ce qui du reste était fort ingénieux. Louis XVI vint honorer ces opérations de sa présence ; il quitta Versailles, et ce fut un grand événement. Dans ces temps-là, un roi ne quittait jamais sa demeure ; ses excursions n'allaient pas au-delà d'une partie de chasse ; les rois ne couraient pas comme aujourd'hui ; et je crois bien, ajoutait l'Empereur, que moi je n'ai pas peu contribué à les mobiliser.

« Toutefois, comme il fallait bien que les choses portassent le cachet du temps, voilà la discussion interminable, la rivalité éternelle de la terre et de la mer qui va son train. On eût dit à cet égard qu'en France il y avait deux rois, ou que celui qui régnait avait deux intérêts et devait avoir deux volontés, ce qui faisait plutôt qu'il n'en avait aucune. Ici, il ne s'agissait que de la mer, et pourtant l'on prononça pour la terre, non pour la bonté de ses raisons, mais pour la priorité de ses droits ; et où il s'agissait du sort de l'empire, on ne vit sans doute qu'une affaire de hiérarchie, et par cela seul le grand

1. Ces cônes, de soixante pieds de hauteur, avaient cent quatre pieds de diamètre à leur base, et soixante à leur sommet. *(Las Cases.)*

but, la magnifique entreprise se trouva manquée. La terre s'établit à l'île Pelée et au fort Querqueville : elle n'était appelée là que comme auxiliaire de la digue, qui était elle-même l'affaire principale ; mais au lieu de cela, la terre commença par s'asseoir, et força ensuite la digue de se subordonner à sa bienséance, de se placer, de se courber selon son tir. Qu'arriva-t-il ? C'est que l'abri qu'on créait et qui devait être calculé pour recevoir la masse de nos flottes, soit qu'il s'agît de frapper au cœur de l'ennemi, soit que le hasard les y fît prendre refuge, n'offrit plus de place qu'à une dizaine de vaisseaux au plus, quand il en eût fallu pour cent et au-delà, ce que l'on eût obtenu sans plus de peines, ni beaucoup plus de dépenses, si l'on se fût porté plus en avant dans la mer ; seulement au-delà des points que s'était adjugés et qu'avait fixés la terre.

« Une autre bévue bien caractéristique et qu'on aurait de la peine à imaginer, c'est que toutes les grandes mesures, pour la rade de Cherbourg, furent prises et arrêtées, la digue commencée ; une des passes, celle de l'est, complétée ; et qu'on était sur le point de former l'autre, celle de l'ouest, sans s'être procuré la connaissance exacte et précise de toutes les sondes de la rade ; si bien que la passe déjà formée, celle de l'est, large de cinq cents toises, poussée trop près du fort, n'admettait pas sans inconvénient des vaisseaux à marée basse, et que celle que l'on allait former à l'ouest se serait trouvée impraticable, ou du moins fort dangereuse, si le zèle individuel d'un officier (M. de Chavagnac) n'avait fait à temps cette importante découverte, et forcé d'arrêter l'extrémité gauche de la digue à mille deux cents toises du fort de Querqueville, chargé de sa défense ; ce qui semble être et est en effet à trop grande distance[1]. »

Du reste, le système des travaux de la digue, laquelle se trouve à plus d'une lieue du rivage et porte plus de dix-neuf cents toises de long sur quatre-vingt-dix pieds de large, n'a pas été sans éprouver de nombreuses variations, commandées

1. Ce n'est qu'en 1789, c'est-à-dire cinq ans après le commencement des travaux, que le gouvernement donna l'ordre de sonder la rade et constater le fond. On n'avait travaillé jusque-là que sur des notions vagues et imparfaites !!! (*Mémoires du baron Cachin*, inspecteur des ponts et chaussées.) (*Note de Las Cases.*)

au surplus par l'expérience. Les cônes qui dans le principe devaient se toucher par la base, furent bientôt espacés par force d'accident ou par vue d'économie : la tempête les endommagea, les vers les rongèrent, le temps les pourrit ; on y renonça tout à fait et l'on se contenta d'y substituer de simples pierres perdues ; et quand on s'aperçut que la force des vagues rendait celles-ci mouvantes, on en vint à avoir recours à d'énormes blocs qui ont fini par répondre à tout ce qu'on attendait.

Ces travaux se sont continués sans interruption sous Louis XVI. Nos assemblées législatives leur donnèrent d'abord un redoublement d'activité ; mais les grands désordres qui suivirent bientôt les firent abandonner tout à fait, et à l'époque du Consulat il ne restait plus de vestige à l'œil de cette fameuse digue. L'imperfection première, le temps, la violence des flots, avaient fait tout disparaître jusqu'à plusieurs pieds au-dessous du niveau de la basse mer.

« Néanmoins un de mes premiers soins, disait l'Empereur, dès que j'eus pris le timon des affaires, fut de tourner mes regards sur un point aussi important. J'ordonnai des commissions, je fis discuter devant moi, je me rendis maître de l'état des lieux, et je prononçai que l'exhaussement de la digue serait repris en toute hâte et à toute force ; que les deux extrémités recevraient avec le temps deux massifs de fortification ; mais que dès cet instant même on allait se mettre en mesure d'établir au centre une batterie provisoire considérable. Alors commencèrent de tous côtés les inconvénients, les objections, les vues particulières, l'amour-propre des opinions privées, etc. Cela ne se pouvait absolument pas, prétendaient plusieurs ; je n'en tins pas compte, j'insistai, je voulus, et cela fut fait. En moins de deux ans on vit surgir comme par magie une île véritable, sur laquelle se montra une batterie de gros calibre. Jusqu'à cet instant, les Anglais n'avaient guère fait que rire de nos efforts : ils avaient jugé dès le principe, disaient-ils, qu'ils demeureraient sans résultat ; ils avaient deviné que les cônes se détruiraient, que les petites pierres obéiraient aux vagues, et surtout ils s'en reposaient sur notre lassitude et notre inconstance. Mais ici ce fut tout autre chose : aussi firent-ils mine de vouloir nous y troubler ; mais ils s'y prenaient trop tard, j'étais en mesure. La passe occidentale, il est vrai, était demeurée, par la force des choses, extrêmement large, et les deux fortifications extrêmes ne croisant pas leur feu, il pouvait en résulter qu'un ennemi audacieux eût pu forcer le passage de l'ouest, venir mouiller lui-même en dedans de la digue et recommencer le désastre d'Aboukir[1]. Mais avec ma batterie centrale j'y parais déjà. Cependant comme je suis pour le permanent, j'ordonnai en dedans de la digue, à son centre et comme en soutien, en renfort d'elle, et pour lui servir à son tour d'enveloppe, un énorme pâté elliptique dominant la batterie centrale et supportant lui-même, en deux étages casematés et à l'épreuve de la bombe, cinquante pièces de gros calibre avec vingt mortiers à grande portée, ainsi que les casernes nécessaires, magasin à poudre, etc.

« J'ai la satisfaction d'avoir laissé ce bel ouvrage accompli.

« Ma défensive pourvue, je n'avais plus à m'occuper que de l'offensive, qui consistait à pouvoir réunir à Cherbourg la masse de nos flottes. Or, la rade ne pouvait contenir que quinze vaisseaux. Pour en accroître le nombre, je fis creuser un port nouveau ; jamais les Romains n'entreprirent rien de plus fort, de plus difficile, qui dût durer davantage ! Il fut fouillé dans le granit à cinquante pieds de profondeur ; j'en fis solenniser l'ouverture par la présence de Marie-Louise, lorsque j'étais moi-même sur les champs de bataille de la Saxe.

« J'obtenais ainsi de pouvoir placer quinze vaisseaux de plus. Ce n'était point assez encore, aussi comptai-je m'étendre bien autrement. J'étais résolu de renouveler à Cherbourg les merveilles de l'Égypte : j'avais élevé déjà dans la mer ma pyramide ; j'aurais eu aussi mon lac Mœris. Mon grand objet était de pouvoir concentrer à Cherbourg toutes nos forces maritimes ; et avec le temps, au besoin, elles eussent été immenses, afin de pouvoir porter le grand coup à l'ennemi. J'établissais mon terrain de manière à ce que les deux nations tout entières eussent pu, pour ainsi dire, se prendre corps à corps ; et l'issue ne devait pas être douteuse, car nous aurions été plus de quarante millions de Français contre quinze millions d'Anglais ; j'eusse terminé par une bataille d'Actium. Et puis que voulais-je de l'Angleterre ? Sa destruction ? Non sans doute ; je ne lui demandais que le

1. Le 2 août 1798.

terme d'une usurpation intolérable ; la jouissance de droits imprescriptibles et sacrés ; l'affranchissement, la liberté des mers ; l'indépendance, l'honneur des pavillons ; je parlais au nom de tous et pour tous, et je l'eusse obtenu de gré ou de force : j'avais pour moi la puissance, le bon droit, le vœu des nations, etc. »

J'ai des raisons de croire que l'Empereur, dégoûté des pertes qu'avaient coûté sur mer les tentatives partielles, éclairé par une funeste expérience, avait adopté un nouveau système de guerre maritime.

Insensiblement la querelle entre l'Angleterre et la France avait pris la tournure d'une véritable lutte à mort. L'irritation de tous les Anglais contre Napoléon était au dernier degré, ses décrets de Berlin et de Milan, son système continental, des expressions offensantes avaient soulevé tous les esprits au-delà de la Manche ; tandis que les ministres, par leurs libelles, leurs impostures et tous les moyens imaginables avaient achevé d'y mettre en jeu toutes les passions, pour nationaliser tout à fait la querelle ; aussi, en plein parlement, avait-on proclamé la guerre *perpétuelle*, ou du moins *viagère*. L'Empereur crut devoir façonner ses plans sur cet état de choses, et renonça dès cet instant, autant par calcul que par nécessité, à toutes croisières, toutes opérations lointaines, toutes tentatives chanceuses ; il se détermina pour la stricte défensive, jusqu'à ce que les affaires du continent fussent terminées, et que ses forces maritimes accumulées lui permissent de frapper plus tard à coup sûr. Il retint donc tous ses bâtiments dans ses ports, ne songea plus qu'à multiplier graduellement nos ressources navales, sans les compromettre davantage : tout ne fut plus calculé que pour un résultat éloigné.

Notre marine avait fait de grandes pertes en vaisseaux, la plupart de nos bons matelots étaient prisonniers en Angleterre, et tous nos ports se trouvaient bloqués par les forces anglaises, qui en gênaient les communications. L'Empereur ordonna des canaux en Bretagne, à l'aide desquels, en dépit de l'ennemi, on devait communiquer désormais de Bordeaux, Rochefort, Nantes, de la Hollande, Anvers, Cherbourg avec Brest, et lui procurer les approvisionnements en tous genres dont il pouvait manquer. Il voulut avoir à Flessingue ou dans le voisinage, des bassins propres à recevoir, durant l'hiver, la flotte d'Anvers tout armée, et pouvoir la mettre en mer dans les vingt-quatre heures ; car dans l'état présent elle était retenue prisonnière par les glaces dans l'Escaut quatre ou cinq mois de l'année. Enfin, il projetait, du côté de Boulogne ou de quelque endroit de cette côte, une digue pareille à celle de Cherbourg, et entre Cherbourg et Brest un mouillage convenable à l'Ile-à-Bois, le tout pour assurer, en tout temps et sans péril, la libre et pleine communication de nos vaisseaux de haut bord depuis Anvers jusqu'à Brest. Quant au manque de matelots et aux grandes difficultés d'en former, il fut ordonné d'y pourvoir en exerçant chaque jour de jeunes conscrits dans toutes nos rades. Ils seraient placés d'abord sur de petits bâtiments légers : une flottille de ce genre devait même naviguer dans le Zuiderzée ; de là ils seraient versés sur les gros vaisseaux, et remplacés aussitôt par d'autres qui devaient suivre. Les vaisseaux, de leur côté, avaient ordre d'appareiller chaque jour, de multiplier leurs exercices, d'évoluer autant que l'espace le permettrait, d'aller même échanger des coups de canon avec l'ennemi, pourvu qu'on fût certain de ne pas se trouver engagé, etc.

Restait la quantité de nos vaisseaux : elle était grande encore malgré toutes nos pertes ; et l'Empereur calculait pouvoir en construire vingt ou vingt-cinq par an ; les équipages s'en trouvaient formés au fur et à mesure ; si bien qu'au bout de quatre ou six ans, il eût pu compter sur deux cents vaisseaux de ligne, et peut-être sur trois cents au bout de dix ans s'il s'y fût trouvé forcé. Et qu'était ce temps en regard avec la guerre perpétuelle ou viagère qui nous était vouée ? Cependant les affaires sur terre se seraient terminées, et tout le continent fût entré dans notre système ; l'Empereur eût pu ramener le plus grand nombre de ses troupes sur nos côtes ; et c'est dans cet état qu'il comptait enfin rendre la lutte décisive. Toutes les ressources respectives des deux nations eussent été mises en jeu, et nous devions alors, pensait-il, soumettre nos ennemis par la force morale, ou les étouffer par notre force matérielle.

L'Empereur projetait pour la marine plusieurs idées, et comptait employer une partie de sa tactique de terre. Il établissait sa ligne offensive et défensive du cap Finistère aux bouches de l'Elbe. Il eût eu trois corps d'escadre avec des amiraux en chef, comme il avait des corps d'armée avec leurs généraux en chef : celui du centre aurait eu son quartier général à Cherbourg ; celui de gauche à Brest, et celui de la droite à Anvers. De moindres divisions aux extrémités, à Rochefort et au Ferrol, au Texel et aux bouches d'Elbe, pour tourner et déborder l'ennemi par ses flancs. De nombreuses stations intermédiaires unissaient tous ces points, et leurs amiraux en chef respectifs leur étaient sans cesse comme présents, à l'aide des télégraphes qui, bordant la côte, tenaient ce grand ensemble en constante communication.

Cependant quel parti eussent pris les Anglais durant nos préparatifs et notre accroissement progressif ? Eussent-ils continué de bloquer nos ports ? Nous aurions eu la satisfaction de les voir forcés d'augmenter leurs croisières ; nous les aurions amenés à avoir cent et cent cinquante vaisseaux constamment exposés chaque jour sur nos côtes aux hasards de la tempête, aux dangers des écueils, à toutes les chances de désastres ; ayant pour nous, au contraire, toutes celles du succès, si jamais les accidents de la nature ou les fautes de leurs amiraux amenaient quelque catastrophe imprévue, laquelle, par la suite du temps, ne pouvait manquer d'arriver. Quel avantage n'en aurions-nous pas tiré, nous frais et en bon état, qui guettions ce moment, toujours prêts à mettre sous voiles et à combattre ! Les Anglais se seraient-ils lassés, nos vaisseaux sortaient aussitôt pour exercer, former leurs équipages.

Nos armements complétés et le moment décisif approchant, les Anglais, effrayés pour leur île, se seraient-ils groupés en tête de leurs principaux arsenaux, Plymouth, Portsmouth et la Tamise, nos trois corps de Brest, Cherbourg et Anvers allaient à eux, et nos ailes les tournaient sur l'Irlande et sur l'Écosse. Se déterminaient-ils, fiers de leur adresse et de leur courage, à se présenter en masse, alors le tout se trouvait réduit à une affaire décisive, dont nous aurions choisi nous-mêmes le *temps*, le *lieu*, la *saison* ; et c'est ce que l'Empereur appelait sa bataille d'Actium [1], dans laquelle, si nous étions battus, nous n'éprouvions que de simples pertes, tandis que si nous triomphions, l'ennemi cessait d'exister. Or, nous ne pouvions que triompher, disait-il ; car les deux

1. Victoire navale qu'Octave, le futur empereur romain Auguste, remporta sur son concurrent Antoine en 31 av. J.-C.

nations se trouvaient alors corps à corps, et nous étions quarante et quelques millions contre quinze : il en revenait toujours là. Telle avait été une de ses hautes idées, une de ses gigantesques conceptions.

Napoléon a si prodigieusement fait, que ses œuvres, ses monuments semblent se nuire les uns les autres par leur nombre, leur variété, leur importance ; aussi aurais-je bien voulu consigner ici l'ensemble de ses travaux exécutés à Cherbourg, et ceux qu'il y avait projetés. Un des hommes précisément du métier même, et l'un de ses premiers ornements, m'en a promis le tableau. S'il me tient parole on le rencontrera dans la suite de cet ouvrage[1].

MARDI 16.

Longue audience donnée au gouverneur.
Conversation remarquable.

Sur les neuf heures, l'Empereur a fait un tour en voiture ; il y avait un vaisseau en vue qu'il a lorgné. Il a fait monter dans sa calèche le docteur, qu'il a trouvé considérant ce bâtiment. Au retour, il a déjeuné en plein air ; nous y étions tous. Il a beaucoup entretenu le docteur sur la conduite du gouverneur à notre égard, sur ses perpétuelles vexations, etc.

Sur les deux heures on est venu demander à l'Empereur s'il voulait recevoir le gouverneur. Il lui a donné une audience de près de deux heures, a parcouru sans se fâcher, disait-il, tous les objets en discussion. Il lui a récapitulé tous nos griefs, énuméré tous ses torts ; il a parlé tour à tour à sa raison, à son esprit, à ses sentiments, à son cœur. « Je l'ai mis à même de tout réparer, de retravailler à neuf, disait-il ; mais vainement, car cet homme est sans fibres : il n'en faut rien attendre. »

Le gouverneur l'avait assuré, disait l'Empereur, qu'en arrêtant le domestique de M. de Montholon, il avait ignoré qu'il fût à notre service ; il a ajouté qu'il n'avait point lu la lettre cachetée de Mme Bertrand. L'Empereur lui a fait observer que sa lettre au comte Bertrand était tout à fait en dehors de nos mœurs, et tout à fait en opposition avec nos préjugés ;

1. Voyez samedi 2 novembre 1816. *(Las Cases.)*

que si lui, Napoléon, étant simple général et confondu dans la vie privée, avait reçu de lui gouverneur une telle lettre, il se serait coupé la gorge avec lui ; qu'on n'insultait pas, sous peine de réprobation sociale, un homme aussi connu et aussi vénéré sans doute en Europe, que devait l'être le grand-maréchal ; qu'il ne jugeait pas bien sa situation avec nous ; que tout ce qu'il faisait ici était déjà l'histoire ; que même la conversation de cet instant était l'histoire. Qu'il blessait chaque jour par sa conduite son propre gouvernement, sa propre nation, et qu'il pourrait lui en coûter avec le temps. Que son gouvernement le désavouerait à la fin, et qu'il resterait sur son nom une tache qui rejaillirait sur ses enfants. « Voulez-vous, lui disait l'Empereur, que je vous dise ce que nous pensons de vous ? Nous vous croyons capable de tout, *mais de tout* ; et tant que vous demeurerez avec votre haine nous demeurerons avec notre pensée. J'attends encore quelque temps, parce que j'aime à être sûr ; et je me plaindrai alors de ce que le plus mauvais procédé des ministres n'a point été de m'envoyer à Sainte-Hélène, mais bien de vous en avoir donné le commandement. Vous êtes pour nous un plus grand fléau que toutes les misères de cet affreux rocher. »

Le gouverneur répondait à tout cela qu'il allait rendre compte à son gouvernement ; qu'avec l'Empereur il apprenait du moins quelque chose, tandis qu'avec nous il ne faisait que s'aigrir, et que nous envenimions tout.

Du reste, au sujet des commissaires des puissances, que le gouverneur demandait à présenter à l'Empereur, l'Empereur les a refusés dans leur capacité politique ; mais il a dit au gouverneur qu'il les recevrait volontiers comme hommes privés ; qu'il n'avait d'éloignement pour aucun d'eux, pas même pour celui de France, M. de Montchenu, qui pouvait être un fort brave homme, qui avait été son sujet dix ans, et qui, ayant été émigré, lui devait probablement à lui, Napoléon, le bienfait de sa rentrée en France ; et puis, après tout, c'était un Français ; que ce titre était ineffaçable pour lui, qu'il n'était point d'opinion qui pût le détruire à ses yeux, etc.

Enfin, au sujet des bâtisses nouvelles à Longwood, dont la proposition avait été le grand objet de la visite du gouverneur, l'Empereur avait répondu qu'il n'en voulait point ; qu'il préférait demeurer mal comme il était, que d'acheter un mieux très éloigné au prix de beaucoup de bruit et de remue-ménage ; que les constructions dont il venait de lui parler demandaient des années pour leur accomplissement, et qu'avant ce temps, ou nous ne vaudrions plus ce que nous coûtions, ou la Providence l'aurait délivré de nous, etc.

MERCREDI 17.

Sur les belles Italiennes.
*Mme G... Mme*** et Berthier.*

L'Empereur m'a fait appeler sur les deux heures ; il a fait sa toilette et est sorti en calèche. Mme de Montholon était de la partie : c'était sa première sortie depuis ses couches. La conversation a roulé particulièrement sur les Italiennes, leur caractère, leur beauté.

Le jeune général qui fit la conquête de l'Italie y excita, dès le premier instant, tous les enthousiasmes et toutes les ambitions ; l'Empereur se complaisait à l'entendre et à le redire. Il n'y avait pas de beauté surtout qui n'aspirât à lui plaire et à le toucher ; mais ce fut en vain. « Mon âme était trop forte, disait-il, pour donner dans le piège : sous les fleurs je jugeais du précipice. Ma position était des plus délicates, je commandais de vieux généraux ; ma tâche était immense ; des regards jaloux s'attachaient à tous mes mouvements ; ma circonspection fut extrême. Ma fortune était dans ma sagesse ; j'eusse pu m'oublier une heure, et combien de mes victoires n'ont pas tenu à plus de temps. »

Plusieurs années après, lors du couronnement à Milan, la célèbre chanteuse G... [1] attira son attention ; les circonstances étaient moins austères : il la fit demander, et après le premier moment d'une prompte connaissance, elle se mit à lui rappeler qu'elle avait débuté précisément lors des premiers exploits du général de l'armée d'Italie. « J'étais alors, disait-elle, dans tout l'éclat de ma beauté et de mon talent. Il n'était question que de moi dans *les Vierges du Soleil* [2]. Je séduisais tous les yeux, j'enflammais tous les cœurs. Le jeune général

1. Grassini.

2. Opéra. Les vierges du soleil étaient les prêtresses du soleil sous l'Empire inca.

seul était demeuré froid, et pourtant lui seul m'occupait ! Quelle bizarrerie, quelle singularité ! Quand je pouvais valoir quelque chose, que toute l'Italie était à mes pieds, que je la dédaignais héroïquement pour un seul de vos regards, je n'ai pu l'obtenir ; et voilà que vous les laissez tomber sur moi, aujourd'hui que je n'en vaux pas la peine, que je ne suis plus digne de vous ! »

La fameuse Mme***[1] était aussi dans la foule des Armides[2]. Lasse de perdre son temps, elle se rabattit sur Berthier, qui, dès ce premier instant, ne vécut plus que pour elle. Le général en chef lui donna un jour (à Berthier) un diamant magnifique de plus de cent mille francs. « Tenez, lui dit-il, gardez cela ; nous jouons souvent gros jeu ; que cela vous soit au besoin une poire pour la soif. » Vingt-quatre heures étaient à peine écoulées que Mme Bonaparte vint entretenir son mari d'un diamant qui faisait le sujet de son admiration. C'était la poire pour la soif qui avait déjà passé de la main de Berthier sur la tête de Mme***. Celle-ci depuis, ajoutait Napoléon, n'a cessé de gouverner Berthier dans toutes les circonstances de sa vie.

L'Empereur, avec le temps, ayant comblé Berthier de richesses et d'honneurs, le pressait souvent de se marier. Berthier résistait toujours ; Mme*** pouvait seule, disait-il, faire son bonheur. Mais cependant une duchesse de Bavière étant venue à Paris, dans l'espoir de se faire marier par l'Empereur, le fils de Mme*** fit connaissance avec elle. Mme*** crut faire merveille et travailler à la fortune de son fils tout en mariant son amant ; elle décida donc Berthier à épouser cette princesse de Bavière. Mais il n'est point de sage projet dont ne se rie la fortune ! disait l'Empereur ; à peine le mariage était-il consommé que le mari de Mme*** vint à mourir et laissa sa femme libre. Ce fut alors pour elle et pour Berthier un vrai désespoir ; ils étaient inconsolables. Berthier vint pleurer auprès de l'Empereur, qui l'envoya promener. Quel malheur était le sien ! disait-il ; avec un peu plus de constance, Mme*** aurait pu être sa femme ! etc.

1. Mme de Visconti.
2. Armide, héroïne de *la Jérusalem délivrée* du Tasse.

JEUDI 18.

Faubourg Saint-Germain. Aristocratie, démocratie. L'Empereur eût voulu épouser une Française.

Sur les quatre heures, l'Empereur m'a fait demander ; il se trouvait très faible ; il s'était oublié trois heures dans un bain fort chaud, et s'était fait une brûlure à la cuisse droite avec le robinet d'eau bouillante ; il y avait lu deux volumes. Il s'est rasé et n'a pas voulu s'habiller.

A sept heures et demie, l'Empereur a commandé deux couverts dans son cabinet. Il s'est trouvé fort contrarié qu'on eût dérangé ses papiers pour faire usage de la table, les a fait remettre et a ordonné qu'on se servît d'une autre petite table.

Nous avons causé longtemps ; il m'a remis sur des sujets qui lui reviennent souvent avec moi, et dans lesquels je dois tâcher de ne pas me répéter, d'autant plus qu'ils ont aussi bien des charmes pour moi. Nous avons beaucoup parlé de nos jeunes années, de notre temps de l'École militaire. De là, il est passé de nouveau aux écoles qu'il avait établies à Saint-Cyr et à Saint-Germain. Enfin, il est revenu sur l'émigration et sur ce qu'il appelle *nos encroûtés*. Il s'était animé, avait pris de la gaieté à la suite de quelques anecdotes que je lui citais du faubourg Saint-Germain, relatives à sa personne ; et comme les plus petits objets s'agrandissent aussitôt qu'il les touche, il a dit : « Je vois bien que j'ai mal fait mes arrangements avec votre faubourg Saint-Germain : j'ai fait trop ou trop peu. J'ai fait assez pour mécontenter le parti opposé, et pas assez pour m'attacher tout à fait celui-là. Pour quelques-uns d'entre eux qui sont avides d'argent, la foule se fût contentée de hochets et de vent, dont j'eusse pu la gorger sans blesser au fond nos nouveaux principes. Mon cher, j'ai fait trop et pas assez, et cependant cela m'a fort occupé. Malheureusement j'étais le seul dans mes intentions ; tout ce qui m'entourait les contrariait au lieu de les servir, et pourtant il ne pouvait y avoir que deux grands partis à votre égard : celui d'*extirper* ou celui de *fusionner*. Le premier ne pouvait entrer dans ma pensée ; le second n'était pas facile, mais je ne le croyais pas au-dessus de mes forces. Et en effet, bien que nullement secondé, contrarié même, j'en étais venu à bout. Si je fusse demeuré, la chose se trouvait accomplie. Cela semblera prodigieux à celui qui sait juger du cœur des hommes et de l'état de la société. Je ne pense pas qu'on ait rien à citer de pareil dans l'histoire ; qu'on puisse montrer un aussi grand résultat obtenu en aussi peu de temps. J'en avais mesuré toute l'importance. Je devais compléter cette fusion, cimenter cette union à tout prix ; avec elle nous eussions été invincibles. Le contraire nous a perdus, et peut prolonger longtemps encore les malheurs, l'agonie, peut-être, de cette pauvre France. Je le répète de nouveau, j'ai fait trop ou trop peu : j'aurais dû m'attacher l'émigration à sa rentrée, l'aristocratie m'eût facilement adoré ; aussi bien il m'en fallait une ; c'est le vrai, le seul soutien d'une monarchie, son modérateur, son levier, son point résistant : l'État sans elle est un vaisseau sans gouvernail, un vrai ballon dans les airs. Or, le bon de l'aristocratie, sa magie, est dans son ancienneté, dans le temps ; et c'étaient les seules choses que je ne pusse pas créer ; mais je manquai d'intermédiaires. M. de Breteuil s'était insinué auprès de moi et m'y portait. M. de Talleyrand, au contraire, qui n'en était pas aimé sans doute, m'en éloignait de tous ses moyens. La démocratie raisonnable se borne à ménager à tous l'égalité pour prétendre et obtenir. La vraie marche eût été d'employer les débris de l'aristocratie avec les formes et l'intention de la démocratie. Il fallait surtout recueillir les noms anciens, ceux de notre histoire : c'est le seul moyen de vieillir tout aussitôt les institutions les plus modernes.

« J'avais là-dessus des idées tout à moi. Si l'Autriche et la Russie eussent fait des difficultés, j'allais épouser une Française ; j'aurais choisi un des premiers noms de la monarchie, c'était même là ma première pensée, ma véritable inclination ; mes ministres ne purent m'en empêcher qu'en implorant la politique. Si j'eusse eu autour de moi des Montmorency, des Nesle, des Clisson, j'eusse fait épouser leurs filles aux souverains étrangers en les adoptant. Mon orgueil et mon plaisir eussent été d'étendre ces belles tiges françaises, si elles eussent été ou si elles se fussent données tout à fait à nous. Ils n'ont pas su me deviner ! Eux et les miens n'ont vu en moi que des préjugés, lorsque j'agissais par les plus profondes combinaisons. Quoi qu'il en soit, les vôtres ont plus perdu en moi qu'ils ne pensent !... Ils sont sans esprit, sans connaissance de la véritable gloire. Par quel malheureux penchant ont-ils préféré d'aller se vautrer dans la fange des Alliés, au lieu de me suivre sur la cime du Simplon pour y commander le respect et l'admiration du reste de l'Europe. Les insensés !... Au surplus, a-t-il continué, j'avais dans mon portefeuille, le temps seul m'a manqué, un projet qui m'eût rallié beaucoup de tout ce monde-là, et qui, après tout, n'eût été que juste. C'est que tout descendant d'ancien maréchal ou ministre, etc., eût été apte, dans tous les temps, à se faire déclarer duc, en présentant la dotation requise. Tout fils de général, de gouverneur de province, etc., eût pu en tout temps se faire reconnaître comte, et ainsi de suite. Ce qui eût avancé les uns, maintenu les espérances des autres, excité l'émulation de tous, et n'eût blessé l'orgueil de personne, grands hochets, tout à fait innocents, du reste, dans ma marche et mes combinaisons.

« Les nations vieilles et corrompues ne se gouvernent pas comme les peuples antiques et vertueux ; pour un aujourd'hui qui sacrifierait tout au bien public, il en est des milliers et des millions qui ne connaissent que leurs intérêts, leurs jouissances, leur vanité : or, prétendre régénérer un peuple en un instant et en poste, serait un acte de démence. Le génie de l'ouvrier doit être de savoir employer les matériaux qu'il a sous la main ; et voilà, mon cher, un des secrets de la reprise de toutes les formes monarchiques, du retour des titres, des croix, des cordons. Le secret du législateur doit être de savoir tirer parti même des travers de ceux qu'il prétend régir. Et après tout ici, tous ces colifichets présentaient peu d'inconvénients et n'étaient pas sans quelques avantages. Au point de civilisation où nous demeurons aujourd'hui, ils sont propres à appeler les respects de la multitude, tout en commandant aussi le respect de soi-même ; ils peuvent satisfaire la vanité du faible, sans effaroucher nullement les têtes fortes, etc. » Il était trop tard, et l'Empereur, en me congédiant, a dit : « Allons, mon cher, voilà encore une bonne soirée. »

N. B. Que de conversations de la sorte j'ai perdues par le manque de développements lors de la première rédaction ! car il n'en était aucune, sur quelque sujet que ce fût, qui n'étincelât çà et là d'expressions et de traits fort remarquables. En me lisant on jouira peut-être de ce que l'on rencontrera ; moi, je ne sens, je ne songe qu'à ce que j'ai perdu ! Quand je consignais négligemment quelques lignes dans mon journal, j'avais l'esprit tout plein de l'ensemble qui devait être, selon mon intention, développé à peu de temps de là, et puis j'étais près de la source qui devait couler encore pour moi le lendemain. Aujourd'hui, le temps, les tourments, la douleur, ont tout effacé ; cependant il ne se passe pas de jour qu'il ne revienne à ma mémoire quelques fragments épars, quelques idées, quelques phrases, quelques mots isolés ; mais où est leur place ? quel sera leur à-propos ? Voilà l'objet d'un travail ; et quelque léger, quelque satisfaisant qu'il paraisse, il se trouve encore au-dessus de mes forces : mon état ne l'admet point.

VENDREDI 19.

Le feu prend à notre établissement.
Étiquette de Longwood.

Le feu a pris, dans la nuit, à la cheminée du salon ; il n'a éclaté qu'au jour. Deux heures plus tôt l'établissement était consumé.

L'Empereur s'est promené, nous étions plusieurs autour de lui ; nous avons fait à pied le tour du parc.

Dans la route, la boucle de son soulier est venue à s'échapper, nous nous sommes précipités pour la remettre ; le plus prompt a été le plus heureux. L'Empereur, qui ne l'eût pas permis aux Tuileries, s'y est prêté ici avec une espèce de satisfaction ; il laissait faire, et nous lui savions gré de ne pas nous priver d'un acte qui nous honorait à nos propres yeux.

Ceci me conduit à observer que je n'ai point encore parlé de nos manières habituelles auprès de sa personne, et je dois le faire d'autant plus que plusieurs journaux de Londres nous sont arrivés pleins de contes absurdes à ce sujet, qu'ils répandent en Europe, en affirmant que l'étiquette impériale était aussi rigoureusement observée à Longwood qu'aux Tuileries.

L'Empereur était constamment pour nous le meilleur et le plus paternellement familier des hommes. Pour nous, nous demeurions, vis-à-vis de lui, les plus attentifs, les plus respectueux des courtisans ; nous cherchions en tout temps à deviner ses désirs ; nous épiions tous ses besoins ; à peine avait-il commencé un geste que nous étions déjà en mouvement.

Aucun de nous n'arrivait dans sa chambre sans avoir été appelé, et si l'on avait quelque chose d'important à lui communiquer, on faisait demander à être reçu. S'il se promenait avec nous en tête-à-tête, nul autre ne venait le joindre sans être appelé. Dans le principe, nous demeurions constamment chapeau bas auprès de sa personne, ce qui semblait étrange aux Anglais, qui avaient reçu l'ordre supérieur de se couvrir après l'avoir abordé. Ce contraste parut si ridicule à l'Empereur, qu'il nous commanda, une fois pour toutes, de ne pas faire autrement qu'eux. Nul, excepté les deux dames, ne s'asseyait devant lui qu'il ne l'eût ordonné. Jamais la parole ne lui était adressée sans son interpellation, à moins que la discussion ne fût engagée ; et toujours, et dans tous les cas, il gouvernait la conversation. Telle était l'étiquette de Longwood, purement, comme on voit, celle de nos souvenirs et de nos sentiments.

Au retour, l'Empereur a reçu et a questionné longtemps le *master* (maître d'équipage) du *Newcastle*.

L'incendie du salon et un billard qu'on établit dans la salle à manger nous ont fait dîner dans le cabinet topographique. Le dîner fini, nous avons été obligés de demeurer longtemps à table, faute d'autre pièce où nous pussions nous rendre. La conversation, du reste, a semblé y gagner ; on s'est trouvé plus rapproché, mieux établi ; on a causé davantage, plus facilement ; la soirée a passé plus vite.

SAMEDI 20.

Dépôts de mendicité en France. Projets de Napoléon sur l'Illyrie. Hôpitaux. Enfants trouvés. Prisonniers d'État. Idées de l'Empereur.

L'Empereur m'a fait appeler dans la matinée ; je l'ai trouvé lisant un ouvrage anglais qui traitait de la taxe des pauvres, de son immensité, de l'innombrable quantité d'individus à la charge de leurs paroisses ; on n'y comptait que par millions d'hommes et centaines de millions d'argent.

L'Empereur craignait d'avoir mal lu, d'avoir fait un contresens ; cela ne lui semblait pas possible, disait-il. Il ne comprenait pas par quels vices il pouvait se trouver autant de pauvres dans un pays aussi riche, aussi industrieux, aussi plein de ressources pour le travail que l'Angleterre. Il comprenait encore moins par quelle merveille les propriétaires surchargés de leurs effroyables taxes ordinaires et extraordinaires, pouvaient subvenir, en outre, aux besoins de cette multitude. « Mais nous n'avons rien de comparable chez nous au centième, au millième, observait-il. Ne m'avez-vous pas dit que je vous avais envoyé en mission particulière dans les départements, au sujet de la mendicité ? Voyons, combien avions-nous de mendiants ? Que coûtaient-ils ? Combien avais-je créé de maisons de mendicité ? Que renfermaient-elles de reclus ? Où en était l'extirpation ? »

A cette foule de questions je me suis vu forcé de répondre qu'il s'était écoulé déjà bien du temps, que beaucoup d'autres objets avaient frappé depuis mon esprit ; qu'il me serait impossible de répondre de mémoire ; mais que j'avais précisément ce rapport dans mon peu de papiers, et qu'à la première fois qu'il daignerait m'appeler, je serais en état de le satisfaire. « Mais allez me le chercher tout de suite, a-t-il dit, les choses ne fructifient que quand elles sont appliquées à propos, et puis je l'aurai bientôt parcouru, *avec le pouce*, comme dit ingénieusement l'abbé de Pradt, bien qu'à vrai dire, je n'aime pas trop aujourd'hui à m'occuper de pareils objets : ils me rappellent la moutarde après dîner. »

En deux minutes ce rapport fut sous ses yeux. « Eh bien ! me dit l'Empereur en fort peu de minutes aussi, car on eût dit réellement qu'il avait à peine feuilleté, eh bien ! cela ne ressemble, en effet, en rien à l'Angleterre. Toutefois, notre organisation avait été manquée ; je l'avais bien soupçonné, et c'est pour cela que je vous avais envoyé en mission. Votre rapport eût parfaitement répondu à mes vues. Vous abordez franchement la chose, en honnête homme, sans craindre de déplaire au ministre en lui enlevant une foule de nominations.

« Il y a grand nombre de vos détails qui me plaisent. Pourquoi n'êtes-vous pas venu m'en parler vous-même ? vous m'auriez satisfait, j'eusse appris à vous juger. – Sire, pour cette fois cela m'eût été impossible ; nous étions déjà dans la confusion et l'encombrement causés par nos malheurs. – Vous y faites une observation très juste, vous posez une base incontestable ; c'est que, dans l'état florissant où j'avais placé l'Empire, il n'y avait nulle part de bras qui pussent manquer de travail. La paresse, les vices seuls pouvaient enfanter les mendiants.

« Vous pensez que leur extirpation totale était possible, moi aussi, et j'en étais convaincu. Votre levée en masse pour construire une vaste et unique prison par département, tout à la fois appropriée au repos de la société et au bien-être des reclus ; votre idée d'en faire des monuments pour des siècles, eussent attiré mon attention. Cette gigantesque entreprise, son utilité, son importance, la durée de ses résultats, tout cela était dans mon genre.

« Quant à votre université du peuple, je crains bien que ce ne fût une belle chimère de philanthropie du pur abbé de Saint-Pierre, mon cher ; toutefois, il y a du bon dans la masse de ces idées ; mais il faudrait une autre force de caractère, une autre raideur de persévérance que nous n'en avons généralement pour faire arriver quelque chose à bien.

« Du reste, je vois ici et j'entends de vous journellement des idées que je ne vous soupçonnais pas, et ce n'est pas du tout ma faute ; vous étiez près de moi, que ne vous communiquiez-vous ? il ne m'était pas donné de deviner. Ces idées, eussiez-vous été ministre, et quelque chimériques qu'elles m'eussent paru tout d'abord, n'en eussent pas moins été accueillies, parce qu'il n'est pas, à mon avis, d'idéalités qui n'aient un résidu positif ; et que souvent un germe faux, à l'aide de régularisation, conduit à un résultat vrai. J'eusse mis à vos trousses des commissions qui auraient dépecé vos projets ; vous les auriez défendus par votre autorité, et moi, en connaissance de cause, j'eusse prononcé par mon propre jugement et ma seule décision. Tels étaient mon faire et mes intentions. J'ai donné l'élan à l'industrie, je l'ai mise en pleine marche par toute l'Europe ; j'eusse voulu en faire autant de toutes les facultés intellectuelles ; mais on ne m'a pas laissé de loisir ; il me fallait féconder au galop, et malheureusement trop souvent je ne jetais que sur du sable et dans des mains stériles.

« Quelles sont les autres missions que je vous ai données ? – Une en Hollande, une autre en Illyrie. – En avez-vous les rapports ? – Oui, sire. – Allez me les chercher. » Mais je n'étais pas encore à la porte qu'il m'a dit : « Non, revenez, épargnez-moi plutôt de telles lectures !... Au fait, elles sont désormais sans objet. » Tout ce que me découvraient là de telles paroles[1] !!...

Au sujet de l'Illyrie, l'Empereur a repris : « Jamais, en acquérant l'Illyrie, mon intention n'avait été de la garder ; jamais il n'entra dans mes idées de détruire l'Autriche : elle était, au contraire, indispensable à mes plans. Mais l'Illyrie dans nos mains était une avant-garde au cœur de l'Autriche, propre à la contenir ; une sentinelle aux portes de Vienne pour forcer de marcher droit ; et puis je voulais y introduire, y enraciner nos doctrines, notre administration, nos codes : c'était un pas de plus vers la régénération européenne. Je ne l'avais prise qu'en gage ; je comptais la rendre plus tard contre la Galicie, lors du relèvement de la Pologne, que j'ai précipitée malgré moi. Au demeurant, j'ai eu plus d'un projet sur cette Illyrie ; car j'en changeais souvent : j'avais peu d'idées véritablement arrêtées, et cela parce que je ne m'obstinais pas à maîtriser les circonstances, mais que je leur obéissais bien plutôt, et qu'elles me forçaient de changer à chaque instant ; aussi la plupart du temps n'avais-je, à bien dire, pas de décisions, mais seulement des projets. Toutefois, après mon mariage surtout, l'idée dominante avait été d'en faire pour l'Autriche le gage et l'indemnité de la Galicie, lors du rétablissement, à tout prix, de la Pologne en couronne séparée, indépendante ; et il m'importait peu sur quelle tête, amie, ennemie, alliée, pourvu que cela fût ; le reste m'était égal. Mon cher, j'ai eu de vastes projets et en grand nombre, tous assurément bien dans l'intérêt de la raison et du bien-être de l'espèce humaine. On me redoutait à l'égal de la foudre ; on m'accusait d'avoir une main de fer ; mais dès qu'elle eût frappé le but, tout se serait radouci et pour tous. Que de millions d'êtres m'eussent béni alors et dans la postérité ! Mais, il faut en convenir, que de fatalités se sont accumulées contre moi sur la fin de ma carrière ! Mon malheureux mariage, les perfidies qui en ont été la suite ; ce chancre de l'Espagne, sur lequel il n'y avait pas à revenir ; cette funeste

1. Quelque court que soit ce rapport sur la mendicité, quelque nécessaire qu'il semblât pour l'intelligence des observations de l'Empereur, et bien qu'il ne soit pas sans intérêt pour ceux qui s'occupent d'économie philanthropique, je me suis refusé à l'insérer ici, par égard pour le plus grand nombre de ceux qui viendraient à me lire. *(Las Cases.)*

guerre de Russie, qui m'est arrivée par malentendu ; cette effroyable rigueur des éléments, qui a dévoré toute une armée..., et puis l'univers entier contre moi !... N'est-ce pas encore une merveille que j'aie pu y résister aussi longtemps, et que j'aie été plus d'une fois à l'instant de tout surmonter et de sortir de ce chaos plus puissant que jamais... O destinée des hommes !... ô sagesse ! ô prévoyance humaine !... » Et puis revenant brusquement à mon rapport, il m'a dit : « J'ai vu que vous aviez parcouru un grand nombre de départements ; votre mission a-t-elle été longue ? La course a-t-elle été agréable ? Y avez-vous bien profité ? Avez-vous beaucoup recueilli ? Jugeâtes-vous bien de l'état du pays, de celui de l'opinion, etc.

« Je me rappelle à présent que je vous choisis précisément parce que vous reveniez de votre mission d'Illyrie, et que j'avais trouvé dans vos rapports des choses qui m'avaient frappé ; car c'est étonnant comme il me revient chaque jour à présent des choses qui, dans le temps, m'ont frappé en vous, et qui, par une fatalité singulière, se sont entièrement effacées dès le lendemain. Pour ces missions spéciales et de confiance, je me faisais présenter le décret avec les noms en blanc, que je remplissais de mon choix privé ; c'est moi qui vous aurai inscrit de ma main. »

« Sire, ai-je répondu, il n'exista peut-être jamais de mission plus agréable et plus satisfaisante sous tous les rapports. Je la commençai avec les premiers jours du printemps ; j'allai de Paris à Toulon, et de Toulon à Anvers en longeant les côtes et serpentant dans l'intérieur. Je fis près de treize cents lieues. Malheureusement, le temps fut bien court ; le ministre, dans ses instructions, avait rigoureusement prescrit le terme de trois mois, de quatre au plus. Il me serait difficile de rendre dignement tout le charme, les jouissances, les avantages que me présenta un tel voyage. J'étais membre de votre Conseil, officier de votre maison ; je portais vos couleurs ; partout on ne vit en moi qu'un de vos *missi dominici*[1] ; partout je fus reçu, traité à l'avenant. Plus j'employai de circonspection, plus j'usai de modestie et de simplicité, me rendant moi-même auprès des hauts fonctionnaires qu'on m'avait donné le droit de mander près de moi, et plus je

1. Envoyés de l'empereur dans les provinces sous Charlemagne.

trouvai de déférence et d'obséquiosité. Pour un qui montrait de la défiance ou laissait percer quelque dépit ou jalousie, car j'ai appris depuis et d'eux-mêmes que mes titres de noble, d'émigré et de chambellan étaient trois réprobations pour certains ; pour un, dis-je, qui me regardait de travers, il en était beaucoup d'autres qui n'hésitaient pas à courir au-devant d'objets sur lesquels j'eusse été loin de me permettre de les interroger. Ils aimaient à s'ouvrir à moi sans réserve, assuraient-ils, disant que le poste que j'occupais auprès du souverain leur offrait un intermédiaire favorable ; que j'étais pour eux le confesseur auquel ils se fiaient pour transmettre leurs pensées les plus secrètes au *Très Haut*, etc. Plus je les assurais qu'ils se méprenaient beaucoup sur ma situation et la nature de ma mission, plus ils se confirmaient dans la pensée contraire. En si peu de temps quelle leçon pour moi sur les hommes ! Il n'était pas de ces hauts fonctionnaires qui ne différassent sur presque tous les objets, de vues, de moyens, d'intention ; et ils étaient tous pourtant des hommes d'élite, éprouvés, et généralement de beaucoup de mérite. Les particuliers aussi, me prenant pour un rayon de la Providence, s'adressaient à moi publiquement ou avec mystère. Que de choses j'appris ! Que de dénonciations ou de délations me furent faites ! Que d'abus locaux, que d'intrigues subalternes me parvinrent !

« Tout à fait neuf aux affaires, et jusque-là absolument étranger à l'administration, je mis à profit cette occasion unique de m'instruire. Je ne manquai pas de m'informer avec chacun de tous les objets et de tous les détails de sa partie. Je ne craignis pas de me montrer novice aux premiers, afin de pouvoir discuter avec les derniers en connaissance de cause.

« Ma mission spéciale, sire, n'avait eu, il est vrai, d'autre objet que les dépôts de mendicité et les maisons de correction ; mais sentant tout le besoin de données propres à me rendre utile au Conseil d'État, et profitant des avantages de ma situation, j'y adjoignis, de mon chef, d'inspecter minutieusement les prisons, les hôpitaux, les bureaux et établissements de bienfaisance, etc., comme aussi de parcourir tous nos ports et de visiter toutes nos escadres.

« Quel magnifique ensemble me présenta le tableau que cette heureuse circonstance déroulait à mes yeux ! Partout la tranquillité la plus parfaite et une confiance entière dans le gouvernement ; tous les bras, toutes les facultés, toutes les industries en mouvement ; le sol resplendissant d'agriculture, c'était le plus beau moment de l'année ; les routes admirables ; des travaux publics presque partout : le canal d'Arles, le beau pont de Bordeaux, les travaux de Rochefort, les canaux de Nantes à Brest, à Rennes, à Saint-Malo ; la fondation de Napoléon-Ville, calculée pour être la clef de toute la péninsule bretonne ; les magnifiques travaux de Cherbourg, ceux d'Anvers ; des écluses, des jetées ou autres améliorations dans la plupart des villes de la Manche : voilà l'esquisse de ce que je rencontrai.

« D'un autre côté, les ports de Toulon, Rochefort, Lorient, Brest, Saint-Malo, Le Havre, Anvers, présentaient une activité extraordinaire ; nos rades se couvraient de vaisseaux dont le nombre s'accroissait chaque jour ; nos équipages se formaient en dépit de tout obstacle ; de nos jeunes conscrits on obtenait désormais de bons matelots. J'étais émerveillé, moi, de l'ancienne marine, de tout ce que je voyais à bord de chaque vaisseau, tant étaient grands les progrès que l'art avait faits, et tant ils laissaient en arrière, sous tous les rapports et en toutes choses, ce que j'avais connu.

« Dans chaque rade, chaque escadre avait journellement son appareillage et ses exercices réguliers, comme les garnisons ont leur parade ; et le tout se passait à la vue et sous le canon des Anglais, qui s'en moquaient sans prévoir le péril qui les menaçait ; car jamais, à aucune époque, notre marine n'avait été plus formidable, ni nos vaisseaux plus nombreux ; nous en comptions déjà à flot ou en construction au-delà de cent, et nous les augmentions journellement. Les officiers étaient pleins d'instruction, de zèle, d'ardeur et d'impatience. Avant d'avoir vu tout cela, je ne m'en doutais assurément pas ; je ne l'eusse même pas cru, si l'on me l'eût raconté.

« Quant aux dépôts de mendicité, l'objet spécial de ma mission, vos intentions, sire, avaient été mal comprises, le but tout à fait manqué. Non seulement la mendicité, dans la plupart des départements, n'avait point été détruite, elle n'avait pas même été entamée : c'est que plusieurs préfets, loin de faire des dépôts un épouvantail pour *les mendiants*, n'y avaient vu qu'un refuge pour *les pauvres* ; au lieu de présenter la réclusion comme un châtiment, ils la faisaient solliciter comme un asile : aussi le sort des reclus pouvait-il être envié par les paysans laborieux du voisinage. On eût de la sorte couvert la France de pareils établissements, qu'on eût trouvé à les remplir, et qu'on n'en eût pas eu moins de mendiants, qui d'ordinaire s'en font une profession, et l'exercent par goût. Toutefois, je pus voir que l'extirpation de cette lèpre était très possible, et il suffisait de quelques départements, où les préfets avaient mieux vu la chose, pour s'en convaincre. Il en était où elle avait presque entièrement disparu.

« Une observation qui frappe tout d'abord, c'est que, toutes choses d'ailleurs égales, la mendicité est beaucoup plus rare dans les parties pauvres et stériles, beaucoup plus commune dans les provinces fertiles et abondantes ; comme aussi elle est infiniment plus difficile à extirper dans les endroits où le clergé a été plus riche et plus puissant. Dans la Belgique, par exemple, on voyait des mendiants se faire honneur de leur profession, se vanter de l'exercer depuis plusieurs générations ; c'étaient là leurs titres à eux ; là aussi la mendicité avait ses quartiers. – Mais je n'en suis pas étonné, a repris l'Empereur, le nœud de cette grande affaire est tout entier dans la stricte séparation du *pauvre* qui commande le respect, d'avec le *mendiant* qui doit exciter la colère : or, nos travers religieux mêlent si bien ces deux classes, qu'ils semblent faire de la mendicité un mérite, une espèce de vertu ; qu'ils la provoquent en lui présentant des récompenses célestes : au fait, les mendiants ne sont ni plus ni moins que des *moines au petit pied* ; tellement que dans leur nomenclature se trouvent les moines mendiants. Comment de telles idées ne porteraient-elles pas la confusion dans l'esprit, et le désordre dans la société ? On a canonisé grand nombre de saints dont le grand mérite apparent était la mendicité. On semble les avoir placés dans le ciel pour ce qui, en bonne police, n'eût dû leur valoir sur la terre que le châtiment et la réclusion ; ce qui n'eût pas empêché, du reste, qu'ils ne méritassent le ciel. Mais continuez.

« – Sire, ce ne fut pas sans émotion que je suivis les détails des établissements de bienfaisance. En contemplant toute la sollicitude, les soins, l'ardente charité de tant de belles âmes, je pus voir que nous étions loin de le céder en quoi que ce fût à aucun peuple ; que seulement nous y mettions moins d'ostentation, moins d'art peut-être à nous faire valoir ; le Midi surtout, le Languedoc particulièrement, faisait remarquer un surcroît de zèle et de ferveur dont on aurait peine à se faire une juste idée : partout, les hôpitaux, les hospices étaient nombreux et généralement bien tenus. Les enfants trouvés avaient décuplé depuis la Révolution ; je ne manquai pas de prononcer aussitôt que c'était l'effet de la démoralisation du temps ; mais on me fit observer, et une attention soutenue me convainquit, qu'on devait ce résultat, au contraire, à des causes très consolantes. Jadis, me dit-on, les enfants trouvés étaient si mal soignés, si mal nourris, si mal tenus, que toute leur population était chétive, malingre, expirante ; sur dix, il en périssait toujours sept à neuf ; tandis qu'aujourd'hui la nourriture, la propreté, les soins de toute espèce, sont tels qu'on les sauve presque tous, et qu'ils montrent une enfance magnifique : ainsi ils ne se sont multipliés que de leur propre conservation. La vaccine aussi y a contribué dans un rapport immense. On prend aujourd'hui un tel soin de ces enfants, qu'il en est provenu un abus singulier ; il arrive à des mères, même aisées, d'exposer leurs enfants ; puis elles se présentent à l'hospice, s'offrant charitablement de prendre un nourrisson chez elles : c'est le leur qu'elles reprennent, mais avec un petit salaire. Le tout se fait par compérages des agents mêmes, et souvent pour procurer une légère pension à l'un des siens. Un autre abus de ce genre, non moins singulier encore, que je rencontrai en Belgique, était des inscriptions prises longtemps à l'avance pour être reçu à l'hôpital. Un jeune couple, tout en se mariant, obtenait de se faire inscrire pour des places qui lui écherraient de droit à quelques années de là : c'était une portion de la dot. – Jésus ! Jésus ! s'est écrié ici l'Empereur, levant les épaules en riant, et puis faites des règlements et des lois !... – Mais quant aux prisons, sire, c'était presque universellement un tableau d'horreur et de véritable misère, la partie honteuse de nos départements ; de vrais cloaques infects, des réduits abominables, qu'il m'a fallu parfois traverser en courant, ou dont j'étais repoussé en dépit de tous mes efforts. Autrefois en Angleterre j'avais visité certaines prisons, et je m'étais permis de rire de l'espèce de luxe qu'elles présentaient ; mais ici c'était bien autre chose, et je me sentais indigné de l'excès contraire. Il n'est pas de fautes, on pourrait même dire de crimes, qui ne se trouvent déjà assez punis par un tel séjour ; et en sortant, il ne doit certainement plus demeurer, en toute justice, que peu ou point à expier, et pourtant ; ce n'est là encore que la demeure de simples prévenus ; car pour les condamnés, les vrais coupables, les grands scélérats, ils avaient leurs prisons spéciales, les maisons de correction, où ils étaient peut-être trop bien, car là encore le journalier vertueux pouvait trouver à envier, et faire une comparaison injurieuse à la Providence et à la société. Toutefois, un inconvénient frappant se faisait remarquer encore dans ces maisons de correction ; c'était l'amalgame, la fréquentation habituelle de toutes les classes de condamnés, dont les uns n'y devant rester qu'une année, pour des fautes moins graves, tandis que d'autres y étant pour quinze, vingt ans, pour toute leur vie, à cause d'horribles forfaits, il devait nécessairement en résulter bientôt une espèce de niveau moral, non par l'amélioration des scélérats, mais bien plutôt par l'aggravation des moins coupables.

« Ce qui encore me frappa fort dans la Vendée et ses alentours, fut que les fous y étaient en nombre décuple peut-être que dans d'autres parties de l'Empire ; comme aussi les dépôts de mendicité et autres lieux de réclusion y présentaient des individus retenus comme vagabonds, ou qui pouvaient le devenir, n'ayant point de parents, ignorant leur origine, ayant été recueillis dès leur enfance sans qu'on sût d'où ils venaient. Quelques-uns avaient sur leurs personnes des blessures dont ils ignoraient le principe, les ayant reçues sans doute au berceau. On a laissé passer le temps de tirer parti de ces individus, qui n'ont jamais reçu aucune idée sociale. On ne sait plus aujourd'hui qu'en faire. – Ah ! s'est écrié l'Empereur, voilà bien la guerre civile, et son effroyable cortège ; voilà ses inévitables résultats ; ses fruits assurés ! Si quelques chefs y font fortune et se tirent d'affaire, la poussière de la population est toujours foulée aux pieds ; aucun des maux ne lui échappe !

« – Au demeurant je trouvai dans l'ensemble de ces établissements un bon nombre d'individus qu'on me dit, à tort ou à raison, être des prisonniers d'État, des détenus de la haute, moyenne et basse police.

« J'écoutai tous ces prisonniers, je reçus leurs plaintes, j'acceptai toutes leurs pétitions, sans néanmoins rien promettre ; je n'en avais pas le droit ; et puis je sentais fort bien que n'entendant que leur propre témoignage, je ne devais trouver aucun coupable. Toutefois, à l'exception de quelques scélérats reconnus, la masse véritablement ne méritait au plus que les jugements de police correctionnelle.

« Dans les prisons de Rennes, je trouvai parmi eux un enfant de douze à quatorze ans, qui y avait été amené à l'âge de quelques mois seulement, avec une compagnie de *chauffeurs* [1] ; ceux-ci furent tous exécutés dans le temps, et l'enfant y était toujours demeuré depuis, faute de décision à son égard. Qu'on juge de son moral ! il n'a jamais vu, connu, entendu que des scélérats ! c'était la seule race dont il eût le droit de soupçonner l'existence.

« Au Mont-Saint-Michel, une femme, dont j'ai oublié le nom, attira particulièrement mon attention. D'assez bonne mine, d'un extérieur doux, d'un maintien modeste, elle se trouvait détenue depuis quatorze ans, ayant pris dans le temps une part très active aux troubles de la Vendée, y ayant constamment accompagné son mari, chef d'un bataillon d'insurgés, en ayant même pris le commandement après sa mort. La misère et les pleurs l'avaient flétrie. Elle dut me trouver un air bien sévère durant son récit : je l'affectais pour cacher l'émotion qu'elle me causait. Ses mœurs douces et ses autres mérites lui avaient créé une espèce d'empire sur les femmes grossières et dépravées dont elle se trouvait entourée. Elle s'était vouée au soin des malades de la prison : on lui avait confié l'infirmerie, et tous la chérissaient.

« A cette femme près, à quelques prêtres et à deux ou trois anciens espions chouans, le reste n'était plus que de la turpitude, et ne montrait que des saletés dégoûtantes ou grotesques.

« C'était un mari jouissant de quinze mille livres de rente, enfermé évidemment par les seules intrigues de sa femme, à la façon des anciennes lettres de cachet ; c'étaient des filles publiques, me disant être renfermées, non en punition de leur facilité pour tous, mais bien par le dépit de leur manque de complaisance pour un seul. Elles me mentaient ou non ; mais devaient-elles être honorées pourtant du titre de prisonnières

1. Brigands qui brûlaient les pieds de leurs victimes pour savoir où étaient cachés leurs trésors.

d'État, coûter deux francs par jour, et concourir à rendre le gouvernement odieux et ridicule ? Enfin, dans une ville de la Belgique, c'était un malheureux qui avait épousé une de ces rosières que les municipalités dotaient dans les grandes occasions : il était enfermé pour avoir volé, disait-on, la dot, parce qu'il avait négligé de la gagner : on s'obstinait à exiger qu'il acquittât cette dette importante ; lui s'obstinait à s'y refuser. Peut-être lui demandait-on l'impossible, etc.

« Aussitôt de retour à Paris, je fus trouver M. Réal, préfet de police de l'arrondissement que je venais de parcourir. Je me faisais un devoir, lui disais-je, de venir lui communiquer *officieusement* ce que j'avais recueilli. Je dois lui rendre justice, soit qu'il ne demandât qu'à savoir, soit que ma bonne foi le touchât, soit peut-être encore, sire, la magie toujours influente de vos couleurs, il me remercia, assurant que je lui rendais un vrai service, et me promettant qu'il allait immédiatement *adoucir* et *redresser* ; ce furent ses expressions. Mais à quelques jours de là, me rencontrant dans une assemblée, il me dit avec une peine apparente : "Eh bien ! voilà une malheureuse affaire bien défavorable à votre amazone (c'était l'événement et l'échauffourée du général Malet). Ce que j'aurais cru pouvoir faire de mon chef il y a quelques jours, je ne puis désormais me le permettre sans une décision supérieure." Et je ne sais pas ce qui en arriva. »

L'Empereur s'est arrêté quelque temps sur les abus que je venais d'exprimer, puis il a conclu : « D'abord, mon cher, pour procéder régulièrement, il faudrait savoir si l'on vous a dit vrai ; il faudrait entendre contradictoirement ceux qui sont accusés ; ensuite, il est vrai de confesser tout bonnement que les abus sont inhérents à toute société humaine. Voyez que presque tout ce dont vous vous plaignez se trouve commis précisément par ceux-là mêmes qui avaient charge expresse de l'empêcher. Le moyen de remédier à cela, quand on ne peut pas voir partout ? car il existe comme une espèce de réseau étendu sur les lieux abaissés, qui enveloppe la petite multitude. Il faut qu'une maille se rompe, un hasard tel que celui qui y a conduit quelqu'un comme vous, pour qu'il en remonte quelque chose à la haute région. Aussi un de mes rêves, nos grands événements de guerre accomplis et soldés, de retour à l'intérieur, en repos et respirant, eût été de chercher une demi-douzaine ou une douzaine de vrais bons philanthropes, de ces braves gens ne vivant que pour le bien, n'existant que pour le pratiquer ; je les eusse disséminés dans l'Empire, qu'ils eussent parcouru en secret pour me rendre compte à moi-même : ils eussent été les *espions de la vertu* ! Ils seraient venus me trouver directement ; ils eussent été mes confesseurs, mes directeurs spirituels ; et mes décisions avec eux eussent été mes bonnes œuvres secrètes. Ma grande occupation, lors de mon entier repos, eût été, du sommet de ma puissance, de m'occuper à fond d'améliorer la condition de toute la société ; j'eusse prétendu descendre jusqu'aux jouissances individuelles ; et s'il n'eût pas suffi de mon naturel pour m'y porter, le calcul encore serait venu m'y décider ; car après tant de gloire acquise, quel autre moyen me restait d'en acquérir encore ? et c'est parce que je savais très bien que toute cette fourmilière d'abus devait exister, parce que je voulais sauver ou rendre plus difficiles les tyrannies subalternes et intermédiaires, que j'avais imaginé, pour notre temps de crise, mon organisation des prisons d'État. – Oui, sire, mais elle fut loin de faire fortune dans nos salons, et ne contribua pas peu à vous rendre impopulaire. Nous criâmes de tous côtés aux *nouvelles Bastilles*, au renouvellement des *lettres de cachet*[1]. – Je le sais bien, a dit l'Empereur, cela fut répété par toute l'Europe, et me rendit odieux. Et pourtant, voyez quel peut être l'empire des mots, envenimés encore par la mauvaise foi ! Le tout vint principalement de la gaucherie du titre de mon décret, qui me passa par distraction ou autrement ; car au fond je soutiens que cette loi était un grand bienfait, et rendait en France la liberté individuelle plus complète, plus assurée qu'en aucun autre pays de l'Europe.

« Après les crises dont nous sortions, a-t-il dit, avec les factions qui nous avaient divisés, les complots qui avaient été tramés, ceux qu'on tramait encore, des emprisonnements étaient indispensables, et ils n'étaient qu'un bienfait, car ils remplaçaient l'échafaud. Or, je voulus rendre ces emprisonnements légaux, je voulus les enlever au caprice, à l'arbitraire, à la haine, aux vengeances. Nul, par ma loi, ne pouvait plus être emprisonné, détenu comme prisonnier d'État, sans la décision de mon conseil privé. Seize personnes le compo-

1. Décision arbitraire par laquelle le roi de France pouvait ordonner l'emprisonnement d'un de ses sujets.

saient, les premières, les plus indépendantes, les plus distinguées de l'État. Quelle petite passion eût osé se compromettre avec un tel tribunal ? Moi-même ne m'étais-je pas là interdit de la sorte la faculté d'une arrestation capricieuse ? Nul ne pouvait être détenu que pour une année, sans une nouvelle décision du conseil privé ; il suffisait de quatre voix sur seize pour amener sa libération. Deux conseillers d'État allaient entendre ces prisonniers, et se trouvaient dès lors leurs avocats zélés au conseil privé. Ces prisonniers avaient de plus pour eux la commission de la liberté individuelle du Sénat, dont on n'a ri que parce qu'elle ne faisait point d'étalage de ses efforts et de ses résultats ; mais elle a rendu de grands services ; car ce serait bien peu connaître les hommes que d'imaginer que les sénateurs qui n'avaient rien à attendre des ministres, et qui rivalisaient d'importance avec eux, n'eussent pas fait usage de leurs prérogatives pour les importuner ou leur rompre en visière vis-à-vis de moi, s'ils en eussent trouvé une occasion flagrante. De plus, j'avais donné la surveillance des prisonniers et la police des prisons aux tribunaux, ce qui paralysait dès l'instant tout l'arbitraire des autres branches de l'administration et de ses nombreux agents subalternes [1].

« Après de telles précautions, je n'hésite pas à prononcer que, par la signature de ce décret, la liberté civile se trouvait assurée en France autant que possible. On méconnut ou on feignit de méconnaître la vérité ; car nous autres Français il faut que nous murmurions de tout et toujours.

« Le vrai est que, lors de ma chute, les prisons d'État ne renfermaient guère que deux cent cinquante individus, et que j'en avais trouvé neuf mille en arrivant au consulat. Qu'on parcoure la liste de ce qu'on a dû y trouver, et que l'on

1. On trouve sur les prisons d'État un article spécial et développé, au tome I, page 165, des *Mémoires de Napoléon*, publiés par les généraux Montholon et Gourgaud ; Paris, Bossange frères, 1823. Je pourrais m'autoriser souvent aujourd'hui du témoignage de ce précieux conseil ; et ce n'est pas une petite satisfaction pour moi, à mesure que les volumes paraissent, que de retrouver dans les propres dictées de Napoléon, qui n'ayant eu lieu qu'après mon départ de Sainte-Hélène, m'étaient conséquemment inconnues, une foule d'objets que je me trouve avoir saisis au vol dans ses conversations, et avoir reproduits fidèlement, avec une concordance parfaite. *(Las Cases.)*

cherche les causes et le motif de leur détention, on verra qu'il n'en est presque aucun qui n'eût mérité la mort, qui ne l'eût trouvée par un jugement, pour qui conséquemment la détention ne fût de ma part qu'un bienfait. Pourquoi ne publie-t-on rien contre moi aujourd'hui à ce sujet ? Où donc sont les grands griefs qu'on me reproche ? C'est qu'en effet il ne se trouve rien. Si quelques-uns des prisonniers sont venus depuis se vanter auprès du roi des souffrances qu'ils avaient éprouvées à cause de leurs efforts en sa faveur, ne prononcent-ils pas là eux-mêmes leur arrêt et ma justification ? car ce qui peut être une vertu aujourd'hui aux yeux du roi, était alors incontestablement un crime sous moi, et ce n'est que parce que je répugnais à du sang, pour des crimes politiques, et que tels procès n'eussent fait que maintenir l'agitation, l'incertitude au sein de la patrie, que je commuai la peine en simple détention.

« Je le répète, les Français, à mon époque, ont été les plus libres de toute l'Europe, sans en excepter même les Anglais ; car, en Angleterre, si une crise vient à faire suspendre l'*habeas corpus*, tout individu est passible de la prison par la seule volonté des ministres, sans qu'ils aient à en justifier les motifs ou à en donner la raison. Ma loi était bien autrement limitée. Et puis enfin, a-t-il terminé, si en dépit de mes bonnes intentions, si, malgré tous mes soins, il existait encore tout ce que vous venez de dire, et beaucoup d'autres choses sans doute, c'est qu'il n'est pas si aisé que l'on pense d'établir le bien. Ce qu'il y a de bien remarquable, c'est que tous les pays qu'on a séparés de nous ont regretté les lois avec lesquelles je les ai gouvernés : c'est là un hommage rendu à leur supériorité. Le vrai, le seul moyen de me condamner victorieusement sur le mal qu'elles ont présenté, serait de pouvoir montrer autre part quelque chose de meilleur ! De nouveaux temps succèdent ; on verra, etc., etc. »

Sur les cinq heures, le grand-maréchal qui sortait de chez l'Empereur m'a dit qu'il me demandait. L'Empereur n'était pas sorti de la journée. Je l'ai trouvé considérant le nouveau billard. Il a craint qu'il ne fît trop humide pour sortir ; il s'est mis à faire quelques parties d'échecs en attendant le dîner. Dans la soirée, il nous a lu *Atrée et Thyeste*, de Crébillon. Cette pièce nous a paru horrible, nous l'avons trouvée dégoûtante et nullement tragique. L'Empereur n'a pu l'achever.

DIMANCHE 21.

Sur l'Égypte. Saint-Jean-d'Acre. Le désert. Anecdotes, etc.

Vers les trois heures, l'Empereur a demandé sa calèche, m'a fait appeler, et nous avons marché ensemble jusqu'au fond du bois, où il avait ordonné à la calèche de venir le joindre. J'avais à lui communiquer de petits détails qui lui étaient personnels . . . .

Dans le cours de la promenade, nous avons aperçu des bâtiments qui arrivaient.

Au dîner, l'Empereur s'est trouvé fort causant. Il venait de travailler à sa campagne d'Égypte, qu'il avait laissée quelque temps, et qu'il nous avait dit devoir être aussi intéressante qu'un épisode de roman. Au sujet de sa pointe sur Saint-Jean-d'Acre, il disait : « C'était pourtant bien audacieux que d'avoir osé se placer ainsi au milieu de la Syrie avec seulement douze mille hommes. J'étais, continuait-il, à cinq cents lieues de Desaix, qui formait l'autre extrémité de mon armée. Sidney-Smith a raconté que j'avais perdu dix-huit mille hommes devant Saint-Jean-d'Acre ; or, mon armée n'était que de douze mille hommes. Un petit échappé du collège, à ce qu'il paraît, n'entendant rien à ce qu'il décrit, ne sachant que faire quelques phrases, et voulant sans doute gagner quelque argent, frère pourtant de quelqu'un que j'ai comblé, qui faisait partie de mon Conseil d'État, vient de publier sur cet événement quelque chose qui m'a passé aujourd'hui sous les yeux, et qui m'irrite par sa niaiserie et la mauvaise teinte qu'il essaie de répandre sur la gloire et les travaux de cette armée, etc.

« Si j'avais été maître de la mer, j'eusse été maître de l'Orient ; et la chose était si possible, que cela n'a tenu qu'à la stupidité ou à la mauvaise conduite de quelques marins.

« Volney, voyageant en Égypte avant la Révolution, avait écrit qu'on ne pourrait occuper ce pays sans trois grandes guerres : contre l'Angleterre, le Grand-Seigneur et les habitants. La dernière surtout lui paraissait difficile et terrible. Il s'est trompé tout à fait à l'égard de celle-ci, car elle n'a été rien pour nous. Nous étions même venus à bout d'avoir, en peu de temps, les habitants pour amis, et d'avoir mêlé leur cause à la nôtre.

« Une poignée de Français avait donc suffi pour conquérir ce beau pays, qu'ils n'eussent jamais dû perdre ! Nous avions vraiment accompli des prodiges de guerre et de politique ! Notre affaire n'avait rien de commun avec les anciennes croisades : les croisés étaient innombrables et mus par le fanatisme ; mon armée, au contraire, était fort petite, et les soldats si peu passionnés pour leur entreprise, qu'ils furent tentés souvent, dans le principe, d'enlever leurs drapeaux et de revenir. Toutefois, j'étais venu à bout de les réconcilier avec le pays, où il y avait abondance de toutes choses, et à si bon marché, que je fus un moment tenté de les mettre à la demi-solde, pour leur conserver l'autre moitié en réserve. Je m'étais acquis un tel empire sur eux, qu'il m'eût suffi d'un simple ordre du jour pour les rendre mahométans. Ils n'eussent fait qu'en rire ; la population eût été satisfaite, et les chrétiens de l'Orient eux-mêmes eussent cru leur cause gagnée ; ils nous eussent approuvés, pensant que nous ne pouvions pas faire mieux pour eux et pour nous.

« Les Anglais ont frémi de nous voir occuper l'Égypte. Nous montrions à l'Europe le vrai moyen de les priver de l'Inde. Ils ne sont pas encore bien rassurés ; et ils ont raison. Si quarante ou cinquante mille familles européennes fixent jamais leur industrie, leurs lois et leur administration en Égypte, l'Inde sera aussitôt perdue pour les Anglais, bien plus encore par la force des choses que par celle des armes. »

Dans le cours de la soirée, le grand-maréchal a rappelé à l'Empereur une de ses conversations avec le mathématicien Monge, à Cutakié, au milieu du désert. « Que vous semble de tout ceci, citoyen Monge ? disait Napoléon. – Mais, citoyen général, répondait Monge, je pense que si jamais on voit ici autant de voitures qu'à l'Opéra, il faudra qu'il se soit passé de fameuses révolutions sur le globe. » L'Empereur riait beaucoup à ce ressouvenir. Il avait pourtant alors sur les lieux, disait-il, une voiture à six chevaux. C'était assurément la première qui eût traversé le désert de la sorte ; aussi elle étonnait fort les Arabes.

L'Empereur disait que le désert avait toujours eu pour lui un attrait particulier. Il ne l'avait jamais traversé sans une certaine émotion. C'était pour lui l'image de l'immensité, disait-il ; il ne montrait point de bornes, n'avait ni commencement ni fin ; c'était un océan de pied ferme. Ce spectacle plaisait à son imagination. Et il se complaisait à faire observer que Napoléon veut dire *lion du désert* !...

L'Empereur disait encore que quand on le sut en Syrie, on avait arrangé au Caire qu'on ne le reverrait jamais ; et il racontait alors le vol et l'effronterie d'un petit Chinois qu'il avait à son service. « C'était un petit nain, difforme, dont Joséphine, disait-il, s'était engouée dans le temps à Paris. Il était le seul Chinois en France, et dès lors elle avait dû l'avoir derrière sa voiture. Elle le promena en Italie ; mais comme il la volait, elle ne savait plus qu'en faire. Pour l'en débarrasser, je le pris avec moi dans mon expédition d'Égypte. C'était toujours le reporter à la moitié de son chemin, que de le jeter en Égypte. Toutefois, ce petit monstre avait au Caire l'intendance de ma cave ; je n'eus pas plutôt passé le désert, qu'il vendit, et à vil prix, deux mille bouteilles de vin de Bordeaux délicieux, ne cherchant qu'à faire de l'argent, dans la persuasion que je ne reviendrais jamais. Quand on annonça mon retour, il ne se déconcerta nullement ; il courut au-devant de moi, et me découvrit en serviteur fidèle, disait-il, la dilapidation de mon vin, qu'il attribuait effrontément à tous ceux qu'il lui plut d'accuser. La fourberie était si peu soutenable, qu'il fut en un instant conduit à s'avouer lui-même le coupable. On me pressait fort de le faire pendre ; je ne le fis point, parce qu'en toute justice il eût donc fallu en faire autant de tous les habits brodés qui avaient sciemment acheté et bu le vin. Je me contentai de le chasser et de l'expédier pour Suez, où il devint ce qu'il a voulu. »

Je dois observer à ce sujet qu'ici nous avons pu croire un moment à un rapprochement bien singulier. Il y a quelques mois qu'il nous fut dit que dans l'un des bâtiments de la Chine qui passaient alors, retournant en Europe, se trouvait un Chinois disant avoir servi l'Empereur en Égypte. L'Empereur alors s'était écrié que c'était son petit voleur, celui dont je viens de raconter l'histoire ; mais ce n'était au vrai qu'un cuisinier de Kléber.

L'Empereur, plus gai que de coutume, a terminé brusquement la conversation en se tournant vers Mme Bertrand : « Hé bien ! madame, quand serez-vous à votre logement des Tuileries ? lui a-t-il demandé en riant. Quand donnerez-vous vos beaux dîners d'ambassadeurs ? Mais vous serez obligée, du moins assure-t-on, de changer vos ameublements, vous les trouverez passés. » Alors on en est venu tout naturellement au grand luxe dont nous avons été témoins sous l'Empereur.

LUNDI 22.

Avis paternel, etc. Conversation remarquable.
Cagliostro ; Mesmer ; Gall ; Lavater, etc.
L'organisation cranologique de Napoléon,
une vraie merveille, selon Gall.

L'Empereur est entré dans ma chambre sur les dix heures, et m'a pris pour marcher avec lui. Au retour, nous avons tous déjeuné dehors. Le temps était magnifique, la chaleur forte, mais bienfaisante. L'Empereur a demandé sa calèche ; deux de nous étaient avec lui ; le troisième, à cheval, suivait à côté ; le grand-maréchal n'a pu venir. L'Empereur est revenu sur quelques bouderies qui avaient eu lieu il y avait quelques jours. Il a analysé notre position, nos besoins : « Vous êtes destinés, nous disait-il, en rentrant dans le grand monde un jour, à vous y trouver *frères* à cause de moi. Ma mémoire vous le commandera. Soyez-le donc dès aujourd'hui ! » Il peignait alors le bien que nous pourrions nous créer, les peines que nous pourrions tromper, etc., etc. C'était tout à la fois une leçon de famille, de morale, de sentiment et de conduite. Elle eût dû être écrite en lettres d'or. Il a parlé près de cinq quarts d'heure : je ne pense pas que cette leçon soit jamais oubliée par aucun de nous. Pour moi, j'aurai toujours présents, non seulement les principes et les paroles, mais encore le son de voix, l'expression, le geste, et, par-dessus tout, le cœur qui les exprimait.

Vers les cinq heures, l'Empereur est entré dans ma chambre, où je travaillais avec mon fils le chapitre d'Arcole. Il avait quelque chose à me dire. Je l'ai suivi dans le jardin, où par la suite il est revenu longuement sur sa conversation de la calèche...

Le dîner se passe à présent dans l'ancien cabinet topographique, contigu au cabinet de l'Empereur, et à l'ancien logement du ménage Montholon, dont on a fait une bibliothèque assez propre, à l'aide des livres et de quelques boiseries venues dernièrement d'Angleterre.

Les traces de l'incendie dans le salon se réparant lentement, nous sommes contraints à demeurer à table, dans notre nouvelle salle à manger, jusqu'à ce que l'Empereur se retire. C'est, du reste, au grand profit de la conversation.

L'Empereur aujourd'hui était fort causant. On parlait de rêves, de pressentiments, de prévisions, ce que les Anglais appellent *double sight* (double vue). Nous avons débité tous les lieux communs qu'amènent d'ordinaire ces objets, jusqu'à parler de sorciers et de revenants. L'Empereur a conclu : « Toutes ces charlataneries et tant d'autres, telles que celles de Cagliostro, Mesmer, Gall, Lavater, etc., se détruisent par ce seul raisonnement, bien simple pourtant : *Tout cela peut être, mais cela n'est pas.*

« L'homme aime le merveilleux, disait-il ; il a pour lui un charme irrésistible, il est toujours prêt à quitter celui dont il est entouré, pour courir après celui qu'on lui forge. Il se prête lui-même à ce qu'on le trompe. Le vrai c'est que tout est merveille autour de nous. Il n'est point de phénomène proprement dit ; tout est phénomène dans la nature : mon existence est un phénomène ; le bois qu'on met dans la cheminée et qui me chauffe, est un phénomène ; la lumière que voilà, et qui m'éclaire, est un phénomène ; toutes les causes premières, mon intelligence, mes facultés, sont des phénomènes ; car tout cela est, et nous ne savons le définir. Je vous quitte ici, continua-t-il, me voilà à Paris, entrant à l'Opéra ; je salue les spectateurs, j'entends les acclamations, je vois les acteurs, j'entends la musique. Or, si je puis franchir la distance de Sainte-Hélène, pourquoi ne franchirais-je pas la distance des siècles ? Pourquoi ne verrais-je pas l'avenir comme le passé ? L'un serait-il plus merveilleux que l'autre ? Non ; mais seulement, cela n'est pas. Voilà le raisonnement qui détruira toujours, sans réplique, toutes les merveilles imaginaires. Tous ces charlatans disent des choses fort spirituelles ; leurs raisonnements peuvent être justes, ils séduisent ; seulement la conclusion est fausse, parce que les faits manquent.

« Mesmer et le mesmérisme ne se sont jamais relevés du rapport de Bailly, au nom de l'Académie des sciences. Mesmer produisait des effets sur une personne, en la magnétisant en face. Cette même personne, magnétisée par-derrière, à son insu, n'éprouvait plus rien. C'était donc de sa part une erreur de son imagination, une faiblesse des sens : c'était le somnambule qui, la nuit, court sur les toits sans danger, parce qu'il ne craint pas ; le jour il se casserait le cou, parce que ses sens se troubleraient.

« J'entrepris un jour, disait-il, à une de mes audiences publiques, le charlatan Puységur, sur sa somnambule. Il voulut le prendre très haut ; je le terrassai par ces seuls mots : Si elle est si savante, qu'elle nous dise quelque chose de neuf. Dans deux cents ans, les hommes auront fait bien des progrès ; qu'elle en spécifie un seul. Qu'elle dise ce que je ferai dans huit jours. Qu'elle fasse connaître les numéros qui sortiront demain à la loterie, etc.

« J'en fis de même pour Gall ; j'ai beaucoup contribué à le perdre. Corvisart était son grand sectateur : lui et ses semblables ont un grand penchant pour le matérialisme : il accroîtrait leur science et leur domaine. Mais la nature n'est point si pauvre. Si elle était si grossière que de s'annoncer par des formes extérieures, nous irions plus vite en besogne, et nous serions plus savants. Ses secrets sont plus fins et plus délicats, plus fugitifs ; jusqu'ici ils échappent à tout. Un petit bossu se trouve un grand génie ; un grand bel homme n'est qu'un sot. Une large tête à grosse cervelle n'a parfois pas une idée ; tandis qu'un petit cerveau se trouvera d'une vaste intelligence. Et voyez l'imbécillité de Gall : il attribue à certaines bosses des penchants et des crimes qui ne sont pas dans la nature, qui ne viennent que de la société et de la convention des hommes : que devient la bosse du vol s'il n'y avait point de propriétés ? la bosse de l'ivrognerie, s'il n'existait point de liqueurs fermentées ? celle de l'ambition, s'il n'existait point de société ?

« Il en est de même de cet insigne charlatan Lavater, avec ses rapports du physique et du moral. Notre crédulité est dans le vice de notre nature, il est en nous de vouloir aussitôt nous parer d'idées positives, lorsque nous devrions, au contraire, nous en garantir soigneusement. A peine voyons-nous les traits d'un homme, que nous voulons prétendre connaître son caractère. La sagesse serait d'en repousser l'idée, de neutraliser ces circonstances mensongères. Un tel m'a volé ; il avait les yeux gris ; depuis, je ne verrai plus d'yeux gris, sans l'idée, la crainte du vol ; c'est une arme qui m'a blessé, et que je redoute partout où je la vois ; mais sont-ce bien les yeux gris qui m'ont volé ? La raison, l'expérience, et j'ai été dans le cas d'en faire une grande pratique, montrent que tous ces signes extérieurs sont autant de mensonges ; qu'on ne saurait trop s'en garantir, et qu'il n'est réellement d'autre moyen de juger et de connaître sûrement les hommes, que de les voir, de les essayer, de les pratiquer. Après tout cela, il se rencontre des figures tellement hideuses, il faut l'avouer (et il en a cité une qui nous a tous fait rire, celle du gouverneur), que la raison la plus forte est mise d'abord en fuite, et que la condamnation se prononce en dépit de toute cette raison même. »

N. B. Le docteur Gall, dont il vient d'être question, trompant les prévisions de l'Empereur, a triomphé de ses premiers échecs, et n'en a point conservé de rancune, ou a préféré du moins la faire céder aux applications de sa doctrine. Il a dit, répété et même écrit, je crois, que la contexture cranologique de Napoléon était ce qu'il avait vu de plus extraordinaire, et qu'elle tenait du merveilleux. Dans l'étude réfléchie qu'il en avait faite, ses principes l'avaient porté à soupçonner que cette tête avait dû croître et grossir fort tard, même après la virilité ; et poursuivant avec opiniâtreté cette vérification, il en était arrivé à recueillir du chapelier de l'Empereur la connaissance précieuse, qu'aussi tard que sous l'Empire on avait été obligé d'altérer en effet et d'accroître la forme du chapeau de Sa Majesté.

MARDI 23.

Accumulation singulière de contrariétés, etc.

Sur les trois heures, l'Empereur est entré dans ma chambre. Il voulait se promener. Je l'ai suivi ; il avait la figure sombre ; il souffrait depuis la veille. La grande chaleur, durant son tour de calèche, lui avait fait mal. Il a vu de dehors une nouvelle porte que l'on pratiquait ; elle eût changé tout l'intérieur du cabinet topographique et de l'ancien logement de Mme de Montholon. On ne lui en avait pas parlé ; il en a été vivement contrarié, et faisant appeler sur-le-champ celui qui l'avait ordonnée, les mauvaises raisons que celui-ci a données n'ont fait que le contrarier davantage ; il lui a commandé vivement d'aller la faire refermer à l'instant même. Nous avons voulu marcher ; mais il était dit que ce soir il serait poussé à bout, que tout concourrait à lui donner de l'humeur ; des Anglais se sont trouvés sur son passage ; il les a évités presque avec de la colère, me disant que bientôt il ne serait plus possible de mettre le pied dehors. A deux pas de là, le docteur l'a joint pour lui faire part, assez gauchement, de quelques arrangements qu'on projetait pour lui, Napoléon, et il lui demandait son avis. Or, on lui parlait là d'une des choses qui lui répugnaient peut-être davantage. Il a évité de répondre, chose qui lui était ordinaire contre les inconvénients ; mais cette fois c'était avec une humeur marquée ; il a gagné la calèche et y est monté ; mais sur notre route se sont trouvés encore des officiers anglais, alors il a commandé subitement une autre direction, et au galop.

Cependant la nouvelle ouverture faite à la maison, sans qu'il lui en eût été rien dit, et qu'il trouvait si gauche, lui pesait encore sur le cœur : il allait l'alléger en s'en prenant gaiement à la femme de celui qui l'avait dirigée, laquelle se trouvait dans la calèche. « Ah ! vous voilà, a-t-il dit ; vous êtes sous ma main ; c'est vous qui porterez la peine : le mari a fait la faute, c'est la femme qui sera bourrée : heureux cette fois l'absent ! » Mais au lieu d'abonder dans ce sens, qui n'avait que de la grâce, sans le moindre inconvénient, et dont le résultat eût été certain, la femme s'en est tenue toujours à vouloir inopportunément excuser son mari, à reproduire des raisons qui ne faisaient que ramener l'humeur. Enfin, pour combler la mesure, l'un de nous, en découvrant les tentes du camp, lui a appris que les évolutions et les manœuvres de la veille étaient en réjouissance d'une des grandes victoires anglaises en Espagne, et que cela allait d'autant moins à ce régiment, qu'il y avait à peu près péri. Il était facile de lire dans les yeux de l'Empereur tout ce qu'il éprouvait d'un tel sujet de conversation. Toutefois « un régiment ne périt jamais devant l'ennemi, monsieur, il s'immortalise ! » a été toute sa réponse ; il est vrai qu'elle était faite sèchement.

Moi, je méditais en silence sur cette cumulation de contrariétés, frappant ainsi à coups redoublés dans aussi peu de temps. Je trouvais l'instant précieux pour un observateur, j'évaluais le supplice qu'elles devaient créer, et j'admirais le peu que l'Empereur en laissait échapper. Je me disais : Voilà pourtant *l'homme intraitable, le tyran*. L'on eût dit qu'il m'avait deviné, car en descendant de la calèche, et nous trouvant deux pas en avant, il m'a dit à mi-voix : « Si vous aimez à étudier les hommes, apprenez jusqu'où peut aller la patience, et tout ce qu'on peut dévorer ! »

En arrivant, il a demandé du thé ; je ne lui en avais jamais vu prendre. Mme de Montholon occupait pour la première fois son nouveau salon : il a voulu le voir, a observé qu'elle serait bien mieux que nous tous ; il a fait apporter les échecs, a demandé du feu, et a joué successivement avec plusieurs de nous. Peu à peu il est revenu à sa situation naturelle. Nous avons atteint l'heure du dîner, où il a mangé un peu, ce qui l'a remis tout à fait. Il s'est livré alors à la conversation ; est revenu de nouveau sur ses premières années, qui ont toujours du charme pour lui. Il a beaucoup parlé de ses anciennes connaissances, de la difficulté qu'après son élévation, quelques-unes ont eue à pénétrer jusqu'à lui, et il a observé que si on ne pouvait franchir le seuil de son palais, c'était assurément bien en dépit de lui-même ; « et que devait-ce donc être, disait-il, avec les autres souverains ? » etc.

En causant de la sorte, nous avons atteint onze heures, sans que l'Empereur ni aucun de nous s'en fût aperçu.

MERCREDI 24.

Mme de B... Détails, etc. Anecdotes de l'émigration.

Aujourd'hui l'Empereur a essayé le billard qui venait d'être placé ; puis il est sorti pendant quelques instants ; le temps était fort humide, il est rentré presque aussitôt.

Avant de dîner, l'Empereur me faisant causer dans sa chambre sur l'émigration, le nom de Mme de Balbi, laquelle avait été dame d'atour de Madame et fort en évidence au commencement de nos affaires, a été prononcé. Sur quoi l'Empereur a dit : « Mais cette Mme de Balbi n'était-elle pas une très méchante femme ? – Assurément non, ai-je répondu : bien au contraire, c'est la meilleure femme du monde, de beaucoup d'esprit, et d'un excellent jugement. – Eh bien ! a dit l'Empereur, elle doit avoir beaucoup à se plaindre de moi. Voilà le malheur des faux rapports : on me l'a fait fort mal traiter. – Oui, sire, vous l'avez rendue très malheureuse. Mme de Balbi n'existait que pour le charme de la société, et vous l'avez bannie de Paris, et confinée dans la province, où je l'ai rencontrée dans une de mes missions, avalant sa langue d'ennui, et ne maudissant pourtant pas Votre Majesté, sur laquelle je la trouvais raisonnable. – Eh bien, pourquoi n'êtes-vous pas venu me tirer d'erreur ? – Ah ! oui, sire, vous nous étiez si peu connu, pour ce que je vous connais à présent, que je ne l'eusse pas osé pour moi-même. Mais voici un mot de Mme de Balbi, à Londres, au fort de notre émigration, qui vous la fera plus connaître que tout ce que je pourrais dire. Au moment de votre arrivée au consulat, quelqu'un, venant de Paris, se trouvait chez elle à une petite réunion ; il devint bientôt accidentellement l'homme de la fête, par tous les détails qu'il était en état de nous donner d'un lieu et de choses qui nous intéressaient si fort. Et comme on le questionnait sur le consul : – Il ne peut vivre longtemps, répondit-il, *jaune à faire plaisir* : ce fut son mot ; et s'animant par degrés, il porta pour santé : A la mort du Premier consul ! – Oh, l'horreur ! s'écria aussitôt Mme de Balbi, à la mort d'un homme ! fi donc ! voici qui vaudra mieux : A la santé du roi !

« – Eh bien ! je répète que je l'ai fort mal traitée, disait l'Empereur, et sur les rapports que l'on m'en faisait. On me l'avait représentée comme intrigante, se mêlant de politique et surtout comme fort adonnée au sarcasme, et cela me rappelle un mot qu'on lui prête peut-être, et qui ne m'a frappé du reste que parce qu'il était spirituel. Un personnage distingué [1], qui s'occupait fort d'elle, me disait-on, s'étant avisé de jalousie, ce dont elle se justifiait très bien, et ne se tenant pas pour battu, lui répondit, qu'après tout, elle devait bien savoir que la femme de César ne devait pas même être soupçonnée. A quoi Mme de Balbi trouva plaisant de riposter aussitôt, que les deux petites lignes reçues renfermaient deux graves erreurs ; car il était notoire à tous qu'elle n'était pas sa femme, et que lui n'était pas César. »

Après le dîner, l'Empereur nous a lu une partie du *Dissipateur* et du *Glorieux* [2] ; il les a interrompus par dégoût : ils

1. Louis XVIII. *(Las Cases.)*
2. Pièces de Destouches.

ne lui présentaient pas assez d'intérêt. Il souffrait beaucoup de son côté droit ; c'était le résultat de l'humidité qui l'avait frappé le matin à sa promenade, et nous n'étions pas sans crainte que ce ne fût un symptôme de la maladie ordinaire dans ces climats brûlants.

En rentrant chez moi, j'ai trouvé une lettre de Londres, avec un paquet de quelques effets de toilette. Il venait d'arriver un bâtiment de guerre d'Angleterre : c'était le *Griffon*.

JEUDI 25.

L'Empereur reçoit des lettres des siens. Conversation avec l'amiral. Commissaires des Alliés, etc.

Sur les neuf heures, j'ai reçu du grand-maréchal, pour remettre à l'Empereur, trois lettres qui étaient pour lui. Elles venaient de Madame Mère, de la princesse Pauline et du prince Lucien. Cette dernière était dans une à moi, que le prince Lucien m'adressait de Rome, le 6 mars. J'en ai reçu aussi deux de mon agent d'affaires de Londres.

L'Empereur a passé toute la matinée à lire les papiers du 25 avril au 13 mai : ils contenaient la mort de l'impératrice d'Autriche [1], la prorogation des Chambres en France, l'acquittement de Cambronne, la condamnation du général Bertrand, etc. Il a dit beaucoup de choses sur chacun de ces objets.

Sur les trois heures, l'amiral Malcolm a fait demander à être présenté à l'Empereur. Il lui apportait les journaux des *Débats* jusqu'au 13 mai. L'Empereur m'a dit de le lui amener, et a causé avec lui près de trois heures. Il plaît fort à l'Empereur, qui l'a traité, du premier instant, avec beaucoup d'abandon et de bonhomie, tout à fait comme une ancienne connaissance. L'amiral s'est trouvé entièrement dans son sens sur une foule d'objets : il avouait que l'évasion de Sainte-Hélène était extrêmement difficile, et ne voyait aucun inconvénient à donner l'île entière ; il trouvait absurde qu'on n'eût pas mis l'Empereur à Plantation-House ; il sentait, mais depuis qu'il était ici seulement, avouait-il, que la qualification de général pouvait être injurieuse ; il trouvait que lady Lou-

1. Maria-Ludovica.

don avait été ridicule ici, qu'elle ferait rire d'elle à Londres : il pensait que le gouverneur avait de bonnes intentions sans doute, mais qu'il ne savait pas faire. Les ministres, disait-il, avaient eu de l'embarras avec l'Empereur, et non de la haine ; ils n'avaient su qu'en faire. En Angleterre, il eût été et il demeurait encore un épouvantail pour le continent ; il eût été une arme trop dangereuse et trop puissante entre les mains de l'opposition, etc. Du reste, il craignait, disait-il, que toutes ces circonstances ne pussent nous retenir longtemps ici ; et il assurait que l'intention des ministres était qu'à l'évasion près, on comblât Napoléon à Sainte-Hélène, etc. Tout cela était rendu d'une manière si convenable, que l'Empereur discutait la chose avec lui sans plus de chaleur que si elle lui avait été étrangère.

Un moment, l'Empereur l'a visiblement ému, lorsqu'au sujet des commissaires alliés, il lui a exprimé l'impossibilité de les recevoir. « Enfin, monsieur, lui a-t-il dit, vous et moi nous sommes hommes ; j'en appelle à vous. Se peut-il que l'empereur d'Autriche, dont j'ai épousé la fille, qui a sollicité ce mariage à genoux, auquel j'ai rendu deux fois sa capitale, qui retient ma femme et mon fils, m'envoie son commissaire sans une seule ligne pour moi, sans un petit bout de bulletin de la santé de mon fils ? Puis-je bien le recevoir ? avoir quelque chose à lui dire ? Il en est de même de celui d'Alexandre, qui a mis de la gloire à se dire mon ami, contre lequel je n'ai eu que des guerres politiques, et non des querelles personnelles. Ils ont beau être souverains, nous n'en sommes pas moins hommes ; je ne réclame pas d'autre titre en ce moment ! Ne devraient-ils pas tous avoir un cœur ? Croyez, monsieur, que quand je répugne au titre de général, il ne peut m'offenser : je ne le décline que parce que ce serait convenir que je n'ai pas été empereur ; et je défends ici plus l'honneur des autres que le mien. Je défends l'honneur de ceux avec qui j'ai été, à ce titre, en rapport, en traité, en alliance de sang et de politique. Le seul de ces commissaires que je puisse recevoir, peut-être, serait celui de Louis XVIII, qui ne me doit rien : ce commissaire a été longtemps mon sujet, il ne fait que marcher avec les circonstances indépendantes de lui, aussi le recevrais-je demain, si je ne craignais les mauvais contes qu'on ferait sans doute, et les sottes couleurs dont on ne manquerait pas de peindre cette circonstance, etc. »

Après dîner, l'Empereur est revenu encore sur l'époque de son consulat, sur les nombreuses conspirations dont il avait été l'objet, sur les personnes célèbres de cette époque, etc. J'ai déjà mentionné ces objets en grande partie plus haut. La conversation a duré jusqu'à une heure du matin, ce qui était pour nous un extraordinaire.

VENDREDI 26 AU DIMANCHE 28.

Cour de l'Empereur. Dépenses, économies, chasses, écuries, pages, service d'honneur, etc.

Notre vie accoutumée : sur le milieu du jour, le tour en calèche ; le soir, la conversation.

Le 27, l'Empereur a reçu un moment un colonel, parent de Walsh-Serrant, venant du Cap sur le *Haycomb*, et repartant le lendemain pour l'Europe. Il avait été gouverneur de Bourbon dont il nous a fort entretenus, et sous des rapports agréables.

Après le dîner, la conversation a été sur l'ancienne et la nouvelle cour, leurs arrangements, leurs dépenses, leur étiquette, etc. J'ai déjà parlé ailleurs de la plupart de ces choses, dont beaucoup n'ont été que renouvelées ici. J'en supprime ce qui ne serait que pure répétition.

La cour de l'Empereur était bien plus magnifique, sous tous les rapports, que tout ce qu'on avait vu jusque-là, et cependant, disait-il, elle coûtait infiniment moins. La suppression des abus, l'ordre et la régularité dans les comptes, faisaient cette grande différence. Sa chasse, à quelques particularités près, inutiles ou ridicules, observait-il, comme celle du faucon et autres, était aussi splendide, aussi nombreuse, aussi bruyante que celle de Louis XVI, et elle ne lui coûtait annuellement, assurait-il, que quatre cent mille francs, tandis qu'elle revenait au roi à sept millions. Il en était de même de la table : l'ordre et la sévérité de Duroc, disait l'Empereur, avaient accompli des prodiges sur ce point. Sous les rois, les palais ne demeuraient point meublés, on transportait les mêmes meubles d'un palais à l'autre ; on n'en fournissait point aux gens de la cour ; c'était à chacun à s'en pourvoir. Sous lui, au contraire, il n'y avait personne en service qui ne se trouvât, dans la chambre qui lui était assignée, aussi bien et mieux que chez lui, pour tout ce qui était nécessaire ou convenable.

L'écurie de l'Empereur lui coûtait trois millions ; les chevaux revenaient, en somme, à trois mille francs l'un dans l'autre par an. Un page coûtait de six à huit mille francs : cette dernière dépense, observait-il, était la plus forte, peut-être, du palais ; aussi pouvait-on vanter l'éducation qu'on leur donnait, les soins qu'on en prenait. Toutes les premières familles de l'Empire sollicitaient d'y placer leurs enfants ; et elles avaient raison, disait l'Empereur.

Quant à l'étiquette, l'Empereur disait qu'il était le premier qui eût séparé le *service d'honneur* (expression imaginée sous lui) du service des besoins. Il avait mis de côté tout ce qui était sale et réel, pour y substituer ce qui n'était que nominal et de pure décoration. « Un roi, disait-il, n'est pas dans la nature ; il n'est que dans la civilisation. Il n'en est point de nu ; il n'en saurait être que d'habillé, etc. »

L'Empereur disait qu'on ne saurait être plus sûr que lui de la nature et de la comparaison de tous ces objets, parce qu'ils avaient été tous arrêtés par lui, et sur les procès-verbaux des temps passés, où il n'avait fait qu'élaguer le ridicule, et conserver ce qui pouvait être bon, etc.

La conversation s'était prolongée au-delà de onze heures. Elle avait été assez gaie, et l'Empereur a encore observé, en nous quittant, qu'il fallait, après tout, que nous fussions une bonne pâte de gens pour pouvoir nous contenter ainsi à Sainte-Hélène.

LUNDI 29.

Nouvelle méchanceté du gouverneur, etc.
Projet désespéré du Corse Santini.

Le temps s'est mis au mauvais depuis quelques jours ; l'Empereur a profité d'un instant pour visiter une tente que l'amiral lui a fait élever très galamment par les gens de sa frégate, depuis qu'il l'a entendu, dans la conversation, se plaindre de n'avoir pas d'ombrage ici, et de ne pouvoir demeurer hors de sa chambre. L'Empereur a parlé à l'officier et aux gens qui la terminaient en cet instant, et a commandé de faire donner un napoléon à chacun des matelots.

Aujourd'hui nous avons appris que le dernier bâtiment avait apporté, à l'adresse de l'Empereur, un ouvrage sur les affaires du temps, par un membre du parlement, nous a-t-on dit. Il était envoyé par l'auteur même, et sur la reliure était en lettres d'or : *A Napoléon le Grand*. Cette circonstance a porté le gouverneur à retenir l'ouvrage, sévérité qui, de sa part, contraste étrangement avec son empressement à nous avoir prêté des libelles qui s'expriment si inconvenablement sur l'Empereur.

Pendant le dîner, l'Empereur, fixant un œil sévère sur l'un de ses gens, a dit, au grand étonnement de nous tous : « Comment, brigand, tu voulais tuer le gouverneur !... Misérable !... Qu'il te revienne de pareilles idées, et tu auras affaire à moi ; tu verras comme je te traiterai. » Et, s'adressant à nous, il a dit : « Messieurs, voilà Santini qui voulait tuer le gouverneur. Ce drôle allait nous faire là une belle affaire ! Il m'a fallu toute mon autorité, toute ma colère pour le retenir. »

Pour l'intelligence de ceci, je dois dire que Santini, jadis huissier du cabinet de l'Empereur, et que son extrême dévouement avait porté à suivre son maître pour le servir, disait-il, sous quelque titre que l'on voulût, était un Corse qui sentait profondément et s'exaltait avec facilité. Exaspéré au dernier point par tous les mauvais traitements du gouverneur, ne pouvant tenir aux outrages qu'il voyait prodiguer à l'Empereur, aigri de voir sa santé en dépérir, gagné lui-même par une mélancolie noire, il avait cessé, depuis quelque temps, tout service de l'intérieur ; et, sous prétexte de procurer quelques oiseaux pour le déjeuner de l'Empereur, il semblait ne plus s'occuper que de chasser dans le voisinage. Dans un moment d'abandon, il confia à Cipriani, son compatriote, qu'il avait le projet, à l'aide de son fusil à deux coups, de tuer le gouverneur et de s'expédier ensuite lui-même. Le tout, disait-il, pour délivrer la terre d'un monstre.

Cipriani, qui connaissait le caractère de son compatriote, effrayé de sa résolution, en fit part à plusieurs autres du service, et tous se réunirent pour prêcher Santini ; mais leur éloquence, loin de l'adoucir, ne semblait que l'irriter. Ils prirent alors le parti de tout découvrir à l'Empereur, qui le manda sur-le-champ en sa présence : « Et ce n'est, me disait-il plus tard, que par autorité *impériale, pontificale*, que j'ai pu venir à bout de terrasser la résolution de ce gaillard-là.

Voyez un peu l'esclandre qu'il allait causer ! J'aurais donc encore passé pour le meurtrier, l'assassin du gouverneur. Et, au fait, il eût été bien difficile d'ôter une telle pensée de la tête de bien des gens ! etc. »

L'Empereur nous a lu après dîner *la Mort de Pompée*, que les journaux disaient occuper beaucoup Paris en ce moment par ses allusions. Et, à ce sujet, on a répété encore qu'on y avait été obligé de défendre Richard, observant qu'assurément au 5 et 6 octobre [1], Louis XVI eût été loin d'imaginer qu'on fût jamais dans le cas de le proscrire pour le compte d'un autre. « C'est que les choses ont bien changé ! » a dit l'Empereur.

MARDI 30.

L'Empereur, après quelques tours dans le jardin, est entré chez le général Gourgaud, où il s'est occupé longtemps, le compas et le crayon à la main, à arrêter les dimensions de la côte de Syrie et du plan de Saint-Jean-d'Acre, dont il l'a chargé. En marquant quelques points autour de Saint-Jean-d'Acre, il disait : « J'ai passé là de bien mauvais moments ! »

Le soir, *le Mariage de Figaro* [2], qui nous a amusés et intéressés beaucoup plus que nous ne nous y attendions. C'était la révolution déjà en action, disait l'Empereur en fermant le livre.

MERCREDI 31.

Mélanie *de La Harpe. Religieuses. Couvents. Trappistes. Clergé français.*

Le temps a été épouvantable ; à peine l'Empereur a-t-il pu, sur les trois heures, gagner le salon de Mme de Montholon. Il y a lu quelque temps *les Mille et Une Nuits*, qu'il a trouvés sous sa main ; et jetant ensuite les yeux sur un volume du *Moniteur* que travaille en ce moment M. de Montholon, et qui se trouvait ouvert aux négociations pour un armistice maritime en 1800, il s'y est enseveli plus d'une heure.

1. 1789.
2. Comédie de Beaumarchais (1784).

Après dîner, l'Empereur a lu d'abord *la Mère coupable*[1], à laquelle nous avons trouvé de l'intérêt, et puis *Mélanie* de La Harpe, qu'il a trouvée méchamment conçue et fort mal exécutée. « Une déclamation boursouflée, disait-il, tout à fait dans l'esprit du temps, bâtie sur des calomnies à la mode et des faussetés absurdes. Quand La Harpe écrivait cette pièce, un père n'aurait certainement pas eu le pouvoir de forcer sa fille à être religieuse ; jamais l'autorité n'y eût donné les mains. Cette pièce, jouée au moment de la Révolution, n'a dû son succès qu'au travers d'esprit du moment. Aujourd'hui que la passion est tombée, elle ferait pitié. La Harpe n'a fait que de fausses peintures : il ne fallait point attaquer des institutions vicieuses avec des instruments vicieux. »

L'Empereur disait que La Harpe avait tellement manqué son but, vis-à-vis de lui, que tout son intérêt était pour le père, et sa mauvaise humeur contre la fille. Il ne l'avait jamais vu jouer qu'il ne fût tenté de se lever de sa loge, et de crier à la fille : « Dites seulement non, et nous vous soutenons tous ici ; chaque citoyen sera votre défenseur. »

Il disait qu'étant au régiment il avait assisté à maintes prises d'habit. « C'était une cérémonie fort suivie par les officiers, et qui nous irritait fort, disait-il, surtout si les demoiselles étaient jolies. Nous accourions, et tendions nos oreilles longues d'une aune. Si elles eussent dit *non*, nous les eussions enlevées l'épée à la main. Il est donc faux qu'on employât la violence, mais seulement on employait les séductions : on enjôlait peut-être ces religieuses à la manière des recrues. Le fait est qu'elles avaient à passer, avant de conclure, par les religieuses, la supérieure, le directeur, l'évêque, l'officier civil, et enfin les spectateurs. Le moyen que tout cela se fût entendu pour concourir à un crime ! »

L'Empereur disait qu'il était contraire aux couvents en général, comme inutiles, et d'une oisiveté abrutissante. Pourtant, d'un autre côté, disait-il encore, il y avait certaines choses à dire en leur faveur. Les tolérer, astreindre leurs membres à être utiles, ne reconnaître que des vœux annuels, était, selon lui, le meilleur *mezzo termine*[2], et c'est ce qu'il avait fait.

1. Autre comédie de Beaumarchais (1792).
2. « Moyen terme ».

L'Empereur se plaignait de n'avoir pas eu le temps de compléter aucune de ses institutions. Aux maisons de Saint-Denis et d'Écouen, il s'était proposé de joindre un certain nombre de chambres pour servir d'asile et d'hospice à des veuves de militaires ou à des femmes âgées, etc. « Et puis, il fallait convenir encore, ajoutait-il, qu'il était des caractères, des imaginations de toutes sortes ; qu'on ne devrait pas contraindre les travers mêmes, quand ils n'étaient pas nuisibles ; qu'un empire comme la France pouvait et devait avoir quelques hospices de fous appelés *trappistes.* » Au sujet de ceux-ci, il faisait la remarque que s'il venait dans la pensée d'un homme d'infliger les pratiques qu'ils observent, assurément elles passeraient, et à juste titre, pour la plus abominable des tyrannies, et que pourtant elles peuvent faire les délices de celui qui se les impose volontairement. Voilà l'homme, ses bizarreries, ou sa folie !... Il disait qu'il avait permis les moines du Mont-Cenis ; mais ceux-ci du moins, ajoutait-il, étaient utiles, très utiles, on pourrait même dire héroïques.

L'Empereur avait dit dans son Conseil d'État, lors de l'organisation de l'Université : « Ma pensée est que les moines seraient de beaucoup les meilleurs corps enseignants, s'il était possible de les maîtriser, de les soustraire à un chef étranger. J'ai du penchant pour eux, avait-il ajouté. J'aurais peut-être eu la puissance de les rétablir ; mais ils me l'ont rendu impossible. Je ne fais rien pour le clergé, qu'il ne me donne aussitôt lieu de m'en repentir. Ce n'est pas que je me plaigne précisément du vieux clergé, j'en suis même assez content ; mais on élève les nouveaux prêtres dans une doctrine sombre, fanatique, il n'y a rien de gallican dans le jeune clergé.

« Je n'ai rien à dire contre les anciens, les vieux évêques ; ils se sont montrés reconnaissants de ce que j'avais fait pour la religion ; ils ont répondu à mes espérances.

« Le cardinal de Boisgelin était un homme d'esprit, un homme de bien, qui m'avait loyalement adopté.

« L'archevêque de Tours, Barral, homme de beaucoup d'instruction, et qui nous a fort servis dans nos différends avec le pape, m'est toujours demeuré fort attaché.

« Le digne cardinal du Belloy, le bon archevêque Roquelaure m'affectionnaient sincèrement.

« Je n'avais fait nulle difficulté de mettre l'évêque Bausset au nombre des dignitaires de l'Université, et je ne doute pas qu'il ne fût un de ceux qui s'y conduisaient le plus sincèrement dans mes intentions.

« Tous ces anciens évêques eurent ma confiance et nul ne la trompa. Ce qu'il y a de singulier, c'est que ceux dont j'ai eu à me plaindre sont précisément ceux que j'avais faits moi-même, tant il n'est que trop vrai que l'onction sainte, en nous attachant au domaine du Ciel, ne nous délivre pas des infirmités de la terre, de ses travers, de ses vilenies, de ses turpitudes, etc. »

La conversation s'est arrêtée ensuite sur le manque de prêtres en France, sur l'obligation de les engager à seize ans, et la difficulté ou même l'impossibilité d'en trouver à vingt et un, etc.

L'Empereur voulait qu'on les ordonnât beaucoup plus tard. « C'est fort bien, lui répondaient les évêques, le pape même ; vos raisonnements sont très justes ; mais si vous attendez à cet âge, vous n'en trouverez plus, avouaient-ils, et vous admettez pourtant qu'il vous en faut. »

« Il est hors de doute, a observé l'Empereur, qu'après moi viendront d'autres principes. Peut-être verra-t-on en France une conscription de prêtres et de religieuses, comme on y voyait de mon temps une conscription militaire. Peut-être mes casernes deviendront-elles des couvents et des séminaires. Ainsi va le monde !... Pauvres nations ! en dépit de toutes vos lumières, de toute votre sagesse, vous demeurez soumises aux caprices de la mode comme de simples individus. »

Il était près d'une heure du matin quand l'Empereur s'est retiré : c'était une véritable victoire sur l'ennui, a-t-il dit, et de grands avantages contre l'insomnie.

JEUDI 1er AOÛT.

Marie-Antoinette. Mœurs de Versailles. Anecdote.
Beverley. Le Père de famille *de Diderot*.

Le temps était épouvantable. Sur les trois heures, le grand-maréchal est venu me chercher ; j'avais précisément essayé de mettre le pied dehors, il ne m'a pas trouvé. C'étaient des Anglais qu'il avait à présenter à l'Empereur.

L'Empereur m'a fait appeler sur les cinq heures : il était de mauvaise humeur, et un peu contre moi, disait-il : la visite de ces Anglais, le mauvais temps, le manque de salon, celui d'interprète, tout l'avait contrarié.

Il lisait les *Veillées du château*[1], qui ne pouvaient l'intéresser, observait-il, et il les a quittées pour prendre les *Contes de la reine Marguerite de Navarre*[2].

Puis il est passé à causer de Versailles : la cour, la reine, Mme Campan, le roi, ont été les principaux objets, et il a dit beaucoup de choses dont j'ai déjà cité quelques-unes, et dont je supprime un grand nombre d'autres. Il a conclu, disant que Louis XVI eût été le plus exemplaire des particuliers, et qu'il avait été un fort pauvre roi. Il a dit que la reine eût été sans doute, dans tous les temps, l'ornement de tous les salons ; mais sa légèreté, ses inconséquences, son peu de capacité n'avaient pas peu contribué à provoquer, à précipiter la catastrophe : elle avait, disait-il, tout à fait changé les mœurs de Versailles ; l'antique gravité, la sévère étiquette se trouvaient transformées en gentillesses aisées, en vrais caquetages de boudoir. Tout homme sensé, tout homme de poids ne pouvait échapper à la mystification de jeunes courtisans dont la disposition naturelle à la moquerie se trouvait aiguillonnée encore par les applaudissements d'une jeune et belle souveraine.

Une anecdote des plus caractéristiques a été citée à l'appui : un brave et digne général allemand se rend à Paris avec une recommandation spéciale pour la reine, de la part de l'empereur Joseph, son frère. La reine ne croit pas lui faire de plus grande faveur que de l'admettre dans sa petite société. Il s'y trouva, comme on pense, un peu désorienté ; mais on voulait le bien traiter, et l'on se fit une loi de le faire causer. Il fut malheureux dans le choix de ses sujets et dans la nature de son débit ; il parla beaucoup *de sa jument blanche et de sa jument grise*, qu'il aimait par-dessus tout. Les jeunes courtisans de le questionner malicieusement à cet égard, sur une foule de petits détails auxquels il avait la bonhomie de répondre avec importance. Enfin, l'un d'eux, pour terminer, lui demande à laquelle décidément il donnerait la préférence.

1. De Mme de Genlis.
2. Marguerite de Valois, reine de Navarre.

« Ma foi..., répond emphatiquement le général, je dois confesser que si, un jour de bataille, je me trouvais monté sur ma jument blanche, je crois que je n'en descendrais pas pour monter sur ma jument grise. » Il sortit, et Dieu sait quelles gorges chaudes on en fit. La conversation ayant pris une autre direction, on discuta longuement et spirituellement sur les blondes et les brunes, et la reine ayant demandé à quelqu'un quelle serait sa préférence, celui-ci aussitôt d'arrondir son dos, de prendre le ton solennel de l'Autrichien, et de dire : « Ma foi, madame, je dois confesser que si, un jour de bataille, je me trouvais... – Assez, répondit la reine, épargnez-nous le reste [1]. »

Après le dîner, il nous a lu *Beverley* [2] et *le Père de famille* [3] : celui-ci a surtout excité sa censure. Il nous semblait pitoyable. Ce qui amusait le plus l'Empereur, disait-il, c'est qu'il fût de Diderot, ce coryphée [4] des philosophes et de l'*Encyclopédie* [5]. Tout y est faux et ridicule, observait-il. L'Empereur a beaucoup discuté sur les détails, et a terminé en disant : « A quoi bon parler à un insensé dans le fort de la fièvre chaude ? Ce sont des remèdes qu'il lui faut, de grandes mesures, et non des arguments. Qui ne sait que la seule victoire contre l'amour c'est la fuite ? Mentor, quand il veut guérir Télémaque, le précipite dans la mer. Ulysse, quand il veut se préserver des sirènes, se fait lier, après avoir bouché avec de la cire les oreilles de ses compagnons, etc. [6]. »

1. On me fait remarquer qu'il y a anachronisme dans la présente anecdote, laquelle se trouve dans les *Mémoires* de Mme de Molleville, au sujet d'Anne d'Autriche. D'un autre côté, d'autres personnes m'ont assuré que bien que l'anachronisme fût incontestable, cependant il était certain que l'anecdote avait dans le temps couru la capitale sur le compte de Marie-Antoinette ; c'est qu'en effet il n'est que trop commun de voir une saillie, un bon mot, une anecdote caractéristique se reproduire toutes les fois que l'occasion opportune se renouvelle. Quoi qu'il en soit, je n'ai pas voulu redresser ce passage du *Mémorial*, parce que je n'y suis pas narrateur ; mais je me fais un devoir de mentionner moi-même qu'il y a vraiment anachronisme. *(Las Cases.)*

2. Tragédie de Saurin (1659-1737), qui raconte la vie d'un joueur.

3. Pièce de Diderot.

4. Celui qui, dans la tragédie grecque, conduit le chœur. Ici : le chef des philosophes.

5. Vaste publication dirigée par Diderot et rédigée par les principaux savants, hommes de lettres et philosophes du XVIIIe siècle.

6. Scènes de *l'Iliade*.

VENDREDI 2.

Historique de l'émigration à Coblentz. Anecdotes, etc.

Continuation de temps épouvantable. Pluie battante. L'Empereur ne se trouvait pas bien, il se sentait les nerfs très agacés.

Il m'a fait appeler pour déjeuner avec lui. Pendant tout le déjeuner, et longtemps encore après, la conversation a roulé de nouveau sur l'émigration. J'ai déjà dit qu'il m'y ramenait souvent. Il me questionnait aujourd'hui sur les détails de Coblentz ; notre situation, notre esprit, nos sociétés, notre organisation, nos vues, nos ressources ; et à la suite de toutes mes réponses, il a terminé, disant : « Voilà déjà plusieurs fois que vous me dites une grande partie de ces choses ; et cependant elles ne demeurent pas dans ma tête, parce que vous me les débitez sans ordre. Écrivez-en un petit historique régulier. Qu'auriez-vous de mieux à faire ici ? Et puis, mon cher, cela se trouvera un morceau tout fait pour votre journal. » Cette demande était celle de Didon à Énée, et j'eusse pu m'écrier aussi : *Infandum, regina, jubes*[1]... Toutefois, je fis cet historique autant que me le permettaient ma mémoire et mon jugement ; car cela commençait à devenir vieux et j'étais bien jeune alors. Le voici tel que je le lus peu de temps après à Napoléon :

« Sire,

« Après la fameuse journée qui renversa la Bastille et mit toute la France en mouvement, la plupart de nos princes, qui se trouvaient compromis, prirent la fuite, uniquement d'abord pour se mettre en sûreté. Bientôt après, des personnes considérables et des jeunes gens ardents allèrent les rejoindre : les premiers, par les rapports qu'ils avaient avec eux, les autres, parce que cette démarche portait en soi quelque chose de marquant, de généreux et de prononcé. Dès qu'on se trouva un certain nombre, il vint à l'esprit de faire tourner au profit de la politique ce que jusque-là le zèle et le hasard seuls avaient amené. On pensa que si à l'aide de ces réunions on

1. Dans l'*Énéide* de Virgile : *Infandum, regina, jubes renovare dolorem* (« Reine, tu m'ordonnes de renouveler une douleur indicible », s'écrie Énée à Didon qui lui demande de raconter ses aventures).

pouvait créer une espèce de petite puissance, elle pourrait réagir avec avantage sur le dedans, qu'elle y deviendrait un levier d'insurrection, y frapperait les esprits et y gênerait les mouvements, tandis qu'au-dehors ce serait un titre ou un prétexte pour s'adresser aux puissances étrangères, et mériter leur attention. Voilà l'origine de l'émigration, et l'on assure que cette haute conception sortit du cerveau de M. de Calonne [1], traversant la Suisse à la suite d'un de nos princes, qui quittait Turin pour gagner l'Allemagne.

« Le premier rassemblement se fit à Worms, sous le prince de Condé. Le plus fameux fut à Coblentz, sous les deux frères du roi, dont l'un vint d'Italie, où il avait d'abord pris asile auprès du roi de Sardaigne, son beau-père ; et l'autre arriva par Bruxelles, en échappant à la crise qui fit Louis XVI captif à Varennes.

« Je fus de l'origine du rassemblement de Worms. Quand j'y arrivai, on était à peine encore cinquante auprès du prince. Dans toute l'effervescence de la jeunesse et la première chaleur du beau, j'accourais dans la plus ignorante simplicité du cœur : un chapitre de Bayard était ma lecture, ma prière de chaque matin. Je m'attendais, en atteignant Worms, à être tout au moins saisi, embrassé par autant de frères d'armes ; mais à ma grande surprise, et ce fut ma première leçon sur les hommes, au lieu de ce tendre accueil, moi et un compagnon nous nous trouvâmes tout d'abord questionnés et observés pour s'assurer que nous n'étions pas des espions ; ensuite nous fûmes soigneusement étudiés sur l'intérêt, les vues et les prétentions qui pouvaient nous avoir amenés ; enfin, on prit grande peine de nous prouver et de faire pressentir au prince, ainsi qu'on le renouvelait pour chaque arrivant, que notre nombre s'accroissait beaucoup, et dépassait sans doute déjà les places et les faveurs qu'il pouvait accorder. Mon compagnon était si choqué, qu'il me proposait de repartir immédiatement pour Paris.

« Nous qui composions le rassemblement, dans l'intention d'être utiles ou de nous rendre importants, nous nous placions

1. Quelqu'un qui se tient pour bien informé m'a garanti que j'étais ici tout à fait dans l'erreur, M. de Calonne n'ayant gagné l'Allemagne que lorsque la mesure de l'émigration se trouvait déjà arrêtée ; ajoutant que bien loin de l'avoir créée et provoquée, il l'avait même blâmée. *(Las Cases.)*

trois ou quatre, à tour de rôle, en espèce de service régulier auprès du prince, nuit et jour ; car nous ne rêvions que complots et assassinats, tant que nous nous regardions comme puissants et à craindre ; et en descendant cette espèce de garde volontaire, nous avions l'honneur d'être admis à la table du prince. Trois générations de Condé en faisaient l'ornement, circonstance singulière qui s'est renouvelée avec plus d'éclat à l'armée de Condé, où le grand-père combattait au centre, tandis que le fils et le petit-fils conduisaient la droite et la gauche où ils étaient blessés, je crois, tous deux, et le même jour.

« La princesse de Monaco avait suivi le prince de Condé : il l'a épousée depuis ; mais dès lors elle gouvernait déjà sa maison, et en faisait les honneurs. Nous avons pu entendre, à cette table, des convives, dire et redire au prince que nous n'étions déjà que trop pour entrer en France ; que son nom et un mouchoir blanc suffisaient ; que l'étoile des Condé allait enfin reparaître ; que l'occasion était unique, qu'il fallait la saisir ; et je ne garantirais pas qu'on ne fût venu à bout de suggérer au prince des vues personnelles très élevées.

« Worms, par la nature de son rassemblement et le caractère de son chef, montra toujours plus de régularité, plus d'austérité, de discipline que Coblentz, où se faisaient remarquer plus de mouvement, de luxe et de plaisir : aussi Worms fut-il appelé *le camp* et Coblentz *la ville* ou *la cour*.

« La force du rassemblement donnait la mesure de l'importance de son chef, ce qui faisait que le prince de Condé ne voyait qu'avec peine qu'on lui échappât, et se le rappelait longtemps. Je n'en courus pas moins à Coblentz dès qu'il eut acquis une certaine splendeur ; j'y avais des parents, des amis ; et puis là se trouvaient plus de lustre, d'agitation et de grandeurs. Coblentz fut en peu de temps un foyer d'intrigues étrangères et domestiques ; on pouvait y apercevoir deux partis distincts : MM. d'Avaray, de Jaucourt et autres, étaient les confidents, les conseillers ou les ministres de Monsieur, aujourd'hui Louis XVIII ; l'évêque d'Arras, le comte de Vaudreuil et autres, étaient ceux de Monseigneur comte d'Artois ; et dès ce temps-là même on assurait que ces princes montraient déjà assez distinctement les mêmes nuances politiques que l'on a prétendu les avoir caractérisés depuis ; M. de Breteuil, fixé à Bruxelles et se disant muni de pouvoirs illimités de Louis XVI, formait un troisième parti, et venait encore compliquer nos affaires.

« M. de Calonne était notre ressource financière, et le vieux maréchal de Broglie et le maréchal de Castries, nos chefs militaires. Le brave et capable M. de Bouillé, sorti de France après l'affaire de Varennes, n'avait pu demeurer avec nous, et avait suivi le roi Gustave III en Suède.

« Cependant l'émigration avait pris un grand caractère, grâce aux soins employés pour la propager. Des agents avaient parcouru les provinces, des avis avaient circulé dans les châteaux, sommant tout gentilhomme d'aller se joindre aux princes, pour concourir avec eux au salut de l'autel et du trône, venger leur honneur, et recouvrer leurs droits. On avait prêché une véritable croisade, et avec d'autant plus de fruit qu'elle avait frappé sur des esprits disposés à l'entendre. Parmi tous les nobles et les privilégiés, il n'en était pas un seul qui ne se sentît vivement blessé par les décrets de l'Assemblée. Tous y avaient perdu ce à quoi ils tenaient davantage, depuis celui qui occupait le plus haut rang, jusqu'au plus petit hobereau ; car au premier on avait enlevé son titre et ses vassaux, et le dernier avait vu insulter sa tourelle, son pigeonnier ; on avait tiré sur ses lièvres. Aussi le mouvement fut aussitôt universel pour se mettre en route ; on n'y pouvait manquer sous peine de déshonneur, et les femmes furent dirigées à envoyer des fuseaux à ceux qui demeuraient incertains, ou se montraient trop lents. Soit donc colère, pusillanimité ou point d'honneur, l'émigration devint une véritable maladie ; l'on se précipita avec fureur hors des frontières ; et ce qui ne contribua pas peu à l'accroître, c'est que les meneurs de la révolution y poussaient en secret, tout en ayant l'air de s'y opposer en public ; ils déclamaient vaguement contre elle à la tribune, il est vrai ; mais ils avaient grand soin de tenir tous les passages bien ouverts. Le zèle venait-il à se ralentir ? Les déclamations devenaient plus violentes, et l'on décidait de fermer strictement les barrières. Alors ceux qui étaient demeurés en arrière se trouvaient au désespoir de n'avoir pas su profiter du moment favorable ; mais, accidentellement ou par négligence, les barrières se rouvraient de nouveau, et on s'y jetait avec empressement, pour n'être pas encore pris en défaut. C'est par ce manège adroit que l'Assemblée aidait ses ennemis à se précipiter eux-mêmes dans le gouffre.

« Les fortes têtes du parti avaient jugé, tout d'abord, qu'une telle mesure allait les désencombrer des parties hétérogènes qui gênaient leur marche, et que les biens de tous ces bannis volontaires leur assureraient d'incalculables ressources. Les officiers croyaient faire merveille que de s'esquiver de leurs régiments, tandis que les meneurs, de leur côté, faisaient révolter leurs soldats, pour les y contraindre. Ils se délivraient par là d'ennemis qui les paralysaient, et se donnaient dans les sous-officiers, au contraire, des coopérateurs zélés, qui devinrent des héros dans la cause nationale : ce furent eux qui fournirent les grands capitaines et battirent toutes les vieilles troupes de l'étranger.

« Il arriva donc que Coblentz, en peu de temps, réunit tout ce que la cour en France avait d'illustre, et ce que les provinces renfermaient de riche et de distingué. Nous étions des milliers de toutes armes, de tous uniformes, de tous rangs ; nous peuplions la ville, et avions envahi le palais. Nos réunions de chaque jour, auprès des princes, semblaient autant de fêtes splendides : c'était la cour la plus brillante ; nos princes en étaient les vrais souverains si bien que le pauvre Électeur[1], fort eclipsé, s'y trouvait perdu au milieu de nous, ce qui porta quelqu'un à lui dire un jour fort plaisamment, soit naïveté, ou finesse d'esprit, que dans toute la foule de son palais il n'y avait que lui d'étranger.

« Dans les grandes solennités, il est arrivé d'avoir des galas publics, et l'on permettait aux notables habitants de faire le tour des tables. Alors nous étions fiers de voir les gens du pays admirer la bonne mine et la tournure chevaleresque de Monseigneur comte d'Artois ; nous étions orgueilleux de savoir qu'ils rendaient hommage aux connaissances, à l'esprit de Monsieur ; et il eût fallu voir avec quelle arrogance nous semblions promener, pour ainsi dire, avec nous, toute l'importance, le lustre de notre monarchie, et surtout la supériorité de son chef et l'élévation de nos princes. *S.M. le roi*[2], disions-nous pompeusement dans les cercles allemands, en désignant le roi de France ; car c'était, ou ce devait être là,

1. Clément Venceslas.
2. Sa Majesté le roi.

selon nous, son titre par excellence pour toute l'Europe. L'abbé Maury, que nous avions reçu d'abord avec acclamation, mais qui, par parenthèse, perdit beaucoup parmi nous en bien peu de temps, avait découvert, nous disait-il, que c'était là son droit et sa prérogative.

« Veut-on un autre exemple d'exagération ? Plus tard, au plus fort de nos désastres, et notre cause tout à fait perdue, un officier supérieur autrichien, chargé de dépêches importantes pour le gouvernement de Londres, réunit à dîner quelques-uns des nôtres avec lesquels il avait eu jadis des relations sur le continent : à la fin du dîner, et très près de toutes vérités, l'on parle politique, et il lui échappe de dire qu'à son départ de Vienne, on parlait beaucoup du mariage de Madame Royale (aujourd'hui la duchesse d'Angoulême) avec l'archiduc Charles, qui dans ce moment d'ailleurs occupait fort la renommée. "Mais c'est impossible ! lui observe vivement un de ses convives français. – Et pourquoi ? – Parce que ce n'est pas un mariage convenable pour Madame. – Comment ! s'écrie l'Autrichien scandalisé et fatiguant ses poumons, Son Altesse Royale Monseigneur l'archiduc Charles ! Pas un mariage convenable pour votre princesse ! – Eh ! non, monsieur, elle ne ferait là qu'un mariage de garnison."

« Du reste, ces hautes prétentions nous venaient de notre éducation : c'était là, à nous, notre sentiment national ; et nos princes n'en étaient pas exempts. Chez nous, les frères du roi dédaignaient le titre d'Altesse Royale : ils avaient la prétention d'écrire avec le titre de frère à tous les souverains ; le reste était à l'avenant ; aussi n'était-ce qu'un cri en Europe contre nos manières de Versailles et les prétentions de nos princes.

« Gustave III nous disait, à Aix-la-Chapelle : "Votre cour de Versailles n'était pas abordable ; sa hauteur et son persiflage étaient aussi par trop forts : quand j'y ai été, on m'y regardait à peine, et en la quittant j'emportai le brevet *de lourdaud, de ganache*."

« La duchesse de Cumberland, mariée au frère du roi d'Angleterre, avait à se plaindre dans le même temps et dans la même ville, que la princesse de Lamballe ne lui accordât pas les honneurs des deux battants.

« Le vieux duc de Glocester, à Londres, se plaignait plus tard, pour son compte, d'un de nos princes du sang, et disait qu'au surplus le prince de Galles riait beaucoup de ce que lui-même, prince de Galles, s'appelant *Monseigneur*, notre prince s'étudiait soigneusement à tourner ses phrases de manière à ne le lui jamais rendre.

« Toutefois, à Coblentz, dans nos circonstances nouvelles, nos princes daignaient altérer leurs mœurs à cet égard, et descendre au niveau des princes étrangers. Ils se trouvaient en ce moment auprès de l'Électeur de Trèves, prince de Saxe, frère de leur mère, lequel, par parenthèse, nous dévorions alors, et auquel nous avons coûté plus tard la perte de ses États ; ils daignaient l'appeler *mon oncle* ; lui, pouvait les appeler mes *neveux*, et il leur disait un jour, assure-t-on : "C'est à vos infortunes que je dois des expressions si tendres ; à Versailles, je n'eusse été pour vous que *M. l'abbé* ; il n'est pas sûr que vous m'eussiez reçu tous les jours." Et on ajoutait qu'il disait vrai, et que le comte de Luzace, son frère, là présent, en avait fait la triste expérience.

« Les princes passaient en général leurs soirées dans leurs intimités particulières. L'un était la plupart du temps chez Mme de Polastron, à laquelle il portait des soins que sa constance et ses formes ont rendus respectables. Ce n'est pas que l'on n'essayât plusieurs fois, mais toujours en vain, de l'en distraire, tant les intrigants trouvaient peu leur compte avec Mme de Polastron, qui, douce, bonne, excellente, tout à fait désintéressée, tenait à demeurer absolument étrangère aux affaires. Son cercle se composait d'infiniment peu de monde. J'avais dû à une parente le bonheur d'y être admis ; mais comme il fallait se retirer avant l'arrivée du prince, je n'ai jamais eu l'honneur de l'y voir.

« Monsieur passait ses soirées chez Mme de Balbi, dame d'atour de Madame. Mme de Balbi, vive, spirituelle, amie chaude, ennemie décidée, réunissait chez elle tout ce qu'il y avait de plus distingué : c'était un honneur que d'y être admis ; on s'y trouvait au centre du goût et du bon ton. Monsieur y demeurait parfois assez tard, et quand la foule était écoulée, le cercle rétréci, il lui arrivait de raconter ; et il faut avouer qu'il nous était aussi supérieur par les grâces de sa conversation que par son rang et sa dignité.

« Voilà pour notre tenue et nos dehors de société à Coblentz : c'était notre beau côté ; nous étions moins heureux sous la face politique ; elle formait la partie honteuse.

« – Ah bon ! a dit ici l'Empereur, aussi bien je commençais à trouver longs vos détails de salon. Il est vrai que pour vous c'est excusable, vous vous y complaisez, c'est votre jeune temps. Mais allez.

« – Sire, toute notre multitude n'était qu'une noble et brillante cohue ; tout notre ensemble offrait l'image d'une complète confusion. C'était l'anarchie, s'agitant au-dehors pour établir, disait-on, l'ordre au-dedans ; une véritable démocratie combattant pour rétablir son aristocratie. Nous donnions en petit, du reste, et à quelques nuances près, la répétition de tout ce qui se faisait en France. Nous avions parmi nous des zélateurs tenaces de nos vieilles formes, et des amateurs ardents de la nouveauté ; nous avions nos constitutionnels, nos intolérants, nos modérés. Nous avions nos empiriques, qui regrettaient fort de ne s'être pas emparés du roi, pour agir de force en son nom, ou tout bonnement le faire déclarer incapable ; enfin nous avions aussi nos Jacobins, qui voulaient tout tuer, tout brûler, tout détruire en rentrant, etc.

« Nos princes n'exerçaient aucune autorité positive sur notre multitude : ils étaient nos souverains, il est vrai, mais nous étions des sujets fort indociles et très facilement aigris : nous murmurions à tout propos ; c'était surtout sur les derniers arrivants que se portait la fureur commune ; c'était autant de gloire et de chance qu'ils enlevaient à nos exploits et à nos espérances, disions-nous ! On arrivait toujours trop tard, s'écriaient tous ceux qui se trouvaient une fois admis. Il n'y avait plus de mérite désormais, disait-on. Si l'on continuait à tout recevoir ainsi, la France entière serait bientôt de notre côté, et il ne se trouverait plus personne de punissable au retour, etc.

« Pleuvaient alors de tous côtés les dénonciations de toutes sortes sur ceux qui arrivaient. Un prince de Saint-Maurice, fils du prince Montbarrey, ne put résister à l'ouragan, bien qu'il eût l'appui formel de tout ce qu'il y avait de distingué, celui du prince même, qui daigna implorer en sa faveur, disant : “Eh ! messieurs, qui n'a pas ses fautes à se reprocher dans la Révolution ? Moi aussi j'ai eu les miennes ; et en les oubliant vous m'avez donné le droit d'intercéder pour d'autres.” M. de Saint-Maurice n'en dut pas moins déguerpir au plus vite : son crime était d'avoir été de la société des amis des noirs, et d'être poursuivi, au milieu de nous, avec acharnement, par un gentilhomme franc-comtois, qui dénonçait M. de Saint-Maurice pour lui avoir fait brûler des châteaux. Or, peu de jours après, il se découvrit que le clabaudeur[1] n'avait pas de château, qu'il n'était pas franc-comtois, qu'il n'était point gentilhomme, ce n'était qu'un aventurier.

« M. de Cazalès, qui avait rempli la France et l'Europe de l'éclat de son éloquence et de son courage dans l'Assemblée nationale, avait néanmoins perdu la faveur populaire à Coblentz. Quand il se présenta arrivant de Paris, le bruit courut parmi nous que les princes ne le recevraient pas, ou le recevraient mal. Nous nous réunîmes quatre-vingts Languedociens pour lui servir d'escorte en dépit de lui-même. M. de Cazalès était l'honneur de notre province, nous le conduisîmes aussi chez les princes, et il en fut bien reçu.

« Un député du tiers état, qui s'était fort distingué à la Constituante par son royalisme, était au milieu de nous. Un de nos princes s'adressant un jour à lui, dans la foule, lui dit : "Mais, un tel, expliquez-moi donc, vous qui êtes si honnête homme, comment vous avez pu dans le temps prêter le serment du Jeu de paume ?" Le député, interloqué de l'algarade, balbutia d'abord qu'il avait été pris à court..., qu'il ne devinait pas les conséquences funestes... Puis, se remettant aussitôt en selle, il répliqua avec vivacité : "Du reste, je ferai observer à monseigneur que ce n'est pas ce qui a perdu la monarchie française, mais bien la réunion de la noblesse, qui est venue nous joindre, sur une lettre très touchante de monseigneur. – Holà ! dit le prince, en le frappant doucement sur le ventre, apaisez-vous, mon cher, je n'ai pas voulu vous fâcher par cette question."

« Toutefois, avec le temps, on régularisa tant bien que mal quelque chose ; nous fûmes classés par corps et par provinces ; on nous assigna des cantonnements, on nous donna des armes ; les gardes du corps du roi furent réunis, habillés, équipés, soldés, et bientôt ils présentèrent une troupe superbe par sa tenue et sa régularité. La coalition d'Auvergne et le corps de la marine, partie à pied et partie à cheval, se firent spécialement remarquer par leur discipline, leur instruction et leur fraternité. Et l'on ne saurait trop admirer notre dévouement et notre abnégation : chaque officier ne fut plus qu'un

1. Personne qui crie beaucoup et sans raison.

simple soldat, tenu à des pratiques, à des fatigues fort étrangères à ses mœurs, et soumis aux plus grandes privations ; car il n'y avait point de solde, et beaucoup dans le nombre n'eurent bientôt plus de ressources que la cotisation de leurs camarades plus heureux. Nous méritions un meilleur résultat, ou, pour mieux dire, nous étions dignes d'une meilleure entreprise. On avait soigneusement réuni tous les officiers des mêmes régiments, pour qu'ils présentassent le cadre tout formé à leurs soldats, qui ne manqueraient pas, pensions-nous, d'arriver à eux dès qu'ils les apercevraient : tel était notre aveuglement ! C'est par un pareil motif qu'on avait réuni de même les gentilshommes par province, ne doutant pas de leur heureuse influence sur l'ensemble de la population : notre maladie était de nous croire toujours désirés, attendus, adorés.

« Tous ces rassemblements s'exerçaient et manœuvraient publiquement ; bien qu'aux interpellations diplomatiques à cet égard, il fût répondu hardiment qu'il n'en était rien, ou qu'on ne manquerait pas de l'empêcher. Nous avions des généraux indiqués, un état-major formé, et tout ce qui caractérise un quartier général, jusqu'à un grand prévôt. Insensiblement nos princes s'étaient environnés de tout ce qui constitue un véritable gouvernement : ils avaient des ministres pour les affaires du moment ; ils en avaient même pour la France, lorsque nous y serions rentrés ; tant ce moment nous semblait infaillible et prochain.

« M. de Lavilleurnois, dont il a été tant question depuis dans une conspiration royale et qui a été mourir à Sinnamary à la suite de fructidor, avait le ministère de la Police. Il partit de bonne heure pour aller l'exercer clandestinement à Paris. Il m'avait pris en belle affection, et voulait absolument faire de moi son gendre. Il employa de vives instances pour que je le suivisse ; mais je m'y refusai : la nature de son ministère me répugnait. Autrement, quelles différentes combinaisons dans mes destinées !

« Nous avions des rapports directs avec presque toutes les cours. Les princes y avaient des envoyés, et en recevaient à Coblentz. Monseigneur comte d'Artois alla à Vienne, je crois, mais bien certainement à Pillnitz. La noblesse, en corps, écrivit à Catherine, dont nous reçûmes un ambassadeur, M. de Romanzof. Cette impératrice voyait avec plaisir se former un orage dans le midi de l'Europe ; elle attisait volontiers un incendie qui pouvait lui devenir très favorable, sans qu'il lui en coûtât rien : aussi se montrait-elle chaude dans ses sentiments et passionnée dans ses promesses. Elle ne désespérait pas, dans cette circonstance, de rendre dupe Gustave III, dont la voisine activité lui était importune ; elle l'avait décidé, dit-on, à la croisade, en le flattant de s'en voir le généralissime. Je ne sais si ce prince, de beaucoup d'esprit et de talent et bien certainement un aigle pour son temps, s'en laissait imposer : ce qu'il y a de vrai, c'est qu'il se montrait fort ardent pour notre cause, et qu'il annonçait le désir d'y combattre en personne. Quant il partit d'Aix-la-Chapelle pour aller prendre en Suède les dernières mesures à cet égard, je l'ai entendu, prenant congé de la princesse de Lamballe, lui dire : "Vous me reverrez bientôt ; mais encore suis-je tenu, pour mon compte, à certaines démarches, à certains ménagements ; car mon rôle est des plus délicats. Sachez que moi, qui veux revenir combattre à la tête de vos aristocrates chez vous, je suis chez moi le premier démocrate du pays, etc."

« Nous recevions même des envoyés de Louis XVI, qui présentaient des messages publics réprobateurs, et avaient des conférences confidentielles, peut-être tout à fait différentes. Du moins agissions-nous comme s'il en avait été ainsi, déclarant hautement qu'il était captif, et que nous ne devions tenir nul compte d'aucun de ses ordres ; que nous devions prendre le contre-pied de tout ce qu'on lui faisait dire ; que s'il nous exhortait à la paix, c'est qu'il nous demandait la guerre. Aussi je pense que nous avons été bien funestes au repos de l'infortuné monarque, et que nous avons notre part spéciale dans le pardon qu'il a consacré dans son testament en faveur de ses amis, qui, par un zèle indiscret, dit-il, lui ont fait tant de mal.

« Cependant notre émigration se prolongeait, en dépit de toutes les promesses que l'on nous faisait, et de toutes les espérances dont nous nous bercions ; car de quelles illusions, de quels contes, de quelles absurdités n'abusait-on pas notre impatience, soit qu'on voulût prévenir notre découragement, soit qu'on s'abusât soi-même ? On s'est amusé à calculer, d'après nos lettres et nos gazettes, que nous avions fait marcher près de deux millions d'hommes en moins de dix-huit mois, sans qu'il ait pourtant rien paru à nos yeux. "Mais, nous disaient en grande confidence les hauts initiés, c'est que ces troupes ne marchent que la nuit pour mieux surprendre nos démocrates, ou qu'elles ne passent de jour que par pelotons et sans uniformes", ou autres choses de même force. D'un autre côté, c'était une foule de lettres que l'on se montrait les uns aux autres, de tous les pays et des meilleures sources, en style énigmatique que l'on croyait bien n'être intelligible que pour nous seuls. On mandait à l'un que cinquante mille cristaux de Bohême venaient d'être expédiés pour son pays ; l'autre était prévenu de l'envoi très prochain de dix mille porcelaines de Saxe ; on annonçait à un troisième vingt-cinq mille balles de cacao, et autres bêtises de la sorte.

« Comment se peut-il, me dis-je à présent, que des gens d'esprit, car il y en avait certainement beaucoup dans le nombre, que d'anciens ministres qui nous avaient gouvernés, que d'autres qui étaient destinés à le devenir, pussent donner dans de pareilles balivernes, ou que notre gros bon sens, dans la multitude, ne nous ait pas portés à leur rire au nez ? Mais non, nous n'en demeurions pas moins convaincus que nous touchions au terme de nos espérances, que ce moment approchait, qu'il était infaillible ; que nous n'aurions qu'à nous montrer, que nous étions vivement désirés, que tout serait à nos pieds. »

Ici l'Empereur, qui m'avait souvent interrompu pour rire et goguenarder, m'a dit fort sérieusement : « Combien votre tableau doit être fidèle ; car je reconnais là une foule des vôtres ! vraiment, mon cher, soit dit sans vous insulter, la jactance, la crédulité, l'inconséquence, la sottise même, l'on pourrait dire, en dépit de tout leur esprit, semblent être spécialement leur lot. Quand parfois, voulant m'amuser, je me suis laissé aller avec eux à lâcher les rênes et à encourager la confiance, j'ai entendu, moi, aux Tuileries, sous le Consulat et l'Empire, l'égal de tout ce que vous dites là ; nul ne doutait jamais de rien : l'amour des Français pour leur roi avait passé tout entier à ma personne, me disait-on ; je pouvais désormais faire tout ce qui me plairait, j'en devais user, je ne rencontrerais jamais d'autres obstacles qu'une poignée d'incorrigibles maudits de tous. Cette contre-révolution tant redoutée, me disait un autre, n'avait été qu'un jeu d'enfant pour moi ; elle n'avait pas fait un pli dans mes mains. Et croira-t-on ceci ! il n'y manquait, me disait-il avec insinuation, que de substituer l'ancienne couleur blanche à celles qui nous avaient fait tant de tort en tous lieux. L'imbécile, c'était là la seule souillure qu'il nous trouvât désormais. J'en riais de pitié, bien que j'eusse de la peine à me contenir ; mais pour lui, il était de la meilleure foi du monde, bien persuadé qu'il était dans mon sens, et bien plus encore que l'universalité pensait comme lui[1]. Mais continuez.

« – L'apparition du duc de Brunswick à Coblentz et l'arrivée du roi de Prusse à la tête de ses troupes furent un grand sujet de joie et d'espérance pour toute l'émigration. Le ciel s'ouvrait enfin devant nous, s'écriait-on ; nous allions donc rentrer dans la terre promise. Toutefois les gens de jugement et d'expérience prononcèrent, dès le premier abord, que notre crise aurait l'issue de toutes celles qui lui ressemblent dans l'histoire ; que nous ne serions que des instruments ou des prétextes pour les étrangers, qui ne cherchaient que leur intérêt et ne nous portaient aucun sentiment.

« M. de Cazalès, que peu de temps avait formé beaucoup, nous l'exprima avec bien de l'énergie. Nous considérions en

1. Il est sûr que c'est le propre des hommes de s'abuser sur le sentiment qu'on leur porte. A Coblentz, où nous jetions tant d'argent, où notre jeunesse aimable et brillante, bien plus à craindre sans doute par l'excès que par le manque de son éducation, remplissait toutes les maisons, et parcourait toutes les familles, il nous était permis de croire que nous devions y être aimés ; aussi nous croyions-nous adorés. Eh bien, lors de ma déportation au cap de Bonne-Espérance, un hasard bien singulier m'ayant placé sous la garde précisément d'un habitant de Coblentz qui avait assisté aux instants brillants de notre émigration, j'eus un grand plaisir d'en reparler avec lui. Nous ne pouvions désormais, à cet égard, avoir des secrets l'un pour l'autre, vingt-cinq ans s'étaient écoulés ; eh bien ! il me disait : « Vous n'étiez pas précisément haïs, mais le véritable amour était pour vos adversaires, car leur cause était la nôtre. La liberté s'était glissée parmi nous, précisément au travers de vous autres ; là, au milieu de vous, sous vos yeux mêmes, nous avions formés des clubs ; et Dieu sait si nous y riions à vos dépens, etc. » Et plus d'une fois il lui était arrivé, me disait-il, mêlé à la foule qui faisait entendre des acclamations sur notre passage, de crier, avec bon nombre de ses camarades : « Vivent les princes français, et qu'ils boivent un peu dans le Rhin ! » « Vous parlez de l'accueil que nous vous faisions, ajoutait-il ; mais c'est celui fait à Custine qu'il eût fallu voir ! Là, vous auriez pu juger de nos vrais sentiments : nous courûmes au-devant de lui ; nous couronnâmes ses soldats ; grand nombre d'entre nous s'enrôlèrent, et plusieurs sont revenus généraux ; pour moi j'y ai manqué ma fortune, etc. » *(Las Cases.)*

extase les Prussiens qui défilaient dans les rues de Coblentz pour gagner nos frontières. "Jeunesse insensée, nous dit-il, vous admirez avec sympathie cette troupe et tout son attirail ; vous vous réjouissez de sa marche ; frémissez-en plutôt ! Pour moi je voudrais voir le dernier de ces soldats dans le Rhin. Malheur à qui appelle l'étranger dans son pays ! O mes amis ! continua-t-il avec chaleur, la noblesse française n'y survivra pas : elle aura la douleur d'expirer loin de son berceau. Je suis plus coupable qu'un autre ; je le vois, et je fais comme tout le monde ; mais c'est parce que je ne puis rien empêcher. Je le répète, malheur à qui s'adresse à l'étranger, et s'en fie à lui !"

« Quel oracle de sagesse que ces dernières paroles ! Bientôt des faits eussent dû nous en convaincre, si nous eussions eu moins d'aveuglement, ou s'il était donné à une multitude de bien raisonner et de bien agir ; mais nous étions destinés, par nos misères mêmes, à enrichir l'histoire d'une des leçons les plus dignes de la méditation des hommes. Nous pouvions bien nous compter vingt ou vingt-cinq mille en armes : certes, une telle masse, ardente, dévouée, combattant pour ses propres intérêts, d'intelligence avec les éléments sympathiques du dedans, agissant contre une nation bouleversée, dans l'agitation confuse de nouveaux droits non encore sacrés, pas même bien compris, pouvait porter des coups décisifs. Mais ce n'était pas notre force, nos succès, leur promptitude, qui eussent fait le compte des étrangers. Aussi, sous le prétexte de cette influence même, et pour qu'elle s'exerçât, disaient-ils, sur plusieurs points à la fois, ils nous annulèrent en nous morcelant, et nous faisant pour ainsi dire prisonniers au milieu de leurs divers corps d'armée. Ainsi, six mille d'entre nous, sous les ordres du prince de Condé, furent dirigés contre l'Alsace ; quatre mille sous le duc de Bourbon, durent agir en Flandre, et douze à quinze mille demeurèrent au centre, sous les deux frères du roi, pour attaquer la Champagne.

« Le plan, les vœux de nos princes avaient été que Monsieur[1], comme héritier du trône et le suppléant naturel de Louis XVI, se proclamât, vu la captivité du roi, régent du

1. Titre réservé au frère du roi, en l'occurrence le comte de Provence, futur Louis XVIII.

royaume, en mettant le pied sur le territoire français ; qu'il marchât avec ses émigrés à la tête de l'expédition, et que les alliés à sa suite ne fussent que nos auxiliaires : mais les alliés ne firent qu'en rire ; ils nous reléguèrent à la queue, sous les ordres et le bon plaisir du généralissime Brunswick, qui nous fit précéder par le plus absurde des manifestes, dont il nous sauva du moins le ridicule et l'odieux.

« Il est juste de dire toutefois que, parmi nous, quelques vieilles têtes, mieux avisées, n'avaient pas été sans prévoyance à cet égard ; aussi avaient-elles proposé dans le conseil des princes, disait-on, de se jeter, avant l'arrivée des alliés, sur quelque point de la France, et d'y nourrir, pour notre compte, la guerre civile ; d'autres, plus désespérés ou plus ardents, conseillaient de se saisir noblement des États de l'Électeur de Trèves, notre bienfaiteur, d'occuper Coblentz et sa forteresse, et d'en faire, pour tous les mécontents français, un centre de ralliement, un point d'appui indépendant du corps germanique ; et quand nous nous récriions contre une telle perfidie et une telle ingratitude, ils nous répondaient : *Aux grands maux, les grands remèdes*. On ne sait ce qu'eussent pu produire de pareilles résolutions, qui étaient au demeurant bien plus dans l'audace de nos jours que dans les mœurs d'alors : aussi ne furent-elles pas suivies ; et d'ailleurs il était trop tard ; nous étions trop engagés au milieu des étrangers ; nous leur appartenions déjà, et nos destinées devaient s'accomplir !...

« Quant à nous, qui formions la multitude, nous étions loin de prévoir nos malheurs : nous nous mîmes en marche avec allégresse ; il n'était pas un de nous qui ne se vît, à quinze jours de là, chez lui triomphant au milieu de ses vassaux, soumis, humiliés, accrus. Notre confiance n'eût permis là-dessus aucune observation, aucun doute ; j'en vais donner une preuve qui, pour m'être personnelle et fort minutieuse en elle-même, n'en sera pas moins caractéristique pour tous. Nous traversions la ville de Trèves ; un de mes grands-oncles, lors de la guerre de la succession, en avait été gouverneur, pour Louis XIV, durant la conquête. Je fus visiter sa sépulture : elle se trouvait dans une chapelle des chartreux de cette ville. La chaleur de mon âge, celle du moment, me portèrent à vouloir lui élever un petit monument, avec une superbe inscription analogue aux circonstances. Je ne doutais de rien ;

il n'en fut pas ainsi des bons religieux : le prieur exigea que je m'en entendisse avec M. l'abbé, espèce d'évêque, et d'évêque allemand. Sa sagesse, sa tiédeur, en dépit de ses nombreux quartiers, lorsque je lui débitais mon projet chevaleresque, me prévinrent d'abord fortement contre lui ; mais quand, après quelques circonlocutions, il m'accoucha que, dans les circonstances présentes... la prudence... la sagesse... si les Français venaient à entrer dans la ville... A ces derniers mots, mon indignation fut extrême ; elle fut telle, que je ne me donnai pas le temps de lui répliquer une parole ; je sortis aussitôt avec le rire du mépris et de la colère, convaincu que je laissais là le plus effroyable Jacobin ; et rien qu'une générosité naturelle et le respect de moi-même purent m'empêcher d'ameuter les camarades, qui eussent certainement tout renversé. Hélas ! pourtant, M. l'abbé y voyait plus loin que moi ; car trois semaines n'étaient pas écoulées que les républicains étaient dans Trèves, le pauvre abbé en fuite, et les cendres du bon oncle profanées par les infidèles.

« Du reste, à peine fûmes-nous en pleine opération, à peine eûmes-nous mis le pied sur le sol français, qu'il devint très aisé, sous peine de stupidité ou d'aveuglement, de comprendre enfin qu'il était possible, à toute rigueur, que nous nous fussions abusés. Nous nous trouvions au milieu des Prussiens, qui enchaînaient tous nos mouvements ; nous ne pouvions aller en avant, à droite ni à gauche sans leur permission, et ils ne l'accordaient jamais. Nos subsistances, toutes nos ressources dépendaient de leur unique volonté ; nous avions la honte de nous présenter en esclaves sur le sol où nous prétendions régner.

« Quant à nos compatriotes, au lieu de nous recevoir en libérateurs, comme nous n'en avions pas douté, ils ne nous témoignèrent que de l'éloignement et de la répugnance. Pour quelques seigneurs châtelains ou autres qui venaient nous joindre, la masse entière de la population fuyait à notre approche ; on nous considérait hostilement avec l'œil du reproche et le silence morne de la réprobation ; elle semblait nous dire : “Ne frémissez-vous donc pas de souiller ainsi le sol de la patrie ? N'êtes-vous pas nés Français ? Le cœur ne vous dit-il donc rien sur cette terre natale ? Vous vous dites offensés ! mais quel tort, quelle injure donna jamais à un fils le droit ou le sentiment de venir déchirer sa mère !... On nous dit qu'autrefois un patricien fougueux, Coriolan, eut l'infamie de combattre sa patrie ; mais du moins à la fureur il joignait l'élévation ; il se présentait avec un bras victorieux ; il imposait ses propres volontés ; il ne se traînait pas à la suite de barbares étrangers ; il les commandait ; et encore se laissa-t-il attendrir ! Seriez-vous incapables de ce sentiment ? et ne redouteriez-vous pas nos malédictions, qui vous seraient perpétuées par nos enfants ! Et, dans ce cas encore, quels que soient vos succès, ils n'égaleront pas vos douleurs ! Vous prétendez venir gouverner ! vous n'aurez amené que des maîtres ! etc."

« A Verdun ou à Étain on nous logea dans la ville : quelques camarades et moi nous eûmes pour lot une assez belle maison ; mais elle n'avait plus que les murailles : tous les meubles, tous les propriétaires avaient disparu à l'exception de deux jeunes demoiselles très jolies qui nous en mirent en possession. Cette circonstance nous semblait d'un augure favorable ; nous nous permîmes de le leur faire observer galamment, et voulûmes faire les aimables. "Messieurs, nous dit assez aigrement l'une des deux amazones, nous sommes restées parce que nous nous sentions le courage de vous dire en face que nos prétendus sont en armes contre vous, et qu'ils ont nos vœux au moins autant que nos cœurs." Ce langage était intelligible ; aussi nous n'en demandâmes pas davantage, et nous allâmes nous loger ailleurs.

« Quoi qu'il en soit, nous voilà donc en France, et à la suite de cette armée prussienne qui poursuit brillamment ses succès, nous laissant de trois ou quatre marches en arrière ; et, soit pour se rire de nous, parce que nous les avions assurés que toutes les villes ouvriraient leurs portes à notre vue, soit pour se délivrer de nos importunités, ils nous donnèrent à faire le siège de Thionville. Nous approchons de la place, et, par une de ces bizarreries singulières du hasard, le corps de la marine s'y trouve précisément opposé aux volontaires nationaux de Brest : ils se reconnaissent, et Dieu sait la volée d'épithètes et d'injures qui sont aussitôt échangées.

« Toutefois, la place de Thionville est, comme l'on sait, des plus fortes ; or, nous manquions de tout, et nous ne pouvions la prendre de nos mains ni de nos dents, et ce fut alors le sujet d'une haute négociation que d'obtenir des Autrichiens de Luxembourg deux pièces de vingt-quatre. Après bien des allées et des venues, elles se présentent enfin triomphantes, et c'est avec ce formidable appareil que nous sommons la place, et que, sur son refus, on lui tire la nuit, en pure perte, quelques centaines de coups de canon. Lors de mon retour de l'émigration, le hasard m'ayant fait trouver avec le général de Wimpfen, commandant de cette place, il me demandait quelle avait pu être notre intention par cette mauvaise plaisanterie : "Mais c'est, je crois, que l'on comptait sur vous. – Mais quand cela eût été, me disait-il, encore eussiez-vous dû me mettre dans le cas de me rendre ; vous ne pouviez supposer que je dusse aller vous prier de me prendre." Le tout était à l'avenant ; la plus petite sortie mettait toutes nos forces en l'air ; la moindre circonstance était un événement pour nous : cela était simple ; car nous étions étrangers à tout : aussi, courage à part, je n'hésite pas à croire que cent gros bonnets de la garde impériale n'eussent mis tout notre rassemblement en déroute. Heureusement que nos adversaires n'en savaient pas plus que nous : tous étaient pygmées alors, bien qu'en très peu de temps on ait trouvé des géants partout.

« Cependant nous demeurions fort mécontents de tout cela, sous nos tentes et sur notre mauvaise paille ; mais, *à la française*, notre gaieté faisait notre salut ; notre mauvaise humeur s'exhalait en quolibets et en mauvaises plaisanteries ; chacun de nos chefs eut bientôt son sobriquet ; il ne fut pas jusqu'au vénérable maréchal de Broglie, notre généralissime, qui n'eût le sien ; et ceci me rappelle le conte dont nous gratifiâmes, sans doute, un de ses lieutenants, qui en demeura noyé. Si mes compagnons de tente lisent jamais ceci, ils en riront encore :

« Lors d'une sortie qui nous mit tout en émoi, comme de coutume, chacun se portait en avant ; or, nous possédions deux petits canons que nous avions achetés, et que les officiers d'artillerie traînaient eux-mêmes faute de chevaux : "Eh bien ! m'a observé l'Empereur, j'aurais pu être précisément attelé à ces mêmes canons ; et pourtant, quelles autres combinaisons dans mes destinées et dans celles du monde ! car il est incontestable, et nul ne saurait le nier, que je lui ai imprimé une direction toute de moi. Mais reprenez."

« – Sire, notre formidable artillerie était donc en pleine route sur le grand chemin, quand l'officier général de jour arrive au grand galop, et s'arrête d'indignation à la vue de nos deux petits canons roulant vers la place, la culasse en avant. "Comment ! messieurs, le faisait-on s'écrier, sont-ce bien des gentilshommes qui conduisent ainsi leurs canons à l'ennemi ? Et s'il se présentait, comment pourriez-vous tirer dessus ?" Et il s'obstinait à ne vouloir pas comprendre ce que les officiers d'artillerie se tuaient à lui dire, que pourtant il en était ainsi partout, et que, sous peine d'invention de sa part, on ne pouvait faire autrement ; et dès cet instant nous expédiâmes son brevet, que contresigna la multitude.

« Mais bientôt tout ce burlesque tourna subitement au dernier sérieux ; la scène changea comme par magie, et nos malheurs apparurent aussitôt dans toute leur affreuse nudité. Soit trahison, soit faiblesse, soit intérêt de sa politique, ou maladie dans son armée ; soit force réelle ou seule adresse du général français, le roi de Prusse traita secrètement avec lui, fit soudainement volte-face, et marcha vers la frontière, évacuant le territoire de la France. Alors commença pour nous la plus épouvantable débâcle : le langage ne saurait rendre les indignes traitements dont nous fûmes l'objet, ni le juste ressentiment dont un cœur généreux dut se remplir contre les Prussiens, nos alliés. Nos princes dégradés, méconnus, insultés par eux ; nos équipages, nos effets les plus nécessaires, notre linge même, pillés ; nos personnes bassement maltraitées : tels nous fûmes, pêle-mêle, poussés et revomis en dehors de la frontière, par nos amis, nos alliés !!!

« Pour moi, dès le commencement de la retraite, succombant sous la fatigue de trop longues marches faites dans la boue et sous des torrents de pluie ; courbant sous un mousquet et sous un attirail qui n'étaient nuisibles qu'à moi, je profitais de ma prérogative de volontaire pour sortir des rangs, et opérer seul ma retraite selon mes forces. Je partais quand je pouvais ; je n'atteignais jamais la halte commune ; la première métairie me servait d'asile ; et, soit bonheur personnel, soit parce qu'en effet les paysans se trouvèrent bons, et point exaspérés contre nous, j'évacuai sans malencontre. Ce ne fut qu'à quelque temps de là que je pus juger de toute l'étendue du péril auquel je m'étais exposé, quand je lus dans les papiers que quinze ou dix-huit des nôtres, traînards comme moi, dont quelques-uns étaient mes voisins dans les rangs, avaient été saisis, menés à Paris, et exécutés dans les places publiques en espèce d'autodafé, et comme par voie d'expiation.

« Aussitôt hors de France, on nous signifia à tous qu'il fallait nous dissoudre ; mais cette intimation n'était pas nécessaire : les besoins, le dénuement de toutes choses le rendaient suffisamment indispensable. Nous nous débandâmes ; chacun prit une direction à l'aventure, et le désespoir, la rage furent ses compagnons. Nous traversâmes en fugitifs, la plupart du temps à pied, quelques-uns à peu près nus, les lieux de notre splendeur et de notre luxe passés. Heureux quand on ne nous en fermait pas les portes, quand on ne nous en repoussait pas avec brutalité ! En un instant on nous chassa officiellement de partout ; on nous interdit le séjour ou l'entrée de tous les États voisins ; nous fuîmes au loin et allâmes traîner dans toute l'Europe le spectacle de nos misères, qui durent être une grande leçon de morale et de politique pour les peuples, les grands et les rois.

« Cependant, les exploits des Français firent expier cruellement aux étrangers les indignités dont ils nous avaient accablés ; tandis que de notre côté, ce nous fut une espèce de consolation que de voir l'honneur de l'émigration se réfugier dans l'armée de Condé, qui se montrait à tous les yeux et s'est inscrite dans l'histoire comme un modèle de loyauté, de valeur et de constance.

« Telle est, sire, cette trop fameuse époque, cette détermination fatale, qui n'a été, pour un grand nombre, que la seule erreur de la jeunesse et de l'inexpérience. Toutefois à ceux-là personne n'a le droit d'en faire le reproche qu'eux-mêmes. Les sentiments qui les guidèrent étaient si purs, si naturels, si généreux, qu'ils pourraient même au besoin s'en faire honneur ; et ces dispositions, je dois le dire, étaient celles de la masse parmi nous, de cette foule surtout de gentilshommes de province, qui, sacrifiant tout et n'attendant rien, sans fortune comme sans espérance, montraient un dévouement vraiment héroïque, en ce qu'il n'avait d'autre but que ce qu'ils imaginaient être un devoir. Du reste, le vice en était tout à notre éducation politique, qui ne nous apprenait pas à distinguer nos devoirs, et nous faisait porter au prince seul ce qui appartenait à toute la patrie. Les erreurs passent avec les générations, les seules vérités demeurent ! Aussi dans l'avenir, quand les passions adverses seront éteintes, quand il ne restera plus de traces des intérêts croisés ou de l'aveuglement et de la fureur des partis, alors ce qui fut douteux pour nous sera positif pour d'autres. Ce qui était excusable ou même licite en nous, qui nous trouvions entre un vieil ordre de choses qui finissait, et un nouveau qui s'élevait, sera tenu pour hautement coupable parmi ceux qui jouiront de doctrines arrêtées. Là, passeront comme articles de foi : 1° Que le plus grand de tous les crimes est d'introduire l'étranger au sein de la patrie ; 2° Que la souveraineté ne saurait être errante ; mais qu'elle est inséparable du territoire, et demeure liée à la masse des citoyens ; 3° Que la patrie ne saurait être voyageuse, mais qu'elle est immuable et toute sur le sol sacré qui nous a donné la naissance, et où reposent les ossements de nos pères. Telles sont les grandes maximes, et beaucoup d'autres encore, qui demeureront enfantées par notre émigration ; telles sont les grandes vérités qu'on recueillera de nos malheurs !

« – Très bien, a dit l'Empereur, très bien ; voilà ce qui s'appelle être sans préjugés ! Voilà de vraies vues philosophiques ! Et l'on dira de vous que vous avez su profiter des leçons du temps et de l'adversité.

« – Sire, durant notre séjour à bord du *Northumberland*, et dans les loisirs de la traversée, les Anglais, plus d'une fois, touchèrent vis-à-vis de nous ce point délicat ; égarés par la guerre qu'ils nous avaient faite avec fureur, aussi bien que par les maximes dont l'intérêt du moment remplissait leurs journaux, en opposition même avec leurs doctrines nationales, ils nous entretenaient des mérites de l'émigration, des vertus dont ils avaient été les témoins, et trouvaient la nation coupable d'y avoir résisté. Mais quand les arguments se compliquaient trop, ou que nous voulions y mettre un terme subit, nous l'obtenions d'un mot ; nous leur disions : "Reportez-vous au moment de votre révolution ; figurez-vous Jacques II vous menaçant de la rive opposée, et sous les bannières françaises, bien qu'entouré de ses fidèles, qu'auriez-vous fait ? Et si Louis XIV vous l'eût ramené à Londres à la tête de cinquante mille Français, qui eussent ensuite tenu garnison chez vous, qu'auriez-vous senti ! – Ah !... Mais... Ah...", disaient-ils, s'efforçant de chercher quelque différence, et ne pouvant en trouver, ils se mettaient à rire et se taisaient. – Et en effet, observait l'Empereur, il n'y avait pas un mot à répliquer. » Et il s'est mis à passer en revue, avec sa rapidité et ses vues ordinaires, les divers objets que j'avais relatés : il s'est arrêté sur l'absurdité, l'inconséquence, la grande erreur de notre émigration, les vrais torts qu'elle avait causés à la France, au roi, à nous-mêmes. « Vous avez établi, consacré dans la France politique, disait-il, une scission pareille à celle que les catholiques et les protestants amenèrent dans l'Europe religieuse ; et quels malheurs n'en ont pas été la suite ! J'étais venu à bout d'en détruire les conséquences ; mais ne vont-elles pas renaître ? » Et il développait les moyens qu'il avait employés pour détruire ce fléau, les précautions qu'il avait dû prendre, les résultats qu'il avait voulus. Comme tout changeait de face dans sa bouche ; comme tout s'agrandissait à mes yeux, à mesure qu'il parlait ! « Et le bizarre de ma situation, observait-il, c'est que dans tout cela je naviguais moi-même constamment au milieu des écueils.

« Chacun jugeant d'après son échelle, attribuait à des affections, à de simples préjugés, à de la petitesse, ce qui en moi n'était pourtant que vues profondes, grandes conceptions et maximes d'État de la plus haute élévation ; on eût dit que je ne régnais que sur des pygmées en intelligence : je n'étais compris de personne. Le parti national n'éprouvait que jalousie et ressentiment de ce qu'il me voyait faire en faveur des émigrés ; et ceux-ci, de leur côté, se persuadaient que je ne cherchais qu'à me donner du lustre par leurs secours. Pauvres gens !...

« Toutefois, en dépit de l'aveuglement et des préjugés réciproques, j'étais arrivé à mon but, et j'avais obtenu la satisfaction de laisser tout calme dans le port, lorsque je me lançai sur la haute mer, à la poursuite de mes grandes entreprises. »

N. B. Depuis mon retour en Europe, mentionnant ces paroles de Napoléon à un grand officier de la couronne, qui avait eu l'honneur de jouir souvent de ses entretiens particuliers (le comte de Ségur), il m'a raconté à son tour une conversation précisément sur le même sujet : elle coïncide trop bien avec ce qu'on vient de lire pour que je ne la rapporte pas ici. L'Empereur lui disait un jour : « Pourquoi croyez-vous que je cherche à m'entourer des grands noms de l'ancienne monarchie ? – Sire, mais peut-être pour la splendeur de votre trône, et pour ménager certaines apparences aux regards de l'Europe. – Ah ! vous y voilà bien avec votre orgueil et vos préjugés de classe. Eh bien ! sachez que mes victoires et ma force me recommandent en Europe bien autrement que ne pourraient le faire tous vos grands noms, et qu'au-dedans ma prédilection apparente pour eux me fait beaucoup de tort, me dépopularise infiniment. Vous attribuez à de petites vues ce qui tient à de fort larges. Je constitue une société, une nation, et je me trouve sous la main des éléments tout à fait antipathiques. Les nobles et les émigrés ne sont qu'un point dans la masse, et cette masse leur est hostile, et demeure fort ulcérée ; elle me pardonne avec peine de les avoir rappelés. Pour moi, je l'ai cru un devoir ; mais si je les laisse demeurer formant un corps, ils peuvent un jour servir à l'étranger, nous devenir nuisibles et courir eux-mêmes de grands périls. Je ne cherche donc qu'à les dissoudre et à les isoler. Si j'en place autour de moi, dans les administrations, dans l'armée, c'est afin de les incruster dans la masse, et pour faire en sorte que le tout ne fasse plus qu'un ; car je suis mortel, et si je venais à vous quitter avant que cette fusion se fût opérée, vous verriez quels inconvénients entraîneraient ces parties hétérogènes, et le terrible danger dont certaines personnes pourraient être victimes ! Ainsi donc, monsieur, mes vues tiennent toutes à l'humanité et à la haute politique : nullement à de vains et sots préjugés. »

Et sur ce que je me récriais auprès du narrateur, combien peu aux Tuileries nous connaissions le véritable caractère de Napoléon, les hautes et excellentes qualités de son âme et de son cœur, il me répondait que pour lui il avait été personnellement plus heureux, et qu'il allait m'en donner une preuve qu'il choisissait entre dix : « L'Empereur, me disait-il, dans son conseil privé, se montrait un jour fort monté contre le général La F...[1], et fit une sortie des plus vives contre ses opinions, ses principes, qu'il disait capables de mettre un État en complète dissolution ; et, s'animant par degrés, il se mit en une véritable colère. Je me trouvais un des membres de ce conseil, nouvellement admis et peu fait encore aux manières de l'Empereur ; bien qu'arrêté par mes deux voisins, je pris aussitôt la parole en défense de l'accusé, assurant qu'on l'avait calomnié auprès du souverain, qu'il vivait pai-

1. La Fayette.

sible dans ses terres avec des opinions personnelles qui ne causaient aucun dommage. L'Empereur, dans son état de colère, reprit tout d'abord pour insister avec violence ; mais au bout de cinq à six mots, il s'arrête tout court, me disant : Mais c'est votre ami, monsieur, et vous, vous avez raison... Je l'avais oublié... Parlons d'autre chose. – Et pourquoi, disais-je, ne nous faisiez-vous pas connaître, dans le temps, tout cela ? – Par une fatalité qui semblait tenir à l'atmosphère de Napoléon, soit prévention, soit autrement, notre esprit était tel qu'on ne pouvait le raconter qu'à ses intimes ; car si on en eût fait grand bruit, on eût passé pour un hâbleur grossièrement courtisan, qui eût débité, non ce qu'il croyait vrai, mais ce qu'il imaginait propre à lui mériter de la faveur et des récompenses. »

Mais puisque j'en suis à ce grand officier de la couronne, aussi distingué d'ailleurs par les grâces de son esprit et l'aménité de ses mœurs que par la noblesse de son caractère, voici une de ses réponses à Napoléon, d'un goût aussi fin que d'une flatterie délicate. L'Empereur, à un de ses levers, s'étant trouvé dans le cas de l'attendre, s'en montra fort choqué, et lui fit une scène à son arrivée, en présence de tous. Or, c'était le moment où cinq ou six rois, entre autres ceux de Bavière, de Saxe, de Wurtemberg, se trouvaient à Paris. « Sire, répondit le coupable, j'ai un million d'excuses sans doute à présenter à Votre Majesté ; mais aujourd'hui on n'est pas toujours maître de circuler dans les rues. Je viens d'avoir le malheur de donner dans un *embarras de rois* dont je n'ai pas pu sortir plus tôt, voilà la cause de ma négligence. » Chacun sourit, et l'Empereur, d'une voix fort adoucie, se contenta de dire : « Quoi qu'il en soit, monsieur, prenez dorénavant vos précautions, et surtout ne me faites plus attendre. »

SAMEDI 3.

Voyage sentimental de Napoléon.
Esprit public du temps. Journée du 10 août.

Le temps est devenu un peu meilleur ; l'Empereur a essayé de se promener au jardin. Le général Bingham et le colonel du 53e ont fait demander à voir l'Empereur, qui les a gardés assez longtemps. L'apparition du gouverneur a mis tout en fuite. Le général Bingham a disparu, et nous, nous avons gagné le bois, pour nous éloigner du terrain.

L'Empereur, dans sa promenade, a beaucoup causé d'un voyage qu'il avait fait en Bourgogne, au commencement de la Révolution. C'est ce qu'il appelle *son Voyage sentimental*[1] à Nuits ; il y alla souper chez son camarade Gassendi, alors capitaine dans son régiment, et marié assez richement à la fille d'un médecin du lieu. Le jeune voyageur ne tarda pas, disait-il, à s'apercevoir du dissentiment des opinions politiques du beau-père et du gendre : le gentilhomme Gassendi était aristocrate comme de raison, et le médecin, chaud patriote. Celui-ci trouva dans le convive étranger un auxiliaire puissant, et en fut si ravi, que le lendemain il était au point du jour chez lui en visite de reconnaissance et de sympathie. L'apparition d'un jeune officier d'artillerie d'une bonne logique et d'une langue alerte, disait l'Empereur, était une recrue précieuse et rare pour l'endroit. Il fut aisé au voyageur de s'apercevoir qu'il faisait sensation. C'était un dimanche, on lui tirait le chapeau du bout de la rue. Toutefois ce triomphe ne fut pas sans échec. Il alla souper chez une Mme Maret ou Muret, auprès de laquelle un autre de ses camarades semblait fort bien établi ; or, c'était là le repaire de l'aristocratie du canton, bien que la dame ne fût que la femme d'un marchand de vin ; mais elle avait une grande fortune, les meilleures manières ; c'était la duchesse de l'endroit, observait l'Empereur. Là se trouvait toute la gentilhommerie des environs. Le jeune officier avait donné dans un vrai guêpier, disait-il, il lui fallut rompre force lances ; la partie n'était pas égale. Au plus fort de la mêlée, on annonce le maire. « Je crus que c'était un secours que le ciel m'envoyait dans ce moment de crise, disait l'Empereur, mais il se trouva le pire de tous. Je vois encore ce maudit homme, dans son bel accoutrement du dimanche, bien boursouflé sous un grand habit cramoisi : c'était un misérable. Heureusement, la générosité de la maîtresse de la maison, peut-être une secrète sympathie d'opinions me sauvèrent. Elle détourna constamment, avec esprit, les coups qui eussent pu porter : elle fut sans cesse le bouclier gracieux sur lequel les armes venaient perdre leurs forces ;

1. Allusion à l'ouvrage de Laurence Sterne, *le Voyage sentimental* (1768), inspiré à l'auteur par son voyage en France.

enfin, elle me préserva de toute blessure, et il m'est toujours resté d'elle un agréable souvenir pour le service que j'en reçus dans cette espèce d'échauffourée. »

« Cette diversité d'opinions, observait l'Empereur, se trouvait alors dans toute la France. Dans les salons, dans la rue, sur les chemins, dans les auberges ; tous les esprits étaient prêts à s'enflammer, et rien de plus facile que de se méprendre sur la force des partis et de l'opinion, suivant les localités où l'on se plaçait. Ainsi, un patriote s'en laissait imposer facilement s'il se trouvait dans les salons ou parmi les rassemblements d'officiers, tant il se voyait en minorité ; mais sitôt qu'il était dans la rue ou parmi les soldats, il se retrouvait alors au milieu de la nation tout entière. Les sentiments du jour ne laissèrent pas de gagner jusqu'aux officiers mêmes, surtout après le fameux serment *à la Nation, à la Loi et au Roi*. Jusque-là, continuait l'Empereur, si j'eusse reçu l'ordre de tourner mes canons contre le peuple, je ne doute pas que l'habitude, le préjugé, l'éducation, le nom du roi, ne m'eussent porté à obéir ; mais le serment national une fois répété, c'eût été fini, je n'eusse plus connu que la nation. Mes penchants naturels se trouvaient dès lors en harmonie avec mes devoirs, et s'arrangeaient à merveille de toute la métaphysique de l'Assemblée. Toutefois, les officiers patriotes, il faut en convenir, ne composaient que le petit nombre ; mais avec le levier des soldats, ils conduisaient le régiment et faisaient la loi. Les camarades du parti opposé, les chefs mêmes recouraient à nous dans tous les moments de crise. Je me souviens, par exemple, disait-il, d'avoir arraché à la fureur de la populace un des nôtres, dont le crime était d'avoir entonné, des fenêtres de notre salle à manger, la célèbre romance de *ô Richard ! ô mon Roi !* Je me doutais bien peu alors qu'un jour cet air serait proscrit aussi de la sorte à cause de moi. C'est comme au 10 août [1], voyant enlever le château des Tuileries et se saisir du roi, j'étais assurément bien loin de penser que je le remplacerais, et que ce palais serait ma demeure. »

Et s'arrêtant sur cette journée du 10 août, il dit :

« Je me trouvais, à cette hideuse époque, à Paris, logé rue du Mail, place des Victoires. Au bruit du tocsin et de la

1. 1792.

nouvelle qu'on donnait l'assaut aux Tuileries, je courus au Carrousel, chez Fauvelet, frère de Bourrienne, qui y tenait un magasin de meubles. Il avait été mon camarade à l'école militaire de Brienne. C'est de cette maison, que par parenthèse je n'ai jamais pu retrouver depuis par les grands changements qui se sont opérés, que je pus voir à mon aise tous les détails de la journée. Avant d'arriver au Carrousel, j'avais été rencontré dans la rue des Petits-Champs par un groupe d'hommes hideux, promenant une tête au bout d'une pique. Me voyant passablement vêtu, et me trouvant l'air d'un monsieur, ils étaient venus à moi pour me faire crier *Vive la Nation !* ce que je fis sans peine, comme on peut bien le croire.

« Le château se trouvait attaqué par la plus vile canaille. Le roi avait assurément pour sa défense au moins autant de troupes qu'en eut depuis la Convention au 13 vendémiaire, et les ennemis de celle-ci étaient bien autrement disciplinés et redoutables. La plus grande partie de la garde nationale se montra pour le roi : on lui doit cette justice. »

Ici le grand-maréchal a observé qu'il était précisément d'un des bataillons qui se montrèrent les plus dévoués. Il avait failli être massacré plusieurs fois par le peuple, en regagnant isolément sa demeure. Nous observions, de notre côté, qu'en général la garde nationale à Paris avait constamment montré les vertus de son état : l'amour de l'ordre, le dévouement à l'autorité, la crainte du pillage et la haine de l'anarchie ; et c'était aussi l'opinion de l'Empereur.

« Le palais forcé, et le roi rendu dans le sein de l'Assemblée, a-t-il continué, je me hasardai à pénétrer dans le jardin. Jamais, depuis, aucun de mes champs de bataille ne me donna l'idée d'autant de cadavres que m'en présentèrent les masses de Suisses, soit que la petitesse du local en fît ressortir le nombre, soit que ce fût le résultat de la première impression que j'éprouvais en ce genre. J'ai vu des femmes bien mises se porter aux dernières indécences sur les cadavres des Suisses. Je parcourus tous les cafés du voisinage de l'Assemblée : partout l'irritation était extrême ; la rage était dans tous les cœurs, elle se montrait sur toutes les figures, bien que ce ne fussent pas du tout des gens de la classe du peuple ; et il fallait que tous ces lieux fussent journellement remplis des mêmes habitués ; car bien que je n'eusse rien de particulier dans ma toilette, ou peut-être était-ce encore parce que mon visage était plus calme, il m'était aisé de voir que j'excitais maints regards hostiles et défiants, comme quelqu'un d'inconnu ou de suspect. »

DIMANCHE 4.

Bals masqués. Mme de Mégrigny. Le Piémont et les Piémontais. Canaux de la France. Rêves sur Paris. Versailles. Fontainebleau, etc.

Le temps était devenu meilleur. L'Empereur a demandé sa calèche, et a marché fort loin jusqu'à ce qu'elle vînt le joindre. Nous avons fait deux tours.

On parlait des bals masqués : l'Empereur les aimait particulièrement, et en demandait souvent. Il y était toujours sûr d'un certain rendez-vous qui ne lui manquait jamais : il s'y trouvait, disait-il, entrepris chaque année par un même masque, qui lui rappelait d'anciennes intimités, et le sollicitait avec ardeur de vouloir bien le recevoir, et l'admettre à sa cour : c'était une femme très aimable, très bonne et très belle, à qui beaucoup devaient certainement beaucoup. L'Empereur, qui ne laissait pas que de l'affectionner, lui répondait toujours : « Je ne nie pas que vous soyez charmante ; mais voyez un peu quelle est votre demande ; jugez-la vous-même, et prononcez. Vous avez deux ou trois maris, et des enfants de tout le monde. On tiendrait à bonheur sans doute d'avoir été complice de la première faute ; on se fâcherait de la seconde, on la pardonnerait peut-être ; mais ensuite, et puis, et puis !... A présent soyez l'Empereur, et jugez : que feriez-vous à ma place, et moi qui suis tenu à faire renaître un certain décorum ? » Alors la belle solliciteuse gardait le silence, ou lui disait : « Du moins ne m'ôtez pas l'espérance. » Et renvoyait à l'année suivante à être plus heureuse. « Et chacun de nous deux, disait l'Empereur, était exact à ce nouveau rendez-vous. »

A ces bals, l'Empereur aimait particulièrement à se faire insulter, disait-il, et le recherchait. Un jour, chez Cambacérès, il rit beaucoup de s'entendre dire par une Mme de *** [1], qu'il

1. Mme de Saint-Didier.

prétend que sa nature portait d'ailleurs facilement à l'aigreur, « qu'il y avait des gens au bal qu'il faudrait mettre à la porte, qu'ils n'avaient pu y entrer, sans doute, qu'avec des billets volés ».

Une autre fois, il avait porté la douce et timide Mme de Mégrigny à se lever et à s'éloigner avec colère et les larmes aux yeux, disant qu'on abusait assurément vis-à-vis d'elle de la liberté que donnait un bal masqué. L'Empereur venait de lui rappeler une faveur très remarquable qu'il lui avait accordée jadis, en ajoutant que personne ne doutait qu'elle ne l'eût payée par le droit du seigneur. « Or, il n'y avait que moi, disait l'Empereur, qui pusse le lui dire sans l'insulter, parce que cela se disait, il est vrai, mais que j'étais bien sûr qu'il n'en était rien. » Voici l'histoire.

L'Empereur, allant se faire couronner à Milan [1], coucha à Troyes. On lui présenta les autorités, et parmi elles une jeune pétitionnaire à la veille de se marier, et qui venait solliciter de lui une faveur de fortune. Or, comme l'Empereur désirait, disait-il, faire quelque chose qui fût, avec éclat, agréable au pays, la circonstance lui parut favorable, et il la saisit avec toute la grâce imaginable. La jeune personne (c'était Mme de Mégrigny) appartenait aux premières familles de la province, mais était tout à fait ruinée par l'émigration. A peine était-elle de retour au logis misérable de ses parents, qu'un page y entrait avec fracas, apportant le décret de l'Empereur qui leur rendait trente mille francs de rente, ou plus. On juge du bruit et de l'effet d'un tel événement. Toutefois, comme rien n'était plus charmant, plus complètement joli, disait l'Empereur, que la jeune solliciteuse, on voulait que ses attraits eussent été pour quelque chose dans sa galanterie, bien qu'il eût quitté la ville quelques heures après, et qu'il n'y eût plus songé ; c'était égal. On sait comme se font les histoires ; et comme elle était la femme d'un de ses écuyers, qu'elle vint conséquemment à la cour, on avait mêlé tout cela comme de coutume ; si bien que, nommée depuis sous-gouvernante du roi de Rome, le choix scandalisa un moment la sévère Mme de Montesquiou, qui craignait, disait l'Empereur, de n'y voir qu'un arrangement.

L'Empereur dit qu'il renouvela à Turin la galanterie gra-

1. Comme roi d'Italie, en 1805.

cieuse de Troyes, dans la personne de Mme de Lascaris ; et dans les deux endroits, du reste, il croit avoir eu à se louer de sa libéralité, et en avoir recueilli le fruit. Les deux familles se sont montrées attachées et reconnaissantes.

Il se demandait à ce sujet quels auront pu être les sentiments du Piémont à son égard. Il avait une affection particulière, disait-il, pour cette province. M. de Saint-Marsan, qu'il croyait lui avoir été fidèle jusqu'à la fin, l'avait assuré au moment de nos désastres, disait-il, que ce pays se montrerait une de ses meilleures provinces.

« Au fait, continuait l'Empereur, les Piémontais n'aimaient point à être un petit État ; leur roi était un vrai seigneur féodal qu'il fallait courtiser ou craindre. Il avait plus de pouvoir, plus d'autorité que moi, qui, empereur des Français, n'étais qu'un magistrat suprême, faisant marcher les lois, et ne pouvant en dispenser ! Aurais-je pu empêcher un courtisan d'être poursuivi pour ses dettes ? Aurais-je pu arrêter l'action des lois sur qui que ce fût ? etc. »

Dans la conversation du dîner, l'Empereur demandait si on avait calculé la quantité d'eau fluviale qui entrait dans la Méditerranée et dans la mer Noire, ce qui l'a conduit à désirer qu'on calculât la quantité d'eau fluviale de notre Europe, et qu'on assignât la proportion de chaque vallée et de chaque versant. Il regrettait fort de n'avoir pas présenté cette série de questions scientifiques. C'était là son grand système, disait-il. Lui venait-il une idée utile, curieuse, intéressante : « A mes levers ou dans mes communications familières, je posais des questions analogues à mes membres de l'Institut, avec ordre de me les résoudre. La solution en était lancée dans le public ; elle y était analysée, combattue, adoptée ou repoussée ; et il n'est rien qu'on n'obtienne de la sorte ; c'est là la grande voie des progrès dans une grande nation douée de beaucoup d'esprit et de beaucoup de lumières. »

L'Empereur faisait observer encore à ce sujet qu'on n'avait jamais été plus fort en géographie qu'aujourd'hui, et qu'on en devait quelque chose à ses expéditions. Il a parlé ensuite des canaux qu'il avait fait faire en France. Il citait surtout celui de Strasbourg à Lyon, qu'il espérait avoir assez avancé pour qu'on fût obligé de le finir. Il pensait que sur trente millions, il devait y en avoir déjà vingt-quatre d'employés.

« Aujourd'hui on communiquait, par l'intérieur, de Bordeaux à Lyon et à Paris. J'avais construit un grand nombre de canaux ; j'en avais projeté bien davantage. » L'un de nous ayant dit qu'on en avait proposé à l'Empereur un très avantageux, mais qu'on l'avait trompé pour l'empêcher d'accepter les offres faites à ce sujet. « Sans doute que le plan n'aura été avantageux que sur papier, disait l'Empereur ; mais qu'en dernière analyse, il m'aurait fallu donner de l'argent ; ce qu'on m'arrachait difficilement. – Non, sire, répondait-on, le refus n'a été que l'effet d'une intrigue. On a trompé Votre Majesté. – Cela n'était pas possible sur ce point. Vous parlez légèrement. – Mais j'en suis sûr ; j'ai connu le plan, les offres, les souscripteurs ; mes parents y étaient pour des sommes considérables. Il s'agissait d'unir la Meuse à la Marne. Le canal aurait eu moins de sept lieues. – Mais vous ne dites pas tout ; peut-être avec cela exigeait-on que je concédasse d'immenses forêts nationales dans les environs ? ce que je n'aurais pas voulu. – Non, sire, c'était seulement une intrigue de vos ponts et chaussées. – Mais encore faudrait-il qu'ils eussent opposé quelques raisons, quelque apparence d'intérêt public. Que disaient-ils ? – Sire, que les bénéfices auraient été trop grands. – Mais alors ils me l'eussent proposé eux-mêmes, disait l'Empereur, et je l'eusse exécuté. Je vous répète que vous ne sauriez avoir raison ; vous parlez ici à l'homme de la chose même, qui s'en occupait sans cesse. Les ponts et chaussées, de leur côté, n'étaient jamais plus heureux que de faire. Jamais un particulier ne m'a proposé un pont, qu'il n'ait été pris au mot. S'il me demandait un péage de vingt-cinq ans, j'étais disposé à le lui accorder pour trente. Il m'importait peu qu'il fût utile, s'il ne devait me rien coûter. C'était toujours un capital dont j'enrichissais le sol. Au lieu de refuser des canaux, je courais après. Mais, mon cher, rien ne se ressemble moins qu'une conversation de salon et un conseil d'administration. L'homme à projets, dans un salon, a toujours raison ; ses résultats seraient magnifiques, infaillibles, si on l'écoutait ; et pour peu qu'il puisse lier le refus qu'il éprouve à quelques pots-de-vin, à quelque intrigue de femme ou de maîtresse, le roman est complet : or, voilà ce que vous aurez entendu. Mais il n'en est pas ainsi dans un conseil d'administration, parce qu'on n'y décide que sur des faits et le compas à la main. Quel est votre canal, avez-vous dit ? il ne saurait m'être étranger. – Sire, de la

Meuse à la Marne, et de sept lieues seulement. – Eh bien, mon cher, c'est de la Meuse à l'Aisne que vous voulez dire, et il eût été de moins de sept lieues. Cela va me revenir ; mais il n'y a qu'une petite difficulté, c'est qu'en cet instant même il est encore douteux qu'il soit praticable. Là, comme ailleurs, Hippocrate dit *oui*, et Galien dit *non*. Tarbé l'assurait impossible ; niant qu'il y eût assez d'eau au point du partage. Je vous répète, continuait l'Empereur, que vous parlez à celui du monde qui s'est le plus occupé de ces objets, surtout aux environs de Paris. Il entrait dans mes rêves perpétuels de faire de celle-ci la véritable capitale de l'Europe ; parfois je voulais qu'elle devînt une ville de deux, trois ou quatre millions d'habitants, par exemple, en un mot quelque chose de fabuleux, de colossal, d'inconnu jusqu'à nos jours, et dont les établissements publics eussent répondu à la population. »

Quelqu'un ayant observé alors, que si le ciel eût donné à l'Empereur un règne de soixante ans, comme à Louis XIV, il aurait laissé de bien grandes choses : « Si le ciel m'eût donné seulement vingt ans et un peu de loisir, a repris vivement l'Empereur, on aurait cherché vainement l'ancien Paris ; il n'en fût pas resté de vestiges ; et j'aurais changé la face de la France. Archimède promettait tout, si on lui laissait poser le bout de son levier ; j'en eusse fait autant partout où l'on m'eût laissé poser mon énergie, ma persévérance et mes budgets... Avec les budgets on créerait le monde... J'aurais montré la différence d'un empereur constitutionnel à un roi de France. Les rois de France n'ont jamais rien eu d'administratif ni de municipal... Ils ne se sont jamais montrés que de grands seigneurs que ruinaient leurs gens d'affaires.

« La nation elle-même n'a dans son caractère et ses goûts que du provisoire et du gaspillage. Tout pour le moment et le caprice, rien pour la durée... Voilà notre devise et nos mœurs en France. Chacun passe sa vie à faire et à défaire ; il ne reste jamais rien... N'est-il pas indécent que Paris n'ait seulement pas un Théâtre-Français, un Opéra, rien digne de ces destinations !

« J'ai souvent combattu des fêtes que la ville de Paris voulait me donner ; c'étaient des dîners, des bals, des feux d'artifice de quatre, de six, de huit cent mille francs, dont les préparatifs obstruaient plusieurs jours la voie publique, et qui coûtaient ensuite autant à défaire qu'ils avaient coûté à construire. Je prouvais qu'avec ces faux frais ils auraient fait des monuments durables, magnifiques...

« Il faut avoir fait autant que moi pour connaître toute la difficulté de faire le bien. Il fallait parfois toute ma puissance pour pouvoir réussir. S'agissait-il de cheminées, de cloisons, d'ameublements dans les palais impériaux pour quelques particuliers, on courait à pleines voiles ; mais s'agissait-il de prolonger le jardin des Tuileries, d'assainir quelques quartiers, de désobstruer quelques égouts, d'accomplir un bien public qui n'intéressât pas directement quelques particuliers, il fallait tout mon caractère, écrire six, dix lettres par jour et se fâcher tout rouge. C'est ainsi que j'ai employé jusqu'à trente millions en égouts, dont personne ne me tiendra jamais compte. J'ai abattu pour dix-sept millions de maisons en face des Tuileries pour former le Carrousel et découvrir le Louvre. Ce que j'ai fait est immense, ce que j'avais arrêté, ce que je projetais encore l'était bien davantage. »

Alors quelqu'un faisait la remarque que les travaux de l'Empereur ne s'étaient bornés ni à Paris ni à la France ; presque toutes les villes d'Italie présentaient des traces de sa création. Partout où l'on voyageait, au pied comme à la cime des Alpes, dans les sables de la Hollande, sur les rives du Rhin, l'on retrouvait Napoléon, toujours Napoléon.

A cela il a observé qu'il avait décidé de dessécher les marais Pontins. « César, a-t-il dit, allait s'en occuper quand il périt. » Et revenant à la France : « Les rois, disait-il, avaient trop de maisons de campagne et d'objets inutiles. Un historien impartial aura le droit de blâmer Louis XIV dans ses effroyables et inutiles dépenses de Versailles, surtout avec ses guerres, ses impositions, ses malheurs : il s'est épuisé pour ne créer après tout qu'une ville bâtarde. » L'Empereur a alors analysé les avantages d'une ville administrative, c'est-à-dire, faite pour la réunion des administrations, et ils lui semblaient vraiment problématiques.

Je regrette bien ici de n'avoir pas consigné, dans le temps, la suite de ces raisons ; elles étaient si multipliées, si ingénieuses ! Aujourd'hui, mon exactitude ne me permet pas de prétendre les reproduire ; du reste, ce sont en moi des regrets qui malheureusement n'ont que trop souvent l'occasion de se renouveler. Si on aperçoit de nombreuses lacunes dans les raisonnements de l'Empereur, et surtout dans la suite de ses développements, c'est qu'à Sainte-Hélène je consignais en hâte, me fiant sur ma mémoire pour développer en temps opportun, ou bien je me contentais encore d'abréviations, de signes hiéroglyphiques ; je savais que j'étais à la source ; mais aujourd'hui il arrive que j'ai oublié, ou que je ne me retrouve plus dans mes propres signes. Ce doit être mon excuse pour bien des choses.

L'Empereur ne se dissimulait pas que la demeure de la capitale n'était parfois pas tenable pour les souverains ; mais d'un autre côté Versailles ne l'était pas pour les grands, les ministres ni les courtisans. C'était donc une faute de Louis XIV, s'il n'avait entrepris Versailles que pour le séjour des rois, lorsque Saint-Germain était tout trouvé sous sa main : la nature semblait l'avoir fait exprès pour la véritable demeure des rois de France. Lui-même, Napoléon, avait fait des fautes à cet égard ; car il ne fallait pas, disait-il, se louer dans tout ce qu'on avait fait. Il aurait dû retrancher Compiègne, par exemple, et il regrettait d'y avoir fait son mariage : il eût voulu l'avoir fait à Fontainebleau. « Et voilà, disait-il encore, en s'arrêtant sur Fontainebleau, la vraie demeure des rois, la maison des siècles ; peut-être n'était-ce pas rigoureusement un palais d'architecte, mais bien assurément un lieu d'habitation bien calculé et parfaitement convenable. C'était ce qu'il y avait sans doute de plus commode, de plus heureusement situé en Europe pour le souverain, etc. »

Il passait alors en revue les capitales qu'il avait visitées, les maisons des rois qu'il avait parcourues, et nous donnait de beaucoup la supériorité. Fontainebleau, ajoutait-il encore, était aussi en même temps la situation politique et militaire la plus convenable. L'Empereur se reprochait des dépenses qu'il avait faites à Versailles ; mais fallait-il bien encore, disait-il, l'empêcher de tomber en ruine. Il avait été question, dans la Révolution, de détruire en grande partie ce palais ; d'en enlever le milieu, et de séparer par là les deux côtés. « On m'eût rendu un grand service, disait-il ; car rien n'est dispendieux, ni véritablement inutile comme cette multitude de palais ; et si pourtant on m'a vu entreprendre celui du roi de Rome, c'est que j'avais des vues à moi ; et puis encore c'est qu'au vrai je n'ai jamais songé qu'à préparer le terrain : je m'en fusse tenu là [1].

1. Tout le monde sait, ou devrait avoir su (si par une fatalité toute par-

« Mes erreurs en dépenses de ce genre, ajoutait-il, ne pouvaient, après tout, être grandes. Grâce à mes budgets, ces erreurs s'apercevaient et se corrigeaient de force chaque année ; elles ne pouvaient jamais aller au-delà d'une petite quotité de la faute principale. »

L'Empereur avait eu toutes les peines du monde, assurait-il, à faire comprendre et adopter son système de budgets en bâtisses et autres grandes entreprises pareilles. « Me proposait-on un plan de trente millions, qui me convînt ? Accordé, disais-je ; mais à faire en vingt ans, c'est-à-dire à quinze cent mille francs par an. Cela allait très bien jusque-là. Mais que me donnerez-vous, ajoutais-je, pour ma première année ? car si je veux que ma dépense soit morcelée, je veux néanmoins que le résultat, le travail m'arrive entier et fini. Ainsi je veux d'abord un abri, une chambre, un appartement, n'importe quoi ; mais quelque chose de complet pour mes quinze cent mille francs. Les architectes ne voulaient plus y entendre ; cela gênait leur grandiose, leur grand effet. Ils auraient voulu d'abord produire toute une façade longtemps inutile, et vous engrener ainsi dans des dépenses immenses, qui, si elles étaient interrompues, ne vous laissaient rien.

« C'est avec cette manière à moi, et en dépit de tant de circonstances politiques et militaires, que j'ai fait néanmoins tant de choses. J'avais réuni quarante millions de meubles à la couronne, quatre millions au moins d'argenterie. Que de palais j'ai restaurés ! Peut-être trop : j'y reviens. Grâce à ma manière de faire, j'ai pu habiter Fontainebleau dès la première année de travail ; il ne m'en coûta pas plus de cinq à six cent mille francs. Si j'y ai dépensé depuis six millions,

---

ticulière à Napoléon, la plupart de ses actes les plus recommandables n'eussent été, dans le temps, étouffés sous le poids de la malveillance et des libelles), l'histoire de cette misérable cahute enclavée dans l'enceinte du palais du roi de Rome, dont le propriétaire demanda successivement dix, vingt, cinquante, cent fois la valeur réelle. Arrivé à ce taux ridicule, l'Empereur, de qui on prenait les ordres à cet égard, ordonna tout à coup de se refuser désormais à tout marché quelconque, s'écriant que cette misérable échoppe, au milieu de toutes les magnificences du palais du roi de Rome, serait, après tout, *la vigne de Naboth*, le plus grand témoignage de sa justice, le plus beau trophée de son règne. *(Las Cases.)* – Naboth : personnage biblique qui refusa de vendre sa vigne au roi Achab. Il fut lapidé. Mais Dieu, par la voix de son prophète Élie, prédit que les chiens viendraient se désaltérer du sang de Jézabel, épouse d'Achab.

cela n'a été qu'en six ans ; j'en aurais dépensé bien davantage avec le temps ! Mon but principal avait pour objet que la dépense fût insensible, et le résultat éternel.

« A mes voyages de Fontainebleau, disait l'Empereur, douze à quinze cents personnes étaient invitées, logées et meublées ; plus de trois mille pouvaient y trouver à dîner, et ceci n'avait rien de coûteux pour le souverain, ou très peu, grâce à l'ordre établi ; Duroc l'avait rendu admirable. Plus de vingt ou vingt-cinq princes, dignitaires ou ministres étaient contraints d'y tenir maison.

« Je condamnais Versailles dans sa création, reprenait l'Empereur ; mais, dans mes idées gigantesques sur Paris, je rêvais d'en tirer parti, et de n'en faire, avec le temps, qu'une espèce de faubourg, un site voisin, un point de vue de la grande capitale ; et pour l'approprier davantage à cet objet, j'avais conçu une singulière idée, dont je m'étais même fait présenter le programme.

« De ces beaux bosquets, je chassais toutes ces nymphes de mauvais goût, ces ornements à la *Turcaret* [1], et je les remplaçais par des panoramas, en maçonnerie, de toutes les capitales où nous étions entrés victorieux, de toutes les célèbres batailles qui avaient illustré nos armes. C'eût été autant de monuments éternels de nos triomphes et de notre gloire nationale, posés à la porte de la capitale de l'Europe, laquelle ne pouvait manquer d'être visitée par force du reste de l'univers. » Et laissant tout à coup cela, il s'est mis à nous lire *le Distrait* [2], dont le volume était depuis longtemps sous sa main ; mais il l'a presque aussitôt interrompu, soit qu'il ait été remué de ses propres pensées, soit qu'il s'y vît contraint par une toux nerveuse qui, depuis peu, lui revenait souvent après son dîner. Il est certain qu'il change beaucoup, et que sa santé se perd tout à fait.

LUNDI 5.

Projet d'une histoire européenne. Selim III. Forces d'un sultan turc. Les Mamelouks. Sur la Régence.

L'Empereur n'est sorti qu'à près de cinq heures ; il était souffrant, avait pris un bain, que la venue de sir H. Lowe

1. Comédie de Lesage.
2. Comédie de Regnard.

avait trop prolongé, n'ayant voulu en sortir qu'après que ce gouverneur eut disparu de l'établissement.

L'Empereur avait lu dans son bain deux volumes de l'histoire ottomane. Il avait conçu l'idée, disait-il, et regrettait fort de n'avoir pu l'exécuter, de faire composer toutes les histoires de l'Europe depuis Louis XIV, sur les pièces mêmes de nos relations extérieures où se trouvent les rapports réguliers de tous les ambassadeurs.

« Mon règne, observait-il, eût été une époque parfaite pour cet objet. La supériorité de la France, son indépendance, sa régénération, mettaient le gouvernement actuel à même de publier tous ces objets sans inconvénient. C'eût été comme si l'on eût publié l'histoire ancienne : rien n'eût été plus précieux. »

Et de là, passant à Selim III, il disait lui avoir écrit un jour : « Sultan, sors de ton sérail, mets-toi à la tête de tes troupes, et recommence les beaux jours de la monarchie. »

Selim, le Louis XVI des Turcs, disait l'Empereur, qui nous était très attaché et très favorable d'ailleurs, se contenta de lui répondre que c'était bon pour les premiers princes de sa dynastie, que les mœurs de ce temps étaient bien loin, que de pareils actes seraient aujourd'hui hors de saison et tout à fait sans fruit.

L'Empereur ajoutait néanmoins que personne ne connaissait, sans doute, la force de la développée, le débordement subit dont serait capable un sultan de Constantinople qui saurait se placer à la tête de son peuple, le retremper, et mettre en marche sa multitude fanatisée. Plus tard, il disait que, pour son propre compte, si, en Égypte, il eût pu à ses Français joindre les Mamelouks, il se serait regardé comme le maître du monde. « Avec cette poignée choisie et la canaille, ajoutait-il en riant, recrutée sur les lieux, pour être dépensée au besoin, je ne connais rien que je n'eusse renversé. Alger en trembla. »

« – Mais si jamais il prenait fantaisie à ton sultan, disait un jour le dey d'Alger au consul français, de venir nous visiter, quelle serait notre sûreté ; car il a défait les Mamelouks ? C'est que les Mamelouks, dans tout l'Orient, observait l'Empereur, étaient, en effet, des objets de vénération et de terreur, c'était une milice regardée jusqu'à nous comme invincible. »

L'Empereur, en attendant son dîner au milieu de nous, a

ouvert un livre qui se trouvait à côté de lui sur le canapé ; c'était *la Régence*[1]. Il a dit que c'était là une des époques les plus hideuses de nos annales ; il était fâché qu'on l'eût peinte avec la légèreté du temps, et non la sévérité de l'histoire. On avait jeté dessus les fleurs du bon ton et le vernis des grâces, au lieu d'en faire une exacte justice. La Régence, au vrai, observait-il, avait été le règne de la dépravation du cœur, du dévergondage de l'esprit, de l'immoralité la plus profonde en tout genre ; c'était au point qu'il croyait, disait-il, à toutes les horreurs, à toutes les abominations qu'on reprochait aux mœurs du Régent, dans le sein de sa propre famille ; tandis qu'il ne le croyait pas de Louis XV, qui, bien que plongé dans le plus sale, le plus hideux libertinage, ne lui laissait pourtant pas le droit d'ajouter foi à des choses si révoltantes et si monstrueuses ; et il le justifiait très bien de certaines imputations qui eussent touché de fort près à la personne d'un de ses anciens aides de camp, de lui, Napoléon. De là il est revenu à dire que l'époque du Régent avait été le renversement de toutes les fortunes, la perte de la morale publique. Rien n'avait été sacré, ni dans les mœurs, ni dans les principes. Le Régent s'était personnellement couvert d'infamie. Dans l'affaire des princes légitimés, il avait montré la dernière bassesse, et commis un grand abus d'autorité. Le roi seul pouvait autoriser un tel jugement, et lui régent s'était plu à se déshonorer gratuitement dans la personne de sa femme, fille naturelle de Louis XIV, qu'il avait trouvé très bien néanmoins d'épouser quand ce roi régnait, etc.

MARDI 6.

Pour essayer la tente, qui venait d'être achevée, on y a dressé la table de service, et nous avons invité à déjeuner avec nous les officiers anglais qui avaient surveillé le travail.

L'Empereur m'a fait appeler dans sa chambre ; il a fait sa toilette, je l'ai accompagné à sa sortie jusqu'au fond du bois, où nous nous sommes promenés quelque temps : il discutait des objets graves..., etc.[2].

1. Durant la minorité de Louis XV, le duc d'Orléans assura la régence de 1715 à 1723.

2. Je dois avoir dit qu'en travaillant mon journal de Longwood, la cir-

L'Empereur est revenu vers la calèche pour la demander, et nous avons continué la promenade jusqu'à ce qu'elle nous ait rejoints. En finissant le premier tour, on a dit que l'amphitryon[1] était là. L'Empereur l'a fait demander, et nous avons fait deux tours de plus. En revenant, l'Empereur a visité la tente, et a dit quelques mots de satisfaction à l'officier et aux matelots qui la finissaient.

MERCREDI 7.

Campagnes d'Italie, etc. Époque de 1815, etc. Gustave III. Gustave IV. Bernadotte. Paul Ier.

Après le déjeuner, que l'Empereur a fait sous la tente, il lui a pris fantaisie de revoir quelques chapitres de la Campagne d'Italie ; il a fait venir mon fils, dont le pied était enfin beaucoup mieux, et les yeux en meilleur état. Il a donné la dernière main aux chapitres de Pavie et de Livourne qui portent, l'un les fruits d'une heureuse témérité, l'autre ceux d'une sage prudence. L'audace, la vigueur et la célérité qui enlevèrent Pavie y étouffèrent l'étincelle d'une insurrection générale qui eût pu prévenir les merveilles de la campagne, tandis que la lointaine et diplomatique occupation de Livourne maintint la neutralité de la Toscane.

L'Empereur s'est ensuite promené vers le fond du bois, ayant commandé que la calèche vînt l'y joindre. Chemin faisant, l'Empereur disait regarder les Campagnes d'Italie et d'Égypte comme entièrement finies, il les croyait en état d'être données au public ; et ce serait, disait-il, sans doute une chose bien agréable aux Français et aux Italiens ; c'était le livre de leur gloire et de leurs droits, etc. Il ne croyait pas néanmoins qu'il dût y mettre son nom, et répétait que les

conspection et la prudence m'ordonnaient souvent d'exprimer mystérieusement ma pensée. Aujourd'hui, depuis le temps que tout cela a été écrit, l'intervalle qui m'en sépare, les différentes situations où je me suis trouvé, font qu'il est bien des choses que je ne sais plus m'expliquer à moi-même. Par exemple, il y avait dans cet endroit des initiales et autres caractères dont je n'ai pu, en dépit de tous mes efforts, soupçonner, en quoi que ce fût, la véritable signification. Il est pourtant sûr qu'elles devaient exprimer des choses d'autant plus importantes et plus délicates, que j'ai mis plus de soin à les rendre inintelligibles. *(Las Cases.)*

1. Surnom de Balcombe (voir tome I, note 1, p. 333).

diverses époques de ses mémoires consacraient ceux de ses compagnons fidèles, etc.

A l'arrivée de la calèche, la conversation continuant sur le même sujet, on l'a fortement pressé de finir 1815 ; on en a vivement développé l'importance, la gravité, les résultats. « Eh bien ! a-t-il dit en souriant, il faut que je m'y remette tout à fait : cela fait plaisir de se voir encourager ; mais encore faut-il de la bonne humeur pour travailler. L'on ne nous abreuve ici que de dégoûts et de tracasseries ; on semble nous envier l'air que nous respirons. »

Rentré dans sa chambre, où je l'ai suivi, la conversation a été des plus intéressantes et fort remarquable. Il a été question de Gustave III, de la Suède, de la Russie, de Gustave IV, de Bernadotte, de Paul Ier, etc.

J'ai raconté qu'à Aix-la-Chapelle, Gustave III vivait au milieu de nous en simple particulier, sous le nom de comte de Haga. Il faisait le charme de la société par la vivacité de son esprit et l'intérêt de ses récits. J'avais ouï de sa bouche *sa fameuse révolution de 1772*, et j'étais dans la position la plus heureuse pour connaître à fond cette époque de l'histoire de Suède ; je me trouvais fort de connaissance dans le même temps avec le Suédois baron de Sprengporten, qui, après avoir été fort zélé pour Gustave, avait eu le malheur de passer en Russie, pour revenir à la tête des étrangers combattre sa patrie. Il en était résulté qu'il se trouvait, par ce fait, sous une condamnation à mort en Suède : or, il était aussi à Aix-la-Chapelle en ce moment, et s'en était banni par courtoisie, disait-il, à l'arrivée de Gustave. Il ne s'était pourtant pas éloigné de plus d'une demi-lieue, de sorte que tout ce que j'entendais raconter au roi dans la soirée m'était, le lendemain à déjeuner, combattu, modifié ou confirmé par le baron. Il avait été fort avant dans la confiance de ce prince.

L'Empereur faisait observer que ce même Sprengporten avait été précisément l'envoyé de Paul auprès de lui, lors de son consulat. Et sur Gustave IV, il a dit que ce prince s'était annoncé au début pour un héros, et n'avait fini que comme un fou ; qu'il avait marqué de bonne heure par des traits fort remarquables. Encore enfant, on l'avait vu, disait-il, insulter Catherine par le refus de sa petite-fille au moment même où cette grande impératrice, sur son trône et au milieu de sa cour, n'attendait plus que lui pour la cérémonie du mariage.

Plus tard, il n'avait pas moins insulté Alexandre, en refusant, après la catastrophe de Paul, l'entrée de ses États à l'un des officiers du nouvel empereur ; et répondant aux plaintes officielles qui lui étaient adressées à ce sujet, qu'Alexandre ne devait pas trouver mauvais que lui, Gustave, qui pleurait encore l'assassinat de son père, fermât l'entrée de ses États à l'un de ceux que la voix publique accusait d'avoir immolé le sien (de lui Alexandre).

« A mon apparition à la souveraineté, disait l'Empereur, il se déclara mon grand antagoniste ; on eût dit qu'il ne voulait rien moins que recommencer le grand Gustave-Adolphe. Il courut toute l'Allemagne pour l'ameuter contre moi. Lors de la catastrophe du duc d'Enghien, il jura de le venger de sa personne, et plus tard renvoya insolemment l'Aigle noir au roi de Prusse, parce que celui-ci avait reçu ma Légion d'honneur, etc.

« Enfin son moment fatal arriva, disait l'Empereur ; une conspiration peu commune l'arracha du trône et le déporta hors de ses États. L'unanimité contre lui prouve ses torts sans doute. Je veux qu'il fût inexcusable, même fou ; toutefois, il est extraordinaire et sans exemple que, dans cette crise, il ne se soit pas tiré une seule épée pour sa défense, soit par affection, par reconnaissance, par vertu, ou par niaiserie même, si l'on veut ; et vraiment c'est là une circonstance qui honore peu l'atmosphère des rois. »

Ce prince, ballotté, trompé par les Anglais, qui voulaient en faire leur instrument, repoussé par ses proches, parut vouloir renoncer au monde, et, comme s'il eût senti son existence flétrie par son mépris des hommes et son dégoût des choses, il fut volontairement se perdre tout à fait dans la foule.

L'Empereur disait qu'après la bataille de Leipsick, Gustave lui avait fait parvenir qu'il lui en avait voulu beaucoup sans doute ; mais que depuis longtemps il était celui des souverains dont il avait le moins à se plaindre ; et que depuis longtemps aussi, il n'avait plus pour lui qu'admiration et sympathie ; que les malheurs du moment lui permettaient de l'exprimer sans embarras ; qu'il s'offrait pour être son aide de camp [1], et lui demandait un asile en France. « Je fus touché, ajoutait l'Empereur ; mais je considérai bientôt que si

1. Je dois faire connaître que M. le colonel Gustafsson (Gustave IV) s'est

je l'accueillais, il était de ma dignité de faire des efforts en sa faveur. Or, je ne gouvernais plus le monde ; puis les esprits communs n'auraient pas manqué de voir dans mon intérêt pour lui une haine impuissante contre Bernadotte ; enfin, Gustave avait été déchu par le vœu du peuple, qui, moi, m'avait élevé ; il y aurait eu inconséquence en moi, désharmonie de principes, à prendre sa cause. Bref, je craignais de compliquer encore les affaires, et fis taire la générosité. Je fis répondre que j'appréciais ce qu'il m'offrait, et que j'y étais sensible ; mais que la politique de la France ne me permettait pas de me livrer à mes sentiments particuliers, qu'elle m'imposait même la douleur de lui refuser pour le moment l'asile qu'il demandait. Que du reste il se tromperait fort s'il me supposait d'autres sentiments qu'une bienveillance extrême et des vœux sincères pour son bonheur, etc., etc.

« Quelque temps après l'expulsion de Gustave, disait encore l'Empereur, et la succession au trône vacante, les Suédois, voulant m'être agréables, et s'assurer de la France, me demandèrent un roi. Il fut question un moment du vice-roi ; mais il eût fallu qu'il changeât de religion ; ce que je trouvais au-dessous de ma dignité et de celle de tous les miens. Puis je ne jugeais pas le résultat politique assez grand pour excuser un acte si contraire à nos mœurs. Toutefois, j'attachai trop de prix, peut-être, à voir un Français occuper le trône de Suède. Dans ma position, ce fut un sentiment puéril. Le vrai roi de ma politique, celui des vrais intérêts de la France, c'était le roi de Danemark, parce que j'eusse alors gouverné la Suède par mon simple contact avec les provinces danoises. Bernadotte fut élu, et il le dut à ce que sa femme était belle-sœur de mon frère Joseph, régnant alors dans Madrid.

élevé contre l'inexactitude de ce fait. Mais par sa lettre même on pourrait être conduit à penser que l'erreur ne provient que d'une interprétation forcée, donnée à ses paroles véritables ; or chacun sait combien cette inexactitude est facile, même habituelle, lorsqu'il s'agit d'un fait qui ne peut avoir été transmis qu'à l'aide de plusieurs intermédiaires. Dans la crainte d'avoir mal entendu moi-même, ce qui eût été possible, je n'aurais pas hésité un instant à prendre l'erreur sur mon compte ; mais chaque lecteur jugera que l'étendue de la conversation de Napoléon, le développement de ses idées sur le sujet ne pouvaient me laisser aucun doute. *(Las Cases.)*

« Bernadotte, affichant une grande dépendance, vint me demander mon agrément, protestant avec une inquiétude trop visible, qu'il n'accepterait qu'autant que cela me serait agréable.

« Moi monarque élu du peuple, j'avais à répondre que je ne savais point m'opposer aux élections des autres peuples. C'est ce que je dis à Bernadotte, dont toute l'attitude trahissait l'anxiété que faisait naître l'attente de ma réponse, ajoutant qu'il n'avait qu'à profiter de la bienveillance dont il était l'objet, que je ne voulais avoir été pour rien dans son élection, mais qu'elle avait mon assentiment et mes vœux. Toutefois, le dirai-je, j'éprouvais un arrière-instinct qui me rendait la chose désagréable et pénible ; en effet, Bernadotte a été le serpent nourri dans notre sein ; à peine il nous avait quittés, qu'il était dans le système de nos ennemis, et que nous avions à le surveiller et à le craindre. Plus tard, il a été une des grandes causes actives de nos malheurs ; c'est lui qui a donné à nos ennemis la clef de notre politique, la tactique de nos armées ; c'est lui qui leur a montré les chemins du sol sacré ! Vainement disait-il pour excuse qu'en acceptant le trône de la Suède il n'a plus dû qu'être Suédois ; excuse banale, bonne tout au plus pour la multitude et le vulgaire des ambitieux. Pour prendre femme, on ne renonce point à sa mère, encore moins est-on tenu à lui percer le sein et à lui déchirer les entrailles. On dit qu'il s'en est repenti plus tard, c'est-à-dire quand il n'était plus temps et que le mal était accompli. Le fait est qu'en se retrouvant au milieu de nous, il s'est aperçu que l'opinion en faisait justice ; il s'est senti frappé de mort. Alors ses yeux se sont dessillés ; car on ne sait pas, dans son aveuglement, à quels rêves n'auront pas pu le porter sa présomption et sa vanité, etc., etc. » Et comme à la suite de cela et de beaucoup d'autres choses encore, j'ai osé me permettre de lui faire observer comme un jeu du hasard bien bizarre, bien extraordinaire, que le soldat Bernadotte, appelé à une couronne où le protestantisme était de rigueur, se trouvait précisément né protestant, et que son fils, destiné par là à régner sur des Scandinaves, se présentait au milieu d'eux précisément avec le nom national d'*Oscar* ! « Mon cher, a repris l'Empereur, c'est que ce hasard tant cité, ce hasard dont les anciens faisaient un dieu, qui nous étonne chaque jour, nous frappe à chaque instant, ne nous apparaît après tout si singulier, si bizarre, si extraordinaire, que parce que nous ignorons les causes secrètes et toutes naturelles qui l'ont amené ; et pourtant il suffit de cette seule combinaison occulte pour créer du merveilleux et enfanter des mystères ; ici, par exemple, quant au premier article de s'être trouvé né protestant, n'en faites pas honneur au hasard : rayez celui-là. Quant au second, le nom d'Oscar, c'est moi qui fus le parrain ; et quand je le nommai, je radotais d'Ossian[1] : il se présenta donc tout naturellement. Vous voyez à présent combien est simple ce qui vous étonne si fort, etc.[2]. »

Sur la fin de la conversation, l'Empereur est revenu sur Paul ; il a parlé des fureurs que lui causa, dans le temps, la déloyauté du ministère anglais. On lui avait promis Malte dès qu'on s'en serait emparé ; aussi s'empressa-t-il de s'en faire nommer grand-maître. Malte rendue, les ministres anglais nièrent la lui avoir promise. On assure qu'à la lecture de ce honteux mensonge, Paul se montra si indigné, qu'en plein conseil, saisissant la dépêche, il la perça de son épée, ordonnant qu'on la renvoyât en cet état pour toute réponse. « Si c'est une folie, disait l'Empereur, il faut convenir que c'est celle d'une belle âme : c'est l'indignation de la vertu, qui jusque-là n'a pu soupçonner une telle bassesse. »

Dans le même temps, les ministres anglais traitant avec nous de l'échange des prisonniers, refusaient d'y comprendre sur la même échelle les prisonniers russes faits en Hollande au propre service et pour la seule cause des Anglais. « J'avais deviné, disait l'Empereur, la trempe du caractère de Paul : je saisis l'occasion aux cheveux ; je fis réunir ces Russes ; je les habillai, et les lui renvoyai pour rien. Dès lors, ce cœur généreux fut tout à moi, et comme je n'avais aucun intérêt opposé à la Russie, que je n'avais jamais parlé que justice et procédés, nul doute que je n'eusse disposé désormais du cabinet de Saint-Pétersbourg. Nos ennemis sentirent le danger, et l'on a voulu que cette bienveillance de Paul lui ait été

1. Ossian (voir tome I, note, p. 231) eut, d'après la légende, un fils, Oscar. Napoléon choisit ce prénom pour le fils de Bernadotte.

2. On trouve dans les Mémoires publiés par M. le général Montholon, tome I, page 209, des notes bien curieuses dictées par Napoléon, touchant le prince de Ponte-Corvo, sa nomination à ce titre, sa conduite à la bataille d'Iéna, son élection au trône de Suède, etc. *(Las Cases.)*

funeste : cela pourrait bien être ; car il est des cabinets pour qui rien n'est sacré. »

Napoléon, plus tard, a dicté les détails de la fin tragique de l'infortuné Paul. L'importance et le crédit d'une telle source nous portent à les transcrire ici. « Paul fut assassiné dans la nuit du 23 au 24 mars 1801. Lord Whitworth était ambassadeur à sa cour ; il était fort lié avec le comte de P***, le général B***, les O***, les ***[1], et autres personnes authentiquement reconnues pour être les auteurs et acteurs de cet horrible parricide. Ce monarque avait indisposé contre lui, par un caractère irritable et très susceptible, une partie de la noblesse russe. La haine de la Révolution française avait été le caractère distinctif de son règne. Il considérait comme une des causes de cette révolution la familiarité du souverain et des princes français, et la suppression de l'étiquette de la cour. Il établit donc à la sienne une étiquette très sévère et exigea des marques de respect peu conformes à nos mœurs, et qui révoltaient généralement. Être habillé d'un frac, avoir un chapeau rond, ne point descendre de voiture quand le czar ou un des princes de sa maison passait dans les rues ou promenades, enfin la moindre violation des moindres détails de son étiquette excitait toute son animadversion, et par cela seul on était Jacobin. Depuis qu'il s'était rapproché du Premier consul, il était revenu sur une partie de ses idées, et il est probable que s'il eût vécu encore quelques années, il eût reconquis l'opinion et l'amour de sa cour, qu'il s'était aliénés. Les Anglais, mécontents, et même extrêmement irrités du changement qui s'était opéré en lui depuis un an, n'oublièrent rien pour encourager ses ennemis intérieurs. Ils parvinrent à accréditer l'opinion qu'il était fou, et enfin nouèrent une conspiration pour attenter à sa vie. L'opinion générale est que... la veille de sa mort, Paul, étant à souper avec sa maîtresse et son favori, reçut une dépêche où on lui détaillait toute la trame de la conspiration ; il la mit dans sa poche, en ajournant la lecture au lendemain. Dans la nuit il périt.

« L'exécution de cet attentat n'éprouva aucun obstacle : le comte*** avait tout crédit au palais ; il passait pour le favori et le ministre de confiance du souverain. Il se présente à deux

1. Pahlen, Bennigsen, Orlov, les frères Zoubov.

heures du matin à la porte de l'appartement de l'Empereur, accompagné du général ***, de *** et de ***. Un cosaque affidé, qui était à la porte de sa chambre, fit des difficultés pour les laisser pénétrer chez lui ; ils le massacrèrent aussitôt. L'Empereur s'éveilla au bruit, et se jeta sur son épée ; mais les conjurés se précipitèrent sur lui, le renversèrent et l'étranglèrent. Le général B***[1] fut celui qui lui donna le dernier coup, il marcha sur son cadavre. L'Impératrice, femme de Paul, quoiqu'elle eût beaucoup à se plaindre des galanteries de son mari, témoigna une vive et sincère affliction ; et tous ceux qui avaient pris part à cet assassinat furent constamment dans sa disgrâce . . . .

« Bien des années après, le général B*** commandait encore... Quoi qu'il en soit, ce terrible événement glaça d'horreur toute l'Europe, qui fut surtout scandalisée de l'affreuse franchise avec laquelle les Russes en donnaient des détails dans toutes les cours. Il changea la position de l'Angleterre et les affaires du monde. Les embarras d'un nouveau règne . . . .
donnèrent une autre direction à la politique de la cour de Russie. Dès le 5 avril, les matelots anglais qui avaient été faits prisonniers de guerre par suite de l'embargo, et envoyés dans l'intérieur de l'empire, furent rappelés. La commission qui avait été chargée de la liquidation des sommes dues par le commerce anglais fut dissoute. Le comte ***, qui continua à être le principal ministre, fit connaître aux amiraux anglais, le 20 avril, que la Russie accédait à toutes les demandes du cabinet anglais ; que l'intention de son maître était que, d'après la disposition du gouvernement britannique à terminer le différend à l'amiable par une convention, on cessât toutes hostilités jusqu'à la réponse de Londres. Le désir d'une prompte paix avec l'Angleterre fut hautement manifesté, et tout annonça le triomphe de cette puissance. » (*Mémoires de Napoléon, publiés par le général Gourgaud*, tome II, page 151.)

N.B. On vient de lire ci-dessus que l'Empereur se plaignait que le prince de Ponte-Corvo (Bernadotte) était à peine en Suède qu'il avait eu à s'en défier et à le combattre. Voici une lettre du moment, tout à fait à l'appui de cette assertion,

1. Les mêmes personnages que ci-dessus.

renfermant d'ailleurs un exposé précieux du système continental :

Aux Tuileries, le 8 août 1811.

« Monsieur le Prince Royal de Suède, votre correspondance particulière m'est parvenue ; j'ai apprécié, comme la preuve des sentiments d'amitié que vous me portez, et comme une marque de la loyauté de votre caractère, les communications que vous me faites. Aucune raison politique ne m'empêche de vous répondre.

« Vous appréciez sans doute les motifs de mon décret du 21 novembre 1806 : il ne prescrit point de lois à l'Europe ; il trace seulement la marche à suivre pour arriver au même but : les traités que j'ai signés font le reste. Le droit de blocus que s'est arrogé l'Angleterre nuit autant au commerce de la Suède, est aussi contraire à l'honneur de son pavillon et à sa puissance maritime, qu'il nuit au commerce de l'Empire français et à la dignité de sa puissance. Je dirai même que les prétentions dominatrices de l'Angleterre sont encore plus offensives envers la Suède ; car votre commerce est plus maritime que continental : la force réelle du royaume de Suède est autant dans l'existence de sa marine que dans l'existence de son armée.

« Le développement des forces de la France est tout continental. J'ai su créer dans mes États un commerce intérieur qui porte la vie et l'argent des extrémités de l'Empire au centre, et du centre aux extrémités, par l'impulsion donnée aux industries agricoles et manufacturières, par la rigoureuse prohibition des produits étrangers : cet état de choses est tel, que je ne sais pas si le commerce français aurait beaucoup à gagner par la paix avec l'Angleterre.

« Le maintien, l'observance ou l'adoption du décret de Berlin est donc, j'ose le dire, plus dans les intérêts de la Suède et de l'Europe que dans les intérêts privés de la France.

« Telles sont les raisons que ma politique ostensible peut proposer à la politique ostensible de l'Angleterre. Les raisons secrètes de l'Angleterre, les voici : Elle ne veut pas la paix, elle s'est refusée à toutes les ouvertures que je lui ai fait faire ; la guerre agrandit son commerce et son territoire ; elle craint des restitutions ; elle ne veut pas consolider le nouveau système par un traité ; elle ne veut pas que la France soit puissante. Je veux la paix ; je la veux entière, parce qu'elle seule peut assurer les nouveaux intérêts et les États créés par la conquête. Je pense que, sur ce point, Votre Altesse Royale ne doit pas différer de sentiments avec moi.

« J'ai beaucoup de vaisseaux, je n'ai point de marins ; je ne puis lutter avec l'Angleterre pour l'obliger de faire la paix : il n'y a que le système continental qui puisse réussir. Je n'éprouve à cela aucun obstacle de la part de la Russie et de la Prusse : leur commerce n'a qu'à gagner au régime prohibitif.

« Votre cabinet se compose d'hommes éclairés. Il y a de la dignité et du patriotisme dans la nation suédoise. L'influence de Votre Altesse Royale dans le gouvernement est généralement approuvée : elle trouvera peu d'obstacles à soustraire ses peuples à une soumission mercantile envers une nation étrangère. *Ne vous laissez pas prendre à des appâts trop flatteurs que vous présenterait l'Angleterre.* L'avenir vous prouvera que, quelles que soient les révolutions que le temps doit produire, les souverains de l'Europe donneront des lois prohibitives qui les laisseront maîtres chez eux.

« L'article III du traité du 24 février 1802 corrige les stipulations incomplètes du traité de Frédérisham. Il faut qu'il soit rigoureusement observé pour tout ce qui regarde les denrées coloniales. Vous me dites que vous ne pouvez vous passer de ces denrées, et que, par défaut de leur introduction, les revenus de vos douanes diminuent. Je vous donnerai pour vingt millions de denrées coloniales que j'ai à Hambourg ; vous me donnerez pour vingt millions de fer : vous n'aurez point d'argent à exporter de la Suède. Cédez ces denrées à des marchands : ils paieront des droits d'entrée ; vous vous débarrasserez de vos fers : cela m'arrangera. J'ai besoin de fer à Anvers, et je ne sais que faire des denrées anglaises.

« Soyez fidèle au traité du 24 février ; chassez les contrebandiers anglais de la rade de Gothenbourg ; chassez-les de vos côtes, où ils trafiquent librement ; je vous donne ma parole que, de mon côté, je garderai scrupuleusement les conditions de ce traité. Je m'opposerai à ce que vos voisins s'approprient vos possessions continentales. Si vous manquez à vos engagements, je me croirai dégagé des miens.

« Je désire toujours m'entendre amicalement avec Votre

Altesse Royale. Je verrai avec plaisir qu'elle communique cette réponse à S. M. Suédoise, dont j'ai toujours apprécié les bonnes intentions.

« Mon ministre des Affaires étrangères répondra officiellement à la dernière note que le comte d'Essen fait mettre sous mes yeux.

« Cette lettre n'étant à autre fin, etc. »

NAPOLÉON.

JEUDI 8.

Vigne patrimoniale de Napoléon, etc. Sa nourrice, etc. Son toit paternel. Larmes de Joséphine durant les échauffourées de Wurmser aux environs de Mantoue.

Je suis entré chez l'Empereur sur les onze heures ; il faisait sa toilette, et passait en revue, avec son valet de chambre, plusieurs échantillons de parfumeries et d'odeurs envoyés d'Angleterre ; il s'informait de tous, n'en connaissait aucun, et riait fort de sa crasse ignorance, disait-il. Il a désiré déjeuner sous la tente, et nous y a tous réunis.

Il se plaignait de la mauvaise qualité du vin, et appelait en témoignage son maître d'hôtel, Cipriani, qui est Corse, pour affirmer qu'ils en avaient de bien meilleur chez eux. A ce sujet, il disait avoir eu en patrimoine la première vigne de l'île, grande et considérable, l'*Esposata*, c'était son nom ; il n'en devait parler, disait-il, qu'avec reconnaissance. C'était grâce à elle qu'il avait, dans sa jeunesse, fait ses voyages de Paris ; c'était elle qui fournissait aux frais de ses semestres. Nous lui demandions ce qu'elle allait devenir. Il nous a dit en avoir disposé depuis longtemps en faveur de sa nourrice, à laquelle il croyait bien avoir donné dans l'île peut-être cent vingt mille francs de biens-fonds ; il avait voulu lui donner même, disait-il, sa maison patrimoniale ; mais la trouvant trop au-dessus de l'état de sa nourrice, il l'avait donnée à la famille Ramolino, sa plus proche du côté maternel, à condition que celle-ci ferait passer son habitation à la nourrice[1].

1. La maison patrimoniale de Napoléon, son berceau, possédée en effet aujourd'hui par M. Ramolino, membre de la Chambre des députés, est demeurée comme on le pense un objet de vive curiosité et de grande vénération pour les voyageurs et surtout pour les militaires.

En somme, il en avait fait une grande dame, disait-il. Elle était venue à Paris lors du couronnement ; elle avait eu une audience du pape de plus d'une heure et demie. « Pauvre pape ! disait l'Empereur, il fallait qu'il eût bien du temps de reste ! Elle était, au demeurant, extrêmement dévote. Elle avait pour mari un caboteur de l'île. Elle plut beaucoup aux Tuileries, et enchanta toute la famille par la vivacité de son langage et de ses gestes. L'impératrice Joséphine lui donna des diamants. »

Après le déjeuner, l'Empereur, fidèle à sa résolution d'hier, a voulu se mettre au travail ; il a mis la dernière main au chapitre de la bataille de Castiglione, si remarquable pour la précision des manœuvres et l'importance des résultats éloignés.

Après ce travail il a gagné le bois, dans l'intention d'y attendre la calèche. Continuant la conversation qu'avait amenée le chapitre, il racontait que Joséphine était partie de Brescia avec lui, et avait ainsi commencé la campagne contre Wurmser. Arrivée à Vérone, elle avait été témoin des premières fusillades. Revenue à Castel-Novo, et voyant le passage des blessés, elle voulait gagner Brescia ; mais elle se trouva arrêtée par l'ennemi déjà à Ponte-Marco. Dans l'inquiétude, l'agitation du moment, la crainte la saisit, et elle pleura beaucoup en quittant son mari, qui lui dit en l'embrassant et avec une sorte d'inspiration : « Wurmser va payer cher les pleurs qu'il te cause ! » Elle fut obligée de longer en voiture, et de très près, le siège de Mantoue. On tira sur elle de la place, et quelqu'un de sa suite fut même atteint. Elle traversa le Pô, Bologne, Ferrare, et gagna Lucques, poursuivie par la crainte et les mauvais bruits qui volaient d'ordinaire autour de nos armées patriotes ; mais soutenue intérieurement par son extrême confiance en l'étoile de son mari.

Je tiens de témoins oculaires, qu'à l'arrivée de chaque régiment en Corse elle a été l'objet d'un spectacle constamment renouvelé, les soldats y accourant aussitôt en foule, et s'y faisant introduire d'autorité, comme y ayant droit. Une fois admis, chacun s'y montre selon sa chaleur de sentiment : l'un, en parcourant des yeux, lève les mains vers le ciel ; celui-ci s'agenouille, celui-là baise le plancher ; des larmes roulent dans les yeux d'un autre : il en est qui semblent en démence. On a dit quelque chose de pareil du tombeau du grand Frédéric. Voilà l'empire des héros. *(Las Cases.)*

Telle était pourtant déjà l'opinion de l'Italie, observait l'Empereur, et les sentiments imprimés par le général français, qu'en dépit de la crise du moment et de tous les faux bruits qui l'accompagnaient, sa femme fut reçue à Lucques par le sénat, et traitée par lui comme l'eût été la plus grande princesse : il vint la complimenter, et lui présenta les huiles d'honneur ; il eut lieu de s'en applaudir. Peu de temps après, les courriers annoncèrent les prodiges de son mari, et l'anéantissement de Wurmser.

L'Empereur est revenu au salon pour la première fois depuis l'incendie. On le meuble peu à peu avec des objets envoyés de Londres. Il est un tant soit peu plus supportable. Après dîner, l'Empereur a d'abord commencé *Turcaret*, dont, en dépit de tout son esprit, a-t-il dit, il se sentait rebuté par son abjection ; mais c'était le cachet de Lesage, a-t-il observé. Puis il a passé à l'*Avocat Patelin*[1], dont le vrai comique l'a fort amusé.

VENDREDI 9.

L'Empereur a déjeuné sous la tente ; il y a travaillé le chapitre de la Brenta, où l'audace des entreprises, la multitude des combats, le prodige des hauts faits, semblent appartenir bien plus aux fictions du Tasse qu'aux vérités de nos temps modernes.

A trois heures, il est monté en calèche. Le gouverneur s'était présenté durant notre promenade ; il eût désiré parler à l'Empereur au sujet, croit-on, de la fête du prince régent, qui est lundi prochain, 12 du courant, et le prévenir des salves que cette circonstance occasionnera au camp, si près de nous. D'un autre côté, on dit qu'il a donné l'ordre de ne fournir que la table de l'Empereur, et de faire un compte particulier pour chacun de nous, trouvant la dépense fort au-dessus de son crédit. Cela est à peine croyable ; toutefois nous verrons.

1. De Brueys, poète et théologien du XVIIe siècle ; il imita dans cette comédie *la Farce de maître Patelin* du XVe siècle.

SAMEDI 10.

Catherine II. Gardes impériales. Paul Ier, etc.
Projets sur l'Inde, etc.

L'Empereur a été souffrant et a pris un bain. Sur les trois heures il s'est promené et a demandé la calèche. Il venait de lire l'histoire de Catherine[1]. « C'était une maîtresse femme, disait-il : elle était digne d'avoir de la barbe au menton. La catastrophe de Pierre, celle de Paul[2], étaient des révolutions de sérail, des coups de main de janissaires. Ces milices de palais sont terribles, ajoutait-il, et d'autant plus dangereuses que le souverain est plus absolu. Ma garde impériale aussi eût pu devenir fatale sous une autre main que la mienne. »

L'Empereur disait que lui et Paul avaient été au mieux ensemble. Lors de la catastrophe de celui-ci, dans laquelle du reste le public n'a épargné ni les siens, ni ses alliés, Napoléon complotait, ajoutait-il, précisément en ce moment-là même avec lui une expédition des Indes, et il l'eût certainement porté à l'exécuter. Paul lui écrivait très souvent et fort au long : sa première communication avait été curieuse et originale. « Citoyen Premier Consul, lui avait-il écrit de sa main, je ne discute point le mérite des droits de l'homme ; mais quand une nation met à sa tête un homme d'un grand mérite et digne d'estime, elle a un gouvernement, et la France en a désormais un à mes yeux, etc., etc. »

Au retour, nous avons trouvé l'amiral et sa femme ; l'Empereur les a fait monter en calèche, et a fait un tour de plus ; il s'est ensuite promené quelque temps d'une manière tout à fait gracieuse avec lady Malcolm.

Après dîner, l'Empereur a feuilleté deux volumes du *Théâtre français*[3], sans pouvoir rien rencontrer qui pût le fixer.

1. Catherine II de Russie.
2. Pierre III, Paul Ier, tous les deux assassinés.
3. Répertoire général du Théâtre-Français.

DIMANCHE 11.

L'Empereur évêque, etc.
N'avait jamais souffert de l'estomac.

Après le déjeuner sous la tente et quelques tours de jardin, l'Empereur a fait une dernière lecture du chapitre d'Arcole [1].

Durant notre tour en calèche : « C'est dimanche », a fait observer quelqu'un. « Nous aurions la messe, a dit l'Empereur, si nous étions en pays chrétien, si nous avions un prêtre, et cela nous eût fait passer un instant de la journée. J'ai toujours aimé le son des cloches de campagne, disait-il. Il faudrait se décider, ajoutait-il gaiement, à faire un prêtre parmi nous : le curé de Sainte-Hélène. – Mais comment l'ordonner, a-t-on dit, sans évêque ? – Et ne le suis-je pas ? a repris l'Empereur, n'ai-je pas été oint du même chrême, sacré de la même manière ? Clovis et ses successeurs n'avaient-ils pas été oints, dans le temps, avec la formule de *rex Christique sacerdos* [2] ? N'était-ce pas là réellement de vrais évêques ? La jalousie et la politique des évêques et des papes n'a-t-elle pas seule amené depuis la suppression de cette formule, etc., etc. »

A dîner, je ne mangeais pas ; l'Empereur a voulu en connaître la cause. J'avais un grand mal d'estomac, souffrance à laquelle je disais être fort sujet. « Je suis plus heureux que vous, a dit l'Empereur. De ma vie je n'ai senti ma tête, *ni mon estomac*. » L'Empereur se répétait volontiers ; aussi a-t-il prononcé ces mêmes paroles peut-être dix, vingt, trente fois au milieu de nous en différents moments [3].

1. On le trouve imprimé dans un chapitre précédent. *(Las Cases.)*
2. « Roi et prêtre du Christ ».
3. D'ordinaire je passe tous les détails de ce genre, à cause de leur minutie ; mais celui que je viens de mentionner en cet instant n'acquiert qu'une trop grande importance par la nature de la mort et les agonies prolongées et terribles de l'immortelle victime, qui a succombé sous les triples tourments du corps, de l'esprit et du cœur. Il eût eu bien moins à souffrir entre les mains des Cannibales !... Et ce supplice, ces tourments, lui ont été froidement ménagés par une administration barbare qui a entaché de cet acte les annales d'un peuple si justement renommé par l'élévation de ses sentiments et sa sympathie pour le malheur !... Mais aussi une triste et pénible célébrité s'attachera au nom des bourreaux de Napoléon. L'indignation des cœurs généreux de tous les pays et de tous les âges les frappe à jamais d'une éternelle réprobation ! *(Las Cases.)*

LUNDI 12.

Campagne de 1809, dite de Wagram : espace de six mois. État de l'Europe. Plans de la cinquième coalition. Machinations intérieures. Bataille d'Eckmühl. Belles leçons de stratégie. Réflexions ; conséquences. Bataille d'Essling. Bataille de Wagram. Traité de Vienne, le 14 octobre.

L'Empereur a passé la matinée dans son bain, à lire les journaux des *Débats* de mars et d'avril, venus hier par la voie du Cap. L'Empereur s'en est fort occupé : ils lui laissaient beaucoup d'agitation.

En général, depuis que l'Empereur avait reçu des livres et surtout des *Moniteurs*, il demeurait beaucoup plus chez lui, il sortait à peine : plus de cheval, pas même la calèche ; à peine respirait-il quelques instants dans le jardin ; il ne s'en portait pas mieux ; ses traits et sa santé s'altéraient visiblement.

Aujourd'hui je l'ai trouvé lisant les *Croisades* de Michaud, qu'il a quittées pour parcourir les *Mémoires* de Bezenval. Il s'est arrêté sur le duel de M. le comte d'Artois et du duc de Bourbon ; il en trouvait les détails curieux, mais bien loin de nous. « Il est difficile, disait-il, de voir des temps plus rapprochés et des mœurs aussi différentes. »

Dans le cours des conversations du jour, il est arrivé à l'Empereur de dire de nouveau, ce que je dois avoir déjà mentionné ailleurs, que sa plus belle manœuvre avait été à Eckmühl, sans toutefois la spécifier davantage.

J'exprimais, et au moment même de l'impression de ce volume, mes regrets à cet égard à un de mes amis[1] auquel je laissais parcourir mon manuscrit. Il m'a dit qu'il n'hésitait pas à prononcer que ces mots de l'Empereur dussent s'entendre, non seulement de tout l'ensemble de la bataille, mais encore de celui de toute la campagne, qu'il disait être celle qui avait renfermé le plus d'embarras et requis le plus de combinaisons et de génie. « L'Empereur, me disait-il, y est toujours en action ; il tient constamment les fils qui, non seulement vont déterminer la victoire sur le terrain où il

1. Le général baron Pelet, aujourd'hui directeur du dépôt de la guerre, et pour la seconde fois député de Toulouse, sa ville natale. *(Las Cases.)*

opère, mais réagiront encore sur l'universalité de l'Europe. » Il a voulu me le prouver, et cette circonstance m'a valu son secret. Cet officier, d'un rang élevé dans la garde, rendu à l'étude et à la vie paisible, s'occupe dans sa retraite, avec autant de talent que de modestie, d'une entreprise vraiment nationale : le *Tableau des campagnes de Napoléon sur le continent de l'Europe, par un témoin oculaire*.

Sa campagne de 1809 étant entièrement finie, sauf rédaction, il a bien voulu me la confier ; il a fait plus, il m'a fait l'insigne faveur de la mettre à mon entière et libre disposition. Elle m'a vivement attaché, et y trouvant grand nombre de circonstances et de choses inédites, des opinions, des sentiments tout à fait identiques avec les miens et marchant directement à mon but, je n'ai pas hésité à en introduire ici de grandes portions ; mon embarras n'a été que celui du choix à faire sur trois cents pages, appuyées de pièces, notes et documents authentiques. Je ne doute pas que la satisfaction de ceux qui liront ce que j'en extrais ne les porte à joindre leurs vœux à mes vives sollicitations, pour déterminer leur auteur à nous faire jouir bientôt de la publicité de son grand et glorieux travail ; car dans l'obligation d'abréger ce qu'il m'a confié, je mutile sans cesse, c'est-à-dire, je gâte.

L'auteur a commencé par démontrer très bien que la coalition contre la France n'a cessé d'exister depuis 1793 jusqu'en 1814, soit ouvertement, soit dans les secrets des cabinets et au fond du cœur de la haute aristocratie européenne ; que le cabinet anglais a été constamment l'âme et le guide de cette ligue permanente ; que toutes les campagnes du continent n'étaient que des épisodes de la grande lutte entre l'Angleterre et la France. Il fait observer que la coalition a pris une activité nouvelle, du moment qu'elle a vu les institutions de la Révolution raffermies par l'établissement du trône impérial. Il prouve que, dès la fin de 1804, d'après des traités conclus à cette époque même entre les puissances étrangères, et surtout d'après la fameuse note du 19 janvier 1805, ainsi que beaucoup d'autres pièces non connues, le but constant de la coalition a été le démembrement de la nouvelle France, le renversement du trône impérial, soutien des institutions de la Révolution ; enfin le rétablissement de l'ancien ordre de choses. Il fait voir Napoléon perpétuellement réduit à se défendre contre les attaques du moment, à se mettre en mesure contre celles de l'avenir, et forcé d'opposer à ce système de coalition permanente du nord de l'Europe, et de guerre perpétuelle de l'Angleterre, le système défensif du Midi, établi par l'organisation nouvelle de l'Italie, de la Confédération germanique et de la péninsule espagnole.

« Vainement Napoléon, pour désarmer cette inimitié des souverains, a-t-il pardonné à l'Autriche en 1805, à la Prusse en 1806 ; accordé la paix à la Russie en 1807 ; demandé constamment la paix du monde à l'Angleterre, chacune de ces puissances ne se soumet qu'à la force, et ne souscrit des traités qu'avec l'intention de les rompre, etc., etc.

« Napoléon, au milieu de son expédition d'Espagne, est contraint de quitter inopinément ce pays, et reparaît tout à coup aux Tuileries le 23 janvier. Il devenait urgent pour lui d'accourir à la défense de l'Empire immédiatement menacé.

« Quelque rapide qu'eût été l'incursion de l'Empereur dans la péninsule, ce court intervalle avait suffi aux intrigues du ministère anglais et à la malveillance des cabinets du continent pour accomplir une nouvelle coalition.

« La Prusse avait armé furtivement, et s'engageait à se déclarer dans l'occasion ; l'enthousiasme d'Alexandre pour Napoléon s'était déjà éteint. Un voyage du roi et de la reine de Prusse à Pétersbourg avait opéré ce changement : la Russie épiait le moment favorable, se concertant déjà en secret avec la Prusse, et liant des intelligences mystérieuses avec Vienne. Quant à l'Autriche, qui, laissée trop forte par le traité de Presbourg, n'avait eu depuis d'autre sentiment que de dévorer ses peines en multipliant les protestations d'amitiés, d'autre occupation que de songer à recouvrer ses pertes et à se donner des forces, elle ne dissimulait plus ; elle se mettait en campagne, fière et menaçante, mais destinée encore une fois à devenir dupe de l'égoïsme du cabinet anglais, et à tomber seule victime de cette nouvelle coalition. Elle avait pour elle, en ce moment, sa population sous les armes, les engagements ou les promesses de ses voisins, le vœu des Allemands, le concours de l'Angleterre, et les préventions universelles que les intrigues des cabinets et la haine de l'aristocratie européenne avaient amassées contre Napoléon ; enfin, les nombreuses machinations ourdies contre lui, tant au-dehors qu'au-dedans de son empire.

« A cette époque, toute l'Allemagne, et surtout le nord de

ce pays, était remplie d'associations secrètes dirigées contre la France. La masse démocratique, conduite par des publicistes et des professeurs exaltés, rêvait la régénération politique, besoin du siècle. Les intérêts aristocratiques se joignaient ardemment à ceux-là, sous l'apparence patriotique de la libération allemande, ne calculant au fond que le retour de leurs privilèges. Tous étaient unis sous le nom généralement connu de *Tugendbund*[1] (Association de la vertu).

« Ainsi la cinquième coalition se présente tout à la fois guerrière et conspiratrice. Soumise à la direction machiavélique du ministère anglais, tout lui sera bon.

« On résolut donc de diriger des armées régulières au cœur de la France, et d'employer en même temps de grandes diversions sur les points les plus éloignés de son territoire ; les plans d'insurrection des peuples alliés, celle même de nos armées, de nos départements, tout cela est aujourd'hui reconnu et bien prouvé.

« Mais pour exécuter un tel projet, il avait fallu avant tout pervertir l'opinion des peuples. L'Angleterre avait répandu ses agents et son or sur tous les points de l'Europe ; elle avait des intelligences dans tous les pays et des dépôts d'armes en Sicile, à Gibraltar, à Héligoland, sur toutes les escadres. La Prusse et l'Autriche avaient travaillé l'Allemagne, le Tyrol, l'Italie.

« On avait constamment combattu, sous toutes les formes, tous les résultats de la Révolution propres à régénérer l'Europe ; on mit habilement à profit les admirables succès de nos armées qui, à la suite de tant de provocations, avaient parcouru et occupé tant de territoires ; on s'en servit pour irriter l'orgueil humilié, les intérêts froissés, pour créer des animosités particulières et exciter des haines invétérées ; et quand la Révolution eut cherché à se consolider par les formes, la centralisation et l'unité de l'Empire, alors toutes les machinations des étrangers dirigées jusque-là contre elle, toutes les malveillances ennemies, furent dès cet instant reportées en entier sur la personne de l'Empereur, dont les destinées, jugeait-on, devaient entraîner désormais tout le système.

1. Ainsi se nommait la résistance allemande à l'occupation des armées françaises de Napoléon.

« Napoléon, bien que toujours provoqué, fut représenté partout comme le seul auteur de la guerre perpétuelle, insatiable de conquêtes, aspirant à la monarchie universelle. Ses ennemis, au contraire, furent dépeints comme les défenseurs de la liberté générale, les victimes d'une noble et juste opposition, tandis que ses partisans ne furent plus que les courtisans intéressés d'un usurpateur heureux, avides de s'élever avec lui, ennemis de tous les droits des nations et de toutes leurs libertés. Chacun des actes de l'Empereur fut cité comme une oppression ; la défense à laquelle on le réduisait constamment n'était plus qu'une offensive perpétuelle. Tous les gouvernements qu'il avait déjà vaincus, bien qu'il les eût épargnés, n'en demeuraient pas moins, disait-on, les objets constants de sa haine, et ne devaient s'attendre plus tard qu'à une destruction finale, etc.

« Qu'on ne soit pas étonné que d'aussi fausses allégations aient obtenu quelque crédit à cette époque. Les négociations des coalisés, qui eussent pu éclairer la vérité, restaient tellement secrètes, qu'encore aujourd'hui, malgré le temps écoulé, on connaît à peine quelques-uns de leurs documents ; ils étaient servis en cela par Napoléon même, qui se voyait contraint de cacher aux siens les complots de ses ennemis et leurs projets homicides.

« Toutes ces inculpations, soigneusement propagées dans les pays étrangers, trouvaient accès jusqu'au sein de notre France, parmi les chauds partisans de la Révolution qui disputaient sur les garanties sociales, quand l'existence même de la société était en danger. Ces inculpations étaient accueillies en tous pays par les hommes prématurément occupés d'idées républicaines, et qui s'effrayaient de voir un bras vigoureux régulariser les monarchies ; elles pénétraient jusque dans nos glorieuses bandes : tous les enfants de la victoire ne savaient pas s'en préserver. La longue occupation de l'Allemagne et de l'Italie les avait intéressées au sort de leurs habitants ; et s'ils ne partageaient pas précisément tous leurs sentiments, du moins n'y restaient-ils pas assez étrangers. Nos armées d'Espagne étaient attaquées par d'autres idées ; une généreuse commisération en faveur d'un peuple qu'on disait opprimé et injustement assailli, l'éloignement de l'Empereur, cette source immédiate de toute gloire et de toute faveur, tout concourait à rendre plus pénible la guerre de la péninsule. Ce qui, chez l'étranger, excitait la haine et la vengeance, produisait chez nous le refroidissement. Il était accru dans la masse par la fatigue d'un service trop prolongé, et dans les chefs par le regret de ne pas jouir des avantages acquis, après cet âge où le mouvement n'est plus un besoin ; car il est bon de considérer dans l'histoire de nos événements la progression de l'âge dans la glorieuse génération dont la jeunesse avait opéré les merveilles de la Révolution. Or, cette génération avait atteint désormais la maturité, et pour la plupart de ceux qui la composaient, le terme probable de leurs espérances.

« Cette fois, continue l'auteur, les armées autrichiennes devaient attaquer de front et marcher droit sur nos frontières, non comme en 1799, 1805 ou 1814, en cherchant les endroits faibles ; mais comme gens, au contraire, qui ne craignent pas les parties les plus fortes, étant assurés d'y trouver de l'appui. En même temps on devait détacher au loin des corps autrichiens, dans la Prusse méridionale, sur la Vistule, dans la Saxe, dans la Bavière, dans le Tyrol et le Vorarlberg, appelant partout à des insurrections qu'on avait préparées, et auxquelles devaient prendre part surtout les anciens sujets prussiens, plus exaspérés que tous les autres, excités en dessous main par leur ancien gouvernement.

« Le corps de l'archiduc Ferdinand devait arriver jusqu'à Thorn, amenant cent pièces de canon dont la Prusse avait besoin avant de se déclarer. La coalition comptait que les souverains de la Confédération du Rhin se joindraient à elle, soit de gré, soit de force, à mesure que les armées autrichiennes s'avanceraient sur leur territoire. Des promesses et des menaces leur avaient été déjà adressées ; et s'il faut juger de cette époque par celles qui ont suivi, les espérances des coalisés n'étaient pas entièrement dénuées de fondement.

« L'Angleterre devait opérer conjointement avec l'Autriche, et faire en même temps de fortes diversions. Un armement, le plus considérable qu'elle eût jamais rassemblé, était dans ses ports de la Manche, et pouvait jeter une armée de plus de quarante mille hommes, soit dans le nord de l'Allemagne, soit dans la Hollande ou dans la Belgique, qu'on supposait mécontentes. Cette armée, marchant au-devant de la grande armée autrichienne, pouvait se rejoindre à elle sur le Rhin, au travers des pays insurgés. Des troubles éclatèrent effectivement dans le nord de l'Allemagne, en Hollande et dans l'ancien électorat de Trèves, pays le plus favorablement situé pour une telle opération. Des bouches du Weser et des côtes de la Hollande aux frontières de la Bohême, il n'y a guère plus de cent lieues de distance. Il suffisait donc de quelques jours pour accomplir cette jonction. Une autre armée anglaise de quinze mille hommes, réunie en Sicile, devait débarquer à Naples, faire soulever l'Italie méridionale, et aider ainsi aux opérations de l'armée autrichienne dans la Lombardie.

« A l'aide de toutes ces attaques des armées et des nations étrangères, des machinations peut-être plus terribles se tramaient dans l'intérieur de la France. Il est reconnu maintenant que le conventionnel Fouché, réunissant alors les ministères de l'Intérieur et de la Police, servait depuis longtemps la famille des Bourbons. Chaque semaine il lui livrait le bulletin secret destiné à Napoléon seul. "On prétend aussi que Fouché *voulait se saisir du pouvoir* lors des nouvelles de la bataille d'Essling et de la rupture des ponts du Danube." D'autres disent qu'"en cette circonstance[1] *la couronne impériale devait être déférée à Bernadotte*[2]". Il est plus aisé de pres-

1. Montvéran, tome V ; *Galerie historique*, tomes II et IV, etc.

2. Ceci me rappelle une circonstance personnelle qui présente un singulier rapprochement avec ce que rapporte cette histoire.

Lors de l'attaque sur Anvers, ayant demandé à m'y rendre comme volontaire, le duc de Feltre, ministre de la Guerre, avec lequel je me trouvais lié, me destina à l'état-major général du prince de Ponte-Corvo (Bernadotte). Ce ministre me dit en m'expédiant qu'il allait me charger pour son beau-frère, chef de l'état-major du prince, d'un message verbal qu'il n'eût pas voulu confier au papier, me priant d'en bien retenir les expressions ; elles étaient celles-ci : « Nous avons des raisons de croire à d'étranges menées de la part de Bernadotte, à une ambition tout à fait extravagante. Ainsi point de démarches, point de signatures qui puissent vous compromettre : veillez aux pièges. » Ces paroles, sans explications ni commentaires, et avec l'état politique des choses telles qu'elles me paraissaient alors à moi, portion du vulgaire, me semblèrent du véritable grec. Je les rendis comme je les avais reçues, sans m'en inquiéter autrement ; et encore aujourd'hui je suis loin de prétendre qu'elles dussent être d'un poids décisif ; seulement je les rapporte.

En addition à cette anecdote, en voici une autre qui m'a été contée depuis la publication du *Mémorial*, par quelqu'un qui prétendait la garantir. Elle est bien propre à corroborer l'opinion émise au texte ci-dessus, touchant les machinations intérieures, ourdies de longue main.

Immédiatement après la bataille d'Essling, m'a-t-on dit, un émissaire

sentir que de connaître exactement les intrigues auxquelles put se livrer ce ministre (Fouché), investi d'un si grand pouvoir, et ayant des relations si étendues. D'un autre côté, l'Angleterre n'avait cessé d'entretenir des correspondances dans la Vendée ; et quoique ce pays fût ramené par une administration douce et éclairée, les agents de l'étranger y trouvaient toujours quelques accès. Déjà pendant la campagne de 1807, on avait tenté de le faire soulever de nouveau : "On voulait, dans la supposition où Napoléon viendrait à être défait dans une grande bataille, prendre les armes et recevoir le duc de Berry... Dix mille conscrits réfractaires étaient prêts à se soulever... De la Vendée, le complot s'étendait dans la Bretagne, le Maine, la Basse-Normandie : Bordeaux n'y était pas étranger... Au moindre revers des armées de Napoléon, et à la moindre crise politique, le feu de l'insurrection laissait échapper ses étincelles. Le parti de l'opposition avait dans la Vendée ses points de correspondance et de ralliement" (Beauchamp, tome IV). Ainsi les espérances de la coalition sur ce pays n'étaient pas sans quelque fondement.

« L'Angleterre avait préparé une autre machination en Espagne. Là, c'était une conspiration toute militaire. Il ne s'agissait rien moins que de soulever l'armée française de Portugal ; de la réunir avec l'armée anglaise ; d'engager les autres corps français en Espagne à imiter cet exemple ; de marcher sur les Pyrénées, où se trouverait une autre armée anglaise plus considérable, avec Moreau qui reviendrait de l'Amérique. On devait s'avancer sur Paris et mettre Moreau à la tête du gouvernement. Les Anglais avaient répandu dans le pays et parmi les troupes françaises le manifeste et les proclamations de l'Autriche. Des officiers de notre armée de Portugal étaient gagnés, ils avaient communiqué avec Wellington et Beresford ; un crédit de six cent mille francs leur

---

arriva du champ de bataille à Fouché pour lui faire connaître l'état désespéré des affaires, qu'on pensait pouvoir être très favorable à certains projets. Cet émissaire était chargé de prendre ses avis, et de savoir ce qu'on pouvait attendre du dedans. A quoi Fouché répondit, dans un état de véritable indignation : « Mais comment revenir nous demander quelque chose, quand vous auriez déjà dû avoir tout accompli à vous seuls ? Mais vous n'êtes là-bas que des poules mouillées qui n'y entendez rien : on vous le fourre dans un sac, on le noie dans le Danube, et puis tout s'arrange facilement et partout. » *(Las Cases.)*

était ouvert à Porto. On annonçait l'espoir de se concerter avec les armées d'Allemagne et d'Italie. (Le Noble, Montvéran[1].) Du reste, ce plan était loin d'être inexécutable. Bordeaux et la Vendée étaient sur le chemin de cette armée à Paris. Or, de cette capitale à Bayonne et à Augsbourg, la distance est la même. Ainsi, à mesure que Napoléon dépassait cette dernière ville, les chances augmentaient en faveur de la conspiration. Car si l'Empereur eût voulu revenir sur ses pas pour s'opposer à cette entreprise, sa marche eût été retardée par les attaques combinées des Autrichiens et les insurrections de l'Allemagne ; tandis que celle des armées révoltées, à peu près libre et même favorisée par tant d'intrigues, eût été bien plus rapide. Elles pouvaient donc arriver bien avant l'Empereur à Paris, où elles eussent trouvé les secours de Fouché, etc.

« Ainsi, tout semblait favoriser les espérances de la coalition. Si Napoléon était arrêté sur nos frontières par les forces coalisées, l'Allemagne se soulevait, et la Confédération du Rhin, ainsi que l'Italie, étaient obligées de s'armer contre leur protecteur. Si Napoléon faisait, au contraire, des progrès en Bavière et en Autriche, il s'éloignait d'autant du centre de la France et la livrait aux attaques de ses ennemis, pendant que ses derrières étaient menacés par leurs machinations.

« Tels étaient les apprêts de cette guerre machiavélique que nous suscitaient les puissances de l'Europe. Le signal en fut donné par des proclamations, où se trouvent les provocations à la révolte et à l'insurrection, dont jusqu'à cette époque s'étaient abstenus les gouvernements monarchiques. On fut encore plus étonné de retrouver dans la bouche des princes autrichiens ces provocations adressées à des peuples qui avaient été de tout temps étrangers à l'Autriche, et dont elle avait reconnu les gouvernements. "C'est, disaient-ils, pour la liberté de l'Europe, pour la délivrance des Allemands, pour l'indépendance de l'Italie que l'Autriche combat. Sa cause est celle de l'Allemagne. Elle ne reconnaît pour ennemi que celui qui oublie qu'il est allemand... Elle promet l'appui prochain des troupes étrangères, etc." Ainsi, la coalition, aveuglée par sa haine, puisant ses armes dans l'arsenal révo-

1. Deux mémorialistes, le premier sur la guerre d'Espagne, le second sur l'Angleterre.

lutionnaire, imitait l'exaltation des insurgés espagnols. Ainsi, après avoir employé tant de temps et de moyens, versé tant de sang, pour combattre la Révolution française, elle en invoquait les principes et en empruntait le langage. L'histoire remarquera que c'est du conseil aulique de Vienne que partirent ces cris de *liberté, d'indépendance, d'insurrection*, contre celui qui voulait raffermir les trônes ébranlés. Les rois allaient tenter de corrompre les armées, d'ébranler la fidélité des chefs et des soldats. Ils livraient, au Nord comme au Midi (en Portugal, en Suède, en Prusse), le sort des nations et des souverains à des troupes aveuglées, à des chefs parjures, à des conspirateurs flétris par des jugements. Cependant, qui assurait les rois que ces armées ou ces insurrections, appartenant à des chefs ou à des partis opposés, ne renouvelleraient pas de nos jours, au centre de l'Europe, les déchirements de l'Empire romain ? Quels exemples pour l'avenir ! Lequel d'entre ces rois pouvait se confier assez en son entourage de famille, de généraux, de courtisans, en son peuple, pour risquer de telles chances ; singulier contraste ! Pendant que l'homme de la démocratie et des peuples employait tous ses efforts pour éteindre les révolutions, les anciens gouvernements et leur vieille aristocratie en semaient les germes à pleines mains sur toute la surface de l'Europe. En vain prétendront-ils les comprimer à jamais : ces provocations à l'insurrection, ces promesses de liberté, de garanties, d'institutions libérales ; ces appels aux droits des nations ne seront plus oubliés : tôt ou tard ces cabinets recueilleront les fruits de leurs imprudents travaux.

« Au printemps de 1809, toutes les chances de la guerre et de la politique étaient donc contre la France ; l'Autriche avait sous les armes trois cent vingt mille hommes et sept cent quatre-vingt-onze pièces de canon ; cette armée avait été divisée, comme les armées françaises, en neuf corps actifs et deux réserves. Ces corps avaient en eux tous les moyens d'administration et d'exécution, de manière à pouvoir agir isolément ou combinés. En arrière de ces forces, entièrement disponibles, était une réserve imposante, préparée depuis longtemps, non entièrement organisée, mais qui, pendant la campagne même, fournit d'abondants secours. Elle se composait des *landwehr* ou *défenseurs de la patrie*, des dépôts d'infanterie et de cavalerie, enfin de l'insurrection hongroise, et pouvait s'évaluer à deux cent vingt-quatre mille hommes, qui, joints aux forces régulières indiquées ci-dessus, composaient à l'Autriche une masse de cinq cent quarante-quatre mille combattants. Le prince Charles, ministre de la Guerre et généralissime, commandait en Allemagne la principale armée, composée des six premiers corps et des deux réserves. Le prince Ferdinand était avec le septième en Pologne ; le prince Jean avec les huit et neuvième en Italie. Tous les princes de cette maison prenaient part à la guerre.

« Napoléon n'avait à opposer à toutes ces forces que deux cent vingt mille hommes en Allemagne, qui étaient loin d'être tous Français ; cinquante-sept mille en Italie, dix-huit mille en Pologne, et un total de quatre cent vingt-cinq pièces de canon. Il avait la diversité des nations contre lui, et quarante mille hommes de moins que le prince Charles lorsqu'il opéra en Bavière, etc.

« Les deux grandes lignes d'opération du nord et du midi de l'Allemagne sont éloignées de quarante lieues de distance moyenne entre Augsbourg et Bamberg. On peut agir sur chacune d'elles, ou passer de l'une à l'autre ; mais il est difficile et surtout dangereux d'opérer sur les deux à la fois, parce que l'armée ennemie qui se placerait au milieu des deux lignes pourrait détruire successivement les corps séparés de son adversaire, même avec des forces inférieures, ou deviendrait du moins maîtresse des opérations. L'armée, ainsi placée, arrêterait les mouvements de son ennemi, sur les derrières duquel elle peut manœuvrer. Il résulte de là que les points militaires les plus importants de ce théâtre sont les passages du Danube, surtout ceux où aboutissent les grandes communications, les confluents des rivières qui servent de lignes de défense, ceux qui maîtrisent les deux lignes d'opération, et les défilés de l'Est et de l'Ouest (Ulm et Passau) ; ensuite viennent les principaux passages, sur les grands affluents du Danube, les capitales, les villes, les nœuds de routes, etc. Parmi celles-ci, le point de Ratisbonne est un des plus essentiels : il devint, en cette occasion, de la plus haute importance pour les deux armées, afin de maîtriser les opérations sur les deux rives du Danube, etc.

« L'Autriche ayant conservé des relations avec la Belgique et les pays allemands cédés depuis longtemps à la France, espérait les soulever en y faisant pénétrer ses armées. Pour cela les principales forces autrichiennes, réunies en Bohême, et débouchant de ce pays, devaient d'abord suivre la ligne d'opération du Nord, par la Franconie. En quinze ou dix-huit marches elles devaient atteindre facilement l'embouchure du Mein. Traversant tous les cantonnements de l'armée du Rhin, elles pouvaient espérer, avec leurs masses supérieures, de les battre en détail, et d'empêcher ainsi les divers corps français du Nord et du Midi de se réunir. C'était un avantage capital, c'en était un autre considérable que de gagner rapidement du terrain, pour faire déclarer les souverains de la Confédération, et insurger les peuples. On attribua dans le temps au général Mayer les dispositions militaires de ce plan, qui eut un commencement d'exécution, puisque les cinq premiers corps de l'armée autrichienne, outre la première réserve, étaient placés en Bohême, tandis que le sixième et la deuxième réserve agissaient seuls en Bavière. Les opérations, qui avaient dû commencer dès le mois de mars, furent ensuite renvoyées au 8 avril.

« Les inconvénients du plan de Mayer n'avaient pas échappé à la pénétration de l'archiduc, dont le grand mérite était de bien connaître son ennemi et son terrain. Pendant que la grande armée autrichienne aurait marché par la ligne d'opération du Nord vers les frontières de France, où elle eût trouvé nos réserves et la défense nationale, le cœur de la monarchie autrichienne, sa capitale même restaient à découvert devant un ennemi tellement actif, qu'il pouvait des Alpes noriques y porter encore d'autres corps. Mais cette grande armée autrichienne elle-même était exposée aux manœuvres que Napoléon, laissé maître du Danube, pouvait exécuter sur ses flancs et ses derrières, soit par Straubing, après avoir battu le corps de Bavière, soit en débouchant de suite sur Bamberg, Wursbourg et Hanau. Le prince Charles n'avait pas oublié la poursuite du Tagliamento jusqu'au-delà de Léoben en 1797 ; surtout la prise de Vienne, une vingtaine de jours après la capitulation d'Ulm, en 1805 ; la destruction des armées prussiennes à Iéna, opérée en quelques instants, par une manœuvre de flanc. L'archiduc savait bien qu'il n'avait plus affaire à un Moreau, qui, sans bouger, le laisserait derrière lui aller tranquillement de l'Iser sur le Bas-Rhin. Le prince sentit la nécessité d'occuper avant tout la ligne d'opération sur la rive droite du Danube : il revint à un projet d'offensive directe, qui le tenait sur le chemin de la capitale, et fit repasser le Danube, à Lintz, par la majeure partie de son armée, ne laissant en Bohême que les premier et deuxième corps. D'après les retards qu'éprouvait le commencement des hostilités, il eut le temps de terminer cette nouvelle disposition.

« Quant à Napoléon, il attend tout des mouvements de l'ennemi. Son but est de battre la grande armée autrichienne et de retourner dans Vienne, pour y dissoudre cette nouvelle coalition, punir l'injuste agression et dicter encore une fois la paix. Son unique disposition préparatoire est de se tenir sur les deux rives du Danube, maître de se concentrer, selon l'occasion, sur l'une ou l'autre, entre Donawerth et Ratisbonne. Il attend que les mouvements de l'ennemi soient démasqués, et c'est sur le terrain même qu'il improvisera ses dernières dispositions. Il abandonne tout à fait les montagnes, dont il deviendra maître lorsqu'il le sera de la plaine où se trouve le chemin de Vienne, et au travers de laquelle il fera voler rapidement ses masses. Sans s'inquiéter de la composition de son armée, des conscrits qui s'y trouvent en quantité, des corps allemands avec lesquels il devra agir, il a résolu de ne pas retirer un seul homme de ses vieilles bandes d'Espagne, où elles combattent plus directement nos véritables ennemis, les Anglais.

« Au 20 mars, le corps de Davout occupait les deux grandes routes qui conduisent de Bohême sur le Mein et dans le Palatinat du Rhin. Les corps de Masséna, Oudinot, Lefebvre et Vandamme étaient en Souabe sur la grande route de Vienne, par Munich, Augsbourg et Ulm. Tous ces corps devaient, en cas d'attaque, manœuvrer de manière à se réunir sur le Danube, vers Ingolstadt ou Donawerth. Ainsi l'armée française, qui s'étendait d'abord des montagnes de Thuringe au pied des Alpes, et dont les deux masses principales gardaient les lignes d'opération du Nord et du Midi, dans la Franconie et la Souabe, était soumise d'avance à un plan général de concentration sur le Danube, vers les points d'où elle pouvait le mieux manœuvrer sur l'une ou l'autre rive. A cette même époque, les armées autrichiennes, d'abord réunies dans la Bohême, faisaient leur mouvement par Lintz, pour joindre les corps de Hiller au camp de Wels ; laissant Bellegarde et Kollourat sur les frontières de la Bohême, en face de Bayreuth et d'Amberg. Ce mouvement de l'archiduc avait été fort long, et ne s'était terminé qu'au commencement d'avril. On peut voir maintenant, d'après la position de l'armée française, qui devait être bien connue de l'archiduc, qu'en sortant vivement de la Bohême, il pouvait espérer de culbuter les cantonnements de Davout et gagner leur droite vers le Danube ; du moins il pouvait atteindre directement les bords du fleuve et de l'Altmulh, au-dessus de Ratisbonne, et y faire sa jonction avec les corps de Hiller. Ce mouvement, opéré rapidement, empêchait ou reculait fort en arrière la réunion des corps de l'armée française ; rendait l'archiduc maître des clés du terrain de la plaine, au moins jusqu'au Lech ; il le tenait à portée en même temps de la route directe de Vienne, comme des insurrections du Nord, dont il s'éloignait trop. Plus tard le prince Charles revint à cette opération, mais par un trop long détour ; alors il n'était plus temps.

« Bientôt la guerre commença. Les armées françaises ne s'attendaient nullement à être attaquées aussitôt ; elles eussent été surprises, si cela eût été possible. Napoléon était encore à Paris, et n'en partit que sur la nouvelle de l'agression.

« Le 4 avril, Berthier arrivait à Strasbourg et s'y établissait.

« L'archiduc avait quitté Vienne le 1er ; le 6, sa proclamation à l'armée autrichienne annonce la guerre. *Le salut de la patrie nous appelle à de nouveaux exploits, etc.*, dit-il. Quel long commentaire mériterait ce peu de mots !

« Le 8, les Autrichiens violent la foi des traités existants, surprennent le passage de l'Inn. Le lendemain seulement, un simple billet de l'archiduc au commandant de l'armée française dénonce les hostilités, avec moins de formalités qu'on n'en met à la rupture du plus simple armistice. L'agression des Autrichiens avait commencé en même temps sur tous les points ; ils envahissent à la fois la Bavière, la Franconie, le Tyrol, l'Italie et la Pologne. L'armée de l'archiduc Charles marche au-delà de l'Inn, et les corps de Bellegarde débouchent de la Bohême.

« Le 9, l'empereur François arrive à l'armée, établit son quartier général à Lintz.

« Ici, je dois faire observer, dit mon auteur, que travaillant d'après les documents de l'armée française, et d'après mon journal fort exact de cette campagne, osant espérer de deviner, d'après les règles de l'art, ce qui est resté caché des dispositions méthodiques qui ont dirigé les événements ; enfin, ne possédant sur l'armée autrichienne que les relations officielles, je ne pourrai, dans tout ce qui regarde cette armée, que rapporter les faits connus et constatés. L'archiduc ayant été, dès les premiers jours, sous l'influence des manœuvres de Napoléon, il devient d'autant plus difficile de spécifier les motifs de certaines opérations des ennemis. Pour deviner ceux-ci, il faudrait qu'il n'y eût eu ni fautes ni contretemps ; ce qu'on ne saurait admettre. »

Ici l'auteur expose les vues qu'il suppose à l'archiduc, ses intérêts, ses dispositions ; il blâme la lenteur des Autrichiens, qui mettent onze jours à faire vingt-huit lieues, etc.

« Le 16, Napoléon arrivait à Stuttgard et donnait ses ordres directement à l'armée. Il était temps qu'il vînt en prendre le commandement pour s'opposer à la marche de l'ennemi ; mais surtout pour remédier aux fausses manœuvres de Berthier, et pour terminer ses incertitudes. Celui-ci, arrivé à Donawerth le 13 avril, se trouvait accablé sous le poids de ce commandement momentané ; il se portait tantôt à Neustadt, tantôt à Augsbourg ; ordonnait à Oudinot de se rendre à Ratisbonne ; à Davout d'envoyer la division Saint-Hilaire et la cavalerie de réserve sur Landshut et Freysingen. L'arrivée de Napoléon suspendit tout mouvement. Il attendit pour agir des nouvelles de la Bohême et de la Bavière. Le 17, il se rendit à Donawerth. Son arrivée à l'armée fut annoncée par cette belle proclamation : "Soldats ! disait-il, le territoire de la Confédération a été violé... J'étais entouré de vous lorsque le souverain d'Autriche vint à mon bivouac de Moravie ; vous l'avez entendu implorer ma clémence et me jurer une amitié éternelle. Vainqueurs dans trois guerres, l'Autriche a dû tout à notre générosité ; trois fois elle a été parjure !!! Nos succès passés nous sont un sûr garant de la victoire qui nous attend. Marchons donc, et qu'à notre aspect l'ennemi reconnaisse son vainqueur."

« Le 16, à l'arrivée de Napoléon à Stuttgard, nos deux grandes masses se trouvaient rangées autour de Ratisbonne et d'Augsbourg. Le troisième corps à Eterhauzen, Riedenbourg, Hemau, ayant sa deuxième division à Dassvang, sa grosse cavalerie autour de Ratisbonne, le corps de la Saxe ducale à Ingolstadt, où allait arriver bientôt la division de réserve du troisième corps. L'ennemi, qui avait manœuvré de manière à couper la division Friant, trompé dans ses projets, se montre le lendemain 17 devant Ratisbonne, et fait trop tard quelques tentatives sur le pont de la Regen. Les troupes commandées par Masséna se trouvaient à Augsbourg. Le centre de la ligne française semblait dégarni ; mais barré par le Danube et le Lech, il était gardé par les Bavarois, les Wurtembergeois et la division ducale de Saxe. Cette ligne de notre armée était brisée : des deux ailes placées aux saillants, les corps français pouvaient tomber sur leurs ennemis, s'ils s'engageaient dans ce piège qui leur était tendu.

« En arrivant à l'armée, Napoléon trouve le mouvement de la grande masse ennemie prononcé par la rive droite du Danube, entre ce fleuve et le Bas-Iser, de telle manière qu'elle ne peut plus atteindre la rive gauche du Danube qu'en forçant le passage de ce fleuve ou celui du Lech. Napoléon occupait, par la place d'Augsbourg, qu'il fait mettre dans le plus grand état de défense, par les postes retranchés de Landsberg, de Rain et de Donawerth, tous les passages qui, sur la rive droite du Danube, portent en Souabe. Il donne aussi l'ordre de défendre à Ratisbonne le passage vers la Franconie. L'armée autrichienne étendue sur l'Iser, depuis Landshut jusqu'à Munich, mais attaquant en grande force sur Landshut, et débouchant par là, menaçait évidemment le centre de la ligne française. C'est au plus actif à réunir ses forces. Mais sommes-nous à temps de le faire sur la rive droite du Danube ? et oserons-nous le tenter ? En marchant sur la rive opposée, il y aura un passage de fleuve à opérer, et par conséquent rien de décisif n'en peut résulter. Cependant l'ennemi était plus rapproché de Neustadt sur le Danube, et du point de concentration que de nos ailes ; il avait son ordre de marcher en avant, ses derrières, ses lignes de retraite, tout bien assuré. Malgré tous ces avantages, Napoléon ordonne le mouvement général sur la rive droite, et par des marches de flanc, à Davout, de Ratisbonne sur Neustadt ; à Masséna, d'Augsbourg sur Pfaffenhoffen ; lui-même se porte au centre, au poste du danger et des difficultés, pour arrêter les têtes de colonnes de l'ennemi, et laisser le temps à ses rapides ailes de se rejoindre. Pour tout autre, et avec d'autres troupes, cette manœuvre eût été fort scabreuse ; mais pour Napoléon, *c'est*, comme il le disait, *un calcul d'heures* ; c'est aussi un calcul de terrain ; mais il ne faut s'y tromper ni de quelques minutes ni de quelques toises, car il y va du salut de l'armée. Quant à lui, il s'est rendu par ses dispositions cette manœuvre absolument sûre. Si l'ennemi s'avance sur le centre, Napoléon le battra ; s'il cherche à le tourner par son extrême gauche, il trouvera Augsbourg fermé, de manière à tenir tête à toute son armée réunie ; s'il veut gagner Ratisbonne, il doit le trouver aussi en défense.

« Dans ces deux derniers cas, Napoléon tombait sur les derrières de l'ennemi, et le poussait, soit sur le Danube, soit sur les Alpes. Ainsi la manœuvre contre l'ennemi, qui finit par se diriger sur Ratisbonne, va être aussi désastreuse pour lui, que brillante pour nous ; car, avec sa droite, avancée entre le Danube et l'Iser, Napoléon va refouler dans le cul-de-sac entre ces deux rivières, l'archiduc qui s'y est si imprudemment enfoncé. Il ne s'agissait de rien moins que de la destruction totale de l'armée ennemie, si les ponts de Ratisbonne et de Landshut ne s'étaient pas trouvés ouverts.

« Napoléon annonce à Masséna que, pour cette grande et décisive manœuvre, *il va refuser sa gauche, avancer sa droite ; et qu'entre le 18, le 19 et le 20, toutes les affaires de l'Allemagne seront décidées.* »

Ici se trouve cette belle manœuvre qu'a voulu probablement mentionner l'Empereur, c'est-à-dire les dispositions préparatoires de la bataille, et elles sont en effet admirables. L'auteur décrit le placement et la marche de tous nos corps, ceux de l'ennemi, les engagements partiels, le résultat général, les fautes de l'archiduc ; les nôtres même, dans les exécutions subalternes du moins ; car pour la conception du chef, il nous la montre complète et devant amener infailliblement l'annihilation entière de toutes les forces ennemies. Je saute à pieds joints sur tous ces détails très curieux : ils seraient bien accueillis sans doute par les militaires ; mais ils pourraient paraître longs à tous les autres, et ils m'écarteraient de mon but outre mesure. Je passe tout de suite aux grands résultats exprimés dans la proclamation suivante de Napoléon, et puis aux réflexions de l'auteur :

« Soldats ! dit l'Empereur, vous avez justifié mon attente, vous avez suppléé au nombre par votre bravoure ! En peu de jours vous avez triomphé dans les trois batailles de Thann, d'Abensberg et d'Eckmühl, et dans les combats de Peissing, de Landshut et de Ratisbonne. Cent pièces de canon, quarante drapeaux, cinquante mille prisonniers, trois équipages, trois mille voitures attelées portant les bagages, toutes les caisses des régiments : voilà le résultat de la rapidité de vos marches et de votre courage.

« Naguère l'ennemi se promettait de porter la guerre au sein de notre patrie ; aujourd'hui, défait, épouvanté, il fuit en désordre. Déjà l'avant-garde a passé l'Inn ; avant un mois nous serons à Vienne. »

« Cette proclamation, envoyée de tous côtés, annonça aux amis comme aux ennemis de la France les victoires et les projets de l'Empereur, etc.

« Ainsi en quatre jours de combat et de manœuvres sont accomplies les destinées de l'armée autrichienne, de cette armée si arrogante, si nombreuse, la plus belle qu'eût jamais mise sur pied la maison d'Autriche ! Par ses premières dispositions, Napoléon a organisé le plan de sa grande bataille ; il a assuré la défense de ses postes, fait reconnaître le terrain pour une bataille en avant d'Augsbourg, dans la direction par laquelle l'ennemi semblait devoir s'avancer. Il a rectifié les fausses dispositions de Berthier, ramassé ses forces aux ailes, laissant libre le terrain où il voulait attirer l'ennemi. Il l'y a amené peu à peu, tout en prenant ses mesures pour le battre ensuite, de quelque côté qu'il se tournât. Le 17 à midi, Napoléon arrive à l'armée, le 18 il donne ses ordres, et annonce que dans trois jours tout doit être fini : si sa prédiction éprouve un retard de quelques heures, c'est que sa jeune armée, composée en grande partie de conscrits, n'a pas cette vigueur des troupes d'Austerlitz et d'Iéna. Le 19 commence l'exécution de ce plan dont on est obligé de reconnaître les fondements dans les premières dispositions des mois précédents ; la jonction de l'armée s'opère sous le canon de l'archiduc. Le 20, Napoléon rompt, à Abensberg, la ligne de l'ennemi et sépare totalement la gauche du centre. Le 21, il détruit à Landshut cette gauche, s'empare des magasins, du parc, de tous les équipages, et des communications de la grande armée ennemie. Le 22, il revient à Eckmühl porter les derniers coups à l'armée de l'archiduc, dont les débris se sauvent honteusement au travers de Ratisbonne et des montagnes de la Bohême. Si Landshut eût été attaqué à temps par la rive droite, les corps de Hiller ne pouvaient plus se retirer, et étaient entièrement écrasés sur les bords de l'Iser. Si Ratisbonne n'eût pas été livrée à l'archiduc, ses débris, accablés par toute l'armée française sur les bords du Danube, coupés de Straubing, privés de tout passage et de tout moyen de faire des ponts, étaient réduits aux dernières extrémités. Ainsi, sans ces deux contretemps, l'armée du prince Charles était entièrement détruite en quatre jours : rien, du reste, n'en est échappé que par morceaux et en fuite.

« A aucune époque de l'histoire, on n'a vu une telle bataille, livrée sur un aussi grand terrain et dans des directions opposées, conduite à vue par la même tête, exécutée par les mêmes bras, avec une aussi rigoureuse précision, une telle rapidité et le meilleur emploi de tous les moyens : à moins qu'on en excepte toutefois dans le début de Napoléon en Italie, Castiglione, Arcole, et Rivoli surtout, où le génie avait devancé l'expérience.

« Il faut que les militaires se gardent bien de confondre ces manœuvres exécutées au loin, mais toujours en partant d'un centre unique, avec le système opposé de lignes étendues démesurément, sur lesquelles les plus grandes forces disparaissent ; où le commandement suprême ne pouvant atteindre sur tous les points, la grande direction manque partout. L'un est le système des Daun, des Lascy, des Moreau : l'autre celui de Frédéric et de Napoléon.

« Pendant ces batailles, tous ces mouvements de concentration et d'extension furent faits à la minute et dans la circonstance la plus opportune. Les troisième et quatrième corps, d'abord éloignés de plus de quarante lieues, se trouvèrent réunis dès le second jour par la manœuvre la plus audacieuse, pour entrer sur la même ligne de bataille. Le quatrième corps fit en trois jours trente-six lieues, en poursuivant les lauriers que d'autres corps venaient saisir en avant de lui. Ensuite Napoléon fait les détachements successifs, à mesure des besoins de tout ce vaste champ, qu'il embrasse dans tous ses points. Avant d'attaquer à Landshut, il détache Lefebvre pour venir au secours de Davout ; avant Eckmühl, Bessières à la poursuite d'Hiller ; avant Ratisbonne, Masséna sur le Bas-Danube et le Bas-Inn ; à peine Ratisbonne est enlevé, qu'il envoie à Landshut les grenadiers d'Oudinot, les Bavarois de Lefebvre, le corps de Lannes pour soutenir Bessières et former la tête de la colonne qui doit prévenir l'archiduc sur Vienne. Cependant Napoléon ne laisse pas un instant douteux le succès de ces belles combinaisons, car les corps de Masséna et d'Oudinot, qui ont tourné constamment la gauche de l'ennemi, sont toujours à même d'aider les corps engagés dans les journées des 20, 21 et 22. Davout tenant tête à la majeure partie de l'armée ennemie, reçut à propos les secours dont il avait besoin ; et s'il eût été poussé un peu le 21, l'armée aurait eu quelques lieues de moins à faire le 22 et des chances de succès de plus.

« Jamais on n'a mieux vu tout ce que peuvent *le coup d'œil et l'à-propos*. Ici, dans cet immense champ, pas un homme, pas un moment, pas le moindre avantage du terrain n'ont été perdus devant des ennemis qui ne savaient tirer parti ni des forces, ni du temps, ni des positions. Pas un combat n'était livré qui n'eût un but déterminé et souvent décisif. Il résultait de là non seulement grande gloire pour l'armée, mais grand profit pour l'humanité ; car, dans les guerres mal conduites, on perd plus de moitié des hommes inutilement, soit par les combats livrés mal à propos, soit par les maladies qui suivent les campagnes prolongées. »

La stratégie semble surtout être la prédilection de l'auteur ; il en a fait et avec succès sa constante occupation. Il m'a montré la preuve authentique qu'il s'était exprimé, il y avait déjà deux ans, sur les célèbres campagnes d'Italie, en 1796, et celle de Marengo, précisément comme le fait l'Empereur dans ses dictées de Sainte-Hélène, qu'on vient de publier en cet instant ; c'est-à-dire qu'il avait deviné, saisi toutes ses idées et ses vues à cet égard. Il a fait un travail sur la topographie militaire du théâtre de la guerre en Italie, qui, présenté à Napoléon lors de son couronnement, le frappa tellement, qu'il s'écria : *J'aurais payé des millions pour avoir une telle chose quand je commandais ici*. A ce talent reconnu, mais ignoré de Napoléon, se trouvaient réunis encore beaucoup de traits de courage très remarquables, et grand nombre de blessures. Malheureusement la fatalité a voulu que les hautes chances offertes à nos braves se soient trouvées finies précisément à l'instant où celui-ci, entrant dans la garde, allait sortir de la foule. On sait que l'Empereur se plaisait à y puiser ; et son coup d'œil si juste le faisait toujours à coup sûr. C'est sans entourage, sans intrigue, sans sollicitations aucunes, qu'on a vu surgir inopinément les Lobau, les

Drouot, les Bernard : mon ami allait avoir son tour ; son heure était venue.

« Les bords de l'Abens et de la Laber, dit-il, sont désormais devenus classiques pour l'art de la guerre. Les militaires iront étudier là, bien mieux que dans les livres, les théories des grandes opérations. Là ils verront inscrite pour des siècles la resplendissante gloire des armées françaises ! là est un de ses plus beaux monuments, impérissables à jamais, tant qu'on lira dans l'histoire que des batailles ont été livrées par le même général et les mêmes troupes, le 19 à Thann, le 20 à Abensberg, le 21 à Landshut, le 22 à Eckmühl, le 23 à Ratisbonne ; là les militaires apprendront la connaissance du terrain, la pratique du coup d'œil, l'emploi des forces, l'opportunité des détachements, tout le secret des grandes batailles, qui consiste à savoir s'étendre et se concentrer à propos, et diriger ses masses selon le terrain et les dispositions de l'ennemi. Mais ces manœuvres doivent servir de leçon, et non pas d'exemple ; il faut les étudier et non les copier. Malheur à qui s'aviserait d'en exécuter de pareilles, même dans des conjonctures analogues ; car il y perdrait certainement son honneur et son armée. Pour oser les tenter et pour en venir à bout, il fallait la toute-puissance du génie et du commandement dans le chef, jointe au plus absolu dévouement de la part de toute l'armée.

« Ces manœuvres présentent une leçon précieuse sur une des parties les plus difficiles de la guerre. On y apprendra comment on peut arrêter l'exécution d'une opération commencée, et détruire ces avantages si vantés de l'initiative. Ici, en effet, l'archiduc était en pleine opération quand Napoléon est arrivé. Si ces deux généraux avaient été d'une égale force secondaire, le chef français se serait hâté de gagner, par Donawerth et Ratisbonne, la rive gauche du Danube ; il aurait gardé ces deux têtes en se réunissant entre Neustadt et Neubourg. Le chef autrichien aurait longuement manœuvré sans passer le Danube. Des semaines, des mois se seraient écoulés sans qu'il y eût rien de fait ; on eût vu une campagne à la Daun ou à la Moreau. Si les deux généraux avaient été également supérieurs, le chef autrichien aurait continué sa pointe malgré celle des Français, se serait précipité sur le corps de Davout, et l'aurait culbuté sur Ratisbonne : là, le livrant au corps de la rive gauche ou au canon de Stadtamhof, si la ville tenait encore, il serait venu avec sa masse tomber successivement sur le centre et la gauche de l'armée française, dont il aurait eu probablement bon marché. On peut supposer que Napoléon aurait manœuvré avec moins d'audace s'il eût eu affaire à un ennemi de cette force ; car il a dit dès le début de sa carrière : *La guerre est une affaire de tact*. La première chose est de savoir contre qui et avec qui on guerroie. L'archiduc le savait bien.

« Masséna, toujours grand à la guerre ; Davout, se montrant tous les jours plus digne des plus grands commandements, donnèrent à Napoléon des preuves de zèle et de dévouement, qualités qui commençaient à devenir assez rares pour pouvoir être louées ; mais Lannes fut l'*Achille* de l'armée [1], *glaive exterminateur* dans les cinq journées, où, avec les mêmes troupes, il combattit à de si grandes distances : à Arnhofen, à Attuhausen, à Rottembourg, à Landshut, à Eckmühl, à Ratisbonne. Pourquoi des destinées qui se développaient si éclatantes, et qui alors atteignaient la maturité du premier talent, devaient-elles être si vite terminées !!! Après ces illustres personnages, les généraux, les officiers, toute l'armée, jeunes et vieux soldats, cavaliers et fantassins, Allemands et Français, tous se montrèrent dignes du grand capitaine.

« Ces victoires de Napoléon furent couronnées par les plus grands résultats. La désorganisation des armées de l'Autriche, l'ouverture des chemins de sa capitale, l'envahissement de ses provinces et la destruction des préparatifs d'invasion, des magasins, de la landwehr, des milices, etc. ; enfin, la perte des conquêtes éphémères, des archiducs Jean et Ferdinand, etc.

« L'Autriche se trouvait violemment frappée et plus qu'à demi vaincue. Mais ce coup terrible se ressentait bien plus loin encore, dans toute l'Allemagne et même dans toute l'Europe. La coalition de 1809 venait d'être terrassée tout entière, dans les champs de la Laber. Tous ses projets dépendaient de l'issue de la première bataille. Si l'affaire eût été douteuse, ou si elle eût été contraire à Napoléon, si seulement il avait différé son attaque, qu'il eût attendu ses ennemis ou

1. Allusion au héros grec qui, dans *l'Iliade* d'Homère, se montra le plus farouche des guerriers contre les Troyens (voir tome I, note, p. 277).

porté des coups moins assurés il eût été bientôt rejeté de l'autre côté du Rhin et accablé par l'Europe entière. En ce même moment éclataient les insurrections organisées dans le Tyrol, la Westphalie, la Prusse ; mais les triomphes d'Eckmühl arrêtèrent l'embrasement qui allait s'étendre du Tyrol à la Baltique, raffermirent pour le moment la foi chancelante de la Prusse et de la Russie, retardèrent le départ de l'expédition anglaise, et dérangèrent le plan combiné contre la Belgique et la Hollande. Enfin, ces triomphes comprimèrent aussi, à l'intérieur de la France et dans nos armées, ces intrigues que nous verrons s'y développer plus tard, etc.

« Cependant, Napoléon ne devait pas laisser à l'Autriche le temps de réparer ses pertes ; à la coalition celui de réunir ses forces et de renouer ses intrigues. Il fallait aller à Vienne pour forcer l'une et l'autre à la paix ; car celle-ci était toujours le but de toutes nos guerres, comme le prix de tous nos triomphes.

« Après Eckmühl se présente une grande question de guerre et de politique. Que devaient faire les chefs des deux armées ? On a récemment approuvé l'archiduc de s'être retiré en Bohême : on a blâmé Napoléon de ne pas avoir poursuivi une armée battue.

« Mais le prince Charles ne pouvait absolument faire autre chose que ce qu'il a fait. Il devait se mettre au plus vite à couvert ; il n'avait pas de choix. Seulement il a marché encore trop lentement, etc.

« Napoléon aussi a fait ce qu'il devait. A deux marches en arrière de Ratisbonne, le prince Charles avait trouvé un pays de montagnes et de défilés, la Bohême, où la défensive est si favorable. A la droite du Danube, Hiller s'était rallié, renforcé sur l'Inn, et même s'avançait sur Neumarck. Si Napoléon s'était engagé d'une ou deux marches au-delà de Ratisbonne, il laissait toute liberté au prince Charles de regagner, à Passau ou à Lintz, la rive droite du Danube, d'y faire sa jonction avec Hiller, de défendre les approches de Vienne et de se réunir plus tard au prince Jean. Napoléon perdait alors le plus beau fruit de la bataille d'Eckmühl ; et ce n'était pas pour les laisser rejoindre qu'il avait séparé les deux armées autrichiennes. Il eût abandonné par là tout l'avantage de la victoire, de sa position et du terrain. Pour aller de Ratisbonne à Vienne, par la Bohême, le chemin est mauvais, difficile ; il forme un grand contour, un arc dont une autre route, belle, facile, directe, forme la corde. Or, c'est cette dernière qu'occupait Napoléon sur la rive droite du Danube. Vienne est sur cette même rive, entourée d'une forte enceinte, susceptible d'une grande défense. Il ne pouvait espérer de l'occuper que par une marche rapide, par un coup de main. Il ne pouvait donc hésiter un instant à y courir. Cette détermination lui présentait toutes sortes d'avantages : elle maintiendrait la séparation des diverses armées autrichiennes ; concentrerait autour de cette capitale toutes les forces françaises de l'Allemagne et de l'Italie ; rappellerait au centre de la monarchie tous les corps ennemis destinés à faire insurger au loin les peuples contre la France : toute autre conduite eût été une faute.

« Aussi la marche sur Vienne s'exécute avec la même habileté qui en avait ouvert la route. C'est la même célérité dans la course, la même précision dans les mouvements, la même étendue dans l'ensemble. Des ordres partent aussitôt pour Eugène, Bernadotte, Poniatowski. Napoléon fait écrire au premier : “Avancez en toute confiance, l'Empereur va percer au cœur de l'Autriche ; l'ennemi ne tiendra pas devant vous, etc.” Au dernier : *“qu'il s'en rapporte à son zèle”*. – Bataille d'Ebersberg, nullement connue.

« Cependant à côté de tant d'audace se multiplient toutes les mesures de prudence ; une première réserve se forme à Ratisbonne pour nous garantir la ligne d'opération sur la rive gauche du Danube ; une deuxième se forme à Augsbourg pour assurer la ligne d'opération de la rive droite ; une troisième se forme sous le nom de corps d'observation de l'Elbe. Les places intermédiaires sont mises en état de défense. A Mayence, les conscrits, à mesure qu'ils arrivent de l'intérieur, sont organisés en bataillons provisoires et acheminés vers l'armée, etc. »

L'auteur, après avoir décrit ici les dispositions nouvelles, continue :

« Ainsi cette armée française, tellement concentrée quand il faut combattre, s'étend maintenant en colonnes de corps échelonnés au fond de la vallée du Danube, suivant parallèlement la marche de l'archiduc sur la rive opposée aux frontières de la Bohême, prête à faire face par la gauche le long du Danube, si l'armée de l'archiduc se présentait. L'armée pouvait se concentrer aussi sur un point quelconque de sa ligne en quarante-huit heures. C'est par cet heureux mélange de concentration et d'extension de corps si nombreux, manœuvrant avec la précision d'un régiment, que Napoléon déterminait d'aussi immenses succès et déconcertait les plans de ses ennemis, etc.

« Nous vivons à une époque, remarque l'auteur, où les capitales prennent une telle importance sur les affaires de la guerre, que tout doit être sacrifié à la conservation de ces centres de l'administration et de la vie des empires : de leur occupation dépend presque toujours la défense et le sort des États. Les exemples de Vienne et de Berlin, dans les deux guerres précédentes, l'avaient assez démontré. Depuis, l'occupation de Paris en a fourni deux nouvelles preuves. Si la prise de Moscou et de Madrid semblait en donner de contraires, on a été réduit à brûler la première, ne l'ayant pas su conserver ; et quant à la deuxième, il a fallu toutes les particularités de l'Espagne, qui ne se trouvent nulle autre part, tous les secours de l'Angleterre, les diversions de l'Europe, et une foule d'accidents pour sauver la Péninsule et produire cette exception à la règle générale. Les capitales doivent donc être mises à l'abri de l'invasion étrangère, afin de laisser aux armées la liberté de manœuvrer, et aux nations le temps de pourvoir à la défense générale. » Et à ce sujet il veut que Paris soit fortifié. C'était l'avis de Napoléon, dit-il ; c'était aussi celui de Vauban, et c'est encore celui de l'ingénieur qui chez nous le remplace aujourd'hui, et qui ne porte qu'à cinquante millions les frais de cette défense tout extérieure, c'est-à-dire au triple seulement de ce qu'on consacre chaque année en embellissements, constructions, etc. *(Projet du général H.*[1] *.)*

« Vienne, capitale de l'Autriche, était donc le but où tendaient également les deux commandants en chef, etc.

« Or aucune capitale n'était à cette époque dans une meilleure situation pour être défendue. A moitié couverte par le Danube, elle était entourée de deux fortifications : l'une extérieure, angulaire, à demi-revêtement, qui enferme ses faubourgs ; l'autre intérieure, formée d'une très forte enceinte, etc.

1. Le général Haxo.

« Napoléon se présente devant Vienne le 10 mai au matin, quinze jours après Eckmühl, moins d'un mois après l'ouverture de la campagne ; il fait occuper les faubourgs sans résistance ; mais lorsque l'avant-garde se présente sur les glacis qui séparent les faubourgs de la ville, elle est reçue à coups de canon. Le maréchal Lannes envoie dans la place un aide de camp porteur d'une sommation. Cet officier est maltraité, retenu et la ville tire contre ses faubourgs. Ceux-ci envoient une députation à Napoléon pour intercéder en faveur de Vienne. Il la renvoie avec une lettre de Berthier à l'archiduc Maximilien, qui commandait dans cette capitale ; mais à l'arrivée de cette députation le feu des remparts redouble. Dès lors Napoléon, qui voulait ménager cette capitale plus que ne le faisaient les princes autrichiens eux-mêmes, prend le moyen convenable pour forcer l'archiduc à l'évacuer sur-le-champ. Profitant de l'énorme faute qu'on avait commise en négligeant de lier la place au Danube, il conduit lui-même le quatrième corps, jette un pont sur le petit bras qui sépare le faubourg *Landtraff* du *Prater* [1] et fait occuper le petit pavillon de *Lusthauss*. En même temps, pour répondre au feu de la place qui ne cessait de battre les faubourgs, et pour détourner l'attention de l'archiduc, Napoléon fait établir une batterie d'obusiers à peu près sur le même emplacement où se fit l'attaque des Turcs en 1684.

« A neuf heures du soir des obus sont lancés dans la ville. Alors se trouvait malade dans le palais paternel la jeune archiduchesse Marie-Louise. Sur un simple avis de cette circonstance, la direction du feu est aussitôt changée et le palais respecté. O jeux de la fortune ! qui eût dit alors à Marie-Louise qu'à peu de mois de là ces mêmes mains qui faisaient trembler Vienne tresseraient des couronnes pour sa tête ; qu'au palais des Tuileries, épouse et mère, elle régnerait sur ces Français qui la frappaient d'épouvante !

« Cette résistance de l'archiduc Maximilien dans Vienne était coupable, puisqu'il avait négligé tous les moyens de la rendre le moins préjudiciable aux habitants, et qu'elle ne pouvait d'ailleurs être utile ni à l'État ni à l'armée : Vienne

1. Célèbre promenade de Vienne, les Champs-Élysées de la capitale autrichienne.

pouvait être brûlée par un ennemi moins généreux, sans retarder d'une heure la possession de son enceinte. »

L'auteur fait ressortir les fautes des deux archiducs, puis il continue ainsi :

« C'était beaucoup aux yeux de l'armée et de l'Europe d'avoir pris Vienne. Pour Napoléon c'était peu, lorsqu'il n'avait pas les ponts du Danube, parce que la fin d'une guerre de coalition n'était pas à Vienne, mais dans la dispersion des restes de l'armée autrichienne et de la ligue des souverains, etc.

« Mais pour cela il fallait passer le Danube si impétueux, dans un moment où les eaux étaient les plus élevées, devant une armée encore formidable, et au milieu du pays ennemi, etc., etc.

« Cependant le bruit de l'entrée des Français à Vienne vint confirmer dans les cours et chez les peuples d'Allemagne la sensation produite par la nouvelle des victoires d'Eckmühl. Les projets d'insurrection et d'armement furent suspendus, les trahisons politiques ajournées, les associations particulières refroidies et comprimées. Schill, parvenu à réunir un corps de six mille hommes, en compromettant les noms des rois de Prusse et d'Angleterre, ne trouvait plus de pays qui osât se déclarer pour lui, etc.

« Le cabinet de Londres même se ressentit de l'influence de ces triomphes. Les intrigues et les indécisions de son ministère n'en furent pas peu augmentées, et ses grandes diversions promises, de plus en plus retardées.

« La cour de Prusse multiplia les démonstrations de fidélité aux traités et feignit de poursuivre les partisans de Schill. Celle de Russie, notre alliée en apparence, se décida enfin à nous fournir son contingent ; elle mit en mouvement, sur la Galicie, un corps de quinze mille hommes, beaucoup moindre que ne le portaient ses engagements, et encore pense-t-on généralement que les Russes ne s'avancèrent que pour contrarier les progrès très rapides des Polonais et surtout leurs principes.

« Le passage d'un fleuve comme le Danube est une opération fort difficile. Il ne suffit pas d'avoir un pont et de passer à l'autre rive, il faut déboucher au-delà, se maintenir et conserver le pont. Quand on considère l'effrayante immensité des objets nécessaires pour une telle construction et leur fragilité, ainsi que la terrible violence des obstacles qu'il faut vaincre, on a peine à concevoir que de telles opérations réussissent jamais.

« Ici il fallait traverser d'abord un premier bras du Danube, large de deux cent trente toises ; un second bras de cent quarante toises, où se trouvait le grand courant, séparé du premier par une île large de cent toises ; après cela on n'était encore arrivé que dans la grande île de Lobau, plantée d'arbustes et coupée de petits canaux. Il fallait enfin traverser, pour atteindre la rive gauche, un troisième bras, dont la largeur variait de cinquante à soixante-dix toises. Le Danube, en cet endroit, est divisé en tant de bras, parsemé de tant d'îles, que c'est un véritable labyrinthe, à l'abri duquel l'ennemi pouvait approcher beaucoup de nos travaux. Ainsi, c'était une triple rivière à passer, un triple pont à construire, dont un était de la plus grande dimension, au milieu des ennemis, qui, de tous côtés, nous voyaient et nous entouraient. Dans la construction de ces ponts, il fallait se servir de bateaux de formes et de grandeurs diverses, ramassés au hasard, retenus par quelques cordages et quelques clous, pour lutter contre la violence de l'impétueux Danube. Tout cela fut fait et même fort vite, en raison de l'immensité des préparatifs que tous ces ponts exigeaient. Il faut néanmoins reconnaître que les inconvénients que présentait ce passage étaient rachetés par de grands avantages. Si le Danube était plus large et divisé en plusieurs bras, il était aussi moins rapide et moins profond. Ces îles servaient à assurer les ponts partiels ; enfin, celle de Lobau était comme une tête du grand pont, une vaste place d'armes, d'où on pouvait arriver avec plus d'assurance sur la rive gauche, etc., etc.

« Les ponts, commencés le 18 au matin, furent terminés assez vite. Aussi, dès le 20, le quatrième corps avait gagné l'île de Lobau. L'Empereur s'y rendit lui-même, et fit jeter le dernier pont devant lui. Son intention était de marcher directement à l'ennemi et de terminer l'œuvre si brillamment commencée à Eckmühl. Il avait rapproché de lui la majeure partie de l'armée, afin qu'elle pût défiler sans interruption sur la rive gauche.

« Le terrain où devait déboucher l'armée française était des plus favorables. En avant du coude que le fleuve formait en cet endroit et dont les bras s'élargissaient considérablement, se trouvaient les villages d'Asparn et d'Essling : le premier, à gauche, touchant à un bras du fleuve où il y avait fort peu d'eau ; le deuxième, à droite, à deux ou trois cents toises en face du saillant du Danube. Plus à droite encore et à égale distance du fleuve, se trouve le bourg d'Enzersdorf. Entre Asparn et Essling il y a un millier de toises, et à peu près autant entre Essling et Enzersdorf. Les deux premiers villages, bâtis en maçonnerie, entourés de petites levées de terre, présentaient des espèces de forts très aisés à défendre, deux excellents appuis pour notre ligne, couverte aussi par un bas-fond ou fossé : cette ligne pouvait être tournée, il est vrai, par ses deux flancs, au-dessous d'Essling du côté d'Enzersdorf, et sur les derrières d'Asparn, où le petit bras du Danube était facilement guéable.

« En avant des villages s'étendait une plaine immense, parfaitement unie, sans ruisseau ni le moindre obstacle. On n'y apercevait que quelques villages au milieu des moissons verdoyantes : c'était le terrain le plus favorable pour deux armées égales qui avaient à disputer de bravoure et d'habileté. Ce l'était aussi pour une armée inférieure, qui aurait à lutter contre des forces supérieures, à l'aide des villages indiqués.

« Napoléon, plein de son projet de marcher à l'ennemi, n'attendait que d'être rejoint par une partie de l'armée ; il ne pensa pas devoir être attaqué lui-même : les rapports de la cavalerie légère le maintinrent dans cette sécurité ; aussi ne s'occupa-t-il nullement d'établir le quatrième corps, ni de profiter des avantages de la ligne d'Asparn à Essling. Il faut le dire, parce qu'il n'y a rien d'indifférent à la guerre, ni dans ce qui décide de la vie des hommes et du sort des empires, si Napoléon ou Masséna avaient fait occuper convenablement Asparn, il est probable que ce village n'eût pas été pris par l'ennemi, ou si nous avions préparé à l'avance ce qui fut exécuté par le corps d'Hiller, en s'en emparant, jamais les Autrichiens ne s'y seraient maintenus. Le mur du cimetière d'Asparn fut abattu par eux de leur côté, et ce cimetière leur devint par là une citadelle qu'il nous fallait escalader sous le feu le plus terrible, pour y parvenir, et quand nous nous en étions emparés, il n'était plus pour nous qu'un coupe-gorge, dans lequel nous demeurions entièrement à découvert. »

Ici se trouve décrite la première journée d'Essling (le 21 mai), où Masséna résiste avec son seul corps, pendant tout le jour, à toutes les forces autrichiennes, et conserve Asparn par cette opiniâtreté héroïque qui le caractérisait si éminemment. Les ponts, déjà dérangés dès ce jour-là, interrompent fréquemment le passage des troupes, déjouent les projets de Napoléon, sauvent l'ennemi et amènent la terrible journée du lendemain, ainsi décrite par l'auteur :

« Tant d'héroïsme dans la défensive de Masséna et de ses braves avait produit la plus grande sensation au milieu des deux armées, et singulièrement augmenté chez nous l'ardeur pour attaquer le lendemain, et l'espoir d'une complète victoire. Napoléon, renforcé par le corps de Lannes, veut attendre l'arrivée de Davout et de la réserve pour faire sa grande attaque ; mais dès deux heures du matin, avant le point du jour, le combat avait recommencé à Asparn, et quelque temps après sur toute la ligne. Le généralissime autrichien s'était enfin décidé à faire avancer la réserve de grenadiers qu'il avait jusque-là si mal à propos laissée en arrière. Ce prince aurait dû sentir dès le premier moment la nécessité de brusquer une telle affaire. Ses retards avaient laissé arriver trois de nos divisions de plus à la rive gauche. Il persiste dans son même système de bataille, et s'acharne de nouveau contre Asparn ; il attaque moins vivement Essling, où Lannes se trouve renforcé par deux divisions. Mais le général ennemi ne s'occupe nullement des moyens de tourner ces deux villages et surtout Asparn. Son feu et ses masses l'écrasent de nouveau et lui facilitent les moyens de s'en emparer. Masséna fait relever la division Molitor par celle de Saint-Cyr[1]. Le 24e léger pénètre dans le village, culbute l'ennemi dans la grande rue, et coupe une colonne qui s'avançait par la rue parallèle. Huit cents hommes, dont onze officiers et un général, avec six pièces de canon, sont enlevés et conduits dans l'île de Lobau. Le 24e finit par être repoussé, le 4e arrive au secours et reprend le village, qui, perdu de nouveau, est de nouveau repris par les Hessois. Tous ces régiments montrèrent la plus brillante valeur. L'ardeur de Masséna soutient l'enthousiasme du quatrième corps au milieu de ce théâtre, le plus horrible que la guerre ait jamais présenté. En ce moment on annonce l'arrivée de la garde à Asparn : tout le monde croit tenir la victoire.

1. Gouvion-Saint-Cyr.

« Napoléon, voyant l'ennemi persister dans ses fautes de la veille, et diriger ses grandes masses sur Asparn, avec une forte colonne sur Essling, ce qui dégarnissait beaucoup son centre, fait aussitôt des dispositions pour profiter de cette faute et exécuter immédiatement l'attaque projetée, dont il n'avait fait la veille qu'une démonstration : elle devait détruire l'ennemi en le perçant par le centre. Se croyant au moment de voir arriver le corps de Davout, l'Empereur envoya les tirailleurs de sa garde à Asparn, et donna l'ordre à Lannes de commencer l'attaque avec son corps d'armée, dans l'intervalle entre Essling et Asparn, contre l'aile gauche de Hohenzollern et la droite de Liechtenstein. Ainsi Napoléon fait avancer sa droite et pivote sur sa gauche, appuyée à la défense d'Asparn. Par là, il partageait l'armée ennemie en deux portions qui allaient se trouver fort compromises l'une et l'autre. Lannes à la tête de la division Saint-Hilaire, ayant à sa gauche les grenadiers d'Oudinot, à sa droite la division Boudet, la cavalerie par masses dans les intervalles, marche fièrement à l'ennemi, et s'avance sur ce léger glacis, au sommet duquel se trouve le centre des Autrichiens.

« Averti du danger qui menace cette partie si importante de sa ligne, l'archiduc accourt en toute hâte, appelle momentanément à lui une partie du corps de Bellegarde, dispose ceux de Hohenzollern et de Rosenberg ; place derrière eux, en troisième ligne, afin de les renforcer encore, plusieurs régiments de l'aile droite de sa cavalerie, dont l'aile gauche est formée sur plusieurs lignes. Il attend ainsi l'attaque du maréchal Lannes. Cette attaque, exécutée sous les yeux mêmes de Napoléon, vive et impétueuse, culbute les premières troupes de l'ennemi. Bessières, à la tête des cuirassiers, fait plusieurs charges brillantes sur la cavalerie et l'infanterie des Autrichiens. Celle-ci cédait du terrain. L'archiduc se met à la tête des régiments battus, et les ranime par l'exemple de la plus brillante valeur ; il saisit le drapeau de Zach, et se précipite dans le fort de la mêlée. Plusieurs de ses officiers sont blessés autour de lui.

« Cependant les Français redoublaient de vigueur et poussaient leurs avantages ; la victoire la plus complète se montrait déjà aux yeux de Napoléon, lorsqu'au lieu de l'arrivée du maréchal Davout, il reçoit, vers sept heures du matin, la nouvelle de la rupture de ses ponts, telle qu'il était impossible de songer à les réparer dans la journée[1]. La fortune lui arrachait le plus beau triomphe. Dans de telles dispositions, avec ce qu'il avait de troupes sous la main, Napoléon pouvait encore se livrer à l'espoir de vaincre ; mais sa prudence l'emporta : il ne voulut pas exposer à quelques nouveaux contretemps le sort de tant de braves, dans cette plaine découverte, où les colonnes d'attaque pouvaient, à mesure qu'elles s'avançaient, être prises de flanc et à revers. Il ordonna donc à Lannes de suspendre son attaque et de ramener ses troupes lentement dans leur première position, sa droite à Essling, et sa gauche dans la direction d'Asparn.

« Si cette brillante attaque ne fut pas couronnée d'un succès complet, elle en imposa pour tout le jour à l'ennemi ; elle arrêta les attaques qu'il préparait, elle dégagea pour le moment nos ailes vivement pressées, etc.

« Masséna tenait toujours Asparn ; l'ennemi venait d'y rentrer ; les tirailleurs de la jeune garde demandèrent à l'en chasser. Nouvellement formés, ils n'avaient de la garde que le nom et le dévouement. Ils gagnèrent là leurs grenades ; mais ce ne fut pas sans beaucoup de peines et de pertes. Ce village devait être encore disputé, et pendant toute la journée pris et repris par l'un et l'autre parti ; toujours avec plus de facilité par l'ennemi, qui continuait à l'entourer ; toujours avec plus de peine et de courage par nous, qui n'y parvenions qu'au travers d'un défilé. Les morts s'amoncellent dans Asparn, les boulets le détruisent, l'incendie finit par en dévorer les restes ; on s'y bat corps à corps, à l'arme blanche, avec le plus grand acharnement. Masséna se multiplie, tous ses officiers sont frappés à deux pas de lui ; il est le seul que le feu de l'ennemi n'atteint pas, semblant connaître et respecter le fils chéri de la Victoire. Il fallait toute l'opiniâtreté

1. Ce cruel accident, essuyé aussi la veille, provenait non seulement de la crue du Danube, mais encore du choc de nombreux radeaux, de grosses barques et de grands arbres lancés par des paysans et des soldats postés dans des îles supérieures dont on avait négligé de se rendre maître.

Une crue extraordinaire du Danube en double subitement l'élévation, et la porte en moins de trois jours de quatorze pieds à vingt-huit.

Le volume II, page 73, des *Mémoires de Napoléon*, chez Hector Bossange, contient sur la bataille d'Essling une note dictée par lui ; il la termine par les beaux portraits du duc de Montebello et du général Saint-Hilaire. *(Las Cases.)*

de Masséna pour conserver ce poste si périlleux, mais si important, pris et repris quatorze fois dans ces deux jours. Après la rupture des ponts, le combat n'était plus qu'une horrible boucherie sans résultat, mais absolument nécessaire pour sauver l'honneur français et même cette partie de l'armée sur la rive gauche du fleuve ; car il ne fallait pas songer à repasser au milieu du combat, de jour et en présence d'un ennemi si nombreux, un défilé tel que le faible pont de pontons ; il fallait absolument gagner la nuit, et jusque-là en imposer à l'archiduc. Vers midi, l'ennemi s'avisa enfin d'attaquer l'îlot qui est en arrière d'Asparn, et qui n'opposait qu'un bras étroit presque dépourvu d'eau. Quelques postes des nôtres, en très faible quantité, garnissaient cet îlot extrêmement boisé ; ils sont repoussés et ramenés de l'autre côté. Les balles de l'ennemi arrivent assez épaisses sur la communication d'Asparn avec le pont : le danger était des plus grands. Si l'ennemi s'avançait en forces de ce côté, si seulement il se maintenait sur les bords de l'îlot, les troupes qui étaient à Asparn se trouvaient prises à dos et ramenées près du pont ; on perdait une demi-lieue de terrain et l'appui principal de la position. Deux pièces à mitraille furent aussitôt tournées de ce côté. Heureusement l'ennemi laissa le temps à la brigade Vivier d'accourir ; mais il fallut y envoyer aussi toute la division Molitor, réduite à quelques centaines d'hommes ; elle réussit à contenir l'ennemi, et ce ne fut pas le moindre des services que Molitor rendit dans cette terrible journée.

« L'archiduc avait reformé sa ligne, rétabli ses batteries et recommencé ses attaques sur Asparn et Essling. Il fait marcher contre ce dernier quatre bataillons de grenadiers de la réserve, qu'il avait enfin rapprochée de la ligne. Ceux-ci n'éprouvent pas moins de résistance. La division Boudet, enfermée en partie dans un grand clos, repousse cinq assauts avec la plus grande valeur. Les grenadiers hongrois sont si malmenés, que l'archiduc est obligé d'accourir encore pour les retenir sur la ligne.

« Cependant, à force d'essayer de tous les points de la position, le prince Charles finit par disposer sur le centre une attaque effrayante pour l'armée française. Ceux qui voyaient clair aux affaires de la guerre conçurent dans cet instant les plus vives inquiétudes. On apercevait, en face de l'intervalle trop dégarni qui sépare Asparn d'Essling, la crête du rideau se couronner d'artillerie, de masses de cavalerie, de colonnes profondes d'infanterie. Ces préparatifs formidables menaçaient le terrain vide qui séparait les corps de Lannes et de Masséna, et la direction la plus courte sur nos ponts. Une attaque vive et franche de l'archiduc avec ses réserves et les troupes inutiles sur la ligne pouvait en peu de minutes accomplir la perte de l'armée. Déjà ces masses étaient à petite portée de notre ligne ; heureusement l'ennemi perd, en examens et en mouvements préparatoires, le temps qu'il fallait employer à agir avec vigueur. Napoléon, qui voit ce danger terrible, dirige au centre tout ce qu'il peut trouver de disponible dans notre artillerie, en très grande partie démontée ; il fait marcher vers les flancs des masses autrichiennes quelques troupes déjà excédées de fatigue, et envoie Bessières charger avec la cavalerie, non plus pour la victoire, mais pour le salut de l'armée. Il faut donner tête baissée dans cette colonne pour l'arrêter, c'était un acte d'absolu dévouement. Nous n'avions plus en arrière de notre centre qu'une seule réserve d'infanterie ; il est vrai que c'était la vieille garde ; cette héroïque élite que pendant si longtemps il a suffi de montrer à nos ennemis pour arrêter ou contenir leurs plus grands efforts.

« Bessières, malgré les pertes de sa cavalerie, charge audacieusement et renverse la tête de la colonne. Il n'en faut pas davantage pour arrêter cet ennemi irrésolu. Dès lors, le sort de la journée est fixé, et Napoléon pourra attendre la nuit pour exécuter sa retraite : il se rapproche du petit pont pour veiller à ses préparatifs et ordonner les dispositions devenues nécessaires.

« La journée s'avançait, et il en était temps, car nos munitions étaient épuisées. L'artillerie et l'infanterie allaient se trouver sans cartouches ; la communication était interrompue avec les parcs de réserve ; la plus grande partie de nos pièces étaient endommagées, les attelages tués depuis longtemps. On avait été obligé de ralentir le feu ; l'ennemi, au contraire, continuait le sien avec sa terrible artillerie, qui nous écrasait. Il renouvelait constamment ses attaques contre les deux villages. Dans l'une de ces attaques, vers le soir, Lannes, qui jusque-là était demeuré constamment au plus fort du danger, descendant de cheval pour prendre quelque repos, est frappé d'un boulet qui lui emporte les deux jambes. L'armée va perdre un de ses premiers chefs, dont les talents s'étaient si prodigieusement développés ; la France, un de ses appuis les plus solides ; l'Empereur, un ami zélé. Lannes fut transporté dans l'île de Lobau ; Napoléon alla à sa rencontre près du petit pont. Leur entrevue fut des plus touchantes, leurs embrassements des plus tendres. Napoléon pleurait à chaudes larmes, à genoux devant le héros mourant. C'eût été en toute circonstance un grand spectacle ; il l'était bien davantage le soir d'une bataille si douteuse qui nous coûtait tant de braves.

« Nos troupes avaient comme oublié la faim et l'extrême fatigue dans ces deux longues journées, où la chaleur fut excessive, où elles soutinrent quarante heures de combat. Belle époque de gloire !!! Dans une situation aussi critique, notre ardeur et notre confiance ne se refroidirent pas un instant ! L'âme du chef était passée dans celle de tous les soldats... Pendant ces journées mémorables, huit divisions françaises, qui ne formaient pas la moitié de notre armée, repoussèrent constamment les attaques de toute l'armée autrichienne, qui ne put conquérir quelques toises de terrain, et fut même souvent sur le point d'être culbutée.

« Dès le commencement de la nuit, on fit filer sur le petit pont les nombreux blessés entassés sur la rive gauche. Tous ceux qui donnaient signe de vie furent emportés dans l'île de Lobau. On fit ensuite passer l'artillerie, les caissons ; on enleva même tous leurs débris. Les pièces prises à l'ennemi avaient été emmenées, rien ne fut laissé sur le champ de bataille, pas même les fusils et les cuirasses de nos morts.

« L'ennemi fit la faute inconcevable de ne pas poursuivre immédiatement ses avantages, et de nous laisser surtout cette île de Lobau, qui, saillante au milieu de son terrain, fut notre sûreté dans le revers, et nous devint bientôt le moyen du triomphe. »

Dans cette campagne tout est classique chez Napoléon, pour quiconque peut en suivre et en juger les détails : on l'a vu jusque-là préparer et suivre rapidement la victoire ; le voici à présent dans une circonstance imprévue, terrible. Qu'on le considère remédiant, en un clin d'œil, à de grands désastres, et déterminant à l'instant même les dispositions qui doivent lui assurer de nouveau la victoire ! Réduit à une défensive momentanée, il va créer dans l'île de Lobau, aux portes de Vienne même, une véritable forteresse française, qui maîtrisera le fleuve et le terrain. Trahi par les vagues du Danube, il va l'enchaîner ; et le tout se fera en vue d'un ennemi qui se proclame triomphant, et ne songe point à troubler des prodiges qu'il ne sait pas deviner : et peut-être est-il en quelque sorte excusable, car l'auteur s'écrie à ce sujet : « Heureux ceux qui ont pu deviner ces miracles du génie !!!... Ce ne furent pas toujours ceux qui l'approchaient le plus. »

Les premiers ordres, dit-il, sont donnés à l'instant même du désastre, et les préparatifs sont si rapides, que, deux ou trois jours après la bataille, on voit déjà plusieurs sonnettes battre des pilotis au travers des deux grands bras du Danube ; mais les bulletins, pour tromper l'ennemi, annoncèrent qu'il s'agissait d'une sorte d'estacade pour couvrir les ponts et arrêter les brûlots. Le même jour, Napoléon détermine sur les lieux, et trace, de sa cravache sur le sable, le plan des ouvrages qui doivent former la tête des grands ponts et le réduit de Lobau.

A compter de cet instant, chacun travaille sans relâche ; le chef se multiplie et les soldats sont infatigables. Leur constance, leur ardeur sont sans égales. Napoléon, dans ses projets et pour mieux se dérober à l'ennemi, a besoin de s'établir dans une petite île en face d'Essling, touchant presque à la rive autrichienne. Les généraux du génie et de l'artillerie en déclarent l'attaque à peu près impossible. Mais Napoléon ordonne, et, en plein midi, un aide de camp de Masséna traverse le Danube, avec cinq cents voltigeurs, sous le feu de toute l'artillerie autrichienne, atteint l'île, en chasse l'ennemi, s'y maintient contre toutes ses attaques, et en deux heures un pont de bateaux est construit en dépit de toutes les batteries qui enfilaient le Danube et jetèrent plus de deux cents boulets dans les œuvres du pont. Sous un chef tel que Napoléon, tout avait cessé d'être impossible ; personne ne s'occupait plus de sa propre conservation : la vie, c'était la gloire ! Il est vrai que le général ne s'épargnait guère. Napoléon faisait souvent lui-même la tournée des postes de l'ennemi, et en approcha, dans l'île du Moulin, jusqu'à vingt-cinq toises. Un officier autrichien le reconnaissant un jour sur les bords d'un canal large de cinquante toises, lui cria : *Retirez-vous, sire, ce n'est pas là votre place.* Paroles admirables qui, vu le ressentiment d'alors contre Napoléon, la crise du moment, et l'importance de sa mort, honorent à jamais les rangs dont elles sortirent, et montrent dans celui qui les prononça une loyauté et un culte à l'honneur qui ne sauraient être surpassés !!!

Enfin au bout de quarante-trois jours, durant lesquels on a le droit de se demander : qu'a fait l'archiduc ? que devait-il, que pouvait-il faire ? ce que l'auteur au surplus discute rigoureusement ; au bout de quarante-trois jours, disons-nous, tous les travaux se trouvent accomplis ; ils étaient immenses et merveilleux : en voici un échantillon.

« Il y avait à chacun des deux grands bras du Danube, larges, l'un de deux cent trente, et l'autre de cent quarante toises, des ponts sur pilotis où trois voitures pouvaient marcher de front. Au-dessus de ceux-ci, de petits ponts, larges de huit pieds, pour l'infanterie, au-dessous des ponts de bateaux. Ainsi les débouchés étaient préparés pour trois colonnes, et le tout était couvert par des estacades qui se rejoignaient sur une île, à deux cents toises au-dessus des ponts. Le soin fut poussé à un tel point, qu'on éclaira ces ponts par des lanternes de dix en dix toises, continuées tout au travers de l'île de Lobau, le long des chaussées qu'on y avait pratiquées sur une largeur de quarante pieds. Au moyen de ces lanternes, le chemin demeurait aussi praticable de nuit que de jour. De grands écriteaux indiquaient, à chaque embranchement, toutes les directions pour les divers corps de l'armée. Ainsi les plus minutieuses précautions avaient été ajoutées au développement des plus grands moyens, etc.

« Cependant l'Empereur avait employé l'intervalle des travaux à réorganiser son armée, et à rapprocher de lui tous les corps dont il pouvait disposer. Le prince Eugène lui avait amené l'armée d'Italie, au travers de beaux faits d'armes, couronnés par la victoire de Raab ; Marmont était arrivé avec son corps du fond de la Dalmatie.

« Le plan de Napoléon, des plus vastes, des plus décisifs, embrasse l'ensemble de ses armées et les divers pays qu'elles occupent. Toutefois, tant de coopérations, et à de si grandes distances, n'ont à ses yeux et dans sa pensée que l'unité de but et d'action. Il va jeter sa grande armée au-delà du Danube et sur la gauche de l'ennemi, pour le séparer de la Hongrie, il l'attaquera sur le champ de bataille qu'il aura conquis, le battra et l'acculera sur la Bohême, où cet ennemi se trouvera prévenu et entouré de toutes parts. Le tout s'accomplira de point en point, ainsi qu'il l'aura réglé, jusqu'au moment où l'ennemi, frappé de sa situation désespérée, implorera un armistice.

« Les ordres furent donc donnés à Masséna de porter ses divisions vers la partie septentrionale de Lobau ; à Oudinot de passer, le 1er juillet, dans cette île, et de s'y établir ; à Eugène d'être rendu, le 4, à Ebersdorf, avec des vivres pour deux jours, et de passer les ponts sans s'arrêter ; à Davout de ne partir que dans la nuit du 4 au 5, et de filer sur-le-champ dans l'île de Lobau ; à Bernadotte et à Bessières d'être rendus le 2, à Ebersdorf ; à Vandamme d'occuper Vienne, le 2, au soir ; à Lefebvre d'envoyer Wrede à Vienne pour se réunir à la garde impériale, et de se tenir lui-même à Lintz, pour, dès que la grande armée aurait passé le Danube, entrer en Bohême par le sud, en même temps que Jérôme y entrerait de Dresde par le nord, et que Junot, de Bayreuth, la menacerait par l'ouest. Enfin, il n'est pas jusqu'à Poniatowski, auquel Napoléon prescrivait d'emmener ses Polonais sur Olmütz pour contenir l'archiduc Ferdinand, et d'y entraîner les Russes, si ces alliés douteux avaient la loyauté de nous servir de bonne foi.

« C'est pour les gens du métier surtout que sont intéressants et précieux les ordres donnés en cette occasion : ils sont le programme exact des batailles qui suivirent. Jamais on n'avait vu diriger une aussi grande opération à l'avance avec autant de précision, et jamais tout n'avait été prévu avec autant d'exactitude. Les détails du passage ne sont pas moins admirables.

« Le 4 juillet, à une heure après midi, on reçoit l'ordre de traverser le soir même. Tout avait été parfaitement préparé, les passages étaient multipliés, la direction de chaque corps jalonnée à l'avance ; aussi tout fut exécuté avec la plus grande promptitude et dans le plus grand ordre. Jamais une armée aussi nombreuse n'avait aussi rapidement traversé tant de défilés et formé son ordre de bataille. En une nuit elle se trouva rangée de l'autre côté du Danube, quand son ennemi surpris la croyait encore dans ses cantonnements. Du temps de Turenne et de Condé, on n'eût pas cru la chose possible ; du temps de Villars et de Vendôme, on y eût employé plusieurs jours peut-être, sans y parvenir ; enfin, du temps de Frédéric, à peine ce grand capitaine aurait-il espéré y réussir avec sa bonne armée. Nos adversaires, dans la plus belle plaine du monde, passaient des demi-journées à se mettre en ordre de bataille, etc.

« Napoléon ayant deux ponts à son extrême gauche, dont le premier sur pilotis, à l'abri de tout accident, devant servir de ligne de communication pour l'armée, voulut avoir un autre pont comme de réserve à son extrême droite ; il se ménageait ainsi, pour tous les cas, la possibilité de manœuvrer, par les deux extrémités du saillant de Lobau, le plus près possible des grands bras du Danube. C'est par ce dernier pont que commença la grande opération.

« A neuf heures du soir, vers l'embouchure du bras de Lobau, dans le grand Danube, Oudinot fait embarquer quinze cents voltigeurs dans des bacs et des bateaux préparés par la marine ; ils passent à la rive gauche et s'y établissent. Dès le premier coup de canon d'Oudinot, toutes les batteries de Lobau font un feu terrible, les unes sur les ouvrages ennemis, les autres sur le terrain qu'il occupe, le plus grand nombre sur Enzersdorf et ses alentours. On voit perpétuellement en l'air une quantité de bombes et d'obus enflammés. Masséna jette de son côté dix-huit cents hommes sur l'autre rive ; ils passent dans cinq bacs. Le premier a de la peine à aborder, les hommes se jettent à la nage et le tirent à terre ; alors le passage continue sans interruption. Les postes de l'ennemi sont enlevés ou surpris, et on établit les ponts préparés à l'avance. Celui d'une seule pièce se trouve placé en huit ou dix minutes, malgré la baisse des eaux. Le quatrième corps commence immédiatement à défiler, le transport continue sur les bacs. On commence des ponts de radeaux et de bateaux sur l'île Alexandre. Le premier est fini à trois heures, le second à deux ; un quatrième est jeté plus haut ; le cinquième avance rapidement. Cependant la canonnade continuait d'une manière épouvantable ; Enzersdorf est bientôt la proie des flammes. L'ennemi ne répondait que faiblement en face des ponts ; mais il tonnait de tous ses ouvrages sur le terrain de l'ancien passage, où il croyait que notre armée débouchait. A tout ce fracas vint se joindre un orage terrible et une pluie par torrents, qui produisit un froid extraordinaire. Les travaux n'en sont nullement dérangés. Napoléon est partout, courant à pied d'un pont à l'autre, au milieu des boues et de ces rives glissantes où on culbute à chaque instant. Infanterie, artillerie, cavalerie, tout défile sans relâche. A mesure qu'on gagne du terrain sur la rive gauche, Napoléon fait assurer ses premiers progrès. Il a donné à l'avance aux officiers du génie l'ordre de tracer quatre immenses redans pour couvrir les ponts. Ainsi chaque pas que font les troupes, préparé par le feu terrible qui écrase l'ennemi, est protégé par des ouvrages contre tout accident. L'avant-garde ennemie, qui se trouvait dans cette partie, cède le terrain presque sans combattre, et se retire au-delà d'Enzersdorf, selon l'ordre qu'elle en a reçu !

« Malgré la multiplicité des ponts, il fallait encore plusieurs heures pour faire défiler une armée aussi nombreuse que la nôtre. Les corps des deuxième et troisième lignes, non encore formées, arrivaient successivement. Ce n'est que vers midi que la première ligne se trouve établie perpendiculairement au Danube, selon l'ordre donné : Masséna à gauche, Oudinot et Bernadotte au centre, Davout à droite. Ces corps sont par régiments serrés en masse. Ils occupent ainsi un bien petit espace. L'armée d'Italie, la garde, avec le onzième corps, viennent former la deuxième ligne, et les réserves de cavalerie la troisième. Le reste de l'armée étant arrivé, ou près de l'être, Napoléon porte en avant sa première ligne et s'étend en éventail, etc. »

Ici se trouvent les développements de cette célèbre bataille de Wagram, tellement remarquable par les mouvements préparatoires et les grandes manœuvres instantanées qui la rendent une des plus longues qui aient été livrées : ils remplissent toute une semaine. Cette bataille est encore une des plus mémorables des temps modernes, par les forces qui combattirent de part et d'autre, la réputation des deux généraux opposés, les pertes des deux armées et son grand résultat, la paix de Vienne. Cet événement fournit à l'auteur les détails les plus lucides, les réflexions les plus judicieuses. Mais je passerai tout de suite aux premiers résultats de la bataille proprement dite. Elle coûta aux Autrichiens vingt-quatre mille morts ou blessés, et nous laissa vingt mille prisonniers. Toutefois elle fut loin encore de remplir les espérances de Napoléon ; l'armée reprocha à un de ses lieutenants, dont elle s'était déjà plaint à Austerlitz, à Iéna, à Thann, etc., d'avoir, le 5, attaqué trop tard Wagram ; évacué, le 6, sans combattre, Adercla, tête de notre position, appui des manœuvres de Napoléon, et qui, entre les mains de l'archiduc, devint celui de sa résistance et de ses attaques. Peut-être ce lieutenant de l'Empereur eût-il pu se rejeter sur la mauvaise conduite des troupes étrangères qui lui étaient confiées ; mais loin de là, il se permit même, contre l'usage reçu, une proclamation individuelle dans laquelle il les qualifiait de *colonne de granit* ; ce qui remplit d'étonnement les autres corps, et porta l'Empereur à le renvoyer en France.

« Napoléon, compagnon et juge des hauts faits de ses braves, leur distribua de nombreuses récompenses. Passant en revue l'armée d'Italie, le lendemain de la bataille, il dit aux soldats : "Vous êtes de braves gens, vous vous êtes tous couverts de gloire !" Une proclamation témoigna à l'armée la satisfaction de son empereur, et s'adressa plus particulièrement au génie, à l'artillerie et aux pontonniers, qui, par leurs immenses travaux, avaient préparé tous ces miracles.

« Napoléon fit trois maréchaux sur le champ de bataille : Oudinot, Marmont et Macdonald. Il embrassa ce dernier, délaissé longtemps à cause des dissentiments antérieurs. Le nouveau maréchal, attendri jusqu'aux larmes, s'écria, dans l'effusion de son cœur, qu'il lui vouait désormais une fidélité sincère, engagement que Napoléon, du reste, a eu l'occasion de témoigner avoir été rempli. »

L'auteur, après avoir analysé la conduite et les fautes de l'archiduc en cette circonstance, dit : « Pour Napoléon, il s'est conduit, dans cette bataille, d'après les mêmes principes que dans l'ensemble de la campagne. Il a tenu ses troupes sous sa main, et a manœuvré excentriquement. Attaqué et prévenu, il a laissé l'ennemi démasquer son mouvement, l'a attaqué lui-même à son tour au moment et au point favorables. Rien ne lui a échappé, ni les dangers de la gauche et de l'île de Lobau, où il envoie Boudet ; ni les dangers de la droite, où il renforce Davout, au cas que le prince Jean arrivât. Cependant il a éprouvé de grands contretemps : si l'attaque du 5 au soir eût été convenablement faite, elle eût réussi, et dès lors l'armée de l'archiduc, percée par le centre, était séparée en deux parties qui pouvaient être fortement entamées, et qui, rejetées, l'une sur la Bohême, l'autre sur la Hongrie, ne se seraient plus rejointes. On eût évité, dès lors, la grande bataille et toutes les chances du lendemain. Si Adercla n'eût pas été abandonné sans coup férir, le 6 au jour, l'armée française, qui se trouvait concentrée, aurait culbuté du premier effort le centre dégarni de l'ennemi, et serait retombée sur sa droite, qui eût été écrasée ou noyée dans le Danube, etc., etc.

« Cependant l'archiduc se retirait en toute hâte sur la Bohême, et sa retraite, quoique faite avec une grande habileté, allait développer les conséquences de la bataille, bien plus désastreuses encore que la perte de la bataille elle-même. Chaque jour, chaque instant voyait entamer l'armée ennemie : elle était menacée de périr en détail. La cour de Vienne sentit toute l'imminence du danger, et se hâta de le prévenir. Le 10, vers le soir, Masséna, poursuivant ses avantages, et maître des faubourgs de Znaïm, allait enlever la ville, quand un cri universel se fit entendre tout le long de la ligne, celui de *cessez le feu, cessez le feu*. Une députation autrichienne avait atteint Napoléon, pour traiter de la paix et solliciter un armistice. Ce dernier point devint un grand sujet de dissertation dans toute l'armée et sous la tente même de l'Empereur. La situation vraiment critique des forces autrichiennes était visible à tous les yeux, et grand nombre pensaient que c'était un devoir que de recueillir inflexiblement le prix de tant d'efforts, que le temps était venu d'en finir une fois pour toutes avec une cour sans bonne foi, dont les protestations et les serments n'avaient jamais pour but que de gagner du temps et de machiner de nouvelles attaques. Napoléon ne pensa pas ainsi, et, prenant une plume, signa l'armistice, disant : *"Il y a eu assez de sang versé."*

« Cet armistice nous livra les deux rives du Danube jusqu'à Raab, et toutes les provinces allemandes ; c'est-à-dire que nos troupes eurent à occuper un tiers de la monarchie autrichienne avec plus de huit millions de population. L'armée ennemie se retira par le nord de la Moravie, au-delà de Presbourg, dans le reste de la Hongrie, abandonnant désormais la défense de la Bohême à ses seules et propres forces. Le commandement en fut retiré à l'archiduc Charles, qui emporta, quelles qu'eussent été d'ailleurs ses combinaisons militaires, l'intérêt le plus vif des militaires français, leur admiration même pour la valeur personnelle dont il avait prodigué les preuves. Son malheur, disait-on, avait été d'avoir eu Napoléon à combattre, et chacun pensait qu'aucun général en Europe n'eût pu même faire aussi bien.

« Là se termine une campagne de moins de trois mois, qui pourrait même compter une autre espèce de suspension d'armes tacite de quarante-trois jours ; et durant ce court intervalle, que de choses ! et quels résultats !!!...

« La victoire de Wagram eut sur les esprits et la politique l'influence devenue habituelle. Napoléon avait ouvert la campagne au moment d'une crise vraiment effrayante : la ligue était générale contre lui, les machinations universelles. La victoire d'Eckmühl frappa de terreur toutes les malveillances, et contint tous les mouvements ; le revers d'Essling ranima tous les plans et réveilla toutes les espérances. Wagram les confondit de nouveau ; chacun s'empressa de reprendre son attitude soumise, et de multiplier ses protestations de dévouement et de bonne amitié.

« Le cabinet anglais, qui n'avait pas su ou voulu aider l'Autriche quand elle luttait encore, se hâta, aussitôt qu'il la vit abattue, d'effectuer, avant le retour des troupes françaises, son expédition contre le port d'Anvers, dont la destruction lui tenait si fort à cœur : il la manqua par impéritie. Toutefois cette diversion suffit encore pour ranimer les secrètes espérances de l'Autriche, et lui faire traîner les négociations en longueur. C'est dans cet intervalle qu'un événement imprévu fut sur le point de déjouer toutes les combinaisons, et de donner un tout autre cours aux événements de l'Europe : Napoléon fut à l'instant de tomber à Schœnbrunn sous le couteau d'un fanatique. Si l'acte eût été consommé, qui peut dire ce qui se serait passé en Europe[1] !

« Enfin l'expédition d'Anvers avortée, et Napoléon prenant le ton menaçant, l'Autriche signa, le 14 octobre, la paix de Vienne, dont les conditions, vu le véritable état de choses,

1. J'ai entendu l'Empereur se faire précisément la même question, et y répondre en parcourant en peu d'instants huit ou dix hypothèses diverses avec cette fécondité d'idées et cette rapidité d'expressions qui lui étaient si particulières. Si je ne l'ai pas mentionné en son lieu, c'est que, ne voyant pas qu'il en pût ressortir aucun bien, et y jugeant de nombreux inconvénients, j'ai cru devoir omettre le tout ; seulement il termina disant : « Je n'hésite pas à prononcer que mon assassinat à Schœnbrunn eût été moins funeste pour la France que ne l'a été mon union avec l'Autriche. » *(Las Cases.)*

purent être regardées comme de nouveaux actes de la clémence du vainqueur. »

Napoléon épargna donc encore une fois l'Autriche ; c'est qu'il était loin de vouloir la détruire, qu'il la jugeait nécessaire à sa politique, et qu'il espérait se l'attacher enfin à force de bienfaits. Il s'est cruellement trompé !!!... Et toutefois on a pu lire plus haut, quelque part dans ce recueil, qu'il s'accusait, comme d'une véritable faute, de l'avoir laissée trop forte après Wagram. « Le lendemain de la bataille, j'eusse dû, disait-il, faire connaître par l'ordre du jour, que je ne traiterais avec l'Autriche qu'après la séparation préalable des couronnes d'Autriche, de Hongrie, de Bohême, placées sur des têtes différentes. »

Ici l'auteur, après des réflexions générales sur cette magnifique campagne, récapitule ce que la patrie, en cette dernière occasion, doit en aussi peu de temps, à l'activité, à la force d'âme et à l'immensité du génie d'un seul homme ; il démontre que la gloire, l'indépendance, la splendeur, la félicité de cette patrie, étaient le premier, l'unique sentiment de cet homme vraiment grand ; et il termine en expliquant ainsi son extrême modération dans son dernier triomphe. « C'est que Napoléon, dit-il, bien au-dessus de ses victoires et des ambitions ordinaires, s'était imposé la plus belle, la plus grande des missions. Poussé à une haute dictature, d'abord en France, par les factions qui la divisaient et mettaient son existence en péril ; ensuite sur toute l'Europe, par la constante coalition de ses ennemis, leurs attaques perpétuelles, le refus obstiné de la paix générale, il avait su juger inévitable la régénération moderne, et prétendait à la diriger... Placé au plus haut point des lumières, au-dessus des intérêts comme des passions, il avait pu peser les nécessités du temps... Chef de la cause des peuples triomphants, il voulait en traiter à l'amiable avec les rois vaincus, etc. »

Dans mon recueil, l'auteur trouvera plus d'une fois, dans les paroles de Napoléon même, l'occasion d'être fier de l'avoir si bien deviné, et il goûtera surtout la douce satisfaction de cœur de l'avoir admiré, aimé, en pleine connaissance de cause.

MARDI 13.

Sur la guerre de Russie. Fatalités, etc. M. de Talleyrand, etc. Corinne, *de Mme de Staël. M. Necker, etc.*

L'Empereur m'a emmené de bon matin fort loin dans le bois ; il a causé plus d'une heure sur la situation de la France : de là, il est revenu sur les gens qui l'avaient trahi, sur les fatalités nombreuses qui l'avaient entraîné ; la sécurité perfide causée par son mariage avec l'Autriche ; l'aveuglement des Turcs, qui font la paix précisément quand ils devaient faire la guerre ; celui de Bernadotte, qui obéit à son amour-propre et à ses ressentiments plutôt qu'à sa véritable grandeur et à sa stabilité ; une saison rigoureuse outre mesure ; jusqu'à la supériorité de M. de Narbonne à Vienne, qui, découvrant l'Autriche à nu, la força de se hâter ; enfin les succès mêmes de Lutzen et de Bautzen, qui, ramenant le roi de Saxe à Dresde, le mirent, lui Napoléon, en possession des signatures hostiles de l'Autriche, et ne lui laissèrent plus aucun faux-fuyant. « Quel malheureux concours pourtant ! disait-il d'un accent tout à fait expressif ; et toutefois, continuait-il, le lendemain de la bataille de Dresde, François avait envoyé déjà quelqu'un pour traiter. Il fallait que l'échec de Vandamme arrivât à point nommé comme pour aider à l'arrêt du destin. »

M. de Talleyrand, sur la conduite duquel l'Empereur revenait beaucoup, pour savoir, disait-il, quand il avait commencé véritablement à le trahir, l'avait poussé fortement à la paix au retour de Leipsick.

« Je lui dois, observait-il, cette justice : il blâma mon discours au Sénat, mais approuva fort celui au Corps législatif. Il ne cessait de me répéter que je me méprenais sur l'énergie de la nation ; qu'elle ne seconderait pas la mienne, que je m'en verrais abandonné, qu'il me fallait m'accommoder à tout prix. Il paraît qu'il était alors de bonne foi, qu'il ne trahissait point encore. Talleyrand n'a jamais été pour moi éloquent ni persuasif ; il roulait beaucoup et longtemps autour de la même idée. Peut-être aussi, me connaissant de vieille date, s'était-il fait une manière pour moi ; du reste, il était si adroitement évasif et divaguant, qu'après des conversations de plusieurs heures, il s'en allait ayant échappé souvent aux éclaircissements ou aux objets que je m'étais promis d'en obtenir, lorsque je l'avais vu arriver, etc. »

Quant aux affaires du moment et au sujet des derniers journaux, qui peignaient la France en agitation toujours croissante, le résultat a été que, pour toute l'Europe, les chances de l'avenir semblaient indéfinies, multipliées, inépuisables ; qu'il existait un fait constant qui nous parvenait de tous côtés, c'est que personne en Europe ne se croyait dans une attitude stable. Chacun semblait redouter ou pressentir des événements nouveaux, etc.

L'Empereur m'a retenu à déjeuner avec lui sous la tente ; il a fait ensuite apporter *Corinne* de Mme de Staël, dont il a lu quelques chapitres. Il ne pouvait l'achever, disait-il. Mme de Staël s'était peinte si bien dans son héroïne, qu'elle était venue à bout de la lui faire prendre en grippe. « Je la vois, disait-il, je l'entends, je la sens, je veux la fuir, et je jette le livre. Il me restait de cet ouvrage un meilleur souvenir que ce que j'éprouve aujourd'hui. Peut-être est-ce parce que dans le temps je le lus avec le pouce, comme dit fort ingénieusement M. l'abbé de Pradt, et non sans quelque vérité. Toutefois je persisterai, j'en veux voir la fin ; il me semble toujours qu'il n'était pas sans quelque intérêt. Je ne puis du reste pardonner à Mme de Staël d'avoir ravalé les Français dans son roman. C'est assurément une singulière famille que celle de Mme de Staël ! Son père, sa mère et elle, tous trois à genoux, en constante adoration les uns des autres, s'enfumant d'un encens réciproque pour la meilleure édification et mystification du public. Mme de Staël, toutefois, peut se vanter d'avoir surpassé ses nobles parents, lorsqu'elle a osé écrire que ses sentiments pour son père étaient tels, qu'elle s'était surprise à se trouver jalouse de sa mère.

« Mme de Staël était ardente dans ses passions, continuait-il ; elle était furieuse, forcenée dans ses expressions. Voici ce que lisait la police durant sa surveillance : "Je suis loin de vous, écrivait-elle à son mari apparemment. Venez à l'instant, je l'ordonne, je le veux, je suis à genoux... je vous implore !... Ma main est saisie d'un poignard !... Si vous hésitez, je me tue, je me donne la mort, et vous serez coupable de ma destruction." »

C'était Corinne, tout à fait Corinne.

Elle avait accumulé, dans le temps, tous ses efforts, toutes ses ressources sur le général de l'armée d'Italie, disait l'Empereur ; elle lui avait écrit au loin sans le connaître ; elle le harcela présent. A l'en croire, c'était une monstruosité que l'union du génie à une petite insignifiante créole, indigne de l'apprécier ou de l'entendre, etc. Le général ne répondit malheureusement que par une indifférence qui n'est jamais pardonnée par les femmes, et n'est guère pardonnable en effet, disait-il en riant.

A son arrivée à Paris, il se trouva poursuivi du même empressement, continuait-il ; mais de sa part même réserve, même silence. Mme de Staël, cependant, résolue d'en tirer quelques paroles et de lutter avec le vainqueur de l'Italie, l'aborda debout au corps dans la grande fête que M. de Talleyrand, ministre des Relations extérieures, donnait au général victorieux. Elle l'interpella au milieu d'un grand cercle, lui demandant quelle était à ses yeux la première femme du monde, morte ou vivante. « Celle qui a fait le plus d'enfants », répondit Napoléon avec beaucoup de simplicité. Mme de Staël, d'abord un peu déconcertée, essaya de se remettre en lui faisant observer qu'il avait la réputation d'aimer peu les femmes. « Pardonnez-moi, reprit Napoléon, j'aime beaucoup la mienne, madame. »

Le général de l'armée d'Italie eût pu sans doute mettre le comble à l'enthousiasme de la Corinne genevoise, disait l'Empereur ; mais il redoutait ses infidélités politiques et son intempérance de célébrité ; peut-être eut-il tort. Toutefois, l'héroïne avait fait trop de poursuites, elle s'était vue trop rebutée pour ne pas devenir une chaude ennemie. « Elle suscita d'abord Benjamin Constant, qui n'entra pas bien loyalement dans la carrière, remarquait l'Empereur : lors de la formation du Tribunat, il employa les plus vives sollicitations près du Premier consul pour s'y trouver compris. A onze heures du soir il suppliait encore à toute force ; à minuit, et la faveur prononcée, il était déjà relevé jusqu'à l'insulte. La première réunion des tribuns fut pour lui une superbe occasion d'invectiver. Le soir, illumination chez Mme de Staël. Elle couronna son Benjamin au milieu d'une assemblée brillante et le proclama un second Mirabeau. A cette farce, qui n'était que ridicule, succédèrent des plans plus dangereux. Lors du Concordat, contre lequel Mme de Staël était forcenée, elle unit tout à coup contre moi les aristocrates et les républicains. – Vous n'avez plus qu'un moment, leur criait-elle ; demain le tyran aura quarante mille êtres à son service. »

Mme de Staël ayant enfin lassé toute patience, disait Napoléon, fut envoyée en exil. Son père avait déjà vivement déplu lors de la campagne de Marengo. « A mon passage, j'avais voulu le voir, disait l'Empereur, et n'avais trouvé qu'un lourd régent de collège, bien boursouflé. Peu de temps après, et dans l'espoir sans doute de reparaître avec mon secours sur la scène du monde, il publia une brochure dans laquelle il prouvait que la France ne pouvait plus être république ni monarchie. On ne voit pas trop, disait l'Empereur, ce qui lui restait. Il appelait dans cet ouvrage le Premier consul *l'homme nécessaire*, etc., etc. Lebrun lui répondit par une lettre en quatre pages, dans son beau style et d'une façon très mordante : il lui demandait s'il n'avait pas assez fait de mal à la France et s'il ne se lassait pas, après son épreuve de la Constituante, de prétendre à la régenter de nouveau. »

Mme de Staël, dans sa disgrâce, combattait d'une main et sollicitait de l'autre. Le Premier consul lui fit dire qu'il lui laissait l'univers à exploiter, qu'il lui abandonnait le reste de la terre et ne se réservait que Paris, dont il lui défendait d'approcher. Mais Paris était précisément l'objet de tous les vœux de Mme de Staël. N'importe, le consul fut constamment inflexible. Toutefois Mme de Staël renouvelait de temps à autre ses tentatives. Sous l'Empire, elle voulut être dame du palais ; il y avait sans doute à dire oui et non ; car le moyen qu'on pût tenir Mme de Staël tranquille dans un palais ! etc.

Après dîner, l'Empereur nous a lu *les Horaces*[1], que notre admiration a souvent interrompus. Jamais Corneille ne nous avait semblé plus grand, plus beau, plus nerveux que sur notre rocher.

MERCREDI 14.

De la chasse à Sainte-Hélène, etc.
Veille du 15 août, etc.

L'Empereur est sorti de bonne heure. Avant neuf heures il m'a fait appeler ; il était dans l'intention de monter à cheval

1. Plus exactement : *Horace*.

et d'essayer de pouvoir tirer quelques perdrix que nous apercevons toutes les fois que nous sommes en voiture, qui se laissent toujours approcher tant que nous sommes sans armes, mais jamais autrement. L'Empereur s'est mis à marcher pour tâcher de se poster à propos ; mais on n'a pu retrouver les perdrix ; il s'est fatigué promptement et a pris le parti de monter à cheval, faisant observer que tout ceci n'était point précisément les chasses de Rambouillet ni de Fontainebleau. Au retour, nous avons déjeuné sous la tente ; l'Empereur a fait asseoir à table le petit Tristan, qu'il a vu traverser la prairie, et s'en est fort amusé pendant tout le repas.

Après déjeuner, l'Empereur a fait relire et a clos le chapitre de Rivoli [1]. Nous en étions aux trois quarts, quand l'annonce du gouverneur nous a fait quitter précipitamment la tente et prendre refuge chacun dans notre tanière. L'Empereur a voulu beaucoup moins qu'un autre se laisser relancer ; ses conversations avec le gouverneur lui sont par trop pénibles et désagréables. « Je n'en veux plus avoir, dit-il. Il m'échappe des choses dures qui compromettent mon caractère et ma dignité : il ne doit sortir de ma bouche que des choses flatteuses. » Il se trouvait fatigué de sa course du matin ; il s'est mis au bain.

Sur les cinq heures, il a fait un tour en calèche. Le temps était délicieux.

Le gouverneur avait vivement désiré voir l'Empereur ; il avait, disait-il, à lui parler d'affaires. On soupçonne que c'était pour lui dire qu'il n'avait plus d'argent, qu'il avait tout épuisé et ne savait plus comment faire, ce qui eût été fort indifférent à l'Empereur, qui n'eût pas manqué de le prier de nouveau de le laisser tranquille.

Avant de dîner, l'Empereur jouait aux échecs dans le salon ; il avait pris du punch. Je suis arrivé tard ; en entrant il m'a dit de prendre ma part du punch ; mais on a fait observer qu'il n'y avait plus de verres. « Oh ! que si, a-t-il dit en me donnant le sien, et il boira, j'en suis sûr... » Puis il a ajouté : « C'est à l'anglaise, n'est-ce pas ? Chez nous on ne boit guère qu'après sa maîtresse. »

Pendant le dîner, on a fait l'observation que c'était la veille du 15 août. L'Empereur a dit alors : « Demain en Europe

1. Il se trouve imprimé dans ce recueil. *(Las Cases.)*

bien des santés seront portées à Sainte-Hélène. Il est bien quelques sentiments, quelques vœux qui traverseront l'Océan. » Il en avait déjà eu la pensée ce matin durant la course à cheval, et m'avait dit les mêmes choses.

Après le dîner, *Cinna*. Corneille nous semble divin.

JEUDI 15.

Fête de l'Empereur.

Aujourd'hui, 15 août, c'était la fête de l'Empereur ; nous avions projeté de nous présenter tous chez lui vers les onze heures : il nous a déjoués en paraissant gaiement lui-même à nos portes dès neuf heures. Il faisait fort doux ; il a gagné le jardin ; chacun s'y est successivement réuni ; le grand-maréchal, sa femme, ses enfants sont arrivés ; l'Empereur a déjeuné, entouré de tous ses fidèles, sous la grande et belle tente qui est une véritable et heureuse acquisition. La température était belle ; lui-même était gai et fort causant ; il a semblé jouir quelques instants de nos sentiments et de nos vœux ; il a voulu, nous a-t-il dit, passer toute la journée entouré de nous tous ; ce qui en effet a eu lieu, causant, travaillant et nous promenant à pied ou en voiture.

VENDREDI 16.

École polytechnique supprimée, etc. Indécences des journaux anglais, etc. Machine à glace.

Mon fils et moi nous nous sommes rendus de très bonne heure sous la tente auprès de l'Empereur, qui a travaillé divers chapitres de la Campagne d'Italie, jusqu'à deux heures, qu'il s'est retiré sur l'annonce du gouverneur, marmottant : « Le misérable m'envie, je crois, l'air que je respire ! »

Pendant le déjeuner il avait demandé le *Journal des débats*, qui contenait la nouvelle organisation des académies ; il voulait voir les membres qu'on avait chassés de l'Institut. Cela a conduit à revenir sur la suppression de l'École polytechnique, que l'on disait inutile et dangereuse. Le journal anglais que nous avions reçu ne jugeait pas ainsi ; il disait que cette suppression seule valait aux ennemis de la France plus qu'une grande victoire ; que rien ne pouvait prouver davantage les véritables intentions pacifiques et l'extrême modération de la dynastie qui venait gouverner la France, etc., etc. ; il disait encore beaucoup d'autres choses.

Quelqu'un remarquait à ce sujet que les papiers anglais devenaient, pour le gouvernement français, malveillants jusqu'à la grossièreté et à l'indécence . . . .

Lord ou lady Holland avait, par une galanterie toute particulière, adressé à Longwood, pour l'usage de l'Empereur, une machine d'invention nouvelle, propre à créer de la glace : elle nous est arrivée aujourd'hui par l'entremise de l'amiral Malcolm. L'Empereur, en ressortant vers les quatre heures, en a voulu voir l'expérience ; l'amiral s'y trouvait ; elle a été des plus imparfaites. L'Empereur, au bout de quelque temps, a pris le parti de la promenade et a emmené l'amiral, avec lequel la conversation a roulé sur une foule d'objets, et, de la part de l'Empereur, sur le ton le plus affable et le plus amical.

SAMEDI 17.

Idées religieuses de Napoléon. Évêque de Nantes (De Voisins). Le pape. Libertés de l'Église gallicane. Anecdotes. Concordat de Fontainebleau.

L'Empereur a déjeuné sous la tente ; durant le repas, deux de ces messieurs racontaient à l'Empereur les excès dont ils avaient été témoins à l'armée, et qui lui étaient demeurés inconnus. Les violations multipliées de ses ordres, les violents abus d'autorité, d'autres grands torts encore, etc. L'Empereur écoutait : quelques détails étaient si forts qu'il ne pouvait les croire, disait-il. « Allons, messieurs, a-t-il repris, vous faites ici des libelles. »

Le vent était très violent ; il y avait tempête ; il pleuvait de temps à autre. L'humidité a forcé l'Empereur de rentrer.

Après le dîner on a lu *Zaïre*, et les belles scènes d'*Œdipe*, parmi lesquelles l'Empereur distinguait surtout celle de la reconnaissance qu'il a dit être la plus belle, la plus complète du théâtre.

En parlant de prêtres et de religion, la conversation a conduit l'Empereur à dire : « L'homme lancé dans la vie se demande : D'où viens-je ? Qui suis-je ? Où vais-je ? Ce sont autant de questions mystérieuses qui nous précipitent vers la religion. Nous courons au-devant d'elle, notre penchant naturel nous y porte ; mais arrive l'instruction qui nous arrête : l'instruction et l'histoire, voilà les grands ennemis de la vraie religion, défigurée par les imperfections des hommes. Pourquoi, se dit-on, celle de Paris n'est-elle pas celle de Londres, ni de Berlin ? Pourquoi celle de Pétersbourg diffère-t-elle de celle de Constantinople ? Celle-ci, de celle de la Perse, du Gange et de la Chine ? Pourquoi celle des temps anciens n'est-elle pas celle d'aujourd'hui ? Alors la raison se replie douloureusement, elle s'écrie : Religions ! Religions ! O enfants des hommes !... On croit à Dieu, parce que tout le proclame autour de nous, et que les plus grands esprits y ont cru ; non seulement Bossuet, dont c'était le métier, mais encore Newton, Leibniz, qui n'y avaient que faire ; mais on ne sait que penser de la doctrine qu'on nous enseigne, et nous nous retrouvons la montre qui va sans connaître son horloger... Et voyez un peu la gaucherie de ceux qui nous forment ; ils devraient éloigner de nous l'idée du paganisme et de l'idolâtrie, parce que leur absurdité provoque nos premiers raisonnements, et nous prépare à résister à la croyance passive ; et pourtant ils nous élèvent au milieu des Grecs et des Romains, avec leurs myriades de divinités. Tel a été, pour mon compte et à la lettre, la marche de mon esprit. J'ai eu besoin de croire, j'ai cru ; mais ma croyance s'est trouvée heurtée, incertaine, dès que j'ai su, dès que j'ai raisonné ; et cela m'est arrivé d'aussi bonne heure qu'à treize ans. Peut-être croirai-je de nouveau aveuglément, Dieu le veuille ! je n'y résiste assurément pas, je ne demande pas mieux ; je conçois que ce doit être un grand et vrai bonheur.

« Toutefois, dans les grandes tempêtes, dans les suggestions accidentelles de l'immortalité même, l'absence de cette foi religieuse, je l'affirme, ne m'a jamais influencé en aucune manière, et je n'ai jamais douté de Dieu ; car si ma raison n'eût pas suffi pour le comprendre, mon intérieur ne l'adoptait pas moins. Mes nerfs étaient en sympathie avec ce sentiment.

« Lorsque je saisis le timon des affaires, j'avais déjà des idées arrêtées sur tous les grands éléments qui cohésionnent la société ; j'avais pesé toute l'importance de la religion ; j'étais persuadé, et j'avais résolu de la rétablir. Mais on croirait difficilement les résistances que j'eus à vaincre pour ramener le catholicisme. On m'eût suivi bien plus volontiers si j'eusse arboré la bannière protestante ; c'est au point qu'au Conseil d'État, où j'eus grande peine à faire adopter le Concordat, plusieurs ne se rendirent qu'en complotant d'y échapper. Eh bien ! se disaient-ils l'un à l'autre, faisons-nous protestants, et cela ne nous regardera pas. Il est sûr qu'au désordre auquel je succédais, que sur les ruines où je me trouvais placé, je pouvais choisir entre le catholicisme et le protestantisme ; et il est vrai de dire encore que les dispositions du moment poussaient toutes à celui-ci ; mais, outre que je tenais réellement à ma religion natale, j'avais les plus hauts motifs pour me décider. En proclamant le protestantisme, qu'eussé-je obtenu ? J'aurais créé en France deux grands partis à peu près égaux, lorsque je voulais qu'il n'y en eût plus du tout ; j'aurais ramené la fureur des querelles de religion, lorsque les lumières du siècle et ma volonté avaient pour but de les faire disparaître tout à fait. Ces deux partis en se déchirant eussent annihilé la France, et l'eussent rendue l'esclave de l'Europe, lorsque j'avais l'ambition de l'en rendre la maîtresse. Avec le catholicisme j'arrivais bien plus sûrement à tous mes grands résultats : dans l'intérieur, chez nous, le grand nombre absorbait le petit, et je me promettais de traiter celui-ci avec une telle égalité, qu'il n'y aurait bientôt plus lieu à connaître la différence. Au-dehors, le catholicisme me conservait le pape : et avec mon influence et nos forces en Italie, je ne désespérais pas tôt ou tard, par un moyen ou par un autre, de finir par avoir à moi la direction de ce pape ; et dès lors quelle influence ! Quel levier d'opinion sur le reste du monde ! etc. » ; et il a terminé disant : « François Ier était placé véritablement pour adopter le protestantisme à sa naissance, et s'en déclarer le chef en Europe. Charles Quint, son rival, prit vivement le parti de Rome, c'est qu'il croyait voir là pour lui un moyen de plus d'obtenir l'asservissement de l'Europe. Cela seul ne suffisait-il pas pour indiquer à François Ier la nécessité de se charger de défendre l'indépendance de cette même Europe ; mais il laissa le plus pour courir après le moins. Il s'attacha à poursuivre ses mauvais procès d'Italie ; et, dans l'intention de faire sa cour au pape, il se mit à brûler des réformés dans Paris.

« Si François Ier eût embrassé le luthéranisme, si favorable à la suprématie royale, il eût épargné à la France les terribles convulsions religieuses amenées plus tard par les calvinistes, dont l'atteinte, toute républicaine, fut sur le point de renverser le trône et de dissoudre notre belle monarchie. Malheureusement, François Ier ne comprit rien de tout cela, car il ne saurait donner ses scrupules pour excuse, lui qui s'allia avec les Turcs et les amena au milieu de nous. Tout bonnement c'est qu'il n'y voyait pas si loin. Bêtise du temps ! intelligence féodale ! François Ier, après tout, n'était qu'un héros de tournois, un beau de salon, un de ces grands hommes pygmées. »

« L'évêque de Nantes (De Voisins [1]), disait encore l'Empereur, me rendait réellement catholique par la sagesse de ses raisonnements, son excellente morale et sa tolérance éclairée. Marie-Louise, dont il était le confesseur, le consulta un jour sur l'obligation de faire maigre les vendredis. – A quelle table mangez-vous ? lui dit l'évêque. – A celle de l'Empereur. – Y commandez-vous ? – Non. – Vous n'y pouvez donc rien ; le ferait-il lui-même ? – Il est à croire que non. – Soumettez-vous, alors, et ne provoquez pas un sujet de scandale. Votre premier devoir est de lui obéir et de le faire respecter ; vous ne manquerez pas d'autres moyens de vous amender et de vous priver aux yeux de Dieu.

« Ce fut la même chose encore pour une communion publique que quelques-uns mirent en tête à Marie-Louise pour le jour de Pâques. Elle ne le voulut pourtant pas sans avoir pris l'avis de son sage confesseur, qui l'en dissuada par les mêmes raisonnements. Quelle différence, disait l'Empereur, si elle eût été travaillée par un fanatique ! quelles querelles, quelle désunion n'eût-il pas pu amener entre nous ! Quel mal n'eût-il pas pu faire dans les circonstances où je me trouvais !

« L'évêque de Nantes, nous faisait observer l'Empereur, avait vécu avec Diderot, au milieu des incrédules, et y avait toujours été convenablement ; aussi avait-il réponse à tout : il avait surtout le bon esprit d'abandonner tout ce qui n'était pas soutenable, de faire rétrograder la religion de tout ce qu'il n'eût pu défendre. – Un animal qui se meut, combine et

1. Duvoisin.

pense, n'a-t-il pas une âme ? lui disait-on. – Pourquoi pas, répondait-il. – Mais où va-t-elle ? car elle n'est pas à l'égal de la nôtre. – Que vous importe ! elle demeure peut-être dans les limbes. Il se retirait donc dans les derniers retranchements, dans la forteresse même, et là se ménageait toujours ainsi un excellent terrain. Aussi argumentait-il bien mieux que le pape, et souvent il le désolait. C'était, parmi nos évêques, le plus ferme appui des libertés gallicanes[1]. C'était mon oracle, mon flambeau ; il avait ma confiance aveugle sur les matières religieuses ; car, dans mes querelles avec le pape, j'avais pour premier soin, bien qu'en aient dit les intrigants et les brouillons à soutane, de ne pas toucher au dogme ; si bien que, dès que ce bon et vénérable évêque de Nantes me disait : Prenez garde, vous voilà en face du dogme ; sans m'amuser à disserter avec lui, sans chercher même à le comprendre, je déviais aussitôt de ma route pour y revenir par d'autres voies ; et comme il n'avait pas mon secret, combien il aura été étonné de mes circuits ! Que j'aurai dû lui paraître bizarre, obstiné, capricieux, inconséquent ! C'est que j'avais un but et qu'il ne le connaissait pas.

« Les papes ne pouvaient nous pardonner nos libertés de l'église gallicane : les quatre fameuses propositions de Bossuet surtout excitaient leur ressentiment ; c'était, selon eux, un véritable manifeste de guerre ; aussi nous considéraient-ils hors du giron au moins autant que les protestants. Ils nous trouvaient aussi coupables, peut-être plus, et s'ils ne nous avaient pas accablés de foudres ostensibles, c'est qu'ils avaient craint les conséquences : notre séparation. L'exemple de l'Angleterre était là. Ils n'avaient donc pas voulu se couper le bras droit de leur propre main ; mais ils ne cessaient de veiller pour une occasion favorable ; ils l'attendaient du temps. Nul doute qu'ils vont la croire arrivée aujourd'hui. Toutefois, les lumières et les mœurs du siècle les repousseront encore.

« Quelque temps après, avant mon couronnement, disait l'Empereur, le pape voulut me voir, et tint à se rendre lui-même chez moi. Il avait fait bien des concessions. Il était venu à Paris, me couronner, il consentait à ne pas me poser

1. Elles avaient pour but de soustraire quelque peu l'Église de France de la royauté, et la royauté de l'emprise autoritaire et temporelle du pape.

la couronne, il me dispensait de communier en public avant la cérémonie ; il avait donc, selon lui, bien des récompenses à attendre en retour ; aussi avait-il rêvé d'abord la Romagne, les légations, et il commençait à soupçonner qu'il faudrait renoncer à tout cela. Il se rabattit alors sur une bien petite grâce, disait-il, seulement à voir signer un titre ancien, un chiffon bien usé qu'il tenait de Louis XIV. – Faites-moi ce plaisir, disait-il ; au fond, cela ne signifie rien. – Volontiers, Très Saint-Père, et la chose est faite si elle est faisable. » Or, c'était une déclaration dans laquelle Louis XIV, sur la fin de ses jours, séduit par Mme de Maintenon, ou gagné par ses confesseurs, désapprouvait les fameux articles de 1682, bases des libertés de l'Église gallicane. L'Empereur répondit malignement qu'il n'avait, pour son propre compte, aucune objection personnelle ; mais qu'il fallait toutefois, pour la règle, qu'il en parlât avec les évêques ; sur quoi le pape se tuait de répéter que cela n'était nullement nécessaire, que cela ne méritait pas tant de bruit. « Je ne montrerai jamais cette signature, disait-il, pas plus qu'on n'a montré celle de Louis XIV. – Mais si cela ne signifie rien, disait Napoléon, à quoi bon ma signature ? et si cela peut signifier quelque chose, il faut bien que décemment je consulte mes docteurs. »

Toutefois, pour ne pas refuser sans cesse, l'Empereur voulut paraître n'en être pas éloigné. Alors l'évêque de Nantes et les vrais évêques français accoururent aussitôt. « Ils étaient furieux, et me gardaient, disait l'Empereur, comme ils eussent gardé Louis XIV au lit de mort, pour l'empêcher de se faire protestant. Les Sulpiciens furent appelés, c'étaient des *Jésuites au petit pied* ; ceux-là cherchaient quelle était ma pensée : ils ne demandaient qu'à faire ce que j'aurais voulu. »

L'Empereur a terminé disant : « Le pape m'avait dispensé de la communion publique, et c'est sur cette détermination de sa part que je juge de la sincérité de sa croyance religieuse. Il avait tenu une congrégation de cardinaux pour arrêter le cérémonial. La plus grande partie avait insisté fortement pour que je communiasse en public, soutenant que l'exemple serait d'un grand poids sur les peuples, et qu'il fallait que je le donnasse. Le pape, au contraire, craignant que je n'accomplisse cet acte que comme un des articles du programme de M. de Ségur, n'y voyait qu'un sacrilège, et s'y opposa inflexiblement. Napoléon ne croit peut-être pas, disait-il : un temps viendra sans doute où il croira ; en attendant ne chargeons pas sa conscience ni la nôtre.

« Dans sa charité chrétienne, car c'est véritablement un bon, doux et brave homme, disait l'Empereur, il n'a jamais désespéré de me tenir pénitent à son tribunal ; il en a laissé souvent échapper l'espoir et la pensée. Nous en causions quelquefois gaiement et de bonne amitié. Vous y viendrez tôt ou tard, me disait-il, avec une innocente douceur, je vous y tiendrai, ou d'autres si ce n'est pas moi ; et vous verrez alors quel contentement, quelle satisfaction pour vous-même, etc., etc. En attendant, mon influence sur lui était telle, que je lui arrachai, par la seule force de ma conversation privée, ce fameux Concordat de Fontainebleau, dans lequel il a renoncé à la souveraineté temporelle, acte pour lequel il a fait voir depuis qu'il redoutait le jugement de la postérité, ou plutôt la réprobation de ses successeurs. Il n'eut pas plutôt signé qu'il s'en repentit. Il devait, le lendemain, dîner en public avec moi ; mais dans la nuit il fut malade ou feignit de l'être. C'est qu'immédiatement après que je l'eus quitté il retomba dans les mains de ses conseillers habituels, qui lui firent un épouvantail de ce qu'il venait d'arrêter. Si nous eussions été laissés à nous seuls, j'en eusse fait ce que j'aurais voulu ; j'eusse gouverné alors le monde religieux avec la même facilité que je gouvernais le monde politique. Pie VII est vraiment un agneau, tout à fait un bon homme, un véritable homme de bien que j'estime, que j'aime beaucoup, et qui, de son côté, me le rend un peu, j'en suis sûr. Vous ne le verrez pas trop se plaindre de moi, ni porter surtout aucune accusation directe et personnelle. Vous ne verrez pas non plus les autres souverains le faire davantage. Peut-être des déclamations vagues et banales d'ambition et de mauvaise foi ; mais rien de positif et de direct : parce que les hommes d'État savent bien que, l'heure des libelles passée, on ne saurait se permettre d'accusation publique sans des preuves à l'appui ; or ils n'auraient rien à produire en ce genre : telle sera l'histoire. Il n'y aura rien de contraire, au plus, que quelques mauvais chroniqueurs assez bornés pour avoir pris des radotages de coterie, ou des intrigues, pour des faits authentiques, ou bien encore les mémorialistes, qui, trompés par les erreurs du moment, seront morts avant d'avoir pu se redresser, etc.

« Quand on connaîtra la vérité de mes querelles avec le

pape, on s'étonnera de tout ce qu'il fit souffrir à ma patience ; car on sait que je n'étais pas endurant. Lorsqu'il me quitta, après mon couronnement, il partit avec le secret dépit de n'avoir pas obtenu de moi les récompenses qu'il croyait avoir méritées. Mais, quelque reconnaissance que je lui eusse portée d'ailleurs, je ne pouvais, après tout, trafiquer des intérêts de l'Empire, pour l'acquit de mes propres sentiments ; et puis j'étais trop fier pour sembler avoir acheté ses complaisances. A peine eut-il le pied sur le sol italien, que les intrigants, les brouillons, les ennemis de la France profitèrent de ses dispositions pour s'en saisir, et dès cet instant tout fut hostile de sa part. Ce n'était plus le doux, le paisible Chiaramonti, ce bon évêque d'Imola, qui s'était proclamé de si bonne heure digne des lumières de son siècle. Sa signature n'était plus apposée qu'à la suite d'actes tenant bien plus des Grégoire et des Boniface [1], que de lui. Rome devint le foyer de tous les complots tramés contre nous. J'essayai vainement de le ramener par la raison, il ne m'était plus possible d'arriver jusqu'à ses sentiments. Les torts devinrent si graves, les insultes si patentes, qu'il me fallut bien agir à mon tour. Je me saisis donc de ses forteresses, je m'emparai de quelques provinces, je finis même par occuper Rome, tout en lui déclarant et en observant strictement qu'il demeurait sacré pour moi dans ses attributions spirituelles, ce qui était loin de faire son compte. Cependant il se présenta une crise, on crut que la fortune m'abandonnait à Essling ; et aussitôt on fut prêt à Rome, pour soulever la population de cette grande capitale. L'officier qui y commandait ne crut pouvoir échapper au danger qu'en se défaisant du pape, qu'il mit en route pour la France. Un tel événement s'était opéré sans ordres, et même il me contrariait fort. J'expédiai donc sur-le-champ pour qu'on fît demeurer le pape où on le rencontrerait, et on l'établit à Savone, où on l'entoura de soins et d'égards ; car je voulais bien me faire craindre, mais non le maltraiter ; le soumettre, mais non l'avilir : j'avais bien d'autres vues ! Ce déplacement ne fit qu'accroître le ressentiment et les intrigues. Jusque-là, la querelle n'avait été que temporelle ; les meneurs du pape, dans l'espoir de relever leurs affaires, la compliquèrent de tout le mélange du spirituel. Alors il me

1. Les papes Grégoire VII et Boniface VIII.

fallut le combattre aussi sur ce point : j'eus mon conseil de conscience, mes conciles, et j'investis mes cours impériales de l'appel comme d'abus ; car mes soldats ne pouvaient plus rien à tout ceci ; il me fallait bien combattre le pape avec ses propres armes. A ses érudits, à ses ergoteurs, à ses légistes, à ses scribes, je devais opposer les miens.

« Il y eut une trame anglaise pour l'enlever de Savone ; elle me servait ; je le fis transporter à Fontainebleau ; mais là devait être le terme de ses misères et la régénération de sa splendeur. Toutes mes grandes vues s'étaient accomplies sous le déguisement et le mystère, j'avais amené les choses au point que le développement en était infaillible, sans nul effort et tout naturel. Aussi, voit-on le pape le consacrer dans le fameux Concordat de Fontainebleau, en dépit de mes revers de Moscou. Qu'eût-ce donc été si je fusse revenu victorieux et triomphant ? J'avais donc enfin obtenu la séparation tant désirée du spirituel d'avec le temporel, dont le mélange est si préjudiciable à la sainteté du premier, et porte le trouble dans la société au nom et par les mains mêmes de celui qui doit en être le centre d'harmonie ; et, dès lors, j'allais relever le pape outre mesure, l'entourer de pompe et d'hommage ; je l'eusse amené à ne plus regretter son temporel, j'en aurais fait une idole ; il fût demeuré près de moi ; Paris fût devenu la capitale du monde chrétien, et j'aurais dirigé le monde religieux ainsi que le monde politique. C'était un moyen de plus de resserrer toutes les parties fédératives de l'Empire, et de contenir en paix tout ce qui demeurait en dehors. J'aurais eu mes sessions religieuses comme mes sessions législatives ; mes conciles eussent été la représentation de la chrétienté, les papes n'en eussent été que les présidents ; j'eusse ouvert et clos ces assemblées, approuvé et publié leurs décisions, comme l'avaient fait Constantin et Charlemagne ; et si cette suprématie avait échappé aux empereurs, c'est qu'ils avaient fait la faute de laisser résider loin d'eux les chefs spirituels, qui ont profité de la faiblesse des princes, ou de la crise des événements, pour s'en affranchir et les soumettre à leur tour.

« Mais, reprenait l'Empereur, pour en arriver là, j'avais dû manœuvrer avec beaucoup d'adresse, déguiser surtout ma véritable pensée, et donner tout à fait le change à l'opinion ; présenter à la pâture publique des petitesses vulgaires, afin de lui mieux dérober l'importance et la profondeur du but secret. Aussi était-ce avec une espèce de satisfaction que je me voyais accusé de barbarie envers le pape, de tyrannie en matière religieuse. Les étrangers surtout me servaient à mon gré, en remplissant leurs mauvais libelles de ma mesquine ambition, qui, selon eux, avait eu besoin de dévorer le misérable patrimoine de saint Pierre, etc.[1]. Mais je savais bien qu'en résultat on me reviendrait au-dedans, et qu'au-dehors on ne serait plus à même d'y remédier. Que n'eût-on pas fait pour le prévenir, si on l'eût deviné à temps ; car quel empire désormais sur tous les pays catholiques, et quelle influence sur ceux qui même ne le sont pas, à l'aide des membres de cette religion qui s'y trouvent répandus, etc., etc. »

L'Empereur disait que cet affranchissement de la cour de Rome, cette réunion légale, la direction religieuse dans la main du souverain, avaient été longtemps et toujours l'objet de ses méditations et de ses vœux. « L'Angleterre, la Russie, les couronnes du Nord, une partie de l'Allemagne la possèdent, disait-il ; Venise, Naples en avaient joui : on ne saurait gouverner sans elle ; autrement une nation est à chaque instant blessée dans son repos, sa dignité, son indépendance. Mais c'était fort difficile, ajoutait-il ; à chaque tentative j'en voyais le danger. Je pouvais juger qu'une fois embarqué, la nation m'eût abandonné. J'ai plus d'une fois sondé l'opinion, essayé de la provoquer ; mais en vain, et j'ai pu me convaincre que je n'eusse jamais eu la coopération nationale, etc., etc. » Et ceci m'a expliqué une sortie dont j'avais été témoin dans le temps aux Tuileries.

L'Empereur, à une de ses grandes audiences du dimanche, la réunion extrêmement nombreuse, apercevant l'archevêque de Tours (Barral), lui dit d'une voix très élevée : « Eh bien ! monsieur l'archevêque, comment vont nos affaires avec le pape ? – Sire, la députation de vos évêques va se mettre en route pour Savone. – Eh bien ! tâchez de faire entendre raison au pape, rendez-le sage ; autrement il n'a

1. On trouve, tome I, page 113 des *Mémoires de Napoléon*, des notes dictées par lui sur les *Quatre Concordats* de M. l'abbé de Pradt, dans lesquelles se trouvent des développements précieux de certains passages de ce chapitre, et auxquelles ce chapitre à son tour ne laisse pas que d'ajouter quelques lumières et quelque intérêt. *(Las Cases.)*

qu'à perdre avec nous. Dites-lui bien qu'il n'est plus au temps des Grégoire, et que je ne suis pas un débonnaire. Il a l'exemple de Henri VIII ; sans avoir sa méchanceté, j'ai plus de force et de puissance que lui. Qu'il sache bien que quelque parti que je prenne, j'ai six cent mille Français en armes, même un million qui, dans tous les cas, marcheront avec moi, pour moi et comme moi ; les paysans, les ouvriers, ne connaissent que moi, ils me portent une confiance aveugle. La partie sage, éclairée de la classe intermédiaire, ceux qui soignent leurs intérêts et recherchent la tranquillité me suivront. Il ne restera donc plus pour lui que la classe bourdonnante, qui au bout de huit jours l'aura oublié, pour commérer sur de nouveaux objets. » Et comme l'archevêque, fort embarrassé de sa contenance, voulait balbutier quelques paroles : « Vous êtes en dehors de tout souci, monsieur l'archevêque, reprit l'Empereur d'une voix toute radoucie ; je partage vos doctrines, j'honore votre piété, je respecte votre caractère. »

L'Empereur, je le comprends bien aujourd'hui, n'avait jeté sans doute tout cela en avant, que pour que nous le fissions fructifier au-dehors ; mais il se méprenait bien sur nos dispositions, celles du palais du moins. Une portion, la moins réfléchie, n'hésitait pas dans ces occasions à le blâmer tout bonnement et hautement ; l'autre portion, la mieux intentionnée, se donnait bien de garde d'en divulguer un seul mot, dans la crainte de lui faire tort dans l'opinion ; car tel était en général notre travers d'esprit, notre manière singulière de juger, d'interpréter l'Empereur, bien que sans malveillance, mais seulement par légèreté, par inconséquence ou par mode, qu'au lieu de chercher à le rendre populaire, nous sommes peut-être ceux qui lui ont fait le plus de mal. Je me souviens très bien que, précisément pour ce fameux Concordat de Fontainebleau, le matin qu'il parut inopinément dans le *Moniteur*, on se disait confidentiellement dans les salons de Saint-Cloud, que rien n'était moins vrai que cette pièce, qu'elle était fausse et controuvée ; d'autres disaient à l'oreille, que le fond en était vrai sans doute, mais qu'il avait été arraché au pape par la frayeur que lui avaient causée la colère de l'Empereur et sa violence ; si bien que je ne serais pas étonné que cet heureux épisode, si dramatique, de Napoléon à Fontainebleau, *traînant le père des fidèles par ses cheveux blancs*, ne fût pas sorti précisément de l'imagination du prosateur poétique[1], mais qu'il l'eût en effet recueilli de la bouche des courtisans, des serviteurs mêmes de l'Empereur. Et pourtant voilà comme on écrit l'histoire !

DIMANCHE 18.

Conversation vive de l'Empereur avec le gouverneur, en tiers avec l'amiral.

Le temps, toute la nuit et le jour, a été des plus affreux. Sur les trois heures, l'Empereur est sorti, profitant d'une éclaircie : il est entré chez moi ; nous sommes passés chez le général Gourgaud, qui était malade, et de là chez Mme de Montholon, qui a suivi dans le jardin. L'Empereur était d'une extrême gaieté, la conversation s'en ressentait ; il a entrepris d'amener Mme de Montholon à faire sa confession générale, insistant surtout sur le point de départ. « Allons, disait-il, parlez sans crainte, que le voisin ici ne vous gêne pas, ne voyez en lui que le confesseur, nous n'en saurons rien le quart d'heure d'après, etc. »

Et vraiment, je crois qu'il allait persuader, quand malheureusement le gouverneur est venu interrompre de si heureuses dispositions : il a paru, et l'Empereur a gagné brusquement le fond du bois pour ne pas le recevoir. M. de Montholon nous a rejoints peu d'instants après, pour faire connaître à l'Empereur que le gouverneur et l'amiral demandaient instamment l'honneur de lui parler : l'Empereur a cru à quelque communication de leur part, il est revenu dans le jardin, où il les a reçus.

Nous sommes demeurés en arrière avec les officiers du gouverneur. Bientôt, la conversation a été vive de la part de l'Empereur, qui, se promenant entre le gouverneur et l'amiral, n'adressait guère la parole qu'à celui-ci, même en parlant de l'autre. Nous demeurions à une assez grande distance pour ne rien entendre distinctement ; mais j'ai su plus tard qu'il lui a répété de nouveau, et avec plus de force et de chaleur peut-être, tout ce qu'il lui avait déjà dit dans les conversations précédentes.

1. Chateaubriand.

Sur les bonnes interprétations que l'amiral, qui jouait le rôle de médiateur, s'efforçait de donner aux intentions du gouverneur, l'Empereur a dit : « Les fautes de M. Lowe viennent de ses habitudes dans la vie. Il n'a jamais commandé que des déserteurs étrangers, des Piémontais, des Corses, des Siciliens, et tous renégats traîtres à leur patrie ; la lie, l'écume de l'Europe. S'il eût commandé des hommes, des Anglais ; s'il l'était lui-même, il aurait des égards pour ceux qu'on doit honorer. » Dans un autre moment l'Empereur a dit qu'il était un courage moral aussi nécessaire que le courage du champ de bataille ; que M. Lowe ne l'avait pas ici vis-à-vis de nous, en ne rêvant que notre évasion, plutôt que d'employer pour l'empêcher les seuls moyens vrais, sages, raisonnables, froids. L'Empereur lui a dit aussi que du reste son corps était entre les mains des méchants ; mais que son âme demeurait aussi fière, aussi indépendante qu'à la tête de quatre cent mille hommes, ou sur le trône quand il faisait des rois.

A l'article des réductions de nos dépenses et de l'argent qu'on demandait à l'Empereur, il a répondu : « Tous ces détails me sont trop pénibles, ils sont ignobles. Vous me mettriez sur les charbons ardents de Montezuma ou de Guatimozin[1], que vous ne tireriez pas de moi l'or que je n'ai pas. D'ailleurs, qui vous demande quelque chose ? Qui vous prie de me nourrir ? Quand vous discontinueriez vos provisions, si j'ai faim, ces braves soldats que voilà, en montrant de la main le camp du 53e, prendront pitié de moi ; j'irai m'asseoir à la table de leurs grenadiers ; et ils ne repousseront pas, j'en suis sûr, le premier, le plus vieux soldat de l'Europe. » L'Empereur ayant reproché au gouverneur d'avoir gardé quelques ouvrages qui lui étaient adressés, il a répondu que c'était parce que l'adresse portait la qualification d'*empereur*. « Et qui vous a donné le droit, a répliqué l'Empereur, de me disputer ce titre ? Dans peu d'années votre lord Castlereagh, votre lord Bathurst et tous les autres, vous qui me parlez, vous serez ensevelis dans la poussière de l'oubli ; ou si on connaît vos noms ce sera par les indignités

1. Deux monarques du Mexique des Incas que les conquistadores torturèrent au XVIe siècle en leur faisant griller la plante des pieds pour leur arracher le secret du lieu de leurs trésors.

que vous avez exercées contre moi ; tandis que l'empereur Napoléon demeurera toujours sans doute le sujet, l'ornement de l'histoire et l'étoile des peuples civilisés. Vos libelles ne peuvent rien contre moi ; vous y avez dépensé des millions : qu'ont-ils produit ? La vérité perce les nuages, elle brille comme le soleil ; comme lui elle est impérissable ! »

L'Empereur convenait, dans cette conversation, avoir fort mal traité, et souvent, sir Hudson Lowe ; et il lui rendait la justice d'avouer encore que sir Hudson Lowe ne lui avait jamais précisément manqué ; il s'était contenté de marmotter souvent entre ses dents des choses qu'il n'avait pas laissé entendre. Une fois, il a dit qu'il avait demandé son rappel, et l'Empereur lui a répondu que c'était la parole la plus agréable qu'il pût lui faire entendre. Il a dit encore que nous flétrissions son caractère en Europe ; mais que cela lui était égal, etc. Le seul manquement peut-être du gouverneur, disait l'Empereur, et qui serait léger auprès de tout ce qu'il avait reçu, avait été de se retirer brusquement quand l'amiral ne s'éloignait qu'avec lenteur et avec de nombreuses salutations. « L'amiral était précisément là, me disait gaiement l'Empereur, le marquis de Gallo lors de ma rupture de Pesseriano, etc. » Allusion à un des chapitres de la Campagne d'Italie qu'il m'avait dicté.

Au surplus, l'Empereur disait qu'après tout, il se reprochait cette scène. « Je ne dois plus recevoir cet officier : il fait que je m'emporte, c'est au-dessous de ma dignité ; il m'échappe vis-à-vis de lui des paroles qui eussent été impardonnables aux Tuileries ; si elles peuvent avoir une excuse ici, c'est de me trouver entre ses mains et sous son pouvoir. »

Après le dîner, l'Empereur a fait lire une lettre en réponse au gouverneur, qui avait envoyé officiellement le traité du 2 août, par lequel les souverains alliés stipulaient l'emprisonnement de Napoléon. Sir Hudson Lowe demandait, par la même occasion, à introduire les commissaires étrangers à Longwood. L'Empereur avait dicté cette lettre, dans la journée, à M. de Montholon ; il a voulu que chacun de nous proposât ses objections et donnât son avis. Elle nous a semblé un chef-d'œuvre de dignité, de force et de logique. On la trouvera plus bas lors de son envoi, ou bien encore aux pièces officielles.

LUNDI 19.

Retour sur la conversation avec le gouverneur, etc. Effet des libelles sur Napoléon. Traité de Fontainebleau. Ouvrage du général Sarrazin.

Le temps a continué d'être aussi affreux que nous l'eussions jamais vu. Depuis trois ou quatre jours, c'est un de nos véritables ouragans d'équinoxe en Europe. L'Empereur l'a bravé pour entrer sur les dix heures chez moi. En sortant il s'est accroché la jambe à un clou près de la porte ; son bas a été déchiré jusqu'à mi-jambe ; heureusement la peau n'a été qu'effleurée. Il s'est vu forcé de rentrer pour changer. « Vous me devez une paire de bas, me disait-il pendant le temps que son valet de chambre lui en mettait une autre ; un honnête homme ne présente point de pareils dangers dans ses appartements. Vous êtes logé trop en marin : il est vrai que ce n'est pas tout à fait votre faute. Je me croyais indifférent sur ce point ; mais, morbleu, vous me surpassez. – Sire, disais-je, mon mérite n'est pas grand, on ne me laisse pas de choix. Je suis vraiment un cochon dans sa fange, je dois l'avouer ; mais, comme dit Votre Majesté, ce n'est pas tout à fait ma faute. »

Nous avons gagné le jardin à la faveur d'une éclaircie. L'Empereur revenait sur la conversation qu'il avait eue la veille, dans ce même endroit, avec le gouverneur, en présence de l'amiral, et se reprochait de nouveau la violence de ses expressions. « Il eût été plus digne de moi, disait-il, plus beau, plus grand, d'exprimer toutes ces choses de sang-froid ; elles n'en eussent eu d'ailleurs que plus de force. » Il lui revenait surtout une qualification qu'il avait laissé échapper contre Hudson Lowe *(scribe d'état-major)*, qui avait dû le choquer d'autant plus qu'elle rendait une vérité, et l'on sait qu'elle offense toujours. « Je l'ai bien éprouvé moi-même à l'île d'Elbe, continuait l'Empereur. Quand je me suis mis à parcourir les libelles les plus infâmes, ils ne me faisaient rien, mais rien du tout. Quand on m'apprenait ou que je lisais que j'avais *étranglé, empoisonné, violé*, que j'avais fait massacrer mes malades, que ma voiture avait roulé sur mes blessés, j'en riais de pitié. Combien de fois n'ai-je pas dit alors à *Madame* : Accourez, ma mère, voici le *sauvage, l'homme tigre, le dévoreur du genre humain* ; venez admirer le fruit de vos entrailles. Mais sitôt qu'on approchait un peu de la vérité, il n'en était plus de même ; je sentais le besoin de me défendre, j'accumulais les raisons pour me justifier, et encore n'était-ce jamais sans qu'il restât quelques traces d'une peine secrète. Mon cher, voilà l'homme ! »

De là l'Empereur est revenu sur sa protestation contre le traité du 2 août, qui nous avait été lue hier après dîner. J'ai osé lui demander si, mettant en avant la reconnaissance de son titre d'empereur par les Anglais, lors de leurs négociations à Paris et à Châtillon, il n'avait pas oublié de mentionner celle qu'ils avaient dû faire au traité de Fontainebleau, et qui me paraissait omise. « C'est à dessein, a-t-il dit vivement ; je ne veux point de ce traité, je le renie ; je suis loin de m'en vanter, j'en rougis plutôt. On l'a discuté pour moi. Celui qui me l'apporta me trahissait. Cette époque appartient à mon histoire, mais à mon histoire en grand. Si j'eusse voulu traiter alors sensément, j'aurais obtenu le royaume d'Italie, la Toscane ou la Corse, etc., etc., tout ce que j'aurais voulu. Ma décision fut une faute de mon caractère, une boutade de ma part, un véritable excès de tempérament. Je pris du dégoût et du mépris pour tout ce qui m'entourait ; j'en pris pour la fortune, que je me plus à braver. Je jetai les yeux sur un coin de terre où je pusse être mal, et profiter des fautes que l'on ferait. Je me décidai pour l'île d'Elbe. Cet acte fut celui d'une âme de rocher. Mon cher, je suis d'un caractère bien singulier, sans doute, mais on ne serait point extraordinaire si l'on n'était d'une trempe à part : je suis une parcelle de rocher lancée dans l'espace ! Vous me croirez peut-être difficilement ; mais je ne regrette point mes grandeurs : vous me voyez faiblement sensible à ce que j'ai perdu. – Et pourquoi ne vous croirais-je pas, sire ? répondais-je ; que regretteriez-vous ?... La vie de l'homme n'est qu'un atome dans la durée de l'histoire. Or, chez Votre Majesté, l'une est déjà si pleine que vous ne devez plus guère prendre d'intérêt qu'à l'autre : s'il en coûte ici à votre corps, votre mémoire y gagne au centuple ; si vous eussiez dû finir au sein d'une prospérité non interrompue, que de grandes et belles choses eussent passé ignorées ! Votre Majesté me l'a déjà dit elle-même, et je suis demeuré frappé d'une telle vérité.

« Il n'est pas de jour, en effet, que ceux qui furent vos ennemis ne répètent avec nous, qui sommes vos fidèles, que vous êtes bien certainement plus grand ici qu'aux Tuileries. Et même sur ce roc où vous ont déporté la violence et la mauvaise foi, n'y commandez-vous pas encore ? Vos geôliers, vos maîtres, sont à vos pieds ; votre âme soumet tout ce qui l'approche : vous vous montrez ici ce que l'histoire dit de Saint Louis sous les chaînes des Sarrasins : *Le vrai maître de ses vainqueurs.* Votre irrésistible ascendant vous accompagne ici. Nous le pensons tous autour de vous, sire ; le commissaire russe le disait l'autre jour, nous assure-t-on, et ceux qui vous gardent l'éprouvent... Que regretteriez-vous ? etc., etc. »

En rentrant, l'Empereur a demandé son déjeuner sous la tente, en dépit de l'ouragan, et m'a gardé. L'eau ne perçait pas, nous en étions quittes pour une forte humidité ; mais les rafales de pluie et de vent tourbillonnaient autour de nous, et se précipitaient au loin devant nous vers le fond des vallées : ce spectacle n'était pas sans quelque beauté.

L'Empereur s'est retiré vers les deux heures ; il m'a fait revenir à quelque temps de là dans son cabinet. « Je viens de lire le général Sarrazin, disait-il en posant le livre : c'est un fou, un écervelé ; il dit des bêtises. Après tout, cependant, il se laisse lire, il amuse ; il coupe, tranche, juge et prononce sur les hommes et sur les choses. Il n'hésite point à donner maints conseils à Wellington, et dit qu'il eût dû faire quelques campagnes sous Kléber, etc. Il fait de Soult le premier général du monde. Kléber était sans doute un grand général ; mais dans Soult ce n'est pas précisément la partie la plus forte ; il est bien plus encore un excellent ordonnateur, un bon ministre de la Guerre.

« Ce Sarrazin, a-t-il continué, a déserté du camp de Boulogne, portant tous mes secrets aux Anglais : cela pouvait avoir des suites fort graves. Sarrazin était général, son acte fut hideux, irrémissible. Mais pourtant regardez comme en révolution un homme peut être mauvais sujet, dévergondé, éhonté. Je l'ai trouvé à mon retour de l'île d'Elbe, il m'attendait de pied ferme ; il m'écrivait une longue lettre dans laquelle il pactisait avec moi. Les Anglais étaient des misérables, écrivait-il, il avait été longtemps au milieu d'eux, il en avait été maltraité ; il connaissait leurs ressources, leurs moyens ; il allait m'être fort utile. Il savait que j'étais trop magnanime, trop grand pour me souvenir encore des torts qu'il avait pu avoir, etc. Je le fis arrêter ; et, comme il avait été déjà jugé et condamné, je suis encore à savoir pourquoi on ne l'a pas fusillé ; il faut qu'on n'en ait pas eu le temps, ou qu'il ait été oublié ; c'était un châtiment que réclamait la patrie : il ne saurait y avoir ni transaction ni indulgence pour le général qui a l'infamie de se prostituer à l'étranger. »

Le grand-maréchal est arrivé ; l'Empereur, après avoir continué la conversation quelque temps, l'a emmené jouer aux échecs. Il souffrait beaucoup du mauvais temps.

Après dîner, il nous a lu le *Tartufe* ; mais il n'a pu l'achever, il se sentait trop fatigué : il a posé le livre, et après le juste tribut d'éloges donné à Molière, il a terminé d'une manière à laquelle nous ne nous attendions pas. « Certainement, a-t-il dit, l'ensemble du *Tartufe* est de main de maître ; c'est un des chefs-d'œuvre d'un homme inimitable ; toutefois cette pièce porte un tel caractère, que je ne suis nullement étonné que son apparition ait été l'objet de fortes négociations à Versailles, et de beaucoup d'hésitation dans Louis XIV. Si j'ai le droit de m'étonner de quelque chose, c'est qu'il l'ait laissé jouer ; elle présente, à mon avis, la dévotion sous des couleurs si odieuses ; une certaine scène offre une situation si décisive, si complètement indécente, que, pour mon propre compte, je n'hésite pas à dire que, si la pièce eût été faite de mon temps, je n'en aurais pas permis la représentation. »

MARDI 20.

Violent accès d'indignation de ma part qui amuse fort l'Empereur.

Sur les quatre heures, j'ai été joindre l'Empereur, par ses ordres, dans la salle du billard. Le temps était toujours aussi affreux ; il ne lui avait pas permis, disait-il, de mettre le pied dehors, et pourtant il s'était vu chassé de la chambre et du salon par la fumée. Il m'a trouvé, disait-il, la figure toute renversée ; c'était de l'indignation la plus vive, et il a voulu en connaître la cause.

« Il y a deux ou trois ans, ai-je dit, qu'un commis au bureau de la guerre, très brave homme pour ce que j'en connais, venait chez moi donner des leçons d'écriture et de latin à mon fils. Il avait une fille dont il comptait faire une gouvernante, et nous priait de la recommander, si nous en trouvions l'occasion. Mme de Las Cases se la fit amener ; elle était charmante et de l'ensemble le plus séduisant. A compter de cet instant, Mme de Las Cases l'invitait parfois chez elle, cherchant à lui faire faire quelques connaissances dans le monde qui pussent lui être utiles. Or, voilà que cette jeune personne, notre connaissance, notre amie, notre obligée, se trouve être précisément aujourd'hui la femme d'un des commissaires des puissances près de Votre Majesté, arrivé dans l'île il y a près d'un mois.

« Que Votre Majesté juge de mon étonnement et de toute ma joie à cette précieuse bizarrerie du hasard ! Je vais donc, me disais-je, en dépit de tant d'obstacles, avoir des nouvelles positives, détaillées, secrètes même de tout ce qui m'intéresse. J'ai vu passer huit ou dix jours de silence sans inquiétude, même pas sans quelque contentement. Car, pensais-je, plus on met de circonspection, plus on doit avoir à me dire. Enfin, il y a trois ou quatre jours, qu'entraîné par mon impatience, j'ai dépêché mon domestique vers la nouvelle arrivée ; je l'avais bien stylé, et son titre d'habitant de l'île lui facilitait l'accès, et sans nul inconvénient. Il est revenu me disant que cette dame avait répondu qu'elle ne savait ce dont on voulait lui parler. A toute rigueur je pouvais croire que c'était encore un excès de prudence, et qu'elle n'avait pas voulu s'en fier à un inconnu. Mais voilà qu'aujourd'hui je reçois du gouverneur l'avertissement de ne chercher à lier aucun rapport secret dans l'île, que je dois savoir à quoi je m'exposerais, que la tentative qu'il me reproche n'est point douteuse, car il la tient de la source même à laquelle je me suis adressé. Votre Majesté voit à présent ce qui m'a bouleversé. Trouver une si vilaine délation où je devais supposer de l'intérêt, de la reconnaissance même, m'a indigné au dernier degré : j'en suis hors de moi. »

L'Empereur m'a ri au nez : « Que vous connaissez peu le cœur humain ! m'a-t-il dit. Quoi ! son père a été précepteur de votre fils, ou quelque chose de semblable ; votre femme l'a protégée dans sa nullité, et elle est devenue baronne allemande ! Mais, mon cher, vous êtes celui qu'elle redoute le plus ici, qui la gêne davantage ; elle n'aura pas même vu votre femme à Paris ; et puis encore ce méchant sir Hudson

Lowe se sera plu peut-être à donner à la chose une tournure odieuse : il est si astucieux, si méchant !... » Et il a recommencé à se moquer de moi et de ma colère.

Après dîner, l'Empereur a continué le *Tartufe*, qu'il n'avait pu achever hier, et cela a été encore assez pour aujourd'hui. L'Empereur était accablé : le mauvais temps prend visiblement sur lui.

MERCREDI 21.

Corvisart, etc. Anecdotes des salons de Paris.

Le temps est toujours aussi affreux ; l'humidité est au dernier point dans nos chambres, la pluie y pénètre de toute part.

Le secrétaire du gouverneur m'a apporté une lettre d'Europe ; elle m'a procuré quelques instants de bonheur, elle m'apportait les souvenirs et les vœux de mes amis les plus chers. J'ai été la lire à l'Empereur.

L'Empereur souffrait beaucoup de ce mauvais temps. Il a gagné son salon vers les quatre heures ; il croyait avoir eu de la fièvre, il se trouvait abattu : il a demandé du punch, et a fait quelques parties d'échecs avec le grand-maréchal. Le docteur est venu de la ville. Les deux bâtiments arrivés venaient du Cap ; l'un d'eux était le *Podargus*, parti d'Europe dix jours avant le *Griffon* ; l'autre était une petite frégate venant de l'Inde et retournant en Europe. Il y avait, nous a-t-on dit, une lettre pour *l'empereur Napoléon* ; mais elle n'a pas été remise, et nous ignorons ce que ce pouvait être.

Après dîner, on a dit que les médicaments étaient épuisés dans l'île, et l'on observait que l'Empereur ne serait pas accusé d'y avoir contribué. Cela l'a conduit à dire qu'il ne se rappelait pas d'avoir jamais pris une médecine. Aux Tuileries, ayant eu jusqu'à trois vésicatoires à la fois, il les avait supprimés sans vouloir prendre de médecine. Il avait eu à Toulon une blessure grave, comme celle d'Ulysse [1], disait-il ; celle à laquelle sa vieille nourrice l'avait reconnu, il en avait guéri, tout en échappant de même aux médicaments. L'un de nous s'est permis de lui demander : « Si Votre Majesté

1. Un coup de baïonnette dans la cuisse.

avait la dysenterie demain, se refuserait-elle encore aux médicaments ? – A présent que je me porte bien, je réponds oui sans hésiter, disait l'Empereur ; mais si je devenais bien malade, peut-être changerais-je, et ce serait alors en moi la conversion qu'amène la peur du diable dans l'homme qui va mourir. » Et alors il répétait son incrédulité à la médecine ; mais il n'en était pas ainsi, observait-il, de la chirurgie ; il avait, disait-il, commencé trois fois des cours d'anatomie : les affaires et le dégoût les avaient toujours interrompus. « Dans une certaine occasion, disait-il, et à la suite d'une longue discussion, Corvisart, désireux de me parler pièce en main, eut l'abomination, la scélératesse de m'apporter à Saint-Cloud, dans son mouchoir de poche, un estomac ; et cette horrible vue me fit rendre à l'instant même tout ce que j'avais dans le mien. »

L'Empereur, après le dîner, a essayé d'une comédie ; mais il était si fatigué, si souffrant, qu'il a été contraint d'interrompre et de se retirer avant neuf heures : je l'ai suivi, et comme il ne se sentait aucune envie de dormir, « Allons, mon cher, m'a-t-il dit, voyons : un conte sur votre faubourg Saint-Germain : comme dans *les Mille et Une Nuits*, essayons de rire. – Eh bien ! sire, il était autrefois un chambellan de Votre Majesté, qui avait un grand-oncle, bien vieux, bien vieux..., et je me souviens que Votre Majesté nous a raconté l'histoire d'un gros officier allemand qui, prisonnier au début de la campagne d'Italie, se plaignait qu'on eût envoyé pour les combattre un jeune étourneau qui détruisait le métier et le rendait insupportable ; or, nous avions parmi nous précisément son pareil ; c'était le vieux grand-oncle, encore presque avec le costume de Louis XIV. Il donnait la comédie toutes les fois que vous nous faisiez parvenir quelques merveilles d'au-delà du Rhin ; vos bulletins d'Ulm et d'Iéna étaient pour lui autant de révolutions de bile. Il était loin de vous admirer ; vous gâtiez là aussi le métier. Il avait fait, répétait-il souvent, les campagnes du maréchal de Saxe, et voilà, disait-il, qui étaient vraiment des prodiges de guerre, et qu'on n'avait pas assez appréciés. Alors la guerre était sans doute un art ; mais aujourd'hui, ajoutait-il en haussant les épaules !!!... De notre temps nous la faisions en toute décence ; nous avions nos mulets, nous étions suivis de nos cantines, nous avions notre tente, nous faisions bonne chère, nous avions même la comédie au quartier général ; les armées s'approchaient, on prenait de belles positions, on donnait une bataille, quelquefois on faisait un siège, et puis on prenait ses quartiers d'hiver pour recommencer au printemps. Voilà ce qui s'appelle, disait-il avec satisfaction, faire la guerre. Mais aujourd'hui une armée tout entière disparaît devant une autre dans une seule bataille, et une monarchie est renversée ; on parcourt cent lieues de pays en dix jours ; dort qui peut, mange qui en trouve. Ma foi, si vous appelez cela du génie, moi je suis forcé d'avouer alors que je n'y entends plus rien ; aussi vous me faites pitié quand je vous vois le prendre pour un grand homme. » L'Empereur riait aux éclats, surtout des cantines et des mulets, puis il ajoutait : « Vous disiez donc bien des bêtises à mon sujet ? – Oh ! oui, sire, et en grande abondance. – Eh bien ! nous sommes seuls, il n'y a pas d'intrus ici, dites encore. – Eh bien ! sire, un jour dans une société choisie, entre un *beau*, bien content de lui, ancien capitaine de cavalerie, ne doutant de rien. – J'arrive, nous dit-il, de la plaine des Sablons ; je viens de voir manœuvrer *notre Ostrogoth*[1]. C'était Votre Majesté, sire. Il avait deux ou trois régiments qu'il a culbutés les uns sur les autres, et le tout a été se perdre dans des buissons. J'aurais voulu avec cinquante maîtres (cavaliers dans le temps passé) seulement le faire prisonnier lui et tous les siens. Réputation usurpée ! répétait-il. Aussi Moreau n'a cessé de dire que c'était à l'Allemagne qu'il l'attendait. On parle de guerre avec l'Autriche ; si elle a lieu nous verrons comment il s'en tirera. On nous en fera justice.

« La guerre eut lieu, et Votre Majesté en très peu de jours nous envoya le bulletin d'Ulm, celui d'Austerlitz, etc. : notre monsieur reparut dans notre cercle, et pour le coup, malgré toute notre malveillance, nous nous écriâmes tous à la fois. – Et vos cinquante maîtres ? – Oh ! ma foi, dit-il, on n'y entend plus rien ; cet homme déroute tout, la fortune le mène par la main ; et puis ces Autrichiens sont si lourds, si bêtes !...»

L'Empereur riait beaucoup et me demandait quelque chose de plus fort encore. « Sire, cela devient bien difficile ; cependant il me revient encore une vieille douairière qui est morte

1. Barbare.

avec l'obstination de n'avoir pas voulu croire à aucun de vos succès en Allemagne. Quand on parlait devant elle d'Ulm, d'Austerlitz, de votre entrée à Vienne : – Et vous croyez cela, vous autres ? disait-elle, haussant les épaules. Tout cela est fabriqué par lui. Il n'oserait pas mettre le pied en Allemagne ; croyez qu'il est encore derrière le Rhin, où il se meurt de peur, et nous envoie des contes. Le temps vous apprendra si on m'en impose à moi !... »

Et les histoires épuisées, l'Empereur me renvoya, disant : « Que font-ils, que doivent-ils dire à présent ? Certes, aujourd'hui je leur donne beau jeu. »

JEUDI 22.

Aujourd'hui a été un véritable jour de deuil pour moi : c'est le premier jour, depuis notre départ de France, où je n'ai pas vu l'Empereur. Des circonstances heureuses faisaient que j'étais le seul qui eût jusque-là joui de ce bonheur. Il a été fort souffrant ; sa réclusion a été complète ; il n'a demandé absolument personne.

VENDREDI 23.

L'Empereur continue d'être souffrant. Pièce officielle remarquable adressée à sir Hudson Lowe.

Le temps a continué d'être humide et pluvieux. Sur les trois heures et demie l'Empereur m'a fait demander dans sa chambre : il faisait sa toilette ; il avait été fortement incommodé ; mais grâce à sa manière de se traiter, disait-il, grâce à son hermétique réclusion de la veille, c'était fini, il était bien.

J'ai osé lui témoigner ma véritable douleur ; j'avais inscrit, lui disais-je, un jour malheureux dans mon journal ; j'eusse dû le marquer à l'encre rouge. Et quand il a appris ce que c'était : « Comment, vraiment, a-t-il dit, c'est le seul jour depuis la France que vous ne m'ayez pas vu !... Et vous êtes le seul... » Et après quelques secondes de silence, il a ajouté avec un ton bien propre à me dédommager : « Mais mon cher, si cela vous était d'un si grand prix, si vous y teniez tant, que n'êtes-vous venu frapper à ma porte. Je ne suis point inabordable pour vous. »

Le docteur a été introduit ; il a dit que le gouverneur avait promis de ne plus mettre les pieds à Longwood. Un méchant qui était là a fait observer qu'il commençait à vouloir se rendre agréable.

L'Empereur a passé de là dans sa bibliothèque ; il s'est fait lire par mon fils une longue lettre que j'écrivais à Rome [1]. L'humidité l'a chassé, il a gagné le salon, la salle de billard ; arrivé au perron, il n'a pu résister au désir de marcher un peu. « Ce que je fais n'est pas sage », a-t-il dit. Heureusement l'extrême humidité l'a forcé de rentrer presque aussitôt. Il s'est fixé dans le salon, où il y avait un bon feu, il a demandé de la tisane de feuilles d'oranger et a fait quelques parties d'échecs.

Plus tard, après dîner, l'Empereur a parcouru les *Contes* de Marmontel, s'est arrêté sur *le Philosophe soi-disant*. Il toussait beaucoup, il a redemandé de la feuille d'oranger. Il a disserté longtemps et de la manière la plus intéressante sur Jean-Jacques, son talent, son influence, sa bizarrerie, ses turpitudes privées. Il s'est retiré à dix heures. Je suis bien fâché de ne pouvoir aujourd'hui me rappeler les détails de tous ces objets.

Dans la journée, M. de Montholon a adressé la réponse officielle suivante au gouverneur, qui avait écrit touchant les commissaires des puissances, et les embarras de son budget : c'est la lettre que j'ai mentionnée plus haut, le 18 de ce mois ; la voici.

PIÈCE OFFICIELLE

« Monsieur le général, j'ai reçu le traité du 2 août 1815, conclu entre Sa Majesté britannique, l'empereur d'Autriche, l'empereur de Russie, et le roi de Prusse qui était joint à votre lettre du 23 juillet.

« L'empereur Napoléon proteste contre le contenu de ce traité ; il n'est point prisonnier de l'Angleterre. Après avoir

1. C'est ma lettre au prince Lucien, si fameuse depuis dans l'histoire de mes persécutions, et qu'on trouvera plus bas en son lieu. *(Las Cases.)*

abdiqué entre les mains des représentants de la nation, au profit de la Constitution adoptée par le peuple français, et en faveur de son fils, il s'est rendu volontairement et librement en Angleterre, pour y vivre en particulier, dans la retraite, sous la protection des lois britanniques. La violation de toutes les lois ne peut pas constituer un droit de fait. La personne de l'empereur Napoléon se trouve au pouvoir de l'Angleterre ; mais de fait ni de droit il n'a été ni n'est au pouvoir de l'Autriche, de la Russie et de la Prusse, même selon les lois et coutumes de l'Angleterre, qui n'a jamais fait entrer dans la balance des prisonniers, les Russes, les Autrichiens, les Prussiens, les Espagnols, les Portugais, quoique unie à ces puissances par des traités d'alliance, et faisant la guerre conjointement avec elles. La convention du 2 août, faite quinze jours après que l'empereur Napoléon était en Angleterre, ne peut avoir en droit aucun effet ; elle n'offre que le spectacle de la coalition des quatre plus grandes puissances de l'Europe, pour l'oppression d'un seul homme ; coalition que désavoue l'opinion de tous les peuples, comme tous les principes de la saine morale. Les empereurs d'Autriche et de Russie, le roi de Prusse, n'ayant de fait ni de droit aucune action sur la personne de l'empereur Napoléon, ils n'ont pu rien statuer relativement à lui. – Si l'empereur Napoléon eût été au pouvoir de l'empereur d'Autriche, ce prince se fût ressouvenu des rapports que la religion et la nature ont mis entre un père et un fils, rapports qu'on ne viole jamais impunément. Il se fût ressouvenu que quatre fois Napoléon lui a restitué son trône : à Léoben, en 1797, et à Lunéville, en 1801, lorsque ses armées étaient sous les murs de Vienne ; à Presbourg, en 1806, et à Vienne en 1809, lorsque ses armées étaient maîtresses de la capitale et des trois quarts de la monarchie. Ce prince se fût ressouvenu des protestations qu'il lui fit au bivouac de Moravie, en 1806, et à l'entrevue de Dresde, en 1812. – Si la personne de l'empereur Napoléon eût été au pouvoir de l'empereur Alexandre, il se fût ressouvenu des liens d'amitié contractés à Tilsitt, à Erfurt, et pendant douze ans d'un commerce journalier ; il se fût ressouvenu de la conduite de l'empereur Napoléon le lendemain de la bataille d'Austerlitz, où, pouvant le faire prisonnier avec les débris de son armée, il se contenta de sa parole, et lui laissa opérer sa retraite ; il se fût ressouvenu des dangers que personnellement l'empereur Napoléon a bravés pour éteindre l'incendie de Moscou et lui conserver cette capitale ; certes ce prince n'eût pas violé les devoirs de l'amitié et de la reconnaissance envers un ami dans le malheur. – Si la personne de l'empereur Napoléon eût été même au pouvoir du roi de Prusse, ce souverain n'eût pas oublié qu'il a dépendu de l'Empereur après Friedland, de placer un autre prince sur le trône de Berlin ; il n'eût point oublié un ennemi désarmé, les protestations de dévouement et les sentiments qu'il lui témoigna en 1812, aux entrevues de Dresde. Aussi voit-on par les articles II et V dudit traité, que ne pouvant influer en rien sur le sort et la personne de l'empereur Napoléon, qui n'est pas en leur pouvoir, ces princes s'en rapportent à ce que fera là-dessus Sa Majesté britannique, qui se charge de remplir toutes les obligations. Ces princes ont reproché à l'empereur Napoléon d'avoir préféré la protection des lois anglaises à la leur. – Les fausses idées que l'empereur Napoléon avait de la libéralité des lois anglaises, et de l'influence d'un peuple grand, généreux et libre sur son gouvernement, l'ont décidé à préférer la protection de ses lois à celle de son beau-père ou de son ancien ami. L'empereur Napoléon a toujours été le maître de faire assurer ce qui lui était personnel par un traité diplomatique, soit en se remettant à la tête de l'armée de la Loire, soit en se remettant à la tête de l'armée de la Gironde, que commandait le général Clausel ; mais ne cherchant désormais que la retraite et la protection des lois d'une nation libre, soit anglaise, soit américaine, toutes stipulations lui ont paru inutiles. Il a cru le peuple anglais plus lié par sa démarche franche, noble et pleine de confiance, qu'il ne l'eût pu être par les traités les plus solennels. Il s'est trompé ; mais cette erreur fera à jamais rougir les vrais Bretons ; et, dans la génération actuelle comme dans les générations futures, elle sera une preuve de la déloyauté de l'administration anglaise. – Des commissaires autrichien et russe sont arrivés à Sainte-Hélène ; si leur mission a pour but de remplir une partie des devoirs que les empereurs d'Autriche et de Russie ont contractés par le traité du 2 août, et de veiller à ce que les agents anglais, dans une petite colonie, au milieu de l'Océan, ne manquent pas aux égards dus à un prince lié avec eux par les liens de parenté, et par tant d'autres rapports, on reconnaît dans cette démarche des marques du caractère de ces deux souverains. Mais vous avez, monsieur, assuré que ces commissaires n'avaient ni le droit, ni le pouvoir d'avoir aucune opinion sur tout ce qui peut se passer sur ce rocher.

« Le ministère anglais a fait transporter l'empereur Napoléon à Sainte-Hélène, à deux mille lieues de l'Europe. Ce rocher, situé sous le tropique, à cinq cents lieues de tout continent, est soumis à la chaleur dévorante de cette latitude ; il est couvert de nuages et de brouillards les trois quarts de l'année ; c'est à la fois le pays le plus sec et le plus humide du monde. Ce climat est le plus contraire à la santé de l'Empereur. C'est la haine qui a présidé au choix de ce séjour, comme aux instructions données par le ministère anglais aux officiers commandant dans ce pays : on leur a ordonné d'appeler l'empereur Napoléon, *général*, voulant l'obliger à reconnaître qu'il n'a jamais régné en France, ce qui l'a décidé à ne pas prendre un nom d'incognito, comme il y était résolu en sortant de France. Premier magistrat à vie de la République, sous le titre de premier consul, il a conclu les préliminaires de Londres et le traité d'Amiens avec le roi de la Grande-Bretagne. Il a reçu pour ambassadeurs, lord Cornwallis, M. Merry, lord Whitworth qui ont séjourné en cette qualité à sa cour. Il a accrédité auprès du roi d'Angleterre le comte Otto et le général Andréossy, qui ont résidé comme ambassadeurs à la cour de Windsor. Lorsque après un échange de lettres entre les ministères des Affaires étrangères des deux monarchies, lord Lauderdale vint à Paris, muni des pleins pouvoirs du roi d'Angleterre, il traita avec les plénipotentiaires munis des pleins pouvoirs de l'empereur Napoléon, et séjourna plusieurs mois à la cour des Tuileries. Lorsque, depuis, à Châtillon, lord Castlereagh signa l'ultimatum que les puissances alliées présentèrent aux plénipotentiaires de l'empereur Napoléon, il reconnut par là la quatrième dynastie. Cet ultimatum était plus avantageux que le traité de Paris ; mais on exigeait que la France renonçât à la Belgique et à la rive gauche du Rhin, ce qui était contraire aux propositions de Francfort, et aux proclamations des puissances alliées ; ce qui était contraire au serment par lequel, à son sacre, l'Empereur avait juré l'intégrité de l'Empire. L'Empereur pensait alors que ces limites naturelles étaient nécessaires à la garantie de la France, comme à l'équilibre de l'Europe ; il pensait que la nation française, dans les circonstances où elle se trouvait, devait plutôt courir toutes les chances de la guerre, que de s'en départir. La France eût obtenu cette intégrité, et avec elle conservé son honneur, si la trahison n'était venue au secours des Alliés. Le traité du 2 août, le bill du parlement britannique appellent Bonaparte l'empereur Napoléon, et ne lui donnent que le titre de général. Le titre de *général Bonaparte* est sans doute éminemment glorieux, l'Empereur le portait à Lodi, à Castiglione, à Rivoli, à Arcole, à Léoben, aux Pyramides, à Aboukir ; mais depuis dix-sept ans, il a porté celui de premier consul et d'empereur ; ce serait convenir qu'il n'a été ni premier magistrat de la République, ni souverain de la quatrième dynastie. – Ceux qui pensent que les nations sont des troupeaux qui, de droit divin, appartiennent à quelques familles, ne sont ni du siècle, ni même dans l'esprit de la législature anglaise, qui changea plusieurs fois l'ordre de sa dynastie, parce que les grands changements survenus dans les opinions, auxquels n'avaient pas participé les princes régnants, les avaient rendus ennemis du bonheur et de la grande majorité de cette nation. Car les rois ne sont que des magistrats héréditaires, qui n'existent que pour le bonheur des nations, et non les nations pour la satisfaction des rois. C'est le même esprit de haine qui a ordonné que l'empereur Napoléon ne pût écrire ni recevoir aucune lettre sans qu'elle soit ouverte et lue par les ministres anglais et les officiers de Sainte-Hélène. On lui a, par là, interdit la possibilité de recevoir des nouvelles de sa mère, de sa femme, de son fils, de ses frères ; et lorsque voulant se soustraire aux inconvénients de voir ses lettres lues par des officiers subalternes, il a voulu envoyer les lettres cachetées au prince régent, on a répondu qu'on ne pouvait se charger que de laisser passer les lettres ouvertes ; que telles étaient les instructions du ministère. Cette mesure n'a pas besoin de réflexions, elle donnera d'étranges idées de l'esprit de l'administration qui l'a dictée ; elle serait désavouée à Alger même ! – Des lettres sont arrivées pour des officiers généraux de la suite de l'Empereur : elles étaient décachetées et vous furent remises ; vous ne les avez pas communiquées, parce qu'elles n'étaient pas passées par le canal du ministère anglais ; il fallut leur faire refaire quatre mille lieues, et ces officiers eurent la douleur de savoir qu'il existait sur ce rocher des nouvelles de leurs femmes, de leurs mères, de leurs enfants, et qu'ils ne pouvaient les connaître que dans six mois !!!... Le cœur se soulève ! on n'a pas pu obtenir d'être abonné au *Morning-Chronicle*, au *Morning-Post*, à quelques journaux français ; de temps à autre on fait passer à Longwood quelques numéros dépareillés du *Times*. – Sur la demande faite à bord du *Northumberland*, on a envoyé quelques livres ; mais tous ceux relatifs aux affaires des dernières années ont été soigneusement écartés. Depuis on a voulu correspondre avec un libraire de Londres, pour avoir directement les livres dont on pouvait avoir besoin et ceux relatifs aux événements du jour ; on l'a empêché. Un auteur anglais ayant fait un voyage en France et l'ayant imprimé à Londres, prit la peine de nous l'envoyer pour l'offrir à l'Empereur ; mais vous n'avez pas cru pouvoir le lui remettre, parce qu'il ne vous était pas parvenu par la filière de votre gouvernement. On dit aussi que d'autres livres envoyés par leurs auteurs n'ont pu être remis, parce qu'il y avait sur l'inscription de quelques-uns : *A l'empereur Napoléon*, et sur d'autres : *A Napoléon le Grand*. Le ministère anglais n'est autorisé à ordonner aucune de ces vexations. La loi, quoique inique, considère l'empereur Napoléon comme prisonnier de guerre ; or, jamais on n'a défendu aux prisonniers de guerre de s'abonner aux journaux, de recevoir les livres qui s'impriment : une telle défense n'est faite que dans les cachots de l'Inquisition.

« L'île de Sainte-Hélène a dix lieues de tour, elle est inabordable de toutes parts, des bricks enveloppent la côte, les postes placés sur le rivage peuvent se voir de l'un à l'autre et rendent impraticable la communication avec la mer. Il n'y a qu'un seul petit bourg, James-Town, où mouillent et d'où s'expédient les bâtiments. Pour empêcher un individu de s'en aller de l'île, il suffit d'exercer la côte par terre et par mer. En interdisant l'intérieur de l'île, on ne peut donc avoir qu'un but, celui de priver d'une promenade de huit ou dix milles qu'il serait possible de faire à cheval, et dont, d'après l'avis des hommes de l'art, la privation abrège les jours de l'Empereur.

« On a établi l'Empereur dans la position de Longwood, exposée à tous les vents ; terrain stérile, inhabité, sans eau, n'étant susceptible d'aucune culture. Il y a une enceinte d'environ douze cents toises incultes. A onze ou douze cents toises, sur un mamelon, on a établi un camp ; on vient d'en placer un autre à peu près à la même distance, dans une direction opposée, de sorte qu'au milieu de la chaleur du tropique, de quelque côté qu'on regarde, on ne voit que des camps. L'amiral Malcolm ayant compris l'utilité dont, dans cette position, une tente serait pour l'Empereur, en a fait établir une par ses matelots, à vingt pas de la maison : c'est le seul endroit où l'on puisse trouver de l'ombre. Toutefois l'Empereur n'a lieu que d'être satisfait de l'esprit qui anime les officiers et soldats du 53e, comme il l'avait été de l'équipage du *Northumberland*. La maison de Longwood a été construite pour servir de grange à la ferme de la compagnie ; depuis, le sous-gouverneur de l'île y a fait établir quelques chambres ; elle lui servait de maison de campagne ; mais elle n'était en rien convenable pour une habitation. Depuis un an qu'on y est, on y a toujours travaillé et l'Empereur a constamment eu l'incommodité et l'insalubrité d'habiter une maison en construction. La chambre dans laquelle il couche est trop petite pour contenir un lit d'une dimension ordinaire ; mais toute bâtisse à Longwood prolongerait l'incommodité des ouvriers. Cependant, dans cette misérable île, il existe de belles positions offrant de beaux arbres, des jardins et d'assez belles maisons, entre autres Plantation-House ; mais des instructions positives du ministère vous interdisent de donner cette maison, ce qui eût épargné beaucoup de dépenses employées à bâtir à Longwood des cahutes couvertes de papier goudronné, et qui sont déjà hors de service. – Vous avez interdit toute correspondance entre nous et les habitants de l'île ; vous avez mis de fait la maison de Longwood au secret, vous avez même entravé les communications avec les officiers de la garnison. – On semble s'être étudié à nous priver du peu de ressources qu'offre ce misérable pays, et nous y sommes comme nous serions sur le rocher de l'Ascension. Depuis quatre mois que vous êtes à Sainte-Hélène vous avez, monsieur, empiré la position de l'Empereur. Le comte Bertrand vous a fait observer que vous violiez même la loi de votre législature, que vous fouliez aux pieds les droits des officiers généraux prisonniers de guerre ; vous avez répondu que vous ne connaissiez que la lettre de vos instructions, qu'elles étaient pires encore que nous paraissait votre conduite.

« J'ai l'honneur, etc., etc.

« *Signé* : le comte de MONTHOLON.

« P.-S. J'avais signé cette lettre, monsieur, lorsque j'ai reçu la vôtre du 17 : vous y joignez le compte par aperçu d'une somme annuelle de vingt mille livres sterling, que vous jugez indispensable pour subvenir aux dépenses de l'établissement de Longwood, après avoir fait toutes les réductions que vous avez crues possibles. La discussion de cet aperçu ne peut nous regarder en aucune manière ; la table de l'Empereur est à peine le strict nécessaire ; tous les approvisionnements sont de mauvaise qualité et quatre fois plus chers qu'à Paris. – Vous demandez à l'Empereur un fonds de douze mille livres sterling, votre gouvernement ne vous allouant que huit mille livres sterling pour toutes ces dépenses. J'ai eu l'honneur de vous dire que l'Empereur n'avait pas de fonds, que depuis un an on n'a reçu ni écrit aucune lettre, et qu'il ignorait complètement tout ce qui se passe ou a pu se passer en Europe. Transporté violemment sur ce rocher, à deux mille lieues, sans pouvoir recevoir ou écrire aucune lettre, il se trouve aujourd'hui entièrement à la discrétion des agents anglais. L'Empereur a toujours désiré et désire pourvoir lui-même à toutes ses dépenses quelconques, et il le fera aussitôt que vous le lui rendrez possible, en levant l'interdiction faite aux négociants de l'île de servir sa correspondance, et qu'elle ne sera soumise à aucune inquisition de votre part ou d'aucun de vos agents. Dès que l'on connaîtra en Europe les besoins de l'Empereur, les personnes qui s'intéressent à lui enverront les fonds nécessaires pour y pourvoir.

« La lettre de lord Bathurst, que vous m'avez communiquée, fait naître d'étranges idées ! Vos ministres ignoreraient-ils donc que le spectacle d'un grand homme aux prises avec l'adversité est le spectacle le plus sublime ? Ignoreraient-ils que Napoléon, à Sainte-Hélène, au milieu des persécutions de toute espèce, auxquelles il n'oppose que la sérénité, est plus grand, plus sacré, plus vénérable que sur le premier trône du monde, où si longtemps il fut l'arbitre des rois ? Ceux qui, dans cette position, manquent à Napoléon n'avilissent que leur propre caractère et la nation qu'ils représentent ! »

SAMEDI 24.

Ma famille anglaise. Juste dette de reconnaissance de l'émigration envers les Anglais, etc. Général Joubert. Pétersbourg. Moscou ; son incendie. Projet de Napoléon, s'il fût revenu vainqueur.

J'ai été, sur les deux heures, joindre l'Empereur dans sa chambre. Il m'avait, dès le matin, fait demander mon *Atlas*. Je l'ai trouvé achevant de parcourir la carte de la Russie et la partie de l'Amérique avoisinant les établissements russes. Il avait beaucoup souffert durant la nuit, beaucoup toussé. Cependant le temps était redevenu tout à fait doux. Il s'était habillé pour sortir. Durant sa toilette, il revenait souvent sur l'heureuse idée de l'*Atlas*, le mérite de son exécution, l'immensité des choses qu'il contenait, finissant comme de coutume, par dire : Quel recueil ! quels détails ! quel ensemble ! etc.

L'Empereur a gagné le jardin. Je lui ai dit que j'avais écrit le matin en Angleterre, et répondu à une lettre que je lui avais lue deux ou trois jours auparavant. « Votre famille anglaise, m'a-t-il dit alors, semble composée de bien braves gens ; ils vous aiment beaucoup et vous leur êtes bien attaché. – Sire, ai-je répondu, je les ai soignés en France durant leurs dix années de captivité, et ils avaient pris soin de moi en Angleterre, durant mes dix années d'émigration. C'est désormais entre nous tout à fait l'hospitalité des anciens. Je compte sur eux en toute chose, et ils pourraient disposer de toute ma fortune. – Voilà une liaison bien heureuse, a-t-il dit. Qui est-ce qui vous l'a procurée ? Comment est-elle venue ? » Je lui ai fait alors l'histoire de ma connaissance avec cette famille.

« Jamais, lui disais-je, la planche de laquelle le malheureux naufragé reçut son salut ne lui fut plus chère que ne l'est cette famille. Sire, il n'est point de faveur, il n'est point de trésors qui puissent acquitter les soins que j'en ai reçus, ni le bonheur qu'elle m'a donné.

« Quand les hideux excès de notre révolution nous forcèrent d'aller chercher notre refuge en Angleterre, notre émigration y causa la plus vive sensation ; l'arrivée de tant d'illustres exilés, leur fortune passée, leur affreuse condition présente, occupèrent tous les esprits, remplirent tous les sentiments. Il en fut question dans les assemblées politiques, dans les églises, dans les cercles, dans les ménages. Cette catastrophe remua toutes les classes, excita toutes les sympathies. Une foule généreuse et sensible s'empressa autour de nous. Nous fûmes l'objet des soins les plus délicats et des bienfaits les plus réels. Tel fut, il faut l'avouer, le spectacle attendrissant que présenta la grande portion de la société d'Angleterre, en dépit même du dissentiment d'opinions. C'est un témoignage que notre reconnaissance doit à la vérité de l'histoire.

« Or, je me trouvais à Londres avec une cousine de mon nom, que sa place à la cour de Versailles avait mise à même d'être agréable à tout ce qu'il y avait de distingué en Europe, lorsqu'elle était dame d'honneur de la princesse de Lamballe, qui était elle-même sous-intendante de la maison de la reine. Cette circonstance se trouva heureuse pour ma famille. La plus grande bienveillance entoura ma parente ; un grand nombre de personnes accoururent auprès d'elle, entre autres un jeune ménage : la femme était charmante, pleine de manières nobles et grandes ; elle était Française ; le mari, doux, facile, plein d'honneur. Ils avaient une grande fortune, un bon cœur ; leur maison devint presque aussitôt celle de ma cousine et de tous les siens, qui durent s'y croire dans leur propre famille.

« Ce digne ménage fut sans cesse plein de prévenances et de soins pour nos réfugiés. On voyait constamment chez eux ce que l'émigration avait de plus distingué. Nous sommes un grand nombre qui contractâmes envers eux une dette de reconnaissance, qui, malgré toute son étendue, ne saurait effrayer mon cœur, dussé-je l'acquitter à moi seul. Je la léguerai à mes enfants, qui, s'ils me ressemblent, la tiendront pour sacrée et seront heureux de pouvoir jamais l'acquitter à leur tour.

« L'élévation d'âme et le cœur français étaient caractéristiques chez lady ***[1]. Lorsque le prince de Condé, arrivé à Londres, cherchait une demeure à la campagne, elle me dépêcha pour lui offrir la superbe maison qu'elle possédait dans le comté de Durham. Le prince, après s'en être fait donner les détails, ayant remarqué que cela lui coûterait sans

1. Lady Clavering.

doute la rançon d'un roi, fut agréablement ému d'entendre qu'elle lui était offerte par une Française, qui croirait, disait-elle, en avoir reçu un prix inestimable si un Condé daignait l'habiter ; et il voulut aussitôt l'aller remercier en personne.

« Cette famille vint à Paris après la paix d'Amiens, et ce fut en contrebande au milieu d'elle, à la faveur de son intimité, que je respirai quelques jours plus tôt l'air de la patrie. Je sauvai par elle les longues et pénibles formalités que l'acte d'amnistie exigeait de moi à la frontière, et je dus à ces amis de pouvoir les remplir à Paris avec beaucoup plus de facilité et moins de désagrément ; mais aussi, lors de la mesure d'arrestation contre les Anglais voyageurs, qui mit cette famille au nombre des détenus, j'eus le bonheur inestimable d'adoucir à mon tour sa situation, et de devenir son répondant.

« Le temps, les événements nous ont enfin séparés ; mais ils n'ont rien pu sur mes souvenirs, et l'aiguille aimantée est moins constante, moins fidèle dans sa direction, que ne le sont mes pensées, et ma reconnaissance envers ces bons et chers amis. Telle est, sire, ce que Votre Majesté appelle ma famille anglaise. »

Cependant, durant mon histoire, nous avions marché vers l'écurie et demandé la calèche. L'Empereur a voulu qu'elle vînt nous joindre au fond du bois ; elle s'est fait longtemps attendre, parce que Mme de Montholon s'était trouvée indisposée. Son mari est arrivé pour excuser ce retard, et l'Empereur a voulu qu'il montât.

La conversation a été, durant toute la course, sur le général Joubert, dont M. de Montholon avait été le beau-frère et l'aide de camp.

« Joubert avait une haute vénération pour moi, a dit l'Empereur ; à chaque revers éprouvé par la République, durant l'expédition d'Égypte, il déplorait mon absence. Se trouvant en cet instant chef de l'armée d'Italie, il m'avait pris pour modèle, aspirait à me recommencer, et ne prétendait à rien moins qu'à tenter ce que j'ai exécuté depuis en brumaire, seulement il eût agi avec les Jacobins. Les mesures et les intrigues de ce parti, pour le mettre sur la voie de cette grande entreprise, l'avaient porté au commandement en Italie, après les désastres de Schérer ; de ce Schérer, dilapidateur ignorant, digne de tous les blâmes. Mais Joubert fut tué à

Novi dans son premier choc contre Souvorov ; il n'eût exécuté à Paris qu'une échauffourée, il n'avait point encore assez de gloire, de consistance et de maturité ; il était de nature à acquérir tout cela ; mais, en cet instant, il n'était pas assez fait, il était trop jeune encore, et cette entreprise était pour le moment au-dessus de ses forces. »

Au reste, voici le portrait de ce général, dicté par l'Empereur pour ses Campagnes d'Italie, et dont je trouve le brouillon.

« Joubert, né au département de l'Ain, dans l'ancienne Bresse, avait étudié pour le barreau. La Révolution lui fit prendre le parti des armes ; il servit à l'armée d'Italie et y fut général de brigade. Il était grand, maigre, semblait naturellement d'une faible complexion ; mais il l'avait mise à l'épreuve des grandes fatigues dans les Alpes, et s'y était endurci. Il était intrépide, vigilant, fort actif, marchant à la tête des colonnes. Il fut fait général de division pour remplacer Vaubois, dont il prit le corps d'armée. Il se fit beaucoup d'honneur dans la campagne de Léoben, commandant l'aile gauche qu'il amena au gros de l'armée, des montagnes du Tyrol, par les défilés du Pusthersthal. Il était fort attaché à Napoléon, qui le chargea de porter au Directoire les derniers drapeaux enlevés par l'armée d'Italie. Resté à Paris pendant la campagne d'Égypte, il y épousa la fille du sénateur Sémonville, mariée depuis au maréchal Macdonald. Ce mariage le jeta dans les intrigues du Manège et le fit nommer général en chef de l'armée d'Italie, après la défaite de Schérer [1]. Il fut tué à la bataille de Novi. Il était jeune encore, et n'avait pas acquis toute l'expérience nécessaire. Il eût pu arriver à une grande renommée. »

L'Empereur n'a pu faire qu'un tour, il se trouvait trop fatigué ; il était loin d'être bien.

A huit heures et demie, l'Empereur m'a fait appeler ; il avait été obligé de se mettre au bain, m'a-t-il dit, et croyait avoir un peu de fièvre. Il s'était senti subitement enrhumé ; mais il ne toussait plus depuis qu'il était dans l'eau ; il y était

1. Quelques-uns affirment qu'il y a ici anachronisme ; que ce n'est pas le mariage de Joubert qui fit jeter les yeux sur lui pour le porter à la tête des affaires, que ce fut bien plutôt le choix qu'on en avait fait, qui, au contraire, amena le mariage. *(Las Cases.)*

depuis longtemps. Il y a dîné ; on a dressé pour moi une petite table à côté. L'Empereur est revenu sur l'histoire de Russie. « Pierre le Grand, disait-il, avait-il bien fait de fonder une capitale à Pétersbourg à si grands frais ? N'eût-il pas obtenu de bien plus grands résultats, s'il eût dépensé tout son argent à Moscou ? Quel avait été son but ? L'avait-il atteint ? Je répondais : Si Pierre fût resté à Moscou, sa nation fût demeurée Moscovite ; un peuple tout à fait asiatique ; il avait fallu la déplacer pour la réformer et la changer. Alors il s'était transporté sur les frontières mêmes enlevées à l'ennemi, et, en y asseyant sa capitale, en y accumulant toutes ses forces, il la rendait plus invulnérable ; il s'affiliait à la société européenne ; il s'établissait dans la mer Baltique, d'où il tournait facilement ses ennemis naturels, les Polonais et les Suédois, pour venir s'allier, au besoin, avec les nations placées derrière eux, etc. »

L'Empereur disait n'être pas tout à fait satisfait de ces raisons. « Quoi qu'il en soit, disait-il, Moscou a disparu, et qui peut assigner les richesses qui y ont été dévorées ? Qu'on se figure, ajoutait-il, Paris avec l'accumulation de l'industrie et des travaux des siècles. Son capital, depuis quatorze cents ans qu'existe cette cité, ne se fût-il accru que d'un million par an, quelles sommes ! Qu'on joigne à cela les magasins, le mobilier, la réunion des sciences, des arts, les correspondances d'affaires et de commerce toutes établies, etc., et voilà pourtant Moscou, et tout cela a disparu en un instant ! Quelle catastrophe ! la seule idée n'en fait-elle pas frémir... ! Je ne pense pas que pour deux milliards on pût le rétablir. »

L'Empereur s'est étendu longuement sur tous ces événements, et a laissé échapper une parole trop caractéristique pour que je ne l'aie pas notée. Le nom de Rostopchine ayant été prononcé, j'ai osé observer que la couleur donnée dans le temps à son acte patriotique m'avait fort surpris, car il m'avait ému loin de m'indigner ; bien plus, je l'avais envié !... A quoi l'Empereur a répondu avec une vivacité singulière, et dans une espèce de contradiction qui trahissait le dépit : « Si beaucoup à Paris eussent pu le lire et sentir de la sorte, croyez que je le leur aurais vanté ; mais je n'avais pas le choix. » Et revenant à Moscou, il a dit :

« Jamais, en dépit de la poésie, toutes les fictions de

l'incendie de Troie n'égalèrent la réalité de celui de Moscou [1]. La ville était de bois, le vent était violent ; toutes les pompes avaient été enlevées. C'était littéralement un océan de feu. Rien n'en avait été soustrait, tant notre marche avait été rapide et notre entrée soudaine. Nous trouvâmes jusqu'à des diamants sur la toilette des femmes, tant elles avaient fui avec précipitation. Elles nous écrivirent à quelque temps de là qu'elles avaient cherché à échapper aux premiers moments d'une soldatesque dangereuse ; qu'elles recommandaient leurs biens à la loyauté des vainqueurs, et ne manqueraient pas de reparaître sous peu de jours, pour solliciter leurs bienfaits et leur apporter leur reconnaissance.

« La population, ajoutait l'Empereur, était loin d'avoir comploté cet attentat. C'est même elle qui nous livra les trois ou quatre cents malfaiteurs échappés des prisons qui l'avaient exécuté. – Mais, ai-je osé demander, sire, si Moscou n'eût pas été livré aux flammes, Votre Majesté comptait-elle y prendre ses quartiers ? – Sans doute, a répondu l'Empereur, et j'aurais alors donné le spectacle singulier d'une armée hivernant paisiblement au milieu d'une nation ennemie qui la presse de toutes parts : c'eût été le vaisseau pris par les glaces. Vous vous seriez trouvés en France privés plusieurs mois de mes nouvelles ; mais vous fussiez demeurés tranquilles, vous eussiez été sages ; Cambacérès, comme de coutume, eût mené les affaires en mon nom, et tout eût été son train comme si j'eusse été présent. L'hiver, en Russie, eût pesé sur tout le monde ; l'engourdissement eût été général. Le printemps fût revenu aussi pour tout le monde. Chacun se fût réveillé à la fois, et l'on sait que les Français sont aussi lestes qu'aucuns.

« Au premier retour de la belle saison, j'eusse donc marché aux ennemis ; je les eusse battus ; j'eusse été maître de leur empire. Mais Alexandre, croyez-le bien, ne m'eût pas amené jusque-là ; il eût passé avant par toutes les conditions que j'eusse dictées ; et alors la France eût enfin commencé à pouvoir jouir. Et vraiment, cela a tenu à bien peu de chose ! car j'avais été pour combattre des hommes en armes, et non la nature en courroux : j'ai défait des armées, mais je n'ai

1. Troie, ville d'Asie Mineure brûlée par les Grecs vers le IXe siècle av. J.-C. Cf. *l'Iliade* d'Homère et *l'Énéide* de Virgile.

pu vaincre les flammes, la gelée, l'engourdissement, la mort ! Le destin a dû être plus fort que moi. Et pourtant, quel malheur pour la France, pour l'Europe !

« La paix dans Moscou accomplissait et terminait mes expéditions de guerre. C'était pour la grande cause, la fin des hasards et le commencement de la sécurité. Un nouvel horizon, de nouveaux travaux allaient se dérouler, tout pleins du bien-être et de la prospérité de tous. Le système européen se trouvait fondé ; il n'était plus question que de l'organiser.

« Satisfait sur ces grands points, et tranquille partout, j'aurais eu aussi mon *congrès* et ma *sainte-alliance*. Ce sont des idées qu'on m'a volées. Dans cette réunion de tous les souverains, nous eussions traité de nos intérêts en famille, et compté de clerc à maître avec les peuples.

« La cause du siècle était gagnée, la Révolution accomplie ; il ne s'agissait plus que de la raccommoder avec ce qu'elle n'avait pas détruit. Or, cet ouvrage m'appartenait ; je l'avais préparé de longue main, *aux dépens de ma popularité peut-être*. N'importe. Je devenais l'arche de l'ancienne et de la nouvelle alliance, le médiateur naturel entre l'ancien et le nouvel ordre de choses. J'avais les principes et la confiance de l'un, je m'étais identifié avec l'autre ; j'appartenais à tous les deux ; j'aurais fait en conscience la part de chacun :

« Ma gloire eût été dans mon équité. »

Et après avoir énuméré ce qu'il eût proposé de souverain à souverain, et de souverains à peuples : « Forts comme nous l'étions, continuait-il, tout ce que nous eussions concédé eût semblé grand. Il nous eût mérité la reconnaissance des peuples. Aujourd'hui, ce qu'ils arracheront ne leur semblera jamais assez, et ils ne cesseront de se défier, ni d'être mécontents. »

Il passait ensuite en revue ce qu'il eût proposé pour la prospérité, les intérêts, la jouissance et le bien-être de l'occasion européenne. Il eût voulu les mêmes principes, le même système partout ; un code européen, une cour de cassation européenne, redressant pour tous les erreurs, comme la nôtre redresse chez nous celles de nos tribunaux. Une même monnaie sous des coins différents ; les mêmes poids, les mêmes mesures, les mêmes lois, etc.

« L'Europe, disait-il, n'eût bientôt fait de la sorte véritablement qu'un même peuple, et chacun, en voyageant partout, se fût trouvé toujours dans la patrie commune. »

Il eût demandé toutes les rivières navigables pour tous ; la communauté des mers ; que les grandes armées permanentes fussent réduites désormais à la seule garde des souverains, etc.

Enfin, c'était une foule d'idées, la plupart nouvelles, les unes des plus simples, d'autres tout à fait sublimes, sur les diverses branches politiques, civiles, législatives ; sur la religion, les arts, le commerce : elles embrassaient tout.

Il a conclu : « De retour en France, au sein de la patrie, grande, forte, magnifique, tranquille, glorieuse, j'eusse proclamé ses limites immuables, toute guerre future, purement *défensive* ; tout agrandissement nouveau, *antinational*. J'eusse associé mon fils à l'Empire ; ma *dictature* eût fini, et son règne constitutionnel eût commencé...

« Paris eût été la capitale du monde, et les Français l'envie des nations !...

« Mes loisirs ensuite et mes vieux jours eussent été consacrés, en compagnie de l'Impératrice, et durant l'apprentissage royal de mon fils, à visiter lentement et en vrai couple campagnard, avec nos propres chevaux, tous les recoins de l'Empire, recevant les plaintes, redressant les torts, semant de toutes parts et partout les monuments et les bienfaits !!!... Mon cher, voilà encore de mes rêves !!! »

L'Empereur avait beaucoup parlé de l'intérieur de la Russie, de la prospérité de laquelle nous n'avions nul soupçon, disait-il ; il s'était arrêté beaucoup sur Moscou, qui l'avait fort étonné sous tous les rapports, et pouvait supporter sans embarras le parallèle avec toutes les capitales de l'Europe, dont il surpassait le plus grand nombre. Malheureusement, je ne trouve ici que des indications, et je ne saurais plus aujourd'hui reproduire aucun des développements.

Les clochers dorés de Moscou avaient surtout frappé ses regards, et c'est ce qui le porta, lors de son retour, à faire redorer le dôme des Invalides[1], il se proposait d'appliquer cet embellissement à beaucoup d'autres édifices de Paris.

1. Depuis la publication du *Mémorial*, on m'a fait observer qu'il y avait ici anachronisme, la dorure du dôme des Invalides ayant été commencée en

N. B. Comme la ville de Moscou semble avoir été si différente de l'idée que nous nous en formions en général, dans notre Occident, je pense qu'il sera agréable d'en trouver la description fournie par un témoin oculaire, personnage important de l'expédition, le baron Larrey, chirurgien en chef de la Grande Armée. Je tire cette description d'un ouvrage de ce savant célèbre (les *Mémoires de la Chirurgie militaire*), peu répandu, peut-être à cause de sa nature particulièrement scientifique.

C'est au moment de se mettre en route pour Moscou, après la bataille de Mozaïsk ou de la Moskowa :

« A peine étions-nous, y est-il dit, éloignés de quelques milles de Mozaïsk, que nous fûmes tout étonnés de nous trouver, malgré le voisinage où l'on était d'une des plus grandes capitales du monde, sur une plaine sablonneuse, aride et complètement déserte. L'aspect lugubre de cette solitude, qui jetait tous les soldats dans le découragement, semblait nous présager la désertion entière de Moscou et les malheurs qui nous attendaient dans cette cité, dont la richesse devait nous promettre un autre sort.

« L'armée traversa cet espace avec peine. Les chevaux étaient harassés, épuisés par la faim et la soif ; car l'eau était aussi rare que les fourrages. Les hommes eurent aussi beaucoup à souffrir. On était en effet accablé de fatigues et privé de subsistances. La troupe n'avait reçu depuis longtemps aucune distribution, et le peu de ressources que l'on trouva dans Mozaïsk ne servit qu'à la jeune et la vieille garde. Un assez grand nombre de conscrits de ce premier corps furent victimes de l'abus qu'ils firent du *chenaps* (eau-de-vie du pays). On les voyait s'éloigner à quelques pas de leurs compagnons, chanceler, tourner sur eux-mêmes, puis tomber sur leurs genoux ou s'asseoir involontairement ; ils restaient immobiles dans cette attitude, et expiraient bientôt après, sans proférer une seule plainte. Ces jeunes sujets étaient prédis-

---

effet avant la campagne de Russie. Ce seront les minarets du Caire et non les clochers de Moscou qui en auront donné l'idée à Napoléon ; et c'est sans doute ce qu'il aura voulu dire ; mais cette méprise de sa part, dans une conversation courante, et sans but spécial, est facile à comprendre ; il en arrive de pareilles à tout le monde. *(Las Cases.)*

posés aux effets pernicieux de cette liqueur, par l'ennui, les privations et les fatigues excessives.

« Cependant nous arrivâmes le 14 septembre au soir dans l'un des faubourgs de Moscou ; nous y apprîmes que l'armée russe, à son passage dans la ville, avait entraîné avec elle tous les citoyens et les fonctionnaires publics ; il n'était resté que quelques gens du bas peuple et de la domesticité : en sorte qu'en parcourant les principales rues de cette grande cité, où nous entrâmes le lendemain au matin, nous ne rencontrâmes presque personne : toutes les maisons étaient entièrement abandonnées. Mais ce qui nous surprit beaucoup, ce fut de voir le feu se manifester dans plusieurs quartiers éloignés, où aucun de nos soldats n'avait encore paru, et particulièrement dans le bazar du Kremlin, bâtiment très vaste, garni de portiques qui ont quelque ressemblance avec ceux du Palais-Royal à Paris.

« D'après ce que nous avions vu sur notre passage, en traversant la petite Russie, nous restâmes étonnés de la grandeur de Moscou, du grand nombre d'églises et de palais qu'il renfermait, de la belle architecture de ces édifices, de la distribution commode des maisons principales, de la richesse de l'ameublement et de tous les objets de luxe que l'on trouvait dans la plupart. Les rues sont généralement spacieuses, régulières et bien percées. Rien ne semblait être en discordance dans cette cité. Tout annonçait son opulence et le commerce immense qu'elle faisait des produits des quatre parties du monde.

« La construction variée des palais, des maisons et des églises, ajoutait infiniment à la beauté de la ville. Il y avait des quartiers qui, par le genre d'architecture des différents édifices, indiquaient par quelles nations en général ils étaient habités : on distinguait facilement le quartier des Francs, celui des Chinois ou des Indiens, celui des Allemands. Le Kremlin pouvait être considéré comme la citadelle de Moscou : il est au centre de la ville, sur un promontoire assez élevé, entouré d'une muraille à créneaux, et flanqué, de distance en distance, par des tours armées de canons. Le bazar, dont nous avons parlé, ordinairement rempli de marchandises de l'Inde et de fourrures précieuses, était devenu la proie des flammes, et l'on ne put profiter que des objets qui avaient été emmagasinés dans les caves, où les soldats pénétrèrent après l'incendie, qui consuma presque tout l'extérieur de ce bel édifice. Le palais des empereurs, celui du sénat, les archives, l'arsenal, et deux temples fort anciens, occupent le reste du Kremlin. Ces divers monuments, d'une riche architecture, se présentent majestueusement tout autour de la place d'armes. On s'imagine être transporté sur la place publique de l'antique Athènes, où l'on admirait, d'un côté l'aréopage[1] et le temple de Minerve ; de l'autre, l'académie et l'arsenal. Entre les deux temples s'élève une tour cylindrique, en forme de colonne, désignée sous le nom de tour d'Ivan : c'est plutôt un minaret égyptien, dans l'intérieur duquel on a suspendu plusieurs cloches de diverses grandeurs. Au pied de cette tour on en voit une d'une grosseur prodigieuse, dont il est parlé par tous les historiens. Du haut de la tour, on découvre toute la ville et ses environs : elle se dessine sous la forme d'une étoile à quatre branches bifurquées. Les couleurs variées des toits des maisons ; l'or et l'argent qui recouvrent les dômes et les chapiteaux des clochers, dont le nombre est considérable, donnent à cette cité l'aspect le plus pittoresque. Rien n'égale la richesse de l'un des temples ou églises du Kremlin (c'était le tombeau des empereurs) : ses parois sont recouvertes de plaques de vermeil de cinq à six lignes d'épaisseur, sur lesquelles est représentée en relief l'histoire de l'Ancien et du Nouveau Testament : les lustres et les candélabres d'argent massif étaient surtout remarquables par leurs proportions extraordinaires.

« Les hôpitaux, qui fixèrent particulièrement mon attention, sont dignes de la nation la plus civilisée du monde : je les distingue en hôpitaux militaires et en hospices civils. Le grand hôpital militaire est divisé en trois parties présentant ensemble un parallélogramme. La principale partie a été construite sur le bord d'une grande route, en face d'une caserne immense, qu'on peut comparer à l'École militaire de Paris. Deux bâtiments latéraux, en coupant à angles droits le premier, forment l'enceinte de la cour, d'où l'on communique dans un beau et vaste jardin qui sert de promenade aux malades. Un portique, à colonnes d'ordre composite, forme la façade de ce bâtiment, élevé de deux étages. On entre d'abord dans un vestibule spacieux, où correspondent les portes

1. Tribunal suprême.

d'entrée des salles du rez-de-chaussée, et où est placé un grand et magnifique escalier qui conduit aux étages supérieurs. Les salles occupent toute la longueur du bâtiment : elles sont percées, de chaque côté, de fenêtres qui vont du plancher jusqu'au plafond : elles sont à double châssis de vitres, comme dans toute la Russie, et parfaitement closes en hiver : des poêles sculptés sont placés dans l'intérieur aux distances convenables. Il règne dans les salles quatre rangs de lits uniformes, séparés par les espaces que commande la salubrité ; chaque rang est composé de cinquante lits, dont le nombre total pouvait se monter à plus de trois mille : les trois corps de logis de l'hôpital renferment quatorze salles principales, à peu près de la même étendue. Les usines, la pharmacie, la cuisine et tous les accessoires sont établis très commodément dans autant d'endroits isolés, à portée des salles. Cet hôpital est un des mieux construits, des plus vastes et des plus beaux que j'aie jamais vus.

« Les hospices civils sont également dignes d'attention. Les quatre principaux sont l'hôpital de Cheremetow, celui de Galitzin, l'hôpital d'Alexandre, et celui des Enfants-Trouvés.

« Le premier, remarquable par sa forme, sa construction et ses distributions intérieures, fut destiné à recevoir les blessés et malades de la garde.

« Cet hospice, élevé de trois étages, a la forme d'un croissant : derrière cet édifice se trouvent les accessoires. Un beau portique, qui fait saillie au centre de cette demi-lune, forme l'entrée d'une chapelle qui occupe le milieu du bâtiment ; cette chapelle, surmontée d'un dôme, autour de laquelle correspondent les principales salles destinées aux malades, renferme le mausolée du prince fondateur ; elle est ornée de colonnes de stuc, de statues et de beaux tableaux. La pharmacie est une des plus belles et des plus riches que je connaisse.

« L'hôpital des Enfants-Trouvés, situé sur le bord de la Moskowa, protégé par le canon du Kremlin, est sans contredit le plus vaste et le plus bel établissement de ce genre qu'il y ait en Europe. Il se compose de deux portions d'édifices : la première, où est la porte d'entrée, est destinée au logement du gouverneur, pris parmi les anciens généraux d'armée, à celui de l'administration, des officiers de santé, des bureaux et de toutes les personnes attachées au service de l'hospice ;

la deuxième forme un carré parfait. Au milieu de la cour, qui est très grande, est une fontaine à réservoir, qui distribue l'eau de la rivière dans tout l'hôpital. Chacun des côtés se compose de quatre grands étages, autour desquels règne un corridor régulier, peu large, assez spacieux cependant pour que l'air et les individus y circulent librement. Les salles occupent le reste de la largeur et toute la longueur de chaque aile du bâtiment. Dans chaque salle sont placés deux rangs de lits à rideaux : leur grandeur est relative à celle des enfants ; le quartier des garçons est séparé de celui des filles ; la plus grande propreté et le plus grand ordre règnent partout.

« A peine avions-nous pris possession de la ville, et étions-nous parvenus par nos efforts à éteindre le feu que les Russes avaient allumé dans les plus beaux quartiers, que, par suite de deux causes majeures, l'incendie se renouvela d'une manière plus vive, se propagea rapidement d'une section de la ville à l'autre, et embrasa toute la cité. La première de ces causes est justement rapportée à la volonté bien prononcée d'une certaine classe de Russes, que l'on dit être les individus détenus dans les prisons, dont les portes avaient été ouvertes au départ de l'armée : ces misérables, excités soit par un ordre supérieur, soit par un mouvement spontané, dans la vue sans doute d'exercer le pillage, se portaient aux yeux de tout le monde, d'un palais à l'autre, ou d'une maison à une autre, pour y mettre le feu. Les patrouilles françaises, quoique nombreuses et fréquentes, n'avaient pu les empêcher. J'ai vu prendre plusieurs de ces misérables sur le fait ; on avait saisi dans leurs mains des mèches allumées et des matières combustibles. La peine de mort, appliquée à ceux qu'on prenait en flagrant délit, ne faisait nulle impression sur les autres ; et l'incendie continua trois jours et trois nuits sans interruption. En vain nos soldats coupèrent les maisons pour l'arrêter ; la flamme franchissait bientôt les espaces, et en un clin d'œil les bâtiments ainsi isolés étaient embrasés. La deuxième cause devait être attribuée aux vents impétueux de l'équinoxe, toujours très forts dans ces contrées, et à la faveur desquels le feu croissait et se déployait avec une activité extraordinaire.

« Il serait difficile, dans quelque circonstance que ce soit, d'avoir un tableau plus horrible que celui qui affligeait nos regards. Ce fut surtout pendant la nuit du 18 au 19 septembre, époque où l'incendie était au plus haut degré, que ces effets offraient un spectacle étonnant : le temps était beau et sec, les vents n'ayant cessé de régner de l'est au nord, ou du nord à l'est. Pendant cette nuit, dont l'image effrayante restera toujours gravée dans mon souvenir, toute la cité était embrasée ; des gerbes épaisses de flammes de couleurs variées s'élevaient de toutes parts jusqu'aux nues, couvraient en entier l'horizon, portant au loin une lumière éclatante et une chaleur brûlante. Ces gerbes de feu, projetées dans tous les sens, et entraînées par la violence des vents, étaient accompagnées dans leur ascension et dans leur marche rapide par un sifflement épouvantable et par des détonations foudroyantes, résultat de la combustion des poudres, du salpêtre, des huiles, résines et eaux-de-vie, dont la plupart des maisons et des boutiques étaient remplies. Les plaques de tôle vernissées, qui couvraient les bâtiments, se détachaient brusquement par l'effet de la chaleur, et allaient jaillir au loin. Des portions très considérables de poutres ou de solives de sapin enflammées, lancées à de très grandes distances, servaient à propager l'incendie jusqu'aux maisons que l'on croyait les moins exposées à cause de leur éloignement. L'épouvante et la terreur avaient frappé tout le monde. La garde, le quartier général et le chef de l'armée quittèrent le Kremlin et la cité, et allèrent établir un camp à Pétrowski, château de Pierre le Grand, sur la route de Pétersbourg. Je restai avec un très petit nombre de mes camarades dans une maison bâtie en pierre, isolée, et située au sommet du quartier franc, près du Kremlin : je pus facilement observer de là tous les phénomènes de cet épouvantable embrasement. Nous avions envoyé nos équipages au camp, étant toujours sur le qui-vive, pour parer aux événements ou pour les prévenir.

« Les hommes du bas peuple, qui étaient restés dans Moscou, pourchassés d'une maison à l'autre par l'incendie, jetaient des cris lamentables ; très jaloux de sauver ce qu'ils avaient de plus précieux, ils se chargeaient de ballots qu'ils avaient peine à porter, et que souvent on les voyait abandonner pour se soustraire aux flammes. Les femmes, conduites par un sentiment d'humanité bien naturel, emportaient un ou deux enfants sur leurs épaules, traînaient les autres par la main ; et, pour échapper à la mort qui les menaçait de toutes parts, couraient, les jupes retroussées, se réfugier dans les recoins des rues et des places ; mais l'activité du feu les forçait bientôt d'abandonner cet asile et de fuir précipitamment de tous côtés sans pouvoir quelquefois sortir de cette espèce de labyrinthe, où plusieurs d'entre elles trouvèrent une fin malheureuse. J'ai vu des vieillards, dont la longue barbe avait été atteinte par les flammes, traînés sur de petits chariots par leurs propres enfants, qui s'empressaient de les enlever de ce véritable Tartare[1].

« Quant à nos soldats, tourmentés par la faim et la soif, ils bravaient tous les dangers pour ravir, du fond des caves et boutiques embrasées, les comestibles, les vins, les liqueurs ou autres objets plus ou moins utiles. On les voyait courir dans les rues, pêle-mêle avec les habitants désespérés, emportant tout ce qu'ils avaient pu arracher aux ravages de cet affreux incendie. Enfin, en huit ou dix jours, cette immense et superbe cité fut réduite en cendres, à l'exception du palais Kremlin, de quelques grandes maisons et de toutes les églises : ces édifices sont bâtis en pierre.

« Cette calamité jeta l'armée dans une grande consternation, et nous présagea de plus grands malheurs. Nous crûmes tous ne pouvoir plus trouver ni subsistances ni étoffes, ni les autres objets nécessaires à l'habillement des troupes, et dont on avait le plus pressant besoin. Quelle idée plus sinistre pouvait se présenter à notre imagination ! Cependant le quartier général vint, après l'incendie, s'établir de nouveau au Kremlin, et la garde se logea dans quelques maisons du quartier franc qui avaient été épargnées. Chacun reprit l'exercice de ses fonctions.

« On découvrit, à force de recherches, des magasins de farine, de viande, de poisson salé, d'huile, d'eau-de-vie, de vins et de liqueurs. On en fit quelques distributions aux soldats ; mais on voulut beaucoup trop épargner ou emmagasiner ; et cet excès de prévoyance, qui n'est quelquefois qu'un prétexte, conduisit à brûler par la suite ou à laisser dans ces magasins des denrées de tout genre, dont on aurait pu tirer les plus grands avantages, et qui auraient même suffi aux besoins de l'armée pendant plus de six mois, si l'on fût resté à Moscou. Il en fut ainsi principalement pour les étoffes et

1. Dans la mythologie grecque, une partie des Enfers où les coupables subissaient leur châtiment.

les fourrures qu'on aurait dû s'empresser de faire confectionner, de manière à fournir à nos troupes tous les vêtements capables de les préserver, le plus possible, de la rigueur du froid auquel il fallait s'attendre. De leur côté les soldats, qui ne songent jamais à l'avenir, loin de suppléer, pour leur intérêt, à ce défaut de précaution, ne s'occupaient qu'à recueillir les vins, les liqueurs, les matières d'or et d'argent, et méprisaient tout le reste.

« Cette abondance inattendue, qu'ils devaient à leurs infatigables recherches, altéra la discipline de l'armée et la santé des hommes intempérants. Ce seul motif aurait dû nous faire presser notre départ pour la Pologne. Moscou devint pour nos troupes une nouvelle Capoue. Les chefs de l'armée ennemie entretenaient les nôtres dans des espérances de paix : les préliminaires devaient être signés d'un jour à l'autre. Cependant des nuées de Cosaques couvraient nos cantonnements, et nous enlevaient tous les jours un grand nombre de fourrageurs. Le général Kutusoff rassemblait les débris de son armée et la fortifiait des recrues qu'il recevait de toutes parts. Insensiblement et sous divers prétextes de pacification, ses avant-gardes se rapprochèrent des nôtres. Enfin, le terme des négociations était arrivé, et c'est au moment où l'ambassadeur français devait obtenir une première décision, que le corps d'armée du prince Joachim fut enveloppé. Notre général ambassadeur put à peine franchir les obstacles qu'il rencontra pour se rendre à Moscou. Déjà plusieurs portions de nos troupes et quelques pièces de canon avaient été enlevées. Néanmoins, les divers corps de cette avant-garde, d'abord dispersés, se rallient, rompent la colonne russe qui les cernait, prennent une position favorable, et s'élancent tour à tour sur la cavalerie nombreuse de l'ennemi, qu'ils repoussent avec force en reprenant une partie des pièces d'artillerie et des soldats faits prisonniers dans la première attaque. Enfin, l'arrivée du général Lauriston et des blessés nous confirma, au quartier général, la reprise des hostilités. Des ordres sont aussitôt donnés pour le départ subit de l'armée ; la générale se fait entendre : tous les corps se disposent à exécuter ce mouvement précipité. On se hâte de faire quelques provisions, et l'on se met en marche dans la journée du 19 octobre. »

DIMANCHE 25.

Sur le couronnement, etc. Décrets de Berlin et de Milan. Grande cause de la haine des Anglais.

Le temps s'est remis tout à fait au beau. L'Empereur a déjeuné sous la tente ; il nous y a tous fait appeler. La conversation a conduit à parler des cérémonies du couronnement. Il demandait des renseignements à l'un de nous qui y avait assisté, et qui n'a pu les donner. Il les a demandés à un autre ; mais celui-ci n'y avait pas été. « Où étiez-vous donc alors ? lui a dit l'Empereur. – Sire, à Paris. – Et comment ! vous n'avez pas vu le couronnement ? – Non, sire. » L'Empereur alors, le regardant de travers et saisissant son oreille, lui a dit : « Vous seriez-vous avisé de faire l'aristocrate à ce point ? – Mais, sire, mon heure n'était pas venue. – Mais vous avez du moins vu le cortège ? – Ah ! sire, si ma curiosité l'eût emporté, j'aurais couru du moins à ce qu'il y avait de plus digne, de plus précieux à voir, et je ne dois rien diminuer ici de mon mérite ou de mes torts. J'avais pourtant un billet, et j'aimai mieux en faire hommage à la dame anglaise dont je parlais dernièrement à Votre Majesté, laquelle, par parenthèse, y attrapa un rhume dont elle manqua mourir. Moi, je restai tranquillement chez moi. – Ah ! c'est trop fort, dit l'Empereur, le vilain aristocrate ! Comment ? Vraiment, vous en étiez à ce point ? – Hélas ! oui, sire, a repris l'accusé, et pourtant me voici près de vous, et à Sainte-Hélène. » Et l'Empereur, lâchant l'oreille, a souri.

Après déjeuner, il m'est venu un capitaine de l'artillerie anglaise, ayant été six ans à l'île de France. Il devait partir le lendemain pour l'Europe. Il m'a supplié, sous mille formes et mille manières, de lui obtenir le bonheur de voir l'Empereur. Il eût, disait-il, donné tout au monde pour une telle faveur, sa reconnaissance serait sans bornes, etc. Nous avons causé fort longtemps : l'Empereur faisait son tour en calèche, je n'avais pas été de la course. A sa rentrée, j'ai été assez heureux pour remplir les vœux de l'officier anglais. Il a été reçu plus d'un quart d'heure par l'Empereur ; il en était ivre de satisfaction, n'ignorant pas que cette faveur devenait chaque jour plus rare. Tout l'avait frappé, disait-il, au dernier degré dans Napoléon ; ses traits, son affabilité, le son de sa voix, ses expressions, les questions qu'il avait faites ; c'était, me disait-il, un héros, un dieu !

Le temps était délicieux. L'Empereur a continué de se promener dans le jardin, entouré de nous. Il discutait sur le non-succès de la négociation de l'un de nous ; chose que l'Empereur avait jugée des plus simples, et qui s'était trouvée des plus délicates pour le négociateur. Il avait dû proposer un papier à des officiers anglais, pour qu'ils le publiassent en Angleterre.

L'Empereur s'acquittait de sa censure avec sa logique ordinaire, avec l'esprit et le sel qui lui sont familiers ; toutefois, il en était fort contrarié ; sa conversation est devenue forte, il l'a poussée jusqu'à l'humeur, et c'était pour la première fois peut-être que le patient en éprouvait les marques. « Enfin, a-t-il conclu, ce que vous proposiez là à d'autres, monsieur, après tout, vous l'eussiez accepté vous-même à leur place. – Non, sire. – Comment non ? Eh bien ! a-t-il ajouté d'une manière réprobative, vous ne seriez pas mon ministre de la Police. – Et Votre Majesté aurait raison, a répliqué vivement celui-là, qui s'était ému à son tour ; je ne me sens aucune disposition pour un tel poste. » Un instant avant le dîner, l'Empereur, le voyant entrer dans le salon, a dit : « Ah ! voilà notre petit officier de police. Venez, approchez, mon petit officier de police » ; et lui a pincé l'oreille. Bien que des heures se fussent écoulées depuis la conversation vive, l'Empereur se la rappelait ; il savait celui qui en avait été l'objet très sensible ; et il était visible qu'il voulait en effacer l'impression. Voilà des nuances caractéristiques ; et celles qui ressortent des objets les plus petits sont les plus naturelles, les plus sûres.

Après le dîner, la conversation a conduit l'Empereur à parcourir le sujet spécial de sa querelle maritime avec l'Angleterre. « La prétention du blocus sur le papier, disait-il, lui valut mon fameux décret de Berlin. Le Conseil britannique, dans sa colère, lance ses arrêts ; il établissait un octroi sur les mers. Riposté aussitôt par les célèbres décrets de Milan, qui dénationalisent tout pavillon qui se soumettrait aux actes anglais ; et c'est alors que la guerre devint, en Angleterre, vraiment personnelle. La rage contre moi saisit tous ceux qui tenaient au commerce, l'Angleterre s'indigna d'une lutte et d'une énergie qu'elle ne connaissait pas. Elle avait toujours trouvé ceux qui m'avaient devancé plus complaisants. »

L'Empereur, plus tard, a développé les mesures par lesquelles il avait forcé les Américains à se battre contre les Anglais ; il avait trouvé le moyen, disait-il, d'attacher leurs intérêts à leurs droits ; car c'est pour les premiers qu'on se bat, disait-il, beaucoup plus que pour les seconds.

Aujourd'hui, l'Empereur s'attendait, disait-il, à quelques tentatives prochaines des Anglais sur la souveraineté des mers, à quelque octroi universel, etc. « C'est pour eux, disait-il, un des grands moyens d'acquitter leurs dettes, de sortir de l'abîme où ils se trouvent plongés ; en un mot, de se tirer d'affaire. S'ils ont parmi eux un génie hardi, une tête forte, ils doivent entreprendre quelque chose de la sorte. Personne ne saurait s'y opposer, et ils peuvent présenter la chose avec une espèce de justice. Ils ont à faire valoir que c'est pour le salut de l'Europe qu'ils en sont arrivés là ; qu'ils ont réussi ; qu'on leur en doit quelque récompense. Et puis, il n'est plus en Europe de vaisseaux de guerre que les leurs. Ils règnent aujourd'hui de fait sur les mers. Il n'existe plus de droits publics quand l'équilibre est rompu, etc.

« Les Anglais peuvent tout aujourd'hui, s'ils veulent se réduire à rentrer dans leurs vaisseaux. Mais ils exposeront leur supériorité, compliqueront leurs affaires, et perdront insensiblement jusqu'à la considération, s'ils s'obstinent à conserver des soldats sur le continent. »

LUNDI 26.

Relation de la campagne de Waterloo, dictée par Napoléon.

L'Empereur est sorti de très grand matin, même avant sept heures ; il n'a voulu faire lever aucun de nous. Le temps était fort beau ; il s'est mis à travailler seul dans le jardin, sous la tente, où il nous a fait appeler tous pour déjeuner. Il y est demeuré jusqu'à deux heures.

A dîner, il a beaucoup parlé de notre situation dans l'île. Il ne voulait pas, disait-il, bouger de Longwood ; ne se souciait d'aucune visite ; mais il désirait que nous prissions quelque diversion ; que nous cherchassions à nous égayer. Il nous aurait vus avec plaisir, disait-il, nous mouvoir et nous produire davantage, etc.

L'Empereur a fait lire ses premières dictées sur la bataille de Waterloo au général Gourgaud. Quelles pages !... elles font mal !... Les destinées de la France ont tenu à si peu de chose !!!...

N. B. La dernière rédaction a été publiée en Europe, en 1820[1]. On était venu à bout de la faire sortir furtivement de Sainte-Hélène, en dépit de toute vigilance. Dès que cette relation de Waterloo parut dans le monde, personne ne se trompa sur son auteur. On s'est écrié : Napoléon seul pouvait la décrire de la sorte ; et l'on assure que c'est précisément ainsi que s'est exprimé le généralissime son antagoniste lui-même. Quels beaux chapitres !... Il serait impossible d'en essayer une analyse ; il faut lire l'original. Toutefois, nous transcrivons littéralement ici les dernières pages, contenant, en forme de résumé, neuf observations de Napoléon sur les fautes qu'on lui a reprochées dans cette campagne.

Ce sont des points qui demeureront classiques, et nous avons pensé qu'on ne serait pas fâché de retrouver ici des objets qui deviennent, toutes les fois que l'occasion s'en présente, le sujet de vives et importantes discussions.

Nous ferons précéder ces observations, et toujours de la dictée de Napoléon, du tableau des ressources qui restaient encore à la France après la perte de la bataille.

« La position de la France était critique après la bataille de Waterloo, mais non désespérée. Tout avait été préparé dans l'hypothèse qu'on échouât dans l'attaque de la Belgique. Soixante-dix mille hommes étaient ralliés le 27 entre Paris et Laon ; vingt-cinq à trente mille hommes, y compris les dépôts de la garde, étaient en marche de Paris et des dépôts ; le général Rapp, avec vingt-cinq mille hommes de troupes d'élite, devait être arrivé, dans les premiers jours de juillet, sur la Marne ; toutes les pertes du matériel de l'artillerie étaient réparées. Paris seul contenait cinq cents pièces de canon de campagne, et on n'en avait perdu que cent soixante-dix. Ainsi, une armée de cent vingt mille hommes, égale à celle qui avait passé la Sambre le 15, ayant un train d'artillerie de trois cent cinquante bouches à feu, couvrait

1. Mémoires pour servir à l'Histoire de France en 1815. *(Las Cases.)*

Paris au 1er juillet. Cette capitale avait, indépendamment de cela, pour sa défense, trente-six mille hommes de garde nationale, trente mille tirailleurs, six mille canonniers, six cents bouches à feu en batterie, des retranchements formidables sur la rive droite de la Seine, et en peu de jours ceux de la rive gauche eussent été complètement terminés. Cependant les armées anglo-hollandaises et prusso-saxonnes, affaiblies de plus de quatre-vingt mille hommes, n'étant plus que de cent quarante mille, ne pouvaient dépasser la Somme avec plus de quatre-vingt-dix mille hommes ; elles y attendraient la coopération des armées autrichiennes et russes, qui ne pouvaient être avant le 15 juillet sur la Marne. Paris avait donc vingt-cinq jours pour préparer sa défense, achever son armement, ses fortifications, ses approvisionnements et attirer des troupes de tous les points de la France. Au 15 juillet même, il n'y aurait que trente ou quarante mille hommes arrivés sur le Rhin. La masse des armées russes et autrichiennes ne pouvait entrer en action que plus tard. Ni les armes, ni les munitions, ni les officiers ne manquaient dans la capitale ; on pouvait porter facilement les tirailleurs à quatre-vingt mille hommes, et augmenter l'artillerie de campagne jusqu'à six cents bouches à feu.

« Le maréchal Suchet, réuni au général Lecourbe, aurait, à la même époque, plus de trente mille hommes devant Lyon, indépendamment de la garnison de cette ville, qui serait bien armée, bien approvisionnée et bien retranchée. La défense de toutes les places fortes était assurée : elles étaient commandées par des officiers de choix, et gardées par des troupes fidèles. Tout pouvait se réparer, mais il fallait du caractère, de l'énergie, de la fermeté de la part des officiers, du gouvernement, des Chambres, de la nation tout entière !!! Il fallait qu'elle fût animée par le sentiment de l'honneur, de la gloire, de l'indépendance nationale ; qu'elle fixât les yeux sur Rome après la bataille de Cannes, et non sur Carthage après Zama[1] !!! Si la France s'élevait à cette hauteur, elle était invincible. Son peuple contenait plus d'éléments militaires qu'aucun autre peuple du monde. Le

1. Rome, battue en 216 av. J.-C. par les Carthaginois à Cannes, ne désespéra pas. Au contraire Carthage vaincue par les Romains à Zama, en 202, renonça à ses conquêtes et à son indépendance.

matériel de guerre était en abondance, et pouvait suffire à tous les besoins.

« Le 21 juin, le maréchal Blücher et le duc de Wellington entrèrent sur deux colonnes sur le territoire français. Le 22, le feu prit au magasin à poudre d'Avesnes ; la place se rendit. Le 24, les Prussiens entrèrent dans Guise, et le duc de Wellington à Cambrai. Le 26, il était à Péronne. Pendant tout ce temps, les places de première, deuxième et troisième lignes de la Flandre étaient investies. Cependant ces deux généraux apprirent le 25 l'abdication de l'Empereur, qui avait eu lieu le 22 ; l'insurrection des Chambres, le découragement que ces circonstances jetèrent dans l'armée, et les espérances qu'en concevaient les ennemis intérieurs. Dès lors, ils ne songèrent plus qu'à marcher sur la capitale, sous les murs de laquelle ils arrivèrent les derniers jours de juin, avec moins de quatre-vingt dix mille hommes ; démarche qui leur aurait été funeste et eût entraîné leur ruine totale, s'ils l'eussent hasardée devant Napoléon ; mais ce prince avait abdiqué !!! Les troupes de ligne qui se trouvaient à Paris, plus de six mille hommes des dépôts de la garde, les tirailleurs de la garde nationale, choisis dans le peuple de cette grande capitale, lui étaient tout dévoués ; il pouvait foudroyer les ennemis intérieurs !!!... Mais pour développer les motifs qui ont réglé sa conduite dans cette occasion si importante, et qui a eu de si funestes conséquences pour lui et la France, il faut reprendre le récit de plus loin, etc. »

Première observation. On a reproché à l'Empereur : 1° de s'être démis de la dictature au moment où la France avait le plus grand besoin d'un dictateur ; 2° d'avoir changé les constitutions de l'Empire dans un moment où il ne fallait songer qu'à le préserver de l'invasion ; 3° d'avoir souffert qu'on alarmât les Vendéens, qui d'abord avaient refusé de prendre les armes contre le régime impérial ; 4° d'avoir réuni les Chambres, lorsqu'il suffisait de réunir les armées ; 5° d'avoir abdiqué et laissé la France à la merci d'une Assemblée divisée et sans expérience ; car enfin, s'il est vrai qu'il fût impossible de sauver la patrie sans la confiance de la nation, il ne l'est pas moins que la nation, dans ces circonstances critiques, ne pouvait sauver ni son honneur ni son indépendance sans Napoléon.

(Nous ne ferons aucune réflexion sur des matières qui sont approfondies et longuement traitées dans le livre X.)

Deuxième observation. L'art avec lequel les mouvements des divers corps d'armée ont été dérobés à la connaissance de l'ennemi, au début de la campagne, ne saurait être trop remarqué. Le maréchal Blücher et le duc de Wellington ont été surpris ; ils n'ont rien vu, rien su de tous les mouvements qui s'opéraient près de leurs avant-postes.

Pour attaquer les deux armées ennemies, les Français pouvaient déborder leur droite, leur gauche et percer leur centre. Dans le premier cas, ils déboucheraient par Lille et rencontreraient l'armée anglo-hollandaise ; dans le second, ils déboucheraient par Givet et Charlemont, et rencontreraient l'armée prusso-saxonne. Ces deux armées restaient réunies, puisqu'elles seraient pressées l'une sur l'autre, de la droite sur la gauche et de la gauche sur la droite. L'Empereur adopta le parti de couvrir ses mouvements par la Sambre et de percer la ligne des deux armées à Charleroi, point de leur jonction, manœuvrant avec rapidité et habileté. Il trouva ainsi dans les secrets de l'art des moyens supplémentaires qui lui tinrent lieu de cent mille hommes qui lui manquaient. Ce plan fut conçu et exécuté avec audace et sagesse.

Troisième observation. Le caractère de plusieurs généraux avait été détrempé par les événements de 1814 ; ils avaient perdu quelque chose de cette audace, de cette résolution et de cette confiance qui leur avaient valu tant de gloire et avaient tant contribué au succès des campagnes passées.

1° Le 15 juin, le troisième corps devait prendre les armes à trois heures du matin, et arriver devant Charleroi à dix heures ; il n'arriva qu'à trois heures après midi.

2° Le même jour, l'attaque des bois en avant de Fleurus, qui avait été ordonnée pour quatre heures après midi, n'eut lieu qu'à sept heures. La nuit survint avant qu'on pût entrer à Fleurus, où le projet du chef avait été de placer son quartier général ce même jour. Cette perte de sept heures était bien fâcheuse au début d'une campagne.

3° Ney reçut l'ordre de se porter le 16, avec quarante-trois mille hommes qui composaient la gauche qu'il commandait, en avant des Quatre-Bras, d'y prendre position à la pointe du jour, et même de s'y retrancher. Il hésita, perdit huit heures. Le prince d'Orange, avec neuf mille hommes seulement, conserva, le 16, jusqu'à trois heures après midi, cette importante position. Lorsqu'enfin le maréchal reçut à midi l'ordre daté de Fleurus, et qu'il vit que l'Empereur allait en venir aux mains avec les Prussiens, il se porta sur les Quatre-Bras, mais seulement avec la moitié de son monde, et laissa l'autre moitié pour appuyer sa retraite, à deux lieues derrière ; il l'oublia jusqu'à six heures du soir, où il en sentit le besoin pour sa propre défense. Dans les autres campagnes, ce général eût occupé à six heures du matin la position en avant des Quatre-Bras, eût défait et pris toute la division belge ; et eût, ou tourné l'armée prussienne en faisant, par la chaussée de Namur, un détachement qui fût tombé sur les derrières de la ligne de bataille ; ou, en se portant avec rapidité sur la chaussée de Gennapes, il eût surpris en marche et détruit la division de Brunswick et la cinquième division anglaise, qui venaient de Bruxelles, et de là eût marché à la rencontre des première et troisième divisions anglaises, qui arrivaient par la chaussée de Nivelles, l'une et l'autre sans cavalerie ni artillerie, et harassées de fatigue. Toujours le premier dans le feu, Ney oubliait les troupes qui n'étaient pas sous ses yeux. La bravoure que doit montrer un général en chef est différente de celle que doit avoir un général de division, comme celle-ci ne doit pas être celle d'un capitaine de grenadiers.

4° L'avant-garde de l'armée française n'arriva le 17 devant Waterloo qu'à six heures du soir : sans de fâcheuses hésitations, elle y fût arrivée à trois heures. L'Empereur en parut fort contrarié ; il dit, en montrant le soleil : « Que ne donnerais-je pas pour avoir aujourd'hui le pouvoir de Josué[1], et retarder sa marche de deux heures. »

Quatrième observation. Jamais le soldat français n'a montré plus de courage, de bonne volonté et d'enthousiasme ; il était plein du sentiment de sa supériorité sur tous les soldats de l'Europe. Sa confiance dans l'Empereur était tout entière, et peut-être encore accrue ; mais il était ombrageux et méfiant

1. Personnage biblique, compagnon de Moïse. Pendant un combat il demanda à Dieu d'arrêter la course du soleil pour avoir le temps de parfaire sa victoire.

envers ses autres chefs. Les trahisons de 1814 étaient toujours présentes à son esprit ; tout mouvement qu'il ne comprenait pas l'inquiétait ; il se croyait trahi. Au moment où les premiers coups de canon se tiraient près de Saint-Amand, un vieux caporal s'approcha de l'Empereur, et lui dit : « Sire, méfiez-vous du maréchal Soult ; soyez certain qu'il nous trahit. – Sois tranquille, lui répond ce prince, j'en réponds comme de moi. » Au milieu de la bataille, un officier fit le rapport au maréchal Soult, que le général Vandamme était passé à l'ennemi ; que ses soldats demandaient à grands cris qu'on en instruisît l'Empereur. Sur la fin de la bataille, un dragon, le sabre tout dégouttant de sang, accourut criant : « Sire, venez vite, à la division, le général Dhénin harangue les dragons pour passer à l'ennemi. – L'as-tu entendu ? – Non, sire, mais un officier qui vous cherche l'a vu et m'a chargé de vous le dire. » Pendant ce temps, le brave général Dhénin recevait un boulet de canon qui lui emportait une cuisse, après avoir repoussé une charge ennemie.

Le 14 au soir, le lieutenant général Bourmont, le colonel C... et l'officier de l'état-major V...[1] avaient déserté du quatrième et passé à l'ennemi. Leurs noms seront en exécration tant que le peuple français formera une nation. Cette désertion avait fort augmenté l'inquiétude du soldat. Il paraît à peu près constant qu'on a crié *sauve qui peut !* à la quatrième division du premier corps, le soir de la bataille de Waterloo, à l'attaque du village de la Haye, par le maréchal Blücher. Ce village n'a pas été défendu comme il devait l'être[2]. Il est également probable que plusieurs officiers porteurs d'ordres ont disparu. Mais si quelques officiers ont déserté, pas un seul soldat ne s'est rendu coupable de ce crime. Plusieurs se tuèrent sur le champ de bataille où ils étaient restés blessés, lorsqu'ils apprirent la déroute de l'armée.

Cinquième observation. Dans la journée du 17, l'armée française se trouva partagée en trois parties : soixante-neuf

1. Le colonel Clouet et l'officier Villoutreys.

2. M. le lieutenant général Durutte, mutilé dans cette désastreuse journée, et qui commandait la quatrième division mentionnée ici, déclare qu'il y a erreur de numéro, sans doute, dans la dictée de Napoléon, ou qu'il y aurait eu inexactitude ou malveillance dans le rapport qu'on lui aurait fait. (Voyez sa lettre insérée dans le *Constitutionnel* du 25 janvier 1820.) *(Las Cases.)*

mille hommes, sous les ordres de l'Empereur, marchèrent sur Bruxelles, par la chaussée de Charleroi ; trente-quatre mille hommes, sous les ordres du maréchal Grouchy, se dirigèrent sur cette capitale par la chaussée de Wavres, à la suite des Prussiens ; sept à huit mille hommes restèrent sur le champ de bataille de Ligny, savoir : trois mille hommes de la division Girard, pour porter secours aux blessés, et former, dans tous les cas imprévus, une réserve aux Quatre-Bras ; quatre à cinq mille hommes, formant les parcs de réserve, restèrent à Fleurus et à Charleroi. Les trente-quatre mille hommes du maréchal Grouchy, ayant cent huit pièces de canon, étaient suffisants pour culbuter l'arrière-garde prussienne dans toutes les positions qu'elle prendrait, presser la retraite de l'armée vaincue, et la contenir. C'était un beau résultat de la victoire de Ligny de pouvoir ainsi opposer trente-quatre mille hommes à une armée qui avait été de cent vingt mille hommes. Les soixante-neuf mille hommes sous les ordres de l'Empereur étaient suffisants pour battre l'armée anglo-hollandaise, de quatre-vingt-dix mille hommes. La disproportion qui existait le 15 entre les deux masses belligérantes, qui étaient alors dans le rapport d'un à deux, était bien changée ; elle n'était plus que dans le rapport de trois à quatre. Si l'armée anglo-hollandaise avait battu les soixante-neuf mille hommes qui marchaient contre elle, on eût pu reprocher à Napoléon d'avoir mal calculé ; mais il est constant, même de l'aveu des ennemis, que sans l'arrivée du général Blücher, l'armée anglo-hollandaise aurait perdu son champ de bataille entre huit et neuf heures du soir. Sans l'arrivée du maréchal Blücher à huit heures du soir, avec ses premier et deuxième corps, la marche sur Bruxelles, sur deux colonnes, pendant la journée du 17, avait plusieurs avantages. La gauche poussait et contenait l'armée anglo-hollandaise ; la droite, sous les ordres du maréchal Grouchy, poursuivait et contenait l'armée prusso-saxonne, et, le soir, toute l'armée française devait se trouver réunie sur une ligne de cinq petites lieues de Mont-Saint-Jean à Wavres, ayant ses avant-postes au bord de la forêt. Mais la faute que fit le maréchal Grouchy, de s'arrêter le 17 à Gembloux, n'ayant fait dans la journée que deux petites lieues, au lieu de continuer jusque vis-à-vis Wavres, c'est-à-dire d'en faire encore trois, fut aggravée et rendue irréparable par celle qu'il fit le lendemain 18, en perdant douze heures, et n'arrivant qu'à quatre heures après midi devant Wavres, au lieu d'y arriver à six heures du matin.

1° Chargé de poursuivre le maréchal Blücher, Grouchy le perdit de vue pendant vingt-quatre heures, depuis le 17 à quatre heures après midi, jusqu'au 18 à quatre heures après midi.

2° Le mouvement de la cavalerie sur le plateau, pendant que l'attaque du général Bülow n'était pas encore repoussée, fut un accident fâcheux. L'intention du chef était d'ordonner ce mouvement, mais une heure plus tard, et de le faire soutenir par les seize bataillons d'infanterie de la garde et cent pièces de canon.

3° Les grenadiers à cheval et les dragons de la garde, que commandait le général Guyot, s'engagèrent sans ordre. Ainsi, à cinq heures après midi, l'armée se trouva sans avoir une réserve de cavalerie. Si à huit heures et demie cette réserve eût existé, l'orage qui bouleversa le champ de bataille eût été conjuré, les charges de cavalerie ennemie repoussées, les deux armées eussent couché sur le champ de bataille, malgré l'arrivée successive du général Bülow et du maréchal Blücher ; l'avantage eût encore été pour l'armée française, car les trente-quatre mille hommes du maréchal Grouchy, ayant cent huit pièces de canon, étaient frais et bivouaquèrent sur le champ de bataille. Les deux armées ennemies se fussent dans la nuit couvertes par la forêt de Soignes. L'usage constant dans toutes les batailles était que la division des grenadiers et dragons de la garde ne perdît pas de vue l'Empereur, et ne chargeât qu'en vertu d'un ordre donné verbalement par ce prince au général qui la commandait.

Le maréchal Mortier, qui commandait en chef la garde, quitta ce commandement le 15 à Beaumont, comme les hostilités commençaient : il ne fut pas remplacé, ce qui eut plusieurs inconvénients.

Sixième observation. 1° L'armée française manœuvra sur la droite de la Sambre, le 13 et le 14. Elle campa, la nuit du 14 au 15, à une demi-lieue des avant-postes prussiens ; et cependant le maréchal Blücher n'eut connaissance de rien ; et lorsque le 15, dans la matinée, il apprit à son quartier général de Namur, que l'Empereur entrait à Charleroi, l'armée prusso-saxonne était encore cantonnée sur une étendue de pays de trente lieues ; il lui fallait deux jours pour se réunir. Il eût dû, dès le 15 mai, porter son quartier général à Fleurus ; concentrer les cantonnements de son armée dans un rayon de huit lieues, tenant des avant-gardes sur les débouchés de la Meuse et de la Sambre. Son armée eût pu alors être à Ligny le 15 à midi, y attendre l'attaque de l'armée française, ou, dans la soirée du 15, marcher contre elle pour la jeter dans la Sambre.

2° Cependant, quoique surpris, le maréchal Blücher persista dans le projet de réunir son armée sur les hauteurs de Ligny, derrière Fleurus, bravant la chance d'y être attaqué avant que son armée n'y fût arrivée. Le 16 au matin, il n'avait encore réuni que deux corps d'armée, et déjà l'armée française était à Fleurus. Le troisième corps rejoignit dans la journée ; mais le quatrième, que commandait le général Bülow, ne put arriver à la bataille. Le maréchal Blücher eût dû, aussitôt qu'il sut les Français à Charleroi, c'est-à-dire dans la soirée du 15, donner pour point de rassemblement à son armée, non Fleurus, non Ligny, qui se trouvaient déjà sous le canon de son ennemi, mais Wavres, où les Français ne pouvaient arriver que le 17. Il eût eu de plus toute la journée du 16 et la nuit du 16 au 17 pour opérer le rassemblement total de son armée.

3° Après avoir perdu la bataille de Ligny, le général prussien, au lieu de faire sa retraite sur Wavres, eût dû l'opérer sur l'armée du duc de Wellington, soit sur les Quatre-Bras, puisque celui-ci s'y était maintenu, soit sur Waterloo. Toute la retraite du maréchal Blücher, dans la matinée du 17, fut à contresens, puisque les deux armées, qui n'étaient qu'à trois mille toises l'une de l'autre pendant la soirée du 16, ayant pour communication une belle chaussée, ce qui les pouvait faire considérer comme réunies, se trouvèrent le soir du 17 éloignées de plus de dix mille toises, et séparées par des défilés et chemins impraticables.

Le général prussien a violé les trois grandes règles de la guerre : 1° Tenir ses cantonnements rapprochés ; 2° donner pour point de rassemblement un lieu où ils puissent tous arriver avant l'ennemi ; 3° opérer sa retraite sur ses renforts.

Septième observation. 1° Le duc de Wellington a été surpris dans ses cantonnements ; il eût dû, le 15 mai, les concentrer à huit lieues autour de Bruxelles, tenant des avant-gardes sur les débouchés de Flandres. L'armée française manœuvrait depuis trois jours à portée de ses avant-postes ; elle avait, depuis vingt-quatre heures, commencé les hostilités ; son quartier général était depuis douze heures à Charleroi, que le général anglais ignorait encore tout à Bruxelles, et tous les cantonnements de son armée étaient encore en pleine sécurité, occupant un terrain de plus de vingt lieues.

2° Le prince de Saxe-Weimar, qui faisait partie de l'armée anglo-hollandaise, était le 15, à quatre heures du soir, en position en avant de Frasne, et savait que l'armée française était à Charleroi. S'il eût envoyé directement un aide de camp à Bruxelles, il y serait arrivé à six heures du soir ; et cependant ce ne fut qu'à onze heures du soir que le duc de Wellington fut instruit que l'armée française était à Charleroi. Il perdit ainsi cinq heures dans une circonstance et contre un homme où la perte d'une seule heure était d'une grande importance.

3° L'infanterie, la cavalerie, et l'artillerie de cette armée étaient cantonnées séparément, de sorte que l'infanterie se trouva engagée aux Quatre-Bras sans cavalerie ni artillerie, ce qui lui fit éprouver une grande perte, puisqu'elle fut obligée de se tenir en colonnes serrées pour faire face aux charges de cuirassiers, et sous la mitraille de cinquante bouches à feu. Ces braves étaient ainsi à la boucherie, sans cavalerie pour les protéger, et sans artillerie pour les venger. Comme les trois armées ne peuvent pas se passer un moment l'une de l'autre, elles doivent toujours être cantonnées et placées de manière à pouvoir toujours s'assister.

4° Le général anglais, quoique surpris, donna pour point de réunion à son armée les Quatre-Bras, depuis vingt-quatre heures au pouvoir des Français. Il exposait ses troupes à être défaites partiellement et à mesure de leur arrivée ; le danger qu'il leur faisait courir était bien plus considérable encore, puisqu'il les faisait arriver sans artillerie et sans cavalerie ; il livrait son infanterie, morcelée et sans l'assistance des deux autres armées, à son ennemi. Son point de rassemblement devait être à Waterloo ; il aurait eu alors la journée du 16 et la nuit du 16 au 17, ce qui était suffisant pour y réunir toute son armée, infanterie, cavalerie, artillerie. Les Français ne pouvaient y arriver que le 17, et eussent trouvé toute son armée en position.

Huitième observation. 1° Le général anglais a livré le 18 la bataille de Waterloo. Ce parti était contraire aux intérêts de sa nation, au plan général de guerre adopté par les Alliés ; il violait toutes les règles de la guerre. Il n'était pas de l'intérêt de l'Angleterre, qui a besoin de tant d'hommes pour recruter ses armées des Indes, de ses colonies d'Amérique, et de ses vastes établissements, de s'exposer de gaieté de cœur à une lutte meurtrière, qui pouvait lui faire perdre la seule armée qu'elle eût, et lui coûter tout au moins le plus pur de son sang. Le plan de guerre des Alliés consistait à agir en masse, et à ne s'engager dans aucune affaire partielle. Rien n'était plus contraire à leur intérêt et à leur plan que d'exposer le succès de leur cause dans une bataille chanceuse, à peu près à force égale, où toutes probabilités étaient contre eux. Si l'armée anglo-hollandaise eût été détruite à Waterloo, qu'eût servi aux Alliés ce grand nombre d'armées qui se disposaient à franchir le Rhin, les Alpes et les Pyrénées ?

2° Le général anglais, en prenant la résolution de recevoir la bataille à Waterloo, ne la fondait que sur la coopération des Prussiens ; mais cette coopération ne pouvait avoir lieu que dans l'après-midi : il restait donc exposé seul, depuis quatre heures du matin jusqu'à cinq heures du soir, c'est-à-dire pendant treize heures : une bataille ne dure pas ordinairement plus de six heures : cette coopération était donc illusoire.

Mais, pour compter sur la coopération des Prussiens, il supposait donc que l'armée française était tout entière vis-à-vis de lui, et si cela était, il prétendait donc, pendant treize heures, avec quatre-vingt-dix mille hommes de troupes des diverses nations, défendre son champ de bataille contre une armée de cent quatre mille Français. Ce calcul était évidemment faux : il ne se fût pas maintenu trois heures ; tout aurait été décidé à huit heures du matin, et les Prussiens ne seraient arrivés que pour être pris à revers. Dans une même journée, les deux armées eussent été détruites. S'il comptait qu'une partie de l'armée française aurait, conformément aux règles de la guerre, suivi l'armée prussienne, il devait dès lors lui être évident qu'il n'en aurait aucune assistance, et que les

Prussiens, battus à Ligny, ayant perdu vingt-cinq à trente mille hommes sur le champ de bataille, en ayant eu vingt mille d'éparpillés, poursuivis par trente-cinq ou quarante mille Français victorieux, ne se seraient pas dégarnis, et se seraient crus à peine suffisants pour se maintenir. Dans ce cas, l'armée anglo-hollandaise aurait dû seule soutenir l'effort de soixante-neuf mille Français pendant toute la journée du 18 ; et il n'est pas d'Anglais qui ne convienne que le résultat de cette lutte n'était pas douteux, et que leur armée n'était pas constituée de manière à supporter le choc de l'armée impériale pendant quatre heures.

Pendant toute la nuit du 17 au 18, le temps a été horrible, ce qui a rendu les terres impraticables jusqu'à neuf heures du matin. Cette perte de six heures depuis la pointe du jour a été tout à l'avantage de l'ennemi ; mais son général pouvait-il faire dépendre le sort d'une pareille lutte du temps qu'il faisait dans la nuit du 17 au 18 ? Le maréchal Grouchy, avec trente-quatre mille hommes et cent huit pièces de canon, a trouvé le secret, qui paraissait introuvable, de n'être, dans la journée du 18, ni sur le champ de bataille de Mont-Saint-Jean, ni sur Wavres. Mais le général anglais avait-il l'assurance de ce maréchal qu'il se fourvoierait d'une si étrange manière ? La conduite du maréchal Grouchy était aussi imprévoyable, que si, sur sa route, son armée eût éprouvé un tremblement de terre qui l'eût engloutie. Récapitulons. Si le maréchal Grouchy eût été sur le champ de bataille de Mont-Saint-Jean, comme l'ont cru le général anglais et le général prussien, pendant toute la nuit du 17 au 18, et toute la matinée du 18, et que le temps eût permis à l'armée française de se ranger en bataille à quatre heures du matin, avant sept heures l'armée anglo-hollandaise eût été écharpée, éparpillée ; elle eût tout perdu ; et si le temps n'eût permis à l'armée française de prendre son ordre de bataille qu'à dix heures, à une heure après midi l'armée anglo-hollandaise eût fini ses destins ; les débris en eussent été rejetés au-delà de la forêt ou dans la direction de Hal ; et l'on eût eu tout le temps dans la soirée d'aller à la rencontre du maréchal Blücher, et de lui faire éprouver un pareil sort. Si le maréchal Grouchy eût campé devant Wavres la nuit du 17 au 18, l'armée prussienne n'eût fait aucun détachement pour sauver l'armée anglaise, et celle-ci eût été complètement battue par les soixante-neuf mille Français qui lui étaient opposés.

3° La position de Mont-Saint-Jean était mal choisie. La première condition d'un champ de bataille est de n'avoir pas de défilés sur ses derrières. Pendant la bataille, le général anglais ne sut pas tirer parti de sa nombreuse cavalerie, il ne jugea pas qu'il devait être et serait attaqué par sa gauche ; il crut qu'il le serait par sa droite. Malgré la diversion opérée en sa faveur par les trente mille Prussiens du général Bülow, il eût deux fois opéré sa retraite dans la journée, si cela lui eût été possible. Ainsi, par le fait, ô étrange bizarrerie des événements humains ! le mauvais choix de son champ de bataille, qui rendait toute retraite impossible, a été la cause de son succès !!!

Neuvième observation. On demandera : Que devait donc faire le général anglais après la bataille de Ligny et le combat des Quatre-Bras ? La postérité n'aura pas deux opinions : il devait traverser, dans la nuit du 17 au 18, la forêt de Soignes, sur la chaussée de Charleroi ; l'armée prussienne la devait également traverser sur la chaussée de Wavres ; les deux armées se réunir, à la pointe du jour, sur Bruxelles ; laisser des arrière-gardes pour défendre la forêt ; gagner quelques jours pour donner le temps aux Prussiens, dispersés par la bataille de Ligny, de rejoindre leur armée, se renforcer de quatorze régiments anglais qui étaient en garnison dans les places fortes de la Belgique, où ils venaient de débarquer à Ostende, de retour d'Amérique, et laisser manœuvrer l'empereur des Français comme il aurait voulu. Aurait-il, avec une armée de cent mille hommes, traversé la forêt de Soignes pour attaquer, au débouché, les deux armées réunies, fortes de plus de deux cent mille hommes et en position ? C'était certainement tout ce qui pouvait arriver de plus avantageux aux Alliés. Se serait-il contenté de prendre lui-même position ? Son inaction ne pouvait pas être longue, puisque trois cent mille Russes, Autrichiens, Bavarois, etc., étaient arrivés sur le Rhin : ils seraient dans peu de semaines sur la Marne, ce qui l'obligerait à accourir au secours de la capitale. C'est alors que l'armée anglo-prussienne devait marcher et se joindre aux Alliés sous Paris. Elle n'aurait couru aucune chance, n'aurait éprouvé aucune perte, aurait agi conformément aux intérêts de la nation anglaise, au plan général de la guerre adopté par les Alliés, et aux règles de l'art de la guerre. Du 15 au 18, le duc de Wellington a constamment manœuvré comme l'a désiré son ennemi ; il n'a rien fait de ce que celui-ci craignait qu'il fît. L'infanterie anglaise a été ferme et solide, la cavalerie pouvait mieux faire ; l'armée anglo-hollandaise a été deux fois sauvée dans la journée par les Prussiens ; la première fois, avant trois heures, par l'arrivée du général Bülow avec trente mille hommes, et la deuxième fois par l'arrivée du général Blücher avec trente et un mille hommes. Dans cette journée, soixante-neuf mille Français ont battu cent vingt mille hommes ; la victoire leur a été arrachée entre huit et neuf heures ; mais par cent cinquante mille hommes.

Qu'on se figure la contenance du peuple de Londres au moment où il aurait appris la catastrophe de son armée, et que l'on avait prodigué le plus pur de son sang pour soutenir la cause des rois contre celle des peuples, des privilégiés contre l'égalité, des oligarques contre les libéraux, des principes de la Sainte-Alliance contre ceux de la souveraineté du peuple !!!

MARDI 27.

Projet de nouvelle défense politique de Napoléon par lui-même.

J'ai été joindre l'Empereur sur les quatre heures. Il avait travaillé toute la matinée. Le vent était très fort ; il n'a pas voulu faire le tour en calèche ; il s'est promené longtemps dans la grande allée du bois ; nous y étions tous. Il plaisantait beaucoup un de la bande, qu'il agaçait fort, prétendant qu'il boudait, et l'accusait d'être trop souvent mécontent et de mauvaise humeur, etc.

L'Empereur, au sortir de table, revenant sur sa protestation récente contre le traité du 2 août, et s'animant sur son contenu, disait, en marchant à grands pas dans le salon, qu'il allait en tracer une autre sur un cadre bien autrement vaste et important, contre le bill même de la législature britannique. Il prouverait, disait-il, que ce bill n'était pas une loi, mais une violation de toutes les lois. Lui, Napoléon, y était proscrit, et n'était point jugé. Le parlement d'Angleterre avait fait ce qu'il croyait utile, et non pas ce qui était juste : il avait imité Thémistocle, sans vouloir écouter Aristide. De là, l'Empereur se mettait en jugement devant tous les peuples de l'Europe, et chacun d'eux l'absolvait successivement. Il a passé en revue tous les actes de son administration, et les a tous justifiés. « Les Français et les Italiens, a-t-il dit, gémissent de mon absence. J'emporte la reconnaissance des Polonais, et jusqu'aux regrets tardifs et amers des Espagnols mêmes, etc.

« L'Europe pleurera bientôt la perte de l'équilibre auquel mon Empire français était absolument nécessaire. Elle est dans le plus grand danger ; elle peut être à chaque instant inondée de Cosaques et de Tartares. Et vous, Anglais, a-t-il dit en finissant, vous Anglais, vous pleurerez votre victoire de Waterloo ! On amènera les choses à ce que la postérité, les gens instruits, les vrais hommes d'État, les vrais hommes de bien, regretteront amèrement que je n'aie pas réussi dans toutes mes entreprises. »

L'Empereur a eu des moments sublimes. Je ne le suivrai point dans ses développements. Il a promis de les dicter et a dit en avoir déjà arrêté le cadre et les bases en quatorze paragraphes.

MERCREDI 28.

Catinat ; Turenne ; Condé. De la plus belle bataille de l'Empereur. Des meilleures troupes, etc.

L'Empereur n'est sorti que sur les quatre heures. Il venait de passer trois heures dans son bain. Le temps était fort aigre ; il s'est contenté de quelques tours dans le jardin. Il venait de faire écrire au gouverneur qu'il ne recevrait désormais personne, à moins qu'on n'admît à Longwood sur les passes du grand-maréchal, comme au temps de l'amiral Cockburn.

Avant de se mettre aux échecs, l'Empereur a trouvé sous sa main un volume de Fénelon. C'était la *Direction de conscience d'un roi*. Il nous en a lu bon nombre d'articles, les sabrant tout d'abord avec beaucoup d'esprit et de gaieté. Enfin, il a jeté le livre, disant que le nom d'un auteur n'avait jamais influé sur son opinion ; qu'il avait toujours jugé les ouvrages sur ce qu'ils lui faisaient éprouver, louant volontiers, censurant de même, et qu'ici, en dépit du nom de Fénelon, il n'hésitait pas à prononcer que c'était autant de rapsodies, et vraiment il eût été difficile de le contredire.

Après dîner, l'Empereur parlait de l'ancienne marine, de M. de Grasse, de sa défaite du 12 avril. Il a voulu avoir quelques détails ; il a demandé le *Dictionnaire des sièges et batailles*[1]. L'Empereur l'a parcouru ; il lui a fourni une foule d'observations. Catinat, pour son malheur, s'est trouvé sous sa main : il l'a rabaissé infiniment à nos yeux. Il l'avait trouvé, disait-il, fort au-dessous de sa réputation, à l'inspection des lieux où il avait opéré en Italie et à la lecture de sa correspondance avec Louvois. Sorti du tiers état, observait-il, et du corps des avocats, avec des vertus douces, des mœurs, de la probité, affectant la pratique de l'égalité, établi à Saint-Gratien, aux portes de Paris, il était devenu l'affection des gens de lettres de la capitale, des philosophes du jour, qui l'avaient beaucoup trop exalté. Il n'était nullement comparable à Vendôme, prononçait-il.

L'Empereur disait qu'il avait cherché à étudier de même Turenne et Condé, soupçonnant aussi de l'exagération ; mais que là il avait fallu se rendre au mérite. Il avait même observé que, dans Turenne, l'audace avait crû chez lui avec l'expérience. Il en montrait plus en vieillissant qu'à son début. C'était peut-être le contraire chez Condé, qui en avait tant déployé en entrant dans la carrière.

Et au sujet de Turenne, de Condé et d'autres grands hommes, je ferai observer qu'il est assez bizarre que le hasard ne m'ait jamais laissé entendre le nom du grand Frédéric dans la bouche de Napoléon. Toutefois, la grosse montre ou espèce de réveille-matin de ce prince, emportée à Sainte-Hélène, et placée à la cheminée de l'Empereur, l'empressement avec lequel Napoléon, à Potsdam, s'élança sur l'épée du grand Frédéric, en s'écriant : Que d'autres saisissent d'autres dépouilles : voici, pour moi, qui est supérieur à tous les millions ! enfin, la contemplation longue et silencieuse de Napoléon au tombeau de Frédéric, prouvent assez à quel

1. De Minegault.

haut rang ce prince était dans l'esprit de l'Empereur, et combien il avait dû remuer son âme[1].

Dans le *Dictionnaire des sièges et batailles* que feuilletait l'Empereur, il trouvait son nom à chaque page, mais entouré d'anecdotes tout à fait fausses et défigurées, ce qui le portait à se récrier sur toute la fourmilière des petits écrivains et les indignes abus de la plume. La littérature, disait-il, devenait une nourriture du peuple, lorsqu'elle eût dû demeurer celle des gens délicats.

« On me fait, par exemple, à Arcole, durant la nuit, prendre le poste d'une sentinelle endormie. Cette idée est sans doute d'un bourgeois, d'un avocat, peut-être ; mais sûrement pas celle d'un militaire. L'auteur me veut du bien, nul doute, et n'imagine rien de plus beau dans le monde que ce qu'il me fait faire. Il a certainement écrit cela pour me faire honneur ; mais il ignorait que je n'étais guère capable d'un tel acte ; j'étais trop fatigué pour cela ; il est à croire que j'étais endormi avant le soldat dont il parle. »

On a alors compté cinquante à soixante grandes batailles données par l'Empereur. Quelqu'un ayant demandé quelle était la plus belle, il disait qu'il était difficile de répondre ; qu'il était nécessaire de s'expliquer d'abord sur ce qu'on entendait par la plus belle des batailles. « Les miennes, continuait-il, ne pouvaient être jugées isolément. Elles n'avaient point unité de lieu, d'action, d'intention. Elles n'étaient jamais qu'une partie de très vastes combinaisons. Elles ne devaient donc être jugées que par leur résultat. Celle de Marengo, si longtemps indécise, avait donné toute l'Italie ; celle d'Ulm avait vu disparaître toute une armée ; celle d'Iéna avait livré toute la monarchie prussienne ; celle de Friedland avait ouvert l'Empire russe ; celle d'Eckmühl avait décidé de toute une guerre, etc.

« Celle de la Moskowa, disait-il, était une de celles où l'on avait déployé le plus de mérite et obtenu le moins de résultats.

« Celle de Waterloo, où tout avait manqué, quand tout avait réussi, eût sauvé la France et réassis l'Europe. »

1. Dans les temps qui ont suivi mon enlèvement de Longwood, Napoléon s'est occupé d'un travail spécial sur le grand Frédéric, de notes et de commentaires sur ses campagnes. (Voyez les *Mémoires de Napoléon*, tome VIII.) *(Las Cases.)*

Mme de Montholon ayant demandé quelles étaient les meilleures troupes : « Celles qui gagnent les batailles, madame, a répondu l'Empereur. Et puis, a-t-il ajouté, elles sont capricieuses et journalières comme vous, mesdames. Les meilleures troupes ont été *les Carthaginois, sous Annibal ; les Romains, sous les Scipions ; les Macédoniens, sous Alexandre ; les Prussiens, sous Frédéric*[1]. » Toutefois, il croyait bien, disait-il, pouvoir affirmer que les Français étaient ceux qu'il était le plus facile de rendre et de maintenir les meilleurs.

« Avec ma garde complète de quarante à cinquante mille hommes, je me serais fait fort de traverser toute l'Europe. On pourra peut-être reproduire quelque chose qui vaille mon armée d'Italie et celle d'Austerlitz, mais, à coup sûr, jamais rien qui les surpasse. »

L'Empereur, qui s'était arrêté longtemps sur ce sujet qui lui était cher, revenant tout à coup, a demandé quelle heure il était. « Onze heures, a-t-on dit. – Eh bien ! a-t-il repris, en se levant, nous avons le mérite d'avoir gagné notre soirée sans le secours de la tragédie ni de la comédie. »

JEUDI 29.

Mathilde *et Mme Cottin, etc. Pas un Français que Napoléon n'eût remué. Desaix et Napoléon à Marengo. Sidney-Smith. Cause involontaire du retour du général Bonaparte en France ; historique de ce voyage. Exemples bien bizarres de la fortune.*

Sur les deux heures, l'Empereur m'a fait appeler dans sa chambre et m'a donné quelques ordres particuliers . . . .

. . . .

A quatre heures j'ai été le retrouver sous la tente ; il était entouré de tous, assis et se balançant sur une chaise, riant, causant, se battant les flancs pour être gai, et répétant néanmoins souvent qu'il se sentait mou, lâche, ennuyé. Il s'est levé et a fait un tour de calèche.

Après dîner, l'on parlait de roman ; on citait Mme Cottin et sa *Mathilde*, dont le théâtre est en Syrie. L'Empereur

1. Frédéric II.

demandait s'il avait vu Mme Cottin, si elle l'aimait, si son ouvrage lui était favorable ; et comme on hésitait... « D'ailleurs, a-t-il dit, tout le monde m'a aimé et m'a haï ; chacun m'a pris, laissé et repris. Je crois qu'on peut affirmer qu'il n'est point un Français que je n'aie remué. Tous m'ont aimé, depuis Collot d'Herbois, s'il avait vécu, jusqu'au prince de Condé : seulement cela n'a pas été en même temps, mais par intervalles et à des époques différentes. J'étais le soleil qui parcourt l'écliptique en traversant l'équateur. A mesure que j'arrivais dans le climat de chacun, toutes les espérances s'ouvraient, on me bénissait, on m'adorait ; mais dès que j'en sortais, quand on ne me comprenait plus, venaient alors les sentiments contraires, etc. »

Plus tard, la conversation s'est arrêtée sur l'Égypte. L'Empereur a répété beaucoup de choses sur Kléber et Desaix. Il n'hésitait pas à prononcer que Kléber était le meilleur officier de son armée, après Desaix, et il a raconté plusieurs circonstances de sa vie et de son caractère. Jusque-là, disait Napoléon, il avait passé généralement pour insubordonné ; mais il n'en laissa jamais rien soupçonner vis-à-vis du jeune général en chef, ce qui étonnait fort, observait l'Empereur, les officiers de l'état-major, accoutumés à une tout autre allure dans Kléber. L'Empereur revenait à le blâmer extrêmement de la conduite qu'il avait tenue dès qu'il s'était trouvé généralissime en Égypte : il s'était ennuyé, disait-il, de la perspective d'une telle situation, et n'avait songé qu'à revenir en Europe, ce qui l'avait porté à écrire au Directoire une lettre des plus ridicules, pleine d'assertions fausses et absurdes, qui, par la plus bizarre des circonstances, et bien assurément contre toute prévoyance de la part de Kléber, vint tomber précisément entre les mains de celui contre lequel elle était principalement dirigée : Napoléon venait de succéder au Directoire[1]. Desaix arriva près du Premier consul, au moment de Marengo. Napoléon lui demandait comment il avait pu signer la capitulation de l'Égypte ;

1. Le volume I de la publication du comte de Montholon renferme, pages 68 et suivantes, précisément une partie de ces mêmes objets, dictés par Napoléon, la biographie de Kléber, et sa fameuse lettre au Directoire, avec un grand nombre d'observations fort curieuses de Napoléon, en regard. *(Las Cases.)*

car l'armée, remarquait-il, était suffisante pour la garder. Nous ne devions plus la perdre. – « Cela est vrai, répondit Desaix, et l'armée était certainement assez nombreuse pour cela ; mais le général en chef ne voulait plus y demeurer. Or, le général en chef, à cette distance, n'est pas un seul homme dans l'armée, il en est la moitié, les trois quarts, les cinq sixièmes. Il ne me restait donc qu'à le déposséder ; mais il était douteux que j'eusse réussi, et puis c'eût été un crime ; car, en pareil cas, le lot d'un soldat est d'obéir ; je l'ai fait. »

Desaix à Marengo, aussitôt après son arrivée, reçut le commandement de la réserve. Sur la fin de la bataille, et au milieu du plus grand désordre apparent, Napoléon, arrivant près de lui : « Eh bien ! lui dit Desaix, nos affaires vont bien mal, la bataille est perdue : je ne puis qu'assurer la retraite, n'est-ce pas ? – Bien au contraire, lui dit le Premier consul ; pour moi la bataille n'a jamais été douteuse ; tout ce que vous voyez en désordre, à droite et à gauche, marche pour se former sur votre queue : la bataille est gagnée. Poussez votre colonne en avant : vous n'avez qu'à recueillir le fruit de la victoire. »

Plus tard, l'Empereur a beaucoup parlé de sir Sidney-Smith. Il venait, disait-il, de lire dans le *Moniteur* les pièces de la convention d'El-Arisch et observait que Sidney-Smith y avait mis beaucoup d'esprit et s'y était montré honnête homme. Il avait embêté Kléber, disait-il, par tous les contes qu'il était venu à bout de lui faire croire. Mais quand le refus de ratification de la part de son gouvernement arriva, Sidney-Smith s'en montra fort mécontent et employa beaucoup de loyauté vis-à-vis de l'armée française. « Après tout, disait l'Empereur, Sidney-Smith n'est point un méchant homme, j'en prends aujourd'hui une meilleure opinion, surtout d'après ce que je vois chaque jour de ses confrères. »

Ce fut sir Sidney qui, en communiquant les journaux d'Europe, amena le départ de Napoléon, et par conséquent le dénouement de brumaire. Les Français revenant de Saint-Jean-d'Acre ignoraient tout à fait ce qui s'était passé en Égypte depuis plusieurs mois. Napoléon, avide d'apprendre quelques nouvelles, envoya un parlementaire à bord de l'amiral turc, sous prétexte de traiter des prisonniers qu'il venait de faire à Aboukir, se doutant bien que ce parlementaire serait arrêté par sir Sidney-Smith, qui mettait le plus grand soin à empêcher toute relation directe entre les Français et les Turcs. En effet, le parlementaire français reçut de sir Sidney-Smith l'intimation de monter à son bord, et, tout en le comblant de bons traitements, sir Sidney-Smith, acquérant la certitude que les désastres d'Italie étaient inconnus à Napoléon, se fit un malin plaisir de lui envoyer une suite de journaux.

Napoléon passa la nuit dans sa tente à dévorer ces papiers, et résolut à l'instant même de passer en Europe, pour remédier, s'il en était temps, aux maux de la patrie et la sauver.

L'amiral Ganteaume, qui avait ramené Napoléon d'Égypte sur la frégate *le Muiron*, m'a souvent raconté son voyage. Cet officier était toujours demeuré au quartier général depuis la destruction de la flotte à Aboukir. Il me disait que peu de temps après le retour de Syrie, et immédiatement après une communication avec l'escadre anglaise, le général en chef le fit venir, et lui donna l'ordre d'aller en toute hâte à Alexandrie ; d'y armer, avec mystère, et avec toute la célérité possible, une des frégates vénitiennes qui s'y trouvaient, et de le prévenir aussitôt qu'elle serait prête.

Ce moment arrivé, le général en chef, qui faisait une tournée d'inspection, se rendit sur une plage non fréquentée, avec un escadron de ses guides ; des canots s'y trouvèrent pour les recevoir, et les conduisirent à la frégate, qu'ils gagnèrent, en évitant de passer par Alexandrie.

On appareilla le soir même, afin d'avoir disparu au jour devant les croiseurs anglais, et leur flotte mouillée à Aboukir. Malheureusement le calme survint qu'on était encore en vue des côtes, et que du haut des mâts, on pouvait distinguer les vaisseaux anglais au mouillage.

Dans cette situation, l'inquiétude fut grande ; on proposa même de rentrer à Alexandrie ; mais Napoléon s'y opposa. Les dés étaient jetés, et bientôt on fut assez heureux pour se trouver tout à fait au large.

La traversée fut fort longue et très défavorable ; on s'effraya souvent des Anglais : personne ne connaissait les intentions du général, chacun faisait sa conjecture ; on était fort agité : Napoléon seul paraissait calme et tranquille, renfermé la plus grande partie du jour dans sa chambre, où il lisait, dit Ganteaume, *tantôt la Bible, tantôt l'Alcoran*[1]. S'il

1. Le Coran.

paraissait sur le pont, c'était de l'air le plus gai, le plus libre, et causant des choses les plus indifférentes.

Le général Menou était le dernier auquel Napoléon eût parlé sur le rivage, et l'on a su plus tard qu'il lui avait dit : « Mon cher, tenez-vous bien vous autres ici, si j'ai le bonheur de mettre le pied en France, le règne du bavardage est fini. »

Le sentiment de Napoléon sur nos désastres, après la lecture des papiers fournis par Sidney-Smith, était tel, qu'il ne doutait pas que l'ennemi n'eût franchi les Alpes, et n'occupât déjà plusieurs de nos départements méridionaux. Aussi, quand on approcha d'Europe, fit-il gouverner sur Collioure et le Port-Vendre, dans le fond du golfe du Lion. Un coup de vent l'en repoussa, et le fit rabattre sur la Corse. Alors on entra à Ajaccio, où l'on se procura les nouvelles.

Ganteaume me disait avoir vu là la maison de famille, le salon patrimonial de Napoléon.

La célébrité du compatriote, ajoutait-il, avait mis aussitôt toute l'île en mouvement ; il pleuvait une nuée de cousins, la rue en était pleine, encombrée.

En remettant à la voile, on gouverna cette fois vers Marseille et Toulon ; mais au moment d'aborder, on se crut encore perdu. Sur le flanc gauche du vaisseau, lors du coucher du soleil, et précisément dans ses rayons, on compta jusqu'à trente voiles qui arrivaient vent arrière. Ganteaume, dans son effroi, proposa au général d'armer le grand canot de la frégate, de ses meilleurs matelots, et d'essayer, à la faveur de la nuit, de gagner la terre de sa personne. Napoléon s'y refusa, observant qu'il serait toujours temps de prendre ce parti, et commanda de continuer la route comme si de rien n'était. Cependant la nuit s'était faite, et plus tard l'on entendit les coups de canon, signaux de l'ennemi ; mais au loin et de l'arrière, preuve évidente qu'on n'en avait pas été aperçu. Au jour, on mouilla dans Fréjus. On sait le reste.

L'Empereur a fini la soirée en citant trois exemples bien bizarres de fortune arrivés vers ces mêmes parages, et à peu près dans les mêmes temps.

Un caporal, déserteur d'un des régiments de l'armée d'Égypte, qui s'était mis dans les Mamelouks, y est devenu bey. Il a écrit depuis à son ancien général.

Une grosse vivandière de l'armée est devenue favorite du pacha de Jérusalem : elle ne savait point écrire, mais elle a fait faire des compliments, et assurer qu'elle n'oublierait jamais sa nation, et protégerait toujours les Français et les chrétiens. « C'était, disait l'Empereur, la Zaïre[1] du jour. »

Enfin, une jeune paysanne du cap Corse, saisie dans un bateau pêcheur par des Barbaresques, a été gouverner le souverain du Maroc. L'Empereur, après quelques communications des relations extérieures, avait, disait-il, fait venir de Corse à Paris le frère de cette paysanne, l'avait tant soit peu décrassé, nippé convenablement, et l'avait envoyé à sa sœur ; mais il n'en avait jamais entendu parler depuis.

L'Empereur s'est retiré tard : il avait causé plus de trois heures.

VENDREDI 30.

Sur les quatre heures, j'ai été joindre l'Empereur. Il venait de travailler sous la tente. Le gouverneur avait répondu aux différentes lettres dictées par l'Empereur à M. de Montholon.

A la première, contenant la protestation contre le traité du 2 août et une foule de griefs, il n'a trouvé d'autre réponse que de demander quelle lettre il nous avait retenue. Nous ne pouvions le lui dire précisément, puisque nous ne les avions jamais vues. C'était nous qui le lui demandions ; lui seul le savait.

Quant à la seconde lettre, qui portait que l'Empereur ne recevrait plus jamais personne que par les passes du grand-maréchal, comme au temps de l'amiral Cockburn, le gouverneur a répondu qu'il était fâché que le *général Bonaparte* se trouvât importuné de visites indiscrètes à Longwood, et qu'il allait s'empresser d'y remédier ; ironie révoltante et sans nom dans la position où se trouve l'Empereur, et le sens dans lequel lui avait écrit M. de Montholon !

Après le dîner, l'Empereur a gagné le salon et nous a fait asseoir autour de la même table, en séance académique, disait-il. Il s'est mis à dicter quelques objets, qu'il a rejetés après leur lecture, et la conversation alors a repris et s'est fort prolongée, partie sérieuse, partie gaie. Il était près d'une

1. Personnage qui donne son nom à une tragédie de Voltaire : fille d'un prince chrétien de Jérusalem, elle est captive du sultan Orosmane qui en est amoureux.

heure quand l'Empereur s'est retiré. Depuis quelque temps nous veillons plus que de coutume : c'est bon signe, l'Empereur est mieux portant, plus gai, plus causant.

SAMEDI 31.

Doutes historiques ; le duc d'Orléans, régent ; Mme de Maintenon ; son mariage avec Louis XIV.

L'Empereur s'est levé de très bonne heure. Il a fait le tour du parc tout seul. A son retour, ne voulant, disait-il, faire réveiller personne, il avait saisi mon fils, qu'il avait trouvé debout, et lui a dicté deux heures sous la tente. Nous avons tous déjeuné avec lui ; puis est venue la promenade en calèche. Durant la course, l'Empereur parlait de doutes historiques : après plusieurs citations assez curieuses, il a conclu par une circonstance personnelle au Régent. « Si Louis XV était mort enfant, disait-il, et rien n'était si possible, qui eût douté que le duc d'Orléans n'eût été l'empoisonneur de toute la maison royale ? Qui eût osé le défendre ? Il a fallu qu'un enfant très délicat survécût pour qu'on pût sur ce point rendre justice à ce prince. » L'Empereur alors revenait sur le caractère du duc d'Orléans, et surtout sur ses torts dans l'affaire des princes légitimés. « Il s'y était dégradé, répétait-il ; et ce n'est pas que la cause de ceux-ci ne fût mauvaise ; Louis XIV usurpait un droit en les appelant à la succession. La nation, à l'extinction de la maison royale, rentre indubitablement dans ses droits : c'est à elle à choisir. L'acte de Louis XIV n'était sans doute qu'une erreur de sa grande élévation : il pensait que tout ce qui sortait de lui devait être grand, et il semblait se douter pourtant que tout le monde ne penserait pas comme lui ; car il avait pris ses précautions pour affermir son ouvrage, en donnant ses filles naturelles aux princes de son sang, et faisant épouser à ses bâtards des princesses de sa maison. Quant à la régence, il est bien sûr qu'elle revenait de droit au duc d'Orléans. Le testament de Louis XIV n'était qu'une niaiserie : il violait nos lois fondamentales ; nous étions une monarchie, et il nous donnait une république pour régence, etc. »

De là, passant à Mme de Maintenon, l'Empereur lui trouvait une des carrières les plus extraordinaires ; c'était *la*

Bianca-Capello[1] du temps, disait-il ; moins romancière, mais aussi pas si amusante. Et poursuivant ses doutes historiques, il ne revenait pas du mystère de son mariage. Il était parfois tenté de le regarder comme un problème, malgré tout ce qu'en avaient dit les mémoires du temps.

« Le fait est, observait-il, qu'il n'existe et n'a jamais existé aucune preuve officielle et authentique. Or, quel pouvait être le motif de Louis XIV de tenir cette mesure si strictement secrète pour son temps et pour l'avenir ; ou comment la famille des Noailles, parente de Mme de Maintenon, n'a-t-elle jamais rien laissé percer à cet égard, surtout encore Mme de Maintenon ayant survécu à Louis XIV, etc. »

L'Empereur, se sentant fatigué, s'est retiré aujourd'hui de bonne heure : il paraissait souffrant, triste, abattu.

DIMANCHE 1er SEPTEMBRE.

Les ministres, etc. M. Daru ; anecdote.
Parures fanées de Sainte-Hélène.

Sur les trois heures, l'Empereur est sorti : il disait avoir été mou, dégoûté toute la journée, pesant ; nous avions tous été de même : c'était le temps. Nous avons gagné la grande allée du bois, tandis qu'on attelait la calèche. Rendu à l'extrémité, la pluie est survenue : elle a été assez forte pour que l'Empereur fût obligé de chercher un abri au pied d'un arbre à gomme, ce qui n'était pas d'un grand secours, vu le peu de feuillage de cet arbuste. La calèche est accourue nous prendre. Nous revenions au galop, quand nous avons aperçu le gouverneur qui arrivait de son côté. L'Empereur a aussitôt ordonné de tourner, disant que de deux maux il fallait savoir choisir le moindre ; et nous avons fait deux tours au grandissime galop, en dépit de l'orage et de la

1. Noble Vénitienne d'une grande beauté, dont la carrière et les aventures font une histoire toute romanesque et fort dramatique. Échappée de chez son père, errante à la suite d'un jeune marchand florentin, plongée dans la plus profonde misère, elle devient grande-duchesse de Toscane ; et, dans cette situation, s'empoisonne froidement à table, d'embarras et de dépit de voir son mari, le grand-duc, se servir d'un plat empoisonné qu'elle avait préparé contre son beau-frère, le cardinal de Médicis, lequel avait persisté de s'en abstenir par défiance. *(Las Cases.)*

pluie ; mais nous avons échappé à sir Hudson Lowe, c'était encore un gain.

Avant le dîner, l'Empereur, dans sa chambre, passait en revue les personnes qui l'avaient servi dans sa maison, au Conseil d'État, dans les ministères. Il a dit de M. Daru que c'était un homme d'une extrême probité, sûr et grand travailleur. A la retraite de Moscou, la fermeté de M. Daru s'était fait particulièrement remarquer ; et depuis, l'Empereur répétait souvent qu'au travail du bœuf il joignait le courage du lion.

Le travail semblait l'élément de M. Daru, il avait toujours rempli tous ses instants ; si bien que quand il fut devenu ministre secrétaire d'État, quelqu'un le plaignant de l'immensité de travail qui devait l'absorber désormais : « Bien au contraire, répondit-il plaisamment, c'est depuis mes nouvelles fonctions qu'il me semble n'avoir plus rien à faire. » Il s'y trouva pourtant pris une fois. L'Empereur l'ayant demandé après minuit pour travailler, M. Daru était tellement accablé de fatigue, qu'il savait à peine ce qu'il écrivait, et que, la nature l'emportant, il s'endormit sur son papier. Après un sommeil profond, venant à rouvrir les yeux, quel fut son saisissement d'apercevoir l'Empereur travaillant tranquillement à ses côtés ! L'état des bougies l'avertissait assez que son absence devait avoir été longue. Atterré, confondu, ses yeux incertains vinrent rencontrer ceux de l'Empereur, qui lui dit : « Eh bien, oui, monsieur, vous me voyez faisant votre travail, puisque vous n'avez pas voulu le faire. J'ai pensé que vous aviez bien soupé, passé une bonne soirée ; mais encore faudrait-il que le travail n'en souffrît point. – Ah ! sire, lui dit alors M. Daru, moi, avoir passé une bonne soirée ! Voilà plusieurs nuits blanches que je passe au travail, et Votre Majesté vient d'en voir la triste conséquence qui m'afflige cruellement. – Eh ! que ne me disiez-vous cela ? lui dit l'Empereur, je n'ai point envie de vous tuer ; allez vous coucher : bonne nuit, monsieur Daru. »

Voilà certes un trait caractéristique et bien propre à détromper des fausses idées dans lesquelles nous étions généralement dans ce temps-là sur le naturel intraitable de Napoléon. Mais je ne sais par quelle fatalité, je le répète sans cesse, les traits de cette nature demeuraient perdus au milieu de nous, tandis que circulaient avec tant d'activité au contraire les fables et les absurdités qui pouvaient lui être défavorables. Serait-ce que les courtisans réservaient pour le château seul leur courtisanerie, et cherchaient un contrepoids au-dehors dans une apparence d'opposition et d'indépendance ? Ce qu'il y a de certain, c'est qu'il en était ainsi, et que celui qui se serait complu à répéter ces traits dans les salons se serait entendu dire probablement qu'il les avait inventés, ou y aurait passé pour un benêt d'avoir pu les croire.

Le grand-maréchal et sa femme sont venus dîner comme de coutume : c'était leur jour, ils venaient tous les dimanches.

Durant le dîner, l'Empereur plaisantait sur la parure fanée de ces dames. Ce serait bientôt, disait-il, celle de ces vieilles avares qui se pourvoient chez les revendeuses. Ce n'était plus la fraîcheur ni l'élégance des Leroi, des Despeaux, des Herbault. Ces dames demandaient de l'indulgence pour Sainte-Hélène. Les maris rappelaient à l'Empereur combien il était difficile pour elles aux Tuileries. C'était le fléau, disait-on, la ruine des ménages. L'Empereur riait, il n'en convenait pas. « Cela avait été imaginé par ces dames, disait-il, comme prétexte ou justification auprès de leurs maris. » De là on s'est étendu sur notre luxe ici. L'Empereur a dit qu'il avait commandé à Marchand de lui faire porter l'habit de chasse qu'il avait en ce moment jusqu'à extinction ; et certes il est déjà bien avancé.

Avant et après le dîner, l'Empereur a fait quelques parties d'échecs : il était ennuyé, décousu, nerveux ; il s'est retiré de bonne heure.

LUNDI 2.

Campagne de Saxe, ou de 1813. Violente sortie de Napoléon. Réflexions ; analyse. Batailles de Lutzen, Wurchen. Négociations. Batailles de Dresde, de Leipsick, de Hanau, etc.

Il y a eu aujourd'hui courses de chevaux au camp : un de nous y a assisté.

L'Empereur est sorti assez tard, et a voulu aller gagner la calèche à pied. Le vent était très fort ; il a renoncé à sa course et s'est réfugié sous la tente ; mais il ne s'y est pas bien trouvé encore. Il a été dans sa bibliothèque, y a pris les *Lettres de madame de Châteauroux*[1], et a parcouru l'expédition de Bohême, analysé le maréchal de Belle-Isle, etc., etc. Il a essayé ensuite de nouveau quelques tours dans le jardin ; mais il est rentré presque aussitôt, et je l'ai suivi dans sa chambre.

Prenant alors un ouvrage qui traitait de nos dernières campagnes, il l'a parcouru quelque temps, puis l'a jeté, disant : « C'est une véritable rapsodie, un tissu de contresens et d'absurdités. » S'arrêtant alors sur ce sujet de conversation, il a causé longuement sur la trop fameuse campagne de Saxe. Ses observations ont été principalement morales, peu ou point militaires. Voici ce que j'en ai recueilli de plus saillant. « Cette mémorable campagne, disait-il, sera le triomphe du courage inné dans la jeunesse française ; celui de l'intrigue et de l'astuce dans la diplomatie anglaise ; celui de l'esprit chez les Russes ; celui de l'impudeur dans le cabinet autrichien ; elle marquera l'époque de la désorganisation des sociétés politiques, celle de la grande séparation des peuples avec leurs souverains ; enfin la flétrissure des premières vertus militaires : la fidélité, la loyauté, l'honneur. On aura beau écrire, commenter, mentir, supposer, il faudra toujours en arriver à ce hideux et triste résultat, et le temps en déroulera la vérité et les conséquences !

« Mais ce qu'il y a de bien remarquable ici, c'est que les infamies au fond demeurent étrangères aux rois, aux soldats et aux peuples. Elles ne sont l'ouvrage que de quelques *intrigants à épée*, de quelques casse-cou politiques, qui, sous le spécieux prétexte de secouer le joug de l'étranger, et de reprendre l'indépendance nationale, n'ont au fait que vendu et livré sciemment leurs maîtres particuliers à des cabinets rivaux et convoiteurs. Les vrais résultats ne se sont pas fait longtemps attendre : le roi de Saxe y a perdu la moitié de ses États, le roi de Bavière s'est vu forcé à des restitutions bien précieuses. Qu'importait aux traîtres ? Ils tenaient leurs récompenses, leurs richesses. Et ce sont les cœurs les plus droits, les âmes les plus innocentes qui présentent le spectacle solennel des plus grands châtiments. C'est un roi de Saxe, le plus honnête homme qui ait jamais tenu un sceptre, qu'on

1. Une des favorites de Louis XV ; ces lettres n'ont aucun caractère d'authenticité.

dépouille de la moitié de ses provinces ; c'est un roi de Danemark, si fidèle à tous ses engagements, dont on saisit une couronne ! Voilà pourtant ce qu'ils ont prétendu le retour à la morale, son triomphe !... Et voilà la justice distributive d'ici-bas !

« Du reste, j'aime à le répéter pour l'honneur de l'humanité, et même des trônes, au milieu de tant d'infamies, jamais ne se trouvèrent plus de vertus. Je n'eus pas un instant à me plaindre de la personne individuelle des princes ; le bon roi de Saxe me demeura fidèle jusqu'à l'extinction ; le roi de Bavière me fit loyalement prévenir qu'il n'était plus le maître ; la générosité du roi de Wurtemberg se fit particulièrement remarquer ; le prince de Bade ne céda qu'à la force, et au dernier instant. Tous, je leur dois cette justice, m'avertirent à temps, afin que je pusse me garantir de l'orage. Mais, d'un autre côté, que d'abominations dans les subalternes !... les fastes militaires se dessouilleront-ils jamais[1] de l'acte des Saxons, se retournant dans nos rangs pour nous égorger ; il est demeuré proverbe chez les soldats : *Saxonner*, parmi eux, veut dire à présent une troupe qui en assassine une autre. Et, pour comble de douleur, c'est un Français, un homme à qui le sang français a procuré une couronne, un nourrisson de la France, qui nous porte le coup de grâce. Grand Dieu !

« Et ce qu'il y avait de pire dans ma situation, ce qui comblait mon supplice, c'est que je voyais clairement avancer l'heure décisive. L'étoile pâlissait, je sentais les rênes m'échapper, et je n'y pouvais rien. Un coup de tonnerre pouvait seul nous sauver, car traiter, conclure, c'était se livrer en sot à l'ennemi. Je le voyais distinctement ; et la suite a suffisamment prouvé que je ne me trompais point. Il ne restait donc qu'à combattre ; et chaque jour, par une fatalité ou une autre, nos chances diminuaient. Les mauvaises intentions commençaient à se glisser parmi nous ; la fatigue, le découragement gagnaient le grand nombre ; mes lieutenants devenaient mous, gauches, maladroits et conséquemment malheureux ; ce n'était plus là les hommes du début de notre Révolution, ni ceux de mes beaux moments. Plusieurs ont osé répondre à cela, m'assure-t-on, que c'est qu'au commen-

1. Néologisme pour : ôteront-ils jamais la souillure...

cement on se battait pour la République, pour la patrie ; tandis qu'à la fin on ne se battait plus que pour un seul homme, ses seuls intérêts, son insatiable ambition, etc.

« Indigne subterfuge !... et qu'on demande à cette immensité de jeunes et braves soldats, à cette foule d'officiers intermédiaires, s'il leur vint jamais l'idée d'un semblable calcul, si jamais ils virent autre chose devant eux que l'ennemi ; en arrière, que l'honneur, la gloire, le triomphe de la France ? Aussi ceux-là ne s'étaient-ils jamais mieux battus !... Pourquoi dissimuler ? pourquoi ne pas le dire franchement ? Le vrai est qu'en général les hauts généraux n'en voulaient plus ; c'est que je les avais gorgés de trop de considération, de trop d'honneurs, de trop de richesses. Ils avaient bu à la coupe des jouissances, et désormais ils ne demandaient que du repos : ils l'eussent acheté à tout prix. Le feu sacré s'éteignait : ils eussent voulu être des maréchaux de Louis XV. »

Si les paroles ci-dessus avaient besoin de commentaires, si le sens demeurait, ainsi que dans tant d'autres parties de mon journal, en quelque chose incomplet, que l'on ne m'en demande pas davantage : j'ai recueilli ce qui se prononçait, je ne sais pas au-delà. J'ai déjà averti maintes fois que quand l'Empereur causait, je ne me permettais ni de questionner, ni de disserter sur l'objet de ses récits. Toutefois, je puis ajouter, touchant cette célèbre campagne de 1813, que par divers fragments de conversations éparses de Napoléon que je n'ai point tracés en leur place, j'ai pu me convaincre en effet qu'il était loin de s'abuser sur la crise qui menaçait la France, qu'il jugeait fort bien toute l'immensité du péril dont il se trouvait entouré quand il ouvrit la campagne. Dès son retour de Moscou, il avait vu le danger, disait-il, et s'était appliqué à le conjurer. Dès cet instant même, il fut constamment décidé aux plus grands sacrifices ; mais le moment de les proclamer lui semblait délicat, et c'est ce dernier point qui l'occupait surtout. Si sa puissance matérielle était grande, observait-il, sa puissance d'opinion l'était bien davantage encore ; elle allait jusqu'à la magie : or il s'agissait de ne pas la perdre, et une fausse démarche, une parole gauche prononcée mal à propos, pouvaient détruire à jamais tout le prestige. Une grande circonspection, une confiance extrême apparente dans ses forces lui étaient donc commandées. Il lui fallait surtout voir venir.

Sa grande faute, son erreur fondamentale a été de croire toujours à ses adversaires autant de jugement et de connaissance de leurs vrais intérêts qu'à lui-même. Il soupçonnait bien l'Autriche dès le principe, disait-il, de chercher à profiter du mauvais pas où il se trouvait engagé, pour lui arracher de grands avantages, et il y était au fond tout à fait décidé ; mais il ne pouvait se persuader qu'il y eût assez d'aveuglement dans le monarque, assez de trahison dans ses meneurs pour vouloir l'abattre tout à fait, lui, Napoléon, et livrer par là leur propre pays à la merci de la toute-puissance, non contrôlée désormais, de la Russie. L'Empereur faisait le même raisonnement à l'égard de la Confédération du Rhin, qui pouvait bien, convenait-il, avoir à se plaindre de lui, peut-être, mais qui devait cependant redouter bien davantage encore de retomber sous la sujétion de l'Autriche et de la Prusse. La Prusse elle-même, dans la pensée de Napoléon, ne se trouvait pas en dehors de ces raisonnements : elle ne pouvait, selon lui, vouloir détruire tout à fait un contrepoids nécessaire à son indépendance, à son existence même. Ainsi Napoléon admettait bien de la haine dans ses ennemis, et de l'humeur, de la malveillance peut-être chez ses alliés ; mais il ne pouvait supposer aux uns ni aux autres le désir de le détruire tout à fait, tant il se sentait nécessaire à tous ; et il marchait en conséquence.

Voilà l'idée dominante de Napoléon dans toute cette grande circonstance. Elle est la clef constante de sa conduite jusqu'au dernier moment, à celui même de sa chute. Il ne faut pas la perdre de vue, elle explique bien des choses, peut-être tout ; son attitude hostile, ses paroles fières, ses refus de conclure, sa détermination de combattre, etc.

S'il avait des succès, disait-il, il ferait dès lors des sacrifices avec honneur, et la paix avec gloire ; les prestiges de sa supériorité demeuraient intacts. S'il éprouvait, au contraire, de trop grands revers, il serait toujours alors temps d'effectuer ces sacrifices ; et l'intérêt vital de l'Autriche, celui des vrais Allemands, était là pour le soutenir de leurs armes ou de leur diplomatie, tant il les supposait imbus, ainsi qu'il l'était lui-même, que son existence politique était absolument indispensable à la structure, au repos, à la sûreté de l'Europe. Hélas ! ce dont il pouvait douter fut ce qui lui réussit : la victoire lui demeura fidèle : ses premiers succès sont surprenants, admirables ; mais ce qui lui semblait infaillible fut précisément ce qui lui manqua : ses alliés naturels le trahirent et le précipitèrent.

A l'appui de ce que je viens de dire, et pour la meilleure intelligence des paroles prononcées plus haut par l'Empereur, je vais rassembler ici un léger résumé des événements et des actes de cette fatale campagne. Aussi bien dans le temps nous ne connûmes guère en France que ses résultats ; les bulletins nous disaient fort peu de choses, et nous ne recevions aucune publication étrangère ; puis d'ailleurs, il y a si longtemps, tant d'autres grandes circonstances sont survenues, que ces détails ne sauraient être aujourd'hui bien présents même à ceux qui les avaient sus ; les voici donc dans leur ordre chronologique.

Je puise ce résumé dans un ouvrage de M. de Montvéran publié en 1820.

Cette production, tout récemment écrite, porte le caractère d'un très grand soin dans la recherche des pièces officielles et des documents authentiques. L'auteur s'est aidé de tous ses devanciers. J'ai donc dû croire que c'était indubitablement ce qu'il y avait de mieux. L'écrivain est loin d'être favorable à Napoléon ; toutefois on lui doit la justice de convenir qu'une grande impartialité à cet égard honore son caractère, en même temps qu'elle ajoute à tous les autres genres de mérite qui recommandent cet ouvrage.

ÉVÉNEMENTS
(1813)

Le 2 mai. Napoléon ouvre la campagne de Saxe par la victoire de Lutzen. Chose surprenante et d'un immortel honneur ! une armée toute nouvelle et sans cavalerie marche aux vieilles bandes russes et prussiennes ; le génie du chef, la valeureuse jeunesse qu'il commande suppléent à tout. On n'avait point de cavalerie ; mais les masses d'infanterie s'avancent en carrés flanqués d'une immense artillerie, et les voilà autant de forteresses mouvantes ! Quatre-vingt-un mille fantassins français ou rhénans et quatre mille cavaliers seulement battent cent sept mille Russes ou Prussiens, dont plus de vingt mille de cavalerie ! Alexandre et le roi de Prusse y étaient en personne, et leur garde célèbre n'a pu tenir contre nos jeunes conscrits.

Il en coûte aux ennemis dix-huit mille hommes ; mais notre perte est de douze mille, et notre manque de cavalerie nous prive des fruits habituels de nos victoires. Toutefois le résultat moral est immense. Le sentiment de nos soldats a pris son ascendant, et la puissance d'opinion revient toute à l'Empereur. Les Alliés se retirent devant lui sans oser risquer une nouvelle bataille[1].

Le 9 mai. Napoléon rentre victorieux dans Dresde, y ramenant le souverain, ce roi de Saxe, que le sentiment de ses vrais intérêts, que sa fidélité à ses engagements en avaient fait sortir à l'approche des Alliés, dont il avait refusé constamment toutes les propositions.

Le 21 et le 22 mai. Napoléon triomphe de nouveau à Wurchen et à Bautzen. Les Alliés avaient choisi leur terrain ; les belles campagnes de Frédéric l'avaient rendu classique. Ils s'y étaient retranchés, et se croyaient inexpugnables ; mais tout cède aux grandes vues, aux belles dispositions du général français, qui, en commençant le combat, se déclare déjà sûr de la victoire.

Les Alliés perdent encore dix-huit ou vingt mille hommes, et ne tiennent plus ; ils se retirent en désordre. L'Empereur les poursuit. Il a déjà franchi la Lusace, traversé la Silésie ; il est sur l'Oder. Alors les Alliés demandent un armistice pour traiter de la paix, et Napoléon, croyant tenir l'instant favorable, l'accorde.

4 juin. Armistice de Pleisswitz si décisif dans la cause de nos malheurs, nœud fatal où se rattachent toutes les chances et les destinées de la campagne.

1. La victoire de Lutzen fut pour l'Empereur le moment d'une perte sensible, celle du maréchal duc d'Istrie, le brave et loyal Bessières, qui lui était si sincèrement dévoué. Le digne roi de Saxe lui a fait élever un monument au lieu même où il fut frappé, et, par un bien glorieux rapprochement, il a été fait semblable à celui de Gustave-Adolphe, et se trouve non loin de celui-ci. Une simple pierre entourée de peupliers. Et cet exemple, du reste, n'est pas le seul d'étrangers rendant à la mémoire de nos braves un hommage négligé par les nationaux. *(Las Cases.)*

L'Empereur devait-il accorder cet armistice, ou poursuivre ses avantages ? Ce put être à l'instant même un véritable problème, que le temps seul et les conséquences si terribles pour nous n'ont résolu que plus tard. L'Empereur, victorieux, s'arrêta vis-à-vis d'ennemis abattus, auxquels il pouvait concéder désormais sans embarras : ses sacrifices ne seraient plus que de la modération. L'Autriche jusque-là incertaine, frappée de nos succès, nous revenait. Napoléon pouvait donc raisonnablement se flatter de voir conclure une paix qu'il désirait, et il ne voulait pas compromettre une occasion aussi heureuse, au hasard d'un échec qui eût tout perdu, et qui pouvait d'autant plus avoir lieu, que son armée était arrivée là en courant, et fort en désordre ; que ses derrières étaient à découvert et parcourus par l'ennemi ; et il se disait que l'armistice, dans tous les cas, lui donnait les moyens de resserrer et de bien organiser ses troupes ; de nettoyer et d'assurer ses communications avec la France ; qu'il recevrait d'immenses renforts, et se créerait une cavalerie, etc.

Malheureusement, au rebours des combinaisons de l'Empereur, ce fatal armistice ne fut avantageux qu'à nos ennemis ; il se prolongea près de trois mois, et ne servit qu'à organiser leur triomphe et notre destruction ; l'Autriche, encore notre alliée, et qui, par une déception que l'histoire caractérisera, mettait ce titre à profit pour nous combattre avec plus d'avantage, ayant besoin d'un délai, l'obtint. Les Russes, qui attendaient une armée, la reçurent ; les Prussiens se doublèrent, les subsides anglais arrivèrent et l'armée suédoise rejoignit. On remua les associations secrètes, on opéra le soulèvement de toute la population allemande, la défection des cabinets rhénans, la corruption des officiers alliés, etc.

L'Empereur a bien reconnu, par l'événement, toutes les fautes de cet armistice, et qu'il eût mieux fait de pousser obstinément en avant ; car s'il eût continué d'être heureux, les Alliés, effrayés de se trouver séparés du secours de l'Autriche, avec laquelle ils ne seraient plus entendus, coupés du prince de Suède, demeuré en arrière, voyant les places de l'Oder débloquées, et la guerre reportée en Pologne, aux portes de Dantzick, au milieu d'un peuple tout prêt à s'insurger en masse, les Alliés se seraient infailliblement exécutés, et auraient conclu. Que si nous eussions éprouvé un échec, les conséquences n'en pouvaient pas être plus funestes que ce qui est arrivé. Les sages calculs de l'Empereur le perdirent ; ce qui lui sembla inconsidération, témérité, l'eût probablement sauvé.

Congrès de Prague, le 29 juillet. Ouverture, après deux mois de difficultés et d'incidents, du congrès, sous la médiation de l'Autriche, si toutefois on peut donner le nom de congrès à une réunion où il ne se traita rien, et où l'un des deux partis était résolu d'avance qu'il en serait ainsi.

Le médiateur et les adversaires étaient également nos ennemis, tous se présentaient d'accord contre nous, et avaient déjà arrêté la guerre. Mais pourquoi s'y présentaient-ils donc ? C'est qu'il fallait à l'Autriche, par un reste de pudeur, un prétexte dans les débats, pour nous déclarer la guerre, et que la Prusse et la Russie, de leur côté, croyaient devoir à l'opinion publique de l'Europe cette démonstration illusoire de leur désir et de leurs efforts pour la paix. Tous ensemble ne faisaient là que sceller le système de leurs machiavéliques combinaisons.

Le véritable congrès pour eux ne fut pas l'instant où on se réunit à Prague, mais bien les deux mois qui l'avaient précédé. Le temps nous a livré depuis les documents authentiques de leurs intrigues et de leurs machinations, de leurs traités, même durant cet intervalle. On y trouve en effet que l'armistice n'a été employé par les amis apparents et les ennemis déclarés, qu'à cimenter artificieusement l'union qui devait renverser Napoléon, à créer ce triumvirat destiné à peser sur l'Europe qu'il prétendait délivrer.

L'Autriche avait par intérêt retardé longtemps l'ouverture de ce congrès. Résolue de réparer ses pertes à tout prix, elle n'hésitait pas à sacrifier son honneur pour mieux assurer son succès. C'est sous le manteau même de l'amitié qu'elle masque sa perfidie. Se disant toujours notre alliée, empressée à nous complimenter à chaque nouveau triomphe, elle insiste avec l'air du plus vif intérêt, pour être médiatrice, lors même qu'elle est déjà convenue avec nos ennemis de faire cause commune avec eux. On l'accepte ; mais il lui fallait encore gagner du temps pour se trouver prête, et dès lors, ce furent chaque jour des incidents nouveaux, traités avec la dernière lenteur.

Dans le principe elle ne s'était offerte que comme médiatrice ; mais changeant de ton à mesure qu'elle poussait ses armements, elle parla ensuite d'être arbitre, de prononcer entre les deux partis, laissant entrevoir qu'elle attendait de grands avantages des services qu'elle pourrait rendre, etc. Enfin, au bout de deux mois d'armistice, quand elle se crut prête et que tout se trouva d'accord entre les coalisés, ils ouvrirent le congrès, non pour y traiter la paix et ramener l'amitié, mais pour mettre leurs véritables sentiments au grand jour, et insulter à visage découvert. Les Russes surtout s'y firent remarquer par un manque d'urbanité qui ne leur était pas habituel. Ce n'étaient plus ces Russes sollicitant anxieusement un armistice après les déroutes de Lutzen, Wurchen, Bautzen, c'étaient les Russes se regardant désormais, et déjà devenus en effet, par l'esprit de leur diplomatie, l'aveuglement de leurs coassociés, leur position géographique, enfin par la force des choses, les dictateurs de l'Europe. Qui Alexandre y envoie-t-il pour traiter ? Précisément quelqu'un qui, par ses circonstances personnelles, et d'après les lois françaises, ne pouvait y paraître, un homme né Français. Certes, il était difficile d'offrir un outrage plus personnel, plus direct ; et Napoléon le dévora.

Dans de telles dispositions, le congrès ne pouvait aller loin ; aussi le peu de jours qu'il dura ne laissa voir de la part de nos ennemis qu'une suite de notes plus ou moins acrimonieuses ; et, de la part de l'Autriche, qu'une partialité révoltante.

Le 10 août, douze jours seulement après la réunion des négociateurs, les Russes et les Prussiens se retirèrent avec hauteur ; et le surlendemain, l'Autriche, cette alliée fidèle, cette amie si obséquieuse, si dévouée, qui avait sollicité si vivement d'être notre médiatrice, notre arbitre, quitte tout à coup ces titres pour nous déclarer la guerre, sans autre intervalle de temps que celui de la signature de son manifeste, ténébreusement concerté depuis deux mois avec ses nouveaux alliés !!! manifeste, du reste, qui consacre la dégradation et la honte, en ce qu'il avoue le sacrifice d'une archiduchesse, par la nécessité de se plier en apparence à une alliance détestée. L'histoire prononcera sur de tels actes. Toutefois, il est à croire, pour l'honneur du trône et de la morale, que la plupart de ces transactions, et surtout la véritable marche des affaires, demeurèrent inconnues à l'empereur

François, réputé en Europe le plus doux, le plus droit, le plus moral, le plus religieux des princes. Le fait est qu'il a été dit que beaucoup de ces actes se traitèrent à son insu, que d'autres lui furent présentés entièrement dénaturés. On doit en attribuer l'odieux à l'or britannique, à la finesse de la diplomatie russe, aux passions de l'aristocratie autrichienne, excitées par la faction anglaise qui remuait et dominait en cet instant toute l'Europe.

On se sépara avec une irritation réciproque extrême. Alors l'Empereur s'exprima dans les pièces officielles et publiques avec la plus grande force et le ton de la plus haute supériorité. C'était pour les peuples ; car il demeurait tellement maître de lui, que, bien que courant aux armes, il n'en fit pas moins demander de reprendre les négociations, ce qui eut lieu à Prague. Il ne fallait pas, pensait-il, se priver de communications constantes : l'Autriche devait être facile à détacher, si nous avions de grands succès ; elle devait être facile à convaincre, si nous avions quelques revers. Tel fut ce qu'on appela le congrès de Prague.

A présent, on se demandera peut-être : Napoléon a-t-il donc été dupe dans ce congrès et ses accessoires ? Non, ou du moins pas entièrement, s'il n'eut pas connaissance de tous les faits, il ne douta jamais des intentions, ni des véritables sentiments.

Napoléon, dès l'instant de sa première victoire à Lutzen, avait proposé authentiquement un congrès général. C'était là, selon lui, la seule et unique manière de pouvoir traiter franchement du repos universel, et assurer l'indépendance de la France et la garantie du système moderne. Toute autre voie de négociation ne lui semblait qu'un leurre ; et s'il sembla dévier de ce principe, en acceptant la médiation de l'Autriche et les conférences de Prague, c'est qu'à mesure que le temps s'écoulait, les affaires s'étaient compliquées. La défaite de Vittoria, l'évacuation de l'Espagne, et l'esprit de la France qui se détériorait, avaient empiré de beaucoup sa situation. Il devinait bien quelle serait l'issue de ces négociations, mais il lui fallait gagner du temps à son tour, attendre les événements. Il ne s'abusait nullement sur le rôle de l'Autriche ; et, sans connaître précisément jusqu'à quel point elle pouvait porter la déception, il avait fort bien su démêler sa conduite tortueuse, ses lenteurs, sa détermination. Il avait eu à Dresde même des conversations personnelles avec le premier négociateur[1] de cette puissance, qui s'était suffisamment laissé pénétrer. L'Empereur lui ayant dit qu'il avait, après tout, huit cent mille hommes à présenter à ses ennemis, le négociateur, disait-on, s'était empressé d'ajouter : « Votre Majesté pourrait dire douze cent mille ; car il ne tient qu'à elle de pouvoir y joindre tous les nôtres. » Mais à quel prix voulait-on les faire acheter ! il ne s'agissait de rien moins que de la restitution de l'Illyrie, de la cession du duché de Varsovie, de la frontière de l'Inn, etc., etc. « Et sur quoi, je vous prie, aurais-je pu compter davantage après tout cela ? disait l'Empereur. Accorder toutes ces choses, et fournir à l'Autriche le moyen de nous demander encore, ou de nous combattre ensuite avec plus d'avantages ? » Et il revenait toujours à penser que les vrais intérêts de l'Autriche se trouvant étroitement liés à notre péril, nous la retrouverions plus sûrement par nos malheurs que nous ne l'attacherions par nos concessions. Il fut donc sourd à toutes les demandes ; mais il doutait si peu des engagements déjà pris par l'Autriche avec nos ennemis, qu'il lui arriva, assure-t-on, de dire, moitié gaieté, moitié indignation, à son négociateur, qu'il traitait d'ailleurs avec une certaine familiarité : « Ah çà, un tel, combien vous a-t-on payé pour cela ? Avouez-moi cela à moi, etc. »

Tout ce qu'il dut néanmoins en coûter à Napoléon en cette occasion ! à quelles épreuves ne fut pas mise sa patience ! lui qu'on a tant accusé dans le temps de n'avoir pas voulu la paix ! « Quelles n'étaient pas mes tribulations, disait-il à ce sujet, de me trouver tout seul à juger de l'imminence du danger, et à y pourvoir ; de me voir placé contre les coalisés, qui menaçaient notre existence, et l'esprit de l'intérieur, qui, dans son aveuglement, semblait faire cause commune avec eux ; entre nos ennemis, qui s'apprêtaient à m'étouffer, et les harassements de tous les miens, de mes ministres mêmes, qui me poussaient à me jeter dans les bras de ces mêmes ennemis !... et j'étais obligé de faire bonne contenance dans une si gauche posture, de répondre fièrement aux uns, et de rembarrer avec dureté les autres, qui me créaient des difficultés sur les derrières, entretenaient la mauvaise pente de l'opinion publique au lieu de l'éclairer, et laissaient le cri

1. Metternich.

public me demander la paix, lorsqu'ils eussent dû convaincre chacun que le seul moyen de l'obtenir était de me pousser ostensiblement à la guerre.

« Du reste, mon parti était pris ; j'attendais les événements, bien résolu de ne pas me prêter à des concessions ou à des traités qui n'auraient présenté qu'un replâtrage momentané et d'une conséquence inévitablement funeste. Tout parti mitoyen m'était mortel ; il n'était de salut que dans la victoire qui me continuerait la puissance, ou dans la catastrophe qui mc rendrait des alliés, etc. »

Je prie de s'arrêter sur cette dernière pensée, que j'ai déjà indiquée plus haut : peut-être trouvera-t-on que je m'y appesantis beaucoup ; mais c'est que je sens le besoin de la rendre intelligible ; car bien que je la saisisse à merveille aujourd'hui, je fus longtemps à Longwood à la comprendre, tant elle me paraissait paradoxale et subtile.

« Quelle situation ! continuait l'Empereur. Moi qui voyais que la patrie, ses destinées, ses doctrines, son avenir tenaient à ma seule personne ! – Mais sire, me permis-je de remarquer alors, c'est bien aussi ce que chacun disait, et plusieurs nuances de partis vous en faisaient le reproche, ajoutant avec aigreur : Mais pourquoi s'est-il donc mis dans le cas de tout rattacher à sa seule personne ? – Accusation banale et vulgaire, a repris l'Empereur : cette situation n'était pas de mon choix, elle ne venait pas de ma faute ; elle était toute dans la nature et la force des circonstances, dans la lutte de deux ordres de choses opposés. Ceux qui s'exprimaient ainsi, s'ils étaient de bonne foi, auraient-ils mieux aimé se reporter avant brumaire, où la dissolution intérieure était complète, l'invasion de l'étranger certaine, la destruction de la France inévitable. A compter du jour où, adoptant l'unité, la concentration du pouvoir, qui seule pouvait nous sauver ; à compter de l'instant où, coordonnant nos doctrines, nos ressources, nos forces, qui nous créaient une nation immense, les destinées de la France ont reposé uniquement sur le caractère, les mesures et la conscience de celui qu'elle avait revêtu de cette dictature accidentelle ; à compter de ce jour, la chose publique, *l'État, ce fut moi* ; ce moi, que j'avais prononcé pour ceux qui pouvaient me comprendre, a été forcément censuré par les esprits bornés et les gens de mauvaise foi. L'ennemi l'avait bien senti ; aussi s'est-il étudié tout d'abord à n'abattre que moi. On ne s'est pas moins récrié sur d'autres paroles échappées du fond de mon cœur : *que la France avait plus besoin de moi que moi d'elle.* On ne vit qu'un excès de vanité dans ce qui était pourtant une vérité profonde : et vous le voyez ; ici, mon cher, je peux me passer de tous, et s'il ne s'agissait que de souffrir, mes peines ne sauraient être longues ; mon existence est courte ; mais celle de la France !! » Et reprenant son idée première, il dit : « Nos circonstances étaient extraordinaires et toutes nouvelles : il ne faut point aller leur chercher de parallèle. J'étais, moi, toute la clef d'un édifice tout neuf et à de si légers fondements ! Sa durée dépendait de chacune de mes batailles ! Si j'eusse été vaincu à Marengo, vous eussiez eu dès ce temps-là tout 1814 et 1815, moins les prodiges de gloire qui ont suivi et demeurent immortels. Il en eût été de même à Austerlitz, à Iéna encore, à Eylau et ailleurs. Le vulgaire n'a pas manqué d'accuser mon ambition de toutes ces guerres ; mais, étaient-elles de mon choix ; n'étaient-elles pas toujours dans la nature et la force des choses, toujours dans cette lutte du passé et de l'avenir, dans cette coalition constante et permanente de nos ennemis, qui nous plaçaient dans l'obligation d'abattre, sous peine d'être abattus, etc. »

Pour revenir aux négociations de 1813, il est sûr que quand on lit aujourd'hui toutes les pièces du temps, les documents, les manifestes des deux partis, on s'étonne beaucoup, soit qu'on ait pris plus de sang-froid, ou qu'on se trouve éclairé par la conduite de ceux qui ont triomphé, on s'étonne beaucoup, disons-nous, de la double erreur qui porta les Allemands à se soulever avec une telle fureur contre celui de qui ils prétendaient secouer le joug, et en faveur de ceux qu'ils purent croire devenir leurs régénérateurs !!!

Reprise des hostilités ; bataille de Dresde, 26 et 27 août. On se présente de nouveau sur le champ de bataille ; les Français avec trois cent mille hommes, dont quarante de cavalerie, occupant le cœur de la Saxe, sur la rive droite de l'Elbe ; et les Alliés avec cinq cent mille hommes, dont cent mille de cavalerie, les menaçant par les trois directions de Berlin, la Silésie et la Bohême, sur Dresde. La prodigieuse différence n'affecte pas Napoléon, qui a combiné et prend hardiment l'offensive. Il a fortifié la ligne de l'Elbe, devenue son point d'appui, et s'abritant des montagnes de la Bohême, sur son extrême droite, il dirige une de ces masses sur Berlin, contre Bernadotte, qui commande une armée de Prussiens et de Suédois ; une autre marche sur la Silésie, contre Blücher, qui a sous ses ordres une réunion de Prussiens et de Russes ; une troisième stationne à Dresde, comme clef de position, pour observer la grande armée autrichienne et russe, en Bohême ; enfin une quatrième est placée en forme de réserve à Zittau, avec le triple objet : 1° de pénétrer en Bohême, si on a des succès contre Blücher ; 2° d'y contenir la grande masse des Alliés, en leur faisant craindre de se voir attaqués sur leurs derrières, s'ils tentent de déboucher par les rives de l'Elbe ; 3° enfin, de fournir, au besoin, soit aux attaques contre Blücher, soit à la défense de Dresde, si elle se trouve attaquée.

L'Empereur, déjà lancé contre Blücher, le menait battant devant lui, quand il se trouve soudainement rappelé pour la défense de Dresde, où soixante mille Français se trouvaient avoir sur les bras cent quatre-vingt mille alliés. Le généralissime, prince de Schwartzenberg, avait attaqué Dresde mollement le 26, au lieu de brusquer l'affaire. Napoléon arrive avec la rapidité de l'éclair ; il a réuni cent mille Français contre les cent quatre-vingt mille alliés. La bataille n'est pas un instant douteuse ; et c'est à sa sagacité, à son coup d'œil qu'on doit tout. L'armée ennemie est abîmée, elle perd quarante mille hommes, et se trouve menacée un instant d'une destruction totale. L'empereur Alexandre y avait assisté en personne, et Moreau y tomba d'un des premiers boulets de la garde impériale, fort peu de temps après avoir parlé avec ce prince[1].

Elle était donc enfin arrivée cette chance heureuse, tant attendue de Napoléon, qui devait rétablir ses affaires, procurer la paix et sauver la France ! En effet, dès le lendemain même, l'Autriche lui expédiait déjà un agent avec des paroles amicales. Mais, ô destinées humaines ! c'était là le dernier sourire de la fortune. A compter de cet instant, par un enchaînement de fatalités sans exemple, Napoléon ne comptera plus

1. Cette mort de l'illustre Moreau, sous les drapeaux russes, et contre une armée française, a été et demeure la désolation, le supplice de ses plus vrais amis, de ses plus zélés partisans. *(Las Cases.)*

que des désastres. Partout où il ne se trouve pas, nous demeurons écrasés ; notre armée de Silésie éprouve une perte de vingt-cinq mille hommes, de la part de Blücher ; celle qui attaque sur Berlin est battue par le prince de Suède, qui lui cause les plus grands dommages ; enfin, presque tout le corps de Vandamme, qui après la victoire de Dresde a été envoyé en Bohême sur les derrières de l'ennemi, et devait accomplir sa destruction, abandonné à lui-même et à la témérité de son chef, succombe sous le refoulement de l'armée des Alliés précipitant leur fuite. Ce fatal désastre et le salut des Autrichiens sont amenés par une indisposition subite de Napoléon, qu'on croit un moment empoisonné. Sa présence ne hâte plus l'ardeur des différents corps qui poursuivent ; l'indécision, la mollesse s'en mêlent. Vandamme est anéanti, et tout le fruit de la magnifique victoire de Dresde est perdu !

Après de tels échecs coup sur coup répétés, le prestige est détruit, le moral des Français est attaqué, celui des Alliés s'en rehausse, la valeur numérique reprend ses droits, et tout marche vers une catastrophe. Napoléon, au désespoir, fait de vains efforts, il court vers chaque point menacé, et se trouve aussitôt rappelé ailleurs par quelque nouveau désastre ; partout où il apparaît, les Alliés reculent devant lui ; mais ils avancent avec succès sitôt qu'il tourne le dos. Cependant, toutes les masses ennemies gagnent constamment du terrain, elles se trouvent toutes liées entre elles désormais, et forment un demi-cercle qui se resserre sans cesse autour des Français acculés sur l'Elbe, menaçant de les déborder. D'un autre côté, nos derrières dégarnis sont inondés de coureurs, de partisans. Le royaume de Westphalie est en pleine insurrection, nos convois demeurent interceptés ; il n'est plus de communication libre avec la France.

C'est dans cette situation que les négociations de Prague apportent à l'Empereur les résultats de leurs nouvelles conférences. Après de nombreuses restitutions exigées de lui et de ses alliés, on avait fait deux lots : d'un côté toute l'influence et toutes les acquisitions de la France en Italie ; de l'autre, toute l'influence et toutes les acquisitions de la France en Allemagne. On laissait à Napoléon à en choisir un ; mais il devait abandonner l'autre aux Alliés, pour en disposer à leur gré, sans nulle intervention de sa part. Amies ou ennemies, pas un doute que Napoléon ne saisisse avec avidité de telles propositions ; « car, lui disaient les siens, si vous choisissez l'Italie, vous restez aux portes de Vienne, et les Alliés se battront bientôt entre eux, pour les dépouilles de l'Allemagne. Si au contraire vous préférez d'abandonner l'Italie, vous vous attachez l'Autriche, dont elle sera le partage, et demeurez au cœur de l'Allemagne. Dans tous les cas, vous ne tarderez pas à reparaître en médiateur ou en maître. » Napoléon n'en jugea point ainsi, et refusa, persistant dans ses idées arrêtées.

Certes, se disait-il, de telles propositions en elles-mêmes, et dans le cours naturel des choses, sont des plus acceptables ; mais où est la garantie de leur sincérité ? Il voyait très bien que les Alliés ne cherchaient qu'à le faire donner dans le piège. Ils avaient adopté désormais de n'avoir plus ni foi, ni loi. Ils ne se croyaient plus tenus à aucun droit des gens, à aucune moralité vis-à-vis de nous. Au rebours de ses conseillers, il disait : Si j'abandonne l'Allemagne, l'Autriche combattra avec plus d'ardeur, jusqu'à ce qu'elle obtienne l'Italie. Si je lui cède celle-ci, elle s'empressera, pour se la garantir, à me chasser de l'Allemagne. Ainsi une première concession obtenue ne serait, dans leurs mains, qu'un moyen de s'en faire accorder ou d'en saisir de nouvelles. La première pièce de l'édifice déplacée entraînerait l'écroulement de tout le reste ; je serais poussé, de concessions en concessions, jusqu'au château des Tuileries, d'où les Français, indignés de ma faiblesse, et m'accusant de leurs désastres, me chasseraient sans doute, et peut-être avec justice, pour être tout aussitôt eux-mêmes la proie de l'étranger.

Ne croirait-on pas lire la prédiction littérale des événements qui suivirent l'insidieuse déclaration de Francfort, les propositions de Châtillon, etc. ?

« Il valait cent fois mieux périr sous la violence de la victoire, continuait l'Empereur, car les défaites mêmes laissent après elles le respect de l'adversité, quand elles s'associent à une magnanime constance. Je préférai donc combattre ; si j'étais vaincu, il nous restait toujours les vrais intérêts politiques de la plupart de nos ennemis. Si j'étais vainqueur, je pouvais tout sauver, et j'avais encore des chances ; j'étais loin de croire tout désespéré. »

Mouvement intentionné sur Berlin. C'est dans cet état de choses que le roi de Bavière, ce chef de la Confédération du

Rhin, écrivit à l'Empereur, l'assurant confidentiellement qu'il tiendrait encore six semaines dans son alliance : « Et c'était assez, disait Napoléon, pour que très probablement il n'eût plus eu à nous quitter. » Et il se décida à commencer dès l'instant un grand mouvement qu'il méditait depuis longtemps, et qui montre bien toutes les ressources de son génie, et la trempe de son âme. Pressé sur l'Elbe, dont la grande masse des coalisés borde déjà la rive droite, et à peu près tourné sur ses derrières, il a conçu, préparé l'audacieuse idée de changer de position avec l'ennemi, place pour place ; de percer sa ligne, d'aller se former sur ses derrières, et de le contraindre de passer à son tour entièrement sur la rive gauche. Si, dans cette situation, il leur abandonne toutes ses communications avec la France, il se donne pour nouveaux derrières précisément le territoire de l'ennemi, des pays non encore dévastés qui peuvent le nourrir, Berlin, le Brandebourg, le Mecklembourg ; il retrouve toutes ses places, leurs immenses garnisons, dont l'éparpillage et la perte seront une si grande faute après le revers, et eussent apparu comme des ressources du génie en cas de triomphe. Il va avoir devant lui un nouvel avenir, de nouvelles combinaisons, l'étonnement, la stupeur des ennemis, leurs fautes, le brillant de son audace et toutes ses espérances.

Bataille de Leipsick, 16, 18, 19 octobre. Tout semble sourire d'abord à l'Empereur ; mais presque aussitôt une lettre du roi de Wurtemberg lui donne avis que l'armée bavaroise, enlevée par des intrigues et l'esprit du moment, s'est jointe à l'armée autrichienne qu'elle avait à combattre, qu'elle marche sur le Rhin pour le couper de la France, et qu'il va se trouver lui-même dans l'obligation de se plier à ces circonstances. Ce nouveau contretemps force Napoléon de tout interrompre pour revenir en arrière et songer à la retraite. Une telle complication de faux mouvements sert les Alliés, qui nous pressent et nous entourent ; une grande bataille devient inévitable. Napoléon se masse dans les plaines de Leipsick ; son armée est forte de cent cinquante-sept mille combattants et de six cents pièces d'artillerie ; mais les Alliés lui en présentent mille, et trois cent cinquante mille baïonnettes. On se bat avec fureur un premier jour ; les Français demeurent vainqueurs ; et la victoire eût été décisive, si l'un des corps laissés à Dresde fût venu prendre part à la bataille, ainsi que l'avait espéré l'Empereur. Le général Merveldt, fait prisonnier, est renvoyé sur parole, avec l'annonce que l'Empereur accepte enfin de renoncer à l'Allemagne ; mais les coalisés, enflés de l'arrivée sur le terrain d'un immense renfort, recommencent une seconde journée, et ils sont si nombreux, que quand leurs troupes se trouvent fatiguées, elles sont régulièrement relevées, comme à la parade, par des corps tout frais. Les fatalités les plus inouïes se joignent encore à l'inégalité du nombre ; la trahison la plus infâme éclate à l'improviste au milieu de nous : les Saxons, nos alliés, dans nos propres rangs, se retournent, tirent sur nous et nous foudroient de leur artillerie. Toutefois, tel est le sang-froid du général français, son énergie, son habileté, le courage de nos soldats, qu'ils remédient à tout, et que le champ de bataille nous demeure encore.

Ces deux terribles journées, que l'histoire appellera des journées de géants, avaient coûté à l'ennemi cent cinquante mille hommes de ses meilleures troupes, dont cinquante mille tués sur le champ de bataille. Il n'y avait nulle parité avec nos pertes, qui ne s'élevaient pas à cinquante mille. L'immense différence de forces avait donc considérablement décru, et une troisième bataille se présentait avec des chances beaucoup plus favorables ; mais nous nous trouvions à bout de munitions, nos parcs n'offraient plus que seize mille coups ; nous en avions tiré deux cent vingt mille dans les deux batailles. Il fallut de nécessité ordonner la retraite ; elle se commença à la nuit sur Leipsick. Au jour les Alliés nous assaillent ; ils pénètrent avec nous dans la ville ; on s'y bat dans les rues ; notre arrière-garde s'y défendait vaillamment et sans grandes pertes, quand, par une fatalité désespérante, on fait sauter, à contretemps et par malentendu, le seul pont de l'Elster par lequel s'effectue notre retraite. Alors tout ce qui reste sur la rive de Leipsick est perdu, et ce qui se trouve sur l'autre rive se dirige en toute hâte et en désordre sur Mayence. A Hanau, il faut passer sur le ventre de cinquante mille Bavarois ; de tristes débris seuls rentrent en France ; et, pour comble d'infortune, la contagion les y accompagne.

Telle est cette trop fatale campagne, notre dernier effort national, le véritable tombeau de notre gigantesque puissance, où quatre fois, contre toute l'Europe et en dépit de toutes les chances accumulées, le génie d'un seul homme fut sur le point de rétablir notre ascendant, et de le cimenter par la paix : après les victoires de Lutzen et de Bautzen, après celle de Dresde, lors du dernier mouvement sur Berlin, enfin dans les plaines de Leipsick.

Il n'échoua que par une complication de fatalités et de perfidies dont l'histoire ne fournit point d'exemples. J'inscris ici celles qui me tombent sous la main à la simple lecture.

Fatalités.

(A) Incommodité subite de Napoléon.
(B) Débordement soudain de la Bober.
(C) Lettre confidentielle du roi de Bavière.
(D) Ordres non parvenus aux corps de Dresde.
(E) Manque inopportun de munitions militaires, après les deux journées de Leipsick.
(F) Explosion du pont de l'Elster.

Perfidies.

(G) Machinations, mauvaise foi de l'Autriche, première et véritable cause de nos désastres.
(H) Violation de l'armistice de Pleisswitz, relativement à nos places bloquées.
(I) Défection du gouvernement bavarois.
(K) Trahison des Saxons, dans nos rangs, etc.
(L) Capitulation de Dresde violée, etc.

Voici quelques lignes de développements :

(A) Après la victoire de Dresde, quelqu'un complimentait Napoléon sur un si grand succès. Ce n'est rien, remarqua-t-il, tout rayonnant de satisfaction, Vandamme est sur les derrières, et c'est là que vont être les grands résultats ; et l'Empereur marchait de sa personne pour aider et accomplir cette opération décisive, quand malheureusement il fut pris, après son repas, d'un vomissement subit tellement violent, qu'on le crut empoisonné, et qu'il fallut le ramener dans Dresde. Dès lors il y eut lacune dans les opérations. On en connaît les funestes conséquences. Quelle petite cause, et quels immenses résultats ! Ce que sont pourtant les choses d'ici-bas !

(B) Une crue subite de la Bober en Silésie fut la principale cause des désastres du maréchal Macdonald. Le débordement surprit ses corps en pleine opération, empêcha leurs communications et causa les pertes malheureuses qu'on a vues plus haut.

(C) Le roi de Bavière écrivit confidentiellement à Napoléon, vers la fin de septembre, qu'il tiendrait encore six semaines ou deux mois dans son alliance ; que jusque-là il se refuserait opiniâtrement à tous les avantages qui lui étaient offerts. L'Empereur, dans la situation critique où il se trouvait, qui, sans cette circonstance, eût pu se déterminer peut-être à entendre lui-même aux propositions qu'on lui faisait, n'hésita plus, et entreprit immédiatement le beau mouvement qu'il avait médité sur Berlin, pensant que les six semaines lui suffisaient pour changer la face des affaires et raffermir ses alliés ; malheureusement des intrigues militaires furent plus fortes que la volonté du roi de Bavière, et Napoléon, forcé d'interrompre son mouvement, est obligé de combattre à Leipsick avec désavantage : on a vu quelles en furent les suites.

(D) Napoléon, en se préparant pour les combats de Leipsick, avait compté sur une diversion des corps d'armée qu'il avait laissés dans Dresde : leur coopération eût rendu la victoire décisive, et pouvait changer la face des affaires ; malheureusement les ennemis étaient si nombreux, nous demeurions tellement cernés, que les ordres de l'Empereur n'atteignirent point Dresde.

(F) Après les deux terribles journées de Leipsick, notre retraite s'opérait au-delà de l'Elster sur un seul pont. Un officier commis à sa garde avait ordre de le faire sauter quand l'ennemi se présenterait à la suite de notre arrière-garde. Malheureusement on dit à tort à cet officier que l'Empereur le demande ; il y court, et un caporal de sapeurs, au premier aspect de quelques coureurs russes, met aussitôt le feu à la mine, et fait sauter le pont, vouant ainsi à la perdition tout ce qui demeurait encore au-delà : toute notre arrière-garde, les bagages, près de deux cents pièces d'artillerie et trente mille prisonniers, traînards, blessés ou malades.

A la lecture du bulletin qui contenait cette circonstance il n'y eut qu'un cri parmi la malveillance à Paris : il renfermait un mensonge, disait-on ; c'était l'Empereur lui-même qui avait ordonné l'explosion pour sauver sa personne aux dépens du reste de l'armée. Vainement objectait-on la version de l'officier, qui, en confirmant le fait, s'en justifiait ; on répliquait que c'était un nouveau mensonge, ou bien une complaisance et un jeu bien joué de la part de l'officier. Tel était le langage du temps[1].

(G) L'on a vu plus haut les déceptions de l'Autriche, sa duplicité, sa mauvaise foi, les nombreuses contradictions entre ses actes et ses paroles ; c'est qu'oubliant la générosité dont elle avait été l'objet après Léoben, Austerlitz et Wagram, elle s'acquittait selon les maximes de la politique, et en saisissait avidement l'occasion de réparer ses pertes à tout prix.

On a vu qu'elle nous a perdus en nous faisant consentir à l'armistice de Pleisswitz ; et sa conduite était d'autant plus odieuse, qu'elle était déjà décidée à nous faire la guerre, et qu'à peu de jours de là son cabinet, bien que toujours notre ami, notre allié, et s'offrant pour médiateur, prenait des engagements contre nous. On sait à présent son accession aux conventions de Rechembach, vers le milieu de juin, et sa participation aux conférences de Trachenberg, au commencement de juillet. La nécessité d'une certaine pudeur fit tenir ces choses secrètes un mois encore après le commencement des hostilités. On ne les présenta d'abord à François que comme des mesures éventuelles et précautionnelles ; et ce ne fut qu'en lui peignant Napoléon comme un fléau, et en lui attribuant les retards de l'ouverture du congrès qu'on reculait soi-même, qu'on vint à bout de le faire apposer sa signature. (Montvéran, t. VI, p. 262.)

1. Lors de mon dernier voyage à Londres en 1814, il n'était bruit que des événements récents, et la bataille de Leipsick y jouait un grand rôle. On racontait qu'au moment de sa défaite, Napoléon avait tellement perdu l'esprit, qu'il s'était égaré dans la ville, et que perdu dans une rue écartée, sur la muraille de laquelle, bien qu'à cheval, il s'était appuyé dans un moment de défaillance, il avait demandé à une bonne vieille son chemin et un verre d'eau-de-vie. L'explosion du pont n'était pas oubliée, et elle était racontée précisément comme à Paris. Ces détails et bien d'autres encore remplissaient les salons, et couraient les rues, étaient racontés sérieusement par les personnes les mieux élevées comme par celles du dernier vulgaire ; les gravures en étaient exposées à toutes les boutiques. On y voyait la rue de Leipsick, le point précis de l'événement, etc. ; et le torrent de ces absurdités était tel, qu'il ne restait d'autre ressource au bon sens que de hausser les épaules et de souffrir. *(Las Cases.)*

Telle fut la conduite de l'Autriche, et Napoléon pourtant ne cessa d'entretenir l'arrière-espérance de la voir revenir à lui, non qu'il pût compter sur aucuns procédés, mais parce qu'il la supposait assez clairvoyante sur ses véritables intérêts. Ce sentiment ne l'a abandonné qu'en signant son abdication[1].

(H) Les forteresses occupées par les troupes françaises, comprises dans les parties occupées par les armées combinées, devaient avoir une lieue de rayon autour de leur enceinte, et être ravitaillées tous les cinq jours ; cet article ne fut pas exécuté de bonne foi.

Quand l'armistice fut prolongé, les commissaires français demandèrent que des officiers de leur armée fussent envoyés aux commandants des forteresses ; mais le général en chef russe s'y refusa, et les circonstances étaient devenues telles qu'on fut obligé d'en passer par là. (Montvéran, t. VI, p. 270.)

(I) Une partie du plan de campagne arrêté par Napoléon avait été que l'armée bavaroise stationnée sur le Danube agirait de concert avec l'armée d'Italie stationnée en Illyrie, et que leurs efforts réunis se porteraient sur Vienne. On sent de quel poids eussent été de telles mesures sur les destinées de la campagne. Mais le chef de l'armée bavaroise, sous un prétexte ou un autre, et au vrai parce qu'il était d'intelligence avec l'ennemi, demeura constamment inactif ; paralysa le vice-roi, sur lequel se portèrent les principales forces autrichiennes. On a vu plus haut que la défection ouverte de cette armée, parvenue à l'Empereur au plus fort de la crise, devint une des grandes causes de notre destruction.

(K) Mais de tout ce que nous venons de parcourir, rien n'égale encore le scandale et l'ignominie de la trahison des Saxons, qui, nos frères de périls et de fortune, dans nos rangs

1. Il y avait quelque chose de si juste dans cette pensée, qu'il ne demeure nullement prouvé que le détrônement de l'Empereur n'ait pas été plutôt escamoté à l'Autriche, que consenti par elle. Par une de ces fatalités si remarquables qui se sont attachées aux derniers pas de Napoléon, un de ses succès momentanés sépara les Autrichiens des Russes, et l'ordre de marcher sur Paris, ainsi que la fameuse déclaration qui proscrivit Napoléon et sa famille, émanèrent d'Alexandre seul. Quand François se présenta, il n'eut plus que l'obligation d'adopter des mesures déjà accomplies. Mais bien des circonstances ont porté à croire que ce fut avec une grande répugnance et un extrême dépit. *(Las Cases.)*

mêmes se retournent subitement contre nous pour nous égorger. Quelque étendu qu'ait été le dommage qu'ils nous ont causé, leur honte demeure encore plus grande que tout le mal qu'ils nous ont fait.

La conduite de Napoléon en cet instant, de lui qu'on se plaisait à cette époque à dépeindre comme l'homme de la déception et de la mauvaise foi par excellence, demeure une belle leçon de magnanimité et de véritable grandeur.

Il avait adjoint un corps de Saxons à sa garde impériale ; il les range autour de leur souverain, qu'il laisse à Leipsick[1], et qu'il relève de tous ses engagements vis-à-vis de lui. Il se trouvait encore des Bavarois dans son armée, et Napoléon fait écrire à leur chef, « que la Bavière venant de lui déclarer déloyalement la guerre, cette circonstance autoriserait à les désarmer et à les retenir prisonniers de guerre ; mais que de tels actes sont contraires à la confiance que Napoléon veut que les troupes à ses ordres aient en lui ». Et il leur fait donner des vivres et les renvoie. L'histoire comparera[2] !

(L) J'ai sous les yeux des notes d'un officier très distingué, relatives à la capitulation de Dresde. Énumérant tout ce que nous avions laissé dans les places dont nous demeurions séparés, il porte leur total à cent soixante-dix-sept mille hommes !!! L'Empereur n'en avait que cent cinquante-sept mille à Leipsick, et quelle différence dans nos destinées si cette masse ou seulement une partie se fût trouvée sous sa main dans cet événement décisif ! Mais les circonstances forcées, et non un système suivi, avaient amené cette malheureuse dispersion. Or, voici ce que je trouve littéralement dans ces notes touchant la violation de la capitulation de Dresde.

« Avant tout, il importe de savoir, y est-il dit, qu'il était arrêté dans le plan de la coalition contre la France, coalition

1. Le vénérable, le fidèle, le bon roi de Saxe avait suivi Napoléon, son allié, et s'était fixé à son quartier général. Les coalisés, en rentrant dans Leipsick, se saisirent de sa personne et prétendirent disposer de ses États. On connaît ses malheurs : ils intéressèrent vivement tous les cœurs généreux en Europe. *(Las Cases.)*

2. Au milieu de la déloyauté générale, le roi de Wurtemberg présente une exception bien honorable. Ce prince, quoique déjà en guerre avec nous, cassa la brigade de cavalerie, et les corps d'infanterie de ses troupes qui passèrent à l'ennemi, et retira à leurs officiers la décoration de son ordre. *(Las Cases.)*

dont le prince de Schwartzenberg était le prête-nom, qu'au fur et à mesure des offres de capitulation de chacune de nos nombreuses garnisons, on la lui accorderait belle et honorable ; mais qu'aucune ne serait exécutée. Ce point de fait est matériellement prouvé ; car le motif du refus de capitulation souscrite à Dresde entre M. le maréchal Saint-Cyr et MM. les généraux Tolstoy et Klenau, fut que le prince Schwartzenberg ne pouvait la ratifier, parce que M. le comte de Lobau, aide de camp de Napoléon, enfermé dans Dresde avec le maréchal, avait protesté contre cette capitulation ; et, quelque temps après, la capitulation de Dantzick, souscrite avec le général Rapp, fut déclinée sous le prétexte atrocement faux que la garnison de Dresde, malgré les stipulations de la sienne, ayant repris du service sitôt son arrivée à Strasbourg, on ne pouvait plus dès lors approuver la capitulation de Dantzick sans s'exposer aux mêmes inconvénients. »

Voici ce qui met à nu encore plus, s'il est possible, la déloyauté des Alliés. La garnison de Dresde, composée de deux corps d'armée, et formant quarante-cinq mille hommes, capitula le 11 novembre.

Le parti de rendre la place avait été loin d'être unanime dans la garnison. Il y eut, à cet égard, deux opinions : l'une fut de rentrer en France à l'aide d'une capitulation, et ce fut celle qu'on adopta ; la seconde était bien autrement vigoureuse. Il ne s'agissait de rien moins que de sortir de Dresde avec l'élite de la garnison, de descendre l'Elbe en débloquant successivement Torgau, où se trouvaient vingt-huit mille hommes, Wittemberg, où il y en avait cinq mille, Magdebourg, qui en comptait vingt mille, et d'arriver à Hambourg, où s'en trouvaient trente-deux mille ; alors, avec cette armée de soixante ou quatre-vingt mille hommes agglomérés de la sorte, on fût rentré en France en marchant sur le ventre de l'ennemi ; ou bien encore on l'eût contraint de rétrograder en manœuvrant sur ses derrières ; on eût paralysé les grandes levées en masse qui sont venues accabler nos vieilles bandes ; et eût-on été malheureux, l'issue n'eût pas été plus funeste que la capitulation. Cet avis fut fortement soutenu par le comte de Lobau, les généraux Teste, Mouton-Duvernet et autres. La détermination était grande, digne de notre gloire, tout à fait en harmonie avec nos actes passés, et c'était l'intention de l'Empereur, qui expédia à cet effet des ordres qui ne purent parvenir. Le désespoir de se rendre était tel, qu'une partie de l'armée suggéra au chef de l'opposition de se saisir du commandement : mais le respect à la discipline l'emporta chez lui sur l'ardeur de combattre, toutefois ce ne fut pas sans s'exprimer avec la dernière violence dans le conseil, où l'on assure que, dans son intrépide indignation, il s'emporta au point de s'écrier au général en chef : « L'Empereur me dira que j'aurais dû, le pistolet au poing, me saisir du commandement et vous brûler la cervelle. »

« La capitulation portait que l'évacuation de la place par les Français se ferait en six colonnes et en six journées successives ; que la destination générale de la garnison serait Strasbourg.

« Cette capitulation s'exécuta quant à l'évacuation par nous et à la prise de possession par l'ennemi ; mais notre sixième colonne avait à peine fait une journée de route hors de la ville, que l'on déclara que cette même capitulation était déclinée et rejetée par le généralissime prince de Schwartzenberg, aux termes d'un ordre du 19 novembre.

« Lorsque le maréchal Saint-Cyr se plaignit de cette disposition, on lui offrit, en compensation de ce déni de justice, de le laisser rentrer à Dresde avec ses troupes, et de le remettre en possession de tous les moyens de défense dont il avait disposé avant la capitulation ; c'était une ironie.

« Le maréchal négociant en vain pour l'exécution littérale de tous les articles consentis, avec pouvoir valable, par le comte de Klenau, force fut pour cette malheureuse garnison disloquée et coupée, de se rendre aux différents cantonnements qui lui furent assignés dans la Bohême, au lieu de poursuivre sa marche vers le Rhin.

« Le maréchal, outré de cette violation manifeste, dépêcha, pour en prévenir Napoléon, un officier supérieur ; mais les Alliés retardèrent sa marche sous divers prétextes. Il n'arriva à Paris que le 18 décembre ; la série des *événements postérieurs* avait rendu le mal sans remède. »

Après la nomenclature des déceptions et des perfidies que je viens d'énoncer, et que les coalisés avaient érigées en système, on doit être peu surpris que Napoléon, qui les apercevait clairement, ne comptât en aucune manière sur la fameuse déclaration de Francfort, et qu'il s'indignât de l'aveuglement de notre Corps législatif, dont la commission, par malveillance ou par travers d'esprit, acheva de ruiner les affaires. Napoléon fut plus d'une fois sur le point de mander cette commission, me disait-il, afin de s'entretenir confidentiellement avec elle et à cœur ouvert sur le véritable état des choses, et le péril imminent dont nous étions menacés. Parfois, observait-il, il pensait qu'il eût indubitablement ramené leurs cœurs français, parfois il redoutait, au contraire, certaines opiniâtretés, peut-être malveillantes, qui eussent pu faire dégénérer l'affaire en polémique, ce qui, vu l'esprit du moment, eût encore affaibli nos ressources et hâté la dissolution.

L'Empereur est revenu souvent et en diverses circonstances sur ce point critique de nos destinées. Je l'ai toujours passé, parce que le détail n'en présentait rien d'agréable ni de consolant.

MARDI 3.

Trait de bienfaisance. Voyage à Amsterdam ; les Hollandais, etc. Massacres de septembre. Sur les révolutions en général ; fatalité contre Louis XVI.

Sur les trois heures, l'Empereur m'a fait demander dans sa chambre : il achevait sa toilette ; et comme il pleuvait en ce moment, il a gagné le salon, où il m'a dit des choses fort curieuses qu'on supposerait le concerner, et dans lesquelles je jouais un grand rôle . . . .

Plus tard, l'Empereur a essayé quelques tours sur l'espèce de prairie qui avoisine sa bibliothèque. Le vent était très violent ; il est rentré et s'est mis à jouer au billard, chose dont il se doute à peine.

Dans la journée, l'Empereur disait que, voyageant avec l'Impératrice, il se trouvait un jour à déjeuner dans une des îles du Rhin. Une petite ferme était dans le voisinage ; pendant qu'il était à table, il en fit venir le paysan, le questionna sur tout ce qui pouvait le rendre heureux, lui dit de le demander hardiment ; et, pour lui donner plus de confiance, il lui fit boire, disait-il, plusieurs verres de vin. Le paysan, moins circonscrit et mieux avisé que dans les trois souhaits, parcourut le maximum de tous ses besoins. L'Empereur commanda au préfet d'y pourvoir sur-le-champ. On fit le compte, et la somme ne s'élevait pas au-dessus de six à sept mille francs.

Une autre fois, en Hollande, disait-il encore, faisant une traversée en yacht, et causant avec celui qui tenait le gouvernail, il lui demandait ce que pouvait valoir son bâtiment. « Mon bâtiment ! il n'est pas à moi, dit l'homme, je serais trop heureux, il ferait ma fortune. – Eh bien ! je te le donne », dit l'Empereur à cet homme, qui y parut fort peu sensible. On prit sa froide indifférence pour le flegme naturel du pays ; mais ce n'était pas cela. « Quelle faveur m'a-t-il donc faite ? dit-il à un de ses camarades qui le félicitait ; il m'a parlé, et voilà tout ; il m'a donné ce qui ne lui appartient pas : quel diable de présent ! » Cependant Duroc avait été payer le maître du bâtiment ; il en tenait la quittance de vente qu'on remit à l'homme. Dès qu'il commença à comprendre, sa joie fut jusqu'au délire ; il fit des folies. La somme était encore à peu près la même que ci-dessus. « Ainsi, disait l'Empereur, on voit que les désirs des hommes ne sont pas aussi immodérés qu'on le pense, et qu'il est plus facile de les rendre heureux qu'on ne le croit ! car, assurément, ces deux hommes trouvèrent le bonheur. »

Napoléon répétait souvent des traits de la sorte ; en voici un écrit sous sa dictée, il s'agit du passage du Saint-Bernard, avant la bataille de Marengo.

« Le consul montait, dans le plus mauvais pas, le mulet d'un habitant de Saint-Pierre, désigné comme étant le mulet le plus sûr de tout le pays. Le guide du consul était un grand et vigoureux jeune homme de vingt-deux ans, qui s'entretint beaucoup avec lui, en s'abandonnant à cette confiance propre à son âge, et à la simplicité des habitants des montagnes. Il confia au Premier consul toutes ses peines, ainsi que les rêves de bonheur qu'il faisait pour l'avenir. Arrivé au couvent, le Premier consul, qui jusque-là ne lui avait rien témoigné, écrivit un billet et le donna à ce paysan pour le remettre à son adresse. Ce billet était un ordre qui prescrivait diverses dispositions, qui eurent lieu immédiatement après le passage, et qui réalisaient toutes les espérances du jeune paysan ; telles que la bâtisse d'une maison, l'achat d'un terrain, etc. Quelque temps après son retour, l'étonnement du jeune montagnard fut bien grand de voir tant de monde s'empresser de satisfaire ses désirs, et la fortune lui arriver de tous côtés. »

Quand l'Empereur fut visiter Amsterdam, la population, dit-il, était très montée contre lui ; mais à peine il avait paru qu'il avait remué les cœurs les plus froids. Il ne voulut d'autre garde que la garde d'honneur de la ville, et ce trait de confiance lui ramena aussitôt tous les sentiments hollandais. Il était sans cesse au milieu d'eux tous. Dans une certaine occasion, il aborda vis-à-vis d'eux franchement la question. « On vous dit mécontents ; mais pourquoi ? La France ne vous a pas conquis, elle vous a adoptés ; il n'est aucune exclusion pour vous ; vous partagez toutes les faveurs de la famille. Considérez-vous : j'ai pris parmi vous des préfets, des chambellans, des conseillers d'État, dans le juste rapport de votre population, et j'ai accru ma garde de votre garde hollandaise. Vous vous plaignez de souffrir ; mais en France on souffre davantage ; nous souffrons, et cela durera tant que l'ennemi commun, le tyran des mers, le vampire de votre commerce, ne sera pas ramené à la raison. Vous vous plaignez de vos sacrifices ? Mais venez en France, et vous verrez tout ce qui vous reste encore au-dessus de nous ; alors vous vous estimerez moins malheureux peut-être... Mais pourquoi ne vous féliciteriez-vous pas plutôt de la fatalité qui amène votre réunion avec nous ? Dans la composition nouvelle de l'Europe, que seriez-vous désormais, laissés à vous-mêmes ? Les esclaves de tout le monde ; au lieu qu'identifiés à la France, vous êtes appelés à faire un jour avec éclat tout le commerce du Grand Empire. » Puis prenant le ton de la gaieté, il leur dit : « J'ai fait tout pour vous plaire et vous accommoder. Ne vous ai-je pas envoyé pour vous gouverner, justement l'homme qu'il vous fallait, le bon et pacifique Lebrun ? Vous pleurez avec lui, il pleure avec vous, vous pleurez ensemble ; que pouvais-je faire de mieux ? » Et à ces mots le flegme hollandais disparut ; tout l'auditoire se mit à rire aux éclats, et l'Empereur put compter sur eux. « Du reste, ajouta-t-il, espérons que ce ne sera pas long ; croyez que je le désire autant que vous. Ceux d'entre vous qui voient loin vous diront que rien de tout ceci n'est dans mon caprice, ni dans mes intérêts. »

L'Empereur laissa le peuple d'Amsterdam ivre de sa personne, et emporta lui-même des sentiments très prononcés en sa faveur. Il avait coutume de se plaindre, avant son voyage, que quiconque était envoyé par lui en Hollande, y devenait aussitôt Hollandais : il le rappela au Conseil d'État à son retour, et dit qu'il l'était devenu lui-même. Et un jour qu'un des orateurs parlait légèrement de l'esprit des Hollandais : « Messieurs, dit-il, vous pouvez être plus aimables, mais je vous souhaite leur moralité. »

Après dîner, quelqu'un ayant mentionné la date du jour (3 septembre)[1], l'Empereur a dit à ce sujet des paroles bien remarquables. En voici quelques-unes : « C'est l'anniversaire d'exécutions bien épouvantables, bien hideuses, une réaction en petit de la Saint-Barthélemy, une tache pour nous, moindre sans doute, parce qu'elle a fait moins de victimes et qu'elle n'a pas porté la sanction du gouvernement, qui essaya même de punir le crime. Il a été commis par la Commune de Paris, puissance spontanée, rivale de la législature, supérieure même.

« Au surplus, disait l'Empereur, ce fut bien plutôt l'acte du fanatisme que celui de la pure scélératesse ; on a vu les massacreurs de septembre massacrer l'un d'entre eux pour avoir volé durant leurs exécutions. Ce terrible événement, continuait l'Empereur, était dans la force des choses et dans l'esprit des hommes. Point de bouleversement politique sans fureur populaire, point de danger pour le peuple déchaîné, sans désordre et sans victimes. Les Prussiens entraient ; avant de courir à eux, on a voulu faire main basse sur leurs auxiliaires dans Paris. Peut-être cet événement influa-t-il dans le temps sur le salut de la France. Qui doute que dans les derniers temps, lorsque les étrangers approchaient, si on eût renouvelé de telles horreurs sur leurs amis, ils eussent jamais dominé la France ? Mais nous ne le pouvions, nous étions devenus légitimes ; la durée de l'autorité, nos victoires, nos traités, le rétablissement de nos mœurs, avaient fait de nous un gouvernement régulier ; nous ne pouvions nous charger des mêmes fureurs ni du même odieux que la multitude. Pour moi, je ne pouvais ni ne voulais être un *roi de la Jacquerie*[2].

« Règle générale : Jamais de révolution sociale sans terreur. Toute révolution de cette nature n'est et ne peut être dans le principe qu'une révolte. Le temps et les succès par-

1. Anniversaire du massacre des prêtres et des prisonniers de la Révolution en septembre 1792.

2. Voir tome I, note, p. 465.

viennent seuls à l'ennoblir, à la rendre légitime ; mais encore une fois on n'a pu y parvenir que par la terreur. Comment dire à tous ceux qui remplissent toutes les administrations, possèdent toutes les charges, jouissent de toutes les fortunes : Allez-vous-en ! Il est clair qu'ils se défendraient : il faut donc les frapper de terreur, les mettre en fuite, et c'est ce qu'ont fait la lanterne et les exécutions populaires. La terreur en France a commencé le 4 août, lorsqu'on a aboli la noblesse, les dîmes, les féodalités, et qu'on a jeté tous ces débris au peuple. Il se les est partagés, n'a plus voulu les perdre, et a tué. Alors seulement il a compris la Révolution, et s'y est vraiment intéressé. Jusque-là, il existait assez de morale et de dépendance religieuse parmi eux, pour qu'un grand nombre doutât que, sans le roi et les dîmes, la récolte pût venir comme de coutume.

« Toutefois, concluait l'Empereur, une révolution est un des plus grands maux dont le ciel puisse affliger la terre. C'est le fléau de la génération qui l'exécute ; tous les avantages qu'elle procure ne sauraient égaler le trouble dont elle remplit la vie de leurs auteurs. Elle enrichit les pauvres, qui ne sont point satisfaits ; elle bouleverse tout ; dans les premiers moments elle fait le malheur de tous, le bonheur de personne.

« Le vrai bonheur social, il faut en convenir, est dans l'usage paisible, dans l'harmonie des jouissances relatives de chacun. Dans les temps réguliers et tranquilles, chacun a son bonheur : le cordonnier est aussi heureux dans sa boutique que moi sur le trône ; le simple officier jouit autant que son général. Les révolutions les mieux fondées détruisent tout à l'instant même, et ne remplacent que dans l'avenir. La nôtre a semblé d'une fatalité irrésistible ; c'est qu'elle a été une éruption morale aussi inévitable que les éruptions physiques, un vrai volcan : quand les combinaisons chimiques qui produisent celui-ci sont complètes, il éclate ; les combinaisons morales qui produisent une révolution étaient à point chez nous, elle a éclaté. »

Nous demandions à l'Empereur s'il croyait qu'il eût été possible d'arrêter la Révolution à sa naissance. Il le croyait sinon impossible, du moins bien difficile. Peut-être, disait-il, aurait-on pu conjurer l'orage ou le détourner par quelque grand acte machiavélique, en frappant d'une main de grands individus, et en concédant de l'autre à la nation, en lui accordant franchement la réformation que demandait le temps, et dont une partie avait déjà été mentionnée dans la fameuse séance royale. « Et encore tout cela, remarquait l'Empereur, n'eût-il été que se saisir de la Révolution et la diriger soi-même. » Il pensait que quelque autre combinaison de la sorte eût pu réussir peut-être encore au 10 août, si le roi fût demeuré vainqueur. Ces deux époques, selon lui, étaient les seules qui eussent pu présenter quelques chances désespérées, parce que, lors de Versailles, la nation n'était point encore tout ébranlée, et qu'au 10 août elle était déjà bien fatiguée ; mais les hauts intéressés, remarquait l'Empereur, n'étaient pas de taille pour ces difficiles époques.

L'Empereur a parcouru rapidement la série des chutes commises. « L'ensemble en faisait pitié, concluait-il. Il eût fallu un premier ministre à Louis XVI, et M. Necker en sous-ordre pour les finances. Les premiers ministres eussent dû être inventés surtout pour les derniers règnes de notre monarchie ; et précisément il était devenu dans les principes de l'amour-propre du jour de n'en vouloir point prendre. »

On a beaucoup parlé de la conduite équivoque de plusieurs grands personnages dans ces temps de crise, et l'Empereur a dit : « Nous condamnons Louis XVI ; mais, indépendamment de sa faiblesse, il a été le premier prince attaqué. C'est celui sur lequel les nouveaux principes faisaient leur essai. Son éducation, ses idées innées le portaient à croire de bonne foi comme lui appartenant tout ce qu'il cherchait à défendre ouvertement ou en secret. Même dans ses manques de foi il pouvait y avoir une espèce de bonne foi, s'il est permis de parler ainsi. Plus tard, que chacun en sait davantage, une même conduite serait bien plus inexcusable, bien autrement condamnable. Qu'on ajoute que Louis XVI avait tout le monde contre lui, et l'on pourra se faire une idée des difficultés sans nombre que la fatalité sembla prendre plaisir à accumuler sur ce prince infortuné. La fatalité des Stuarts[1], dont on a tant parlé, n'a pas été plus malheureuse. »

1. Charles Ier d'Angleterre, de la famille des Stuarts, fut en effet décapité en 1649.

MERCREDI 4.

Sur les gardes du corps ; un déserteur parmi nous.

L'Empereur m'a fait appeler après son déjeuner. Il était étendu sur son canapé, au milieu de plusieurs livres. Sa tête demeurait encore couverte du madras de la nuit ; son visage semblait défait. « Mon cher, m'a-t-il dit, je me sens fatigué. Voilà bien des livres que je parcours, rien ne m'attache, tout m'y déplaît ; je m'ennuie. » Et son œil dirigé sur moi, cet œil si vif d'ordinaire, et terne en ce moment, m'en exprimait bien davantage. « Asseyez-vous là, m'a-t-il dit en montrant une chaise près de lui, chargée de livres, et causons. » Il s'est mis à parler de l'île d'Elbe, de la vie qu'il y avait menée, de quelques visites qu'il y avait reçues, etc., etc. Puis il m'a questionné sur notre existence à Paris à cette époque correspondante ; sur la cour, sa physionomie. Et la conversation l'ayant amené à mentionner les gardes du corps : « Sire, s'est permis de lui dire quelqu'un, dans votre suite, parmi nous, se trouve un de leurs déserteurs. – Comment cela ? Expliquez. – Sire, parce qu'au moment de la Restauration, un des capitaines des gardes, pour qui j'ai beaucoup d'affection, et qui m'en avait toujours témoigné, malgré la différence de nos opinions, m'offrit de placer mon fils dans sa compagnie, me disant qu'il l'y traiterait comme le sien. Je lui objectai qu'il était trop jeune, que cela ferait tort à ses études ; et comme il m'assurait que non, je lui demandai la permission d'y réfléchir. Quand j'en parlai ailleurs, on se récria sur la bonne fortune que j'avais dédaignée ; c'était une grande faveur, me disait-on, parce qu'en très peu de temps, et sans interrompre son éducation, mon fils deviendrait susceptible d'un très bel avancement. Je fus donc témoigner au capitaine des gardes qu'il avait dû me trouver très ridicule de ne pas m'être montré plus reconnaissant ; et il m'avoua qu'il s'était bien aperçu que je n'avais pas compris. Toutefois, par une circonstance ou une autre, Votre Majesté est revenue avant que mon fils n'eût eu l'honneur d'être présenté à son colonel ; et, comme à notre départ pour Sainte-Hélène j'ai été l'enlever à son lycée, le voilà pleinement et dûment un déserteur. » L'Empereur en a beaucoup ri, et a terminé en disant : « Ce que c'est pourtant que les révolutions ! Quel croisement d'intérêts, de rapports, d'opinions ! Heureux encore quand elles ne dissolvent pas les familles, ou qu'elles ne mettent pas aux prises les meilleurs amis. » Et de là il a passé à me questionner sur ma famille, et a fini par me dire : « Mais j'ai vu, dans Alphonse de Beauchamp, votre nom parmi les royalistes qui, le 30 mars [1], provoquèrent à la royauté sur la place Louis-XV : je vois bien que ce n'est pas vous ; je crois même que vous m'avez déjà expliqué cela ; mais l'idée ne m'en est pas restée. – Sire, c'est un cousin de mon nom. Cette citation me gêna un peu dans le moment, et je réclamai vainement dans les journaux ; ce qu'il y avait de plaisant, c'est que le cousin réclamait vivement de son côté, pour qu'on spécifiât bien que c'était lui. Je crois bien que la dénomination ainsi générale était une bienveillance de l'auteur, que j'avais vu jadis chez moi, et qui voulait peut-être par là me ménager une occasion de me faire valoir, si j'en avais l'envie. Du reste, je dois à ce cousin la justice de dire que, me trouvant, moi, près de Votre Majesté, je lui offris maintes fois de demander la faveur de vouloir bien le placer dans votre maison ou autrement, et il me refusa constamment. Je lui souhaite aujourd'hui d'en trouver la récompense. » L'Empereur a répété : « Bon Dieu ! ce que sont pourtant les révolutions ! Comme elles bouleversent tous les intérêts privés ! et c'est la masse de ces blessures privées qui cause le ferment général, et rend ses secousses si aigres, si haineuses, si violentes ! etc., etc. »

Le temps a été épouvantable, à ne pouvoir pas sortir de tout le jour. L'Empereur m'a congédié et a fait appeler le général Gourgaud, auquel il a dicté dans sa bibliothèque, depuis deux heures jusqu'à six heures, presque toute la campagne de Moreau, sous le Consulat. Après dîner, il nous a lu la fameuse lettre somptuaire de Mme de Maintenon à son frère, dans laquelle elle lui fixe son ménage, article par article, à six mille francs par an. Cela a conduit à faire venir plusieurs volumes des *Grands Hommes* [2]. L'Empereur en a parcouru quelques articles, et s'est amusé des figures au trait qui sont à la fin de chaque volume.

1. 1814.
2. Recueil de biographies.

JEUDI 5.

Bourrades de Napoléon, la plupart calculées, etc.
On marchande notre existence.

Aujourd'hui, dans ma conversation du matin, je racontais à l'Empereur je ne sais plus quelles vexations, quels actes iniques qui, à son insu, révoltaient l'esprit public, et le rendaient odieux, parce qu'ils s'exerçaient en son nom, et que beaucoup les croyaient de lui. « Mais comment, disait-il, ne se trouvait-il personne parmi cette foule de vous autres qui m'entouriez ; comment parmi mes chambellans, surtout, n'y avait-il pas quelqu'un de cœur et d'indépendance qui vînt s'en plaindre et m'en donner connaissance ? j'en aurais fait justice. – Ah ! sire, nous n'avions garde, nul n'aurait osé. – Pourquoi ? J'étais donc bien terrible ? – Sire, nous vous tenions pour tel. – J'entends, l'on redoutait mes bourrades ; mais on savait aussi que j'écoutais volontiers, que j'étais juste, et c'eût été au bienveillant à savoir mettre en balance le prix de sa bonne action avec le danger de la bourrade. Et puis, mon cher, il était bien peu de ces bourrades qui ne tinssent du calcul ; c'était souvent ma seule occasion de tâter un homme, de prendre au vol ses nuances de caractère ; j'avais peu de moments à donner aux informations ; c'était une de mes épreuves. Par exemple, une fois, ici, je vous ai poussé, eh bien, cela m'a suffi pour découvrir que vous devez être entêté-négatif très susceptible, point dissimulé, mais boudeur ; et si je voulais (me prenant par l'oreille) vous adresser un madrigal, je dirais : *la sensitive*, mon cher. »

Dans une autre circonstance et sur le même sujet de ces bourrades calculées, il avait dit : « En brusquant tout d'abord mon homme, je sais aussitôt, par la manière dont il répond, à quoi m'en tenir sur son compte. J'obtiens à quel unisson est montée son âme ; car frappez un bronze avec un gant, il ne rend aucun son ; mais, frappez-le d'un marteau, il retentit, etc., etc. » Et il a terminé en disant : « Et puis un autre motif, c'est que j'avais été dans l'obligation de me créer une auréole de crainte ; autrement, surgi, comme je l'avais fait, du milieu de la multitude, un grand nombre m'eussent mangé dans la main ou frappé sur l'épaule. Nous sommes fort enclins, de notre nature, à la familiarité, etc. »

Le temps a continué tout aussi mauvais ; il a été horrible.

L'Empereur a passé la plus grande partie du jour à travailler comme hier.

Le gouverneur a renouvelé ses tracasseries au sujet de notre nourriture ; il a recommencé d'ignobles détails sur quelques bouteilles de vin, quelques livres de viande. Il veut bien aller à présent de huit mille livres sterling, qui lui sont fixées par le gouvernement, jusqu'à douze mille, qu'il prononce lui-même indispensables ; mais il tient toujours à ce qu'on lui remette le surplus entre les mains, ou il menace de grands retranchements. *Il marchande notre existence.* L'Empereur, quand on a voulu lui en rendre compte, a répondu qu'on fît ce qu'on voudrait ; mais que sur toute chose on ne lui en parlât pas, qu'on le laissât tranquille.

Le soir, l'Empereur est revenu de nouveau à Mme de Maintenon, et a beaucoup parlé de ses lettres, de son caractère, de son influence sur les affaires du temps, etc., etc. Il a fait venir le *Dictionnaire historique* pour y lire l'article des Noailles, et s'est retiré à onze heures.

VENDREDI 6.

Conversation confidentielle.
Lettres de Mme de Maintenon et de Mme de Sévigné.

Le temps était presque aussi mauvais que la veille. L'Empereur, après sa toilette, a mené l'un de nous dans sa bibliothèque, où il s'est entretenu confidentiellement et longtemps sur des objets graves qui nous touchent vivement.

« Voilà plus d'un an, disait-il, que nous sommes ici ; et nous en sommes encore comme au premier jour sur certains objets ; j'avoue même qu'ils restent encore dans le vague de mon esprit, et que je n'ai rien d'arrêté à cet égard dans ma pensée. Cela me ressemble peu ; mais aussi quel découragement ne doit pas être le mien ! Que de coups la fortune et les hommes ont amassés sur ma tête ! J'en suis atteint de tous côtés et partout. La plaie m'en couvre tous les pores. Il n'est pas jusqu'à vous autres autour de moi, vous mes fidèles et mes consolateurs, qui n'y soyez pour quelque chose. Vos jalousies, vos dissentiments m'attristent et me gênent. – Sire, lui a-t-il été répondu, ce point devrait demeurer inaperçu de Votre Majesté, d'autant plus qu'au fond il est sans réalité pour ce qui la concerne. Notre jalousie n'est plus dès lors que de l'émulation, et tous dissentiments cessent à l'expression de votre moindre désir. Nous ne vivons qu'en vous, nous agirons toujours ainsi qu'il vous plaira. Vous êtes pour nous *le vieux de la montagne*[1] ; aux crimes près, vous n'avez qu'à commander. – Eh bien ! a dit l'Empereur, je vais m'y mettre sérieusement, et chacun aura sa tâche. » Alors il a dicté quelques notes, a gagné le jardin, où il a fait quelques tours seul, et de là est rentré chez lui.

L'Empereur n'est sorti de sa chambre qu'au moment du dîner. Il est revenu encore sur Mme de Maintenon, qui était sa lecture du moment. « Son style, sa grâce, la pureté de son langage me ravissent, a-t-il dit ; je me raccommode. Si je suis violemment heurté par ce qui est mauvais, j'ai une sensibilité exquise pour ce qui est bon. Je crois que je préfère les lettres de Mme de Maintenon à celles de Mme de Sévigné : elles disent plus de choses. Mme de Sévigné certainement restera toujours le vrai type, elle a tant de charmes et de grâce ; mais quand on a beaucoup lu, il ne reste rien. Ce sont des œufs à la neige dont on peut se rassasier sans charger son estomac. »

Plus tard, en parlant de grammaire, il a fait venir celle de Domairon, qui avait été notre professeur à l'École militaire de Paris. Il la parcourait avec plaisir. « Ce qu'est l'influence de la jeunesse, disait-il ; je soupçonne bien qu'elle n'est pas la meilleure des grammaires, mais elle n'en sera pas moins toujours pour moi celle qui aura le plus d'attraits ; je ne l'ouvrirai jamais sans éprouver un certain charme, etc. »

SAMEDI 7.

Fautes des ministres anglais ; moyens laissés à l'Angleterre pour l'acquittement de sa dette, etc. Réductions du gouverneur.

L'Empereur n'est pas sorti de la journée. Le gouverneur a paru sur le terrain avec un groupe nombreux. Nous avons fui à son approche. Plusieurs bâtiments ont été signalés.

1. Surnom d'un chef d'une secte ismaélienne, réputé pour ses crimes et son habileté politique.

Appelé chez l'Empereur, je l'ai trouvé occupé d'un ouvrage sur l'état de l'Angleterre ; ce point est devenu le sujet de la conversation. Il a beaucoup parlé de l'énormité de sa dette, de la gaucherie de la paix qu'elle avait conclue, des divers moyens qui s'offraient à elle de se tirer d'affaire, etc.

Napoléon a essentiellement l'instinct de l'ordre, le besoin de l'harmonie. J'ai connu quelqu'un qui, vivant dans les chiffres, confessait ne pouvoir entrer dans un salon sans y additionner irrésistiblement, tout aussitôt et de force, les personnes qu'il y apercevait ; à table, c'étaient les plats, les verres, etc. Napoléon, dans une atmosphère plus noble, dans une région plus élevée, avait aussi son acte irrésistible ; c'était celui de mettre en marche le grand, et de développer le beau. S'il s'occupait d'une ville, il suggérait aussitôt des améliorations, des embellissements, des monuments ; s'il s'arrêtait sur une nation, il traitait à l'instant des voies de son illustration, de sa prospérité, de sa grandeur, de ses meilleures institutions, etc. C'est ce que vingt traits qui précèdent auront déjà présenté à l'intelligence, à la sagacité de chacun.

Or, l'Empereur, par les journaux, les ouvrages ou notre situation, était constamment ramené par la force des choses sur l'Angleterre. Il revenait donc souvent sur ce qu'elle avait dû faire, sur ce qui lui demeurait à entreprendre, sur ce qui pouvait lui procurer un avenir plus prospère, etc., etc. Je vais tâcher de recueillir ici quelque peu de ce que je lui ai entendu dire à cet égard en diverses occasions.

Un jour il disait : « Le système colonial que nous avons connu est fini pour tous, pour l'Angleterre qui possède toutes les colonies, comme pour les autres puissances qui n'en possèdent plus aucune. L'empire des mers, aujourd'hui, appartient à l'Angleterre, sans discussion. Pourquoi, dans une situation toute nouvelle, continuerait-elle une marche routinière ? Pourquoi ne créerait-elle pas des combinaisons plus profitables ? Il faut qu'elle imagine une espèce d'émancipation de ses colonies ; aussi bien beaucoup lui échapperont avec le temps, et c'est à elle à profiter du moment pour s'assurer des liens nouveaux, et des rapports plus avantageux. Pourquoi la plupart de ces colonies ne seraient-elles pas sollicitées à acheter leur émancipation de la mère patrie, au prix d'une quotité de la dette générale, qui deviendrait spécialement la sienne. La mère patrie s'allégerait de ses charges, et n'en conserverait pas moins tous ses avantages. Elle conserverait pour liens la foi des traités, les intérêts réciproques, la similitude du langage, la force de l'habitude ; elle se réserverait d'ailleurs, par forme de garantie, un seul point fortifié, une rade pour ses vaisseaux, à la façon des comptoirs d'Afrique. Que perdrait-elle ? rien ; et elle sauverait les embarras, les frais d'une administration qui ne la font que trop souvent détester. Les ministres auraient, il est vrai, quelques places de moins à donner ; mais la nation recueillerait certainement davantage, etc.

« Je ne doute pas, ajoutait-il, qu'avec une connaissance approfondie de la matière, on n'obtînt quelque résultat utile de ces idées brutes, quelque erronées qu'elles pussent être à leur premier jet. Il n'est pas jusqu'à l'Inde même dont il ne fût possible, sans doute, de tirer quelque grand parti par quelques combinaisons nouvelles. Les Anglais m'assurent ici que l'Angleterre n'en retire aucun bénéfice dans la balance de son commerce ; les frais emportent tout ou dépassent même encore : il ne reste donc que des gaspillages individuels et quelques fortunes personnelles colossales ; mais ce sont autant d'aliments pour le patronage des ministres ; et dès lors on se donnerait bien de garde d'y toucher. Puis ces *Nababs*, comme ils les appellent, en revenant en Angleterre, y sont autant de bonnes recrues pour la haute aristocratie. Peu importe qu'ils présentent le scandale d'une fortune acquise par les rapines et le brigandage ; peu importe qu'ils influent fortement sur la morale publique, en animant chacun du désir des mêmes richesses poursuivies à tout prix ; les ministres actuels n'y regardent pas de si près : ce seront autant de votes pour eux, et plus ils seront pourris, plus ils seront faciles à gouverner. Et avec les choses de la sorte, le moyen d'attendre quelque réforme ? Aussi, à la moindre proposition, vous voyez quels cris ! car l'aristocratie anglaise veut bien journellement gagner du terrain en avant ; mais sitôt qu'on propose de la faire rétrograder d'un atome, elle n'y entend plus, et l'explosion est universelle. Si l'on touche aux plus minutieux détails, tout l'édifice va crouler, s'écrie-t-elle. C'est tout simple. Qu'on veuille arracher d'un vorace le morceau qu'il tient à la bouche, et il le défendra en héros, etc. »

Une autre fois, l'Empereur disait : « Après vingt ans de guerre, après tant de trésors prodigués, tant de secours fournis à la cause commune, après un triomphe au-dessus de toute espérance, quelle paix pourtant a signée l'Angleterre ! Castlereagh a eu le continent à sa disposition ; quel grand avantage, quelles justes indemnités a-t-il stipulés pour son pays ? Il a fait la paix comme s'il eût été vaincu. Le misérable ! je ne l'eusse guère plus maltraité si je fusse demeuré victorieux. Ou bien encore serait-ce qu'il s'estimait assez heureux de m'avoir renversé... dans ce cas, la haine m'a vengé ! Deux forts sentiments ont animé l'Angleterre durant notre lutte : son intérêt national et sa haine contre ma personne. Au moment du triomphe, la violence de l'un lui aurait-elle fait oublier l'autre ? Elle paierait cher ce moment de passion ! » Et il développait son idée, parcourant les diverses combinaisons qui démontraient les fautes de lord Castlereagh, et les nombreux avantages qu'il avait négligés. « Des milliers d'années s'écouleront, disait-il, avant qu'il ne se présente une telle occasion pour le bien-être, la véritable grandeur de l'Angleterre. Est-ce donc, de la part de Castlereagh, ignorance ou corruption ? Ce lord Castlereagh a distribué noblement, à ce qu'il a cru, les dépouilles aux souverains du continent, et n'a rien réservé pour son pays ; mais n'a-t-il pas craint qu'on lui reprochât d'avoir été là bien plutôt leur *commis* que leur *associé* ? Il a fait don de territoires immenses ; la Russie, la Prusse, l'Autriche, ont acquis des millions de population. Où se trouve l'équivalent de l'Angleterre ? elle qui pourtant avait été l'âme de ces succès, elle qui en avait payé tous les frais. Aussi recueille-t-elle déjà le fruit de la reconnaissance du continent, et des bévues ou de la trahison de son négociateur. On continue mon système continental, on réprouve, on exclut les produits de ses manufactures ; au lieu de cela, pourquoi n'avoir pas bordé le continent de villes maritimes libres et indépendantes ? celles, par exemple, de Dantzick, Hambourg, Anvers, Dunkerque, Gênes et autres, qui fussent demeurées les entrepôts obligés de ses manufactures, dont ils eussent inondé l'Europe en dépit de toutes les douanes du monde. Elle en avait le droit et le besoin ; ses décisions eussent été justes, et qui s'y fût opposé au moment de la libération ? Pourquoi s'être créé un embarras, et avec le temps un ennemi naturel ? en unissant la Belgique à la

Hollande, au lieu d'avoir ménagé deux immenses ressources à son commerce, en les tenant séparées ? La Hollande, qui n'a point de manufactures, était le dépôt naturel de celles d'Angleterre, et la Belgique, devenue colonie anglaise sous un prince anglais, eût été la route par laquelle on en eût constamment inondé la France et l'Allemagne. Pourquoi n'a-t-on pas plié l'Espagne et le Portugal à un traité de commerce à long terme, qui eût repayé de tous les frais qu'on a faits pour leur délivrance, et qu'on eût obtenu sous peine d'affranchir leurs colonies, dont, dans les deux cas, on eût fait tout le négoce ? Pourquoi n'a-t-on pas stipulé quelque avantage dans la Baltique, et vis-à-vis des États d'Italie ? C'était là comme autant de droits régaliens de la souveraineté des mers. Après s'être battu longtemps pour en soutenir le droit, comment en négliger les bénéfices, quand elle se trouvait consacrée de fait ? Est-ce qu'en sanctionnant l'usurpation dans les autres, l'Angleterre eût pu craindre qu'aucun osât se refuser à la sienne ? Et qui l'eût pu ? Je m'attendais à quelque chose de la sorte. Peut-être le regrettent-ils aujourd'hui qu'il est trop tard ; car ils ne sauraient plus y revenir, ils ont manqué le moment unique !... Que de pourquoi encore j'aurais à multiplier !... Lord Castlereagh seul pouvait agir ainsi : il s'est fait l'homme de la Sainte-Alliance ; avec le temps il sera maudit. Les Lauderdale, les Grenville, les Wellesley et autres eussent traité bien différemment ; c'est qu'ils eussent été les hommes de leur pays, etc., etc. »

L'Empereur disait encore une autre fois : « La dette est le ver rongeur de l'Angleterre ; c'est la chaîne de tous ses embarras ; car c'est elle qui force à l'énormité des taxes, celles-ci font hausser le prix des denrées ; de là la misère du peuple, le haut prix du travail et celui des objets manufacturés, qui ne se présentent plus avec le même avantage sur les marchés de l'Europe. L'Angleterre doit donc combattre à tout prix ce monstre dévorant ; il lui faut l'attaquer par tous les bouts à la fois, l'assommer par le *négatif* et le *positif* réunis, c'est-à-dire par la réduction de ses dépenses, et l'accroissement de ses capitaux.

« Ne peut-elle pas réduire l'intérêt de sa dette, les hauts salaires, les sinécures, les dépenses de l'armée, renoncer à celle-ci pour s'en tenir à sa marine ; enfin, beaucoup d'autres choses encore que j'ignore, et ne saurais fouiller ? Quant à l'accroissement de ses capitaux, ne peut-elle s'enrichir de tous les biens ecclésiastiques, qui sont immenses, qu'elle acquerrait par une salutaire réforme, et à l'extinction des titulaires, ce qui ne blesserait personne. Mais qu'on prononce un mot de la sorte, et toute l'aristocratie sera sous les armes et en campagne, et elle l'emportera ; car, en Angleterre, c'est elle qui gouverne, et c'est pour elle qu'on gouverne. Elle recourra à son adage habituel : si l'on touche le moindrement aux fondements antiques, le tout va s'écrouler ; ce que la masse répète benoîtement, et toute réforme s'arrête, et tous abus demeurent, croissent, pullulent.

« Il est vrai de dire qu'en dépit d'une composition de détails odieux, surannés, ignobles, la constitution anglaise présente cependant le singulier phénomène d'un heureux et beau résultat, et c'est ce résultat et tous ses bienfaits qui rattachent la multitude craintive de les perdre. Mais est-ce donc bien la nature condamnable des détails qui procure le résultat ? Non, elle le ternit, au contraire, et il resplendirait bien davantage si la grande et belle machine se désencombrait de ses vices parasites, etc.

« Mais voyez, après tout, continuait l'Empereur, où peut conduire pourtant le système des emprunts, et combien il est dangereux ; aussi n'y ai-je jamais voulu entendre chez nous, où les avis étaient partagés. J'y suis demeuré constamment et opiniâtrement opposé.

« On a dit dans le temps que je ne faisais point d'emprunt, faute de crédit, parce que je n'eusse point trouvé de prêteurs ; c'était faux. Ce serait bien peu connaître les hommes et l'agiotage, que d'imaginer qu'en présentant des chances et l'appât du jeu, on n'eût pas toujours trouvé à remplir ces emprunts ; seulement c'est que cela n'entrait pas dans mon système ; et j'avais cherché à le consacrer comme base fondamentale, en fixant, par une loi spéciale, le montant de la dette publique à ce que l'on avait généralement pensé devoir être utile à la prospérité générale, à quatre-vingts millions de rente pour ma France, dans sa plus grande étendue, et après la réunion de la Hollande qui elle seule l'avait accrue de vingt millions ; cette somme était raisonnable et utile ; toute autre plus forte devenait nuisible. Et qu'est-il arrivé de ce système ? Voyez quelles ressources j'ai laissées après moi ! La France, après tant de gigantesques efforts, après de si terribles désastres, ne demeure-t-elle pas la plus prospère ? Ses finances ne sont-elles pas les premières de l'Europe ? A qui et à quoi le doit-on ? J'étais si loin de vouloir manger l'avenir que j'avais la résolution de laisser un trésor ; j'en avais même déjà un et j'y puisais pour prêter à des maisons de banque, à des familles embarrassées, à des personnes placées auprès de moi.

« Non seulement j'eusse maintenu avec soin la caisse d'amortissement ; mais je comptais encore avoir, avec le temps, des caisses d'activité, dont les sommes croissantes eussent été consacrées aux travaux et améliorations publics ; il y aurait eu la caisse d'activité de l'Empire pour les travaux généraux ; la caisse d'activité des départements pour les travaux locaux, la caisse d'activité des communes pour les travaux municipaux, etc., etc. »

Enfin, dans une autre occasion encore, l'Empereur disait gaiement : « L'Angleterre est réputée pour trafiquer de tout ; que ne se met-elle à vendre de la liberté, on la lui achèterait bien cher, et sans lui faire banqueroute ; car la liberté moderne est essentiellement morale, et ne trahit pas ses engagements. Par exemple, que ne lui payeraient pas ces pauvres Espagnols pour se délivrer du joug sous lequel on vient de les rebâter ! Je suis sûr qu'on les y trouverait bien disposés, j'en ai les preuves ; et c'est pourtant moi qui aurai créé ce sentiment ; encore ma bévue du moins aura-t-elle profité à quelqu'un. Quant aux Italiens, j'y ai implanté des principes qu'on ne déracinera plus : ils fermenteront toujours. Qu'aurait de mieux à faire l'Angleterre aujourd'hui que de donner la main à ces beaux mouvements de la régénération moderne ? Aussi bien faudra-t-il tôt ou tard qu'elle s'accomplisse. C'est en vain que les souverains et les vieilles aristocraties multiplieraient leurs efforts pour s'y opposer : c'est la roche de Sisyphe [1] qu'ils tiennent élevée au-dessus de leurs têtes ; mais quelques bras se lasseront, et, au premier défaut, tout leur croulera dessus. Ne vaudrait-il pas mieux traiter à l'amiable ? C'était là mon grand projet. Pourquoi l'Angleterre se refuserait-elle à en avoir la gloire et à en recueillir

1. Personnage de la mythologie grecque. Il fut condamné pour ses fautes à rouler sans cesse un bloc de pierre sur le haut d'un rocher d'où il retombait aussitôt.

le profit ? Tout passe, en Angleterre comme ailleurs. Le ministère Castlereagh passera, et celui qui lui succédera, héritier de tant de fautes, deviendra grand, s'il veut seulement ne pas les continuer. Tout son génie peut se borner uniquement à laisser faire, à obéir aux vents qui soufflent ; au rebours de Castlereagh, il n'a qu'à se mettre à la tête des idées libérales, au lieu de se liguer avec le pouvoir absolu, et il recueillera les bénédictions universelles, et tous les torts de l'Angleterre seront oubliés. Cet acte était à la portée de Fox ; Pitt ne l'eût pas entrepris : c'est que chez Fox, le cœur échauffait le génie, au lieu que chez Pitt le génie desséchait le cœur. Mais j'entends un grand nombre me demander comment, moi, tout-puissant, je n'ai point agi de la sorte ? comment, parlant si bien, j'ai pu agir si mal ? Je réponds à ceux qui sont de bonne foi que rien ici ne saurait se comparer. L'Angleterre peut opérer sur un terrain dont les fondements descendent aux entrailles de la terre ; le mien ne reposait encore que sur du sable. L'Angleterre règne sur des choses établies ; moi, j'avais la grande charge, l'immense difficulté de les établir. J'épurais une révolution, en dépit des factions déçues ; j'avais bien réuni en faisceaux tout le bien épars qu'on devait en conserver ; mais j'étais obligé de les couvrir de mes bras nerveux pour les sauver des attaques de tous ; et c'est dans cette attitude que je répète encore que véritablement la chose publique, *l'État, c'était moi*.

« Le dehors en armes fondait sur nos principes ; et c'est précisément en leur nom que le dedans m'attaquait en sens opposé : or, pour peu que je me fusse relâché, on m'eût bientôt ramené au temps du Directoire, j'eusse été l'objet, et la France l'infaillible victime d'un *contre-brumaire*. Nous sommes, de notre nature, si inquiets, si faiseurs, si bavards !... Qu'il arrive vingt révolutions, et nous aurons aussitôt vingt constitutions ! C'est ce dont on s'occupe le plus, ce qu'on observe le moins. Ah ! que nous avons besoin de grandir dans cette belle et glorieuse route ! Nos grands hommes en ce genre se sont montrés si petits ! Fasse le ciel que la jeunesse d'aujourd'hui profite de tant de fautes, et qu'elle se montre aussi sage qu'elle sera ardente !!! etc. »

Aujourd'hui le gouverneur a commencé ses grandes réductions. Il a fallu nous séparer de huit domestiques anglais qu'on nous avait donnés. C'était pour eux une vive douleur, et c'est pour nous un sentiment doux de voir que tous ceux qui nous approchent s'attachent à nous et nous regrettent. Nous manquons réellement du nécessaire journalier ; pour y pourvoir, l'Empereur va faire vendre son argenterie ; c'est sa seule ressource.

Après le dîner, l'Empereur nous a lu *le Cercle* ; il s'est retiré aussitôt, bien que de bonne heure ; il ne se trouvait pas bien. Il n'a pu s'endormir, et m'a envoyé chercher vers minuit. Le hasard ou l'instinct avait fait que je ne m'étais pas encore couché. J'ai demeuré à causer avec l'Empereur jusqu'à deux heures . . . .

DIMANCHE 8.

Cour de l'Empereur. Présentation des femmes, etc. Sur l'âge des femmes. Manuscrit de l'île d'Elbe.

L'Empereur m'a fait demander d'assez bonne heure ; il achevait sa toilette ; il n'avait point dormi de la nuit ; il se trouvait fort fatigué. Le temps était devenu supportable ; il a demandé son déjeuner sous la tente. Pendant qu'on le disposait, il a fait quelques tours de jardin et est revenu sur la conversation de la nuit dernière avec moi.

Au déjeuner, il a fait appeler Mme de Montholon, et de là nous sommes montés dans la calèche, dont l'Empereur n'avait pas fait usage depuis longtemps. Il y avait plusieurs jours qu'il avait à peine respiré l'air du dehors.

La conversation a été encore une fois sur la cour de l'Empereur aux Tuileries, la foule nombreuse qui la composait, l'adresse et l'esprit avec lesquels l'Empereur la passait en revue, etc. Je supprime beaucoup de choses, pour ne pas les répéter. « C'est encore plus difficile qu'on ne pense, disait-il, que de parler à une foule de personnes, et de ne leur rien dire, que de connaître une multitude de monde, dont les neuf dixièmes vous sont inconnus, etc. »

Plus tard, il observait combien, après tout, il était tout à la fois aisé et difficile de l'approcher, d'avoir affaire à lui, de s'en faire juger ; combien il tenait à peu avec lui de faire sa fortune ou de la manquer. « A présent que je suis hors de la question, disait-il, que me voilà simple particulier, que je réfléchis en philosophe sur ce temps où j'avais à faire les œuvres de la Providence, sans néanmoins cesser d'être homme, je vois combien réellement le hasard entrait dans les destinées de ceux que je gouvernais ; combien la faveur, le crédit pouvaient être accidentels. L'intrigue est parfois si adroite, le mérite si gauche, ces extrêmes se touchent de si près, que mon atmosphère, avec la meilleure volonté du monde, devait être encore une véritable loterie. Et pouvais-je faire mieux ? Péchais-je par mes intentions, mes efforts ? D'autres ont-ils mieux fait ? C'est surtout par là qu'il faut me juger. Le vice est donc dans la nature du poste, dans la force des choses. »

De là on a parlé de la présentation des femmes à la cour, de leur embarras, de leurs secrètes dispositions, des vues, des espérances de quelques-unes. Mme de Montholon a dévoilé le secret de certaines de sa connaissance ; d'où il résultait que, si, dans divers salons de Paris, on se récriait sur la brutalité des manières de l'Empereur, la dureté de ses paroles, la laideur de sa personne, d'autres cœurs, mieux disposés, mieux informés, et bien différemment affectés, vantaient ailleurs la douceur de sa voix, la grâce de ses manières, la finesse de son sourire, et surtout sa fameuse main belle, disait-on, jusqu'au ridicule.

Ces petits avantages, observait-on, mêlés à beaucoup de puissance, à beaucoup plus de gloire encore, pouvaient monter assez naturellement certaines têtes, créer certains romans. Aussi combien aux Tuileries aspiraient à plaire au maître ! Combien cherchaient à faire partager un sentiment qu'on éprouvait peut-être réellement soi-même !

L'Empereur riait de nos observations et de nos conjectures ; et puis il convenait qu'à travers ses nuages d'affaires et d'encens, il avait cru plus d'une fois s'en apercevoir. Les moins timides, ou les plus vivement disposées, en avaient même parfois, disait-il, sollicité et obtenu des audiences. Nous en riions à notre tour, et disions que dans le temps elles avaient fourni matière à toute notre gaieté. Mais l'Empereur nous protestait sérieusement que cela avait été tout à fait à tort. Déjà, dans une conversation plus particulière, à Briars, dans nos soirées du clair de lune, qu'on a vues plus haut, l'Empereur m'avait dit de même, et avait détruit tous les bruits d'alors, hormis un seul.

De là, la conversation est tombée sur l'âge des femmes,

et leur répugnance à le laisser connaître. L'Empereur a été fort spirituel et très piquant. On a cité une femme qui a mieux aimé perdre un procès très considérable, que d'avouer son âge. Il ne s'agissait que de produire son extrait baptistaire, et elle avait gagné ; mais elle ne put jamais s'y déterminer.

On en a cité une autre qui aimait beaucoup un homme. Elle était convaincue qu'elle trouverait le bonheur en s'unissant avec lui ; mais elle ne pouvait l'épouser qu'en montrant son acte de naissance : elle aima mieux y renoncer.

Enfin, l'Empereur lui-même a cité une grande dame qui, en se mariant, avait trompé son mari de cinq ou six ans au moins, en imaginant de produire l'extrait baptistaire d'une sœur cadette, morte depuis longtemps. « La pauvre Joséphine s'exposait pourtant là à de grands inconvénients, disait l'Empereur, ce pouvait être réellement un cas de nullité de mariage. » Ces paroles nous ont donné la clef de certaines dates qui, dans le temps, aux Tuileries, exerçaient notre malignité et nos rires, et que nous expliquions alors par la seule galanterie de l'extrême complaisance de l'almanach impérial.

Sur les quatre heures, il a pris fantaisie à l'Empereur de marcher un peu. Je n'étais pas avec lui. Il avait été, nous disait-il au retour, jusqu'au jardin de la compagnie, où il avait rencontré de très belles dames. « Mais je n'avais pas ma langue avec moi, ajoutait-il en me montrant ; le vilain m'avait quitté, et rien n'a été plus fâcheux, car je n'avais jamais été mieux disposé, etc. »

Cette petite promenade n'a pas réussi à l'Empereur ; il en a rapporté une grande douleur de dents.

Un vaisseau venu du Cap est reparti pour l'Europe. Des généraux anglais qui s'y trouvaient passagers n'ont pu arriver jusqu'à l'Empereur, malgré leurs sollicitations réitérées. C'était une nouvelle méchanceté du gouverneur. Ces passagers étaient des hommes de marque, leurs rapports pouvaient avoir du poids. Le gouverneur, contre toute vérité, leur a dit que l'intention de Napoléon était de ne plus recevoir personne.

L'Empereur nous avait analysé, il y a quelque temps, un projet de dictée en quatorze chapitres (voyez plus haut, 27 août), qui m'avait vivement frappé par sa vérité, sa force, sa logique et sa dignité. J'y revenais souvent depuis, quand je me trouvais seul avec lui ; il avait ri plus d'une fois de ma ténacité, laquelle, me disait-il, ne m'était pas usuelle. Aujourd'hui il m'a dit qu'il avait enfin fait quelque chose, bien que ce ne fût pas en quatorze chapitres ni sur le sujet promis, mais qu'il faudrait m'en contenter ; et j'ai lu ce qu'il avait dicté : c'est certainement un morceau très remarquable. Je ne pense pas que la Révolution ait rien produit de plus serré, de plus fort sur la légalité des vingt-cinq dernières années en France, savoir : la République, le Consulat et l'Empire.

L'exposé des dix chapitres qui composent ce petit ouvrage, et le développement, peuvent être regardés comme un cadre parfait sur le sujet. La touche en est particulièrement simple et nerveuse. Chaque chapitre se montre plein et fort. Leur ensemble, composant une cinquantaine de pages, présente un tout vraiment frappé et fini. J'ai compris que le fonds de ces idées avait dû être le manifeste de l'Empereur lors de son débarquement de l'île d'Elbe.

Depuis mon retour en Europe, ce petit ouvrage a paru dans le public sous le titre de Manuscrit de l'île d'Elbe. J'ai lieu de croire que, dans l'origine, il lui était destiné un autre titre. Quoi qu'il en soit, comme il est peu connu, qu'il n'a porté aucun caractère public, et que ceux qui l'ont lu peuvent en avoir ignoré la véritable source, j'en vais transcrire littéralement ici, à peu de mots près, plusieurs chapitres qui serviront à en constater la source et l'authenticité.

CHAPITRE I

Dans le XVIe siècle, le pape, l'Espagne et les Seize veulent en vain élever sur le trône de France une quatrième dynastie. Henri IV succède à Henri III, sans interrègne : il est vainqueur de la Ligue ; cependant il ne peut régner qu'en se ralliant de bonne foi au parti de la majorité de la nation.

Henri IV fut proclamé roi à Saint-Cloud, le jour même de la mort de Henri III : son autorité fut reconnue par toutes les églises protestantes, et par une partie de la noblesse catholique. La Sainte Ligue qui s'était formée contre Henri III, en haine des protestants et de l'assassinat du duc de Guise, était maîtresse de Paris, et commandait aux cinq sixièmes du royaume. Elle se refusa à reconnaître Henri IV, mais elle ne proclama aucun autre maître. Son chef, le duc de Mayenne, exerça l'autorité sous le titre de lieutenant général du royaume. L'avènement de Henri IV ne changea rien aux formes adoptées par la Ligue pour exercer son pouvoir ; chaque ville était gouvernée, comme dans des temps de troubles et de factions, par des autorités locales ou militaires. A aucune époque, même le lendemain de son entrée à Paris, Henri IV ne reconnut les actes de la Ligue, et jamais celle-ci n'en éleva la prétention. Aucune loi, aucun règlement n'est émané d'elle. Le parlement de Paris se divisa en deux partis : l'un tint pour les ligueurs, et siégea à Paris ; l'autre, pour Henri IV, se réunit à Tours. Mais les parlements n'enregistrèrent, ne firent que des actes judiciaires. Les provinces conservèrent leur organisation, leurs privilèges ; elles restèrent intactes, gouvernées par leurs coutumes. Nous avons dit que la Ligue n'avait proclamé aucun autre maître ; cependant elle reconnut un moment pour roi le cardinal de Bourbon, oncle de Henri ; mais ce cardinal ne consentit point à seconder les projets des ennemis de sa maison. Henri, d'ailleurs, s'était saisi de sa personne ; aucun acte n'émana de lui, et la Ligue continua à être gouvernée par l'autorité du duc de Mayenne, lieutenant général. Il n'y eut donc aucun interrègne entre Henri III et Henri IV. Plusieurs partis divisaient la Ligue : la Sorbonne avait décidé que les droits de naissance ne pouvaient conférer aucun droit à la couronne à un prince ennemi de l'Église ; Rome avait déclaré que Henri IV, étant relaps, avait perdu ses droits pour toujours ; qu'il ne pourrait les recouvrer, même quand il rentrerait dans le giron de l'Église. Henri IV, roi de Navarre, était né dans la religion réformée ; au moment de la Saint-Barthélemy, il fut contraint d'épouser Marguerite de Valois, et d'abjurer la Réforme ; mais aussitôt qu'il put s'éloigner de la cour, et qu'il se trouva au milieu des religionnaires, sur la rive gauche de la Loire, il déclara que son abjuration avait été forcée et rentra dans la communion protestante. Cette démarche le faisait caractériser relaps endurci ; mais la majorité de la Ligue, tout ce qui avait des sentiments modérés, se rangea à l'opinion qu'il fallait sommer Henri de rentrer dans le sein de l'Église catholique, apostolique et romaine, et le reconnaître pour maître aussitôt qu'il aurait abjuré et reçu l'absolution des évêques.

Les ligueurs convoquèrent les états généraux du royaume à Paris ; les ambassadeurs d'Espagne y démasquèrent les projets de leur maître ; ils sollicitèrent les états d'élever sur le trône de France une quatrième dynastie ; puisque Henri et Condé, déclarés relaps, avaient perdu tous leurs droits à la couronne, la ligne masculine des Capets était éteinte. Ils réclamaient donc les droits de l'infante d'Espagne, fille de la sœur de Henri II, roi de France, et la première dans la ligne féminine ; et si la nation croyait être rentrée dans ses droits par l'extinction de la ligne masculine, et pouvoir disposer du trône, ils insistaient encore pour que le choix tombât sur l'infante ; on ne pouvait trouver une personne d'une plus grande maison, et la France devait de la considération aux efforts que Philippe II faisait pour soutenir la cause de la Ligue. Des troupes espagnoles étaient à Paris sous les ordres du duc de Mayenne ; l'infante épouserait un prince français ; ils désignèrent même le duc de Guise, fils de celui qui avait été assassiné à Blois. Une armée de cinquante mille Espagnols serait entretenue à Paris par la cour de Madrid, qui prodiguerait ses trésors et sa toute-puissance pour assurer le triomphe de cette quatrième dynastie. Les Seize appuyèrent ces propositions, sanctionnées par la cour de Rome, et soutenues de tous les efforts du légat. Tout fut vain ; l'esprit national s'indigna de voir une nation étrangère disposer du trône de France : la partie du parlement qui siégeait à Paris fit, les chambres assemblées, des remontrances au lieutenant général du royaume, duc de Mayenne, pour qu'il eût à veiller au maintien des lois fondamentales de la monarchie, et spécialement de la loi salique. Si les efforts de la faction d'Espagne l'eussent emporté, que les états généraux eussent déclaré les descendants de Hugues Capet déchus du trône, et eussent élevé une quatrième dynastie ; si celle-ci eût chassé Henri du royaume, et eût été acceptée par la nation, sanctionnée par la religion, reconnue par les puissances de l'Europe, les droits de la troisième dynastie eussent été éteints.

Henri vainquit la Ligue à Arques et dans les plaines d'Ivry ; il assiégea Paris. Cependant il reconnut l'impossibilité de régner en France, sans se ranger du parti de la nation. Il avait été vainqueur avec son armée toute française ; s'il avait sous ses ordres un petit corps d'Anglais, les ligueurs en avaient un plus considérable d'Espagnols et d'Italiens : ainsi, dans les deux partis, le combat avait été de Français contre Français ;

les étrangers n'y étaient qu'auxiliaires ; l'honneur et l'indépendance nationale n'étaient point compromis, de quelque côté que se fixât la victoire. *Ventre-saint-gris ! Paris vaut bien une messe !* fut le langage dont Henri se servit pour sonder l'opinion des huguenots ; et lorsqu'il réunit, au conseil de Beauvais, les principaux des religionnaires, pour délibérer sur le parti à prendre, la majorité, et surtout les meilleures têtes, conseillèrent au roi d'abjurer, et de rentrer dans le parti de la nation. Henri abjura à Saint-Denis ; il reçut l'absolution des évêques ; la capitale lui ouvrit ses portes, et son autorité fut reconnue de tout le royaume. Henri se rallia de bonne foi au parti national ; presque tous les emplois furent occupés par des ligueurs. Les religionnaires, ceux qui l'avaient constamment servi, et auxquels il devait ses victoires, firent entendre souvent leurs plaintes ; ils le taxèrent d'ingratitude ; cependant, malgré tous ces ménagements, la nation fut longtemps en défiance des intentions secrètes de Henri. *La caque*[1] *sent toujours le hareng*, disait-on.

CHAPITRE II
La République consacrée par la volonté du peuple, par la religion, par la victoire, et par toutes les puissances de l'Europe.

Hugues Capet monta sur le trône par le choix du parlement, composé des seigneurs et des évêques, ce qui formait alors la nation. La monarchie française n'a jamais été absolue ; l'intervention des états généraux a toujours été nécessaire pour les principaux actes de la législation, et pour octroyer de nouvelles impositions. Depuis, les parlements se prétendant les états généraux au petit pied, secondés par la cour, usurpèrent les droits de la nation. En 1788, les parlements furent les premiers à le reconnaître ; Louis XVI convoqua en 1789 les états généraux ; et la nation rentra dans l'exercice d'une portion de la souveraineté. L'Assemblée constituante donna à l'État une nouvelle Constitution, qui fut sanctionnée de l'opinion de toute la France ; Louis XVI l'accepta, et jura de la maintenir : l'Assemblée législative suspendit le roi ; la Convention, for-

1. Barrique où l'on met les harengs salés.

mée des députés de toutes les assemblées primaires du royaume, et revêtue de pouvoirs spéciaux, déclara la monarchie abolie, et créa la république. Tout ce qui tenait au parti royal quitta la France, et appela le secours des armées étrangères. L'Autriche et la Prusse signèrent le traité de Pilnitz. Des armées autrichiennes et prussiennes, ayant avec elles l'armée des princes, commencèrent la guerre de la première coalition pour soumettre le peuple français. La nation tout entière courut aux armes : l'Autriche et la Prusse furent vaincues. Depuis, l'Autriche, l'Angleterre, la Russie formèrent la deuxième coalition : cette coalition fut détruite comme l'avait été la première. Toutes les puissances reconnurent la République :

1° La république de Gênes, par une ambassade extraordinaire, le 15 juin 1792.

2° La Porte, par la déclaration du 27 mars 1793.

3° La Toscane, par le traité du 9 février 1795.

4° La Hollande, par le traité du 16 mai 1795.

5° La république de Venise, par une ambassade extraordinaire, le 30 décembre 1795.

6° Le roi de Prusse, par le traité signé à Bâle, le 5 avril 1795.

7° Le roi d'Espagne, par le traité signé à Bâle, le 22 juillet 1795.

8° Hesse-Cassel, par le traité du 28 juillet 1795.

9° La Suisse, par le traité du 19 août 1795.

10° Le Danemark, par la déclaration du 18 août 1795.

11° La Suède, par l'ambassade du 23 avril 1796.

12° La Sardaigne, par le traité de Paris, 28 avril 1796.

13° L'Amérique, par son ambassade extraordinaire du 30 décembre 1796.

14° Naples, par le traité du 10 octobre 1798.

15° Parme, par le traité du 5 novembre 1796.

16° Wurtemberg, par le traité du 7 août 1796.

17° Bade, par le traité du 22 août 1796.

18° La Bavière, par le traité du 24 juillet 1797.

19° Le Portugal, par le traité du 19 août 1797.

20° Le pape, par le traité signé à Tolentino, le 19 février 1797.

21° L'empereur d'Allemagne, par le traité de Campo-Formio, du 7 octobre 1797.

22° L'empereur de Russie, par le traité du 8 octobre 1801.

23° Enfin le roi d'Angleterre, par le traité signé à Amiens le 27 mars 1802.

Le gouvernement de la République envoya et reçut des ambassadeurs de toutes les puissances ; le pavillon tricolore fut reconnu sur toutes les mers et dans tout l'univers. C'était comme souverain temporel que le pape avait traité à Tolentino avec la République ; mais comme chef de la religion catholique, apostolique et romaine, il la reconnut et traita avec elle par le Concordat signé à Paris le 18 avril 1802. La plupart des évêques qui avaient suivi le parti royal dans l'étranger se soumirent ; ceux qui voulurent lui rester fidèles perdirent leurs sièges. La République, sanctionnée par l'universalité des citoyens, victorieuse par ses armées, reconnue par tous les rois, par toutes les puissances de l'univers, le fut également par toutes les religions, et notamment par l'Église catholique, apostolique et romaine.

Non seulement toutes les puissances du monde reconnurent la République après la mort de Louis XVI, mais même aucune ne reconnut jamais de successeur à ce prince. Le procès de la troisième dynastie était donc terminé en 1800, tout comme ceux de la première et de la seconde. Les titres et les droits des Mérovingiens furent éteints par les titres et les droits des Carlovingiens ; les titres et les droits des Carlovingiens furent éteints par les titres et les droits des Capétiens, tout comme les titres et les droits des Capétiens furent éteints par les titres et les droits de la République. Tout gouvernement légitime éteint les droits et la légitimité des gouvernements qui l'ont précédé. La République a donc été un gouvernement de fait et de droit, légitime par la volonté de la nation, sanctionné par l'Église, et par l'adhésion de l'univers.

CHAPITRE III

La Révolution a fait de la France une nouvelle nation : elle a affranchi les Gaulois de la conquête des Francs : elle a créé de nouveaux intérêts et un nouvel ordre de choses, conformes au bien du peuple, à ses droits, à la justice, aux lumières du siècle.

La Révolution française n'a pas été produite par le choc de deux familles se disputant le trône ; elle a été un mouvement général de la masse de la nation contre les privilégiés.

La noblesse française, comme celle de toute l'Europe, date de l'incursion des barbares qui se partagèrent l'Empire romain. En France les nobles représentaient les Francs et les Bourguignons, le reste de la nation, les Gaulois. Le régime féodal qui s'introduit, établit le principe que toute terre avait un seigneur. Tous les droits politiques furent exercés par les prêtres et les nobles ; les paysans furent esclaves, partie attachés à la glèbe. La marche de la civilisation et des lumières affranchit le peuple. Ce nouvel état de choses fit prospérer l'industrie et le commerce ; la majeure partie des terres, des richesses et des lumières était le partage du peuple dans le dix-huitième siècle. Les nobles cependant étaient encore une classe privilégiée : ils conservaient la haute et la moyenne justice, avaient des droits féodaux sous un grand nombre de dénominations et de formes diverses, jouissaient du privilège de ne supporter aucune des charges de la société ; de posséder exclusivement les emplois les plus honorables. Tous ces abus excitaient les réclamations des citoyens. La Révolution eut pour but principal de détruire tous les privilèges ; d'abolir les justices seigneuriales, la justice étant un inséparable attribut de l'autorité souveraine ; de supprimer les droits féodaux comme un reste de l'ancien esclavage du peuple ; de soumettre également tous les citoyens et toutes les propriétés, sans distinction, aux charges de l'État. Enfin elle proclama l'égalité des droits. Tous les citoyens purent parvenir à tous les emplois, selon leurs talents et les chances de la fortune. Le royaume était composé de provinces qui avaient été réunies à la couronne plus ou moins tard : elles n'avaient entre elles aucunes limites naturelles ; elles étaient différemment divisées, inégales en étendue et en population : elles avaient un grand nombre de coutumes ou lois particulières pour le civil comme pour le criminel, étaient plus ou moins privilégiées, très inégalement imposées, soit par la quotité, soit par la nature des impositions, ce qui obligeait à les isoler les unes des autres par des lignes de douane. La France n'était pas un État ; c'était la réunion de plusieurs États placés à côté les uns des autres sans amalgame. Les événements des siècles passés, le hasard, avaient déterminé le tout. La Révolution, guidée par le principe de l'égalité, soit entre les citoyens, soit entre les diverses parties du territoire, détruisit toutes ces petites nations et en forma une nouvelle : il n'y eut plus de

Bretagne, de Normandie, de Bourgogne, de Champagne, de Provence, de Lorraine, etc. ; il y eut une France. Une division de territoire homogène, prescrite par les circonstances locales, confondit les limites de toutes les provinces : même organisation judiciaire, même organisation administrative, mêmes lois civiles, mêmes lois criminelles, même organisation d'imposition : le rêve des gens de bien de tous les siècles se trouva réalisé. L'opposition que la cour, le clergé, la noblesse mirent à la marche de la Révolution, et la guerre des puissances étrangères, amenèrent la loi de l'émigration, le séquestre des biens des émigrés, que, par la suite, on dut vendre pour subvenir aux besoins de la guerre. Une grande partie de la noblesse française se rangea sous la bannière des princes de la maison de Bourbon, et forma une armée qui marcha à côté des armées autrichiennes, prussiennes et anglaises, des gentilshommes, élevés dans l'aisance, servirent comme simples soldats : la fatigue et le feu en firent périr un grand nombre ; beaucoup périrent de misère dans l'étranger ; la guerre de la Vendée, celle de la chouannerie, les tribunaux révolutionnaires, en moissonnèrent des milliers. Les trois quarts de la noblesse française furent ainsi détruits : toutes les places civiles, judiciaires ou militaires furent occupées par des citoyens sortis du sein du peuple. Le bouleversement que produisirent dans les personnes et les propriétés les événements de la Révolution fut aussi grand que celui qui avait été opéré par les principes mêmes de cette Révolution : il y eut une nouvelle Église ; les diocèses de Vienne, de Narbonne, de Fréjus, de Sisteron, de Reims furent remplacés par soixante nouveaux diocèses, dont le territoire fut circonscrit dans le nouveau concordat par de nouvelles bulles appropriées à l'état actuel du territoire. La suppression des ordres religieux, la vente des couvents et de toutes les propriétés du clergé furent sanctionnées ; celui-ci fut pensionné par l'État. Tout ce qui était le résultat des événements qui s'étaient succédé depuis Clovis cessa d'être. Tous les changements étaient si avantageux au peuple, qu'ils s'opérèrent avec la plus grande facilité, et qu'en 1800 il ne restait plus aucun souvenir ni des anciens privilèges des provinces, ni de leurs anciens souverains, ni des anciens parlements et bailliages, ni des anciens diocèses ; et pour remonter à l'origine de tout ce qui existait, il suffisait d'aller rechercher la loi nouvelle qui l'avait établi. La moitié du territoire avait changé de propriétaires ; les paysans et les bourgeois s'en étaient enrichis. Les progrès de l'agriculture, des manufactures et de l'industrie surpassèrent toutes nos espérances. La France présenta le spectacle de plus de trente millions d'habitants circonscrits dans des limites naturelles, ne composant qu'une seule classe de citoyens gouvernés par une seule loi, un seul règlement, un seul ordre. Tous ces changements étaient conformes au bien de la nation, à ses droits, à la justice et aux lumières du siècle.

CHAPITRE IV

Le peuple français élève le trône impérial pour consolider tous les nouveaux intérêts. Cette quatrième dynastie ne succède pas immédiatement à la troisième, mais à la République. Napoléon a été sacré par le pape, reconnu par les puissances de l'Europe. Il a créé des rois. Il a vu marcher sous ses ordres les armées de toutes les puissances du continent.

Les cinq membres du Directoire se divisaient ; les ennemis de la République se glissaient dans les conseils et portaient au gouvernement des hommes ennemis des droits du peuple. Cette forme de gouvernement maintenait l'État en fermentation, et les grands intérêts que les Français avaient conquis dans la Révolution se trouvaient sans cesse compromis. Une voix unanime sortit du fond des campagnes, du milieu des villes et du sein des camps, demanda qu'en conservant tous les principes de la République, on établît dans le gouvernement un système héréditaire qui mît les principes et les intérêts de la Révolution à l'abri des factions et de l'influence de l'étranger. Le premier consul de la République, par la Constitution de l'an VIII, l'était pour dix ans ; la nation avait prolongé sa magistrature pour sa vie ; elle l'éleva sur le trône, qu'elle rendit héréditaire dans sa famille. Les principes de la souveraineté du peuple, de la liberté, de l'égalité, de la destruction du régime féodal, de l'irrévocabilité des ventes des domaines nationaux, de l'indépendance des cultes, se trouvaient consolidés. Le gouvernement de la France, sous cette quatrième dynastie, était fondé sur les mêmes principes que la République : ce fut une monarchie constitutionnelle et tempérée. Il y avait autant de différence entre le gouvernement de la France sous cette quatrième dynastie et la troisième, qu'entre celle-ci et la République. La quatrième dynastie succéda à la République, ou plutôt n'en fut qu'une modification.

Aucun prince ne monta sur le trône avec des droits plus légitimes que Napoléon. Le trône fut déféré à Hugues Capet par quelques évêques et quelques nobles ; le trône impérial fut donné à Napoléon par la volonté de tous les citoyens, constatée trois fois d'une manière solennelle. Le pape Pie VII, chef de la religion catholique, apostolique et romaine, religion de la majorité des Français, passa les Alpes pour oindre l'Empereur de ses propres mains, et environné de tous les évêques de la France, de tous les cardinaux de l'Église romaine, et des députés de tous les cantons de l'Empire. Les rois s'empressèrent de le reconnaître : tous virent avec plaisir cette modification faite à la République, qui mettait la France en harmonie avec le reste de l'Europe, consolidait le bonheur et l'état de cette grande nation. Les ambassadeurs des empereurs d'Autriche et de Russie, ceux de Prusse, d'Espagne et de Portugal, de Turquie, d'Amérique, enfin de toutes les puissances, vinrent complimenter l'Empereur. L'Angleterre seule n'envoya personne, ayant violé le traité d'Amiens, et s'étant mise de nouveau en guerre avec la France ; mais elle-même approuva ces changements. Lord Whitworth, dans les négociations secrètes qui eurent lieu par l'intermédiaire du comte Malouet, et précédèrent la rupture de la paix d'Amiens, proposa, de la part de son gouvernement, de reconnaître Napoléon comme roi de France, s'il voulait accéder à la cession de Malte. Le Premier consul répondit que si jamais le bien de la France devait exiger qu'il montât au trône, ce ne serait que par la libre et seule volonté du peuple français. Lorsque, depuis, lord Lauderdale se rendit à Paris, en 1806, pour négocier la paix entre le roi d'Angleterre et l'Empereur, il échangea ses pouvoirs, comme le prouve le protocole des négociations, et négocia avec le plénipotentiaire de l'Empereur. La mort de Fox fit échouer les négociations de lord Lauderdale. Le ministère anglais fut maître d'empêcher la campagne de Prusse[1] et

1. Pendant que lord Lauderdale était à Paris, et négociait avec les pléni-

de prévenir la bataille d'Iéna. Lorsque, depuis, les Alliés présentèrent à Chaumont, en 1814, un *ultimatum*, lord Castlereagh, en signant cet *ultimatum*, reconnut de nouveau l'existence de l'Empire dans la personne et la famille de Napoléon ; et si celui-ci n'accepta pas les propositions du congrès de Châtillon, c'est qu'il crut n'être pas le maître de céder une partie de l'Empire dont il avait juré à son couronnement de maintenir l'intégrité.

Les Électeurs de Bavière, de Wurtemberg, de Saxe, furent créés rois par l'Empereur.

Les armées saxonnes, bavaroises, wurtembergeoises, badoises, hessoises, combattirent avec les armées françaises. Les armées russes et françaises combattirent ensemble, dans la guerre de 1809, contre l'Autriche. Depuis, l'empereur d'Autriche conclut à Paris, en 1812, une alliance avec Napoléon, et le prince de Schwartzenberg commanda sous ses ordres le contingent autrichien dans la campagne de Russie, où il acquit le grade de feld-maréchal, sur la demande de la France. Un traité semblable d'alliance fut conclu à Berlin, et l'armée prussienne fit cette même campagne de Russie avec l'armée française.

Les plaies que la Révolution a faites, l'Empereur les a cicatrisées : tous les émigrés rentrèrent, et cette liste de proscription fut anéantie. Ce prince eut la gloire la plus douce, celle de rappeler dans leur patrie et de réorganiser ainsi plus

---

potentiaires de l'Empereur, la Prusse courut aux armes, et prit une attitude hostile. Lord Lauderdale paraissait ne point approuver cette conduite, et croire la lutte fort inégale. Instruit que l'Empereur se préparait à se mettre à la tête de l'armée, il demanda si l'Empereur consentirait à retarder son départ, et à s'arranger avec la Prusse, si l'Angleterre acceptait la base de la négociation, c'est-à-dire l'*uti possidetis* de part et d'autre, en y comprenant le Hanovre. La discussion était sur le Hanovre, que l'Angleterre voulait recouvrer indépendamment de cette base. Par la réponse du cabinet de Saint-James, lord Lauderdale fut rappelé : l'Empereur partit, et la bataille d'Iéna eut lieu ; Fox était mort alors.

Nous avons été à cette époque témoins oculaires des regrets et de la répugnance qu'avait le monarque français pour la guerre de Prusse ; il était disposé à laisser à cette puissance le Hanovre, et à reconnaître une confédération du nord de l'Allemagne. Il sentait que la Prusse, n'ayant jamais été ni battue ni humiliée par la France, étant tout entière, n'avait aucun intérêt contraire aux siens ; mais qu'une fois vaincue, il faudrait la détruire. *(Las Cases.)*

de vingt mille familles : leurs biens non vendus leur furent rendus ; et, passant entièrement l'éponge sur le passé, les individus de toutes les classes, quelle qu'eût été leur conduite, furent également appelés à tous les emplois. Les familles qui devaient leur illustration aux services qu'elles avaient rendus aux Bourbons, celles qui leur avaient été les plus dévouées, occupèrent des places à la cour, dans l'administration et dans l'armée. On avait oublié toutes les dénominations ; il n'y avait plus d'aristocrates, de Jacobins, et l'établissement de la Légion d'honneur, qui fut la récompense des services militaires, civils et judiciaires, réunit à côté l'un de l'autre le soldat, le savant, l'artiste, le prélat et le magistrat ; c'était comme le signe de réunion de tous les états, de tous les partis.

CHAPITRE V
Le sang de la dynastie impériale est mêlé avec celui de toutes les maisons souveraines de l'Europe, celles de Russie, de Prusse, d'Angleterre, d'Autriche.

La maison impériale de France contracta des alliances avec toutes les familles souveraines de l'Europe. Le prince Eugène Napoléon, fils adoptif de l'Empereur, épousa la fille aînée du roi de Bavière, une des princesses les plus distinguées de son temps par sa beauté et par ses qualités morales. Cette alliance, contractée à Munich le 14 janvier 1806, remplit de bonheur la nation bavaroise. Le prince héréditaire de Bade, beau-frère de l'empereur de Russie, demanda en mariage la princesse Stéphanie, fille adoptive de l'empereur Napoléon : ce mariage se célébra à Paris le 7 avril 1806. Le prince Jérôme Napoléon a épousé, le 22 août 1807, la fille aînée du roi de Wurtemberg, cousine germaine de l'empereur de Russie, du roi d'Angleterre et du roi de Prusse. D'autres alliances de cette nature furent contractées avec des princes souverains d'Allemagne, de la maison de Hohenzollern. Ces mariages sont heureux : de tous sont nés des princes et princesses qui en transmettront le souvenir aux générations futures.

Lorsque les intérêts de la France et de l'Empire portèrent l'Empereur et l'impératrice Joséphine à rompre les liens qui leur étaient également chers, les plus grands souverains de l'Europe briguèrent l'alliance de Napoléon : sans des difficultés religieuses, et les retards occasionnés par la distance, il est probable qu'une princesse de Russie aurait occupé le trône de France. L'archiduchesse Marie-Louise, mariée à l'empereur Napoléon, par procuration donnée au prince Charles, à Vienne, le 11 mars 1810, et à Paris, le 2 avril suivant, monta sur le trône de France. Ce mariage combla de joie les peuples de la France et de l'Autriche. Aussitôt que l'empereur d'Autriche eut appris à Vienne qu'il était question du mariage de l'empereur Napoléon, il témoigna sa surprise qu'on ne pensât pas à sa maison. Il n'était question que d'une princesse de Russie ou de Saxe. L'empereur François s'en expliqua avec le comte de Narbonne, gouverneur de Trieste, qui dans ce moment était à Vienne. Des instructions à ce sujet avaient été envoyées par le cabinet de Vienne au prince de Schwartzenberg, son ambassadeur à Paris. Un Conseil privé fut convoqué aux Tuileries, en février 1810 ; le ministre des Relations extérieures[1] y communiqua les dépêches du duc de Vicence, ambassadeur en Russie : il en résultait que l'empereur Alexandre était très disposé à donner sa sœur, la grande-duchesse Anne ; mais paraissait attacher de l'importance à ce qu'il lui fût accordé le public exercice de son culte, et une chapelle du rite grec. Les dépêches de Vienne firent connaître les insinuations et les désirs de cette cour. Il y eut partage d'opinions : l'alliance de la Russie, celle de la Saxe, celle de l'Autriche, furent appuyées. Le vote de la majorité du Conseil fut pour le choix d'une archiduchesse d'Autriche. Comme le prince Eugène avait été le premier à ouvrir cette opinion, l'Empereur, levant la séance à deux heures du matin, l'autorisa à en faire l'ouverture au prince de Schwartzenberg : il autorisa en même temps le ministre des Relations extérieures à signer, dans la journée, avec l'ambassadeur d'Autriche, les conventions du mariage ; et pour lever toutes difficultés pour les détails, il l'autorisa à signer, mot pour mot, le même contrat que celui de Louis XVI et de l'archiduchesse Marie-Antoinette. Le prince Eugène vit dès le matin le prince de Schwartzenberg ; le contrat fut signé dans la journée : le courrier qui porta cette nouvelle à l'empereur d'Autriche le surprit agréablement. Les circonstances particulières de la

1. Champagny.

signature du contrat de mariage firent penser à l'empereur Alexandre qu'il avait été joué par la cour des Tuileries ; qu'elle avait à la fois mené de front deux négociations. Il se trompait : la négociation avec Vienne commença et finit dans un jour[1]. La naissance d'aucun prince ne produisit plus d'ivresse dans une nation et plus d'effet dans l'Europe que la naissance du roi de Rome : au premier coup de canon annonçant la délivrance de l'Impératrice, tout Paris resta en suspens, dans les promenades, dans les rues, dans l'intérieur des maisons, dans les assemblées publiques. La population tout entière fut occupée à compter le nombre de coups de canon ; le vingt-deuxième excita l'ivresse générale : il était d'usage de tirer vingt et un coups de canon pour la naissance d'une princesse, et cent un pour celle d'un prince. Toutes les puissances d'Europe s'empressèrent d'envoyer les plus grands seigneurs de leurs cours pour complimenter l'Empereur. L'empereur de Russie envoya son ministre de l'Intérieur ; l'empereur d'Autriche, le comte Clary, l'un des grands-officiers de sa couronne : il apporta au jeune roi le collier en diamants de tous les ordres de la monarchie autrichienne. Le baptême du roi de Rome fut célébré en présence de tous les évêques et des députés de toutes les contrées de l'Empire, et avec toute la pompe souveraine. L'empereur d'Autriche, parrain du jeune roi, se fit représenter par l'archiduc Ferdinand, son frère, grand-duc de Wurtzbourg, aujourd'hui grand-duc de Toscane.

1. Le bruit est assez généralement répandu que le mariage de l'archiduchesse Marie-Louise avec l'empereur Napoléon a été un des articles secrets du traité de Vienne : cette opinion n'est pas fondée. Le traité de Vienne est du 15 octobre 1809, et le contrat de mariage a été signé à Paris le 7 février 1810.

Tous les individus qui ont assisté au Conseil privé du 1er février peuvent affirmer que les circonstances du mariage sont telles qu'elles sont rapportées ci-dessus ; qu'il n'était nullement question de l'alliance de la maison d'Autriche avant la lecture des dépêches du comte de Narbonne, et que le mariage avec l'archiduchesse Marie-Louise fut proposé, discuté et décidé dans le Conseil, et signé dans les vingt-quatre heures.

Les membres du Conseil étaient : l'Empereur, les grands dignitaires de l'Empire, les grands-officiers de la couronne, tous les ministres, le président du Sénat, celui du Corps législatif et les ministres d'État, présidents des sections du Conseil d'État, total vingt-cinq. *(Las Cases.)*

CHAPITRE VI
Qui donne occasionnellement la campagne de Saxe[1], démontre que la ligue de 1813 était, dans son objet, étrangère à la Restauration.

Les victoires de Lutzen et de Wurchen, les 2 et 22 mai 1813, avaient rétabli la réputation des armes françaises ; le roi de Saxe avait été ramené triomphant dans sa capitale ; l'ennemi avait été chassé de Hambourg ; un des corps de la Grande Armée était aux portes de Berlin, et le quartier impérial était à Breslau. Les armées russes et prussiennes, découragées, n'avaient plus d'autre parti que de repasser la Vistule, quand l'Autriche, intervenant dans les affaires, conseilla à la France de signer une suspension d'armes. L'Empereur retourna à Dresde ; celui d'Autriche quitta Vienne, et se rendit en Bohême ; celui de Russie et le roi de Prusse s'établirent à Schweidnitz. Les pourparlers commencèrent ; le comte de Metternich proposa le congrès de Prague ; il fut accepté ; ce n'était qu'un simulacre. La cour de Vienne avait déjà pris des engagements avec la Russie et la Prusse : elle allait se déclarer au mois de mai, quand les succès inattendus de l'armée française l'obligèrent à marcher avec plus de prudence. Quelques efforts qu'elle eût faits, son armée était encore peu nombreuse, mal organisée et peu en état d'entrer en campagne. Le comte de Metternich demanda les provinces Illyriennes, la moitié du royaume d'Italie, c'est-à-dire Venise, jusqu'à Mincio ; la Pologne, et la renonciation de l'Empereur au protectorat de l'Allemagne, et aux départements de la trente-deuxième division militaire. Ces conditions excessives n'étaient mises en avant que pour être refusées. Le duc de Vicence se rendit au congrès de Prague. Le choix du plénipotentiaire russe, le baron d'Anstetten, fit entrevoir que ce n'était point la paix que voulait la Russie, mais donner le temps à l'Autriche de terminer ses préparatifs militaires. En effet le mauvais augure qu'on avait tiré du choix de ce négo-

1. Je n'ai pas voulu supprimer ce résumé de la campagne de Saxe, bien que le même sujet se trouvât déjà traité plus haut. Si quelques-uns le considèrent comme une répétition, d'autres le trouveront une comparaison, une vérification ; car l'un des récits provient de documents publiés en Europe ; tandis que l'autre a été dicté à Sainte-Hélène par Napoléon lui-même. *(Las Cases.)*

ciateur se confirma ; il ne voulut entrer dans aucune conférence ; l'Autriche, qui s'était prétendue médiatrice, déclara son adhésion à la coalition, quand son armée fut prête, sans même avoir exigé l'ouverture d'une seule séance, ou rédigé un seul protocole. Ce système de mauvaise foi et de contradictions perpétuelles entre les actions, les paroles et les actes publics, fut constamment suivi par la cour de Vienne à cette époque. La guerre recommença. La victoire éclatante remportée par l'Empereur à Dresde, le 27 août 1813, sur l'armée commandée par les trois souverains, fut aussitôt suivie par les désastres que les manœuvres de Macdonald, en Silésie, firent éprouver à son armée, et par la perte de Vandamme en Bohême. Cependant la supériorité restait encore du côté de l'armée française, qui s'appuyait aux places de Torgau, Wittemberg et Magdebourg. Le Danemark avait conclu un traité d'alliance offensive et défensive, et son contingent augmentait l'armée de Hambourg. En octobre, l'Empereur quittait Dresde pour se porter sur Magdebourg, par la rive gauche de l'Elbe, afin de tromper l'ennemi. Son projet était de repasser l'Elbe à Wittemberg, et de marcher sur Berlin. Plusieurs corps de l'armée étaient déjà arrivés à Wittemberg, et les ponts de l'ennemi à Dessau avaient été détruits, lorsqu'une lettre du roi de Wurtemberg annonça que le roi de Bavière avait subitement changé de parti, et que, sans déclaration de guerre ni avertissement préalables, les deux armées autrichiennes et bavaroises cantonnées sur les bords de l'Inn s'étaient réunies en un seul camp ; que ces quatre-vingt mille hommes, sous les ordres du général de Wrede, marchaient sur le Rhin ; que lui, contraint par la force de cette armée, était obligé d'y joindre son contingent, et qu'il fallait s'attendre que bientôt cent mille hommes cerneraient Mayence, que les Bavarois avaient fait leur cause de celle de l'Autriche. A cette nouvelle inattendue, l'Empereur crut devoir changer le plan de campagne qu'il avait médité depuis deux mois, pour lequel on avait disposé les forteresses et les magasins, et qui était de jeter les Alliés entre l'Elbe et la Saale, et, sous la protection des places et magasins de Torgau, Wittemberg, Magdebourg et Hambourg, d'établir la guerre entre l'Elbe et l'Oder (l'armée française possédait sur cette rivière les places de Glogau, Custrin et Stettin) ; et, selon les circonstances, débloquer les places de la Vistule, Dantzick, Torn et Modlin.

Il y avait à espérer un tel succès de ce vaste plan, que la coalition en eût été désorganisée, tous les princes de l'Allemagne confirmés dans leur fidélité et dans l'alliance de la France. On espérait que la Bavière tarderait quinze jours à changer de parti, et alors on était assuré qu'elle n'en aurait pas changé. Les armées se rencontrèrent sur les champs de bataille de Leipsick, le 16 octobre ; l'armée française fut victorieuse, l'armée autrichienne battue et chassée de toutes ses positions ; l'un des généraux commandant un des corps, le comte de Merveldt, fut fait prisonnier. Le 18, malgré l'échec éprouvé le 16 par le duc de Raguse, la victoire était encore aux Français, lorsque l'armée saxonne tout entière, ayant une batterie de soixante bouches à feu, occupant une des positions les plus importantes de la ligne, passa à l'ennemi, et tourna ses canons contre la ligne française. Une trahison aussi inouïe devait entraîner la ruine de l'armée, et donner aux Alliés tous les honneurs de la journée. L'Empereur accourut en toute hâte avec la moitié de sa garde, repoussa, chassa de leurs positions les Saxons et les Suédois. La journée du 18 se termina ; l'ennemi fit un mouvement rétrograde sur toute la ligne, et prit ses bivouacs en arrière du champ de bataille, qui resta aux Français.

Dans la nuit, l'armée française commença un mouvement pour se placer derrière l'Elster, et se trouver en communication directe avec Erfurt, d'où elle attendait les convois de munitions dont elle avait besoin. Elle avait tiré plus de cent cinquante mille coups de canon dans les journées des 16 et 18. La trahison de plusieurs corps allemands de la Confédération entraînés par l'exemple donné la veille par les Saxons, l'accident du pont de Leipsick, qui sauta à contretemps, firent que l'armée, quoique victorieuse, éprouva par ces funestes événements les pertes résultant ordinairement des journées les plus désastreuses. Elle repassa la Saale au pont de Weissenfeld : elle devait s'y rallier, y attendre et recevoir des munitions d'Erfurt, qui en était abondamment approvisionné, lorsque l'on eut des nouvelles de l'armée austro-bavaroise. Elle avait fait des marches forcées ; elle était arrivée sur le Mein : il fallut donc marcher à elle. Le 30 octobre, l'armée française la rencontra rangée en bataille en avant de Hanau, interceptant le chemin de Francfort. Quoique forte, et occupant de belles positions, elle fut culbutée, mise en déroute complète, chassée de Hanau, qu'occupa le comte Bertrand. Le général de Wrede fut blessé. L'armée française continua son mouvement de retraite derrière le Rhin, et repassa le fleuve le 2 novembre. Des pourparlers eurent lieu : le baron de Saint-Aignan fut à Francfort ; il eut des conférences avec les comtes de Metternich, de Nesselrode et lord Aberdeen, et arriva à Paris porteur de paroles de paix sur les bases suivantes : – Que l'Empereur renoncerait au protectorat de la Confédération du Rhin, à la Pologne, et aux départements de l'Elbe ; mais que la France resterait entière dans ses limites des Alpes et du Rhin, la Hollande y compris ; et qu'on discuterait une frontière en Italie, qui devrait séparer la France des États de la maison d'Autriche. L'Empereur adhéra à ces bases ; mais le congrès de Francfort était une ruse mise en avant comme le congrès de Prague, dans l'espoir que la France refuserait. On voulait avoir un nouveau texte de manifeste pour travailler l'esprit public, car au moment où ces propositions conciliatrices étaient faites, l'armée alliée violait la neutralité des cantons, et entrait en Suisse. Cependant les Alliés firent connaître enfin leur véritable intention ; ils désignèrent Châtillon-sur-Seine, en Bourgogne, pour la tenue du congrès. Les batailles de Champaubert, de Montmirail et de Montereau détruisirent les armées de Blücher et de Wittgenstein ; on ne négocia pas à Châtillon ; les puissances coalisées y présentèrent un ultimatum, dont les conditions étaient : 1° l'abandon de toute l'Italie, de la Belgique, de la Hollande et des départements du Rhin ; 2° l'obligation, pour la France, de rentrer dans les limites qu'elle avait avant 1792. L'Empereur rejeta cet ultimatum : il consentait à faire aux circonstances le sacrifice de la Hollande et de l'Italie, mais se refusa à abandonner les limites des Alpes et du Rhin, la Belgique, spécialement Anvers. Les trahisons firent triompher les coalisés malgré les victoires d'Arcis et de Saint-Dizier. Jusqu'alors ils n'avaient manifesté aucune prétention de s'immiscer dans les affaires intérieures de la France ; ce que constate l'ultimatum de Châtillon, signé par l'Angleterre, l'Autriche, la Russie et la Prusse, lorsque plusieurs émigrés rentrés se réveillèrent à la vue des armées autrichiennes, russes et prussiennes, dans les rangs desquelles ils avaient longtemps porté les armes : ils crurent le moment arrivé de voir leurs rêves se réaliser : les uns arborèrent la cocarde blanche, les autres la croix de Saint-Louis. Ils furent désapprouvés par les souverains alliés : Wellington même désavoua à Bordeaux, quoiqu'il les favorisât secrètement, tous ceux qui voulaient relever les enseignes de la maison de Bourbon. Dans toutes les transactions qui détachèrent la Prusse de l'alliance de la France et la réunirent à la Russie, au traité de Kalich ; dans celui qui réunit l'Autriche à cette coalition ; dans tous les actes diplomatiques publics et secrets qui se sont succédé jusqu'au traité de Châtillon ; dans celui-là même, fait en France en février 1814, les Alliés ne songèrent jamais aux Bourbons.

Les chapitres VII, VIII, IX disent et démontrent que les Bourbons, au retour, eussent dû commencer une cinquième dynastie, et ne pas vouloir continuer la troisième. Le premier système eût rendu tout facile ; le second a tout compliqué.

Le Xe chapitre enfin termine par une image de quelques lignes qui donne toute la magie du retour du 20 mars. Ces derniers chapitres renferment ce qu'il y a de plus nerveux, de plus serré ; mais les applications sont directes, souvent même personnelles. J'ai supprimé les développements ; je n'ai pas voulu qu'on pût m'accuser en toute raison de reproduire un plaidoyer hostile. Le temps, qui affaiblit tout, le réduira à n'être qu'un document historique, et c'est le seul point de vue sous lequel je l'ai considéré ici, comme aussi tous les objets de même nature qu'on rencontre dans mon recueil, je me plais à le répéter encore. J'ai déjà écrit dans des circonstances bien différentes, sous divers gouvernements, dans divers pays, et toujours la liberté de la presse s'est trouvée exister pour moi. J'espère qu'il en sera de même encore en cette dernière occasion, bien que mon sujet fût des plus délicats. Déjà j'entrevois le terme de mon voyage ; le port m'apparaît, et j'espère l'atteindre sans malencontre, en dépit des écueils que j'avais à traverser.

LUNDI 9, MARDI 10.

Mon ménage. Intention de l'Empereur dans ses prodigalités, etc.

L'Empereur a passé une mauvaise nuit. Il m'a fait appeler de bonne heure, et m'a dit être assommé, tué. Il n'avait pu reposer et avait eu de la fièvre. Il a continué d'être souffrant ces deux jours. Il a passé presque tout le temps sur son canapé, et les soirées près du feu. Il n'a pu manger, et s'est contenté de boire de la limonade cuite. Je l'ai à peine quitté tout ce temps, l'ayant soigné plusieurs fois de mes propres mains. Il a sommeillé à divers intervalles, et le reste du temps il causait ou me questionnait sur une foule de différents objets. Une fois il s'est arrêté sur les dépenses de nos sociétés de Paris. Il a passé de là à mon ménage, et a voulu en connaître les plus minutieux détails.

Quand il m'a entendu dire que je n'avais que vingt mille francs annuels, dont quinze à moi, et cinq de traitement de son Conseil d'État, il s'est écrié : « Mais vous étiez donc fou ! Comment avez-vous osé approcher des Tuileries avec un aussi mince revenu ? Les dépenses y étaient énormes ; vous me faites frémir ! – Sire, je n'y étais pourtant pas différemment des autres, et je n'ai jamais rien demandé à Votre Majesté. – Je ne dis pas cela ; mais vous deviez être ruiné en moins de quatre ou cinq ans. – Non, sire, j'avais passé la plus grande partie de ma vie dans l'émigration, j'avais constamment vécu de privations, je demeurais encore, à fort peu de choses près, de même. Il est bien vrai qu'en dépit de toute mon économie, je mangeais encore sept ou huit mille francs de mon capital chaque année ; mais, sire, voici quel avait été mon calcul : il était reconnu qu'auprès de vous, avec du zèle, de la bonne volonté, tôt ou tard on attirait votre attention ; et vos regards arrêtés, la fortune était faite. Or, j'avais encore quatre à six ans à poursuivre cette chance, au bout desquels, si les bienfaits n'arrivaient pas, je brisais avec les illusions de ce monde, et me retirais en province, seulement avec dix ou douze mille livres de rente, il est vrai ; mais bien plus riche cependant que je ne l'avais été à Paris. – Eh bien ! disait l'Empereur, ce calcul, au fait, n'était pas mauvais, et vous aviez atteint, je crois, l'instant de la rentrée de vos fonds. N'avais-je pas commencé à faire quelque chose pour vous ? – Oui, sire. – Et, si cela n'a pas été plus prompt ou plus brillant, la faute en a été uniquement à vous ; vous n'aviez pas su profiter ; je crois vous l'avoir dit. »

Tout cela l'a conduit à revenir sur les sommes énormes qu'il avait répandues autour de lui ; et, s'animant par degrés, il a dit : « Il serait difficile de les évaluer ; on a dû plus d'une fois m'accuser de prodigalité, et j'ai la douleur de voir que cela n'a guère profité dans aucun. Certainement il faut qu'il y ait eu fatalité de ma part, ou vice essentiel dans les personnes choisies. Quelle contrariété n'a pas dû être la mienne ! Car on ne saurait croire que tout cela fût pour ma vanité personnelle. Je n'étais pas d'humeur à donner le spectacle d'un roi d'Asie ; je n'agissais ni par faiblesse, ni par caprice ; tout en moi était calcul. Quelque tendresse que j'eusse pour les individus, je n'avais pas prétendu les gorger pour leurs beaux yeux ; j'avais voulu fonder en eux de grandes familles, de vrais points de ralliement, en un mot des drapeaux dans les grandes crises nationales. Les grands officiers qui m'entouraient, tous mes ministres ont souvent reçu de moi, indépendamment de leurs énormes appointements, des gratifications fréquentes, parfois des services complets d'argenterie, etc. Or, quelles étaient mes vues dans ces profusions ? J'exigeais qu'ils tinssent maison, qu'ils donnassent de grands dîners, qu'ils eussent des bals brillants ; et pourquoi tout cela ? Pour fondre les partis, cimenter les unions nouvelles, briser les vieilles aspérités, créer une société, des mœurs, leur donner une couleur. Si j'ai conçu souvent de grandes et bonnes pensées, elles allaient toujours avorter où je les déposais, car aucun de ces premiers personnages n'a jamais tenu de véritable maison. S'ils donnaient à dîner, ils s'invitaient entre eux ; et, quand je me rendais à leurs bals fastueux, qu'y trouvais-je ? toute ma cour des Tuileries ; pas une figure nouvelle, pas un de ces blessés, de ces revêches boudant à l'écart, et qu'un peu de miel eût ramenés au bercail. Ils ne savaient pas me comprendre, ou ne le voulaient pas ; j'avais beau me fâcher, vouloir, ordonner, le tout n'en continuait pas moins : c'est que je ne pouvais être partout et toujours : ils le savaient bien, et pourtant j'ai passé pour avoir une main de fer. Que doit-ce donc être avec les débonnaires ! etc. »

MERCREDI 11.

Petitesse de son lit. Le tic revenu.
Gardes de l'aigle. Le coucou.

L'Empereur a continué de souffrir. Je l'ai trouvé fort abattu et faisant changer son lit de place. Ce lit, si longtemps le fidèle compagnon de ses victoires, n'était plus aujourd'hui que son grabat de douleur. L'Empereur, dans sa souffrance, se plaignait qu'il fût trop petit pour sa personne. Il trouvait à peine à s'y remuer ; mais l'espace de sa chambre n'en comportait pas de plus grand. Il l'a fait porter dans son cabinet à côté d'un petit lit de repos ou canapé, de manière à ce que, assujettis ensemble, ils lui composassent un lit plus spacieux. Voilà pourtant à quoi il en est réduit !!!... L'Empereur, revenu sur son canapé, s'est mis à causer, et s'est un peu remis par la conversation. Parlant de son avènement au consulat, et de l'effroyable désordre qu'il avait rencontré dans toutes les branches quelconques du service public, il disait qu'il avait été tenu à de nombreuses épurations immédiates qui avaient beaucoup fait crier, mais qui pourtant n'avaient pas peu contribué à resserrer tous les liens sociaux. Cette épuration s'était étendue jusqu'à l'armée, parmi les officiers, les généraux même, dont plusieurs l'étaient devenus Dieu sait par qui, disait-il, et Dieu sait comment. A ce sujet, je me suis permis de lui citer une anecdote de ce temps, qui avait fort amusé le cercle où je passais ma vie. Un de nous, et malveillant ainsi que je l'étais alors moi-même, s'était trouvé dans une de ces petites voitures de Versailles avec un soldat de la garde, et l'avait malicieusement excité à parler. Ce soldat était mécontent, et disait que tout se gâtait, qu'on exigeait à présent qu'on sût lire et écrire pour pouvoir avancer. *« Et voilà déjà le tic revenu »*, disait-il : il appelait cela le *tic*. Le mot nous plut, et resta dans notre société. – « Eh bien ! disait l'Empereur, qu'aura dit votre soldat, lorsque j'ai créé les gardes de l'aigle ? Ils m'auront sans doute réhabilité dans son esprit. J'avais établi, a-t-il ajouté, deux sous-officiers gardes spéciaux de l'aigle dans les régiments, placés à droite et à gauche du drapeau ; et, pour éviter que l'ardeur dans la mêlée ne les détournât de leur unique objet, le sabre et l'épée leur étaient interdits ; ils n'avaient d'autre arme que plusieurs paires de pistolets, d'autre emploi que de veiller froidement à brûler la cervelle de celui qui avancerait la main pour saisir l'aigle. Or, pour obtenir ce poste, ils étaient obligés de faire preuve qu'ils ne savaient ni lire, ni écrire, et vous devinez pourquoi ? – Non, sire. – Nigaud ! Tout soldat qui sait lire et écrire et a de l'instruction, avance toujours ; mais celui qui n'a pas ces avantages ne parvient bien certainement qu'à force d'actes de courage, et par des circonstances extraordinaires, etc.[1]. »

Comme j'étais en train de raconter, je lui ai cité, sur le sujet, une autre anecdote qui avait fait encore l'amusement de nos salons. On disait que, dans je ne sais quelle circonstance, un régiment ayant perdu son aigle, lui, Napoléon, le haranguait à ce sujet avec beaucoup d'indignation sur ce qu'il avait eu le déshonneur de laisser enlever son aigle par l'ennemi, un soldat gascon s'était écrié : « Mais ils se sont attrapés, ils n'ont eu que le bâton, car voilà le *coucou*, je l'avais mis dans ma poche », montrant effectivement l'aigle. L'Empereur n'a pu s'empêcher d'en rire, et a dit : « Eh bien, je ne garantirais vraiment pas qu'il ne soit en effet arrivé quelque chose de la sorte ou approchant. Mes soldats étaient

1. Au moment d'envoyer à l'impression, le hasard m'ayant fait mentionner cette circonstance à deux ou trois militaires, ils m'ont dit ne pas avoir eu connaissance de cette institution, sans me garantir toutefois qu'elle n'existât pas. Ne feraient-ils que l'ignorer, ou me serais-je trompé moi-même en prenant pour fait, dans les paroles de l'Empereur, ce qui n'eût été qu'intentionnel ? Une telle erreur, après tout, ne serait que trop possible, et je suis loin de pouvoir répondre que je n'en ai pas commis plusieurs fois de la sorte ou autrement. J'ai fait connaître soigneusement la nature de mes matériaux, la manière dont ils avaient été recueillis, afin que ceux qui me liront pussent répondre d'eux-mêmes à ces sortes d'incorrections ; et c'est le même motif qui m'a porté à y revenir si souvent.

N. B. J'avais cru un devoir de consigner ici la défiance que j'avais de moi-même en cette occasion, et mes scrupules n'ont pas tardé à recevoir leur récompense ; car ce sont eux précisément qui m'ont procuré la certitude dont je manquais. A peine le *Mémorial* avait-il paru, qu'il m'a été adressé à la fois, bien que de deux points fort éloignés, l'assurance positive que je ne m'étais point trompé, et que je devais reprendre pleine et entière confiance dans l'exactitude de mon récit ; et chacun des bienveillants informateurs a eu le soin de joindre à son témoignage des détails authentiques que je vais transcrire ici :

« L'institution que vous mentionnez, me mandait le premier, officier au 9e de ligne, existait réellement : ces sous-officiers étaient choisis et armés ainsi que vous le dites, etc. ; je les ai constamment vus au régiment dont je faisais partie jusqu'en 1814, etc. »

Le second, ancien sous-inspecteur aux revues, allait plus loin encore ; il me transmettait le texte même des décrets relatifs à cette institution :

Premier décret du 18 février 1808.

« Deux braves, pris parmi les anciens soldats non lettrés, qui par cette raison n'auront pu obtenir d'avancement, seront toujours placés à côté de

fort à leur aise, très libres avec moi. J'en ai vu souvent me tutoyer. » Je racontais qu'on nous avait dit qu'à Iéna, je crois, ou ailleurs, la veille d'une bataille, parcourant certains postes, fort peu accompagné, un soldat lui avait interdit le passage, et s'était fâché de le voir insister, jurant que, quand ce serait le Petit Caporal lui-même, il ne passerait pas. Et quand il avait vu qu'effectivement c'était le Petit Caporal, il n'en avait été nullement déconcerté. « C'est qu'il avait la conviction d'avoir fait son devoir, a dit l'Empereur, et puis le fait est que je passais pour un homme terrible dans vos salons, parmi les officiers, et peut-être même les généraux, mais nullement parmi les soldats : ils avaient l'instinct de la vérité et de la sympathie, ils me savaient leur protecteur, au besoin leur vengeur, etc. »

JEUDI 12.

L'Empereur continue d'être souffrant, etc.
Gaieté. Horrible nourriture ; vin exécrable, etc.

Aujourd'hui, l'Empereur, bien qu'il ne fût pas mieux, a résolu de brusquer, disait-il, sa souffrance. Il s'est habillé et a gagné le salon, où il a dicté deux ou trois heures à l'un de ces messieurs. C'était le troisième jour qu'il n'avait pas mangé. Il n'éprouvait pas encore la crise qu'il cherche et obtient d'ordinaire par le régime singulier qu'il s'est créé. Il continuait toujours de prendre de la limonade cuite.

Cet état l'a conduit à demander combien de temps l'on

---

l'aigle ; ils sont nommés par nous et ne peuvent être destitués que par nous. » (Berriat, *Législation militaire*, 2e vol., page 17.)

Deuxième décret du 25 décembre 1811.

« Le deuxième et le troisième porte-aigles auront un casque et des épaulettes *défensives* ; ils seront armés d'un épieu avec flamme, ou esponton de parade et de *défense*, avec une paire de pistolets. » (Berriat, *Législation militaire*, 1er vol., page 433.)

Ainsi, et je me plais à le redire parce que je ne saurais trop le répéter, toutes les fois que les circonstances m'ont conduit à vérifier jusqu'aux moindres parties d'une conversation journalière, bien qu'elle fût parfois abondante et souvent des plus négligées, j'ai eu lieu de me convaincre que le tout en était de la plus stricte vérité. *(Las Cases.)*

pourrait vivre sans manger, et dans quelle proportion le boire pouvait suppléer à la nourriture. Il a fait venir l'*Encyclopédie britannique*, où il s'est trouvé des choses fort curieuses. Une femme, par exemple, ayant vécu cinquante jours sans autre secours que d'avoir bu deux fois. Une autre qui s'était soutenue pendant vingt jours à l'aide d'eau seulement, etc.

Quelqu'un disait à ce sujet que Charles XII, par seule expérience sur lui-même, et par pure contradiction pour les raisonnements soutenus autour de lui, était demeuré cinq à six jours sans manger ; et au bout de ce temps avait avalé un dindon et un gigot ; mais il avait failli en crever. L'Empereur en riait, et nous assura qu'il n'avait pas la prétention d'aller jusque-là, quelque tentant d'ailleurs que fût le modèle.

Il a fait une partie de piquet avec Mme de Montholon ; le grand-maréchal est arrivé. La partie finie, l'Empereur lui a demandé comme il le trouvait : « Mais un peu jaune », a répondu Bertrand, et c'était très vrai. L'Empereur, dans un mouvement de gaieté, s'est mis à le poursuivre dans le salon pour lui saisir l'oreille, disant : « Comment, un peu jaune ! vous m'insultez, monsieur le grand-maréchal ; vous prétendez dire par là que je suis bilieux, morose, atrabilaire, violent, injuste, tyran ; allons, livrez-moi cette oreille que je me venge, etc. »

Le dîner est arrivé, et l'Empereur a hésité s'il dînerait avec nous ou s'il dînerait dans son intérieur, et il s'est décidé pour ce dernier, de peur, disait-il, d'être tenté d'imiter Charles XII, s'il venait à la grande table. Mais certes, cela lui eût été bien difficile, car étant venu nous surprendre au milieu du dîner, nous lui avons fait pitié, disait-il ; et en effet, nous avions littéralement à peine de quoi manger. Cette circonstance l'a conduit à prendre un parti extrême. Il a ordonné, dès cet instant, de vendre chaque mois une portion de son argenterie pour subvenir à nos besoins de table.

Ce qu'il y avait de pis à notre mauvais dîner, et qui est devenu le sujet d'une conversation sérieuse, c'était le vin exécrable depuis quelques jours, et qui nous a tous incommodés. Nous avons été obligés d'en faire demander au camp, espérant qu'on nous changera celui que nous ne saurions boire.

Dans le cours de cette conversation, l'Empereur a dit que, situé comme il l'avait été, il avait reçu une foule d'indices et d'avertissements de la part des chimistes et des médecins. Que tous s'étaient accordés à lui signaler le vin et le café comme les objets dont il devait le plus se garantir. Tous s'accordaient aussi à lui dire de les repousser à la moindre odeur d'ail ; et pour le vin surtout, de le rejeter à l'instant, si seulement il se sentait le moindrement *étonné* en le goûtant. Comme il l'avait toujours eu, disait-il, son même vin de Chambertin, il avait été rarement dans le cas d'avoir rien à repousser. Mais aujourd'hui, c'était tout autre chose ; s'il avait rejeté son vin à chaque *étonnement*, il y a longtemps qu'il n'en boirait plus, etc.

VENDREDI 13.

Poème de Charlemagne *du prince Lucien ; critique ; Homère.*

Le temps a été détestable ; il dure ainsi depuis trois semaines ou un mois. Avant une heure, l'Empereur m'a fait demander ; il était dans son salon. L'Amphitryon venait d'arriver chez moi ; je le lui ai amené ; il l'a entretenu d'objets personnels et particuliers.

L'Empereur était fort changé ; il a désiré se mettre au travail. J'ai fait venir mon fils, et l'Empereur a retravaillé le chapitre du pape et celui du Tagliamento : il n'a cessé qu'à cinq heures. Il était fort abattu, avait l'air fort souffrant, et s'est retiré, disant qu'il allait essayer de manger quelque chose.

Deux bâtiments avaient été signalés : on croyait que l'un était l'*Eurydice*, venant d'Europe par le Cap, et attendu à chaque instant. Il s'est trouvé que ce n'était qu'un bâtiment de la compagnie, et un vaisseau qui passait.

L'Empereur est venu nous retrouver au milieu de notre dîner : il avait mangé comme quatre, disait-il, et cela l'avait remis.

On cherchait un sujet de lecture. Il a demandé *Charlemagne*, de son frère Lucien. Il a analysé le premier chant, puis parcouru plusieurs autres, puis cherché le sujet, le plan, etc. « Que de travail, que d'esprit, que de temps perdu ! a-t-il observé ; quel décousu de jugement et de goût ! Voilà vingt mille vers dont quelques-uns peuvent être bons, par ce que j'en sais ; mais ils sont sans couleur, sans but, sans résultat. C'est dans l'auteur une vocation forcée, sans doute, mais encore est-elle mal suivie. Comment Lucien, avec tout son esprit, ne s'est-il pas dit que Voltaire, maître de sa langue et de sa poésie, à Paris, au milieu du sanctuaire, a échoué dans une pareille entreprise ? Comment lui, Lucien, a-t-il pu croire qu'il était possible de faire un poème français en pays étranger, hors de la capitale de la France ? Comment a-t-il pu prétendre établir un rythme nouveau ? Il a fait là une histoire en vers, et non un poème épique. Le poème épique ne comporte pas l'histoire d'un homme, mais seulement celle d'une passion ou d'un événement. Et quel sujet a-t-il encore été prendre ? Quels noms barbares il a introduits ? A-t-il cru relever la religion qu'il pensait abattue ? Son ouvrage serait-il un poème de réaction ? Il sent, du reste, tout à fait le sol sur lequel il fut composé ; ce ne sont que des prières, des prêtres, la domination temporelle des papes, etc., etc. A-t-il pu consacrer vingt mille vers à des absurdités qui ne sont plus du siècle, à des préjugés qu'il ne peut avoir, à des opinions qui ne sauraient être les siennes ? C'est prostituer son talent. Quel travers ! et que ne pouvait-il pas faire de mieux ! car il a certainement de l'esprit, de la facilité, du faire, du travail. Or, il était à Rome au milieu des plus riches matériaux, à même de satisfaire à toutes les recherches ; il connaissait la langue italienne, nous n'avons pas de bonne histoire d'Italie, il pouvait la composer : son talent, sa position, sa connaissance des affaires, son rang, pouvaient la rendre excellente et classique ; il eût fait un vrai présent au monde littéraire, et se fût rendu immortel. Au lieu de cela, qu'est-ce que son poème ? Que fera-t-il à sa réputation ? Il s'ensevelira dans la poussière des bibliothèques, et son auteur obtiendra tout au plus quelques minces articles, peut-être ridicules, dans les dictionnaires biographiques ou littéraires. Que si Lucien ne pouvait échapper à sa destinée de faire des vers, il était digne, convenable et adroit à lui d'en soigner un manuscrit magnifique, de l'enrichir de superbes dessins, d'une riche reliure, d'en régaler parfois les yeux des dames, d'en laisser percer de temps à autre quelques tirades, et de le laisser en héritage, avec la défense sévère de le publier jamais. On eût alors compris ses jouissances. »

Puis le mettant de côté, il a dit : « Passons à *l'Iliade*. »

Mon fils a été la chercher, et l'Empereur nous en a lu quelques chants, s'arrêtant souvent pour admirer, disait-il, à son aise. Ses observations étaient précieuses, abondantes, singulières. Il s'y est attaché tellement, qu'il avait atteint minuit et demi quand il a demandé l'heure pour se retirer.

SAMEDI 14.

Manque de nourriture. Le vin ridiculement fixé, etc. Retour de l'île d'Elbe. Bizarrerie du hasard.

Le temps continue toujours à être détestable et à nous confiner dans nos misérables cahutes ; nous sommes tous malades.

L'Empereur a dicté pendant une partie du jour ; il était beaucoup mieux.

Au dîner nous avions littéralement à peine de quoi manger. Le gouverneur opérait successivement ses réductions. L'Empereur a ordonné qu'on cherchât à acheter quelque chose de surplus, et qu'on le payât avec ce qui proviendra de la vente de l'argenterie.

Le gouverneur a signifié que le vin demeurait fixé à une bouteille par tête, l'Empereur compris. Cela se croira-t-il ! *Une bouteille pour une mère et ses enfants*. C'est l'expression employée dans la note, etc.

L'Empereur, retiré chez lui, m'a fait demander. « Je ne me sens pas l'envie de dormir, m'a-t-il dit en me voyant. Je vous ai envoyé chercher pour passer la veillée ; causons quelques quarts d'heure. » Et le cours de la conversation a ramené l'île d'Elbe, ses travaux, ses sensations, ses idées durant le séjour qu'il y avait fait ; enfin son retour sur le sol français et le succès magique qui l'accompagna, et dont il n'avait, disait-il, pas douté un seul instant, etc. « Et qu'on explique cela comme on voudra ou comme on pourra, a-t-il repris dans un certain moment ; mais je vous jure que je ne me sentais aucune haine directe et personnelle contre ceux que je venais renverser. C'était uniquement pour moi de la querelle politique. Je m'en étonnais moi-même, tant je me trouvais le cœur libre, aisé, même bienveillant je pourrais dire. Vous avez vu comme j'ai relâché le duc d'Angoulême : j'en eusse fait autant du roi, ou lui eusse accordé, à son gré, asile et sûreté. Le triomphe de la cause ne tenait nullement à sa personne, et je respectais son âge, ses malheurs. Peut-être aussi lui tenais-je compte de certains ménagements que lui, nominativement, avait toujours observés à mon égard. Il est bien vrai qu'en ce moment il m'avait déclaré hors la loi, et avait mis ma tête à prix, je crois ; mais tout cela n'était à mes yeux que *style de manifeste*. Tous à Vienne en ont fait autant, sans m'ulcérer davantage, voire même le cher beau-père ; et de lui, c'est pourtant bien fort ! l'époux de sa fille chérie !!! etc., etc. »

Mais, puisque voilà le retour de l'île d'Elbe mentionné de nouveau, c'est peut-être ici le lieu de tenir la promesse que j'ai faite plus haut, d'en donner plus tard la relation. Que, si on me demande pourquoi cette transposition, je réponds que le sujet par lui-même était délicat, que je n'avais point encore donné de preuves du véritable esprit de mon recueil, qu'on y eût peut-être pu suspecter alors certaine malveillance ; tandis qu'aujourd'hui, que je dois avoir convaincu que mes récits sont purement philosophiques, moraux, historiques, on sentira que quelles que soient les erreurs qu'ils contiennent, c'est à l'historien, au critique seul à me redresser ou à me combattre. Du reste, cette relation se trouve dans tous les journaux, dans tous les ouvrages, dans tous les pays. Celle-ci ne saurait donc avoir rien de bien neuf, seulement elle a été recueillie de la bouche de Napoléon. Je réunis ici ce qu'il en a dit en différents moments.

Napoléon vivait à l'île d'Elbe sur la foi des traités : il apprend qu'il est question au congrès de Vienne de le déporter hors de l'Europe : on n'observait avec lui aucun des articles de Fontainebleau [1], les papiers publics l'instruisaient de la disposition des esprits de France ; son parti fut pris. Il en garde le secret jusqu'aux derniers moments [2], tout se prépare,

1. Articles du traité de Fontainebleau, signé en 1814 par Napoléon lors de sa première abdication.

2. C'est ici le lieu sans doute de redresser une erreur qui a fort affligé quelqu'un que j'estime et que j'aime. On lit, plus haut, que le général Drouot, huit jours avant le départ de l'île d'Elbe, en avait laissé échapper le secret à la princesse Borghèse, etc., etc. Or, le général Drouot affirme qu'il n'a reçu la confidence de l'Empereur qu'aux derniers moments, et qu'il n'a pas, et n'aurait jamais manqué au secret. Il est naturel que le général Drouot soit le plus sûr de ces faits, comme le plus intéressé ; d'autant plus que moi je

sous un prétexte ou sous un autre. Ce n'est qu'en se trouvant à bord que les soldats conçurent les premiers soupçons ; et mille ou douze cents hommes, et quelques esquifs mettent à la voile pour aller tenter la repossession d'un empire de trente millions d'hommes !!!

Il y avait près de cinq ou six cents hommes sur le brick où Napoléon s'embarqua : c'était, disait-il, l'équipage d'un soixante-quatorze. On fut rencontré par un brick de guerre français avec lequel on parla. On a prétendu que le capitaine du brick français avait reconnu les figures, et avait crié trois fois en se séparant : *Bon voyage !* Quoi qu'il en soit, l'officier qui conduisait l'Empereur lui proposa d'aborder ce brick et de l'enlever. L'Empereur repoussa cette idée comme absurde : elle ne pouvait être raisonnable, que si on y eût été forcé par la nécessité. « Autrement, à quoi bon, disait-il, compliquer mon dessein de ce nouvel incident ? De quelle utilité eût pu m'être le succès ? A quoi ne m'exposait pas le plus léger contretemps ? »

Et que ne peuvent la bizarrerie et les rapprochements du hasard ! J'ai eu la preuve, depuis, que ce brick sur lequel était l'Empereur, et celui avec lequel on parlementa, étaient jumeaux, et avaient été construits précisément avec des bois donnés à l'État par Napoléon, qui les tenait d'un héritage en Toscane, celui sans doute du vieil abbé son parent, dont il a été question plus haut.

Lors de l'échec qu'on éprouva en débarquant par la capture d'une vingtaine d'hommes qu'on avait envoyés sommer Antibes, diverses opinions s'élevèrent à cet égard, et même avec assez de chaleur : les uns voulaient qu'on se portât aussitôt sur Antibes, pour l'enlever de force, et prévenir par là le mauvais effet que pouvaient produire la résistance de cette place et l'emprisonnement des vingt hommes. L'Empereur répondait que la prise d'Antibes ne faisait rien à la conquête de la France ; que le peu de temps qu'il y perdrait suffirait pour réveiller partout, et créer des obstacles sur la seule, la véritable route ; que les moments étaient précieux, qu'il fallait voler ; qu'on remédierait au mauvais effet de l'événement d'Antibes, en marchant plus vite que la nou-

dois faire observer que je ne cite là qu'une conversation courante, toute de plaisanterie et nullement controversée. (*Las Cases.*)

velle. Un officier de la garde, ayant fait sentir indirectement qu'il n'était pas bien d'abandonner ainsi ces vingt hommes, l'Empereur se contenta d'observer qu'il jugeait bien mal de l'étendue de l'entreprise ; que, si la moitié d'eux se trouvait dans le même cas, il les laisserait de même ; que, s'ils y étaient tous, il continuerait de marcher seul[1].

Il avait débarqué au golfe Juan, quelques heures avant la nuit, et y avait établi son bivouac. On lui amena bientôt après un postillon en belle livrée. Il se trouva qu'il avait fait partie de sa maison ; il avait appartenu à l'impératrice Joséphine, et servait en ce moment le prince de Monaco, qui lui-même avait été écuyer de l'impératrice Joséphine. Ce postillon, questionné par l'Empereur, lui disait, dans son grand étonnement de le trouver là, qu'il arrivait de Paris, qu'il pouvait lui garantir qu'on allait le revoir partout avec plaisir ; que sur toute sa route, jusqu'à Avignon, il n'avait entendu que des regrets de l'avoir perdu ; son nom était publiquement dans toutes les bouches. Il ajoutait que sa belle livrée avait été souvent pour lui un objet de défaveur et d'insulte. Il assura l'Empereur que la Provence une fois traversée, il trouverait tout le monde, sur son passage, prêt à se réunir à lui. C'était là le témoignage d'un homme du peuple : il fut très agréable à l'Empereur, qui avait calculé précisément de la sorte. Le prince de Monaco, amené lui-même, fut moins explicite ; l'Empereur d'ailleurs ne le questionna point sur la politique : il avait des témoins au bivouac, il ne voulait pas s'exposer à entendre aucun détail qui pût laisser de mauvaises impressions sur ceux qui l'entouraient : la conversation ne fut donc que de plaisanterie : elle roula toute sur les dames de son ancienne cour des Tuileries dont Napoléon s'informait en détail avec beaucoup de gaieté.

Au lever de la lune, vers une ou deux heures du matin, le bivouac fut rompu, et l'on se porta sur Grasse. Là, l'Empereur comptait trouver une route qu'il avait ordonnée sous l'Empire : elle n'avait point été exécutée. Il fallut se résoudre

1. Ce n'est pourtant pas qu'il négligeât de s'occuper de ces hommes, car un moment il chargea le commissaire des guerres, Ch. Vauthier, qui se trouvait près de lui, de courir en toute hâte sous les murs d'Antibes, et de délivrer les prisonniers en essayant d'enlever la garnison, lui répétant à diverses reprises, lorsqu'il s'éloignait déjà : « Mais surtout n'allez pas vous faire bloquer aussi. » *(Las Cases.)*

à suivre des défilés difficiles et pleins de neige, ce qui lui fit laisser à Grasse, à la garde de la municipalité, sa voiture et deux pièces de canon qu'il avait débarquées : c'est ce que les bulletins d'alors appelèrent une capture.

La municipalité de Grasse était fort royaliste ; mais l'apparition de l'Empereur fut si soudaine, qu'il n'y eut pas moyen d'hésiter, elle vint donc faire sa soumission. L'Empereur traversa la ville, et fut s'arrêter militairement sur une hauteur un peu au-delà ; on fit halte et il y déjeuna. Bientôt il y fut entouré de la population de la ville, et il parcourut cette multitude comme il l'eût fait à son cercle des Tuileries. C'était la même attitude, les mêmes demandes que s'il n'avait jamais quitté la France. L'un se plaignait de n'avoir pas encore reçu sa pension, l'autre demandait qu'on voulût bien augmenter la sienne ; la croix de celui-ci avait été retenue dans les bureaux ; celui-là demandait de l'avancement, etc. Il lui fallut recevoir une foule de pétitions qu'on avait déjà eu le temps d'écrire, et qu'on lui remettait, comme s'il venait de Paris, faisant une tournée dans les départements.

Quelques patriotes chauds, versés dans les affaires, lui dirent mystérieusement que les autorités du lieu lui étaient fort opposées ; mais que la masse de la population, le petit peuple, était tout à lui, qu'on attendait seulement qu'il eût le dos tourné, et qu'alors il serait bientôt délivré des mécréants. « Donnez-vous-en bien de garde, s'écria l'Empereur, réservez-leur le supplice de voir notre triomphe sans avoir de reproches à nous faire ; soyez donc tranquilles, conduisez-vous sagement. »

L'Empereur allait comme l'éclair. « La victoire, disait-il, devait être dans ma célérité. La France était pour moi dans Grenoble. Il y avait cent lieues, moi et mes grognards nous les fîmes en cinq jours [1], et dans quels chemins ! et par quels

1. Le 1er mars débarque sur la plage de Cannes, au golfe Juan. Le 2, entre à Grasse. Le 3, couche à Barrême. Le 4, dîne à Digne, et couche à Malijai. Le 5, couche à Gap. Le 6, couche à Corps, au-delà duquel, le lendemain, l'Empereur harangue et rallie les soldats du 5e. Peu d'heures après il est joint par Labédoyère, à la tête du 7e. Le 7, à Grenoble, séjour. Le 9, couche à Bourgoin. Le 10, à Lyon, reste trois jours. Le 13, couche à Mâcon. Fameuse proclamation de Ney. Le 14, couche à Chalon. Le 15, couche à Autun. Le 16, à Avallon. Le 17, à Auxerre, reste un jour, y est joint par le prince de

temps ! J'y entrais, que M. le comte d'Artois, averti par le télégraphe, ne faisait que de quitter les Tuileries. »

Napoléon s'était regardé comme si sûr de la disposition des esprits et des choses, que le succès, pensait-il, ne devait tenir nullement aux forces qu'il amènerait avec lui. Se garantir d'un piquet de gendarmerie, disait-il, était tout ce qu'il lui fallait ; or, tout arriva comme il l'avait calculé : *la victoire marcha au pas de charge, et l'aigle nationale vola de clocher en clocher jusqu'aux tours de Notre-Dame*. « Mais, ajoutait-il, ce ne fut pourtant pas d'abord sans de vives inquiétudes. » A mesure qu'il avançait, toutes les populations se prononçaient avec ardeur, il est vrai ; mais il ne voyait aucun soldat, on les lui enlevait de son passage. Ce ne fut qu'entre Mure et Vizille, à cinq ou six lieues de Grenoble, et le cinquième jour de route, qu'on rencontra enfin un premier bataillon. L'officier qui le commandait refusa même de parlementer : alors l'Empereur n'hésita pas ; il s'avança seul de sa personne, cent de ses grenadiers marchaient à quelque distance de lui, leurs armes renversées. La vue de Napoléon, son costume, sa petite redingote grise surtout, furent magiques sur les soldats, qui demeurèrent immobiles. Il continua droit à un vétéran dont le bras était chargé de chevrons, et le prenant rudement par la moustache, lui demanda s'il aurait bien le cœur de tuer son Empereur. Le soldat, les yeux mouillés, mettant aussitôt la baguette dans son fusil pour montrer qu'il n'était pas chargé, lui répondit : « Tiens, regarde si j'aurais pu te faire beaucoup de mal : tous les autres sont de même. » Et des cris de vive l'Empereur partent de tous côtés. Napoléon commande au bataillon un demi-tour à droite, et tout marche vers Paris.

A peu de distance de Grenoble, le colonel Labédoyère, à la tête de son régiment, vint se joindre à lui. Alors l'impulsion fut prononcée, et la question, dit l'Empereur, à peu près décidée.

Tous les paysans du Dauphiné bordaient les routes : ils étaient ivres et furieux de joie. Quand le premier bataillon dont on vient de parler hésitait encore, il s'en trouvait des milliers sur ses derrières cherchant à le décider par leurs cris

---

la Moskowa. Le 20, arrive à Fontainebleau à quatre heures du matin, et entre aux Tuileries, à neuf heures du soir. *(Las Cases.)*

de vive l'Empereur ; tandis qu'une foule d'autres étaient sur les derrières de Napoléon, excitant la petite troupe à avancer, l'assurant qu'il ne lui serait fait aucun mal.

Dans une certaine vallée, s'offrit le spectacle le plus touchant qu'on puisse imaginer : c'était la réunion d'un grand nombre de communes, ayant avec elles leurs maires et leurs curés. Du milieu de cette foule se précipite aux pieds de l'Empereur un des plus beaux grenadiers de sa garde, qui manquait depuis le débarquement, et sur lequel on avait même conçu des doutes ; dans ses yeux roulaient de grosses larmes de joie, il tenait dans ses bras un vieillard de quatre-vingt-dix ans ; il le présentait à l'Empereur : c'était son père qu'il était venu chercher et qu'il amenait au milieu de cette multitude. L'Empereur avait ordonné plus tard, aux Tuileries, qu'on peignît un tableau de cette circonstance.

Napoléon arriva la nuit sous les murs de Grenoble : sa promptitude déjouait toutes les mesures ; on n'avait pas le temps de couper les ponts ni même de mettre les troupes en mouvement. Il trouva les portes de la ville fermées ; on refusait de les ouvrir ; le colonel qui commandait dans la place s'y opposait. « Car une circonstance qui doit caractériser spécialement cette révolution sans pareille, disait l'Empereur, c'est que les soldats ne manquèrent pas, jusqu'à un certain point, de discipline ni d'obéissance envers leurs chefs ; seulement ils employèrent, pour leur compte, la force d'inertie comme un droit qu'ils auraient cru leur appartenir. » Ainsi, on vit le premier bataillon exécuter toutes les manœuvres commandées, se retirer, ne vouloir pas communiquer ; mais il ne chargea point les armes : il n'aurait pas tiré ; devant Grenoble, toute la garnison, sur les remparts, criait vive l'Empereur ; on se donnait les mains par les guichets ; mais on n'ouvrait pas parce que les supérieurs l'avaient défendu. Il fallut que l'Empereur fît enfoncer les portes, ce qui s'exécuta sous la bouche de dix pièces d'artillerie des remparts, chargées à mitraille. Et pour achever la bizarrerie des circonstances, le chef du premier bataillon et le colonel qui s'étaient si ouvertement opposés à l'Empereur, questionnés par lui s'il pouvait compter sur eux, répondirent que oui ; que leurs soldats les avaient abandonnés, mais qu'eux n'abandonneraient pas leurs soldats ; que, puisqu'ils s'étaient prononcés pour lui, ils lui seraient fidèles, et l'Empereur les conserva.

Du reste, il n'est point de bataille où l'Empereur ait couru plus de dangers qu'en entrant à Grenoble ; les soldats se ruèrent sur lui avec tous les gestes de la fureur et de la rage ; on en frémit un instant ; on eût pu croire qu'il allait être mis en pièces ; ce n'était que le délire de l'amour et de la joie ; il fut enlevé lui et son cheval. A peine commençait-il à respirer dans l'auberge où il avait été déposé, qu'un redoublement de tumulte se fait entendre : c'étaient les portes de la ville, que les habitants venaient lui offrir, disaient-ils, au défaut des clefs qu'on n'avait pu lui présenter.

« Une fois dans Grenoble, j'étais devenu une véritable puissance, disait l'Empereur, j'eusse pu nourrir la guerre, s'il fût devenu nécessaire de la faire. »

L'Empereur regrettait fort alors de n'avoir pas fait imprimer ses proclamations à l'île d'Elbe ; mais il avait craint de laisser pénétrer son secret. Il les avait donc dictées à bord du brick, où tout ce qui savait écrire avait été employé à les copier. On était obligé d'en écrire encore chemin faisant, afin de les répandre dans la route, tant elles étaient avidement demandées : elles étaient donc rares, souvent incorrectes ou même illisibles : et pourtant on en sentait à chaque pas la nécessité, car on s'apercevait aussitôt de toute l'impression qu'elles produisaient. Ces populations se sont fort éclairées par nos vingt dernières années ; et malgré tout le bonheur de revoir l'Empereur, on s'y demandait avec inquiétude quel allait être son objet. Tous étaient aussitôt satisfaits quand ils avaient lu le sentiment national des proclamations, et leur joie surtout était extrême quand ils apprenaient là que Napoléon n'avait pas de troupes étrangères avec lui. Sa marche était si rapide et ses mouvements si prompts, qu'on avait fait mille contes sur ses forces et leur composition. On voulait qu'il eût avec lui des Napolitains, des Autrichiens, etc., etc., et même des Turcs.

De Grenoble à Paris, ce ne fut qu'une marche triomphale.

Durant les trois ou quatre jours que l'Empereur demeura à Lyon, il y eut constamment plus de vingt mille âmes sous ses fenêtres ; les cris ne discontinuèrent jamais.

C'était un souverain qui n'aurait jamais quitté ses sujets. Il signait des décrets, expédiait des ordres, passait des revues, etc. Tous les corps, toutes les administrations, toutes les classes de citoyens s'empressaient de faire preuve de dévouement et d'hommages. Il n'y eut pas jusqu'à la garde nationale à cheval, composée de ce qu'il y avait de plus pur et de plus ardent dans le parti opposé, qui ne vînt solliciter l'honneur de garder sa personne ; mais ils furent les seuls maltraités. « Messieurs, je vous remercie de vos services, dit l'Empereur ; votre conduite envers M. le comte d'Artois m'apprend trop ce que vous feriez à mon égard, si la fortune venait à m'abandonner : je ne vous soumettrai point à cette nouvelle épreuve. » En effet, M. le comte d'Artois, en quittant Lyon, n'avait trouvé, assure-t-on, qu'un seul d'entre eux qui se dévouât à le suivre à Paris ; et l'Empereur, sur qui tout ce qui était généreux avait des droits, apprenant la fidélité de ce volontaire, lui fit remettre la décoration de la Légion d'honneur.

Enfin, l'Empereur, dans Lyon, administrait déjà, par des actes publics, avec cette précision, cette fermeté, cette confiance compagne d'une stabilité non interrompue. Rien en lui ne laissait apercevoir la trace des grands revers qui avaient précédé, ou des chances immenses qui pouvaient suivre ; et s'il était possible de tout raconter, j'aurais à produire une anecdote privée bien plaisante, qui prouverait quels étaient le calme du cœur et la liberté d'esprit de Napoléon au milieu de la grande crise qui, autour de lui, changeait la face de la France, et allait remuer toute l'Europe.

A peine sorti de Lyon, l'Empereur fit écrire à Ney, qui se trouvait à Lons-le-Saunier avec son armée, qu'il eût à mettre ses troupes en marche et à venir le joindre. Ney, au milieu de la confusion générale, abandonné par ses soldats, frappé des proclamations de l'Empereur, des adresses du Dauphiné, de la défection de la garnison de Lyon, de l'élan des provinces voisines et des populations environnantes ; Ney, l'enfant de la Révolution, se livra au torrent, et donna son fameux ordre du jour. Toutefois, ayant présents les souvenirs de Fontainebleau, il écrivit à l'Empereur que tout ce qu'il venait de faire était principalement en vue de la patrie, et que, sentant qu'il avait dû perdre sa confiance, il allait se retirer chez lui ; mais l'Empereur lui fit écrire de venir le joindre, et qu'il le recevrait comme le lendemain de la bataille de la Moskowa. Ney, en revoyant l'Empereur, se montra embarrassé, et lui répéta que, s'il avait perdu sa confiance, il ne lui demandait plus qu'une place parmi ses grenadiers. « Il est sûr, disait l'Empereur, qu'il avait été assez mal pour moi ; mais le moyen d'oublier un si beau courage et tant d'actes passés ! Je lui sautai donc au cou en l'appelant le *brave des braves*, et dès cet instant, tout fut comme jadis, etc., etc. »

Le trajet jusqu'à Paris se fit à peu près en poste. Nulle part il n'y avait opposition, ni lutte, ni combat ; ce n'était, à l'aspect de l'Empereur, littéralement parlant, qu'un simple changement de décoration théâtrale. Les avant-gardes n'étaient autre chose que les troupes qui se trouvaient en avant sur la route, et auxquelles on envoyait des courriers. C'est ainsi que l'Empereur est entré dans Paris, avec les troupes mêmes qui en étaient sorties le matin pour le combattre. Un régiment, posté à Montereau, en franchit spontanément le pont, courut sur Melun, et chargea les gardes du corps qui s'y trouvaient, et c'est, dit-on, ce qui décida le départ si soudain de la famille royale.

L'Empereur nous dit souvent que, s'il l'eût voulu ou ne s'y fût pas opposé, il eût traîné avec lui à Paris deux millions de paysans. A son approche, toutes les campagnes se levaient en masse ; aussi répète-t-il souvent qu'il n'y a eu de véritables conspirateurs que l'opinion.

Le lendemain de l'arrivée de l'Empereur aux Tuileries, quelqu'un lui ayant dit qu'il ne vivait que de prodiges, mais que ce dernier allait effacer tous les autres, je l'entendis répondre qu'il n'avait ici d'autre mérite que d'avoir bien jugé de l'état des choses en France et d'avoir su lire dans le cœur des Français. Dans un autre moment, il nous rappelait que cela seul avait été toutes ses intelligences ; « car, observait-il, si l'on excepte Labédoyère, qui accourut à moi d'enthousiasme et de cœur, et un autre encore qui me rendit franchement de grands et vrais services, presque tous les autres généraux, sur la route, se montrèrent incertains et de mauvaise grâce ; ils ne firent que céder à l'impulsion de leurs soldats, si même ils ne se montrèrent hostiles.

« Tout le monde sait bien aujourd'hui, disait-il, que Ney quitta Paris tout au roi, et que, s'il tourna contre lui quelques jours plus tard, c'est qu'il crut ne pouvoir faire autrement.

« J'étais si loin de compter en aucune manière sur Masséna, que je me crus obligé, en débarquant, de le sauter à pieds joints ; et le questionnant plus tard à Paris sur ce qu'il aurait fait, si je ne me fusse éloigné aussi rapidement de la Provence, il eut la franchise de répondre qu'il serait bien embarrassé de le dire ; mais que le plus sûr, dans tous les cas, avait été d'agir ainsi que j'avais fait, que de la sorte le tout avait été pour le mieux.

« Saint-Cyr s'était vu en danger pour avoir voulu contenir les soldats confiés à ses ordres.

« Soult me confessa que le roi lui avait inspiré un véritable goût tant il se trouvait bien de son régime ; et il ne voulut reprendre son service qu'après le Champ-de-Mai.

« Macdonald ne reparut point ; le *duc de Bellune* suivit le roi à Gand. Ainsi, concluait-il, si les Bourbons ont à se plaindre de la désertion complète du soldat et du peuple, certes, ils n'ont pas le droit de reprocher le manque de dévouement et de fidélité aux principaux de l'armée, à ces élèves ou chefs de la Révolution, qui, malgré une habitude de vingt-cinq ans, disait-il, n'ont montré, dans cette circonstance, que de vrais enfants en politique. On ne les a trouvés ni émigrés, ni nationaux !... etc. »

Napoléon en avait eu l'instinct, et s'était tenu fidèle à son grand principe de n'agir que sur les masses et par les masses. Au moment de l'entreprise et après son débarquement, on le sollicita plusieurs fois d'essayer de traiter avec quelques-uns des chefs ; mais il fit constamment sa belle réponse : « Si je suis demeuré dans le cœur de la masse, je dois m'occuper peu des chefs ; et, si je n'avais que ceux-ci, à quoi me serviraient-ils contre le torrent de la masse ? »

Voici qui montrera du moins le peu d'intelligence que Napoléon avait entretenu avec la capitale. Le matin de son entrée à Paris, en arrivant de l'île d'Elbe, cent cinquante officiers à la demi-solde, traînant quatre pièces de canon, quittent spontanément Saint-Denis, où ils avaient été stationnés par les princes, et marchent vers la capitale ; ils sont rencontrés dans leur route par quelques généraux qui se mettent à leur tête, et poursuivent, avec cette petite troupe, jusqu'au château des Tuileries, où ils convoquent les chefs des administrations, qui tous conviennent d'agir au nom de l'Empereur. C'est ainsi que Paris fut gouverné ce jour-là à l'amiable par le souffle de l'opinion et l'élan des affections privées. Aucun des grands partisans de l'Empereur, aucun de ses anciens ministres n'ayant reçu nul avis de lui, aucun d'eux n'osa signer aucun ordre, ni prendre aucune responsabilité. Les papiers publics n'eussent pas paru le lendemain, si ce n'eût été le zèle de simples particuliers, qui, sans autorisation, de leur propre mouvement, les firent remplir de ce qui les animait et de ce qu'ils voyaient. Ce n'est pas autrement que Lavalette fut prendre possession des postes. Paris vécut ce jour-là sans police, sans autorité, et jamais il ne fut plus tranquille.

L'Empereur fit son entrée aux Tuileries vers neuf heures du soir, avec une centaine de chevaux, et comme s'il arrivait de son palais. Mettant pied à terre, il faillit être étouffé par un gros d'officiers et de citoyens qui se l'arrachèrent pour en toucher quelque chose, et le transportèrent à bras dans son salon. Il y trouva son dîner prêt, et se mettait à table quand arriva de Vincennes l'officier qu'on y avait envoyé le matin pour sommer le château, il y rapportait la capitulation du commandant, qui n'y avait mis, dit-on, d'autres conditions que celle d'un passeport pour lui et sa famille.

Une circonstance bien singulière c'est que le matin, une fois maître des Tuileries, et comme on faisait courir dehors pour se procurer un drapeau tricolore, on en trouva un tout fait au pavillon Marsan, dans la fouille du château que faisait faire la prudence ; et c'est celui qu'on fit hisser sur-le-champ. Il était tout neuf et d'une dimension plus grande que de coutume. On s'est demandé par quel hasard il était là, et quelles avaient pu être les intentions à cet égard.

Du reste, plus les temps se sont éclaircis, plus on a pu se convaincre qu'il ne fut d'autre conjuration que celle de la nature des choses ; l'esprit de parti seul peut chercher, de nos jours, à élever des doutes à cet égard, l'histoire n'en aura point.

Peu de jours après l'établissement de Napoléon à Longwood, il fut question, devant les officiers qui lui furent présentés, du retour de l'île d'Elbe, et l'un de ces officiers se hasarda de dire que cet événement merveilleux avait offert, aux regards de toute l'Europe attentive, le contraste de ce qu'il y avait de plus faible et de plus sublime. Les Bourbons abandonnant une monarchie tout entière, pour s'enfuir à l'approche d'un seul homme, qui avait la magnanime audace d'entreprendre à lui seul la conquête d'un empire. « Monsieur, lui dit l'Empereur, vous êtes dans l'erreur ; vous avez mal saisi le sens de l'affaire : les Bourbons n'ont pas manqué de courage, ils ont fait tout ce qu'ils pouvaient faire. M. le comte d'Artois a volé à Lyon, Mme la duchesse d'Angoulême s'est montrée, dans Bordeaux, en amazone, et M. le duc d'Angoulême a marché en avant autant qu'il a pu. Si, malgré tout cela, ils n'ont pu venir à bout de rien, c'est moins leur faute que la force des circonstances ; c'est qu'à eux seuls ils ne pouvaient faire davantage, et ils en étaient là ; la contagion, l'épidémie avaient gagné tout le monde, etc. »

DIMANCHE 15.

Poème de Charlemagne, *etc.*
Les frères et sœurs de l'Empereur auteurs, etc.

Aujourd'hui, l'Empereur a profité d'un instant de beau temps pour aller se promener vers le jardin de la compagnie. J'étais seul avec lui ; je me suis livré à lui faire certaines peintures à la suite desquelles j'osai me permettre de suggérer quelques idées. Il les a repoussées en se moquant fort de moi. « Allons, allons, mon cher, a-t-il dit, vous êtes un *niais* ; et ne vous fâchez pas de l'épithète, a-t-il repris aussitôt, je ne la prodigue pas à tout le monde ; elle est toujours, de ma part, un brevet d'honnête homme. »

Après le dîner, l'Empereur s'obstinant toujours à tâcher de se raccommoder, disait-il, avec le poème de son frère Lucien, qu'il avait repris hier au soir et bientôt abandonné ; il a, comme les deux jours précédents, employé la soirée entre le poème de *Charlemagne*, qu'il a quitté bientôt derechef, et celui d'Homère qu'il a repris pour se refaire, disait-il gaiement ; et la censure a recommencé pour le prince Lucien, et l'admiration pour le bon Homère.

La lecture interrompue, on a dit à l'Empereur que Lucien avait tout prêt un autre poème semblable à son *Charlemagne* ; c'était *Charles Martel en Corse*, et en outre une douzaine de tragédies. « Mais il a donc le diable au corps ! » s'est écrié l'Empereur.

On lui a dit aussi que son frère Louis avait fait un roman. « Il pourra y avoir de l'esprit, de la grâce, observait-il, mais ce ne sera pas toutefois sans métaphysique sentimentale, ni sans niaiseries philosophiques. »

On lui dit encore que la princesse Élisa avait aussi un roman, ce qu'il ne savait pas. Enfin, il n'y avait pas jusqu'à la princesse Pauline qui n'eût le sien, disait-il. « Oh ! pour celle-là, a repris l'Empereur, l'héroïne oui, mais l'auteur non ; et à ce compte, observait-il, il n'y aurait donc que Caroline qui ne serait pas auteur. Aussi bien dans sa petite enfance, on la regardait comme la sotte et la Cendrillon de la famille ; mais elle en a bien rappelé ; elle a été une très belle femme, et est devenue très capable, etc. »

LUNDI 16.

Nous manquons de déjeuner. Sophisme de gaieté. Sur les impossibilités, etc.

Le matin, à l'heure accoutumée, mon domestique est venu me dire qu'il n'y avait ni café, ni sucre, ni lait, ni pain pour mon déjeuner. La veille, quelque temps avant l'heure du dîner, me sentant besoin, j'avais demandé une bouchée de pain, on n'avait pu me la donner. C'est ainsi qu'on nous dispute le boire et le manger. On aura de la peine à le croire au loin, sans doute, et pourtant je ne consigne littéralement ici que des faits.

Le temps était devenu beau. Depuis longtemps l'Empereur ne s'était promené ; il a gagné le jardin, puis il a demandé la calèche pour faire notre tour ordinaire, interrompu depuis si longtemps. Chemin faisant, Mme de Montholon chassait un chien qui l'avait approchée. « Vous n'aimez pas les chiens, madame ? – Non, sire. – Si vous n'aimez pas les chiens, vous n'aimez pas la fidélité, vous n'aimez pas qu'on vous soit fidèle, donc vous n'êtes pas fidèle. – Mais..., mais..., disait-elle. – Mais..., mais..., disait l'Empereur, quel est le vice de ma logique ? Renversez mes arguments, si vous pouvez, etc. »

Un de nous s'était offert pour quelque manipulation, il y avait quelques jours ; l'Empereur lui a demandé s'il avait enfin obtenu son résultat. L'autre s'est plaint de n'avoir pas les objets nécessaires. « *Véritable enfant de la Seine*, disait l'Empereur, vrai badaud de Paris, qui vous croyez toujours aux Tuileries. La véritable industrie n'est pas d'exécuter avec tous les moyens connus et donnés ; l'art, le génie est d'accomplir en dépit des difficultés, et de trouver par là peu ou point d'*impossible*. Mais d'ailleurs, ici de quoi vous plaignez-vous ? De n'avoir point un pilon, quand le premier barreau de chaise peut vous en servir. De n'avoir point de mortier ? Mais tout est mortier autour de nous, cette table est un mortier ; une casserole, un chaudron est un mortier ; mon auge..., celle du premier venu... sont des mortiers ; mais véritablement enfant de la Seine, a répété l'Empereur, qui se croit toujours dans la rue Saint-Honoré, au milieu des marchés de Paris ! »

Le grand-maréchal a dit alors à l'Empereur que cette circonstance lui rappelait la première fois qu'il avait eu l'honneur de lui être présenté, et les premières paroles qu'il en avait reçues. C'était à l'armée d'Italie, lorsque lui, Bertrand, se rendait en mission à Constantinople. Le jeune général le voyant officier du génie, lui donna une commission relative au métier. « C'était peu loin du quartier général ; à mon retour, disait le grand-maréchal, je viens vous dire que j'avais trouvé la chose impossible. Sur quoi Votre Majesté, à qui je ne m'adressais qu'en tremblant, me dit avec bonté : – Mais voyons un peu, monsieur ; comment vous y êtes-vous pris ? Ce qui est impossible pour vous ne l'est peut-être pas pour moi. – En effet, disait Bertrand, à chacun de mes moyens, Votre Majesté disait : je le crois bien, et en substituait d'autres. Si bien qu'en peu d'instants il me fallut être convaincu ; mais non sans emporter un sentiment profond et des souvenirs qui m'ont bien servi depuis. »

L'Empereur s'est retiré de bonne heure. Il nous semble extrêmement changé, surtout depuis sa dernière incommodité. Il s'affaiblit beaucoup, deux tours de jardin le fatiguent.

MARDI 17, MERCREDI 18.

Calcul statistique ; population des Israélites en Égypte, etc.

Le temps s'étant remis au beau, l'Empereur a fait quelques tours de jardin ; nous étions tous auprès de lui. Au bout de quelque temps il s'est dirigé vers le bois.

Au retour de la promenade nous avons déjeuné sous la tente ; et, comme le temps était très favorable, l'Empereur a eu la fantaisie de faire immédiatement après un tour en calèche.

Sur les cinq heures il m'a fait appeler dans son cabinet, pour lui aider à chercher des documents sur l'intérieur de l'Afrique, dans le voisinage de l'Égypte. C'est un point qui l'occupe depuis quelques jours, ayant le projet d'en faire l'objet de quelques chapitres spéciaux de sa Campagne d'Égypte.

Il se trouvait souffrant, et m'a dit de demander et de lui faire du thé ; c'est un extraordinaire pour lui. Bientôt après, le grand-maréchal est venu me remplacer pour recevoir sa dictée habituelle.

Après dîner, l'Empereur s'est occupé, la plume à la main, à chercher le rapport du sol productif de l'Égypte avec celui de la France. Il a trouvé celui de la France beaucoup inférieur à celui de l'Égypte. Ce calcul se faisait sur les aperçus statistiques de la France par Peuchet. L'Empereur était satisfait de ce résultat ; telle avait été d'avance son opinion. De là sont venus naturellement beaucoup d'autres objets ; la population probable et possible de l'Égypte aux temps anciens. Quelle avait pu être celle des Israélites ; si, dans le peu de temps qu'ils y étaient demeurés captifs, ils avaient pu s'accroître au point où nous le lisons dans l'Écriture, etc. ? Sur quoi l'Empereur m'a dit de lui porter le lendemain quelque chose sur ce sujet. Enfin l'on s'est arrêté longtemps sur les probabilités de la vie humaine, dont les tableaux se trouvaient dans le même ouvrage de Peuchet ; et l'Empereur a dit à ce sujet des choses fort spirituelles, tout à fait neuves et piquantes.

J'ai apporté à l'Empereur le calcul que j'ai imaginé sur le problème qu'il m'avait donné la veille. Le résultat ne l'a pas peu surpris, et lui a fourni bien des dissertations. Voici le résumé que je présentais.

Les Israélites ont demeuré deux cents ans en Égypte. On peut compter sur dix générations dans cet intervalle. On se mariait jeune, et surtout on avait beaucoup d'enfants. Je supposais donc les enfants de Jacob[1], les douze chefs de tribus,

1. Personnage de la Bible : ses douze fils fondèrent les douze tribus d'Israël.

tous mariés ; je supposais aussi, mais pour un moment, chacun d'eux ayant le même nombre d'enfants, ou six couples, et ainsi de suite. La dixième génération se trouvait alors composée de deux milliards quatre cent quatre-vingts millions soixante-quatre mille sept cent quatre individus. Mais la génération qui précède cette dixième, et encore au moins celle qui est au-dessus, vivaient en même temps. Dès lors quelle effroyable quantité de chiffres ! Toutefois est-il donc qu'on peut diminuer hardiment le nombre d'enfants, compter à son aise sur les mortalités, les accidents, les épidémies, etc. ; et qu'il demeurera toujours certain qu'aucun calcul ne peut amener à contredire le récit de Moïse. L'Empereur s'est occupé quelque temps à chercher et à faire ressortir tous les vices de mon raisonnement, et s'en est fort amusé.

Pendant le dîner il s'est exercé à son anglais en faisant à mon fils, dans cette langue, des questions sur l'histoire et la géométrie. Après dîner l'Empereur a pris *l'Odyssée*, dont la lecture a été un véritable charme pour tous.

JEUDI 19.

L'Empereur change et s'affaiblit. Argenterie brisée.

L'Empereur a passé sa matinée à recueillir encore des renseignements sur les sources du Nil, dans les divers auteurs modernes, Bruce, etc. Je l'ai aidé dans ce travail. A trois heures il s'est habillé et est sorti. Le temps était assez beau. L'Empereur a demandé la calèche, et s'est enfoncé à pied dans le bois ; nous avons marché jusqu'à la vue du rocher des Signaux. Il m'entretenait de notre position morale et de certaines contrariétés que devaient lui donner quelques circonstances de notre intimité même. La calèche est venue le joindre avec M. et Mme de Montholon. L'Empereur se félicitait de l'arrivée de sa voiture, disant qu'il ne se sentait pas capable de regagner sa demeure à pied. Il s'affaiblit visiblement ; sa démarche devient pesante ; il a le pied traînant, ses traits s'altèrent. Sa ressemblance avec Joseph devient frappante, au point qu'il y a peu de jours, allant le joindre au jardin, j'aurais juré que c'était Joseph, jusqu'au moment où je l'ai abordé. D'autres en ont été frappés comme moi, ce qui nous a fait dire que, si nous croyions à la *prévision* ou à la *double vue* des Anglais, dont j'ai parlé dans un autre endroit, nous devions nous attendre bientôt à quelque chose d'extraordinaire sur l'Empereur ou sur son frère.

Au retour, l'Empereur a considéré un gros panier rempli d'argenterie brisée, qu'on devait envoyer le lendemain à la ville. C'était désormais le complément indispensable de notre subsistance d'un mois, d'après les dernières réductions du gouverneur.

On savait bien que des capitaines de la compagnie avaient offert jusqu'à cent guinées d'une seule assiette. Cette circonstance avait porté l'Empereur à ordonner qu'on limât les écussons, et qu'on brisât les pièces de manière à ce qu'elles ne présentassent aucun vestige qui pût montrer qu'elles lui avaient appartenu. De petits aigles massifs surmontaient tous les couvercles : c'est la seule chose qu'il a voulu qu'on épargnât, et il les a fait mettre de côté. Ces derniers débris étaient l'objet du désir de chacun de nous. Ils étaient des reliques à tous les yeux. Ce sentiment avait quelque chose de religieux et de touchant.

Lorsqu'il avait fallu porter le marteau sur cette argenterie, c'était devenu le sujet d'une grande émotion et d'une véritable douleur pour les gens. Ils avaient porté la main avec peine sur des objets qu'ils vénéraient tellement. Cet acte renversait leurs idées ; c'était pour eux un sacrilège, une désolation ; quelques-uns pleuraient.

Après le dîner l'Empereur a continué *l'Odyssée*, et puis lu quelques passages du poème de la *Navigation* d'Esménard, dont il a goûté les vers.

VENDREDI 20.

Nouvelle vexation du gouverneur.
Topographie de l'Italie.

Avant huit heures, l'Empereur m'a fait éveiller pour que je fusse le trouver en calèche dans le bois où il se promenait déjà avec M. de Montholon, s'entretenant sur les dépenses de la maison. Le temps enfin était revenu au beau ; c'était une matinée de printemps délicieuse, nous avons fait deux tours.

Aujourd'hui, nouvelle vexation incroyable du gouverneur.

Il nous a fait défendre de vendre l'argenterie brisée à tout autre qu'à celui qu'il indiquerait. Quelle peut avoir été son intention dans cette violation nouvelle de toute justice ? de se rendre plus outrageant et de commettre un abus d'autorité de plus.

L'Empereur a déjeuné sous la tente ; il a dicté, immédiatement après, la bataille de Marengo, au général Gourgaud. Il m'a dit de demeurer, que j'écouterais. Il s'est retiré vers midi dans sa chambre pour essayer de reposer.

Sur les trois heures, il est rentré dans ma chambre. Il nous a trouvés, mon fils et moi, occupés à collationner Arcole. Il savait que c'était mon chapitre de prédilection, que je l'appelais un chant de *l'Iliade*. Il a voulu le relire, et a dit qu'en effet il lui faisait plaisir. Je l'ai inséré plus haut.

Dans le principe, l'Empereur faisait lire ses chapitres le soir ; mais une de ces dames s'étant endormie, il n'y revint plus, et me disait un jour à ce sujet : « *Les entrailles d'auteur, mon cher, elles se retrouvent toujours.* »

La lecture d'Arcole a réveillé les idées de l'Empereur sur ce qu'il appelait *ce beau théâtre d'Italie*. Il nous a commandé de le suivre au salon, et nous y a dicté durant plusieurs heures. Il avait fait étendre une immense carte d'Italie, qui couvrait la plus grande partie du salon, et, couché dessus, il la parcourait à quatre pattes, un compas et un crayon rouge à la main, comparant et mesurant les distances à l'aide d'une longue ficelle dont l'un de nous tenait une des extrémités. « C'est comme cela, nous disait-il, riant de la posture où je le voyais, qu'il faut toiser un pays pour en prendre une idée juste, et faire un bon plan de campagne. » Ce qu'il a dicté peut servir de base à un très beau morceau de géographie politique sur l'Italie : le voici, sans que j'aie pu d'ailleurs le lui reproduire au net, ayant été enlevé de Longwood avant que ce travail eût été définitivement arrêté.

NOTE. « L'Italie est une des plus belles parties de l'Europe ; c'est une presqu'île environnée à l'ouest, au sud et à l'est par la Méditerranée et l'Adriatique. Elle est bornée du côté du continent par la chaîne des Alpes, montagnes les plus hautes de l'Europe, d'où descendent les rivières qui forment la vallée du Pô, et se jettent dans l'Adriatique. Cette chaîne la sépare de la Suisse, de l'Allemagne et de la France. Elle forme un demi-cercle depuis le nord-ouest jusqu'au nord-est.

Ce demi-cercle peut être considéré comme décrit de Parme, pris pour centre ; son extrémité de gauche passe sur l'embouchure du Var, son milieu sur le Saint-Gothard, et son extrémité de droite sur l'embouchure de l'Isonzo. Voilà les bornes naturelles du continent de l'Italie.

« En dedans de ces limites se trouvent les bailliages suisses, la Valteline, une partie du Tyrol, pays tous sur le penchant des Alpes vers l'Italie, qui en font ainsi géographiquement partie, bien qu'ils ne lui appartiennent pas politiquement. C'est une espèce de compensation pour le duché de Savoie, partie politique de l'Italie, bien qu'elle lui soit géographiquement tout à fait étrangère, puisqu'elle est au-delà des Alpes, et que toutes ses eaux déversent dans le Rhône.

« Du côté de l'est, Monte-Falcone, le comté de Gorice et une partie de l'Istrie ont toujours fait partie de l'Italie, bien qu'en dehors de notre demi-cercle. Il est vrai qu'une autre limite naturelle serait encore de suivre la chaîne des Alpes de la Carniole, qui prend au-dessous d'Idria, et arrive jusqu'à Fiume.

« La Dalmatie, les bouches du Cattaro, etc., soumises à la république de Venise depuis plusieurs siècles, ont toujours été considérées comme faisant partie de l'Italie ; mais, géographiquement, elles appartiennent à l'Illyrie ; il en est d'elles comme de la Savoie.

« Les deux grandes îles de Sicile et de Sardaigne font aussi partie de l'Italie.

« L'Italie à l'ouest est séparée de la France par le Var, les monts Viso, Genèvre, Cenis, Saint-Bernard et Simplon. Elle est séparée au nord de la Suisse par le Simplon et le Saint-Gothard ; enfin, le Brenner, le col de Tarvis et l'Isonzo la séparent des États héréditaires de la maison d'Autriche.

« L'Italie confine avec la Provence et le Dauphiné, provinces de France ; elle confine avec le Tyrol, la Carinthie, la Carniole et l'Istrie, provinces de l'Autriche.

« La France communique avec l'Italie, en passant le Var, aux environs de Nice ; de là on gagne Gênes et Florence par le chemin de la Corniche, et Turin par le col de Tende. La France communique encore avec l'Italie par les cols des monts Genèvre, Cenis et du Petit-Saint-Bernard.

« La Suisse communique avec l'Italie par les cols du Grand-Saint-Bernard, du Simplon et du Saint-Gothard.

« L'Allemagne communique par les cols du Brenner, de Tarvis, et par les divers débouchés de l'Isonzo.

« Le Saint-Gothard est le col le plus élevé des Alpes. A partir de ce col, les autres vont toujours en baissant : ainsi, le Saint-Gothard est plus haut que le Brenner ; celui-ci, que les montagnes de Cadore ; les montagnes de Cadore, que le col de Tarvis et les montagnes de la Carniole. De l'autre côté, le Saint-Gothard est plus haut que le Simplon ; le Simplon plus haut que le Saint-Bernard ; le Saint-Bernard plus haut que le Mont-Cenis ; le Mont-Cenis, que le col de Tende. Depuis celui-ci, les Alpes continuent à baisser, et finissent enfin aux montagnes Saint-Jacques, près de Savone, où commencent les Apennins. Alors la chaîne de l'Apennin se relève toujours en augmentant par un mouvement inverse. Elle longe toute la presqu'île jusqu'à l'extrémité du royaume de Naples. Les Apennins sont des montagnes du second ordre. Une partie de leurs eaux se rendent dans le Pô, le reste coule dans l'Adriatique et la Méditerranée.

« De l'embouchure du Var à celle de l'Isonzo, diamètre de la demi-circonférence, il y a cent vingt-cinq lieues de vingt-cinq au degré, ce qui donnerait à la demi-circonférence des Alpes, si elle était régulière, cent quatre-vingts lieues ; mais, à cause des sinuosités, on en compte plus de deux cent trente. Ainsi, tous les points des Alpes sont éloignés de Parme de cinquante à soixante lieues.

« Depuis Parme jusqu'à Rome, il y a quatre-vingts lieues, et depuis Rome jusqu'à l'extrémité de la Basilicate, où remonte le golfe de Tarente, quatre-vingt-quinze lieues, et jusqu'à Reggio, extrémité de la botte, cent vingt lieues. Ainsi, depuis le Saint-Gothard jusqu'à Reggio, il y a deux cent cinquante lieues.

« Les cinquante lieues du nord jusqu'à Parme pourront être regardées comme continentales, les deux cents autres formeront la presqu'île, qui commencera à la hauteur de Parme, et aura dans toute son étendue environ quarante ou cinquante lieues de large ; car de Livourne à Rimini, il y a cinquante lieues ; de Teracine à Termoli, quarante lieues ; de Naples à Manfredonia, quarante lieues ; de Monte-Leone à Brindisi, soixante lieues.

« De Reggio à Naples, la carte de poste marque cent soixante-dix lieues ; de Naples à Rome, soixante lieues, ce qui fait deux cent trente ; de Rome à Parme quatre-vingt-douze lieues ; de Parme au Saint-Gothard, cent lieues ; ce qui ferait du Saint-Gothard à Reggio, quatre cent vingt-deux lieues de poste. En en ôtant un dixième, il resterait trois cent quatre-vingts lieues ; nous n'en avons compté que deux cent cinquante ; différence, cent trente ou un tiers entre la distance astronomique et les grandes routes, qui sont obligées de suivre les contours des montagnes, et de passer par les grandes villes, et dans le calcul desquelles on est forcé de considérer les pentes et les difficultés des chemins, comme aussi les privilèges que demandent les localités et qu'établissent les maîtres de postes.

« La partie de l'Italie contenue dans le demi-cercle a cinq mille lieues carrées. A partir du diamètre de ce demi-cercle, l'Italie se prolonge en forme de botte, qui, ayant deux cents lieues de longueur, donne, depuis Parme jusqu'au golfe de Tarente, huit mille lieues carrées ; la Sicile avec la Sardaigne deux mille lieues carrées ; total : quinze mille lieues carrées. Ainsi, près des deux tiers de l'Italie sont répartis sur une ligne prolongée, environnée de tous côtés des mers Méditerranée et Adriatique.

« Cette singulière configuration a incontestablement contribué aux destinées de ce beau pays. Si la presqu'île, au lieu de quarante à cinquante lieues de large, avait eu quatre-vingt-dix ou cent lieues, et avait été moins longue de moitié, le point central aurait été plus rapproché de toutes les extrémités ; les intérêts seraient devenus plus communs ; la nation, répandue sur de plus petites distances, aurait eu plus d'uniformité ; elle aurait lutté avec plus d'avantage contre les actes qui tendaient à la morceler, et la force d'adhérence qui a constitué la France, l'Angleterre, l'Espagne, eût également agi sur l'Italie.

« Les côtes de la rivière de Gênes sont de cinquante lieues ; la presqu'île a environ deux cent cinquante lieues de côtes de chaque côté. La base, depuis Reggio à Tarente, et au-delà, a cent lieues ; ce qui ferait six cent cinquante lieues pour le littoral de la péninsule italique ; les côtes de l'État de Venise jusqu'à Fiume ont trente lieues, celles de la Sicile, deux cent cinquante lieues ; l'Italie a donc un littoral de onze à douze cents lieues, c'est-à-dire, égal à celui des îles Britanniques, qui est aussi de douze cents lieues, et presque le double de celui de la France, qui n'est que de sept cents lieues.

« Les villes de Nice, de Gênes, de Livourne, toutes les petites villes sur les côtes des deux rivières de Gênes, sont très peuplées. La population de Naples et de toutes les villes du royaume, celle d'Ancône et de toutes les petites villes de la Romagne ; enfin celle de Venise, celle des côtes de la Sardaigne, de Cagliari, etc., en Sicile, celle de Palerme, Syracuse, etc., forment une population maritime d'une grande importance.

« Les rades de Vintimiglia, de Vado, de Gênes, de La Spezia, de Porto-Ferrajo, du golfe de Naples, de Tarente, d'Ancône, de Venise ; celles de la Sicile, celles de l'Istrie, de la Dalmatie, de Raguse, des bouches du Cattaro, appartiennent toutes à l'Italie.

« Si toutes ces parties eussent été réunies en un grand État, il eût été une des puissances maritimes du premier ordre. Les chanvres de la vallée du Pô ; les bois de l'Apennin, ceux de l'Istrie ; les fers de l'île d'Elbe, du Brescian, fourniraient en abondance tout ce qui est nécessaire pour le matériel d'une grande marine. Gênes, Pise, Venise, ont été les premières puissances maritimes de l'Europe dans le Moyen Age.

« L'Italie, battue de trois côtés par la mer, n'a de frontières de terre qu'à peu près deux cents lieues, c'est moins que le tiers des frontières de la France ; et encore, en front, serait-elle défendue par les barrières les plus fortes qui puissent repousser les nations.

« L'Italie ayant dix-sept à dix-huit millions de population, compris ses deux grandes îles, pourrait facilement avoir une armée de trois cent mille hommes. Dans l'état actuel de son agriculture, elle se fût difficilement procuré les chevaux nécessaires ; mais dans le Moyen Age elle en produisait beaucoup ; et si cette nation eût toujours été militaire, elle eût continué la culture des chevaux.

« La bravoure des troupes italiennes ne peut être mise en doute à aucune époque. Il suffit de nommer Rome et tous les *Condottieri*[1] du Moyen Age, et de nos jours les troupes de la République cisalpine ou du royaume d'Italie, etc.

1. Capitaines des bandes de mercenaires italiens. Synonyme d'aventuriers.

« Appelée par sa position et l'étendue de ses côtes à être la dominatrice de la Méditerranée, l'Italie n'aurait à craindre d'invasion que par les Alpes, plus faciles à défendre que toute autre frontière de l'Europe. Une vingtaine de places fortes, grandes et petites, suffiraient pour intercepter tous les débouchés des Alpes.

« Tant que l'Italie a été livrée à elle-même, ou que l'influence de l'Allemagne et de la France n'a été qu'auxiliaire et n'a pas tout maîtrisé, l'Italie s'est divisée en trois masses qui sont les divisions géographiques naturelles.

« 1° Au nord, la vallée du Pô, comprenant tous les pays qui versent leurs eaux dans le Pô. Ils sont sur un même niveau, et peuvent communiquer entre eux. C'est la Belgique et la Hollande de l'Italie, et Venise est l'Amsterdam. Ils comprennent le Piémont, la Lombardie, les Légations et la république de Venise ;

« 2° Au milieu de la péninsule, d'un côté la Toscane, et les États du pape à l'ouest de l'Apennin ; c'est la vallée de l'Arno et du Tibre ; de l'autre, tous les pays situés à l'est de l'Apennin entre la vallée du Pô et la frontière napolitaine. En totalité, ils comprennent le grand-duché de Toscane, les États de l'Église et la république de Lucques ;

« 3° Enfin, au midi, le royaume de Naples, qui a toujours fait une division géographique et politique distincte.

« Dans cette définition, la Romagne doit faire partie de l'Italie du Nord, parce que c'est une plaine qui continue la plaine du Pô.

« Mais toute cette grande population, professant la même religion, jouissant également des douceurs d'un climat très tempéré, ayant le même langage, la même littérature, doit s'influencer réciproquement, et finir par s'agglomérer, comme l'ont fait les divers royaumes britanniques, les diverses provinces de l'Espagne, celles de la France ; comme le feront peut-être un jour celles de l'Allemagne. Les parties italiennes ont eu et ont encore plus de choses communes entre elles, que n'en avaient toutes celles-là.

« Si jamais ce grand événement avait lieu, quelle serait la capitale ? L'Italie, par sa configuration, n'a pas de ville centrale. Serait-ce Rome, Milan, Bologne ou Florence ? Gênes ni Venise ne sauraient y prétendre ; elles sont trop aux extrémités.

« 1° Rome, par ses souvenirs, par ce qu'elle est déjà et par sa position, pourrait espérer à redevenir encore la capitale de cette belle contrée. Elle se trouverait à cent trente lieues de tous les points de la frontière des Alpes, où l'Italie peut être attaquée par la France ou l'Allemagne ; elle serait à cent lieues des extrémités méridionales du royaume de Naples et des côtes de la Sicile, un peu moins de celles de la Sardaigne. Paris, la capitale de la France, est à soixante lieues de ses frontières du Nord ; à quarante lieues de la Manche, à cent lieues du golfe de Gascogne, à cent cinquante lieues de la Méditerranée. La malsaineté de l'air, l'infertilité de ses environs, le manque d'un grand port et d'une rade à portée, seraient les grands défauts de Rome, prise pour capitale.

« 2° Si l'Italie finissait avec les duchés de Parme, Plaisance et Guastalla, c'est-à-dire, si elle ne comprenait que la vallée du Pô, et n'avait point de presqu'île, alors Milan serait sa capitale naturelle ; encore serait-ce un grand défaut que cette ville ne pût avoir la ligne du Pô pour se défendre contre les invasions de l'Allemagne. Mais, dans l'agglomération du peuple italien, Milan ne saurait devenir sa capitale, étant trop rapprochée des frontières de l'invasion, et trop éloignée des autres extrémités exposées aux débarquements.

« 3° Dans ce dernier cas, Bologne serait infiniment préférable, parce que, dans le cas de l'invasion, les frontières forcées, elle aurait encore pour défense la ligne du Pô, et que sa position géographique, ses canaux, la mettent en communication immédiate ou prompte avec le Pô, Livourne, Gênes, Civita-Vecchia, les ports de la Romagne, Ancône et Venise, et qu'elle est beaucoup plus rapprochée des côtes de Naples.

« 4° Si l'Italie finissait au royaume de Naples, et que partie de Naples et de la Sicile pussent venir remplir le vide qui la sépare de la Corse, alors seulement Florence pourrait prétendre à être la capitale de l'Italie, parce qu'elle se trouverait dans une position centrale.

« En 1796, au moment de l'entrée des Français en Italie, cette belle contrée était partagée en un grand nombre de souverainetés.

« 1° Le roi de Sardaigne, qui était maître du comté de Nice, bordait la rive gauche du Var, et était en possession de tous les débouchés des Alpes, jusqu'au Simplon, qui le séparait de la Suisse. Au-delà des Alpes, il possédait la Savoie ; mais géographiquement cette province doit être considérée comme française. Les États du roi de Sardaigne étaient séparés, à l'est, de la Lombardie autrichienne, par le Tessin, bornés, au midi, par la crête supérieure des Apennins, qui les séparait de la république de Gênes et du duché de Parme : leur population, y compris la Savoie et le comté de Nice, était de deux millions quatre cent mille habitants, ce qui, avec la Sardaigne, formait une population de près de trois millions d'habitants : ce pays avait douze ou quinze places fortes, une armée de vingt-cinq mille hommes en temps de paix, elle était doublée en temps de guerre avec un pareil nombre de milices. Turin, la capitale, avait quatre-vingt mille habitants, elle était fortifiée.

« 2° La république de Gênes était séparée, à l'ouest, par la Roya, du comté de Nice. Au nord, elle était séparée des États du roi de Sardaigne, par la haute chaîne de l'Apennin ; à l'est, elle était séparée du duché de Parme par la même chaîne, et s'appuyait au grand-duché de Toscane. Au midi, elle a la Méditerranée. Sa population était de cinq cent mille habitants. La ville de Gênes avait cent vingt mille âmes, la place était forte, quoique les fortifications fussent un peu étendues.

« 3° Le duché de Parme, formé des duchés de Parme, Plaisance et de Guastalla, était séparé de la Lombardie autrichienne par le Pô ; il avait au sud-ouest la république de Gênes, à l'ouest le Piémont, et à l'est, le duché de Modène. Sa population était de cinq cent mille habitants. Parme est une ville de quarante mille âmes. Parme pouvait avoir deux mille cinq cents à trois mille hommes sous les armes.

« 4° La Lombardie autrichienne. A l'ouest, elle était séparée du Piémont par le Tessin, fleuve large et rapide ; de la Suisse, au nord, par les Alpes, au midi, par le Pô, qui la séparait des duchés de Parme, de Plaisance et de Guastalla ; à l'est, elle était bornée par les États vénitiens. Sa population était de onze cent mille habitants. Milan, sa capitale, était une ville de trente à quarante mille âmes. La Lombardie avait plusieurs places fortes, spécialement Mantoue et la citadelle de Milan.

« 5° La république de Venise. Elle était séparée de la Bavière par le Tyrol ; de la Carinthie, par les Alpes noriques, et de la Carniole, par l'Isonzo. Au midi, elle était bordée par l'Adriatique et le Pô, lequel la séparait des États du pape. Elle possédait, au-delà de l'Isonzo, l'Istrie, la Dalmatie, les bouches du Cattaro ; à l'entrée de l'Adriatique, Zante, Céphalonie, Cérigo, et Sainte-Maure. Sa population était de trois millions cinq cent mille habitants. Venise comptait cent quarante mille habitants ; elle avait plusieurs places fortes : Peschiera, Porto-Legnano, Palma-Nova en Italie ; Zara et les bouches du Cattaro en Dalmatie. Elle avait un état militaire de plus de trente mille hommes, un arsenal de construction maritime, et une flotte de douze à quinze bâtiments de cinquante-quatre, sans compter les frégates, bricks et autres petits bâtiments.

« 6° Le duché de Modène. Un prince de la maison d'Este, seul rejeton de cette ancienne maison, régnait à Modène, et possédait les duchés de Modène, Reggio et de la Mirandole, situés entre les duchés de Parme et de Toscane, la Lombardie et les États du pape. Sa population est de trois cent cinquante mille âmes. Modène est une ville de vingt mille habitants. La maison d'Este s'éteignait avec le vieillard alors régnant, et l'héritière du duché était la duchesse Béatrix, qui était mariée avec un archiduc. Modène peut avoir cinq à six mille hommes sous les armes.

« 7° Les États du pape. Ils étaient séparés de la république de Venise par le Pô ; du duché de Modène, par le fort Urbain ; de la Toscane, par les Apennins. Ils étaient bordés à l'est par l'Adriatique, et au sud, par le royaume de Naples. Le pape possédait l'embouchure du Pô, le port et la citadelle d'Ancône sur l'Adriatique, le port et la place forte de Civita-Vecchia sur la Méditerranée. Sa population était de deux millions quatre cent mille âmes, et celle de Rome, de cent quarante mille. Le pape pouvait avoir six à sept mille hommes sous les armes.

« 8° La Toscane. Elle était possédée par un archiduc d'Autriche, et séparée de la république de Gênes par la république de Lucques ; du duché de Modène par les Apennins ; elle avait à l'ouest la Méditerranée. La Toscane avait un million de population. Florence, sa ville capitale, avait quatre-vingt mille âmes : elle avait, sur la Méditerranée, le port de Livourne, et comptait six mille hommes sous les armes, et trois frégates.

« 9° La république de Lucques, placée entre la Toscane et

les États de Gênes, formant une population de cent mille hommes.

« 10° Enfin, le royaume de Naples, qui avait au nord les États du pape, se trouvait entouré de tous les autres côtés par la Méditerranée. Ce pays était séparé de la Sicile, qui lui est opposée, par un détroit de deux mille toises seulement. Sa population était d'à peu près six millions, y compris Naples, la Sicile et les petites îles dépendantes. Naples comptait une population de quatre cent mille âmes. Le roi de Naples pouvait mettre soixante à quatre-vingt mille hommes sur pied. Il n'avait que deux vaisseaux de soixante-quatorze et quelques frégates.

« L'Italie entière était partagée entre la maison de Bourbon et la maison d'Autriche. De toutes les maisons souveraines qui avaient survécu aux républiques du Moyen Age, il ne restait plus que celle d'Este. »

SAMEDI 21.

Fameuse créance de Saint-Domingue. Inspecteurs aux revues, etc. Projets administratifs. Composition de l'armée. Gaudin, Mollien, Defermon, Lacuée, etc. Ministre du Trésor ; ministre secrétaire d'État ; leur importance.

L'amiral Malcolm m'a fait une petite visite. Il venait prendre congé de nous tous. Il allait partir le lendemain pour le Cap, et comptait faire une absence de deux mois.

Nous le regrettons : ses formes toujours polies, une espèce de sympathie tacite entre nous le met sans cesse dans notre esprit en opposition avec sir Hudson Lowe, qui lui ressemble si peu.

L'amiral avait été reçu de l'Empereur, qui a aussi un penchant pour lui. Ils avaient fait ensemble quelques tours de jardin, et l'amiral me disait avoir recueilli des choses bien précieuses sur l'Escaut et sur le Nievendip, établissement maritime en Hollande, qui lui est tout à fait étranger, et dont Napoléon était le créateur.

Après le dîner, la conversation s'est trouvée amenée sur ce que l'Empereur appelait la fameuse créance de Saint-Domingue. Elle a fait naître les détails curieux que voici :

« L'ordonnateur de Saint-Domingue, disait l'Empereur, s'avisa de tirer tout à coup du Cap, et sans autorisation, la somme de soixante millions de lettres de change sur le Trésor de Paris, ces lettres de change étaient toutes payables le même jour. La France n'était pas assez riche pour un pareil acte ; elle ne l'avait jamais été peut-être. D'ailleurs, où et comment l'administration de Saint-Domingue pouvait-elle avoir conquis un tel crédit ? Le Premier consul ne le possédait pas à Paris ; c'est tout ce qu'eût pu obtenir M. de Necker au fort de sa popularité. Quoi qu'il en soit, quand ces lettres parurent à Paris, précédant les lettres d'avis mêmes, on accourut du Trésor chez le Premier consul, pour savoir ce qu'il y aurait à faire. – Attendre les lettres d'avis, répondit-il, et connaître la négociation. Le Trésor est un propriétaire ; il a leurs droits, et doit avoir leurs marches. Ces lettres ne sont point acceptées, elles ne sont point payables.

« Les renseignements, les pièces comptables arrivèrent. Ces lettres de change, mentionnées valeurs reçues comptant, ne portaient dans le reçu des caissiers qui en avaient perçu la valeur, qu'un dixième, un cinquième, un tiers du montant. Dès lors, on ne voulut au Trésor reconnaître et rembourser que la somme réellement versée ; et les lettres de change dans leur teneur furent arguées de faux. Ce fut au même moment un bruit terrible dans tout le commerce. On s'agita beaucoup, on fit une députation auprès du Premier consul, qui, loin de l'éviter, l'aborda de front ; demanda si on le prenait pour un enfant, si l'on croyait qu'il se jouait ainsi du plus pur sang du peuple, qu'il fût un administrateur aussi tiède des intérêts publics ? Ce qu'il refusait de laisser prendre, observait-il, ne tenait nullement à sa personne, n'attaquait point sa liste civile ; mais c'était l'argent du public, dont il était le gardien, et il lui était d'autant plus sacré. Puis interpellant les deux chefs de la députation : Vous qui êtes négociants, messieurs, banquiers, faiseurs d'affaires, répondez catégoriquement ! Si un de vos agents au loin tirait sur vous des sommes énormes, contre votre attente et vos intérêts, accepteriez-vous ces lettres de change ? Il leur fallut bien répondre que non. Eh bien ! dit le Premier consul, vous, simples propriétaires, vous majeurs, maîtres de vos propres actions, vous voudriez avoir un droit que vous refuseriez à moi, propriétaire au nom de tous, à moi, en cette qualité, toujours mineur et sujet à révision ! Je jouirai de vos droits au nom et pour le bien de tous. Vos lettres de change ne seront payées que sur leur versement réel. Je ne demande pas que le commerce prenne les lettres de change de mes agents : c'est un honneur, un crédit que je n'ambitionne point ; s'il l'accorde, que ce soit à ses risques et périls ; je ne reconnais et ne tiens pour sacré que l'acceptation de mon ministre du Trésor. On se récria de nouveau, on dit beaucoup de paroles inutiles. On serait obligé de faire banqueroute, disait-on ; on avait reçu ces lettres pour argent comptant ; des agents éloignés en avaient fait la faute par respect et par confiance dans le gouvernement, etc. Eh bien ! répondait le Premier consul, faites banqueroute. Mais ils ne le firent point, observait l'Empereur, ils n'avaient point reçu ces lettres pour argent comptant, et leurs agents n'avaient point commis de faute.

« Ils sortirent tous convaincus dans l'âme des raisons du Premier consul ; mais n'en firent pas moins remplir Paris de leurs clabauderies et de leurs mensonges, en dénaturant toute l'affaire.

« Cet exemple et ces détails, disait l'Empereur, deviennent la clef d'un grand nombre d'autres affaires célèbres dont on a beaucoup parlé à Paris, sous l'administration impériale.

« Le commerce avait dit surtout et répété que c'était une chose sans exemple qu'une pareille marche ; qu'une telle violation était inconnue jusque-là ; mais à cela, le Premier consul répondait que ce serait trancher la difficulté contre eux que d'invoquer l'exemple, et leur citait les billets de Louis XIV, les liquidations du Régent, la société du Mississippi, les liquidations de la guerre de 1763 ; celles de la guerre de 1782, etc. ; et il leur prouva que ce qu'ils disaient être sans exemple, avait été la pratique constante de la monarchie. »

De là, l'Empereur est passé à diverses branches de l'administration ; il a défendu l'institution des inspecteurs aux revues. « Par eux seuls, disait-il, on pouvait s'assurer du nombre des hommes présents ; avec eux seuls, on avait pu obtenir cet avantage, et il était immense pour l'actif et le personnel de la guerre. Quant à la partie de l'administration de la guerre, ces inspecteurs n'étaient pas moins avantageux encore, quelques petits abus qui fourmillassent dans les détails ; c'était en grand qu'il fallait considérer ; et, pour bien juger l'institution, il fallait se demander quels autres abus n'auraient pas lieu si elle n'existait pas. Pour moi, disait Napoléon, je dois dire que, faisant la contre-épreuve des dépenses, c'est-à-dire regardant la somme qu'aurait dû coûter la totalité des hommes à leurs taux arrêtés, le payement au Trésor était toujours au-dessous de l'estimation. L'armée coûtait donc moins qu'elle n'eût dû coûter. Quel autre plus heureux résultat pouvait-on demander ? »

L'Empereur citait l'administration de la marine pour avoir été la plus régulière, la plus pure ; elle était devenue un chef-d'œuvre. Là, avait été le grand mérite de Decrès, disait-il.

L'Empereur trouvait que la France était trop grande pour un ministre de l'administration de la guerre. « C'était au-dessus des forces d'un homme, disait-il ; on avait centralisé à Paris les décisions, les marchés, les fournitures, les confections, et subdivisé la correspondance du ministre en autant de personnes qu'il y avait de régiments et de corps. Il fallait, au contraire, centraliser les correspondances, et subdiviser les ressources, en les transportant dans les localités mêmes. Aussi j'avais longtemps médité le projet de former en France vingt ou vingt-cinq arrondissements militaires, qui eussent composé autant d'armées. Il n'y eût plus eu que ce nombre de dépôts de comptabilités, etc. C'eût été vingt sous-ministres ; il eût fallu trouver vingt honnêtes gens. Le ministre n'eût plus eu que vingt correspondances. Il eût centralisé le tout, et fait mouvoir la machine avec rapidité, etc. »

Ce sujet l'a conduit à traiter les bases de l'armée d'une grande nation telle que la nôtre. Il a développé ce qu'il se proposait d'exécuter à la paix générale, s'il eût pu l'obtenir. Ces objets, extrêmement curieux, étaient si confusément exprimés dans mon manuscrit, que je les ai passés tout d'abord, dans la crainte de ne pas les rendre avec exactitude ; mais je les retrouve dictés plus tard par lui-même, tome I, page 226, publication de M. de Montholon, et je ne puis me refuser aujourd'hui à reproduire quelques-unes de ses principales idées, telles que cette publication récente m'a mis à même de les redresser dans mon manuscrit ; elles seront agréables aux gens du métier.

« Napoléon voulait composer son armée de 1 200 000 hommes ; savoir : 600 000 pour l'armée de ligne, 200 000 pour l'armée de l'intérieur, et 400 000 pour l'armée de réserve ; et tout cela ne devait soustraire constamment à l'agriculture que 288 000 hommes.

« Il devait être de principe, disait-il, que l'infanterie d'une armée étant représentée par 1, la cavalerie serait un quart, qui pourrait se réduire à un cinquième, à cause des pays de montagne ; l'artillerie un huitième, les troupes du génie un quarantième, les équipages militaires un trentième.

« D'après ces bases, il arrêtait les 600 000 hommes de ligne de la manière suivante :

« 1° Quarante régiments d'infanterie de 12 bataillons, chacun de 910 hommes, ayant un escadron d'éclaireurs de 360 chevaux, une batterie de 8 canons, servie par 280 hommes, une compagnie de sapeurs de 150 hommes, un bataillon d'équipages militaires de 22 voitures et de 210 hommes, nombre rond par régiment 12 000 hommes. *Total* : 480 000

« 2° Vingt régiments de cavalerie de 3 600 hommes, savoir : 8 de cavalerie légère, 6 de dragons, 6 de cuirassiers ; chaque régiment de 10 escadrons de 360 hommes, partagés en trois compagnies. *Total* : 72 000

« 3° Dix régiments d'artillerie formant 8 bataillons de 500 hommes. *Total* : 40 000

« 4° Un régiment de génie de 8 bataillons de 500 hommes. *Total* : 4 000

« 5° Un régiment d'équipages militaires de 4 000 hommes. *Total* : 4 000

Somme égale : 600 000

« L'Empire, observait-il, contenait plus de 40 millions de population ; il eût été divisé en quarante arrondissements, chacun d'un million, lesquels eussent été assignés à chacun des quarante régiments d'infanterie pour leur recrutement ; si l'on eût craint comme obstacles l'esprit de fédéralisme, on y eût remédié en n'introduisant dans les régiments que des officiers et partie des sous-officiers étrangers à l'arrondissement.

« L'armée de l'intérieur de 200 000 hommes eût été composée de 200 bataillons d'infanterie et de 400 compagnies de canonniers, destinés, en temps de guerre, à défendre les places fortes et les côtes. Cette armée n'eût eu que les officiers d'existant ; les sous-officiers et les soldats n'eussent été réunis que le dimanche au chef-lieu de leur commune.

« Les 400 000 hommes de l'armée de réserve n'eussent existé que sur le papier ; ils eussent seulement été soumis à une revue tous les trois mois, pour certifier leur existence et rectifier leur signalement.

« Ces 1 200 000 hommes n'eussent cependant soustrait à l'agriculture que 288 000 hommes ; car sur les 600 000 hommes de l'armée de ligne on n'en eût tenu que 240 000 sous les armes pendant douze mois, 160 000 pendant trois mois, et 200 000 pendant quinze jours, ce qui n'eût fait en réalité que 288 000 hommes seulement de soustraits à l'agriculture ; les 600 000 de l'armée de l'intérieur et de réserve n'étant en rien distraits de leurs travaux ni éloignés de leurs foyers. »

L'Empereur, continuant à passer en revue des principes de haute administration, disait que « MM. Gaudin et Mollien étaient pour que les receveurs généraux, les hommes de finance publique, les fournisseurs eussent de très grandes fortunes, pussent faire de très grands profits et les avouer, de manière qu'ils eussent une considération à ménager, un honneur à ne pas compromettre. Cela ne pouvait pas être autrement, disait-il, si l'on voulait tirer d'eux, au besoin, du soutien, du service, du crédit.

« Un autre parti, continuait-il, Defermon, Lacuée, Marbois, pensait, au contraire, qu'on ne pouvait être trop regardant, trop économique, trop rigoureux. Moi, je penchais, concluait-il, pour l'opinion des premiers, jugeant que les vues des derniers étaient petites, n'étaient que celles qui convenaient à un régiment, et non pas à une armée, à un ménage privé, et non pas à un grand empire. Je les appelais les puritains, les jansénistes du métier. »

L'Empereur disait que le ministre du Trésor et le ministre secrétaire d'État étaient deux de ses institutions dont il se félicitait davantage, et qui lui avaient rendu le plus de services.

« Le ministre du Trésor concentrait toutes les ressources et contrôlait toutes les dépenses de l'Empire. Du ministre secrétaire d'État émanaient tous les actes. C'était le ministre des ministres, donnant la vie à toutes les actions intermédiaires ; le grand notaire de l'Empire, signant et légalisant toutes les pièces. Avec le premier, je connaissais à chaque instant l'état de mes affaires ; avec le second, je faisais parvenir toutes mes décisions et mes volontés dans toutes les directions et partout. Si bien qu'avec mon ministre du Trésor et mon ministre secrétaire d'État seuls, et une douzaine de scribes, je me fusse fait fort de gouverner l'Empire du fond de l'Illyrie, ou des rives du Niémen, avec autant de facilité que dans ma capitale. »

L'Empereur ne comprenait pas que les affaires pussent aller avec les quatre ou cinq secrétaires d'État de nos rois. « Aussi comment allaient-elles ? disait-il. Tous concevaient, exécutaient et se contrôlaient chacun de son côté. Ils pouvaient exécuter au rebours les uns des autres ; car les rois se contentant de signer en marge les projets ou légalisant seulement le bordereau de leurs ordonnances, les secrétaires d'État pouvaient exécuter ou remplir à leur gré, sans danger de responsabilité matérielle. Ajoutez qu'ils avaient *la griffe* [1], qu'on avait voulu me faire adopter, et que j'avais repoussée comme l'arme *des rois fainéants*. Parmi ces ministres, les uns pouvaient avoir de l'argent sans emploi, et les autres ne pas marcher faute d'avoir un denier. Point de centralité qui pût coordonner leurs mouvements, disposer leurs besoins, ajuster leur exécution. »

L'Empereur observait que le ministre secrétaire d'État était précisément le véritable lot des princes incapables, mais susceptibles, lesquels auraient besoin d'un Premier ministre et n'en voudraient point convenir. « Mon ministre secrétaire d'État, disait-il, une fois qu'il eût été nommé président du Conseil d'État, se serait trouvé, dès cet instant, un véritable Premier ministre dans toute l'étendue du terme ; car il eût porté ses idées au Conseil d'État, pour les faire rédiger en lois, et eût signé au nom du prince. Aussi avec les mœurs de la première race, disait-il, ou des princes à l'avenant, mon ministre secrétaire d'État n'eût pas manqué en peu de temps d'être *un maire du palais* [2]. »

1. Empreinte imitant la signature d'une personne.
2. Premier administrateur des affaires de l'État sous les Carolingiens au IXᵉ siècle.

DIMANCHE 22.

Intentions de Napoléon sur les classiques anciens.
Révision et refonte des chapitres de l'armée d'Italie.

L'Empereur est revenu à ses recherches sur l'Égypte. Il m'a donné Strabon à feuilleter : c'était l'édition qu'il avait fait faire ; il en vantait le soigné et le fini, et disait que son projet avait été de nous donner ainsi, avec le temps, tous les Anciens par la voie officielle de l'Institut.

Avant dîner, l'Empereur m'a fait appeler avec mon fils, et a passé au moins six heures à relire et à refondre les chapitres du Tagliamento, de Léoben et de Venise.

Tout est beau dans ces chapitres de la Campagne d'Italie. Dans celui du Tagliamento, on voit qu'une seule disposition prise sur les bords du fleuve et à peine aperçue, ce que l'Empereur appelle *la pensée de la bataille*, doit conduire forcément aux portes de Vienne.

Le chapitre de Venise est un morceau à la manière des Anciens. Du reste, le dernier chapitre qu'on lit semble toujours celui qui attache davantage ; aussi sans doute le lecteur me saura-t-il gré de lui avoir fait connaître tout ce qui m'en était demeuré entre les mains.

J'étais fort souffrant et très fatigué, moins du travail que de disposition de santé. Notre récréation du soir a été Ulysse quittant Calypso, et arrivant chez les Phéaciens [1].

LUNDI 23.

Sur la sensibilité. Sur les Occidentaux
et les Orientaux ; leur différence, etc.

Le matin, dans sa chambre, l'Empereur, à travers une foule d'objets, est venu à causer sentiment, sensations, sensibilité ; et, citant à ce sujet l'un de nous qui, observait-il, ne prononçait le nom de sa mère que les larmes aux yeux, il a dit : « Mais cela ne lui est-il pas particulier ? Est-ce donc général ? Êtes-vous de même, ou suis-je dénaturé ? Pour moi, j'aime assurément ma mère, et de tout mon cœur ; il n'est rien que

1. Scène de *l'Odyssée* : Calypso est une nymphe qui, un temps, enjôla Ulysse ; les Phéaciens, les habitants d'une île mythique.

je ne fisse pour elle, et cependant si j'apprenais sa perte, je ne crois pas que je pusse exprimer ma douleur par une larme ; et je n'affirmerais pas qu'il en fût de même pour la perte d'un ami, celle de ma femme ou de mon fils. Cette différence est-elle dans la nature ? Quel peut en être le motif ? Ne serait-ce pas que la raison m'a accoutumé d'avance à la perte de ma mère qui est dans l'ordre naturel des choses, tandis que celle de ma femme et de mon fils est une surprise, une rigueur du sort contre laquelle je cherche à me débattre ? Et puis tout bonnement encore est-ce peut-être le penchant naturel à l'égoïsme ? J'appartiens à l'un, et les autres m'appartiennent. » Et il a multiplié les motifs avec sa profusion accoutumée, toujours neuve, toujours piquante ; mais je ne les retrouve pas.

Il est sûr qu'il aimait tendrement sa femme et son fils. Les personnes qui ont servi dans son intérieur nous laissent connaître à présent combien il se livrait aux sentiments de famille, et nous développent des nuances de caractère que nous étions loin dans le temps de lui soupçonner. Il serrait parfois son fils dans ses bras avec effusion et à l'étouffer ; mais le plus souvent encore sa tendresse s'exprimait par des contrariétés et des niches. S'il le rencontrait dans les jardins, il le jetait par terre ou renversait ses joujoux. On le lui amenait tous les jours à déjeuner, et il manquait rarement de le barbouiller avec tout ce qui se trouvait à sa portée sur la table. Quant à sa femme, il n'était pas de jour où elle ne reparût ici dans ses conversations privées ; pour peu qu'elles se prolongeassent, elle finissait tôt ou tard, de manière ou d'autre, par y être pour quelque chose, ou par en devenir tout l'objet. Il n'est point de circonstances, de plus petits détails relatifs à elle qu'il ne m'ait répétés cent fois. Pénélope[1], après dix ans d'absence, croit ne pouvoir s'assurer de la vérité qu'en faisant à Ulysse des questions auxquelles lui seul pouvait répondre ; eh bien ! je crois que je ne serais pas embarrassé de présenter mes lettres de créance à Marie-Louise.

Dans la conversation du soir, l'Empereur, parlant des nations, disait qu'il ne connaissait que deux peuples : les Orientaux et les Occidentaux.

« Les Anglais, les Français, les Italiens, etc., disait-il, ne

1. Épouse d'Ulysse, exemplaire par sa patience et sa fidélité.

composaient qu'une même famille, les Occidentaux ; ils avaient mêmes lois, mêmes mœurs, mêmes usages ; ils différaient entièrement des Orientaux, surtout dans les deux grands rapports de leurs femmes, de leurs domestiques : les Orientaux ont des esclaves, nos domestiques sont de condition libre ; les Orientaux enferment leurs femmes, les nôtres partagent tous nos droits ; ils ont un sérail, et jamais, dans aucun temps, la polygamie n'a été admise dans l'Occident. Il existe encore une foule d'autres oppositions, observait l'Empereur ; on dit en avoir compté jusqu'à quatre-vingts ; ce sont donc réellement, disait-il, des peuples différents.

« Tout est calculé, continuait-il, chez les Orientaux, pour qu'ils puissent garder leurs femmes et s'assurer d'elles. Toute notre vie au contraire, dans l'Occident, est calculée pour que nous ne puissions les garder, et que nous soyons obligés de nous en rapporter à elles-mêmes. Tout homme chez nous, sous peine d'idiotisme, doit avoir une occupation : or, quand il vaquera à ses affaires ou remplira ses fonctions, qui surveillera pour lui ? Il faut donc chez nous tout à fait compter sur l'honneur des femmes, et y avoir aveugle confiance. Pour moi, disait-il gaiement, j'ai eu femmes et maîtresses, et jamais il ne m'est venu l'idée d'une surveillance particulière, parce que je pensais qu'il devait en être pour cela comme des poignards et du poison dans certaine situation ; le tourment des précautions l'emporte encore sur le danger que l'on veut éviter ; il vaut mieux s'abandonner à sa destinée.

« Prononcer du reste quelle est la meilleure méthode, de la nôtre ou de celle des Orientaux, est une fort grande question ; pas pour vous, sans doute, mesdames, disait-il, en lançant un regard malin sur ces dames ; mais ce qu'il y a de bien certain, c'est qu'on se tromperait fort, si on supposait moins de jouissances aux Orientaux, si on les croyait moins heureux que nous dans notre Occident. Chez eux les maris y aiment beaucoup leurs femmes, les femmes y aiment beaucoup leurs maris. Ils ont tout autant de chances de bonheur que nous, quelques différences d'ailleurs qui semblent se présenter ; car tout est convention parmi les hommes, jusqu'à des sentiments qui sembleraient ne devoir venir que de la nature ; et puis encore ces femmes ont leurs droits chez elles, comme les nôtres chez nous. On ne pourrait pas les empêcher d'aller au bain public, pas plus qu'on n'empêcherait chez nous les femmes d'aller à l'église ; et les unes en abusent comme les autres. Vous voyez que l'espèce humaine, son imagination, ses sentiments, ses vertus, ses fautes parcourent un cercle assez étroit. Tout cela se retrouve, à bien peu de chose près, de même partout. »

Et il prétendait expliquer ou justifier la polygamie chez les Orientaux d'une manière fort ingénieuse. « Elle n'avait jamais existé, disait-il, dans l'Occident ; les Grecs, les Romains, les Gaulois, les Germains, les Espagnols, les Bretons n'avaient jamais eu qu'une femme. En Orient, au contraire, la polygamie avait toujours existé : les Juifs, les Assyriens, les Tartares, les Persans, les Turcomans avaient tous eu plusieurs femmes. D'où pouvait venir cette universelle et constante différence ? N'aurait-elle donc tenu qu'au hasard et à la seule bizarrerie ? Dépendait-elle des causes physiques dans les individus ? Non. Les femmes, proportion gardée, étaient-elles moins nombreuses chez nous qu'en Asie ? Non. Étaient-elles en Orient en plus grand nombre que les hommes ? Non. Ceux-ci y étaient-ils plus gigantesques que nous, autrement constitués ? Non. C'est que tout bonnement le législateur, ou la sagesse d'en haut qui en tient lieu, aura été guidé par la force des choses dérivant des localités respectives. Tous les Occidentaux ont même forme, même couleur ; ils ne composent qu'un même peuple, une seule famille ; il a été possible, comme à l'instant de la création, de ne leur assigner qu'une compagne. Loi heureuse, admirable, bienfaisante, qui épure le cœur de l'homme, relève la condition de la femme et ménage à tous deux un torrent de jouissances morales.

« Les Orientaux, au contraire, diffèrent entre eux autant que le jour et la nuit, dans leurs formes et dans leurs couleurs ; ils sont blancs, noirs, cuivrés, mélangés, etc. Il a fallu, avant tout, songer à leur conservation, à établir entre eux une fraternité consanguine, sous peine de les voir s'exterminer ou se persécuter, s'opprimer éternellement, ce qu'on n'a pu obtenir qu'en établissant la polygamie, et en donnant la possibilité d'avoir à la fois une femme blanche, une femme noire, une mulâtre, une cuivrée. Dès lors, les différentes couleurs faisant partie d'une même famille, se sont trouvées confondues dans les affections de leurs chefs et dans les opinions de chacune entre elles.

« Mahomet, ajoutait-il, semble avoir connu le secret, et s'être déterminé d'après lui ; autrement, comment celui qui marche de si près sur les traces du christianisme, et s'en éloigne si peu, n'aurait-il pas supprimé la polygamie ? Dirait-on qu'il ne l'a conservée que parce que sa religion était toute sensuelle ; mais alors il eût permis aux musulmans un nombre indéfini de femmes, tandis qu'il l'a restreint à quatre seulement, ce qui pourrait impliquer une Blanche, une Noire, une cuivrée, une mélangée.

« Et qu'on n'imagine pas, du reste, que cette faveur de la loi soit mise en pratique par toute la nation ; il ne se trouverait pas de femmes pour tous. Au vrai, les onze douzièmes de la population n'en ont qu'une, parce qu'ils ne sauraient en nourrir davantage ; mais la polygamie dans les chefs suffit pour atteindre le grand but ; car la confusion des races et des couleurs existant, par la polygamie, dans la haute classe, c'est assez pour établir l'union et la parfaite égalité entre tous. Convenons donc, concluait-il, que, si la polygamie n'était pas le fait d'une combinaison politique, si elle ne dérivait que du hasard, celui-ci aurait, en cette occasion, produit autant que la sagesse consommée. »

L'Empereur disait avoir eu sérieusement la pensée d'appliquer ce principe à nos colonies, pour assortir le bien-être des nègres à la nécessité de les employer. Il avait même, disait-il, consulté à cet égard des théologiens, pour savoir s'il n'y aurait pas moyen, vu les circonstances locales, de ployer nos croyances à cet usage, etc.

L'Empereur a causé de la sorte jusqu'au-delà de minuit.

MARDI 24.

Sur la Hollande et le roi Louis.
Humeur, plaintes contre les siens.
Haute politique, etc. Lettre à son frère le roi Louis.

L'Empereur m'a fait appeler vers midi et demi dans son cabinet. Nous avons causé de la chaîne des auteurs qui fait descendre la lumière historique depuis les premiers temps jusqu'à nous, ce qui l'a porté à lire la partie du tableau premier de l'*Atlas historique* qui en présente l'ensemble et le résumé.

La conversation l'a fait tomber sur la variété de l'espèce humaine. Il a envoyé chercher Buffon [1] pour éclairer cet objet, et s'en est occupé assez longtemps.

Après sa toilette, l'Empereur a fait venir mon fils, et nous avons travaillé trois ou quatre heures aux chapitres de la Campagne d'Italie.

Ce travail fini, la diversité des objets a conduit la conversation sur la Hollande et le roi Louis, sur lesquels il a dit des choses très remarquables.

« Louis a de l'esprit, disait l'Empereur, n'est point méchant ; mais, avec ces qualités, un homme peut faire bien des sottises et causer bien du mal. L'esprit de Louis est naturellement porté au travers et à la bizarrerie. Il a été gâté encore par la lecture de Jean-Jacques. Courant après une réputation de sensibilité et de bienfaisance, incapable par lui-même de grandes vues, susceptible tout au plus de détails locaux, Louis ne s'est montré qu'un roi préfet.

« Dès son arrivée en Hollande, et n'imaginant rien de beau comme de faire dire qu'il n'était plus qu'un bon Hollandais, il s'y est livré tout à fait au parti anglais, a favorisé la contrebande et s'est mis en rapport avec nos ennemis. Il a fallu le surveiller aussitôt et menacer même de le combattre ; réfugiant alors son manque de caractère dans un entêtement obstiné, et prenant un esclandre pour de la gloire, il s'est enfui du trône en déclamant contre moi, contre mon insatiable ambition, mon intolérable tyrannie, etc. Que me restait-il à faire ? Fallait-il laisser la Hollande à la disposition de nos ennemis ? Fallait-il nommer un nouveau roi ? Mais devais-je attendre de lui plus que de mon frère ? Tous ceux que je faisais n'agissaient-ils pas à peu près de même ? Je réunis la Hollande, et toutefois cet acte eut le plus mauvais effet en Europe, et n'a pas peu contribué à préparer nos malheurs.

« Louis avait été charmé de prendre Lucien pour modèle. Lucien en avait agi à peu près de même ; et si, plus tard, il s'est repenti, il s'est rallié même noblement, cela a pu honorer son caractère, mais non raccommoder les affaires.

« A mon retour de l'île d'Elbe, en 1815, Louis m'écrivit une longue lettre de Rome et m'envoya une ambassade : c'était son traité, disait-il, ses conditions pour revenir auprès

1. L'*Histoire naturelle* de Buffon.

de moi. Je répondis que je n'étais nullement dans le cas de faire des traités avec lui ; que, s'il revenait, il était mon frère, il serait bien reçu.

« Croirait-on bien qu'une de ses conditions était qu'il aurait la liberté de divorcer avec Hortense. Je maltraitai fort le négociateur, pour avoir osé se charger d'une telle absurdité, avoir pu croire qu'une pareille chose fût négociable. Nos statuts de famille le défendaient formellement, faisais-je rappeler à Louis ; la politique, la morale et l'opinion ne s'y opposaient pas moins encore, lui faisais-je dire ; l'assurant de plus qu'à cause de tous ces titres réunis, si ses enfants venaient, par lui, à perdre leur état, je m'intéresserais bien plus à eux qu'à lui-même, bien qu'il fût mon frère.

« Peut-être trouverait-on une atténuation au travers d'esprit de Louis dans le cruel état de sa santé ; l'âge où elle s'est dérangée, les circonstances atroces qui l'ont causé et qui doivent avoir singulièrement influé sur son moral ; il faillit en mourir, et en a conservé toujours depuis de cruelles infirmités : il demeure à peu près perclus de tout un côté.

« Il est sûr, du reste, continuait l'Empereur, que j'ai été peu secondé des miens, et qu'ils ont fait bien du mal à moi et à la grande cause. On a souvent vanté la force de mon caractère ; je n'ai été qu'une poule mouillée, surtout pour les miens ; et ils le savaient bien : la première bourrade passée, leur persévérance, leur obstination l'emportaient toujours ; et, de guerre lasse, ils ont fait de moi ce qu'ils ont voulu. J'ai fait là de grandes fautes. Si, au lieu de cela, chacun d'eux eût imprimé une impulsion commune aux diverses masses que je leur avais confiées, nous eussions marché jusqu'aux pôles ; tout se fût abaissé devant nous ; nous eussions changé la face du monde ; l'Europe jouirait d'un système nouveau, nous serions bénis ! Je n'ai pas eu le bonheur de Gengis Khan avec ses quatre fils, qui ne connaissaient d'autre rivalité que celle de le bien servir. Moi, nommais-je un roi, il se le croyait tout aussitôt *par la grâce de Dieu*, tant le mot est épidémique. Ce n'était plus un lieutenant sur lequel je devais me reposer, c'était un ennemi de plus dont je devais m'occuper. Ses efforts n'étaient pas de me seconder, mais bien de se rendre indépendant. Ils avaient tout aussitôt la manie de se croire adorés, préférés à moi. C'était moi désormais qui les gênais, qui les mettais en péril. Des légitimes n'auraient pas agi autrement ; ils ne se seraient pas crus plus ancrés. Pauvres gens ! qui, quand j'ai eu succombé, ont pu se convaincre qu'ils n'avaient pas même l'honneur de voir leur destitution exigée ou mentionnée par l'ennemi ; et aujourd'hui encore, si on gêne leur personne, si on les tourmente, ce ne peut être, de la part du victorieux, que le besoin de faire peser le pouvoir ou la bassesse d'exercer la vengeance. Si les miens inspirent un grand intérêt aux peuples, c'est qu'ils tiennent à moi, à la cause commune ; mais qu'aucun d'eux puisse causer un mouvement, assurément on peut être bien tranquille ; et pourtant, malgré la philosophie de plusieurs d'entre eux, car n'en était-il pas qui, pour régner, s'étaient dits *forcés* à la façon des chambellans du faubourg Saint-Germain, leur chute a dû leur être bien sensible ; ils s'étaient faits promptement aux douceurs du poste : ils ont tous été réellement rois. Tous, à l'abri de mes travaux, ont joui de la royauté ; moi seul n'en ai connu que le fardeau. Tout le temps j'ai porté le monde sur mes épaules, et ce métier, après tout, ne laisse pas que d'avoir sa fatigue, etc.

« On me dira peut-être : pourquoi m'obstiner à créer des États, des royaumes ? Mais les mœurs et la situation de l'Europe le commandaient ainsi. Chaque nouvelle réunion à la France accroissait les alarmes de tous. Elle faisait pousser les hauts cris et reculait la paix. Mais alors, continuera-t-on, pourquoi avoir la vanité de placer chacun des miens sur un trône ? car le vulgaire n'y aura vu que cela. Pourquoi ne pas s'arrêter plutôt sur de simples particuliers plus capables ? A cela je réponds qu'il n'en est pas des trônes héréditaires comme d'une simple préfecture. La capacité, les moyens sont aujourd'hui si communs dans la multitude, qu'il faut bien se donner de garde d'éveiller l'idée du concours. Dans l'agitation où nous nous trouvons plongés, et avec nos mœurs modernes, il fallait bien plutôt songer à la stabilité et à la centralisation héréditaire ; autrement, que de combats, que de factions, que de malheur !!! Dans l'harmonie que je méditais pour le repos et le bien-être universels, s'il fut un défaut dans ma personne et dans mon élévation, c'était d'avoir surgi tout à coup de la foule. Je sentais mon isolement ; aussi je jetais de tous côtés des ancres de salut au fond de la mer. Quels appuis plus naturels pour moi que mes proches ? Pouvais-je mieux attendre de la part des étrangers ? et, si les miens ont eu la folie de manquer à ces liens sacrés, la moralité des peuples, supérieure à leur aveuglement, remplissait une partie de mon objet. Avec eux, ils se croyaient plus en repos, plus en famille.

« En somme, de si grands actes n'étaient ni des caprices, ni des plaisanteries ; ils tenaient aux considérations de l'ordre le plus élevé ; ils se rattachaient au repos de la race humaine et à la possibilité d'améliorer sa condition. Que si, malgré les combinaisons faites de la meilleure foi, on s'est trouvé encore n'avoir rien fait qui vaille, c'est qu'il faut en revenir à une grande vérité, savoir, qu'il est bien difficile de gouverner, quand on veut le faire en conscience, etc. »

N. B. La lettre suivante, d'une date fort antérieure, va jeter un grand jour sur les paroles de Napoléon, rapportées quelques pages plus haut, au sujet de la conduite de son frère en Hollande. Plus tard, le roi Louis a publié une espèce de compte rendu de son administration à la nation hollandaise ; c'est surtout à la suite de l'article ci-dessus et de la lettre qui l'accompagne, qu'il devient curieux de lire ce document du roi Louis, afin de pouvoir, en connaissance de cause, fixer ses idées sur le sujet.

Château de Marach, le 3 avril 1808.

« Monsieur mon frère, l'auditeur D...t m'a remis il y a une heure votre dépêche du 22 mars. Je fais partir un courrier qui vous portera cette lettre en Hollande.

« L'usage que vous venez de faire du droit de grâce ne peut qu'être d'un très mauvais effet. Le droit de grâce est un des plus beaux et des plus nobles attributs de la souveraineté. Pour ne pas le discréditer, il ne faut l'exercer que dans le cas où la clémence royale ne peut déconsidérer l'œuvre de la justice ; que dans le cas où la clémence royale doit laisser, après les actes qui émanent d'elle, l'idée de sentiments généreux. Il s'agit ici d'un rassemblement de bandits qui vont attaquer et égorger un parti de douaniers, pour ensuite faire la contrebande. Ces gens sont condamnés à mort ; Votre Majesté leur fait grâce ! Elle fait grâce à des meurtriers, à des assassins, à des individus auxquels la société ne peut accorder aucune pitié ! Si ces individus avaient été pris faisant la contrebande ; si même, en se défendant, ils avaient tué des employés, alors vous auriez pu peut-être considérer la position de leurs familles, leur position particulière, et donner à votre gouvernement une couleur de paternité, en modifiant, par une commutation de peine, la rigueur des lois. C'est dans les condamnations pour contraventions aux lois de fiscalité, c'est plus particulièrement encore dans celles qui ont lieu pour des délits politiques, que la clémence est bien placée. En ces matières, il est de principe que, si c'est le souverain qui est attaqué, il y a de la grandeur dans le pardon. Au premier bruit d'un délit de ce genre, l'intérêt public se range du côté du coupable, et point de celui d'où doit partir la punition. Si le prince fait la remise de la peine, les peuples le placent au-dessus de l'offense, et la clameur s'élève contre ceux qui l'ont offensé. S'il suit le système opposé, on le répute haineux et tyran. S'il fait grâce à des crimes horribles, on le répute faible ou malintentionné.

« Ne croyez pas que le droit de faire grâce puisse être exercé impunément, et que la société applaudisse toujours à l'usage qu'en peut faire le monarque. Elle le blâme lorsqu'il l'applique à des scélérats, à des meurtriers, parce que ce droit devient nuisible à la famille sociale. Vous avez trop souvent et en trop de circonstances usé du droit de grâce. La bonté de votre cœur ne doit point être écoutée, lorsqu'elle doit nuire à vos peuples. Dans l'affaire des Juifs, j'aurais fait comme vous, dans celle des contrebandiers de Middelbourg, je me serais bien gardé de faire grâce.

« Mille raisons devaient vous porter à laisser la justice faire une exécution exemplaire qui aurait eu l'excellent effet de prévenir beaucoup de crimes, par la terreur qu'elle aurait inspirée. Des gens du roi sont égorgés au milieu de la nuit, les assassins sont condamnés... Votre Majesté commue la peine de mort en quelques années de prison ! Quel découragement n'en résultera-t-il point parmi les gens qui font rentrer vos impôts ? L'effet politique est très mauvais. Je m'explique :

« La Hollande était le canal par lequel, depuis plusieurs années, l'Angleterre introduisait sur le continent ses marchandises. Les marchands hollandais ont gagné à ce trafic des sommes immenses : voilà pourquoi les Hollandais aiment la contrebande et les Anglais ; et voilà les raisons pour lesquelles ils n'aiment point la France, qui défend la contrebande et qui combat les Anglais. La grâce que vous avez accordée à ces contrebandiers assassins est une espèce d'hommage que vous rendez au goût des Hollandais pour la contrebande. Vous paraissez faire cause commune avec eux, et contre qui ?... Contre moi.

« Les Hollandais vous aiment ; vous avez de la simplicité dans les manières, de la douceur dans le caractère... Vous les gouvernez selon eux ; si vous vous montriez fermement résolu à réprimer la contrebande, si vous les éclairiez sur leur position, vous useriez sagement de votre influence : ils croiraient que le système prohibitif est bon, puisque le roi en est le propagateur. Je ne vois pas quel parti pourrait tirer Votre Majesté d'un genre de popularité qu'elle acquerrait à mes dépens. Assurément la Hollande n'est pas au temps de Ryswick, et la France aux dernières années de Louis XIV. Si la Hollande ne peut suivre un système politique indépendant de celui de la France, il faut qu'elle remplisse les conditions de l'alliance.

« Ce n'est point au jour la journée que doivent travailler les princes, mon frère, c'est sur l'avenir qu'il faut jeter les yeux. Quel est aujourd'hui l'état de l'Europe ? l'Angleterre, d'un côté : elle possède, *par elle-même*, une domination à laquelle jusqu'à présent le monde entier a dû se soumettre. De l'autre, l'Empire français et les puissances continentales, qui avec toutes les forces de leur union, ne peuvent s'accommoder du genre de suprématie qu'exerce l'Angleterre. Ces puissances avaient aussi des colonies, un commerce maritime : elles possèdent en étendue de côtes bien plus que l'Angleterre. Elles se sont désunies ; l'Angleterre a combattu séparément leur marine ; elle a triomphé sur toutes les mers, toutes les marines ont été détruites. La Russie, la Suède, la France, l'Espagne, qui ont tant de moyens d'avoir des vaisseaux et des matelots, n'osent hasarder une escadre hors de leur rade. Ce n'est donc plus d'une confédération des puissances maritimes, confédération, d'ailleurs, qu'il serait impossible de faire subsister à cause des distances et des croisements d'intérêts, que l'Europe peut attendre sa libération maritime et un système de paix qui ne pourra s'établir que par la volonté de l'Angleterre.

« Cette paix, je la veux par tous les moyens conciliables avec la dignité de la puissance de la France ; je la veux au prix de tous les sacrifices que peut permettre l'honneur national. Chaque jour je sens qu'elle devient plus nécessaire : les princes du continent la désirent autant que moi : je n'ai contre l'Angleterre ni *prévention passionnée*, ni *haine invincible*. Les Anglais ont suivi contre moi un système de répulsion ; j'ai adopté le système continental, beaucoup moins, comme le supposent mes adversaires, par *jalousie d'ambition*, que pour amener le cabinet anglais à en finir avec nous. Que l'Angleterre soit riche et prospère, peu m'importe, pourvu que la France et ses alliés le soient comme elle.

« Le système continental n'a donc d'autre but que d'avancer l'époque où le droit public sera définitivement assis pour l'Empire français et pour l'Europe. Les souverains du Nord maintiennent sévèrement le régime prohibitif ; leur commerce y a singulièrement gagné : les fabriques de la Prusse peuvent rivaliser avec les nôtres. Vous savez que la France et le littoral qui fait aujourd'hui partie de l'Empire, depuis le golfe du Lion jusqu'aux extrémités de l'Adriatique, sont absolument fermés aux produits de l'industrie étrangère. Je vais prendre un parti dans les affaires d'Espagne, qui aura pour résultat d'enlever le Portugal aux Anglais, et de mettre au pouvoir de la politique française les côtes que l'Espagne a sur les deux mers. Le littoral entier de l'Europe sera fermé aux Anglais, à l'exception de celui de la Turquie. Mais comme les Turcs ne trafiquent point en Europe, je ne m'en inquiète pas.

« Voyez-vous, par cet aperçu, quelles seraient les funestes conséquences des facilités que la Hollande donnerait aux Anglais pour introduire leurs marchandises sur le continent. Elle leur procurerait l'occasion de lever sur nous-mêmes les subsides qu'ils offriraient ensuite à certaines puissances pour nous combattre. Votre Majesté est plus intéressée que moi à se garantir de l'astuce de la politique anglaise. Encore quelques années de patience, et l'Angleterre voudra la paix autant que nous la voulons nous-mêmes.

« Considérez la position de vos États, vous remarquerez que ce système vous est plus utile qu'à moi. La Hollande est une puissance maritime commerçante : elle a des ports magnifiques, des flottes, des matelots, des chefs habiles, et des colonies qui ne coûtent rien à la métropole ; ses habitants ont le génie du commerce, comme les Anglais. N'a-t-elle pas tout cela à défendre aujourd'hui ? La paix ne peut-elle pas la remettre en possession de son ancien état ? Sa situation, peut-être pénible pendant quelques années, n'est-elle pas préférable à faire du monarque hollandais un gouverneur pour l'Angleterre ? de la Hollande et de ses colonies un fief de la Grande-Bretagne ? L'encouragement que vous donneriez au commerce anglais vous conduirait à cela : vous avez sous les yeux l'exemple *de la Sicile et du Portugal*.

« Laissez marcher le temps : si vous avez besoin de vendre vos genièvres, les Anglais ont besoin de les acheter. Désignez les points où les smogleurs anglais viendront les prendre ; mais qu'ils les payent avec de l'argent, et jamais avec des marchandises. *Jamais, entendez-vous ?* Il faudra bien enfin que la paix se fasse ; vous signerez en son lieu un traité de commerce avec l'Angleterre. J'en signerai peut-être un aussi ; mais les intérêts réciproques seront garantis. Si nous devons laisser exercer à l'Angleterre une sorte de suprématie sur les mers, qu'elle aura achetée au prix de ses trésors et de son sang, une prépondérance qui tient à sa position géographique et à ses occupations territoriales dans les trois parties du monde, au moins nos pavillons pourront se montrer sur l'Océan sans craindre l'insulte ; notre commerce maritime cessera d'être ruineux. C'est à empêcher l'Angleterre de se mêler des affaires du continent qu'il faut travailler aujourd'hui.

« Votre affaire de grâce m'a entraîné dans ces détails ; je m'y suis livré parce que j'ai craint que vos ministres hollandais n'aient fait entrer de fausses idées dans l'esprit de Votre Majesté.

« Je désire que vous réfléchissiez à cette lettre, que vous fassiez, des sujets qu'elle traite, l'objet des délibérations de vos conseils ; enfin que vos ministres impriment à l'administration le mouvement qui lui convient.

« Sous aucun prétexte la France ne souffrira que la Hollande se sépare de la cause continentale.

« Quant à ces contrebandiers, puisque la faute a été commise, il n'y a plus à revenir sur le passé ; je vous conseille seulement de ne pas les laisser dans les prisons de Middelbourg ; c'est trop près du lieu où le crime a été commis ; renvoyez-les dans le fond de la Hollande.

« Cette lettre n'étant à autre fin, etc.

« *Signé* : NAPOLÉON. »

A dîner, l'Empereur a demandé à son piqueur comment était son cheval ; celui-ci a répondu qu'on le nourrissait bien, qu'il était fort gai et en fort bon état. « J'espère qu'il ne se plaint pas de moi, a dit l'Empereur, s'il fut jamais un chanoine au monde, c'est celui-là. » En effet, il y a deux ou trois mois que l'Empereur n'est monté à cheval.

MERCREDI 25 AU VENDREDI 27.

Ferveur de travail. Idées et projets de Napoléon sur notre histoire, etc. Sur les ouvrages publiés. M. Méneval ; détails curieux, etc.

L'Empereur, depuis quelques jours, a une grande ferveur de travail. Toutes les matinées se sont passées à des recherches sur l'Égypte, dans les auteurs anciens. Nous avons parcouru de concert Hérodote, Pline, Strabon, etc., ne prenant guère d'autre interruption que l'instant du déjeuner sur sa petite table. Le temps demeurait toujours mauvais, et l'Empereur a dicté littéralement durant ces deux jours dans tout leur entier.

A dîner, il nous disait qu'il se trouvait beaucoup mieux, et nous lui avons fait observer, à ce sujet, que depuis quelque temps néanmoins il ne sortait plus, et travaillait huit, dix, douze heures par jour.

« C'est cela même, disait-il : le travail est mon élément ; je suis né et construit pour le travail. J'ai connu les limites de mes jambes, j'ai connu les limites de mes yeux ; je n'ai jamais pu connaître celles de mon travail. Aussi j'ai manqué tuer ce pauvre Méneval ; j'ai été obligé de le faire relever, et de le mettre en convalescence auprès de Marie-Louise, chez laquelle son emploi n'était plus qu'une véritable sinécure. »

L'Empereur ajoutait que, s'il était en Europe, et tranquille, son plaisir serait d'écrire l'histoire. Il se plaignait de la manière pitoyable dont il la voyait traitée partout. Les recherches qu'il faisait chaque jour le lui démontraient, disait-il, au-delà de tout ce qu'il avait pu soupçonner.

« Nous n'avions pas de bonne histoire, et nous n'avions pu en avoir. La plupart des peuples de l'Europe étaient dans le même cas que nous, observait-il ; les moines et les privilégiés, c'est-à-dire les gens à abus, les ennemis de la vérité et des lumières, avaient seuls exercé ce monopole : ils nous avaient raconté tout ce qu'ils avaient voulu, tout ce qui leur avait plu, ou mieux encore tout ce qui était dans leur intérêt, leurs passions ou leurs vues ! »

Il avait, disait-il, conçu le projet de redresser tout cela autant qu'il était possible ; ainsi il eût nommé des commissions de l'Institut, ou des savants indiqués par l'opinion publique, pour revoir, critiquer et reproduire nos annales. Il eût voulu aussi, de la sorte, accompagner les classiques, dont on nourrit notre jeunesse, de commentaires propres à les mettre en harmonie avec nos institutions modernes. « Un bon programme, le concours et des récompenses, et l'on eût, disait-il, tout obtenu ; rien ne résistait à une pareille voie. »

Il répétait, ce que je crois avoir déjà dit, que son intention avait été de faire écrire les derniers règnes de notre monarchie sur les pièces mêmes tirées des archives de nos Relations extérieures. Il était encore une foule de manuscrits antiques et modernes de la Bibliothèque impériale qu'il voulait faire imprimer, en les coordonnant en corps de doctrine, soit dans les sciences, soit dans la morale, la littérature et les arts, etc.

Il avait encore, assurait-il, beaucoup d'autres plans de la sorte. Et quelle époque se présenta jamais aussi favorable pour de pareilles idées et leur accomplissement ! Quand leur retrouverait-on, dans la même personne, le génie pour les concevoir, la puissance pour les exécuter !

Pour obvier, sans blesser même la liberté de la presse, au déluge de mauvais ouvrages dont le public était inondé, il demandait quel inconvénient eût pu présenter un tribunal d'opinion, composé de membres de l'Institut, de membres de l'Université, et de délégués du gouvernement, qui eussent considéré les ouvrages sous le triple rapport de la science, des mœurs et de la politique. Ils en eussent fait la critique, et eussent assigné le degré de leur mérite. « C'eût été, disait-il, le flambeau du public ; la garantie, la fortune des bons ouvrages ; la ruine, le découragement des mauvais ; l'aiguillon des talents, la palme des auteurs. »

Toutes nos soirées ont été consacrées à *l'Odyssée*, dont

nous demeurons enchantés. Polyphème [1], Tirésias [2], les Sirènes, nous ont ravis.

Voici quelques détails relatifs à M. Méneval, cité plus haut par l'Empereur ; ces détails seront jugés précieux, parce qu'ils sont autant de traits propres à faire connaître les circonstances privées de Napoléon.

L'Empereur, encore Premier consul, se plaignait d'être sans secrétaire ; il venait de se défaire de celui qu'il avait eu durant ses campagnes d'Italie et son expédition d'Égypte, son ancien camarade de collège, homme de beaucoup d'esprit et qu'il aimait fort, mais dont il venait d'être forcé de se séparer. Son frère Joseph lui offrit alors le sien, qu'il avait depuis peu de temps ; et Napoléon, en l'acceptant, acquit un trésor ; il l'a répété plusieurs fois : c'était Méneval, que depuis il a fait baron, maître des requêtes et secrétaire des commandements de l'impératrice Marie-Louise.

Son titre auprès du Premier consul fut celui de *secrétaire du portefeuille* ; il fut même fait à son sujet un fort long règlement, dont l'article le plus essentiel était qu'il ne devait jamais, sous aucun prétexte, avoir à lui ni secrétaire, ni copiste : ce qui fut toujours strictement observé.

M. Méneval était doux, réservé, fort secret, travaillant à toute heure et en tout temps ; aussi l'Empereur n'en a-t-il jamais éprouvé que satisfaction, agrément, et l'a fort aimé. Le secrétaire du portefeuille était généralement chargé de tout le courant, et de tout ce qui était instantané ou d'improvisation. Que d'affaires, de projets et de pensées ont été traités et transmis par son intermédiaire ! Il ouvrait et lisait toutes les lettres adressées directement à l'Empereur ; les classait pour son examen, et écrivait sous sa dictée.

On sait avec quelle célérité l'Empereur dictait, si bien que le plus souvent, et pour gagner du temps, le secrétaire devait chercher à retenir les mots plutôt qu'à les transcrire, ce dont s'acquittait merveilleusement M. Méneval, qui, par la suite, eut autorité de répondre par lui-même à bien des objets. Il

1. Cyclope qui retint captif Ulysse. Celui-ci se libéra en lui crevant son œil unique. *(Odyssée.)*

2. Devin légendaire de Thèbes qui fut frappé de cécité, mais reçut en compensation des dons de prophétie et une longue vie.

aurait pu facilement acquérir beaucoup d'importance ; mais c'était tout à fait hors de son inclination naturelle.

L'Empereur était la plus grande partie du temps dans son cabinet ; on eût pu dire qu'il y passait le jour et souvent une partie de la nuit. Il se couchait à dix ou onze heures, et se relevait vers minuit pour travailler de nouveau quelques heures. Il faisait parfois appeler M. Méneval, le plus souvent non ; et comme il arrivait à celui-ci de s'y rendre de lui-même, l'Empereur, connaissant tout son zèle, répondait d'ordinaire à cet empressement : « Il ne faut pas vous tuer. »

L'Empereur, en reparaissant le matin au cabinet, y trouvait des liasses mises en ordre à l'avance par M. Méneval, qui l'avait précédé. S'il y manquait parfois vingt-quatre heures ou deux jours, son secrétaire le prévenait qu'il allait se laisser encombrer, et que le cabinet serait bientôt plein, ce à quoi l'Empereur répliquait d'ordinaire gaiement : « Ne vous effrayez pas, cela sera bientôt net. » Et en effet, en peu d'heures, l'Empereur s'était mis au courant. Il est vrai qu'il répondait beaucoup en ne répondant pas, en jetant tout ce qu'il jugeait inutile, même de ses ministres, ce à quoi ils étaient faits. Ne voyant pas arriver de réponse, ils savaient à quoi s'en tenir. Il lisait lui-même toutes les lettres, répondant par un mot à la marge de certaines, et dictant la réponse à d'autres. Celles qui étaient d'une haute importance étaient toujours mises de côté, relues deux fois, et jamais répondues qu'après quelque intervalle.

Il avait pour coutume, en sortant du cabinet, de rappeler les objets essentiels, et de dire qu'ils devaient être prêts à heure fixe ; et ils l'étaient toujours. Si, à cette heure, l'Empereur ne venait point, M. Méneval le pourchassait dans le palais, souvent à différentes reprises, pour le lui rappeler. Parfois l'Empereur terminait ; parfois encore il répondait : *« A demain, la nuit porte conseil. »* C'était sa phrase habituelle ; aussi disait-il avoir travaillé plus la nuit que le jour. Ce n'est pas que les affaires lui causassent des insomnies ; mais seulement parce qu'il dormait à heures interrompues, suivant son besoin, et que peu lui suffisait.

Il arrivait souvent à l'Empereur, dans le cours de ses campagnes, qu'on le réveillait subitement pour des circonstances instantanées : il se levait aussitôt ; on n'eût pas deviné à ses yeux qu'il venait de dormir : il donnait ses décisions ou dictait des réponses avec la même clarté, la même fraîcheur d'esprit que si c'eût été en tout autre moment. C'est ce qu'il appelait *la présence d'esprit d'après minuit* : elle était complète et extraordinaire chez lui. Il est arrivé, dans ces circonstances, qu'on l'a réveillé peut-être jusqu'à dix fois dans la même nuit, et on le trouvait toujours rendormi, parce qu'il n'avait pas encore satisfait tout son besoin de sommeil. Se vantant un jour de cette facilité de sommeil, et du peu qu'il lui en fallait, à un de ses ministres (le général Clarke), celui-ci lui répondit plaisamment : « C'est bien ce qui nous désole, sire ; car c'est souvent à nos dépens ; il nous en descend parfois quelque chose. »

L'Empereur faisait tout par lui-même, et presque tout par la voie de son cabinet. Il nommait à toutes les places, substituant la plupart du temps de nouveaux noms à ceux dont ses ministres lui adressaient la proposition. Il lisait leurs projets, les adoptait, les rayait ou les modifiait. Il faisait jusqu'aux notes mêmes de son ministre des Relations extérieures, qu'il dictait à son secrétaire Méneval, pour lequel il n'avait nul secret. C'était encore par l'intermédiaire de celui-ci qu'il écrivait aux souverains, observant avec eux un formulaire qu'il lui avait fait rédiger sur les protocoles du passé, et à la rigueur duquel il attachait beaucoup d'importance. Les ministres travaillaient tous en commun avec l'Empereur un jour fixe de la semaine, à moins de cas particuliers ou accidentels dans les affaires ou dans un des ministères. Le travail de chacun se faisait en présence de tous les autres, qui pouvaient y prendre part. Chacun vidait de la sorte son portefeuille. Un registre consacrait les délibérations ; il doit en exister un grand nombre de volumes. Les objets arrêtés demeuraient pour la signature, qui se faisait par l'intermédiaire du ministre secrétaire d'État, qui la certifiait. Parfois, quelques-uns de ces objets, bien qu'arrêtés, passaient au cabinet avant la signature, pour y être revus et modifiés. Le ministre des Relations extérieures était le seul qui, prenant part au travail général des autres ministres, avait en outre, par la nature secrète de ses fonctions, un travail particulier avec l'Empereur. L'Empereur confiait le travail du personnel de la guerre à un de ses aides de camp de prédilection. Duroc a joui longtemps de cette confiance ; puis Bertrand et Lauriston ; le comte de Lobau a été le dernier.

M. Méneval, d'une santé très faible, et usé par le travail, eut besoin de repos. L'Empereur le plaça alors auprès de Marie-Louise. C'était un canonicat, disait-il, une vraie sinécure ; mais il ne s'en sépara néanmoins que sous la condition de revenir à lui dès qu'il serait rétabli ; ce qu'il ne manquait pas de lui rappeler toutes les fois qu'il le voyait.

Avec Méneval finit l'*unité* de travail dans le cabinet ; il eut plusieurs successeurs ensemble, et le cabinet de l'Empereur devint alors un bureau, une espèce d'administration assez nombreuse[1]. L'Empereur y admit, sur la recommandation d'autres qui croyaient pouvoir en répondre comme d'eux-mêmes, quelqu'un qui, en 1814, au moment de la crise, reçut l'ordre de brûler certaines pièces du cabinet. La Restauration assise, il écrivit à un des ministres du roi pour lui offrir celles qui restaient encore. L'Empereur en trouva la preuve au 20 mars dans les papiers laissés aux Tuileries, et se contenta d'écrire en marge de la lettre même du dépositaire infidèle : *un tel est un traître, un tel est un traître* ; et rendit le papier en cet état, tout en l'accompagnant de paroles pleines de bonté, à celui-là même qui lui avait recommandé le coupable, homme, du reste, pour son propre compte, disait l'Empereur en parlant du recommandant, d'un dévouement et d'une fidélité à toute épreuve. Ce fut là tout le reproche que lui fit Napoléon, et toute la vengeance qu'il fit peser sur le coupable.

Il doit donc être resté beaucoup de traces ou de pièces du travail du cabinet. Les débats du parlement d'Angleterre en ont fait connaître que les réclamations solennelles de Napoléon, lors de son retour au 20 mars, ont données pour falsifiées. Les pièces du cabinet ne seraient pas les seuls documents qui nous resteraient de cette administration à jamais célèbre. Il doit exister vingt ou trente volumes in-4° de la

1. Depuis la publication du *Mémorial*, des renseignements plus authentiques que ceux que j'avais recueillis de pure tradition, m'ont appris que j'avais été tout à fait dans l'erreur en cet endroit. L'unité de travail dans le cabinet, sa marche, n'ont jamais cessé d'être les mêmes. A la retraite du baron Méneval, le baron Fain, qui avait été son second durant six ans, devint son successeur avec les mêmes attributions et les mêmes fonctions, et le cabinet, bien qu'en éprouvant des mutations dans les personnes et dans leurs titres, continua d'être numériquement le même. *(Las Cases.)*

correspondance des campagnes d'Italie et d'Égypte, recueillie et classée par ordre.

Il doit exister aussi peut-être soixante ou quatre-vingts volumes in-folio des délibérations du conseil des ministres, recueillies par les secrétaires d'État duc de Bassano et comte Daru.

Enfin, les procès-verbaux du Conseil d'État, rédigés et mis en ordre par M. Locré.

Voilà de vrais et grands titres de gloire pour Napoléon. C'est sur ces monuments immortels, et avec eux, qu'ont marché les gouvernements qui ont suivi, et c'est là que viendront inévitablement puiser désormais les administrations de tous les temps et de tous les pays ; les bases posées par lui ont été sûres et solides, tant les jalons ont été bien placés, tant les racines ont été profondes, tant enfin tout cet ensemble porte le caractère du génie et la rectitude de la durée !

SAMEDI 28.

Paroles caractéristiques touchant ma femme.
Dictée de l'Empereur pour une nouvelle partie de ses Mémoires.

Aujourd'hui, l'Empereur a profité d'un peu de beau temps pour faire deux tours en calèche. Il avait besoin, disait-il, d'être secoué. Il lui restait un peu de fluxion ; sa joue gauche demeurait enflée. Il est rentré sur les trois heures. Quelque temps après, le travail lui manquant, il m'a fait appeler ; nous avons fait quelques tours de jardin. Ayant aperçu le docteur, il l'a fait approcher et en a appris que, la veille, les commissaires russe et autrichien s'étaient présentés à la porte de Longwood, mais qu'ils en avaient été repoussés par la consigne imposée par le gouverneur.

Demeurés seuls, l'Empereur, après bien des objets, est venu à parler de ma femme, de ce qu'elle pouvait faire, de ce qu'elle serait devenue, etc.

« Il est hors de doute, disait-il ensuite, que votre situation à Sainte-Hélène ne la fasse rechercher beaucoup, et n'inspire un vif intérêt. Tout ce qui se rattache à ma personne reste cher à bien du monde. D'ici je donne encore des couronnes !... Oui, mes chers amis, quand vous retournerez en Europe, vous recevrez des couronnes ! »

Et puis revenant à ma femme : « Son meilleur parti, disait-il avec une grâce et une bonté touchante, serait d'aller passer son veuvage auprès de Madame, ou de quelqu'un des miens. Ils auraient sans doute bien du plaisir à prendre soin d'elle, etc. »

Au retour, l'Empereur s'est mis au travail. La Campagne d'Italie était à peu près finie. Il m'a pourvu d'un nouveau sujet.

Note, écrivez : C'est ainsi que s'exprimait soudainement l'Empereur quand il lui venait une idée. Voici ce qu'il dicta littéralement en ce moment ; il n'y a rien eu de changé ; il ne l'a jamais relu.

NOTE. « La Campagne d'Italie se trouvant finie, Las Cases, d'ici à huit jours, entreprendra l'époque depuis la rupture du traité d'Amiens, jusqu'à la bataille d'Iéna.

« En 1802, toute l'Europe est pacifiée. Bientôt après toute l'Europe se met en guerre. La République change et devient Empire. La question maritime devient la question dominante dans la rupture de la paix d'Amiens.

« Las Cases commencera par faire analyser sous ses yeux, au petit Emmanuel, les *Moniteurs* de cette époque ; il en fera au moins six ou sept par jour, ce qui fera cent quatre-vingts dans un mois, ou une époque de six mois d'analysés avant que nous commencions le travail.

« La partie antérieure à cette époque, et celle qui suivra, seront préparées et faites par ces messieurs. Il faudra, dans l'analyse, suivre le modèle déjà prescrit à M. de Montholon, c'est-à-dire analyser le tout par événement, avec indication de page et de mois sans distinction de matières.

« *Nous aurons pour grands faits* : 1° Histoire de la flottille ; 2° déclaration de l'Autriche ; 3° mouvement des escadres ; 4° bataille de Trafalgar ; 5° Ulm, Austerlitz ; 6° paix de Vienne ; 7° négociation de lord Lauderdale à Paris ; 8° bataille d'Iéna.

« *A reporter à leurs places* : 1° Conjuration de Georges ; 2° affaire du duc d'Enghien ; 3° sacre de l'Empereur par le pape ; 4° organisation impériale.

« Ce sera une des plus belles parties de l'histoire de France, puisque d'un côté, et dans l'intervalle d'une année, on voit un pape venir en France, sacrer un empereur, ce qui ne s'était pas renouvelé depuis mille ans ; et que de l'autre, on voit les drapeaux français flotter sur Vienne et sur Berlin ; l'Empire romain dissous et la monarchie prussienne disparue. »

Je me complais à consigner ici littéralement cette dictée brute, ou les idées premières de l'Empereur, afin de mieux connaître toute sa manière.

On conçoit toute l'ardeur avec laquelle, mon fils et moi, nous nous consacrâmes dès cet instant à ce travail, dont nous sentions tout le prix. Toutefois nous n'avions point encore complété l'analyse de nos six mois quand j'ai été arraché de Longwood. Si ce travail n'a pas été accompli, quelle perte pour l'histoire !!! (il ne l'a pas été).

DIMANCHE 29.

Sur un trou dans le jardin.

Pendant le dîner, on parlait d'une mare d'eau qui se trouve dans notre jardin, fort près de nous, et assez profonde pour qu'un agneau s'y fût jadis noyé en voulant y boire. L'Empereur, à ce sujet, a dit à quelqu'un de la maison : « Est-il possible, monsieur, que vous ne l'ayez pas encore fait combler ? Combien vous seriez responsable, et quel chagrin vous vous prépareriez, si votre fils venait à s'y noyer, et rien n'est plus possible. » Comme on lui répondait qu'on l'avait voulu souvent, mais qu'il était impossible d'avoir des ouvriers : « Ce n'est pas une excuse, a repris vivement l'Empereur ; si mon fils était ici, j'eusse été le combler de mes propres mains. »

L'Empereur, déjà au lit, m'a fait appeler ; il avait, disait-il, des renseignements et des dates à me demander sur des objets qui nous concernaient essentiellement . . . .

. . . .

Belles dictées de l'Empereur. Détails, particularités caractéristiques, etc. Observations décisives sur la mauvaise foi du cabinet britannique et sur Walter Scott, son apologiste.

Toutes les fois que l'Empereur traitait un sujet, pour peu qu'il s'animât, ses paroles eussent pu supporter l'impression.

Souvent aussi, quand une idée le frappait vivement, il dictait à celui de nous qui était sous sa main des morceaux qui, dès ce premier jet, se trouvaient du dernier fini. Ces messieurs doivent avoir beaucoup de ces dictées, toutes bien précieuses. J'en veux bien à l'état de mes yeux, qui, m'empêchant d'écrire, me privait la plupart du temps de cette bonne fortune.

Voici ce qu'il s'est trouvé dicter lorsque les papiers ministériels anglais parlaient de grands trésors que Napoléon devait posséder et qu'il tenait sans doute cachés :

« Vous voulez connaître les trésors de Napoléon ? ils sont immenses, il est vrai ; mais ils sont exposés au grand jour. Les voici : le beau bassin d'Anvers, celui de Flessingue, capables de contenir les plus nombreuses escadres, et de les préserver des glaces de la mer ; les ouvrages hydrauliques de Dunkerque, du Havre, de Nice ; le gigantesque bassin de Cherbourg ; les ouvrages maritimes de Venise ; les belles routes d'Anvers à Amsterdam, de Mayence à Metz, de Bordeaux à Bayonne ; les passages du Simplon, du Mont-Cenis, du Mont-Genèvre, de la Corniche, qui ouvrent les Alpes dans quatre directions ; dans cela seul vous trouveriez plus de huit cents millions. Ces passages surpassent en hardiesse, en grandeur et en efforts de l'art, tous les travaux des Romains. Les routes des Pyrénées aux Alpes, de Parme à La Spezia, de Savone au Piémont ; les ponts d'Iéna, d'Austerlitz, des Arts, de Sèvres, de Tours, de Roanne, de Lyon, de Turin, de l'Isère, de la Durance, de Bordeaux, de Rouen, etc. ; le canal qui joint le Rhin au Rhône par le Doubs, unissant les mers de Hollande avec la Méditerranée ; celui qui unit l'Escaut à la Somme, joignant Amsterdam à Paris ; celui qui joint la Rance à la Vilaine ; le canal d'Arles, celui de Pavie, celui du Rhin ; le dessèchement des marais de Bourgoin, du Cotentin, de Rochefort ; le rétablissement de la plupart des églises démolies pendant la Révolution, l'élévation de nouvelles, la construction d'un grand nombre d'établissements d'industrie pour l'extirpation de la mendicité ; la construction du Louvre, des greniers publics, de la Banque, du canal de l'Ourcq ; la distribution des eaux dans la ville de Paris ; les nombreux égouts, les quais, les embellissements et les monuments de cette grande capitale ; ses travaux pour l'embellissement de Rome ; le rétablissement des manufactures de Lyon ; la création de plusieurs centaines de manufactures de coton, de filature et de tissage qui emploient plusieurs millions d'ouvriers ; des fonds accumulés pour créer plus de quatre cents manufactures de sucre de betterave, pour la consommation d'une partie de la France, qui auraient fourni le sucre au même prix que celui des Indes, si elles eussent continué d'être encouragées seulement encore quatre ans ; la substitution du pastel à l'indigo, qu'on fût venu à bout de se procurer en France à la même perfection et à aussi bon marché que cette production des colonies ; le nombre des manufactures pour toute espèce d'objets d'art, etc. ; cinquante millions employés à réparer et à embellir les palais de la couronne ; soixante millions d'ameublements placés dans les palais de la couronne en France, en Hollande, à Turin, à Rome ; soixante millions de diamants de la couronne, tous achetés avec l'argent de Napoléon ; le *Régent* même, le seul qui restât des anciens diamants de la couronne de France, ayant été retiré par lui des mains des Juifs de Berlin, auxquels il avait été engagé pour trois millions ; le Musée Napoléon, estimé plus de quatre cents millions, et ne contenant que des objets légitimement acquis, ou par de l'argent, ou par des conditions de traités de paix connus de tout le monde, en vertu desquels ces chefs-d'œuvre furent donnés en commutation de cession de territoire ou de contributions ; plusieurs millions amassés pour l'encouragement de l'agriculture, qui est l'intérêt premier de la France ; l'institution des courses de chevaux ; l'introduction des mérinos, etc.

« Voilà qui forme un trésor de plusieurs milliards qui durera des siècles !

« Voilà les monuments qui confondront la calomnie !!!... L'histoire dira que tout cela fut accompli au milieu de guerres continuelles, sans aucun emprunt, et même lorsque la dette publique diminuait tous les jours, et qu'on avait allégé les taxes de cinquante millions. Des sommes très considérables demeuraient encore dans son trésor particulier ; elles lui étaient conservées par le traité de Fontainebleau, comme résultant des épargnes de sa liste civile et de ses autres revenus privés. Elles furent partagées, et n'allèrent pas entièrement dans le trésor public, ni entièrement dans celui de la France !!! »

Dans une autre occasion, l'Empereur lisant dans un journal que lord Castlereagh, dans une assemblée en Irlande, avait dit que Napoléon avait déclaré à Sainte-Hélène qu'il n'aurait jamais fait la paix avec l'Angleterre que pour la tromper, la suspendre et la détruire, et que, si l'armée française était attachée à Napoléon, c'est parce qu'il donnait en mariage à ses soldats les filles des plus riches familles de son empire ; l'Empereur, ému, dicta : « Ces calomnies contre un homme qu'on opprime avec une telle barbarie, et qu'on prend à la gorge pour l'empêcher de parler, seront repoussées par toutes personnes bien nées et capables de sentir. Quand Napoléon était sur le premier trône du monde, alors sans doute ses ennemis ont eu le droit de dire tout ce qu'ils ont voulu ; sa conduite était publique et servait de suffisante réponse ; quoi qu'il en fût, elle était du département de l'opinion et de l'histoire ; mais aujourd'hui de nouvelles et basses calomnies tiennent à la dernière lâcheté, et ne rempliront pas leur but. Des millions de libelles ont paru et paraissent tous les jours ; ils sont sans effet : soixante millions d'hommes des contrées les plus policées de l'univers élèvent leurs voix pour les confondre, et cinquante mille Anglais qui voyagent maintenant sur le continent apportent chez eux la vérité aux peuples des trois royaumes, qui rougiront d'avoir été si grossièrement trompés.

« Quant au bill qui a traîné Napoléon sur un roc, c'est un acte de proscription semblable à ceux de Sylla, et pire encore. Les Romains poursuivirent Annibal jusqu'au fond de la Bithynie ; Flaminius obtint du roi Prusias la mort de ce grand homme, et pourtant à Rome Flaminius fut accusé d'avoir agi ainsi pour satisfaire sa haine personnelle. En vain allégua-t-il qu'Annibal, encore dans la vigueur de l'âge, pouvait être dangereux, que sa mort était nécessaire ; mille voix répondirent que ce qui était injuste et ingénéreux ne peut jamais être avantageux à une grande nation ; que de tels prétextes justifieraient les assassinats, les empoisonnements et toute espèce de crimes !... Les générations qui suivirent reprochèrent cette lâcheté à leurs ancêtres : elles auraient payé bien cher pour effacer une telle tache de leur histoire. Depuis le renouvellement des lettres parmi les nations modernes, il n'est point de génération qui n'ait uni ses imprécations à celles que proféra Annibal au moment de boire la ciguë : il maudissait cette Rome, qui, à une époque où ses flottes et ses légions couvraient l'Europe, l'Asie et l'Afrique, assouvissait sa colère sur un homme seul et désarmé, parce qu'elle le craignait, ou qu'elle prétendait le craindre.

« Mais les Romains ne violèrent jamais l'hospitalité : Sylla trouva un asile dans la maison de Marius[1] ; Flaminius, avant de proscrire Annibal[2], *ne le reçut pas à bord de son vaisseau, et ne lui déclara point qu'il avait des ordres de le bien recevoir* ; la flotte romaine ne le transporta pas au port d'Ostie ; bien loin d'avoir recours à la protection des lois romaines, Annibal préféra confier sa personne à un roi d'Asie. Lorsqu'il fut proscrit, il n'était pas sous la protection de l'étendard romain : il était sous les drapeaux d'un roi ennemi de Rome.

« Si jamais, dans les révolutions des siècles, un roi d'Angleterre vient à comparaître devant le redoutable tribunal de sa nation, ses défenseurs insisteront sur l'auguste caractère de roi, le respect dû au trône, à toute tête couronnée, à l'oint du Seigneur ! Mais ses adversaires ne seront-ils pas en droit de répondre : un de ses ancêtres proscrivit son hôte en temps de paix ; n'osant pas le mettre à mort en présence d'un peuple qui avait ses lois positives et ses formes régulières et publiques, il fit exposer sa victime sur le point le plus insalubre d'un roc situé au milieu de l'Océan, dans un autre hémisphère. Cet hôte y périt après une longue agonie, tourmenté par le climat, les besoins et les injures de toute espèce ! Eh bien ! cet hôte était aussi un grand souverain, élevé sur le bouclier de trente-six millions de citoyens. Il fut maître de presque toutes les capitales de l'Europe ; il vit à sa cour les plus grands rois ; il fut généreux envers eux tous, il fut pendant vingt ans l'arbitre des nations ; sa famille était alliée à toutes les familles souveraines, même à celle de l'Angleterre ; il fut deux fois l'oint du Seigneur : il fut deux fois consacré par la religion !!! »

Ce dernier morceau est certainement très beau de vérité, de diction et surtout de richesses historiques.

1. Qui pourtant lui disputait le pouvoir à Rome dans les années 90 av. J.-C.

2. Flaminius, consul romain qui proscrivit Annibal peu de temps après la victoire de Rome sur le chef carthaginois à Zama (202 av. J.-C.).

N. B. Ici je ne puis m'empêcher de m'arrêter un instant. Flaminius, est-il dit plus haut, avant de proscrire Annibal, *ne le reçut pas à bord de son vaisseau, et ne lui déclara point qu'il avait des ordres de le bien recevoir* : ce point était celui qui révoltait le plus l'Empereur, et nous tous, parce que là était notre droit et notre justice, en même temps que l'outrage à la bonne foi, et l'effronterie immorale de l'administration anglaise. Napoléon, ainsi qu'on a pu le voir dans le cours de mes récits, y revenait avec indignation toutes les fois que l'occasion s'en présentait, tandis que les ministres anglais de leur côté n'ont cessé d'avoir recours même à des moyens indirects pour essayer de répandre la dénégation, ou du moins le doute. Aussi sir Walter Scott, dans son histoire, écrite d'ailleurs toute dans leurs intérêts, semble avoir fait de cette circonstance le point capital de son livre. Il accorde que l'honneur du gouvernement anglais se trouve entièrement lié aux transactions qui conduisirent Napoléon à bord du *Bellérophon* ; et, ce point établi, il s'évertue laborieusement pour arriver à le justifier. Il y revient spécialement à satiété dans trois endroits, comme si à défaut de conviction chez le lecteur, il espérait l'entraîner à force de fatigue et conclut, comme de raison, que Napoléon n'a été que le prisonnier de guerre de l'Angleterre tombé à la discrétion de son gouvernement ; qu'il a été traité avec beaucoup d'indulgence, et que ses plaintes et celles des siens sont injustes, etc.

Mais voici quelques observations qui seront décisives : que celui qui cherche la vérité de bonne foi, et qui trouve quelque intérêt à fixer son attention sur un point historique si important, s'il veut se délivrer de tous les faux-fuyants, de l'obscurité fastidieuse dont on cherche à l'entourer, et juger de toute la sincérité, de toute la droiture employées dans cette transaction, qu'il renferme l'historien romancier, pour qu'il ne puisse lui échapper, dans le cercle étroit des simples faits, et lui demande :

1° Est-il vrai ou non que, lorsque les envoyés de Napoléon, expédiés au capitaine Maitland, pour savoir s'il avait connaissance des sauf-conduits promis pour son passage, et s'il pensait que le gouvernement anglais y mît de l'empêchement, celui-ci ait répondu, ainsi qu'il nous l'apprend lui-même *(page 32 de sa propre Relation)*, « qu'il ne saurait dire quelles pouvaient être les intentions de son gouvernement, mais qu'il allait en référer à son chef » ? Or, il savait déjà officiellement, c'est lui-même qui nous l'apprend encore *(pages 18 et 23)*, « que les sauf-conduits ne seraient point accordés, qu'il fallait intercepter Napoléon à tout prix, que de sa captivité dépendait le repos de l'Europe, et qu'il existait des ordres pour disposer de sa personne ». Aussi le capitaine Maitland, dans ses dépêches à son amiral *(page 31)*, convient-il naïvement que ses réponses n'étaient qu'autant de pièges pour retenir Napoléon et donner le temps à la croisière de recevoir des renforts.

2° Est-il vrai ou non qu'en dépit de ces données positives et officielles, le capitaine Maitland, dissertant avec les envoyés sur la sortie de France de Napoléon, leur ait dit : « Pourquoi ne demanderait-il pas un asile en Angleterre ? » C'est toujours lui qui nous l'apprend *(page 36 de sa Relation)*. Une telle suggestion n'était donc qu'un piège !

3° Est-il vrai ou non que, lors de la seconde conférence, le capitaine Maitland ait dit au comte de Las Cases que : « conformément à ses ordres, il croyait pouvoir se hasarder à recevoir Napoléon à bord de son vaisseau et le conduire en Angleterre » ! Ce sont encore ses propres aveux *(pages 45 et 263)*. Il est vrai que plus tard, dans sa dépêche officielle, loin de répéter ces mêmes paroles, il dit que : « craignant l'impossibilité d'empêcher de petits bâtiments de gagner la mer, et regardant comme de la plus grande importance d'obtenir possession de la personne de Bonaparte, *il s'est laissé persuader* d'accéder à la proposition de le recevoir à son bord, et de se rendre avec lui en Angleterre » *(pages 110 et 111)*. Mais comment comprendre et expliquer de pareilles contradictions de la part de cet officier ? et comment les croire si l'on n'avait sa relation sous les yeux !

4° Est-il vrai ou non que, M. de Las Cases lui ayant demandé s'il pensait que Napoléon serait bien reçu en Angleterre, il ait répondu « qu'il ne connaissait pas du tout quelle était l'intention du gouvernement anglais, mais qu'il n'avait aucune raison de supposer qu'il ne fût pas bien reçu » ! C'est toujours lui qui nous l'apprend *(page 264 de sa Relation)*. Or, il savait que sa captivité était résolue, et que des ordres étaient donnés pour disposer de sa personne, ainsi qu'il nous en instruit lui-même *(page 23)*, comme nous l'avons déjà dit plus haut.

5° Est-il vrai ou non qu'à la lettre officielle du grand-maréchal *(page 51)* portant que, « d'après le compte rendu par M. le comte de Las Cases à l'Empereur de sa conversation avec le capitaine Maitland » (laquelle conversation contenait l'offre faite par lui capitaine Maitland de recevoir Napoléon et de le conduire en Angleterre), « Sa Majesté, au défaut du sauf-conduit attendu pour les États-Unis, se rendrait volontiers en Angleterre, *comme simple particulier, pour y jouir de la protection des lois du pays* » ; est-il vrai ou non, disons-nous, que le capitaine Maitland ait évité soigneusement de répondre à cette lettre parce qu'il lui eût fallu consacrer par écrit les restrictions verbales qu'il prétend avoir si souvent réitérées au comte de Las Cases ? Peu de mots pourtant eussent suffi pour éclaircir tout malentendu supposé, mais ils eussent privé le capteur de la précieuse capture qui faisait l'objet de toute sa convoitise *(pages 69, 85 et autres)* ; et son silence ici n'est encore qu'un piège.

6° Est-il vrai ou non que la lettre de l'Empereur au prince régent (que l'on trouve partout, excepté dans la relation du capitaine Maitland) respire toute la confiance que le capitaine anglais était venu à bout d'inspirer ? L'intention, la croyance de Napoléon y sont explicites. Est-il vrai ou non que cette lettre ayant été communiquée, avant l'arrivée de l'Empereur, par le comte de Las Cases au capitaine Maitland, celui-ci n'a point fait la moindre observation relative aux restrictions qu'il prétend avoir si souvent réitérées, et auxquelles cette lettre se trouve si fort en opposition ? Une observation pourtant à cet égard eût été alors bien naturelle, mais elle eût pu suffire pour changer la détermination de Napoléon, et dès lors l'attente et les desseins des ministres anglais se trouvaient frustrés : aussi ne fut-elle pas faite.

7° Est-il vrai ou non : 1° que dans la lettre officielle du général Bertrand au capitaine Maitland *(page 51 de la Relation)*, il y soit positivement exprimé que l'Empereur se rend en Angleterre *pour y jouir de la protection de ses lois* ? 2° Dans sa lettre au prince régent, *qu'il se met sous la protection des lois du peuple britannique* ? 3° Qu'en mettant le pied à bord du *Bellérophon*, il ait dit au capitaine Maitland *(page 72 de sa Relation) qu'il venait se mettre sous la protection des lois d'Angleterre* ? Est-il vrai ou non, dirons-nous, qu'au mépris d'expressions si positives, si réitérées et si connues du capitaine Maitland, ce capitaine, dans son *Rap-*

port officiel (page 59), les ait traduites en celles que « Napoléon est venu remettre sa personne à la générosité du prince régent » ?

8º Est-il vrai ou non que lorsque les généraux Lallemand et Gourgaud demandèrent au capitaine Maitland une espèce de reconnaissance ou d'attestation, qui prouvait leur venue volontaire et confiante à bord du *Bellérophon*, ce qu'il crut être dans l'obligation de leur accorder, le comte de Las Cases lui ait proposé en même temps, pour leur propre garantie mutuelle, d'arrêter une espèce de procès-verbal, ou protocole, de ce qui s'était passé entre eux ; qu'il l'ait rédigé avec une telle impartialité, qu'après l'avoir lu, le capitaine Maitland ait dit qu'il le signerait ; que cet écrit soit demeuré longtemps en cet état sur son bureau, et que, pressé d'en finir, le capitaine ait déclaré franchement qu'il s'y refusait, d'après l'observation faite par quelqu'un survenu depuis (l'amiral Cokburn apparemment) qu'une telle pièce pourrait créer des embarras au gouvernement ?

Mais en voilà déjà assez sans doute pour pouvoir prononcer en connaissance de cause.

A présent que les apologistes du gouvernement anglais, ou ses agents, se torturent en tous sens, qu'ils entassent les arguments, dénaturent les faits, créent des circonstances, inventent des conversations et des incidents, qu'ils s'appuient victorieusement sur une erreur de date, vraie ou fausse, qui ne saurait être d'aucun poids, parce qu'elle demeure sans intérêt[1], qu'ils se forgent un terrain pour y combattre avec

1. Sir Walter Scott et le capitaine Maitland assurent que la lettre de Napoléon au prince régent se trouve datée du 13 juillet, veille même du jour où le comte de Las Cases vint à bord du *Bellérophon* ; et ils en déduisent la preuve évidente que la détermination de Napoléon de se rendre en Angleterre était déjà arrêtée avant la mission du comte de Las Cases. A cela le comte de Las Cases confesse qu'une pareille date lui deviendrait tout à fait inexplicable, et qu'il ne pourrait l'attribuer qu'à une pure inadvertance ; car il adjure toutes les personnes qui furent présentes à cette circonstance, lesquelles toutes vivent encore : le duc de Rovigo, les généraux Bertrand, Lallemand, Becker, Montholon, Gourgaud, le colonel Planat et sans doute d'autres encore : il les adjure de déclarer si ce ne fut pas aussitôt après son retour que fut tenu l'espèce de conseil où l'Empereur arrêta son départ, et si ce ne fut pas aussitôt après cette décision que Napoléon écrivit de sa main la minute de sa lettre au prince régent, retranscrite à l'instant même officiellement par le comte Bertrand, au milieu de tous, si bien que plusieurs

plus d'avantage ; par exemple : qu'ils reprochent au comte de Las Cases d'avoir avancé qu'on avait fait des conditions avec lui (ce dont ni lui ni la protestation de Napoléon ne disent pas un mot), le tout, afin d'être forts à le nier, qu'on fasse intervenir des témoins pour attester que ces conditions n'ont point été accordées, etc. ; et que de tout cela on déduise imperturbablement qu'il demeure évident que Napoléon n'était qu'un prisonnier de guerre qui s'était livré à discrétion, avait imploré la générosité du gouvernement anglais, avait été traité avec une louable indulgence, etc., etc. Chacun désormais peut décider sans peine entre ce plaidoyer et celui de l'illustre victime, qui de son côté s'écrie et proteste qu'il est venu librement à bord du *Bellérophon*, qu'il y est venu à l'instigation même du capitaine, qui a dit avoir autorité de le recevoir et de le conduire en Angleterre, si cela lui était agréable ; qu'il s'est présenté de bonne foi pour se mettre sous la protection des lois d'Angleterre ; que si le gouvernement, en donnant les ordres de le recevoir, n'a voulu que tendre une embûche, il a forfait à l'honneur et flétri son pavillon, ne feignant de lui tendre une main hospitalière qu'afin de s'en saisir et de l'immoler.

Mais je reviens aux dictées de l'Empereur ; il dictait toujours sans nulle préparation. Je ne lui ai jamais vu, dans aucun cas, faire de recherche sur notre histoire, ni sur aucune autre ; pourtant personne n'a jamais plus heureusement cité l'histoire, avec plus de justesse, plus à propos, ni plus souvent. On eût dit même qu'il ne la savait qu'en citations, et que ces dernières lui venaient comme par inspirations. C'est ici pour moi le lieu de dire quelque chose qui m'a souvent occupé, sans que j'aie pu me l'expliquer, mais qui est trop remarquable, et dont j'ai été trop souvent le témoin pour le passer sous silence ; c'est qu'on eût dit qu'il existait en Napoléon une foule d'objets qui y demeuraient comme en réserve pour apparaître avec éclat dans les circonstances soignées ; qui, dans les moments d'insouciance, semblaient plus que sommeiller, lui être pour ainsi dire étrangers. Sur l'histoire, par exemple, combien de fois ne m'a-t-il pas demandé si Saint Louis était avant

---

en prirent des copies. Cette minute existe encore dans les mains du général Gourgaud ; elle ne porte point de date, et les diverses autres copies n'en portaient pas non plus. *(Las Cases.)*

ou après Philippe le Bel, ou autre chose semblable. Eh bien, l'occasion arrivait-elle pour lui ? alors il faisait sans hésiter les citations les plus minutieuses ; et, lorsqu'il m'est arrivé de douter parfois et que j'ai été vérifier, le tout était de la plus scrupuleuse exactitude ; je ne l'ai jamais trouvé en défaut.

Autre singularité de même nature : l'Empereur, dans l'oisiveté de la vie et le bavardage, estropiait souvent les noms les plus familiers, même les nôtres ; et je ne crois pas que cela lui fût arrivé en public. Je l'ai entendu cent fois, dans nos promenades, réciter la fameuse tirade d'Auguste, et jamais il n'a manqué de dire : « Prends un siège, Sylla [1]. » Il faisait, la plupart du temps, des noms propres à sa fantaisie ; et, une fois adoptés, ils demeuraient toujours, bien que nous prononçassions les véritables cent fois par jour à ses côtés ; et si nous eussions adopté les siens, son oreille en eût été choquée. Il en était de même de l'orthographe ; la plupart du temps il n'en écrivait pas un mot, et si nos copies lui eussent été portées avec de pareilles fautes, il s'en fût plaint.

Un jour, l'Empereur me disait : « Vous n'écrivez pas l'orthographe, n'est-ce pas ? » Ce qui fit sourire malignement le voisin, qui prenait cela pour un jugement. L'Empereur, qui s'en aperçut, reprit : « Du moins, je le suppose ; car un homme public et dans les grandes affaires, un ministre, ne peut, ne doit pas écrire l'orthographe. Ses idées doivent courir plus vite que sa main ; il n'a le temps que de jeter des jalons ; il faut qu'il mette des mots dans des lettres, et des phrases dans des mots ; c'est ensuite aux scribes à débrouiller tout cela. » Or, l'Empereur laissait beaucoup à faire aux scribes ; il était leur désolation ; son écriture composait de véritables hiéroglyphes ; elle était illisible souvent pour lui-même. Un jour mon fils, lui lisant un des chapitres de la Campagne d'Italie, s'arrête court, cherchant à déchiffrer : « Comment, le petit âne, dit l'Empereur, ne peut pas relire son écriture ? – Sire, c'est que ce n'est pas la mienne. – Et de qui donc ? – Celle de Votre Majesté. – Comment, petit drôle, prétendez-vous m'insulter ? » Et l'Empereur, prenant le cahier, fut fort longtemps à chercher ; et puis le jeta en disant : « Il a ma foi raison, je ne saurais dire ce qu'il y a. »

Il lui est arrivé souvent de me renvoyer les copistes pour

1. Au lieu de : « Prends un siège, Cinna » dans la tragédie de Corneille.

essayer de leur déchiffrer ce qu'il n'avait pu retrouver lui-même.

L'Empereur expliquait la netteté de ses idées et la faculté de pouvoir, sans se fatiguer, prolonger à l'extrême ses occupations, en disant que les divers objets et les diverses affaires se trouvaient casés dans sa tête comme ils eussent pu l'être dans une armoire. « Quand je veux interrompre une affaire, disait-il, je ferme son tiroir, et j'ouvre celui d'une autre. Elles ne se mêlent point, et ne me gênent ni ne me fatiguent point l'une par l'autre. »

Jamais non plus il n'avait éprouvé, disait-il, d'insomnies par la préoccupation involontaire de ses idées. « Veux-je dormir, je ferme tous les tiroirs, et me voilà au sommeil. » Aussi observait-il qu'il avait toujours dormi quand il en avait besoin, et à peu près à volonté.

MARDI 1er OCTOBRE.

Mon Atlas. *Fatalisme, etc. Le gouverneur insiste vainement pour être reçu de l'Empereur.*

Quand je suis entré chez l'Empereur, il avait mon *Atlas* entre les mains. Il allait et revenait sur diverses feuilles généalogiques, dont il tient à merveille, désormais, tous les rapports et les nombreuses corrélations. Il l'a refermé disant : « Quel enchaînement ! Comme tout se suit et s'appuie ! comme tout se débrouille, se grave dans l'esprit ! Mon cher, quand vous n'auriez fait que montrer la véritable manière d'apprendre, vous auriez rendu un grand service. Libre à chacun désormais d'habiller votre squelette à sa façon ; on le perfectionnera sans doute encore ; mais l'idée mère vous demeurera, etc. »

Dans divers sujets de conversation qui ont suivi, le fatalisme s'est trouvé mentionné, et l'Empereur a dit à cet égard des choses curieuses et remarquables ; entre autres : « Ne me fait-on pas passer pour imbu du fatalisme ? m'a-t-il demandé. – Mais, oui, sire, du moins parmi beaucoup de gens. – Eh bien !... Eh bien ! il faut laisser dire ; aussi bien, on peut vouloir imiter, et cela peut avoir parfois son utilité... Ce que sont les hommes pourtant !... On est plus sûr de les occuper, de les frapper davantage par des absurdités, que par des idées justes ; mais un homme de bon sens peut-il bien s'y arrêter un instant ! Ou le fatalisme admet le libre arbitre, ou il le repousse. S'il l'admet, qu'est-ce qu'un résultat déjà fixé d'avance, vous dit-on, et que pourtant la moindre détermination, un seul pas, une seule parole vont faire varier à l'infini ? Si le fatalisme, au contraire, n'admet pas le libre arbitre, c'est bien autre chose ; alors, quand vous venez au monde, il n'y a plus qu'à vous jeter dans votre berceau, sans vous donner aucun soin ; s'il est irrévocablement fixé que vous vivrez, bien qu'on ne vous donne à boire ni à manger, vous grandirez toujours. Vous voyez bien que ce n'est pas une doctrine soutenable, ce n'est qu'un mot. Les Turcs eux-mêmes, ces patrons du fatalisme, n'en sont pas persuadés ; autrement il n'y aurait plus de médecine chez eux, et celui qui occupe un troisième étage ne se donnerait pas la peine de descendre longuement les escaliers ; il descendrait tout de suite par la fenêtre, et vous voyez à quelle foule d'absurdités cela conduit, etc. »

Sur les trois heures, on est venu dire à l'Empereur que le gouverneur désirait lui communiquer des instructions qu'il venait de recevoir de Londres. L'Empereur a fait répondre qu'il était malade, qu'on pouvait les lui faire parvenir, ou les communiquer à quelqu'un des siens ; mais le gouverneur insistait, disant qu'il voulait lui en faire part directement. Il avait aussi, disait-il, à nous entretenir en particulier, après avoir parlé au général.

L'Empereur ayant refusé de nouveau de le recevoir, il s'est retiré en disant qu'on voulût bien lui faire connaître quand il pourrait voir le général : ce qui pourrait être fort long, l'Empereur, auprès duquel j'étais à cet instant, m'ayant dit qu'il était déterminé à ne jamais plus le recevoir.

Après dîner, l'Empereur s'est fait apporter Valmont de Bomare[1] et Buffon. Il a cherché ce que ces auteurs disaient sur les différentes espèces humaines, sur la différence du nègre et du Blanc : il en a été très peu satisfait. Il nous a quittés de bonne heure : il souffrait.

MERCREDI 2.

L'Empereur m'avait dit qu'il voulait absolument se remettre à l'anglais, qu'il fallait que je le forçasse chaque matin à

1. *Dictionnaire d'histoire naturelle*, de Valmont de Bomare.

prendre sa leçon. Fidèle à cet ordre, je me suis rendu chez lui vers midi et demi ; j'ai été malheureux dans le choix du moment ; l'Empereur, étendu sur son canapé, sommeillait après son déjeuner. J'ai dû le contrarier, et je l'étais fort pour mon compte. Toutefois il n'a pas voulu me laisser ressortir, et a lu de l'anglais pendant près d'une demi-heure. Il n'était pas très bien. Il a fait sa toilette. Comme je lui ai dit que notre travail était prêt, il s'est proposé d'abord de s'occuper des chapitres de la Campagne d'Italie, mais il a changé de pensée et a travaillé toute la journée à d'autres objets...

Vers les cinq heures, il a voulu sortir ; il a trouvé qu'il faisait trop froid. Après dîner, il a voulu vainement essayer de la lecture ; il n'a pu continuer : il se trouvait fatigué, endormi, souffrant, et s'est retiré presque aussitôt.

JEUDI 3.

Jurisprudence, Code ; Merlin, etc. Monuments d'Égypte. Projet d'un temple égyptien à Paris.

L'Empereur, après son déjeuner, a fait quelques tours de jardin. Nous étions tous autour de lui ; il a causé des communications que le gouverneur avait à nous faire, et a passé en revue les diverses conjectures que chacun de nous formait à cet égard, les unes bonnes, les autres mauvaises. Le temps était supportable : il a demandé la calèche, et nous avons fait le tour du bois. La chaleur, la pesanteur de l'atmosphère, bien que le soleil fût couvert, l'a forcé de rentrer. Il s'est mis au travail, et a dicté à mon fils jusqu'à cinq heures.

Nous avons essayé de nouveau quelques tours de jardin ; mais déjà le froid et l'humidité étaient sensibles : il est rentré et m'a dit de le suivre pour causer. Il a feuilleté un ouvrage anglais, et s'est arrêté sur la jurisprudence, les procédures civiles et criminelles des deux pays de France et d'Angleterre, cherchant à les comparer. On sait combien il est fort sur nos codes ; mais il connaît peu ceux d'Angleterre ; et, à l'exception de quelques points généraux, je n'ai pu répondre à ses questions. Dans le cours du sujet, il a dit : « Les lois qui sont, en théorie, le type de la clarté, ne deviennent que trop souvent un vrai chaos dans l'application. C'est que les hommes et leurs passions détériorent tout ce qu'ils manient, etc. On ne peut échapper à l'arbitraire du juge qu'en se plaçant sous le despotisme de la loi, etc. J'avais d'abord rêvé qu'il serait possible de réduire les lois à de simples démonstrations de géométrie, si bien que quiconque aurait su lire, et eût pu lier deux idées, eût été capable de prononcer ; mais je me suis convaincu presque aussitôt que c'était une idéalité absurde. Toutefois, ajoutait-il, j'aurais voulu partir d'un point arrêté, suivre une route unique, connue de tous ; n'avoir d'autres lois que celles inscrites dans le seul code, et proclamer, une fois pour toutes, nul et non avenu tout ce qui ne s'y trouverait pas compris ; mais avec les praticiens, il n'est pas facile d'obtenir de la simplicité ; ils vous prouvent d'abord qu'elle est impossible, que c'est une véritable chimère ; puis ils essaient de démontrer qu'elle est même incompatible avec la sûreté, l'existence du pouvoir. Celui-ci demeure seul et constamment exposé, disent-ils, aux machinations improvisées de tous ; il lui faut donc au besoin des armes en réserve pour les cas imprévus. Si bien, observait Napoléon, qu'avec quelques vieux édits de Chilpéric ou de Pharamond[1], déterrés au besoin, il n'est personne qui puisse se dire à l'abri d'être dûment et légalement pendu.

« Au Conseil d'État, disait l'Empereur, j'étais très fort, tant qu'on demeurait dans le domaine du code ; mais dès qu'on passait aux régions extérieures, je tombais dans les ténèbres, et Merlin alors était ma ressource, je m'en servais comme d'un flambeau. Sans être brillant il est fort érudit, puis sage, droit et honnête ; un des vétérans de la vieille et bonne cause ; il m'était fort attaché.

« A peine le Code eut paru, qu'il fut suivi presque aussitôt, et comme en supplément, de commentaires, d'explications, de développements, d'interprétations, que sais-je ? et j'avais coutume de m'écrier : Eh ! messieurs, nous avons nettoyé l'écurie d'Augias[2], pour Dieu, ne l'encombrons pas de nouveau ! etc. »

A dîner, l'Empereur a dit des choses fort curieuses sur l'Égypte, touchant un des chapitres qu'il avait dictés sur la

1. Voir tome I, note, p. 429.

2. Ce qui signifie : « nous avons fait un énorme travail » ; en effet, dans la mythologie grecque, le géant Hercule détourna un fleuve pour nettoyer les écuries du roi Augias qui contenaient trois mille bœufs.

religion, les usages, etc. Il faisait observer, comme bien digne de remarque, que du même coin de terre étaient sortis les trois cultes qui avaient déraciné le polythéisme, et couvert tout le globe de la connaissance d'un seul Dieu. Alors, analysant de la manière la plus ingénieuse les deux religions de l'Orient et de l'Occident, il disait que la nôtre était toute *spirituelle*, et celle de Mahomet toute *sensuelle* ; que les châtiments dominaient chez nous : c'était l'enfer et ses supplices éternels, tandis que ce n'était que récompenses chez les musulmans : les houris aux yeux bleus, les bocages riants, les fleuves de lait ; et de là il concluait, en opposant les deux religions, que l'on pourrait dire que l'une était une *menace*, elle se présentait comme la religion de la *crainte* ; que l'autre, au contraire, était une *promesse*, et devenait la religion des *attraits*, etc. On trouvera du reste toutes ces choses et une foule d'autres aperçus, aussi neufs que piquants, dans les chapitres du grand-maréchal.

De là l'Empereur est revenu à son expédition de Syrie, et a posé comme principal but de l'expédition d'Égypte l'ébranlement de la puissance anglaise dans les quatre parties du monde, en amenant une révolution capable de changer toute la face de l'Orient, et de donner de nouvelles destinées aux Indes. L'Égypte, disait-il, devait nous tenir lieu de Saint-Domingue et de nos colonies d'Amérique, concilier la liberté des Noirs avec la prospérité de notre commerce, etc. Cette nouvelle colonie eût ruiné les Anglais en Amérique, dans la Méditerranée, et jusque sur les bords du Gange, etc.

Puis répondant aux reproches qu'on lui avait faits d'avoir déserté son armée, il disait : « Je n'avais fait qu'obéir au cri de la France, qui me rappelait pour la sauver, et j'en avais le droit : j'avais reçu du Directoire carte blanche pour toutes mes opérations dans le bassin de la Méditerranée, en Afrique et en Asie ; j'avais des pouvoirs en règle pour traiter avec les Russes, les Turcs, les Barbaresques et les princes de l'Inde. Je pouvais à mon gré me nommer un successeur, ramener l'armée, ou revenir de ma personne si je le jugeais à propos. »

Et revenant au sol égyptien, il trouvait que tout ce qu'il avait vu en Égypte, et principalement tous ces fameux débris tant vantés, ne sauraient néanmoins supporter la comparaison, ni donner l'idée de Paris et des Tuileries. La seule différence de l'Égypte à nous était, à son avis, que l'Égypte, grâce à la pureté de son ciel et à la nature de ses matériaux, laissait subsister des ruines éternelles, tandis que notre température européenne n'en admettait point chez nous, où tout se trouvait rongé et disparaissait en peu de temps. Des milliers d'années, disait-il, laissaient des vestiges sur les bords du Nil ; on n'en trouverait pas après cinquante ans sur les bords de la Seine. Il regrettait fort, du reste, de n'avoir pas fait construire un temple égyptien à Paris : c'était un monument, disait-il, dont il voudrait avoir enrichi la capitale, etc.

VENDREDI 4.

Ressources dans l'émigration ; anecdotes, etc. Communications officielles. Nouvelles offenses.

Sur le midi, je suis entré chez l'Empereur, qui a pris une très bonne leçon d'anglais dans *Télémaque* ; il s'est résolu à reprendre ma méthode ; il l'apprécie, et en éprouve, dit-il, tout le bénéfice. Il me trouvait, observait-il, de grandes dispositions à être un fort bon maître d'école ; et je répondais que c'était le fruit de mon expérience. Il m'a fait entrer alors dans beaucoup de détails sur le temps où je donnais des leçons à Londres, durant mon émigration, et s'en amusait fort. « Mais au fait, a-t-il dit, vous autres, vous avez dû honorer le métier, sinon par votre science, du moins par vos manières. » Et je lui ai appris alors qu'un de nos princes avait donné des leçons de mathématiques dans son émigration. « Et ce seul acte, s'est-il écrié vivement, en fait un homme ; il atteste quelque mérite ; assurément, voilà un des plus grands succès de Mme de Genlis. » Et je lui ai rendu une anecdote singulière qu'on m'avait racontée à ce sujet.

« Le prince, disais-je, était en Suisse ; il se trouvait avoir besoin de cacher soigneusement son existence, et voulait prendre un nom qui eût l'air de quelque vérité. Un de nos évêques du Midi n'imagina rien de mieux que de lui donner celui d'un jeune Languedocien alors à Nîmes, et très zélé protestant, ce qui convenait fort en cet instant, parce que le prince se trouvait dans un canton protestant, n'y ayant certainement nulle apparence, observait l'évêque, qu'il vînt jamais le démentir. Or, il était arrivé que le jeune homme avait marché aux armées, qu'il était devenu aide de camp de M. de Montesquiou, et qu'à peu de temps de là, il avait précisément émigré en Suisse, avec son général. Quelle ne fut pas sa surprise de se trouver à table d'hôte avec quelqu'un qui avait son nom, sa religion, était de sa ville ! C'était précisément la scène des deux Sosie ; mais ce qu'il y avait de plus plaisant, c'est que le nouveau venu avait aussi changé son nom et se cachait soigneusement. On ne trouve de ces incidents que dans les romans, et on ne les croit pas possibles. Peut-être celui-ci a-t-il été un tant soit peu arrangé ; cependant, je croirais presque pouvoir affirmer le tenir de la bouche même du véritable Sosie. »

« Mais, observait ensuite l'Empereur, ceux de vous autres émigrés qui vous étiez créé des ressources au-dehors, en rentrant en France, vous avez dû vous trouver dépaysés, ruinés de nouveau ? – Oui, sans doute, sire ; car nous ne retrouvions rien, et nous venions d'abandonner le peu que nous nous étions fait, mais nous n'avions pas calculé. L'impatience de revoir le sol natal l'avait emporté ; aussi beaucoup se trouvèrent bientôt dans le plus grand dénuement, sans quoi que ce fût au monde, bien que de grandes connaissances d'intimité, de familiarité même avec beaucoup de grands personnages du jour, de vos ministres, sire, de vos conseillers d'État et autres ; circonstance qui suscita une saillie assez plaisante à l'un de nos *esprits* : rencontrant, dans le salon de la Marine, l'un des siens, et tous deux fort embarrassés de leur subsistance, il s'écria en forme de consolation : Mon cher, si nous venons à mourir de faim, nous pourrons encore avoir deux ou trois ministres à notre enterrement. »

L'Empereur en a beaucoup ri, et convenait que le mot peignait à merveille la situation du temps et des choses.

Après la leçon d'anglais, et la conversation qui a suivi, l'Empereur est sorti pour se promener. Nous avons gagné le fond du bois où la calèche est venue nous joindre.

Au retour de la promenade, le docteur est venu dire à l'Empereur que le colonel Reade, qu'il avait consenti de recevoir en lieu et place du gouverneur, demandait à lui être présenté. Cet officier a remis à l'Empereur une note assez longue. L'Empereur m'a appelé pour en être l'interprète. C'étaient les communications que sir Hudson Lowe avait vainement essayé, durant trois ou quatre jours, de faire lui-même en personne. C'était une satisfaction qu'il se ménageait vis-à-vis de l'Empereur, car elles étaient exprimées dans les termes les plus offensants. Ce trait est caractéristique, il n'a pas besoin de commentaire. On trouvera cette note aux pièces officielles, où j'y reviendrai lorsqu'elle aura amené un résultat [1]. La dureté des expressions, et surtout la menace qui s'y trouvait souvent répétée contre nous, d'être arrachés d'auprès de l'Empereur, nous a occupés désagréablement et a répandu, sur nous tous, beaucoup de sombre tout le reste du jour.

SAMEDI 5.

L'Empereur lit mon journal et me dicte. Conférence entre le grand-maréchal et le gouverneur.

J'étais encore couché lorsque, d'assez bon matin, j'ai entendu la porte de ma chambre s'ouvrir doucement : elle est si encombrée par mon lit et celui de mon fils, qu'on arrive difficilement à moi. J'ai aperçu un bras entrouvrant avec autorité mon rideau ; c'était celui du maître. Heureusement je me trouvais entre les mains un ouvrage de géométrie, ce qui l'a édifié, et sauvait, a-t-il dit, ma réputation. Je me suis jeté à bas, et en peu d'instants j'ai eu rejoint l'Empereur, qui seul gagnait le bois. Il a causé fort longtemps des événements de la veille. Il est rentré pour se mettre au bain, étant fort souffrant ; il avait passé une mauvaise nuit.

A une heure, il m'a fait appeler ; il était au salon : il désirait prendre sa leçon d'anglais. La chaleur était forte, le temps très lourd. L'Empereur, fort abattu, n'a pu se livrer au travail ; il a sommeillé à diverses reprises ; je veillais à côté de lui. Enfin il s'est décidé à prendre le dessus, a-t-il dit en se levant ; il a gagné la salle de billard, pour respirer un peu le grand air.

1. On a dû voir que je renvoie souvent aux pièces officielles. Si on ne les trouve pas ici, ce n'est pas ma faute. L'Empereur m'avait chargé, à Longwood, de les garder toutes et de les tenir classées ; leur ensemble composait nos petites archives ; je comptais y avoir recours au besoin ; mais lors de mon enlèvement par sir Hudson Lowe, et de la saisie de tous mes papiers, je me trouvai séparé de ces pièces, que je n'ai plus le moyen de me procurer aujourd'hui. *(Las Cases.)*

Causant des Campagnes d'Italie, il m'a demandé ce que j'avais fait des premiers brouillons, remarquant que tous les chapitres avaient dû être recopiés plusieurs fois. Je lui ai dit que j'avais conservé le tout précieusement. Il m'en a fait apporter tout ce qui demeurait en dehors de deux exemplaires complets, et l'a envoyé brûler au feu de la cuisine.

Je dois avoir dit plus d'une fois que l'Empereur savait que je tenais mon journal. C'était demeuré un secret rigoureux pour tout le monde, aussi l'Empereur ne m'en parlait-il jamais qu'à la dérobée, ou quand nous nous trouvions seuls. Il me demandait souvent si je le continuais toujours, et ce que je pouvais y mettre : « Sire, tout ce que dit et fait Votre Majesté du matin au soir et chaque jour. – Vous devez donc avoir là, disait-il, un furieux rabâchage, et beaucoup de choses inutiles ? Mais n'importe, continuez, un jour nous le verrons ensemble. »

Toutes les fois qu'il entrait dans ma chambre, il y apercevait le fidèle Ali, dont la complaisance, dans ses moments perdus, était employée à recopier discrètement ce journal. D'ordinaire l'Empereur venait alors jeter les yeux sur le travail d'Ali, et après en avoir parcouru deux ou trois lignes, c'est-à-dire après l'avoir reconnu, il s'en éloignait ou parlait d'autre chose, sans avoir touché ce sujet. Cela lui était arrivé précisément encore ce matin ; il se l'est rappelé, et m'a dit qu'il voulait voir enfin *ce fameux fatras*. Mon fils a été chercher le premier cahier, et la lecture a duré plus de deux heures. Le préambule, qui m'est tout à fait personnel, a mérité son attention ; il s'en est montré satisfait, l'a relu et a terminé en disant : « C'est bien, très bien ; voilà un bel héritage pour le petit Emmanuel. » Quant au journal il en a approuvé la forme et l'ensemble ; il a fait quelques corrections de sa propre main, sur ce qui concernait sa famille et son enfance, et faisant prendre la plume à mon fils, il s'est mis à dicter des détails sur Brienne, le père Patrault, etc.

En finissant, il m'a dit vouloir reprendre ce travail désormais ; qu'il lui plaisait, et qu'il me promettait, puisque je semblais les aimer, bon nombre d'anecdotes, surtout sur Alexandre et les autres souverains, etc.

Puis il a gagné la calèche, où je suis monté seul avec lui, et le journal a fait la conversation de toute la promenade. L'Empereur s'est fort étendu sur ce sujet ; l'idée lui en plaisait beaucoup : il m'a dit plusieurs choses à cet égard, concluant que ce pourrait devenir, par les circonstances particulières, un ouvrage unique, un trésor sans prix pour son fils, etc.

Au retour de la promenade, nous avons trouvé le grand-maréchal ; il arrivait de Plantation-House, où il avait été au sujet des communications d'hier. Nous avions attendu avec inquiétude ce qu'il pourrait rapporter. Il nous a appris qu'il ne s'était agi de rien moins que de voir quatre de nous séparés de l'Empereur. Il était encore un grand nombre d'autres points fort mauvais ; mais celui-là les absorbait tous dans notre esprit ; enfin le gouverneur avait conclu à n'éloigner que le Polonais et trois domestiques. Toutefois j'étais celui, à ce que rapportait le grand-maréchal, sur lequel l'orage avait grondé ; j'étais celui dont le gouverneur s'était plaint davantage ; celui qu'il eût indiqué, s'il ne m'eût cru trop utile à l'Empereur, avait-il dit. Il se plaignait de ce que j'écrivais sans cesse en Europe, déclamant toujours, disait-il, contre le gouvernement, son injustice, les oppressions qu'on exerçait sur nous ici, etc. Il se plaignait de ce que j'entretenais les étrangers qui venaient à Longwood de l'Empereur, de manière à les y intéresser ; de ce que je cherchais partout à lier des communications au-dehors, et il a rappelé Mme Sturmer ; de ce que j'avais adressé en Europe, ou essayé d'y faire parvenir diverses pièces, etc. Toutefois, après s'être montré si fort animé contre moi. et quel qu'ait été son motif, il a complètement adouci la chose par des observations emmiellées tout à fait obligeantes, disant qu'il n'avait pas dû avoir lieu d'attendre tout cela d'une personne de tant d'instruction et d'une si belle réputation, connue aujourd'hui, pouvait-il dire, de toute l'Europe, etc.

Après dîner, l'Empereur s'est amusé à résoudre des problèmes de géométrie et d'algèbre : cela lui rappelait son jeune temps, disait-il, et il nous étonnait fort de l'avoir si peu oublié.

DIMANCHE 6, LUNDI 7.

Mon journal ; circonstance particulière.
Empire de l'opinion. Talma ; Crescentini, etc.

Ces deux jours ont amené une circonstance particulière, qui tient de trop près à la nature de mon recueil, pour que je pense à l'omettre. On vient de lire tout à l'heure que l'Empereur avait été fort content de mon journal ; il y était revenu maintes fois dans le courant du jour, témoignant constamment qu'il aurait un vrai plaisir désormais à le parcourir et à le rectifier. De mon côté, on doit juger quelle devait être toute ma joie et ma satisfaction. Je touchais donc enfin à ce moment tant désiré, et sur lequel je n'avais jamais cessé de compter, où ce que j'avais recueilli à la hâte, et peut-être fautivement, allait recevoir un salutaire redressement, une inestimable sanction. Les points incomplets seraient développés, les lacunes se rempliraient, les obscurités recevraient la lumière. Quel trésor de vérités historiques, de nœuds, de secrets politiques j'allais recevoir ! C'était dans ces dispositions, et triomphant, que je me présentai le premier jour, à l'heure habituelle, avec mon journal ; mais l'Empereur se mit à dicter sur tout autre sujet et force fut de se plier au contretemps. Le lendemain même chose. Cette fois je voulus rappeler à l'Empereur mon journal ; mais il ne m'entendit pas, et je compris. Je connaissais désormais Napoléon si bien ! il avait au dernier degré l'art de ne pas entendre : il l'employait souvent et toujours avec intention. C'en fut donc assez pour moi, je n'y revins plus. Toutefois son motif m'occupa d'abord beaucoup, et je finis par en trouver plusieurs que le lecteur supposera peut-être aussi ; et puis encore, c'est que l'occasion ne se représenta plus. A peu de jours de là, je fus arraché d'auprès de lui, car mon heure était venue, sans que rien néanmoins m'eût fait pressentir le moindrement du monde ce sinistre événement.

Je viens d'appuyer sur cette circonstance, avec une scrupuleuse exactitude, comme un nouveau garant de ma bonne foi, et afin d'assigner la nature précise de mon journal. Le fond des idées, les grandes surtout, ne saurait être douteux ; mais quant aux détails, que d'erreurs involontaires peuvent s'être glissées dans une rédaction rapide, qui n'a pas été redressée par le seul qui pouvait le faire.

L'Empereur, durant sa toilette, et en attendant le grand-maréchal pour retravailler encore, s'est mis à causer d'objets divers.

La conversation l'a conduit à parler de l'empire de l'opinion, sur lequel il revient souvent. Il peignait le mystérieux de sa marche, l'incertitude, le caprice de ses décisions. De là il est passé à notre délicatesse nationale, exquise, disait-il, en fait de bienséance ; à la susceptibilité louable de nos mœurs ; à la grâce, à la légèreté qu'elles requéraient dans le pouvoir, si celui-ci est tenté d'oser les manier.

« Dans mon système, observait-il, de mêler tous les genres de mérite, et de rendre une seule et même récompense universelle, j'eus la pensée de donner la croix de la Légion d'honneur à Talma ; toutefois je m'arrêtai devant le caprice de nos mœurs, le ridicule de nos préjugés, et je voulus, au préalable, faire un essai perdu et sans conséquence : je donnai la Couronne de Fer à Crescentini. La décoration était étrangère, l'individu aussi ; l'acte devait être moins aperçu, et ne pouvait compromettre l'autorité, tout au plus que lui attirer quelques mauvaises plaisanteries. Eh bien ! résumait l'Empereur, voyez pourtant quel est l'empire de l'opinion et sa nature ; je distribuais des sceptres à mon gré, l'on s'empressait de venir se courber devant eux, et je n'aurais pas eu le pouvoir de donner avec succès un simple ruban ; car je crois que mon essai tourna fort mal ? – Oui, sire, a répondu quelqu'un, très mal. Il fit grand bruit dans tout Paris ; il emporta l'anathème de tous les salons, la malveillance s'en donna à cœur joie, et fit des merveilles. Cependant, dans une des belles soirées du faubourg Saint-Germain, l'indignation qu'elle avait créée se trouva noyée tout à coup par un bon mot. C'était une abomination, disait un beau parleur, une horreur, une véritable profanation. Et quel avait pu être le titre d'un Crescentini ? s'écriait-il. Sur quoi la belle Mme Grassini, se levant majestueusement de son siège, lui répliqua du geste et du ton le plus théâtral : "*Et sa blessoure* donc, monsieur, pour quoi la comptez-vous ?" Ce fut alors un tel brouhaha de joie, d'applaudissements, que la pauvre Mme Grassini se trouva fort embarrassée de son succès. »

L'Empereur, qui entendait cette anecdote pour la première fois, en a beaucoup ri ; il y est revenu souvent, et l'a parfois racontée à son tour.

A dîner, l'Empereur nous disait qu'il avait travaillé douze heures ; et nous observions que sa journée n'était point encore finie : cependant il avait l'air souffrant et se montrait très fatigué.

MARDI 8.

Combat d'Ulysse et d'Irus.
Noverraz serait notre roi, etc.

En entrant aujourd'hui chez l'Empereur, je l'ai trouvé à lire les *Journaux des débats* dernièrement arrivés. A trois heures, il a fait sa toilette. Son premier valet de chambre se trouvait malade ; il a répété plusieurs fois à ce sujet, durant sa toilette, qu'il s'en apercevait bien, que ceux qui le remplaçaient n'avaient ni son habitude ni son adresse.

Le temps était supportable ; nous avons marché vers le fond du bois, où la calèche devait venir nous prendre.

Je me trouvais une somme disponible à Londres ; je l'y avais apportée dans ma course de 1814. Les terribles souvenirs de mon émigration, et les chances nouvelles m'avaient inspiré cette prudence : j'en recueillais le fruit. J'étais, par cette circonstance, celui de nous tous à Sainte-Hélène qui se trouvait le plus à son aise ; et ce qui me rendait cette somme un vrai trésor, c'était le bonheur de pouvoir la déposer aux pieds de l'Empereur. Je la lui avais déjà offerte plusieurs fois ; je lui en réitérai encore l'offre en ce moment, en lui retraçant les outrages que le gouvernement venait de renouveler. Mme de Montholon, qui venait après nous, nous a rejoints précisément en cet instant : elle faisait observer à l'Empereur qu'il marchait si vite qu'elle avait craint de le perdre ; mais que mes gesticulations lui avaient servi de point de vue, et qu'elle s'embarrassait fort d'en deviner la cause. « Madame, lui a dit l'Empereur avec une grâce charmante, il s'agitait pour me faire accepter ses générosités ; il s'offrait de nous faire vivre. »

Nous sommes rentrés presque aussitôt, il faisait très humide, et l'Empereur se plaignait de ses dents. Depuis quelque temps il a des fluxions presque continuelles. Après dîner, il a repris *l'Odyssée* ; nous en étions au combat d'Irus contre Ulysse, sur le seuil de son propre palais, tous deux en mendiants.

L'Empereur désapprouvait fort cet épisode ; il le trouvait misérable, sale, inconvenant, indigne d'un roi. « Et puis, ajoutait-il, après avoir épuisé tout ce que j'y trouve de mauvais, je devine ce qui m'affecte encore, je me mets à sa place, c'est la crainte d'être rossé par un misérable ; il n'est pas donné à tout prince, à tout général, d'avoir les épaules de ses gardes ou des grenadiers ; n'est pas portefaix qui veut. Le bon Homère remédie à tout cela en faisant ses héros autant de colosses ; mais il n'en est pas ainsi parmi nous. Où en serions-nous, nous autres tous, a-t-il dit en parcourant de l'œil chacun de nous, si l'on en était encore au bon temps où la force du bras était le véritable sceptre ? Voilà Noverraz (son valet de chambre) qui nous sert, il serait notre roi à tous. Il faut donc convenir, a-t-il continué, que la civilisation fait tout pour l'âme, et la favorise entièrement aux dépens du corps. »

MERCREDI 9.

Le Polonais aux arrêts par le gouverneur. Paroles de l'Empereur sur son fils et sur l'Autriche. Nouvelles vexations. Nouveaux outrages. Paroles sur lord Bathurst. Nouvelles restrictions. Observations dictées par Napoléon.

Nous marchions pour gagner la calèche ; chemin faisant, on nous a appris que le gouverneur venait de mettre le Polonais aux arrêts. C'est un essai, c'est un avertissement sans doute qu'il veut nous donner. La terreur est le moyen qu'il semble vouloir employer depuis l'arrivée des dernières instructions : il s'y montre habile ; nous verrons jusqu'à quel point il ira.

En entrant chez l'Empereur avant dîner, je l'ai trouvé triste, préoccupé, sombre. La conversation l'a conduit à mentionner l'Autriche ; il s'est étendu sur ses torts envers lui, sur les grandes fautes de sa politique, etc. Il a peint la faiblesse du souverain, qui n'a montré d'énergie, disait-il, que pour se perdre en morale aux yeux des peuples.

Il s'est arrêté sur la vénalité, la dépravation, l'immoralité de ceux qui ont conseillé et accompli. De là il est passé à l'aveuglement de la politique de l'Autriche ; il a peint sa position fausse et dangereuse. « Elle se trouvait, disait-il, dans un péril des plus imminents, se laissant complaisamment embrasser en front par un colosse, quand elle n'avait pas à reculer d'un pas ; car sur ses derrières et sur son flanc elle n'avait que des abîmes, etc. »

De là, l'Empereur est arrivé naturellement à parler de son fils. « Quelle éducation lui donnera-t-on ? disait-il. De quels principes nourrira-t-on son enfance ? Et, s'il allait avoir la tête faible ! s'il allait tenir des légitimes ! Si on allait lui inspirer l'horreur de son père ! Cette idée fait frémir ! observait-il douloureusement. Et pourtant quel pourrait être le contrepoison à tout cela ? Il ne saurait y avoir désormais d'intermédiaire sûr, de tradition fidèle entre lui et moi ? Tout au plus un jour mes Mémoires et peut-être aussi votre journal. Mais encore pour surmonter le pli, les impulsions de l'enfance, pour vaincre les vices de l'entourage, faut-il déjà une certaine capacité, une certaine force de tête, un jugement tranchant, décisif, et tout cela est-il donc si commun !... » Et il avait l'air profondément affecté. « Mais parlons plutôt d'autre chose », a-t-il prononcé fortement. Et il n'a parlé de rien.

Nous nous sommes mis au travail. Après quelques heures, le grand-maréchal m'a remplacé.

En sortant à son tour de chez l'Empereur, il m'a dit que j'étais demandé de nouveau pour traduire un gros paquet du gouverneur. Mes yeux, qui se perdent tout à fait, m'ont forcé d'aller employer ceux de M. de Montholon.

En voici le contenu : 1° Une partie des nouvelles restrictions qu'on nous impose, dans lesquelles l'Empereur est traité d'une manière qu'on pourrait appeler curieuse dans l'excès de l'indécence et de l'outrage, allant jusqu'à lui prescrire la nature et l'étendue des paroles qu'on lui permet. Le croira-t-on jamais ?... Les pièces feront foi. (Voyez plus loin, à la fin du jour.)

2° La forme de la déclaration qu'on présente à notre signature. Le tout respire, du reste, les vexations les plus arbitraires et les plus inutiles, assaisonnées de tout ce que peut dicter la vengeance armée du pouvoir.

3° Enfin, une lettre du gouverneur au grand-maréchal, calquée sur la note présentée par le colonel Reade, dont je fis lecture à l'Empereur et que le colonel ne voulait pas laisser : j'en ai fait mention plus haut. Toutefois, certains points très essentiels étaient ici très habilement supprimés ou modifiés ; l'Empereur a souvent remarqué que c'était là un des talents spéciaux du gouverneur. Je vais consigner ici ce qui m'en était resté. Bien que le résultat d'une simple lecture, et traduite à mesure à l'Empereur, j'oserai néanmoins en garantir l'exactitude.

« Les Français qui désireraient demeurer auprès du général Bonaparte étaient astreints à signer la formule littérale qui leur serait présentée, et par laquelle ils se soumettaient à toutes les restrictions que l'on imposerait au général. Cette obligation devait être regardée comme perpétuelle. Ceux qui s'y refuseraient seraient envoyés au cap de Bonne-Espérance : la suite du général devait être réduite de quatre personnes. Ceux qui demeureraient seraient comme s'ils étaient nés Anglais, assujettis aux lois faites pour garantir la réclusion du général Bonaparte, c'est-à-dire la peine de mort en cas qu'on se prêtât à son évasion. Chacun des Français qui se permettrait des injures, des réflexions, ou une mauvaise conduite envers le gouverneur ou le gouvernement, serait sur-le-champ expédié au cap de Bonne-Espérance, d'où il ne lui serait fourni aucun moyen de retourner en Europe, le tout, dans ce cas, devant être *à ses frais*. »

Pendant le dîner et la plus grande partie du soir, ces pièces ont été le sujet de la conversation. L'article de la lettre du gouverneur transmettant les instructions des ministres, et portant que ceux de nous qui manqueraient d'égards pour le gouvernement ou se montreraient autrement répréhensibles, seraient envoyés au Cap et de là en Europe ; et que, dans ce cas, on y insistait fortement, ce serait *à nos frais*, nous a fort réjouis. Comme nous nous égayions beaucoup sur cette tournure, l'Empereur a dit : « Je conçois que ce genre de menace vous étonne et vous paraisse ridicule ; mais il est des plus simples pour lord Bathurst, et je suis sûr qu'il n'imagine pas de plus terribles punitions au monde. Voilà les mœurs de la boutique. »

L'Empereur a fini la soirée en nous lisant *Adélaïde Du Guesclin*[1]. Il y a une belle tirade sur les Bourbons ; l'Empereur, après l'avoir lue, a dit : « Ne s'était-on pas avisé, au temps de ma puissance, de la supprimer au théâtre, craignant qu'elle ne me blessât ! Le hasard me le fit savoir, et j'ordonnai de la rétablir. C'était ainsi qu'il en était d'une foule de choses. On a mis souvent bien de la gaucherie à vouloir me servir ou m'être agréable. »

1. Pièce de Voltaire.

N. B. Nous transcrivons ici les restrictions mentionnées quelques lignes plus haut. Elles sont curieuses de leur nature, et serviront plus que beaucoup de raisonnements à donner une idée juste de notre situation ; mais ce qui achève de donner du prix à cette pièce, c'est que les observations qui accompagnent chaque article sont de Napoléon lui-même qui les y annexa plus tard dans l'espoir de les faire parvenir en Europe.

RESTRICTIONS
faites par sir Hudson Lowe, communiquées à Longwood le 19 octobre 1816[1]. Texte des restrictions.

« 1. Longwood, avec la route par Hut's gate, le long de la montagne jusqu'au poste des Signaux, près d'Alarm-House, sera établie comme limite. »

Observation. Le prédécesseur de sir Hudson Lowe avait étendu la ligne des limites sur les sommets des montagnes ; mais s'étant aperçu, une quinzaine de jours après, qu'en déplaçant un peu le poste des soldats, il comprendrait dans les limites la maison et le jardin du secrétaire général Brooke, il se hâta de faire ce changement.

A environ quatre-vingts toises de la route est le jardin de Torbett, où sont huit ou dix chênes qui donnent un peu d'ombrage ; on y trouve une fontaine et quelque fraîcheur[2]. Par les nouvelles restrictions, en ne permettant plus que la grande route, on a substitué une simple ligne à une surface, et on a exclu des limites la maison du secrétaire, et le jardin Torbett.

« 2. Des sentinelles marqueront les limites que personne ne pourra traverser pour approcher de la maison de Longwood, ou de son jardin, sans la permission du gouverneur. »

Observation. D'après les premiers règlements auxquels était soumis notre établissement dans cette île, et que le

1. Ces restrictions avaient déjà été mises à exécution par différents ordres secrets, depuis le mois d'août précédent, et le gouverneur ne les communiqua jamais aux officiers anglais de service, honteux sans doute de leur contenu. *(Las Cases.)*

2. Le lieu décrit ici par Napoléon est précisément son tombeau !!! *(Las Cases.)*

gouvernement anglais a approuvés, voici comment on venait à Longwood. Le gouverneur, l'amiral, le colonel commandant le régiment et le camp, les deux membres du conseil de la compagnie des Indes et le secrétaire général, qui étaient les principales autorités de l'île, pouvaient traverser la ligne des sentinelles sans aucune passe ou permission de qui que ce soit. Les habitants devaient avoir une permission du gouverneur ; les marins, de leur amiral ; les soldats, de leur colonel ; et enfin, les habitants, les marins, les officiers, pouvaient tous venir avec une permission du comte Bertrand, lorsque l'Empereur les faisait demander. Cet arrangement, qui subsista huit mois, n'eut aucun inconvénient : par le règlement actuel, qui est en force depuis le mois d'août, mais qui n'a été communiqué que par cet article, nous sommes gardés au secret, sans que nous ayons aucun commerce avec les habitants : ces derniers, les officiers et les marins répugnent également à l'idée d'avoir à aller demander au gouverneur la permission de se rendre à Longwood, et d'avoir à subir un interrogatoire sur le motif qui les y fait aller. Les étrangers, soit officiers, soit fonctionnaires, venant des Indes, qui touchaient cette île, et qui désiraient voir l'Empereur, se présentaient ordinairement chez le comte Bertrand, qui leur disait le jour et l'heure où ils seraient reçus. Durant leur séjour dans l'île, ils étaient regardés comme citoyens ; et avec des permissions du comte Bertrand, ils pouvaient, lorsque cela leur plaisait, venir visiter Longwood : et encore une fois, cet arrangement subsista huit mois sans qu'il en résultât aucun inconvénient. S'il arrivait quelques étrangers qui attiraient les soupçons du gouverneur, il pouvait aussitôt défendre leur débarquement ou les empêcher de passer le premier poste. Enfin le gouverneur, par le rapport des sentinelles, savait tous les jours le nom des personnes venues à Longwood, mais, lorsque tout cela fut changé dans le mois d'août, le gouverneur essaya de nous imposer l'obligation de recevoir les étrangers auxquels il voulait être agréable, de les recevoir le jour qu'il lui plairait. C'était le comble de l'outrage !!! L'Empereur fut obligé de déclarer qu'il ne verrait plus personne, et il termina ainsi toutes ces insultes.

« 3. La route à gauche de Hut's gate qui retourne par Woodridge à Longwood n'ayant jamais été fréquentée par le général Bonaparte depuis l'arrivée du gouverneur, le poste qui l'observait sera en grande partie retiré. Cependant, toutes les fois qu'il voudrait aller à cheval dans cette direction, en prévenant l'officier à temps, il n'éprouvera aucun obstacle. »

Observation. Dans la première observation on a prouvé que les limites avaient été réduites de ce côté ; ici elles sont bien plus réduites encore. C'est une étrange manière de raisonner que de prendre cette décision, sous le prétexte que la vallée n'a pas été fréquentée pendant six mois. Il est vrai que depuis plusieurs mois Napoléon, tourmenté par les vexations du commandant, n'est point sorti. De plus, une partie de la vallée n'est point praticable en temps de pluie ; dans l'autre partie on a formé un camp. Cependant lord Bathurst dit dans son discours au parlement : « Que cette route n'avait été défendue que lorsqu'on s'aperçut qu'il (le général Bonaparte) avait abusé de la confiance qu'on avait en lui pour essayer de corrompre les habitants. » Mais ici il est en contradiction avec sir Hudson Lowe. L'offre que l'on fait de se promener dans cette vallée lorsqu'on le désirait est évidemment illusoire ; les détails ordonnés pour l'exécution la rendent impossible. Cette offre n'a pu être et n'a pas été accomplie. En perdant cette promenade, il est devenu impossible d'aller dans le jardin de miss Mason, où se trouvent quelques grands arbres qui donnent de l'ombre. De sorte qu'il n'y a plus un point, dans les limites où les détenus peuvent se promener, où ils puissent trouver un peu d'ombre et une fontaine ; dans le reste de l'enceinte on a placé des sentinelles. Sous prétexte de malentendu dans les ordres ou autrement, toute personne peut être arrêtée, et cela est arrivé plusieurs fois aux officiers français.

« 4. S'il (le général Bonaparte) voulait prolonger sa promenade dans quelque autre direction, un officier de l'état-major du gouverneur (s'il en est informé à temps) sera prêt à l'accompagner. Si le temps manquait, l'officier de service à Longwood le remplacerait.

« L'officier qui le surveille a ordre de ne point l'approcher, à moins qu'il ne soit demandé, et de ne jamais surveiller sa promenade, excepté pour ce que lui commande son service, c'est-à-dire de veiller à tout ce qui pourrait, dans ces promenades, s'écarter des règles établies, et de l'en avertir respectueusement. »

Observation. Ceci est inutile, l'Empereur ne sortira pas

tant qu'il verra le désir de le soumettre à une inspection directe et publique. En outre, les officiers de l'état-major ont ordre de faire un rapport de tout ce que les Français peuvent avoir dit en conversation avec eux. Ceci fournit des occasions à la calomnie. Plusieurs officiers ont refusé de jouer ce rôle honteux, et ont déclaré qu'ils n'étaient pas des espions, pour répéter les conversations qu'on pouvait avoir avec eux dans l'intimité d'une promenade.

« 5. Les règlements déjà en force pour empêcher les communications avec qui que ce soit, sans la permission du gouverneur, doivent être strictement exécutés. En conséquence, il est requis du général Bonaparte qu'il s'abstienne d'entrer dans aucune maison, ou d'engager aucune conversation avec les personnes qu'il pourrait rencontrer (excepté ce que demandent les saluts et les politesses ordinaires qu'il aurait à rendre), à moins que ce ne soit en présence d'un officier anglais. »

Observation. Jusqu'ici cet excès d'outrage avait été éludé. L'Empereur ne reconnaît, ni dans le gouverneur, ni dans ses agents, le droit de lui rien imposer. Mais quel est l'objet de cet article ? D'insulter le caractère des détenus et de les avilir !!! de chercher à faire naître des querelles avec les sentinelles. L'enceinte est moralement annulée, puisqu'on ne peut parler à personne, ni entrer dans aucune maison. Ceci est si extraordinaire, qu'on est obligé de croire, ce que plusieurs personnes soupçonnaient déjà, que sir Hudson Lowe est quelquefois sujet à des *vertiges*.

« 6. Les personnes qui, avec le consentement du général Bonaparte, peuvent toujours recevoir des permissions pour le visiter, ne peuvent, malgré ces permissions, communiquer avec aucune autre personne de sa suite, à moins que ce ne soit spécialement exprimé dans ces permissions. »

Observation. Ceci est également inutile ; personne n'a été reçu depuis que le commandant actuel a renversé ce qu'avait établi son prédécesseur ; cependant il résulte de cette restriction que, si Napoléon devait recevoir un étranger, comme aucun de ses officiers ne pourrait être présent, ni aucun de ses domestiques faire son service, il serait obligé d'ouvrir lui-même les portes ; et que, comme il n'entend pas l'anglais, si la personne admise ne parlait pas français, il s'ensuivrait que la conversation demeurerait muette, et l'entrevue réduite à une pure exhibition.

« 7. Au coucher du soleil, l'enceinte du jardin, autour de Longwood, sera regardée comme étant les limites ; à cette heure, des sentinelles seront placées à l'entour ; mais de manière à ne pas incommoder le général Bonaparte en observant sa personne, s'il voulait continuer sa promenade dans le jardin après cette époque. Les sentinelles seront postées, pendant la nuit, à toucher la maison, comme cela se pratiquait auparavant ; et l'admission sera interdite, jusqu'à ce que les sentinelles soient retirées le lendemain matin, de la maison et du jardin. »

Observation. Pendant les grandes chaleurs, le seul moment où l'on puisse se promener est le coucher du soleil. Pour ne point se rencontrer avec les sentinelles, il faudra rentrer dans la maison, quoi qu'il fasse encore plein jour, et pourtant il aura été impossible de sortir tout le temps qu'il aura fait du soleil, cet endroit étant privé d'ombre, d'eau, de verdure ou de fraîcheur. Selon cette nouvelle restriction, on ne peut sortir le soir ; l'Empereur ne peut prendre aucun exercice à cheval ; il est dans une maison tout à fait insuffisante, mal construite et malsaine ; il y manque même de l'eau ; on ne perd aucune occasion de lui faire éprouver un manque d'égards. Sa constitution, quoique robuste, en est considérablement altérée.

« 8. Toute lettre pour Longwood sera mise par le gouverneur sous une enveloppe cachetée, et envoyée à l'officier de service, pour être délivrée, cachetée, à l'officier de la suite du général Bonaparte, auquel elle est adressée, lequel, par ce moyen, sera assuré que personne, autre que le gouverneur, n'en connaît le contenu.

« De la même manière, toute lettre des personnes de Longwood doit être délivrée à l'officier de service, mise sous une seconde enveloppe cachetée, et adressée au gouverneur, ce qui assurera que personne, autre que lui, n'en connaîtra le contenu.

« Aucune lettre ne doit être écrite ou envoyée, aucune communication, de quelque espèce qu'elle soit, ne doit être faite, excepté en la manière susmentionnée. On ne peut avoir aucune correspondance dans l'île, excepté pour les communications qui sont indispensables à faire au pourvoyeur. Les notes qui les contiendraient doivent être données ouvertes à l'officier de garde, qui sera chargé de les faire parvenir.

« Les restrictions susmentionnées commenceront à s'observer le 10 du courant.

H. Lowe.

Sainte-Hélène, 9 octobre 1816.

Observation. Ceci ne regarde pas l'Empereur, qui n'écrit ni ne reçoit de lettres ; en conséquence on ne demande qu'une explication. Regarderait-on comme un délit ce que ses officiers pourraient écrire dans des lettres confidentielles à leurs connaissances ? ou lorsque ceux qui doivent lire ces lettres se seront convaincus que leur contenu ne renferme rien de contraire à la sûreté de l'État ou à sa politique, oublieraient-ils le contenu de ces lettres, de manière à ce qu'elles ne soient jamais le sujet de conversations ou d'abus !!!

S'il n'en était ainsi, toute correspondance doit être considérée comme défendue. La saisie, commise sur la personne du comte de Las Cases, justifie amplement cette observation.

Le but de cet article, comme l'a prouvé l'inquisition exercée dans toute l'île, est que les papiers-nouvelles n'informent pas l'Europe de la conduite criminelle que l'on suit ici. On se donnera bien de la peine pour obtenir ce résultat. Il eût été bien plus simple de se conduire de manière à n'avoir rien à cacher. On alla bien plus loin dans une lettre datée du 1er juillet 1816, adressée au comte Bertrand. On défendit même des communications verbales avec les habitants. C'est le délire de la passion et de la haine, ou plutôt une preuve manifeste de folie. Ce règlement est un léger exemple de toutes les vexations qui font l'occupation journalière du gouverneur actuel. Que lord Bathurst dise maintenant que sir Hudson Lowe n'a fait aucune restriction ; que la correspondance du ministère a été entièrement à l'avantage des personnes détenues ; que le seul objet a été la sûreté de la détention. En proie à un traitement aussi absurde et aussi ignoble, l'Empereur n'est point sorti depuis plusieurs mois. Tous les gens de l'art peuvent prédire qu'il succombera à ce genre de vie. C'est une manière de l'assassiner aussi certaine et plus barbare que le fer et le poison. *(Quelle horrible prophétie !)*

JEUDI 10.

Nos anxiétés, nos peines au sujet des nouvelles restrictions. Anecdotes de Campo-Formio ; MM. de Cobenzl, de Gallo, Clarke. Le comte d'Antraigues.

Nous étions convenus de nous réunir tous ce matin chez le grand-maréchal pour conférer sur ce que le gouverneur venait de nous transmettre, afin d'adopter un parti uniforme. Je me suis trouvé incommodé, je n'ai pu m'y rendre. Je lui ai écrit mon opinion ; je lui ai mandé que, dans une situation aussi délicate, j'avais beau faire, je ne pouvais arriver à aucune conclusion positive ; je trouvais toujours égalité.

En effet, le point était des plus difficiles et des plus graves. Il s'agissait de se soumettre à des restrictions nouvelles, de se placer sous la dépendance du gouverneur, qui en abusait d'une manière indigne, se conduisait vis-à-vis de l'Empereur sous les formes les plus indécentes, et annonçait que tout cela pouvait et devait croître encore ; enfin il ne s'agissait de rien moins que de se trouver exposé à être immédiatement arraché d'auprès de Napoléon, renvoyé au Cap, et de là en Europe.

D'un autre côté, l'Empereur, indigné des vexations dont on nous accablait à cause de lui, ne voulait pas que nous nous y soumissions davantage. Il exigeait que nous le quittassions plutôt tous, que nous retournassions tous en Europe témoigner que nous l'avions vu ensevelir tout vivant.

Mais était-il en notre pouvoir de supporter une pareille idée ? La mort nous eût paru préférable à nous séparer de celui que nous servions, que nous admirions, que nous aimions, auquel nous nous attachions chaque jour davantage, et par ses qualités personnelles, et par les maux que l'injustice et la haine accumulaient sur sa tête. Voilà quel était le véritable état de la question. Nous étions déchirés, et ne savions à quoi nous résoudre. Je terminais ma lettre en disant que, si j'étais laissé à moi seul, je signerais sans observations tout ce que le gouverneur me présenterait ; que, si l'on prenait un parti collectif, je l'adopterais aveuglément.

Le gouverneur avait trouvé un moyen de nous attaquer en détail : il se disait déterminé à renvoyer chacun de nous suivant sa volonté et son caprice.

L'Empereur n'était pas bien ; le docteur lui a trouvé des

principes de scorbut. Il m'a fait venir ; nous avons beaucoup causé sur les objets qui nous occupent dans ce moment. Il a voulu se mettre au travail pour se distraire, et a pris le chapitre de Léoben qui lui est tombé sous la main.

La lecture finie, la conversation a continué sur les conférences qui ont amené le traité de Campo-Formio. Je renvoie à ces chapitres intéressants pour le portrait et le caractère du premier négociateur autrichien, M. de Cobenzl, que Napoléon surnomma dans le temps l'*ours du Nord*, à cause du grand rôle, disait-il, que sa grosse et lourde patte avait joué sur le tapis vert des négociations.

« M. de Cobenzl était en ce moment, disait l'Empereur, l'homme de la monarchie autrichienne, l'âme de ses projets, le directeur de sa diplomatie. Il avait occupé les premières ambassades de l'Europe, et s'était trouvé longtemps auprès de Catherine, dont il avait capté la bienveillance particulière. Fier de son rang et de son importance, il ne doutait pas que la dignité de ses manières et son habitude des cours ne dussent écraser facilement un général sorti des camps révolutionnaires : aussi aborda-t-il le général français, observait Napoléon, avec une certaine légèreté ; mais il suffit de l'attitude et des premières paroles de celui-ci pour le remettre aussitôt à sa place, dont, au demeurant, il ne chercha jamais plus à sortir. »

Les conférences languirent d'abord beaucoup ; M. de Cobenzl, suivant la coutume du cabinet autrichien, se montra fort habile à traîner les choses en longueur. Cependant le général français résolut d'en finir. La conférence qu'il s'était dit devoir être la dernière fut des plus vives ; il en arriva à mettre le marché à la main ; il fut refusé. Se levant alors dans une espèce de fureur, il s'écria très énergiquement : « Vous voulez la guerre ? eh bien ! vous l'aurez » ; et, saisissant un magnifique cabaret de porcelaine, que M. de Cobenzl répétait chaque jour avec complaisance lui avoir été donné par la grande Catherine, il le jeta de toutes ses forces sur le plancher où il vola en mille éclats. « Voyez, s'écria-t-il ; eh bien ! telle sera votre monarchie autrichienne avant trois mois, je vous le promets » ; et il s'élança précipitamment hors de la salle. M. de Cobenzl demeura prétrifié, disait l'Empereur ; mais M. de Gallo, son second, et beaucoup plus conciliant, accompagna le général français jusqu'à sa voiture, essayant de le retenir ; « me tirant force coups de chapeau, disait l'Empereur, et dans une attitude si piteuse, qu'en dépit de ma colère ostensible, je ne pouvais m'empêcher d'en rire intérieurement beaucoup ».

M. de Gallo était l'ambassadeur de Naples à Vienne ; il y avait conduit la princesse de Naples, seconde femme de l'empereur François, dont il possédait toute la confiance et qu'il gouvernait ; elle à son tour gouvernait son mari, de sorte que M. de Gallo jouissait d'un fort grand crédit à la cour de Vienne. Aussi quand l'armée d'Italie, marchant sur Vienne, imposa l'armistice de Léoben, l'Impératrice, dans une crise aussi terrible, jeta les yeux sur son confident pour le charger de détourner le péril. Il devait voir le général français comme en passant, et tâcher d'obtenir de lui qu'il voulût bien l'accepter pour négociateur. Napoléon, bien au fait de toutes les circonstances, se promit d'en tirer un grand parti ; aussi, en recevant M. de Gallo, il lui demanda qui il était. Le courtisan favori, déconcerté d'être obligé de décliner son nom, lui répondit qu'il était le marquis de Gallo, chargé de la part de l'empereur d'Autriche de lui faire quelques ouvertures. « Mais, dit Napoléon, votre nom n'est point allemand ? – Il est vrai, répondit M. de Gallo, je suis ambassadeur de Naples. – Et depuis quand, répliqua sèchement le général français, ai-je à traiter avec Naples ? Nous sommes en paix. L'empereur d'Autriche n'a-t-il donc plus chez lui aucun des négociateurs de la vieille roche ? toute la vieille aristocratie de Vienne est-elle éteinte ? » M. de Gallo, épouvanté que de pareilles observations arrivassent officiellement au cabinet de Vienne, ne fut dès cet instant occupé qu'à complaire en tout au jeune général.

Napoléon, radouci, lui demanda des nouvelles de Vienne, parla des armées du Rhin, de Sambre-et-Meuse ; il en tira tout ce qu'il voulut, et, quand il fallut se séparer, M. de Gallo lui demanda, en attitude de suppliant, s'il pouvait espérer d'être accepté pour négociateur, et s'il devait aller chercher des pleins pouvoirs à Vienne. Napoléon n'avait garde de le refuser ; il venait de prendre un avantage qu'il ne perdit jamais. M. de Gallo, devenu plus tard, par la suite des événements que tout le monde connaît, ambassadeur de Naples auprès du Premier consul, et même celui de Joseph auprès de l'empereur Napoléon, lui parlait quelquefois de cette scène, lui avouant naïvement que, de sa vie, personne ne l'avait autant effrayé.

Clarke était le second négociateur français, comme M. de Gallo était celui de l'Autriche.

« Clarke, disait l'Empereur, avait été envoyé en Italie par le Directoire, qui commençait à me croire dangereux : il l'avait chargé d'une mission apparente et publique ; mais il avait l'ordre secret de m'observer, de s'assurer même si, au besoin, il y aurait possibilité de me faire arrêter ; et, comme il y aurait eu peu de sûreté à s'arrêter aux officiers de mon armée à cet égard, les premières informations se prirent auprès du directoire cisalpin, qui répondit qu'on devait s'éviter toute peine sur ce point, et n'y plus songer.

« Dès que je fus informé des véritables instructions de Clarke, j'abordai franchement le sujet avec lui : il m'importait peu qu'on rendît des comptes, disais-je. Il ne tarda pas à s'en convaincre. Sa mission en Autriche repoussée par cette puissance, je lui offris de le faire travailler, et il me resta depuis, je n'ai cessé d'en prendre soin, suivant ma coutume, bien qu'au fond nous n'eussions peut-être pas une grande sympathie ; et je l'aurais indubitablement repris lors de mon retour, si je l'eusse retrouvé dans les rangs avec les autres : on sait que je me défaisais difficilement de ceux avec qui j'avais commencé ; quand on s'était une fois embarqué avec moi, je ne savais pas ce que c'était que de jeter quelqu'un à la mer ; il me fallait y être forcé. Son premier talent était d'être grand travailleur. »

Après brumaire, Clarke se trouva naturellement près du Premier consul, comme aide de camp ou autrement. Il y avait alors moins d'étiquette au palais, les attributions étaient moins distinctes, on y vivait beaucoup plus en famille. L'entourage du consul formait une table commune ; Clarke y eut quelques querelles ; il était très susceptible, fort pointilleux. Quelque chose en ayant rejailli jusque sur le Premier consul même, celui-ci le nomma à l'ambassade de Florence, auprès de la reine d'Étrurie. Le poste était charmant en lui-même, mais c'était une disgrâce. Clarke sollicita longtemps et de toute manière pour être rappelé. Cet heureux moment arriva, mais son épreuve n'était pas finie. Le Premier consul lui parlait peu, le faisait courir aux Tuileries, à Saint-Cloud, au camp de Boulogne, ne s'expliquait point, ne lui accordait rien. Clarke, au désespoir, confiait à quelqu'un qu'il ne lui restait plus qu'à aller se jeter dans la Seine, ne pouvant supporter plus longtemps l'apparence du mépris et le dénuement de sa situation. Il en était là quand tout à coup il lui arriva, et au même instant, de se trouver nommé secrétaire du cabinet topographique, conseiller d'État, et autre chose encore, lui composant un traitement peut-être de soixante à quatre-vingt mille francs. C'était là le faire de Napoléon ; il est connu que son premier bienfait en amenait presque toujours immédiatement beaucoup d'autres. Dans ce cas, il ne donnait pas, il accablait ; mais encore fallait-il savoir profiter de cet instant ; il pouvait être sans bornes ou s'évanouir sans retour.

J'avais beaucoup connu le général Clarke à titre d'ancien camarade de l'École militaire. Dans le temps, il m'a raconté que quelques jours avant la bataille d'Iéna, l'Empereur, sous la dictée duquel il venait d'écrire une foule d'ordres et d'instructions, s'était mis à causer familièrement, tout en marchant dans sa chambre, et qu'il avait dit : « Dans trois ou quatre jours nous donnerons une bataille que je gagnerai : elle me portera au moins à l'Elbe, et peut-être à l'Oder. Là, je donnerai une seconde bataille, que je gagnerai de même. Alors... alors..., dit-il d'un air méditatif, et la main sur le front... Mais c'est assez, ne faisons point de romans... Clarke, dans un mois vous serez gouverneur de Berlin, et l'histoire vous citera comme ayant été, dans la même année, et dans deux guerres différentes, gouverneur de Vienne et de Berlin, c'est-à-dire des monarchies d'Autriche et de Prusse. Et, à propos de cela, ajouta-t-il en riant, que vous a donné François, pour avoir gouverné sa capitale ? – Sire, rien du tout. – C'est bien fort ! Eh bien ! c'est donc à moi à payer sa dette. » Et il lui donna une assez forte somme pour acheter, autant que je puis me le rappeler, un hôtel à Paris, ou une maison de campagne dans les environs.

Du reste, il est à remarquer que les événements dépassèrent même les combinaisons de Napoléon : il ne donna qu'une bataille ; le dix-septième jour il était dans Berlin, et il se trouva porté jusqu'à la Vistule.

« Clarke, disait Napoléon, avait la manie des parchemins ; il passait une partie de son temps, à Florence, à rechercher ma généalogie ; il s'occupait aussi beaucoup de la sienne, et était venu à bout de se persuader, je crois, qu'il était le parent de tout le faubourg Saint-Germain. Nul doute qu'il ne se croie aujourd'hui beaucoup plus relevé d'être le ministre d'un roi légitime que d'avoir été celui d'un empereur parvenu. Il jouit dans ce moment, dit-on, d'une grande faveur ; je lui en souhaite la durée ; elle a commencé peu de jours avant mon arrivée à Paris, au moment où la cause du roi était désespérée ; il aura trouvé beau d'accepter un ministère quand tout paraissait perdu. Je n'ai rien à dire contre, cela peut avoir son bon côté ; mais il faut avoir des convenances, et il en a manqué. Toutefois je lui pardonne facilement ce qui me concerne... Plus d'une fois, en 1813 et en 1814, on essaya de m'inspirer des doutes sur sa fidélité ; je ne m'y arrêtai jamais : je l'ai toujours cru probe et honnête. » Et les intimes du duc de Feltre peuvent attester que Napoléon n'était que juste dans l'opinion qu'il avait prise des sentiments de son ministre.

Le duc de Feltre, en rendant compte à l'Empereur de l'arrivée de M. le comte d'Artois en Suisse, lui conseillait de faire la paix. L'Empereur lui répondit, sous la date du 22 février 1814 : « ... Quant au conseil que vous me donnez de faire la paix, c'est trop ridicule ; c'est en s'abandonnant à de telles idées qu'on gâte l'esprit public. C'est du reste me supposer bien fou ou bien bête, que de croire que, si je pouvais faire la paix, je ne la ferais pas.

« C'est à cette opinion, que je peux faire la paix depuis quatre mois, mais que je ne le veux pas, que sont dus tous les malheurs de la France. Je croyais mériter qu'on m'épargnât au moins la démonstration de pareils sentiments. »

L'Empereur, revenant à l'époque de Campo-Formio, s'est arrêté sur le comte d'Antraigues, son arrestation, les papiers qu'on lui saisit, les grandes découvertes qu'ils fournirent, l'indulgence avec laquelle il le traita, la déloyauté dont il en fut payé, etc.

Le comte d'Antraigues, homme de beaucoup d'esprit, intrigant et doué d'avantages extérieurs, avait acquis une certaine importance au commencement de notre Révolution ; membre du côté droit de la Constituante, il émigra lors de sa dissolution, et se trouvait dans Venise sous un titre diplomatique russe, au moment où nous menacions cette ville ; il y était l'âme et l'agent de toutes les machinations qui se tramaient contre la France. Quand il jugea le péril de cette république, il voulut s'évader, mais il tomba dans un de nos postes, et fut pris avec tous ses papiers. Le général en chef nomma une commission spéciale pour en faire le dépouillement, et l'on demeura fort étonné des mystères qu'ils découvrirent : on y trouva entre autres toutes les preuves de la trahison de Pichegru, qui avait sacrifié ses soldats pour faciliter les opérations de l'ennemi : le plus grand crime qu'un homme puisse commettre sur la terre, s'écriait avec indignation Napoléon, celui de faire égorger froidement les hommes dont la vie est confiée à votre discrétion et à votre honneur.

Le comte d'Antraigues, une fois ses secrets découverts, s'exprima avec tant de franchise et d'adresse, que Napoléon, croyant l'avoir gagné, ou plutôt se laissant gagner lui-même, le traita avec la dernière indulgence, le défendit contre le Directoire, qui insistait pour le faire fusiller, et le laissa libre sur parole dans Milan. Quelles ne furent pas sa surprise et son indignation d'apprendre un matin que M. d'Antraigues venait de s'évader en Suisse, et publiait un libelle infâme contre lui, lui reprochant les mauvais traitements qu'il en avait reçus, se plaignant d'en avoir été mis aux fers. Cette imposture causa un tel scandale, que plusieurs diplomates étrangers, qui avaient été témoins du contraire, le témoignèrent spontanément dans une déclaration publique.

Le comte d'Antraigues, aussi tard que 1814, je crois, est mort en Angleterre d'une manière affreuse : assassiné par son valet de chambre, à la vue de sa femme, la célèbre chanteuse Saint-Huberty[1].

1. Voici ce qu'on lit dans une publication récente : « Le comte d'Antraigues fut assassiné le 22 juillet 1812, au village de Barnes, près Londres, par son valet de chambre, nommé Lorenzo, qui lui-même fut trouvé mort près de son maître. Il avait blessé gravement aussi Mme d'Antraigues. Ce double assassinat fut commis au moment où ses maîtres allaient monter en voiture. Le cocher, seul témoin, fit une déposition qui ne parut pas claire. Le jury anglais constata le crime sans pouvoir punir le coupable, qui passa pour s'être suicidé lui-même. Mais on prétendit que le procès fut fait avec négligence, et l'on crut que Lorenzo avait été tué par l'ordre de ceux qui l'employaient. On supposa que le comte d'Antraigues était dépositaire des secrets les plus importants (ce qui n'est pas douteux), et que de hauts personnages qui redoutaient son indiscrétion le firent assassiner. Le gouvernement anglais s'empara de tous ses papiers ; et ce qui fit croire qu'il avait

Pichegru se trouvait précisément alors à la tête du Corps législatif, et à peu près en guerre ouverte avec le Directoire. On juge de quel prix furent pour celui-ci des pièces aussi graves et aussi authentiques contre ses adversaires. Cette découverte influa beaucoup sur le parti que prit Napoléon dans les affaires de fructidor ; ce fut une des principales causes qui déterminèrent sa fameuse proclamation, laquelle amena le triomphe du Directoire.

Desaix, qui servait sous Moreau dans l'armée du Rhin, ayant profité de l'armistice pour venir faire connaissance avec le général en chef de l'armée d'Italie, qui lui inspirait la plus vive admiration, se trouvait auprès de Napoléon à peu près vers le temps de cette grande circonstance. Napoléon lui ayant fait confidence de la trahison de Pichegru, Desaix répondit : « Mais nous le savions sur le Rhin il y a plus de trois mois. Un fourgon enlevé au général Klinglin nous a livré toute la correspondance de Pichegru avec les ennemis de la République. – Mais Moreau n'en a-t-il donc donné aucune connaissance au Directoire ? – Non. – Eh bien ! c'est un crime, s'écria Napoléon : quand il s'agit de la perte de la patrie, le silence est une complicité. » On sait que plus tard, quand Pichegru eut succombé, Moreau en donna connaissance au Directoire, en l'accompagnant d'une réprobation injurieuse, ce qui était un nouveau tort, disait Napoléon. « En ne parlant pas plus tôt, il avait trahi la patrie ; en parlant aussi tard, il accablait un malheureux. »

VENDREDI 11, SAMEDI 12.

Un rêve de l'Empereur.

Aujourd'hui l'on a reçu six mille francs de l'argenterie brisée. C'est ce que l'Empereur a estimé indispensable pour suppléer à nos besoins journaliers de chaque mois, et il a ordonné de répéter cette opération en conséquence.

L'Empereur a continué d'être fort souffrant et très affaissé : il n'a paru au milieu de nous qu'à l'heure de son dîner. Il a été fort peu causant, n'a point travaillé. J'ai été

---

d'autant plus d'intérêt à les saisir, c'est qu'il ne les a point rendus au fils du comte, et qu'il en a soigneusement dérobé la connaissance. » *(Las Cases.)*

une grande partie du jour avec lui dans sa chambre. Il est revenu souvent sur notre situation vis-à-vis du gouverneur. Il m'a dit sur ce sujet des choses bien remarquables . . .
. . . .

Après dîner, l'Empereur est revenu sur un rêve qu'il avait eu, disait-il, dans la nuit. Une dame avec laquelle il avait eu peu de relations (Mme Clarke, duchesse de Feltre), lui était apparue, lui avait dit qu'elle était morte et avait ajouté beaucoup de particularités suivies et raisonnables.

« Elles avaient été si claires, si positives, disait l'Empereur, que j'en ai été frappé ; si bien que, si je venais à apprendre que cette dame est morte en effet, mes idées naturelles en seraient renversées : je serais obligé de me rendre et de faire, a-t-il dit en riant et regardant l'un de nous, comme ceux qui croient aux rêves et aux revenants. »

L'Empereur avait peu mangé, il était abattu et visiblement très souffrant ; il s'est retiré presque aussitôt, et sa démarche nous affectait beaucoup. Nous n'avons pu nous empêcher de remarquer combien il changeait.

DIMANCHE 13.

Besoins de l'Empereur.
Ses reprises sur le prince Eugène.

Sur les dix heures l'Empereur est rentré chez moi. Il a entrouvert la porte de ma chambre à coucher, se récriant sur ma paresse. Il m'a surpris les pieds dans l'eau. J'étais souffrant. J'ai couru bientôt le rejoindre sous la tente, où il a voulu déjeuner. Il m'a dit avoir ordonné des notes relatives aux nouvelles restrictions, afin de ne pas laisser passer condamnation sur nous sans créer du moins une espèce de responsabilité pour ceux qui exécutent. De là il est passé à calculer les lots d'argenterie qui restent à vendre, et le temps que cela peut nous faire vivre ; et comme je répétais mes offres, en lui disant qu'il était pourtant bien dur qu'il se privât de son argenterie, il a répondu : « Mon cher, dans quelque position que je me trouve, jamais ces objets de luxe ne sont rien pour moi, et quant aux autres, au public, la simplicité sera toujours mon plus bel ornement. » Et de là il est passé à dire qu'il avait d'ailleurs la ressource du prince Eugène, qu'il avait même envie de lui faire écrire une note pour lui demander le crédit nécessaire à sa subsistance, quand l'argenterie serait épuisée, et le charger dès cet instant de lui faire parvenir à Sainte-Hélène des livres essentiels qu'on avait négligé de lui envoyer de Londres, et quelque peu de vin soigné, dont il avait besoin comme remède. « Quoique pour le vin, a-t-il continué, ceux qui ne nous aiment pas en Europe, ne manqueraient pas de dire que nous ne songeons ici qu'à boire et à manger. » Et il a répété à ce sujet qu'il n'éprouvait nul embarras de s'adresser à son fils Eugène, qui lui devait tout, qui tenait de lui son état et toutes ses richesses, que ce serait lui faire injure que de douter un instant de son empressement, ayant d'ailleurs à exercer sur lui des reprises pour dix à douze millions peut-être.

A déjeuner, il a fait venir le Polonais qui doit bientôt nous quitter. Plus tard il a voulu se mettre au travail, mais il se sentait fort assoupi, et s'est endormi à plusieurs reprises. Il a gagné sa chambre pour se livrer tout à fait au sommeil, me donnant rendez-vous à une heure de là pour travailler à l'anglais ; mais il a continué à être dans le même état d'assoupissement, qu'il n'a interrompu que par un bain très prolongé, suivant sa coutume ; et, comme il les prend très chauds, on a lieu de s'étonner qu'ils ne lui soient pas très nuisibles.

Il a peu dîné, se plaignait de vieillir beaucoup, de dormir mal et irrégulièrement. Il a causé assez longtemps sur les ballons, a ri de toutes les biographies qui s'obstinaient à le faire escalader, l'épée à la main, le ballon de l'École militaire, et a cité comme un véritable prodige la singularité du ballon lancé le jour de son sacre, qui alla tomber en peu d'heures dans les environs de Rome, et porter aux habitants de cette grande ville des nouvelles de leur souverain et de la cérémonie qu'il venait d'accomplir.

Il a essayé de nous lire du *Don Quichotte*, mais s'est arrêté au bout d'une demi-heure : il ne peut désormais lire guère plus longtemps. Sa santé s'altère visiblement. Il me répète souvent que nous sommes bien vieux, qu'il l'est encore bien plus que moi ; et ces mots pour lui disent beaucoup.

LUNDI 14.

Déclaration exigée envoyée au gouverneur. Beaucoup de livres modernes, pures spéculations. Fausseté des portraits créés par l'esprit de parti, etc. Général Maison.

Aujourd'hui, le grand-maréchal a envoyé au gouverneur les nouvelles déclarations qu'on avait exigées de nous ; nous les avons rédigées uniformément et de la teneur suivante :

« Je soussigné, déclare par la présente que mon désir est de rester dans l'île de Sainte-Hélène, et de partager les restrictions imposées à l'empereur Napoléon personnellement. »

J'ai été vers une heure trouver l'Empereur dans sa chambre, je lui ai rendu compte de quelques commissions très particulières. . . . .
. . . .
Il travaillait sur un livre d'administration de la France ; il le trouvait très mal fait, et s'écriait que, depuis qu'il fouillait dans ces livres modernes, il ne trouvait que des livres de spéculation faits à l'entreprise et commandés par les libraires. Le monde était menacé, disait-il, d'un débordement de mauvaise librairie, et il ne voyait pas trop de remède à ce fléau.

Il a fait sa toilette et de là est passé au salon, où il a lu quelques gazettes anglaises et quelques lignes du *Télémaque*. Il avait peu de goût au travail, il se montrait fatigué et ennuyé. Il l'a interrompu, et la conversation est devenue très particulière sur des sujets qui le touchaient de près, et qu'il a terminés en répétant plusieurs fois : *Triste race humaine !...*

Plus tard, dans un autre moment de conversation, l'Empereur, passant en revue un grand nombre de personnes connues sur lesquelles il donnait son opinion, s'est arrêté sur une qu'il a peinte comme une des plus immorales et des plus abjectes. Or, elle se trouvait précisément de ma connaissance, et je me suis récrié sur ce qu'elle était tout l'opposé de cela ; et comme je la défendais avec chaleur, l'Empereur m'a interrompu disant : « Je vous crois, mais on me l'avait peinte de la sorte. Et bien qu'en général je me fusse fait la loi d'écouter avec défiance, cependant vous voyez qu'il s'en grave toujours quelque chose dans l'esprit. Peut-il y avoir de ma faute ? Quand je n'avais nul motif particulier de vérification, quel redressement me demeurait ? Et voilà, a-t-il continué, le résultat inévitable des commotions civiles : il est toujours deux réputations, selon les deux couleurs. Que d'absurdités, que de contes ridicules se sont attachés aux personnages qui ont figuré dans notre Révolution [1] ! Vos salons sont-ils pleins d'autre chose ? Moi, n'en suis-je pas un assez bel exemple ? Et après moi, qui, au fait, aurait droit de se plaindre ? Cependant je le proteste, soit par nature, soit par réflexion, jamais rien de tout cela n'influença mon humeur ou n'altéra aucune de mes déterminations. »

Et puis, passant en revue un grand nombre de généraux, il s'est arrêté sur le général Maison, disant : « Ses manœuvres autour de Lille, dans la crise de 1814, avaient attiré mon attention et l'avaient gravé dans mon esprit. Il n'était pas avec nous en 1815 : qu'est-il devenu ? Qu'a-t-il fait à cette époque ? » m'a-t-il demandé. Mais je n'ai pu répondre, je ne le connaissais pas, etc.

MARDI 15.

Difficultés du gouverneur sur nos déclarations ; sentiment de l'Empereur. Entretiens du gouverneur avec chacun de nous ; observations de l'Empereur. Notre esclavage consommé.

Depuis quelque temps il m'est impossible de dormir ; j'ai passé la nuit entière sans clore l'œil. Sur les huit heures, comme j'essayais de sommeiller, le grand-maréchal est entré dans ma chambre pour me dire que le gouverneur avait renvoyé nos déclarations et venait, le jour même, nous faire signer précisément celle qu'il avait envoyée pour modèle, qui ne différait de la nôtre que par la qualification d'empereur donnée par nous à Napoléon, tandis qu'on voulait nous le faire appeler simplement *Bonaparte*.

1. Je profite de l'occasion pour redresser ici une erreur précisément de cette nature. J'ai dit précédemment que M. Monge monta à la tribune des Jacobins et déclara, etc., etc. Or, les amis, les intimes, les parents de ce savant estimable et si distingué, sont venus m'affirmer qu'il était notoire à tous ceux qui le connaissaient qu'il n'avait jamais paru aux Jacobins, qu'il n'avait jamais pris la parole dans aucune assemblée publique, etc. Je me fais un vrai plaisir de le consigner ici, parce que rien ne me rend plus heureux que de servir à manifester une vérité. *(Las Cases.)*

De là, le grand-maréchal s'est rendu chez l'Empereur, qui m'a fait demander presque aussitôt. En entrant dans sa chambre, je l'ai vu marchant à grands pas et s'exprimant avec beaucoup de chaleur. Nous étions tous réunis.

« Les outrages, disait-il, dont on abreuve journellement ceux qui se sont voués à ma personne, ces outrages qu'on semble vouloir multiplier bien davantage encore, forment un spectacle que je ne dois ni ne peux supporter plus longtemps. Messieurs, il faut me quitter, vous éloigner ; je ne saurais vous voir vous soumettre aux restrictions qu'on veut vous imposer et qu'on accroîtra demain. Je veux demeurer seul. Allez en Europe, vous y ferez connaître les odieuses menées dont on use envers moi ; vous direz m'avoir vu descendre vivant dans le tombeau. Je ne veux pas qu'aucun de vous signe cette déclaration telle qu'on vous l'impose, je vous le défends. Il ne sera pas dit qu'on se sera servi des mains qui sont à moi, des mains dont je dispose pour me dégrader. Si l'on vous renvoie pour le refus d'une pure et sotte formalité, c'est qu'on vous renverrait demain pour un motif aussi léger, c'est qu'on est résolu de vous éloigner en détail. Eh bien ! je préfère vous éloigner en masse ; peut-être puis-je, dans ce sacrifice, entrevoir quelque résultat. » Et il nous a congédiés. Nous sommes sortis consternés.

Peu d'instants après, l'Empereur m'a fait rappeler. Il se promenait dans la longueur de ses deux petites pièces. Sa voix était devenue douce, même caressante. Jamais je ne lui avais vu plus d'abandon. Je m'en sentais ému. « Eh bien ! mon cher, m'a-t-il dit, je vais donc me faire ermite. – Eh ! sire, ai-je répondu avec quelque attendrissement, ne l'êtes-vous pas déjà ? Car de quelle utilité, de quelle ressource sommes-nous pour vous ? Nous n'avons ici que des vœux ; mais s'ils sont peu pour votre consolation, ils sont tout pour notre bonheur. Notre situation, en ce moment, est la plus affreuse qui se puisse concevoir, parce que, dans la question qui s'agite, et pour la première fois peut-être, nous ne nous trouvons plus du même côté que Votre Majesté : elle nous parle raison, et nous n'obéissons qu'au sentiment. Il n'y a rien à répondre à votre raisonnement de tout à l'heure ; votre détermination vous ressemble tout à fait, elle n'étonnera personne ; mais l'exécution est au-dessus de nos forces. L'idée de vous laisser seul ici, de vous savoir seul dans la nature, dépasse en douleur toutes les bornes de notre imagination. – Voilà pourtant ma destinée, a répondu tranquillement l'Empereur, et je dois m'attendre à tout ; mais mon âme est de force à répondre à tout... Ils me feront mourir ici, c'est certain. – Sire, l'acte que vous nous commandez ne saurait entrer dans l'esprit d'aucun de nous. Aussi, pour moi, je ne parlerai jusqu'au bout, comme a fait Votre Majesté ; je me défendrai sur ce point jusqu'à extinction ; mais j'agirai différemment. »

L'Empereur s'est assis, m'a fait asseoir auprès de lui : il se sentait fatigué, disait-il, et a demandé à déjeuner ; il me l'a fait partager. Depuis longtemps je ne dînais presque plus avec lui ; il m'en avait dit la raison, et me l'avoir dit était une plus grande faveur encore. Au moment du café, il ne se trouvait pas de tasse pour moi, Marchand allait sortir pour en chercher. « Prenez sur ma cheminée, a dit l'Empereur, il boira dans ma belle tasse d'or[1]. »

Comme le déjeuner finissait, est entré le grand-maréchal, disant que le gouverneur venait d'arriver, et le faisait demander dans sa nouvelle maison (de lui Bertrand), à cinquante pas de notre établissement, laquelle est sur le point d'être finie. L'Empereur lui a dit de s'y rendre, et comme le grand-maréchal, dans son geste et ses paroles, semblait demander s'il persistait toujours dans l'ordre qu'il nous avait donné ce matin, s'il n'y aurait pas moyen de le fléchir. « Je ne suis point un enfant, a repris vivement l'Empereur ; quand j'ai coulé à fond une question, elle ne me reste plus sous deux faces dans la tête. J'ai ordonné des batailles qui ont décidé du sort des empires, l'ordre n'en partait jamais que de ma

1. C'était la tasse de son nécessaire, placée sur la cheminée comme ornement.

J'ai le bonheur d'en posséder aujourd'hui la soucoupe ; M. Marchand, ce digne serviteur que Napoléon a déclaré lui être si cher, est venu, à son retour de Sainte-Hélène, m'en faire don avec une galanterie charmante qui a vivement touché ma reconnaissance et ma sensibilité. « La belle tasse dans laquelle vous avez bu quelquefois, m'a-t-il dit, appartenait au nécessaire de l'Empereur, et a dû y être rétablie ; mais la soucoupe, qui n'en faisait pas partie, s'est trouvée dans mon lot, et je vous l'apporte, pensant qu'elle vous fera grand plaisir ; j'en ai beaucoup moi-même à venir vous la donner. » *(Las Cases.)*

volonté réfléchie et arrêtée. Or, ici, tout ce dont il s'agit ne regarde que ma personne. Allez. »

Le grand-maréchal est revenu bientôt après rendre compte de sa conversation, qu'il avait terminée par son refus. Le gouverneur, disait-il, faisait demander les trois autres de nous à la fois. Il nous a semblé plus convenable pour nous de ne nous y présenter que successivement.

Je me suis mis en route : je l'ai aperçu entouré de plusieurs des siens à l'extrémité gauche du jardin, au débouché de la maison du grand-maréchal. Il est rentré en m'apercevant, et je l'ai rejoint dans le milieu de la cour.

Il s'était annoncé comme fort irrité contre moi ; j'arrivais cuirassé ; mais il m'a conduit avec des politesses marquées dans l'intérieur, faisant demeurer au-dehors les officiers de sa suite ; et m'ayant dit qu'il attendait, pour entrer en matière, l'arrivée de MM. de Montholon et Gourgaud, je lui ai demandé s'il aurait la moindre objection à la traiter immédiatement avec moi : il n'en avait aucune, a-t-il répondu ; et faisant entrer alors ses officiers, il m'a dit, en leur présence, que je connaissais sans doute, par le grand-maréchal, ce qu'il avait à me proposer au sujet de ma déclaration. Je lui ai répondu que oui, et que le grand-maréchal, étant par son rang, aussi bien que par la vénération et l'estime que je lui portais, mon modèle et mon guide, il devait attendre de moi la même réponse ; que du reste, je ne comprenais pas comment on attachait à une chose purement de forme, une importance qui devait avoir des résultats aussi douloureux pour nous, et nullement profitables pour ceux qui l'exigeaient. « Il n'est pas en mon pouvoir, a observé le gouverneur, de faire l'altération que vous désirez. Il m'est ordonné de vous présenter à signer la déclaration écrite de ma main ; or, je ne pourrais écrire, moi Anglais, la qualification à laquelle vous tenez. – J'ignorais cette circonstance, ai-je répondu, et je ne puis avoir de réponse contre une pareille raison. Vous Anglais, vous devez écrire ainsi ; mais, moi Français, je dois signer dans mon langage, c'est-à-dire avec la traduction du vôtre ; ainsi, permettez-moi d'ajouter à ma signature la phrase qu'il vous plaira de me dicter, dans laquelle je puisse m'exprimer dans mon langage. Vous voyez, ai-je ajouté, si je mets de la franchise dans mes intentions, et si je cherche à créer des embarras. » La proposition a semblé attirer toute son attention. « Tout ceci, ai-je continué, est une dispute sur de simples mots, qui, dans des circonstances aussi grandes que les nôtres, peut sembler bien petite : mais, monsieur, qui de nous a créé ces difficultés ? Qui de nous en souffre ? Votre refus nous mettrait dans une position affreuse ! Vous me voyez dans un vrai désespoir ! M'éloigner de l'Empereur serait pis que la mort ; mais pourtant il le faudrait plutôt que de le dégrader de mes propres mains. L'Empereur a réuni sur sa tête tout ce qui, de la part des hommes et du ciel, confère un caractère auguste ; vouloir le nier serait nier la lumière du soleil. »

Le gouverneur a observé que lui, Anglais, ne l'avait pas reconnu. C'était encore là une raison, disais-je, à laquelle je n'avais rien à objecter ; que les qualifications qu'il employait pouvaient me déplaire, mais que je n'avais point à les combattre, et que, par la même raison, il devait n'avoir rien à objecter à mon opinion et à mes expressions, à moi Français, dont il demandait la signature.

Ici, sir Hudson Lowe s'est aigri en revenant sur des circonstances passées qui lui étaient personnelles, et il s'est échappé jusqu'à dire qu'il ne connaissait, après tout, de vrai titre au respect que les qualités morales. « A ce prix, monsieur le gouverneur, ai-je répondu avec vivacité, et me tournant vers ses officiers, l'Empereur pourrait facilement se dévêtir de tous ses titres, et ne ferait que gagner dans tout l'univers à être traité d'après cette échelle. » Le gouverneur a gardé le silence, puis il a repris que constamment nous traitions notre général d'Empereur. « Et comment pourrions-nous le traiter autrement, je vous prie ? – Mais je veux dire que vous continuez à le regarder comme souverain. – Monsieur le gouverneur, vous parlez de souveraineté ? C'est de notre part bien plus encore, c'est du culte ! l'Empereur à nos yeux et dans nos sentiments n'est plus de cette terre ; nous le voyons dans les nuées, dans le firmament !... et quand vous nous laissez des choix en opposition avec lui, c'est le choix des martyrs auxquels on disait : Renoncez à votre culte ou mourez. Eh bien ! nous ici, nous n'aurions qu'à mourir. » Ces paroles ont produit une impression visible sur les officiers présents, et même sur le gouverneur. Contre son ordinaire, sa figure se montrait paisible et sa voix est devenue douce.

« Notre situation, ici, ai-je continué, est si affreuse, qu'elle devient au-dessus des forces de la vie, vous le savez ; eh bien ! ce n'est encore rien auprès du supplice que vous nous réservez. Ce que je vous ai demandé est facile et nous accorde tous ; vous me voyez devant vous le solliciter, et, de ma part, c'est assurément beaucoup, car je ne suis point dans l'habitude de vous importuner. Accordez-le, vous aurez fait quelque chose pour nous, je vous en aurai de la reconnaissance ; et puis songez encore qu'il est une responsabilité, une opinion publique en Europe, et que vous pourriez la heurter sans aucun avantage. Les sentiments qui m'animent ne sauraient vous être étrangers ; ils doivent sans doute aller au cœur de tous ceux qui m'écoutent. »

Ici le gouverneur a paru remué, les officiers l'étaient. Il a gardé quelques moments de silence, m'a salué, et nous nous sommes séparés.

MM. de Montholon et Gourgaud ont eu leur tour, et nous nous sommes retrouvés tous les quatre auprès de l'Empereur, à sa toilette, sans que nous puissions l'informer positivement s'il avait été rien décidé à notre égard. L'Empereur a ensuite voulu prendre l'air, en dépit d'un vent très fort, et nous avons marché tous jusqu'au fond du bois. Il passait en revue toutes les combinaisons du gouverneur, avec cette rapidité, cette fécondité qui lui est propre, et concluait toujours par dire que, si nous concédions aujourd'hui une signature pour échapper au départ, demain il se trouverait une autre cause d'expulsion, et qu'il aimait mieux que cela fût plutôt avec éclat que sans bruit. Puis, donnant tout à coup à la chose une tournure de plaisanterie, il disait que le gouverneur, après tout, ne voudrait peut-être pas réduire le nombre de ses sujets à un seul, et quel sujet encore, ajoutait-il, un vrai porc-épic, sur lequel il ne saurait comment poser la main.

Durant notre promenade, deux étrangers se sont montrés assez près de nous. L'Empereur leur a fait demander qui ils étaient. Ils appartenaient au bâtiment qui devait appareiller le lendemain pour l'Europe. L'Empereur leur a demandé quelle autorité ils verraient en arrivant à Londres. « Lord Bathurst », ont-ils répondu.

« Dites-lui qu'il me traite bien odieusement par ses instructions, et qu'il a ici un agent qui les exécute bien fidèlement ; s'il voulait se défaire de moi, il aurait dû m'expédier d'un coup, et non pas me faire mourir à petit feu. Rien ne saurait être plus barbare ; il n'y a rien d'anglais dans tout cela ; je l'attribue à quelques personnalités. J'estime assez le prince régent, la masse des ministres, la nation anglaise, pour ne pas les en rendre responsables. Quoi qu'il en soit, le corps seul est au pouvoir des méchants, l'âme règne partout ; du fond des cachots même, elle peut s'élever jusqu'au ciel. »

Au retour, l'Empereur a pris un bain ; il m'a fait appeler ; il était fatigué, harassé des événements du jour. Il s'y est endormi, et je le veillais ! je méditais sur nos chagrins nouveaux ; ils étaient bien grands !...

A dîner il a peu mangé. Quelqu'un de nous racontait, et l'Empereur faisait répéter, ce qui lui arrive souvent : le narrateur ayant repris d'un ton plus haut, l'Empereur a dit : « Décidément je suis sourd, je le vois bien, car je n'entends pas, et je suis tenté de me fâcher, si l'on veut parler plus haut. » Il a fini par nous lire du *Don Quichotte*, s'est arrêté à quelques plaisanteries et, posant le livre, a dit qu'il fallait assurément avoir du courage pour rire en cet instant de pareilles babioles. Il a rêvé profondément quelque temps, s'est levé et nous a quittés en disant : *« Adieu, mes chers amis. »*

Cependant, on m'avait remis pendant le dîner une lettre du grand-maréchal ; je l'avais tenue secrète, n'en augurant rien de bon. Je l'ai ouverte dès que nous nous sommes trouvés à nous-mêmes. C'était une lettre du gouverneur, annonçant que, sur nos refus, il allait donner des ordres pour nous transporter au Cap. Nous n'avons écouté que nos sentiments ; nous séparer de l'Empereur était au-dessus de nos forces, au-dessus de son désir, de ses ordres mêmes, à ce qu'il nous semblait. Nous nous sommes hâtés, d'un sentiment unanime, de signer nos déclarations telles qu'on nous les avait demandées, et avons été les remettre chez l'officier anglais de service à Longwood, avec une lettre pour le grand-maréchal, dans laquelle nous lui marquions ce que nous venions de faire, sans sa participation. Le cœur seul nous avait conduits ; et, si l'Empereur devait s'en fâcher, notre cœur seul encore devait nous consoler.

Ainsi se trouva consommé notre véritable esclavage, notre entière dépendance aux volontés, aux caprices de sir Hudson Lowe, moins encore par la signature que nous venions de lui donner, que parce qu'il tenait notre secret, et qu'il savait désormais comment nous faire arriver à tout ce qu'il lui plairait.

MERCREDI 16.

Anecdotes sur Sieyès ; nuances. L'Empereur souvent déguisé dans les fêtes populaires. Visites au faubourg Saint-Antoine, après Moscou et l'île d'Elbe. Mœurs sous le Directoire. Note officielle remarquable.

L'Empereur m'a fait venir vers midi. Il finissait de prendre une tasse de café et achevait une lecture. Il m'a dit de m'asseoir et s'est mis à causer. Dans le cours de la conversation, un mot m'a fait comprendre qu'il savait déjà notre détermination de la veille ; mais il a gardé un silence entier sur la chose même, et il n'en a plus été question aujourd'hui ni plus tard. Après son déjeuner, l'Empereur s'est mis à se promener dans deux pièces. La conversation a conduit à des anecdotes des temps antérieurs. Sieyès en faisait les frais. L'Empereur racontait, qu'aumônier des princes d'Orléans et leur disant un jour la messe, quelque chose d'imprévu les fit sortir successivement durant l'office. L'abbé se retournant et n'apercevant plus que les valets, ferma le livre et sortit aussi, disant qu'il n'était pas payé pour dire la messe à la canaille.

Je disais à l'Empereur : « C'est de la bouche même de Votre Majesté que j'ai appris le nom de l'abbé Sieyès, et que je suis venu à connaître sa figure. Quelques jours après ma présentation à la cour, dans une de vos audiences, après m'avoir dépassé, Votre Majesté s'arrêta à mon voisin, en l'interpellant par son nom ; tout encore aux préjugés de l'émigration, je me crus pestiféré ; c'était pour moi une hyène, un griffon, tout ce qu'on voudra, tant il était mal noté, et poursuivi parmi nous. – Nul doute, mon cher, a repris l'Empereur, que ce ne fût *la mort sans phrase* qui agissait, mais on assure qu'il l'a désavoué. »

Alors je lui ai répété une anecdote qui avait couru dans le temps, au faubourg Saint-Germain, sur laquelle on a dû voir plus haut que l'Empereur ne s'était pas prononcé ; on lui faisait répondre à Sieyès, qui avait employé le mot de tyran en parlant de Louis XVI : Monsieur l'abbé, s'il eût été tyran, je ne serais pas ici et vous diriez encore la messe. « J'aurais pu le penser, a dit cette fois l'Empereur, mais je n'aurais jamais eu la bêtise de le dire ; c'est un des contes bleus de vos salons. Je ne faisais pas de pareilles gaucheries. J'avais pour but d'éteindre le feu, et j'aurais eu garde de jeter des combustibles sur le brasier. Le torrent alors n'était que trop prononcé contre certains chefs de la Révolution. J'étais obligé de les soutenir, et je le faisais, loin de les lâcher. Aussi, quelqu'un ayant déterré, on ne sait où, un buste de Sieyès en abbé, on l'étala dans une exposition publique du gouvernement ; ce fut aussitôt un cancan universel. Sieyès, furieux, se mettait en route pour me porter plainte, mais la mercuriale était déjà donnée et le buste retiré.

« Mon grand principe était de prévenir toute réaction, d'ensevelir entièrement le passé. Jamais on ne m'a vu revenir sur aucune opinion ni proscrire aucun acte. Je m'étais environné de votants : j'en avais aux ministères, au Conseil d'État, partout. Je n'approuvais pas la doctrine ; mais je n'avais rien à faire avec l'acte ; étais-je leur juge ? et qui m'en eût donné le droit ? Puis les uns avaient agi par conviction, d'autres par faiblesse et terreur ; tous par le délire, la fureur, la tempête du moment. Le pauvre Louis XVI se trouva sous la fatalité des tragiques grecs, etc. »

Je disais encore à l'Empereur qu'il avait couru aussi dans le faubourg Saint-Germain, que Sieyès avait été pris en flagrant délit, conspirant contre lui lors de l'affaire de M. Clément de Ris, enlevé et mis en charte[1] privée par les chouans ; et que lui, Napoléon, lui avait fait grâce au prix de son éloignement et de son abnégation politique : « Nouvelle fable de vos oisifs. Il n'y a pas le plus léger fondement à cette histoire, a repris l'Empereur ; Sieyès m'a toujours été attaché, je n'ai jamais eu à m'en plaindre. Il a pu être fâché de me trouver dans le chemin de ses idées métaphysiques, mais il en revenait à sentir la nécessité que quelqu'un gouvernât et me préférait à un autre. Sieyès, après tout, était probe, honnête et surtout fort habile ; la Révolution lui doit beaucoup. » Et il s'est mis à raconter qu'à une des premières fêtes du Consulat, considérant les illuminations avec Sieyès, il lui avait demandé ce qu'il pensait des affaires. Sieyès se montra plus froid, fut même décourageant. « Mais cependant j'ai

1. Pour chartre, terme archaïque désignant une prison.

trouvé ce matin tout le peuple dans des dispositions excellentes. – Rarement, répondait à cela Sieyès, le peuple se montre à découvert vis-à-vis de celui qui, possédant le pouvoir, apparaît à ses regards. Moi je dois vous dire qu'il n'est pas content. – Vous ne croyez donc pas que ce gouvernement tienne ? – Non. – Vous ne croyez donc pas ceci fini ? – Non. – Et quand le regarderez-vous comme fini ? – Quand je verrai dans votre antichambre les anciens ducs, les anciens marquis », dit Sieyès. Et l'Empereur ajoutait : « Sieyès ne se doutait pas que ce serait si tôt. Il ne lisait pas fort au loin, il avait la vue courte. Je pensais bien intérieurement comme lui, que tout ne pouvait pas être fini avec la République, mais je sentais que l'Empire n'était pas loin. Aussi, deux ou trois ans plus tard, n'ayant pas perdu le souvenir de l'anecdote, dans une de mes plus grandes audiences, je dis à Sieyès : Eh bien ! vous voici pêle-mêle avec les anciens ducs et les anciens marquis, regardez-vous le tout comme fini ? – Oh ! oui, dit Sieyès, s'inclinant profondément, vous avez accompli des prodiges que rien n'égale, et qu'il était au-dessus de mes forces de prévoir. »

L'Empereur, dans son consulat et même sous l'Empire, le jour des fêtes publiques, allait parfois très tard se mêler dans la foule, voir les illuminations et entendre les propos du peuple. Cela lui est arrivé même avec Marie-Louise. L'un et l'autre ont été bras à bras, le soir, sur les boulevards, et se sont donné le plaisir, disait l'Empereur, moyennant leur petite rétribution, de contempler dans les lanternes magiques Leurs Majestés l'Empereur et l'Impératrice des Français, toute leur cour, etc.

Dans un de ces demi-déguisements, sous le Consulat, Napoléon, dans une des embrasures de l'hôtel de la Marine, considérait une illumination publique. Il était à côté d'une dame anciennement considérable, à ce qu'il paraît, qui nommait à sa fille, vraiment charmante, les personnes remarquables qui défilaient dans les appartements. A l'une d'elles elle ajouta : « Fais-moi rappeler, ma fille, que nous devons l'aller voir ; elle nous a rendu service. – Mais, ma mère, répondit la jolie personne, je ne croyais pas qu'avec ces gens-là on fût tenu à reconnaissance ; je croyais qu'ils étaient déjà assez heureux d'obliger des personnes comme nous. » La Bruyère assurément, disait l'Empereur, eût fait son profit de telles paroles.

L'Empereur, déguisé, parcourait souvent la capitale ; il sortait surtout de très grand matin, seul, à pied dans les rues ; se mêlait aux ouvriers, dont il cherchait à connaître la situation et l'esprit.

Plus d'une fois je l'ai entendu au Conseil d'État recommander au préfet de police d'en faire autant ; c'était ce qu'il appelait *la police du cadi*[1], celle qui s'exerce en personne et qu'il estimait de beaucoup la meilleure.

Napoléon, de retour de la désastreuse campagne de Moscou et de Leipsick, pour maintenir la confiance, affecta de se placer souvent et presque seul au milieu de la multitude. Il parcourait, lui trois ou quatrième, les marchés, les faubourgs et toutes les parties populeuses de la capitale, où il causait familièrement, et partout il fut bien reçu, bien traité.

Un jour, à la Halle, après quelques mots échangés, une femme se hasarda à lui dire qu'il fallait faire la paix. « La bonne, continuez de vendre vos herbes, reprit l'Empereur, et laissez-moi faire ce qui me regarde : chacun son métier. » Et tous les assistants de rire et d'applaudir à son opinion.

Un autre jour, au faubourg Saint-Antoine, entouré d'une immense multitude, parmi laquelle il se montrait très bon homme, un des assistants osa l'interpeller. « Est-il vrai, comme on dit, que les affaires vont si mal ? – Mais, répondit l'Empereur, je ne peux pas dire qu'elles aillent trop bien. – Mais comment cela finira-t-il donc ? – Ma foi, Dieu le sait. – Mais comment ? Est-ce que les ennemis pourraient entrer en France ? – Cela pourrait bien être, et venir même jusqu'ici, si l'on ne m'aide pas : je n'ai pas un million de bras ; je ne puis pas faire tout à moi tout seul. – Mais nous vous soutiendrons, dirent un grand nombre de voix. – Alors je saurai bien battre encore l'ennemi, et conserver toute notre gloire. – Mais que faut-il donc que nous fassions ? – Vous enrôler et vous battre. – Nous le ferions bien, dit un autre, mais nous voudrions y mettre quelques conditions ! – Eh bien ! lesquelles, dites ? – Nous voudrions ne pas passer la frontière. – Vous ne la passerez pas. – Nous voudrions, dit un troisième, être de la garde. – Eh bien ! va pour la garde. » Et les accla-

1. Juge dans l'administration turque.

mations de retentir. Des registres furent ouverts sur-le-champ, et plus de deux mille individus s'enrôlèrent dans la journée. En les quittant, Napoléon regagnait lentement les Tuileries, pressé par cette multitude en désordre qui faisait retentir l'air de ses cris ; lorsqu'il vint à déboucher sur le Carrousel, le tout fut pris pour une insurrection, si bien que l'on s'empressa de fermer les grilles.

A son retour de l'île d'Elbe, l'Empereur fit une pareille visite au faubourg Saint-Antoine, et y fut reçu avec un enthousiasme sans égal ; il fut reconduit de même. Traversant le faubourg Saint-Germain, la rage de la multitude s'exhalait contre ces beaux hôtels et en montrait les fenêtres d'une main furieuse. L'Empereur disait s'être trouvé bien rarement dans une situation aussi délicate. « Que de maux, disait-il, n'eussent pas pu produire une seule pierre lancée du milieu de cette multitude, ou une seule parole imprudente, ou même une expression seulement équivoque de mon visage ; le faubourg malveillant pouvait disparaître dans son entier, et je crois bien que ce ne fut qu'au calme de ma personne, au respect que me portait cette multitude, que fut due sa conservation. »

A l'heure de sa toilette, l'Empereur se faisait couper les cheveux par Santini ; j'étais à son côté, un tant soit peu en arrière, une grosse touffe est tombée à mes pieds. L'Empereur, me voyant me baisser, a demandé ce que c'était. J'ai répondu que j'avais laissé tomber quelque chose que je ramassais. Il m'a pincé l'oreille en souriant. Il venait de deviner.

Plus tard, parlant de la dépravation et de l'immoralité des mœurs du temps, lorsqu'il commandait l'armée de l'intérieur de Paris, Napoléon racontait qu'un ordonnateur en chef vint lui demander quelques signatures et le prier d'appuyer certaines nominations et certaines fournitures, ce qu'il n'hésita pas à promettre, parce que cela lui semblait juste. L'ordonnateur, en se retirant, laissa très adroitement sur la cheminée deux petits rouleaux de cent louis. On ne connaissait encore que les assignats, c'était donc une somme énorme. Très heureusement le général fut le premier à s'en apercevoir, et avant que le visiteur fût loin on le rappela. Il essaya de nier d'abord, puis il ajouta de bonne foi qu'il fallait que chacun vécût, que le gouvernement ne donnait point d'appointements, que cette manière était aujourd'hui l'usage général, et qu'après tout il priait qu'on ne se fâchât pas, qu'il était rare qu'on eût à solliciter de pareils pardons.

L'Empereur, au moment de la promenade, se trouvait fort assoupi, et voulant se vaincre, il n'en est pas moins sorti, et en dépit d'un vent très violent. Au bout de quelques pas, il a renoncé à sa promenade, et nous avons gagné l'appartement de Mme de Montholon. A peine assis sur le canapé, l'Empereur s'est assoupi de nouveau. Il est sorti encore pour vaincre cette disposition et a gagné le salon. Il se plaignait d'une forte chaleur intérieure ; il a demandé un verre d'eau panée, et l'assoupissement continuait toujours, il a pris le parti d'y céder et s'est retiré dans sa chambre.

Vers sept heures, l'Empereur m'a fait appeler et m'a dit de garder au nombre des pièces officielles la note suivante qu'il m'a remise. Elle était envoyée de sa part, le matin, au gouverneur . . . .

NOTE. « Il me revient que, dans la conversation qui a eu lieu entre le général Lowe et plusieurs de ces messieurs (allusion aux conversations du mardi 15), il s'est dit des choses sur ma position qui ne sont pas conformes à mes pensées. J'ai abdiqué dans les mains des représentants de la nation et au profit de mon fils. Je me suis porté avec confiance en Angleterre pour y vivre là, ou en Amérique, dans la plus profonde retraite, et sous le nom d'un colonel tué à mes côtés, *résolu de rester étranger à toute affaire politique de quelque nature qu'elle puisse être*.

« Arrivé à bord du *Northumberland*, on me dit que j'étais prisonnier de guerre, qu'on me transportait au-delà de la Ligne, et que je m'appelais le général Bonaparte. Je dus porter ostensiblement mon titre d'empereur Napoléon, en opposition au titre de général Bonaparte qu'on voulait m'imposer.

« Il y a sept ou huit mois, le comte de Montholon proposa de pourvoir à de petites difficultés qui naissent à chaque instant, en adoptant un nom ordinaire. L'amiral crut devoir en écrire à Londres, cela en est resté là.

« On me donne aujourd'hui un nom qui a cet avantage, qu'il ne préjuge pas le passé, mais qui n'est pas dans les formes de la société. *Je suis toujours disposé à prendre un nom qui entre dans l'usage ordinaire*, et réitère que, quand l'on jugera à propos de faire cesser ce cruel séjour, *je suis dans la volonté de rester étranger à la politique, quelque chose qui se passe dans le monde*. Voilà ma pensée. Toute autre chose qui aurait été dite sur cette matière ne la serait pas. »

L'Empereur a fort peu mangé à dîner. Son état avait quelque chose d'extraordinaire. Avant, durant et après le dîner, il se sentait vaincu par l'assoupissement qui durait depuis le matin, et sa crainte, a-t-il dit en nous quittant, était de ne pas dormir, tant ce qu'il éprouvait était contraire à sa nature. D'ordinaire il dort profondément quand il en a besoin, au lieu qu'ici ce n'avait été tout le jour qu'un *sommeillage*, disait-il.

Aujourd'hui une frégate est partie pour l'Europe.

JEUDI 17.

Louis XVI. Marie-Antoinette. Mme Campan. Léonard. Princesse de Lamballe.

Vers midi, l'Empereur m'a fait demander ; il venait de déjeuner. Il ne se trouvait pas mieux. Il a essayé de causer quelque temps, puis a lu en anglais quelques pages du *Vicaire de Wakefield*[1]. L'assoupissement durait encore. Après de vains efforts pour combattre le sommeil, il m'a dit qu'il allait s'y abandonner et se jeter sur son lit : il était d'autant plus étonné de ce besoin, qu'il disait avoir bien dormi dans la nuit.

L'Empereur n'a paru que pour le dîner, toujours combattant son assoupissement. Après le dîner il a essayé de lire quelque chose de *Don Quichotte*, mais il l'a interrompu presque aussitôt et s'est retiré. Comme il était de fort bonne heure, il m'a fait demander, après s'être mis au lit, et m'a retenu près d'une heure, causant sur divers objets.

La conversation a conduit à Louis XVI, à la reine, à Madame Élisabeth, à leur martyre, etc. L'Empereur me demandait ce que j'avais connu du roi et de la reine, ce qu'ils m'avaient dit lors de ma présentation, etc. Les formes, les circonstances étaient les mêmes, disais-je, que celles qui

1. Roman de Goldsmith (1766).

avaient été adoptées pour lui sous l'Empire. Quant au caractère, je disais qu'en général on avait été d'accord que la reine avait trompé l'attente publique, qu'elle avait fait croire, dès les premiers instants de l'orage, à de grands talents, à beaucoup d'énergie, et qu'elle n'avait ensuite montré rien de tout cela. Quant au roi, je me contentais de rendre à l'Empereur l'opinion de M. Bertrand de Molleville, que j'avais beaucoup connu, et qui avait été son ministre de la Marine au plus fort de la crise. Il lui reconnaissait une instruction peu commune, un jugement très sain, des intentions excellentes, mais tout finissait là, et il ne manquait jamais de se noyer ensuite dans la multiplicité des conseils qu'il sollicitait, aussi bien que dans l'irrésolution et les vices de leur exécution.

L'Empereur a répondu à son tour par le portrait de la reine, fourni par Mme Campan, qui, disait-il, ayant été sa confidente et lui ayant porté beaucoup de zèle, d'affection et de fidélité, avait beaucoup de choses à dire, et méritait d'être considérée comme une bonne autorité. Mme Campan, ajoutait-il, l'avait souvent entretenu des plus petits détails de la vie privée de la reine, et il en a raconté une foule de choses, toutes venues de cette source.

La reine, selon Mme Campan, était une femme charmante, mais sans nulle capacité ; bien plus calculée pour les plaisirs que pour la haute politique ; d'un très bon cœur ; nullement prodigue, plutôt avare, et pas du tout à la hauteur de la crise qui la dévora ; au surplus, d'intelligence suivie avec les machinations du dehors, et ne doutant nullement de sa délivrance par l'étranger, et pour le moment même où elle succomba sous l'effroyable 10 août, catastrophe amenée précisément par les intrigues et les espérances mêmes de la cour, que l'impéritie du roi et les inconsidérations de tout ce qui l'entourait rendaient connues de tout le monde.

« Dans l'affreuse nuit du 5 au 6 octobre, à Versailles, disait l'Empereur, une personne très distinguée dans les affections de la reine, et que j'ai fort maltraitée plus tard à Radstadt, accourut auprès de cette princesse, soit qu'elle eût été mandée, soit qu'elle fût venue partager ses périls. Et c'est dans d'aussi cruels moments, du reste, observait l'Empereur, que les conseils et les consolations sont nécessaires de la part de ceux qui nous sont dévoués. Lorsque la catastrophe arriva, que le palais fut forcé, la reine se sauva dans les appartements du roi, mais son confident courut les plus grands dangers et n'échappa qu'en sautant par une fenêtre. »

Je disais à l'Empereur que la reine avait beaucoup perdu dans l'esprit de l'émigration, par les malheurs de Varennes ; on lui reprochait de n'avoir pas voulu laisser le roi partir seul et, une fois du voyage, de n'avoir pas su le diriger avec habileté ni énergie. On ne saurait se figurer en effet le décousu et les fautes de ce voyage. Un de ses détails qui ne semblera pas le moins bizarre ni le moins grotesque, c'est que Léonard, le fameux coiffeur de la reine, qui en faisait partie, trouva moyen de passer dans son cabriolet au milieu de la bagarre, et qu'il nous arriva à Coblentz avec le bâton de maréchal, dit-on, que le roi avait emporté des Tuileries pour le remettre à M. de Bouillé, au moment de la rencontre.

« Du reste, terminait l'Empereur, c'était une maxime établie dans la maison d'Autriche, que de garder un silence profond sur la reine de France. Au nom de Marie-Antoinette ils baissent les yeux et changent significativement la conversation comme pour échapper à un sujet désagréable et embarrassant. C'est, continuait l'Empereur, une règle adoptée par toute la famille, et recommandée à ses agents du dehors. Ainsi, nul doute que les soins des princes français pour la remettre dernièrement en scène à Paris ne déplaisent beaucoup à Vienne. »

L'Empereur passait ensuite à la princesse de Lamballe, dont il n'avait aucune idée. Je pouvais aisément le satisfaire ; je l'avais beaucoup connue. Une parente de mon nom étant sa dame d'honneur lorsque j'arrivai à Aix-la-Chapelle, au commencement de mon émigration, je fus reçu auprès d'elle comme de sa maison, et traité avec une grande bonté.

La princesse de Lamballe, disais-je, réunissait auprès d'elle, dans cette ville, beaucoup de débris de Versailles, de vieux courtisans et d'anciennes personnes à la mode. Il y venait aussi beaucoup d'illustres étrangers : j'y vis souvent le roi de Suède, Gustave III, sous le nom de comte de Haga ; le prince Ferdinand de Prusse, avec ses enfants, dont l'aîné, le prince Louis, a été tué quelques instants avant la bataille d'Iéna ; la duchesse de Cumberland, veuve d'un frère du roi d'Angleterre, etc.

Lorsque Louis XVI, acceptant solennellement la Constitution, recomposa sa maison, la princesse reçut une lettre officielle de la reine, pour l'engager à reprendre auprès d'elle ses fonctions de surintendante. La princesse prit l'avis de ses vieux conseillers, qui tous pensèrent que la reine n'étant point libre et le danger pouvant être grand à Paris, il ne fallait pas s'y rendre, et regarder la lettre de la reine comme non avenue. La princesse ayant demandé ailleurs ce qu'on en pensait, on eut le malheur de répondre : « Madame, vous avez partagé les prospérités de la reine, il serait bien beau de lui montrer de la fidélité, surtout aujourd'hui que vous avez cessé d'être sa favorite. » La princesse avait le cœur élevé, les affections tendres, la tête volontiers romanesque ; elle déclara le lendemain qu'elle partait pour Paris. Cette malheureuse princesse retourna donc dans la capitale avec pleine connaissance du péril : elle est tombée illustre victime de sa générosité et de ses beaux sentiments. Mes parents m'avaient offert à elle ; un moment je dus la suivre ; mon âge et le peu d'instants que j'avais paru à Paris eussent pu me laisser auprès d'elle à peu près inconnu, et j'aurais peut-être pu être utile ; mais au moment du départ la princesse y vit des inconvénients et me commanda d'y renoncer. Toutefois je demeurai son nouvelliste : je lui mandais tous les deux jours, de la meilleure foi du monde, les histoires et les contes ridicules de tout genre dont on flattait nos illusions, et que nous ne manquions pas d'adopter avec la foi la plus robuste. Je les lui mandais encore que nous étions déjà en campagne, je les lui mandais encore qu'elle n'était déjà plus !... A la douleur extrême que je ressentis de son effroyable destinée, dut se joindre quelque temps la crainte secrète d'y avoir contribué peut-être par mes bulletins ; et le hasard fait, ajoutais-je à l'Empereur, que je me trouve avoir ici quelques lignes qu'elle traçait peu de jours avant la hideuse catastrophe dont elle nous a laissé l'horrible souvenir ; elles sont datées *du haut de mon donjon*. C'était ainsi qu'elle appelait précisément le pavillon de Flore, qu'elle occupait en cet instant aux Tuileries.

VENDREDI 18.

On nous enlève quatre des nôtres.
Premières années de l'Empereur.

Je n'ai vu l'Empereur qu'à cinq heures ; il m'a fait appeler dans le salon. Il continuait à n'être pas bien ; cependant il avait travaillé avec le grand-maréchal tout le matin. Il a fait appeler successivement tout le monde ; il était ennuyé, pesant et cependant agité : il cherchait de toute manière à se distraire. Il a essayé successivement les échecs, le domino et les échecs encore ; enfin il est rentré dans sa chambre, n'y pouvant plus tenir. Il est certain que le temps et les circonstances concourent sans doute à nous créer une espèce de tourment nouveau et difficile à supporter. La saison est aigre et prend sur les nerfs. Les mesures accumulées contre nous sont pires encore. Chaque parole du gouverneur porte autour de nous la désolation et la douleur. Aujourd'hui il a signifié l'éloignement de quatre individus de l'établissement, et des larmes amères et générales ont coulé parmi tous les gens, les uns par la douleur de s'éloigner, les autres par le chagrin de voir enlever leurs compagnons, et la crainte de partager bientôt à leur tour le même sort. C'était le redoutable Scylla[1] enlevant du vaisseau d'Ulysse quatre des siens pour les dévorer.

Le gouverneur m'a fait dire aussi qu'il m'enlèverait mon domestique, habitant de l'île dont j'étais fort content. Il a craint sans doute qu'il ne se fût trop attaché. Il se propose de m'en donner un lui-même, ce dont je le remercie, et n'aurai garde de profiter.

L'Empereur a peu mangé à dîner ; mais, après le dessert, il s'est mis à causer ; il a pris le sujet de ses premières années ; il s'est animé. C'est toujours pour lui un objet plein d'attraits, une source toujours nouvelle d'un vif intérêt ; il répétait une partie de ce que j'ai déjà dit ailleurs ; il se reportait à cet heureux âge, disait-il, où tout est gaieté, désir, jouissance ; à ces heureuses époques de l'espérance, de l'ambition naissante, où le monde tout entier s'ouvre devant vous, où tous les romans sont permis. Il parlait du temps de son régiment, des plaisirs de la société, des bals, des fêtes. En parlant de la somptuosité de l'une d'elles, qu'il élevait fort haut : « Après tout, disait-il, je ne saurais trop guère la classer : car il est à croire que mes idées de somptuosité d'alors sont un peu différentes de celles d'aujourd'hui, etc. »

Il nous disait, en recherchant certains détails, qu'il lui serait difficile d'assigner sa vie année par année. Nous lui

1. Monstre du détroit de Messine qui, comme Charybde, engloutissait les marins imprudents.

disions que, s'il pouvait seulement s'en rappeler quatre ou cinq, nous nous chargerions de toutes les autres. De là, il est revenu sur son début militaire à Toulon, les causes qui l'y avaient fait envoyer, les circonstances qui avaient fait ressortir ses moyens, l'ascendant subit que lui avaient donné ses premiers succès, l'ambition qu'ils avaient fait naître ; et tout cela, disait-il, n'allait pas encore fort haut. « J'étais loin de me regarder encore comme un homme supérieur. » Et il a répété que ce n'était qu'après Lodi que lui étaient venues les premières idées de la haute ambition, laquelle s'était tout à fait déclarée sur le sol de l'Égypte, après la victoire des Pyramides et la possession du Caire, etc. « Alors vraiment je crus pouvoir m'abandonner, disait-il, aux plus brillants rêves, etc. »

L'Empereur était devenu fort gai, très causant : il était minuit quand il s'est retiré. C'était une espèce de résurrection.

SAMEDI 19.

Romans de Mme de Genlis.

Les quatre proscrits : le Polonais, Santini, Archambault et Rousseau, l'argentier, nous ont quittés vers le milieu du jour. Une heure après, ils étaient sous voile pour le Cap, dans un petit bâtiment, avec un vent très fort.

L'Empereur m'a fait appeler sur les trois heures dans le salon. Il s'est fait apporter les romans de Mme de Genlis. Il en a parcouru tout haut quelques-uns. Il les a bientôt laissés ; ils ne lui disaient rien, remarquait-il. Il n'en était pas ainsi de moi, quelques pages ont touché des cordes délicates : c'étaient certains détails de la bonne société de la capitale, les noms des rues, des monuments, des conversations familières, des portraits connus, des ressouvenirs directs ; ces images n'étaient point sans effet sur moi. Les réalités existaient, j'existais moi-même, et pourtant les lieux, les temps, et déjà l'éternité sans doute nous séparaient. Je pouvais juger en ce moment que les jouissances, les plaisirs ne m'étaient rien ; mais les personnes, les localités mêmes se représentaient avec des attraits qui me laissaient une douce et profonde mélancolie.

A l'arrivée du grand-maréchal pour le travail, l'Empereur lui a dicté jusqu'à dîner.

Le soir, l'Empereur a demandé *les Mille et Une Nuits*, qu'il a bientôt laissées.

DIMANCHE 20.

Estimation de la bibliothèque. La famille du grand-maréchal se rapproche de nous.

J'ai passé la journée à l'estimation des livres qu'on nous a envoyés de Londres, et pour lesquels on a réclamé à l'Empereur une somme énorme. Notre estimation n'a pu en atteindre la moitié.

Je n'élève assurément aucun doute sur le déboursé fait par le gouvernement de la somme qu'il réclame à l'Empereur ; mais ayant quelques données sur les marchés de cette nature, je n'hésite pas à prononcer que le libraire en a reçu tout au plus un tiers, peut-être moins encore.

Du reste, l'inexactitude, l'incurie et des irrégularités manifestes ont présidé à cet envoi, et le caractérisent particulièrement.

1° On n'a point envoyé les livres qui avaient été demandés, et nous en avons reçu grand nombre qui n'étaient pas sur notre liste de demande.

2° Les éditions sont mauvaises, et la plupart des ouvrages évidemment de rebut. Plusieurs sont incomplets et défectueux. C'est un libraire dont on a facilité les intérêts, et nullement quelqu'un qu'on a cherché à satisfaire. A côté de ces ouvrages de rebut, on en trouve d'un luxe très recherché et fort inutile, tels que Gentil-Bernard, etc. C'est que le libraire favorisé les aura eus dans sa boutique, qu'il a voulu les faire passer, et a ainsi écoulé ce qui lui a plu.

3° On ne saurait alléguer, pour excuser le prix et les éditions, que c'est là tout ce qu'on a pu se procurer à Londres, et c'est pourtant ce qu'on a osé faire. La lenteur mise à exécuter cette commission a laissé cent fois le temps de se pourvoir à Paris, où l'on eût trouvé tout ce qui avait été demandé, d'où l'on n'eût fait venir que ce qui avait été demandé, et où on l'eût obtenu bon et aux vrais prix.

4° Les droits énormes d'importation en Angleterre ne sauraient non plus nous être portés raisonnablement en compte, puisque ces livres, achetés pour Sainte-Hélène, ont dû être sujets à un *drawback* (retour), ou même n'auraient pas dû entrer du tout en Angleterre. Quel est donc le simple particulier qui, d'après tous ces motifs, n'aurait à élever de très justes griefs, sur lesquels les tribunaux ne manqueraient pas de prononcer favorablement ? Mais tout cela est encore trop bon pour Sainte-Hélène et l'illustre captif sur son roc ; lui et les siens demeurent en dehors de toutes lois.

L'Empereur n'a paru dans le salon qu'un instant avant le dîner ; il n'avait vu encore personne de la journée, nous a-t-il dit. Il avait cherché et trouvé de la distraction dans un travail continu.

Après le dîner, il est revenu aux *Mille et Une Nuits*.

Aujourd'hui le grand-maréchal et sa famille ont quitté Hut's gate, leur première demeure, qui était à près d'une lieue de nous. Ils sont venus s'établir enfin à leur nouvelle maison, ce qui nous met désormais presque sous le même toit. C'était un événement pour eux et pour nous.

LUNDI 21.

Expédition de Saint Louis en Égypte. Nos femmes auteurs ; Mme de Staël. Les écrivains ennemis de Napoléon ne mordront que sur du granit.

J'ai été voir Mme Bertrand après déjeuner ; elle était tellement tenue au secret à Hut's gate, qu'elle ne perdra rien à être enfermée dans notre enceinte ; mais nous, nous y gagnerons beaucoup. Pour mon compte, j'ai cru retrouver quelque chose de la famille.

Notre enceinte se rétrécit chaque jour. Les sentinelles s'accroissent, tout nous rappelle à chaque instant notre horrible prison.

L'Empereur me disait, durant sa toilette, qu'il voulait absolument reprendre son travail régulier qu'avaient interrompu les derniers tourments de cet horrible gouverneur. Je l'y engageais de toutes mes forces, et pour lui et pour nous, et pour la France, et pour l'histoire.

Le temps était trop mauvais pour que l'Empereur eût pu prendre l'air. Il a gagné sa bibliothèque, fouillé dans les

Croisades de Michaud et dans les *Mémoires* de Joinville. De là il est passé au salon, et a causé encore quelque temps, particulièrement sur le domestique qu'on veut m'enlever et sur celui qu'on veut me donner, etc.

Le gouverneur ne veut donner de l'argenterie de l'Empereur que plus d'un cinquième de moins qu'on ne l'estime à Paris, et pourtant il ne veut permettre ni concours ici, ni transport à Londres.

Les malheureuses gens qu'on a embarquées pour le Cap n'auront que la nourriture de matelot. Du reste, j'ai appris à cette occasion qu'il en avait été de même à bord du *Northumberland*, où les gens de l'Empereur n'avaient eu d'autres douceurs, au-dessus des gens de l'équipage, que ce qu'ils avaient pu se procurer à leurs dépens.

Après dîner, l'Empereur a lu, dans Joinville, l'expédition de Saint Louis en Égypte ; il l'analysait, en faisant ressortir les fautes, comparait les mouvements, le plan d'alors avec celui qu'il avait adopté lui-même, et concluait que, s'il avait agi de même que Saint Louis, il eût eu infailliblement le même sort.

S'étant retiré de bonne heure et m'ayant fait appeler près de lui, la conversation a repris sur ses courses en Égypte et en Syrie. La *Mathilde* de Mme Cottin, qui en avait fait le théâtre de son roman, s'est trouvée mentionnée, et cela a conduit l'Empereur à passer en revue nos femmes auteurs. Il a parlé de Mme Roland et de ses *Mémoires*, de Mme de Genlis, de Mme Cottin, dont il venait de lire *Claire d'Albe*, et de Mme de Staël. Il s'est fort arrêté sur cette dernière, et a répété en partie ce qu'on a déjà vu. Parlant de son exil, il disait : « Sa demeure à Coppet était devenue un véritable arsenal contre moi ; on venait s'y faire armer chevalier ; elle s'occupait à me susciter des ennemis, et me combattait elle-même. C'était tout à la fois Armide et Clorinde[1]. » Ensuite se résumant, ainsi que cela lui était ordinaire, il a conclu : « Et puis, en somme, il est vrai de dire que personne ne saurait nier, qu'après tout, Mme de Staël est une femme d'un très grand talent, fort distinguée, de beaucoup d'esprit : elle restera.

« Plus d'une fois autour de moi, et dans l'espoir de me

1. Deux personnages de *la Jérusalem délivrée* du Tasse.

ramener, on a essayé de me faire entendre qu'elle était un adversaire redoutable, et pourrait devenir une alliée utile. Il est sûr que, si elle m'eût adopté, au lieu de me dénigrer, ainsi qu'elle l'a fait, j'y eusse pu gagner sans doute ; car sa position et son talent la faisaient régir les coteries ; et l'on connaît toute leur influence à Paris. » Puis il a ajouté encore : « Et malgré tout le mal qu'elle a dit de moi, sans compter tout celui qu'elle dira encore, je suis loin assurément de la croire, de la tenir pour une méchante femme : tout bonnement c'est que nous nous sommes fait la petite guerre, et voilà tout. »

De là, passant à la foule d'écrivains déclamant contre lui, il a dit : « Je suis destiné à être leur pâture ; mais je redoute peu d'être leur victime : ils mordront sur du granit. Ma mémoire se compose toute de faits, et de simples paroles ne sauraient les détruire. Pour me combattre avec succès, il faudrait se présenter avec le poids et l'autorité de faits à soi. Si le grand Frédéric, ou tout autre de sa trempe, se mettait à écrire contre moi, ce serait autre chose : il serait temps alors de commencer à m'émouvoir peut-être ; mais, quant à tous les autres, quelque esprit qu'ils y mettent, ils ne tireront jamais qu'à poudre. Je survivrai... et quand ils voudront être beaux ils me vanteront. »

MARDI 22, MERCREDI 23.

Soins des blessés aux armées ; le baron Larrey ; circonstance caractéristique.

Le temps a été très mauvais. L'Empereur, qui souffrait des dents, et dont une joue était fort enflée, n'a pu sortir ces deux jours. J'en ai passé la plus grande partie auprès de sa personne, dans sa chambre ou dans le salon, dont il avait fait un lieu de promenade, en laissant ouvertes les portes de communication.

Dans les divers objets de sa conversation, une fois il m'a dit certaines choses qui lui étaient revenues, et qui me réjouissaient fort. Rien ne prouvait assurément l'affreux de notre situation, comme le prix que j'attachais à cela. Mais tout se proportionne au cercle dans lequel on se trouve renfermé.

Dans un autre moment, l'Empereur regrettait d'être aussi paresseux sur l'anglais. Je lui disais qu'il en possédait à présent tout ce qui lui était nécessaire. Il lisait tous les ouvrages : il ne lui restait plus qu'à régulariser ; mais la règle et le compas étaient-ils bien faits pour lui ?

A la suite d'une foule d'objets, l'Empereur s'est arrêté sur le chirurgien baron Larrey, dont il a fait le plus grand éloge, disant qu'il avait laissé dans son esprit l'idée du véritable homme de bien ; qu'à la science il joignait au dernier degré toute la vertu d'une philanthropie effective : tous les blessés étaient de sa famille ; il n'était plus pour lui aucune considération dès qu'il s'agissait de ses hôpitaux. « Dans nos premières campagnes républicaines, tant calomniées, disait l'Empereur, le département de la chirurgie éprouva la plus heureuse des révolutions, laquelle s'est répandue depuis dans toutes les armées de l'Europe ; or, c'est en grande partie à Larrey, que l'humanité est endettée de ce bienfait. Aujourd'hui, les chirurgiens partagent les périls des soldats ; c'est au milieu du feu même qu'ils venaient prodiguer leurs soins. Larrey a toute mon estime et ma reconnaissance, etc. »

N. B. Il paraît que cette impression si favorable éprouvée par Napoléon s'est évidemment retracée à son esprit dans ses derniers instants, car il a consacré à M. Larrey un souvenir de sa main avec cette apostille si glorieuse : *L'homme le plus vertueux que j'aie rencontré.* A la lecture de ces lignes, j'ai bien pensé que quelque circonstance toute particulière avait déterminé un aussi magnifique témoignage, et voici ce que j'ai recueilli.

Après les batailles de Lutzen, Wurchen et Bautzen, Napoléon, victorieux, fit appeler le chirurgien Larrey pour connaître, suivant sa coutume, l'état et le nombre des blessés. Or, ils se trouvaient dans cet instant en proportion extraordinairement supérieure à d'autres temps et à d'autres actions. L'Empereur en fut surpris et cherchait à en expliquer la cause. M. Larrey la trouvait, indépendamment des circonstances locales, dans la masse des soldats, qui, voyant le feu pour la première fois, se trouvaient plus gauches dans leurs mouvements et moins adroits contre le péril. L'Empereur, peu satisfait et fort préoccupé de cette circonstance, questionna ailleurs ; et comme il se trouvait en ce moment bien des personnes fort lasses de la guerre, qui eussent désiré la paix à tout prix, et n'eussent été nullement fâchées d'y voir l'Empereur amené par force : soit calcul, soit conviction, il lui fut répondu que l'immensité des blessés ne devait point étonner ; que la grande partie l'était à la main, et que la blessure était de leur propre fait, et pour n'avoir plus à se battre. Ce fut un coup de foudre pour l'Empereur ; il répéta ses informations, et reçut le même résultat ; il en était au désespoir. « S'il en était ainsi, s'écriait-il, malgré nos succès, notre position serait sans remède ; elle livrerait la France pieds et poings liés aux barbares. » Et cherchant dans son esprit comment arrêter une telle contagion, il fit mettre à l'écart tous les blessés d'une certaine nature ; nomma une commission de chirurgiens présidée par Larrey, pour constater leurs blessures, résolu de sévir d'une manière exemplaire contre ceux qui auraient eu la lâcheté de se mutiler eux-mêmes. M. Larrey, toujours opposé à l'idée de la mutilation volontaire, qui, selon lui, compromettait l'honneur de l'armée et celui de la nation, se présenta devant l'Empereur pour renouveler ses observations. Napoléon, irrité de son obstination, qu'on avait eu soin de faire ressortir encore, lui dit d'un front sévère : « Monsieur, vous me ferez vos observations officiellement, allez remplir votre devoir. »

Le baron Larrey se mit aussitôt au travail, mais avec solennité ; et poursuivant les plus petits détails, il avançait lentement, tandis que divers motifs rendaient bien des gens impatients ; on savait que l'Empereur l'était beaucoup. On ne manqua pas même d'aller jusqu'à faire observer à M. Larrey que sa position était des plus délicates, périlleuse même : il demeura sourd et imperturbable. Enfin, au bout de quelques jours, il se rendit auprès de l'Empereur, insistant pour remettre lui-même son travail en personne. « Eh bien, monsieur, lui dit l'Empereur, persistez-vous toujours dans votre opinion ? – Je fais plus, sire, je viens la prouver à Votre Majesté : cette brave jeunesse était indignement calomniée ; je viens de passer beaucoup de temps à l'examen le plus rigoureux, et je n'ai pas trouvé un coupable ; il n'y a pas un de ces blessés qui n'ait son procès-verbal individuel ; des ballots me suivent, Votre Majesté peut en ordonner l'examen. » Cependant, l'Empereur le considérait avec des regards sombres. « C'est bien, monsieur, lui dit-il, en saisissant son rapport avec une espèce de contraction ; je vais m'en occuper. » Et il se mit à marcher à grands pas dans son appartement, d'un air agité et combattu ; puis revenant bientôt à M. Larrey avec un visage tout à fait dégagé, il lui prend affectueusement la main, et lui dit d'une voix émue : « Adieu, monsieur Larrey, un souverain est bien heureux d'avoir affaire à un homme tel que vous ! On vous portera mes ordres. » Et M. Larrey reçut le soir même, de la part de Napoléon, son portrait enrichi de diamants, six mille francs en or et une pension sur l'État, de trois mille francs, *sans exclusion*, est-il dit au décret, de toute autre récompense méritée par ses grades, son ancienneté et ses services futurs.

Un pareil trait est précieux pour l'histoire, en ce qu'il fait connaître un homme de bien, qui n'hésite pas à défendre la vérité contre un monarque prévenu, irrité ; et en ce qu'il fait ressortir toute la grande âme de celui-ci, dans le bonheur, la reconnaissance qu'il témoigne de se voir détrompé.

JEUDI 24.

L'Empereur accepte mes quatre mille louis.

L'Empereur n'est pas sorti ; il n'a demandé aucun de nous ; il n'est pas venu dîner, ce qui nous a fait craindre qu'il fût malade. Après dix heures, comme je n'étais point encore couché, il m'a fait appeler. Il venait de se mettre au lit. Il m'a dit n'avoir pas quitté son canapé de la journée ; il n'avait mangé qu'un peu de soupe ; il ne souffrait que de ses dents. Je lui disais que nous avions craint que ce ne fût davantage ; qu'au chagrin de ne pas le voir se mêlait toujours l'inquiétude.

Plus tard il a traité notre situation pécuniaire. Il avait tenu son conseil le matin, disait-il plaisamment ; on avait pesé l'argenterie, calculé ce qu'on devait en vendre. Cela devait nous faire aller encore quelque temps. Je lui ai renouvelé l'offre des quatre mille louis que j'ai dans les fonds d'Angleterre. Il a daigné les accepter. « Ma situation est singulière, disait-il ; je n'ai nul doute que, si la communication était permise, et que chacun des miens, ou même bien des étrangers pussent soupçonner que j'eusse des besoins, je serais bientôt riche ici en toutes choses ; mais dois-je être à charge à mes amis, en les exposant aux abus qu'en pourrait faire le ministère anglais ? J'ai demandé quelques livres, il me les a fait parvenir avec toute l'incurie et la négligence d'un commissionnaire infidèle. Il me réclame aujourd'hui quinze cents ou deux mille livres sterling, c'est-à-dire, près de cinquante mille francs pour des drogueries que j'eusse pu me procurer moi-même à moins de douze mille, sans doute. N'en serait-il pas de même de toute autre chose ? En acceptant ce que vous m'offrez, cette ressource ne doit être employée qu'au strict nécessaire ; car, après tout, il faut vivre, et réellement nous ne vivons pas avec ce qu'on nous fournit. Cent louis par mois seraient le léger supplément qui pourrait rigoureusement y satisfaire. C'est là la somme et la régularité surtout que vous devez demander et suivre. »

VENDREDI 25.

Tragédie d'Euripide dans son intégrité, commandée pour le théâtre de Saint-Cloud. Maréchal Jourdan. Sur la guerre de Russie ; vues et intentions de Napoléon. Instructions officielles. Notes de Napoléon.

J'ai été trouver l'Empereur à sa toilette. Le temps était supportable ; il est sorti. Nous avons gagné le bois. Il se trouvait faible ; il y avait dix jours qu'il n'avait mis les pieds dehors ; les genoux lui manquaient, disait-il, et bientôt il serait obligé de s'appuyer sur moi.

Alors la calèche nous a atteints ; elle était conduite à grandes guides par Archambault ; il n'en pouvait être autrement depuis le départ de son frère. D'abord l'Empereur n'a pas voulu monter : il ne le croyait pas prudent au milieu de tous les tronçons d'arbres ; il citait sa fameuse chute de Saint-Cloud ; il voulait qu'un des valets anglais montât en position, mais Archambault protestait qu'il serait moins sûr qu'en menant seul : depuis le départ de son frère il n'avait cessé, disait-il, de s'exercer au milieu de ces arbres, pour s'assurer qu'il pouvait répondre de lui. Alors l'Empereur est monté, et nous avons fait deux tours. En revenant il a été visiter la demeure du grand-maréchal, qu'il ne connaissait pas encore.

La soirée s'est terminée par la lecture de quelques passages de la *Médée*, de Longepierre, que l'Empereur a interrompue pour la comparer à celle d'Euripide, qu'il s'est fait apporter. Il a dit à ce sujet qu'il avait commandé jadis qu'on lui donnât, sur le théâtre de la Cour, une de ces pièces grecques dans son intégrité, en choisissant la meilleure traduction, et se rapprochant du reste le plus possible de l'original dans les manières, le costume, les formes, la décoration. Il ne se rappelait pas quelle circonstance, quel obstacle en avait arrêté l'exécution.

Rentré dans sa chambre, et ne se trouvant pas disposé à dormir, il s'est jeté, après quelques tours, sur son canapé : il a ouvert un recueil ou espèce d'almanach politique qui se trouvait sous sa main ; il est tombé sur la liste de nos maréchaux qu'il a passés en revue, les accompagnant de citations et d'anecdotes connues ou déjà dites. Arrivé au maréchal Jourdan, il s'y est arrêté assez longtemps ; il a terminé disant : « En voilà un que j'ai fort maltraité assurément. Rien de plus naturel sans doute que de penser qu'il eût dû m'en vouloir beaucoup. Eh bien, j'ai appris, avec un vrai plaisir, qu'après ma chute il est demeuré constamment très bien. Il a montré là cette élévation d'âme qui honore et classe les gens. Du reste, c'est un vrai patriote : c'est une réponse à bien des choses. »

De là, passant à beaucoup d'autres objets, il s'est arrêté sur la guerre de Russie.

« Au surplus, a-t-il dit, à la suite de beaucoup d'antécédents, cette guerre eût dû être la plus populaire des temps modernes : c'était celle du bon sens et des vrais intérêts ; celle du repos et de la sécurité de tous : elle était purement pacifique et conservatrice, tout à fait européenne et continentale. Son succès allait consacrer une balance, des combinaisons nouvelles, qui eussent fait disparaître les périls du temps, pour les remplacer par un avenir tranquille ; et l'ambition n'entrait pour rien dans mes vues. En relevant la Pologne, cette véritable clef de toute la voûte, j'accordais que ce fût un roi de Prusse, un archiduc d'Autriche, ou tout autre qui en occupât le trône ; je ne prétendais rien acquérir ; je ne me réservais que la gloire du bien, les bénédictions de l'avenir. Croirait-on que ce dût être là où j'échouerais et trouverais ma perte ? Jamais je n'avais mieux fait, jamais je ne méritai davantage ; mais, comme si l'opinion avait aussi ses épidémies, voilà qu'en un instant il n'y eut plus qu'un cri, qu'un sentiment contre moi : on me proclama le tyran des rois, moi qui avais retrempé leur existence ; je ne fus plus que le destructeur des droits des peuples, moi qui avais tant fait, et qui allais tant entreprendre pour eux. Et les peuples et les rois, ces ennemis irréconciliables, se sont alliés, ont conspiré de concert contre moi ! On n'a plus tenu aucun compte de tous les actes de ma vie ! Je me disais bien que l'esprit des peuples me serait revenu avec la victoire ; mais je la manquai, et je me suis trouvé accablé. Voilà pourtant les hommes et mon histoire ! Mais les peuples et les rois, et peut-être tous les deux, me regretteront ! Ma mémoire sera suffisamment vengée de l'injustice faite à ma personne, cela est indubitable.

« Du reste, on ne saura jamais bien l'histoire de la campagne de Russie, parce que les Russes n'écrivent pas ou écrivent sans aucun respect pour la vérité, et que les Français se sont pris d'une belle passion pour déshonorer et discréditer eux-mêmes leur gloire. Assurément la campagne de Russie est la plus glorieuse, la plus difficile et la plus honorable pour les Gaulois, dont l'histoire ancienne et moderne fasse mention. » Et l'Empereur a distribué un juste et magnifique tribut d'éloges à nos généraux et à nos braves, à Murat, Ney, Poniatowski, qu'il faisait les héros de la journée de la Moskowa ; aux valeureux cuirassiers, qui forcèrent les redoutes en sabrant les canonniers sur leurs pièces ; aux braves artilleurs, qui luttèrent si décisivement, avec tant d'avantage, et à ces intrépides fantassins qui, au fort de la crise, au lieu d'avoir besoin d'encouragement, crièrent à leur chef : *Sois tranquille, tes soldats ont juré aujourd'hui de vaincre, et ils vaincront*, etc.

Et il a terminé, disant : « Quelques parcelles de tant de gloire parviendront-elles aux siècles à venir, ou le mensonge, la calomnie, le crime, prévaudront-ils[1] ? »

N. B. Si certains passages de la conversation de l'Empereur avaient besoin de développements ou de preuves, on va les trouver dans la lettre suivante, elle est précieuse par sa date et son contenu ; ce sont les motifs et les vues de la campagne de Russie, exposés par Napoléon, au moment même de l'entreprendre. Le vulgaire était assurément loin de les comprendre ou de leur rendre justice ; je dis le vulgaire, car il est bon de remarquer qu'aux yeux des hommes d'État, de ceux à vues larges et prévoyantes, cette guerre fut très popu-

1. *Mémoires de Napoléon*, tome II, page 95. *(Las Cases.)*

laire : ils étaient fâchés du moment ; mais ils en avaient très bien saisi toutes les grandes intentions.

INSTRUCTIONS DONNÉES À M*** [1], POUR LUI SERVIR DE DIRECTION DANS LA MISSION QU'IL AURA À REMPLIR EN POLOGNE (18 AVRIL 1812)

« Monsieur, l'Empereur compte assez sur votre dévouement et sur votre habileté, pour vous avancer dans sa confiance jusqu'à vous charger d'une mission du plus grand intérêt politique. Cette mission demande *activité, prudence et discrétion*.

« Vous vous rendrez à Dresde ; l'objet apparent de votre voyage sera de présenter à Sa Majesté le roi de Saxe une lettre que l'Empereur vous remettra demain après son lever. Sa Majesté impériale et royale vous a déjà fait connaître ses intentions ; elle vous donnera verbalement ses dernières instructions sur les ouvertures que vous aurez à faire au roi de Saxe.

« L'intention de l'Empereur est que l'on agisse envers ce souverain avec tous les égards que lui mérite l'estime toute particulière que Sa Majesté professe pour sa personne. Vous vous expliquerez, soit avec le roi, soit avec les ministres, avec une franchise sans réserve. Vous ajouterez foi aux notions que vous donnera M. le comte de Set Pilsac.

« De la part de la Saxe, il n'y aura point *de sacrifice sans compensation*.

« La Saxe tient peu à la souveraineté du duché de Varsovie tel qu'il existe aujourd'hui : c'est une possession précaire et onéreuse. La possession de ce fragment de la Pologne la place dans une fausse position à l'égard de la Prusse, de l'Autriche et de la Russie. Vous développerez ces idées, et vous traiterez cette question dans le sens de la discussion qui a eu lieu le 17, dans le cabinet de Sa Majesté, en votre présence. Vous trouverez le cabinet de Dresde peu disposé à vous combattre : sa diplomatie nous a présenté à plusieurs reprises les mêmes observations. Ce n'est donc point d'un démembrement des États du roi de Saxe qu'il s'agit.

1. Monseigneur l'abbé de Pradt.

« Après un court séjour à Dresde, vous annoncerez votre départ *pour Varsovie, où vous devez attendre de nouveaux ordres de l'Empereur*.

« Sa Majesté impériale prie le roi de Saxe de vous accréditer auprès de ses ministres polonais.

« Vous concerterez à Varsovie vos démarches avec le prince***, chambellan de l'Empereur, avec le général***. Ces deux personnages descendent des plus illustres familles de la Pologne ; ils ont promis de faire servir l'influence dont ils jouissent parmi leurs concitoyens, pour les porter à travailler au bonheur et à l'indépendance de leur patrie. Vous devez donner au gouvernement du grand-duché une impulsion propre à préparer les grands changements que l'Empereur se propose d'opérer en faveur de la nation polonaise.

« Il faut que les Polonais secondent les desseins de l'Empereur, et qu'ils coopèrent eux-mêmes à leur régénération. *Ils ne doivent considérer les Français que comme de puissants auxiliaires*.

« L'Empereur ne se dissimule point les difficultés qu'il aura à éprouver au rétablissement de la Pologne. Ce grand œuvre de politique doit contrarier *les intérêts apparents et actuels de ses alliés*.

« Le rétablissement de la Pologne par les armes de l'Empire français est une entreprise hasardeuse, périlleuse même, où la France devra lutter également contre ses amis et contre ses ennemis. Entrons dans quelques détails.

« L'objet que se propose l'Empereur est l'organisation de la Pologne *avec tout ou portion de son ancien territoire*, en évitant la guerre, si cela est possible. Pour y parvenir, Sa Majesté a donné des pouvoirs très étendus à son ambassadeur à Pétersbourg ; elle a envoyé à Vienne un négociateur qui est autorisé à traiter avec les principales puissances, à offrir de grands sacrifices en territoire, de la part de l'Empire français, *comme indemnité des cessions à faire pour le rétablissement du royaume de Pologne*.

« L'Europe se partage en trois grandes divisions : l'Empire français à l'ouest, les États d'Allemagne au centre, l'Empire russe à l'est ; l'Angleterre ne peut avoir sur le continent que l'influence que les puissances voudront bien lui conserver.

« Il faut empêcher, par une forte organisation du centre, que la Russie ou la France puisse un jour, en voulant s'étendre davantage, envahir la suzeraineté de l'Europe. L'Empire français jouit actuellement de toute l'énergie de son existence : s'il ne termine en cet instant la constitution politique de l'Europe, demain il peut perdre les avantages de sa position et succomber dans ses entreprises.

« L'établissement d'un État militaire en Prusse, le règne et les conquêtes du grand Frédéric, les idées du siècle et celles de la Révolution française mises en circulation, ont anéanti l'ancienne Confédération germanique. La Confédération du Rhin ne tient qu'à un système provisoire. Les princes qui ont acquis voudraient peut-être la consolidation de ce système ; mais les princes qui ont perdu, les peuples qui ont souffert les malheurs de la guerre, les États qui redoutent la trop grande puissance de la France s'opposeront au maintien de la Confédération du Rhin, chaque fois que l'occasion s'en présentera. Les princes mêmes agrandis par le nouveau système tendront à s'en éloigner à mesure que le temps les consolidera dans les possessions qu'ils ont obtenues. La France finirait par voir arracher de ses mains un protectorat que sûrement elle aurait acheté par trop de sacrifices.

« L'Empereur pense qu'à une époque finale, qui ne peut tarder à se reproduire, il conviendra de rendre la confédération des puissances de l'Europe à toute leur indépendance.

« La maison d'Autriche, qui possède trois vastes royaumes, doit être l'âme de cette indépendance, à cause de la situation topographique de ses États ; mais elle n'en doit pas être la dominatricc ; en cas de rupture entre les deux empires de France et de Russie, si la confédération des puissances intermédiaires était mue par une même impulsion, elle entraînerait nécessairement la ruine de l'une des parties contendantes. L'Empire français serait plus exposé que l'Empire russe.

« Le centre de l'Europe doit se composer d'États inégaux en puissance, qui auront chacun une politique qui leur sera propre ; qui, par leur situation et leurs rapports politiques, chercheront un appui dans le protectorat des puissances prépondérantes. Ces États sont intéressés au maintien de la paix, parce qu'ils seront toujours les victimes de la guerre. Dans ces vues, après avoir élevé de nouveaux États, après en avoir agrandi d'anciens, afin de fortifier pour l'avenir notre système d'alliance, il est un intérêt majeur pour l'Empereur et en même temps pour l'Europe, c'est d'établir la Pologne :

sans la réédification de ce royaume, l'Europe reste sans frontières de ce côté ; l'Autriche et l'Allemagne se trouvent face à face avec le plus puissant empire de l'univers.

« L'Empereur prévoit que la Pologne, comme la Prusse, sera par la suite l'alliée de la Russie ; mais, si la Pologne lui doit sa restauration, l'époque de l'union de ces États sera assez éloignée pour laisser l'ordre établi se consolider. L'Europe étant ainsi organisée, il n'y a plus de raison pour que la France et la Russie soient en rivalité ; ces deux empires auront les mêmes intérêts commerciaux, ils agiront d'après les mêmes principes.

« Avant le refroidissement avec la Prusse, une première pensée de l'Empereur avait été de faire une alliance solide avec le roi de Prusse, et de poser sur sa tête la couronne de Pologne. Il y avait moins d'obstacles à vaincre, puisque déjà la Prusse possédait le tiers de ce royaume. On aurait laissé à la Russie ce qu'elle aurait voulu absolument garder ; on aurait donné des indemnités à l'Autriche. La marche des événements a fait changer les projets de l'Empereur.

« Lors des négociations de Tilsitt, il a fallu créer des États précisément dans les contrées qui redoutaient le plus la puissance de la France. Le moment était propice au rétablissement de la Pologne, quoiqu'il eût été l'ouvrage de la violence et de la force. Il aurait fallu prolonger la guerre ; l'armée française souffrait du froid et de la disette ; la Russie avait des armées sur pied. L'Empereur a été touché des sentiments généreux que lui témoignait l'empereur Alexandre. Il éprouvait des obstacles de la part de l'Autriche. Il a laissé dominer sa politique par un égal désir de signer une paix qu'il espérait rendre durable, si, par l'influence de la Russie et de l'Autriche, l'Angleterre avait voulu consentir à une pacification générale.

« Après ses revers, la Prusse avait trop de haine contre nous pour ne pas chercher à modérer sa puissance ; c'est dans cette vue qu'a été organisé le grand-duché de Varsovie. On lui a donné pour souverain le roi de Saxe, prince dont la vie entière a été employée à faire le bonheur de ses sujets. On a cherché à satisfaire les Polonais par des institutions qui leur plaisaient et qui convenaient à leurs mœurs et à leur caractère. On a mal agi en tous sens.

« La Saxe, séparée de ses nouvelles possessions par la

Prusse, ne pouvait, avec la Pologne, constituer un corps assez organisé pour devenir fort et puissant. L'ouverture d'une route militaire sur le territoire prussien, pour communiquer de la Saxe avec la Pologne, a grandement humilié la nation prussienne ; et les Polonais ont gémi d'être trompés dans leurs espérances.

« L'Empereur stipulait l'occupation des forteresses de la Prusse, pour être certain que cette puissance ne chercherait point à rallumer la guerre. La campagne de 1809 a fait voir combien sa politique avait été prévoyante ; elle lui avait fait prendre la ferme résolution de travailler sans relâche à terminer cette organisation de l'Europe, qui doit mettre fin à des guerres désastreuses.

« L'Empereur a pensé qu'il devait se montrer formidable par le nombre de troupes qu'il pousse vers la Vistule, par l'occupation des forteresses de la Prusse, afin de commander la fidélité à ses alliés, et d'obtenir, par les négociations, ce que peut-être il ne faudrait attendre que de la guerre.

« Dans ces circonstances, les dangers sont imminents. Ce n'est pas sans péril que l'on porte des armées à cinq cents lieues de leur territoire ; et la Pologne doit attendre autant de ses propres forces que de l'appui de l'Empereur. Si la guerre s'engage, les Polonais, je le répète, ne doivent la considérer que comme un moyen ajouté à leurs propres ressources. Ils doivent se rappeler les temps où, par leur patriotisme et par leur courage, ils résistèrent aux nombreuses armées qui attaquaient leur indépendance.

« Les peuples du grand-duché veulent le rétablissement de la Pologne, c'est à eux qu'il appartient de préparer les voies par lesquelles les provinces usurpées pourront arriver à prononcer leur volonté. Le gouvernement du grand-duché doit, aussitôt que les événements le permettront, faire confédérer, sous les bannières de l'indépendance, les démembrements de leur malheureuse patrie. S'il est des Polonais sous la domination de la Russie ou sous celle de l'Autriche qui se refusent à retourner à la mère patrie, il faut renoncer à les y contraindre. La Pologne doit tirer sa force de son esprit public, de son patriotisme, autant que des institutions qui constitueront le nouvel état social. L'objet de votre mission est donc d'éclairer, d'encourager, de diriger dans leurs opérations les patriotes polonais. Vous rendrez compte de vos négociations au ministre des Relations extérieures ; il instruira l'Empereur de vos succès. Vous m'enverrez des extraits de vos rapports.

« Les malheurs et la faiblesse de la république de Pologne ont été causés par une aristocratie qui n'avait ni règle, ni mesure. A cette époque, comme aujourd'hui, la noblesse était puissante, la bourgeoisie soumise, et le peuple n'était rien. Mais au milieu de ces désordres, il y avait dans cette nation un amour pour la liberté et pour l'indépendance, qui soutint longtemps sa débile existence. Ces sentiments doivent avoir crû par le temps et par l'oppression. Le patriotisme est un sentiment naturel aux Polonais, même aux individus des grandes maisons. L'Empereur tiendra sans restriction la promesse qu'il a faite par l'article 25 du traité du 9 juillet 1807, de faire régir le grand-duché par des constitutions qui assurent sa liberté et les privilèges des peuples, se conciliant avec la tranquillité des États voisins. Il y aura pour la Pologne *indépendance et liberté*. Quant au choix du souverain, il résultera du traité que Sa Majesté signera avec les puissances. Sa Majesté ne prétend au trône de la Pologne ni pour elle, ni pour sa famille. Dans le grand œuvre de la restauration de la Pologne, elle n'a en vue que le bonheur des Polonais et la tranquillité de l'Europe. Sa Majesté vous autorise à faire cette déclaration, à la faire formellement lorsque vous le jugerez utile aux intérêts de la France et de la Pologne.

« Sa Majesté m'a ordonné de vous transmettre cette note et ces instructions, dont elle a pris connaissance, afin que vous puissiez en faire la matière de vos entretiens avec les ministres étrangers qui seront à Varsovie ou à Dresde.

« L'Empereur fait adresser des notes au ministre de la Guerre et à celui des Affaires étrangères du grand-duché. S'il était besoin de ressources pécuniaires, Sa Majesté viendrait au secours du Trésor de la Pologne, par des assignations sur les domaines de l'extraordinaire qu'elle possède encore en Pologne et en Hanovre. »

Rien n'est commun pour le gros du vulgaire comme d'avoir une idée très fausse et fort incorrecte des grands événements les plus voisins de lui. Quand ces événements ont quelque ancienneté, ils vous parviennent du moins dégagés de tout leur faux entourage par la sagesse et la saine critique des historiens ; tandis que pour ceux qui se sont passés, nous demeurons assaillis d'une foule de détails incohérents, créés, propagés par la malveillance et toutes les passions individuelles ; alors ces traditions banales, à force d'être répétées et entendues, finissent par devenir la vérité notoire pour la masse : c'est ainsi qu'il est généralement reçu que Napoléon, dans son expédition de Russie, s'est imprudemment lancé à la Charles XII, au milieu d'un peuple ennemi, en dépit des vrais principes ; qu'il s'y est laissé attirer par une fuite simulée ; qu'oubliant ou violant tous les principes de l'art, il s'est séparé de ses magasins à une distance immense et a négligé de s'appuyer d'armée de réserve, qu'il a résisté aux remontrances de ses généraux qui voulaient l'empêcher d'aller en avant ; qu'il a livré ses derrières et s'est vu couper ses communications, et arrêter ses approvisionnements, ses convois, et s'est trouvé sans ressources, entouré d'une population hostile ; qu'il ne s'était pas ménagé de retraite et n'avait pu en effectuer ; qu'il s'était endormi à Moscou, n'avait pas su prévoir les rigueurs de la saison ; qu'il avait quitté l'armée quand il avait vu tout désespéré et avait laissé périr la presque totalité de ses soldats, etc.

J'ai trouvé curieux de reproduire ici le sommaire des notes éparses dictées par Napoléon lui-même, à la lecture d'un ouvrage où s'accumulaient tous ces reproches. Les lecteurs, pour le plus grand nombre, j'en suis sûr, y trouveront des choses neuves, sans doute, et bien éloignées des idées qu'ils avaient entretenues jusque-là ; le tout est tiré des *Mémoires de Napoléon*, tome II, pages 57 et 97 à 115.

« Dans la campagne de Russie, les magasins de l'armée n'étaient pas, sur la Vistule, à cinquante jours de marche de Moscou : ceux de première ligne étaient à Smolensk, à dix jours de marche de Moscou ; ceux de seconde ligne, à Minsk et à Wilna, à huit jours de marche de Smolensk ; ceux de troisième à Kowno, Grodno et Bialistok ; ceux de quatrième ligne à Elbing, à Marienwerder, à Torn, à Plock, à Modlin, à Varsovie ; ceux de cinquième ligne à Dantzick, à Bamberg, à Posen ; ceux de sixième ligne à Stettin, à Custrin, à Glogau.

« Sur quatre cent mille hommes qui passèrent le Niémen, deux cent quarante mille hommes restèrent en réserve entre ce fleuve et le Borystène, cent soixante mille passèrent Smolensk et marchèrent sur Moscou : sur ces cent soixante mille hommes, quarante mille restèrent échelonnés entre Smolensk et Mozaïsk. La retraite était donc toute naturelle sur la Pologne.

« Aucun général n'a représenté à Napoléon la nécessité de s'arrêter sur la Bérézina ; tous sentaient que maître de Moscou il terminerait la guerre.

« Jusqu'à Smolensk il manœuvrait sur un pays aussi bien disposé que la France même ; la population, les autorités étaient pour lui : il pouvait y lever des hommes, des chevaux, des vivres ; et Smolensk est une place forte.

« Rien de plus différent que les deux expéditions de Charles XII et de Napoléon. Charles XII sacrifia sa ligne d'opération, et prêta, durant quatre cents lieues, le flanc à l'ennemi ; dans son expédition tous les principes de la guerre offensive avaient été violés ; ils furent tous observés dans celle de Napoléon.

« Dans sa marche sur Moscou, il n'a jamais eu l'ennemi sur ses derrières ; pas un malade, pas un homme isolé, pas une estafette, pas un convoi n'ont été enlevés depuis Mayence jusqu'à Moscou ; on n'a pas été un jour sans recevoir des nouvelles de France ; Paris n'a pas été un jour sans recevoir des lettres de l'armée ; pas une maison de station retranchée (il y en avait à tous les postes) n'a été attaquée.

« Les convois d'artillerie et d'équipages militaires arrivèrent sans accident : on a tiré à la bataille de Smolensk plus de soixante mille coups de canon, cent vingt mille à la bataille de la Moskowa ; la consommation a été considérable dans les petits combats, et cependant en partant de Moscou chaque pièce était approvisionnée à trois cent cinquante coups.

« La marche de l'armée, au sortir de Moscou, ne doit pas s'appeler une retraite, puisque cette armée était victorieuse, et qu'elle eût pu marcher également sur Saint-Pétersbourg, sur Kalouga ou sur Toula, que Kutusoff eût en vain essayé de couvrir. L'armée ne se retira pas sur Smolensk parce qu'elle était battue, mais pour hiverner en Pologne et marcher au printemps sur Saint-Pétersbourg. Si l'on eût été en été, ni l'armée de l'amiral Tchitchagov, ni celle de Kutusoff n'eussent osé approcher de l'armée française de dix journées, sous peine d'être détruites de suite. La cour craignait tellement que l'on marchât sur Saint-Pétersbourg, qu'elle avait fait évacuer sur Londres ses archives et ses trésors les plus précieux, et qu'elle appela de Podolie l'armée de l'amiral Tchitchagov, pour couvrir cette capitale. Si Moscou n'eût pas été incendiée, l'empereur Alexandre eût été contraint à la paix. Après l'embrasement de Moscou, si les grands froids n'avaient pas commencé quinze jours plus tôt qu'à l'ordinaire, l'armée fût revenue sans perte à Smolensk, où elle n'aurait eu rien à redouter des armées russes, battues à la Moskowa, à Malsioroslawits ; elles avaient trop grand besoin de repos.

« On savait bien qu'il faisait froid en décembre et en janvier ; mais on avait lieu de croire, par le relevé de la température des vingt années précédentes, que le thermomètre ne descendrait pas au-dessous de six degrés de glace pendant novembre : il n'a manqué à l'armée que trois jours pour achever sa retraite en bon ordre ; mais dans ces trois jours elle perdit trente mille chevaux. Par l'événement, on pourrait donc reprocher à Napoléon d'être resté quatre jours de trop à Moscou ; mais il y fut déterminé par des raisons politiques : il croyait avoir le temps de retourner en Pologne ; les automnes sont très prolongés dans le Nord.

« L'armée, en quittant Moscou, emporta pour vingt jours de vivres ; c'était plus qu'il ne lui fallait pour arriver à Smolensk, où elle eût pu en prendre en abondance pour gagner Minsk et Wilna ; mais tous les attelages des convois et la majorité des chevaux de l'artillerie et de la cavalerie périrent ; tous les services de l'armée furent désorganisés ; ce ne fut plus une armée ; il devint impossible de prendre position avant Wilna : les corps du prince de Schwartzenberg et du général Reynier, qui étaient sur la Vistule, au lieu d'appuyer sur Minsk, comme ils le devaient, se retirèrent sur Varsovie, abandonnant ainsi l'armée. S'ils se fussent portés sur Minsk, ils y eussent été joints par la division de Dombrowski, qui, seule, ne put défendre Bourischow, ce qui permit à l'amiral Tchitchagov de l'occuper ; le projet de l'amiral n'était pas de prendre possession de la Bérézina, mais de se porter sur la Dwina pour couvrir Saint-Pétersbourg. C'est par cette circonstance fortuite que le duc de Reggio le rencontra, le battit et le rejeta sur la rive droite de la Bérézina. Tchitchagov fut battu de nouveau après le passage de la Bérézina ; les cuirassiers Doumerc lui prirent dix-huit cents hommes dans une charge.

« A deux journées de Wilna, lorsque l'armée n'avait plus

de dangers à courir, Napoléon jugea que l'urgence des circonstances exigeait sa présence à Paris ; là seulement il pouvait en imposer à la Prusse et à l'Autriche. S'il tardait à s'y rendre, le passage lui serait peut-être fermé. Il laissa l'armée au roi de Naples et au prince de Neuchâtel. La garde était alors entière, et l'armée avait plus de quatre-vingt mille combattants, sans compter le corps du duc de Tarente, qui était sur la Dwina. L'armée russe, tout compris, était réduite à cinquante mille hommes. Les farines, les biscuits, les vins, les viandes, les légumes secs, les fourrages étaient en abondance à Wilna. D'après le rapport de la situation des vivres, présenté à Napoléon à son passage en cette ville, il y restait alors quatre millions de rations de farine, trois millions six cent mille rations de viande, neuf millions de rations de vin et d'eau-de-vie ; des magasins considérables d'effets d'habillements et de munitions avaient également été formés. Si Napoléon fût resté à l'armée ou qu'il en eût donné le commandement au prince Eugène, elle n'aurait jamais dépassé Wilna ; un corps de réserve était à Varsovie, un autre à Kœnisberg ; mais on s'en laissa imposer par quelques cosaques ; on évacua en désordre Wilna dans la nuit. C'est de cette époque surtout que datent les grandes pertes de cette campagne ; et c'est un des malheurs des circonstances que cette obligation où se trouvait Napoléon dans les grandes crises, d'être à la fois à l'armée et à Paris : rien n'était et ne pouvait être moins prévu par lui que la conduite insensée que l'on tint à Wilna.

« Dans cette malheureuse campagne nos pertes furent considérables sans doute ; mais non pas telles qu'on se l'imagine. Des quatre cent mille hommes qui passèrent la Vistule, la moitié étaient Autrichiens, Prussiens, Saxons, Polonais, Bavarois, Wurtembergeois, Bergeois, Badois, Hessois, Westphaliens, Meklembourgeois, Espagnols, Italiens, Napolitains. L'armée impériale, proprement dite, était pour un tiers composée de Hollandais, Belges, habitants des bords du Rhin, Piémontais, Suisses, Génois, Toscans, Romains, habitants de la trente-deuxième division militaire, Brême, Hambourg, etc. ; elle comptait à peine cent quarante mille hommes parlant français. L'expédition de Russie coûta moins de cinquante mille hommes à la France actuelle ; l'armée russe, dans la retraite de Wilna à Moscou, dans les différentes batailles, a perdu quatre fois plus que l'armée française ; l'incendie de Moscou a coûté la vie à cent mille Russes, morts de froid et de misère dans les bois ; enfin, dans sa marche de Moscou à l'Oder, l'armée russe fut aussi atteinte par l'intempérie de la saison ; elle ne comptait, à son arrivée à Wilna, que cinquante mille hommes, et à Kalitsch moins de dix-huit mille : on peut avancer que la perte de la Russie dans cette campagne a été six fois plus grande que celle de la France d'aujourd'hui. »

Certes, voilà bien des détails et des circonstances qui surprendront beaucoup sans doute le plus grand nombre des lecteurs, et j'avoue que j'aurais été du nombre. Ceux qui, passionnés contre la vérité, sont déterminés d'avance, et persistent quoi qu'il arrive ; ou bien encore ceux qui, ayant déjà pris une opinion et tenant pour désagréable d'avoir à en changer, trouvent plus commode d'y demeurer que d'avoir la peine d'éclaircir, ceux-là nieront tout simplement, ou attacheront peu d'importance à ce que je viens de transcrire ; mais il n'en sera pas de même de ceux qui, dans le calme et la modération, aiment et cherchent la vérité pour elle-même ; ceux-là seront indubitablement frappés, et, s'ils persistent dans une opinion adverse, ils se croiront obligés du moins de produire à leur tour des autorités également officielles, ou non moins incontestables ; car comment nier que, s'il s'élève toujours quelques préventions contre celui qui se défend, elles doivent être égales contre ceux qui attaquent ; comment se dissimuler que les paroles d'un aussi grand homme sur l'événement terrible auquel il se trouve identifié doivent être, après tout, de quelque poids, et que sa voix doit valoir celle de ses adversaires ? Celui qui s'exprime de la sorte sur cette campagne et sur cette armée n'était-il pas précisément le chef de cette même armée ? n'en a-t-il pas dirigé lui-même tous les mouvements, fait agir tous les ressorts ; personne au monde a-t-il pu en connaître mieux les éléments, en analyser les détails, en affirmer les résultats ; n'en a-t-il pas reçu, possédé tous les rapports officiels ? et, pour conclure enfin, pourrait-on méconnaître, qu'en s'exprimant avec solennité et d'une manière aussi positive, Napoléon n'ignorait pas, dans l'intérêt de sa gloire, mais savait très bien au contraire, que ces mêmes documents officiels existaient dans les dépôts publics pour appuyer ou démentir authentiquement ses assertions ?

SAMEDI 26.

Fluxion violente.
Anecdotes intérieures et domestiques.

On disait l'Empereur fort souffrant. Il m'a fait demander dans sa chambre. Je l'ai trouvé, la tête empaquetée d'un mouchoir, dans son fauteuil, fort près d'un grand feu qu'il s'était fait allumer. « Quel est le mal le plus vif, la douleur la plus aiguë ? » demandait-il. Je répondais que c'était toujours celle du moment. « Eh bien ! c'est donc le mal de dents », m'a-t-il dit. En effet, il avait une violente fluxion ; sa joue droite était enflée et fort rouge. J'étais seul, en ce moment, auprès de lui ; je me suis mis à lui chauffer alternativement une flanelle et une serviette qu'il appliquait tour à tour sur la partie souffrante, et il disait en ressentir beaucoup de bien. A cela se joignait encore une forte toux nerveuse, des bâillements et un frisson, présage de la fièvre.

« Ce que c'est que l'homme, pourtant, disait-il, la moindre fibre attaquée suffit pour le déranger entièrement ! D'un autre côté, en dépit de tous les maux, il faut parfois l'assommer, si l'on veut qu'il finisse. Quelle singulière machine ! Et j'ai peut-être trente ans encore à être enfermé dans cette triste enveloppe ! »

Il attribuait sa fluxion à sa dernière sortie, au grand air qui l'affectait singulièrement. « La nature est toujours le meilleur conseiller, disait-il ; je suis sorti malgré moi, en dépit de mon instinct, et seulement pour obéir à la raison. »

Le docteur est arrivé, et lui a trouvé un commencement de fièvre. L'Empereur a passé de la sorte tout le reste du jour, souffrant par moments des douleurs très aiguës, allant alors et revenant alternativement de son fauteuil à son canapé, et remplissant les intervalles de souffrance à causer d'objets divers.

Un moment il s'est arrêté sur des vilenies commises autour de lui lors de sa puissance. Un ménage des Tuileries, que dans le temps il avait comblé, disait-il, et qui, par parenthèse, lors de la catastrophe, s'était montré fort mauvais, avait été pris en faute, un jour, par lui en personne. Il se contenta de leur reprocher leurs torts au lieu de les en punir. Qu'était-il arrivé ! ajoutait-il, c'est qu'il n'avait fait que les irriter, sans donner un exemple de justice. « Et voilà ce que c'est, remarquait-il, que de faire les choses à demi ; on y perd toujours. Il ne faut pas voir, ou si l'on a voulu voir, il faut savoir prononcer, etc. »

Citant ensuite une femme fort avantageusement placée, ainsi que son mari, et qui lui parlait sans cesse de son dénuement : « Elle m'écrivait souvent, disait-il, pour me demander de l'argent, comme si elle eût eu des droits sur moi, comme aurait pu faire Mme Bertrand, revenue de Sainte-Hélène, ou l'un de vous autres, etc. »

Mentionnant encore quelqu'un qui avait été des plus coupables envers lui en 1814, il disait : « Et vous croyez peut-être qu'il aura fui à mon retour ? Non, j'en ai été obsédé. Il convenait sans embarras d'un engouement passager pour les Bourbons, dont on avait été bien puni, m'assurait-il ; ce qui n'avait fait que retremper, du reste, l'affection naturelle que chacun me portait à tant et de si justes titres !!! Je le repoussai. Et il est à croire qu'en cet instant il est à leurs pieds, et leur dit, comme de raison, des horreurs de moi... Pauvre humanité ! Toujours et partout la même !... »

Enfin il citait, et toujours de la part de ceux qu'il avait comblés, une intrigue fort vilaine auprès de l'impératrice Joséphine, qu'on voulait porter, pour s'en faire un mérite ailleurs sans doute, et sous prétexte de lui assurer, disait-on, son séjour et son repos en France, à signer une lettre qui ne pouvait que l'avilir. On lui faisait écrire au roi, qu'elle ne savait ce qu'elle était, ce qu'elle avait été ; qu'elle le priait de fixer son existence, etc. L'Impératrice pleura beaucoup, résista, demanda du temps, et consulta l'empereur Alexandre, qui lui dit qu'une pareille lettre serait son opprobre ; qu'elle envoyât promener les intrigants et les entremetteurs ; qu'il était sûr qu'on ne lui demandait rien de pareil ; que personne ne songeait à la faire sortir de France ni à troubler son repos, et qu'au besoin, il se porterait pour son répondant, etc.

Sur le soir, la douleur s'est apaisée, et l'Empereur a pu s'endormir ; il avait dû beaucoup souffrir ; toute sa physionomie montrait une extrême altération.

DIMANCHE 27.

Les souffrances continuent.
Immoralité, vice le plus funeste dans le souverain.

L'Empereur a passé tout le jour sur son canapé ou son fauteuil, près du feu. Il avait peu dormi, souffrait comme hier et n'avait pas mangé. Ses douleurs de tête et de dents étaient extrêmement vives ; la fluxion n'avait nullement diminué. Il a repris l'usage de la flanelle et des serviettes chaudes de la veille, qu'il m'a dit, en me revoyant, lui avoir fait hier tant de bien. Je me suis mis à les chauffer et à les lui appliquer de nouveau ; il s'en montrait touché, laissait parfois son bras sur mon épaule, me répétant souvent : « Mon cher, vous me faites du bien ! » La douleur s'étant calmée, il a sommeillé quelques instants ; puis rouvrant les yeux : « Ai-je dormi longtemps, m'a-t-il dit, vous êtes-vous bien ennuyé ? » et il m'appelait alors *son frère hospitalier, le chevalier de Malte de Sainte-Hélène*. La douleur ayant repris plus vivement que jamais, il a fait venir le docteur, qui lui a trouvé de la fièvre ; le froid de la veille lui était revenu ; il s'est vu forcé de se rapprocher du feu.

Toute la soirée a été de même. Sur les sept heures il a parlé de se coucher, et, ne voulant pas manger, il s'est fait lui-même de l'eau panée, dans laquelle il mettait du sucre, de la fleur d'orange et du pain que lui faisait griller son valet de chambre.

A travers bien des sujets perdus, voici quelques mots recueillis sur l'immoralité. « L'immoralité, disait l'Empereur, est, sans contredit, la disposition la plus funeste qui puisse se trouver dans le souverain, en ce qu'il la met aussitôt à la mode, qu'on s'en fait honneur pour lui plaire, qu'elle fortifie tous les vices, entame toutes les vertus, infecte toute la société comme une véritable peste ; c'est le fléau d'une nation. La morale publique, au contraire, ajoutait-il, est le complément naturel de toutes les lois : elle est à elle seule tout un code. » Et il prononçait que la Révolution, en dépit de toutes ses horreurs, n'en avait pas moins été la vraie cause de la régénération de nos mœurs. « Comme les plus sales fumiers provoquent la plus noble végétation. » Et il n'hésitait pas à dire que son administration serait une ère mémorable du retour à la morale. « Nous y courions, disait-il, les voiles pleines ; nul doute que les catastrophes qui ont suivi feront tout rebrousser, car, au milieu de tant de vicissitudes et de désordres, le moyen qu'on résiste aux tentations de tout genre, aux appâts de l'intrigue, à la cupidité, aux suggestions de la vénalité ! Toutefois on pourra bien arrêter, comprimer le mouvement ascendant d'amélioration, mais non le détruire ; car la moralité publique est du domaine spécial de la raison et des lumières : elle en est le résultat naturel, et l'on ne saurait plus faire rétrograder celles-ci. Pour reproduire les scandales et les turpitudes des temps passés, la consécration des doubles adultères, le libertinage de la Régence, les débauches du règne qui a suivi, il faudrait reproduire aussi toutes les circonstances d'alors, ce qui est impossible ; il faudrait ramener l'oisiveté absolue de la première classe, qui ne pouvait avoir d'autre occupation que les rapports licencieux des sexes ; il faudrait détruire dans la classe moyenne ce ferment industriel qui agite aujourd'hui toutes les imaginations, agrandit toutes les idées, élève toutes les âmes ; il faudrait enfin replonger les dernières classes dans cet avilissement et cette dégradation qui les réduisaient à n'être que de véritables bêtes de somme ; or, tout cela est désormais impossible. Les mœurs publiques sont donc en hausse, et l'on peut prédire qu'elles s'améliorent graduellement par tout le globe, etc. »

Sur les neuf heures, et déjà au lit, l'Empereur a demandé qu'on fît entrer tout le monde dans sa chambre. Le grand-maréchal et sa femme étaient du nombre. Il nous a gardés une demi-heure, causant, ses rideaux fermés.

LUNDI 28.

L'Empereur, toujours souffrant, manque de médicaments. Guerres d'Italie *par Servan. Mme de Montesson.*

Je souffrais beaucoup à mon réveil : j'ai voulu mettre les pieds dans l'eau, impossible de m'en procurer. Je ne cite ceci que pour que l'on comprenne, si l'on peut, notre véritable situation à Longwood. L'eau en général y est assez rare ; mais depuis quelque temps cette rareté a singulièrement augmenté, et c'est une grande affaire aujourd'hui que de pouvoir procurer un bain à l'Empereur. Nous ne sommes pas mieux sous tous les autres rapports de secours médical : hier le docteur parlait devant l'Empereur de drogues, d'instruments, de remèdes nécessaires ; mais à chacun d'eux il ajoutait : « Malheureusement il n'y en a point dans l'île. – Mais, lui a dit l'Empereur, en nous envoyant ici, on a donc pris l'engagement que nous nous porterions bien, et toujours ? » En effet, les plus petites choses et les plus nécessaires manquent. L'Empereur, pour faire bassiner son lit, n'a trouvé d'autre moyen que de faire percer une de ces grandes boules d'argent dont on se sert pour tenir les plats chauds à table, et d'y faire introduire des charbons. Depuis deux nuits il sent inutilement le besoin d'esprit-de-vin, qui pût lui tenir chaude quelque boisson nécessaire, etc.

L'Empereur a continué de souffrir tout le jour ; sa joue demeurait très enflée ; mais la douleur était moins vive. Je l'ai trouvé près du feu lisant les *Guerres des Gaulois en Italie*, par Servan. Elles lui donnaient l'idée de quelques additions à nos chapitres d'Italie, si précieux pour le métier. Il a fait venir la carte de ce pays. Comme je m'étonnais que l'auteur, descendant jusqu'à nos jours et donnant même les campagnes de l'Empereur, le décrivît si peu, et semblât même ne pas connaître beaucoup le terrain : « C'est qu'il l'aura parcouru, disait l'Empereur, sans le connaître, et n'aura peut-être pas su le deviner, même en le voyant ; tandis que le génie des grandes entreprises et les grands résultats consistent surtout dans l'art de deviner, même sans l'avoir vu, etc., etc. »

L'Empereur s'est vu forcé, comme hier, de se mettre au lit de bonne heure. Il devait avoir de la fièvre, car il souffrait du froid. Il n'avait mangé qu'une soupe depuis la veille, et se sentait des dispositions à des étourdissements. Il trouvait son lit mal fait, les couvertures mal arrangées ; rien n'allait, disait-il ; et il a essayé de faire raccommoder le tout tant bien que mal, remarquant à ce sujet que tout ce qui l'entourait n'était calculé que sur sa bonne santé, et que chacun se trouverait sans expérience et sans doute bien gauche, s'il venait jamais à être sérieusement malade, etc.

Il s'est fait faire du thé de feuilles d'oranger, qu'il a dû attendre longtemps, ce qu'il a fait avec une patience dont je n'eusse certainement pas été capable.

Il a causé, étant au lit, de ses premières années de Brienne ;

du duc d'Orléans, de Mme de Montesson, qu'il se rappelait y avoir vus ; de la famille de Nogent, de celle de Brienne, liées aux détails de ses premières années, etc.

« Une fois à la tête du gouvernement, disait Napoléon, Mme de Montesson m'avait fait demander de pouvoir prendre le titre de duchesse d'Orléans, ce qui m'avait paru extrêmement ridicule. » L'Empereur ne la croyait que maîtresse du prince. Je l'assurai qu'elle avait été bien mariée avec le consentement de Louis XV, et que je croyais être certain que, depuis la mort de son époux, elle prenait, dans tous les actes, le titre de douairière d'Orléans. L'Empereur disait avoir ignoré cette circonstance. « Mais encore, dans ce cas, observait-il, qu'avait à dire et à faire le Premier consul ? Aussi était-ce toujours là ma réponse aux intéressés, qui en étaient peu satisfaits. Mais devais-je prendre tout aussitôt les irrégularités et les ridicules de la vieille école ? etc. »

MARDI 29.

L'Empereur continue d'être très souffrant.
Circonstances caractéristiques.

Mon fils était malade, moi-même je n'étais pas bien ; mes insomnies duraient toujours. Le docteur est venu nous voir. Il m'a appris que l'Empereur était mieux, mais qu'il s'obstinait à tort à ne vouloir faire aucun usage de la médecine.

Je n'ai été appelé qu'à cinq heures chez l'Empereur. Je l'ai trouvé les pieds dans l'eau, souffrant encore violemment de la tête. Cependant, ce demi-bain lui a fait du bien. Il s'est remis sur son canapé, et a pris les *Mémoires de Noailles* ; il en a lu tout haut quelques morceaux sur le duc de Vendôme, au siège de Lille, quelques autres sur le duc de Berwick, qu'il accompagnait de remarques à sa manière, toujours neuves, originales, piquantes. Je regrette fort de ne pouvoir les retracer ici ; mais cette dernière partie de mes cahiers n'ayant point encore été mise au net lorsqu'ils m'ont été arrachés, je n'y retrouve aujourd'hui que des indices devenus par le temps tout à fait étrangers à ma mémoire.

L'Empereur, apercevant sur sa commode quelques pâtisseries ou espèce de sucreries qui semblaient y avoir été oubliées, m'a dit de lui en apporter ; et comme il voyait mon embarras et mon hésitation, cherchant vainement le moyen de pouvoir les lui présenter avec convenance : « Bah ! mon cher, m'a-t-il dit, tout bonnement avec la main ; plus de cérémonies, plus de façons entre nous ; nous devons désormais demeurer à la gamelle l'un pour l'autre. » Voilà une fort petite circonstance sans doute, mais qui pourtant rendra bien mieux, aux yeux de plusieurs, la tournure d'esprit, le caractère, les dispositions de l'âme, la véritable pensée, que ne saurait le faire une foule de paroles ; car il est des esprits judicieux et observateurs qui savent apercevoir et déduire, lorsque beaucoup d'autres n'ont pas même soupçonné : aussi c'est ce qui va me faire replacer ici ce que j'avais repoussé ailleurs, dans la crainte que ce ne fût jugé insignifiant, ou du moins inutile.

Je dois avoir dit que, dans la familiarité de son petit intérieur, l'Empereur passait volontiers en revue, vis-à-vis de moi, tous les titres. Ah ! bonjour, *Monseigneur*. Comment se porte *Votre Excellence* ? Que dit aujourd'hui *Votre Seigneurie* ? etc., etc. Or, un soir, me rendant au salon dont l'huissier allait m'ouvrir la porte, celle de l'Empereur, qui en est voisine, s'ouvrit ; il s'y rendait précisément aussi. M'étant rangé pour son passage, lui, en distraction sans doute, s'arrêta pour me prendre l'oreille, ajoutant gracieusement : « Que faisait là *Votre Majesté* ? » Mais ce mot ne fut pas plutôt lâché que mon oreille le fut aussi. Sa figure devint tout autre, et il se crut obligé de me parler gravement d'autre chose. Ce n'est pas que je n'eusse appris près de lui à ne pas avoir entendu au besoin ; mais n'importe, il s'en voulait évidemment d'avoir laissé échapper cette qualification : toutes les autres pouvaient lui paraître des plaisanteries ; mais il ne semblait pas en être de même de celle-ci, soit par sa nature spéciale, soit par nos circonstances présentes ou autrement, que sais-je ? Du reste, chacun conjecturera ce qui lui plaira ; seulement je raconte le fait.

Sur le soir, l'Empereur nous a reçus tous après notre dîner. Il était dans son lit, et est revenu à son incrédulité en médecine, qu'il appuyait de si bonnes raisons, disait-il, que Corvisart et les autres célèbres ne le combattaient que faiblement, et seulement pour l'honneur du corps.

MERCREDI 30.

Cinquième jour de réclusion. Anecdote pour mémoire non payé. Sur l'impopularité.

L'Empereur aujourd'hui n'a pas été mieux. Il a eu, à l'heure accoutumée, son léger accès de fièvre. Sur le soir le docteur est arrivé ; il portait plusieurs gargarismes innocents, disait-il ; mais il n'en a pas eu moins de peine à en trouver l'emploi. L'Empereur avait beaucoup de boutons sur les lèvres, dans la bouche et jusque dans le gosier ; il avait beaucoup de peine à avaler, même à parler, disait-il. On n'a pu trouver, pour son usage, de l'huile supportable : elle est horrible, et il est fort délicat.

L'Empereur, dans sa conversation du jour, parlant des dépenses, du gaspillage et des dettes permanentes de Joséphine, en est arrivé à raconter qu'il s'était vu lui-même, lui, l'homme le plus régulier qui existât, l'objet d'un esclandre fort désagréable à Saint-Cloud. « Étant dans ma calèche, disait-il, l'impératrice Marie-Louise à mes côtés, et au milieu d'un concours immense de peuple, je m'étais vu interpellé tout à coup à la façon de l'Orient, comme eût pu l'être le sultan se rendant à la mosquée, par un homme qui avait travaillé pour ma personne, et réclamait une somme considérable dont on lui refusait le payement depuis longtemps. Et il se trouva que c'était juste, remarquait Napoléon ; mais j'étais en règle ; j'avais payé, et depuis longtemps ; aussi l'intermédiaire seul était coupable, etc. »

Dans un autre moment, à la suite de l'impopularité dont, disait-il, il avait fini par être l'objet, comme je revenais à lui témoigner mon étonnement de ce qu'il n'avait pas cherché quelque moyen de faire contreminer les libelles, et de rappeler l'opinion qu'on lui enlevait, il a répondu avec une sorte d'inspiration : « J'avais, ma foi, des vues bien autrement larges que celles d'aller m'occuper de flagorner ou de ménager une petite multitude, quelques coteries ou variations de sectes ; non, il fallait me laisser revenir victorieux de Moscou, et l'on eût vu bientôt, non seulement tous ces gens-là, non seulement toute la France, mais encore le monde entier me revenir, m'admirer et me bénir. Il ne m'eût plus fallu que disparaître par hasard au sein du mystère, et le vulgaire eût renouvelé pour moi la fable de Romulus ; il eût dit que je m'étais enlevé au ciel pour aller prendre ma place parmi les dieux !... »

Sur les sept heures l'Empereur s'est mis au lit, se trouvant le corps et la tête faibles. Après notre dîner il nous a reçus tous ensemble comme hier ; ses rideaux étaient fermés. Après une conversation perdue de quelques instants, il lui a pris fantaisie de se faire lire *Robinson*[1], chacun faisant la lecture à son tour, excepté moi à cause de l'état de mes yeux. Au bout d'une heure ou deux, il nous a congédiés en retenant seulement le plus jeune, le général Gourgaud, pour lui continuer encore la lecture et causer.

JEUDI 31.

L'Empereur viole, dit-il, les règles de la médecine. Il a commandé toute sa vie. C'est lui qui, le premier, nous appelle la grande nation.

Le temps s'était mis au beau ; la température aujourd'hui était délicieuse. Il y avait six jours que l'Empereur gardait la chambre ; fatigué de la monotonie de son mal, il a résolu de violer, disait-il, la loi du docteur. Il est sorti ; mais il se sentait si faible, qu'il pouvait à peine marcher. Il a fait demander la calèche, et nous avons fait un tour. Il était triste et silencieux. Il souffrait beaucoup, surtout des boutons qui couvraient ses lèvres.

Peu après son retour, il m'a fait demander dans sa chambre. La promenade l'avait encore abattu. Il se sentait très faible et fort disposé à l'assoupissement. Je l'ai déterminé à manger un peu, il a fini par un verre de vin de liqueur, et il est convenu qu'il en était réveillé, et se trouvait beaucoup mieux. Il s'est mis à causer.

« En mettant le pied en Italie, disait-il, j'ai changé les mœurs, les sentiments, le langage de notre Révolution. Je n'ai point fusillé les émigrés, j'ai secouru les prêtres, j'ai abrogé les institutions, les fêtes qui nous déshonoraient. Et en cela je n'étais point guidé par mon caprice, mais bien par la raison et l'équité, ces deux bases premières de la haute politique. Par exemple, a-t-il dit à quelqu'un, si la fête de la

1. *Robinson Crusoé* de Daniel Defoe.

mort du roi se fût toujours continuée, vous n'auriez pas eu l'occasion de pouvoir vous rallier jamais, etc. »

L'Empereur disait alors avoir été celui qui le premier avait salué la France du nom de *la grande nation*. « Et certes, remarquait-il, je l'ai montrée telle au monde abattu devant elle. »

Et après un léger intervalle, il a repris : « Et elle le sera encore et le demeurera, si son caractère national redevient en harmonie avec tous ses avantages physiques et ses moyens moraux, etc. »

Dans un autre moment, parlant de quelqu'un qu'il aimait beaucoup, il disait : « C'est le caractère *de la vache* : doux et tranquille pour toutes choses, excepté sur l'article de ses enfants ; dès qu'on touche à ceux-ci, aussitôt les cornes en avant ; on pourrait le rendre furieux. »

Parlant d'un autre qui avait passé trente ans, et qu'il accusait d'être trop jeune, il disait : « A cet âge, pourtant, j'avais fait toutes mes conquêtes, je gouvernais le monde ; j'avais apaisé la tempête, fondu les partis, rallié une nation, créé un gouvernement, un empire, il ne me manquait que le titre d'empereur. » Et continuant sur ce sujet, il disait : « J'ai été gâté, il faut en convenir, j'ai toujours commandé ; dès mon entrée dans la vie, je me suis trouvé nanti de la puissance, et les circonstances et ma force ont été telles, que dès que j'ai eu le commandement, je n'ai plus reconnu ni maîtres ni lois. »

RÉSUMÉ DE JUILLET, AOÛT, SEPTEMBRE, OCTOBRE.

De l'ouvrage de M. O'Méara ; procès qui lui est intenté en ce moment par sir Hudson Lowe. Quelques mots en faveur du Mémorial.

Le résumé habituel ne saurait être long désormais ; trois phrases, à la rigueur, pourraient suffire : Tourments au comble. Réclusion absolue. Destruction infaillible.

Le reste de la vie de Napoléon ne sera plus qu'une cruelle et longue agonie.

On a vu que l'arrivée du nouveau gouverneur avait été pour nous le signal d'une sinistre existence. Peu de jours avaient suffi pour dérouler ses dispositions malfaisantes. Bientôt les tourments, les outrages dont il se dit l'intermédiaire, ou qu'il créa lui-même, furent au comble : il frappa de terreur les habitants à notre égard ; il accumula sur nous les vexations les plus ridicules ; il nous défendit d'écrire, sans le lui avoir communiqué, à ceux mêmes auxquels il ne nous interdisait pas de parler librement ; il invita à dîner chez lui *le général Bonaparte* pour le faire voir à une femme de distinction qui s'y trouvait en passant ; il arrêta lui-même un de nos domestiques, etc.

Il produit une dépêche à l'aide de laquelle il veut forcer l'Empereur à descendre, disait Napoléon, dans la fange de ses besoins, pour les discuter vis-à-vis de lui ; il le harcèle pour fournir un argent qu'il n'a pas, et le conduit, à force de réductions sur le strict nécessaire, à briser et vendre son argenterie, dont lui, gouverneur, fixe d'autorité le taux et l'acheteur. Il nous taxe ridiculement à une bouteille de vin par tête, l'Empereur compris !... « Il marchande notre existence ; il m'envie l'air que je respire », disait l'Empereur. Et ce qu'il nous envoie pour notre subsistance se trouve parfois et souvent de telle nature, que nous sommes réduits à en emprunter au camp voisin !!! etc.

Il tend un piège à Napoléon, se faisant une joie de l'espoir de lui transmettre, en personne et avec pompe, une communication qu'il appelle ministérielle, et qui se trouve tellement brutale qu'il refuse d'en laisser copie. Il signifie à l'Empereur les règlements les plus extravagants ; il resserre capricieusement et ironiquement son enceinte habituelle, lui prescrit la trace de ses pas, et va jusqu'à lui vouloir fixer la nature de ses conversations et l'étendue de ses paroles ; il creuse des fossés autour de nous, nous entoure de palissades, élève des redoutes ; il nous oblige, pour pouvoir demeurer auprès de l'Empereur, à signer individuellement que nous nous soumettons à toutes ces choses ; il se sert de nos propres mains pour le dégrader, en nous forçant de le qualifier simplement *Bonaparte*, sous peine de nous arracher immédiatement d'auprès de lui, et de nous déporter sur-le-champ ! etc.

L'Empereur, poussé à bout par d'aussi ignobles traitements et d'aussi gratuites méchancetés, s'en explique vis-à-vis de sir Hudson Lowe lui-même. Ses paroles ne ménagent plus rien ; il se délivre pour toujours de son odieuse vue, et prononce qu'il ne le reverra jamais. « Le plus mauvais procédé des ministres anglais n'est plus désormais de m'avoir envoyé ici, lui a-t-il dit, mais bien de m'avoir placé en vos mains... Je me plaignais de l'amiral, votre prédécesseur ; mais du moins il avait un cœur !... Vous déshonorez votre nation, et votre nom restera une flétrissure !... Ce gouverneur n'a rien d'anglais, nous répétait-il souvent, ce n'est qu'un mauvais sbire de Sicile... Je me plaignais d'abord qu'on m'eût envoyé un geôlier, mais aujourd'hui je prononce que c'est un bourreau, etc. »

Je consacre ces mots et je pourrais en consacrer bien d'autres, quelque peu bienséants qu'ils puissent être : 1° parce que je les ai entendus ; 2° parce que Napoléon les a dits à sir Hudson Lowe lui-même, ou les lui a fait transmettre ; 3° enfin, parce qu'ils ont été mérités, tant ce gouverneur, au grand scandale des Anglais mêmes, qui, sur les lieux, en témoignaient leur profond dégoût, a abusé arbitrairement, oppressivement et brutalement d'un pouvoir qu'il avait à exercer au nom d'une nation si éminemment recommandable par tout le globe ; au nom d'un prince si généralement considéré en Europe, enfin au nom d'un ministère au sein duquel se trouvaient encore quelques gens d'honneur, personnellement connus par leur modération et leurs belles manières.

Les attaques sur Napoléon étaient incessantes ; les tourments, de tous les instants. Il ne se passait pas de jour sans nouvelles blessures ; et alors on put dire que se trouvait réalisé un des supplices de la fable.

Ah ! si jamais, dans cette époque de deuil pour tant de cœurs généreux, le génie de l'Europe, celui de la vérité, celui de l'histoire se sont tournés même involontairement vers Sainte-Hélène sur le grand Napoléon, s'ils l'ont cherché dans cette île, dont ils pensaient qu'on eût dû s'efforcer du moins de faire son Élysée, quelle n'aura pas été leur indignation de l'apercevoir, dans l'auréole de tant d'actes immortels, cloué sur un roc à la façon de Prométhée et sous les griffes de son vautour se délectant aussi à le déchiqueter pièce à pièce ! Oh ! quelle infamie !... quelle honte éternelle !

Dans cette période, la santé de l'Empereur a constamment et grandement décliné ; ce corps, cru si robuste, qui avait résisté à tant de travaux, qu'avaient épargné tant de fatigues, qu'avaient soutenu les victoires et la gloire, courbait désormais sous des infirmités que hâtait la méchanceté des hommes. C'était presque chaque jour quelque incommodité nouvelle, des ressentiments de fièvre, des fluxions violentes, des symptômes de scorbut, des rhumes continuels ; les traits s'altéraient, la marche devenait pesante, les jambes se gonflaient, etc. Nos cœurs se déchiraient de le voir courir visiblement vers une destruction infaillible et prochaine ; tous nos soins n'y pouvaient rien.

Il avait renoncé depuis longtemps au cheval, et finit par renoncer à peu près aussi à la calèche ; même la simple promenade à pied devint rare, et il se trouva réduit, à peu de chose près, à la stricte réclusion de ses appartements. Il ne s'occupait plus désormais d'un travail suivi et régulier ; il ne nous dictait guère qu'à de longs intervalles et sur des sujets de pure fantaisie du moment. Il passait la plus grande partie du jour seul dans sa chambre, occupé à feuilleter quelques livres, ou plutôt ne faisait rien. C'est à ceux qui ont dignement jugé de toute la puissance de ses facultés, à apprécier la force d'âme qu'il lui fallait pour dévorer paisiblement la charge accablante d'un tel ennui, d'une aussi odieuse existence ; car, vis-à-vis de nous, c'était toujours la même sérénité de visage, la même égalité de caractère, le même piquant, la même liberté d'esprit, parfois même de la gaieté, de la plaisanterie ; mais dans les détails de l'intimité, il était aisé de s'apercevoir qu'il n'y avait plus en lui ni préoccupation de l'avenir, ni méditation du passé, ni souciance du présent ; il obéissait passivement désormais à la nature physique ; et, dans l'entier dégoût de la vie, le terme en était peut-être en secret désiré. Tel était l'état des choses quand je fus enlevé de Longwood ; car ce moment approche ; il n'est pas loin.

Je n'ai point consigné, dans le cours de mon recueil, toutes les minutieuses circonstances de nos querelles avec le gouverneur, non plus que les nombreuses notes officielles échangées entre nous. J'ai omis également les ignobles misères accumulées sur notre existence animale. Mon but n'était point d'écrire l'histoire de Longwood et de ses douleurs, mais seulement de faire ressortir les nuances caractéristiques de Napoléon. Au surplus, si on est curieux, on peut aller chercher tous ces détails dans la relation du docteur O'Méara. C'eût été petitesse à moi, l'un de ceux sur lesquels ils frappaient, que de trop m'y arrêter ; mais chez le docteur, qui n'en était que le témoin, qui nous était étranger, qui était, on pourrait même dire, du parti adverse, ce soin, de sa part et dans sa situation, ne peut, ne doit avoir été que le résultat d'une émotion profonde, d'une indignation généreuse qui honore son cœur.

J'apprends en ce moment que l'ex-gouverneur de Sainte-Hélène l'attaque devant les tribunaux, en diffamation et en calomnie ; je suis plein de vénération pour les juges des grands tribunaux d'Angleterre ; parce que je sais comment ils se composent ; toutefois, comment être sûr aujourd'hui d'un résultat ! Car, dans la malheureuse crise politique de nos jours, il apparaît partout comme deux vérités à la fois ; or, la bonne pour chacun est celle qu'on porte dans le cœur ; car, bien qu'on en dise, on ne saurait se mentir à soi-même, et ce sera à tout événement, sans doute, la consolation du docteur O'Méara ; car, je dois déclarer ici que tout ce que je trouve à cet égard dans son ouvrage, et qui a pu être à ma connaissance lorsque j'étais sur les lieux, est de la plus stricte vérité ; d'où je dois naturellement conclure, par analogie, qu'il en est de même sans doute de tout ce que je n'ai pas vu, ce qui se prolonge de dix-huit mois au-delà. Aussi je n'hésite pas à prononcer que je le tiens pour tel dans mon âme et conscience.

Précisément au moment où j'écris, je reçois de sir Hudson Lowe des extraits de lettres qu'il me dit avoir reçues confidentiellement, dans les temps, du docteur O'Méara, lequel, me fit-il observer, s'exprimait très improprement à mon égard, et lui faisait des rapports secrets à mon sujet. Quelle a pu être en cela l'intention de sir Hudson Lowe vis-à-vis de moi ? Aux termes où nous en sommes, ce ne saurait être un intérêt bien tendre. Aurait-il espéré me prouver que M. O'Méara était son espion auprès de nous ? Aurait-il pensé m'indisposer assez pour altérer la nature et la force de mes témoignages en faveur de son adversaire ? Mais, au demeurant, ces lettres sont-elles bien entières ? Ne sont-elles pas tronquées à la façon de Sainte-Hélène ? et encore, leur sens serait-il plein, réel, en quoi devraient-elles me fâcher ? Quels droits, quels titres avais-je dans ce temps sur O'Méara ? Il est bien vrai que plus tard, à son retour en Europe, le voyant poursuivi, persécuté, puni pour l'humanité dont il avait usé envers Napoléon, je lui en ai exprimé la plus vive reconnaissance, et je lui ai écrit que, si l'injustice venait à le forcer de quitter son pays, il devenait libre, à son gré, de venir prendre place dans ma famille, que je partagerais avec lui. Mais à Sainte-Hélène je le connaissais à peine ; je ne crois pas lui avoir adressé la parole dix fois durant tout mon séjour à Longwood. Je le considérais comme m'étant opposé de nation, d'opinion, d'intérêts : voilà quels étaient mes rapports avec M. O'Méara. Il était donc entièrement libre à mon égard ; il demeurait maître d'écrire alors ce qui lui plaisait, sans que cela pût influer sur l'opinion qu'il m'a inspirée depuis. Que sir Hudson Lowe prétende insinuer aujourd'hui que le docteur était deux et trois fois espion dans le même temps, savoir : pour le gouvernement, pour Napoléon, et pour lui sir Hudson Lowe, cela détruirait-il la vérité, l'authenticité des faits exposés dans son livre ? Au contraire ; et duquel des trois corrupteurs gagnerait-il le salaire en révélant ces hauts faits au public ? Napoléon n'est plus ; le docteur n'a rien à en attendre ; et il s'est fait des deux autres, par sa publication, d'ardents persécuteurs, qui lui ont ravi ses emplois et menacent son repos ; c'est que son véritable crime, à leurs yeux, est le zèle importun d'un ami de la bienséance et des lois, qui, révolté d'inconvenantes et ignobles vexations, en a signalé les vrais auteurs pour en disculper le pays : voilà la chose. Je n'ai donc vu dans la communication si tardive des lettres confidentielles que vient de m'adresser sir Hudson Lowe, au moment même de son procès avec le docteur, qu'une espèce de délation intéressée, que chacun qualifiera comme il l'entendra. Je n'en ai pas même accusé réception ; j'ai bien moins songé encore à m'en plaindre.

Mais puisque j'en suis à M. O'Méara et à son ouvrage, qu'il se trouve avoir tenu aussi un journal vers le même temps que moi, dans le même lieu et sur les mêmes sujets, je ferai observer que c'est assurément une circonstance bien heureuse pour l'authenticité des récits que le concours singulier de deux narrateurs qui, de position, de nation, d'opinion différentes, sans rapport entre eux relatent des faits qu'ils ont puisés à la même source. Il devient curieux de les opposer l'un à l'autre. O'Méara est traduit chez nous : qu'on parcoure, qu'on compare les deux productions. Si l'on fait la part du génie des deux langues, des préjugés nationaux réciproques, de la différence de position des deux narrateurs, que présente la masse des deux récits ? Une similitude parfaite ; car les légères différences sont même, en quelque sorte, la garantie de chacun, en ce qu'elles sont inévitables ; où a-t-on jamais vu deux hommes écrivant ce dont ils ont été témoins, ne pas différer ? Et que d'innocentes infidélités, d'ailleurs, n'avons-nous pas dû involontairement commettre en essayant de répéter de pures conversations prises au vol ! Toutefois, je ne terminerai pas sans arrêter le lecteur sur une circonstance qui m'a frappé moi-même en lisant O'Méara ; c'est que les conversations de Napoléon portent précisément avec elles le caractère de la position des deux personnes avec lesquelles il s'entretenait : tous les objets importants, chez O'Méara, sont beaucoup plus développés, plus suivis ; c'est que Napoléon parlait à quelqu'un à qui il croyait devoir apprendre ; chez moi, au contraire, ils sont presque toujours en sommaires ; c'est que l'Empereur s'exprimait alors devant celui qu'il supposait savoir. Au surplus, les récits du docteur ont eu un succès prodigieux en Angleterre ; c'est que le sujet était riche, l'intention louable, le but moral ! en voilà assez pour faire fortune.

Pour moi, de mon côté, j'avance dans mon entreprise ; déjà j'en entrevois le terme, et je dois des actions de grâce pour le bon accueil aussi dont jusqu'ici je me vois accompagné. Je me suis cru un devoir, et me suis voué à le remplir, non à demi, mais en conscience. Ayant à essayer de peindre l'homme des prodiges, non par mes faibles couleurs, mais à l'aide de ses propres paroles, de ses propres gestes, j'ai dû m'attacher surtout à demeurer scrupuleusement vrai, scrupuleusement fidèle, et j'espère qu'après m'avoir lu, on me rendra la justice d'avouer que, pour y parvenir, j'ai fait abnégation de tout système, de toutes opinions, de tous partis, de toutes liaisons ; j'ai heurté des sentiments individuels ; je ne me suis point arrêté devant les plus hauts personnages, ni les plus hautes considérations. D'un autre côté, je ne me suis point dissimulé aucun des graves inconvénients d'une telle marche ni les nombreux chagrins qu'elle pouvait me créer : j'avais à craindre, ainsi qu'il n'arrive que trop souvent à l'impartiale vérité, de déplaire à tous et de déchaîner bien des voix ; l'autorité aussi, interprétant mal mes intentions sur un sujet si voisin encore de nos grands événements, pouvait s'irriter, et j'avais à craindre d'être traduit devant les magistrats ; de là, peut-être, condamnation, amende, confiscation, prison. Il est bien vrai que j'aurais pu alléger mes embarras, et m'y rendre en quelque sorte étranger en donnant ou en vendant mon manuscrit en France ou au-dehors ; mais aurais-je rempli mon but, et en dépit de toute condition de ma part, eût-on manqué de réalités ou de prétextes pour dénaturer ou mutiler ce recueil, dont tout le mérite repose dans son intégrité ! Aussi, tenant à ce qu'il ne subît aucune altération, et voulant demeurer maître jusqu'au dernier instant de la dernière ligne, à tous les autres inconvénients, j'ai ajouté encore la chance d'une lésion de ma fortune, en le publiant à mes risques et périls. D'Angleterre et d'Allemagne on m'a fait offrir un haut prix des portions que les circonstances devaient me forcer, supposait-on, de ne pas publier en France. J'ai répondu que rien n'avait été réservé. Il n'était pas dans ma nature de laisser publier au-dehors, sous mon nom, ce que je n'aurais pas osé publier au-dedans sous les lois du pays, quelque difficiles, quelque sévères qu'elles pussent me paraître. Du reste, en dépit de toutes inquiétudes, je n'ai jusqu'ici qu'à m'applaudir tout à fait de la marche que j'ai cru devoir suivre. Les témoignages les plus flatteurs me sont arrivés de tous côtés, et la loi est demeurée silencieuse ; peut-être même pourrait-elle me savoir quelque gré, dans nos temps de passion, de n'avoir pas désespéré de son impassibilité sur un sujet aussi délicat, et de l'avoir mise à même d'en fournir une preuve aussi décisive. Pour moi, j'en demeure fier pour elle ; grâces lui soient rendues.

Je n'ai prétendu être ni apologiste, ni panégyriste ; mais j'ai voulu mettre chacun à même de le devenir à son gré, d'après sa propre conviction et ses propres sentiments ; et c'est ce qui m'a fait conserver, dans l'ensemble du recueil, jusqu'aux plus petites minuties, afin que chacun pût demeurer frappé par ce caractère de vérité qui naît de la contexture même des choses. Je n'en ai omis que les anecdotes personnelles, ou les épithètes qui, se trouvant étrangères à mon objet, n'eussent été que gratuitement désobligeantes, et malheureusement beaucoup trop encore m'ont échappé. Hors d'état de pouvoir m'occuper avec beaucoup de réflexion, me hâtant avec précipitation, dans la crainte de ne pas atteindre la fin, entraîné par le but principal, je n'ai pu soigner suffisamment tous les accessoires. Aujourd'hui, quand on me relit les volumes publiés, je suis frappé de retrouver ce que j'aurais voulu, ce que même parfois je crois avoir effacé. Ma situation peut expliquer ces négligences, ainsi qu'un grand nombre d'irrégularités typographiques, et plaider tant soit peu pour elles ; c'est qu'entre le public et moi il n'aura guère existé d'autres intermédiaires qu'un copiste et le prote : voilà l'inconvénient de ma solitude absolue ; sans conseils, sans avis, sans révisions. Mais, sera-t-on tenté de me dire peut-être, pourquoi n'avoir pas eu recours à tant de personnages dont la bienveillance, les lumières et la connaissance de la matière même eussent pu vous être d'un si grand service ? Voici ma réponse : Où a-t-on vu s'accorder en toutes choses deux témoins d'un même fait ? Il n'eût donc pas été deux de mes articles que chacun n'eût prétendu redresser en quelque chose à sa façon. Or, si j'avais cédé, les véritables paroles, les opinions, les jugements erronés ou non de Napoléon eussent bientôt disparu tout à fait ; et alors qu'eussé-je produit ? Un livre refait à Paris. Si, au contraire, je m'étais obstiné à résister, on connaît les hommes sur ce point, j'eusse fort désobligé, et l'on ne m'eût point pardonné d'avoir demandé des avis pour ne point les suivre.

Mais, pourra-t-on me dire encore, que n'attendiez-vous, à l'exemple de tous les auteurs de mémoires, qui généralement ne leur laissent voir le jour qu'après leur mort, afin d'éviter les inconvénients auxquels vous vous êtes exposé ? Quoi ! Que j'attendisse ? Et le devoir auquel je me croyais tenu, comment se serait-il rempli ? Et mon intention de procurer des jouissances à ceux qui ont aimé ; de forcer à l'estime ceux qui sont demeurés ennemis, que serait-elle devenue ? Quoi ! une foule de tous rangs, de toutes professions, de tous emplois, moi, tout le premier, qui l'avons servi avec orgueil et sincérité, qui l'avons aimé avec admiration, qui nous sommes enivrés de bonne foi de la gloire, de la splendeur, de la prospérité dont il rassasiait le pays, nous l'entendrions froidement calomnier chaque jour, nous nous sentirions à chaque instant injuriés dans sa personne ! et je possédais les moyens victorieux de répondre, et j'aurais gardé le silence ! et j'aurais attendu !... Et pour quelques légères considérations, j'aurais privé les contemporains avides ! Non. Et aussi bien le public se montrait-il vivement impatient ; il attendait et demandait des compagnons de Napoléon, qu'ils lui fissent connaître ce qu'ils avaient recueilli de ses paroles ou lu dans sa pensée : or, la tenue de mon journal me rendait le mieux situé ; je me suis trouvé le plus tôt prêt, et je me suis hâté, à la voix de tous, d'accomplir ce devoir. Du reste, quoi qu'il pût m'arriver désormais, j'en tiens déjà la plus douce récompense dans les témoignages, les vœux, la sympathie qui me sont déjà parvenus, dans l'espèce de reconnaissance même dont des cœurs généreux et vraiment hauts sont venus m'entretenir avec transport ; il s'en est trouvé qui ont été même jusqu'à avouer qu'ils se seraient attendus à être mieux traités ; d'autres que tout bonnement ils avaient à se plaindre ; mais, disaient-ils, Napoléon a eu à se plaindre aussi de tant de monde ! il devait être si malheureux sur son roc ! Ne peut-il pas s'être laissé aller à de l'aigreur ? car vous n'affirmez pas que ce qu'il dit est vrai, mais seulement qu'il l'a dit : or, si l'allégation en valait la peine, nous controverserions ; si elle était fausse, nous la démentirions ; et ils concluaient qu'ils noyaient de grand cœur leur mortification personnelle dans la satisfaction, bien autrement générale, que devait causer tout ce que je faisais connaître sur celui dont ils avaient partagé les travaux, et auquel ils devaient leur fortune et leur gloire, etc.

Toutefois, cela ne saurait me consoler tout à fait de la peine que j'aurais pu causer involontairement ; car il n'est pas en moi de désobliger sciemment et gratuitement qui que ce soit ; aussi me suis-je efforcé d'y porter remède autant que possible dans la réimpression de l'ouvrage.

CHAPITRE ONZIÈME

VENDREDI 1er NOVEMBRE 1816.

Affaissement de l'Empereur. Sa santé continue de s'altérer sensiblement. Inquiétudes du médecin. Nos prisonniers en Angleterre ; les pontons, etc.

Aujourd'hui le temps était très beau, l'Empereur a voulu en profiter. Il a essayé de sortir sur les deux heures. Après quelques pas dans le jardin, il a eu l'idée d'aller se reposer chez Mme Bertrand ; il y est demeuré plus d'une heure dans un fauteuil, ne parlant point, souffrant et abattu ; au bout de ce temps, il a regagné languissamment sa chambre, où il s'est jeté sur son canapé, sommeillant comme la veille. Cet affaissement m'affectait douloureusement. Il essayait de temps à autre de combattre cette disposition ; mais il ne trouvait rien à dire, et, s'il voulait se mettre à lire, la lecture le dégoûtait tout aussitôt. Je l'ai quitté pour le laisser reposer.

Une frégate anglaise est arrivée du Cap, dans sa route pour l'Europe ; c'était une occasion pour nous d'écrire à nos amis ; mais je me suis interdit désormais la douceur d'en profiter ; les plaintes réitérées du gouverneur m'en font une loi, par la nature des conséquences dont il me menace ; peut-être viendra-t-il un moment moins cruel ; j'attendrai !...

Le docteur O'Méara est venu voir mon fils, dont l'état ne laissait pas que d'être inquiétant ; il avait été saigné hier de nouveau ; il avait eu des vomissements trois ou quatre fois dans la journée.

Le docteur a profité de cette occasion pour me parler spécialement de la santé de l'Empereur, me confiant qu'il n'était pas sans inquiétude sur sa trop grande réclusion ; il ne cessait de prêcher, disait-il, pour plus d'exercice, et m'engageait à profiter des fréquentes occasions que j'avais de parler à l'Empereur, pour l'amener à sortir davantage. Il est sûr, convenions-nous, qu'il changeait de manière à effrayer ; et lui (le docteur) n'hésitait pas à prononcer qu'un si complet repos, après une si grande agitation, pouvait devenir des plus funestes ; que toute maladie sérieuse, que pouvait amener si facilement la qualité du climat, ou tout autre accident de la nature, lui deviendrait infailliblement mortelle. Les paroles du docteur, son anxiété m'ont vivement touché. Dès ce temps, j'aurais dû deviner en lui cet intérêt réel qu'il a si bien prouvé depuis.

Sur les six heures, l'Empereur m'a fait appeler ; il était dans son bain, souffrant peut-être encore plus que de coutume : c'était, pensait-il, le résultat de sa sortie d'hier ; le bain lui a réussi ; il se trouvait un peu mieux. Il s'est mis à lire l'ambassade de lord Macartney en Chine, ce qu'il a prolongé assez longtemps, dissertant, chemin faisant, sur bien des objets qu'il y rencontrait.

Puis, laissant son livre, et se mettant à causer, la situation de nos prisonniers en Angleterre s'est trouvée un des sujets accidentellement amenés par le courant de la conversation. Je vais réunir ici ce qu'il a dit aujourd'hui et en d'autres moments.

La rupture subite du traité d'Amiens, sous de si mauvais prétextes et avec autant de mauvaise foi de la part du ministère anglais, avait causé une vive irritation chez le Premier consul, qui se sentait joué. La saisie de plusieurs bâtiments de notre commerce, avant même de nous déclarer la guerre, vint y mettre le comble. « Sur mes vives réclamations, disait l'Empereur, ils se contentèrent de répondre froidement que c'était leur usage, qu'ils l'avaient toujours fait, et ils disaient vrai ; mais les temps n'étaient plus pour la France de supporter patiemment une telle injustice ni une telle humiliation. J'étais devenu l'homme de ses droits et de sa gloire, et j'étais tout disposé à montrer à nos ennemis avec qui désormais ils avaient affaire. Malheureusement ici, par notre position réciproque, je ne pouvais venger une violence que par une violence plus forte encore. C'est une triste ressource que les représailles sur des innocents au fond ; mais je n'avais pas de choix.

« A la lecture de l'ironique et insolente réponse faite à mes plaintes, j'expédiai, au milieu de la nuit même, l'ordre d'arrêter, par toute la France, et sur tous les territoires occupés par nos armes, tous les Anglais quelconques, et de les retenir prisonniers en représailles de nos vaisseaux si injustement saisis. La plupart de ces Anglais étaient des hommes considérables, riches et titrés, venus pour leur plaisir. Plus l'acte était nouveau, plus l'injustice était flagrante, plus la chose me convenait. La clameur fut universelle ; tous ces Anglais s'adressèrent à moi ; je les renvoyais à leur gouvernement : leur sort dépendait de lui seul, répondis-je. Plusieurs, pour obtenir de s'en aller, furent jusqu'à proposer de se cotiser pour acquitter eux-mêmes le montant des vaisseaux arrêtés. Ce n'était pas de l'argent que je cherchais, leur faisais-je dire, mais l'observation de la simple morale, le redressement d'un tort odieux ; et, le croira-t-on, l'administration anglaise, aussi astucieuse, aussi tenace dans ses droits maritimes que la cour de Rome dans ses prétentions religieuses, a mieux aimé laisser injustement dix ans dans les fers une masse très distinguée de ses compatriotes, que de renoncer authentiquement pour l'avenir à un misérable usage de rapines sur les mers.

« Déjà, en arrivant à la tête du gouvernement consulaire, j'avais eu une prise avec le cabinet anglais touchant les prisonniers, et cette fois je l'avais emporté. Le Directoire avait eu la sottise de se prêter à un arrangement qui nous était extrêmement préjudiciable, et tout à fait à l'avantage des Anglais.

« Les Anglais nourrissaient leurs prisonniers en France ; et nous avions la charge de nourrir les nôtres en Angleterre. Or, nous avions assez peu d'Anglais chez nous, et ils tenaient beaucoup de Français chez eux ; les vivres étaient presque pour rien en France, ils étaient d'un prix exorbitant en Angleterre. Les Anglais avaient donc fort peu de chose à payer, tandis que de notre côté nous devions envoyer des sommes énormes en pays ennemi, et nous étions fort pauvres. Ajoutez que tous ces détails exigeaient des agents croisés sur les lieux respectifs, et M. le commissaire anglais n'était autre chose que l'espion de nos affaires, l'entremetteur, le machinateur des complots de l'intérieur, ourdis avec les émigrés du dehors. A peine eus-je pris connaissance d'un tel état de choses, que l'abus fut rayé d'un trait de plume. Il fut signifié au gouvernement anglais qu'à compter du moment, chaque nation nourrirait désormais les prisonniers qu'elle aurait faits, si mieux on n'aimait les échanger. On jeta les hauts cris, on menaça de les laisser mourir de faim. Je soupçonnais bien assez de dureté et d'égoïsme aux ministres anglais pour en avoir l'envie ; mais j'étais sûr que l'humanité de la nation s'en serait révoltée. On plia : les malheureux Français n'en furent ni mieux ni plus mal ; mais nous gagnâmes de grands avantages, et échappâmes à un arrangement qui était une espèce de joug et de tribut.

« Durant toute la guerre, je n'ai cessé d'offrir l'échange des prisonniers ; mais le gouvernement anglais, jugeant qu'il m'eût été avantageux, s'y est constamment refusé sous un prétexte ou sous un autre. Je n'ai rien à dire à cela : la politique à la guerre marche avant le sentiment ; mais pourquoi se montrer barbare sans nécessité ? et c'est ce qu'ils ont fait, quand ils ont vu grossir le nombre de leurs prisonniers. Alors a commencé pour nos malheureux compatriotes cet affreux supplice des pontons, dont les Anciens eussent enrichi leur enfer, si leur imagination eût pu les concevoir. Ce n'est pas que je ne croie qu'il y avait exagération de la part de ceux qui accusaient, mais aussi il n'y a pas eu de vérité dans ceux qui se défendaient. Nous savons ce que c'est qu'un rapport au parlement ; ici nous en sommes sûrs quand nous lisons les calomnies et les mensonges que débitent en plein parlement, avec une si froide intrépidité, ces méchants, qui n'ont pas rougi de se faire nos bourreaux. Les pontons portent avec eux leur vérité, il suffit du simple fait ; y avoir jeté de pauvres soldats qui n'étaient point accoutumés à la mer, les avoir entassés les uns sur les autres dans des lieux infects, trop étroits pour les contenir ; leur avoir fait respirer deux fois par vingt-quatre heures, à la marée basse, les exhalaisons pestilentielles de la vase, avoir prolongé dix ou douze ans ce supplice de chaque jour, n'est-ce pas assez pour que le sang bouillonne au hideux tableau d'une telle barbarie ? Et, sur ce point, je me reproche fort de n'avoir pas usé de représailles, de n'avoir pas jeté dans des pontons pareils, non les pauvres matelots et soldats, dont la voix ne compte pas, mais tous les milords et la masse de la classe distinguée. Je leur eusse laissé libre correspondance avec leur pays, leurs familles, et leurs cris eussent assourdi les ministres et les eussent fait reculer. Il est vrai que les salons de Paris, toujours les meilleurs alliés des ennemis, n'eussent pas manqué de me dire un tigre, un cannibale ; n'importe, je le devais aux Français qui m'avaient chargé de les protéger et de les défendre. J'ai manqué de caractère : c'était mon devoir. » Et il m'a demandé si les pontons existaient de mon temps. Je ne pouvais le lui dire ; cependant je pensais que non, parce que j'étais sûr qu'alors existaient des prisons parquées en pleine campagne, que beaucoup d'Anglais les visitaient en faisant du bien aux prisonniers, achetant leurs petits travaux. Toutefois ils devaient être bien mal et souffrir de la faim ; car on racontait qu'un agent du gouvernement y étant entré à cheval, et en étant descendu un instant, il n'avait pas eu le dos tourné que le pauvre animal, en un clin d'œil, avait été enlevé, dépecé et dévoré. Je ne garantissais pas le fait ; mais il nous avait été raconté par des Anglais mêmes, et il est vrai que les fanatiques d'entre eux ne le citaient pas comme preuve des besoins des prisonniers français, mais bien pour faire ressortir toute leur férocité et leur voracité. L'Empereur en riait comme d'un conte bleu, disant que la nature aurait à en frémir si la chose était réelle ; car il est bien évident à qui que ce soit, remarquait-il, qu'il n'y a que la faim poussée jusqu'à la rage qui puisse porter à dévorer du cheval. Je lui donnais une autre raison, pour croire que de mon temps il n'y avait point encore de pontons ; c'est qu'il avait été grandement question de consacrer aux prisonniers quelques petites îles désertes situées entre l'Angleterre et l'Irlande : on les y eût déposés, toute embarcation quelconque eût été soustraite : on les eût tout à fait abandonnés à eux-mêmes dans un complet isolement, et il n'eût plus été besoin que de quelques bâtiments légers, en constante croisière, pour les garder. Seulement on objectait qu'en cas de descente de la part de l'ennemi, son grand et facile objet serait d'aborder ces îles, et qu'en y distribuant des armes, il y recruterait une armée toute faite : et peut-être, disais-je, est-ce cette première idée qui aura conduit à celle des pontons ; car le nombre des prisonniers croissant toujours, on s'effrayait de les avoir à terre au milieu de soi, par la disposition d'une partie de la population, qu'on soupçonnait être fort portée à fraterniser avec les Français. « Eh bien ! disait Napoléon, je conçois ces îles, car la sûreté et la propre conservation avant tout. Mais le supplice des pontons est une tache à l'humanité anglaise, un aiguillon de fureur qui ne peut sortir du cœur des prisonniers français.

« L'article des prisonniers a été un des points sur lesquels s'est exercée la mauvaise foi habituelle des ministres anglais, avec ce machiavélisme ordinaire qui caractérise si bien l'école actuelle. Absolument résolus à repousser tout échange, et ne voulant pas être accusés de s'y refuser, ils multipliaient et dénaturaient les prétextes. C'était d'abord mon atroce violation des droits civilisés envers les *détenus*, que je prétendais considérer comme des *prisonniers*, principe qu'il ne leur était pas permis de reconnaître, disaient-ils, par quelque considération que ce fût. Ensuite vinrent les évasions réciproques. Quelques-uns des détenus, qui chez nous demeuraient libres sur parole, s'étant évadés, ils furent accueillis chez eux avec acclamation. Des Français en firent autant, et je blâmai leur retour : je fus jusqu'à proposer qu'on se renvoyât réciproquement ceux qui avaient violé leurs engagements ; mais il me fut répondu que les *détenus* n'étaient pas des *prisonniers*, qu'ils n'avaient fait qu'user d'un droit légitime, qu'ils avaient échappé à l'oppression, qu'ils avaient bien fait ; et on les employa. Dès ce moment j'engageai les miens à s'évader, je les employai, et les ministres remplirent leurs journaux des plus effrontées diatribes, me signalèrent à l'Europe comme un homme sans morale, sans foi ni loi, etc.

« Quand enfin, par un motif quelconque, il leur convint de traiter de l'échange, ou peut-être aussi quand il leur vint une idée qu'ils crurent propre à me jouer sur ce point, ils envoyèrent un commissaire ; les grandes difficultés disparurent, et les bases se posèrent pour l'amour de l'humanité et autres grands mots. Ils consentirent à compter les détenus au nombre des prisonniers et à y admettre l'armée hanovrienne, que j'avais faite prisonnière et licenciée sur parole : ce point avait été longtemps un obstacle, car les Hanovriens n'étaient pas anglais, insinuait-on. Tout allait bien jusque-là, et semblait marcher à une conclusion facile ; mais je connaissais mes adversaires, et je lisais leurs véritables intentions : ils avaient infiniment plus de Français que je n'avais d'Anglais ; une fois qu'ils eussent tenu les leurs, ils n'auraient pas manqué d'incidents pour en demeurer là, et le restant de mes pauvres

Français fût demeuré dans les pontons à éternité. Je déclarai donc que je ne voulais pas d'un échange pareil, mais bien d'un échange total ; et voici, disais-je, ce qui allait le faciliter : je convenais avoir beaucoup moins d'Anglais qu'ils n'avaient de Français ; mais j'avais aussi des Espagnols, des Portugais et autres alliés des Anglais, pris sous leurs bannières, dans la même cause ; et, par cette nouvelle combinaison, je présentais à mon tour une masse de prisonniers bien plus considérable que la leur ; eh bien ! j'offrais de rendre le tout pour le tout. Cette proposition déconcerta d'abord ; elle fut discutée et repoussée. Toutefois, quand on crut avoir découvert l'artifice propre à se procurer le même résultat, on accéda à ma proposition. Mais j'avais l'œil à tout ; il était évident que si on commençait d'abord par échanger tout simplement Français contre Anglais, une fois qu'ils se sentiraient nantis, ils ne manqueraient pas de prétextes pour en demeurer là, et que nous rentrerions dans leur hypothèse première : les prisonniers anglais n'étaient guère que le tiers des nôtres en Angleterre. J'offris alors, pour éviter tout malentendu réciproque, d'échanger par transports de trois mille seulement à la fois ; on me rendrait trois mille Français, contre lesquels je donnerais mille Anglais et deux mille Hanovriens, Espagnols, Portugais et autres ; de la sorte, s'il survenait quelque querelle, disais-je, et qu'on s'arrêtât, nous demeurions toujours dans les mêmes proportions qu'auparavant, et sans nous être trompés les uns les autres. Que si le tout, au contraire, allait sans malencontre jusqu'à la fin, je promettais de rendre le reste par-dessus le marché. J'avais si bien deviné, que ces détails, si raisonnables au fond puisque le principe en avait été adopté, firent jeter les hauts cris ; on rompit tout et on se sépara. Néanmoins, soit que les ministres anglais tinssent réellement à ravoir leurs compatriotes, soit qu'ils fussent frappés de mon obstination à ne pas me laisser duper, il paraît qu'ils allaient entendre enfin à une conclusion finale que je faisais proposer de nouveau par une voie détournée, quand nos désastres de Russie vinrent leur rendre toutes leurs espérances et détruire toutes mes prétentions. »

L'Empereur s'est étendu ensuite sur le bon traitement dont nous avions usé nous-mêmes envers les prisonniers que nous avons eus chez nous. Ce traitement était aussi généreux, disait-il, aussi libéral que possible ; il n'imaginait pas qu'aucune nation eût eu la pensée d'en élever aucun reproche. « Nous aurions eu, disait-il, en notre faveur le témoignage et les sentiments des prisonniers mêmes ; car, à l'exception de ceux qui tenaient ardemment à leurs lois locales, ou, en d'autres mots, au sentiment de la liberté, ce qui se réduisait aux Anglais et aux Espagnols, tout le reste, les Autrichiens, les Prussiens, les Russes nous demeuraient volontiers ; ils nous quittaient avec peine et nous revenaient avec plaisir. Cette disposition a influé plus d'une fois sur l'opiniâtreté de leurs efforts ou de leur résistance, etc. »

L'Empereur disait encore : « J'ai eu le projet d'amener en Europe un changement dans le droit et la coutume publique à l'égard des prisonniers. J'aurais voulu les enrégimenter et les faire travailler militairement à des monuments ou à de grandes entreprises : ils eussent reçu leur solde qu'ils eussent gagnée : on eût sauvé la fainéantise et tous les désordres qu'amène d'ordinaire parmi eux leur complète oisiveté ; ils eussent été bien nourris, bien vêtus et n'eussent manqué de rien, sans coûter néanmoins à l'État, qui eût reçu leur travail en équivalent : tout le monde y eût gagné. Mais mon idée ne prospéra point au Conseil d'État ; on m'y laissa apercevoir cette fausse philanthropie qui égare tant de monde. On eut l'air de regretter comme dur et barbare de vouloir les contraindre au travail. On laissa voir qu'on craignait les représailles. Un prisonnier est déjà assez malheureux d'avoir perdu sa liberté, disait-on ; on ne croyait pas qu'on pût avoir des droits sur l'emploi de son temps ni sur une partie de ses actions. – Mais c'est là l'abus dont je me plains, disais-je, et que je voudrais corriger. Un prisonnier peut et doit s'attendre à des gênes légitimes : et celles que je lui inflige sont pour son bien autant que pour celui d'autrui. Je n'exige pas de lui plus de peine, plus de fatigue ; mais moins de danger que dans son état habituel et journalier. Vous craignez les représailles, que l'ennemi ne traite de la sorte nos Français ? Mais plût au ciel ! Ce serait ce que j'estimerais le plus heureux du monde ! Je verrais mes matelots, mes soldats occupés aux champs ou sur des places publiques, au lieu de les savoir ensevelis vivants au fond de leurs affreux pontons. On me les renverrait ainsi, laborieux, endurcis au travail, et chacun, dans chaque pays, laisserait après soi des travaux qui dédommageraient en quelque chose des funestes ravages de la guerre, etc. Par accommodement on arrêta l'organisation de quelques corps de prisonniers, comme travailleurs volontaires, ou quelque chose de la sorte ; mais ce n'était nullement là mon idée. »

SAMEDI 2.

Anvers ; grandes intentions de Napoléon à son égard ; est une des causes de sa chute. Généreux sentiments qui font refuser le traité de Châtillon. Travaux maritimes ; Cherbourg, etc. Rapport officiel sur l'Empire, en 1813. Total des dépenses en travaux, sous Napoléon.

L'Empereur n'est pas sorti de sa chambre. Quand je me suis rendu auprès de lui, je l'ai trouvé très souffrant, c'était d'une espèce de courbature ou de transpiration arrêtée ; de plus, il avait une fluxion décidée. Il m'a retenu la plus grande partie du jour, cherchant parfois à causer, parfois encore cherchant à sommeiller. Il changeait à chaque instant de place et de situation, essayait de marcher, et revenait souvent près du feu : il avait évidemment de la fièvre.

Dans un de ses nombreux sujets de conversations rompues, il s'est arrêté avec suite sur Anvers, son arsenal, ses fortifications, son importance, les grandes vues politiques et militaires qu'il avait eues sur ce point si heureusement situé, etc.

Il a dit qu'il avait beaucoup fait pour Anvers, mais que c'était encore peu auprès de ce qu'il comptait faire. Par mer, il voulait en faire un point d'attaque mortel à l'ennemi ; par terre, il voulait le rendre une ressource certaine en cas de grands désastres, un vrai point de salut national ; il voulait le rendre capable de recueillir une armée entière dans sa défaite, et de résister à un an de tranchée ouverte, intervalle pendant lequel une nation avait le temps, disait-il, de venir en masse la délivrer et reprendre l'offensive. Cinq à six places de la sorte, ajoutait-il, étaient d'ailleurs le système de défense nouveau qu'il avait le projet d'introduire à l'avenir. On admirait déjà beaucoup les travaux exécutés en si peu de temps à Anvers, ses nombreux chantiers, ses magasins, ses grands bassins ; mais tout cela n'était encore rien, disait l'Empereur, ce n'était encore là que la ville commerçante, la ville militaire devait être sur la rive opposée ; on avait déjà acheté le terrain ; on l'avait payé à vil prix, et, par une spéculation adroite, on en eût revendu à un très haut bénéfice, à mesure que la ville se serait élevée, ce qui eût contribué à diminuer d'autant la dépense totale. Les vaisseaux à trois ponts fussent entrés tout armés dans les bassins d'hiver. On eût construit des formes couvertes pour retirer à sec les vaisseaux pendant la paix, etc.

L'Empereur disait qu'il avait arrêté que le tout fût gigantesque et colossal. Anvers eût été à lui seul toute une province. En revenant à ce superbe établissement, il remarquait que cette place était une des grandes causes qu'il était ici, à Sainte-Hélène : que la cession d'Anvers était un des motifs qui l'avaient déterminé à ne pas signer la paix de Châtillon. Si on eût voulu lui laisser cette place peut-être eût-il conclu ; et il se demandait s'il n'avait pas eu tort de se refuser à signer l'ultimatum. « Il y avait encore alors, disait-il, bien des ressources et bien des chances, sans doute ; mais aussi que de choses à dire contre. » Et il concluait : « J'ai dû m'y refuser, et je l'ai fait en toute connaissance de cause ; aussi, même sur mon roc, ici, en cet instant, au sein de toutes mes misères, je ne m'en repens pas. Peu me comprendront, je le sais ; mais pour le vulgaire même, et malgré la tournure fatale des événements, ne doit-il pas aujourd'hui demeurer visible que le devoir et l'honneur ne me laissaient pas d'autre parti ? Les Alliés, une fois qu'ils m'eussent entamé, en seraient-ils demeurés là ? Leur paix eût-elle été de bonne foi, leur réconciliation sincère ? C'eût été bien peu les connaître, c'eût été vraie folie que de la croire et s'y abandonner. N'eussent-ils pas profité de l'avantage immense que le traité leur eût consacré, pour achever, par l'intrigue, ce qu'ils avaient commencé par les armes ? Et que devenaient la sûreté, l'indépendance, l'avenir de la France ? Que devenaient mes obligations, mes serments, mon honneur ? Les Alliés ne m'eussent-ils pas perdu au moral dans les esprits, comme ils venaient de le faire sur le champ de bataille ? Ils n'eussent trouvé l'opinion que trop bien préparée ! Que de reproches la France ne m'eût-elle pas faits d'avoir laissé morceler le territoire confié à ma garde ! Que de fautes l'injustice et le malheur n'eussent pas accumulées sur ma tête ? Avec quelle impatience les Français, pleins du souvenir de leur puissance et de leur gloire, eussent supporté, dans ces jours de deuil, les charges inévitables dont il eût fallu les accabler ! Et de là des commotions nouvelles, l'anarchie, la dissolution, la mort. Je préférai de courir jusqu'à extinction les chances des combats, et d'abdiquer au besoin, etc. [1]. »

Je convenais que l'Empereur avait toute raison. Il avait perdu le trône, il est vrai, mais volontairement, et en lui préférant notre salut et son honneur. L'histoire apprécierait dignement ce sublime sacrifice. La puissance et la vie sont passagères ; la gloire seule demeure, elle est immortelle.

Mais, demandait alors l'Empereur, l'histoire serait-elle bien juste, pourrait-elle l'être ? On était inondé, disait-il, de tant de pamphlets et de mensonges, ses actions étaient tellement défigurées, son caractère si obscurci, si méconnu ! etc. On répondait que le temps de sa vie serait précisément le

1. Voici qui consacrait en Europe les paroles de Napoléon, dites à Sainte-Hélène :

Lettre de M. de Caulaincourt au rédacteur du Constitutionnel
(numéro du 21 janvier 1820)

« Monsieur,

« Dans un ouvrage de M. Koch, intitulé : *Campagne de 1814*, se trouvent rapportés plusieurs fragments de lettres, écrites par moi à l'Empereur et à M. le prince de Neuchâtel, pendant la durée du congrès à Châtillon.

« Je crois devoir déclarer que je suis absolument étranger à la communication de mes correspondances et à leur publication. Les hautes sources auxquelles l'auteur annonce avoir puisé donnent à son ouvrage une importance historique qui ne permet point, en ce qui me concerne, de consacrer par mon silence les erreurs qu'il renferme. La plupart des détails relatifs aux événements et aux négociations qui ont eu lieu depuis le 31 mars jusqu'au 12 avril sont inexactes.

« Quant au congrès de Châtillon, si les événements ont justifié le désir que j'avais de voir la paix rendue à ma patrie, il serait injuste de laisser ignorer à la France, à l'histoire, les motifs d'intérêt national et d'honneur qui empêchèrent l'Empereur de souscrire aux conditions que les étrangers voulaient nous imposer.

« Je remplis donc le premier des devoirs, celui d'être équitable et vrai, en faisant connaître ces motifs par l'extrait suivant des ordres de l'Empereur :

« Paris, 19 janvier 1814.

« ... La chose sur laquelle l'Empereur insiste le plus, c'est la nécessité que la France conserve ses limites naturelles ; c'est là ma condition *sine qua non*. Toutes les puissances, l'Angleterre même, ont reconnu ces limites à Francfort. La France, réduite à ses limites anciennes, n'aurait pas aujourd'hui les deux tiers de la puissance relative qu'elle avait il y a vingt ans. Ce qu'elle a acquis du côté du Rhin ne compense point ce que la Russie, l'Autriche et la Prusse ont acquis par le démembrement de la Pologne. Tous

plus incertain ; que ses contemporains seuls pourraient tout au plus être injustes ; que les nuages disparaîtraient, ainsi qu'il l'avait déjà dit lui-même, à mesure qu'il s'avancerait dans la postérité ; qu'il gagnait déjà chaque jour ; que l'homme de génie s'en saisirait comme du plus beau sujet de l'histoire ; que la première catastrophe seule eût été peut-être fatale à sa mémoire, beaucoup de voix étant alors contre lui ; mais que les prodiges de son retour, les actes de sa courte administration, son exil à Sainte-Hélène, le laissent aujourd'hui rayonnant de gloire aux yeux des peuples et au pinceau de l'avenir. « Il est vrai, a-t-il repris avec une espèce de satisfaction, que ma destinée se montre au rebours des autres : la chute les abaisse d'ordinaire, la mienne me relève infiniment. Chaque jour me dépouille *de ma peau de tyran*, de meurtrier, de féroce... »

Et après quelques secondes de silence, il est revenu sur Anvers et l'expédition anglaise. « Le gouvernement anglais et son général ont lutté d'impéritie, a-t-il dit. Si lord Chatham, que nos soldats n'appelèrent que *milord j'attends*, se fût précipité vigoureusement, sans doute il pouvait peut-être détruire notre bel et précieux établissement par un coup de main ; mais le premier moment perdu, et notre flotte rentrée, la place se trouvait à l'abri. On a fait beaucoup trop d'étalage

---

ces États se sont agrandis : vouloir ramener la France à son état ancien, ce serait la faire déchoir et l'avilir. La France, sans les départements du Rhin, sans la Belgique, sans Ostende, sans Anvers, ne serait rien. Le système de ramener la France à ses anciennes frontières est inséparable du rétablissement des Bourbons, parce qu'eux seuls pourraient offrir une garantie du maintien de ce système. L'Angleterre le sent bien, avec tout autre système, la paix, sur une telle base, serait impossible et ne pourrait durer. Ni l'Empereur, ni la République, si des bouleversements la faisaient renaître, ne souscriraient jamais à une telle condition. Pour ce qui est de Sa Majesté, sa résolution est bien prise ; elle est immuable : elle ne laissera pas la France moins grande qu'elle ne l'a reçue. Si donc les Alliés voulaient changer les bases proposées et acceptées, les limites naturelles, l'Empereur ne voit que trois partis : ou combattre et vaincre, ou combattre et mourir glorieusement, ou enfin, si la nation ne le soutenait pas, abdiquer. Il ne tient pas aux grandeurs ; il n'en achètera jamais la conservation par l'avilissement. »

« J'attends, monsieur, de votre impartialité, que vous voudrez bien donner place à cette lettre dans votre journal, et je saisis cette occasion pour vous offrir l'assurance de ma considération distinguée.

« *Signé* : CAULAINCOURT, duc de Vicence. »

(Note de Las Cases.)

des efforts et des mesures prises pour son salut. On n'avait excité le zèle des citoyens que dans des intentions mystérieuses et coupables. » Et comme je lui fournissais quelques détails dont j'avais été le témoin, et qu'il m'est arrivé de dire que d'ordinaire les maréchaux passent les armées en revue ; mais qu'ici, c'était l'armée qui semblait passer les maréchaux en revue, en ayant vu trois successivement en très peu de temps : « C'est que les circonstances politiques le commandaient ainsi, a dit Napoléon. J'y envoyai Bessières, parce que la crise demandait un homme de confiance et tout à fait sûr ; dès qu'elle fut passée, je ne tardai pas à le remplacer, pour le ravoir auprès de moi. »

Les travaux maritimes d'Anvers, quelque immenses qu'ils aient été, ne sont qu'une petite portion de ceux que l'on doit à Napoléon. Attaché, comme membre du Conseil d'État, à la section de la marine, je possède *ex officio*[1] la notice de ces travaux arrêtés, entrepris ou achevés ; on me saura gré sans doute d'en consigner ici la nomenclature, que j'établis dans son ordre géographique en allant du midi au nord.

1. *Le fort Boyard*, qui devait agrandir et défendre le mouillage de l'île d'Aix, duquel mouillage, à force de persévérance et d'audace, on était venu à bout de découvrir, pour les vaisseaux de ligne même, un passage hors de la vue de l'ennemi, entre Oléron et la terre, pour atteindre les mouillages de la Gironde et ses débouquements.

2. *Les grands et beaux travaux de Cherbourg*. La digue commencée sous Louis XVI ayant éprouvé beaucoup d'altérations sous l'époque révolutionnaire, elle a été réparée, et on a élevé la partie centrale de neuf pieds au-dessus du niveau des plus hautes mers, sur cent toises d'étendue, pour y établir une batterie de vingt pièces du plus gros calibre ; ce qui a été exécuté en moins de deux ans, de 1802 à 1804, et avec un tel succès, que bien que dépourvu d'entretien depuis 1813, cet ouvrage s'est maintenu sans nulle dégradation, dans la plus parfaite solidité.

On a élevé une grosse tour ou pâté elliptique en pierres de taille de granit, au centre et en dedans de la digue, qu'elle soutient, et dont, à son tour, elle est recouverte. La masse

1. « De par mes fonctions ».

volumineuse des fondations de ce pâté, dont la construction en pleine mer offrait de si grandes difficultés, a été terminée à la fin de 1812, et élevée à la hauteur de six pieds au-dessus du niveau des plus hautes marées. La stabilité qu'elle a conservée depuis cette époque, bien qu'abandonnée sans nul entretien à la plus violente action des flots, est un garant incontestable de la solidité de la défense projetée, sur ce rocher artificiel, lorsque le moment sera venu de terminer l'ensemble du projet, qui consistait à élever au premier étage une caserne propre à la garnison, le magasin à poudre, citerne, etc. ; le tout surmonté d'une plate-forme voûtée, à l'abri de la bombe, de manière à recevoir une batterie casematée de dix-neuf pièces de trente-six, et par-dessus celle-ci encore une seconde plate-forme propre à recevoir au besoin une batterie sur affût de côté, le tout servant de couronnement à la batterie centrale déjà existante sur la digue même ; ce qui devait présenter à l'ennemi quatre rangs de batteries les unes au-dessus des autres.

On a creusé dans le roc vif, et en moins de huit ans, un port militaire propre à contenir quinze vaisseaux de guerre, le nombre proportionné de frégates, trois formes de construction, etc. Cet asile, si nécessaire aux vaisseaux de ligne par l'état naturel de la rade de Cherbourg, trop ouverte à la violence des flots, a été creusé de trente pieds au-dessous des plus basses marées, afin de procurer aux vaisseaux de premier rang une station toujours sûre et exempte de tout danger. Quand ce port fut ouvert en 1813, ses môles et ses digues étaient portés au dernier terme d'achèvement sur toute son étendue. A cette époque, il présenta à l'impératrice Marie-Louise et à toute sa cour le spectacle magnifique et sublime de l'irruption soudaine de l'Océan, qui en prit possession par la simple rupture spontanée de l'immense batardeau qui en avait jusque-là contenu les efforts. Les vaisseaux du plus haut rang furent immédiatement admis dans son enceinte, et ils y ont toujours depuis constamment joui d'une station commode, ainsi que de tous les moyens de radoub, de construction ou d'armement, en un mot, de toutes les facilités que pouvait prétendre une aussi importante création que l'art et la marine doivent à Napoléon, et qui est considérée à juste titre comme l'un des grands monuments de son règne.

N. B. Un critique s'est minutieusement élevé dans les journaux contre des erreurs graves, a-t-il prétendu, commises ici dans l'énumération des travaux maritimes exécutés durant la période impériale, son principal but, a-t-il dit, étant d'empêcher que l'exagération ne déshéritât le présent et l'avenir en faveur du passé ; mais une telle injustice n'est à craindre que dans les sentiments et l'opinion ; elle échoue inévitablement contre les faits ; or, ici, ce ne sont que des faits dont il s'agit. Le critique s'arrête particulièrement sur le port de Cherbourg, et nous ne croyons pas pouvoir mieux faire, d'après notre impartialité naturelle et notre désir sincère de la vérité, pour nous et pour nos lecteurs, que de retranscrire ici sur ce point l'attaque du critique, et la défense d'un des gens de l'art même, incontestablement au fait du véritable état des choses ; chacun, dès lors, se trouvera en état de prononcer.

« Quant à Cherbourg, est-il dit par le critique, la vérité est qu'un premier bassin ou avant-port y a été creusé à la profondeur indiquée par le *Mémorial* ; *qu'une forme* de construction, et non pas trois, se trouve sur les bords de ce bassin, dans lequel on n'oserait pas laisser un vaisseau pendant l'hiver, par la crainte qu'un coup de vent ne le précipitât contre ses bords. Pour peu que la mer soit houleuse en rade, il y a dans cet avant-port une levée de plusieurs pieds qui rendrait imprudent d'y abattre en carène même une frégate ; en un mot, il n'y aura de port, à Cherbourg, que lorsque le second bassin, qui doit en servir, et qui était à peine commencé en 1814, sera creusé à la même profondeur que le premier ; alors seulement quinze vaisseaux et autant de frégates trouveront un asile sûr dans cette partie de la Manche.

« Il m'a paru essentiel de signaler ce que de telles assertions ont de décevant.

« Dans ces dernières années, les travaux du bassin de Cherbourg ont été repris et avancés, des hangars magnifiques ont recouvert les quatre cales de construction de l'avant-port ; un vaste dépôt s'y est élevé pour la conservation des bois. Devons-nous souffrir que, quand nos rois auront achevé ce port, l'histoire puisse un jour leur en contester le mérite ? »

Il est répondu en défense aux allégations précédentes :

« L'auteur de la note insérée dans le *Moniteur* du 13 novembre 1823, et le *Journal des débats* du 12, a observé avec raison que sur l'un des bords du premier bassin, ou avant-port de Cherbourg, il a été établi *une seule forme* de radoub, mais il garde le silence sur *quatre cales* de construction qui sont accolées à cette forme.

« Assez souvent l'on confond les cales spécialement destinées à la construction, à la refonte et au radoub des vaisseaux ; telle est probablement la cause de l'erreur apparente qui s'est glissée à cet égard dans le *Mémorial de Sainte-Hélène*.

« C'est à tort que l'auteur de la note a prétendu qu'on n'oserait pas laisser un vaisseau pendant l'hiver dans l'avant-port de Cherbourg, par la crainte qu'un coup de vent ne le précipitât sur les bords.

« Cette assertion est démentie par des faits positifs.

« On a construit et mis à l'eau dans ce port, savoir : le *Duquesne*, le 12 octobre 1813 ; le *Duguay-Trouin*, le 10 novembre suivant ; le *Centaure*, le 10 janvier 1818. Ces trois vaisseaux de ligne ont été lancés dans la saison la plus défavorable et par des marées ordinaires ; ils sont restés stationnés dans l'avant-port de Cherbourg pendant toute la saison des tempêtes qui a suivi leur mise à l'eau ; ils ont été armés et en ont été expédiés sans y avoir éprouvé le plus léger accident.

« A une autre époque, le vaisseau le *Courageux*, de soixante-quatorze, après avoir été refondu dans la forme, a hiverné dans l'avant-port de Cherbourg, et l'on ne s'est jamais aperçu qu'il y ait couru le moindre danger. Ces faits sont de toute notoriété, ils ne peuvent donner matière à aucune contradiction.

« L'auteur de la note n'a pas été plus exact lorsqu'il a avancé que le bassin à flot de ce nouveau port était à peine commencé en 1814.

« Pour être vrai, il aurait dû dire que tous les ouvrages d'art qui entourent ce bassin étaient, en 1814, au même degré d'avancement où on les voit aujourd'hui. Depuis cette époque, les travaux de creusement de ce bassin sont les seuls dont on s'est occupé, et leur progrès a été d'autant moins sensible, qu'on n'a destiné nouvellement à leur exécution que le vingtième ou environ des fonds nécessaires à leur achèvement. »

Ce beau bassin de Cherbourg, ce magnifique ouvrage dans l'idée de l'Empereur, n'était encore qu'un avant ou premier port ; il avait fait ménager latéralement à celui-ci un espace propre à composer un second ou arrière-port qui devait être travaillé immédiatement et sans embarras, par les précautions prises d'avance ; il devait être propre à recevoir vingt-cinq autres vaisseaux de ligne ; et en arrière encore de ces deux ports, sur leur longueur réunie, et dans une forme semi-circulaire, l'Empereur avait arrêté en outre la construction de trente formes recouvertes, calculées pour admettre autant de vaisseaux de ligne constamment en état de prendre la mer. Telle est l'immensité des travaux exécutés ou projetés sur le seul point de Cherbourg.

3. *Les nombreux travaux nécessités par la flottille destinée à l'invasion de l'Angleterre*. Il fallait lui préparer des mouillages, combiner ses appareillages et lui ménager toutes les opérations offensives et défensives, ce qui nécessita sur plusieurs points des constructions de forts en maçonnerie et en bois, des quais, des creusements, des jetées, des barrages, des écluses, etc.

Boulogne fut choisi pour le centre du rassemblement ; Wimereux, Ambleteuse et Étaples, pour ses ailes ou succursales. Boulogne fut mis à même de recueillir à lui seul plus de deux mille bâtiments de diverses espèces. Outre son port naturel, on y obtint un bassin artificiel à l'aide d'un barrage fermé au milieu par une écluse de vingt-quatre pieds de largeur. Ce bassin reçut huit ou neuf cents bâtiments toujours à flot et en constant état d'appareillage ; et l'écluse, par la retenue qui la précède, eut l'avantage de procurer encore des chasses qui entretenaient le vrai port à une bonne profondeur, et débarrassaient son entrée des bancs de sable trop sujets à l'obstruer. Wimereux, Étaples, Ambleteuse, de leur côté, furent mis à même simultanément de recevoir un nombre analogue de bâtiments : environ mille à eux trois, et le tout s'exécuta dans l'espace de deux ans.

4. *Des réparations et améliorations locales importantes à tous les ports de la côte*. Le Havre, où on a détruit, à l'aide d'une forte écluse de chasse, le banc de galets qui en obstruait l'entrée ; Saint-Valery, Dieppe, Calais, Gravelines, Dunkerque, dont on a désencombré le port et fait disparaître le marais qui couvrait la ville ; Ostende, qu'on avait destiné à

recevoir une seconde flottille, et dont on assura la libre entrée par le dévasement de son chenal, etc.

5. *Les travaux de Flessingue.* Cette ville étant tombée momentanément au pouvoir des Anglais, qui, en l'évacuant, détruisirent tous les établissements militaires, l'Empereur profita de cet accident pour ordonner la reconstruction de tous les travaux sur un pied beaucoup plus large. Appréciant toute l'importance de sa position géographique, il voulut qu'on recreusât et agrandît le bassin ainsi que son entrée ; qu'on approfondît le chenal de manière à ce que le bassin pût admettre à l'avenir même les vaisseaux de quatre-vingts, et y laisser hiverner une escadre de vingt vaisseaux toujours prête à mettre à la voile en une ou deux marées, ce qu'on devait obtenir à l'aide d'une idée fort ingénieuse fournie par le commandant maritime de la place : la simple retenue des eaux de la marée haute dans les fossés de la ville. L'acquisition de ce bassin devenait des plus précieuses, en ce qu'en appareillant en dehors de tous les embarras de l'Escaut, on se trouvait immédiatement rendu sur les côtes d'Angleterre, ce qui devait, de toute nécessité, tenir les Anglais constamment en alarmes et toujours en croisière ; tandis que jusque-là, dès qu'ils savaient nos vaisseaux désarmés dans Flessingue, ou remontés à Anvers, par l'approche de l'hiver, ils rentraient tranquillement chez eux, n'ayant plus rien à surveiller jusqu'au retour de la belle saison. Mais les fortifications de Flessingue devaient répondre à un dépôt aussi précieux que toute une escadre ; aussi on les multiplia sur plusieurs points ; et en reconstruisant certains magasins et établissements, il fut prescrit de les voûter à l'abri de la bombe, et d'armer leurs sommités de batteries. Flessingue eût été hérissé de canons, il fût devenu inattaquable.

6. *Les travaux commencés à Terneuse.* L'embouchure occidentale de l'Escaut était tellement importante pour les manœuvres d'entrée et de sortie de notre flotte, et les inconvénients de l'hiver, qui, chaque année, obligeaient de les faire remonter jusqu'à Anvers, créaient de telles difficultés, que l'Empereur avait décidé un moment de fonder un arsenal plus important encore que Flessingue, à l'embouchure même du fleuve. Le point de Terneuse, sur la rive gauche de l'Escaut, à trois lieues de son embouchure, fut choisi, et les travaux

immédiatement commencés. Toutefois ils furent restreints ensuite, et l'ensemble ajourné à cause de la longueur du temps qu'ils eussent exigé aussi bien que par l'énormité de leurs dépenses.

7. *Les grands et immenses travaux d'Anvers*. Cette ville, à près de vingt lieues de la mer, dont elle est séparée par une route sinueuse et très difficile, semblait se refuser aux avantages désirables dans un arsenal maritime ; il ne s'y trouvait que de faibles établissements de commerce. Une flotte qui y serait construite aurait beaucoup de peine à descendre ; elle aurait peu d'abris contre les coups de vent et les entreprises de l'ennemi ; elle serait inutile pendant près d'un tiers de l'année, l'approche de l'hiver et des glaces la forçant de remonter et de chercher ensuite un abri hors du courant et des glaces du fleuve, car il n'y existait pas de bassins flottables. Mais toutes ces difficultés ne furent rien aux yeux de Napoléon. Dans son impatience de faire sentir aux Anglais le danger de l'Escaut, qu'ils avaient si souvent eux-mêmes désigné comme devant leur être si redoutable, il ordonna, il voulut ; et, en moins de huit années, Anvers se montra un arsenal maritime de première importance, et l'Escaut portait déjà une flotte considérable. Tout y fut pris à la fondation et fait à neuf. Les magasins de toute espèce, les quais, les chantiers, etc. Un asile provisoire fut trouvé pour les vaisseaux contre les glaces du fleuve, au Rupel, tandis qu'on achevait de creuser dans la ville même deux grands bassins à flot, convenables pour les vaisseaux de tous rangs, complètement armés. Vingt cales de construction, sur un même alignement, furent élevées comme par enchantement, et vingt bâtiments posés à la fois sur ces chantiers, offraient au voyageur qui arrivait par la Tête-de-Flandre, le spectacle imposant et singulier de vingt vaisseaux de ligne se présentant rangés en forme d'escadron. La plupart de tant de choses n'étaient pourtant encore dans la pensée de Napoléon qu'un provisoire momentanément emprunté au commerce. Il avait l'intention d'établir un arsenal complet et bien plus grand en face d'Anvers, à la Tête-de-Flandre, sur la rive opposée. Il avait d'abord eu le projet hardi de jeter un pont au travers de ce fleuve difficile, mais il finit par se décider pour des ponts volants très ingénieux. L'Empereur, ainsi que je l'ai déjà

mentionné plus haut, avait sur Anvers les idées les plus gigantesques ; il en eût prolongé l'ensemble, les détails et les moyens jusqu'à la mer. Aussi avait-il dit qu'il voulait qu'Anvers à lui seul finît par devenir toute une province, un petit royaume. Il s'y était attaché comme à une de ses plus importantes créations. Il y fit plusieurs voyages, inspectant et discutant lui-même les petits détails.

C'est une de ces occasions qui le mit un jour aux prises sur le métier avec un capitaine ou lieutenant-colonel du génie qui concourait modestement et obscurément aux fortifications de la place. A quelque temps de là, cet officier reçut inopinément une lettre d'avancement, sa nomination d'aide de camp de l'Empereur, et l'ordre de se rendre en service aux Tuileries. Le pauvre officier crut rêver, ou ne douta pas qu'on ne se fût trompé. Ses mœurs étaient si innocentes, et ses liaisons si restreintes, que se rappelant m'avoir vu jadis une fois à Anvers, il me prit pour une de ses ressources, et, arrivant à Paris, vint me confier toute son ignorance de la cour et son extrême embarras d'y paraître. Mais il était facile à rassurer ; il y entrait par la belle porte et s'y présentait avec un bon fonds. Cet officier est le général Bernard, dont cette circonstance mit les talents au grand jour, et qui, lors de nos catastrophes, a été recueilli par les États-Unis, qui l'ont placé à la tête de leurs travaux militaires.

Napoléon accoutumait du reste à de pareilles surprises. Partout où il devinait le talent, il s'en saisissait et le mettait à sa place, sans qu'aucunes considérations secondaires l'arrêtassent. C'était là une de ses grandes nuances caractéristiques.

8. *Les travaux en Hollande*. A peine la Hollande fut-elle sous la main de Napoléon, que son ardeur créatrice se porta sur toutes les branches de son économie politique. Il répara et accrut aussitôt les arsenaux de la Meuse, ceux de Rotterdam et d'Helwœtsluys. Les vaisseaux de guerre n'atteignaient Amsterdam et n'en sortaient qu'à force d'argent, de temps et d'efforts ; il fallait les traîner vides et désarmés sur des chameaux [1] à l'ouverture du Zuiderzée. C'étaient des

1. Terme de marine : sorte de grande caisse qu'on place sous le flanc d'un navire pour le porter et le soutenir au-dessus de l'eau dans certaines occasions (Littré).

opérations qui ne convenaient plus à la célérité et aux grands moyens du temps. L'Empereur résolut de transporter l'arsenal du Nord (celui d'Amsterdam) en dehors de tous ces grands embarras, et ordonna la création ou l'amélioration du Nievendip, où, en peu de temps, vingt-cinq vaisseaux pouvaient déjà hiverner en sûreté et s'amarrer à des quais magnifiques. Ce point précieux fut placé sous la défense du système militaire du Helder, clef de la Hollande, dont l'étendue avait été calculée, dans la pensée de l'Empereur, de manière à faire du Nievendip l'Anvers du Zuiderzée.

9. *Travaux du Weser, de l'Ems, de l'Elbe*. Dès que Napoléon eut réuni les pays de Brême, Hambourg et Lubeck à l'Empire, ses travaux et ses créations s'y répandirent avec sa domination. Il ordonna des ouvrages pour rendre l'Elbe accessible à des vaisseaux de ligne, et projeta de construire un arsenal maritime à Delfzyl, à l'embouchure de l'Ems ; mais ce qui l'occupa surtout, ce fut un système de canalisation à l'aide de l'Ems, du Weser et de l'Elbe, qui pût joindre la Hollande à la Baltique, ce qui nous eût permis désormais de communiquer en toute sûreté, et par une simple navigation intérieure, de Bordeaux et de la Méditerranée avec les puissances du Nord. Nous en eussions reçu à notre aise toutes les productions navales pour chacun de nos ports, et eussions pu faire déboucher contre elles, au besoin, nos flottilles de la Manche et de la Hollande, etc.

Tant et de si grands travaux furent conçus, et la plupart exécutés en un clin d'œil. La volonté créatrice de Napoléon les ordonna ; le ministre Decrès les poursuivit avec obstination. Les Prony, les Sganzin, les Cachin et autres en fournirent les plans et les exécutèrent. Heureux les noms qui se rattachent à de tels monuments ; ils ne périssent jamais !

Si, à ce que nous venons d'énumérer, on joint d'autres prodiges simultanés dans toutes les autres branches et sur toutes les autres parties du territoire, et si l'on considère qu'ils s'exécutaient au milieu d'une guerre perpétuelle, et sans plus, peut-être même avec moins de charges qu'il n'en pèse aujourd'hui, après une longue paix, sur chacun des pays qui composaient ce vaste empire, on aura le droit sans doute de s'extasier de surprise et d'admiration, tant est grande pourtant l'influence d'une volonté ferme, et celle des lumières armées du pouvoir, et du secours de finances sagement et rigoureusement conduites ! Certes, si à ce que nous venons de mentionner, on veut unir par la pensée la masse des fortifications, la multitude des routes, la foule des ponts, celle des canaux, la grande quantité d'édifices, on n'hésitera pas à prononcer que jamais homme sur la terre ne fit autant de choses en aussi peu de temps et en surchargeant moins les peuples.

L'Italie, dont il était le roi, eut aussi sa part de ces magnifiques créations. Il brisa les Alpes en plusieurs points, sillonna les Apennins des plus belles routes, construisit un arsenal maritime à Gênes, fortifia Corfou de manière à en faire la clef de la Grèce ; répara et agrandit le port de Venise dont il voulait faire creuser les passes, et qu'en attendant on rendît propres à nos gros vaisseaux français, à l'aide du système des chameaux de la Hollande ; et, comme dès en sortant ils couraient risque d'être attaqués dans cette attitude dangereuse sur leurs chameaux, il fut ordonné de voir si ceux-ci ne pouvaient pas être armés eux-mêmes de leurs propres batteries, ce qui, je crois, a été exécuté ou allait l'être. Napoléon, en outre, méditait encore un arsenal maritime à Raguse, un autre à Pola en Istrie, un autre à Ancône ; il arrêtait l'heureuse et hardie mesure d'unir le golfe de Venise à celui de Gênes, à l'aide du Pô et d'un canal qui, partant d'Alexandrie, eût gagné Savone au travers de l'Apennin ; résultat immense, qui, indépendamment de tous les grands profits du commerce, eût eu, sous le rapport militaire, l'inappréciable avantage de mettre en communication directe, et à l'abri de l'ennemi, Venise et toutes les productions navales de l'Adriatique avec Toulon et tous ses besoins maritimes. Enfin Napoléon désencombrait Rome, restaurait un grand nombre d'anciens vestiges des Romains, projetait le dessèchement des marais Pontins, etc.

Du reste, voici le préambule de l'exposé de la situation de l'Empire, présenté au Corps législatif, dans la séance du 25 février 1813, par le comte de Montalivet, ministre de l'Intérieur. C'est dans ce magnifique exposé, fondé dans tous ses points sur des documents authentiques à l'appui, qu'on pourrait prendre une idée juste de l'ensemble des merveilles de l'administration de l'empereur Napoléon. Nous avons cru nous rendre agréable en terminant par le détail officiel des dépenses en travaux publics sous cette époque à jamais mémorable.

« Messieurs, dit le ministre, Sa Majesté m'a ordonné de vous faire connaître la situation de l'intérieur de l'Empire dans les années 1811 et 1812.

« Vous verrez avec satisfaction que, malgré les grandes armées que l'état de la guerre maritime et continentale oblige de tenir sur pied, la population a continué de s'accroître, que notre industrie a fait de nouveaux progrès, que jamais les terres n'ont été mieux cultivées, les manufactures plus florissantes ; qu'à aucune époque de notre histoire la richesse n'a été plus répandue dans les diverses classes de la société.

« Le simple cultivateur aujourd'hui connaît les jouissances qui lui furent jusqu'à présent étrangères ; il achète au plus haut prix les terres qui sont à sa convenance ; ses vêtements sont meilleurs, sa nourriture est plus abondante et plus substantielle ; il reconstruit ses maisons plus commodes et plus solides.

« Les nouveaux procédés dans l'agriculture, dans l'industrie, dans les arts utiles, ne sont plus repoussés, par cela même qu'ils sont nouveaux. Partout on tente des essais, et ce que l'expérience démontre préférable est utilement substitué aux anciennes routines. Les prairies artificielles se sont multipliées ; le système des jachères s'abandonne ; des assolements mieux entendus, de nouvelles cultures augmentent le produit de nos terres. Les bestiaux se multiplient, les races s'améliorent ; de simples laboureurs ont acquis les moyens de se procurer, à de hauts prix, les béliers de race espagnole, les étalons de nos meilleures espèces de chevaux ; éclairés sur leurs vrais intérêts, ils n'hésitent pas à faire ces utiles achats. Ainsi les besoins de nos manufactures, de notre agriculture et de nos armées sont chaque jour mieux assurés.

« Ce degré de prospérité est dû aux lois libérales qui régissent ce grand empire, à la suppression de la féodalité, des dîmes, des mainmortes, des ordres monastiques ; suppression qui a constitué ou affranchi ce grand nombre de propriétés particulières, aujourd'hui le patrimoine libre d'une multitude de familles jadis prolétaires ; il est dû à l'égalité des partages, à la clarté et à la simplification des lois sur la propriété et sur les hypothèques, à la promptitude avec laquelle sont jugés les procès dont le nombre décroît chaque jour. C'est à ces mêmes causes, et à l'influence de la vaccine, que l'on doit attribuer l'accroissement de la population. Et pourquoi ne dirions-nous pas que la conscription elle-même, qui, chaque année, fait passer sous nos drapeaux l'élite de notre jeunesse, a contribué à cet accroissement en multipliant le nombre des mariages, en les favorisant, parce qu'ils fixent pour toujours le sort du jeune Français qui, pour une première fois, a obéi à la loi ? »

Détail officiel des dépenses en travaux publics depuis l'avènement de Napoléon au trône impérial, présenté au Corps législatif par M. le ministre de l'Intérieur, avec les pièces à l'appui

Palais impériaux et bâtiments de la couronne	62 000 000
Fortifications.	144 000 000
Ports maritimes	117 000 000
Grandes routes, chaussées	277 000 000
Ponts à Paris et départements	31 000 000
Canaux, navigation et dessèchement	123 000 000
Travaux de Paris	102 000 000
Édifices publics des départements et grandes villes	149 000 000
Total	1 005 000 000

DIMANCHE 3.

L'Empereur très souffrant ; mélancolie. Anecdotes de gaieté. Deux aides de camp. Échauffourée du général Malet.

L'Empereur a continué de se renfermer hermétiquement. Sur la fin du jour il m'a fait appeler : il souffrait moins, me disait-il, de sa fluxion, mais il ne se trouvait guère mieux de tout le reste ; en somme il éprouvait beaucoup d'affaiblissement et se sentait, me disait-il, de la tristesse et de la mélancolie ; aussi avait-il voulu, ajoutait-il, passer tout le jour en *idées noires*. Il était dans son bain. Après quelques moments de silence, comme en se réveillant, et avec un effort pour se distraire : « Allons, *ma sœur Dinarzade*, a-t-il dit, si vous ne dormez pas, racontez-moi une de ces histoires que vous savez si bien. Il y a longtemps, mon cher, que vous ne m'avez parlé de vos amis du faubourg Saint-Germain ; allons. – Mais, sire, il y a longtemps que je raconte, et je dois être au bout. J'ai épuisé toutes les jolies histoires vraies ou fausses qui s'y débitent ; il ne resterait plus que le scandale, et Votre Majesté sait ou doit savoir qu'il ne s'y en passe jamais ; toutefois voici encore quelque chose qui me revient en cet instant : Un jour M. de T...[1], partant pour son ministère, dit à Mme de T... qu'il lui ramènerait à dîner M. Denon, et qu'elle voulût bien s'efforcer de lui être agréable ; que le meilleur moyen d'y réussir serait de parcourir son ouvrage et de lui en parler, qu'elle le trouverait dans sa bibliothèque, à tel endroit, tel rayon. Mme de T... va prendre l'ouvrage qui fait ses délices, et se fait une joie d'en entretenir bientôt le héros. Aussi, à peine à table, elle dit à M. Denon, qu'elle avait soigneusement placé à côté d'elle, qu'elle venait de lire son livre, qu'il l'avait rendue tout à fait heureuse, et M. Denon de s'incliner ; qu'il avait parcouru de bien mauvais pays, et avait dû bien souffrir, et M. Denon de s'incliner encore ; qu'elle avait bien sincèrement partagé ses peines. Jusque-là tout allait à merveille ; mais mon ravissement, s'écria-t-elle, a été au comble, quand dans votre solitude, j'ai vu vous arriver le fidèle Vendredi[2] ; l'avez-vous toujours ? A ces mots, M. Denon effaré, se penchant vers son voisin : – Est-ce qu'elle me prendrait pour Robinson ? Et en effet, l'innocence de Mme de T..., ou la malice de la société de Paris, voulait qu'au lieu du *Voyage d'Égypte*, elle eût pris les *Aventures de Robinson*. » L'Empereur en riait à pleurer, et l'a raconté depuis, lui-même, à son tour, plus d'une fois.

Cela a conduit à s'étendre sur la méchanceté inventive des sociétés de Paris, qui avaient brodé, par exemple, le plus joli conte sur la gaucherie de cet ébéniste, découvrant à ***[3], sans le vouloir, le secret d'un bureau renfermant aussi ceux de son ménage ; la violente colère de *** contre *Ventre-de-Biche* ; son apitoiement auprès de Mme V...[4], la singulière consolation qu'il en recevait, etc. L'Empereur, qui s'en amusait beaucoup, ignorait, disait-il, la plus grande partie de ces

1. M. de Talleyrand ; de même, *Mme de T.* : Mme de Talleyrand.
2. Personnage de *Robinson Crusoé*.
3. Berthier.
4. Mme Visconti.

détails, qu'il trouvait des plus plaisants, ajoutant néanmoins qu'il était porté à croire que le tout n'était pas inventé. Toutefois, il renouvelait sa sortie contre nos salons, qu'il qualifiait de véritablement infernaux, disant qu'ils étaient en médisance et en calomnie permanentes, et qu'ils eussent mérité, à ce titre, d'occuper, en permanence aussi, tous les tribunaux de police correctionnelle de la capitale, etc.

De là, l'Empereur, s'étant ranimé, s'est mis à causer à son tour beaucoup et longtemps. Mentionnant un officier qu'il ne traitait rien moins que bien, et m'étant permis de dire que j'avais cru pourtant qu'il avait été l'aide de camp d'un général distingué : « Qu'importe ! a-t-il repris. Et puis il a ajouté en souriant : Je vois bien, mon cher, que vous ne savez pas qu'on a parfois deux aides de camp : celui du feu et celui de la cuisine ou de la chambre à coucher, etc. »

Plus tard il s'étendait sur notre peu d'aptitude nationale à clore une révolution, à s'adonner à la fixité, et il a fini par citer en preuve la célèbre affaire de Malet, qu'il disait plaisamment être, en petit, son retour de l'île d'Elbe, sa caricature. « Cette extravagance, ajoutait-il, ne fut au fond qu'une véritable mystification : c'est un prisonnier d'État, homme obscur, qui s'échappe pour emprisonner à son tour le préfet, le ministre même de la Police, ces gardiens de cachots, ces flaireurs de conspirations, lesquels se laissent moutonnement garrotter. C'est un préfet de Paris, le répondant né de son département, très dévoué d'ailleurs, mais qui se prête sans la moindre opposition aux arrangements de réunion d'un nouveau gouvernement qui n'existe pas. Ce sont des ministres nommés par les conspirateurs, occupés de bonne foi à ordonner leur costume et faisant leur tournée de visites, quand ceux qui les avaient nommés étaient déjà rentrés dans les cachots. C'est enfin toute une capitale apprenant au réveil l'espèce de débauche politique de la nuit, sans en avoir éprouvé le moindre inconvénient. Une telle extravagance, répétait l'Empereur, ne pouvait avoir absolument aucun résultat. La chose eût-elle en tout réussi, elle serait tombée d'elle-même quelques heures après ; et les conspirateurs victorieux n'eussent eu d'autre embarras que de trouver à se cacher au sein du succès. Aussi je me sentis bien moins choqué de l'entreprise du coupable, que de la facilité avec laquelle ceux mêmes qui m'étaient le plus attachés se seraient rendus ses complices.

A mon arrivée, chacun me racontait avec tant de bonne foi tous les détails qui les concernaient et qui les accusaient tous ! Ils avouaient naïvement qu'ils avaient été attrapés ; qu'ils avaient cru un moment m'avoir perdu. Ils ne dissimulaient pas, dans la stupeur qui les avait frappés, avoir agi dans le sens des conspirateurs, et se réjouissaient avec moi du bonheur avec lequel ils y avaient échappé. Pas un seul n'avait à mentionner la moindre résistance, le plus petit effort pour défendre et perpétuer la chose établie. On ne semblait pas y avoir songé, tant on était habitué aux changements, aux révolutions ; c'est-à-dire que chacun s'était montré prêt et résigné à en voir surgir une nouvelle. Aussi tous les visages changèrent, et l'embarras de plusieurs devint extrême quand, d'un accent sévère, je leur dis : Eh bien ! messieurs, vous prétendez et vous dites avoir fini votre révolution ! Vous me croyiez mort ! dites-vous ; je n'ai rien à dire à cela... Mais le roi de Rome, vos serments, vos principes, vos doctrines !... Vous me faites frémir pour l'avenir... Et alors je voulus un exemple pour éclairer du moins et tenir en garde les esprits. Il tomba sur le pauvre Frochot, le préfet de Paris, qui assurément m'était fort attaché. Mais à la simple requête de l'un de ces saltimbanques, au lieu d'efforts qui étaient l'obligation de sa place, d'une résistance désespérée qui eût dû le faire mourir à son poste, il convenait avoir ordonné tout bonnement de préparer le lieu des séances du nouveau gouvernement !... C'est, remarquait l'Empereur, que nous sommes le peuple de l'Europe le plus propre à prolonger nos mutations ; un tel état ne pourrait même être supporté que par nous seuls. Aussi, voyez comme chacun, de quelque parti qu'il soit, semble intimement convaincu que rien n'est encore fini ; et l'Europe partage cette opinion, parce qu'elle la fonde au moins autant sur notre inconstance, notre mobilité naturelles, que sur la masse des événements arrivés depuis trente ans, etc. »

LUNDI 4.

Continuation de souffrances et de réclusion. Eût dû mourir à Moscou ou à Waterloo. Éloge de sa famille.

Aujourd'hui l'Empereur n'a encore voulu recevoir personne de tout le matin ; il m'a fait appeler à l'heure de son bain, durant et après lequel encore nous avons causé fort longtemps sur la chaîne de nos connaissances anciennes, les historiens qui nous les ont transmises, les fils qu'ils avaient attachés, etc. La conclusion forcée revenait toujours à l'extrême jeunesse de notre univers, ou bien plus sûrement encore à celle de la race humaine. De là nous sommes passés à la charpente du globe, aux irrégularités de sa surface, à l'inégalité du partage des terres et des mers, au total de sa population, à l'échelle suivant laquelle elle est répandue, aux diverses associations politiques qu'elle forme, etc. Je trouvais à l'Europe cent soixante-dix millions d'habitants : il remarquait qu'il en avait gouverné quatre-vingts millions ; j'ajoutais qu'après l'alliance de la Prusse et de l'Autriche, il marchait à la tête de plus de cent. Il a changé assez brusquement de conversation. Mon *Atlas* a été demandé ; il s'est mis à parcourir l'Asie, faisant concorder les marges et le tableau, et il s'interrompait parfois pour dire que c'était vraiment un ouvrage sans prix pour la jeunesse et les salons.

Plus tard, l'Empereur parlant des merveilles de sa vie et des vicissitudes de sa fortune, disait qu'il eût dû mourir à Moscou ; que sa gloire militaire eût été sans revers, et sa carrière politique sans exemple dans l'histoire du monde ; et il fit alors un de ces tableaux rapides et animés qui lui sont si familiers, et qu'il porte la plupart du temps au sublime. Et comme il n'apercevait pas une figure précisément approbative : « Ce n'est pas votre opinion, a-t-il dit, vous ne pensez pas que j'aurais dû finir à Moscou ? – Non, sire, lui a-t-il été répondu ; et pour cette même histoire, elle serait privée du retour de l'île d'Elbe, de l'acte le plus généreux, le plus héroïque qu'aucun homme ait jamais accompli ; du mouvement le plus grand, le plus magnifique, le plus sublime qu'on ait pu contempler. – Eh bien ! je conçois, a dit l'Empereur, il y a là quelque chose ; mais disons Waterloo, c'est là que j'aurais dû mourir ? – Sire, a reparti l'interlocuteur, si j'ai obtenu grâce pour Moscou, je ne vois pas pourquoi je ne la demanderais pas pour Waterloo. L'avenir est hors de la volonté, du pouvoir des hommes, il est dans le sein de Dieu seul... »

Dans un autre moment l'Empereur est revenu encore sur tous les siens ; le peu de secours qu'il en avait reçus, les embarras, le mal qu'ils lui avaient causés. Il s'arrêtait surtout sur cette fausse idée de leur part, qu'une fois à la tête d'un peuple, ils avaient dû s'identifier avec lui de manière à préférer ses intérêts à celui de la patrie commune, sentiment dont la source pouvait avoir quelque chose d'honorable, convenait-il, mais dont ils avaient fait une fausse application, nuisible, en ce que, dans leur travers d'indépendance absolue, ils se considéraient isolément, lorsqu'ils eussent dû se pénétrer qu'ils n'étaient que parties d'un tout au mouvement duquel ils devaient aider, au lieu de le contrarier. Mais après tout, concluait-il, ils étaient bien neufs, bien jeunes, entourés de pièges et de flatteurs, d'intrigants de toute espèce, de vues secrètes et malintentionnées. Et passant subitement des torts aux qualités, il a ajouté : « Du reste, il faut toujours juger en dernier ressort par les analogues : quelle famille, dans les mêmes circonstances, eût mieux fait ? Il n'est pas donné à chacun d'être homme d'État : cette charge requiert une contexture toute particulière, et ne se rencontre pas à profusion. Tous mes frères se sont trouvés, à cet égard, dans une situation singulière ; il leur est arrivé à tous d'avoir *trop* ou *trop peu* : ils se sont trouvés trop forts pour s'abandonner aveuglément à un conseiller moteur, et pas assez pour pouvoir s'en passer tout à fait. Après tout, une famille si nombreuse présente un ensemble dont je peux assurément m'honorer.

« Joseph, par tout pays, serait l'ornement de la société ; Lucien celui de toute assemblée politique. Jérôme, en mûrissant, eût été propre à gouverner ; je découvrais en lui de véritables espérances. Louis eût plu et se fût fait remarquer partout. Ma sœur Élisa était une tête mâle, une âme forte : elle aura montré beaucoup de philosophie dans l'adversité. Caroline est fort habile et très capable. Pauline, la plus belle femme de son temps peut-être, a été et demeurera jusqu'à la fin la meilleure créature vivante. Quant à ma mère, elle est digne de tous les genres de vénération. Quelle famille aussi nombreuse pourrait présenter un plus bel ensemble ! Ajoutez qu'en dehors de la tourmente politique, nous nous aimions. Pour moi, je n'ai jamais cessé un instant de me sentir le cœur d'un frère. Je les ai tous aimés, et je crois bien qu'au fond ils me l'ont tous rendu, et qu'au besoin ils m'en donneraient des preuves, etc. »

Après dîner il nous a reçus tous près d'une demi-heure. Il était dans son lit, mais parlait beaucoup plus facilement, et se trouvait évidemment mieux. Nous l'avons quitté avec l'espoir de le revoir bientôt rétabli. Nous lui avons fait observer qu'il y avait douze jours qu'il n'avait pas dîné avec nous, que, sans lui, nos journées, notre vie, nos moments se trouvaient tout désorientés et sans couleur.

MARDI 5.

La géographie, passion du moment. Mon Atlas. *Lit de parade arrivé de Londres, vrai piège à rats. Anecdotes apprises des Anglais ; lettre de Sainte-Hélène.*

L'Empereur continuait de demeurer enfermé chez lui. A l'heure de son bain il m'a fait appeler comme les jours précédents. La guérison de sa bouche avançait ; mais ses dents demeuraient encore fort sensibles. Il a repris la conversation de la veille sur la contexture des parties du globe, c'était en ce moment, de la part de l'Empereur, une véritable veine de passion géographique. Il a pris ma mappemonde et parcourait la distribution irrégulière des terres et des mers ; il s'arrêtait sur le grand plateau de l'Asie, passait à l'étendue de la mer Pacifique, au resserrement de l'Atlantique ; il se posait des questions sur les vents variables et les vents alizés, les moussons de l'Inde, le calme de la mer Pacifique, les ouragans des Antilles, etc., et trouvait sur la carte, aux lieux mêmes, les solutions physiques et spéculatives que la science donne en ce moment sur ces objets. Cet à-propos le ravissait ; il comparait, méditait, objectait, prononçait et disait : « Ce n'est vraiment qu'avec des tableaux que l'on peut faire des rapprochements : ils éveillent les idées et les provoquent. Que vous avez bien fait de mettre en tableaux l'histoire, la géographie, leurs circonstances remarquables, leurs difficultés, leurs phénomènes, etc. Votre livre m'attache chaque jour davantage[1]. »

1. En effet, je n'en avais qu'un exemplaire à Sainte-Hélène, et il était constamment dans sa chambre ; s'il m'arrivait de l'emporter pour m'en servir ou y introduire quelques corrections, il était presque aussitôt redemandé. Au moment de mon départ, le comte Bertrand m'ayant prié de le lui laisser pour l'instruction de ses enfants, il m'a dit depuis n'avoir pu en faire aucun usage. L'Empereur s'en était tout à fait emparé ; et, lorsqu'il a désigné, dans ses derniers moments, pour son fils, un choix des livres de sa

L'Empereur a terminé par faire demander les plus anciens voyageurs. On lui a apporté le moine Rubraquis, l'Italien Marco Polo : il les a parcourus, se plaignant qu'on y trouvât à peine quelque chose : ils n'avaient plus d'autre prix, disait-il, que leur vieillesse.

Au sortir du bain, il est venu dans sa chambre à coucher voir le grand lit envoyé de Londres pour lui, et qu'on venait d'y dresser. C'était une espèce de baldaquin supporté par quatre grosses colonnes, si hautes qu'il avait fallu rogner les pieds du lit, pour qu'il trouvât sa hauteur dans la petite chambre à coucher de l'Empereur, qui en était remplie presque tout à fait : de plus il sentait fort mauvais. Le tout était si massif et pourtant si peu solide, qu'il donnait l'idée d'un château branlant. L'Empereur l'a appelé un véritable piège à rats, assurant qu'il ne s'exposerait pas à s'y faire prendre ; aussi a-t-il ordonné qu'on le débarrassât de suite de pareille ordure. On l'a donc démonté pour replacer le lit de campagne accoutumé. Ce dérangement et ses inconvénients l'ont fort contrarié.

Dans le jour j'ai eu l'occasion de causer longtemps avec un marin anglais fort enthousiaste de l'Empereur, qui m'a payé de tout le bien que je lui en disais, par des traits qui m'ont d'autant plus surpris qu'ils m'étaient tout à fait inconnus ; ils n'en étaient pas moins vrais : le narrateur en tenait quelques-uns de sources incontestables, et avait été lui-même témoin ou acteur de quelques autres. Plus tard, ces traits ayant été mentionnés devant l'Empereur, il les a reconnus et avoués. Toutefois, mon marin convenait qu'à son grand étonnement, ces anecdotes avaient peu circulé en Angleterre, et que, de même que chez nous, ce qui eût pu honorer davantage Napoléon, et peindre le mieux son caractère, y demeurait perdu, par cette fatalité que j'ai souvent mentionnée, de même, chez eux, la calomnie et le mensonge y avaient constamment étouffé toute espèce de bien sous la masse du mal qu'ils forgeaient. Voici quelques-unes de ces anecdotes.

« On nous traitait parfaitement à Verdun, dépôt des prisonniers de guerre de notre nation, me disait mon narrateur ; nous y jouissions des mêmes avantages que les habitants.

---

bibliothèque particulière, l'*Atlas* s'y est trouvé compris. Qu'on me pardonne de ne pouvoir résister à mentionner un tel suffrage. *(Las Cases.)*

C'est une ville très agréable ; les provisions et le vin y sont à bas prix. Il nous était permis de nous promener à quelques milles hors de la ville sans être astreints à le demander ; nous pouvions même obtenir de nous absenter pour plusieurs jours ; nous y étions si protégés contre toutes vexations, que le général sous l'autorité duquel nous vivions, ayant des reproches à se faire à notre égard, fut mandé à Paris par l'ordre spécial de Napoléon ; et, dans la crainte du châtiment, il se suicida. Or, il arriva qu'une fois on nous consigna dans nos logements, ce qui devait durer, disait-on, deux ou trois jours : c'est que l'Empereur devait passer, et que l'on n'avait pas cru qu'il fût bien de le laisser entouré d'un si grand nombre de prisonniers ennemis. Outre que nous avions grande curiosité de le voir, cet ordre nous blessa extrêmement. Se défierait-on, disions-nous, de braves et loyaux marins ? Aurait-on la pensée de les confondre avec des assassins ? Nous en étions là, quand, le jour même de l'arrivée de Napoléon, on vint nous annoncer, à notre grande surprise, que nous redevenions libres, et qu'il avait fort désapprouvé la mesure prise à notre égard. Nous nous précipitâmes donc sur son passage, et il nous traversa sans escorte dans une sécurité parfaite, et même avec une sorte de bienveillance marquée, ce qui nous gagna tous ; et nos acclamations furent aussi sincères que celles des Français eux-mêmes.

« Napoléon et Marie-Louise, revenant de leur voyage de Hollande, arrivèrent à Givet sur la Meuse, où se trouvaient plusieurs centaines de prisonniers anglais. Le temps devint subitement horrible ; il plut en abondance, la rivière déborda, le pont de bateaux se rompit, et le passage devint impraticable. Cependant l'Empereur, très impatient de continuer sa route, et qui avait pris l'habitude de ne trouver rien d'impossible, résolut de traverser la rivière à tout prix. On rassembla à cet effet les mariniers des environs ; mais tous prononcèrent qu'ils n'oseraient jamais le tenter. Pourtant, répliqua Napoléon, je veux être de l'autre côté avant le milieu du jour ; et, se rendant lui-même sur les lieux, il commanda qu'on lui amenât quelques-uns des principaux prisonniers anglais. Y a-t-il beaucoup de marins parmi vous, leur dit-il ; êtes-vous nombreux ? – Nous sommes cinq cents, et tous marins. – Eh bien, faites-m'en venir un certain nombre ; je veux savoir s'ils croient le passage de la rivière possible, et s'ils veulent se charger de me transporter à l'autre rive. La chose était vraiment dangereuse, pourtant quelques-uns de nos vieux marins s'engagèrent à en venir à bout. Napoléon se livra à nous avec une confiance qui nous émerveilla tous, et, rendu de l'autre côté, il nous remercia, donna l'ordre de faire habiller à neuf tous ceux qui lui avaient rendu ce service, y ajouta un présent pécuniaire, et les rendit à la liberté.

« Un jeune matelot anglais, travaillé de la maladie du pays, s'échappa d'un dépôt et parvint à gagner les bords de la mer, dans les environs de Boulogne, où il vivait caché dans les bois. Dans sa passion de revoir son pays à tout prix, il essaya de construire un petit canot qui pût lui servir à gagner les croiseurs anglais, qu'il était occupé une grande partie du jour à guetter de la cime de quelques arbres. Il fut saisi au moment où, chargé de son esquif, il allait le jeter à l'eau et s'y aventurer. On l'emprisonna comme espion ou voleur. La chose étant parvenue jusqu'à Napoléon, qui se trouvait à Boulogne, il eut la curiosité de voir cette embarcation, dont on parlait beaucoup ; il ne put croire, à sa vue, qu'il fût un être assez insensé pour avoir osé en faire usage ; et il se fit amener le matelot, qui lui confirma que telle avait été sa résolution, lui demandant pour toute faveur la grâce de lui permettre de l'exécuter. – Mais tu as donc bien grande envie de revoir ton pays, lui dit l'Empereur ; y aurais-tu laissé quelque maîtresse ? – Non, répondit le matelot, ce n'est que ma mère qui est vieille et infirme, et que je voudrais revoir. – Eh bien, tu la reverras, s'écria Napoléon ; et il commanda aussitôt qu'on prît soin de ce jeune homme, qu'on l'habillât et qu'on le transportât à bord du premier croiseur de sa nation, voulant en même temps qu'on lui donnât une petite somme pour sa mère, faisant la remarque qu'elle devait être une bonne mère, puisqu'elle avait un si bon fils. »

N. B. Depuis mon retour en Europe, il a été publié des lettres de Sainte-Hélène, dans lesquelles j'ai retrouvé ces anecdotes presque mot à mot. Cette circonstance et d'autres m'ont fait prendre des renseignements sur cette publication, et ils m'ont mis à même de pouvoir affirmer que, bien qu'elle soit anonyme, elle est de la plus grande authenticité, et mérite toute confiance.

En fait de bienveillance, de la part de l'Empereur, exercée

envers des Anglais détenus en France, j'ai connu pour mon compte celle dont fut l'objet un M. Manning, fort de ma connaissance à Paris, lequel, s'étant consacré aux voyages dans l'intérêt de la science, n'imagina d'autre moyen pour recouvrer sa liberté, que de s'adresser directement à Napoléon, par la voie d'une simple pétition, lui demandant qu'il lui permît d'aller visiter le plateau central de l'Asie. Nous lui rîmes au nez dans nos salons, sur sa simplicité ; mais il nous le rendit à son tour, quand, au bout de quelques semaines, il vint triomphant nous apprendre son succès et sa liberté. Je lis dans l'ouvrage du docteur O'Méara, et ce n'est pas une des moindres singularités du hasard, que ce même M. Manning, après plusieurs années de longues pérégrinations, se trouvant, dans son retour en Europe, passer à Sainte-Hélène, y sollicite de tous ses moyens la faveur d'aborder Napoléon pour lui exprimer sa reconnaissance, déposer quelques présents à ses pieds, et répondre aux questions de l'Empereur sur l'existence et les particularités du grand Lama[1], qu'il avait été visiter par sa faveur particulière.

MERCREDI 6.

Situation physique de la Russie ; sa puissance politique ; paroles remarquables. Notice sur l'Inde anglaise. Pitt et Fox. Idées de l'économie politique : compagnies ou commerce libre. Les créneaux contre les métiers, etc. M. de Suffren. Sentiments de l'Empereur pour la marine.

L'Empereur a été de mieux en mieux. Il a reçu quelques personnes vers midi. Je m'y suis trouvé avec Mme de Montholon. L'Empereur est devenu très causant sur les sociétés de Paris, et diverses anecdotes des Tuileries.

Le soir, même amour encore de géographie. L'Empereur s'est arrêté spécialement sur l'Asie ; la situation politique de la Russie, la facilité avec laquelle elle pourrait faire une entreprise sur l'Inde et même sur la Chine ; les inquiétudes qu'en devraient concevoir les Anglais ; le nombre de troupes que la Russie devrait employer, leur point de départ, la route

1. Il est le chef des prêtres tibétains et des Mongols bouddhistes.

qu'elles auraient à suivre, les richesses métalliques qu'elles en rapporteraient, etc. ; et il a donné, sur la plupart de ces points, des détails bien précieux. J'ai le regret de n'en trouver ici que l'indication, et je n'oserais me fier à mes souvenirs pour les reproduire.

L'Empereur a passé de là à ce qu'il appelait la situation admirable de la Russie contre le reste de l'Europe, à l'immensité de sa masse d'invasion. Il peignait cette puissance assise sous le pôle, adossée à des glaces éternelles qui au besoin la rendaient inabordable ; elle n'était attaquable, disait-il, que trois ou quatre mois ou un quart de l'année, tandis qu'elle avait toute l'année entière, ou les douze mois contre nous ; elle n'offrait aux assaillants que les rigueurs, les souffrances, les privations d'un sol désert, d'une nature morte ou engourdie, tandis que ses peuples ne se lançaient qu'avec attrait vers les délices de notre Midi.

Outre ces circonstances physiques, ajoutait l'Empereur, à sa nombreuse population sédentaire, brave, endurcie, dévouée, passive, se joignaient d'immenses peuplades, dont le dénuement et le vagabondage sont l'état naturel. « On ne peut s'empêcher de frémir à l'idée d'une telle masse, qu'on ne saurait attaquer ni par les côtés, ni sur les derrières ; qui déborde impunément sur vous, inondant tout si elle triomphe, ou se retirant au milieu des glaces, au sein de la désolation, de la mort, devenues ses réserves si elle est défaite ; le tout avec la facilité de reparaître aussitôt si le cas le requiert. N'est-ce pas là la tête de l'hydre, l'Antée de la fable[1], dont on ne saurait venir à bout qu'en le saisissant au corps et l'étouffant dans ses bras ; mais où trouver l'Hercule ? Il n'appartenait qu'à nous d'oser y prétendre, et nous l'avons tenté gauchement, il faut en convenir. »

L'Empereur disait que, dans la nouvelle combinaison politique de l'Europe, le sort de cette partie du monde ne tenait plus qu'à la capacité, aux dispositions d'un seul homme. « Qu'il se trouve, disait-il, un empereur de Russie vaillant, impétueux, capable, en un mot un czar qui ait de la barbe au menton (ce qu'il exprimait, du reste, beaucoup plus énergiquement), et l'Europe est à lui. Il peut commencer ses opé-

1. Géant de la mythologie grecque étouffé par Hercule après trois essais infructueux, Antée reprenant force en touchant terre.

rations sur le sol allemand même, à cent lieues des deux capitales, Berlin et Vienne, dont les souverains sont les seuls obstacles. Il enlève l'alliance de l'un par la force, et avec son concours abat l'autre d'un revers ; et dès cet instant il est au cœur de l'Allemagne, au milieu des princes du second ordre, dont la plupart sont ses parents ou attendent tout de lui. Au besoin, si le cas le requiert, il jette en passant, par-dessus les Alpes, quelques tisons enflammés sur le sol italien, tout prêt pour l'explosion, et marche triomphant vers la France, dont il se proclame de nouveau le libérateur. Assurément, moi, dans une telle situation, j'arriverais à Calais à temps fixe et par journées d'étape, et je m'y trouverais le maître et l'arbitre de l'Europe... » Et après quelques instants de silence, il a ajouté : « Peut-être, mon cher, êtes-vous tenté de me dire, comme le ministre de Pyrrhus à son maître : *Et après tout, à quoi bon ?* Je réponds : A fonder une nouvelle société, et à éviter de grands malheurs. L'Europe attend, sollicite ce bienfait ; le vieux système est à bout, et le nouveau n'est point assis, et ne le sera pas sans de longues et furieuses convulsions encore. »

L'Empereur a gardé de nouveau le silence, mesurant avec un compas des distances sur la carte, et disant Constantinople placée pour être le centre et le siège de la domination universelle, etc.

Il est revenu ensuite sur l'Inde anglaise, et m'a demandé si j'étais bien au fait de son histoire. Je lui ai dit le peu que j'en savais.

Élisabeth créa une compagnie des Indes, en vertu de sa prérogative royale.

Cent ans plus tard, le parlement en créa une autre. Bientôt après, ces deux compagnies, qui se nuisaient par leur concurrence, furent réunies dans une même charte nationale.

En 1716, la compagnie obtint des souverains de l'Inde le fameux firman ou charte indienne, pour exporter et importer sans payer aucun droit.

En 1741, la compagnie, pour la première fois, intervint militairement dans la politique de l'Inde, en opposition à la compagnie française, qui prit le parti adverse. Depuis ce temps les deux nations se battirent sur ce terrain éloigné toutes les fois qu'elles eurent la guerre en Europe. La France eut un moment très brillant dans la guerre de 1740 ; elle fut écrasée dans celle de 1755, soutint l'égalité dans celle de 1779, et disparut tout à fait dans celle de la Révolution.

Aujourd'hui la compagnie des Indes anglaises domine toute la péninsule, qui compte une population de plus de soixante millions, dont vingt sont ses sujets, vingt autres ses tributaires ou ses alliés ; le reste se trouve enchaîné dans son système, et forcé de marcher avec elle[1].

Telle est cette fameuse compagnie des Indes qui se trouve tout à la fois marchande et souveraine, dont les richesses se composent des profits de son commerce et des revenus de son territoire ; d'où il résulte que le marchand est souvent poussé par l'ambition du souverain, et que le souverain combine, ordonne, exécute avec la cupidité du marchand ; c'est dans cette circonstance toute particulière, dans ce double caractère ainsi que dans la nature et le nombre des employés, la distance du théâtre sur lequel on opère, qu'il faut chercher la clef des progrès, des mesures, des tiraillements, des contradictions, des désordres et des clameurs qui composent l'histoire de cette célèbre compagnie.

La compagnie des Indes anglaises a été longtemps tout à fait maîtresse et indépendante ; elle était et continue d'être représentée par une cour de directeurs choisis par la masse des propriétaires ; ces directeurs délèguent et dirigent dans l'Inde, par leurs dépêches, une régence ou conseil composé d'un gouverneur et de quelques assesseurs qui y représentent et exercent l'autorité souveraine.

En 1767, pour la première fois, la couronne mit en avant des droits sur son territoire et ses revenus ; mais la compagnie acheta le désistement pour un subside de dix ou douze millions de francs.

Vers 1773, la compagnie des Indes, se trouvant extrêmement dérangée dans ses affaires, eut recours au parlement, qui profita de ses embarras pour consacrer sa dépendance. Il traça des règlements politiques, judiciaires et financiers auxquels il soumit toutes les possessions de cette compagnie, mais ces premiers règlements ne furent point heureux : ils portèrent le désordre au comble dans la péninsule de l'Inde, en y introduisant surtout une cour suprême de justice qui se

1. Ceci a été écrit en 1816, avant les derniers événements de l'Inde, qui semblent avoir accompli la sujétion de toute la péninsule. *(Las Cases.)*

montra la rivale du conseil souverain, et qui, chargée d'introduire les lois anglaises dans le pays, porta le bouleversement et l'effroi parmi les naturels. La fureur des partis, leurs dénonciations réciproques, leurs plaintes, leurs déclamations, nous ont transmis des actes odieux, une rapacité sans frein, une tyrannie atroce. Cette époque est la plus orageuse et la moins honorable de l'histoire de la compagnie.

En 1783, pour y porter un remède radical, M. Fox, alors ministre, proposa son fameux bill dont le non-succès le fit sortir du ministère. L'année suivante, M. Pitt, qui avait été son antagoniste, en présenta un autre qui commença sa grande réputation, et qui gouverne encore aujourd'hui la compagnie. Le bill de M. Fox était une véritable saisie judiciaire ; il retirait à la compagnie toutes ses propriétés, et les plaçait en régie entre les mains d'un comité chargé de gérer pour elle, de liquider ses dettes, et de disposer de tous les emplois. Les membres du comité, nommés par le roi ou le parlement, devaient être inamovibles, et siéger jusqu'à ce qu'ils eussent mis les affaires sur un meilleur pied. On cria de toutes parts sur un ordre de choses qui, disait-on, allait mettre entre les mains de quelques-uns de si grands intérêts, un si grand patronage, une si énorme influence. C'était, disait-on, introduire un quatrième pouvoir dans l'État, créer un rival à la couronne même. On fut jusqu'à accuser M. Fox de vouloir se perpétuer dans le ministère, et se ménager une espèce de souveraineté occulte supérieure à celle du roi ; car, comme il était ministre et gouvernait en ce moment le parlement, il eût nommé et gouverné ce comité. A l'aide de l'influence de ce comité, il eût composé et gouverné le parlement, et à l'aide du parlement, il eût consacré et perpétué le comité : il n'y avait plus de fin. La clameur fut extrême, et le roi en fit une affaire personnelle. Il en appela à ses propres amis, à ceux qui, dans la Chambre des pairs, lui étaient attachés de cœur, comme d'un objet attaquant son existence même. M. Fox échoua et fut contraint de quitter le ministère.

M. Pitt montra plus de modération en apparence et fut plus adroit ; il se contenta, par son bill, de mettre la compagnie en tutelle : il soumit toutes ses opérations à un comité chargé de les réviser et de les contresigner : il laissa à la compagnie la nomination de tous les employés, mais réserva à la couronne la nomination du gouverneur général et le *veto* sur toutes les autres nominations. Ce comité, nommé par le roi, formait une branche nouvelle dans le ministère. On se récria vivement encore sur l'immense influence que cette mesure allait ajouter à l'autorité royale, et qui devait infailliblement briser, disait-on, l'équilibre constitutionnel. On avait reproché à M. Fox d'avoir voulu tenir cette influence tout à fait étrangère au roi ; on accusa M. Pitt de l'avoir mise toute entre ses mains. Tout ce que l'un avait voulu faire pour le peuple, disait-on, l'autre le faisait pour le monarque. Et en effet, ces deux caractères distincts, ces deux inconvénients opposés étaient toute la différence des deux bills ; c'était, au vrai, une bataille décisive entre les torys et les whigs. M. Pitt l'emporta, et les torys triomphèrent.

Les vices du bill de M. Fox sont demeurés hypothétiques, puisqu'ils n'ont pas été mis en essai ; mais les inconvénients prévus de celui de M. Pitt se sont formellement accomplis : l'équilibre des pouvoirs a été rompu, la vraie constitution d'Angleterre a cessé d'exister, l'autorité royale, journellement accrue, a tout envahi et marche aujourd'hui sans obstacle dans la grande route de l'arbitraire et de l'absolu.

Les ministres disposent du parlement par une majorité qu'ils ont créée, majorité qui perpétue leurs pouvoirs et légalise leurs violences. Ainsi la liberté anglaise est enchaînée chaque jour davantage au nom et par les formes mêmes qui devraient la défendre, et l'avenir paraît sans remède, ou menace des plus grands malheurs ! Quels plus funestes résultats eût donc pu produire le plan de M. Fox ? car les grandes altérations de la constitution anglaise sont en effet venues de l'Inde. Le poids que M. Fox voulait mettre du côté populaire eût-il donc pu être aussi désastreux pour la liberté que celui dont M. Pitt a surchargé la prérogative royale ?

Aussi, bien des gens prononcent hardiment aujourd'hui que M. Fox avait raison, qu'il était bien plus sage et ne pouvait être aussi nuisible que son rival.

Aux noms de Pitt et de Fox, l'Empereur s'est arrêté longtemps sur leur caractère, leur système et leurs actes ; et il a terminé en répétant ce qu'il a déjà dit plus d'une fois : « M. Pitt a été le maître de toute la politique européenne ; il a tenu dans ses mains le sort moral des peuples ; il en a mal usé ; il a incendié l'univers et s'inscrira dans l'histoire à la manière d'Érostrate [1], parmi des flammes, des regrets et des larmes !... D'abord, les premières étincelles de notre Révolution, puis toutes les résistances au vœu national, enfin tous les crimes horribles qui en furent la conséquence, sont son ouvrage. Cette conflagration universelle de vingt-cinq ans ; ces nombreuses coalitions qui l'ont entretenue ; le bouleversement, la dévastation de l'Europe ; les flots de sang des peuples qui en ont été la suite ; la dette effroyable de l'Angleterre qui a payé toutes ces choses ; le système pestilentiel des emprunts, sous lequel les peuples demeurent courbés ; le malaise universel d'aujourd'hui, tout cela est de sa façon. La postérité le reconnaîtra, elle le signalera comme un vrai fléau : cet homme, tant vanté de son temps, ne sera plus un jour que le génie du mal ; non que je le tienne pour atroce, ni même que je doute qu'il ne fût convaincu qu'il faisait le bien : la Saint-Barthélemy a bien eu ses persuadés ; le pape et les cardinaux en ont chanté un *Te Deum*, et parmi tous ces bonnes gens il s'en trouvait bien, sans doute, quelques-uns de bonne foi. Voilà les hommes, leur raison, leurs jugements ! Mais ce que la postérité reprochera surtout à M. Pitt, ce sera la hideuse école qu'il a laissée après lui, le machiavélisme insolent de celle-ci, son immoralité profonde, son froid égoïsme, son mépris pour le sort des hommes ou la justice des choses.

« Quoi qu'il en soit, par admiration réelle ou pure reconnaissance, ou même encore simple instinct et seule sympathie, M. Pitt a été et demeure l'homme de l'aristocratie européenne ; c'est qu'en effet il y a eu en lui du Sylla. C'est son système qui a ménagé l'asservissement de la cause populaire et le triomphe des patriciens. Quant à M. Fox, ce n'est pas chez les Anciens qu'il faut lui chercher un modèle, c'est à lui d'en servir, et son école tôt ou tard doit régir le monde. »

L'Empereur s'est fort étendu alors sur M. Fox ; il répétait l'avoir fort goûté, beaucoup aimé. Il avait placé son buste à la Malmaison avant de le connaître personnellement. Il a conclu en disant ce qu'il a déjà exprimé souvent et sous bien des formes : « Assurément l'instant de la mort de M. Fox est une des fatalités de ma carrière, a-t-il dit ; s'il eût continué

1. Habitant de la ville grecque d'Asie Mineure, Éphèse, qui pour s'illustrer brûla le temple de Diane.

de vivre, les affaires eussent pris une tout autre tournure, la cause des peuples l'eût emporté, et nous eussions fixé un nouvel ordre de choses en Europe. »

L'Empereur, revenant ensuite à la compagnie des Indes, a dit que c'était une grande question que le monopole d'une compagnie, ou la liberté du commerce pour tous. « Une compagnie, observait-il, plaçait de très grands avantages entre les mains de quelques-uns qui peuvent faire très bien leurs affaires, tout en négligeant celles de la masse ; aussi toute compagnie dégénérait-elle bientôt en oligarchie, toujours amie du pouvoir, et prête à lui donner secours ; et, sous ce rapport, les compagnies tenaient tout à fait du vieux temps et des anciens systèmes. Le commerce libre, au contraire, tenait à toutes les classes, agitait toutes les imaginations, remuait tout un peuple ; il était tout à fait identique avec l'égalité, portait naturellement à l'indépendance ; et, sous ce rapport, tenait beaucoup plus à notre système moderne.

« Après le traité d'Amiens, qui rendait à la France ses possessions dans l'Inde, j'ai fait discuter devant moi, longtemps et à fond, cette grande question ; j'ai écouté des hommes du commerce, entendu des hommes d'État, et j'ai prononcé pour le commerce libre, et rejeté les compagnies. »

De là l'Empereur est passé à plusieurs points d'économie politique consacrés par Smith dans sa *Richesse des nations*. Il les avouait vrais en principe, mais les démontrait faux dans leur application. Malheureusement ici encore je ne retrouve que de stériles indications.

Il a terminé en disant : « Jadis on ne connaissait qu'une espèce de propriété, celle du terrain ; il en est survenu une nouvelle, celle de l'industrie, aux prises en ce moment avec la première ; puis une troisième, celle dérivant des énormes charges perçues sur les administrés et qui, distribuées par les mains neutres et impartiales du gouvernement, peuvent garantir du monopole des deux autres, leur servir d'intermédiaire, et les empêcher d'en venir aux mains. » Il appelait cette grande lutte de nos jours la guerre des *champs* contre les *comptoirs*, celle des *créneaux* contre les *métiers*.

« C'est pourtant, disait-il, pour n'avoir pas voulu reconnaître cette grande révolution dans la propriété, pour s'obstiner à fermer les yeux sur de telles vérités, qu'on fait tant de sottises aujourd'hui, et que l'on s'expose à tant de bouleversements. Le monde a éprouvé un grand déplacement, et il cherche à se rasseoir ; voilà en deux mots, terminait-il, toute la clef de l'agitation universelle qui nous tourmente. On a désarrimé le vaisseau, transporté du lest de l'avant à l'arrière, et de là ces furieuses oscillations qui peuvent amener le naufrage à la première tempête, si l'on s'obstine à vouloir le manœuvrer comme de coutume, sans avoir obtenu un équilibre nouveau. »

Ce jour a été riche pour mon journal. Outre les sujets déjà traités, il a été question de plusieurs autres encore. En parlant des Indes et de la compagnie anglaise, le nom de M. de Suffren a été mentionné.

L'Empereur n'en avait pas une exacte connaissance ; il savait confusément que cet officier avait rendu de grands services, et lui, Napoléon, avait, par ce seul sentiment, disait-il, accordé beaucoup à sa famille. Il m'a questionné à son sujet. Je ne l'avais pas connu, je ne pouvais que lui rendre les traditions du corps. Or, il était admis, lui disais-je, parmi nous dans la marine, que M. de Suffren était, depuis Louis XIV, le seul qui rappelât les grands marins de notre belle époque navale.

M. de Suffren avait du génie, de la création, beaucoup d'ardeur, une forte ambition, un caractère de fer ; c'était un de ces hommes que la nature a rendus propres à tout. J'ai entendu des gens très sensés et très forts dire que sa mort, en 1789, pouvait avoir été une calamité nationale ; qu'admis au conseil du roi, dans la crise du moment, il eût été de taille à donner une autre issue aux affaires. M. de Suffren, très dur, très bizarre, extrêmement égoïste, mauvais coucheur, mauvais camarade, n'était aimé de personne, mais était apprécié, admiré de tous.

C'était un homme avec qui l'on ne pouvait pas vivre, et il était surtout fort difficile à commander, obéissait peu, critiquait tout, déclamant sans cesse sur l'inutilité de la tactique, par exemple, et se montrant au besoin le meilleur tacticien. Il en était de même de tout le reste, c'était l'inquiétude et la mauvaise humeur du génie et de l'ambition qui n'a pas ses coudées franches.

Parvenu au commandement de l'escadre de l'Inde, et conduit au roi pour prendre congé, un huissier faisait avec peine ouvrir la foule, pour qu'il pût parvenir. « Je vous remercie aujourd'hui, disait-il à l'huissier, en grognant et nasillant d'après sa nature ; mais au retour, monsieur, vous verrez que je saurai bien me faire faire place moi-même. » Et il tint parole.

Arrivé dans l'Inde, il ouvrit une scène nouvelle à nos armes, il y fit des prodiges qu'on n'a peut-être pas assez appréciés en Europe ; ce furent immédiatement des actes et des mœurs de commandement inconnus jusque-là ; prenant tout sur lui, osant tout, imaginant tout, prévoyant à tout, démontant ses capitaines au besoin, nommant ses officiers, équipant et faisant combattre des vaisseaux condamnés depuis longtemps ; trouvant un hivernage sur les lieux mêmes, dans l'Inde, quand la routine voulait qu'on fût les chercher à douze ou quinze cents lieues de là, à l'île de France ; enfin on le vit, devançant la manière de nos jours, s'approcher de la côte, embarquer des soldats qui avaient combattu la veille l'ennemi ; aller battre avec eux l'escadre anglaise, et les reporter le lendemain à leur camp pour qu'ils pussent combattre de nouveau. Aussi notre pavillon prit-il tout à coup une supériorité qui dérouta l'ennemi. « Oh ! pourquoi cet homme, s'est écrié l'Empereur, n'a-t-il pas vécu jusqu'à moi, ou pourquoi n'en ai-je pas trouvé un de sa trempe, j'en eusse fait notre Nelson, et les affaires eussent pris une autre tournure, mais j'ai passé tout mon temps à chercher l'homme de la marine, sans avoir jamais rien pu rencontrer. Il y a dans ce métier une spécialité, une technicité qui arrêtaient toutes mes conceptions. Proposais-je une idée nouvelle, aussitôt j'avais Ganteaume sur les épaules et la section de marine. – Sire, cela ne se peut pas. – Et pourquoi ? – Sire, les vents ne le permettent pas, et puis les calmes, les courants ; et j'étais arrêté tout court. Comment continuer la discussion avec ceux dont on ne parle pas le langage. Combien de fois, au Conseil d'État, leur ai-je reproché d'abuser de cette circonstance. A les entendre, il eût fallu naître dans la marine pour y connaître quelque chose. Et je leur ai dit souvent qu'ils abusaient encore, que je n'eusse demandé que de faire la traversée de l'Inde avec eux, et qu'au retour je me serais fait fort d'être aussi familier avec leur métier qu'avec mes champs de bataille. Ils n'en croyaient rien, et revenaient toujours à ce qu'on ne pouvait être bon marin si on ne s'y prenait dès le berceau : et ils me firent faire quelque chose à cet égard qui m'a longtemps pesé, ce fut l'enrôlement de plusieurs milliers d'enfants de six à huit ans.

« J'eus beau me débattre, il me fallut céder à leur unanimité, en les prévenant toutefois que j'en chargeais leur conscience. Qu'en résulta-t-il ? que le public murmura, déclama beaucoup et nous couvrit de ridicule, qualifiant l'opération de massacre des innocents. Voilà que plus tard de Winter, Verhuell, tous les marins du Nord et d'autres encore sont venus me dire et ont soutenu que dix-huit, vingt ans, l'âge de la conscription n'était pas trop tard pour commencer à être matelot ; les Danois, les Suédois y emploient leurs soldats ; chez les Russes, la flotte n'est qu'une portion de l'armée principale, ce qui donne l'avantage inappréciable de l'avoir en permanence et à deux fins.

« J'avais imaginé moi-même, a-t-il ajouté, quelque chose de la sorte en créant mes équipages de haut-bord ; mais que d'obstacles ne rencontrai-je pas, que de préjugés j'eus à vaincre, quelle force de volonté je dus employer pour parvenir à donner un uniforme à ces pauvres matelots, à les enrégimenter, à leur faire faire l'exercice ; je gâtais tout, disait-on, et pourtant de quelle utilité n'ont-ils pas été ! Quelle plus heureuse idée que d'avoir deux services pour une seule paie. Ils n'ont pas été moins bons matelots, et se sont montrés les meilleurs des soldats. On les a trouvés, au besoin, matelots, soldats, artilleurs, pontonniers, tout. Si, dans la marine, au lieu d'avoir des obstacles à combattre, j'avais rencontré quelqu'un qui eût abondé dans mon sens et devancé mes idées, quel résultat n'eussions-nous pas obtenu ; mais, sous mon règne, il n'a jamais pu s'élever dans la marine quelqu'un qui s'écartât de la routine, et sût créer. J'aimais particulièrement les marins, j'estimais leur courage, j'estimais leur patriotisme ; mais je n'ai jamais pu trouver entre eux et moi d'intermédiaire qui sût les faire agir et les faire mériter, etc. »

JEUDI 7.

Organisation impériale ; préfets, auditeurs au Conseil d'État ; motifs des gros appointements ; intentions futures, etc.

Napoléon, parlant de son organisation impériale, disait qu'il en avait fait le gouvernement le plus compact, de la circulation la plus rapide et des efforts les plus nerveux qui eût jamais existé : « Et il ne fallait rien moins que tout cela, remarquait-il, pour pouvoir triompher des immenses difficultés dont nous étions entourés, et produire toutes les merveilles que nous avons accomplies. L'organisation des préfectures, leur action, les résultats étaient admirables et prodigieux. La même impulsion se trouvait donnée au même instant à plus de quarante millions d'hommes ; et, à l'aide de ces centres d'activité locale, le mouvement était aussi rapide à toutes les extrémités qu'au cœur même.

« Les étrangers qui nous visitaient, et qui savaient voir et juger, en étaient émerveillés. Et c'est à cette uniformité d'action, sur un aussi grand terrain, qu'ils attribuaient surtout ces prodigieux efforts, ces immenses résultats, qu'ils avouaient n'avoir pas pu comprendre jusque-là.

« Les préfets, avec toute l'autorité et les ressources locales dont ils se trouvaient investis, ajoutait l'Empereur, étaient eux-mêmes *des empereurs au petit pied* ; et comme ils n'avaient de force que par l'impulsion première, dont ils n'étaient que les organes, que toute leur influence ne dérivait que de leur emploi du moment, qu'ils n'en avaient point de personnelle, qu'ils ne tenaient nullement au sol qu'ils régissaient, ils avaient tous les avantages des anciens grands agents absolus, sans aucun de leurs inconvénients. Il avait bien fallu leur créer toute cette puissance, disait l'Empereur ; je me trouvais dictateur, la force des circonstances le voulait ainsi, il fallait donc que tous les filaments issus de moi se trouvassent en harmonie avec la cause première, sous peine de manquer le résultat. Le réseau gouvernant dont je couvris le sol requérait une furieuse tension, une prodigieuse force d'élasticité, si l'on voulait pouvoir faire rebondir au loin les terribles coups dont on nous ajustait sans cesse. Aussi la plupart de ces ressorts n'étaient-ils, dans ma pensée, que des institutions de dictature, des armes de guerre. Quand le temps fût venu pour moi de relâcher les rênes, tous mes filaments aussi se seraient sympathiquement détendus, et nous aurions alors procédé à notre établissement de paix, à nos institutions locales. Si nous n'en avions encore aucune, c'est que la crise ne les admettait pas. Nous eussions infailliblement succombé tout d'abord si nous en eussions été pourvus dès le principe. Et puis, il faut le dire, nous n'étions pas mûrs pour en faire un bon usage. Il ne faut pas croire que la nation fût déjà prête pour manier dignement sa liberté. La masse avait encore, dans l'éducation et le caractère, trop des préjugés du temps passé. Cela serait venu, nous nous formions chaque jour ; mais nous avions encore beaucoup à gagner. Lors de l'explosion de la Révolution, les patriotes en général se trouvèrent tels par nature, par instinct ; ce sentiment se trouva dans leur sang, ce fut chez eux une passion, une frénésie ; et de là l'effervescence, les excès, l'exagération de l'époque. Mais ce n'est pas à coups de massue et par soubresauts, qu'on peut naturaliser le système moderne, en jouir ; il faut l'implanter dans l'éducation, et que ses racines s'embranchent avec la raison, la conviction même, ce qui doit infailliblement avoir lieu avec le temps, parce qu'il repose sur des vérités naturelles. Mais ceux qui composaient les générations de nos jours, ajoutait-il, demeuraient si naturellement dominateurs, si avides du pouvoir, l'exerçaient avec tant d'importance, pour ne pas dire plus, et pourtant en même temps étaient si prêts, d'un autre côté, à courir au-devant de la servitude !... Nous étions toujours entre ces deux vices. Dans tous mes voyages, disait-il, j'étais constamment obligé de dire à mes premiers officiers, placés à mes côtés : Mais laissez donc parler monsieur le préfet. Allais-je à quelque subdivision du département, c'était alors au préfet que j'étais obligé de dire : Mais laissez donc répondre monsieur le sous-préfet ou monsieur le maire ; tant chacun s'empressait d'éclipser le voisin, et comprenait peu le bien qui pouvait dériver d'une communication directe avec moi ! Envoyais-je mes grands-officiers, mes ministres, présider les collèges électoraux, et leur recommandais-je de ne pas se faire nommer candidats au Sénat, que cette place leur était assurée par une autre route, et qu'il fallait laisser cette satisfaction aux notables des provinces, ils n'en revenaient pas moins toujours désignés. » Et ceci me rappelle que, dans le temps, un des ministres (Decrès) me racontait avoir eu une prise avec l'Empereur précisément à ce sujet. Il le grondait de sa nomination. « Mais, sire, lui répondit-il plaisamment, votre influence est plus forte que votre volonté ; j'ai beau dire que je n'en veux pas, que cela vous déplaît, que vous voulez qu'ils se réservent ces nominations entre eux, ils ne connaissent que votre choix, et je serai renommé tant que vous m'y enverrez. »

« J'avais, disait encore l'Empereur, donné des traitements énormes aux préfets et autres ; mais en fait de prodigalité de ma part, faudrait-il encore savoir distinguer ce qui est de système ou de circonstances. Celles-ci me forçaient à donner de gros appointements, l'autre m'eût conduit à obtenir gratuitement. A l'origine, lorsqu'il s'agissait d'attacher des individus, de recomposer une société et des mœurs à l'avenant, de gros traitements, une véritable fortune étaient indispensables ; mais le résultat obtenu, et avec le temps rentré dans l'ordre naturel, mon intention, au contraire, eût été de rendre la plupart des hautes fonctions à peu près gratuites. J'eusse élagué les nécessiteux, qui jamais ne s'appartiennent à eux-mêmes, dont les besoins pressants créent l'immoralité politique ; j'eusse amené l'opinion à solliciter ces emplois pour la pure considération ; ils fussent devenus d'honorables magistratures, d'immenses justices de paix remplies par les plus grandes fortunes chez qui la vocation, la philanthropie, une honnête ambition eussent été les premiers guides et le gage assuré d'une noble indépendance. Et c'est là ce qui compose vraiment la dignité, la majesté d'une nation, ce qui en élève la renommée et ramène la morale publique. Or, notre changement de mœurs à cet égard était devenu indispensable, et c'est le dégoût des places qui eût signalé notre véritable retour à la haute morale. On m'a dit ici que cette avidité de places a passé la mer pour aller infecter nos voisins. Autrefois les vieux Anglais les dédaignaient. Voyez si aux États-Unis on en est avide. Cet amour dans un peuple est le plus grand échec que puisse éprouver sa moralité. Quand on veut absolument des places, on se trouve déjà vendu d'avance. Aujourd'hui les plus grands personnages en Angleterre courent après ; les grandes familles, toute la pairie, les recherchent. Ils se rejettent sur ce que l'énormité des taxes ne leur permet plus de vivre sans salaire. Pitoyable excuse ! C'est que leurs mœurs publiques sont encore plus altérées que leurs fortunes. Quand on en est arrivé, dans une certaine classe, à solliciter les emplois pour de l'argent, il n'est plus pour une nation de véritable indépendance, de noblesse, de dignité dans le caractère. Notre excuse à nous pouvait être dans les bouleversements et les commotions de notre Révolution ; chacun avait été déplacé, chacun se sentait dans la nécessité de se rasseoir, et c'est pour aider à cette nécessité générale, et pour que les sentiments délicats se détruisissent le moins possible, que j'ai cru devoir doter toutes les places de tant d'argent, de lustre et de considération ; mais avec le temps j'eusse changé tout cela par la seule force de l'opinion. Et qu'on ne croie pas la chose impossible. Tout devient facile à l'influence du pouvoir, quand il veut diriger dans le juste, l'honnête et le beau, etc.

« Je ménageais à mon fils une situation des plus heureuses. J'élevais précisément pour lui à l'école nouvelle la nombreuse classe des auditeurs au Conseil d'État. Leur éducation finie et leur âge venu, ils eussent, un beau jour, relevé tous les postes de l'Empire ; forts de nos principes et des exemples de leurs devanciers, ils se fussent trouvés tous douze à quinze ans de plus que mon fils, ce qui l'eût placé précisément entre deux générations et tous leurs avantages : la maturité, l'expérience et la sagesse, au-dessus ; la jeunesse, la célérité, la prestesse, au-dessous. » Et comme je m'étonnais qu'il n'eût rien laissé percer de toutes ces grandes et belles institutions : « A quoi bon bavarder là-dessus, me dit-il, on m'eût pris pour un charlatan, on m'eût suspecté d'insinuation, de souplesse ; l'on se fût familiarisé à me combattre, et je serais tombé dans le discrédit. Situé ainsi que je l'étais, sans l'autorité héréditaire de l'antique tradition, privé du prestige de ce qu'ils appellent la légitimité, je ne devais pas permettre l'occasion d'entrer en lice vis-à-vis de moi, je devais être tranchant, impérieux, décisif. Vous me dites qu'on a dit de moi, dans votre faubourg : *Que n'était-il légitime !* Si je l'eusse été, je n'aurais pas fait davantage, sans doute ; mais il m'eût été permis alors d'avoir plus de bonhomie, etc. »

VENDREDI 8

La Vendée ; Charette. Lamarque. Tragédies d'Eschyle et de Sophocle, etc. Véritables tragédies chez les Romains. La Médée *de Sénèque ; singularités.*

L'Empereur a travaillé avec l'un de nous, ce qui nous a fort réjouis, en nous prouvant qu'il se trouvait mieux.

Il m'a fait demander avant dîner. Le travail semblait l'avoir ranimé, il était fort causant et nous marchions dans son appartement. La Vendée, ses troubles, les chefs qu'elle a montrés, ont été un des sujets remarquables de la conversation.

Charette était le seul dont il fît un cas tout particulier. « J'ai lu une histoire de la Vendée : si les détails, les portraits sont exacts, disait-il, Charette est le seul grand caractère, le véritable héros de cet épisode marquant de notre Révolution ; lequel, s'il présente de grands malheurs, n'immole pas du moins notre gloire. On s'y égorge ; mais on ne s'y dégrade point : on y reçoit des secours de l'étranger ; mais on n'a pas la honte d'être sous sa bannière, et d'en recevoir un salaire journalier pour n'être que l'exécuteur de ses volontés. Oui, a-t-il continué, Charette me laisse l'impression d'un grand caractère, je lui vois faire des choses d'une énergie, d'une audace peu communes ; il laisse percer du génie. » Je lui disais avoir beaucoup connu Charette dans mon enfance ; nous avions été gardes de la marine ensemble à Brest ; nous y avions partagé longtemps la même chambre, mangé à la même table, et il avait fort surpris par ses exploits et sa brillante carrière tous ceux de nous qui avions été liés avec lui. Nous avions jugé Charette assez commun, de peu d'instruction, volontiers atrabilaire et surtout extrêmement indolent. Pas un de nous qui ne l'eût condamné à demeurer dans la foule des insignifiants. Il est bien vrai qu'à mesure qu'il prenait de l'éclat nous nous rappelions et nous aimions à faire ressortir qu'à une de ses premières campagnes, dans la guerre d'Amérique, et ne devant être encore qu'un enfant, sortant de Brest, durant l'hiver, sur un cutter, son bâtiment perdit son mât, ce qui, pour ce genre d'embarcation, équivaut à une perte presque certaine ; le temps était si épouvantable et la mort si infaillible, que les matelots, à genoux et l'esprit perdu, se refusèrent à tout travail, qui eût pu les sauver. Le garde de la marine, Charette, malgré son extrême jeunesse, en tua un pour contraindre les autres à travailler ; il parvint en effet, par ce terrible exemple, à décider tout le reste, et l'on sauva le bâtiment.

« Eh bien, voyez, disait l'Empereur, le vrai caractère perce toujours dans les grandes circonstances ; voilà l'étincelle qui signale le héros de la Vendée. Il ne faut pas toujours s'y méprendre, il est des dormeurs dont le réveil est terrible. Kléber aussi était d'habitude un endormi ; mais dans l'occasion, et toujours au besoin, il avait le réveil du lion. » J'ajoutais avoir maintes fois entendu raconter à Charette que dans un certain moment, et d'un élan spontané, les matelots du cutter s'étaient écriés d'une commune voix, qu'ils faisaient vœu d'aller en chemise et pieds nus porter un cierge à Notre-Dame-de-Recouvrance (portion de Brest), si elle obtenait leur salut : « Et vous en croirez ce que vous voudrez, nous ajoutait naïvement Charette ; mais il est de fait qu'à peine ils eurent fini de prononcer leur prière que le vent tomba subitement et que dès cet instant commencèrent nos espérances de salut. » Et les matelots au retour, leurs officiers en tête, accomplirent dévotement leur vœu. Du reste, disais-je, ce ne fut pas la seule circonstance miraculeuse du petit cutter. On était au mois de décembre, la nuit fort longue et des plus obscures ; on se savait au milieu des récifs ; mais, privé du mât et de tout secours nautique, on flottait à l'aventure, n'attendant de salut que du ciel, quand on entendit le son d'une cloche. On sonda, et trouvant très peu de fond, on jeta l'ancre. Quelle ne fut pas, au point du jour, la surprise et la joie de se voir à l'entrée de la rivière de Landerneau ! La cloche qu'on avait entendue était celle de la paroisse voisine. Or le bâtiment avait merveilleusement traversé les innombrables écueils dont est semée l'entrée de Brest ; il avait enfilé le goulet, passé à travers de trois ou quatre cents voiles qui couvraient la rade, et était venu trouver un abri précisément à l'entrée d'une rivière, sur un point calme et tout à fait à l'écart. « Voyez, disait l'Empereur, toute la différence du tâtonnement des hommes, à la marche assurée, franche de la nature ; ce qui vous étonne si fort, devait arriver. Très probablement qu'avec toutes nos connaissances humaines, le trouble, les erreurs de nos sens, eussent amené le naufrage du bâtiment. Au travers de tant de chances malheureuses, la nature l'a sauvé sans hésitation, la marée s'en est saisie, et la force du courant l'a conduit, sans péril, précisément au milieu de chaque chenal : de la sorte il ne devait, il ne pouvait pas périr, etc. »

En revenant sur la guerre de la Vendée, il a rappelé qu'il avait été tiré de l'armée des Alpes pour passer à celle de la Vendée, et qu'il avait préféré donner sa démission, à poursuivre un service dans lequel, d'après les impulsions du temps, il n'eût pu concourir qu'à du mal, sans pouvoir personnellement prétendre à aucun bien. Il a dit qu'un des premiers soins de son consulat avait été de pacifier tout à fait ce malheureux pays, et de lui faire oublier ses désastres. Il avait beaucoup fait pour lui ; la population en avait été reconnaissante ; et, quand il l'avait traversé, les prêtres mêmes avaient semblé lui être sincèrement des plus favorables. « Aussi, ajoutait-il, les dernières insurrections n'avaient-elles plus le même caractère que la première : ce n'était plus du pur fanatisme, mais seulement de l'obéissance passive à une aristocratie dominatrice. Quoi qu'il en soit, Lamarque, que j'y avais envoyé au fort de la crise, y fit des merveilles et surpassa mes espérances. » Et de quel poids n'eussent pas pu devenir ses actes dans la grande lutte ; car les chefs vendéens les plus distingués, ceux sans doute qui recueillent en ce moment les bienfaits de la cour, ont reconnu, entre les mains de ce général, Napoléon, pour l'Empereur, même après Waterloo, même après son abdication. Fut-ce de la part de Lamarque ignorance du véritable état des choses, ou seulement pure fantaisie de vainqueur ? Toutefois le voilà dans l'exil : il est du nombre des trente-huit. « C'est qu'il est plus facile de proscrire que de vaincre, etc. »

Il a pris envie à l'Empereur de venir dîner avec nous. C'était la première fois depuis son incommodité, c'est-à-dire depuis seize jours. Cela nous semblait une petite fête, toutefois nous ne pouvions nous empêcher de remarquer avec douleur une grande altération dans tous ses traits et des traces visibles d'une aussi longue réclusion.

Après dîner, on a repris les lectures depuis si longtemps interrompues. L'Empereur nous a lu l'*Agamemnon* d'Eschyle, dont il a fort admiré l'extrême force, jointe à la grande simplicité. Nous étions frappés surtout de la graduation de terreur qui caractérise les productions de ce père de la tragédie. Et c'est pourtant là, faisait-on observer, l'étincelle première à laquelle se rattache notre belle lumière moderne.

Après l'*Agamemnon* d'Eschyle, l'Empereur a fait venir l'*Œdipe* de Sophocle, qui nous a également fait le plus grand plaisir, et l'Empereur a répété qu'il regrettait fort de ne l'avoir point fait jouer de la sorte à Saint-Cloud.

Talma avait toujours combattu cette idée ; mais l'Empereur disait être fâché de n'avoir point insisté. « Non que j'eusse voulu essayer, ajoutait-il, d'en ramener la mode ou de corriger notre théâtre, Dieu m'en garde ; mais seulement parce que j'eusse aimé à juger des impressions de la facture antique sur nos dispositions modernes. » Il était persuadé qu'un tel spectacle eût fait grand plaisir, et il se demandait quel effet eussent pu produire, avec notre goût moderne, le coryphée et les chœurs grecs, etc.

Il est passé de là à l'*Œdipe* de Voltaire, qu'il a beaucoup vanté. Cette pièce lui présentait, disait-il, la plus belle scène de notre théâtre. Quant à ses vices, les amours si ridicules de Philoctète[1], par exemple, il ne fallait point en accuser le poète, mais bien les mœurs du temps et les grandes actrices du jour, qui imposaient la loi. Cet éloge de Voltaire nous a frappés : il était nouveau pour nous, tant il était rare dans la bouche de l'Empereur.

A onze heures, et déjà couché, l'Empereur m'a fait appeler et a continué à causer sur notre théâtre et sur celui des Grecs et des Romains, au sujet desquels il a dit beaucoup de choses fort curieuses.

D'abord il s'étonnait que les Romains n'eussent point de tragédies ; puis il convenait qu'elles eussent été peu propres à les émouvoir sur le théâtre ; qu'elles se donnaient en réalité dans leurs cirques. « Les combats des gladiateurs, disait-il, celui des hommes livrés aux bêtes féroces, étaient bien autrement terribles que toutes nos scènes dramatiques ensemble ; et c'étaient là, du reste, les seules tragédies, remarquait-il, propres à la trempe robuste, aux nerfs d'acier des Romains. »

Toutefois les Romains ont eu, disions-nous, quelques essais de tragédie produits par Sénèque ; et sa *Médée*, par parenthèse, présente une circonstance bien bizarre : c'est que le chœur y prédit distinctement la découverte de l'Amérique, opérée quatorze cents ans plus tard[2]. « Un nouveau Typhon, y est-il dit, enfant de la terre, ira, dans les siècles à venir, découvrir vers l'occident des régions éloignées, et Thulé ne sera plus l'extrémité de l'univers. »

1. Personnage de la mythologie grecque, ami d'Hercule qui lui légua ses flèches empoisonnées.

2. . . . . venient annis
Sæcula series quibus oceanus
Vincula rerum laxet, et ingens
Pateat tellus, Typhoque novos
Detegat orbes, nec sit terris ultima Thule.

Fin du chœur du 2e acte de la Médée *de Sénèque. (Las Cases.)*

SAMEDI 9.

L'Empereur beaucoup mieux. Lui, sauter ! Mme R... de Saint-J... d'A... Les deux impératrices. Dépenses de Joséphine ; mécontentement de l'Empereur ; anecdotes caractéristiques de l'Empereur.

L'Empereur était infiniment mieux ; entouré de nous, il parlait des prodiges du début de sa carrière, et disait qu'ils avaient dû produire une grande impression dans le monde. Une telle impression, a repris quelqu'un, qu'on avait été tenté d'y apercevoir du surnaturel ; et, à ce sujet, il a cité une anecdote qui, dans le temps, avait couru les salons de Paris. Dans un quartier de la capitale, un nouvelliste entre, tout effaré, dans un cercle, annonçant que Bonaparte vient de périr à l'instant : il raconte l'explosion de la machine infernale, et termine en disant : « Le voilà sauté en l'air. – *Lui, sauter !* s'écria un vieil Autrichien, qui avait écouté de toutes ses oreilles, et qui avait encore présentes toutes les crises désespérées dont il avait vu sortir miraculeusement le jeune général de l'armée d'Italie ; *lui, sauter !* Ah ! vous connaissez bien votre homme, et moi je vous gage qu'à l'heure qu'il est il se porte mieux que nous tous. Je le connais de longue main avec toutes ses drôleries ! »

Dans un autre moment, Mme R... de Saint-J... d'A...[1] ayant été mentionnée, et quelqu'un ayant dit à l'Empereur combien elle avait montré d'attachement pour lui durant son séjour à l'île d'Elbe : « Qui ? elle ? s'est écrié l'Empereur avec surprise et satisfaction. – Oui, sire. – Ah ! pauvre femme, a-t-il ajouté avec le geste et l'accent du regret, et moi qui l'avais pourtant si maltraitée ! Eh bien ! voilà qui paie du moins pour les renégats que j'avais tant comblés !... » Et après quelques secondes de silence, il a dit significativement : « Il est bien sûr qu'ici-bas on ne connaît véritablement les âmes et les sentiments qu'après de grandes épreuves ! »

L'Empereur, à dîner, était fort bien, très content et même gai ; il se félicitait d'avoir passé sa dernière crise sans s'être soumis à la médecine, sans avoir payé tribut au docteur ; et c'est ce qui fâchait celui-ci, disions-nous ; il se serait contenté de si peu, le plus léger acte eût suffi ! Il n'eût demandé que

1. Mme Regnault de Saint-Jean-d'Angély.

le billet de confession du clergé, disait l'Empereur, tout en riant beaucoup de la chose, et ajoutant que, par pure complaisance, il avait été jusqu'à essayer un gargarisme, qu'il avait trouvé d'une acidité violente et qui lui avait fait mal, faisant observer en cela qu'il ne lui fallait que des remèdes extrêmement doux, tous les autres le crispant infailliblement. « Au physique comme au moral, disait-il, il faut me prendre par la douceur, autrement je me cabre. »

Le cours de la conversation a conduit l'Empereur encore une fois sur le compte des impératrices Joséphine et Marie-Louise. Il a multiplié sur elles les détails les plus aimables et les plus circonstanciés, et a terminé par son adage ordinaire, que l'une était les grâces et tous leurs charmes ; l'autre, l'innocence et tous ses attraits.

L'Empereur détaillait ce qu'avait coûté la Malmaison : environ trois ou quatre cent mille francs, c'est-à-dire tout ce qu'il possédait alors, disait-il, et il énumérait ensuite tout ce que pouvait avoir reçu de lui l'impératrice Joséphine ; concluant qu'avec un peu d'ordre et de régularité seulement, elle eût bien dû laisser peut-être cinquante ou soixante millions. « Son gaspillage, disait l'Empereur, faisait mon supplice. Calculateur comme je le suis, il devait être dans ma nature d'aimer mieux donner un million que de voir gaspiller cent mille francs. » Il nous racontait comment, étant tombé un jour sans être attendu dans le petit cercle du matin de Joséphine, il avait trouvé une dame professant, à la lettre, modes et chiffons. « Mon apparition subite causa, disait-il, un grand désordre dans la séance académique. C'était une célèbre marchande de modes, une de ces fameuses du jour, à laquelle j'avais fait défendre positivement d'approcher de l'Impératrice, qu'elle ruinait. Je donnai quelques ordres inaperçus, et à sa sortie on s'en empara ; elle fut conduite à Bicêtre. Ce fut un grand bruit dans tout Paris, le plus grand des scandales, disait-on. Le bon ton fut de lui rendre visite, et il y eut à sa porte une file de voitures. La police vint m'en faire part. Tant mieux, dis-je ; vous ne lui avez point fait de mal ? elle n'est point au cachot ? – Non, sire, elle a plusieurs pièces, elle tient salon. – Eh bien ! laissez crier ; tant mieux si l'on prend ceci pour un acte de tyrannie, ce sera un coup de diapason pour un grand nombre ; très peu leur montrera que je pourrais faire beaucoup, etc. » Il nous a cité aussi un autre célèbre modiste, qu'il disait être le plus insolent personnage qu'il eût jamais rencontré dans toute sa carrière. « Lui ayant adressé la parole, disait Napoléon, un jour que j'examinais un trousseau de famille fourni par lui, il avait osé m'entreprendre, moi, à qui certes on ne mangeait pas dans la main ; il fit ce que personne en France n'eût osé tenter : il se mit à me démontrer fort abondamment que je ne donnais pas assez à l'impératrice Joséphine, qu'il devenait impossible de l'habiller à ce prix. Je l'arrêtai au milieu de son impertinente éloquence, d'un seul regard : il en demeura comme terrassé. »

Après dîner, l'Empereur était à peine rentré dans sa chambre, qu'il m'a fait demander, bien qu'il fût déjà dans son lit, et il m'a retenu fort tard, continuant très gaiement la conversation du dîner, et passant de là à beaucoup d'autres objets. Il se trouvait infiniment mieux, et avait babillé, disait-il, avec plaisir. Pour nous, il nous avait, au fait, donné une soirée charmante. Néanmoins il toussait beaucoup, c'était même ce qui avait interrompu notre veillée, en le forçant de se lever de table. « J'aurai pris trop de tabac, sans y songer, m'a-t-il dit : je suis une bête d'habitude, la conversation m'aura distrait ; vous devriez, mon cher, dans pareil cas, m'ôter ma tabatière : c'est ainsi qu'on sert ceux qu'on aime, etc. »

DIMANCHE 10.

Guerre sur les grandes routes.
Dumouriez plus audacieux que Napoléon.
Détails sur la princesse Charlotte de Galles,
le prince Léopold de Saxe-Cobourg, etc.

Depuis quelques jours, l'Empereur, dans ses lectures, s'occupe de guerre, de fortifications, d'artillerie, etc. Il a parcouru Vauban, le *Dictionnaire* de Gassendi, quelques campagnes de la Révolution, et la *Tactique* de Guibert, qui l'attache fort. En revenant, à ce sujet, sur des généraux déjà cités plusieurs fois ailleurs : « Ils ne savaient, disait-il, faire la guerre que sur les *grandes routes* et à la portée du canon, lorsque leur champ de bataille eût dû embrasser la totalité du pays. »

A dîner il a parlé de la campagne de Dumouriez en Champagne, qu'il venait de lire. Il faisait peu de cas du duc de Brunswick, qui, avec un projet offensif, n'avait fait, disait-il, que dix-huit lieues en quarante jours. Mais d'un autre côté, il blâmait fort Dumouriez, dont il avait trouvé la position trop audacieuse. « Et de ma part on doit prendre cela pour beaucoup, a-t-il ajouté, car je me regarde comme l'homme le plus audacieux, en guerre, qui peut-être ait jamais existé, et bien certainement je ne serais pas resté dans la position de Dumouriez, tant elle m'eût présenté de dangers. Je n'explique sa manœuvre qu'en me disant qu'il n'aura pas osé se retirer. Il aura jugé encore plus de périls dans la retraite qu'à demeurer. Wellington s'était mis dans ce cas avec moi le jour de Waterloo.

« Les Français sont les plus braves qu'on connaisse ; dans quelque position qu'on les essaie ils se battront ; mais ils ne savent pas se retirer devant un ennemi victorieux. S'ils ont le moindre échec, ils n'ont plus ni tenue ni discipline ; ils vous glissent dans la main. Voilà, je suppose, quel aura été le calcul de Dumouriez, etc. ; ou bien encore, peut-être, quelque négociation secrète que nous ignorons. »

Dans le jour, des papiers publics qu'on nous a procurés parlaient du mariage du prince Léopold de Saxe-Cobourg avec la princesse Charlotte de Galles.

L'Empereur a dit : « Ce prince Léopold aurait pu être mon aide de camp : il l'a sollicité de moi, et je ne sais ce qui aura arrêté sa nomination. Il est fort heureux pour lui de n'avoir pas réussi : ce titre lui aurait coûté sans doute le mariage qu'il fait en cet instant ; et puis, observait l'Empereur, qu'on vienne nous dire ce qui est heur ou malheur ici-bas dans la vie des hommes !... »

La conversation s'est engagée alors sur la princesse Charlotte d'Angleterre. Quelqu'un disait qu'elle était extrêmement populaire à Londres, et donnait des signes non équivoques de beaucoup de caractère. C'était un adage parmi beaucoup d'Anglais, qu'elle recommencerait Élisabeth. Elle-même, prétendait-on, n'était pas sans quelques pensées à cet égard. Le narrateur disait s'être trouvé à Londres en 1814, précisément quand cette jeune princesse, à la suite des outrages faits à sa mère en présence des souverains alliés, s'était évadée de chez le prince régent, son père, avait sauté dans le premier fiacre offert à sa vue, et volé à la demeure de sa mère, qu'elle adorait. La gravité anglaise se montra indulgente en cette occasion ; on se plut généralement à trouver l'excuse d'une inconséquence aussi grave dans la moralité même du sentiment qui l'avait causée. La jeune princesse ne voulait plus sortir de chez sa mère ; il fallut que le duc d'York, ou un autre de ses oncles, et peut-être encore le grand-chancelier d'Angleterre, vinssent la décider à retourner auprès de son père, lui démontrant que son obstination pouvait exposer sa mère au point de mettre sa vie en péril.

La princesse Charlotte avait déjà fait preuve d'un caractère très décidé en refusant d'épouser le prince d'Orange, qu'elle repoussait surtout parce qu'elle se serait trouvée dans l'obligation, disait-elle, de vivre parfois hors d'Angleterre ; sentiment national qui la rendit encore d'autant plus chère aux Anglais.

Elle ne s'est fixée sur le prince Léopold de Saxe-Cobourg, nous disent les Anglais qui se trouvent ici, que par le seul effet de son propre choix ; et elle a annoncé hautement, ajoutent-ils, qu'elle comptait sur d'heureux jours, parce qu'elle n'avait eu d'autre guide que le sentiment. Ce prince lui a beaucoup plu. « Je le crois sans peine, a observé l'Empereur ; si je m'en souviens bien, c'est le plus beau jeune homme que j'aie vu aux Tuileries. » On a raconté que les Anglais d'ici avaient cité, il y avait peu de jours, ce qu'ils appelaient une preuve du caractère et de la dignité de leur jeune future souveraine. Un des ministres s'étant rendu chez elle, lors des arrangements du mariage, pour des détails domestiques à régler, lui fit entendre des propositions qu'elle regarda comme peu faites pour elle. « Milord, lui dit-elle avec fierté, je suis l'héritière de la Grande-Bretagne, je dois un jour en porter la couronne, je le sais, et mon âme s'est mise en rapport avec cette haute destinée ; ainsi ne croyez pas pouvoir me traiter autrement. N'allez pas penser que, pour épouser le prince Léopold, je puisse, je veuille jamais être *mistress Cobourg* : ôtez-vous cela de la tête, etc. »

Cette jeune princesse est l'idole des Anglais, qui se complaisent à voir en elle l'espoir d'un meilleur avenir.

L'Empereur, revenant sur le prince Léopold, qui avait dû être son aide de camp, a dit : « Une foule d'autres princes allemands briguaient la même faveur. Lorsque j'eus créé la Confédération du Rhin, les souverains qui en faisaient partie ne doutèrent pas que je ne fusse prêt à renouveler, dans ma personne, l'étiquette et les formes du Saint Empire romain ; et tous parmi eux, jusqu'aux rois mêmes, se montraient empressés de former mon cortège, et de devenir, l'un mon grand échanson, l'autre mon grand panetier, etc. Vers ce temps, les princes allemands avaient, à la lettre, envahi les Tuileries : ils en remplissaient les salons, modestement confondus, perdus au milieu de vous autres. Il est vrai qu'il en était de même des Italiens, des Espagnols, des Portugais, et que la plus grande partie de l'Europe se trouvait rassemblée aux Tuileries !... Le fait est, a conclu l'Empereur, que, sous mon règne, Paris a été la reine des nations, et les Français le premier peuple de l'univers !... »

LUNDI 11.

Divers objets bien importants. Négociation d'Amiens ; début du Premier consul en diplomatie. De l'agglomération des peuples de l'Europe. De la conquête de l'Espagne. Danger de la Russie. Bernadotte.

L'Empereur n'est pas sorti de sa chambre. J'ai passé presque toute la journée avec lui, je ne l'ai quitté que pour aller dîner.

Les conversations du jour ont été longues, pleines et des plus intéressantes ; l'Empereur se trouvait fort causant, et ses paroles étaient riches, rapides. Il a parcouru une foule d'objets souvent fort étrangers, bien qu'ils fussent amenés naturellement les uns par les autres. Ils étincelaient d'idées et de faits nouveaux pour moi ; malheureusement leur nombre et leur importance même m'en ont fait perdre une partie, et je voudrais pouvoir affirmer que je suis littéral dans ce qui reste, car ma grande occupation à retenir ce qui était passé, m'a souvent rendu distrait pour ce qui arrivait.

Parlant des éléments de la société, il disait : « La *démocratie* peut être furieuse ; mais elle a des entrailles, on l'émeut ; pour l'*aristocratie*, elle demeure toujours froide, elle ne pardonne jamais, etc. »

Dans un autre moment, et à la suite d'antécédents, il a dit : « Toutes les institutions ici-bas ont deux faces ; celle de leurs avantages et celle de leurs inconvénients ; on peut donc, par exemple, soutenir et combattre la *république* et la *monarchie*. Nul doute qu'on ne prouve facilement, en théorie, que toutes deux également sont bonnes et fort bonnes, mais en application ce n'est plus aussi aisé. » Et il arrivait à dire que l'extrême frontière du gouvernement de plusieurs était l'*anarchie* ; l'extrême frontière du gouvernement d'un seul, le *despotisme* ; que le mieux serait indubitablement un juste milieu, s'il était donné à la sagesse humaine de savoir s'y tenir. Et il remarquait que ces vérités étaient devenues banales, sans amener aucun bénéfice ; qu'on avait écrit, à cet égard, des volumes jusqu'à satiété, et qu'on en écrirait grand nombre encore sans s'en trouver beaucoup mieux, etc.

Plus tard, il lui est arrivé de dire encore : « Il n'y a point de despotisme absolu, il n'en est que de relatif ; un homme ne saurait impunément en absorber un autre. Si un sultan fait couper des têtes à son caprice, il perd facilement aussi la sienne, et de la même façon. Il faut que l'excès se déverse toujours de côté ou d'autre ; ce que l'Océan envahit dans une partie, il le perd ailleurs ; et puis il est des mœurs, certains usages contre lesquels vient se briser toute puissance. Moi, en Égypte, conquérant, dominateur, maître absolu, exerçant les lois sur la population par de simples ordres du jour, je n'aurais pas osé faire fouiller les maisons, et il eût été hors de mon pouvoir d'empêcher les habitants de parler librement dans les cafés. Ils étaient plus libres, plus parleurs, plus indépendants qu'à Paris : s'ils se soumettaient à être esclaves ailleurs, ils prétendaient et voulaient être libres là. Les cafés étaient la citadelle de leurs franchises, le bazar de leurs opinions. Ils y déclamaient et jugeaient en toute hardiesse : on n'eût pu venir à bout de leur fermer la bouche. S'il m'est arrivé d'y entrer, on s'y inclinait devant moi, il est vrai ; mais c'était l'affaire d'estime personnelle ; j'étais le seul, on ne l'eût pas fait pour mes lieutenants, etc.

« Quoi qu'il en soit, disait-il à la suite d'autres objets, voici le pouvoir de l'unité et de la concentration, ce sont des faits propres à frapper même le dernier vulgaire. La France, livrée aux tiraillements de plusieurs, allait périr sous les coups de l'Europe réunie ; elle met le gouvernail aux mains d'un seul, et aussitôt, moi, Premier consul, je donne la loi à toute cette même Europe.

« Ce fut un singulier spectacle que de voir les vieux cabinets de l'Europe ne pas juger l'importance d'un tel changement, et continuer à se conduire avec l'unité et la concentration, comme ils l'avaient fait avec la multitude et l'éparpillage. Ce qui n'est pas moins remarquable, c'est que Paul, qui a passé pour un fou, fut le premier qui, du fond de sa Russie, apprécia cette différence ; tandis que le ministère anglais, réputé si habile et de tant d'expérience, fut le dernier. *Je laisse de côté les abstractions de votre Révolution*, m'écrivait Paul, *je me tiens à un fait, il me suffit ; à mes yeux vous êtes un gouvernement, et je vous parle, parce que nous pouvons nous entendre et que je puis traiter.*

« Quant au ministère anglais, il me fallut vaincre et forcer partout à la paix, l'isoler absolument du reste de l'Europe, pour parvenir à m'en faire écouter ; et encore n'entra-t-il en pourparlers avec moi qu'en se traînant dans les ornières de la vieille routine. Il essayait de m'amuser par des longueurs, des protocoles, des formes, des étiquettes, des antécédents, des incidents, que sais-je ? Je ne fis qu'en rire, je me sentais si puissant !!!

« Un terrain tout nouveau demandait des procédés tout nouveaux ; mais les négociateurs anglais ne semblaient se douter ni du temps, ni des choses, ni des hommes. Ma manière les déconcerta tout à fait. Je débutai avec eux en diplomatie comme j'avais fait ailleurs dans les armes. Voici mes propositions, leur dis-je tout d'abord : nous sommes maîtres de la Hollande, de la Suisse, je les abandonne contre les restitutions que vous aurez à faire à nous ou à nos alliés ; nous sommes maîtres aussi de l'Italie : j'en abandonne une partie et conserve l'autre, afin de pouvoir diriger et garantir l'existence et la durée de tout : voilà mes bases ; à présent édifiez autour ce qu'il vous plaira, peu m'importe ; mais le but et le résultat doivent demeurer tels ; je n'y changerai rien. Je ne prétends point acheter de vous des concessions, mais faire des arrangements raisonnables, honorables et durables ; voilà mon cercle. Vous ne vous doutez, à ce que je vois, ni de nos situations, ni de nos moyens respectifs ; je ne crains ni vos refus, ni vos efforts, ni tous les embarras que vous pourriez me créer ; j'ai les bras forts, je ne demande qu'à porter.

« Ce langage inusité, continuait l'Empereur, eut son effet ;

on n'avait prétendu que nous amuser à Amiens, et l'on y traita sérieusement. Ne sachant par où me toucher, ils m'offrirent de me faire roi de France. J'en levai les épaules de pitié. Ils s'adressaient bien... Roi par la grâce de l'étranger !... Moi qui me trouvais déjà souverain par la volonté du peuple !...

« L'ascendant que je m'étais donné était tel, que durant les négociations mêmes, je me fis adjuger par les Italiens la présidence de leur république, et que cet acte qui, dans la diplomatie ordinaire de l'Europe, eût enfanté tant d'incidents, n'interrompit, n'arrêta rien : on n'en conclut pas moins, tant ma brusque franchise m'avait plus servi que n'eussent pu faire toutes les finasseries d'usage. Bien des pamphlets et bien des manifestes qui ne valent guère mieux m'ont accusé de perfidie, de manquer de foi et de parole dans les négociations : je ne le méritai jamais ; les autres cabinets toujours.

« A Amiens, du reste, a-t-il dit, je croyais de très bonne foi le sort de la France, celui de l'Europe, le mien fixés ; la guerre finie. C'est le cabinet anglais qui a tout rallumé, c'est à lui seul que l'Europe doit tous les fléaux qui ont suivi, lui seul en est responsable. Pour moi, j'allais me donner uniquement à l'administration de la France, et je crois que j'eusse enfanté des prodiges. Je n'eusse rien perdu du côté de la gloire, mais beaucoup gagné du côté des jouissances ; j'eusse fait la conquête de l'Europe, comme j'ai été sur le point de l'accomplir par les armes. De quel lustre on m'a privé !

« On ne cesse de parler de mon amour pour la guerre ; mais n'ai je pas été constamment occupé à me défendre ? Ai-je remporté une seule grande victoire que je n'aie immédiatement proposé la paix ?

« Le vrai est que je n'ai jamais été maître de mes mouvements ; je n'ai jamais été réellement tout à fait moi.

« Je puis avoir eu bien des plans ; mais je ne fus jamais en liberté d'en exécuter aucun. J'avais beau tenir le gouvernail, quelque forte que fût la main, les lames subites et nombreuses l'étaient bien plus encore, et j'avais la sagesse d'y céder plutôt que de sombrer en voulant y résister obstinément. Je n'ai donc jamais été véritablement mon maître ; mais j'ai toujours été gouverné par les circonstances ; si bien qu'au commencement de mon élévation, sous le Consulat, de vrais amis, mes chauds partisans, me demandaient parfois, dans les meilleures intentions, et pour leur gouverne, *où je prétendais arriver* ; et je répondais toujours que je n'en savais rien. Ils en demeuraient frappés, peut-être mécontents, et pourtant je leur disais vrai. Plus tard, sous l'Empire, où il y avait moins de familiarité, bien des figures semblaient me faire encore la même demande, et j'eusse pu leur faire encore la même réponse. C'est que je n'étais point le maître de mes actes, parce que je n'avais pas la folie de vouloir tordre les événements à mon système ; mais au contraire je pliais mon système sur la contexture imprévue des événements, et c'est ce qui m'a donné souvent les apparences de mobilité, d'inconséquence, et m'en a fait accuser parfois ; mais était-ce juste ? »

Et après avoir traité beaucoup d'autres sujets encore, l'Empereur, plus loin, disait : « Une de mes plus grandes pensées avait été l'agglomération, la concentration des mêmes peuples géographiques qu'ont dissous, morcelés les révolutions et la politique. Ainsi, l'on compte en Europe, bien qu'épars, plus de trente millions de Français, quinze millions d'Espagnols, quinze millions d'Italiens, trente millions d'Allemands : j'eusse voulu faire de chacun de ces peuples un seul et même corps de nation. C'est avec un tel cortège qu'il eût été beau de s'avancer dans la postérité et la bénédiction des siècles. Je me sentais digne de cette gloire !

« Après cette simplification sommaire, observait-il, il eût été plus possible de se livrer à la chimère du bel idéal de la civilisation : c'est dans cet état de choses qu'on eût trouvé plus de chances d'amener partout l'unité des codes, celle des principes, des opinions, des sentiments, des vues et des intérêts. Alors peut-être à la faveur des lumières universellement répandues, devenait-il permis de rêver, pour la grande famille européenne, l'application du Congrès américain, ou celle des Amphictyons de la Grèce [1] ; et quelle perspective alors de force, de grandeur, de jouissance, de prospérité ! Quel grand et magnifique spectacle !...

« L'agglomération des trente ou quarante millions de Français était faite et parfaite ; celle des quinze millions d'Espagnols l'était à peu près aussi ; car rien n'est plus commun

1. Députés des États grecs qui se réunissaient aux Thermopyles pour délibérer sur les affaires générales de la Grèce.

que de convertir l'accident en principe ; comme je n'ai point soumis les Espagnols, on raisonnera désormais comme s'ils eussent été insoumettables. Mais le fait est qu'ils ont été soumis, et qu'au moment même où ils m'ont échappé, les cortès de Cadix traitaient secrètement avec nous. Aussi, ce n'est pas leur résistance, ni les efforts des Anglais qui les ont délivrés, mais bien mes fautes et mes revers lointains ; celle surtout de m'être transporté avec toutes mes forces à mille lieues d'eux, et d'y avoir péri ; car personne ne saurait nier que si, lors de mon entrée dans ce pays, l'Autriche, en ne me déclarant pas la guerre, m'eût laissé quatre mois de séjour de plus en Espagne[1], tout y eût été terminé : le gouvernement espagnol allait se consolider, les esprits se fussent calmés, les divers partis se seraient ralliés ; trois ou quatre ans eussent présenté chez eux une paix profonde, une prospérité brillante, une nation compacte, et j'aurais mérité d'eux ! je leur eusse épargné l'affreuse tyrannie qui les foule, les terribles agitations qui les attendent.

« Quant aux quinze millions d'Italiens, l'agglomération était déjà fort avancée : il ne fallait plus que vieillir, et chaque jour mûrissait chez eux l'unité de principes et de législation, celle de penser et de sentir, ce ciment assuré, infaillible des agglomérations humaines. La réunion du Piémont à la France, celle de Parme, de la Toscane, de Rome, n'avaient été que temporaires dans ma pensée, et n'avaient d'autre but que de surveiller, garantir et avancer l'éducation nationale des Italiens[2]. Et voyez si je jugeais bien ; et quel est l'empire

1. C'est à ce sujet précisément que Napoléon s'exprimait ainsi : « La présence du général est indispensable : c'est la tête, c'est le tout d'une armée : ce n'est pas l'armée romaine qui a soumis la Gaule, mais César ; ce n'est pas l'armée carthaginoise qui faisait trembler l'armée républicaine aux portes de Rome, mais Annibal ; ce n'est pas l'armée macédonienne qui a été sur l'Indus, mais Alexandre ; ce n'est pas l'armée française qui a porté la guerre sur le Weser et sur l'Inn, mais Turenne ; ce n'est pas l'armée prussienne qui a défendu sept ans la Prusse contre les trois plus grandes puissances de l'Europe, mais Frédéric le Grand » (*Mémoires de Napoléon*, tome III, page 90). *(Las Cases.)*

2. Une aussi grande détermination que celle de l'abandon futur de l'Italie, entendue pour la première fois, exprimée de la sorte, en passant, avec aussi peu d'importance, sans le développement d'aucun motif, l'appui d'aucune preuve, n'eut, je l'avoue, pas plus de poids à mes yeux qu'on n'en doit accorder à ces assertions hasardées qu'amène si souvent et qu'excuse la

des lois communes ! Les parties qui nous avaient été réunies, bien que cette réunion pût paraître de notre part l'injure de l'envahissement, et en dépit de tout leur patriotisme italien, ces mêmes parties ont été précisément celles qui, de beaucoup, nous sont demeurées les plus attachées. Aujourd'hui qu'elles sont rendues à elles-mêmes, elles se croient envahies, déshéritées et elles le sont !...

« Tout le midi de l'Europe eût donc bientôt été compact de localités, de vues, d'opinions, de sentiments et d'intérêts. Dans cet état de choses, que nous eût fait le poids de toutes les nations du Nord ? Quels efforts humains ne fussent pas venus se briser contre une telle barrière ?...

« L'agglomération des Allemands demandait plus de lenteur, aussi n'avais-je fait que simplifier leur monstrueuse complication ; non qu'ils ne fussent préparés pour la centralisation : ils l'étaient trop au contraire, ils eussent pu

---

chaleur des simples conversations. Mais le temps et l'habitude m'ont appris que toutes celles de Napoléon, en pareil cas, emportaient avec elles leur sens plein, entier, littéral. Je les ai trouvées telles toutes les fois que j'ai rencontré les moyens de la vérification ; et je le fais observer, afin que ceux qui seraient portés à repousser aussi ne le fissent pas trop légèrement à leur tour, sans avoir employé du moins la recherche des preuves.

Je trouve, par exemple, aujourd'hui dans une dictée de Napoléon au général Montholon, publiée dans les *Mémoires pour servir à l'Histoire de France*, volume I, page 137, un développement si complet, si satisfaisant de la simple phrase que j'avais recueillie de sa conversation, que je ne puis résister à le transcrire ici.

« Napoléon, y est-il dit, voulait recréer la patrie italienne, réunir les Vénitiens, les Milanais, les Piémontais, les Génois, les Toscans, les Parmesans, les Modenais, les Romains, les Napolitains, les Siciliens, les Sardes dans une seule nation indépendante, bornée par les Alpes, les mers Adriatique, d'Ionie et Méditerranée : c'était le trophée immortel qu'il élevait à sa gloire. Ce grand et puissant royaume aurait contenu la maison d'Autriche, sur terre ; et sur mer, ses flottes réunies à celle de Toulon, auraient dominé la Méditerranée et protégé l'ancienne route du commerce des Indes par la mer Rouge et Suez. Rome, capitale de cet État, était la ville éternelle, couverte par les trois barrières des Alpes, du Pô, des Apennins, plus à portée que toute autre de trois grandes îles. Mais Napoléon avait bien des obstacles à vaincre. Il avait dit à la consulte de Lyon : *Il me faut vingt ans pour rétablir la nation italienne*.

« Trois choses s'opposaient à ce grand dessein : 1° les possessions qu'avaient les puissances étrangères ; 2° l'esprit des localités ; 3° le séjour des papes à Rome.

« Dix ans s'étaient à peine écoulés depuis la consulte de Lyon, que le

réagir aveuglément sur nous avant de nous comprendre. Comment est-il arrivé qu'aucun prince allemand n'ait jugé les dispositions de sa nation, ou n'ait pas su en profiter ? Assurément si le ciel m'eût fait naître prince allemand, au travers des nombreuses crises de nos jours, j'eusse gouverné infailliblement les trente millions d'Allemands réunis ; et pour ce que je crois connaître d'eux, je pense encore que, si une fois ils m'eussent élu et proclamé, ils ne m'auraient jamais abandonné, et je ne serais pas ici... » Alors ont suivi des détails et des applications douloureuses. Puis il a repris : « Quoi qu'il en soit, cette agglomération arrivera tôt ou tard par la force des choses : l'impulsion est donnée, et je ne pense pas qu'après ma chute et la disparition de mon système, il y ait en Europe d'autre grand équilibre possible que l'agglomération et la confédération des grands peuples. Le premier souverain qui, au milieu de la première grande mêlée, embrassera de bonne foi la cause des peuples, se trouvera à la tête de toute l'Europe, et pourra tenter tout ce qu'il voudra.

« Que si on me demande à présent pourquoi je ne laissais

---

premier obstacle était entièrement levé : aucune puissance étrangère ne possédait plus rien en Italie : elle était tout entière sous l'influence immédiate de l'Empereur. La destruction de la république de Venise, du roi de Sardaigne, du grand-duc de Toscane, la réunion à l'Empire du patrimoine de saint Pierre, avaient fait disparaître le second obstacle. Comme ces fondeurs qui, ayant transformé plusieurs pièces de petit calibre en une seule de quarante-huit, les jettent d'abord dans le haut fourneau pour les décomposer, les réduire en fusion ; de même les petits États avaient été réunis à l'Autriche ou à la France, pour être réduits en éléments, perdre leurs souvenirs, leurs prétentions, et se trouver préparés au moment de la fonte. Les Vénitiens, réunis pendant plusieurs années à la monarchie autrichienne, avaient senti toute l'amertume d'être soumis aux Allemands. Lorsque ces peuples rentrèrent sous la domination italienne, ils ne s'inquiétèrent pas si leur ville serait la capitale, si leur gouvernement serait plus ou moins aristocratique. La même révolution s'opéra en Piémont, à Gênes, à Rome, brisés par le grand mouvement de l'Empire français.

« Il n'y avait plus de Vénitiens, de Piémontais, de Toscans ; tous les habitants de la péninsule n'étaient plus qu'Italiens : tout était prêt pour créer la grande patrie italienne. Le grand-duché de Berg était vacant pour la dynastie qui occupait momentanément le trône de Naples. L'Empereur attendait avec impatience la naissance de son second fils pour le mener à Rome, le couronner roi d'Italie, et proclamer l'indépendance de la belle péninsule sous la régence du prince Eugène... » *(Las Cases.)*

pas transpirer alors de pareilles idées ? pourquoi je ne les livrais pas à la discussion publique ? Elles eussent été si populaires, me dira-t-on, et l'opinion m'eût été d'un renfort si immense ! Je réponds que la malveillance est toujours beaucoup plus active que le bien ; qu'il existe aujourd'hui tant d'esprit parmi nous, qu'il domine aisément le bon sens, et peut obscurcir à son gré les points les plus lumineux ; que livrer de si hauts objets à la discussion publique, c'était les livrer à l'esprit de coterie, aux passions, à l'intrigue, au commérage, et n'obtenir pour résultat infaillible que discrédit et opposition. Je calculais donc trouver un bien plus grand secours dans le secret ; alors demeurait, comme en auréole autour de moi, ce vague qui enchaîne la multitude et lui plaît ; ces spéculations mystérieuses qui occupent, remplissent tous les esprits ; enfin, ces dénouements subtils et brillants reçus avec tant d'applaudissements, et qui créent tant d'empire. C'est ce même principe qui m'a fait courir malheureusement si vite à Moscou : avec plus de lenteur j'eusse paré à tout ; mais je m'étais mis dans l'obligation de ne pas laisser le temps de commenter. Avec ma carrière déjà parcourue, avec mes idées pour l'avenir, il fallait que ma marche et mes succès eussent quelque chose de surnaturel. » Et alors l'Empereur est passé à l'expédition de Russie, répétant une grande partie des choses que j'ai dites ailleurs. Je ne reproduis ici que ce qui m'a paru neuf.

« Et voici encore, disait-il, une autre circonstance où on a pris l'accident pour le principe. J'ai échoué contre les Russes ; de là ils sont inattaquables chez eux, invincibles ; mais pourtant à quoi cela a-t-il tenu ? Qu'on le demande à leurs fortes têtes, à leurs hommes sages et réfléchis ; qu'on consulte Alexandre lui-même et ses sentiments d'alors. Sont-ce les efforts des Russes qui m'ont anéanti ? Non, la chose n'est due qu'à de purs accidents, qu'à de véritables fatalités : c'est une capitale incendiée en dépit de ses habitants, et par des intrigues étrangères ; c'est un hiver, une congélation dont l'apparition subite et l'excès furent une espèce de phénomène ; ce sont de faux rapports, de sottes intrigues, de la trahison, de la bêtise, bien des choses enfin qu'on saura peut-être un jour et qui pourront atténuer ou justifier les deux fautes grossières, en diplomatie et en guerre, que l'on a le droit de m'adresser : celle de m'être livré à une telle entreprise, en laissant sur mes ailes, devenues bientôt mes derrières, deux cabinets dont je n'étais pas le maître, et deux armées alliées que le moindre échec devait rendre ennemies. Mais pour tout conclure enfin sur ce point, et même annuler tout ce qui précède d'un seul mot, c'est que cette fameuse guerre, cette audacieuse entreprise, je ne les avais pas voulues ; je n'avais pas eu l'envie de me battre. Alexandre ne l'avait pas davantage, mais une fois en présence, les circonstances nous poussèrent l'un sur l'autre : la fatalité fit le reste. »

Et, après quelques moments d'un silence profond, et comme se réveillant, l'Empereur a repris : « Et un Français a eu en ses mains les destinées du monde ! S'il avait eu le jugement et l'âme à la hauteur de sa situation, s'il eût été bon Suédois, ainsi qu'il l'a prétendu, il pouvait rétablir le lustre et la puissance de sa nouvelle patrie, reprendre la Finlande, être sur Pétersbourg avant que j'eusse atteint Moscou. Mais il a cédé à des ressentiments personnels, à une sotte vanité, à de toutes petites passions. La tête lui a tourné, à lui, ancien Jacobin, de se voir recherché, encensé par des légitimes ; de se trouver face à face, en conférence de politique et d'amitié avec un empereur de toutes les Russies, qui ne lui épargnait aucunes cajoleries. On assure qu'il lui fut même insinué alors qu'il pouvait prétendre à une de ses sœurs en divorçant d'avec sa femme ; et, d'un autre côté, un prince français lui écrivait qu'il se plaisait à remarquer que le Béarn était dans le berceau de leurs deux maisons ! *Bernadotte ! Sa maison !*

« Dans son enivrement, il sacrifia sa nouvelle patrie et l'ancienne, sa propre gloire, sa véritable puissance, la cause des peuples, le sort du monde ! C'est une faute qu'il payera chèrement ! A peine avait-il réussi dans ce qu'on attendait de lui, qu'il a pu commencer à le sentir : il s'est même, dit-on, repenti ; mais il n'a pas encore expié. Il est désormais le seul parvenu occupant un trône ; le scandale ne doit pas demeurer impuni, il serait d'un trop dangereux exemple !... »

MARDI 12.

L'Empereur a peu de confiance dans l'issue de 1815. Thémistocle. A un moment la pensée, dans la crise de 1814, de rétablir lui-même les Bourbons. Ouvrage du baron Fain sur la crise de 1814. Abdication de Fontainebleau ; particularités. Traité de Fontainebleau, etc.

L'Empereur, revenant sur son apparition de l'île d'Elbe et sa seconde chute à Waterloo, y a mêlé quelques paroles remarquables. « Il est sûr, disait-il, que dans ces circonstances, je n'avais plus en moi le sentiment du succès définitif ; ce n'était plus ma confiance première : soit que l'âge qui d'ordinaire favorise la fortune commençât à m'échapper, soit qu'à mes propres yeux, dans ma propre imagination, le merveilleux de ma carrière se trouvât entamé, toujours est-il certain que je sentais en moi qu'il me manquait quelque chose. Ce n'était plus cette fortune attachée à mes pas qui se plaisait à me combler, c'était le destin sévère auquel j'arrachais encore, comme par force, quelques faveurs, mais dont il se vengeait tout aussitôt ; car il est remarquable que je n'ai eu alors un avantage, qu'il n'ait été immédiatement suivi d'un revers.

« J'ai traversé la France, j'ai été porté jusqu'à la capitale par l'élan des citoyens et au milieu des acclamations universelles ; mais à peine étais-je dans Paris, que, comme par une espèce de magie, et sans aucun motif légitime, on a subitement reculé, on est devenu froid autour de moi.

« J'étais venu à bout de me ménager des raisons plausibles, d'obtenir un rapprochement sincère avec l'Autriche ; je lui avais expédié des agents plus ou moins avoués [1]. Mais Murat se trouva là avec sa fatale levée de boucliers : on ne douta

1. Entre autres le baron de Stassart, dont le dévouement connu lui mérita la confiance d'être chargé par Napoléon d'aller négocier, au congrès de Vienne, le maintien de la paix de Paris ; mais il ne put aller au-delà de Lintz ; les plus ardents et les plus acharnés dans les cabinets alliés, ayant pris la précaution de faire consacrer en principe que toute communication serait absolument interdite avec Napoléon. Il fut pourtant communiqué indirectement à M. le baron de Stassart, que, si Napoléon voulait abdiquer en faveur de son fils, avant toute hostilité, l'Autriche adopterait ce parti, pourvu toutefois encore que Napoléon se livrât à son beau-père, qui lui garantissait

pas à Vienne que ce ne fût par mes ordres ; et me mesurant à leur échelle, ils ne virent dans toute cette complication que finassèrie de ma part, et ils ne s'occupèrent plus dès lors qu'à contre-intriguer contre moi.

« Mon entrée en campagne avait été des plus habiles et des plus heureuses, je devais surprendre l'ennemi en détail ; mais voilà qu'un transfuge sort du rang de nos généraux pour l'aller avertir à temps.

« Je gagne brillamment la bataille de Ligny, mais mon lieutenant me prive de ses fruits. Enfin je triomphe à Waterloo même, et tombe au même instant dans l'abîme ; et tous ces coups, je dois le dire, me frappèrent beaucoup plus qu'ils ne me surprirent. J'avais en moi l'instinct d'une issue malheureuse, non que cela ait influé en rien sur mes déterminations et mes mesures assurément ; mais toutefois j'en portais le sentiment au-dedans de moi. »

Voici un trait qui confirme ces dispositions intérieures et secrètes de Napoléon ; il est trop remarquable pour que je ne le consigne pas ici : l'Empereur, sur les bords de la Sambre, de grand matin et le temps très frais, s'approcha du feu d'un bivouac, en compagnie de son seul aide de camp de service (le général C... [1]) : une marmite bouillait ; c'étaient des pommes de terre. Il s'en fit donner une et se mit à la manger méditativement. En l'achevant, il prononça, non sans quelque tristesse apparente, plusieurs mots entrecoupés. « Après tout, c'est bon, c'est supportable... Avec cela on pouvait vivre en tous lieux et partout... L'instant n'est peut-être pas éloigné... *Thémistocle* [2] !... » et il se remit en route. Le général aide de camp, de la bouche même duquel je tiens cette circonstance depuis mon retour en Europe, m'ajoutait que, si l'Empereur eût réussi, ces paroles eussent traversé sa pensée sans y laisser aucune trace, comme tant d'autres ; mais qu'après sa catastrophe, et à la lecture surtout du mot *Thémistocle*, dans la fameuse lettre au prince régent, il avait

---

de nouveau la souveraineté de l'île d'Elbe, ou toute autre souveraineté analogue. *(Las Cases.)*

1. Corbineau.

2. Citoyen athénien qui combattit l'invasion perse en Grèce. Banni, il alla se réfugier chez le roi des Perses qui lui offrit une magnifique hospitalité (Vᵉ siècle av. J.-C.).

été frappé du souvenir du bivouac de la Sambre, et que l'expression, l'attitude, l'accent de Napoléon, dans cette petite circonstance, l'avaient plus que tourmenté pendant longtemps, et ne pouvaient lui sortir de l'esprit.

Au reste, on se tromperait fort si l'on attribuait, en toute occasion, à Napoléon autant de confiance intérieure qu'en annonçaient d'ordinaire ses actes et ses décisions. En quittant les Tuileries, au mois de janvier 1814, pour son immortelle et malheureuse campagne des environs de Paris, il partit l'âme contristée par les plus sinistres pressentiments ; et ce qui prouve toute sa sagacité, c'est que dès lors il était persuadé, ce que le gros du vulgaire autour de lui était bien loin de soupçonner, que, s'il périssait, ce serait par les Bourbons. C'est ce qu'il laissa pénétrer à quelques confidents qui cherchaient vainement à le rassurer, lui représentant de bonne foi que tant de temps s'était écoulé qu'on ne s'en souvenait plus, qu'ils n'étaient pas connus de la génération présente. « Vous vous trompez, leur disait-il toujours, c'est pourtant là qu'est le vrai danger. » Aussi, immédiatement après cette belle allocution aux officiers réunis de la garde nationale, qui laissa de si vives impressions à tous ceux qui en furent les témoins, dans laquelle il leur dit entre autres choses : « Vous m'avez élu, je suis votre ouvrage, c'est à vous à me défendre. » Et qu'il termina, leur présentant l'Impératrice d'une main, et le roi de Rome de l'autre, disant : « Je pars pour aller combattre nos ennemis ; je laisse à votre garde ce que j'ai de plus cher. » Au moment, dis-je, de quitter les Tuileries, pressentant déjà dans cet instant décisif, des trahisons, des perfidies funestes, il résolut de s'assurer de la personne de celui-là même[1] qui s'est trouvé en effet l'âme du complot qui l'a renversé. Il n'en fut empêché que par les représentations, et l'on pourrait même presque dire l'offre de garantie personnelle de quelques ministres, qui lui démontraient que le personnage suspecté était précisément celui qui devait le plus redouter les Bourbons. L'Empereur leur céda ; mais tout en exprimant fortement qu'il était à craindre qu'eux et lui eussent à s'en repentir !!...

Voici encore une autre circonstance peu connue, je crois, mais bien précieuse et certaine, qui prouve combien les Bour-

1. Talleyrand.

bons, dans le fort de la crise, occupaient les pensées de Napoléon. Après l'échec de Brienne, l'évacuation de Troyes, la retraite forcée sur la Seine, et les humiliantes conditions envoyées de Châtillon, qu'il repoussa généreusement, l'Empereur, enfermé avec quelqu'un et succombant à la vue du déluge de maux qui allaient fondre sur la France, demeurait absorbé dans de tristes méditations, quand tout à coup, il s'élance de son siège, s'écriant avec chaleur : « Je possède peut-être encore un moyen de sauver la France... Et si je rappelais moi-même les Bourbons ! Il faudrait bien que les Alliés s'arrêtassent devant eux, sous peine de honte et de duplicité avouée, sous peine d'attester qu'ils en veulent encore plus à notre territoire qu'à ma personne. Je sacrifierais tout à la patrie ; je deviendrais le médiateur entre le peuple français et eux ; je les contraindrais d'accéder aux lois nationales ; je leur ferais jurer le pacte existant : ma gloire et mon nom serviraient de garantie aux Français. Quant à moi, j'ai assez régné, ma carrière regorge de hauts faits et de lustre, et ce dernier ne serait pas le moindre : ce serait m'élever encore que de descendre de la sorte... » Et après quelques moments d'un silence profond, il reprit douloureusement : « Mais une dynastie déjà expulsée pardonne-t-elle jamais ?... Au retour, peut-elle rien oublier ?... S'en fierait-on à eux ?... Et Fox aurait-il donc eu raison dans sa fameuse maxime sur les restaurations ?... » Et abîmé dans ses anxiétés et sa douleur, il fut se jeter sur un lit où on le réveilla précisément pour lui apprendre la marche de flanc de Blücher, qu'il épiait en secret depuis quelque temps. Il se leva pour pousser ce nouveau jet de ressources, d'énergie et de gloire, qu'ont consacré à jamais les noms de Champaubert, Montmirail, Château-Thierry, Vaux-Champ, Nangis, Montereau, Craonne, etc., succès merveilleux qui consternèrent assez Alexandre et les Anglais pour leur rendre un instant le désir de traiter ; et ces succès eussent pu, en effet, changer entièrement la face des affaires, si, par une foule de fatalités, Napoléon n'eût été traversé par des contretemps inouïs, en dehors de toutes ses combinaisons, tels que les ordres essentiels qui n'arrivèrent pas au vice-roi, la défection de Murat, la mollesse, l'incurie de certains chefs, enfin jusqu'aux succès mêmes, qui, séparant l'empereur d'Autriche, son beau-père, des autres souverains alliés beaucoup plus malveillants, laissèrent ceux-ci tout à fait libres d'amener seuls l'abdication de Fontainebleau, abdication à jamais si fameuse dans l'histoire de nos destinées et de notre moralité.

O vous, penseurs philosophiques, peintres du cœur humain, accourez à Fontainebleau ! Venez assister à la chute du plus grand des monarques ! Venez apprendre à connaître les hommes, à vous étonner de leur impudeur, à rougir de leur mobilité ! Venez voir le haut entourage du héros malheureux ; ceux qui demeuraient courbés sous la masse de ses bienfaits, sous le poids des honneurs et des richesses dont il les avait comblés ! Venez les voir, sitôt que la fortune lui est contraire, l'abandonner, le trahir, essayer même de l'insulter peut-être !... Venez voir le premier d'entre eux en rang, en faveur, en confiance, celui dont le grand prince avait vainement prétendu rehausser le moral et agrandir les sentiments en le qualifiant maintes fois de son compagnon et de son ami, se placer sur la même ligne que le Mamelouk, qui, plus excusable peut-être par les mœurs de son origine, trouvait tout simple que, son maître étant tombé, il n'eût plus à le servir.

A Fontainebleau, la crise accomplie, et Napoléon engagé dans une conversation profonde, se présente à lui ce compagnon favori, pour demander la permission de se rendre à Paris, seulement quelques instants, afin d'y arranger, dit-il, à la hâte quelques affaires, et revenir aussitôt auprès de l'Empereur pour ne le quitter jamais. Mais Napoléon savait lire dans les âmes, et le partant n'était pas encore hors de la chambre, qu'interrompant brusquement son sujet, l'Empereur dit à celui avec lequel il s'entretenait : « Vous voyez bien cet homme qui sort, eh bien ! il court se salir ; et, quoi qu'il m'ait dit, il ne reparaîtra pas ici. » En effet, le déserteur courait aux rayons d'un soleil nouveau. A peine en eut-il ressenti la chaleur, qu'il renia son bienfaiteur, son ami, son maître !... On l'a entendu parler de lui, l'appeler : *cet homme !!!* Et toutefois Napoléon condescendait tellement aux faiblesses humaines, était si fort au-dessus de tout ressentiment, si peu rancuneux, qu'à son retour, il témoigna du regret de ne pas voir l'ingrat, ajoutant en riant : « Le vilain, il aura eu peur de moi ; et il a eu tort : je ne lui aurais infligé d'autre punition que de se montrer à moi sous ses nouveaux costumes : on assure qu'il y est bien plus laid qu'à l'ordinaire. »

Et qui n'aurait pas à dévoiler des turpitudes particulières ! Et moi aussi je pourrais garantir celle d'un des personnages importants,• qui, s'étant fait remarquer par sa brutalité en revenant de Fontainebleau, se montra des plus empressés aux Tuileries, lors du 20 mars. Il est vrai qu'il y parut fort décontenancé, se trouvant tout à fait à l'écart par l'isolement accidentel ou calculé dans lequel le laissait la distance de tous les autres. Un témoin de ses derniers torts, les noyant dans la joie commune, courut à lui pour le tirer d'embarras ; et cette générosité lui coûta peu en cet instant.

Aux cœurs heureux les vertus sont faciles.

Mais c'est dans le *Manuscrit de 1814*, du baron Fain, qu'il faut lire et pressentir de si tristes et douloureux détails [1]. On y apprendra... Mais plutôt non, on n'y apprendra rien... Les hommes, dans de telles circonstances, sont toujours les mêmes dans tous les pays, dans tous les temps, chez toutes les nations, le peuple des cours surtout ; et le camp de Napoléon

1. M. le baron Fain, premier secrétaire du cabinet, a publié un volume sous le titre de : *Manuscrit de 1814*, sur les grandes circonstances de cette époque.

Il serait difficile de reproduire plus d'intérêt et de vie que n'en présente cette peinture d'événements aussi importants, et néanmoins aussi peu connus, surtout l'immortelle et courte campagne de 1814. C'est un épisode de véritables merveilles. Napoléon s'y montre constamment surnaturel dans les ressources de son génie, la trempe de son âme, la célérité de ses mouvements, la constance de ses vues, la magnanimité de son audace ; rien n'égale ses prodiges, si ce n'est l'ardeur infatigable d'une poignée de nos braves qui, devenus comme étrangers à tous les besoins de la nature, sans sommeil, sans nourriture, sans repos, semblent se multiplier devant les flots d'ennemis, sont toujours en marche, toujours aux prises et toujours victorieux.

M. le baron Fain nous a enrichis d'un tableau de juste orgueil national : la reconnaissance des citoyens lui est assurée.

Dans son récit de guerre, de confusion et de détresse, les nuances caractéristiques de l'âme et du cœur de Napoléon ressortent plus d'une fois avec éclat ; et pour celui qui, comme moi, s'est spécialement occupé de ce dernier objet, il est doux assurément, en même temps qu'il doit être remarquable pour tous les lecteurs, de considérer quelle concordance, à cet égard, se rencontre dans des narrateurs tout à fait étrangers l'un à l'autre, et qui s'expriment sur des temps et des circonstances aussi différents. *(Las Cases.)*

avait eu le temps d'en devenir une. Toutefois l'histoire fera justice... Et qu'ils ne viennent pas nous dire que le bien-être de la patrie, son salut, ses intérêts, dictèrent leur conduite. La patrie, pour eux, fut dans le maintien de leurs honneurs, la garantie de leurs richesses, la jouissance paisible de tous les biens acquis ; je le répète, l'histoire fera justice. Je dis l'histoire, et non pas nous ; car la masse de la société, celle des contemporains, n'a pas su mériter même ce triste honneur ! Où a été notre indignation ? Où se sont montrés nos dégoûts authentiques, solennels ?... Et qu'il soit bien entendu qu'en tout ceci la politique n'a rien à faire : il n'est nullement question de la cause qu'on soutenait, mais seulement de la morale qu'on a professée. Et qu'on ne pense pas que ma misanthropie chagrine ait pour but de porter le découragement dans les âmes, et de conclure par la proscription de toute notre espèce ; non, je sais que le temps des grandes épreuves est aussi celui des grands extrêmes, et que c'est à côté des plus viles passions que vient à briller l'héroïsme des plus nobles vertus. Aussi, honneur à ces vieilles bandes dont les larmes amères garantirent la douleur profonde ! Honneur à ces innombrables officiers subalternes, qui n'eussent attendu qu'un mot pour répandre tout leur sang ! Honneur à ces populations des campagnes qui, dans leur misère affreuse, accouraient sur les routes pour porter à nos soldats leur dernier morceau de pain, dont elles se privaient pour les aider à sauver la patrie ! Honneur à cette foule de sentiments généreux qui éclatèrent parmi les citoyens de toutes les classes, de tous les sexes, de tous les âges ! Si, d'un côté, le cœur se soulève d'indignation, de l'autre, il est délicieusement ému !...

L'Empereur a dicté à Sainte-Hélène l'époque de Fontainebleau et le voyage à l'île d'Elbe : ma mémoire ne me permettait pas d'oser en rien citer ; je n'en ai point pris de note ; j'avais pour règle, afin d'abréger mon propre travail, de ne m'arrêter sur aucun des objets dictés à d'autres, sachant qu'ils demeuraient assurés. Nous jouirons, d'ailleurs, avec le temps, de la publication de ce récit : je ne donnerai donc ici que quelques détails que je suppose ne devoir pas s'y trouver, et que j'ai recueillis des conversations de Napoléon, ou d'autres sources incontestables.

Dès que les désastres de 1814 furent prononcés, que le péril devint imminent, depuis surtout l'entrée des Alliés à

Paris, beaucoup de généraux furent ébranlés ; ceux chez qui l'égoïsme l'emporta sur la patrie, ceux qui préféraient les jouissances au devoir, à l'honneur, à la gloire, poussèrent dès lors à la catastrophe, au lieu de chercher à la combattre. Les premiers chefs se hasardèrent à conseiller l'abdication ; ils la montrèrent comme indispensable ; quelques-uns furent même jusqu'à laisser entrevoir à l'Empereur qu'ils ne répondraient pas du mécontentement ni de la fureur de leurs soldats contre lui ; « tandis qu'au contraire, nous disait Napoléon, leur affection était telle et le dévouement des officiers si exalté, que, si à mon tour je leur eusse fait connaître les machinations qui se tramaient, j'aurais certainement mis en péril les coupables ; il m'eût suffi d'un mot pour les faire mettre en pièces ». En effet, l'Empereur ordonna une revue : les acclamations des soldats furent universelles ; et comme si l'infortune le leur eût rendu plus cher, jamais leur amour ne se montra davantage. « Et l'identité de ces braves avec moi, disait Napoléon, notre sympathie étaient telles, qu'il n'en pouvait guère être autrement : je n'en avais jamais douté. »

Dans cette extrémité, l'Empereur médite profondément sur ce qui lui demeure à faire. Il lui restait de quarante à cinquante mille soldats, les meilleurs, les plus dévoués de l'univers ; il pouvait à son gré maîtriser les généraux infidèles, ou les expulser sans inconvénient. Dans cet état de choses, trois partis se présentaient à son esprit.

Le premier était de rentrer à Paris ; car il ne pensait pas qu'il existât un général assez hardi sur la terre pour oser le combattre, avec cette immense capitale sur ses derrières : « Toute sa population n'eût pas manqué de s'insurger à ma voix, disait l'Empereur, je m'y serais subitement recruté de cent ou deux cent mille hommes ; mais les Alliés, en se retirant, eussent pu brûler Paris, et ce désastre eût été considéré comme mon ouvrage. Ce n'est pas que l'incendie de Paris n'eût pu devenir au fond le salut de la France, comme l'incendie de Moscou avait été celui de la Russie ; mais il est de tels sacrifices, qu'il n'appartient qu'aux intéressés seuls de les exécuter. »

Le second parti était de gagner l'Italie, et de se joindre au vice-roi : « Mais c'était, disait Napoléon, celui du désespoir, sans un résultat analogue. Ce théâtre était si éloigné, que les esprits eussent eu le temps de se refroidir ; et puis ce n'eût plus été la France ; or ce sol sacré pouvait seul, sous nos pieds, nous porter aux prodiges devenus indispensables. »

Aucun des deux premiers partis n'était praticable ; restait le troisième, qui consistait à se tenir sur la défensive, à disputer le terrain pied à pied, et entretenir la guerre jusqu'à des chances nouvelles. L'engouement qu'avaient pu créer les Alliés se dissiperait bientôt, les maux qu'ils allaient faire peser ne tarderaient pas à leur attirer l'exécration universelle, la ferveur nationale se réveillerait, et les Alliés pouvaient encore trouver leur tombeau sur le sol qu'ils avaient osé violer. Mais cela devait nécessairement être long, et en somme, les succès étaient douteux, ou du moins éloignés, tandis que la souffrance des peuples serait certaine, immédiate, incalculable. La grande âme de Napoléon s'en émeut, et il se décide à l'abdication.

Toutefois il dépêche à Alexandre le duc de Vicence et une députation de maréchaux, dans lesquels il comprend le duc de Raguse, un de ceux qu'il chérit davantage. Ils étaient chargés d'offrir l'abdication de Napoléon en faveur de son fils. L'Empereur espérait par là faire encore quelque chose pour la France, ménager son indépendance et assurer la durée de ses institutions. Alexandre, qui déjà depuis plusieurs jours avait donné une déclaration publique par laquelle il annonçait ne vouloir plus traiter avec Napoléon ni avec aucun des membres de sa famille, fit néanmoins débattre la chose contradictoirement avec le parti du Sénat qui avait prononcé la déchéance. Les maréchaux parlaient vivement et au nom de toute l'armée. Alexandre en était ébranlé, et le parti de la régence semblait devoir l'emporter, quand arrive la nouvelle de la défection du duc de Raguse, qui raffermit aussitôt Alexandre dans sa détermination antérieure. Cette circonstance nouvelle devient un trait de lumière à ses yeux ; l'armée n'est donc pas unanime ? et dès lors, écartant tout ménagement, il se prononce inflexible. Dans cet état de choses on revient vers Napoléon, on l'entoure, on le presse, on le harasse pour son abdication pure et simple. Il cède, non sans de grands combats intérieurs, et la dicte en ces termes :

« Les puissances alliées ayant proclamé que l'empereur Napoléon était le seul obstacle au rétablissement de la paix en Europe, l'empereur Napoléon, fidèle à son serment, déclare qu'il renonce pour lui et ses héritiers aux trônes de France et d'Italie, parce qu'il n'est aucun sacrifice personnel, même celui de la vie, qu'il ne soit prêt à faire à l'intérêt de la France. »

Cette déclaration, que les Alliés étaient loin d'attendre aussi complète, aplanit tout, et les maréchaux reviennent auprès de Napoléon avec ce qu'on a appelé le traité de Fontainebleau, qu'on va traiter quelques pages plus bas.

Je lis dans le *Manuscrit de 1814*, de M. le baron Fain, l'entière explication de certaines paroles de l'Empereur, que j'avais transcrites dans le temps sans les comprendre précisément. On a pu voir plus haut que l'Empereur, parlant du traité de Fontainebleau, dit : « Je ne veux point de ce traité, je le renie, je suis loin de m'en vanter, j'en rougis plutôt ; on l'a discuté pour moi contre mon gré, etc. » Et dans un autre endroit : « Quand on connaîtra toute l'histoire des événements de Fontainebleau, on aura lieu de s'étonner beaucoup. » C'est qu'en effet Napoléon ne voulait pas de ce traité, nous apprend le *Manuscrit de 1814*. On eut toutes les peines du monde à le lui faire ratifier ; on ne l'obtint qu'en alléguant de grandes vues publiques : il lui paraissait humiliant et tout à fait inutile. Survivant à tant de grandeurs, il lui suffisait de vivre désormais en simple particulier : il avait honte qu'un si grand sacrifice, offert à la paix du monde, se trouvât mêlé à des arrangements pécuniaires. « A quoi bon un traité, disait-il, puisqu'on ne veut pas régler avec moi ce qui concerne les intérêts de la France ? Du moment où il ne s'agit plus que de ma personne, il n'y a pas de traité à faire... Je suis vaincu, je cède au sort des armes ; seulement je demande à n'être pas prisonnier de guerre, et pour me l'accorder un simple cartel doit suffire !... »

Vainement cherchait-on à le ramener sur sa situation personnelle, son existence, ses besoins à venir. On l'entendit, à cet égard, conclure énergiquement : « Et que m'importe ! un petit écu par jour et un cheval, voilà tout ce qui m'est nécessaire. »

Je puis assurer, de mon côté, que l'Empereur regrettait infiniment d'avoir sanctionné ce traité ; et ce n'était pas la seule décision de l'époque qui pesât sur sa pensée. Il regrettait fort aussi, lors de sa position à Saint-Dizier et Doulevant, d'avoir cédé aux diverses considérations dont il se trouvait entouré, aux nombreuses suggestions dont il se vit assailli, lesquelles le ramenèrent contre son gré sur Paris. « Je manquai de caractère, disait-il ; je devais poursuivre imperturbablement toute ma pensée, continuer vers le Rhin, me renforçant de toutes mes garnisons, m'entourant de toutes les populations insurgées ; j'eusse eu bientôt une armée immense : Murat me serait aussitôt revenu, et lui et le vice-roi eussent été me donner Vienne, si les Alliés eussent osé me prendre Paris. Mais non, les ennemis eussent frémi bien plutôt du péril où ils se trouvaient engagés, et les souverains alliés eussent reçu comme une grâce, que je leur eusse accordé leur retraite ; et là se fût éteint tout à fait le volcan des étrangers contre nous. On eût conclu la paix, et on l'eût observée sincèrement. Chacun demeurait si fatigué ! On avait tant de blessures à soigner !... On ne se fût plus, au-dehors, occupé d'autre chose ; quant au dedans, un tel dénouement détruisait à jamais toutes les illusions, toutes les malveillances, et fusionnait pour toujours toutes les opinions, toutes les vues, tous les intérêts. Je me rasseyais triomphant, entouré de mes invincibles bandes. Les populations héroïques et fidèles eussent servi de diapason à celles qui avaient chancelé ; ceux qui avaient tant montré le besoin du repos en eussent été prendre ; une génération nouvelle de chefs eût retrempé notre existence ; nous ne nous serions plus occupés que du bonheur intérieur ; nous aurions encore eu d'heureux jours !!! etc. »

Et lui ayant parlé du trouble et de la confusion créés à Paris par l'approche des Alliés, du découragement, pour ne pas dire plus, de la classe qui avait à conserver, des bonnes dispositions et de l'ardeur du peuple qui ne demandait qu'à combattre et auquel on refusait des armes, je disais que le départ de l'Impératrice surtout avait causé le plus mauvais effet ; je citais comme circonstance bien singulière l'instinct du roi de Rome, qui, contre son habitude, se refusait obstinément à quitter le palais, pleurant et se retenant aux meubles, dont il fallut l'arracher. J'ajoutais que le bruit avait été universel parmi nous que l'Impératrice avait voulu demeurer, et que le Conseil allait seconder ses désirs, lorsqu'il fut exhibé un ordre précis de lui, Napoléon, pour qu'elle quittât Paris, en cas de danger imminent de la part de l'ennemi. « Oui, sans doute, a repris l'Empereur, et il l'avait bien fallu.

L'Impératrice était bien jeune, et sans nulle expérience des affaires. Si elle eût été capable de décisions personnelles, j'eusse donné un ordre tout contraire. Paris alors eût été son poste ; mais je devinais les intrigues dont elle serait l'objet, et je voulais empêcher à Paris ce qui est arrivé plus tard à Orléans. Là, ceux qui rêvaient la régence et comptaient gouverner sous elle l'ont empêchée de venir à moi : et Dieu sait ce que cela a produit !... Plût au ciel que j'eusse pareillement donné à temps l'ordre de la faire sortir d'Orléans, etc. »

Il est sûr que le moment de Fontainebleau accumula sur Napoléon, et presque en un instant, toutes les peines morales dont il est possible d'être affligé ici-bas. Vaincu par la défection, non par les armes, il eut à éprouver tout ce qui peut indigner une grande âme ou briser un bon cœur. Ses compagnons l'abandonnèrent, ses serviteurs le trahirent ; l'un livra son armée, l'autre son trésor ; ceux qu'il avait élevés, maintenus, comblés, furent ceux qui l'abattirent. Ce Sénat qui l'avait tant loué, ce Sénat, qui, la veille encore, lui fournissait à profusion des conscrits pour combattre les ennemis, n'hésite pas le lendemain à se faire le vil instrument de ces mêmes ennemis ; et, sous l'impulsion de leurs baïonnettes, il reproche, il impute à crime ce qui fut son propre ouvrage ; il brise lâchement lui-même l'idole que lui-même a créée, et qu'il a si servilement encensée ! Quel excès de honte ! quelle ignoble dégradation !... Enfin, et ce dernier coup doit être le plus sensible à Napoléon, sa femme et son fils sont détournés de lui, on s'en empare ; et, en dépit des traités et des lois, en opposition à toute morale, il ne les reverra plus !...

Il paraît qu'au milieu de tant de maux, entouré d'une aussi hideuse nature, Napoléon, dans l'excès du mépris des hommes et des choses, eut le désir de quitter la vie. Il existe une lettre de sa main à l'Impératrice, dans laquelle il dit qu'en ce moment on doit s'attendre à tout, que tout est possible, *même la mort de l'Empereur*. Allusion sans doute au mystérieux événement de la nuit du 12 au 13 avril, qui se serait passé dans le secret intérieur du palais, et dont le *Manuscrit de 1814* expose la conjecture, laquelle, si elle se trouvait une réalité, ne laisserait pas aux plus féroces ennemis de Napoléon, même la satisfaction du sot et banal adage si fort en usage dans le temps : *Qu'il n'avait pas eu le courage de mourir ?* Eh quoi ! il serait donc vrai, d'après le *Manuscrit*, qu'au contraire *il ne l'aurait pas pu !* Et cette circonstance merveilleuse ne serait pas la moins étonnante de son extraordinaire carrière ; circonstance du reste, qu'ennoblirait jusqu'au sublime cette belle parole lors de son réveil inattendu : *Dieu ne le veut pas*, et cette noble et calme résignation qui succéda dès cet instant.

On connaît le touchant et fameux adieu de Napoléon à ses soldats, son dernier embrassement à ses aigles qu'il rendit immortelles. Je tiens d'un diplomate prussien, présent à ce spectacle, qu'il causa sur son âme une impression qui ne s'effacera, me disait-il, qu'avec sa vie. Et il ajoutait que le commissaire anglais, alors son voisin, homme jusque-là, convenait-il, très exagéré contre Napoléon, en avait versé des larmes.

Le respect et la vénération qu'inspirait alors Napoléon furent tels, que, malgré l'imminence de la crise, les grands inconvénients de sa présence, personne n'osa le tourmenter pour hâter son départ. On le laissa respectueusement faire et prendre tous les arrangements qu'il voulut.

Le traité d'abdication est du 11 avril, et ce ne fut que le 20, neuf jours après, que Napoléon se mit en route. La première partie de son voyage lui montra partout un respect universel, et souvent l'intérêt le plus vif et le plus tendre[1].

Les étrangers jusque-là semblaient n'avoir eu nulle idée de l'esprit de la France, ni des véritables dispositions du peuple à l'égard de l'Empereur. Toutefois on avait cru devoir ménager, par prudence, son arrivée à Lyon vers la nuit, si même, je crois, l'on ne s'arrangea pour qu'il n'y entrât pas du tout. Et voici ce que je tiens d'un des Anglais distingués détenus si longtemps en France, et qui résidait précisément à Lyon. Le général autrichien et lui se firent un malin plaisir de se jeter déguisés dans la foule qui se pressait pour voir le passage du monarque déchu. Ils comptaient jouir l'un et l'autre des imprécations qu'ils supposaient devoir lui être

1. L'Empereur part de Fontainebleau le 20 avril 1814, escorté par une compagnie de grenadiers à cheval, ayant le grand-maréchal comte Bertrand dans sa voiture.

Le 20 au soir, à Briare. Le 21, à Nevers. Le 22, à Roanne. Le 23, à Lyon. Le 24, à Montélimar. Le 25, à Orgon. Le 26, couche près du Luc. Le 27, à Fréjus. Le 28, il s'embarque à huit heures du soir, sur la frégate anglaise l'*Undaunted*, capitaine Ushor. *(Las Cases.)*

prodiguées. Mais à sa vue il se fit le plus morne silence, et une vieille femme en deuil, d'une tenue au-dessus du commun, l'air égaré, le visage en feu, se précipita sur la portière de sa voiture. Les deux curieux crurent qu'elle allait éclater. « Sire, dit-elle avec une espèce de solennité, que la bénédiction du ciel vous accompagne. Tâchez d'être heureux, s'il vous est possible : on vous enlève à nous ; mais nos cœurs vous suivront partout. » Le général ennemi, déconcerté, dit à son camarade : « Éloignons-nous, cette vieille folle m'importune, et tout ce peuple-ci n'a pas le sens commun. »

Ce fut un peu au-delà de Lyon que se présenta sur la route le général en chef de l'armée de l'Est[1]. Napoléon descendit alors de voiture et marcha longtemps avec lui. En revenant, un des généraux, commissaire des Alliés, osa se permettre de témoigner à l'Empereur son étonnement de l'intimité qu'il venait de montrer à ce chef : « Et pourquoi cela ? reprit Napoléon. – Mais Votre Majesté ignore donc sa conduite ? – Quelle est-elle ? – Sire, depuis nombre de semaines, il était d'accord avec nous. – Et en effet, disait l'Empereur, celui-là même auquel, sur ce point, j'avais confié la France, l'avait sacrifiée, perdue. » Et après diverses plaintes récapitulées, il a terminé disant : « Depuis longtemps, chez lui, le maréchal n'était plus le soldat : son courage, ses vertus premières l'avaient élevé très haut hors de la foule ; les honneurs, les dignités, la fortune l'y avaient replongé. Le vainqueur de Castiglione eût pu laisser un nom cher à la France ; mais elle réprouvera la mémoire du défectionnaire de Lyon, ainsi que celle de tous ceux qui en ont agi comme lui, à moins qu'ils ne réparent les torts faits à la patrie par de nouveaux services rendus à la patrie. »

C'est cette circonstance qui a dicté la fameuse proclamation de l'Empereur à son retour. « Français, y est-il dit, la défection du duc de Castiglione livra Lyon, sans défense, à nos ennemis ; l'armée dont je lui avais confié le commandement était, par le nombre de ses bataillons, la bravoure et le patriotisme des troupes qui la composaient, à même de battre le corps d'armée autrichien qui lui était opposé, et d'arriver sur les derrières du flanc gauche de l'armée ennemie, qui menaçait Paris. Les victoires de Champaubert, de Montmi-

1. Il s'agit d'Augereau.

rail, de Château-Thierry, de Vaux-Champ, de Mormant, de Montereau, de Craonne, de Reims, d'Arcis-sur-Aube et de Saint-Dizier ; l'insurrection des braves paysans de la Lorraine, de la Champagne, de l'Alsace, de la Franche-Comté, de la Bourgogne, et la position que j'avais prise sur les derrières de l'armée ennemie, en la séparant de ses magasins, de ses parcs de réserve, de ses convois et de tous ses équipages, l'avaient placée dans une situation désespérée. Les Français ne furent jamais sur le point d'être plus puissants, et l'élite de l'armée ennemie était perdue sans ressource ; elle eût trouvé son tombeau dans ces vastes contrées qu'elle avait si impitoyablement saccagées, lorsque la trahison du duc de Raguse livra la capitale et désorganisa l'armée. La conduite inattendue de ces deux généraux, qui trahirent à la fois leur patrie, leur prince et leur bienfaiteur, changea le destin de la guerre. La situation désastreuse de l'ennemi était telle, qu'à la fin de l'affaire qui eut lieu devant Paris, il était sans munitions, par la séparation de ses parcs de réserve [1], etc. »

Napoléon fut moins bien traité à mesure qu'il approchait de la Provence ; c'est que les machinations avaient eu le temps de le devancer. Il avait échappé au guet-apens Maubreuil, il faillit succomber à celui d'Orgon ; et cette partie de sa dictée n'est pas la moins curieuse.

Arrivé au lieu de l'embarquement, il s'y trouva deux bâtiments pour le transporter, l'un français, l'autre anglais. Napoléon se jeta dans la frégate anglaise, disant qu'il lui en coûterait trop qu'on pût jamais dire qu'un Français l'avait déporté.

Tel est en peu de mots le grand événement dont on aura un jour les détails dictés, ainsi que je l'ai dit plus haut, par l'Empereur même. La France fut inondée dans le temps, à ce sujet, d'une foule de pamphlets tellement dégoûtants de mensonges et d'absurdités, que, depuis, les gens honnêtes n'ont pu s'empêcher de rougir d'avoir eu la faiblesse de les croire, ou même le courage de les lire.

Voici le traité de Fontainebleau annoncé ci-dessus. Il nous

1. Une de mes connaissances, voyageant en Allemagne, m'a dit y avoir recueilli, de la bouche même du chef des parcs russes, et plusieurs années après l'événement, que l'exposé ci-dessus était fidèle et l'assertion exacte. *(Las Cases.)*

fut soigneusement soustrait dans le temps. Le *Moniteur* ne l'a jamais publié, et il nous est demeuré longtemps inconnu. On ne le trouve guère que dans des recueils officiels, et encore s'y présente-t-il avec des variantes. J'ai donc pensé qu'on me saurait gré de l'introduire ici. Il appartient tout à fait au sujet, et beaucoup de ses articles sont encore, pour nous autres contemporains, de graves objets de conversations journalières. Il ne peut donc qu'être agréable d'être mis à même d'en pouvoir discuter en toute connaissance de cause.

Traité de Fontainebleau, du 11 avril[1]

« Article Premier. S. M. l'empereur Napoléon renonce pour lui, ses successeurs et descendants, ainsi que pour chacun des membres de sa famille, à tout droit de souveraineté et de domination, tant sur l'Empire français et le royaume d'Italie, que sur tout autre pays.

« II. LL. MM. l'empereur Napoléon et l'impératrice Marie-Louise conserveront ces titres et qualités pour en jouir leur vie durant.

« La mère, les frères, sœurs, neveux et nièces de l'Empereur conserveront également, partout où ils se trouveront, les titres de princes de sa famille.

« III. L'île d'Elbe, adoptée par Sa Majesté l'empereur Napoléon pour lieu de son séjour, formera, sa vie durant, une principauté séparée, qui sera possédée par lui en toute souveraineté et propriété.

« Il sera donné en outre en toute propriété à l'empereur Napoléon un revenu annuel de deux millions de francs, en rente sur le grand-livre de France, dont un million sera réversible à l'Impératrice.

« IV. Toutes les puissances s'engagent à employer leurs bons offices pour faire respecter par les États barbaresques le pavillon et le territoire de l'île d'Elbe, et pour que, dans ses rapports avec les Barbaresques, elle soit assimilée à la France.

« V. Les duchés de Parme, de Plaisance et Guastalla seront donnés en toute propriété et souveraineté à Sa Majesté l'impératrice Marie-Louise ; ils passeront à son fils et à sa

1. 1814.

descendance en ligne directe. Le prince, son fils, prendra dès ce moment le titre de prince de Parme, Plaisance et Guastalla.

« VI. Il sera réservé dans les pays auxquels l'empereur Napoléon renonce, pour lui et sa famille, des domaines ou des rentes sur le grand-livre de France, produisant un revenu annuel net, et déduction faite de toutes charges, de deux millions cinq cent mille francs. Ces domaines ou rentes appartiendront en toute propriété, et pour en disposer comme bon leur semblera, aux princes et princesses de sa famille, et seront répartis entre eux, de manière à ce que le revenu de chacun soit dans la proportion suivante : à Madame Mère, trois cent mille francs ; au roi Joseph et à la reine, cinq cent mille francs ; au roi Louis, deux cent mille francs ; à la reine Hortense et à ses enfants, quatre cent mille francs ; au roi Jérôme et à la reine, cinq cent mille francs ; à la princesse Élisa, trois cent mille francs ; à la princesse Pauline, trois cent mille francs.

« Les princes et princesses de la famille de l'empereur Napoléon retiendront, conserveront, en outre, tous les biens meubles et immeubles, de quelque nature que ce soit, qu'ils possèdent à titre de particuliers, et notamment, les rentes dont ils jouissent également comme particuliers sur le grand-livre de France et le Monte Napoleone de Milan.

« VII. Le traitement annuel de l'impératrice Joséphine sera réduit à un million en domaines ou en inscriptions sur le grand-livre de France. Elle continuera de jouir, en toute propriété, de tous ses biens meubles et immeubles particuliers, et pourra en disposer conformément aux lois françaises.

« VIII. Il sera donné au prince Eugène, vice-roi d'Italie, un établissement convenable hors de France.

« IX. Les propriétés que Sa Majesté l'empereur Napoléon possède en France, soit comme domaine extraordinaire, soit comme domaine privé, resteront à la couronne.

« Sur les fonds placés par l'empereur Napoléon, soit sur le grand-livre, soit sur la Banque de France, soit sur les actions des forêts, soit de toute autre manière, et dont Sa Majesté fait l'abandon à la couronne, il sera réservé un capital qui n'excédera pas deux millions, pour être employé en gratifications en faveur des personnes qui seront portées sur l'état que signera l'empereur Napoléon, et qui sera remis au gouvernement français.

« X. Tous les diamants de la couronne resteront à la France.

« XI. L'empereur Napoléon fera retourner au Trésor et aux autres caisses publiques, toutes les sommes et effets qui en auraient été déplacés par ses ordres, à l'exception de ce qui provient de la liste civile.

« XII. Les dettes de la maison de Sa Majesté l'empereur Napoléon, telles qu'elles se trouvaient au jour de la signature du présent traité, seront immédiatement acquittées sur les arrérages dus par le Trésor public à la liste civile, d'après les états qui seront signés par un commissaire nommé à cet effet.

« XIII. Les obligations du Monte Napoleone de Milan envers tous ses créanciers, soit français, soit étrangers, seront exactement remplies, sans qu'il soit fait aucun changement à cet égard.

« XIV. On donnera tous les sauf-conduits nécessaires pour le libre voyage de Sa Majesté l'empereur Napoléon, de l'Impératrice, des princes et princesses, et de toutes les personnes de leur suite qui voudront les accompagner ou s'établir hors de France, ainsi que pour le passage de tous les équipages, chevaux et effets qui leur appartiennent.

« Les puissances alliées donneront en conséquence des officiers et quelques hommes d'escorte.

« XV. La garde impériale française fournira un détachement de douze à quinze cents hommes de toute arme pour servir d'escorte jusqu'à Saint-Tropez, lieu de l'embarquement.

« XVI. Il sera fourni une corvette et les bâtiments de transport nécessaires pour conduire au lieu de sa destination Sa Majesté l'empereur Napoléon, ainsi que sa maison. La corvette appartiendra en toute propriété à Sa Majesté l'Empereur.

« XVII. Sa Majesté l'empereur Napoléon pourra emmener avec lui, et conserver pour sa garde, quatre cents hommes de bonne volonté, tant officiers que sous-officiers et soldats.

« XVIII. Tous les Français qui auront servi Sa Majesté l'empereur Napoléon et sa famille seront tenus, s'ils ne veulent perdre leur qualité de Français, de rentrer en France dans le terme de trois ans, à moins qu'ils ne soient compris dans les exceptions que le gouvernement français se réserve d'accorder après l'expiration de ce terme.

« XIX. Les troupes polonaises de toute arme qui sont au service de la France auront la liberté de retourner chez elles, en conservant armes et bagages, comme un témoignage de leurs services honorables ; les officiers, sous-officiers et soldats conserveront les décorations qui leur ont été accordées et les pensions affectées à ces décorations.

« XX. Les hautes puissances alliées garantiront l'exécution de tous les articles du présent traité ; elles s'engagent à obtenir qu'ils soient adoptés et garantis par la France.

« XXI. Le présent acte sera ratifié, et les ratifications en seront échangées à Paris, dans dix jours, ou plus tôt si faire se peut.

« Fait à Paris, le 11 avril 1814. *Signé* : Caulaincourt, duc de Vicence ; le maréchal duc de Tarente, Macdonald ; le maréchal duc d'Elchingen, Ney [1] ; le prince de Metternich. »

Les mêmes articles ont été signés séparément, et sous la même date, de la part de la Russie, par le comte de Nesselrode ; et de la part de la Prusse, par le baron de Hardenberg.

Déclaration en forme d'accession,
au nom de Louis XVIII

« Je soussigné, ministre secrétaire d'État au département des Affaires étrangères, ayant rendu compte au roi de la demande que Leurs Excellences messieurs les plénipotentiaires des cours alliées ont reçu de leur souverain l'ordre de faire relativement au traité du 11 avril, auquel le gouvernement provisoire a accédé ; il a plu à Sa Majesté de l'autoriser de déclarer en son nom, que les clauses du traité à la charge de la France seront fidèlement exécutées. Il a, en conséquence, l'honneur de le déclarer par la présente à Leurs Excellences.

« Paris, le 31 mai 1814.

« *Signé* : le prince BÉNÉVENT. »

Le grand triumvirat de l'Europe dicte ce traité de Fontainebleau, l'Angleterre y accède ; une déclaration du roi de France promet d'en remplir ce qui le concerne ; et malgré tant de

1. Il est à remarquer que, par égard sans doute pour l'empereur Alexandre, le maréchal Ney s'abstient ici de son titre de prince de la Moskowa. *(Las Cases.)*

garanties, on pourrait presque dire qu'aucun des articles ne fut observé. Certes, il est difficile de se jouer plus ouvertement de toute bonne foi, et de compromettre plus solennellement des signatures augustes, dont chacun de ceux qu'elles concernaient devrait avoir individuellement à cœur qu'elles demeurassent reconnues ici-bas comme infaillibles et sacrées. Aussi, des violations si manifestes furent-elles le fond de la justification morale de l'entreprise de Napoléon en 1815. Une foule de voix en Europe s'éleva pour témoigner cette opinion ; des membres distingués des deux chambres du parlement d'Angleterre, soutiens infatigables des grands principes, le proclamèrent hautement ; d'éminents publicistes de toutes les contrées furent de cet avis, et nombre d'individus en demeurèrent frappés. Je terminerai d'aussi graves autorités par une opinion individuelle qui, pour n'être rien moins que sérieuse, n'en était peut-être pas moins juste. Un Autrichien de haut rang qui se trouvait en 1815, par curiosité, au milieu de nous, et fort exaspéré de son naturel contre Napoléon, me faisant visite dans le temps où les progrès de l'Empereur sur la capitale commençaient à faire une vive impression, au point de le décider déjà à prendre la fuite, me disait gravement et de la meilleure foi du monde : « Certainement jusqu'ici il a occupé le trône de votre pays à titre d'usurpateur ; la chose est incontestable ! Mais, ajoutait-il en bégayant diplomatiquement, si pourtant aujourd'hui il venait à conquérir la France, après que tous les monarques l'ont reconnu pour souverain, et lui ont donné le droit de faire la guerre en ne tenant pas les conditions qu'ils lui ont faites, la chose serait alors bien différente, et ma foi !... pour moi !... je crois que dans ce cas... il pourrait se faire... qu'on pût soutenir avec quelque raison qu'il est peut-être devenu légitime. Oui, pour moi, du moins... il me semble que je le crois. »

Lettre de lord Castlereagh à lord Bathurst,
relative au traité de Fontainebleau.
Recueil de Shœll

Paris, le 13 avril 1814.

« ... Je me borne en conséquence, pour le moment, à vous expliquer ce qui s'est passé par rapport à la destinée future et à l'établissement de Napoléon et de sa famille.

« V. S. connaît déjà, par lord Cathcart, l'acte d'abdication signé par Buonaparte le 4 de ce mois, et l'assurance qui lui a été donnée par l'empereur de Russie et par le gouvernement provisoire, d'une pension de six millions de francs, avec un asile dans l'île d'Elbe. Buonaparte avait déposé cet acte entre les mains de M. de Caulaincourt et des maréchaux Ney et Macdonald, pour l'échanger contre un engagement formel de la part des Alliés, relatif à l'arrangement proposé. Les mêmes personnes étaient autorisées à consentir à un armistice, et à déterminer une ligne de démarcation qui pût en même temps être satisfaisante pour les Alliés, et prévenir l'effusion inutile du sang humain.

« A mon arrivée, je trouvai cet arrangement sur le point d'être adopté. On avait discuté une convention qui aurait dû être signée le jour même, si l'on n'avait annoncé l'approche des ministres alliés. Les motifs qui portaient à hâter la conclusion de cet acte étaient l'inconvénient, sinon le danger, qu'il y avait à ce que Napoléon demeurât à Fontainebleau, entouré des troupes qui lui restaient toujours fidèles ; la crainte d'intrigues dans l'armée et la capitale, et l'importance qu'avait aux yeux de beaucoup d'officiers un arrangement favorable à leur chef, qui leur permît de l'abandonner sans se déshonorer.

« Dans la nuit après mon arrivée, les quatre ministres eurent une conférence sur la convention préparée avec le prince de Bénévent. J'y fis connaître mes objections, en exprimant en même temps le désir qu'on ne crût pas que j'y insistais, au risque de compromettre la tranquillité de la France, pour empêcher l'exécution de la promesse donnée, à cause de l'urgence des circonstances, par la Russie.

« Le prince de Bénévent reconnut la solidité de plusieurs de mes objections, mais il déclara en même temps qu'il croyait que le gouvernement provisoire ne pouvait avoir d'objet plus important que d'éviter tout ce qui pouvait, même pour un instant, prendre le caractère de la guerre civile, et qu'il pensait aussi qu'une mesure de ce genre était essentielle pour faire passer l'armée du côté du gouvernement dans une disposition qui permît de l'employer. D'après cette déclaration et celle du comte de Nesselrode, portant qu'en l'absence des Alliés, l'empereur son maître avait senti la nécessité d'agir pour le mieux, en leur nom, aussi bien qu'en son propre nom, je m'abstins de toute opposition ultérieure au principe de la mesure, me bornant à suggérer quelques modifications dans les détails. Je refusai cependant, au nom de mon gouvernement, d'être plus que partie accédante au traité, et déclarai que l'acte d'accession de la Grande-Bretagne ne s'étendrait pas au-delà des arrangements territoriaux proposés dans le traité. On regarda comme parfaitement fondée mon observation, qu'il n'était pas nécessaire que nous prissions part à la forme du traité, nommément pour ce qui regardait la reconnaissance du titre de Napoléon, dans les circonstances actuelles. Je joins maintenant le protocole et la note qui déterminent le point d'extension auquel j'ai pris sur moi de faire des promesses au nom de ma cour.

« Conformément à mes propositions, la reconnaissance des titres impériaux dans la famille fut limitée à la durée de la vie des individus, d'après ce qui s'est observé lorsque le roi de Pologne devint Électeur de Saxe.

« Quant à ce qui fut fait en faveur de l'Impératrice, non seulement je n'y fis aucune objection, mais je le regardai comme dû à l'éclatant sacrifice des sentiments de famille que l'empereur d'Autriche fait à la cause de l'Europe. *J'aurais désiré substituer une autre position à celle de l'île d'Elbe pour servir de retraite à Napoléon* ; mais il n'y en a pas de disponible qui présente la sécurité sur laquelle il insiste, et contre laquelle on ne pourrait faire les mêmes objections ; je ne crois pas pouvoir encourager l'alternative dont, d'après l'assurance de M. de Caulaincourt, Buonaparte avait plusieurs fois parlé d'avoir un asile en Angleterre.

« La même nuit, les ministres alliés eurent une conférence avec M. de Caulaincourt et les maréchaux : j'y assistai. Le traité fut examiné et accepté avec des changements ; depuis il a été signé et ratifié, et Buonaparte commence demain ou après-demain son voyage au midi.

« *Signé* : CASTLEREAGH. »

J'ai cru devoir transcrire ici cette lettre : outre qu'elle complète nos lumières sur le traité du 11 avril, dont j'ignorais les détails à Sainte-Hélène même, elle me présente particulièrement deux points que je ferai remarquer : elle m'explique la réponse de l'Empereur, auquel rappelant qu'il semblait avoir oublié, dans une occasion essentielle, de mentionner la reconnaissance de son titre par les Anglais à Fontainebleau, il se contente de me dire qu'il l'a fait à dessein. Or, j'apprends ici que lord Castlereagh s'y était soigneusement refusé, ce qui n'exclut pas, du reste, la scrupuleuse exactitude des citations de Napoléon, mais la fait ressortir au contraire.

Le second point, que mon impartialité me porte à faire également remarquer, c'est que lord Castlereagh parle ici de l'alternative offerte par Napoléon, de se retirer en Angleterre, au défaut de la cession de l'île d'Elbe. Or, on trouvera plus bas (lundi 18 novembre), que Napoléon, au contraire, reproche à lord Castlereagh de lui avoir fait insinuer d'adopter de préférence ce parti. Certes, voilà deux exposés directement contraires ; l'impartialité, je le répète, me commandait de les produire également tous deux ; libre à chacun de se décider suivant ses lumières ou son penchant ; car, comme je l'ai souvent entendu dire à l'Empereur, une voix en vaut une autre. Pour moi, mon choix n'est pas douteux, j'adopte les paroles de Napoléon, en dépit des assertions de lord Castlereagh, parce que j'ai présentes les assertions erronées de lord Whitworth, mentionnées dans le cours du *Mémorial*, et les assertions scandaleusement exprimées par lord Castlereagh sur Napoléon, en plein parlement ou dans des assemblées publiques, et les documents altérés sur lesquels on a prononcé la déchéance de Murat, et les vingt et quelques dénégations si intrépidement exprimées par lord Bathurst à la Chambre des pairs, dont la fausseté néanmoins de la plupart d'entre elles était si manifeste à tous les yeux, à Sainte-Hélène, qu'elle causa de l'embarras à sir Hudson Lowe lui-même, etc., et je persisterai dans mon adoption ; à moins que des preuves suffisantes ne viennent me faire varier.

MERCREDI 13.

L'épée du grand Frédéric. On espère que le lion s'endormira. Nouvelles tracasseries du gouverneur ; il m'enlève mon domestique. Notre sort enviable dans nos misères. Bonheur de l'avoir approché.

Le matin, chez l'Empereur et dans un moment de non-occupation, je considérais la grosse montre du grand Frédéric, accrochée près de la cheminée, ce qui a conduit l'Empereur à dire : « J'ai eu dans mes mains d'illustres et précieux monuments, j'ai possédé l'épée du grand Frédéric ; les Espagnols m'ont rapporté aux Tuileries l'épée de François Ier : l'hommage était grand, il a dû leur coûter ; et les Turcs, les Persans, n'ont-ils pas prétendu me faire présent d'armes qui auraient appartenu à Gengis Khan, à Tamerlan, à Schah Nadir, ou autres, je ne sais ; car je crois bien que ce n'est que dans leur seule démarche et leur seule intention qu'il faut prendre la vérité. »

Et comme à la suite de tout cela je terminais par mon grand étonnement qu'il n'eût pas fait des efforts pour conserver l'épée du grand Frédéric : « Mais j'avais la mienne », a-t-il repris avec une douceur de voix et un sourire tout particuliers, et me serrant légèrement l'oreille. Et au fait il avait raison, je lui disais là une grosse bêtise.

Plus tard, il revenait sur ce qu'il avait voulu et ce qu'il eût dû, disait-il, en se remariant, épouser une Française. « C'était éminemment national, disait-il ; la France était assez grande, son monarque assez puissant pour pouvoir négliger toute considération étrangère. D'ailleurs, l'alliance du sang entre souverains ne tient pas contre les intérêts de la politique, et, sous ce rapport même, ne prépare que trop souvent des scandales en morale aux yeux des peuples ; puis, c'est admettre une étrangère aux secrets de l'État : elle peut en abuser ; et si l'on compte soi-même sur les siens au-dehors, on peut se trouver n'avoir posé le pied que sur un abîme recouvert de fleurs. En tout, c'est une chimère que de croire que ces alliances garantissent ou assurent jamais rien. »

Quoi qu'il en soit, la mesure d'un nouveau mariage transporta d'aise les citoyens sages qui cherchaient un avenir. Napoléon, peu de jours après cette détermination, dit à un de ses ministres (le duc Decrès), dans un moment de gaieté : « On est donc bien joyeux de mon mariage ? – Oui, sire, beaucoup. – J'entends : c'est qu'on suppose que le lion s'endormira. – Mais, sire, pour dire le vrai, nous y comptons un peu. – Eh bien, dit Napoléon après quelques instants de silence, l'on se trompe, et ce n'est pas aux vices du lion qu'il faudra s'en prendre. Le sommeil lui serait aussi doux peut-être qu'à tout autre ; mais ne voyez-vous pas qu'avec *l'air d'attaquer sans cesse*, je ne suis pourtant jamais occupé *qu'à me défendre*. » Cette assertion a pu laisser des doutes tant qu'a duré la lutte terrible ; mais la joie et les indiscrétions de la victoire sont venues depuis consacrer la vérité. On a vu les uns se vanter qu'ils auraient continué la guerre jusqu'à ce qu'ils eussent abattu leur ennemi ; qu'ils n'avaient jamais eu d'autre pensée. D'autres [1] n'ont pas craint de publier que c'était sous le masque des alliances du sang même, et sous celui de l'amitié qu'ils avaient ourdi le complot de sa chute !!!...

Aujourd'hui et les deux jours suivants ont été pour moi remplis par une tracasserie qui m'était personnelle, et qui a trop influé sur mes destinées pour que je ne la mentionne pas ici. Depuis mon séjour à Longwood, j'avais pour domestique un jeune habitant de l'île, mulâtre libre, dont j'avais lieu d'être fort content ; tout à coup il prit fantaisie à sir Hudson Lowe de m'en priver.

Poussé par son occupation ingénieuse à nous tourmenter, ou, comme beaucoup d'autres se sont obstinés à le penser, par suite d'un plan perfidement combiné, il me dépêcha l'officier de garde anglais, pour m'annoncer qu'ayant conçu quelques inquiétudes sur ce que mon domestique était natif de l'île, il allait me le retirer, et le remplacerait par un autre de son choix. Ma réponse fut simple et positive : « Le gouverneur, disais-je, pouvait m'enlever mon domestique si cela lui plaisait, mais il devait s'épargner la peine de le remplacer par un autre de son choix. J'apprenais chaque jour à me détacher des jouissances de la vie. Je saurais, au besoin, me servir de mes propres mains : cette privation de plus serait peu de chose au milieu des souffrances dont il nous entourait. »

Alors commencèrent à ce sujet une foule de messages et de notes. Sir Hudson Lowe écrivait jusqu'à trois ou quatre fois par jour à l'officier de garde, chargé de me donner autant de communications. Sir Hudson Lowe ne comprenait pas mes difficultés, disait-il, et n'imaginait pas quelle objection je pouvais avoir contre un domestique donné de sa main... Celui qu'il aurait choisi en vaudrait bien un autre... Son offre de le choisir lui-même n'était qu'une attention de sa part, etc.

Je souffrais des allées et venues du pauvre officier, et j'en étais fatigué pour mon compte. Je le priai donc, pour épargner

1. *Observateur autrichien*, 1817 ou 1818. *(Las Cases.)*

ses pas, d'assurer le gouverneur que ma réponse demeurait toujours la même, savoir : qu'il pouvait bien m'enlever mon domestique, mais qu'il ne devait pas songer à m'en faire accepter un de son choix ; qu'il pouvait bien mettre garnison chez moi par la force, mais non jamais de mon propre consentement. Cependant, durant tous ces colloques, on avait fait venir mon domestique, on l'avait questionné, on l'avait retiré une première fois de mon service, puis rendu et enfin retiré tout à fait.

Je rendis compte du tout à l'Empereur, qui m'approuva fort de n'avoir pas voulu laisser introduire un espion, disait-il, au milieu de nous. « Mais comme votre privation, ajouta-t-il d'une manière charmante, est dans l'intérêt de tous, il n'est pas juste que vous en souffriez seul ; faites venir Gentilini, mon valet de pied, qu'il prenne son service auprès de vous ; il sera enchanté de gagner quelques napoléons de plus ; vous lui direz d'ailleurs que c'est par mon ordre. » Gentilini s'y rendit d'abord avec gaieté ; mais, le soir même, le pauvre garçon vint me dire qu'on lui avait fait observer qu'il n'était pas convenable qu'un domestique de l'Empereur servît un particulier !!!... Et l'Empereur poussa la bonté jusqu'à faire venir Gentilini pour lui en donner l'ordre de sa propre bouche...

C'était ainsi que ce gouverneur continuait à nous persécuter journellement et sous toutes les formes, bien que je n'en dise plus rien, non que je m'y fusse accoutumé, mais parce que, dans la masse de nos peines, celles qui ne nous venaient que de sa mauvaise humeur n'étaient plus que de légers accessoires. Et en effet, qu'auraient-elles pu être auprès de nos grandes misères ?..

Si l'on s'est bien pénétré de toute l'horreur de notre situation, on me voit jeté, et probablement pour jamais, sur une plage déserte à deux mille lieues de la patrie, confiné dans une étroite prison, sous un ciel, dans un climat, sur un sol, qui ne sont pas les nôtres. On me voit errer vivant dans les sinuosités du tombeau, seul terme probable de tant de maux. J'ai perdu ma femme, mes enfants, mes amis, bien qu'ils jouissent encore de la vie, mais leur univers n'est plus le mien ; et privé désormais de la communication des hommes, il me reste à pleurer les épanchements de l'amitié, les douceurs de la famille, les intimités, les charmes de la société...

Certes, en lisant ceci, il n'est personne sans doute, quelles que soient ses opinions, son pays, ses dispositions naturelles, qui ne m'accorde sympathiquement quelques regrets, et ne se sente arracher quelque mouvement de commisération, tant il me voit à plaindre ; eh bien, pourtant, il aurait tort, je vais me rendre enviable !...

Quel est celui dont le cœur ne bat à de certains actes d'Alexandre ou de César ? Qui approcherait sans émotion des vestiges de Charlemagne ? De quel prix ne nous seraient pas les paroles, le son de la voix de Henri IV ? Eh bien ! aux moindres symptômes de quelque abattement moral, si je sentais le besoin de retremper mon âme, le cœur plein de telles sensations, l'esprit rempli de telles idées, je m'écriais : Je possède tout cela, mieux que tout cela ; et ici ce ne sont point de seules illusions, de simples ressouvenirs d'histoire, je suis aux côtés mêmes de l'objet vivant qui a accompli tant de prodiges ; chaque jour, à chaque instant, je considère à mon gré les traits de celui dont un clin d'œil ordonna tant de batailles et décida de tant d'empires ; je lis sur ce front que décorent les lauriers de Rivoli, de Marengo, d'Austerlitz, de Wagram, d'Iéna, de Friedland ; je puis presque toucher cette main qui régit tant de sceptres et distribua tant de couronnes, qui saisit les drapeaux d'Arcole et de Lodi, qui, dans une occasion solennelle, rendait à une femme éplorée les seules preuves de la culpabilité de son mari ; j'entends cette même voix qui, à la vue des pyramides d'Égypte, prononçait à ses soldats : « Enfants, du haut de ces monuments quarante siècles nous contemplent ! », qui, arrêtant sa suite à la vue d'un convoi de blessés autrichiens, disait en se découvrant : « Honneur et respect au courage malheureux ! » Je cause presque familièrement avec celui-là même dont les conceptions ont manié l'Europe, qui se faisait un passe-temps des embellissements de nos villes et de la prospérité de nos provinces, qui nous avait élevés si haut dans l'esprit des peuples, et avait porté notre gloire jusqu'aux nues !... Je le vois, je l'entends, je le soigne, je m'efforce de lui être agréable, je le console peut-être !... quelle situation !... Eh bien ! à présent me plaint-on encore ? une foule, au contraire, n'enviera-t-elle pas mon sort ? Qui, au fait, obtint un tel bonheur, réunit des circonstances pareilles aux nôtres ?...

JEUDI 14.

Nouvelles occupations de l'Empereur. Sur les grands capitaines ; la guerre, etc. Ses idées sur diverses institutions pour le bien-être de la société. Avocats. Curés. Autres objets.

L'Empereur, sur les six heures, m'a fait appeler dans sa chambre. Il venait de dicter, m'a-t-il dit, un fort beau chapitre sur les droits maritimes ; il me parlait d'autres plans d'ouvrages ; j'ai osé lui rappeler les quatorze paragraphes dont il avait déjà eu l'idée, et que j'ai déjà mentionnés ailleurs. Il en a écouté le ressouvenir avec plaisir, et a assuré qu'il y viendrait certainement un jour.

Il s'est mis de là à lire et à corriger des notes précieuses qu'il avait dictées au grand-maréchal sur la différence des guerres anciennes et modernes, sur l'administration des armées, leur composition, etc. Puis, s'étant mis à causer, et se lançant sur le sujet, entre autres choses il a dit : « Il n'est pas de grandes actions suivies qui soient l'œuvre du hasard et de la fortune ; elles dérivent toujours de la combinaison et du génie. Rarement on voit échouer les grands hommes dans leurs entreprises les plus périlleuses. Regardez Alexandre, César, Annibal, le grand Gustave et autres, ils réussissent toujours ; est-ce parce qu'ils ont du bonheur qu'ils deviennent ainsi de grands hommes ? Non, mais parce qu'étant de grands hommes, ils ont su maîtriser le bonheur. Quand on veut étudier les ressorts de leurs succès, on est tout étonné de voir qu'ils avaient tout fait pour l'obtenir.

« Alexandre, à peine au sortir de l'enfance, conquiert, avec une poignée de monde, une partie du globe, mais fut-ce de sa part une simple irruption, une façon de déluge ? Non ; tout est calculé avec profondeur, exécuté avec audace, conduit avec sagesse. Alexandre se montre à la fois grand guerrier, grand politique, grand législateur ; malheureusement quand il atteint le zénith de la gloire et du succès, la tête lui tourne ou le cœur se gâte. Il avait débuté avec l'âme de Trajan, il finit avec le cœur de Néron et les mœurs d'Héliogabale. » Et l'Empereur développait les campagnes d'Alexandre, et je voyais le sujet sous un jour tout nouveau.

Passant ensuite à César, il disait, qu'au rebours d'Alexandre, il avait commencé sa carrière fort tard, et qu'ayant débuté par une jeunesse oisive et des plus vicieuses il avait fini montrant l'âme la plus active, la plus élevée, la plus belle ; il le pensait un des caractères les plus aimables de l'histoire. « César, observait-il, conquiert les Gaules et les lois de sa patrie ; mais, est-ce au hasard et à la simple fortune qu'il doit ses grands actes de guerre ? » Et il analysait encore les hauts faits de César comme il avait fait de ceux d'Alexandre.

« Et cet Annibal, disait-il, le plus audacieux de tous, le plus étonnant peut-être, si hardi, si sûr, si large en toutes choses ; qui, à vingt-six ans, conçoit ce qui est à peine concevable, exécute ce qu'on devait tenir pour impossible ; qui, renonçant à toute communication avec son pays, traverse des peuples ennemis ou inconnus qu'il faut attaquer et vaincre, escalade les Pyrénées et les Alpes, qu'on croyait insurmontables, et ne descend en Italie qu'en payant de la moitié de son armée la seule acquisition de son champ de bataille, le seul droit de combattre ; qui occupe, parcourt et gouverne cette même Italie durant seize ans, met plusieurs fois à deux doigts de sa perte la terrible et redoutable Rome, et ne lâche sa proie que quand on met à profit la leçon qu'il a donnée d'aller le combattre chez lui. Croira-t-on qu'il ne dut sa carrière et tant de grandes actions qu'aux caprices du hasard, aux faveurs de la fortune ? Certes, il devait être doué d'une âme de la trempe la plus forte, et avoir une bien haute idée de sa science en guerre, celui qui, interpellé par son jeune vainqueur, n'hésite pas à se placer, bien que vaincu, immédiatement après Alexandre et Pyrrhus, qu'il estime les deux premiers du métier.

« Tous ces grands capitaines de l'Antiquité, continuait Napoléon, et ceux qui, plus tard, ont dignement marché sur leurs traces, n'ont fait de grandes choses qu'en se conformant aux règles et aux principes naturels de l'art ; c'est-à-dire par la justesse des combinaisons et le rapport raisonné des moyens avec leurs conséquences, des efforts avec les obstacles. Ils n'ont réussi qu'en s'y conformant, quelles qu'aient été d'ailleurs l'audace de leurs entreprises et l'étendue de leurs succès. Ils n'ont cessé de faire constamment de la guerre une véritable science. C'est à ce titre seul qu'ils sont nos grands modèles, et ce n'est qu'en les imitant qu'on doit espérer en approcher.

« On a attribué à la fortune mes plus grands actes, et on

ne manquera pas d'imputer mes revers à mes fautes ; mais si j'écris mes campagnes, on sera bien étonné de voir que dans les deux cas, et toujours, ma raison et mes facultés ne s'exercèrent qu'en conformité avec les principes, etc. »

Comme il est à désirer que l'Empereur accomplisse sa pensée d'écrire ses campagnes ! Quels commentaires que ceux de Napoléon[1] !!!

L'Empereur a continué d'analyser de la sorte Gustave-Adolphe, Condé, chez qui il disait que la science semblait avoir été un instinct, la nature l'ayant produit tout savant ; Turenne, qui, au contraire, ne s'était formé qu'avec peine et à force d'instruction. Et m'étant permis de lui dire à ce sujet qu'on avait remarqué pourtant que Turenne n'avait point formé d'élèves, tandis que Condé en avait laissé plusieurs fort distingués : « Par caprice du hasard, a repris l'Empereur ; c'est le contraire qui eût dû arriver. Mais il ne dépend pas toujours des maîtres de faire de bons écoliers ; encore faut-il que la nature s'y prête : la semence doit rencontrer son terrain. » Il a continué sur Eugène, Marlborough, Vendôme, etc., sur le grand Frédéric, qu'il disait avoir été, sur toutes choses,

1. Il paraît que l'Empereur n'a point entièrement exécuté cet ouvrage, qui eût été d'un si grand prix pour le métier. Toutefois la seconde livraison des *Mémoires de Napoléon* par les généraux Montholon et Gourgaud renferme des notes critiques de Napoléon sur un ouvrage de guerre, qui sont du plus grand intérêt et peuvent nous tenir lieu, à certains égards, de ce que nous aurons perdu. On y trouve précisément les grands capitaines de l'Antiquité mentionnés ici, mais avec ce développement, cette vigueur et cette supériorité d'une dictée réfléchie sur l'extrait informe d'une conversation courante. Un autre objet bien intéressant, présenté par les mêmes volumes, est l'ensemble des pièces officielles et le protocole des négociations de Châtillon. On a parlé des embarras de Louis XIV, à la fin de la guerre de la Succession et des cruelles conférences de Gertruidenberg ; mais que sont-elles, grand Dieu ! auprès du congrès de Châtillon ! et quel n'est pas l'état désespéré du malheureux Empire français et la situation de son plénipotentiaire unique, luttant seul contre toute la diplomatie victorieuse de l'Europe ! Du reste, on s'étonne peu après cela de la haute et grande considération que le duc de Vicence a comme imposée à tous ces étrangers. Cela devait être, tant il leur montre de loyauté, d'élévation, de franchise, en un mot tout ce qui compose une belle âme. Sa correspondance respire constamment le sujet fidèle, l'ami dévoué et surtout l'excellent citoyen. Aussi, sans discuter le mérite de son opinion personnelle, fût-on même d'un avis opposé, il devient impossible de ne pas se sentir pénétré de vénération à une telle lecture. *(Las Cases.)*

tacticien par excellence, et avoir eu le secret de faire des soldats de véritables machines. A son sujet, il a dit : « Combien les hommes diffèrent parfois de ce qu'ils s'annoncent ! Savent-ils bien toujours eux-mêmes ce qu'ils sont ? En voilà un, remarquait-il, qui, au début, prend la fuite devant sa propre victoire, et qui, tout le reste de sa carrière, se montre bien certainement le plus intrépide, le plus tenace, le plus froid des hommes, etc. »

Après dîner, l'Empereur, plein de son travail du jour, dont il suit depuis quelque temps le sujet avec une espèce de plaisir et de satisfaction, a parlé jusqu'à près d'une heure du matin, traitant en maître, de la manière la plus ingénieuse, la plus forte et la plus lumineuse, une foule d'objets de guerre.

Il revenait sur la grande différence de la guerre des anciens avec celle des modernes. « L'invention des armes à feu a tout changé, observait-il ; cette grande découverte était, du reste, tout à l'avantage des assaillants, bien que jusqu'ici la plupart des modernes aient soutenu le contraire. La force corporelle des anciens, observait-il encore, était en harmonie avec leurs armes offensives et défensives ; les nôtres, au contraire, celles de nos jours sont tout à fait hors de notre sphère. »

Si l'Empereur laisse après lui des idées sur ces objets, son opinion sera bien précieuse. Il l'a donnée ce soir sur la plupart des circonstances militaires ; il s'est élevé aux plus hautes idées, il est descendu dans les plus petits détails.

Il disait que la guerre ne se composait que d'accidents, et que bien que tenu de se plier à des principes généraux, un chef ne devait jamais perdre de vue tout ce qui pouvait le mettre à même de profiter de ces accidents. Le vulgaire appellerait cela bonheur, et ce ne serait pourtant que la propriété du génie...

Il voulait que, dans l'état actuel, on donnât plus de consistance au troisième rang de l'infanterie, ou bien qu'on le supprimât ; et il en développait le motif...

Il voulait que l'infanterie chargée par la cavalerie tirât de fort loin sur elle, au lieu de l'attendre à bout portant, comme on le fait aujourd'hui ; et il en démontrait l'avantage.

Il disait que l'infanterie et la cavalerie, laissées à elles-mêmes sans artillerie, ne devaient point amener de résultat décisif ; mais qu'avec de l'artillerie, et toutes choses d'ailleurs égales, la cavalerie devait détruire l'infanterie ; et il développait très lumineusement toutes ces choses, et une foule d'autres encore.

Il ajoutait que l'artillerie faisait aujourd'hui la véritable destinée des armées et des peuples ; qu'on se battait à coups de canon comme à coups de poing, et qu'en bataille comme à un siège, l'art consistait à présent à faire converger un grand nombre de feux sur un même point, que la mêlée une fois établie, celui qui avait l'adresse de faire arriver subitement et à l'insu de l'ennemi, sur un de ses points, une masse inopinée d'artillerie, était sûr de l'emporter. Voilà quel avait été, disait-il, son grand secret et sa grande tactique.

Du reste, concluait-il, il ne pouvait pas y avoir ce que dans sa pensée il concevait être une véritable armée, sans une révolution dans les mœurs et l'éducation du soldat, peut-être même de l'officier. Il ne pouvait pas y en avoir avec nos fours, nos magasins, nos administrations, nos voitures. Il n'y aurait d'armée que quand, à l'imitation des Romains, le soldat recevrait son blé, aurait des moulins à bras, cuirait son pain sur sa petite platine, etc. Il n'y aurait d'armée que quand on aurait mis en fuite toute notre effroyable administration paperassière, etc.

« J'avais médité, disait-il, tous ces changements ; mais pour oser les mettre en pratique, il m'eût fallu une profonde paix : une armée de guerre ne le permettait pas ; elle se fût révoltée, elle m'eût envoyé promener, etc. »

Puisque j'en suis à ce sujet, je vais réunir ici quelques notes éparses, recueillies à différents instants sur les innovations projetées par l'Empereur, non seulement sur l'armée, mais encore sur beaucoup d'autres objets essentiels à l'organisation sociale.

L'Empereur avait le projet, à la paix générale, nous a-t-il dit plus d'une fois, d'amener chaque puissance à une immense réduction des armées permanentes. Il eût voulu que chaque souverain se bornât à sa seule garde, comme cadre du reste de l'armée à composer au besoin. Il eût voulu, s'il avait été contraint de conserver une forte armée en temps de paix, l'employer aux travaux publics, lui donner une organisation, une tenue et une manière de se nourrir tout à fait spéciale. On trouvera sans doute une partie de ces choses dans ses *Mémoires* ; je sais qu'il les a dictées en différents moments à plusieurs de ces messieurs.

Il avait éprouvé, disait-il, que la plus grande gêne dans ses plans de campagne et ses grandes expéditions venait de la nourriture moderne des soldats, du blé qu'il fallait trouver, de la farine qu'il fallait obtenir en le faisant moudre, enfin du pain qu'il fallait parvenir à faire cuire. Or, la méthode romaine, qu'il approuvait fort, et qu'il eût adoptée en tout ou en partie, eût remédié à tous ces inconvénients. « Avec elle, disait l'Empereur, on allait au bout du monde ; mais encore fallait-il du temps pour amener à la transition d'un tel régime : il ne pouvait s'opérer par un simple ordre du jour. J'en avais eu la pensée depuis longtemps ; mais quelle qu'eût été ma puissance, je me fusse bien donné de garde de le commander. Il n'est point de subordination ni de crainte pour les estomacs vides. Ce n'était qu'en temps de paix et à loisir qu'on eût pu y arriver insensiblement : je l'aurais obtenu en créant des mœurs militaires nouvelles. »

L'Empereur eût constamment tenu à faire passer toute la nation par l'épreuve de la conscription. « Je suis intraitable sur les exemptions, disait-il un jour au Conseil d'État : elles seraient des crimes. Comment charger sa conscience d'avoir fait tuer l'un au détriment de l'autre ? Je ne sais même pas si j'exempterai mon fils. » Et dans une autre occasion il disait encore que la conscription est la racine éternelle d'une nation, l'épuration de son moral, la véritable institution de toutes ses habitudes ; et puis la nation, ajoutait-il, se trouvait de la sorte toute classée dans ses véritables intérêts pour sa défense au-dehors et son repos au-dedans. « Organisé, maçonné de la sorte, disait-il, le peuple français eût pu défier l'univers ; il eût pu, et avec plus de justesse, renouveler ce mot des fiers Gaulois : *Si le ciel venait à tomber, nous le soutiendrions de nos lances.* »

Dans son système et ses intentions, la conscription, loin de nuire à l'éducation, en fût devenue l'instrument. L'Empereur en serait arrivé, disait-il, à avoir dans chaque régiment une école pour le commencement ou la continuation de l'enseignement dans tous les genres, soit pour la ligne scientifique, pour les arts libéraux ou pour les simples mécaniques. « Et rien de plus aisé que d'obtenir tout cela, remarquait-il ; le principe une fois adopté, vous eussiez vu chaque régiment tirer tout ce qui eût été nécessaire de ses rangs mêmes : et quel bienfait le déversement de tous ces jeunes gens avec leurs connaissances acquises, n'eussent-elles été qu'élémentaires, avec les mœurs qui en dérivent nécessairement, n'aurait-il pas été produire dans la masse de la société ! etc. »

Un jour, l'Empereur disait encore que, s'il eût eu du loisir, il y avait peu d'institutions sur lesquelles il n'eût porté la main ; et il s'arrêtait sur le fléau des procès, qu'il disait être une véritable lèpre, un vrai cancer social. « Déjà mon code, disait-il, les avait singulièrement diminués, en mettant une foule de causes à la portée de chacun ; mais il restait encore beaucoup à faire au législateur ; non qu'il dût se flatter d'empêcher les hommes de quereller : ce devait être de tout temps ; mais il fallait empêcher un tiers de vivre des querelles des deux autres ; empêcher qu'il les excitât même, afin de mieux vivre encore. J'aurais donc voulu établir qu'il n'y eût d'avoués ni d'avocats rétribués que ceux qui gagneraient leurs causes. Par là, que de querelles arrêtées ! car il est bien évident qu'il n'en serait pas un seul qui, du premier examen d'une cause, ne la repoussât si elle lui semblait douteuse. On ne saurait craindre qu'un homme vivant de son travail voulût s'en charger pour le simple plaisir de bavarder ; et même, dans ce cas encore, le travers ne serait nuisible qu'à lui seul. Mais avec les praticiens, observait l'Empereur, les choses les plus simples se compliquent tout aussitôt ; on me présenta une foule d'objections, une multitude d'inconvénients, et moi qui n'avais pas de temps à perdre, j'ajournai ma pensée. Mais encore aujourd'hui je reste convaincu qu'elle est lumineuse, et qu'en la creusant, la retournant, ou la modifiant, on pourrait en tirer un grand parti. »

Puis venaient les curés, qu'il eût voulu rendre très importants et fort utiles. « Plus ils sont éclairés, disait-il, moins ils sont portés à abuser de leur ministère. » Aussi, à leur cours de théologie, aurait-il voulu qu'on eût joint un cours d'agriculture et les éléments de la médecine et du droit. « Par là, disait-il, le dogme et la controverse, qui ne sont que le cheval de bataille et les armes du sot et du fanatique, fussent insensiblement devenus plus rares dans la chaire ; il ne serait plus guère demeuré que la pure morale, toujours belle, toujours éloquente, toujours persuasive, toujours écoutée ; et comme on aime d'ordinaire à parler de ce qu'on sait, ces ministres d'une religion toute de charité, eussent de préférence entretenu les paysans de leur culture, de leurs travaux, de leurs champs ; ils eussent pu donner de bons conseils contre la chicane, et de bons avis aux malades : tous y eussent gagné. Alors les pasteurs eussent été vraiment une providence pour leurs ouailles, et comme on leur eût composé un très bel état, ils auraient joui d'une grande considération : ils se seraient fort respectés eux-mêmes, et l'eussent été de tous. Ils n'auraient pas eu le pouvoir de la seigneurie féodale ; mais ils en auraient eu, sans danger, toute l'influence. Un curé eût été le juge de paix naturel, le vrai chef moral qui eût dirigé, conduit la population sans danger, parce qu'il était lui-même dépendant du gouvernement qui le nommait et le salariait. Si l'on joint à tout cela les épreuves et le noviciat nécessaires pour le devenir, qui garantissent en quelque sorte la vocation et supposent de belles dispositions de cœur et d'esprit, on est porté à prononcer qu'une telle composition de pasteurs au milieu des peuples, eût dû amener une révolution morale tout à l'avantage de la civilisation. »

Ceci me rappelle avoir entendu l'Empereur, au Conseil d'État, déclamer contre le casuel des ministres du culte, et faire ressortir l'indécence de les mettre dans le cas de marchander, disait-il, des objets sacrés, et pourtant indispensables. Il proposait donc de le détruire. « En rendant les actes de la religion gratuits, observait-il, nous relevons sa dignité, sa bienfaisance, sa charité ; nous faisons beaucoup pour le petit peuple ; et rien de plus naturel et de plus simple que de remplacer ce casuel par une imposition légale ; car tout le monde naît, beaucoup se marient, et tous meurent ; et voilà pourtant trois grands objets d'agiotage religieux qui me répugnent et que je voudrais faire disparaître. Puisqu'ils s'appliquent également à tous, pourquoi ne pas les soumettre à une imposition spéciale, ou bien encore les noyer dans la masse des impositions générales, etc. » Cette proposition n'eut pas de suite.

Il me revient aussi en ce moment l'avoir encore entendu exprimer la proposition que tous les fonctionnaires et employés publics, même les militaires, formassent d'eux-mêmes le fonds de leurs pensions à venir, par une légère retenue de leur salaire annuel : il y attachait beaucoup de prix. « De la sorte, disait-il, l'avenir de chacun ne sera plus un objet de sollicitation, une faveur, ce sera un droit, une vraie propriété ; ce qui lui aura été retenu sera versé à la caisse d'amortissement chargée de le faire valoir : ce sera son propre bien qu'il suivra des yeux, et qu'il retirera, sans contestation, lors de sa retraite. » On lui objectait qu'il était des traitements, ceux des militaires surtout, qui ne pourraient admettre de retenue. « Eh bien, j'y suppléerai, répliquait l'Empereur, je les accroîtrai de toute la retenue. – Mais à quoi bon alors ? objectait-on encore, si l'on doit faire la même dépense, il n'y aurait point d'économie ; où seraient donc les avantages ? – Les avantages, répliquait l'Empereur, seraient dans la différence entre le certain et l'incertain, entre le repos du Trésor, qui n'aurait plus à se mêler de ces accidents, et la tranquillité des citoyens, qui posséderaient leur garantie, etc. »

L'Empereur défendit cette idée avec beaucoup de chaleur. Il y revint plus d'une fois ; elle demeura néanmoins sans résultat. J'ai déjà dit l'avoir vu improviser souvent de la sorte, ou faire discuter, après impression, une foule d'autres objets qui ont éprouvé le même sort. Voici ce qui peut en fort peu de mots donner une idée des travaux et de l'activité de son administration. « On a calculé que le gouvernement de Napoléon, dans un espace de quatorze ans et cinq mois, présente soixante et un mille cent trente-neuf délibérations du Conseil d'État sur des objets différents ! » (*Histoire critique et raisonnée, etc.*, de Montvéran.)

Enfin, j'ai entendu maintes fois Napoléon, et en diverses circonstances, répéter qu'il eût voulu un Institut européen, des prix européens pour animer, diriger et coordonner toutes les associations savantes en Europe.

Il eût voulu, pour toute l'Europe, l'uniformité des monnaies, des poids, des mesures ; l'uniformité de législation. « Pourquoi, disait-il, mon Code Napoléon n'eût-il pas servi de base à un Code européen, et mon université impériale à une université européenne ? De la sorte, nous n'eussions réellement, en Europe, composé qu'une seule et même famille. Chacun, en voyageant, n'eût pas cessé de se trouver chez lui, etc. »

Il est encore une foule d'autres idées pareilles ; mais comme je n'oserais hasarder aucun ressouvenir des détails, je m'abstiens.

VENDREDI 15.

L'Empereur change de manière à nous affecter. Le gouverneur nous environne de fortifications. Terreurs de sir Hudson Lowe. Général Lamarque. Mme Récamier et un prince de Prusse.

Sur les trois heures, l'Empereur, avec qui j'avais déjeuné le matin, m'a fait appeler ; voulant prendre l'air il a essayé de marcher dans le bois ; mais l'air lui a paru trop vif. Il s'est dirigé alors vers le grand-maréchal, chez qui il est entré, et est demeuré assez longtemps assis dans un fauteuil, où il semblait comme absorbé. La diminution de son embonpoint, la teinte de son visage, un affaiblissement visible nous ont frappés ; nous en avions tous le cœur navré...

En traversant le bois il avait jeté les yeux sur les fortifications dont on nous entoure ; il avait ri de pitié de tous ces travaux. On avait déshonoré nos alentours, disait-il, en enlevant l'espèce de gazon qui s'y trouvait pour en faire de misérables revêtements inutiles et ridicules. En effet, depuis près de deux mois, le gouverneur ne cesse de remuer le terrain autour de nous : il creuse des fossés, élève des parapets, plante des palissades ; il nous a tout à fait cernés dans Longwood : il fait en ce moment de l'écurie une véritable redoute, sans qu'on puisse y deviner aucun avantage en équivalent des sommes et des soins qu'elle aura coûtés : aussi ces travaux excitent-ils tour à tour la mauvaise humeur et le rire des soldats et des Chinois qui y sont employés : ils n'appellent plus Longwood et son écurie que *le fort Hudson* ou *le fort Lowe* ; et l'Empereur est revenu sur les frayeurs ridicules de sir Hudson Lowe, qu'on nous a assuré se réveiller parfois en sursaut pour rêver à de nouveaux moyens de sûreté. « Assurément, disait l'Empereur, cela tient de la folie ; et que ne dort-il à son aise ? Que ne nous laisse-t-il tranquilles ! Comment n'a-t-il pas l'esprit de juger que la force des localités, ici, est bien supérieure encore à toutes ses terreurs paniques ? – Sire, a repris quelqu'un, c'est qu'il se souvient de Capri, où avec deux mille hommes, trente pièces de canon et perché dans les rues, il fut enlevé par douze cents Français, que conduisait le brave général Lamarque, lequel ne put pénétrer jusqu'à lui qu'à l'aide d'une triple escalade. – Eh bien, a observé l'Empereur, sir Lowe se montre meilleur geôlier que bon général. »

La santé de mon fils, depuis quelque temps, me donnait les plus vives inquiétudes. Ses souffrances étaient tournées en palpitations violentes qui amenaient des évanouissements ; elles le forçaient de se relever la nuit pour marcher ou prendre quelque position particulière.

Le docteur O'Méara craignait d'entrevoir tous les symptômes d'un anévrisme et un péril imminent. J'ai fait prier le docteur militaire en chef Baxter de venir se joindre au docteur O'Méara pour une consultation à fond. Heureusement le résultat a pu me tranquilliser ; il était loin de présenter rien d'aussi alarmant.

Dans les causeries du jour, l'Empereur est revenu encore à Mme de Staël, sur laquelle il n'a rien dit de neuf. Seulement il a parlé cette fois de nouvelles lettres vues par la police, et dont Mme Récamier et un prince de Prusse faisaient tous les frais.

« Ces lettres, disait l'Empereur, contenaient la preuve non équivoque de tout l'empire des charmes de Mme Récamier, et du haut prix auquel le prince les élevait ; car elles ne renfermaient rien moins que des offres ou des promesses de mariage de sa part. »

Et voici le nœud de cette affaire, que j'ai appris plus tard. La belle Mme Récamier, dont la bonne réputation a eu le rare privilège de traverser sans injure nos temps difficiles, se trouvait auprès de Mme de Staël, à laquelle elle s'était héroïquement dévouée, quand un des princes de Prusse, fait prisonnier à Eylau, et se rendant en Italie par la permission de Napoléon, descendit au château de Coppet, avec l'intention de s'y reposer seulement quelques heures ; mais il y fut retenu tout l'été par les charmes qu'il y rencontra. Celle qui s'y était exilée auprès de son amie, et le jeune prince, se regardant tous deux comme des victimes de Napoléon, une haine commune commença peut-être leur intérêt mutuel. Touché d'une vive passion, le prince, malgré les obstacles que lui opposait son rang, conçut la pensée d'épouser l'amie de Mme de Staël, et le confia à celle-ci, dont l'imagination poétique saisit avidement un projet qui pouvait répandre sur Coppet un éclat romanesque. Bien que le prince fût rappelé à Berlin, l'absence n'altéra point ses sentiments : il n'en poursuivit pas moins avec ardeur son projet favori ; mais, soit préjugé catholique contre le divorce, soit générosité naturelle, Mme Récamier se refusa constamment à cette élévation inattendue.

C'est à cette circonstance, du reste, qu'on doit le tableau de Corinne, qui passe pour une des créations les plus originales du pinceau de Gérard, le prince le lui ayant commandé pour en faire hommage à celle qui avait si profondément occupé ses pensées.

Mais puisque je suis revenu à Mme de Staël, je dirai que la publication des volumes précédents m'ayant valu la visite et les observations de quelques personnes qui lui sont fort attachées, de ses plus intimes m'ont assuré qu'on lui avait prêté des expressions contre Napoléon, qui lui étaient absolument étrangères, spécialement celle de *Robespierre à cheval*, qu'elles pouvaient désavouer pour elle en toute sûreté de conscience, disaient-elles ; bien plus, elles ajoutaient que Mme de Staël se montrait parfois, dans la conversation privée, bien plus favorable que ne le témoignaient ses écrits, toujours aiguillonnés, il fallait en convenir, par les ressentiments et le dépit. L'une de ces personnes me disait qu'il avait été vraiment précieux pour elle de lire dans le *Mémorial* que Napoléon, à Sainte-Hélène, avait comparé Mme de Staël tout à la fois à Armide et à Clorinde, parce qu'elle avait entendu Mme de Staël, au temps de son enthousiasme, comparer de son côté le jeune général de l'armée d'Italie tout à la fois à Scipion et à Tancrède, alliant, disait-elle, les vertus simples de l'un aux faits brillants de l'autre.

Après dîner, l'Empereur ayant fait venir Racine, son favori, il nous a lu les plus beaux morceaux d'*Iphigénie*, de *Mithridate* et de *Bajazet*. « Bien que Racine ait accompli des chefs-d'œuvre en eux-mêmes, a-t-il dit en finissant, il y a répandu néanmoins une perpétuelle fadeur, un éternel amour, et son ton doucereux, son fastidieux entourage ; mais ce n'était pas précisément sa faute, ajoutait-il, c'était le vice et les mœurs du temps. L'amour alors, et plus tard encore, était toute l'affaire de la vie de chacun. C'est toujours le lot des sociétés oisives, observait-il. Pour nous, nous en avons été brutalement détournés par la Révolution et ses grandes affaires. » Chemin faisant, il avait condamné aussi tout le fameux plan de campagne de Mithridate. « Il pouvait être beau comme récit, disait-il, mais il n'avait point de sens comme conception. »

SAMEDI 16.

Les ministres anglais actuels ; portraits. Tous les ministères, autant de léproseries ; honorables exceptions. Sentiments de Napoléon pour ceux qui l'ont servi.

J'ai trouvé l'Empereur avec une espèce d'almanach politique anglais qu'il s'amusait à feuilleter. S'étant arrêté sur les membres du ministère anglais, qu'il passait en revue : « En connaissez-vous quelques-uns ? m'a-t-il dit. Quelle était, de votre temps, l'opinion commune à leur égard ? – Sire, ai-je répondu, il y a si longtemps que j'ai quitté l'Angleterre, que presque tous ceux qui y jouent un rôle aujourd'hui ne faisaient que commencer alors ; aucun n'était encore sur la première ligne de la scène. » Alors, nommant lord Liverpool, il a dit : « Lord Liverpool est, dans tout cela, à ce qu'il paraît, ce qu'il y a de plus honnête. On m'en a dit quelque bien : il semble avoir de la tenue, de la décence ; car je ne me fâche point qu'on soit mon ennemi ; on a son métier à faire, son devoir à remplir ; mais j'ai lieu de m'indigner de mesures et de formes ignobles. » A ce sujet, j'appris à l'Empereur que c'était de mon temps que le père de lord Liverpool, M. Jenkinson, devenu plus tard successivement lord Hawkesbury et lord Liverpool, avait fait sa fortune politique. C'était un très honnête homme, disait-on, ami particulier de George III, fort laborieux, et spécialement chargé des documents diplomatiques.

L'Empereur est passé ensuite à lord S... [1]. « C'était encore un homme assez honnête, m'a-t-on dit, mais de peu de capacité, une de ces braves ganaches qui concourent bonnement au mal. – Sire, de mon temps, et sous le nom d'Addington, il a été orateur de la Chambre des communes à la satisfaction générale. C'était la créature, disait-on, de M. Pitt. Ce ministre passait même pour l'avoir nommé à sa propre place, en la quittant, afin d'y rentrer plus facilement quand cela lui

1. Sidmouth.

conviendrait. Ce qu'il y a de certain, c'est que le public fut grandement surpris de voir M. Addington successeur de M. Pitt, tant on jugeait la chose au-dessus de ses forces ; et plus tard, un journal de l'opposition parlant de lui, rappelait qu'un philosophe, Locke, je crois, avait dit que les enfants n'étaient qu'une feuille de papier blanc sur laquelle la nature n'avait point encore écrit : et à cela le journal observait plaisamment qu'en écrivant sur la feuille *du docteur*, c'était le sobriquet donné à M. Addington, il fallait convenir que cette bonne nature avait laissé de furieuses marges. – Et ce mauvais dogue, a repris l'Empereur, à la pâture duquel il semble qu'on nous ait livrés, ce lord B... [1] qu'en savez-vous ? – Absolument rien, sire, ni sur son origine, ni sur sa personne, ni sur son caractère. – Eh bien, à moi, il ne m'est donné, a-t-il repris avec une espèce de chaleur, de pouvoir le juger d'ici que d'après ses actes envers moi. Or, à ce titre, je le tiens pour *le plus v..., le plus b..., le plus l... des hommes* [2]. La brutalité de ses déterminations, la grossièreté de ses expressions, le choix infâme de son agent, m'autorisent à le prononcer ainsi. On ne trouve pas aussi facilement un bourreau tel que celui qu'il m'a envoyé ; non, on n'a pas la main aussi heureuse ; il a fallu nécessairement le chercher, l'examiner, le juger, l'instruire ; et certes, en voilà assez à mes yeux, pour prononcer la condamnation morale de quiconque peut descendre à de tels détails : par le bras qu'il dirige, on peut supposer quel doit être son cœur ! »

J'avoue que, cédant à l'impulsion de mon naturel et des bienséances, j'ai été tenté d'abord de supprimer ou d'adoucir les expressions qui précèdent ; mais un scrupule m'a arrêté : et si la grande ombre si grièvement blessée, me suis-je dit, planant en cet instant au-dessus de moi, venait à me faire entendre : « Puisque vous vous avisez de me faire parler, conservez du moins mes paroles » ; et j'ai écrit. Aussi bien, faut-il que justice se fasse. En jouissant des honneurs et du pouvoir, on s'astreint nécessairement à répondre des charges. A l'inculpé à se justifier : s'il y réussit, tant mieux.

L'Empereur étant passé à lord C... [3], il a dit : « C'est

1. Lord Bathurst.
2. Le plus vil, le plus bas, le plus lâche.
3. Castlereagh.

celui-là qui gouverne tout le reste, et maîtrise jusqu'au prince même, à l'aide de ses intrigues et de son audace. Fort d'une majorité qu'il a lui-même composée, il est toujours prêt à s'escrimer au parlement, et avec la dernière impudeur contre la raison, le droit, la justice, la vérité ; nul mensonge ne lui coûte, rien ne l'arrête, tout lui est égal ; il sait que les votes sont constamment là pour tout applaudir et tout légitimer. Il a entièrement sacrifié son pays, et le ravale chaque jour en le conduisant au rebours de sa politique, de ses doctrines, de ses intérêts ; il le livre tout à fait au continent. La position se fausse à chaque instant davantage. Dieu sait comment on s'en tirera.

« Lord C..., a-t-il continué, est regardé, en Angleterre même, m'a-t-on assuré, comme l'homme de l'immoralité. Il a débuté par une apostasie politique, qui, bien que commune dans son pays, laisse néanmoins toujours une tache indélébile. Il est entré dans la carrière sous les bannières de la cause du peuple, et il s'est fait l'homme du pouvoir et de l'arbitraire. Si on lui fait justice, il doit être exécré des Irlandais, ses compatriotes, qu'il a trahis, et des Anglais dont il a détruit les libertés au-dedans et les intérêts au-dehors.

« Il a eu l'impudence de produire au parlement, comme faits authentiques, ce qu'il savait très bien avoir été falsifié, ce qu'il avait peut-être fait falsifier lui-même ; et c'est pourtant sur ces actes qu'on a prononcé le détrônement de Murat. Il fait métier de se mentir publiquement à lui-même chaque jour en plein parlement, et dans des assemblées publiques, en mettant dans ma bouche des paroles et des projets propres à m'aliéner ses compatriotes, bien qu'il sache qu'il n'en était rien ; et cet acte est d'autant plus bas, qu'il me tient lui-même dans l'impuissance de répondre.

« Lord C..., élève de M. Pitt, dont il se croit peut-être l'égal, n'en est tout au plus que le singe : il n'a cessé de poursuivre les plans et les complots de son maître contre la France. Et ici, sa pertinacité, son obstination ont été peut-être ses véritables et seules qualités ; mais Pitt avait de grandes vues ; chez lui l'intérêt de son pays marchait avant tout ; il avait du génie, il créait ; et de son île, comme point d'appui, il gouvernait et faisait agir à son gré les rois du continent ; C... au contraire, substituant l'intrigue à la création, les subsides au génie, s'important fort peu de son pays, n'a cessé d'employer le crédit et l'influence de ces rois du continent pour asseoir et perpétuer son pouvoir dans son île. Toutefois, et voici la marche des choses d'ici-bas, Pitt, avec tout son génie, n'a cessé d'échouer, et C..., incapable, a complètement réussi. O aveuglement de la fortune !!!...

« C... s'est montré tout à fait l'homme du continent ; maître de l'Europe, il a satisfait tout le monde et n'a oublié que son pays. Ses actes blessaient tellement l'intérêt national, ils étaient tellement au rebours des doctrines du pays, ils portaient tellement le caractère de l'inconséquence, qu'on ne comprend pas qu'une nation sage se soit laissé gouverner par un tel fou !!!

« Il prend pour base la légitimité, dont il prétend faire un dogme politique, lorsqu'elle saperait dans ses fondements le trône de son propre maître ; et néanmoins il reconnaît Bernadotte, en opposition au légitime Gustave IV, qui s'est immolé pour l'Angleterre. Il reconnaît l'usurpateur Ferdinand VII, au détriment de son vénérable père Charles IV.

« Il proclame avec les Alliés, comme une autre base fondamentale, le rétablissement de l'ancien ordre de choses, le redressement de ce qu'ils appellent les torts, les injustices, les déprédations passés, enfin le retour de la morale publique, et il sacrifie la république de Venise, qu'il abandonne à l'Autriche ; celle de Gênes, dont il accommode le Piémont ; il agrandit de la Pologne la Russie, son ennemie naturelle ; il dépouille le roi de Saxe en faveur de la Prusse, qui ne peut plus lui être de secours aucun ; il enlève la Norvège au Danemark, qui, plus indépendant de la Russie, pourrait lui ouvrir la clef de la Baltique, pour enrichir la Suède, tombée, par la perte de la Finlande et des îles de la Baltique, tout à fait sous la sujétion des Russes. Enfin, en violation des premiers éléments de la politique générale, il néglige, dans sa situation toute-puissante, de ressusciter l'indépendance de la Pologne, et par là livre Constantinople, expose toute l'Europe, et prépare mille embarras à l'Angleterre.

« Je ne dirai rien du monstrueux contresens d'un ministre, le représentant de la nation libre par excellence, qui remet l'Italie sous le joug, y maintient l'Espagne ; concourt de tous ses efforts à river des fers sur tout le continent. Penserait-il donc que la liberté n'est applicable qu'aux Anglais, et que le continent n'est pas fait pour elle[1] ? Mais, dans ce cas même, il se trouverait en tort vis-à-vis de ses propres compatriotes, qu'il prive chaque jour de quelques-uns de leurs droits : c'est la suspension de l'*habeas corpus* à tort et à travers ; c'est l'*alien bill* en vertu duquel, le croirait-on bien, la femme d'un Anglais, si elle est étrangère, peut être chassée d'Angleterre sous le bon plaisir du ministre ; c'est l'espionnage et la délation qu'il répand à l'infini ; ce sont des agents provocateurs, création infernale, à l'aide desquels on est toujours sûr de trouver des coupables et de multiplier les victimes ; c'est une froide violence, un joug de fer qu'il fait peser sur des dépendances étrangères[2]. Non, lord C... n'est point le ministre d'un grand peuple libre, chargé d'imprimer le respect aux nations étrangères ; c'est un vizir des rois du continent, façonnant à leur instigation ses compatriotes à l'esclavage ; c'est le chaînon, le conducteur à l'aide duquel se déversent sur le continent les trésors de la Grande-Bretagne, et s'importent en Angleterre toutes les doctrines malfaisantes du dehors.

« Il semble se montrer le partisan, l'obséquieux associé de cette mystérieuse Sainte-Alliance, alliance universelle dont je ne saurais d'ici deviner ni le sens ni le but ; qui ne peut présenter rien d'utile, ni faire augurer rien de bon. Serait-elle dirigée contre les Turcs ? Mais ce serait alors aux Anglais à s'y opposer. Serait-ce pour maintenir en effet une paix générale ? Mais c'est une chimère dont ne sauraient être dupes des cabinets diplomatiques. Il ne saurait y avoir des alliances que par oppositions et comme contrepoids. On ne saurait être alliés entre tous ; alors, ce n'est plus rien. Je ne la compren-

1. Et vraiment, plus tard, lord C... a eu la cynique impudence de faire précisément cette déclaration en plein parlement et presque dans les mêmes paroles, au sujet des Constitutions de Bade ou de Bavière. *(Las Cases.)*

2. J'ai appris que l'Empereur, depuis mon départ, lisant les plaintes des îles Ioniennes, énumérant de nouveau avec indignation les actes des Alliés, qui avaient tant et si longtemps professé, disait-il, la morale, la justice, l'indépendance des peuples, et ne s'en étaient pas moins gorgés à l'envi des débris du Grand Empire, ne s'en étaient pas moins partagé les millions d'âmes, avait terminé disant : « Et ces gens-là, hypocritement, effrontément, ont osé me déclarer, à la face du monde, avide, de mauvaise foi, tyran !!!... »

En apprenant le sort de l'infortuné Parga, il s'écria : « Parga ! Parga ! Certes, voilà un acte seul qui suffirait pour balafrer un homme et le marquer au front à jamais. » *(Las Cases.)*

drais que comme alliance des rois contre les peuples ; mais alors, qu'a à faire lord C... là-dedans ? S'il en était ainsi, ne pourrait-il pas, ne devrait-il pas le payer cher un jour ?...

« J'ai eu ce lord C... en mon pouvoir, a dit l'Empereur ; il était occupé à intriguer à Châtillon, lorsque dans un de nos succès momentanés mes troupes dépassèrent le congrès, qui se trouva enveloppé. Le Premier ministre anglais se trouvait sans caractère public, et demeurait en dehors du droit des gens : il le sentit, et se montrait dans la plus affreuse anxiété de se trouver ainsi entre mes mains. Je lui fis dire de se tranquilliser, qu'il était libre : je le fis pour moi, non pour lui ; car, certes, je n'en attendais rien de bon. Cependant, à quelque temps de là, sa reconnaissance se manifesta d'une manière toute particulière ; quand il me vit choisir l'île d'Elbe, il me fit proposer l'Angleterre pour asile, et employa alors son éloquence, sa subtilité pour m'y déterminer ; mais, aujourd'hui, les offres d'un C... ont le droit de m'être suspectes ; et nul doute qu'il ne méditât déjà en cela l'horrible traitement qu'on exerce en cet instant sur ma personne !

« C'est un grand malheur pour le peuple anglais que son ministre dirigeant ait été traiter lui-même en personne avec les souverains du continent : c'est une violation de l'esprit de sa constitution. L'orgueil anglais n'a aperçu alors que son représentant allant dicter des lois ; mais il a de quoi se repentir aujourd'hui que l'événement lui prouve qu'il n'est allé stipuler, au contraire, que des embarras, de la déconsidération, des pertes.

« Il est de fait certain que lord C... eût pu tout obtenir ; mais soit aveuglement, soit incapacité, soit perfidie, il a tout sacrifié. Assis au banquet des rois, il semble avoir rougi de dicter la paix en *marchand*, et s'est avisé de la traiter en *monsieur*. Son orgueil y a gagné ; et il est à croire que ses intérêts n'y ont pas perdu : son pays seul en a souffert, et en souffrira beaucoup et longtemps.

« Et les rois du continent aussi ont à expier peut-être la faute d'avoir mis en contact personnel leurs ministres dirigeants. Ne semble-t-il pas en être résulté que tous ces premiers ministres se sont créé, contre leurs propres maîtres, une espèce de souveraineté secondaire ; qu'ils se la sont garantie réciproquement, et l'ont accompagnée, est-on autorisé à croire, de véritables subsides fournis de l'aveu même de leurs maîtres ? Voici comment l'on conçoit que la chose peut très bien s'être arrangée ; rien de plus simple ni de plus ingénieux à la fois : en fixant le budget secret dans un endroit, on fera arrêter qu'un tel, sur le continent, a été fort utile, qu'il peut l'être encore, et qu'il faut savoir le reconnaître. Celui-ci, à son tour, aura soin de démontrer chez lui qu'un autre, au loin, a rendu de grands services, qu'il a été même jusqu'à compromettre ses intérêts, et qu'il faut lui en tenir compte. Ce sont des arrangements de la sorte, sans doute, qui ont fait dire à un grand personnage à Vienne, dans un moment de dépit : *Un tel*[1] *me coûte les yeux de la tête*. Nul doute que ces ignobles transactions, ces honteuses menées ne soient publiques un jour. Alors on connaîtra les énormes fortunes léguées ou mangées, de nouvelles lettres de Barillon les consacreront avec le temps, mais elles ne découvriront rien, ne flétriront aucun caractère, parce que les contemporains auront pris les devants. »

Après cette vigoureuse et longue sortie, dans laquelle je voyais Napoléon, pour la première fois peut-être, s'exprimer dans l'intimité avec tant de chaleur et d'amertume contre ceux dont il avait personnellement à se plaindre, il a gardé le silence quelques instants, puis il a repris : « Et ce C... a eu l'art de s'appuyer tout à fait de lord W...[2] (que l'Empereur trouvait en ce moment parmi les membres du ministère). W..., a-t-il dit, est devenu sa créature ! Quoi, le moderne Marlborough se traîner à la suite d'un C... ! Atteler ses victoires aux turpitudes d'un saltimbanque politique ! Cela se conçoit-il ! Comment W... ne s'indigne-t-il pas qu'on puisse en concevoir la pensée ! Son âme ne serait-elle donc pas à la hauteur de ses succès ?... »

J'ai pu remarquer qu'en général il répugnait à l'Empereur de mentionner lord W... Il évitait d'ordinaire, lorsque l'occasion s'en présentait, de laisser connaître son jugement. Sans doute il se sentait gauche à ravaler publiquement celui sous lequel il avait succombé. Toutefois, ici, il s'est abandonné sans mesure, et a livré sa pensée tout entière. Le sentiment de toutes les indignités dont on se plaît à l'abreuver agissait sans doute en ce moment dans toute sa force. Je ne l'avais

1. Talleyrand.
2. Wellington.

jamais vu, lui d'ordinaire si impassible, si calme, au sujet de ceux qui lui ont fait le plus de mal, s'exprimer avec autant de chaleur : ses gestes, son accent, ses traits s'étaient élevés de l'amertume à l'imprécation ; j'en étais ému moi-même.

« On m'assure, a-t-il dit, que c'est par lui que je suis ici, et je le crois[1]. C'est digne, du reste, de celui qui, au mépris d'une capitulation solennelle, a laissé périr Ney, avec lequel il s'était vu souvent sur le champ de bataille. Il est sûr que pour moi je lui ai fait passer un mauvais quart d'heure. C'est d'ordinaire un titre pour les grandes âmes ; la sienne ne l'a pas senti. Ma chute et le sort qu'on me réservait lui ménageaient une gloire bien supérieure encore à toutes ses victoires, et il ne s'en est pas douté. Ah ! qu'il doit un beau cierge au vieux Blücher : sans celui-là je ne sais pas où serait *Sa Grâce*, ainsi qu'ils l'appellent ; mais moi, bien sûrement, je ne serais pas ici. Ses troupes ont été admirables, ses dispositions, à lui, pitoyables, ou pour mieux dire, il n'en a fait aucune. Il s'était mis dans l'impossibilité d'en faire ; et, chose bizarre, c'est ce qui a fini par le sauver. S'il eût pu commencer sa retraite, il était perdu. Il est demeuré maître du champ de bataille, c'est certain ; mais l'a-t-il dû à ses combinaisons ? il a recueilli les fruits d'une victoire prodigieuse ; mais son génie l'avait-il préparée ?... Sa gloire est toute négative, ses fautes sont immenses. Lui, généralissime européen, chargé d'aussi grands intérêts, ayant en front un ennemi aussi prompt, aussi hardi que moi, laisser ses troupes éparses, dormir dans une capitale, se laisser surprendre. Et ce que peut la fatalité quand elle s'en mêle ! en trois jours j'ai vu trois fois les destins de la France, celui du monde, échapper à mes combinaisons.

« D'abord, sans la trahison d'un général, qui sort de nos rangs et court avertir l'ennemi, je dispersais et détruisais toutes ces bandes, sans qu'elles eussent pu se réunir en corps d'armée.

« Puis, sur ma gauche, sans les hésitations inaccoutumées de Ney, aux Quatre-Bras, j'anéantissais toute l'armée anglaise.

« Enfin, sur ma droite, les manœuvres inouïes de Grouchy,

1. Cette idée de Napoléon s'est reproduite dans les dernières lignes qu'il a tracées, au moment de sa mort. *(Las Cases.)*

au lieu de me garantir une victoire certaine, ont consommé ma perte et précipité la France dans le gouffre.

« Non, a-t-il repris encore, W... n'a qu'un talent spécial : Berthier avait bien le sien ! Il y excelle peut-être ; mais il n'a point de création ; la fortune a plus fait pour lui qu'il n'a fait pour elle. Quelle différence avec ce Marlborough, désormais son émule et son parallèle. Marlborough, tout en gagnant des batailles, maniait les cabinets et subjuguait les hommes ; pour W..., il n'a su que se mettre à la suite des vues et des plans de C... Aussi Mme de Staël avait-elle dit de lui que, hors de ses batailles, il n'avait pas deux idées. Les salons de Paris, d'un goût si fin, si délicat, si juste, ont prononcé tout d'abord qu'elle avait raison, et le plénipotentiaire français à Vienne l'a consacré. Ses victoires, leur résultat, leur influence hausseront encore dans l'histoire ; mais son nom baissera, même de son vivant..., etc. »

Puis, revenant aux ministères en général, aux ministères collectifs surtout, à toutes les intrigues, à toutes les grandes et petites passions qui agitent ceux qui les composent, l'Empereur a dit : « Mon cher, c'est qu'après tout, ce sont autant de *léproseries* ; nul n'y échappe à la contagion. On peut y aspirer vertueux, qu'on n'en sort jamais sans y avoir laissé sa pureté. Je n'en excepterais que deux peut-être, le mien et celui des États-Unis d'Amérique : le mien, parce que mes ministres n'étaient que mes hommes d'affaires, et que je demeure seul responsable ; celui des États-Unis, parce que les ministres n'y sont que les gens de l'opinion toujours droite, toujours surveillante, toujours sévère. » Et il a conclu par cette fin remarquable :

« Je ne crois pas qu'aucun souverain se soit jamais mieux entouré que j'avais fini par l'être. Quel cri eût pu, avec justice, s'élever à cet égard ? Et si l'on ne m'en a pas tenu compte, c'est qu'il n'est que trop souvent de mode parmi nous de fronder sans cesse. » Et il s'est mis à passer en revue sur ses doigts les différents ministres :

« Mes grands dignitaires, disait-il, Cambacérès et Lebrun, deux personnes très distinguées et tout à fait bienveillantes.

« Bassano et Caulaincourt, deux hommes de cœur et de droiture ; Molé, ce beau nom de la magistrature, caractère appelé probablement à jouer un rôle dans les ministères futurs ; Montalivet, si honnête homme ; Decrès, d'une administration si pure et si rigoureuse ; Gaudin, d'un travail si simple et si sûr ; Mollien, de tant de perspicacité et de promptitude ; et tous mes conseillers d'État, si sages, si bons travailleurs ! Tous ces noms demeurent inséparables du mien. Quel pays, quelle époque présenta jamais un ensemble mieux composé, plus moral ! Heureuse la nation qui possède de tels instruments et sait les mettre à profit !... Bien que je ne fusse pas louangeur de mon naturel, et que mon approbation fût en général purement négative, je n'en étais pas moins éclairé sur ceux qui servaient bien, et qui ont des titres à ma reconnaissance. Le nombre en est immense, et les plus modestes ne sont pas les moins méritants. Aussi ne m'arriverait-il pas d'essayer de les nommer, tant sera senti et pourrait sembler ingrat de ma part le tort de se voir oubliés !... etc. »

DIMANCHE 17.

Retour sur les généraux de l'armée d'Italie. Le père d'un de ses aides de camp. Ordures de Paris. Roman abominable. Sur les joueurs. Famille La Rochefoucauld, etc.

L'Empereur était souffrant et n'avait vu personne de tout le jour ; le soir, il m'a fait appeler. Je me montrais fort inquiet sur sa santé ; mais il m'a dit être plus mal disposé d'esprit que souffrant de corps, et il s'est mis à causer, parcourant un grand nombre d'objets qui l'ont remis.

Il s'est trouvé passer en revue de nouveau les généraux de l'armée d'Italie ; il est revenu sur leur caractère, a cité des anecdotes qui les concernent ; a parlé de l'avidité de l'un, de la forfanterie d'un autre, des sottises d'un troisième, des déprédations de plusieurs, des bonnes qualités d'autres, et des grands et vrais services qu'en général ils ont tous rendus. Il s'est arrêté sur un de ceux qu'il y avait le plus aimés ; sur sa défection, l'Empereur disait en avoir eu le cœur navré, et terminait en remarquant que pour ce qu'il connaissait de lui, il devait être parfois bien malheureux. « Jamais, observait-il, défection n'avait été plus avouée, ni plus funeste ; elle se trouve consignée dans le *Moniteur*, et de sa propre main ; elle a été la cause immédiate de nos malheurs, le tombeau de notre puissance, le nuage de notre gloire, etc. Et pourtant, disait-il avec une espèce de ressouvenir d'affection, je le répète parce que je le pense, ses sentiments vaudront mieux que sa réputation ; son cœur l'emporte sur sa conduite ; et lui-même, a continué l'Empereur, ne semble-t-il pas penser ainsi : les papiers nous disent qu'en sollicitant vainement pour Lavalette, il répond avec effusion aux difficultés du monarque en lui disant : *Mais, sire, moi je vous ai donné plus que la vie !* D'autres nous ont livré aussi, disait l'Empereur, et d'une manière autrement vilaine encore ; mais leur acte du moins n'est pas consacré par des pièces officielles comme celui-ci. »

De là, l'Empereur, revenant en arrière, disait l'avoir élevé comme un père eût pu le faire de son fils. Il n'avait pu entrer dans le corps royal de l'artillerie, et avait dû s'attacher à un régiment provincial. « Neveu, disait l'Empereur, d'un de mes camarades à Brienne et au régiment de La Fère, qui me le recommanda en partant pour l'émigration, cette circonstance m'avait mis dans le cas de lui servir d'oncle et de père, ce que j'avais réellement accompli ; j'y pris un véritable intérêt, et j'avais de bonne heure fait sa fortune. Son père était chevalier de Saint-Louis, propriétaire de forges en Bourgogne, et jouissait d'une fortune considérable. »

Napoléon racontait qu'en 1795, revenant de l'armée de Nice à Paris, le château du père se trouvait près de sa route ; il s'y arrêta et y fut magnifiquement traité, commençant déjà à avoir une certaine réputation. « Ce père, du propre dire du fils, disait Napoléon, était un véritable avare ; mais il avait à cœur de bien traiter son hôte, qui venait d'avoir tant de bontés pour son fils, et il le fit à la façon fastueuse des avares : il voulait qu'on jetât tout par les fenêtres ; on était au temps des chaleurs, et il ordonna dans toutes les chambres des feux à étouffer. Ce trait, terminait Napoléon, eût été recueilli par Molière, etc. »

Plus tard, l'Empereur, parlant des mœurs de Paris et de l'ensemble de son immense population, énumérait toutes les abominations inévitables, disait-il, d'une grande capitale, où la perversité naturelle et la somme de tous les vices se trouvaient aiguillonnées à chaque instant par le besoin, la passion, l'esprit et toutes les facilités du mélange et de la confusion ; et il répétait souvent que toutes les capitales étaient autant de Babylones. Il a cité quelques détails du plus sale et du plus hideux libertinage : il a dit qu'étant empereur, il s'était fait représenter et avait parcouru le livre le plus abominable qu'ait enfanté l'imagination la plus dépravée : c'était un roman qui, au temps de la Convention même, avait révolté, disait-il, la morale publique, au point de faire enfermer son auteur, qui l'était demeuré toujours depuis, et qu'il a dit croire vivre encore. Son nom m'est échappé[1]. C'est la première fois que j'entendais citer cette production.

L'Empereur avait essayé, autant que les circonstances le lui avaient permis, de réprimer quelques-unes de ces ordures, disait-il ; mais il ne s'était pas senti le courage de descendre aux détails de quelques autres. Il avait, par exemple, interdit le jeu masqué, et avait voulu même défendre toutes les maisons de jeu ; mais, quand il avait voulu faire traiter la chose à fond devant lui, il s'était trouvé que c'était une très grande question. Et comme je lui racontais à ce sujet que la police nous avait interdit de jouer entre nous, dans une des premières maisons du faubourg Saint-Germain, il ne concevait pas, disait-il, une telle vexation : elle s'était pourtant exercée en son nom, de la part de Fouché, l'assurais-je. « Cela pouvait être, répliquait-il, mais je ne l'ignorais pas moins ; et croyez qu'il en était ainsi de tous les détails de la police haute, moyenne et basse. » Il m'a alors questionné sur le jeu dont je venais de lui parler, sa nature, son étendue, etc.

Et comme je disais toujours *nous*, il m'a interrompu en disant : « Mais, est-ce que vous étiez spécialement de cette partie ? Auriez-vous été joueur ? – Hélas ! oui, sire, très malheureusement ; à la vérité, par quintes et à de longs intervalles ; mais toutes les fois que l'accès me reprenait, c'était alors jusqu'à indigestion. – Que je suis content de ne l'avoir pas su dans le temps ; vous eussiez été perdu dans mon esprit ; vous n'eussiez jamais rien fait. Cela me prouve que nous nous connaissions en effet bien peu, et que vous ne causiez encore d'ombrage à personne ; car il n'eût pas manqué d'âmes charitables autour de moi pour m'en instruire. On connaissait toute ma prévention contre les joueurs ; ils étaient aussitôt perdus dans ma confiance. Je n'avais pas le loisir de vérifier si j'avais tort ou raison ; mais je ne comptais plus sur eux. »

1. Il s'agit du marquis de Sade.

Le faubourg Saint-Germain a conduit à passer en revue les premiers noms de la capitale. L'Empereur s'est arrêté sur celui de La Rochefoucauld et sur divers membres de sa famille ; sur la dame d'honneur de l'impératrice Joséphine[1] ; son mari, qu'il avait fait ambassadeur à Vienne et en Hollande ; son frère, le législateur ; leur père, M. de Liancourt, qu'il estimait et considérait ; enfin, sur la fille, qu'il avait fait épouser au prince Aldobrandini, frère du prince Borghèse. Il a répété qu'il avait eu un moment la pensée de la donner pour femme à Ferdinand VII. De là il a nommé un autre M. de La Rochefoucauld, mort en prison au commencement de son règne, me demandant ce qu'il était à ceux-là. Je n'ai pu le lui dire, je ne connaissais ni la personne ni la circonstance que mentionnait l'Empereur.

« C'était l'auteur, m'a-t-il dit, d'une conspiration de plus contre ma personne, dont je ne vous ai point parlé encore : elle ne me revient à l'esprit qu'en cet instant.

« Ce M. de La Rochefoucauld organisait à Paris, dans l'intérêt du roi, encore alors à Mittau, une conspiration dont le premier coup devait être la mort du chef du gouvernement. Ce M. de La Rochefoucauld a fini en prison, après quatre ou cinq ans de détention. Quelqu'un ayant procuré les fils de cette affaire, un affidé de la police entra dans la conspiration pour en devenir un des agents les plus actifs. Celui-ci fut prendre ses lettres de créance dans un château en Lorraine, auprès d'un vieux gentilhomme qui avait tenu un rang distingué dans l'armée de Condé, et devait son retour à l'amnistie du Premier consul. C'était lui qui était chargé d'accréditer et de procurer les moyens de parvenir jusqu'à Louis XVIII, à Mittau. Ce bon et brave gentilhomme, il faut lui rendre justice, disait l'Empereur, ne s'y prêta qu'avec beaucoup de peine et une extrême répugnance, il était désormais bien tard, observait-il, pour revenir à de pareilles entreprises... la France commençait à goûter du repos... Et il protestait surtout de son éloignement absolu à voir courir le moindre danger au

1. Comtesse Alexandre de La Rochefoucauld ; *son mari* : Alexandre de La Rochefoucauld ; *son frère* : François de La Rochefoucauld (1765-1848) ; *leur père* : François Alexandre de La Rochefoucauld (1747-1827) ; *la fille* : Adèle-Marie de La Rochefoucauld (1793-1877). Plus loin, *ce M. de La Rochefoucauld* : Jean, baron de La Rochefoucauld-Bayers.

Premier consul, devenu désormais pour lui, disait-il, un homme extraordinaire et sacré, etc. Après avoir vu plusieurs fois Louis XVIII à Mittau, l'agent revint connaissant tout ; on arrêta M. de La Rochefoucauld et sa bande ; et s'ils savaient à qui ils le durent !... etc. »

LUNDI 18, MARDI 19.

Poniatowski, le vrai roi de Pologne. Traits caractéristiques sur Napoléon. Dires épars ; notes perdues.

Nous parlions de la Pologne ébranlée à la voix de l'Empereur ; des rois auxquels nous l'avions crue destinée : chacun nommait le sien. L'Empereur, qui avait gardé le silence, l'a interrompu en disant : « Le vrai roi de Pologne, c'était Poniatowski : il en réunissait tous les titres, et il en avait tous les talents. » Et il s'est tu.

Dans un autre moment l'Empereur riait de l'importance qu'on avait mise à effacer ses emblèmes ou son chiffre sur les monuments qu'il avait créés. « On a pu, disait-il, avoir eu la petitesse de les enlever aux regards du vulgaire ; mais on ne saurait les effacer des pages de l'histoire ni du sentiment des connaisseurs et des artistes. J'ai agi différemment, ajoutait-il, j'ai respecté tous les vestiges royaux que j'ai trouvés encore ; j'ai même fait rétablir les fleurs de lis ou autres emblèmes, quand l'ordre chronologique le réclamait, etc. »

A cela quelqu'un s'est permis de dire que le prince Lucien avait montré précisément les mêmes sentiments. Logé au Palais-Royal, où l'Empereur l'avait placé à son arrivée en 1815, et frappé, en montant le bel escalier, du groupe de fleurs de lis qui tapissent la muraille, il dit à l'officier de l'Empereur en service auprès de lui : « Nous ôterons bientôt tout cela, n'est-ce pas ? – Pourquoi, monseigneur ? – Mais, parce que ce sont les insignes de l'ennemi. – Eh bien ! monseigneur, pourquoi ne demeureraient-ils pas nos trophées ? – Et vous avez bien raison, répliqua-t-il vivement ; car ce sont aussi mes principes et ma manière de voir. »

Aujourd'hui j'ai eu peu à recueillir de l'Empereur, et malheureusement bientôt je n'aurai plus à l'entendre. Je vais remplir ce vide et celui du jour suivant, en insérant ici bien des objets que je trouve indiqués par des notes éparses sur la couverture même de mon journal ; car d'habitude j'y inscrivais de la sorte ce que je m'apercevais avoir oublié de mettre en son lieu, comme aussi d'anciens souvenirs quand ils me revenaient, ou bien encore des points délicats que la prudence et la circonspection commandaient à notre état de captivité ; enfin, on trouvera ici même des choses apprises plus tard ; mais de sources incontestables.

Beaucoup de ces articles n'ont point de liaison entre eux ; toutefois ils concourent tous au but constant de ce recueil, soit qu'ils démentent les couleurs mensongères sous lesquelles, dans le temps, on nous peignait Napoléon, soit qu'ils fassent ressortir, au contraire, les véritables nuances de son caractère. Puisse la lecture du *Mémorial* porter ceux qui l'ont approché à consacrer de leur côté ce qu'ils en savent ou ce qu'ils en ont entendu de lui-même.

– Il n'était jadis bruit que de la grande brutalité et de l'extrême violence de l'Empereur envers son entourage : or il est reconnu à présent que tout ce qui le servait dans son plus petit intérieur l'adorait précisément à cause de sa bonté et de l'excellence de son cœur. Quant à son atmosphère extérieure, je tiens, depuis mon retour en Europe, de quelqu'un du plus haut rang, dont le nom seul suffirait pour commander la croyance, par la considération dont il jouit, et que ses fonctions attachaient constamment à la personne de l'Empereur, soit dans ses expéditions de guerre, soit dans le séjour de ses palais, qu'il ne l'a jamais vu qu'une seule fois s'emporter au point de frapper, et c'était un de ses palefreniers, qui, lors de la retraite de Saint-Jean-d'Acre, se refusait à donner son cheval pour le transport des malades, lorsque lui, général en chef, avait livré le sien, et forcé tout son état-major à en faire autant. Et encore, me disait-on, il était aisé d'apercevoir dans cet acte bien plus de politique que d'impulsion naturelle ; la chose se passant devant des soldats découragés, auxquels il fallait prouver le vif intérêt qu'on leur portait.

– Il était passé en habitude de répéter que Napoléon était le plus désobligeant à sa cour, ainsi que pour ceux de son service ; qu'il n'avait jamais rien de gracieux ou d'aimable à dire à personne. Or, voici ce que, entre autres choses, j'ai moi-même entendu : l'Empereur, à son arrivée de la désastreuse campagne de Leipsick, reçut à une heure inusitée les officiers de sa maison : il se présenta à nous avec un air de tristesse. Arrivé à M. de Beauveau, qui était à côté de moi, et dont le fils, encore enfant, était parti pour cette campagne, dans les gardes d'honneur ou autrement, Napoléon lui dit : « Votre fils s'est conduit à merveille ; il a fait honneur à son nom ; il est blessé, mais ce n'est rien. Toutefois il pourra se vanter avec orgueil d'avoir vu couler son sang de bonne heure pour la patrie. »

A la même époque, à un de ses levers, après avoir donné quelques ordres à mon voisin le général Gérard, dont la réputation commençait à attirer tout à fait l'attention, il termina par quelques phrases évidemment bienveillantes, mais au fait assez obscures ; et après avoir fait quelques pas pour continuer sa tournée, il revint tout à coup au général Gérard, ayant lu apparemment sur sa figure qu'il ne l'avait pas compris, prononçant distinctement cette fois : « Je disais que si j'avais bon nombre de gens comme vous, je croirais nos pertes réparées, et me considérerais comme au-dessus de mes affaires. »

– C'est à la même époque que j'ai vu quel pouvait être l'ascendant moral de l'Empereur sur certains esprits, et l'espèce de culte qu'on pouvait lui porter. Un général dont je ne sais pas le nom, grièvement blessé à la jambe, s'était traîné au lever de l'Empereur, qui, vers ce temps, en avait étendu de beaucoup la faveur. Apparemment qu'on avait instruit Napoléon que l'amputation était absolument indispensable, et que ce malheureux officier s'y refusait tout à fait, car arrivé à lui, il dit : « Comment pouvez-vous vous refuser à une opération qui doit vous conserver la vie ? Ce ne saurait être la crainte qui vous arrête, vous vous êtes exposé si souvent dans les batailles ! Serait-ce le mépris de la vie ? Mais comment votre cœur ne vous dit-il pas qu'avec une jambe de moins on peut encore être utile à la patrie, rendre de grands services à son pays ? » L'officier gardait le silence ; sa figure, sa contenance étaient calmes, douces, mais négatives ; et l'Empereur, attristé, avait déjà passé plusieurs personnes, quand l'officier, semblant avoir recueilli ses forces et pris une résolution soudaine, s'avança vers l'Empereur et lui dit : « Sire, si Votre Majesté m'en donne l'ordre, j'y vais en sortant d'ici. » A quoi l'Empereur répliqua : « Mon cher, mon autorité ne s'étend pas jusque-là ; c'est la persuasion dont j'aurais souhaité vous pénétrer ; mais de commandement, le ciel m'en préserve ! » Et je crois me rappeler que le bruit fut alors que le malheureux officier en sortant avait été se soumettre à l'opération fatale.

– Au retour de l'île d'Elbe, l'Empereur étant entré le soir fort tard aux Tuileries, son premier lever, le lendemain, fut, comme on suppose, des plus nombreux. Quand la porte s'ouvrit, à son apparition devant nous, il me serait difficile de rendre le vague de mes idées et la nature de mes sensations. Il apparaissait là comme de coutume, comme s'il n'y avait pas eu d'intervalle ; il me semblait le même que si je l'avais vu la veille : la même figure, le même costume, la même attitude, les mêmes manières. Je me sentais vivement remué, et je crois que chacun partageait les mêmes sensations. Toutefois, à sa vue, le sentiment l'emportant sur le respect, on se précipita vers lui ; lui-même se montrait visiblement ému, et il embrassa plusieurs des plus distingués. Puis commença, comme de coutume, sa tournée ordinaire ; sa voix était douce, sa figure satisfaite, ses manières affectueuses ; il parlait successivement avec bienveillance à chacun. « Ah ! monsieur le major-général de l'armée blanche », dit-il à deux pas de moi à quelqu'un avec un mélange visible de plaisanterie et d'affection. Plusieurs des assistants n'étaient pas sans quelque embarras par les divers grands événements qui s'étaient passés ; pour Napoléon, il semblait n'en vouloir connaître aucun : il n'oubliait pas qu'il avait dégagé chacun à Fontainebleau.

Les traits suivants prouvent la justesse de son raisonnement et le sang-froid de ses actes ; ils démontrent surtout que, bien qu'au sommet du pouvoir, sa modération et son équité ne fléchissaient point devant ce qui lui était le plus directement personnel, et sur le sujet le plus délicat et le plus sensible.

– Lorsque compromis dans l'affaire de Georges et Pichegru, Moreau se trouva arrêté, un des aides de camp du Premier consul, qui l'avait été aussi peut-être de Moreau, ou du moins avait servi sous ses ordres, n'hésita pas à l'aller visiter avec un intérêt marqué. « Cela peut être bien, dit Napoléon en l'apprenant ; je ne saurais précisément blâmer un tel acte ; mais je dois chercher un autre aide de camp. Ce poste est tout de confiance et d'un entier dévouement ; il ne saurait admettre de partage dans une affaire aussi personnelle que celle-ci. » Et il donna un régiment à cet aide de camp, le colonel Lacuée, officier très distingué, et qui périt à quelque temps de là, à la tête de ce régiment, dans les affaires qui précédèrent la capitulation d'Ulm.

– A peu près à la même époque, et pour la même affaire, un préfet, aussi remarquable par ses talents administratifs que par la noblesse de son caractère, celui de Liège (le baron Desmousseaux), fut mandé subitement à Paris ; il y accourut l'esprit plein des preuves de satisfaction qu'il pouvait recevoir, parce qu'il les méritait ; mais il se trouva invité par le grand-juge à vouloir bien passer chez lui avant de se présenter chez le Premier consul ; et là il se vit inopinément interrogé, *ex officio*, sur une lettre qu'on lui présentait. Il ne put d'abord en nier la signature, tant elle se trouvait bien imitée ; mais il se récria aussitôt sur les sentiments qu'elle renfermait : c'était le plaidoyer de Moreau et des imprécations contre le consul ; machination atroce, qu'un haut fonctionnaire, ennemi du préfet, avait fait fabriquer dans l'intention de le perdre. Le préfet ayant prouvé que cet acte lui était étranger, il parut à la grande audience du Premier consul, qui affecta de lui témoigner une considération toute particulière, et lui dit en le quittant : « Retournez à vos fonctions que vous remplissez si bien. Vous emportez toute mon estime : ce témoignage public doit vous consoler du désagrément que vous ont bassement suscité la calomnie et le mensonge, etc. »

Voici qui fait voir que Napoléon n'était pas disposé à sévir trop promptement contre une certaine indépendance même déraisonnable.

Je tiens de M. de Montalivet, alors ministre de l'Intérieur, que, demeuré seul avec l'Empereur après un conseil des ministres, il lui dit : « Sire, ce n'est pas sans un grand embarras que j'ose entretenir Votre Majesté d'une circonstance vraiment ridicule ; mais un préfet, jeune auditeur, s'obstine ouvertement à me refuser un titre que l'usage a consacré pour tous vos ministres. Des subalternes de mes bureaux s'étant aperçus qu'il ne me donnait jamais le *monseigneur*, et croyant y voir de l'affectation, ont eu la gaucherie de le lui réclamer en mon nom ; à quoi il a répondu péremptoirement qu'il n'en ferait rien. Je suis tout honteux qu'on ait élevé cette difficulté ; mais pourtant la chose en est venue à un point qui ne permet pas de reculer. » Une telle obstination parut d'abord incroyable à l'Empereur ; il ne revenait pas, disait-il, d'une pareille folie dans le jeune préfet. Cependant, après quelques instants de méditation, il répondit à M. de Montalivet en riant : « Mais c'est qu'après tout une telle obligation n'est pas dans le Code, et ce jeune homme est peut-être un bon fruit qui n'est pas mûr. Toutefois, un tel scandale ne doit pas se prolonger, et il faut en finir : faites-moi venir son père ; je suis sûr que le jeune homme ne résistera pas à un ordre de sa part. » Tournure remarquable de la plus délicate morale.

– Le 20 mars au soir, l'Empereur, à peine entré dans ses appartements aux Tuileries, le capitaine de dragons G. D... se présente à lui : il était porteur de la capitulation de Vincennes, qui venait d'être obtenue par une rare audace et par une grande adresse. Napoléon sourit d'abord aux détails qu'il se fait raconter ; puis, frappé du ton d'exaltation et des expressions enflammées du narrateur, se rappelant tout à coup le gouverneur Puyvert, à qui Vincennes a déjà été funeste, il s'écrie brusquement : « Mais, monsieur, vous ne me parlez pas du gouverneur ; qu'en a-t-on fait ? – Sire, reprend l'officier avec plus de calme, on lui a délivré un passeport, on l'a fait escorter, il est hors de Paris. » Napoléon, faisant alors deux pas, saisit la main de l'officier avec une expression qui trahit toute l'anxiété qu'il venait d'éprouver : « Je suis content, monsieur, lui dit-il avec chaleur, c'est bien, très bien, parfaitement bien ! »

– Je trouve, en note perdue, que l'Empereur disait que la plus belle lettre militaire qu'il eût jamais lue était, sous son consulat, celle d'un soldat du Midi, nommé Léon. Un si haut témoignage suppose quelque chose de remarquable : aussi, je transcris ici cette note, sans trop savoir ce qu'elle signifie ; mais seulement dans l'espoir de mettre quelque personne, peut-être, sur la voie de reproduire cette pièce, dans le cas où elle ne serait pas déjà consignée.

– On trouve que Napoléon a donné soixante batailles, César n'en avait livré que cinquante.

– On se demandait un jour, devant Napoléon, comment il arrivait que des malheurs encore incertains frappaient parfois beaucoup plus que les malheurs déjà arrivés. « C'est, repartit-il, que, dans l'imagination comme dans le calcul, la force de l'inconnu est *incommensurable*. »

– « Allez, monsieur, courez, disait d'ordinaire l'Empereur,

après avoir donné une mission importante ou tracé la marche d'un grand travail, et n'oubliez pas que le monde a été fait en six jours. »

Dans une occasion de ce genre, il terminait vis-à-vis de quelqu'un, disant : « Demandez-moi tout ce que vous voudrez, hormis *du temps* ; c'est la seule chose hors de mon pouvoir. »

Une autre fois, ayant donné un travail fort pressé, qu'il attendait dans la journée même, on ne le lui apporta que le lendemain très tard ; l'Empereur s'en montrait mécontent ; et comme la personne, pour se justifier, l'assurait qu'elle avait travaillé tout le jour : « Mais, monsieur, n'aviez-vous pas encore toute la nuit ? » lui repartit Napoléon.

– L'Empereur, s'occupant soigneusement de la commodité et des embellissements des marchés de la capitale, avait coutume de dire : *« La halle est le Louvre du peuple. »*

– L'égalité des droits, c'est-à-dire cette même faculté pour chacun d'aspirer, de prétendre et d'obtenir, était un des grands traits du caractère de Napoléon, inné en lui, tout à fait dans sa propre nature. « Je n'ai pas toujours régné, disait-il ; avant d'avoir été souverain, je me souviens d'avoir été sujet, et je n'ai pas oublié tout ce que ce sentiment de l'égalité a de fort sur l'imagination, et de vif dans le cœur. » Il en disait de même de la liberté.

Donnant un jour un projet à rédiger à un de ses conseillers d'État, il lui disait : « Surtout n'y gênez pas la liberté, et bien moins encore l'égalité ; car, pour la liberté, à toute rigueur, serait-il possible de la froisser, les circonstances le veulent, et nous excuserons ; mais pour l'égalité, à aucun prix. Dieu m'en garde ! Elle est la passion du siècle, et je suis, je veux demeurer l'enfant du siècle ! »

– Le mérite était *un* à ses yeux, et récompensé de même, aussi voyait-on les mêmes titres, les mêmes décorations atteindre également l'ecclésiastique, le militaire, l'artiste, le savant, l'homme de lettres ; et il est vrai de dire que jamais nulle part, chez aucun peuple, à aucune époque, le mérite ne fut plus honoré, ni le talent plus magnifiquement récompensé. Ses intentions là-dessus étaient sans bornes. J'ai déjà rapporté qu'il dit un jour : « Si Corneille vivait, je le ferais prince. »

– L'Empereur disait un jour à Sainte-Hélène : « Je crois que la nature m'avait calculé pour les grands revers ; ils m'ont trouvé une âme de marbre, la foudre n'a pu mordre dessus, elle a dû glisser.»

– Une autre fois, à l'occasion d'une nouvelle vexation, il échappa à l'un de ceux qui étaient auprès de Napoléon, de s'écrier : « Ah ! sire, voilà bien de quoi vous faire haïr les Anglais encore davantage. » Sur quoi Napoléon, haussant les épaules, lui répondit moitié gaieté, moitié commisération : « Homme à préjugés, esprit commun et vulgaire, demandez-moi plutôt, et tout au plus si je haïrais davantage tel ou tel Anglais. Mais, puisque nous y sommes, sachez qu'un homme, véritablement homme, ne hait point ; sa colère et sa mauvaise humeur ne vont point au-delà de la minute ; le coup électrique... L'homme fait pour les affaires et l'autorité ne voit point les personnes ; il ne voit que les choses, leur poids et leur conséquence. »

– Dans une certaine circonstance, il disait qu'il ne doutait nullement que sa mémoire ne gagnât beaucoup à mesure qu'elle avancerait dans la postérité ; les historiens se croiraient obligés de le venger de tant d'injustices contemporaines. Les excès entraînent toujours leurs réactions ; d'ailleurs, à une grande distance, on le verrait sous un jour plus favorable, il paraîtrait débarrassé de mille encombrements : on le jugerait dans les grandes vues, et non dans les petits détails ; on planerait sur les grandes harmonies ; les irrégularités locales demeureraient inaperçues : surtout on ne l'opposerait plus à lui-même, mais à ce qu'on aurait alors sous la main, etc. ; et il concluait que dès aujourd'hui, comme dans ces temps-là, il pourrait se présenter avec fierté devant le tribunal le plus sévère et lui soumettre tous ses actes privés, il s'y montrerait vierge de tout crime.

– L'Empereur me disait un jour qu'il concevait dans sa tête, et se proposait d'entreprendre son *Histoire diplomatique*, ou l'ensemble de ses négociations, à partir de Campo-Formio jusqu'à son abdication. S'il a accompli sa pensée, quel trésor historique !

– L'Empereur, parlant d'éloquence militaire, disait : « Quand, au fort de la bataille, parcourant la ligne, je m'écriais : *Soldats, déployez vos drapeaux, le moment est venu*, il eût fallu voir nos Français ; ils trépignaient de joie ; je les voyais se centupler ; rien alors ne me semblait impossible. »

On connaît une foule d'allocutions militaires de Napoléon. En voici une que je tiens de celui-là même qui l'a recueillie sur le terrain. Passant en revue le second régiment de chasseurs à cheval, à Lobenstein, deux jours avant la bataille d'Iéna, il demande au colonel : « Combien d'hommes présents ? – Cinq cents, répond le colonel ; mais parmi eux beaucoup de jeunes gens. – Qu'importe, lui dit l'Empereur d'un air qui marquait sa surprise d'une pareille observation, ne sont-ils pas tous Français !... » Puis, se tournant vers le régiment, il ajouta : « Jeunes gens, il ne faut pas craindre la mort ; quand on ne la craint pas, on la fait rentrer dans les rangs ennemis. » Et le mouvement de son bras exprimait vivement l'action dont il parlait. A ces mots, on entendit comme un frémissement d'armes et de chevaux, et un soudain murmure d'enthousiasme, précurseur de la victoire mémorable qui, quarante-huit heures après, renversa la colonne de Rosbach.

– A la bataille de Lutzen, la plus grande partie de l'armée se trouvait composée de conscrits qui n'avaient jamais combattu. On raconte que l'Empereur, au plus fort de l'action, parcourait en arrière le troisième rang de l'infanterie, le soutenant parfois de son cheval en travers, en criant à ces jeunes soldats : « Ce n'est rien, mes enfants ; tenez ferme ; la patrie vous regarde, sachez mourir pour elle. »

– Napoléon avait une estime toute particulière pour la nation allemande. « J'ai pu lui imposer bien des millions, disait-il, c'était nécessaire ; mais je me serais bien donné de garde de l'insulter par du mépris. Je l'estimais. Que les Allemands me haïssent, cela est assez simple : on me força dix ans de me battre sur leurs cadavres ; ils n'ont pu connaître mes vraies dispositions, me tenir compte de mes arrière-pensées ; et elles étaient grandes pour eux. »

– L'Empereur disait un jour, en parlant d'une de ses déterminations : « Je n'en voulais rien faire, je me laissai toucher, je cédai ; j'eus tort : le cœur d'un homme d'État doit être dans sa tête. »

– L'Empereur faisait remarquer que nos facultés physiques s'aiguisent par nos périls ou nos besoins. « Ainsi, disait-il, le Bédouin du désert a la vue perçante du lynx ; et le sauvage des forêts a l'odorat des bêtes. »

– On citait quelqu'un qui, distingué par ses conceptions et

ses faits, laissait pourtant paraître parfois des lacunes choquantes dans ses manières et ses expressions. L'Empereur expliquait cette désharmonie en disant : « Vous verrez qu'il pèche par *l'éducation de la peau* ; ses langes auront été trop communs, trop sales. »

– L'Empereur, parlant du danger qu'il avait couru aux Cinq-Cents lors de brumaire, l'attribuait militairement au seul local de l'Orangerie, où il avait été obligé d'entrer par une des extrémités, pour en parcourir la longueur. « Le malheur fut, disait-il, que je ne pus me présenter de front ; je fus contraint de prêter le flanc. »

– On parlait de quelqu'un qui semblait croire pouvoir en imposer par un ton et des expressions approchant parfois de la menace. « C'est ridicule aujourd'hui, disait l'Empereur ; personne n'a peur à présent ; un enfant n'a plus peur : et voilà le petit Emmanuel, montrant mon fils, prêt à tirer un coup de pistolet, j'en suis sûr, avec quiconque pourrait le désirer. » Ces paroles de Napoléon influeront peut-être sur le reste de sa vie.

– Napoléon, au retour de la campagne de Russie, se montrait si frappé de la force d'âme qu'il disait avoir été déployée par Ney, qu'il le nomma prince de la Moskowa, et qu'il répéta alors à plusieurs reprises : « J'ai deux cents millions dans mes caves ; je les donnerais pour Ney. »

– L'Empereur, appuyant sur l'infaillibilité, en dernière analyse, du triomphe des idées modernes, disait : « Comment ne l'emporteraient-elles pas ? Observez bien le train des choses : même en opprimant, aujourd'hui on se pervertit selon eux ! Car voyez le style, les concessions, l'allure forcée des oppresseurs. »

– Dans une certaine circonstance où on appuyait sur ce qu'il n'aimait pas à se faire valoir : « C'est, répondit l'Empereur, que la moralité, la bonté, chez moi, ne sont point dans ma bouche, elles se trouvent dans mes nerfs. Ma main de fer n'était pas au bout de mon bras ; elle tenait immédiatement à ma tête : la nature ne me l'a pas donnée, le calcul seul la faisait mouvoir. »

– Napoléon, dans un moment de dépit contre la malveillance et les murmures de Paris, demandait, après tout ce qu'il avait accompli, ce qu'on attendait donc de lui ! « Sire, se permit-on de lui répondre, on voudrait que Votre Majesté arrêtât son cheval. – Arrêter mon cheval ! c'est bientôt dit... Il est vrai que j'ai les bras assez forts pour arrêter, d'un coup de bride, tous les chevaux du continent ; mais je n'ai pas de brides pour arrêter les voiles anglaises, et c'est là que gît tout le mal ; comment n'a-t-on pas l'esprit de le sentir ? »

– Reprochant un jour à quelqu'un de ne pas se corriger des vices qu'il convenait connaître : « Monsieur, lui disait-il, quand on connaît son mal moral, il faut savoir soigner son âme comme on soigne son bras ou sa jambe. »

– L'Empereur, parlant de la noblesse qu'il avait créée, se récriait sur ce qu'on l'eût si peu compris : c'était pourtant, disait-il, une de ses plus grandes idées, des plus complètes, des plus heureuses. Il avait pour but trois objets de la première importance, et tous les trois auraient été atteints ; savoir : réconcilier la France avec l'Europe, et rétablir l'harmonie avec elle, en semblant adopter ses mœurs ; réconcilier par la même voie, amalgamer entièrement la France nouvelle avec la France ancienne ; enfin faire disparaître tout à fait la noblesse féodale, la seule offensante, la seule oppressive, la seule contre nature. « Par ma création, disait l'Empereur, je venais à bout de substituer des choses positives et méritoires à des préjugés antiques et détestés. Mes titres nationaux rétablissaient précisément cette égalité que la noblesse féodale avait proscrite. Tous les genres de mérites y parvenaient : aux parchemins je substituais les belles actions, et aux intérêts privés, les intérêts de la patrie. Ce n'était plus dans une obscurité imaginaire, dans la nuit des temps, qu'on eût été placer son orgueil, mais bien dans les plus belles pages de notre histoire. Enfin, je faisais disparaître la prétention choquante du sang ; idée absurde, en ce qu'il n'existe réellement qu'une seule espèce d'hommes, puisqu'on n'en a pas vu naître les uns avec des bottes aux jambes, et d'autres avec un bât sur le dos.

« Toute la noblesse de l'Europe, et qui la gouverne de fait, y fut prise : elle applaudit unanimement à une institution qui, dans ses idées, se présentant comme nouvelle, relevait sa prééminence ; et pourtant cette nouveauté allait la saper dans ses fondements, et l'eût infailliblement détruite. Pourquoi a-t-il fallu que l'opinion que je faisais triompher eût la gaucherie de servir précisément ses ennemis ? Mais j'ai eu ce malheur plus d'une fois. »

MERCREDI 20.

Sur les difficultés de l'histoire.
Georges, Pichegru, Moreau, le duc d'Enghien.

« Il faut en convenir, me disait aujourd'hui l'Empereur, les *véritables vérités*, mon cher, sont bien difficiles à obtenir pour l'histoire. Heureusement que la plupart du temps elles sont bien plutôt un objet de curiosité que de réelle importance. Il est tant de vérités !... Celle de Fouché, par exemple, et autres intrigants de son espèce ; celle même de beaucoup d'honnêtes gens différeront parfois beaucoup de la mienne. Cette vérité historique, tant implorée, à laquelle chacun s'empresse d'en appeler, n'est trop souvent qu'un mot : elle est impossible au moment même des événements, dans la chaleur des passions croisées ; et si, plus tard, on demeure d'accord, c'est que les intéressés, les contradicteurs ne sont plus. Mais qu'est alors cette vérité historique, la plupart du temps ? Une fable convenue, ainsi qu'on l'a dit fort ingénieusement. Dans toutes ces affaires, il est deux portions essentielles fort distinctes : les faits matériels et les intentions morales. Les faits matériels sembleraient devoir être incontroversables ; et pourtant, voyez s'il est deux relations qui se ressemblent : il en est qui demeurent des procès éternels. Quant aux intentions morales, le moyen de s'y retrouver, en supposant même de la bonne foi dans les narrateurs ? Et que sera-ce s'ils sont mus par la mauvaise foi, l'intérêt et la passion ? J'ai donné un ordre, mais qui a pu lire le fond de ma pensée ; ma véritable intention ? et pourtant chacun va se saisir de cet ordre, le mesurer à son échelle, le plier à son plan, à son système individuel. Voyez les diverses couleurs que va lui donner l'intrigant dont il gêne ou peut au contraire servir l'intrigue, la torsion qu'il va lui faire subir. Il en sera de même de l'important à qui les ministres ou le souverain auront confidentiellement laissé échapper quelque chose sur le sujet ; il en sera de même des nombreux oisifs du palais, qui, n'ayant rien de mieux à faire que d'écouter aux portes, inventent faute d'avoir entendu. Et chacun sera si sûr de ce qu'il racontera ! et les rangs inférieurs qui le tiendront de ces bouches privilégiées en seront si sûrs à leur tour ! et alors les mémoires, et les agendas, et les bons mots, et les anecdotes de salon d'aller leur train !... Mon cher, voilà pourtant l'histoire ! J'ai vu me disputer, à moi, la pensée de ma bataille, me disputer l'intention de mes ordres, et prononcer contre moi. N'est-ce pas le démenti de la créature vis-à-vis de celui qui a créé ? N'importe ; mon contradicteur, mon opposant aura ses partisans. Aussi, est-ce ce qui m'a détourné d'écrire mes mémoires particuliers, d'émettre mes sentiments individuels, d'où fussent découlées naturellement les nuances de mon caractère privé. Je ne pouvais descendre à des confessions à la Jean-Jacques [1], qui eussent été attaquées par le premier venu. Aussi, j'ai pensé ne devoir dicter à vous autres ici que sur les actes publics. Je sais bien encore que ces relations mêmes peuvent être combattues ; car quel est l'homme ici-bas, quel que soit son bon droit et la force et la puissance de ce bon droit, que la partie adverse n'attaque et ne démente. Mais aux yeux du sage, de l'impartial, du réfléchi, du raisonnable, ma voix, après tout, vaudra bien celle d'un autre, et je redoute peu la décision finale. Il existe dès aujourd'hui tant de lumières, que quand les passions auront disparu, que les nuages seront passés, je m'en fie à l'éclat qui restera. Mais que d'erreurs intermédiaires ! On donnera souvent beaucoup de profondeur, de subtilité de ma part à ce qui ne fut peut-être que le plus simple du monde ; on me supposera des projets que je n'eus jamais [2]. On se demandera si je visais en effet à la monarchie universelle ou non. On raisonnera longuement pour savoir si mon autorité absolue et mes actes arbitraires dérivaient de mon caractère ou de mes calculs ; s'ils étaient produits par mon inclination ou par la force des circonstances ; si mes guerres constantes vinrent de mon goût, ou si je n'y fus conduit qu'à mon corps défendant ; si mon immense ambition, tant reprochée, avait pour guide ou l'avidité de la domination, ou la soif de la gloire, ou le besoin de l'ordre, ou l'amour du bien-être général ; car

1. Jean-Jacques Rousseau.

2. Quelqu'un de beaucoup de lumières et de beaucoup d'esprit, qui avait été fort avant dans la confiance de l'Empereur et avait eu un grand nombre de rapports directs avec lui, me disait, après la première abdication, avec une intime conviction, que le projet de Napoléon avait été, ses conquêtes achevées, d'abandonner Paris pour aller faire de Rome la capitale du Grand Empire. J'avais alors si peu de connaissance de l'Empereur, que cela me donna beaucoup à penser ; mais aujourd'hui je me demande où mon historien pouvait avoir pris cela. *(Las Cases.)*

elle mérite d'être considérée sous diverses faces. On se débattra sur les motifs qui me déterminèrent dans la catastrophe du duc d'Enghien [1], et ainsi d'une foule d'autres événements. Souvent on alambiquera, on tordra ce qui fut tout à fait naturel et entièrement droit. Il ne m'appartenait pas à moi de traiter ici spécialement tous ces objets : ils seraient mes plaidoyers, et je les dédaigne. Si dans ce que j'ai dicté sur les matières générales, la rectitude et la sagacité des historiens y trouvent de quoi se former une opinion juste et vraie sur ce que je ne mentionne pas, tant mieux. Mais à côté de ces faibles étincelles, que de fausses lumières dont ils se trouveront assaillis !... depuis les fables et les mensonges des grands intrigants, qui ont eu chacun leurs buts, leurs menées, leurs négociations particulières, lesquelles, s'identifiant avec le fil véritable, compliquent le tout d'une manière inextricable, jusqu'aux révélations, *aux portefeuilles*, aux assertions mêmes de mes ministres, honnêtes gens qui cependant auront à donner bien moins ce qui était que ce qu'ils auront cru ; car en est-il qui aient eu ma pensée générale tout entière ? Leur portion spéciale n'était, la plupart du temps, que des éléments du grand ensemble qu'ils ne soupçonnaient pas. Ils n'auront donc vu que la face du prisme qui leur est relative ; et encore, comment l'auront-ils saisie ! Leur sera-t-elle arrivée pleine et entière ? n'était-elle pas elle-même morcelée ? Et pourtant il n'en est probablement pas un qui, d'après les éclairs dont il aura été frappé, ne donne pour mon véritable système le résultat fantastique de ses propres combinaisons ; et de là encore la fable convenue qu'on appellera l'histoire ; et cela ne saurait être autrement : il est vrai que, comme ils sont plusieurs, il est probable qu'ils seront loin d'être d'accord. Du reste, dans leurs affirmations positives, ils se montreraient plus habiles que moi, qui, très souvent, aurais été très embarrassé d'affirmer avec vérité toute ma pleine et entière pensée. On sait que je ne me butais pas à plier les circonstances à mes idées ; mais que je me laissais en général conduire par elles : or, qui peut à l'avance répondre des circonstances fortuites, des accidents inopinés ? Que de fois j'ai donc dû changer essentiellement ! Aussi ai-je vécu de vues

1. On sait à combien de versions multipliées, à quelle foule de conjectures ce triste événement donna lieu. *(Las Cases.)*

générales, bien plus que de plans arrêtés. La masse des intérêts communs, ce que je croyais être le bien du très grand nombre, voilà les ancres auxquelles je demeurais amarré ; mais autour desquelles je flottais la plupart du temps au hasard, etc. »

C'est précisément à la suite de paroles aussi remarquables que se présente pour moi la meilleure occasion, sans doute, de revenir sur un point historique que j'ai promis depuis longtemps, et qui eût dû avoir sa place fort antérieurement : je veux dire la conspiration de Georges et Pichegru, et le jugement du duc d'Enghien. On va connaître tout à l'heure la véritable cause de cette transposition, et d'un aussi long retard.

« Il y avait quelque temps, disait l'Empereur, que la guerre avait recommencé avec l'Angleterre ; tout à coup nos rivages, les grandes routes, la capitale se trouvèrent inondés d'agents des Bourbons. On en saisit un grand nombre ; mais on ne pouvait encore pénétrer leurs motifs. Ils étaient de tous rangs, de toutes couleurs. Toutes les passions se réveillèrent ; la rumeur devint extrême ; l'opinion publique s'accumulait en véritable orage ; la crise devenait des plus sombres ; la police était aux abois, et ne pouvait rien obtenir. Ce fut ma sagacité qui me sauva, remarquait Napoléon. Me relevant dans la nuit, ainsi que cela m'était fort ordinaire, pour travailler, *le hasard, qui gouverne le monde*, me fait jeter les yeux sur un des derniers rapports de la police, contenant les noms de ceux qu'on avait déjà arrêtés pour cette affaire, dont on ne tenait encore aucun fil. J'y aperçus un chirurgien des armées ; je ne doutai pas qu'un tel homme ne fût plutôt un intrigant qu'un fanatique dévoué. Je fis diriger aussitôt sur lui tous les moyens propres à obtenir un prompt aveu ; une commission militaire fut à l'instant saisie de son affaire ; au jour, il était jugé, et menacé de l'exécution s'il ne parlait. Une demi-heure après il avait découvert jusqu'aux plus petits détails. Alors on connut toute la nature et l'étendue du complot ourdi à Londres, et bientôt après on sut les intrigues de Moreau, la présence de Pichegru à Paris, etc. »

Je passe tous les détails de cette affaire, on peut les voir dans les lettres écrites du Cap, en réfutation de celles du docteur Warden, et dans l'ouvrage de M. O'Méara. Les miens seraient précisément les mêmes que ces derniers, ils viennent tous de la même source.

Quant à l'inculpation relative à la mort de Pichegru, qu'on disait avoir été étranglé par les ordres du Premier consul, Napoléon disait qu'il serait honteux de chercher à s'en défendre, que c'était par trop absurde. « Que pouvais-je y gagner ? faisait-il observer. Un homme de mon caractère n'agit pas sans grands motifs. M'a-t-on jamais vu verser le sang par caprice ? Quelques efforts qu'on ait faits pour noircir ma vie et dénaturer mon caractère, ceux qui me connaissent savent que mon organisation est étrangère au crime ; il n'est point, dans toute mon administration, un acte privé dont je ne pusse parler devant un tribunal, je ne dis pas sans embarras, mais même avec quelque avantage. Tout bonnement, c'est que Pichegru se vit dans une situation sans ressource ; son âme forte ne put envisager l'infamie du supplice, il désespéra de ma clémence ou la dédaigna, et il se donna la mort.

« Si j'eusse été porté au crime, continuait-il, ce n'est pas sur Pichegru, qui ne pouvait rien, que j'eusse dû frapper, mais bien sur Moreau, qui, en cet instant, me mettait dans le plus grand péril. Si, par malheur, ce dernier se fût aussi donné la mort dans sa prison, il aurait rendu ma justification bien autrement difficile, par les grands avantages que j'eusse trouvés à m'en défaire. Vous autres, au-dehors, et les royalistes forcenés au-dedans, vous n'avez jamais connu l'esprit de la France. Pichegru, une fois démasqué comme traître à la nation, n'avait plus l'intérêt de personne ; bien plus, ses seuls rapports avec Moreau suffirent pour perdre celui-ci : une foule de ses partisans l'abandonnèrent ; tant, dans la lutte des partis, la masse s'occupait bien plus de la patrie que des individus. Je jugeai si bien dans cette affaire, que quand Réal vint me proposer d'arrêter Moreau, je m'y opposai sans hésiter. Moreau est un homme trop important, lui dis-je ; il m'est trop directement opposé, j'ai un trop grand intérêt à m'en défaire pour m'exposer ainsi aux conjectures de l'opinion. – Mais, si Moreau pourtant conspire avec Pichegru ? continuait Réal. – C'est alors bien différent : produisez-en la preuve, montrez-moi que Pichegru est ici, et je signe aussitôt l'arrestation de Moreau. Réal avait des avis indirects de la venue de Pichegru, mais il n'avait pu joindre encore ses traces. Courez chez son frère, lui dis-je : s'il a déserté sa demeure, c'est déjà un fort indice que Pichegru est sur les lieux ; si son frère se trouve encore dans son logement, assurez-vous de sa personne : sa surprise vous fera bientôt connaître la vérité. C'était un ancien religieux vivant à Paris dans un quatrième étage. Dès qu'il se vit saisi, sans attendre aucune question, il demanda quelle pouvait être sa faute ; si on lui faisait un crime d'avoir reçu malgré lui la visite de son frère. Il avait été le premier, disait-il, à lui peindre son péril et à lui conseiller de s'en retourner. C'en fut assez, l'arrestation de Moreau fut ordonnée et accomplie. Il sembla d'abord s'en inquiéter peu : mais arrivé à la prison, quand il sut que c'était pour avoir conspiré contre l'État, de concert avec Georges et Pichegru, il fut fort déconcerté, son trouble fut extrême. Quant à la multitude du parti, continuait Napoléon, le nom de Pichegru sembla pour elle un triomphe ; ils s'écriaient de toutes parts que Pichegru était à Londres, que sous peu de jours on aurait prouvé l'*alibi*, soit qu'ils ne sussent pas en effet qu'il fût dans Paris, ou qu'ils crussent qu'il lui serait aisé de s'en échapper. »

Depuis longtemps le Premier consul avait rompu avec Moreau. Celui-ci était entièrement gouverné par sa femme. « Malheur toujours funeste, disait l'Empereur, parce qu'on n'est alors ni soi ni sa femme ; qu'on n'est plus rien. » Moreau se montrait tantôt bien, tantôt mal pour le Premier consul ; tantôt obséquieux, tantôt caustique. Le Premier consul, qui eût désiré se l'attacher, se vit obligé de s'en éloigner tout à fait. « Moreau finira, avait-il dit, par venir se casser la figure sur les colonnes du palais. » Et il n'y était que trop poussé par les inconséquences ridicules et les prétentions de sa femme et de sa belle-mère. Celle-ci allait jusqu'à vouloir disputer le pas à la femme du Premier consul. Le ministre des Relations extérieures avait été obligé une fois, disait Napoléon, d'employer la force pour l'arrêter dans une fête ministérielle.

Moreau arrêté, le Premier consul lui fit savoir qu'il lui suffisait d'avouer qu'il avait vu Pichegru, pour que toute procédure, à son égard, fût finie. Moreau répondit par une lettre fort haute : mais depuis, quand Pichegru lui-même fut arrêté, que l'affaire prit une tournure sérieuse, alors Moreau écrivit au Premier consul une lettre très soumise ; mais il n'était plus temps.

Moreau avait en effet conféré avec Pichegru et Georges ; il avait répondu à leurs propositions : « Dans l'état présent des choses, je ne pourrais rien pour vous autres, je n'oserais pas vous répondre même de mes aides de camp ; mais *défaites-vous* du Premier consul, j'ai des partisans dans le Sénat, je serai nommé immédiatement à sa place. Vous, Pichegru, vous serez examiné sur ce qu'on vous reproche d'avoir trahi la cause nationale : ne vous le dissimulez pas, un jugement vous est nécessaire ; mais je réponds du résultat : dès lors vous serez second consul ; nous choisirons le troisième à notre gré, et nous marcherons tous de concert et sans obstacle. » Georges présent, que Moreau n'avait jamais connu, réclama vivement cette troisième place. « Cela ne se peut, lui dit Moreau ; vous ne vous doutez pas de l'esprit de la France, vous avez toujours été blanc ; vous voyez que Pichegru aura à se laver d'avoir voulu l'être. – Je vous entends, dit Georges en colère. Quel jeu est ceci, et pour qui me prenez-vous ? Vous travaillez donc pour vous autres seuls, et nullement pour le roi ! S'il devait en être ainsi, bleu pour bleu, j'aimerais bien mieux encore celui qui s'y trouve. » Et ils se séparèrent fort mécontents, Moreau priant Pichegru de ne plus lui amener ce brutal, ce taureau dépourvu de bon sens et de toute connaissance.

« Lors du jugement, disait Napoléon, la fermeté des complices, le point d'honneur dont ils ennoblirent leur cause, la dénégation absolue, recommandée par l'avocat, sauvèrent Moreau. Interpellé si les conférences, les entrevues qu'on lui reprochait étaient vraies, il répondit *non*. Mais le vainqueur d'Hohenlinden n'était pas habitué au mensonge ; une rougeur soudaine parcourut tous les traits de sa figure. Aucun des spectateurs ne fut dupe. Toutefois il fut absous, et la plupart des complices condamnés à mort.

« Je fis grâce à beaucoup ; tous ceux dont les femmes ou de vives intercessions purent pénétrer jusqu'à moi obtinrent la vie. Les Polignac, M. de Rivière et d'autres auraient infailliblement péri sans des circonstances heureuses. Il en fut de même de gens moins connus, d'un nommé Borel, d'Ingand de Saint-Maur, de Rochelle, etc., qui eurent le même bonheur.

« Il est vrai, remarquait-il, qu'ils reconnurent peu, par la suite, une telle faveur, et que, s'ils méritaient qu'on daignât suivre leurs actions, elles ne seraient pas propres à encourager la clémence. L'un d'eux, qui, dans cette occasion, devait la vie principalement aux instances de Murat, est précisément celui qui a mis sa tête à prix, en Provence, en 1815. S'il a pensé que la fidélité devait l'emporter sur la reconnaissance, le sacrifice du moins aura dû lui être bien pénible. Un autre est celui qui a le plus propagé l'imputation, aussi ridicule que celle sur Pichegru était absurde, de l'assassinat du lieutenant anglais Wright, etc.[1]. »

« Et au milieu de toutes les affaires de Georges, Pichegru et Moreau, arriva, disait l'Empereur, celle du duc d'Enghien, qui vint les compliquer d'une étrange manière. » Et il est entré alors dans les détails de celle-ci. Or c'est une dernière circonstance qui m'a porté, dans le temps, à déplacer et à renvoyer jusqu'à aujourd'hui la totalité de l'article que je donne en ce moment, tant je répugnais à aborder un sujet aussi affligeant en lui-même, et si douloureux pour un grand nombre de mes connaissances, qui avaient eu des relations directes avec le prince, et lui étaient personnellement attachées. Je redoutais surtout le malheur de réveiller de trop légitimes douleurs dans une haute personne qui m'honora jadis de quelques bontés, dont le souvenir m'est toujours demeuré précieux. Voilà mes motifs : on les comprendra, on les approuvera : mais enfin, j'arrive au terme de mon recueil, et mon devoir de narrateur fidèle me commande impérieusement de toucher ce triste sujet ; autrement on pourrait donner peut-être à mon silence absolu une interprétation qui ne serait pas ma pensée. Toutefois, et par les motifs déjà exprimés, je m'interdirai tous les détails que l'on connaît déjà, et qu'on a pu lire dans les ouvrages cités plus haut (les *Lettres du Cap* et l'ouvrage de M. O'Méara) ; mon récit serait au fond le même, car toutes ces relations sortent également de la bouche de Napoléon, je ne me permettrai que quelques-unes des particularités qui sont demeurées étrangères à ces écrits, celles seulement qui tiennent de trop près aux nuances caractéristiques de Napoléon, pour que je ne me croie pas forcé de les mentionner.

Cet événement avait dans le temps frappé mon esprit, ainsi que toute la masse de Paris : peut-être l'avais-je ressenti plus

1. Voyez les *Lettres du Cap. (Las Cases.)*

vivement encore, pour mon propre compte, à cause des principes de mon enfance, des habitudes, des relations de ma jeunesse, de la ligne de mes opinions politiques ; car alors j'étais loin de m'être rallié ; cette première impression m'était toujours demeurée dans toute sa force, et mes idées sur ce point étaient telles que je n'eusse certainement pas osé prononcer le nom du prince devant l'Empereur, tant il m'eût semblé qu'il devait emporter avec soi l'idée du reproche. C'est au point que la première fois que je le lui entendis prononcer à lui-même, j'en devins rouge d'embarras. Heureusement je marchais à sa suite dans un sentier étroit, autrement il n'eût pu manquer de s'en apercevoir. Néanmoins, en dépit de toutes ces dispositions de ma part, lorsque, pour la première fois, l'Empereur développa l'ensemble de cet événement, ses détails, ses accessoires ; lorsqu'il exposa ses divers motifs avec sa logique serrée, lumineuse, entraînante, je dois confesser que l'affaire me semblait prendre à mesure une face nouvelle. Quand il eut fini de parler, je demeurai surpris, absorbé ; je réfléchissais en silence sur mes idées antérieures, je m'en voulais d'avoir peu ou point à répondre en ce moment, et il me fallut convenir avec moi-même que je me trouvais, en effet, bien plus fort en sentiments qu'en arguments, en objections solides.

L'Empereur traitait souvent ce sujet, ce qui m'a servi à remarquer dans sa personne des nuances caractéristiques des plus prononcées. J'ai pu voir, à cette occasion, très distinctement en lui, et maintes fois, l'homme privé se débattant avec l'homme public et les sentiments naturels de son cœur aux prises avec ceux de sa fierté et de la dignité de sa position. Dans l'abandon de l'intimité, il ne se montrait pas indifférent au sort du malheureux prince, mais, sitôt qu'il s'agissait du public, c'était tout autre chose. Un jour, après avoir parlé avec moi de la jeunesse et du sort de l'infortuné, il termina disant : « Et j'ai appris depuis, mon cher, qu'il m'était favorable ; on m'a assuré qu'il ne parlait pas de moi sans quelque admiration ; et voilà pourtant la justice distributive d'ici-bas !... » Et ces dernières paroles furent dites avec une telle expression, tous les traits de la figure se montraient en telle harmonie avec elle, que si celui que Napoléon plaignait eût été en ce moment en son pouvoir, je suis bien sûr que, quelles qu'eussent été ses intentions ou ses actes, il eût été pardonné avec ardeur. C'est un sentiment du moment, une situation inopinée, sans doute, que je surprenais là ; et je ne pense pas qu'ils l'aient été par beaucoup : Napoléon n'en devait pas être prodigue : ce point délicat touchait de trop près à sa fierté et à la trempe spéciale de son âme ; aussi variait-il tout à fait ses raisonnements et ses expressions à cet égard, et cela à mesure que le cercle s'élargissait autour de lui. On vient de voir ce qu'il témoignait dans l'épanchement du tête-à-tête ; quand nous étions rassemblés entre nous c'était déjà autre chose : cette affaire avait pu laisser en lui des regrets, disait-il ; mais non créer des remords, pas même des scrupules. Y avait-il des étrangers ? le prince avait mérité son sort.

L'Empereur avait coutume de considérer cette affaire sous deux rapports très distincts ; celui du droit commun ou de la justice établie, et celui du droit naturel ou des écarts de la violence. Avec nous il raisonnait volontiers, et d'ordinaire d'après le droit commun, et l'on eût dit que c'était à cause de la familiarité existante ou de sa supériorité sur nous qu'il daignait y descendre, concluant habilement, par son adage accoutumé : qu'on pourrait lui reprocher peut-être d'avoir été sévère, mais qu'on ne saurait l'accuser d'aucune violation de justice, parce que, bien qu'en eussent répandu la malveillance et la mauvaise foi, la calomnie et le mensonge, toutes les formes avaient été régulièrement et strictement observées.

Mais avec les étrangers, l'Empereur s'attachait presque exclusivement au droit naturel et à la haute politique. On voyait qu'il eût souffert de s'abaisser avec eux à trop faire valoir les droits de la justice ordinaire ; c'eût été paraître se justifier : « Si je n'avais pas eu pour moi, contre les torts du coupable, les lois du pays, leur disait-il, au défaut de condamnation légale, il me serait resté les droits de la loi naturelle, ceux de la légitime défense. Lui et les siens n'avaient d'autre but journalier que de m'ôter la vie ; j'étais assailli de toutes parts et à chaque instant : c'étaient des fusils à vent, des machines infernales, des complots, des embûches de toute espèce. Je m'en lassai, je saisis l'occasion de leur renvoyer la terreur jusque dans Londres, et cela me réussit. A compter de ce jour les conspirations cessèrent. Et qui pourrait y trouver à redire ? Quoi ! journellement, à cent cinquante lieues de distance, on me portera des coups à mort ; aucune puissance, aucun tribunal sur la terre ne sauraient m'en faire justice, et je ne rentrerais pas dans le droit naturel de rendre guerre pour guerre ! Quel est l'homme de sang-froid, de tant soit peu de jugement et de justice, qui oserait me condamner ? De quel côté ne jetterait-il pas le blâme, l'odieux, le crime ? Le sang appelle le sang ; c'est la réaction naturelle, inévitable, infaillible ; malheur à qui la provoque !... Quand on s'obstine à susciter des troubles civils et des commotions politiques, on s'expose à en tomber victime. Il faudrait être niais ou forcené pour croire et imaginer, après tout, qu'une famille aurait l'étrange privilège d'attaquer journellement mon existence, sans me donner le droit de le lui rendre : elle ne saurait raisonnablement prétendre être au-dessus des lois pour détruire autrui, et se réclamer d'elles pour sa propre conservation ; les chances doivent être égales.

« Je n'avais personnellement jamais rien fait à aucun d'eux ; une grande nation m'avait placé à sa tête ; la presque totalité de l'Europe avait accédé à ce choix ; mon sang, après tout, n'était pas de boue ; il était temps de le mettre à l'égal du leur. Qu'eût-ce donc été si j'avais étendu plus loin mes représailles ! Je le pouvais : j'eus plus d'une fois l'offre de leurs destinées ; on m'a fait proposer leurs têtes, depuis le premier jusqu'au dernier ; je l'ai repoussé avec horreur. Ce n'est pas que je le crusse injuste dans la position où ils me réduisaient ; mais je me trouvais si puissant, je me croyais si peu en danger, que je l'eusse regardé comme une basse et gratuite lâcheté. Ma grande maxime a toujours été, qu'en guerre, comme en politique, tout mal, fût-il dans les règles, n'est excusable qu'autant qu'il est absolument nécessaire : tout ce qui est au-delà est crime.

« On aurait eu mauvaise grâce à se rejeter sur le droit des gens, quand on le violait si manifestement soi-même. La violation du territoire de Bade, sur laquelle on s'est tant récrié, demeure étrangère au fond de la question. L'inviolabilité du territoire n'a pas été imaginée dans l'intérêt des coupables, mais seulement dans celui de l'indépendance des peuples et de la dignité du prince. C'était donc au souverain de Bade seul à se plaindre, et il ne le fit pas ; qu'il ne cédât qu'à la violence et à son infériorité politique, nul doute, mais encore, que faisait tout cela au mérite intrinsèque des machinations et des attentats dont j'avais à me plaindre, et dont je pouvais, en tout droit, me venger ? » Et il concluait alors que les véritables auteurs, les seuls vrais et grands responsables de cette sanglante catastrophe, étaient, au-dehors, précisément les auteurs, les fauteurs, les excitateurs des assassinats tramés contre le Premier consul.

« Car, disait-il, ou ils y avaient fait tremper le malheureux prince, et par là ils avaient prononcé son sort ; ou, en ne lui en donnant pas connaissance, ils l'avaient laissé dormir imprudemment sur le bord du précipice, à deux pas de la frontière, quand on allait frapper un si grand coup au nom et dans les intérêts de sa famille. »

Avec nous, et dans l'intimité, l'Empereur disait que la faute, au-dedans, pourrait en être attribuée à un excès de zèle autour de lui ou à des vues privées, ou enfin à des intrigues mystérieuses. Il y avait été, disait-il, poussé inopinément ; on avait pour ainsi dire surpris ses idées, on avait précipité ses mesures, enchaîné ses résultats. « J'étais seul un jour, racontait-il ; je me vois encore à demi assis sur la table où j'avais dîné, achevant de prendre mon café ; on accourt m'apprendre une trame nouvelle ; on me démontre avec chaleur qu'il est temps de mettre un terme à de si horribles attentats ; qu'il est temps enfin de donner une leçon à ceux qui se sont fait une habitude journalière de conspirer contre ma vie ; qu'on n'en finira qu'en se lavant dans le sang de l'un d'entre eux ; que le duc d'Enghien devait être cette victime puisqu'il pouvait être pris sur le fait, faisant partie de la conspiration actuelle ; qu'il avait paru à Strasbourg ; qu'on croyait même qu'il était venu jusqu'à Paris ; qu'il devait pénétrer par l'est au moment de l'explosion, tandis que le duc de Berry débarquerait par l'ouest. Or, nous disait l'Empereur, je ne savais pas même précisément qui était le duc d'Enghien ; la Révolution m'avait pris bien jeune ; je n'allais point à la cour, j'ignorais où il se trouvait. On me satisfit sur tous ces points. Mais, s'il en est ainsi, m'écriai-je, il faut s'en saisir et donner des ordres en conséquence. Tout avait été prévu d'avance ; les pièces se trouvèrent toutes prêtes, il n'y eut qu'à signer ; et le sort du prince se trouva décidé. Il était depuis quelque temps à trois lieues du Rhin, dans les États de Bade. Si j'eusse connu plus tôt ce voisinage et son importance, je ne l'eusse pas souffert, et cet ombrage de ma part, par l'événement, lui eût sauvé la vie.

« Quant aux diverses oppositions que je rencontrai, aux

nombreuses sollicitations qui me furent faites, a-t-on répandu dans le temps, rien de plus faux ; on ne les a imaginées que pour me rendre plus odieux. Il en est de même des motifs si variés qu'on m'a prêtés : ces motifs ont pu exister peut-être dans l'esprit et pour les vues particulières des acteurs subalternes qui y concoururent ; de ma part, il n'y a eu que la nature du fait en lui-même et l'énergie de mon naturel. Assurément, si j'eusse été instruit à temps de certaines particularités concernant les opinions et le naturel du prince ; si surtout j'avais vu la lettre qu'il m'écrivit, et qu'on ne me remit, Dieu sait par quels motifs, qu'après qu'il n'était plus, bien certainement j'eusse pardonné. » Et il nous était aisé de voir que le cœur et la nature seuls dictaient ces paroles de l'Empereur, et seulement pour nous ; car il se serait senti si humilié qu'on pût croire un instant qu'il cherchait à se décharger sur autrui, ou descendît à se justifier ; sa crainte à cet égard ou sa susceptibilité était telle qu'en parlant à des étrangers ou dictant sur ce sujet, pour le public, il se restreignait à dire que, s'il eût eu connaissance de la lettre du prince, peut-être lui eût-il fait grâce, vu les grands avantages politiques qu'il en eût pu recueillir ; et, traçant de sa main ses dernières pensées, qu'il suppose devoir être consacrées parmi les contemporains et dans la postérité, il prononce sur ce sujet, qu'il suppose bien être regardé comme un des plus délicats pour sa mémoire, que, si c'était à refaire, il le ferait encore !!! Tel était l'homme, la trempe de son âme, le tour de son caractère.

A présent, que ceux qui scrutent le cœur humain, qui se plaisent à visiter ses derniers replis pour en déduire des conséquences et en tirer des analogies, s'exercent à leur gré, je viens de leur livrer des documents prononcés et des données précieuses. En voici une dernière qui ne sera pas la moins remarquable :

Napoléon me disait un jour sur le même sujet : « Si je répandis la stupeur par ce triste événement, de quel autre spectacle n'ai-je pas pu frapper le monde, et quel n'eût pas été le saisissement universel !...

« On m'a souvent offert, à un million par tête, la vie de ceux que je remplaçais sur le trône ; on les voyait mes compétiteurs, on me supposait avide de leur sang ; mais ma nature eût-elle été différente, eussé-je été organisé pour le crime, je me serais refusé à celui-ci, tant il m'eût semblé purement gratuit. J'étais si puissant, je me trouvais si fortement assis ; ils paraissaient si peu à craindre ! Qu'on se reporte à l'époque de Tilsitt, à celle de Wagram, à mon mariage avec Marie-Louise, à l'état, à l'attitude de l'Europe entière ! Toutefois, au fort de la crise de Georges et de Pichegru, assailli d'assassins, on crut le moment favorable pour me tenter, et l'on renouvela l'offre contre celui que la voix publique, en Angleterre aussi bien qu'en France, mettait à la tête de ces horribles machinations. Je me trouvais à Boulogne, où le porteur de paroles était parvenu ; j'eus la fantaisie de m'assurer par moi-même de la vérité et de la contexture de la proposition ; j'ordonnai qu'on le fît paraître devant moi : Eh bien ! monsieur, lui dis-je en le voyant. – Oui, premier consul, nous vous le livrerons pour un million. – Monsieur, je vous en promets deux, mais si vous l'amenez vivant. – Ah ! c'est ce que je ne saurais garantir, balbutia l'homme, que le ton de ma voix et la nature de mon regard déconcertaient fort en ce moment. – Et me prenez-vous donc pour un pur assassin ! sachez, monsieur, que je veux bien infliger un châtiment, frapper un grand exemple, mais que je ne recherche pas un guet-apens ; et je le chassai. Aussi bien c'était déjà une trop grande souillure que sa seule présence. »

JEUDI 21 AU DIMANCHE 24.

Visite clandestine du domestique qui m'avait été enlevé. Ses offres. Seconde visite. Troisième ; je lui confie mystérieusement ma lettre au prince Lucien : cause de ma déportation.

La veille au soir, j'étais resté auprès de l'Empereur aussi tard qu'une ou deux heures après minuit ; en rentrant chez moi, je trouvai que j'avais eu une petite visite qui s'était lassée de m'attendre.

Cette petite visite, reçue par mon fils, et que, dans le temps, la prudence me commandait d'inscrire dans mon journal avec déguisement et mystère, peut aujourd'hui et va recevoir en ce moment toute son explication.

Cette visite n'était rien moins que la réapparition clandestine du domestique que sir Hudson Lowe m'avait enlevé, qui, à la faveur de la nuit et de ses habitudes locales, avait franchi tous les obstacles, évité les sentinelles, escaladé quelques ravins pour venir me voir, et me dire que s'étant mis au service de quelqu'un qui partait sous très peu de jours pour Londres, il venait m'offrir de prendre mes commissions en toutes choses. Il m'avait attendu fort longtemps dans ma chambre, et ne me voyant pas revenir de chez l'Empereur, il avait pris le parti de retourner dans la crainte d'être surpris ; mais il promettait de revenir, soit sous le prétexte de voir sa sœur, qui était employée dans notre établissement, soit en renouvelant les mêmes moyens qu'il venait d'employer.

Je n'eus rien de plus pressé le lendemain que de faire part à l'Empereur de ma bonne fortune. Il s'en montra très satisfait et parut y attacher du prix. J'étais fort ardent sur ce sujet ; je répétais avec chaleur qu'il y avait déjà plus d'un an que nous nous trouvions ici sans que nous eussions encore fait un seul pas vers un meilleur avenir ; au contraire, nous étions resserrés, maltraités, suppliciés chaque jour davantage. Nous demeurions perdus dans l'univers ; l'Europe ignorait notre véritable situation : c'était à nous de la faire connaître. Chaque jour les gazettes nous apprenaient les impostures dont on entourait notre prison ; les impudents et grossiers mensonges dont nos personnes demeuraient l'objet ; c'était à nous, disais-je, de publier la vérité ; elle remonterait aux souverains, qui l'ignoraient peut-être ; elle serait connue des peuples, dont la sympathie serait notre consolation, dont les cris d'indignation nous vengeraient du moins de nos bourreaux, etc.

Nous nous mîmes, dès cet instant, à analyser nos petites archives. L'Empereur en fit le partage, en destinant, disait-il, la part de chacun de nous pour leur plus prompte transcription. Toutefois, la journée s'écoula sans qu'il fût question de rien à ce sujet. Le lendemain, vendredi, dès que je vis l'Empereur, j'osai lui rappeler l'objet de la veille ; mais il m'en parut cette fois beaucoup moins occupé, et termina en disant *qu'il faudrait voir*. La journée se passa comme la veille : j'en étais sur des charbons ardents.

A la nuit, et comme pour m'aiguillonner davantage, mon domestique reparut, me réitérant ses offres les plus entières. Je lui dis que j'en profiterais, et qu'il pourrait agir sans scrupule, parce que je ne le rendrais nullement criminel, ni ne le mettrais aucunement en danger. A quoi il répondit que cela lui était bien égal, et qu'il se chargerait de tout ce que je voudrais lui donner, m'avertissant seulement qu'il viendrait le prendre sans faute le surlendemain, dimanche, veille probable de son appareillage.

Le lendemain, samedi, en me présentant chez l'Empereur, je me hâtai de lui faire connaître cette dernière circonstance, appuyant sur ce qu'il ne nous restait plus que vingt-quatre heures ; mais l'Empereur me parla très indifféremment de tout autre chose. J'en demeurai frappé. Je connaissais l'Empereur : cette insouciance, cette espèce de distraction ne pouvaient être l'effet du hasard, encore moins du caprice ; mais quels pouvaient donc être ses motifs ? J'en fus préoccupé, triste, malheureux tout le jour. La nuit arriva, et le même sentiment qui m'avait agité toute la journée m'empêchait de dormir. Je repassais avec douleur dans mon esprit tout ce qui pouvait avoir rapport à cet objet, quand un trait de lumière vint m'éclairer tout à coup. Que prétends-je de l'Empereur ? me dis-je, le faire descendre à l'exécution de petits détails déjà beaucoup trop au-dessous de lui ! Nul doute que le dégoût et une humeur secrète auront dicté le silence qui m'a affecté. Devons-nous lui demeurer inutiles ? Ne pouvons-nous le servir qu'en l'affligeant ? Et alors beaucoup de ses observations passées me revinrent à l'esprit. Ne lui avais-je pas donné connaissance de la chose, ne l'avait-il pas approuvée, que voulais-je de plus [1] ? C'était à moi désormais à agir. Aussi mon parti fut pris à l'instant. Je résolus d'aller en avant sans lui en reparler davantage ; et, pour que la chose demeurât secrète, je me promis de la garder pour moi seul.

Il y avait quelques mois que j'étais parvenu à faire passer la fameuse lettre en réponse à sir Hudson Lowe, touchant les commissaires des Alliés, la première, la seule pièce qui, jusque-là, eût été expédiée en Europe. Celui qui avait bien voulu s'en charger m'avait apporté un grand morceau de satin, sur une partie duquel elle fut écrite. Il m'en restait encore ; c'était là précisément mon affaire. Ainsi, tout concourait à me précipiter vers le gouffre où j'allais tomber.

Dès que le jour parut, je donnai à mon fils, de la discrétion

1. Le journal du docteur O'Méara m'apprend, au bout de six ans, que j'avais précisément deviné l'Empereur. *(Las Cases.)*

duquel j'étais sûr, le reste du satin, sur lequel il passe toute la journée à tracer ma lettre au prince Lucien. La nuit venue, mon jeune mulâtre fut fidèle à sa parole. Il était un peu tailleur ; il cousit lui-même devant moi, dans ses vêtements, ce que je lui confiai, et prit congé, moi lui promettant encore de nouvelles choses s'il revenait, ou lui souhaitant un bon voyage si je ne devais pas le revoir ; et je me couchai le cœur allégé, l'esprit satisfait comme d'une journée bien et heureusement remplie. Que j'étais loin en ce moment d'imaginer que je venais de trancher de mes propres mains le fil de mes destinées à Longwood !!!

Hélas ! on va voir que vingt-quatre heures n'étaient pas écoulées, que, sous le prétexte de cette lettre, j'étais enlevé déjà de Longwood, et que ma personne et tous mes papiers se trouvaient au pouvoir et à l'entière disposition du gouverneur sir Hudson Lowe. A présent, si l'on me demande comment je pouvais avoir aussi peu de défiance et ne soupçonner aucunement qu'il était possible qu'on me tendît un piège, je réponds que mon domestique m'avait paru honnête, je le croyais fidèle, et puis j'étais encore étranger à toute idée d'agents provocateurs ; invention nouvelle dont les ministres anglais d'alors peuvent réclamer l'honneur, et qui a tant prospéré depuis sur le continent !

Mon enlèvement de Longwood

RÉCLUSION AU SECRET À SAINTE-HÉLÈNE
ESPACE D'ENVIRON SIX SEMAINES

LUNDI 25 NOVEMBRE 1816.

Mon enlèvement de Longwood.

Sur les quatre heures l'Empereur m'a fait demander ; il venait de finir son travail, et il s'en montrait tout content. « J'ai fait avec Bertrand de la fortification toute la journée, m'a-t-il dit, aussi m'a-t-elle paru très courte. » J'ai déjà dit que c'était, dans l'Empereur, un goût nouveau, tout à fait du moment, et Dieu sait comme ils sont précieux ici.

J'avais rejoint l'Empereur sur l'espèce de gazon qui avoisine la tente ; de là nous avons gagné le tournant de l'allée qui conduit au bas du jardin. On a apporté cinq oranges dans une assiette, du sucre et un couteau ; elles sont fort rares dans l'île, elles viennent du Cap ; l'Empereur les aime beaucoup ; celles-ci étaient une galanterie de lady Malcolm ; l'amiral répétait cette offrande toutes les fois qu'il en avait l'occasion. Nous étions trois en ce moment auprès de l'Empereur ; il m'a donné une de ces oranges à mettre dans ma poche, pour mon fils, et s'est mis à couper et à préparer lui-même les autres par tranches ; et, assis sur le tronc d'un arbre, il les mangeait et en distribuait gaiement et familièrement à chacun de nous. Je rêvais précisément, par un instinct fatal, au charme de ce moment ! Que j'étais loin, hélas ! d'imaginer que ce devait être le dernier don que je pourrais tenir de sa main !...

L'Empereur s'est mis ensuite à faire quelques tours de jardin, le vent était devenu froid ; il est rentré, et je l'ai suivi seul dans le salon et la salle de billard qu'il parcourait dans leur étendue. Il me parlait de nouveau de sa journée, me questionnait sur la mienne ; puis, la conversation s'étant fixée sur son mariage, il s'étendait sur les fêtes qui avaient amené le terrible accident de celle de M. Schwartzenberg, dont je me promettais intérieurement de faire un article intéressant dans mon journal, quand l'Empereur s'est interrompu tout à coup pour examiner, par la croisée, un groupe considérable d'officiers anglais qui débouchaient vers nous par la porte de notre enclos : c'était le gouverneur entouré de beaucoup des siens. Or, le gouverneur était déjà venu le matin, a fait observer le grand-maréchal, qui entrait en ce moment ; il l'avait eu chez lui assez longtemps ; de plus, a-t-il ajouté, on parlait d'un certain mouvement de troupes. Ces circonstances ont paru singulières ; et ce que c'est pourtant qu'une conscience coupable ! l'idée de ma lettre clandestine me revint à l'instant, et un secret pressentiment m'avertit aussitôt que tout cela me regardait. En effet, peu d'instants après, on est venu me dire que le colonel anglais, la créature de sir Hudson Lowe, m'attendait chez moi. J'ai fait signe que j'étais avec l'Empereur, qui m'a dit quelques minutes après : « Allez voir, mon cher, ce que vous veut cet animal. » Comme je m'éloignais déjà, il a ajouté : *« Et surtout revenez prompte-*

ment. » Et voilà pour moi les dernières paroles de Napoléon. Hélas ! je ne l'ai plus revu ! Son accent, le son de sa voix, sont encore à mes oreilles. Que de fois depuis je me suis complu à y arrêter ma pensée ! et quel charme, quelle peine peut tout à la fois renfermer un douloureux souvenir !

Celui qui m'avait fait demander était le complaisant dévoué, l'homme d'exécution du gouverneur, avec lequel je communiquais du reste assez souvent à titre d'interprète. A peine il m'aperçut, que, d'une figure bénigne, d'une voix mielleuse, il s'enquit, avec un intérêt tendre, de l'état de ma santé : c'était le baiser de Judas..., car lui ayant fait signe de la main de prendre place sur mon canapé, et m'y asseyant moi-même, il saisit cet instant pour se placer entre la porte et moi ; et, changeant subitement de figure et de langage, il me signifia qu'il m'arrêtait au nom du gouverneur sir Hudson Lowe, sur une dénonciation de mon domestique, pour correspondance clandestine. Des dragons cernaient déjà ma chambre, toute observation devint inutile, il fallut céder à la force ; je fus emmené sous une nombreuse escorte. L'Empereur a écrit depuis, ainsi qu'on le verra plus bas, qu'en me voyant de sa fenêtre, entraîné dans la plaine au milieu de ces gens armés, l'alacrité de ce nombreux état-major caracolant autour de moi, la vive ondulation de leurs grands panaches, lui avaient donné l'idée de la joie féroce des sauvages de la mer du Sud, dansant autour du prisonnier qu'ils vont dévorer.

J'avais été séparé de mon fils, qu'on avait retenu prisonnier dans ma chambre, et qui me rejoignit peu de temps après, aussi sous escorte ; si bien qu'à dater de cet instant compte pour nous l'interruption soudaine et le terme final de toute communication avec Longwood. On nous enferma tous deux dans une misérable cahute, voisine de l'ancienne habitation de la famille Bertrand. Il me fallut coucher sur un mauvais grabat, mon malheureux fils à mes côtés, sous peine de le laisser étendu par terre. Je le croyais en cet instant en danger de mort : il était menacé d'un anévrisme [1], et avait failli, peu de jours auparavant, expirer dans mes bras. On nous tint jusqu'à onze heures sans manger ; et quand, cherchant à pourvoir aux besoins de mon fils, je voulus demander un morceau

1. Dilatation des cavités du cœur.

de pain aux gens qui nous entouraient, à la porte et à chaque fenêtre où je me présentai il me fut répondu tout d'abord par autant de baïonnettes.

MARDI 26, MERCREDI 27.

Visite officielle de mes papiers.

Quelle nuit que la première que l'on passe emprisonné entre quatre murailles !... Quelles pensées ! Quelles réflexions !... Toutefois, ma dernière idée du soir, la première de mon réveil avaient été que j'étais encore à quelques minutes de distance seulement de Longwood, et que pourtant peut-être l'éternité m'en séparait déjà !...

Dans la matinée, le grand-maréchal, accompagné d'un officier, a passé à vue de ma cahute, et à portée de la voix. J'ai pu lui demander de mon donjon comment se portait l'Empereur. Le grand-maréchal se rendait à Plantation-House, chez le gouverneur : c'était indubitablement à mon sujet : mais de quoi pouvait-il être chargé ! Quelles étaient les pensées, les désirs de l'Empereur à cet égard ? C'est là ce qui m'occupait tout à fait. Le grand-maréchal, en repassant, m'a fait avec tristesse un geste qui m'a donné l'idée d'un adieu, et m'a serré le cœur.

Dans la matinée encore, le général Gourgaud et M. de Montholon sont venus jusqu'à l'ancienne demeure de Mme Bertrand, en face de moi et assez près. Il m'a été doux de les revoir et d'interpréter leurs gestes d'intérêt et d'amitié. Ils ont sollicité vainement de pénétrer jusqu'à moi ; il leur a fallu s'en retourner sans rien obtenir. Peu de temps après Mme Bertrand m'a envoyé des oranges, me faisant dire qu'elle recevait à l'instant même des nouvelles indirectes de ma femme, qui se portait bien. Cet empressement, ces tendres témoignages de tous mes compagnons, m'étaient la preuve que les sentiments de famille se réveillent au premier coup de malheur, et je trouvais en ce moment quelque charme à être captif.

Cependant, aussitôt après mon arrestation, on n'était pas demeuré oisif dans mon ancien logement. Un commissaire de police, importation toute récente dans la colonie, la première tentative de cette nature, je pense, hasardée sur le sol britannique, avait fait sur moi son coup d'essai. Il avait fouillé mon secrétaire, enfoncé des tiroirs, saisi tous mes papiers ; et jaloux de montrer sa dextérité et tout son savoir-faire, il avait procédé de suite à défaire nos lits, démonter mon canapé, et ne parlait de rien moins que d'enlever les planchers.

Le gouverneur, devenu maître de tous mes papiers, suivi de huit à dix officiers, s'est mis en devoir de me les produire triomphalement. Descendu à l'opposite de moi dans l'ancienne demeure de Mme Bertrand, il m'a fait demander si je voulais y aller pour assister à leur inventaire, ou si je préférais qu'il se rendît chez moi. J'ai répondu que, puisqu'il me laissait le choix, le dernier parti me serait plus agréable. Tout le monde ayant pris place, je me suis levé pour protester hautement contre la manière peu convenable dont j'avais été arraché de Longwood, sur l'illégalité avec laquelle on avait scellé mes papiers loin de ma personne ; enfin j'ai protesté contre la violation qu'on allait faire de mes papiers secrets, de ceux qui étaient les dépositaires sacrés de ma pensée, qui ne devaient exister que pour moi, dont jusqu'ici personne au monde n'avait eu connaissance. Je me suis élevé contre l'abus que pouvait en faire le pouvoir ; j'ai dit à sir Hudson Lowe que, s'il pensait que les circonstances requissent qu'il en prît connaissance, c'était à sa sagesse à y pourvoir ; que cette lecture ne m'embarrassait nullement d'ailleurs, mais que je devais à moi-même, aux principes, d'en charger sa responsabilité, de ne céder qu'à la force, et de ne point autoriser un tel acte par mon consentement.

Ces paroles, de ma part, en présence de tous ses officiers, contrariaient fort le gouverneur, qui, s'irritant, s'est écrié : « Monsieur le comte, n'empirez pas votre situation, elle n'est déjà que trop mauvaise ! » Allusion sans doute à la peine de mort qu'il nous rappelait souvent que nous encourrions en nous prêtant à l'évasion du grand captif. Il ne doutait pas que mes papiers dussent lui procurer les plus grandes découvertes. Dieu sait jusqu'où pouvaient aller ses idées à cet égard.

Au moment de procéder à leur lecture, il appela le général Bingham, commandant en second de l'île, pour y prendre personnellement part ; mais la délicatesse et les idées de celui-ci différaient beaucoup de celles du gouverneur. « Sir

Hudson Lowe, lui répondit-il avec un dégoût marqué, je vous prie de m'excuser, je ne me crois pas capable de lire cette espèce d'écriture française. »

Je n'avais au fait nulle objection réelle à ce que le gouverneur prît connaissance de mes papiers ; je lui dis donc que, non comme juge ni magistrat, car il n'était pour moi ni l'un ni l'autre, mais à l'amiable et de pure condescendance, je trouvais bon qu'il les parcourût. Il tomba d'abord sur mon journal. On juge de sa joie et de ses espérances en apercevant qu'il allait lui présenter jour par jour tout ce qui se passait au milieu de nous à Longwood. Cet ouvrage était assez dégrossi pour qu'une note des matières ou l'indication des chapitres se trouvât en tête de chaque mois. Sir Hudson Lowe, y lisant souvent son nom, courut tout d'abord à la page indiquée chercher les détails ; et, s'il eut là maintes occasions d'exercer sa longanimité, ce n'était pas ma faute, lui remarquai-je, mais plutôt celle de son indiscrétion. Je l'assurai que cet écrit était un mystère profond, étranger à tous ; que l'Empereur lui-même, qui en était l'unique objet, n'en avait lu que les premières feuilles ; qu'il était loin d'être arrêté ; qu'il devait demeurer longtemps un secret, n'être que pour moi seul.

Sir Hudson Lowe ayant parcouru mon journal deux ou trois heures, je lui dis que j'avais voulu le mettre à même d'en prendre une juste idée, qu'à présent c'était assez ; que je me croyais obligé, par bien des considérations, à lui interdire, autant qu'il était en mon pouvoir, d'aller plus loin ; qu'il avait la force, mais que je protesterais contre sa violence et son abus d'autorité. Il me fut aisé de voir que c'était un vrai contretemps pour lui ; il hésita même : toutefois ma protestation eut son plein effet, et il ne fut plus touché à mon journal. J'aurais pu étendre ma protestation à tous mes autres papiers ; mais ils m'importaient peu ; ils causèrent pendant plusieurs jours l'inquisition la plus minutieuse.

J'avais mes dernières volontés scellées : il me fallut ouvrir cette pièce, ainsi que d'autres papiers d'une nature aussi sacrée. Arrivé au fond d'un portefeuille où reposaient des objets que je n'avais pas osé toucher depuis que j'étais loin de l'Europe, il a fallu les ouvrir. Ce devait être pour moi la journée des émotions : leur vue a remué dans mon cœur de vieux souvenirs que mon courage y tenait comprimés depuis de douloureuses séparations. J'en ai été vivement ému ; je suis sorti rapidement de la chambre. Mon fils, demeuré présent, m'a dit que le gouverneur, lui-même, n'a pas été sans se montrer sensible à ce mouvement.

JEUDI 28 AU SAMEDI 30.

Ma translation à Balcombe's cottage.

Aujourd'hui 28, nous avons été tirés de notre misérable cahute et transférés à une petite lieue de là, dans une espèce de chaumière de plaisance appartenant à M. Balcombe, notre hôte de Briars. La demeure était petite, mais du moins très supportable, et située en face de Longwood, à assez peu de distance : nous n'en étions séparés que par plusieurs lignes de précipices et de sommités très escarpées. Nous étions gardés par un détachement du 66e ; un grand nombre de sentinelles veillaient sur nous et défendaient nos approches. Un officier y était à nos ordres, nous dit obligeamment sir Hudson Lowe, et pour notre commodité, assurait-il. Toute communication était sévèrement interceptée ; nous demeurions sous l'interdit le plus absolu. Un chemin circulait sur la crête de notre bassin ; le général Gourgaud, escorté d'un officier anglais, vint le parcourir : il nous fut aisé de distinguer ses efforts pour se rapprocher de nous autant que cela lui était possible ; et ce fut avec un sentiment de joie et de tendresse que nous reçûmes et rendîmes de loin les saluts et les démonstrations que nous adressait notre compagnon. La bonne et excellente Mme Bertrand nous envoya de nouveau des oranges : il ne nous fut pas permis de lui écrire un mot de remerciement ; il fallut nous borner à confier toute notre reconnaissance à des poignées de roses cueillies dans notre prison, et que nous lui envoyâmes.

Sir Hudson Lowe, dès le lendemain, vint nous visiter dans notre nouvelle demeure. Il voulut savoir comment j'avais été couché ; je le conduisis à une pièce voisine, et lui fit voir un matelas par terre : notre nourriture avait été à l'avenant : « Vous l'apprenez, lui dis-je, parce que vous l'avez demandé ; j'y attache peu de prix. » Alors il s'est violemment fâché contre ceux qu'il avait chargés de nous installer, et nous a envoyé nos repas de sa cuisine de Plantation-House, bien qu'à deux lieues de distance, et cela jusqu'à ce qu'on eût pourvu régulièrement à nos besoins.

Cependant, une fois dans notre nouvelle prison, il fallut bien songer à nous créer des occupations, pour pouvoir supporter le temps. Je partageai nos heures de manière à remplir notre journée : je donnai des leçons régulières d'histoire et de mathématiques à mon fils ; nous fîmes quelques lectures suivies, et nous marchions dans notre enclos durant les intervalles. Le lieu, pour Sainte-Hélène, était agréable ; il y avait un peu de verdure et quelques arbres, grand nombre de poules, qu'on élevait pour la consommation de Longwood, quelques pintades et autres gros oiseaux que nous eûmes bientôt apprivoisés ; les captifs sont ingénieux et compatissants. Enfin, le soir nous allumions du feu, je racontais à mon fils des histoires de famille, je le mettais au fait de mes affaires domestiques, je lui apprenais et lui faisais noter les noms de ceux qui m'avaient montré de la bienveillance dans la vie, ou m'avaient rendu quelques services.

En somme, nos moments étaient tristes, mélancoliques, mais si calmes qu'ils n'étaient pas sans une certaine douceur. Une seule idée nous était poignante et nous revenait sans cesse : l'Empereur était là, presque à notre vue, et pourtant nous habitions deux univers ; une si petite distance nous séparait, et pourtant toutes communications avaient cessé ! Cet état avait quelque chose d'affreux ; je n'étais plus avec lui, je n'étais pas non plus avec ma famille, que j'avais quittée pour lui : que me restait-il donc ? Mon fils partageait vivement toutes ces sensations ; exalté par cette situation et par la chaleur de son âge, ce cher enfant m'offrit, dans un moment d'élan, de profiter de l'obscurité de la nuit pour tromper la surveillance de nos sentinelles, descendre les nombreux précipices et gravir les hauteurs escarpées qui nous séparaient de Longwood, et pénétrer jusqu'à Napoléon, dont il rapporterait des nouvelles, garantissait-il, avant le retour du jour. Je calmai son zèle, qui, s'il eût été praticable, n'eût pu avoir d'autre résultat qu'une satisfaction personnelle, et eût pu créer les inconvénients les plus graves. L'Empereur m'avait tant et si souvent parlé, que je ne pensais pas qu'il eût rien à me faire dire qui fût nouveau pour moi ; et si la tentative de mon fils eût été découverte, quel bruit n'eût-elle pas fait, quelle importance le gouverneur ne lui eût-il pas donnée, quels contes absurdes n'eût-il pas imaginés, entassés, transmis, etc.

DIMANCHE 1er DÉCEMBRE AU VENDREDI 6.

Je prends un parti ; mes lettres à sir Hudson Lowe, etc.

Cependant les jours de notre emprisonnement s'écoulaient, et le gouverneur, bien qu'il continuât de nous visiter souvent, ne nous parlait pas d'affaires ; seulement il m'avait laissé entrevoir que mon séjour dans l'île, et au secret, pourrait se continuer jusqu'au retour des nouvelles de Londres. Près de huit jours étaient déjà passés sans le moindre pas vers un dénouement quelconque. Cet état passif et inerte n'était pas dans ma nature. La santé de mon fils était par moments des plus alarmantes. Privé de toute communication quelconque avec Longwood, je demeurai seul vis-à-vis de moi-même. Je méditais sur cette situation ; j'arrêtai un plan et pris un parti : je le choisis extrême, pensant que, s'il était approuvé de l'Empereur, il pourrait être utile, et que rien ne me serait plus facile que de revenir en arrière, si c'était son désir. En conséquence, j'écrivis au gouverneur la lettre suivante :

« Monsieur le gouverneur, par suite d'un piège tendu par mon valet, j'ai été enlevé de Longwood le 25 du courant, et tous mes papiers saisis. Je me suis trouvé avoir enfreint vos restrictions, auxquelles je m'étais soumis. Mais ces restrictions, vous ne les aviez confiées ni à ma parole ni à ma délicatesse : elles m'eussent été sacrées. Vous les aviez confiées à des peines ; j'en ai couru les risques ; vous avez appliqué ces peines à votre fantaisie, je n'y ai rien objecté. Jusque-là rien de plus régulier ; mais la peine a ses limites, sitôt que la faute est circonscrite. Or, qu'est-il arrivé ? Deux lettres ont été données à votre insu : l'une est une relation de nos événements au prince Lucien, relation qui était destinée à passer par vos mains, si vous ne m'aviez fait dire que la continuation de mes lettres et de leur style me ferait éloigner par vous d'auprès de l'Empereur.

« La seconde est une simple communication d'amitié. Cependant cette circonstance a mis en vos mains tous mes papiers ; vous en avez vu les plus secrets. J'ai mis une telle facilité à vos recherches, que je me suis prêté à vous laisser parcourir, sur votre parole privée, ce qui n'était connu que de moi, n'était encore que des idées ou des rédactions informes, non arrêtées, susceptibles d'être à chaque instant corrigées, rectifiées, modifiées ; en un mot, le secret, le chaos de mes pensées. J'ai voulu vous convaincre par là, et, j'en appelle à votre bonne foi, j'espère vous avoir convaincu que, dans la masse des papiers que vous avez sommairement parcourus, il n'existe rien de ce qui aurait pu concerner la haute et importante partie de votre ministère. Aucun complot, aucun nœud, pas une seule idée relative à l'évasion de Napoléon. Vous n'avez pu en trouver aucune, parce qu'il n'en existait aucune. Nous la croyons impossible ; nous n'y songeons pas ; et, ce n'est pas que je veuille m'en défendre, j'y eusse volontiers donné les mains, si j'en eusse vu la possibilité. J'eusse volontiers payé de ma vie cette évasion. Je serais mort martyr du dévouement ; c'eût été vivre à jamais dans les cœurs nobles et généreux. Mais, je le répète, personne ne le croit possible et n'y songe. L'empereur Napoléon en est encore à la même pensée, aux mêmes désirs qu'en abordant *librement et de bonne foi* le *Bellérophon*, d'aller chercher quelques jours tranquilles en Amérique, ou même en Angleterre, sous la protection des lois.

« Les choses une fois ainsi établies, je proteste de tout mon pouvoir, je m'oppose formellement à ce que vous lisiez désormais, je pourrais dire tous mes papiers secrets, mais je me borne seulement à ceux que j'appelle *mon journal*. Je dois cette mesure à mon grand respect pour l'auguste personnage qui s'y retrouve sans cesse ; je la dois au respect de moi-même ; je demande donc de deux choses l'une : ou, si dans votre conscience vous croyez ces papiers étrangers à votre grand objet, qu'ils me soient rendus sur-le-champ ; ou, si, d'après ce que vous en avez lu, vous pensez que certaines parties sont de nature à être mises sous les yeux de vos ministres, je demande que vous leur en envoyiez la totalité, et me fassiez suivre avec eux. Il y est trop question de vous, monsieur, pour que votre délicatesse ne vous fasse une loi d'adopter l'un ou l'autre de ces partis. Vous ne sauriez chercher à profiter, plus que je ne l'ai permis, de cette occasion d'y lire ce qui regarde votre personne. Autrement, à quelles inductions ne vous exposerait pas un abus d'autorité, et comment empêcher qu'on ne liât cette circonstance au piège qui m'a été tendu, au grand bruit qu'on se trouvera avoir fait pour si peu de chose ?

« Arrivé en Angleterre avec ces papiers, je demanderai aux ministres à leur tour, et j'appellerai le monde à témoin, de quelle utilité peut être aux yeux des lois un papier où se trouvent consignés, dans toute la négligence d'un mystère profond, jour par jour, la conversation, les paroles, peut-être jusqu'aux gestes de l'empereur Napoléon ? Je leur demanderai surtout, quelle inviolabilité de secret je n'ai pas le droit d'exiger d'eux sur toutes les parties d'un recueil qui n'était encore que ma pensée brute, qui n'existe pas, à bien dire, qui ne présente que des matériaux encore informes, dont je pouvais sans scrupule désavouer presque toutes les parties, parce qu'elles étaient loin d'être arrêtées encore vis-à-vis de moi-même ; dans lequel, chaque jour, il m'arrivait de redresser, à l'aide d'une conversation nouvelle, les erreurs d'une conversation passée, erreurs toujours inévitables et fréquentes, et dans celui qui parle sans croire être observé, et dans celui qui recueille sans se croire tenu à garantir. Quant à ce qui vous y concerne, monsieur, si vous avez eu à vous récrier maintes fois sur l'opinion et les faits que j'ai émis sur votre personne, rien ne vous est plus aisé, d'homme à homme, que de me faire connaître mon erreur. Vous ne me rendrez jamais plus heureux que de me donner l'occasion d'être juste, et à la suite des éclaircissements, quelle que soit l'opinion dans laquelle je persiste, vous serez forcé du moins de reconnaître ma droiture et ma bonne foi.

« Du reste, quel que soit le parti que vous comptiez prendre à mon égard, monsieur le gouverneur, à compter de cet instant je me retire, autant que l'admet la position où je me trouve, de la sujétion volontaire à laquelle je m'étais soumis vis-à-vis de vous. Quand j'en pris l'engagement, vous me dîtes que je demeurais toujours maître de le rétracter ; or, à compter de cet instant, je veux rentrer dans la classe commune des citoyens. Je me remets sous l'action de vos lois civiles ; je réclame vos tribunaux. Je n'implore pas leur faveur, mais seulement leur justice et leur jugement. Je pense, monsieur le général, que vous portez trop de respect à vos lois et avez trop de justice naturelle dans le cœur, pour vous faire l'injure de vous observer que vous deviendriez responsable de toutes les violations que ces lois peuvent éprouver vis-à-vis de moi, directement et indirectement. Je ne pense pas que la lettre de vos instructions, qui vous porterait à me retenir ici ou au Cap plusieurs mois prisonnier, pût vous mettre à l'abri de l'esprit de ces mêmes instructions, invoqué par la force, la supériorité, la majesté des lois.

« Ces instructions, si j'ai compris, en vous prescrivant de retenir toute personne de l'établissement de Longwood un certain temps, avant de la rendre à la liberté, n'ont pour but, sans doute, que de dérouter et de laisser vieillir les communications que l'on pourrait avoir eues avec cette affreuse prison. Or, la manière dont j'en ai été enlevé a suffi pour remplir ce but. On m'a rendu impossible d'en emporter aucune idée concertée. J'y ai été comme frappé de mort subite. D'ailleurs, envoyé en Angleterre comme prévenu, et sous l'action des lois, si je suis trouvé coupable, elles pourvoiront assez à l'inconvénient qu'on a voulu éviter. Si je ne le suis pas, il restera contre moi l'*alien bill* [1], ou même encore ma soumission volontaire donnée ici d'avance à toutes les précautions, même arbitraires, qu'on croira devoir prendre à ce sujet, vis-à-vis de moi.

« Monsieur le gouverneur, sans connaître encore quels peuvent être vos projets sur ma personne, je me suis imposé déjà moi-même le plus grand des sacrifices. Je ne suis encore qu'à quelques pas de Longwood, et déjà peut-être l'éternité m'en sépare. Pensée affreuse qui me déchire et va me poursuivre !... Il y a peu de jours encore, vous m'eussiez arraché jusqu'aux dernières soumissions par la crainte de me voir éloigner de l'empereur Napoléon. Aujourd'hui, vous ne sauriez plus m'y faire revenir. On m'a souillé en me saisissant presque à sa vue. Je ne saurais plus désormais lui être un objet de consolation ; ses regards ne rencontreraient en moi qu'un objet flétri, et des souvenirs de douleur. Pourtant, sa vue, les soins que je me plaisais à lui donner, me sont plus chers que la vie. Mais peut-être qu'au loin on prendra pitié de ma peine ! Quelque chose me dit que je reviendrai ; mais par une route purifiée, amenant avec moi tout ce qui m'est cher, pour entourer de nos soins pieux et tendres l'immortel monument que rongent sur un roc, au bout de l'univers,

1. Loi sur les étrangers.

l'inclémence de l'air et la mauvaise foi, la dureté des hommes. Vous m'avez parlé de vos peines, monsieur le gouverneur ; nous ne soupçonnons pas, m'avez-vous dit, toutes vos tribulations ; mais chacun ne connaît, ne sent que son mal. Vous ne soupçonnez pas non plus le crêpe funèbre que vous tenez étendu sur Longwood. J'ai l'honneur, etc. »

Une fois la correspondance établie avec sir Hudson Lowe, je ne demeurai plus oisif. Dès le lendemain je lui écrivis de nouveau pour lui dire qu'en conséquence de ma lettre de la veille, je le sommais officiellement et authentiquement de m'éloigner de Sainte-Hélène, et de me renvoyer en Europe. Le jour suivant je poursuivis auprès de lui la même idée, sous mes rapports et ma situation domestiques.

« Dans mes deux précédentes, lui mandais-je, qui traitaient toutes deux de ma situation politique, j'avais cru peu digne et peu convenable de mêler un seul mot de ma situation domestique ; mais aujourd'hui que, par suite de ces deux mêmes lettres, je me regarde comme entré dans la masse de vos administrés, à titre de passager accidentel dans votre île, je n'hésite pas à vous entretenir de toute l'horreur de ma situation privée. Vous connaissez l'état affreux de la santé de mon fils : les personnes de l'art doivent vous en avoir instruit. Depuis qu'il a vu se briser le lien cher et sacré qui nous attachait à Longwood, toutes ses idées, ses vœux, ses espérances se sont tournés avec ardeur vers l'Europe, et son mal va s'accroître de toute l'impatience, de tout le pouvoir de l'imagination. Voilà sa situation physique ; elle rend ma situation morale pire encore, s'il est possible. J'ai à combattre tout à la fois et la tendresse du cœur et les inquiétudes de l'esprit. Je ne me vois pas sans effroi responsable à moi-même de l'avoir amené ici, et d'être la cause qu'on l'y retiendrait. Que répondrais-je à une mère qui me le redemanderait ? Que répondrais-je à la foule des oisifs et des indifférents mêmes, toujours empressés de juger et de condamner ? Je ne parle point de ma propre santé, elle m'importe peu dans de telles émotions et de telles anxiétés. Toutefois, je me trouve dans une débilité absolue, vraiment déplorable ; depuis que je n'ai plus sous les yeux la cause qui tenait en exercice les forces de mon âme, mon corps plie sous les ravages effrayants d'un an et demi de combats, d'épreuves et de secousses, tels que l'imagination a de la peine à les suivre.

Je ne suis plus auprès de l'objet auguste auquel je consacrais avec charmes les peines de ma vie. Je n'en demeure pas moins éloigné de ma famille, dont le sacrifice m'avait tant déchiré. Mon cœur se brise entre les deux, privé de chacun ; il s'égare dans un abîme ; il ne saurait y résister longtemps. Je vous laisse, monsieur le gouverneur, à peser ces considérations. Ne faites pas deux victimes. Je vous prie de nous envoyer en Angleterre, à la source de la science et des secours de toute nature. Ce sera la première, la seule demande d'aucune espèce, qui sera sortie de moi vers vous ou votre prédécesseur. Mais le malheureux état de mon fils l'emporte sur mon stoïcisme. N'atteindra-t-il pas votre humanité ? Un bon nombre de motifs peuvent aider encore votre décision : ma lettre du 30 novembre les renferme tous. J'ajouterai seulement ici l'occasion précieuse pour vous de montrer à tous les yeux une grande et une rare impartialité, en envoyant ainsi vous-même à vos ministres précisément un de vos adversaires. »

A la réception de ces lettres, sir Hudson Lowe se rendit auprès de moi ; et, à l'égard de la première, il me nia tout d'abord qu'il m'eût tendu aucun piège par la voie de mon domestique. Il convenait néanmoins que j'avais pu m'y méprendre ; et comment en eût-il pu être autrement, lui disais-je, ce domestique avait été mandé plusieurs fois par l'autorité avant de m'avoir été retiré et après ; depuis il était venu m'offrir bénévolement ses services pour l'Europe, et m'avait assuré qu'il trouverait bien le moyen de parvenir en secret jusqu'à moi pour prendre mes commissions, et il y était venu en effet plusieurs fois, malgré la surveillance sévère qu'on exerçait autour de nous. Quoi qu'il en fût, sir Hudson Lowe me donna sur ce point sa parole d'honneur, et il fallait bien que j'y crusse.

De là il passa à discuter verbalement quelques articles de mes lettres, s'arrêtant surtout sur certaines expressions qu'il me représentait, d'une manière amicale, devoir lui être désagréables. Il me trouva, non seulement en cette occasion, mais dans plusieurs autres qu'il fit naître de la sorte, toujours de la dernière facilité. Ma réponse d'ordinaire était de prendre la plume aussitôt, et d'effacer ou de modifier les mots qui lui déplaisaient.

Je fais grâce d'une assez volumineuse correspondance roulant toujours sur le même sujet. Je me contenterai de dire que sir Hudson Lowe s'abstenait de répondre ; que sa coutume était d'accourir, ainsi qu'on vient de le voir, pour discuter verbalement avec moi les lettres qu'il avait reçues, obtenir quelques ratures, après quoi il se retirait en assurant qu'il ferait bientôt ample réponse ; ce qu'il ne fit jamais alors, ce qu'il n'a jamais fait depuis ; seulement, m'a-t-on mandé d'Angleterre, il paye aujourd'hui des papiers périodiques ou des libellistes subalternes pour dépecer le *Mémorial de Sainte-Hélène* et injurier son auteur.

Comme dans les nombreuses discussions verbales sur mes lettres, à la nature près de quelques expressions, il n'obtenait de moi rien d'important, et n'arrivait à rien de ce qu'il voulait, il s'en retournait, me donnant à chacun pour un homme très fin, très dangereux, assurait-il ; car pour lui on était très fin, très astucieux, tout à fait à craindre, dès qu'on n'était point assez sot pour donner dans ses vues ou tomber lourdement dans ses pièges. Toutefois, voici le seul tour que je lui ai joué, car la captivité, son oisiveté, ses rigueurs aiguisent l'imagination, et puis c'était de bonne guerre entre nous. Le droit incontestable du prisonnier est de chercher à tromper son geôlier.

J'ai dit au commencement de mon journal que l'Empereur, au moment de partir pour Sainte-Hélène, m'avait secrètement confié un collier de diamants d'un très grand prix. L'habitude de le porter depuis si longtemps faisait que je ne m'en occupais plus aucunement ; si bien que ce ne fut qu'au bout de plusieurs jours de réclusion, et véritablement par hasard, qu'il me revint à l'esprit ; j'en frissonnai. Gardé comme je l'étais, je ne voyais plus le moyen de le rendre à l'Empereur, qui n'y avait sans doute pas plus songé que moi. A force de chercher, j'imaginai d'y employer sir Hudson Lowe lui-même. Je demandai à faire parvenir mes adieux à mes compagnons, et j'écrivis la lettre suivante :

« Monsieur le grand-maréchal, arraché d'au milieu de vous, laissé à moi-même, privé de toutes communications, j'ai dû trouver mes décisions dans mon propre jugement et mes seuls sentiments. Je les ai adressées officiellement au gouverneur sir Hudson Lowe, le 30 novembre dernier. Pour répondre à la liberté qui m'est laissée, je m'abstiens de vous en dire aucun mot, et m'en repose sur la délicatesse de l'autorité supérieure, pour vous communiquer ma lettre dans son entier, si jamais il était question d'une de ses parties... Je m'abandonne à ma destinée...

« Il ne me reste qu'à vous prier de mettre mon respect, mon amour, mes vœux, aux pieds de l'Empereur. Ma vie n'en demeure pas moins à lui tout entière. Je n'aurai jamais de bonheur qu'auprès de son auguste personne.

« Dans la malheureuse pénurie où vous êtes tous, j'aurais désiré ardemment laisser après moi quelques diamants de ma femme... un collier... le denier de la veuve ! mais comment oser en faire l'offre ? J'ai souvent fait celle des quatre mille louis que je possède, disponibles en Angleterre, je la renouvelle encore ; ma nouvelle position, quelle qu'elle puisse être, n'y doit rien changer. Je serai désormais fier du besoin ! Daignez peindre de nouveau à l'Empereur, monsieur le grand-maréchal, mon dévouement, ma fidélité, ma constance inaltérable.

« Et vous, mes chers compagnons de Longwood, que j'aie toujours vos souvenirs ! je connais toutes vos privations et vos peines ; j'en emporte la plaie dans mon cœur. De près, je vous étais de peu de chose ; au loin, vous connaîtrez mon zèle et ma tendre sollicitude, si l'on a l'humanité de m'en permettre l'emploi. Je vous embrasse tous bien tendrement et vous prie, monsieur le grand-maréchal, d'y ajouter pour vous le sentiment de ma vénération et de mon respect.

« P.-S. Cette lettre vous était destinée depuis longtemps ; elle avait été écrite lorsque je croyais m'éloigner de vous. Aujourd'hui, en recevant la liberté de vous l'envoyer, le gouverneur m'apprend que je dois attendre ici des réponses d'Angleterre. Ainsi, je serai des mois à Sainte-Hélène, et Longwood n'y existera pas pour moi, supplice nouveau que je n'avais pas calculé. »

Sir Hudson Lowe, à qui je remis cette lettre ouverte, c'était sa condition, la lut, l'approuva, et eut la bonté de se charger de la remettre lui-même ; ce qui réveilla en effet l'attention de l'Empereur, et ne contribua pas peu, bien qu'indirectement, à faire rentrer le riche dépôt dans les mains de Napoléon.

SAMEDI 7 AU LUNDI 9.

Mes griefs personnels contre sir Hudson Lowe.
Traits caractéristiques.

Un de ces jours, j'ai invité l'officier de garde à dîner avec moi. Il m'a raconté, dans la conversation, qu'il avait longtemps fait partie des prisonniers confinés à Verdun ; mais qu'il avait enfin obtenu d'en sortir pour venir à Paris. Et ce que peut amener le hasard ! quand il a nommé son intermédiaire de Paris, il s'est trouvé que c'était précisément moi qui avais obtenu du duc de Feltre cette faveur alors très difficile.

Toujours même uniformité dans notre situation ici, pas l'apparence d'un dénouement : voilà près de quinze jours depuis notre malheureuse aventure, et toujours même réclusion, même interdiction, même supplice.

Nous recevions à peine, et seulement par le gouverneur lui-même, des nouvelles de l'Empereur. Nous nous trouvions, ainsi que je l'ai déjà dit, précisément en face de Longwood, et à peu de distance, mais séparés par des abîmes. A quelque heure que nous levassions les yeux, nous avions devant nous cet objet de nos pensées et de nos vœux, et nous le recherchions sans cesse, nous pouvions en suivre toutes les habitudes, qui nous étaient si familières ; nous en apercevions tous les édifices, mais il nous était impossible de distinguer aucun des objets animés. Cette perpétuelle attraction perpétuellement combattue, ce voisinage, et pourtant cette grande distance, cet objet désiré sans cesse offert et comme sans cesse retiré ; il y avait dans tout cela quelque chose, disais-je, de l'enfer des Anciens. Sir Hudson Lowe en convenait, et avait promis, dès le premier jour, de nous en retirer bientôt ; nous n'étions placés en cet endroit que provisoirement, avait-il dit, et jusqu'à ce qu'on eût préparé ailleurs quelque chose de plus convenable, dont on s'occupait déjà ; mais des semaines étaient écoulées, et rien ne venait. Sir Hudson Lowe, qui est très prompt dans une décision malfaisante, est extrêmement lent à la faire cesser, si toutefois cela a lieu ; ce qui n'arrivera pas en cette occasion.

Du reste, ce gouverneur, je dois le confesser, était avec moi, depuis qu'il me tenait entre ses mains, dans les rapports de la politesse la plus attentive et des égards les plus recherchés. Je l'ai vu déplacer lui-même, de sa propre personne, une sentinelle qui eût pu blesser mes regards, disait-il, et l'aller poser derrière des arbres pour que je ne l'aperçusse plus. Toutes ses dispositions à mon égard, ses intentions réelles, m'assurait-il, étaient des plus bienveillantes ; son langage était propre à m'en convaincre ; et plus d'une fois j'ai été à douter de la justice de l'opinion que nous nous en étions faite jusque-là ; mais il m'a fallu toujours finir par conclure que chez sir Hudson Lowe les actes différaient étrangement des paroles : il parlait d'une manière et agissait de l'autre. Je lis, par exemple, dans l'ouvrage de M. O'Méara, que précisément dans ces moments où je me croyais comblé par lui, où je me faisais une espèce de scrupule de l'éloignement que je lui avais porté, il faisait transmettre par ce docteur, à Napoléon, des aveux forgés par lui, déclarant les tenir de ma bouche même ou de ma propre main ; le tout dans l'espoir, sans doute, d'obtenir en retour, de Longwood, quelques paroles ou quelques lumières dont il pût tirer avantage. Il me faisait dire entre autres choses, que je lui avais avoué qu'il n'avait point de torts à notre égard ; mais que nous étions convenus entre nous, à Longwood, de tout dénaturer à l'Empereur, afin de le tenir exaspéré. Quels indignes moyens ! Quelles ignobles ressources !...

Je pourrais dire encore beaucoup pour mieux faire connaître ce gouverneur ; mais tout doit se taire devant le trait suivant, qui dispense de toute autre citation :

Mon fils continuait à être extrêmement malade ; ses palpitations étaient parfois si violentes, qu'il lui arrivait de se jeter au bas de son lit pour marcher à grands pas dans la chambre, ou venir prendre refuge dans mes bras, où il était à craindre qu'il n'expirât. Le docteur Baxter, chef médical dans l'île, et le commensal de sir Hudson Lowe, vint, avec une politesse dont je conserve une douce et sincère reconnaissance, joindre ses soins à ceux du docteur O'Méara. Tous deux représentèrent à sir Hudson Lowe l'état critique de mon fils ; ils appuyèrent vivement la demande que je faisais de l'envoyer en Europe. Le docteur O'Méara, après une nouvelle crise, étant revenu seul à la charge, sir Hudson Lowe mit fin à son importunité par ces mots, que M. O'Méara a répétés depuis à mon fils et à moi-même : *« Eh ! monsieur, après tout, que fait la mort d'un enfant à la politique ?... »* Je m'abstiens de tout commentaire, je livre la phrase nue à tout cœur de père et à celui de toutes les mères !

MARDI 10 AU DIMANCHE 15.

La fameuse pièce clandestine. Mon interrogatoire par sir Hudson Lowe. Ma lettre au prince Lucien.

Le gouverneur, dans ses nombreuses visites, qu'il répétait presque chaque jour, revenait souvent, par un motif ou par un autre, à fouiller de nouveau dans mes divers papiers : je m'y prêtais toujours avec la dernière facilité ; j'avais à cœur de lui prouver en cela ma complaisance et ma modération, ce qui m'obtenait bien quelques paroles flatteuses, mais jamais la moindre condescendance. Un jour, en remuant tous ces paquets, deux liasses demeurèrent par mégarde en dehors de la malle qui les contenait. Le lendemain, je me fis un malin plaisir de les lui remettre. Son étonnement fut grand : on eût cru qu'il me les eût laissées ; il ne les en resserra pas moins soigneusement, et pour la stricte régularité, disait-il, bien que je l'assurasse que c'était inutile, lui faisant observer en riant qu'il devait bien croire que, s'il y avait eu quelques-uns de ces papiers à soustraire, il ne les y trouverait plus. Déjà, le premier jour j'avais été dans le cas de lui faire voir qu'on avait oublié de sceller mon portefeuille, lorsqu'on s'en était saisi à Longwood : il était convenu d'une grande irrégularité à cet égard, et s'était dit fort touché que je ne remarquasse le fait que comme simple observation ; je n'avais d'autre but, en effet, que de lui bien montrer combien il était hors de moi de profiter de toutes les occasions qu'il me fournissait de le quereller ; mais tant de procédés de ma part ne me valurent, je le répète, que quelques phrases, jamais aucun acte en retour.

Il fut pris registre de toutes les lettres de mes amis de Londres, pour pouvoir confronter dans les bureaux des ministres s'il n'en serait arrivé aucune par des voies détournées. J'avais commencé une seconde lettre au prince Lucien, le gouverneur s'y arrêta très particulièrement. J'eus beau lui montrer qu'elle était pleine de ratures, surchargée au crayon, à peu près effacée ; lui dire qu'elle n'avait point été écrite, qu'elle n'existait donc réellement pas, que je pouvais la désavouer sans scrupule ; qu'il était impossible d'en faire aucun usage *légal* ou *honnête*, il n'en fit pas moins retranscrire quelques parties, Dieu sait pour quel emploi !

Un billet de la femme du lieutenant-gouverneur l'intrigua beaucoup. Partant pour l'Angleterre, elle nous avait dit que la loi lui défendait de se charger d'aucune lettre ; mais que, si elle pouvait nous être autrement agréable, ce serait avec un vrai plaisir. Je lui avais envoyé, pour mes amis de Londres, des objets qui avaient servi à l'Empereur, ou venaient de sa personne. Un petit encrier d'argent, je crois, quelques mots de son écriture, peut-être de ses cheveux ; je ne sais ; j'appelais cela de précieuses reliques. Mme Skelton avait répondu qu'elle les traiterait avec tout le respect qu'elles méritaient ; mais qu'elle devait m'avouer qu'elle n'avait pu résister à en dérober une petite portion.

Sir Hudson Lowe ne revenait pas que je ne pusse ou ne voulusse pas affirmer quels étaient ces objets précieux. Je serais fâché qu'ils pussent être la cause de quelques tracasseries pour cette dame ; je n'avais gardé son billet que par le respect et le souvenir qu'elle m'inspirait. M. et Mme Skelton étaient un couple moral et vertueux, à qui nous avions fait bien du mal, malgré nous sans doute, mais qui avait reçu chacun de nos torts en redoublant pour nous d'égards et d'attentions. Notre arrivée dans l'île les avait dépossédés de Longwood ; elle avait amené la suppression de leur emploi, et leur renvoi en Europe, où ils doivent se trouver sans fortune.

Enfin arrivèrent, avec le temps, les fameuses pièces clandestines : ma lettre au prince Lucien et celle à ma connaissance de Londres. Sir Hudson Lowe les avait fait soigneusement retranscrire, mais avec des lacunes, faute d'avoir pu tout lire, certains mots s'étant trouvés effacés sur le satin pour avoir été accidentellement mouillé depuis que je m'en étais dessaisi. Je poussai la complaisance jusqu'à les rétablir bénévolement, et alors commença sur moi une espèce d'interrogatoire.

Deux points occupaient beaucoup le gouverneur, qu'il tenait fort à éclaircir, si je n'y avais pas d'objection, disait-il. La première question a été relative à ces paroles de ma lettre au prince Lucien : « Ceux dont nous sommes entourés se plaignent amèrement que leurs lettres sont falsifiées par les papiers publics, etc. » Quelles étaient ces personnes ? me demandait-on. L'aide de camp tenait la plume pour noter mes réponses. J'ai fait écrire que ne voyant aucun inconvénient à répondre, j'allais le faire purement à l'amiable ; car si le gouverneur pensait m'interroger d'autorité, j'allais garder le silence et j'ai dit : « Que ces paroles de ma lettre étaient vagues, générales, sans aucune application quelconque, que c'était ce qui nous avait été dit par tout le monde, lorsqu'on avait cherché à nous consoler des expressions ou des peintures très déplacées à notre égard, que nous rencontrions parfois dans les journaux de Londres, sous la date de Sainte-Hélène ; qu'il m'en revenait en cet instant un exemple spécial, celui d'une dame du camp qui lui était connue, et qui répétait partout n'avoir point écrit la lettre ridicule qui avait paru sous son nom, soit que ses amis en Angleterre y eussent fait des changements, soit qu'ayant été lue en société, elle eût été mal retenue et infidèlement livrée à l'impression. »

La seconde question du gouverneur s'appliqua à ma lettre privée : j'y avais tracé la commission de faire demander à lord Holland s'il avait reçu les paquets que je lui avais adressés. Sir Hudson Lowe me demandait ce que c'étaient que ces paquets, et par qui je les avais fait passer, etc. ; et ici il redoublait visiblement d'aménité et de douceur pour obtenir une réponse satisfaisante : il convenait n'avoir aucun droit pour me forcer à répondre ; mais ce serait, disait-il, abréger et simplifier de beaucoup mes affaires, etc. Je répondis avec assez de solennité que cet article était mon *secret*, ce qui fit une impression évidente sur la figure de sir Hudson Lowe ; et comme mes paroles étaient écrites à mesure, je continuai de dicter, ajoutant que la réponse que je venais de faire n'était, au demeurant, que celle de mon éducation et de mes mœurs ; que toute autre eût pu entraîner les doutes du gouverneur, et qu'il ne convenait pas que je dusse exposer la vérité de mes paroles au plus léger soupçon ; que toutefois, après cet exposé préalable, je n'hésitais plus à déclarer à présent que je n'avais jamais eu de ma vie aucune communication avec lord Holland. Cette finale inattendue fut un coup de théâtre, une véritable scène de comédie ; il serait difficile de rendre la surprise du gouverneur, l'ébahissement des officiers, la plume arrêtée dans les mains du greffier. Sir Hudson Lowe n'a pas hésité à dire qu'il me croyait assurément, mais qu'il devait avouer qu'il n'y pouvait rien comprendre. Je lui confessai de mon côté que je ne pouvais m'empêcher de rire de l'embarras que je lui causais ; mais que je lui avais pourtant tout dit. Le fait est que j'avais compté, lorsque mon domestique aurait reparu, le charger en outre pour lord Holland de plusieurs documents authentiques sur notre situation ; mais on ne m'en avait pas laissé le temps, on s'était trop pressé de venir m'enlever. Je n'avais l'honneur de connaître Sa Seigneurie que par la noblesse et l'élévation de sa conduite publique ; mais lui adresser la vérité, à lui législateur héréditaire de son pays, membre de la Cour suprême de la Grande-Bretagne, ne me semblait rien que de très convenable dans nous deux, de bienséant et d'utile, même pour l'honneur du caractère anglais.

Du reste, voici cette lettre au prince Lucien, dont il a été tant question. J'aurais voulu pouvoir l'épargner à mes lecteurs, mais elle a trop de rapport à Longwood, et joue un trop grand rôle dans mes malheurs, pour que je puisse m'empêcher de la reproduire ici telle qu'elle a été publiée dans le temps, lors de mon retour en Europe.

« Monseigneur, je viens de recevoir votre lettre de Rome, datée du 6 mars dernier. Je m'estime bien heureux que Votre Altesse ait daigné m'honorer de cette marque de son souvenir. Je m'efforcerai d'y répondre, en lui donnant de temps à autre, pour toute sa famille, un détail suivi de tout ce qui concerne l'Empereur, sa santé, ses occupations et les traitements qu'on lui fait éprouver. Je vous manderai surtout, monseigneur, les choses telles qu'elles se seront passées et telles qu'elles se trouveront, m'en reposant sur Votre Altesse pour déguiser au besoin au cœur toujours sensible d'une mère, ce qu'il pourrait y avoir de trop affligeant pour elle.

« Afin de rendre ma relation plus complète, je la ferai remonter à peu près au moment où je quittai Votre Altesse, au Palais-Royal, pour m'aller mettre spontanément de service auprès de l'Empereur ; je la prendrai à l'instant où je suivis Sa Majesté à la Malmaison, pour ne plus la quitter ; au moment enfin, où près de monter en voiture, l'Empereur, au bruit du canon de l'ennemi, fit dire au gouvernement provisoire "que pour avoir abdiqué la souveraineté, il n'avait pas renoncé à son plus beau droit de citoyen, celui de combattre pour la patrie ; que, si on voulait, il irait se mettre à la tête de l'armée ; que l'état des choses lui était bien connu ; qu'il répondait de frapper l'ennemi de manière à assurer au gouvernement le temps et les moyens de traiter avec plus d'avantage ; que, le coup porté, il n'en poursuivrait pas moins immédiatement son voyage".

« Sur le refus du gouvernement provisoire, nous nous mîmes en route, dans la soirée du 29 juin, pour Rochefort, où deux frégates étaient commandées pour nous transporter aux États-Unis d'Amérique. C'était l'asile que l'Empereur s'était choisi.

« L'Empereur, avec une partie de sa suite, composée de plusieurs voitures, parcourut cet espace sans escorte, et au milieu des acclamations de toute la population qui accourait sur les routes. Il était difficile de n'être pas ému. L'Empereur seul se montrait impassible. On pouvait aisément distinguer sur tous ces visages les vœux pour ce qu'ils perdaient, l'anxiété pour ce qui devait suivre. Ce spectacle avait quelque chose de touchant et d'étrange. Il offrait beaucoup au cœur et à la méditation.

« Arrivés à Rochefort, nous y attendîmes vainement plusieurs jours les passeports dont on nous avait flattés en quittant Paris. Cependant les événements marchaient avec une grande rapidité. Tout nous commandait un appareillage sans délai. Les ennemis étaient entrés dans Paris. Notre armée principale se retirait en deçà de la Loire, pleine d'indignation et de fureur. Celle de la Vendée, celle de Bordeaux partageaient les mêmes sentiments. Toute la population était dans une fermentation extrême. De toutes parts on sollicitait l'Empereur de revenir se charger de la fortune publique ; mais sa détermination était irrévocable. D'un autre côté, les croiseurs anglais étaient en présence ; toutes les passes étaient fermées ; les vents nous demeuraient constamment contraires. Ainsi, quand tout commandait à terre de précipiter le départ, tout concourait du côté de la mer à le rendre impraticable. Dans cette extrémité, l'Empereur m'envoya à la croisière ennemie, comme devant avoir, par mon ancienne émigration, plus de connaissance des Anglais. Je demandai si on y avait entendu parler de nos passeports pour l'Amérique ; on ignorait cette circonstance. Je peignis notre véritable situation, les offres faites à l'Empereur, ses refus et son intention inébranlable. Je posai la supposition de notre départ sur un neutre ; le capitaine anglais avait ordre de le saisir. Je parlai de la sortie des frégates sous pavillon parlementaire ; il avait ordre de les combattre. Je lui représentai toute l'étendue des maux dont il pouvait être la cause, s'il forçait l'Empereur de redescendre à terre : il m'assura ne pouvoir rien prendre sur lui à cet égard, mais qu'il allait s'adresser immédiatement à son amiral, et me ferait une réponse sous deux jours.

« En attendant, de notre côté, nous avions épuisé, pour notre sortie, tout ce que l'imagination pouvait fournir. On avait été jusqu'à la proposition désespérée de traverser l'Océan sur deux frêles chasse-marée. De jeunes aspirants, pleins d'ardeur et d'enthousiasme, étaient venus s'offrir pour en composer les équipages. L'Empereur accepta ; mais au moment de partir, il fallut bien y renoncer : entre autres difficultés, ils déclarèrent qu'on serait obligé de relâcher sur les côtes d'Espagne et de Portugal, pour faire de l'eau.

« Cependant, la tempête morale allait toujours croissant autour de nous ; elle s'approchait sans cesse ; les sollicitations se multipliaient auprès de l'Empereur. Des généraux venaient en personne le supplier de se mettre à leur tête. L'Empereur demeurait inébranlable. "Non, répondit-il toujours, le mal est à présent sans remède. Je ne puis plus rien aujourd'hui pour la patrie. Une guerre civile serait désormais sans objet, sans résultat pour elle. Elle ne pourrait être utile qu'à moi, à qui elle obtiendrait quelques termes sans doute ; mais je l'achèterais par la perte infaillible de ce que la France a de plus généreux. Je le dédaigne."

« C'était ce même sentiment qui, lors de son abdication, rendue si nécessaire par la perfidie, l'empêcha de se réserver la Corse, où aucune croisière ennemie n'eût pu l'empêcher d'arriver. Mais il ne voulut pas qu'on pût dire que, dans le naufrage du peuple français, qu'il ne prévoyait que trop, lui seul avait su se créer un asile en se retirant chez lui.

« Ne voyant pas venir de réponse, je retournai à bord du vaisseau anglais. Le capitaine n'avait pas encore eu de nouvelles de son amiral : mais il me dit cette fois qu'il avait autorité de son gouvernement de conduire Napoléon et sa suite en Angleterre, si cela lui était agréable. Je lui répondis que j'allais transmettre cette offre, et que je ne doutais pas que l'Empereur n'en profitât avec magnanimité et sans défiance, pour aller demander en Angleterre même les moyens de se rendre en Amérique. Le capitaine me fit l'observation qu'il ne garantissait pas qu'on nous les accordât ; mais il m'assura, et plusieurs officiers le secondèrent, que nous ne devions avoir nul doute d'y recevoir le traitement digne de l'élévation, de la grandeur, de la générosité de leur nation.

« A mon retour, l'Empereur nous réunit autour de lui pour connaître notre pensée. L'opinion fut unanime pour accepter l'hospitalité qui nous était offerte ; il ne s'éleva pas la moindre inquiétude : "C'est une occasion de gloire, disait-on, qui sera avidement saisie par le prince régent. Quel plus beau triomphe pour l'Angleterre que cette noble confiance de son grand ennemi, que cette préférence obtenue sur un beau-père et un ancien ami ! Ce sera, disait-on, une des belles pages de son histoire ! Quel hommage rendu à l'excellence, à la supériorité de ses lois !" Ici, monseigneur, j'osai m'appuyer de la haute opinion de Votre Altesse même, sur le caractère national du peuple anglais, sur sa moralité, sa noblesse et son influence sur les actes de la souveraineté même. L'Empereur pensait bien que sa retraite en Amérique serait vue avec jalousie, sans doute, et que cet article éprouverait quelques difficultés ; mais, comme il ne choisissait cet asile que pour vivre sous des lois positives, et que l'Angleterre lui offrait les mêmes avantages, il lui importait peu d'être contraint d'y demeurer. Il s'y détermina même, et écrivit au prince régent une lettre remarquable qu'ont répétée tous les papiers de l'Europe.

« Je retournai le soir même coucher à bord du *Bellérophon*, annonçant l'arrivée de l'Empereur pour le lendemain matin. J'étais accompagné du général Gourgaud, aide de camp de Sa Majesté, qui fut expédié sur-le-champ pour l'Angleterre. Il était porteur de la lettre pour le prince régent, et devait faire connaître à Son Altesse Royale le désir de l'Empereur de débarquer dans ses États sous le titre de *colonel* DUROC, et de se fixer, avec son agrément, dans une des provinces les plus favorables à sa santé.

« A peine l'Empereur était arrivé à bord du *Bellérophon*, que l'amiral de la croisière parut et vint mouiller auprès de nous. Sa Majesté témoigna le désir de visiter son vaisseau, le *Superbe*, et l'amiral Hotham lui en fit les honneurs avec une grâce et une élégance qui recommandent son caractère.

« Nous partîmes, et telle était notre sécurité, que, dans l'abandon de notre bonne foi, chacun de nous remplit le temps du voyage de rêves innocents sur nos nouvelles destinées, au sein du repos et de l'hospitalité britannique. Que nous étions loin de soupçonner toutes les horreurs de notre affreux mécompte !

« A peine nous eûmes jeté l'ancre sur les plages anglaises, que tout prit autour de nous l'aspect le plus sombre. Le capitaine avait communiqué sur-le-champ ; à son retour, ce nous fut assez de son visage pour pressentir nos malheurs. C'était un homme de bien, qui avait exécuté ses instructions, sans connaître l'horrible secret qui les avait dictées [1]. Nous avions été condamnés d'avance à être jetés sur le roc stérile de Sainte-Hélène, au milieu des mers, à cinq cents lieues de toutes terres.

« Nous fûmes mis, dès cet instant, sous l'interdit le plus sévère ; toute communication nous fut défendue. Des bateaux armés rôdèrent autour de nous, éloignant à coups de fusil les curieux qui osaient nous approcher. On nous signifia bientôt, dans les termes les plus durs et dans les formes les plus amères, l'inique, la fatale sentence, et l'on ne perdit pas un instant pour la mettre à exécution. On saisit nos épées, on visita nos effets, pour nous prendre et gérer, disait-on, notre argent, nos billets, nos diamants ; on supposait des trésors à l'Empereur. Qu'on le connaissait mal ! On ne lui trouva que quatre mille napoléons, qu'on retint, et quelque peu d'argenterie qu'on lui laissa. Les objets de service du moment, quelque linge, des vêtements, quelques caisses de sa bibliothèque de campagne, composaient toute la fortune de celui qui avait gouverné le monde, distribué des royaumes et créé des rois.

« On nous transvasa du *Bellérophon* sur le *Northumberland*, et nous fûmes lancés sur le vaste Océan, vers nos destinées nouvelles, aux extrémités de la terre.

« Nous avions suivi l'Empereur en très grand nombre ; il ne fut permis qu'à quatre de partager son supplice. En le voyant partir, ceux qui restaient en arrière sanglotaient de

1. Je me trompais ; voir la relation du capitaine Maitland, publiée en 1826, et la réfutation qu'elle a amenée. *(Las Cases.)*

douleur ; un de ceux qui avaient le bonheur de le suivre ne put s'empêcher de dire à l'amiral Keith, qui se trouvait à côté : "Vous observerez, du reste, milord, que ce sont ceux qui demeurent qui versent des pleurs."

« L'Empereur laissa après lui une protestation courte, simple et énergique ; je la transcris ici en note, parce que les papiers ne l'ont publiée qu'imparfaite. Pour nous, monseigneur, nous nous demandions, dans l'amertume de nos cœurs et l'indignation de tels actes : Quel est donc ce guet-apens ? Ne sommes-nous plus parmi les nations civilisées ? Où en est donc le droit des gens, la morale publique ? Nous en appelions à Dieu qui venge les perfidies ; nous le prenions à témoin de la bonne foi trahie. Il me serait difficile de vous rendre la tempête qu'allumait en nous cet abus insultant de la force et du mensonge sur notre innocente crédulité. Encore à présent, de vous en parler, monseigneur, me fait courir le sang plus vite.

« Nous lisons dans les papiers qu'on nous avait faits prisonniers, nous qui étions venus si librement et avec tant de magnanimité ! Que nous avions été contraints de nous rendre à discrétion, nous qui avions dédaigné, par grandeur d'âme, de profiter des hasards de la guerre sur terre, et qui eussions pu tenter le sort des armes par mer ! Et qu'aurait donc eu de pire notre traitement, si nous n'eussions succombé qu'à la force ? Qui osera douter que nous n'eussions épuisé toutes les chances, couru même volontiers celle d'une mort certaine, si nous eussions pu soupçonner le sort qui nous était réservé ? Mais la lettre même de l'Empereur au prince régent met hors de doute les intentions de la croyance réciproque. Le capitaine anglais, à qui elle fut communiquée d'avance, les avait sanctionnées tacitement en n'y faisant aucune objection. On nous a dit plus tard que le traitement de l'empereur Napoléon n'était pas un acte exclusif de l'Angleterre, mais une convention des quatre grands pouvoirs alliés. Vainement les ministres britanniques croiraient par là couvrir la tache dont ils ont flétri leur nation ; car on leur crie : Ou vous aviez arrêté cette convention avant d'avoir en vos mains l'illustre victime, et vous avez eu l'indignité de lui tendre un piège pour vous en saisir ; ou bien vous avez conclu quand elle était déjà en votre pouvoir, et alors vous avez commis le crime de sacrifier l'honneur de votre pays, la sainteté de vos lois à des considérations étrangères auxquelles rien ne pouvait vous contraindre.

« Que de maux ces violations monstrueuses préparent à notre Europe ! Que de passions elles vont rallumer ! Qui ne voit dans ces mesures arbitraires et tyranniques, dans ce mépris de toutes les lois vis-à-vis de l'empereur Napoléon, une réaction étudiée de doctrines politiques ? La tempête était apaisée, on la réveille. On affecte de répéter sans cesse que la Révolution s'éteint dans la proscription de Napoléon : aveuglement étrange ! On oublie qu'il l'avait finie ; on la recommence. Les populations de l'Europe vont fermenter plus que jamais.

« Les instructions des ministres anglais commandaient, pour l'Empereur, le titre de *général*, et défendaient toute espèce d'égards et de respects inusités. L'Empereur eût pu être fier de ce titre, il l'avait immortalisé ; mais la circonstance et l'intention le rendaient un outrage. Nous ne crûmes pas qu'il convînt au ministère anglais de changer à son gré l'ordre des choses de l'Europe, et qu'il pût annuler selon son caprice une qualification créée par la volonté d'un grand peuple, consacrée par la religion, sanctionnée par la victoire, avouée de tout le continent ; et nous persistâmes, dès cet instant, à continuer le titre d'EMPEREUR à celui qui, peu de jours auparavant, s'était choisi celui de *colonel*.

« Notre traversée de deux mois fut, du reste, heureuse, uniforme et paisible. Le vaisseau, comme tous les points de la domination britannique, fourmillait de pamphlets et de libelles sur la personne, le caractère, les traits, les formes, les manières et les actes de l'Empereur. Il tombait au milieu de tous les préjugés hérissés contre lui ; et ce ne fut pas un spectacle peu curieux pour l'observateur attentif, que de voir les nuages du mensonge se dissiper devant l'éclat de la vérité, et l'horizon prendre tout à fait d'autres couleurs. Aucun d'eux ne revenait de son calme, de sa sérénité : ils admiraient sa connaissance de toutes choses, surtout l'égalité de son humeur. Quand nous nous sommes quittés, il a échappé de dire à celui qui avait eu le plus de relations avec lui, qu'il n'avait jamais pu le surprendre mécontent ou désireux.

« L'Empereur passait toute la matinée dans sa petite chambre. Vers les cinq heures, il entrait au salon, où il jouait une partie d'échecs avant de se rendre à table. Durant le dîner, l'Empereur parlait peu et rarement. Vous savez, monseigneur, qu'il ne restait jamais plus de dix-huit à vingt minutes à table ; ici on y demeurait plus de deux heures : c'était un supplice qu'il n'eût pu supporter. On lui servait du café au bout d'une heure, et il se levait pour aller sur le pont. Le grand-maréchal et moi le suivions régulièrement. C'était le seul moment où il parût en public. Il faisait approcher l'officier de service ou quelques personnes de profession : le chirurgien, le commissaire ou l'aumônier, et s'informait de ce qui les concernait. Dans les premiers jours, l'équipage montrait une grande curiosité ; bientôt ce ne fut plus que de l'intérêt. S'il arrivait quelque manœuvre qui pût procurer du mouvement ou de la confusion sur le pont, les jeunes aspirants accouraient, et, par un mouvement touchant, formaient un cercle autour de lui pour le préserver de toute injure. L'Empereur se retirait dans sa chambre de très bonne heure. Ce fut là sa vie de tous les jours.

« Arrivés à Sainte-Hélène, après deux ou trois jours de mouillage nous fûmes débarqués à la nuit dans James-Town, espèce de village, de colonie ou de hameau composé de quelques maisons, parmi lesquelles la relâche annuelle de la flotte des Indes en a fait construire quelques-unes assez considérables, pour la commodité des voyageurs.

« Le lendemain matin, l'Empereur, conduit par l'amiral, fut voir, dans l'intérieur de l'île, la demeure qu'on lui destinait. Elle demandait des réparations absolues, qui ne pouvaient être prêtes de quelques jours. L'Empereur devait donc revenir à James-Town, où la chaleur était suffocante, insalubre, sans parler d'autres inconvénients plus graves encore, surtout celui d'une curiosité importune. Il préféra s'arrêter à trois ou quatre milles de la ville, et me fit venir le soir même : le peu d'espace de cette nouvelle demeure ne permettait d'admettre personne autre. C'était une espèce de guinguette, à cinquante pas de la maison du propriétaire, composée d'une seule pièce au rez-de-chaussée, de quelques pieds carrés. L'Empereur y fit dresser son lit de campagne, et dans cette seule pièce, il dut dormir, s'habiller, travailler, manger et se promener. Je couchais au-dessus dans une petite mansarde, où mon fils et moi avions à peine notre surface ; les valets de chambre de l'Empereur couchaient par terre en travers de sa porte. La famille du propriétaire, tout à fait honnête et bonne, était à cinquante pas. Il y avait deux petites demoiselles de treize et quatorze ans : ce sont elles sur lesquelles les papiers-nouvelles se sont trouvés si heureux de pouvoir s'égayer. L'Empereur y entra quelquefois les premiers jours. Mais les qualités hospitalières du propriétaire y réunissant souvent des curieux, l'Empereur y renonça. Les autres officiers de sa suite, qui étaient demeurés à la ville, venaient auprès de lui le plus souvent qu'ils le pouvaient ; mais à cause des méprises ou de la confusion des consignes, c'était presque toujours au travers des mortifications et des peines. L'Empereur était très mal, plus mal encore que vous ne l'imaginerez, monseigneur. On était obligé, les premiers jours, d'apporter son dîner de la ville. Plus tard on trouva moyen d'organiser une cuisine tant bien que mal. Il ne fut jamais possible de lui procurer un bain, bien que ce fût devenu pour lui un objet de première nécessité. Il était obligé de sortir de sa chambre pour qu'on pût la balayer et faire son lit. Nous nous promenions sur le sol rocailleux autour de la maison, ou dans une allée du voisinage, quand le soleil baissait, ou que le clair de lune nous le rendait praticable.

« Nous passâmes deux mois de la sorte, au bout desquels nous fûmes transportés à Longwood, que nous occupons en cet instant. Il avait fallu tout ce temps pour les premières réparations. La colonie s'y trouva toute réunie, à l'exception du grand-maréchal et de sa femme : le manque d'espace les força de demeurer à deux ou trois milles, dans une maison séparée.

« Longwood n'était, dans le principe, qu'une ferme de la compagnie ; elle avait été abandonnée au dernier sous-gouverneur, qui était venu à bout d'en faire une demeure de campagne. Les additions actuelles ont été faites avec une telle hâte, qu'elles n'offraient que des réduits fort insalubres, et elles sont si frêles, qu'au bout de l'année, la plupart se trouveront probablement hors de service.

« L'Empereur est très mal, et nous à peu près au bivouac. Pour votre parfaite connaissance, monseigneur, je joins ici le plan de l'établissement que mon fils avait tracé pour sa mère. N'ajoutez donc aucune foi au fameux palais de bois dont ont retenti tous les papiers d'Angleterre. La pompe est pour l'Europe, la misère pour Sainte-Hélène. Il est bien vrai qu'il y a quelque temps, il est arrivé un grand nombre de madriers bruts ; mais comme il a été calculé qu'il faudrait de sept à huit ans pour accomplir leur emploi, que nous demeurerions tout ce temps au milieu des ouvriers, et que cela coûterait des sommes énormes, on y a renoncé. Ils pourrissent sur la plage.

« Ce n'est pas qu'il n'y ait dans l'île des demeures préférables à Longwood : Plantation-House surtout, la demeure des gouverneurs, est une bâtisse européenne avec un joli jardin, de l'ombrage et tous les agréments qu'on peut attendre ici. L'Empereur y eût été beaucoup plus convenablement, et l'on eût épargné de grandes dépenses. Mais le déplacement d'un gouverneur pour l'illustre proscrit eût été une mesure d'égards que les ministres anglais, nous a-t-on dit, se sont empressés d'interdire. Les dehors de Longwood sont vraiment misérables ; on ne saurait y rien faire venir, ou du moins cela demanderait des soins fort au-dessus de ceux dont nous sommes capables. Pour dire tout en un seul mot, c'est la partie déserte de l'île ; la nature en a repoussé constamment jusqu'ici la population et la culture ; l'eau y est très rare, il n'y a point d'ombre ; on n'y trouve que des bruyères marines, quelques arbrisseaux et des gommiers, espèce d'arbre bâtard et difforme, ne donnant ni feuilles, ni ombrage. On y est littéralement infesté de rats et de souris.

« Toutefois, le voyageur qui vient de traverser les mers, dont l'œil fatigué de la monotonie des vagues est tout prêt à admirer le premier sol qu'il rencontre, s'il grimpe, par un beau jour, sur notre plateau, dans l'étonnement des affreux rochers qui pointent autour de lui, et des abîmes creusés à ses pieds ; à l'aspect riant de la verdure sauvage qui dessine les gorges environnantes, il s'écrie que c'est fort beau. C'est souvent un de nos supplices. Mais, monseigneur, pour celui qui est condamné à cette habitude, c'est un vrai lieu de désolation. Il en est de même du climat, que ceux qui ne font que passer peuvent trouver doux et innocent. Sous le soleil dévorant du tropique, cette île est, la plupart du temps, couverte de nuages, et Longwood sujet à de fréquentes pluies ; d'où il suit que si le soleil paraît, on est brûlé, et que, quand il se cache, l'on demeure dans une affreuse et constante humidité. On a donc à souffrir presque tout à la fois du froid et du chaud, contraste destructeur qui produit des ravages effrayants sur la structure humaine. La saison, toujours la même, laisse l'année sans couleur ; c'est une monotonie qui affecte l'imagination, l'esprit et le corps ; il serait difficile de rendre la fadeur et l'ennui qu'elle engendre : c'est une peine de tous les jours, de tous les instants. C'est ce tourment physique qui, joint à toutes les peines morales dont on abreuve journellement l'Empereur, lui a fait dire en apprenant le sort funeste de Murat : "Les Calabrais se sont montrés moins barbares, plus généreux que les gens de Plymouth !"

« En arrivant à Longwood, l'Empereur essaya de reprendre l'exercice du cheval : la prodigieuse activité de sa vie passée lui en rendait l'interruption dangereuse ; et vous savez peut-être, monseigneur, que Corvisart le lui recommandait comme nécessaire contre une incommodité dont il est menacé. On nous avait assigné des limites assez rétrécies que nous pouvions parcourir sans aucune surveillance étrangère. On connaît les prodigieuses et rapides courses auxquelles l'Empereur était habitué. Ici, le peu d'espace, la monotonie de l'endroit, la course toujours la même, qui réduisait cet exercice à une espèce de manège, le dégoûtèrent bientôt ; il y renonça tout à fait ; nos sollicitations et nos prières n'ont jamais pu venir à bout de le lui faire reprendre. "Je ne saurais tourner ainsi sur moi-même, disait-il ; quand j'ai un cheval entre les jambes, l'envie me prend de courir, et je ne puis la satisfaire : c'est un tourment que je dois m'épargner."

« L'île a vingt-cinq ou trente milles de tour ; l'Empereur eût pu la parcourir sous la surveillance d'un officier anglais : il n'a jamais pu s'y soumettre. La couleur de l'habit ou la différence de nation n'est pas son objection ; car quand on a reçu le baptême du feu, disait-il, on est à ses yeux d'une même religion ; mais il ne voudrait sortir que pour se procurer une jouissance ; c'est le moment où il pourrait s'épancher avec nous ; un étranger le lui interdirait. Il voudrait se distraire de sa situation, et la présence de son geôlier la lui rappellerait sans cesse. Tout se calcule dans la vie, dit-il, tout se pèse ; or, le bien qu'en retirerait son corps demeurerait fort au-dessous du mal qu'éprouverait son esprit. Un instant, l'amiral Cockburn se prêta avec assez de grâce à lui faciliter ses excursions extérieures ; mais ce ne fut que l'arrangement d'un jour. Dès le lendemain, soit qu'il se repentît ou autrement, il fut prétendu qu'on ne s'était pas compris, et il n'en fut plus question.

« La grande occupation de l'Empereur est de lire dans sa chambre, ou de dicter à chacun de nous sur les principales époques de sa vie. Sainte-Hélène ne sera pas tout à fait perdue pour l'histoire ni pour la gloire française ; les campagnes d'Italie et l'expédition d'Égypte sont déjà assurées : ce sont des ouvrages dignes de leur sujet. Il n'appartenait qu'à celui qui avait accompli ces prodiges de les écrire dignement.

« L'Empereur a appris l'anglais, monseigneur, et j'ai la gloire de l'enseignement. En moins de trente leçons, il a pu lire les papiers-nouvelles ; aujourd'hui, il parcourt tous les ouvrages.

« Tout ce qui concerne la vie animale se trouve ici de la plus mauvaise qualité, on manque même tout à fait. C'est mauvais : d'abord parce qu'à cette latitude et dans cette colonie, sa nature est telle ; ensuite parce que nous sommes pourvus à l'entreprise, par contrat, sans aucune autorité ni contrôle de notre part. Nous n'avons jamais pu obtenir qu'on nous fournît les animaux vivants, on en devine la cause, non plus que d'être pourvus autrement qu'au jour la journée ; si bien qu'il est arrivé plus d'une fois de voir les heures de nos repas retardées, parce que les provisions n'étaient pas encore venues, et qu'on s'est trouvé quelquefois, dans le courant du jour, privé de boire et de manger, parce qu'on se trouvait précisément entre la ration consommée et la ration à venir. La viande est détestable ; le pain n'est pas le nôtre ; le vin fort souvent ne saurait se boire ; l'huile, sur laquelle l'Empereur est délicat, et qu'il aime, ne peut s'employer dans son état naturel ; il a été impossible de se procurer de la liqueur passable, et elle eût fait plaisir, etc. L'Empereur, qui a été si longtemps gâté sur tous ces objets à un tel point qu'on ne saurait le dire, et qu'il l'ignorait lui-même ; lui, pour qui ses jouissances ne sont que négatives, c'est-à-dire qu'il ne s'apercevrait pas si toutes ces choses étaient bonnes, est sensible néanmoins à ce qu'elles se trouvent si mauvaises. Il ne se plaint pas, il vivrait de la ration du soldat ; mais enfin il en souffre, et nous encore en souffrons pour lui bien davantage. Croirait-on jamais que l'autorité se soit opposée à ce que notre sollicitude attentive cherchât à lui procurer, à son insu, ces petites jouissances !

« L'Empereur n'a aucune distraction extérieure. Il ne reçoit plus ou à peu près : le nouveau gouvernement a mis aux visites de telles difficultés qu'elles équivalent à une interdiction. L'Empereur lui-même y a trouvé des inconvénients qui l'en ont éloigné : les voyageurs venaient employer auprès de nous les plus ardentes sollicitations pour obtenir l'honneur de lui être nommés, et rien de plus commun que de lire, cinq mois après dans les papiers anglais, les rapports les plus déplacés sous les noms mêmes de ceux qui nous avaient montré les expressions les plus vives, les formes les plus obséquieuses, la reconnaissance la plus exaltée. Une fois pour toutes, monseigneur, ne croyez aucun de ces papiers, ni aucune de leurs plates absurdités. Quand ces anecdotes nous reviennent ici, elles sont la risée, l'indignation des Anglais qui nous entourent.

« Ils se plaignent que leurs lettres sont défigurées ; ils nous démontrent qu'aucun d'eux n'aurait pu écrire ces choses ; qu'elles ont dû être fabriquées à Londres ou recueillies de la bouche des domestiques des voyageurs qui passent. Monseigneur, l'Empereur, votre auguste frère, est toujours lui ; et nous qui avons le bonheur de l'entourer, nous apprenons par expérience ce dont on doutait proverbialement ; qu'un grand homme peut le demeurer et croître encore aux yeux de ceux qui le voient à nu, et ne le quittent ni nuit ni jour.

« L'Empereur dort fort peu : il se couche de bonne heure ; et comme il sait que je dors aussi très difficilement, il me fait appeler souvent pour lui tenir compagnie jusqu'à ce qu'il s'endorme. Il se réveille assez régulièrement sur les trois heures ; on lui donne de la lumière, et il travaille jusqu'à six ou sept, qu'il se recouche pour essayer de dormir encore. A neuf heures on lui sert son déjeuner sur une petite table ronde ou espèce de guéridon près de son canapé. Il y fait appeler parfois l'un de nous ; puis il lit, travaille ou sommeille durant la grande chaleur du jour ; il nous dicte ensuite. Pendant longtemps il a eu l'habitude, vers les quatre heures, de faire une course en calèche, entouré de nous tous ; mais il vient de s'en dégoûter comme du cheval. Au lieu de cela, il se promène, jusqu'à ce que l'humidité le force de rentrer. S'il lui arrive de s'oublier au-delà de cinq heures, il est sûr d'être enrhumé du cerveau le soir, d'avoir une toux assez forte et de violents maux de dents. L'Empereur rentré dicte encore jusque vers huit heures, ou il passe au salon, et fait une partie d'échecs avant d'aller à table. Au dessert, les gens retirés, il nous lit lui-même quelques pièces de nos grands poètes ou quelque autre ouvrage choisi.

« Tels sont les petits détails de la vie de l'Empereur : heureux si, dans l'isolement de l'univers, il lui était permis de jouir en paix, au milieu de nos soins pieux et tendres, et dans l'entier oubli du monde, de quelques heures dérobées à ses peines ! mais depuis l'arrivée du nouveau gouverneur, il n'est pas de jour, d'heure, d'instant où il ne reçoive quelque nouvelle blessure : on dirait un aiguillon sans cesse occupé à réveiller les plaies dont un instant de sommeil aurait pu suspendre les douleurs.

« A notre arrivée dans la colonie, nous étions très mal ; mais nous tombions de si haut, qu'eussions-nous été très bien, nous n'aurions su encore que nous plaindre. Les Anglais généreux qui se trouvaient autour de nous, ceux qui passaient, jugeant la vérité de notre position, nous répétaient sans cesse, soit qu'ils voulussent nous consoler, soit qu'ils le prissent dans leur cœur : "Votre situation actuelle n'est que provisoire ; elle ne saurait durer de la sorte. La politique, à ce qu'on a cru, demandait à s'assurer de vos personnes ; mais le droit naturel, la générosité, l'honneur veulent qu'on vous entoure de toutes les indulgences possibles ; la partie pénible est accomplie. Des vaisseaux cernent la côte, des soldats bordent le rivage, des signaux peuvent vous tracer à chaque instant dans l'intérieur de l'île. Toutes les précautions de sûreté sont complètes. A présent les mesures de douceur vont se développer. On vous envoie un lieutenant-général pour gouverneur. Il a passé sa vie sur le continent, au quartier général ou à la cour des souverains : il y aura appris tout ce qu'on doit à Napoléon. Ce choix doit vous dire assez : on aura voulu un homme distingué, digne de sa haute mission, d'une élévation d'âme, d'une noblesse et d'une élégance de manières propres à la délicatesse de sa situation. Encore un peu de patience, et tout s'arrangera bientôt au mieux possible..." Il arriva enfin ce nouveau Messie... Mais, bon Dieu, monseigneur ! le mot échappe ! on n'avait envoyé qu'un gendarme, un exécuteur. A sa voix tout a pris l'aspect et les formes les plus sinistres. Les apparences d'égards, les formalités de bienséance ont disparu. Chaque jour depuis a été pour nous un jour d'aggravation de douleur et d'injure. Il a resserré nos limites, attenté à notre intérieur, interféré dans nos plus petits détails domestiques ; il a interdit tout rapport avec les habitants, éloigné la communication des officiers de sa propre nation ; il nous a entourés de fossés, ordonné des palissades, multiplié les soldats, encerclé des prisons dans des prisons ; il nous a environnés de terreur et mis au secret. L'Empereur ne se voit plus que dans un donjon. Il ne sort plus de sa chambre. Le peu d'audiences qu'il a accordées à cet officier ont été désagréables et pénibles. Il y a mis un terme, et est résolu de ne plus recevoir ce gouverneur. "J'avais à me plaindre de l'amiral, a-t-il dit, mais du moins il avait un cœur ; pour celui-ci, il n'a rien d'anglais, ce n'est qu'un mauvais sbire de Sicile."

« Sir Hudson Lowe se rejeta de tous ces griefs, il est vrai, sur les instructions de ses ministres. Si sir Hudson Lowe est exact, ses instructions sont barbares. Pour nous, nous pouvons affirmer qu'il les exécute barbarement.

« L'Empereur ne saurait survivre longtemps à de pareils traitements. Toute la Faculté le pense ainsi. Et que ne dira pas l'histoire ! Sir Hudson Lowe ne disconvient pas que sa vie ne soit en danger ; mais il répond froidement que ce sera sa faute, que c'est lui qui l'aura voulu. La dernière conversation de l'Empereur avec lui a été vive et remarquable. Ayant prétexté des communications importantes, l'Empereur s'en est laissé accoster dans sa promenade. C'était pour lui dire que les dépenses annuelles de l'établissement étant de vingt mille livres sterling, et le gouvernement n'en accordant que huit mille, il voulût bien lui remettre entre les mains les douze mille qui restaient de déficit. L'Empereur, choqué, l'a prié de vouloir bien lui épargner ces objets ; et comme sir Hudson Lowe s'obstinait à vouloir les discuter, l'Empereur s'est emporté, et lui a dit : "De le délivrer de ces ignobles détails et de le laisser tranquille ; qu'il ne lui demandait rien ; que, quand il aurait faim, il irait s'asseoir à la gamelle de ces braves (en montrant de la main le camp du 53e), lesquels ne repousseraient sûrement pas le plus vieux soldat de l'Europe." Il en est résulté néanmoins que l'Empereur a été réduit à faire briser et vendre son argenterie pour fournir, mois à mois, à compléter le strict nécessaire ; et vous auriez été touché, monseigneur, de la douleur et des larmes des gens à ce spectacle si éloigné de leurs idées.

« Vous, monseigneur, qui connaissez l'abondance à

laquelle l'Empereur était accoutumé, vous vous récrierez sans doute ; mais vous savez aussi le véritable prix qu'il attachait à toutes ces choses. Il s'indigne, et ne se plaint pas. Toutefois, s'être saisi par la fraude de ce grand homme, l'avoir séquestré violemment de ses moyens et de ses ressources, avoir soigneusement stipulé, avec les autres intéressés, qu'on prenait sur soi toutes les charges, afin de demeurer seul maître de sa personne, et puis venir marchander avec lui sa propre existence, l'appeler en payement de ses propres besoins, il y a dans tout cet ensemble quelque chose de si choquant, qu'on manque d'expression pour le qualifier.

« Tout est ici du reste, d'un prix fou, bien que si mauvais. Je ne crois pas trop dire que de le porter à six ou sept fois ce que vous le payez en Italie, d'où il devient facile d'évaluer les huit mille livres sterling que les ministres anglais y consacrent. Aussi je n'hésite pas à affirmer que nos propriétaires de province, de 15 à 18 000 francs de rente, sont mieux logés, mieux meublés, mieux nourris que ne l'est l'Empereur.

« Avec la connaissance de nos maux, vous soupçonnerez peut-être, monseigneur, qu'aigris par la douleur et les circonstances, nous sommes portés à nous plaindre toujours et de tout. Certes, nous serions excusables, peut-être. Toutefois, l'excès de nos maux ne nous a pas rendus assez injustes pour ne pas apercevoir et prendre de la reconnaissance pour l'intérêt et les attentions que nous ont témoignés quelques habitants et un bon nombre des officiers de la garnison. Nous avons distingué surtout la franchise des manières et la droiture de l'amiral Malcolm. Notre susceptibilité dans le malheur, et la délicatesse de sa situation officielle, nous ont seuls empêchés de lui témoigner, ainsi qu'à lady Malcolm, dont nous honorons le caractère, toute la sympathie qu'ils nous inspiraient. Cet amiral ayant recueilli dans la conversation de l'un de nous que nous étions sans ombrages, et que nous nous occupions de procurer à l'Empereur une tente où il pût passer quelques instants, il arriva qu'à quelques jours de là l'Empereur put déjeuner sous une tente spacieuse, soudainement élevée par les matelots et avec les voiles de la frégate. C'était une galanterie européenne à laquelle nous n'étions plus faits ; nous avons dû y être sensibles. L'Empereur a joui et jouit encore de cette tente mais non sans mélange. Combien de fois, à l'approche d'un ennemi importun, il y a interrompu sa conversation et ses dictées, en s'écriant : “Rentrons dans nos tanières : on m'envie l'air que je respire.”

« Tout, jusqu'au plus petit détail, trahit le caractère et les dispositions personnelles de notre gardien. Il nous permet le papier-nouvelle qui nous maltraite davantage, et nous interdira celui qui s'exprime avec moins d'inimitié. Il retiendra les ouvrages qui nous seront favorables, comme n'étant pas venus par le canal des ministres, et s'empressera de nous envoyer de sa bibliothèque des libelles contre nous.

« Mais c'est surtout à ce que sa *propre et seule vérité* parvienne en Europe, que sir Hudson Lowe donne sa plus grande attention. Toutes ses inquiétudes et sa jalousie sont tournées à ce que rien *de la nôtre* ne puisse percer au-dehors. Il éloigne de nous les voyageurs ; il nous fait un crime de propager nos détails, de chercher à les faire connaître ; il m'a fait dire dernièrement que si je continuais à écrire à mes amis en Europe sur mon ton habituel, il m'ôterait d'auprès de l'Empereur, et me renverrait de Sainte-Hélène. J'écrivais la vérité, je ne pouvais écrire que nous étions heureux et bien traités. Sir Hudson Lowe se défierait-il de ses ministres, qui lisent mes lettres après lui ? Car autrement ils peuvent, au besoin, les supprimer à leur gré, après s'en être éclairés, s'ils en ont le désir. Quoi qu'il en soit, je ne me le suis pas fait dire deux fois ; je n'écrirai plus à ma famille ; me voilà mort pour elle. Cette présente relation même, monseigneur, vous était destinée par les propres mains du gouverneur : je suis réduit à attendre désormais une occasion clandestine. Vous y gagnerez, car vraisemblablement mon écrit ne vous fût pas parvenu. Quant à cette occasion clandestine, elle se trouvera sans doute tôt ou tard : quelque voyageur généreux, ami de la vérité, se chargera de ce papier étranger aux affaires politiques, mais important à l'honneur de son pays ; et il croira n'avoir rempli que le devoir d'un honnête homme et d'un bon citoyen.

« Sir Hudson Lowe outre sans cesse tout ce qui nous regarde et tout ce qui nous concerne. On a voulu s'assurer de nos personnes ; et il pense qu'il faut nous mettre au cachot. On a voulu nous isoler du monde politique ; il se croit tenu de nous enterrer tout vivants. On a pensé à surveiller notre correspondance contre toute trame ou complot ; il n'y voit que de nous faire oublier tout à fait et d'annihiler notre existence. Si telles sont ses instructions secrètes, les ministres s'éloignent de leur propre parole au parlement ; ils s'éloignent de l'opinion de leur pays, des vœux de tout ce qu'il y a de généreux en Europe, quelle que soit d'ailleurs la différence d'opinions. Ils chargent leur administration d'un odieux inutile ; la vérité sera connue, et l'on s'indignera, se demandant qu'ont à faire de pareils traitements avec la sûreté du prisonnier. D'un autre côté, si tout cela n'était qu'un excès de zèle dans sir Hudson Lowe, cet excès de zèle condamne son cœur, avilit son caractère, déshonore sa mémoire.

« Quoi qu'il en soit, nous gémissons ici, en dépit du sens et des expressions de la législature anglaise, sous la tyrannie et l'arbitraire d'un seul homme ; d'un homme qui, depuis vingt ans, n'a eu d'autre occupation que d'enrégimenter et régir les malfaiteurs et transfuges de l'Italie ; d'un homme qui ne reconnaît point de limites à ses craintes ni à ses précautions, tant son cœur est endurci et son imagination effrayée. Cette affreuse situation est la funeste conséquence de nous trouver ainsi, au bout de la terre, dans les déserts de l'Océan. Combien de temps encore doit durer notre supplice ? Quand la vérité se frayera-t-elle un passage jusqu'au peuple d'Angleterre ? Quand son indignation viendra-t-elle à bout de redresser des excès qui le flétrissent ? Devons-nous périr sans secours sur notre affreux rocher ? Nous causons de grandes dépenses à la métropole, et nous ruinons cette misérable colonie. Elle maudit notre séjour, comme nous maudissons son existence. Et puis, à quoi bon tout cela ? L'Empereur disait assez gaiement, il y a peu de jours : "Bientôt nous ne vaudrons pas l'argent que nous coûtons, ni les soins que l'on se donne." Et pourquoi les ministres ne nous rappelleraient-ils pas ? Notre retour prouverait leur force et fixerait leur caractère. On pourrait croire alors que notre exil passager aurait été la nécessité de la politique, et non l'ouvrage de la haine. Ils obtiendraient une grande économie, et se créeraient une véritable gloire. L'Empereur en est encore et demeure à jamais dans les mêmes intentions et les mêmes vœux que lorsqu'il vint librement et de bonne foi à bord du *Bellérophon*. Sa carrière politique est terminée. Le repos sous la protection des lois positives est tout ce qu'il demande, tout ce qu'il veut. Le dépérissement de sa santé, les infirmités naissantes, le nombre de ses années, le dégoût des choses humaines, peut-être celui des hommes, le lui rendent plus désirable, plus nécessaire que jamais.

« Quant à nous, qui sommes autour de lui, quelque inique que demeurât notre captivité, il n'est plus aujourd'hui de cachot sur le sol de l'Angleterre qui ne fût un bienfait pour nous. Nous serions sous la main d'un pouvoir protecteur, nous échapperions à l'arbitraire d'un agent subalterne, nous respirerions l'atmosphère européenne ; et si nous venions à succomber, nos ossements reposeraient en terre chrétienne.

« Il y a quelques mois que les commissaires des pouvoirs alliés sont débarqués dans la colonie. Sir Hudson Lowe leur a signifié que leur mission y était purement passive ; qu'ils n'avaient ni autorité ni *interférence* sur ce qui s'y passait à notre égard. Après quoi, il a envoyé à Longwood le traité du 2 août, et requis l'admission de ces commissaires. L'Empereur les a refusés dans leur capacité politique, mais n'a montré aucune objection à les voir comme simples individus. Il a fait faire à sir Hudson Lowe, par M. de Montholon, une réponse officielle, foudroyante de logique et sublime de pensées. J'espère qu'avec le temps elle vous parviendra, en dépit de tous les efforts de sir Hudson Lowe pour la tenir secrète. Il serait difficile de vous peindre son inquiétude à cet égard ; elle m'a déjà valu des reproches personnels.

« Monseigneur, l'Empereur parle bien souvent de vous tous. Il a des portraits de la plupart autour de lui, dans sa chambre. Son petit réduit est devenu un sanctuaire de famille. Il a reçu votre lettre, celle de Madame, du cardinal Fesch et de la princesse Pauline. Il lui en a coûté beaucoup d'imaginer que vos expressions de tendresse avaient subi l'inspection de toute la filière des agents qui nous surveillent. Il désire qu'on ne lui écrive plus à ce prix. Il a voulu, de son côté, écrire aux siens par l'intermédiaire du prince régent ; mais on lui a dit ici qu'on n'expédierait pas sa lettre, si elle n'était ouverte, ou qu'on en briserait le sceau. Il s'est abstenu, et nous, nous avons souri de voir que l'outrage qu'on prétendait lui faire se perdait dans celui dont on menaçait le prince régent.

« Pour nous, monseigneur, qui sommes autour de l'Empereur, je vous ai beaucoup parlé de nos peines ; mais nous n'en connaissons plus à côté du bonheur de pouvoir lui témoigner notre dévouement. Nous ne souffrons qu'en lui. Nos privations, nos tourments personnels deviennent et sont pour nous les mérites et la joie des martyrs. Nous vivons à jamais dans les cœurs généreux. Des milliers envient notre situation sans doute ! Nous en sommes fiers, elle nous rend heureux.

« Daignez agréer l'hommage, etc.

« *Signé* : le comte de LAS CASES. »

LUNDI 16.

Mes vives anxiétés.
Lettre de l'Empereur, vrai bonheur.

Plus de vingt jours s'étaient écoulés, et rien n'annonçait encore aucun changement à notre affreuse situation. La santé de mon fils continuait à présenter les symptômes les plus alarmants. La mienne dépérissait visiblement par mes peines et mes anxiétés. Notre réclusion était si sévère que nous n'avions point encore appris un seul mot de Longwood ; j'ignorais tout à fait comment avait été interprétée ma malheureuse affaire, j'avais appris seulement que l'Empereur n'était pas sorti de sa chambre durant ces quinze ou dix-huit jours, qu'il y avait presque toujours mangé seul. Qu'on juge tout ce que ces circonstances durent me faire éprouver ! Évidemment l'Empereur avait été affecté, mais dans quel sens ? Ce doute, le dirai-je, était en moi un véritable tourment qui me rongeait dans tous les instants depuis que j'avais quitté Longwood, car l'Empereur ignorait tout à fait la cause qui avait amené mon enlèvement : la fatalité l'avait fait ainsi. Qu'aurait-il pensé en entendant parler de mes lettres clandestines ? Quelles auraient été ses opinions, quel motif assignerait-il à ma dissimulation vis-à-vis de lui, moi qui d'habitude n'aurais pas fait un pas, ni hasardé une parole sans lui en faire part ? Je rapprochais ces torts, que je m'exagérais encore, de la bonté touchante de ses derniers moments. Quelques minutes avant d'en être arraché, il était avec moi plus gai, semblait mieux disposé encore que de coutume, et quelques instants plus tard il avait pu être amené à trouver quelque chose d'inexplicable dans ma conduite. Il s'était élevé peut-être en lui l'apparence ou le droit du reproche et des doutes. Cette idée m'affligeait plus que je ne pourrais le rendre, elle prenait visiblement sur ma santé. Heureusement le gouverneur vint lui-même me rendre à la vie. Il s'est présenté aujourd'hui vers la fin du jour. Il paraissait fort préoccupé de ce qu'il avait à me dire, et après un long préambule, auquel il m'était difficile de rien deviner, il a fini par m'apprendre qu'il avait dans ses mains une lettre que ma situation lui donnait le droit de me soustraire ; mais qu'il savait combien la main qui l'avait écrite m'était chère, quel prix j'attachais aux sentiments qu'elle m'exprimait ; qu'il allait donc me la montrer, malgré toutes les raisons personnelles qu'il aurait de ne pas le faire. C'était une lettre de l'Empereur. Mes larmes coulèrent, elle était si touchante !... Eussé-je souffert pour lui mille morts, j'étais payé !

Quelque mal que nous ait fait sir Hudson Lowe, et quels qu'aient été ses motifs en cet instant, je lui dois une véritable reconnaissance pour le bonheur qu'il me donna : et quand je m'y arrête, je suis tenté de me reprocher bien des détails, certaines imputations ; mais je le devais à la vérité et à de hautes considérations. Je me montrais si ému, qu'il sembla y devenir sensible, et lui ayant demandé de me laisser prendre copie de ce qui m'était strictement personnel, il y consentit. Mon fils le transcrivit à la hâte, tant nous redoutions qu'il ne se ravisât ; et quand il fut parti, nous le recopiâmes de plusieurs manières et en plusieurs endroits ; nous l'apprîmes par cœur, tant nous craignions que les réflexions de la nuit ne portassent sir Hudson Lowe à se repentir. En effet, quand il reparut le lendemain, il m'exprima des regrets à cet égard, et je ne balançai pas à lui offrir de rendre la copie, l'assurant que ma reconnaissance n'en serait pas diminuée ; nous nous étions ménagé les moyens d'être facilement généreux. Soit qu'il le jugeât ainsi, soit continuation de procédés de sa part, il n'en fit rien. Voici cette lettre dont l'original fut retenu par lui, auquel il me promit sur sa parole de faire suivre les mêmes destinées que le reste de mes papiers, et que néanmoins j'ai eu toutes les peines du monde à obtenir lorsque le gouvernement anglais, après la mort de Napoléon, n'a pas cru pouvoir se dispenser de me restituer mon journal. Je vais transcrire ici les seules portions de la lettre que sir Hudson Lowe me permit de copier alors, et telles qu'elles ont été rendues publiques à mon arrivée en Europe ; ce qu'il retint est ici mis en note au bas des pages : leur ensemble reproduira tout l'original.

« Mon cher comte de Las Cases, mon cœur sent vivement ce que vous éprouvez. Arraché, il y a quinze jours, d'auprès de moi, vous êtes enfermé, depuis cette époque, au secret, sans que j'aie pu recevoir ni vous donner aucunes nouvelles ; sans que vous ayez communiqué avec qui que ce soit, Français ou Anglais ; privé même d'un domestique de votre choix.

« Votre conduite à Sainte-Hélène a été comme votre vie, honorable et sans reproche : j'aime à vous le dire.

« Votre lettre à une de vos amies de Londres n'a rien de répréhensible, vous y épanchez votre cœur dans le sein de l'amitié.

(Manquait ici une moitié de la lettre[1].)

1. « Cette lettre est pareille à huit ou dix autres que vous avez écrites à la même personne et que vous avez envoyées décachetées. Le commandant de ce pays ayant eu l'indélicatesse d'épier les expressions que vous confiez à l'amitié, vous en a fait des reproches dernièrement ; vous a menacé de vous renvoyer de l'île, si vos lettres contenaient davantage des plaintes contre lui. Il a par là violé le premier devoir de sa place, le premier article de ses instructions et le premier sentiment de l'honneur ; il vous a ainsi autorisé à chercher les moyens de faire arriver vos épanchements dans le sein de vos amis, et de leur faire connaître la conduite coupable de ce commandant. Mais vous avez été bien simple, votre confiance a été bien facile à surprendre !!!

« On attendait un prétexte de se saisir de vos papiers ; mais votre lettre à votre amie de Londres n'a pu autoriser une descente de police chez vous, puisqu'elle ne contient aucune trame ni aucun mystère, qu'elle n'est que l'expression d'un cœur noble et franc. La conduite illégale, précipitée qu'on a tenue à cette occasion porte le cachet d'une haine personnelle bien basse.

« Dans les pays moins civilisés, les exilés, les prisonniers, même les criminels sont sous la protection des lois et des magistrats ; ceux qui sont préposés à leur garde ont des chefs, dans l'ordre administratif et judiciaire, qui les surveillent. Sur ce rocher, l'homme qui fait les règlements les plus absurdes, les exécute avec violence, et transgresse toutes les lois : personne ne contient les écarts de ses passions.

« Le prince régent ne pourra jamais être instruit de la conduite que l'on tient en son nom : on s'est refusé à lui faire passer mes lettres, on a renvoyé, avec emportement, les plaintes qu'adressait le comte Montholon ; et depuis on a fait connaître au comte Bertrand qu'on ne recevrait aucune lettre, si elles étaient libellées comme elles l'avaient été jusqu'à cette heure.

« On environne Longwood d'un mystère qu'on voudrait rendre impénétrable, pour cacher une conduite criminelle, et qui laisse supposer de plus criminelles intentions !!!

« Votre société m'était nécessaire. Seul, vous lisez, vous parlez et entendez l'anglais. Combien vous avez passé de nuits pendant mes maladies ! Cependant, je vous engage, et au besoin vous ordonne de requérir le commandant de ce pays de vous renvoyer sur le continent : il ne peut point s'y refuser, puisqu'il n'a action sur vous que par l'acte volontaire que vous avez signé. Ce sera pour moi une grande consolation que de vous savoir en chemin pour de plus fortunés pays.

« Arrivé en Europe, soit que vous alliez en Angleterre ou que vous retourniez dans la patrie, oubliez le souvenir des maux qu'on vous a fait souffrir ; vantez-vous de la fidélité que vous m'avez montrée, et de toute l'affection que je vous porte.

« Si vous voyez un jour ma femme et mon fils, embrassez-les ; depuis deux ans je n'en ai aucunes nouvelles directes ou indirectes.

(Manquaient ici trois ou quatre lignes[1].)

« Toutefois consolez-vous et consolez mes amis. Mon corps se trouve, il est vrai, au pouvoir de la haine de mes ennemis ; ils n'oublient rien de ce qui peut assouvir leur vengeance, ils me tuent à coups d'épingle : mais la Providence est trop juste pour qu'elle permette que cela se prolonge longtemps encore. L'insalubrité de ce climat dévorant, le manque de tout ce qui entretient la vie, mettront, je le sens, un terme prompt à cette existence.

(Manquaient ici quatre ou cinq lignes[2].)

« Par des bruits répandus avec astuce, on voudrait donner le change aux officiers, aux voyageurs, aux habitants, et même aux agents que l'on dit que l'Autriche et la Russie entretiennent en ce pays. Sans doute que l'on trompe de même le gouvernement anglais par des récits adroits et mensongers.

« On a saisi vos papiers, parmi lesquels on savait qu'il y en avait qui m'appartenaient, sans aucune formalité, à côté de ma chambre, avec un éclat et une joie féroce. J'en fus prévenu peu de moments après ; je mis la tête à la fenêtre, et je vis qu'on vous enlevait. Un nombreux état-major caracolait autour de la maison ; il me parut voir des habitants de la mer du Sud danser autour du prisonnier qu'ils allaient dévorer. » *(Las Cases.)*

1. « Il y a dans ce pays, depuis six mois, un botaniste allemand qui les a vus dans le jardin de Schœnbrunn, quelques mois avant son départ. Les barbares ont empêché soigneusement qu'il ne vînt me donner de leurs nouvelles ! » *(Las Cases.)*

2. « Dont les derniers moments seront un acte d'opprobre pour le carac-

« Comme tout porte à penser qu'on ne vous permettra pas de venir me voir avant votre départ, recevez mes embrassements, l'assurance de mon estime et de mon amitié : soyez heureux !

« Longwood, le 11 décembre 1816.

« Votre dévoué : NAPOLÉON. »

MARDI 17 AU JEUDI 19.

Sur la lettre de l'Empereur. Réflexions. Détails. Nouvelles difficultés de sir Hudson Lowe.

La lettre de l'Empereur était pour moi un véritable bonheur, j'y revenais sans cesse ; elle détruisait mes inquiétudes, raffermissait mes pensées ; elle me rendait heureux. Je la relisais soigneusement ; j'en pesais toutes les paroles ; je me plaisais, d'après la connaissance que j'avais de l'Empereur, à imaginer comment elle avait été amenée ; je voyais son inquiétude sur ce qui pouvait avoir produit mon enlèvement, sa surprise d'entendre parler de correspondance clandestine ; je le suivais dans sa manière habituelle de considérer une affaire sous toutes ses faces ; j'apercevais sa sagacité se fixer précisément sur ce qui avait eu lieu, et se déterminer alors à m'écrire en conséquence ; et je devinais si juste en toutes ces choses, que j'ai appris depuis, qu'après quelque délai, il m'avait écrit sans savoir en effet nullement quelles pouvaient être les pièces qui m'avaient fait arrêter.

Et quel prix je devais mettre à cette lettre ! moi qui lui avais entendu dire si souvent qu'il n'écrirait pas à sa femme, à sa mère, à ses frères, puisqu'il ne le pouvait sans que ses lettres fussent ouvertes et lues par ses geôliers. Or, ici ma lettre avait été ouverte, et de son consentement et de ses propres mains ; car, après avoir été expédiée à sir Hudson Lowe par l'officier de garde, elle avait été renvoyée par sir Hudson Lowe avec cette observation qu'elle ne pouvait être remise qu'après qu'il l'aurait lue, et s'il le jugeait convenable. On la reporta donc à l'Empereur : il était étendu sur son canapé quand elle lui fut remise avec cette nouvelle diffi-

tère anglais ; et l'Europe signalera un jour avec horreur cet homme astucieux et méchant : les vrais Anglais le désavoueront pour Breton. » *(Las Cases.)*

culté ; alors, allongeant la main au-dessus de sa tête, sans prononcer une seule parole, il la saisit, brisa le cachet, et la rendit immédiatement, sans avoir aperçu la figure de celui qui la lui avait présentée.

Autre prix à mes yeux : cette lettre portait la signature pleine et entière de l'Empereur, et je savais combien il y répugnait dans ces circonstances nouvelles ; c'était la première, je crois, qu'il ait donnée dans l'île, et il est aisé de voir, à l'original, que ce n'est pas sans hésitation, et qu'il a dû lui en coûter ; car il se contente d'abord d'écrire de sa main la simple date : *Longwood, le 11 décembre 1816*, terminant avec son paraphe accoutumé ; puis on voit qu'il se ravise, ne jugeant pas la chose suffisante, et ajoute plus loin : *Votre dévoué : Napoléon*, renouvelant son paraphe. Le tout porte les traces évidentes d'une grande contrariété [1].

Mais la plus grande satisfaction intérieure que me procura cette lettre de l'Empereur fut la joie de l'avoir deviné dans ce que j'avais à faire. « Je vous *engage*, et au besoin vous *ordonne* de quitter cette île », me disait-il ; or, l'on a vu qu'au secret, isolé de tous, n'ayant d'autre conseil que moi-même, c'était précisément le parti que j'avais pris dès les premiers jours de ma réclusion. Je ne saurais plus être aujourd'hui, m'étais-je dit, d'une grande consolation pour l'Empereur ; mais peut-être qu'à présent je pourrai lui être utile au loin ; j'irai en Angleterre, j'aborderai les ministres ; je ne saurais leur être suspect de préméditation ; j'ai été enlevé comme de mort subite : tout ce que je leur dirai ne viendra évidemment que de moi et de mon cœur. Je leur peindrai la vérité ; ils seront touchés des maux que je leur ferai connaître, ils amélioreront le sort de l'illustre proscrit et je viendrai porter moi-même à ses pieds les consolations que mon seul zèle aura acquises.

Je renouvelai donc avec instance mes prières et mes sommations. Ce qui m'y portait encore davantage en ce moment était une nouvelle crise de mon fils, qui l'avait laissé près

1. Cette lettre est écrite par un des gens de l'Empereur ; mais lui-même en a marqué, de sa propre main, la ponctuation ; et je ferai observer, en passant, à l'appui de la singularité que j'ai fait remarquer, que lui, qui, quand il écrivait, ne mettait pas un mot d'orthographe, se trouve en avoir corrigé ici de légères imperfections. *(Las Cases.)*

d'une demi-heure sans connaissance, et sans autre secours que mes soins et mon inexpérience. Qu'on juge de mon état et de ma douleur, je n'étais guère moi-même en meilleure situation. J'écrivis au gouverneur : « Vous me mettez au désespoir ; de quelle responsabilité vous vous chargez dans mon cœur ! Vous êtes père, puissent un jour de semblables alarmes ne pas trop vous rappeler mes impuissantes sollicitations d'aujourd'hui ! » Il est sûr qu'en nous gardant il nous conduisait au tombeau, et j'avais peine à comprendre comment il se plaisait à compliquer ainsi les affaires et pourquoi il ne préférait pas nous laisser aller mourir ailleurs.

Sir Hudson Lowe est arrivé le même jour, amené, m'a-t-il dit, par mon billet au sujet de mon fils ; il avait fait mander le docteur Baxter, qui le suivit de près.

Dans une fort longue conversation j'ai pu démêler que sir Hudson Lowe était aujourd'hui fort préoccupé de quelque but secret à mon égard. Nous nous sommes sondés réciproquement sur plusieurs points ; il a fini par établir d'abord n'avoir pu me renvoyer en Angleterre, l'Empereur ayant réclamé mon journal, me disait-il, comme écrit par son ordre, tandis que moi j'exigeais, de mon côté, que cette pièce m'accompagnât en Angleterre ; raisonnement, de sa part, tout à fait d'une astucieuse absurdité ; puis, comme frappé d'un trait de lumière et d'un éclair de condescendance, il en est arrivé à me dire que, si je voulais retourner à Longwood, il s'y prêterait volontiers. J'en tressaillis... Néanmoins, me rappelant la lettre et les paroles significatives de l'Empereur, je répondis que c'était, quant à présent, tout à fait contre mon intention ; mais qu'au seul désir connu de l'Empereur, ma résolution changerait aussitôt. A cela il m'a dit qu'il avait des raisons de croire que l'Empereur le désirerait, et il se montrait fort préoccupé ; il avait évidemment quelque intention nouvelle à mon sujet, mais je ne la devinais pas. Lui ayant fait observer qu'il me faudrait écrire à Longwood, pour connaître ce désir de l'Empereur, il ne s'y refusait pas précisément ; mais il s'exprimait de la manière la plus entortillée. Enfin il me quitta, du moins je le crus, et je le supposais déjà bien loin ; mais il était demeuré ; il avait conféré tout ce temps à l'écart avec son officier de confiance, et est rentré pour me dire qu'après avoir réfléchi, il trouvait bon que j'écrivisse au grand-maréchal, touchant mon retour ; mais qu'il demeurait certain que ce serait la manière dont je présenterais mes idées qui porterait l'Empereur à exprimer son désir ou non. Cela n'était pas douteux et j'en ai ri. Au surplus, voulant constater les points les plus importants de notre conversation, et dans l'espoir d'avancer vers un dénouement, je lui adressai, aussitôt après son départ, la lettre suivante :

« Monsieur le gouverneur, il m'est revenu à l'esprit que dans votre visite, me parlant des embarras qui avaient gêné votre détermination à mon sujet, vous avez dit qu'une des difficultés qui vous empêcheraient de m'envoyer en Europe serait que mon journal, que je réclamais qu'il m'y suivît, avait été réclamé en même temps à Longwood ; double circonstance, disiez-vous, à laquelle il vous était impossible de satisfaire. Sans doute, monsieur, que vous avez eu dans votre sagesse de puissants motifs pour laisser subsister cette difficulté qu'il vous eût été si facile de détruire. Tout vœu, tout mot de Longwood, est ma loi suprême : j'eusse renoncé à mes papiers dès que vous me l'eussiez fait connaître, comme aussi on s'y serait peut-être désisté dès que vous auriez donné connaissance de ma résolution. Dans tous les cas je regarderai comme une obligeance de votre part, que vous voulussiez bien y faire parvenir mes dispositions à ce sujet, comme une marque de mon profond et éternel respect, et prévenir toute difficulté ultérieure à cet égard. Du reste, plus je vais, et plus je m'étonne de ce qu'une affaire aussi simple et d'aussi peu d'importance que la mienne s'entoure de tant de bruit et de complication. Cela ne servira qu'à propager et à donner plus d'apparence à l'idée que mes deux lettres clandestines n'ont été que le prétexte, et mes autres papiers le véritable motif ; et ce qui gênera surtout toujours votre position morale dans cette affaire, c'est le grand intérêt qu'on vous supposera à retenir mon journal, dont une portion vous est personnelle. En ne m'envoyant pas en Angleterre, vous confirmez la crainte qu'on vous suppose, que rien d'ici ne transpire dans votre pays. Vous deviez remercier le ciel de l'occasion que je vous donnais de montrer solennellement le contraire à tous les yeux. Je vous avais présenté des moyens qui obviaient à tout. Mais, au demeurant, ceci n'est que moral et du ressort de l'opinion ; ce qui serait plus positif, comme du ressort direct des lois, c'est que vous gardassiez au secret, plusieurs mois, jusqu'au retour des réponses d'Angleterre, quelqu'un qui, s'étant retiré de la sujétion volontaire où il s'était placé vis-à-vis de vous, et vous ayant demandé authentiquement de s'éloigner de cette île, s'était réduit à ce dilemme si simple :

« Vous exercez sur moi un *acte arbitraire*. Je vous somme d'observer les lois. Si je ne suis pas coupable, renvoyez-moi. Si je le suis, livrez-moi aux tribunaux ; faites-moi juger. Mais vous avez des papiers, dites-vous : si ces papiers sont étrangers à mon affaire, rendez-les-moi ; s'ils en font partie, adressez-les à mes juges, et moi avec eux. Mais ces papiers sont réclamés aussi par une autre personne, dites-vous encore. J'y renonce, dès que vous me ferez parvenir son vœu ; ou peut-être cette personne se désistera-t-elle, si vous lui faites connaître le mien. Voilà la question toute nue. Au surplus, le grand objet de ma lettre est que vous vouliez bien faire parvenir à Longwood une nouvelle preuve de mon respect à cet égard. Quant à y écrire moi-même au sujet de la faveur que vous m'avez fait entrevoir, la faculté d'y revenir, j'attendrai que j'aie l'honneur de vous revoir avant de m'y déterminer. J'ai l'honneur, etc. »

VENDREDI 20, SAMEDI 21.

Décision officielle de ma déportation au Cap. Mesures astucieuses et ridicules de sir Hudson Lowe. Lettres.

Cependant, sir Hudson Lowe, poursuivi par mes constantes sommations, gêné dans la position où il s'était placé vis-à-vis de moi, commençait à être embarrassé d'avoir fait autant de bruit pour aussi peu de chose ; il éprouvait évidemment le désir de me voir revenir auprès de l'Empereur, ce qui, en effet, l'eût tiré d'embarras en remédiant à tout. Afin de me déterminer plus promptement, sans doute, il m'a adressé la décision officielle par laquelle il me déportait au cap de Bonne-Espérance, et l'a accompagnée d'une lettre où il me répétait, dans des expressions fort calculées, la facilité qu'il me laissait de retourner à Longwood. Voici ces deux pièces. J'écarte, autant qu'il est en mon pouvoir, les documents de notre correspondance ; j'abrège même parfois quelques-unes de mes lettres, dans la crainte d'en fatiguer le lecteur ; mais encore faut-il que je produise tout ce qui demeure indispensable pour l'intelligence et le fil de mon affaire.

DÉCLARATION

« Le gouverneur, ayant pris en pleine considération toutes les circonstances relatives à l'affaire du comte de Las Cases, a adopté la décision suivante :

« Le comte de Las Cases ayant commis une violation directe et préméditée des règlements établis dans cette île en vertu de l'autorité du gouvernement britannique, relativement au général Bonaparte, en ébranlant la fidélité d'un habitant de l'île, au point de le rendre, d'une manière coupable et feinte, porteur d'une correspondance secrète et clandestine pour l'Europe, et ayant ainsi manqué à l'une des conditions indispensables auxquelles il a signé volontairement sa déclaration tendant à obtenir la permission de résider à Sainte-Hélène, a été séparé de la personne du général Bonaparte ; et, conformément aux instructions du gouvernement britannique, il sera transporté au cap de Bonne-Espérance.

« Il est permis au comte de Las Cases d'emporter tous ses effets et papiers, à l'exception, toutefois, de ceux de ces derniers qui peuvent avoir rapport au général Bonaparte, depuis que celui-ci se trouve placé sous l'autorité du gouvernement britannique, comme aussi de telle correspondance qui se trouverait n'avoir pas passé par le canal officiel des autorités anglaises.

« On attendra les ordres du gouvernement britannique à l'égard des papiers sur la nature desquels il pourrait s'élever des contestations.

« Plantation-House, le 20 décembre 1816.

« *Signé* : HUDSON LOWE. »

LETTRE DE SIR HUDSON LOWE
ACCOMPAGNANT LA PIÈCE PRÉCÉDENTE

« Monsieur, en vous communiquant la décision ci-incluse, qu'il me soit permis de vous prévenir qu'ainsi que je vous l'ai annoncé verbalement, je ne m'opposerai point à ce que vous restiez dans cette île, si vous le préférez, plutôt que de vous rendre au cap de Bonne-Espérance, pour y demeurer jusqu'à ce que j'aie pu recevoir, à votre égard, les instructions du gouvernement britannique.

« Mais, dans ce cas, je croirai nécessaire de vous demander votre déclaration écrite, qui exprime votre désir à cet effet, et l'engagement de vous soumettre aux mêmes restrictions sous lesquelles il vous a été jusqu'à présent permis de résider à Sainte-Hélène.

« Ainsi, monsieur, vous aurez entièrement l'option de vous rendre au cap de Bonne-Espérance, ou de rester ici avec vos papiers mis sous scellé jusqu'à ce que j'aie pu recevoir des instructions du gouvernement.

« J'ai l'honneur d'être, etc.

« *Signé* : HUDSON LOWE. »

J'accusai sur-le-champ réception des deux pièces, et demandai en même temps accusé de réception de toutes mes lettres, n'en ayant jamais reçu jusqu'ici un seul ; et voulant répondre à l'offre du gouverneur de me laisser retourner à Longwood, je lui adressai immédiatement, à ce sujet, une lettre pour le grand-maréchal, dont voici l'extrait, afin qu'il en prît connaissance et voulût bien la transmettre.

« Monsieur le grand-maréchal, le gouverneur sir Hudson Lowe vient de m'offrir, avec beaucoup de politesse et d'intérêt, de retourner à Longwood. Sur mon refus et l'observation dont je l'ai accompagné, que je ne pouvais y retourner que sur l'extrême désir de l'Empereur, le gouverneur m'a ajouté qu'il avait des raisons de croire que l'Empereur le désirerait. Ce désir, monsieur le grand-maréchal, serait ma loi suprême ; il comblerait mon cœur et vaincrait à l'instant la constance avec laquelle j'étais résolu de souffrir un supplice inexprimable, en l'honneur des lois et de mon caractère.

« Toutefois, avant de recevoir l'expression de ce désir, que j'invoque de toute mon âme, je m'estimais heureux de pouvoir vous faire connaître les motifs qui avaient déterminé tout d'abord mon refus.

« Je prie donc monsieur le gouverneur de vouloir bien vous communiquer ma correspondance avec lui du 30 novembre, et des 2, 4 et 18 décembre. Il ne pourrait avoir d'objection à une chose agréable pour nous, indifférente pour lui ; car si je retourne à Longwood, je vous ferai connaître suffisamment ces pièces ; et si je n'y retournais pas, vous le sauriez, il est vrai, mais ce serait de peu d'importance, puisque, ne pouvant communiquer ensemble, nous n'en saurions tirer aucun avantage respectif. Le seul résultat réel ne serait donc que la satisfaction morale pour moi de vous avoir fait connaître mes pensées, et mes sentiments en cette occasion.

« Ma reconnaissance serait entière, et la générosité du gouverneur complète, s'il voulait me faire connaître que ce retour ne saurait préjudicier en rien à mes intérêts, vis-à-vis de la loi, et demeurerait tout à fait étranger aux siens, ce qui lui serait bien facile, etc.

« Quoi qu'il en soit, monsieur le grand-maréchal, toutes ces considérations disparaîtront au seul geste, au seul signe de l'Empereur, me permettant d'aller retrouver à ses pieds un bonheur qui me manque. J'y eusse volé dès que j'ai pu en entrevoir la liberté : en cela il n'y eût rien eu que pour moi, tout y eût été dans l'intérêt de mes sentiments ; mais mon dévouement à l'Empereur, contre moi-même, mon respect profond pour tout ce qu'il peut vouloir, sont bien supérieurs encore, etc. »

On aura de la peine à croire que sir Hudson Lowe renvoya cette lettre, en ayant effacé au crayon tout ce qui lui convenait ; il la réduisait à fort peu de lignes, prétendant ainsi me dicter ce que je devais écrire au comte Bertrand. Il accompagna ce renvoi de la lettre suivante, qui répondait, disait-il, à mes précédentes :

« Je considère la lettre et la décision qui y était incluse, que j'ai eu l'honneur de vous adresser hier, comme une réplique générale aux divers arguments contenus dans votre correspondance avec moi.

« Ce fut, monsieur, l'état de la santé de votre fils et de la vôtre propre, et la complication des peines de l'esprit et du corps, si fortement dépeintes dans vos lettres des 6 et 7 du courant qui m'induisirent, à la réception de cette dernière, à me transporter aussitôt en personne auprès de vous, pour vous faire l'offre de retourner à Longwood, où se trouvaient constamment des secours médicaux disponibles dont, durant le séjour que vous y avez fait, on ne s'est jamais plaint à moi.

« Un sentiment d'égards pour la personne de qui vous aviez été séparé détermine aussi mes offres dans cette occasion.

« Je ne saurais néanmoins consentir à devenir l'intermédiaire d'une discussion ou négociation quelconque entre vous et Longwood relativement à cet objet. La seule communication que je puisse autoriser serait celle qui tendrait à faire connaître si on désire votre retour, aux conditions attachées à la prolongation de votre séjour dans l'île, telles que je vous les ai exprimées par ma lettre d'hier. Des communications sur ce point avec un sommaire succinct au général, voilà tout ce que je puis me charger de transmettre.

« La permission de retourner à Longwood implique la nécessité d'une explication franche sur tous les points.

« Si vous n'y retournez pas, je ne vois, en me rendant le canal d'une correspondance prolongée sur l'objet dont il s'agit, qu'un sujet d'irritation et d'inconvénients pour tous.

« Une grande diversité de détails purement personnels et étrangers à la question, contenus dans vos différentes lettres, ne me paraît pas, monsieur, exiger d'aveu ou de réponse officielle. Ces lettres sont en même temps si entremêlées de ce que l'on pourrait considérer comme portant une sorte de caractère officiel, que l'une ne devrait pas plus que l'autre rester sans réponse.

« Pour pouvoir entrer dans tant de particularités, il me faudrait plus de loisir qu'une infinité d'autres affaires ne me permet d'en consacrer à cet objet. Je m'occupe en ce moment à rédiger des observations sur l'ensemble de vos communications ; je vous adresserai copie de ce travail dès qu'il sera achevé[1]. Je pourrais même, dans ce cas, les communiquer à Longwood. En attendant, la décision que je vous ai envoyée et la lettre qui l'accompagnait servent de réponse à toutes ces lettres.

« Je vous renvoie votre lettre au comte Bertrand ; j'ai souligné des passages de cette lettre qui paraissent très déplacés, ou qu'il est du moins inutile de lui communiquer.

« J'ai l'honneur d'être, etc.

« *Signé* : H. LOWE. »

1. Le comte de Las Cases n'en a jamais entendu parler ; jamais une seule ligne ne lui a été adressée à cet égard. *(Las Cases.)*

DIMANCHE 22, LUNDI 23.

Continuation de correspondance.
Le gouverneur déconcerté par ma résolution finale.

Le gouverneur est venu pour connaître l'effet de sa déclaration et de ses deux lettres : il ne doutait pas qu'elles ne dussent avoir produit une grande impression, et il croyait certain de trouver prête, et avec les corrections qu'il avait indiquées, ma lettre au grand-maréchal, laquelle devait amener, selon lui, mon retour à Longwood ; mais je lui ai dit froidement que, puisqu'il s'était permis de vouloir me dicter, je n'écrirais plus. Il en a paru fort surpris et très déconcerté, et après de longues réflexions en lui-même, il a été aussi loin que de me demander si les corrections qu'il avait faites étaient mon seul empêchement. Cette condescendance inusitée de sa part devenait pour moi un guide assuré ; aussi ai-je tenu ferme et coupé court, en lui disant que le soir même il recevrait de moi ma détermination irrévocable, et mes motifs aussi bien que mes observations aux diverses pièces qu'il m'avait adressées. Je voulais en cela éviter des paroles fugitives toujours faciles à nier, j'aimais bien mieux les consacrer d'une manière authentique sur le papier. Voici ma lettre :

« Monsieur le gouverneur, vous me renvoyez, avec vos corrections indiquées, la lettre que j'avais écrite au comte Bertrand sur l'offre verbale que vous m'aviez faite de retourner à Longwood. Ainsi, comme cela vous arrive presque toujours ici, l'offre n'était réelle qu'en apparence et devait s'évanouir dans les détails de l'exécution. J'en suis peu surpris. Réfléchissant l'autre jour à votre offre, après votre départ, j'avais conclu qu'il en serait ainsi. Vous aviez eu la bonne foi de me dire que vous ne vouliez pas permettre qu'entre Longwood et moi nous combinassions nos idées, c'est-à-dire, en d'autres mots, que nous connussions nos *véritables désirs*. Vous pouviez avoir sans doute de bonnes raisons pour cela, je ne dis pas le contraire ; mais aussi, de mon côté, je ne dois pas me rendre dupe, et concourir à induire en erreur peut-être ceux qui s'intéressent à moi. Vous êtes trop avantageusement situé, monsieur, entre Longwood et moi, je ne dois point écrire au comte Bertrand, non mes pensées, mais ce que vous me dicteriez. Je m'en abstiendrai donc ; je regarderai votre offre comme non avenue, parce que l'acceptation en a été impraticable, et je me référerai irrévocablement, pour mes pensées, mes sentiments, mes décisions sur cet objet, à ma lettre du 30 novembre.

« Vous êtes dans l'erreur, monsieur, si vous avez compris que je vous demandais des réponses à tous les arguments et à tous les articles de mes lettres. Je respecte vos occupations et le prix de votre temps ; aussi n'ai-je demandé que le simple accusé de réception, et pour la régularité des choses ; je ne pense pas que vous puissiez avoir aucune raison pour me le refuser.

« Vous paraissez surpris, monsieur, de l'état déplorable de la santé de mon fils et de la mienne en cet instant ; et vous revenez deux fois à vous étonner que je ne vous en aie pas fait parvenir mes plaintes lorsque j'étais à Longwood ; et d'ailleurs, quand je souffrais, je me plaignais au docteur, et non à l'autorité : vous pouvez vous en informer auprès de lui. Quant à mon fils, je suis bien étonné, monsieur, qu'il ne vous soit rien revenu, par la voix publique, de sa situation, des consultations qui ont été faites à son sujet, des crises qu'il a éprouvées, de ses saignées nombreuses, etc. Est-il bien extraordinaire que nos circonstances présentes accroissent nos maux, empirent rapidement notre état ?

« Je viens à votre arrêté de ma déportation au Cap. J'y vois que l'on retiendra tous ceux de mes papiers qui auront des rapports avec l'auguste personne à laquelle je trouvais doux de consacrer mes soins et ma vie. Quels autres papiers, monsieur, pourrais-je avoir ? Que veut donc dire que je serai libre d'emporter tous les autres ? N'est-ce pas encore ici offrir quelque chose et ne rien donner.

« Vous retenez mon journal, ce seul et véritable objet de tant de bruit, ce dépositaire encore informe, inexact, jusqu'ici inconnu à tous, où, jour par jour, j'écrivais ce que je pensais, ce que je voyais, ce que j'entendais. Est-il de papier plus sacré, plus à moi que celui-là ? et pouvez-vous prétexter cause d'ignorance de son contenu ? Je vous l'ai laissé parcourir deux heures à discrétion, à feuille ouverte ou à article choisi dans la table des matières. Ne deviendriez-vous pas responsable de la tournure que vous aurez donnée ; de l'abus que vous en aurez fait faire ? N'aurez-vous peut-être pas à vous justifier un jour de l'idée très fausse que vous en aurez présentée, sans doute, à vos ministres ? Vous me l'avez dit un *journal politique*. Je n'avais pas le droit, ajoutiez-vous, dans la situation où je me trouvais, de tenir registre de ce que disait l'empereur Napoléon. C'était un abus surtout que j'y eusse introduit des pièces officielles, *disiez-vous*. Comme si tout ce que je voyais, lisais, touchais, entendais, n'était pas, de droit et sans inconvénient, du domaine de ma pensée et de ma propriété tant que le recueil en demeurait mystérieux et secret. Soupçonnerait-on de pareils principes puisés au sein des idées libérales d'Angleterre ? N'y reconnaîtrait-on pas bien plutôt les maximes odieuses de la police du continent ? Et que trouvera-t-on dans ce journal ? Des dires, des actes, des mots sublimes, sans doute, de l'auguste personne qui en était l'objet ; des matériaux de sa vie, et aussi des choses peu agréables pour vous peut-être ! Mais qui leur aura donné de la publicité ? Ne devait-ce pas être retouché ? Ne pouvait-ce pas être changé, altéré, rectifié ? Qui l'aura empêché ? Ce n'est pas, du reste, monsieur, que rien de ce qui arrive aujourd'hui puisse d'ailleurs me porter jamais à dire sur ce qui vous concerne autrement que ce que je penserai, ce que je croirai vrai.

« Enfin, dans votre arrêté en date du 20 octobre, vous prononcez que je serai séparé de Longwood, et envoyé au cap de Bonne-Espérance. Qui ne croirait, à la forme et aux expressions, que vous portez cette décision en opposition de moi-même, tandis que vous prononcez là un jugement désormais étranger, et depuis nombre de jours, à la cause nouvelle dont il s'agit. Vous séparez de Longwood celui qui, depuis vingt jours, s'est retiré entre vos propres mains de la sujétion volontaire à laquelle il s'était soumis ; qui, depuis dix-huit jours, vous a authentiquement sommé de l'éloigner de l'île. Qui se douterait de tout cela dans votre pièce ? Une lettre de vous l'accompagne, me laissant le choix de me soumettre à ce jugement, ou de retourner à Longwood. Mais si je cédais à l'appât du bonheur que vous me présentez, je vous laisserais triomphant et tranquille, maître de mes papiers les plus secrets ; je serais de nouveau votre captif, soumis encore aux mêmes fouilles, aux mêmes saisies, aux mêmes enlèvements, quand cela vous plairait... *Non, monsieur*, je n'ai point de choix à faire ; je n'ai qu'à vous répéter désormais toujours les mêmes choses : Remplissez les lois vis-à-vis de moi. Si je suis coupable, faites-moi juger ; si je ne le suis pas, rendez-moi à la liberté. Si mes papiers sont étrangers à cette affaire, rendez-les-moi ; si vous les croyez susceptibles d'examen grave, envoyez-les à vos ministres et faites-moi suivre avec eux. De plus, la santé de mon fils et la mienne demandent impérieusement à se retrouver au sein de toutes les ressources. Je vous implore de nous renvoyer en Angleterre.

« Rien n'était plus simple, et pourtant rien ne s'est plus compliqué. Vainement vous objecteriez vos instructions ; elles n'ont pu prévoir ces cas particuliers. Vos incertitudes mêmes me prouvent qu'elles ne sont ni précises ni claires. Vous avez d'abord voulu me garder dans l'île, au secret, séparé de Longwood ; vous ne croyiez pas devoir m'envoyer au Cap. Vous tordez ici la lettre de vos instructions pour en faire sortir un résultat forcé. Mais craignez d'être responsable aux ministres de les avoir mal saisies, et à moi, d'avoir violé la loi en ma personne. Craignez que la plupart de ces mesures ne se trouvent à la fin des actes vexatoires et arbitraires. J'ignore quels droits, quels recours vos lois peuvent me ménager, mais heureusement je peux dormir sur mon ignorance ; je sais qu'elles veillent pour moi. Vous croirez-vous quitte quand je serai au Cap, séparé de mes papiers, que vous retenez près de vous ? Mais si je demeure captif dans ce nouvel endroit, les vents rapporteront ici mon dilemme et mes plaintes sur les tourments moraux que vous aurez accrus et les souffrances du corps que vous aurez empirées car ce sera vous qui m'y retiendrez, ou par vos ordres directs, ou par vos instructions secrètes. On ne saurait lever des scellés qu'en présence de celui qui y est intéressé. Me ferez-vous revenir du Cap pour les lever ici ? Me retiendrez-vous au Cap jusqu'à ce que l'ordre vienne de les envoyer en Angleterre ? Où tout cela vous mènera-t-il ? Et il était, et il est encore un moyen si simple qui arrangerait tout ! Mon penchant naturel à aplanir les affaires me faisait courir au-devant de toutes les difficultés ; j'obviais à tout ; je me soumettais volontairement d'avance, en Angleterre, à toutes les mesures, même arbitraires, qui pourraient équivaloir à la quarantaine du Cap. J'ajoutais encore la raison si valable de la santé de mon fils et de la mienne.

« La crainte de blesser la lettre de quelques points de vos instructions aura été plus forte à vos yeux que la nécessité et le bon droit de céder à leur esprit, à la force des choses, à l'impulsion de l'humanité. Il en est temps encore, monsieur ; rendez-vous à ce que je sollicite ; je croirai que ce dernier sentiment, l'humanité, vous aura décidé, et je croirai vous devoir quelque chose. La double réclamation des papiers par Longwood et par moi ne saurait être une difficulté excusable. On vous demandera : Quel pas avez-vous fait pour la lever ? Voulez-vous que j'écrive moi-même à ce sujet ? Trois mots suffiront pour nous mettre indubitablement d'accord.

« Quoi qu'il en soit, monsieur, à quelque décision que vous vous arrêtiez, quelque peine qui me soit ménagée, il n'en saurait être de comparable à celle de demeurer sur ce roc maudit, lorsque j'y suis séparé de l'objet auguste qui m'y avait attiré. Toute heure, toute minute que j'y passe dans cette situation, sont des années pour ma malheureuse et peut-être courte existence. Elles aggravent dangereusement l'état de mon malheureux fils. Je vous demande donc et vous le redemanderai sans cesse, à chaque instant : éloignez-moi de ce lieu de souffrance. Recevez, etc. »

Le gouverneur, frappé de ma lettre et de ma détermination de ne pas retourner à Longwood, ce qui le contrariait évidemment beaucoup, sans que je pusse en deviner précisément le motif, mais ce qui suffisait pour me maintenir inébranlable, accourut le lendemain ; et, après un long préambule fort obscur sur sa sincérité et ses bonnes intentions, il me dit que, pour m'en donner des preuves et faciliter mes rapports avec Longwood, il consentait à y envoyer ma première lettre telle que je l'avais écrite d'abord au comte Bertrand ; il offrait de plus d'y joindre copie de toute ma correspondance, chose qu'il m'avait constamment refusée jusque-là ; mais plus il faisait de concessions, plus je devais tenir bon. « Il n'est plus temps, lui répondis-je avec une espèce de solennité, le sort en est jeté, j'ai prononcé moi-même mon jugement, ma propre sentence. Je n'écrirai pas à Longwood, et je vous demande, pour la centième fois, de vouloir bien m'éloigner à l'instant. – Mais du moins voudriez-vous bien écrire à Longwood mes offres et votre refus ? – Oui, je le ferai. » Et il partit extrêmement déconcerté, nous faisant entendre pour dernière tentative que nous ne pourrions faire voile que sur un transport ; qu'il ne pouvait dire quand, et qu'il n'y avait point de médecin à bord, ce qui serait un bien grand inconvénient à l'état de mon fils, etc.

MARDI 24.

Départ de Balcombe's cottage ; translation à la ville.

Mon fils a été extrêmement malade dans la nuit, j'étais moi-même fort souffrant. Au point du jour, j'ai envoyé auprès des docteurs Baxter et O'Méara, pour réclamer leur immédiate assistance ; et dans mon désespoir, poussé à bout, j'ai écrit à sir Hudson Lowe qu'il nous était impossible de supporter plus longtemps le traitement sous lequel nous succombions mon fils et moi ; que, malgré l'état dangereux de mon fils, il y avait plus de sept jours que nous n'avions vu les médecins, que nous étions tellement hors de la route que toute leur bienveillance personnelle ne pouvait l'emporter sur la difficulté de nous donner leurs soins ; que je réclamais donc qu'il voulût bien nous tirer de notre isolement, sans le moindre délai ; que je lui demandais d'être transporté à la ville, fût-ce à la geôle publique, s'il le jugeait nécessaire. Pour cette fois, ma lettre eut son effet immédiat ; je reçus, par le retour de l'ordonnance, un billet du gouverneur, m'annonçant que, le jour même, il me ferait conduire dans sa propre demeure à la ville. En effet, vers le soir, un officier est venu nous prendre. Combien, au moment du départ, Longwood a fixé nos regards ! Combien, tout le long de la route, il a occupé mes pensées, remué mes sentiments ! Ce que j'ai éprouvé, lorsque, arrêté pour le considérer une dernière fois, il m'a fallu le voir disparaître en me remettant en route, mon cœur seul le connaît !...

MERCREDI 25 AU SAMEDI 28.

Séjour au château du gouverneur, meilleurs procédés ; détails, etc.

Nous nous sommes trouvés établis dans la demeure du gouverneur, appelée le château, lieu vaste et assez agréablement situé. Un grand changement s'était opéré subitement à notre égard : nous étions encore gardés par des sentinelles, il est vrai, mais tout avait été mis à mes ordres, et l'on semblait s'efforcer de nous entourer de profusions en tout genre. « Ne vous faites faute de rien, me répétait souvent le majordome, c'est l'honorable compagnie des Indes qui paie. » Mais ces soins tardifs me touchaient peu ; il n'était plus qu'une chose à mes yeux, c'était un prompt dénouement, et je ne pouvais l'obtenir. Le gouverneur venait bien chaque jour, mais c'était pour laisser échapper quelques mots de politesse seulement, et pas un seul d'affaires. Cependant, il devenait indispensable pour moi d'en finir : depuis mon enlèvement de Longwood, les difficultés ou les embûches sans cesse renaissantes dont je me trouvais environné, ma préoccupation de leur échapper m'avaient tenu dans un constant harassement ; à ces peines d'esprit se joignait encore tout le chagrin du cœur. Une telle complication produisit en moi une espèce de révolution, je me sentis subitement dix ans de plus, et c'est là qu'ont pris naissance et se sont déclarés les premiers symptômes des infirmités qui ne m'ont plus quitté depuis, qui se sont accrues chaque jour, et ne doivent finir qu'avec ma vie.

Ce fut donc dans un véritable état de crise que j'arrivai à la ville. Le gouverneur demeura frappé de mon changement et de mon extrême faiblesse ; à peine pouvais-je suivre la conversation. Dans l'intention sans doute de me ranimer, il m'a laissé savoir que l'Empereur avait témoigné un bien vif désir de me revoir avant mon départ. Ce ressouvenir m'a vivement ému, mes larmes ont coulé ; et j'étais si peu en état de soutenir aucune émotion, que j'ai été sur le point de m'évanouir. Mon fils me dit plus tard que le gouverneur en avait semblé embarrassé. Ramassant néanmoins mes forces, j'en suis revenu à supplier encore le gouverneur de m'éloigner le plus promptement possible ; alors il a fixé mon départ à deux jours de là, et m'a appris qu'il s'était procuré un bâtiment de guerre, comme plus convenable pour moi, et en même temps plus commode, à cause du médecin qui s'y trouvait.

DIMANCHE 29.

Paroles de l'Empereur. Adieux du grand-maréchal.

Aujourd'hui de grand matin, un officier est enfin venu nous dire de mettre en ordre tous nos effets pour être transportés à bord ; qu'il était décidé que nous partirions à peu de temps de là. C'était pour nous l'heure de la délivrance. En moins de quelques minutes, tout ce que nous possédions se trouva emballé, nous étions prêts, nous attendions. Il approchait enfin ce moment désormais si désiré ; car quelles ne peuvent pas être les variations de nos sentiments selon des circonstances nouvelles. Moi qui eusse regardé, il y a peu de temps encore, comme le plus grand supplice qu'on m'eût séparé de l'Empereur et déporté de Sainte-Hélène ; aujourd'hui, au contraire, depuis mes dernières résolutions, d'après le désir manifeste de sir Hudson Lowe, d'après ces paroles positives de l'Empereur : « Je vous invite, et au besoin je vous *ordonne* de sortir de cette île », d'après des antécédents précieux, puisés dans ses conversations, et que je ne saurais indiquer, bien qu'étrangers à la politique ; enfin, par suite des chimères mêmes que je m'étais forgées, toutes ces causes réunies faisaient que mon plus grand tourment désormais était d'appréhender qu'on ne m'y retînt ; et, bien qu'on m'eût annoncé déjà l'heure du départ, je n'en demeurais pas moins dans une anxiété mortelle. Le gouverneur sembla la justifier en se faisant attendre presque tout le jour. Il se faisait tard ; l'impatience, l'attente, l'inquiétude m'avaient donné de la fièvre ; sur les six heures, le gouverneur, sur lequel je ne comptais plus, parut ; et, après un petit préambule à sa façon, me dit qu'il venait d'amener le grand-maréchal, auquel il permettait de prendre congé de moi, et il m'a conduit dans la salle voisine, où j'ai pu embrasser, en effet, ce digne compagnon de Longwood. Il était chargé de me dire de la part de l'Empereur : « Qu'il me verrait rester avec *plaisir*, et me verrait partir avec *plaisir.* » C'étaient là ses propres expressions. « Qu'il connaissait mes sentiments, qu'il était sûr de mon cœur ; qu'il avait confiance pleine et entière en moi. Que quant aux chapitres de la Campagne d'Italie, que j'avais demandé la permission de garder comme ressouvenir cher et précieux, il l'accordait sans hésitation, aussi bien que tout autre objet quelconque qui pourrait être demeuré dans mes mains, se plaisant à les considérer comme n'étant pas sortis des siennes. » Sir Hudson Lowe était demeuré présent, c'était de rigueur. Le grand-maréchal a ajouté quelques commissions de livres, l'envoi des *Moniteurs* surtout, et de divers autres objets nécessaires ou utiles à l'Empereur, terminant par me dire significativement de faire du reste, en toutes choses, ce que je croirais pour le mieux.

Il était dit que l'amitié du grand-maréchal ajouterait à mon supplice ; il me voyait partir avec peine, et s'ingéniait à me donner des raisons pour me décider à rester. « Mon départ était une perte pour eux tous, disait-il avec grâce, en s'adressant au gouverneur. C'en était une pour l'Empereur, et c'en serait une pour lui-même, sir Hudson Lowe, qui ne tarderait pas à s'en apercevoir. » Le gouverneur répondait par une inclination approbative, et tous deux cherchaient à m'ébranler : je le comprenais de la part du gouverneur, mais je n'en pouvais deviner la véritable cause dans le grand-maréchal, surtout d'après les paroles qu'il venait de me transmettre au nom de l'Empereur ; d'autant plus qu'auprès des nombreux et puissants motifs qui m'entraînaient, sir Hudson Lowe, ainsi que je crois l'avoir déjà dit, n'offrait pas de son côté la moindre concession : il conservait mes papiers, il exigeait ma soumission pure et simple, et par là je légalisais, pour ainsi dire, tout ce qu'il avait fait ; je l'autorisais, par le précédent, à renouveler à son gré la saisie et l'emprisonnement du premier venu d'entre nous, toutes les fois qu'il lui en prendrait fantaisie. Je ne devais, je ne pouvais me prêter sans ordre à de pareils outrages : je résistai donc héroïquement.

Cependant la nuit était venue tout à fait, et le gouverneur trouvant qu'il était trop tard, nos derniers arrangements d'ailleurs n'étant pas terminés, il renvoya le départ au lendemain ; et comme il m'en voyait chagrin, pour me consoler il dit qu'il permettait que le grand-maréchal vînt me revoir encore. Quelque bonheur que j'eusse sans doute à embrasser de nouveau un compagnon de Longwood et à recevoir encore une fois des nouvelles de l'Empereur, néanmoins ce retard n'était pas sans une vive peine pour moi, il prolongeait ma tempête intérieure et remuait mes plaies. On sait qu'il est des victoires que l'on ne remporte que par la fuite ; celle que je poursuivais était de cette nature.

LUNDI 30.

Derniers adieux. Scellé des papiers. Départ.

D'assez bonne heure j'ai reçu la visite de l'amiral Malcolm : il venait me présenter, disait-il, le lieutenant Wright, chargé de me conduire au Cap sur le brick le *Griffon*, me recommandant comme son ami, ajoutait-il avec grâce, et m'assurant que je n'aurais qu'à me louer de tous ses efforts pour m'être agréable. J'appréciai dignement, dans l'amiral, cette marque d'un intérêt si délicat, et j'en ressentis une sincère et tendre reconnaissance beaucoup mieux que je ne la lui exprimai. Sa bienveillance pour moi devait avoir un prix d'autant plus grand à mes yeux, que ses rapports avec le gouverneur rendaient fort délicat de la témoigner ; aussi avait-il eu la circonspection de se faire accompagner par l'homme de confiance de sir Hudson Lowe.

J'attendais avec mon anxiété habituelle le moment décisif, craignant toujours de voir le gouverneur finir par opposer des obstacles imprévus, tant il me laissait apercevoir le désir de me faire rester.

Le grand-maréchal arriva vers les onze heures, conduit par le gouverneur et quelques officiers. Il renouvela ses efforts de la veille pour me faire revenir à Longwood, mais sans jamais m'exprimer néanmoins le *désir positif* de l'Empereur. Connaissant si bien ma situation, il n'avait qu'à dire un mot pour être sûr de l'emporter ; mais il ne le disait pas, et même s'en éloignait si je le pressais, se référant alors aux paroles sacramentelles de l'Empereur, qu'il m'avait rendues la veille. Ainsi, j'avais à me défendre encore contre celui-là même dont j'aurais voulu recevoir du renfort ; son affection me devenait funeste, et je demeurais au supplice, déchiré entre le désir de rester et la volonté de partir : si le cœur dictait l'un, le courage commandait l'autre ; je demeurai inébranlable.

Je ne dois pas oublier de mentionner que le grand-maréchal, dans le cours de la conversation, me dit que l'Empereur avait désiré me voir avant mon départ ; mais que le gouverneur exigeant qu'il se trouvât un officier anglais entre nous, il s'était vu contraint d'y renoncer, me faisant dire que je savais bien qu'à cette condition, il se priverait même de voir sa femme et son fils. Quelles paroles pour moi !...

Passant aux affaires, je remis au grand-maréchal treize lettres de change sur mon banquier de Londres ; c'était mes quatre mille louis que j'avais si souvent offerts à l'Empereur, et que le grand-maréchal m'avait appris la veille qu'il s'était enfin décidé à accepter, ce qui combla mes vœux, et fut pour moi un vrai bonheur.

Ces objets terminés, on permit au général Gourgaud, qui avait obtenu d'accompagner le grand-maréchal, de venir aussi prendre congé de moi ; et cette nouvelle preuve d'intérêt, jointe à toutes celles qu'il n'avait cessé de me donner depuis mon emprisonnement, ne fut pas perdue pour mes sentiments.

La séance durait depuis longtemps, et sir Hudson Lowe eut la galanterie de dire à ces messieurs qu'ils pouvaient demeurer à déjeuner avec moi, et il s'en alla, emmenant avec lui tout son monde, à l'exception du seul officier de service à Longwood, qui avait escorté ces messieurs, l'honnête capitaine Popleton, dont nous n'avons jamais eu qu'à nous louer infiniment. Il est certain qu'en dépit de sa présence, durant tout le déjeuner, qui ne laissa pas que d'être long, il nous eût été très aisé de lui dérober les communications que nous aurions eu à nous faire ; mais il n'en existait aucune, et il ne fut pas dit un mot en secret de part ou d'autre. Si j'avais prévu cette circonstance inopinée, j'aurais pu faire garder à mon fils toute ma correspondance avec sir Hudson Lowe, et elle fût aisément parvenue à Longwood ; mais en y réfléchissant, je me félicitai de n'en avoir pas le moyen, me défiant toujours de sir Hudson Lowe, qui, évidemment si occupé de me faire rester, eût pu profiter d'une découverte de la sorte pour changer toutes les dispositions arrêtées, et en imposer de nouvelles.

Le déjeuner fini, j'eus le courage d'être le premier à vouloir prendre congé. Je demandai que le gouverneur fût rappelé pour mettre fin aux dernières mesures. J'embrassai mes compagnons, et ils me quittèrent ; le général Gourgaud, en partant, revint à différentes reprises avec tant d'effusion et de grâce, sur les petites contrariétés que nous avions pu nous causer réciproquement, qu'il me fut doux de me convaincre que les circonstances pénibles où nous nous étions trouvés avaient pu seules les amener, et que le cœur n'y avait été jamais pour rien ; aussi ne m'en est-il resté qu'un agréable souvenir et une sincère reconnaissance pour ces derniers instants.

Sir Hudson Lowe, de retour, voyant sortir ces messieurs, me dit d'un air significatif, avec un certain embarras mêlé de dépit : « Vous n'avez donc pas jugé à propos de retourner à Longwood. Il faut croire que vous avez de bonnes raisons pour cela. » Je m'inclinai pour toute réponse, et le priai de procéder immédiatement au scellé des papiers, seul objet qui me retînt. Déjà, depuis plusieurs jours, j'avais exigé et obtenu qu'il en fût fait un inventaire, dont je réclamais une copie authentique, signé de sir Hudson Lowe. Il ne s'agissait plus, en cet instant, que d'apposer les scellés ; sir Hudson Lowe avait retardé le plus possible et jusqu'au dernier moment cette formalité, et il la conclut d'une manière qui le caractérise. Il me dit avec assez de gêne, en belles paroles, que, par respect pour l'Empereur, aussi bien que par égard pour mes qualités personnelles, il voulait bien me laisser apposer mon sceau, pourvu que je consentisse à ce qu'il pût le lever en mon absence s'il le jugeait nécessaire. Sur mon souris et mon refus, il marcha quelque temps à grands pas ; puis, comme s'il avait remporté une grande victoire sur lui-même, il s'écria : « Je le prends sur moi-même, je m'en passerai. » Et faisant appeler le secrétaire du gouvernement, il fit apposer les sceaux de l'île en ma présence ; alors je lui demandai une déclaration du refus qu'il m'avait fait de laisser apposer mes armes, ou de la condition singulière qu'il y avait mise ; ce fut le sujet d'une hésitation nouvelle qu'il termina pourtant en me la faisant expédier ainsi qu'il suit :

DÉCLARATION DE SIR HUDSON LOWE
AU COMTE DE LAS CASES

« En conséquence de ce qui a été énoncé dans la décision du gouverneur touchant l'affaire du comte de Las Cases, il a été retenu, lors de son départ de l'île, un très grand nombre de papiers.

« Le gouverneur, dont le devoir spécial est de ne pas souffrir que des papiers quelconques venant de Longwood sortent de cette île sans au préalable avoir été examinés, s'est toutefois jusqu'à présent abstenu, par des motifs particuliers, de prendre connaissance de tous ceux du comte de Las Cases, et a décidé que les papiers à lui appartenant, qui ont été retenus (papiers dont lui, gouverneur, n'a connu que la teneur générale), seraient mis en deux paquets séparés et déposés à la trésorerie de l'île, pour y rester jusqu'à ce qu'il eût reçu des ordres de son gouvernement en ce qui les concerne.

« Le comte de Las Cases pourra apposer son cachet sur chacun de ces paquets ; bien entendu que ce cachet sera susceptible d'être levé, soit dans le cas où ces paquets devraient sortir de l'île, par suite de la réception d'ordres du gouvernement, soit au cas que l'intérêt du service l'exigeât.

« Ainsi, l'apposition de ce cachet n'est autre qu'une garantie morale que lui offre le gouverneur pour sa propre satisfaction, en ce qu'elle lui donnera l'assurance que les paquets ne seront point ouverts, si ce n'était par l'un des motifs urgents prévus ci-dessus.

« Si, dans de telles circonstances, le comte de Las Cases répugnait à apposer son cachet à ces paquets ou refusait d'accéder à la condition à laquelle cette apposition est permise, le gouverneur, qui ne peut permettre qu'aucun paquet caché ou que des papiers quelconques venant de Longwood sortent de ses mains sans être ouverts, ne pourra regarder que comme nécessaires toutes les précautions propres à assurer à son gouvernement, jusqu'à la réception de ses ordres, la connaissance des mesures qu'il a prises pour la sûreté de ceux qu'il a retenus.

« Le comte de Las Cases s'étant refusé à poser son cachet aux conditions mentionnées ci-dessus, les papiers, partagés en deux paquets distincts, ont été déposés dans deux boîtes scellées du sceau du gouvernement et de l'île. 30 décembre 1816.

« *Signé* : HUDSON LOWE. »

Tout fini entre nous, sir Hudson Lowe, par une tournure qui lui était caractéristique vis-à-vis de moi depuis que je me trouvais entre ses mains, passa tout aussitôt, soit bonté, soit calcul, à écrire pour moi quelques lettres de recommandation privée à de ses connaissances du Cap, qui, m'assurait-il, me seraient fort agréables, et que je n'eus pas le courage de rejeter, tant elles semblaient être offertes de bon cœur. Enfin vint le moment de cet éternel départ ; sir Hudson Lowe descendit avec moi, m'accompagnant jusqu'à la porte de sortie, et là, ordonna à tous ses officiers de me suivre pour me faire honneur, disait-il. Je me jetai avec empressement dans le canot préparé pour me recevoir ; je traversai la rade, passant assez près d'un bâtiment qui venait d'arriver du Cap, d'où je reçus, par gestes, les salutations du Polonais et des trois domestiques qu'on nous avait enlevés quelques mois auparavant. Ils repassaient pour regagner l'Europe. Je fus saisi à leur vue : l'un d'eux était porteur de la seule pièce qui eût échappé de l'île, la belle lettre au sujet des commissaires des Alliés. Je ne doutais pas que la découverte faite sur mon domestique ne servît au gouverneur pour faire faire des recherches sur ces personnes qui étaient loin de s'y attendre ; heureusement il n'en fut rien et le brave et fidèle Santini eut le mérite d'être le premier à faire paraître en Europe quelque chose d'authentique sur Longwood.

Enfin je mis le pied sur le brick, il leva l'ancre et je crus le plus utile de mes vœux accompli. Vaines illusions que le temps devait détruire si cruellement, et qu'une dernière épreuve du cœur des hommes en pouvoir devait m'apprendre n'avoir été que d'absurdes chimères !... Et comment ai-je pu en effet m'abuser au point de croire à la sensibilité de ceux-là mêmes qui, contre tout droit, avaient prononcé la sentence et ordonné le supplice... Ah ! que n'ai-je choisi de demeurer ! que n'ai-je continué des soins domestiques au lieu d'aller rêver des services lointains ! J'aurais prolongé quelque temps encore mes attentions de chaque jour... j'aurais recueilli quelques marques d'intérêt de plus... et le moment fatal arrivé, j'aurais eu ma part de la douleur commune, ma part des soins de tous ; j'aurais concouru à adoucir les derniers moments ; moi aussi j'aurais aidé à fermer les yeux !... Mais plutôt non, cédant de bonne heure au climat et à ma débile santé, j'aurais succombé longtemps auparavant ; je n'aurais pas été le témoin de l'horrible événement !... j'aurais sauvé d'éternelles douleurs, je ne serais plus !... je n'en serais pas à me débattre encore sous des infirmités cruelles rapportées du lieu même ; j'y reposerais en paix ! et bien des gens regarderaient ma dernière demeure comme un nouveau bonheur de mon étoile ou une dernière faveur du ciel.

Je devrais peut-être terminer ici, puisque me voilà hors de Sainte-Hélène, et que je n'ai plus à citer les paroles de l'Empereur ; néanmoins ce qui va suivre se trouve en général trop directement lié à ce qui le concerne, pour qu'on ne me pardonne pas d'avoir continué.

Traversée de Sainte-Hélène au Cap

ESPACE DE DIX-HUIT JOURS

MARDI 31 DÉCEMBRE 1816
AU VENDREDI 17 JANVIER 1817.

Traversée. Les griefs de Longwood. Détails, etc.

Au jour, il n'était plus question de Sainte-Hélène pour nous, que dans nos cœurs. Nous naviguions avec vitesse loin de ce lieu cher et maudit, sur notre léger esquif, au milieu du vaste Océan, à une immense distance du vieux et du nouveau monde. Il se trouva que les officiers, l'équipage, étaient remplis pour nous d'une bienveillance toute marquée : à leurs soins, à leur empressement, à leurs égards, à leur sympathie, j'aurais pu me croire, si ce n'eût été le langage, à bord d'un bâtiment français. Ce n'était plus la circonspection, la réserve de Sainte-Hélène : l'abandon avait succédé. J'appris là tout ce que je devais à l'amiral Malcolm : c'était lui qui m'avait valu la faveur d'un brick de guerre, au lieu du mauvais transport dont j'avais été menacé. Dès qu'il avait connu la détermination de sir Hudson Lowe, l'amiral avait couru chez lui pour lui offrir un de ses bâtiments, l'assurant qu'il en aurait toujours un pour m'épargner le désagrément et les privations auxquels je serais autrement condamné ; et faisant un signal, il avait fait entrer le *Griffon*, dont le capitaine était un de ceux qu'il aimait davantage ; on a vu qu'il me l'avait amené. L'amiral avait montré de bonne heure le désir de me voir ; mais il avait attendu, par circonspection, le moment du départ ; il avait redouté surtout, me disait-on, que je ne lui exposasse mon affaire et ne voulusse le prendre pour juge entre moi et le gouverneur, vis-à-vis duquel il se trouvait très délicatement placé. Mais il eût pu être tranquille, je sortais d'une trop bonne école pour donner dans un pareil travers.

Une partie de notre navigation fut employée, par mon fils, à retranscrire quelques papiers que nous avions déchirés à dessein et placés épars dans nos effets ou sur nous-même : sir Hudson Lowe m'avait rendu cette précaution nécessaire, m'ayant dit quelque temps auparavant qu'il fouillerait de nouveau tous mes papiers avant notre départ, pour voir ce que j'aurais pu écrire durant ma détention. « Un tel acte serait tout à fait tyrannique et sans délicatesse, m'étais-je permis de lui dire : vous ne m'auriez donc permis l'usage de plume et de papier que pour vous saisir d'idées, qu'autrement j'aurais retenues en moi-même : ce serait un piège révoltant condamné sans doute par vos tribunaux, et flétri bien davantage encore par les cœurs honnêtes. » Sir Hudson Lowe sentit apparemment la justesse de ce raisonnement, car il n'en fut plus question.

Le plus important de ces papiers, celui auquel je tenais davantage, était ce que j'ai appelé les griefs de Longwood.

Pendant que je me trouvais au pouvoir de sir Hudson Lowe, nos entretiens me conduisirent, sur son propre désir, à lui tracer à la hâte l'énumération de nos griefs. L'état de mon fils, celui de mes yeux, nous empêchèrent de pouvoir le transcrire au net pour notre propre compte. J'avais demandé au gouverneur un copiste, qu'il ne me donna point. Je trouvai peu délicat d'insister, puisque ce n'était que pour lui présenter des choses qui devaient lui être peu agréables. D'un autre côté, comme je parlais à l'insu de mes compagnons, et néanmoins souvent en leur nom, il m'était essentiel qu'ils en eussent connaissance, pour me redresser si je m'étais mépris. Au moment de partir, je dis à sir Hudson Lowe avoir complété cette pièce ; je lui en montrai le paquet cacheté, me proposant, lui disais-je, de le faire copier au Cap, ou même à bord du brick, et de lui en envoyer deux exemplaires, l'un pour lui et l'autre pour Longwood. Sir Hudson Lowe sembla y apporter un très grand prix ; et, préférant un autre arrangement, il fut convenu que je laisserais dès cet instant mon manuscrit en main tierce, afin que chacune des parties en pût prendre copie, et que l'original me serait renvoyé. Je cherchai à cet effet quelqu'un dont le caractère honorable commandât ma confiance ; et le général Bingham, le second de l'île, fut le premier qui me vint à la pensée. Je lui adressai donc ce papier, du consentement même du gouverneur, sous la condition expresse d'être communiqué également, et tout à la fois, à sir Hudson Lowe et au comte Bertrand, instruit de l'arrangement. Voici cette pièce : elle ne présentera sans doute que des répétitions ; mais pourrait-il en être autrement ? Du moins retracera-t-elle un résumé suivi, et sous ce rapport elle doit trouver de l'indulgence ; d'ailleurs, c'est un document qu'il m'est indispensable de produire.

EXPOSÉ DE NOS GRIEFS À LONGWOOD

« Monsieur le gouverneur, dans les différentes rencontres qu'ont amenées entre nous les circonstances de ma détention personnelle, il s'est échangé, en passant, quelques réflexions sur Longwood, qui me sont revenues plusieurs fois à l'esprit. Vous avez répété souvent *que nous étions dans l'erreur*, et *que nous nous efforcions d'y demeurer*. J'ai eu beau vous répondre que c'était précisément l'observation que nous faisions nous-mêmes chaque jour vis-à-vis de vous, vous y êtes revenu toujours avec l'air de la plus intime persuasion. Une autre fois vous m'avez dit que nous eussions dû vous adresser *nos griefs* ; que vous les eussiez envoyés à vos ministres, et eussiez livré vous-même à la publication ce qui vous eût été personnel. Je vous ai fait la remarque que mes lettres, qui vous passaient par les mains, remplissaient assez bien cette intention ; que celle au prince Lucien même, qui, dans cet instant, faisait l'objet de ma réclusion, vous avait été destinée de la sorte, et que vous me les aviez néanmoins interdites. *Mais c'était à cause des réflexions*, m'avez-vous dit. Nos peines étant principalement morales, ne doivent-elles pas entraîner, de nécessité, principalement *des réflexions* ?

« Ces objets et plusieurs autres de la même nature, pour être bien compris, eussent demandé plus de développement ; ils eussent exigé entre nous une conversation régulière et tranquille. Or, vous n'y donniez pas lieu, et je ne le cherchais pas. Toutefois il m'en est resté, ainsi que par d'autres circonstances accessoires, que vous ne vous doutiez pas de votre position avec Longwood, ou que vous ne compreniez pas et ne soupçonniez même pas une partie de vos torts envers nous, ce qui, sans les détruire à mes yeux, en ferait disparaître du moins la portion la plus odieuse, la mauvaise intention.

« J'ai imaginé dès lors de consacrer l'oisiveté de ma réclusion à vous les faire connaître. Ma situation et le moment sont des plus favorables : j'écrirai dans le calme et sans passion ; je n'aurai pas le fiel que j'aurais eu sans doute à Longwood avant de vous voir ici ; de plus, ceci ne sera que mon opinion personnelle ; mes rapports seront purement particuliers : ils seront dictés par l'amour de la vérité, et, le dirai-je (voyez si je puis être juste), par une espèce d'intérêt à présent pour vous-même ; car la contrainte peu agréable que vous exercez sur moi en ce moment ne m'empêche pas de discerner les égards dont vous l'avez entourée. Surtout lisez avec calme, monsieur, songez que ceci sont *nos griefs*, ce que j'appelle *vos torts* vrais ou apparents, et que je les écris ici en toute franchise, comme dans mon journal, et comme si vous ne deviez pas les lire.

« S'il m'arrive de me tromper dans quelques détails, je vous prie d'observer que vous m'avez privé de tous mes papiers ; que je suis loin des pièces officielles ; que je n'écris que de mémoire, et que je suis prêt à rétracter toute erreur matérielle que vous me feriez apercevoir.

« Je vais prendre les choses dès leur origine.

« En un clin d'œil, un grand souverain, au faîte de la puissance, trahi par la fortune et les hommes, avait perdu un trône, sa liberté, et se trouvait jeté sur un roc affreux au milieu de l'Océan ; et tous ces événements s'étaient accumulés avec tant de rapidité, que tout s'était accompli, mais que rien n'avait été déterminé. Nous attendions donc à Sainte-Hélène avec anxiété la fixation de nos destinées ; mais nous l'attendions du moins avec la consolation de l'excès du malheur ; bien sûrs, nous semblait-il, qu'il était impossible que notre situation s'empirât.

« L'Europe, disions-nous, a les yeux sur notre rocher ; les peuples vont juger de la conduite des rois. Sans doute que les égards, les soins vont être prodigués, du moins en expiation de ce qu'ils appellent la nécessité de la politique. La législature, l'opinion publique en Angleterre l'ont fait entendre ainsi, et les ministres anglais, dépositaires et responsables de la gloire de leur nation, ne sauraient ici substituer des haines personnelles, s'ils en avaient, à la moralité, aux sentiments publics.

« Un homme arrive pour commander ici (on vous désignait, monsieur), qui tient un rang distingué dans l'armée :

son mérite personnel a fait, dit-on, sa fortune : il a passé sa vie en missions diplomatiques, aux quartiers généraux des rois du continent : dès lors il a dû se familiariser auprès d'eux avec le nom, le rang, la puissance, les titres de l'empereur Napoléon. Il connaîtra ses rapports publics et secrets avec ces souverains, qui lui donnèrent longtemps le titre de frère, et ont été ses amis, ses alliés, ou demeurent ses proches.

« Il saura qu'à Châtillon il n'a tenu qu'à Napoléon de régner en France du consentement même de l'Angleterre ; que, plus tard, il n'eût encore tenu qu'à lui de se réserver d'autres contrées.

« Cet homme, disions-nous, du sein du nuage diplomatique, aura pris des idées justes des personnes et des choses ; il se rit sans doute lui-même, à présent que le fruit en est recueilli, de ces amas de calomnies et de libelles que la crainte et la politique avaient créés pour le vulgaire : après de telles circonstances, il n'accepterait pas une mission qui ne serait pas en harmonie avec elles, et dont le résultat ne serait pas d'améliorer notre condition présente. Sa venue seule est donc d'un augure suffisamment favorable pour la nature de ses instructions vis-à-vis de nous. *Ne m'avez-vous pas dit qu'il était à Champaubert et à Montmirail ?* nous disait un jour l'Empereur ; *nous aurions donc échangé des boulets ensemble ? C'est toujours à mes yeux une belle relation.* Telles étaient les dispositions dans lesquelles était attendu sir Hudson Lowe.

« Vous arrivez, monsieur, et votre première visite à Longwood est à une heure indue, à une heure où l'Empereur n'avait jamais reçu, sans qu'un de vos aides de camp soit venu lui demander l'instant qui pouvait lui être agréable, formalité que vous n'eussiez certainement pas négligée vis-à-vis de vos ministres, ou même vis-à-vis d'un de vos simples supérieurs en Angleterre ou sur le continent : et pourtant à qui vous adressiez-vous ?... Vous ne fûtes pas reçu. Ce premier pas n'était pas heureux, il faut en convenir. Mais telles étaient nos préventions en votre faveur, que nous nous plûmes à imaginer que, fraîchement débarqué dans l'île, on abusait malignement de cette circonstance pour vous faire débuter par une injure. Peu de jours après, faisant le tour de l'établissement, vous vantiez à quelqu'un de nous la beauté de ce lieu, qui ne peut être pour nous qu'un séjour de désolation.

On vous fit l'observation qu'il n'y avait point d'ombre, et que c'était une grande privation pour l'Empereur. *On plantera des arbres*, répondîtes-vous ; mot affreux qui nous pénétra jusqu'au fond du cœur, mais dont je veux bien croire à présent que vous ne soupçonnâtes pas toute la barbarie.

« Vous apportâtes avec vous l'obligation, pour nous, de faire des déclarations comme quoi notre séjour à Sainte-Hélène était volontaire, et que nous nous soumettions de plein gré à toutes les restrictions qu'on pourrait nous imposer. Il fut alors sourdement répandu autour de nous, je ne sais par qui, ni dans quel motif, que nous allions signer là notre exil pour la vie. Cependant vous dûtes voir du reste avec quelle alacrité, tous, depuis le premier officier jusqu'au dernier domestique, s'empressèrent d'y satisfaire. Vous revîntes quelques jours après avec la signature des domestiques ; vous aviez besoin, disiez-vous, de les rassembler, de leur parler, et vous demandiez l'agrément de l'Empereur. Je vous répondis que vous aviez la force, qu'il était en votre pouvoir d'agir ; mais qu'il vous était inutile de faire une prévenance qui ne serait qu'un outrage de plus : nous étions dans l'habitude de regarder l'entourage de l'Empereur comme un sanctuaire sacré. Si vos ministres avaient accordé douze domestiques qu'on ne leur demandait pas, c'était là, sans doute, la maison privée qu'on avait prétendu lui faire. Était-il séant de venir s'y mêler, mettre pour ainsi dire le doigt entre l'Empereur et son valet de chambre ? La grande mission du gouverneur de Sainte-Hélène pouvait-elle avoir d'autres règles que de veiller sur l'enceinte extérieure de Longwood, et de respecter scrupuleusement l'asile, les mœurs du dedans ? Devait-il pénétrer dans un intérieur de famille ? Cependant vous vîtes ces domestiques pour vérifier leur détermination, sans songer à tout ce que cette mesure solennelle avait d'éminemment injurieux pour nous. Si vos lois demandaient cette garantie, vous aviez tant de moyens indirects de vous procurer la certitude que vous cherchiez !

« Nous ne vîmes donc là que le projet arrêté de nous charger d'humiliations et d'outrages. Nous nous dîmes qu'on ne nous avait envoyé d'Angleterre qu'un geôlier ; nos cœurs se resserrèrent, nos espérances s'évanouirent, et la brèche fut décidée. De votre côté, bientôt vous ne nous montrâtes plus qu'une figure hostile et sinistre ; nous n'échangeâmes que des paroles peu agréables.

« Vous répétiez, nous disait-on, et vous nous dîtes à nous-mêmes que nous nous abusions étrangement sur notre situation. "Que prétend-il par là ? nous disions-nous. Comment pourrions-nous nous abuser ? Nous étions aux Tuileries, nous y donnions des ordres ; nous sommes sur un roc, et nous portons des chaînes. Voir, parler ainsi, est-ce s'abuser ? Serait-ce l'aisance de nos manières dont il s'étonnerait ? Nous voudrait-il obséquieux ? Nous trouverait-il de la fierté ? Et pourquoi ne nous serait-elle pas naturelle ? Qu'y aurait-il de plus simple qu'elle s'accrût dans l'adversité ? Ne serait-ce pas bien plutôt lui qui s'abuserait et méconnaîtrait sa situation ! Ignorerait-il que c'est au pouvoir que sied la condescendance ; qu'elle le relève et l'honore ? Ne verrait-il pas qu'ici sa gloire n'est pas de nous soumettre, mais bien plutôt de nous satisfaire ; qu'il va se priver d'une belle page dans l'histoire ? Que, s'il était permis de montrer de l'humeur, ce ne devrait être qu'à nous, victimes ulcérées ? Se croirait-il au milieu d'objets, de circonstances ordinaires ? L'empereur Napoléon n'est déchu que de son trône : un revers le lui a ravi ; la fortune l'y eût fixé : il n'a perdu que des biens ; tous ses caractères augustes lui demeurent. Il n'en est pas moins l'élu d'un grand peuple, consacré par la religion, sanctionné par la victoire, reconnu par tous les souverains ; il en a créé ! Ses actions demeurent des merveilles, ses monuments couvrent la terre, son nom remplit le monde ; ses institutions, ses idées recueillies, imitées, brillent parmi ses ennemis : il n'a perdu que son trône ; tout le reste lui demeure, et commande les respects des hommes ! Le gouverneur se trompe, nous ne nous abusons pas."

« Il nous revenait aussi que vous nous portiez peu d'égards, parce que, disiez-vous, nous ne vous en témoignions pas assez ; et vous en faisiez peser victorieusement sur nous votre grand avantage dans cette sorte de lutte, bien que nous ignorassions et de quel manque d'égards vous pouviez vous plaindre, et à quels égards vous vouliez prétendre.

« Les choses en étaient là quand il vous arriva une passagère de distinction. Vous l'accueillîtes à Plantation-House ; et, pour lui être agréable et satisfaire sa curiosité, sans doute, vous écrivîtes à Longwood pour inviter le *général Bonaparte* à venir rencontrer votre hôte à dîner. Mais y pensâtes-vous bien ? Crûtes-vous bien l'acceptation possible ? et dans quel embarras ne vous eût-elle pas mis ? Eussiez-vous adressé à votre convive le titre de général, qui, par les circonstances, lui est devenu une insulte ? Où l'eussiez-vous placé ? Comment l'eussiez-vous traité ? En général de division, en général en chef ? Monsieur, chaque combinaison, chaque parole, est un outrage. Et à qui les adressiez-vous ? A l'âme la plus fière, peut-être, qui soit dans l'univers. Je dois vous le dire ; en lisant ce billet, je pâlis de surprise et d'indignation. Lui, calme, impassible, me le fit rendre au grand-maréchal, qui demanda quelle réponse. Aucune, se contenta-t-il de dire froidement. Mais, grand Dieu ! que devait-il se passer dans son cœur ! Que n'éprouvâmes-nous pas nous-mêmes ! Que n'eussiez-vous pas éprouvé ! Vous le regretterez en lisant ceci et ne le referiez pas sans doute.

« Presque aussitôt commencèrent les griefs individuels. Un étranger étant venu nous voir à Longwood, car alors nous n'étions point encore sous la machine pneumatique où l'on doit infailliblement expirer bientôt dans cette horrible demeure, cet homme, qui allait en Angleterre, et devait, disait-il, repasser ici sous cinq à six mois, me persécuta pour me rendre quelques services à Londres. On manque ici de toutes ressources quelconques, vous le savez. Je lui donnai une montre, ne pouvant la faire raccommoder à Sainte-Hélène, et lui fis remettre, par mon valet de chambre, un vieux soulier pour modèle. Si je descends ici, monsieur, à d'aussi bas détails, les circonstances me l'imposent et me justifient. Quelques jours après, cet homme me renvoya ces objets, en s'excusant par la lettre la plus polie : Le gouverneur, disait-il, lui avait défendu de se charger de ces objets, à moins qu'ils ne passassent par ses mains, et que je ne lui adressasse directement ma demande. Il réitéra plusieurs fois son avis, parce qu'il n'eut jamais de réponse de moi, et je n'avais garde d'en faire : je me fusse désormais passé de montre toute ma vie, et j'aurais plutôt marché pieds nus. J'avais senti l'injure, et je la dévorais en silence : qu'y a-t-il de mieux à faire, quand on ne peut se la faire réparer ? D'ailleurs, pouvais-je bien envoyer mon vieux soulier à un général, à un gouverneur ? Ce n'eût été qu'exécuter à la rigueur, il est vrai, la lettre de ses règlements ; mais ne devais-je pas me respecter moi-même ? J'en conclus donc que c'était une intention d'injure directe et personnelle. Ne l'eussiez-vous pas cru vous-même ; je vous le demande ? "Autrement, me disais-je, sir Hudson Lowe m'eût fait l'honneur d'entrer chez moi, quand il vient ici ; il m'eût dit qu'il avait su par hasard que j'avais irrégulièrement remis à quelqu'un des objets pour l'Europe ; qu'il s'était empressé, pour m'être agréable, de légitimer leur passage ; qu'il m'indiquait, pour l'avenir, la voie régulière et que je lui ferais plaisir de la suivre." Quelles qu'eussent été mes dispositions antérieures, j'eusse été sensible à un tel procédé ; j'en eusse été touché, il m'eût du moins fort embarrassé, et je ne crois pas que sir Hudson Lowe eût eu jamais à se plaindre de moi sur cet objet. Mais il devait en être autrement. Du reste, comme je suis ennemi des tracasseries et des querelles, que ceci m'était personnel, j'en fis longtemps mystère : une circonstance accidentelle le fit connaître, et ne contribua pas peu à accroître nos peines et nos chagrins à Longwood.

« Un de nous avait pris un domestique depuis quelques jours ; vous le rencontrâtes à la porte de la maison, vous l'arrêtâtes vous-même près d'un seuil que jusque-là nous avions dû croire sacré. Heureusement l'Empereur se promenait au loin, car cela eût pu s'exécuter sous ses yeux.

« "Il a flétri le court espace où je me promène", dit-il en parlant de vous lorsqu'il sut la chose ; "il ignore peut-être nos mœurs ; il ne sait pas que tout l'or des Amériques, des monceaux de diamants ne sauraient compenser de telles injures !" Vous avez assuré plus tard que vous ignoriez que cet homme fût à l'un de nous. Je le crois : mais cette ignorance, votre précipitation, l'acte lui-même, qui n'en demeure pas moins, n'attestent-ils pas assez le manque d'égards qui dut nous blesser si vivement ?

« La comtesse Bertrand écrit un billet à la ville ; vous vous en emparez et le lui renvoyez, en l'accusant d'infraction, et nous rappelant, à ce sujet, qu'à l'avenir, *et comme cela s'était toujours pratiqué*, disiez-vous, nous devions nous abstenir de communiquer par écrit avec qui que ce fût dans l'île, autrement que par votre intermédiaire, et en vous envoyant nos billets ouverts. Nous eûmes beau nous récrier qu'il n'en avait jamais été ainsi ; invoquer le témoignage de vos propres agents, qui en demeuraient d'accord ; ajouter qu'il était bien en votre pouvoir de l'établir de la sorte, mais qu'il ne fallait pas dire du moins que vous ne changiez rien aux règlements de votre prédécesseur ; vous n'en persistâtes pas moins et nous n'eûmes d'autre consolation que de rire du ridicule par lequel nous pouvions aller voir des gens et causer avec ceux auxquels il ne nous était pas permis d'écrire. Toutefois, nous ne pouvions voir et nous ne vîmes en effet dans cette inconséquence que l'évident désir de nous tourmenter et de nous faire sentir indélicatement le poids de l'autorité.

« Jusque-là on était entré à Longwood sur des passes du grand-maréchal. C'était une condescendance de pure courtoisie. Celui qui avait l'autorité et la police de l'île pouvait à son gré et sans bruit interdire tout accès auprès du grand-maréchal, et annuler ainsi son apparente prérogative. Vous la supprimâtes, monsieur, et donnâtes néanmoins, de votre chef, des permissions de venir à Longwood, vous réservant ainsi, dans nos idées, d'une manière choquante, le moyen de montrer à votre gré votre illustre captif comme une curiosité. Il vous fut écrit à ce sujet que, si vous ne rétablissiez pas les choses telles qu'elles étaient, l'Empereur se résoudrait à ne plus voir personne ; et l'on vous pria surtout de lui épargner les importunités de ceux qui ne viendraient que de votre part.

« Quelle fut votre réponse ? Que vous étiez désolé d'apprendre que le général Bonaparte avait été importuné d'aucune visite ; que vous alliez prendre les plus promptes mesures pour que cet inconvénient ne se renouvelât pas ; et vous nous mîtes, dès cet instant, à peu près au secret. Nous fûmes révoltés de votre mesure, et surtout de votre ironie ; elle nous parut barbare, et nous transporta d'indignation. Mais ce ne devait pas être là tout. De vos agents, ou je ne sais qui, dont le zèle dépassait sans doute vos intentions, firent circuler partout que l'Empereur ne voulait plus voir personne ; qu'il se plaignait d'avoir été importuné par plusieurs. Ce bruit fut général au camp, à la ville, partout. Pour ma part, j'ai détrompé à moi seul trois ou quatre personnes imbues de cette croyance. Et vous êtes surpris, offensé de certaines défiances, de certains doutes entretenus sur vous à Longwood ! Mais vous, monsieur, qui m'avez répété que vous aimeriez surtout à juger sur l'examen des deux côtés ; passez un moment du nôtre, jugez ces faits, et prononcez.

« Alors notre horizon prit une teinte beaucoup plus sombre. Nous perdîmes du terrain chaque jour. La terreur apparut autour de nous. On s'éloigna sensiblement du lieu frappé de malédiction, et nous marchâmes à grands pas vers une littérale réclusion. Cependant vos notes étaient loin de porter ce témoignage ; elles nous semblaient très habilement rédigées : il en fut une surtout qui nous frappa singulièrement : ma mémoire ne saurait me la rappeler ; elle était relative à quelques mauvais traitements pour l'Empereur, et ne respirait que les plus respectueux égards. Ce contraste attira l'attention de celui qu'on est si loin de connaître ; dont les paroles sont promptes peut-être, mais dont la condamnation est toujours lente et le jugement exquis. Il avait flotté longtemps encore après que, de notre côté, nous avions déjà depuis longtemps tranché sévèrement. "L'homme est incompréhensible, avait-il dit souvent ; qu'il est difficile à juger ! il peut même faire une mauvaise action et n'être pas méchant." Mais cette fois il dit : "Agir si mal et écrire si bien ; frapper d'une main et se blanchir de l'autre, ah ! c'est habile et profond !" et il lâcha la parole fatale : *Sir Hudson Lowe est un méchant homme !* Si vous aviez été au milieu de nous, monsieur, entouré de nos circonstances, vous auriez infailliblement pensé, dit la même chose.

« Nous abordons un point délicat, celui des dépenses. Un jour il nous fut signifié que de vingt et quelque mille livres sterling employées pour nous, des ordres supérieurs vous forçaient de descendre à huit mille ; que si l'Empereur voulait vous remettre entre les mains le surplus, les choses resteraient sur le même pied ; mais qu'à défaut de cela, des réductions devenaient indispensables. L'Empereur n'avait pas d'argent ! toute communication avec l'Europe lui est interdite. Vous procédâtes aux réductions. Vous jugeâtes vous-même la somme de huit mille livres absolument insuffisante ! vous prîtes sur vous, m'avez-vous dit ici, de la porter à douze mille, et vous m'avez montré de l'étonnement de n'avoir obtenu aucune reconnaissance pour cet objet. Monsieur, l'indignation, et l'indignation portée au comble, ne laisse de place à aucun autre sentiment. Si vous ne rencontrâtes et ne recueillîtes que cette indignation, elle ne s'adressait pas plus à vous qu'à vos supérieurs, qu'à la nature entière. Et quel autre sentiment pouvaient éprouver des captifs qui, en ce moment, sentaient renouveler dans leur cœur, et dans toute son amertume, le souvenir de la bonne foi trahie, *la terrible hospitalité du* Bellérophon ; qui se regardaient ici comme par la plus inique perfidie ; qui se disaient arrachés insidieusement à leur liberté, à leur fortune, qu'on avait chargés de chaînes, et avec qui on marchandait en cet instant leur subsistance, comme si elle eût été le résultat d'une faveur mendiée, d'un asile sollicité ? Que devaient éprouver des gens avec qui on voulait discuter des objets, qu'au milieu de leurs grandes infortunes ils comptaient pour rien ? qui, les eût-on comblés, n'eussent encore jamais vu que ce dont on les privait ? Que pouvaient-ils éprouver quand on venait leur supputer les trois ou quatre places qu'on disait avoir permis de composer la table de l'Empereur ; un dîner qu'on lui avait accordé de donner par semaine, et autres choses semblables ? Ce contraste du froid calcul de bureaux, avec la tempête de nos passions, n'aurait-il pas dû vous frapper vous-même ? De tels détails offerts à celui qui naguère avait gouverné le monde et faisait des rois ! Croire qu'il pût y descendre et les écouter !... La plume tombe, le sang bouillonne ; on ne sait à qui s'en prendre ! O cœurs nobles et généreux de la Grande-Bretagne, nation anglaise, et vous prince régent qui la représentez et ambitionnez la gloire, ce n'est pas vous que j'accuse ; je pense que vous seriez vous-mêmes des accusateurs inexorables, si ces détails vous étaient bien connus ! Vous vous indigneriez qu'on pût ainsi compromettre votre caractère ; qu'au milieu de ces grands intérêts il fût question de quelques pièces d'argent là où il s'agit de l'honneur ! Est-ce là la générosité, le faste, la grandeur dont vous vous vantez ? Sont-ce là vos sentiments ? Était-ce votre volonté ? Et c'est ainsi que l'on traite, en votre nom, ce grand ennemi de vingt ans, qui, à l'heure de l'adversité, vous estima assez pour choisir son refuge précisément au milieu de vous, par préférence à des souverains dont l'un s'était dit son ami, l'autre était devenu son père ! Ce traitement était-il dans l'intention de votre législature, où l'on avait mis en question si, sur ce roc malheureux, on devait considérer Napoléon en souverain ou en captif privé ? Était-il dans le langage de vos ministres mêmes, qui avaient dit qu'à la liberté près, tout serait prodigué pour adoucir cette situation extraordinaire ? Et pourtant tels sont les ignominieux traitements dont on entoure celui pour lequel vos gazettes ont fait embarquer des palais et des superfluités splendides. Qu'on s'étonne donc peu si ce personnage auguste commande de lui épargner de si ignobles détails, et que, montrant de la main le camp du 53e, il s'écrie : "Qu'on me laisse tranquille ; si j'ai faim, j'irai m'asseoir parmi ces braves : ils ne repousseront pas le plus vieux soldat de l'Europe."

« Déjà l'Empereur, lors de notre arrivée, avait dit, au sujet de quelques difficultés de la sorte : "Si je n'avais pas de femmes avec moi, je ne voudrais que la ration du soldat."

« Cependant vous opérâtes vos réductions comme vous voulûtes. On nous retira des domestiques nécessaires, on nous fit des retranchements sensibles, si bien que n'ayant réellement plus le nécessaire, il fallut y pourvoir soi-même. L'Empereur ordonna donc de vendre de son argenterie, et ce fut un sujet de peines et de vexations nouvelles. D'un côté, les gens de l'Empereur pleurant de briser ce qu'ils regardaient comme des reliques, de l'autre, les difficultés suscitées par vous, à la ville, et vos plaintes de ce qu'on s'était permis d'y envoyer ces objets sans vous en demander l'autorisation.

« Ce fut vers ce temps qu'il fut beaucoup question de lettres venues à notre adresse, et qu'on nous dit que vous aviez renvoyées en Europe, sans nous en parler, parce qu'elles étaient arrivées en dehors du canal des ministres. Ce reproche vous a fort touché : il était mal fondé, m'avez-vous dit ; jamais vous n'en avez renvoyé. Ici je vous crois ; mais à Longwood nous ne fîmes que rire de la tournure que vous employâtes, nous sommant de dire quand et quelles lettres vous aviez renvoyées : vous seul pouviez le savoir.

« Il est certain que vous m'en gardâtes une pendant trente-cinq jours. Un matin elle se trouva sur mon secrétaire, glissée parmi d'autres qui arrivaient fraîchement. Vous m'avez dit ici qu'elle était demeurée à Plantation-House par mégarde, et que vous ne voulûtes pas donner cette excuse, avez-vous dit, de crainte qu'on pût en douter.

« Je vous approuve fort ; j'eusse agi de même. Mais moi qui n'en savais rien, que devais-je penser ? qu'eussiez-vous pensé vous-même ?

« Il arriva aussi vers ce temps une circonstance qui peut servir à peindre bien des choses à la fois. Après les couches de Mme la comtesse de Montholon, un jeune ecclésiastique anglais, très fervent, vint baptiser son enfant. Nous le retînmes à déjeuner à la table de service. La religion ayant été l'objet de la conversation, sa figure me montra une étrange surprise d'entendre nos regrets de nous trouver sans prêtre. Livré, sans doute, à la croyance vulgaire, et au tas de sottises dont on nous environne sans cesse, il s'était attendu à se trouver parmi des renégats. Il lui échappa d'avouer qu'on lui avait dit, et qu'il avait cru, qu'à Madère un prêtre s'était offert à nous, mais que nous l'avions repoussé, en l'apostrophant de quelques soldatesques grossièretés. Il fut bien surpris d'apprendre que si cette offre avait eu lieu, elle nous était demeurée étrangère. Profitant de cette circonstance, je priai l'ecclésiastique, après déjeuner, de vouloir bien passer chez moi, et là je saisis cette occasion toute naturelle pour lui peindre la situation morale où nous nous trouvions. Nous avions des femmes, des enfants, sans parler de nous-mêmes, pour qui le manque des exercices religieux était une véritable privation. Nous désirions vivement y remédier sans bruit et sans ostentation. Or, c'était précisément son affaire naturelle, lui disais-je ; je lui confiais nos vœux et chargeais sa conscience du soin d'y pourvoir auprès du gouverneur. A ce seul mot, je crus voir son embarras et la crainte de se compromettre, tant la terreur nous environnait ! Je n'en ai pas entendu parler. N'aura-t-il pas osé remplir la mission ? ou auriez-vous voulu que, sur ce point comme sur tous les autres, je vous en adressasse la demande moi-même ? Si je ne l'ai pas fait, c'est par l'embarras d'un ridicule toujours facile sur cet objet, comme aussi par la crainte que, ne nous laissant point à nous-mêmes le choix de ce médecin de l'âme qui requiert plus de confiance encore que celui du corps, on ne nous imposât un étranger qui, loin de nous être de quelque consolation, ne nous donnerait l'idée que d'un surveillant de plus, d'un espion au milieu de nous.

« Le ton des notes respectives était devenu si vif, que vous crûtes devoir les interrompre pour échapper à ce que vous appeliez des injures, nous des vérités, et qui pouvait être l'un et l'autre.

« Vous nous dîtes que vous interrompiez la correspondance ; nous nous le tînmes pour dit ; nous n'écrivîmes plus. Il est bien vrai que vous prétendîtes plus tard que nous avions mal interprété, mais c'était une dispute de mots. Vous y mettiez des conditions qui la rendaient impraticable : vous exigiez désormais, par exemple, que, pour qu'une plainte pût être adressée par vous à votre gouvernement, elle fût signée de la propre main de l'Empereur. Or, comment pouviez-vous l'espérer ? A qui sur la terre l'Empereur pourrait-il porter des plaintes ? Où est un tribunal pour lui, si ce n'est celui des nations ? L'Empereur ne peut se plaindre qu'à Dieu et aux peuples. Sont-ce ses plaintes que l'on a craint, quand on lui a refusé d'écrire au prince régent sans être lu ? La délicatesse sans doute semble réprouver cette pensée ; mais pourtant quels motifs a-t-on pu avoir dans une mesure également injurieuse à la dignité de ces deux grands personnages ? quel projet peut-on lui prêter ? Je vais vous le découvrir : il voulait, à l'aide de ce couvert respecté, se procurer, par la seule voie convenable qui lui demeurât, des nouvelles de sa femme et de son fils ; et l'on trouva moyen de le persécuter dans ce qu'un époux, un père avait imaginé de plus innocent et de plus tendre.

« L'interruption de toute correspondance avait été précédée de celle des communications verbales. L'Empereur, à la suite de trois ou quatre audiences, avait résolu de ne plus vous recevoir. Nous n'avions plus désormais aucun moyen de vous atteindre ; nous espérions ne plus vous voir : vous n'en reparaissiez pas moins comme de coutume. Tout fuyait à votre approche, chacun de nous cherchait son asile ; et vous continuiez triomphant la ronde du cachot où se blottissaient vos victimes.

« C'est sur ces entrefaites et dans ces dispositions qu'arrive d'Europe un bâtiment. Les dépêches vous parviennent, et vous venez avec pompe à Longwood, entouré d'un nombreux état-major, demander à faire à l'Empereur des communications nouvelles et particulières. Chacun de nous, à cet éclat, à ces expressions, ne doute pas qu'elles ne soient des plus agréables. L'Empereur, soit qu'il ne pensât pas de même, soit qu'à ses yeux la nature des communications ne dût influer en rien sur la nature de l'intermédiaire, refuse de vous recevoir. Quelques jours plus tard, il consent d'entendre sur ce sujet l'un de vos officiers. Qu'avait-il à lui communiquer ? les choses les plus désagréables ; du style le plus choquant. C'était donc là ce que vous lui réserviez en personne, nous écriâmes-nous tous ! Qu'eussions-nous pu dire, sentir, penser autrement ? quel autre sentiment auriez-vous eu à notre place ? Ces dépêches portaient, entre autres choses, de nous faire recommencer nos déclarations et de signer la formule pure et simple qu'on nous présenterait. Lors des premières déclarations, on avait cru gagner quelque chose sur nous en nous imprimant la crainte d'être ici pour toujours ; cette fois on nous connaissait mieux : l'on était bien plus sûr de nous asservir en nous menaçant de nous en faire sortir à l'instant. Aussi fut-ce avec cette alternative qu'on nous présenta une formule qui nous répugnait extrêmement dans ses expressions. Nous nous débattîmes vainement ; le *sine qua non* retentissait sans cesse au fond de nos cœurs. En cas de refus, nous devions être envoyés directement au Cap, et laisser seul l'objet cher et sacré de nos vœux et de nos soins, le voir descendre au tombeau. Nous signâmes à son insu, sachant que nous lui faisions de la peine. Il s'irritait de tant de vexations. Nous signâmes dans le mystère de la nuit, quand il reposait ; et nous nous applaudîmes de ce triomphe sur ses dispositions personnelles : c'était le triomphe des fils tendres qui trompent leur père pour le servir.

« Vinrent les restrictions nouvelles accompagnant nos nouvelles déclarations. Vous y rétrécissiez de beaucoup notre première enceinte ; vous enleviez l'ancienne promenade que l'Empereur faisait jadis à cheval ; vous motiviez cette restriction sur ce qu'il ne la faisait plus ; vous ajoutiez, avec beaucoup de formes, que s'il lui prenait jamais envie de la refaire, sur son désir, les postes seraient rétablis pour le temps de cette promenade. Nous nous répétâmes aussitôt : Voilà encore frapper d'une main et se blanchir de l'autre : maltraiter méchamment ici, et se tenir habilement, au loin, en mesure vis-à-vis des ministres et de l'opinion. Car il n'était pas faisable de replacer les postes pour cette promenade de fantaisie ; et vous nous connaissiez trop bien pour craindre qu'on vous le demandât jamais. Le reste des restrictions contenait des choses plus ou moins désagréables pour chacun de nous, qui en prîmes ou en laissâmes ce que nous voulûmes. Mais ce qu'on aurait de la peine à imaginer, et que peu voudront croire, c'est que vous y disiez que si l'Empereur, dans ses promenades, venait à rencontrer quelqu'un, il ne devait pas lui parler au-delà de ce que prescrit la politesse ordinaire. Quelles restrictions ! Quelles formes ! A qui les adressiez-vous ?... Quels furent nos sentiments ? Ce ne fut pas de l'indignation, depuis longtemps elle était épuisée. Il ne nous restait plus désormais, pour les nouvelles insultes, qu'une espèce d'ébahissement stupide. Mais si ces restrictions gagnaient l'Europe, si elles y devenaient publiques, et l'on nous a assuré que vous les aviez tenues ici dans une espèce de mystère, si elles étaient connues des peuples, si elles parvenaient aux rois auprès desquels vous avez été, quels sentiments croyez-vous que seraient les leurs ? Quoi qu'il en soit, nous les avons dévorées en nous-mêmes, nous donnant bien de garde de les laisser parvenir jusqu'à l'auguste personnage qui en était l'objet, et qui les ignore probablement encore à cette heure. Cependant on multiplia partout les sentinelles, on avança les heures où elles nous resserraient, on creusa des fossés, on palissada le tour de l'établissement, et de son écurie, qui en est à deux pas, on arma deux véritables redoutes que les Chinois et les soldats qui les élevaient nommaient gaiement le *fort Hudson* et le *fort Lowe*. Qu'est-il résulté de tout cela ? C'est que l'Empereur, qu'on avait dégoûté de se promener à cheval, qui s'était réduit à quelques malheureux tours à pied dans le jardin ou dans le bois, rencontrant partout, à chaque pas, des objets qui le heurtaient, s'est renfermé dans sa chambre où vous le ferez mourir infailliblement sous peu. La Faculté pense que ce défaut absolu d'exercice l'y conduit à grands pas : elle a dû vous le faire connaître : il est certain que c'est son opinion. Vous répondrez que c'est l'Empereur qui l'aura voulu, et que vous vous en lavez les mains ; mais vous lui avez donc rendu la vie bien insupportable, si vous convenez ainsi qu'il appelle et désire la mort ? Quelle effrayante responsabilité !... Si je voulais m'y arrêter, monsieur, peut-être vous convaincrais-je quels tendres soins, quelle anxieuse sollicitude (du moins durant le temps de votre administration) devrait vous inspirer la crainte des derniers moments de ce grand homme.

« Je viens de passer succinctement en revue les principales circonstances dont j'ai été le témoin à Longwood. A présent, laissez-moi vous demander à mon tour, monsieur, quels peuvent avoir été les causes, les motifs de ces rapides et sévères aggravations, de cette situation journellement et si cruellement empirée ? La haute et importante portion de votre ministère, celle de veiller à la demeure de l'empereur Napoléon dans l'île Sainte-Hélène, n'est-elle pas la même que lors de son arrivée dans cette île, lors de la vôtre ! D'où viennent de si durs, de si barbares changements ? Le danger s'est-il accru ? les chances se sont-elles multipliées ? avez-vous découvert quelques complots ? quelque correspondance s'est-elle établie ? avez-vous saisi quelques fils ? pouvez-vous indiquer quelques faits, préciser quelques soupçons ? Non ; et si vous ne prétendez par là que combattre toutes les chances possibles et à prévoir, où vous arrêterez-vous ? car la mort seule peut les embrasser toutes. Mais il est notoire, et vous en conviendrez sans doute, que, depuis votre arrivée dans l'île, le premier, le seul acte quelconque est celui pour lequel je me trouve ici en ce moment entre vos mains. Vous avez pu croire d'abord que vous alliez découvrir de grandes choses. Vous avez vu avec quelle facilité, quel calme, j'ai couru au-devant de vos idées, je me suis prêté à vous ouvrir à discrétion mes papiers les plus secrets, ceux qui contenaient, jour par jour, mes pensées et mes actions. Vous avez pu vous y convaincre de mon assertion émise plus haut, que la circonstance actuelle est la première, la seule de ce genre ; et vous savez à présent que cette circonstance n'est rien, mais absolument rien. Il est donc vrai, ou du moins nous avons dû nous en pénétrer, et tout homme impartial le pensera avec nous, que l'aigreur, l'irritation, les sentiments personnels, ont conduit toutes vos mesures beaucoup plus que la nécessité du devoir public. Personne moins que moi n'est disposé à préjuger le mal ; mais je sais que l'homme, dans ses déterminations, échappe rarement à des impulsions secrètes, qui se dérobent à lui-même, en se cachant dans les replis du cœur. Descendez dans le vôtre, sondez, analysez, vous vous étonnerez peut-être. Nous ne voyons jamais, dans nos relations, que le mauvais côté des choses, dites-vous sans cesse ; vous êtes plus impartial, plus franc, plus juste dans vos rapports, assurez-vous. Rarement on est bon juge dans sa propre cause, monsieur ; cette impartialité, cette exactitude est précisément ce dont nous doutons le plus. Vous avez à cet égard un grand avantage sur nous ; c'est sur nos pièces que vous faites vos observations et vos répliques ; mais nous... où sont les vôtres ? Quel ne devrait pas être l'embarras de ceux qui auraient à prononcer entre nous, quand nous nous produisons ainsi au grand jour, et que vous, vous demeurez dans le mystère ? Quel moyen nous reste alors de nous défendre de vos erreurs ? Cette réflexion ne peut manquer de frapper un jour vos ministres, s'ils veulent être justes. Le peu que nous connaissons de vos idées est souvent captieux et trompeur. Ce sont des tournures parfaitement justes en principe, inadmissibles, nulles dans l'application. Ainsi, par exemple, vous m'avez dit ici qu'à la garantie de la personne de l'Empereur près, et aux communications avec lui, sans votre autorisation, vous étiez prêt à adopter tout ce qui pourrait améliorer notre situation. Quoi de plus raisonnable ? me suis-je écrié. Mais dès que nous sommes entrés dans les détails, vous eussiez été tenté d'aller encore plus loin que vous n'êtes déjà, etc.

« A présent, venons à ce qui me concerne personnellement. J'étais celui qui attirait surtout votre attention, et sur lequel se dirigeait particulièrement votre malveillance. Je le méritais : le plus tranquille peut-être par caractère, je me suis montré le plus susceptible par la circonstance ; j'ai été le plus ardent : j'étais fier, plein de ma situation, j'osais l'exprimer en toute liberté. Vous devez tout ce que j'ai fait, écrit, à ce sentiment ; rien à la méchanceté : elle m'est étrangère. Ainsi, je peignais, j'exprimais dans mes lettres tout ce que je voyais, tout ce que j'éprouvais, et avec d'autant moins de scrupule pour ce qui vous concerne, monsieur, que je vous l'envoyais à vous-même. Si j'eusse écrit dans le mystère, peut-être aurais-je été plus retenu. Ces lettres vous ont déplu, animé contre moi ; vous avez fini par me les interdire, en menaçant de me retirer d'auprès de l'Empereur si je continuais.

« Vous m'avez vu demander en Europe des objets nécessaires à ma personne. Vous êtes venu me dire qu'il en existait envoyés d'Angleterre, dont je pouvais faire usage. J'étais résolu que vous ne me trouveriez individuellement jamais sur la note de vos dépenses, ni sur la liste d'aucune demande. Je vous refusai, alléguant qu'il n'était pas dans mes habitudes d'accepter rien, tant que je possédais quelque chose. Je voulais conserver mes sentiments libres, ne point les gêner par la reconnaissance. Vous me fîtes dire, à quelques jours de là, que vous vous plaindriez à vos ministres de ce que je refusais *avec mépris* ce qu'ils m'offraient.

« Vous vous plaigniez de mes conversations avec ceux qui passaient : je détruisais à leurs yeux les calomnies absurdes, les contes ridicules qu'on avait entassés sur le plus grand des caractères ; je leur apprenais des traits qui leur étaient inconnus, et dont ils demeuraient frappés. Vous me reprochiez de propager avec zèle ce qui nous concernait, de manière à le faire pénétrer en Europe : je me croyais celui qu'on égorge à l'écart dans un champ, et qui, au défaut de secours, prend à témoin les oiseaux de passage ; était-ce d'ailleurs manquer à votre pays, violer vos lois, que de leur faire parvenir la vérité ? C'était les servir, au contraire, bien mériter d'elles. Vos efforts contre nous à cet égard, vos excessives et sévères précautions contre vos propres compatriotes mêmes, ne pouvaient, disions-nous, qu'accroître et justifier notre intime persuasion que vous confiant dans la distante situation pour légitimer vos *actes arbitraires* aux yeux du gouvernement, vous n'aviez plus d'autre crainte que de les savoir connus du public. Autrement, pourquoi nous tenir au secret ? Pourquoi gêner et les visites et la vue et la conversation de vos compatriotes, s'il n'y avait rien à leur cacher ? Était-ce crainte que nous ne leur fissions de fausses peintures ? Mais il fallait au contraire les laisser voir par eux-mêmes ; et les faits, détrompant leurs yeux, ils fussent partis en plaignant notre malheur de nous exagérer ainsi nos peines.

« Lorsqu'il fut question d'ôter quelqu'un d'auprès de l'Empereur, vous déclarâtes que votre choix tomberait sur moi, si vous ne croyiez que je lui fusse utile ; en un mot, vos insinuations, vos avertissements contre moi se répétaient en toute occasion. Je m'en occupais peu, j'en dois convenir : arrivé à un certain degré, le martyr ne calcule plus ses tourments ou s'y complaît peut-être, et depuis longtemps j'avais atteint ce point ; la mesure était comblée au physique comme au moral : j'étais littéralement à peine à l'abri des injures de l'air dans ma demeure : s'il pleuvait j'étais inondé, s'il faisait du soleil j'étais étouffé. Mon fils et moi n'avions pour chambre à coucher que l'espace de deux très petits lits ; nous étions l'un sur l'autre : j'eusse été bien mieux à Newgate !... Sans le motif sacré qui tenait mon âme en force, mon corps eût infailliblement succombé, il y a longtemps. Vous ne pouviez, vous ne deviez ignorer cet état. Si je me suis obstiné à ne vous rien adresser à ce sujet, je faisais ce qui était digne ; c'était à vous à y remédier de vous-même. Il doit veiller sur moi pour le bien aussi bien que pour le mal, me disais-je. Le vrai c'est qu'on semblait nous considérer comme ces objets de réprobation pour qui tout est encore trop bon. Et pourtant, à Dieu ne plaise que j'ose appeler l'attention sur un objet auguste, si merveilleusement recouvré par l'élan de tout un peuple, et qui n'en a été arraché de nouveau que par les efforts aveugles des nations, et l'ostracisme inquiet des rois ; je ne veux parler que de ceux qui l'entourent. Qu'avait-on à me reprocher ; à moi qui, victime de deux grandes révolutions, et toujours au rebours de mes intérêts, ai perdu mon patrimoine en soutien d'un monarque qu'on avait abattu ; et sacrifié ma famille, ma fortune, donné ma liberté pour soigner un monarque qu'on avait élevé ! Et ce vénérable grand-maréchal, le modèle du dévouement et de toutes les vertus, qu'avait-on à lui reprocher ? et de même des autres ? Non, me disais-je alors avec orgueil, nous ne sommes pas des coupables, ni même des gens ordinaires ; nous professons la plus grande, la plus noble, la plus rare des vertus ; nous donnons un bel exemple au monde ; nous nous gravons à jamais dans les cœurs généreux ; nous soutenons ici l'honneur de ceux qui entourent les rois. Après nous, on ne dira plus qu'il n'est pas de dévouement, de fidélité, d'amour près des trônes malheureux, ou bien l'on sera forcé de convenir du moins que Napoléon avait su les y créer.

« J'avais un domestique habitant de l'île ; il vous donna de l'ombrage, vous décidâtes de me l'enlever : rien de plus simple ; mais vous voulûtes le remplacer par un de votre choix ; je le refusai : je répondis à votre officier que vous pouviez, par la force, mettre garnison dans ma chambre, mais jamais de mon consentement ; que si je ne pouvais avoir un domestique de mon choix, je me servirais de mes propres mains. Vous persistâtes, et je dus demeurer sans domestique. Cependant, il vous était si aisé de me satisfaire, puisque vous pouviez limiter mon choix par vos refus ! Ce domestique que vous m'aviez enlevé revint peu de temps après me dire qu'il comptait se rendre en Angleterre, et qu'il m'y offrait ses services. Je lui donnai deux lettres : vous avez vérifié à présent leur peu d'importance ; l'une était une relation au prince Lucien, qui vous avait été destinée ; l'autre une pure communication d'amitié. N'importe, vos restrictions avaient été enfreintes, et je suis ici. J'ai regardé comme au-dessous de moi de discuter jusqu'à quel point s'étendaient vos droits sur ma personne : s'il y avait excès, les lois m'en feraient justice : je ne marchande point une peine, j'accepte ce qui se trouve, et m'en punis le lendemain moi-même au centuple ; aussi, je me suis imposé le plus grand, le plus pénible des sacrifices. "On m'a souillé, vous ai-je écrit ; je ne pourrais plus être désormais un objet de consolation pour l'Empereur, je ne serais plus à ses yeux qu'un objet flétri, qui lui rappellerait d'injurieux souvenirs : je me bannis de Longwood ; j'irai au loin implorer de le revoir, et je reviendrai, j'espère, par une route distante et purifiée. Je me retire de la sujétion volontaire où je m'étais placé vis-à-vis de vous. Je me remets sous la protection des lois et vous demande ma liberté."

« Toutefois, si j'ai dédaigné de considérer ce que vous aviez fait vis-à-vis de moi, en m'arrachant de Longwood, il n'a pu m'échapper de sentir vos torts dans la violation de ce sanctuaire malheureux. Il vous eût été si aisé de m'appeler au siège de votre gouvernement ! J'étais à vos ordres ; vous auriez obtenu le même résultat, et vous eussiez épargné la blessure profonde que vous aurez causée.

« Une fois spécialement entre vos mains, je me plais à le confesser, je me suis vu entouré d'égards que je n'attendais pas ; j'ai vu chaque jour quelques différences meilleures que je n'aurais pas soupçonnées. Cette énigme m'a singulièrement frappé. Serait-ce facilité de mon caractère ? me disais-je. Me serais-je trompé à Longwood, me tromperais-je ici ? Non. Vous ne me sembliez pas en effet le même. Je ne vous voyais plus, comme je vous ai dit, *au travers du crêpe sanglant*. Enfin, j'ai découvert le nœud : c'est qu'ici je me suis trouvé à votre niveau ; tout a été en harmonie entre nous, et vous ne l'avez jamais été un instant avec cette gigantesque échelle de Longwood, dont vous ne voulez pas apercevoir la grandeur, ou que vous vous obstinez à vouloir réduire, plutôt que de monter pour l'atteindre. Vous avez tracé un cercle trop étroit pour renfermer des objets qui débordent en tout sens, et vous les mutilez de toute manière pour les contraindre d'y entrer. Vous vous irritez de ne pas réussir. Vous rappelez l'idée de celui qui, dans la fable, appliquait les voyageurs sur son trop petit lit, amputant tout ce qui en dépassait.

« Vous m'avez parlé d'erreur dans nos positions : la voilà, monsieur, *la véritable erreur* ; je l'ai découverte ; et depuis, j'explique tout. Essayez de la méditer à votre tour, et voyez ce que vous en penserez vous-même.

« Vainement vous objecteriez la lettre de vos instructions :

il n'en saurait être pour un ministère aussi important, aussi extraordinaire que le vôtre : elles vous placent au-dessous de votre mission ; elle est grande cette mission, et vous ne sauriez la trop élever. De quelle illustration vous vous plaisez à vous priver ; dans la poursuite de la gloire, après ma situation à Longwood, le premier poste que j'eusse demandé à la fortune eût été d'être le gouverneur de cette île. J'eusse connu toute l'importance, l'étendue de mon devoir : je l'eusse rempli. La sûreté de mon captif eût été garantie, mais en dedans de cela, je n'eusse pas voulu lui laisser un désir ; il ne m'eût pas suffi qu'il m'estimât, je l'aurais forcé de m'aimer. Je n'eusse abordé ses chaînes qu'à genoux. Et qu'on ne me dise pas que des instructions, des ordres sévères me forceraient de faire le contraire, en dépit de moi-même, le riche traitement de Sainte-Hélène, les honneurs que ce poste pourrait me valoir, la confiance dont il me serait déjà le garant, ne me seraient rien auprès de l'indépendance du cœur et du suffrage de l'opinion. D'autres me succéderaient.

« Et quels périls ne pouvez-vous pas vous composer ? Vous connaissez mieux que moi l'histoire de votre pays. Vous savez combien de chefs, de généraux, après des missions pénibles et difficiles, sont tombés victimes du changement du pouvoir ou des caprices de l'opinion. S'il vous arrivait quelque malheur de ce genre, que de voix peut-être s'élèveraient d'ici contre vous ! Vous pouvez vous creuser un abîme. Vous me répondrez par le témoignage de votre conscience. Sans doute, c'est le plus grand, le plus consolant, le plus doux ; mais il n'est plein et entier qu'avec Dieu ; il n'est que trop souvent insuffisant avec les hommes. Combien il en est qui, avec une conscience pure, ont succombé sous les coups de l'injustice et de l'opinion ! Combien d'autres sont demeurés flétris par la calomnie victorieuse ! Votre juge Jeffreys, d'odieuse mémoire, d'un nom si exécré, peut-être après tout n'était-il qu'un brave homme exécutant à la lettre des règlements barbares. Les temps, les chances malheureuses, la calomnie, l'exagération, l'esprit de parti auront pu faire le reste : et voilà comme on peut s'inscrire à faux dans l'histoire ! Et quel héritage ! comment s'y exposer, s'il pouvait en être autrement ! Et ici, monsieur, qui pourrait vous soutenir dans le cas d'une lutte fatale ? Il n'est plus aujourd'hui que deux grands partis dans le monde : vous êtes né au sein des idées libérales, et je ne vous fais pas l'injustice de croire qu'elles ne demeurent votre doctrine ; mais par une bizarrerie singulière, vous vous trouvez en ce moment comme l'agent direct de la vieille aristocratie. Si vous étiez jamais dans le cas d'en appeler à l'opinion publique pour des griefs de la nature de ceux dont il s'agit ici, n'en doutez pas, vous auriez contre vous, dans toutes les nations, tous ceux de votre religion ; et ne pensez pas que vous eussiez du moins pour support tous ceux du parti contraire ; j'en ai longtemps fait partie, j'en connais le fort et le faible. Qui nie qu'à côté d'hérésies politiques, là ne résident à un haut degré l'élévation d'âme et la générosité de sentiments ? Vous en seriez abandonné.

« A présent, je vous ai dit franchement tous les griefs et les ressentiments revenus à mon souvenir. Je vous ai parlé avec la dernière liberté, mais avec la meilleure intention ; non avec le fiel qui désire blesser, mais avec le sentiment qui veut instruire. Je répète encore ici, que, si je venais à m'être trompé dans quelque citation, les pièces officielles m'ont manqué ; et si je ne me trouvais pas dans le vrai pour toute autre chose, je serais du moins dans l'erreur de bonne foi ; j'ai pensé ou j'ai senti véritablement tout ce que j'ai écrit. En le lisant, je désire que vous y portiez les dispositions avec lesquelles je l'ai tracé. J'aime à le redire, j'ai bien moins songé à vous faire des reproches qu'à vous mettre à même de méditer, de répondre, peut-être de réparer, fût-ce à mes dépens.

« Puissent de cette lecture naître d'utiles lumières, un meilleur avenir ! Et c'est ici peut-être le lieu de vous faire connaître la situation où j'ai laissé Longwood. Aucune expression ne saurait la rendre dignement : l'existence y était devenue intolérable : privés de toute communication, véritablement au secret, nos heures étaient devenues de plomb ; tout, jusqu'à l'air que nous respirions, ne nous semblait plus qu'un fade poison ; le dégoût de la vie y était au dernier terme ; le fardeau surpassait nos forces ; et, pour comble de malheur, nous voyions dépérir à chaque heure celui pour lequel nous vivions, et son sourire muet nous annonçait chaque jour plus significativement que bientôt il briserait nos chaînes. Mes larmes coulent !... Nos maux étaient tels, dans cette demeure, que, s'il était possible d'y interrompre un moment le devoir sacré qui y remplit nos âmes et les gouverne, s'il était possible, dis-je, qu'il y eût ce moment de distraction qui rendrait chacun à soi-même, je ne serais pas surpris que mes malheureux compagnons l'employassent à s'entredonner la mort, à l'exemple de quelques Anciens, pour se libérer des peines de la vie ; et qu'on vînt vous apprendre un matin que Longwood n'est plus qu'un sépulcre, et que vous n'avez plus à votre garde que des cadavres.

« Un tel état de choses, de tels supplices sont-ils dans le vœu, l'esprit de votre prince, de vos ministres, de votre législature, de votre nation, de votre cœur ? Quelle fatalité !... d'où vient donc tout le mal que vous causez ?

« Quoi qu'il en soit, de loin comme de près, un seul sentiment remplit mon cœur, il y fait taire tous les autres : veillez à la santé de l'Empereur, conservez ses jours, je vous bénirai.

« Balcombe's cottage, au secret ; en vue de Longwood, 19 décembre 1816.

« Le comte de LAS CASES. »

Je n'ai plus entendu parler de cette pièce que six ans après, et encore seulement par la lecture de l'ouvrage de M. O'Méara : ces messieurs, à leur retour de Longwood, m'ont dit qu'elle ne leur avait jamais été communiquée, et que l'Empereur en avait complètement ignoré le véritable contenu. Il paraît que sir Hudson Lowe, après mon départ, par l'influence de son autorité, et contre nos conditions expresses, s'était saisi de ce document pour lui seul, et l'avait fait servir de base à des interprétations ou même à des créations tout à fait fausses et méchantes.

Je trouve dans la relation des événements arrivés à Sainte-Hélène, par M. O'Méara : « Profitant, dit-il, de l'information acquise par la lecture du manuscrit du comte de Las Cases (les griefs), sir Hudson Lowe eut recours à un artifice bien digne du système qu'il a établi à Sainte-Hélène. Il me prescrivit de prévenir Napoléon que le comte de Las Cases, pendant sa détention, avait avoué que les restrictions imposées sur les Français à Longwood n'étaient que pour la forme, et que, conjointement avec le reste des Français, il avait fait tous ses efforts pour empoisonner l'esprit de son maître par des calomnies ou par des faussetés, ajoutant que le fait était de toute vérité, puisqu'il l'avait par écrit, et de la propre main du comte. Il me cita même une sentence de cet écrit qu'il m'invita à répéter à Napoléon, savoir : Nous avons fait tout voir à Napoléon à travers un voile teint de sang. *Ma foi*, s'écria Napoléon, *quand on voit le bourreau, on voit toujours du sang !* et il ajouta, avec cette pénétration et cette vivacité d'esprit qui le distinguent si éminemment, qu'il était convaincu que tout ce que je venais de dire ne pouvait être qu'une invention de sir Hudson Lowe, ou bien qu'il avait falsifié quelque passage de l'écrit de Las Cases : que le comte devait avoir été singulièrement peiné du traitement qu'on lui faisait souffrir, doué, comme il l'était, d'une rare sensibilité de cœur, lui qui n'avait jamais cessé de lui parler de la nation anglaise en des termes d'enthousiasme et d'admiration ; qu'il était certain qu'il s'était exprimé avec force et avec franchise sur une conduite si opposée à la générosité, aux sentiments libéraux, qu'il a toujours attribués au peuple anglais, mais que le traitement que les Français avaient éprouvé était si barbare, qu'il était inutile de perdre du temps à expliquer la conduite de ceux qui l'avaient ordonné. »

Je trouve encore dans *Napoléon dans l'exil*, ouvrage ou journal du même M. O'Méara, sous la date du 4 décembre 1816, « que le gouverneur me faisait dire que depuis mes rapports directs avec lui, j'avais bien changé d'opinion à son égard, et il ajoutait qu'il avait découvert que les Français qui avaient suivi Napoléon n'avaient d'autre but que de s'en servir comme d'un instrument pour satisfaire leur ambition, sans s'inquiéter des moyens qu'ils employaient pour y parvenir, etc. ».

« C'était un avertissement, disait sir Hudson Lowe à M. O'Méara, qu'il devait faire parvenir au général Bonaparte. »

Sous la date du 12 : « Que le comte de Las Cases n'avait pas suivi Napoléon par affection ; que le général ne savait pas ce que Las Cases avait écrit, ni les expressions qui étaient échappées de sa plume, etc. »

Sous celle du 14 janvier 1817 : « Qu'il affirmait à M. O'Méara avoir vu dans mon journal, que Bonaparte avait déclaré son horreur pour l'uniforme anglais et tout officier de cette nation, et que lui, O'Méara, ferait bien de saisir une occasion de lui répéter cela, tout en ajoutant néanmoins, que le gouvernement pensait bien qu'il n'avait jamais rien dit de pareil. »

Enfin, dans un autre endroit, ce gouverneur charge M. O'Méara de redire à Longwood qu'il vient d'écrire à mon sujet aux ministres anglais, de manière à m'interdire pour jamais ma rentrée en France. Ce qu'il peut avoir mandé, Dieu le sait ! toutefois l'événement, le temps a prouvé que les ministres anglais eurent peu d'égard à sa bénévole intention, ou que ceux de France y auraient porté peu d'attention. On verra, dans son temps, qu'à mon retour en Europe, lorsque, m'interdisant l'Angleterre, on me laissa le choix de Calais ou d'Ostende, si je me déterminai pour ce dernier endroit, c'était par des motifs tout à fait étrangers à la crainte que sir Hudson Lowe avait prétendu créer. Mais il fallait d'ailleurs qu'il eût douté lui-même de l'efficacité de sa dénonciation, ou qu'il eût recours à de doubles précautions ; car il employa toute son adresse et ses artifices à me faire retenir prisonnier au cap de Bonne-Espérance ; il échappa à ce sujet, m'a-t-on dit, à son homme d'exécution, de dire en parlant de moi : « Pour celui-là, il ne nous inquiétera plus ; nous l'avons bien recommandé au Cap : il y pourrira dans un cachot. » C'est le même homme qui, d'une voix mielleuse et d'un sourire bénin qui le quittait rarement, voulait, suivant M. O'Méara, qu'on mît Napoléon aux fers, s'il faisait le difficile ; et qui, dans une autre occasion, est accusé d'avoir dit que les Alliés avaient manqué le grand but en n'étranglant pas le jeune Napoléon.

Je reviens au gouverneur. Comment concilier à présent toutes ses politesses, ses protestations de bienveillance et de bonne intention quand il était auprès de moi, avec ces faux rapports, ces propos inventés qu'il me prête, les suggestions méchantes qu'il fait transmettre à Longwood quand je n'y suis plus ; mais plutôt laissons tout cela à juger et à qualifier aux cœurs droits et honnêtes.

Le cap de Bonne-Espérance est à cinq cents lieues de Sainte-Hélène ; mais, avec les vents les plus favorables, on est obligé d'en faire au moins sept cents, par le contour auquel contraignent les vents alizés. En quittant Sainte-Hélène, on court d'abord grand largue vers le S.-O. pour sortir le plus promptement possible de la zone de ces vents alizés ; et dès qu'on a atteint les vents variables, on gouverne vers l'est ; mais en descendant beaucoup vers le sud, à plusieurs degrés de latitude au-dessous du Cap, afin de se trouver en garde contre les vents de S.-E. qui sont très violents, et dominent dans cette saison de l'année.

Nous fîmes très bonne route et rencontrâmes des vents à souhait ; notre traversée fut des plus courtes et des plus heureuses, bien que mon fils et moi nous fussions horriblement malades de la mer à différentes reprises. Le sixième ou septième jour nous quittâmes les vents alizés et prîmes le vent d'ouest, qui nous mena rapidement vers notre destination, en neuf ou dix jours. Ce ne fut qu'aux approches du fameux cap des Tempêtes que nous éprouvâmes la contrariété d'un vent de S.-E. violent avec une très grosse mer ; et encore cette contrariété, qui n'en était une que pour les instructions de notre capitaine, fut-elle personnellement pour moi une faveur ; car sir Hudson Lowe avait donné l'ordre au capitaine de me débarquer au-delà du Cap, sur ses derrières, à Simon's bay. Peut-être pensait-il que n'entrant pas en ville, j'attirerais moins d'attention, et que l'injustice de ma captivité serait moins flagrante. Quoi qu'il en soit, le temps menaçant de la tempête, le capitaine prit sur lui de faire voile pour la ville du Cap même, qui se trouvait plus à portée. Nous arrivâmes sur la côte à deux heures du matin, à l'heure juste qu'avait fixée le capitaine, sans hésitation, sans sonde ni aucun préalable, tant il avait mis de décision dans son calcul. Le capitaine Wright est un excellent navigateur ; il a de l'activité, du zèle, de la régularité, du caractère ; il se fera un nom. Au demeurant, j'ai pu voir que cette exactitude nautique est devenue aujourd'hui à peu près générale ; je ne sais plus où en est notre marine longtemps renommée pour sa supériorité scientifique ; mais j'ai l'expérience qu'aujourd'hui les Anglais sont bien forts ; les calculs, les instruments sont si parfaits, si multipliés qu'il est difficile d'imaginer que la science puisse désormais aller guère au-delà.

Le 17, après dix-huit jours de navigation, nous jetâmes l'ancre à deux heures de l'après-midi. Le capitaine s'excusa poliment sur la nécessité que je demeurasse à bord, jusqu'à ce qu'il eût été prendre les ordres du gouverneur : c'étaient là ses instructions. Il revint, m'apprenant que je ne pourrais débarquer que le surlendemain, le logement que l'on me destinait ne pouvant se trouver prêt avant ce temps, ce qui ne fut pas pour moi sans quelque contrariété : quand on arrive de la mer, on est si pressé de poser le pied sur la terre !

J'eus donc deux jours à demeurer sur cette rade du Cap, d'ailleurs si belle. La saison était superbe, la chaleur forte, à la vérité, mais pure et bienfaisante.

Dans mon enfance, lors de mon entrée dans la marine, j'avais entendu parler cent fois, et dans les plus petits détails, de tous les points que j'avais en cet instant sous les yeux, par ceux des officiers qui avaient fait la guerre de l'Inde. J'aimais à repasser ces vieux souvenirs, et l'on me montrait tout aussitôt les points que je pouvais me rappeler.

La ville du Cap, considérable, belle, régulière, était en face de moi, sur un terrain plat, très peu élevé au-dessus du niveau de la mer, et environné de très près par d'énormes et rapides montagnes. On me faisait voir, et je me plaisais à retrouver celle *du Diable* à ma gauche, celle dite *de la Table* en face, *le Pain de sucre* sur la droite, la *Croupe du Lion*, ainsi appelée à cause de sa parfaite ressemblance avec ce dont elle porte le nom. Les fortifications en avant et sur les côtés de la ville me parurent en assez mauvais état, et surtout mal établies, étant dominées de plusieurs points, et particulièrement par la Croupe du Lion, qui, elle-même, est aisément accessible. Nul étonnement donc que ce poste ait constamment cédé à toute attaque d'une force tant soit peu supérieure. La plus efficace, jusqu'à ce qu'on y ait remédié, sera de débarquer loin de la place, au nord, sur une plage toute découverte, entièrement sans défense, et de là marcher sur la ville pour l'attaquer par terre.

Je me rappelais d'avoir souvent entendu dire, et je pus voir moi-même dans ce temps, que des nuages couvrent parfois et assez subitement la montagne du Diable et celle de la Table, lors même que le reste du firmament demeure dans la plus grande pureté. On les croirait alors couvertes de la neige la plus brillante, et c'est ce que l'on appelle vulgairement la nappe mise sur la table, expression, du reste, qui rend assez la vérité du spectacle. Ce signe, en hiver, est presque toujours le précurseur sinistre de la tempête. La rade demeure entièrement ouverte aux vents du N.-O. qui sont communs et violents dans la mauvaise saison : on y est alors en perdition ; le seul abri est sous l'île Robin, assez au loin à l'entrée de la baie.

Je mentionnai à mes voisins ce que j'avais entendu dire souvent à nos officiers, que le bailli de Suffren, revenant, à la paix, de sa belle campagne de l'Inde, y avait jeté l'ancre quelques jours avant l'escadre anglaise qui le suivait de près. Celle-ci, en entrant, eut à courir des bords pour gagner le mouillage : or, le coup d'œil de l'amiral français était si précis et si sûr, qu'en considérant un des vaisseaux qui entraient, il annonça qu'il allait infailliblement se perdre, et ordonna, dès cet instant, le signal à toutes les chaloupes de son escadre de se tenir prêtes à porter un secours bientôt nécessaire. En effet, peu d'instants après, le vaisseau anglais fit côte ; on y vola de toutes parts, mais les embarcations françaises eurent la gloire d'arriver les premières et de beaucoup. Et ce ne fut pas un spectacle peu singulier ni peu touchant que de voir ces deux escadres, naguère si acharnées à leur destruction réciproque, rivalisant désormais d'obligeance, et se prodiguant les soins les plus empressés. Les jeunes officiers anglais auxquels je m'adressais n'avaient aucune idée de cette circonstance, tant il est vrai que les objets qui occupent si fort les contemporains disparaissent pour ceux qui suivent, quand ces objets n'ont pas acquis l'importance de l'histoire !

CHAPITRE DOUZIÈME

Séjour au cap de Bonne-Espérance

ESPACE DE PLUS DE SEPT MOIS

DIMANCHE 19 JANVIER 1817 AU MARDI 28.

Mon emprisonnement au vieux château. Détails, etc.

En voyant notre capitaine revenir de chez le gouverneur, lord Charles Sommerset, il m'avait suffi de sa figure pour ne rien augurer de bon. Ce n'était plus le même homme ; il reparut avec un air froid et embarrassé : sa réserve fut bientôt imitée par tous ceux qui m'entouraient. Plusieurs des officiers de la marine qui se trouvaient dans la rade du Cap vinrent visiter leurs camarades à bord du brick : il m'était aisé de juger que la curiosité de me voir y entrait pour quelque chose ; mais ils évitaient de lier conversation avec moi : ils se parlaient entre eux, à la dérobée, et avec mystère ; leurs regards semblaient considérer un proscrit. Toutes ces choses, et quelques expressions échappées, m'annonçaient qu'en dépit de toute la distance, on entretenait ici, sur la sûreté du grand captif, les mêmes craintes, la même défiance qu'à Sainte-Hélène, et j'en devais conclure que le sombre nuage qui enveloppait Longwood ne manquerait pas de se prolonger jusqu'à moi ; aussi, lorsque j'ai été mis à terre, vers midi, j'ai trouvé sur le rivage l'officier chargé de ma garde. Le capitaine du brick, qui m'avait accompagné dans son canot, n'a pas voulu, à titre de vieille connaissance, et j'espère de sympathie réelle, me quitter avant de me voir dans la demeure qu'on me destinait, et nous avons marché vers ce qu'on m'a appris être le vieux château ou la forteresse. Après avoir franchi plusieurs ponts-levis et traversé maints corps de garde, nous sommes arrivés dans la cour intérieure ou place d'armes, et de là, par divers escaliers et corridors, nous sommes parvenus au logement indiqué pour nous. Les portes se sont trouvées fermées : c'est vainement qu'on en a cherché les clefs partout, il a fallu attendre dans une salle commune, occupée par plusieurs officiers de la garnison. Est arrivé par hasard un officier de l'état-major, dont la figure a témoigné le plus grand étonnement qu'on nous laissât ainsi en pleine communication ; et prenant un prétexte poli, il nous a conduits dans sa chambre pour y prendre quelques rafraîchissements. Au bout de plusieurs heures, on est venu nous dire que nos appartements étaient prêts : ils se composaient de trois pièces que nous découvrions à mesure que le nuage de poussière dont elles étaient remplies se dissipait : on les balayait en ce moment. La première était toute nue ; celle du milieu présentait une grande table, un fauteuil, dont les pieds étaient brisés, et quatre mauvaises chaises ; la troisième renfermait deux bois de lits, deux traversins, une paillasse et trois couvertures : voilà tout le précieux mobilier. Bien nous en avait pris d'avoir embarqué nos lits avec nous ; mais comment se faisait-il qu'on eût mis deux jours pour de tels préparatifs ? Cette circonstance ne me donna pas une haute idée de l'ordonnance, de la précision et de la promptitude de la domination nouvelle sous laquelle je me trouvais désormais.

L'officier chargé de nous s'empara de la pièce d'entrée et s'y installa ; un factionnaire fut immédiatement placé en dehors, et on me signifia que je ne devais communiquer avec personne. Alors je me trouvai littéralement en prison. Je m'étais plaint de Balcombe's cottage ; mais ici c'était bien autre chose ; et voilà, sans doute, me disais-je, le premier effet de la bonne recommandation de sir Hudson Lowe ?

Vint le dîner ; il fut abondant : c'était notre officier qui le commandait. Celui d'état-major dont la politesse précautionneuse s'était emparée de nous le matin, se croyant déjà de grande connaissance, ou chargé peut-être d'une surveillance spéciale, vint me dire qu'il se permettait de venir me demander familièrement à dîner, et lui et son camarade s'étudièrent à nous en faire les honneurs de leur mieux. Ils montraient l'extrême désir de se rendre agréables ; mais je ne me trouvais guère en harmonie, et prétextant les fatigues du jour, je les laissai tête à tête en compagnie de leurs bouteilles, ce qu'ils prolongèrent fort avant dans la nuit, selon la coutume reçue.

Le lendemain, j'eus la visite d'un capitaine de notre station de Sainte-Hélène : connaissant l'état de mon fils, il amenait un médecin : c'était une grande attention de sa part ; mais cette présentation causa, durant quelques instants, un malentendu assez plaisant : j'avais pris ce médecin pour son fils ou son neveu. Qu'on se figure un enfant de dix-huit ans, avec toutes les formes, les manières et la voix d'une femme. C'était là l'imposant et grave docteur qu'on me présentait ; mais cet enfant était un phénomène, me disait-on ; M. Barry, c'était son nom, avait enlevé, à treize ans, son diplôme de docteur, en dépit de tous ses vieux examinateurs, et il avait pour lui, sur les lieux mêmes, ici, des cures admirables : il avait sauvé une des filles du gouverneur d'une maladie désespérée, ce qui l'avait rendu une espèce de favori dans la maison. Je profitai de cette dernière circonstance pour tâcher d'obtenir quelques lumières qui pussent diriger ma conduite vis-à-vis de ce nouveau gouverneur, auquel j'écrivis dès le jour même la lettre suivante, qui lui exposait ma situation, et contenait ma demande formelle d'être envoyé en Angleterre et mis en pleine et entière liberté.

« Milord, déjà depuis plusieurs jours, sous votre autorité et dépendance, j'ai l'honneur de m'adresser à Votre Excellence pour connaître ses intentions à mon égard. Par une circonstance qui m'est tout à fait personnelle, j'ai été enlevé à Longwood (Sainte-Hélène), le 25 novembre dernier, par sir Hudson Lowe, gouverneur de cette île.

« Très peu de jours après, et à la suite de plusieurs conversations avec le gouverneur, sans aucune décision à mon sujet, j'ai eu l'honneur de lui écrire qu'à compter de cet instant je me retirais de la sujétion volontaire à laquelle je m'étais soumis vis-à-vis de lui, que je me remettais entièrement sous l'exercice des lois, et le sommais de les remplir à mon égard ; que si j'étais coupable, je devais être jugé ; que si je ne l'étais pas, je devais être rendu à la liberté. J'ajoutais que l'état affreux de la santé de mon fils, la mienne même, demandaient impérieusement de se trouver à la source des remèdes de tout genre, et que je le suppliais de nous envoyer en Angleterre. Le gouverneur sir Hudson Lowe m'a paru alors fort incertain. J'ai des raisons de croire qu'un moment il n'a pas été éloigné de m'embarquer pour l'Europe ; ensuite il a voulu me garder à Sainte-Hélène, séparé de Longwood, jusqu'au retour des réponses d'Angleterre, puis il m'a offert à diverses reprises de retourner à Longwood ; enfin il m'a expédié pour le Cap, aux ordres de Votre Excellence, saisissant ainsi, à ce qu'il m'a paru, dans la stricte lettre de ses instructions, un terme à ses embarras, et attendant peut-être d'autrui les mêmes résultats à mon égard, mais sans risquer désormais lui-même aucune responsabilité personnelle. Tel est, milord, le court sommaire que j'ai cru devoir vous exposer, afin que vous puissiez prendre une connaissance précise de ma véritable situation, et que, dans la justice de votre cœur, vous trouviez simple, naturelle, inoffensive et tout à fait régulière la demande authentique que j'ai l'honneur de vous adresser en ce moment à vous-même, d'être envoyé en Angleterre aussitôt que possible, et d'être rendu à ma pleine et entière liberté, autant que mes droits naturels peuvent le prétendre sur vos devoirs politiques.

« J'ai l'honneur, etc.

« P.-S. Je sollicite de Votre Excellence la faveur de savoir si j'ai la faculté d'écrire à Son Altesse Royale le prince régent et à ses ministres. J'aurais alors l'honneur de vous adresser deux lettres, avec prière de les leur faire parvenir sans délai. Je vous serais obligé aussi de me laisser connaître les occasions qui se présenteraient pour Sainte-Hélène, ayant à adresser quelques papiers au gouverneur sir Hudson Lowe. »

La réponse du gouverneur m'arriva le surlendemain : elle était courte : sans entrer dans aucun détail, il me faisait prisonnier *sur le rapport de sir Hudson Lowe*, et me condamnait à rester ici jusqu'au retour des nouvelles d'Angleterre. Je n'avais point à résister, il fallait bien me soumettre ; c'est ce que j'exprimai à lord Charles Sommerset, par une seconde lettre qui en renfermait deux autres : la première pour lord Castlereagh, chargé de mettre la seconde sous les yeux du prince régent.

« Milord, mandais-je au gouverneur, j'ai reçu la réponse que vous m'avez fait adresser, et qui m'apprend que Votre Excellence me retiendra captif ici jusqu'à ce que sir Hudson Lowe ait reçu des réponses d'Angleterre à mon sujet. Sans doute Votre Excellence a pesé dans sa sagesse la force des motifs qui la déterminent à un acte aussi important que celui de me priver ainsi de ma liberté, sans aucune forme judiciaire préalable, sans même qu'on m'ait dit pourquoi. Il ne me reste plus qu'à me soumettre à l'autorité, et à me reposer sur les lois qui veillent pour moi, s'il y a lieu.

« Je n'entreprendrai aucun argument ultérieur pour ma défense, persuadé que vous-même, milord, dans un acte aussi délicat, et dans la justice de votre cœur, vous aurez parcouru attentivement tout le cercle de ma cause. Toutefois, j'aperçois dans votre réponse que votre décision repose sur les circonstances établies à mon sujet par sir Hudson Lowe ; mais ces circonstances ont-elles été contradictoirement établies aux yeux de Votre Excellence ? A-t-elle entendu les deux côtés de la question, et se croit-elle à l'abri de toute responsabilité personnelle, en exécutant sur les seules instructions de sir Hudson Lowe, et sans nul égard à mes propres réclamations ; et comment se ferait-il que ce que sir Hudson Lowe n'a pas cru pouvoir hasarder sans risque à Sainte-Hélène, me retenir prisonnier, se trouverait plus facile et avoir de moindres inconvénients au Cap ?

« Milord, si Votre Excellence trouvait désirable de s'éclaircir sur mon affaire et mes sentiments, je suis prêt à vous communiquer toute ma correspondance avec le gouverneur de Sainte-Hélène, et à mettre sous vos yeux ce que j'écris à S.A.R. le prince régent et à ses ministres. Je vous l'offre et désire de le voir accepté. De plus, si de me soumettre volontairement et franchement, à mon arrivée en Angleterre, à toutes les précautions, même arbitraires, qu'on jugera équivalentes à ma quarantaine politique ici pouvait altérer votre détermination, je suis prêt à y souscrire de bon cœur, tant la santé de mon fils, la mienne même, le vide affreux dans lequel je me trouve désormais, n'étant plus ni avec ma famille, qui m'est si chère, ni avec l'objet vénéré pour lequel j'en avais fait le douloureux sacrifice, me laissent le brûlant besoin de retrouver l'Europe.

« Enfin, milord, s'il ne me reste aucune chance, faites du moins partir mon fils ; qu'il ne tombe pas victime de circonstances auxquelles son âge le rend tout à fait étranger. Je me prêterai volontiers à le voir arracher de mon sein, dans l'espoir de lui préparer un meilleur avenir. Et moi, demeuré seul avec mes infirmités et mes peines, je me résignerai avec plus d'indifférence, le croyant plus heureux, à la sentence de mort lente qui va s'exécuter sur moi, sans qu'aucun tribunal l'ait débattue, sans qu'aucun juge l'ait prononcée.

« J'ai l'honneur d'adresser à Votre Excellence une lettre à lord Castlereagh, contenant celle pour S.A.R. le prince régent : elles se trouvaient écrites lorsque les renseignements que vous avez eu la bonté de me donner à ce sujet me sont parvenus ; j'ignorais celui des ministres auquel je devais personnellement m'adresser : je n'ai pas cru devoir recommencer : l'état de mes yeux me rend l'écriture trop pénible, et je vois d'ailleurs que j'avais deviné les formes importantes. »

Lettre à lord Castlereagh,
renfermant celle adressée au prince régent

« Milord, dans l'ignorance de celui de vos collègues auquel je devais avoir recours, j'ai l'honneur de m'adresser à vous, comme à celui dont les événements publics m'ont donné le plus de connaissance. Si les détails qui concernent Sainte-Hélène ont été mis sous les yeux de Votre Excellence, ils vous auront sans doute inspiré de grandes préventions contre moi, et cependant s'ils vous étaient convenablement développés, nul doute qu'ils ne vous parussent dignes d'estime, peut-être même d'intérêt.

« A Longwood, je me regardais comme dans une enceinte sacrée, dont je devais défendre les approches ; je serais volontiers mort sur la brèche : *Je résistais*. Aujourd'hui que je me trouve en dehors du cercle révéré, que je suis rentré désormais dans la foule commune, je dois avoir aussi une autre attitude : *J'implore*.

« Je vous demande donc, milord, je vous sollicite, et je parle toujours dans la supposition que je m'adresse au ministre qui doit m'entendre ; je vous sollicite de me laisser arriver en Angleterre, où l'état affreux de la santé de mon fils et la mienne réclament les plus prompts secours.

« Et quel motif aurait-on de repousser ma demande ? Serait-ce la haine personnelle ? Je suis trop obscur pour atteindre à un pareil honneur. Serait-ce la haine vague de la différence d'opinion ? Mais vous êtes tellement accoutumé à cette différence parmi vous, et avec si peu d'amertume, qu'il serait ridicule à moi de le penser. Serait-ce la crainte que je n'écrivisse, ne publiasse, ne parlasse ? Mais, en me repoussant, n'autoriserait-on pas en quelque sorte le fiel qu'il me serait si facile d'aller distiller ailleurs ; et si l'on avait à vouloir gêner quelqu'un sur cet objet, à s'assurer de lui, le sol de l'Angleterre ne serait-il pas précisément le plus favorable et le plus sûr ? car vous avez contre de pareilles offenses, non seulement les lois générales, mais encore les lois particulières. Quand l'individu est près de vous, vous avez pour garanties positives sa prudence, sa sagesse, et surtout son désir d'y demeurer.

« Je ne vois donc, milord, aucune cause de refus à ma demande, j'en aperçois au contraire beaucoup pour me la faire accorder. Quelle plus belle occasion pour vous de parvenir à la vérité, en vous procurant les lumières contradictoires et opposées ? Dans vos nobles fonctions de jury, votre conscience doit-elle se croire suffisamment éclairée en ne voyant qu'un seul côté de la question ? Je puis montrer l'autre, et le ferai sans préjugé, sans passion ; vous ne trouverez en moi que celle du sentiment.

« Je passe à l'article de mes papiers qui ont été retenus à Sainte-Hélène ; j'en ai déjà plusieurs fois exprimé la nature, je vais la redire à Votre Excellence. Ils composent un recueil de dix-huit mois, où, jour par jour, j'ai inscrit tout ce que j'ai su, vu ou entendu de celui qui, à mes yeux, a été et demeure le plus grand des hommes. Mais ce recueil, informe, inexact, non arrêté, corrigé à chaque instant et, par sa nature, devant l'être sans cesse, était un mystère que la circonstance seule a mis au jour. Tous ignoraient son existence, à l'exception peut-être de l'auguste personne qui en était l'objet ; elle-même, encore en cet instant, n'en connaît point le contenu ; il n'était pas destiné à voir le jour durant ma vie ; je me plaisais à en faire le monument historique le plus complet et le plus précieux. Veuillez ordonner, milord, qu'il vous soit adressé intact. V. S.[1] le peut sans inconvénient ; je lui proteste solennellement ici qu'il ne s'y trouve rien, directement ou indirectement, qui puisse donner des lumières urgentes et utiles à l'autorité locale de Sainte-Hélène pour le grand objet dont elle se trouve chargée. Elle ne saurait avoir aucun avantage à en prendre connaissance, et il y aurait de très grands inconvénients d'accroître, par les personnalités qui s'y trouvent, l'aigreur et l'irritation, qui ne sont déjà que beaucoup trop grandes.

1. Votre Seigneurie.

« Arrivés près de vous, milord, si votre situation politique juge que ces papiers, si sacrés, si secrets par leur nature, doivent être visités, je m'y soumettrai sans peine, parce que cela s'exécutera près de moi, et que je serai sûr des formes inviolables et sacrées dont Votre Excellence en enveloppera l'examen. Je ne pense pas encore que vous trouviez aucune objection à cette seconde faveur, que je demande avec instance.

« Milord, j'ai l'honneur de vous adresser une lettre pour S.A.R. le prince régent, et vous prie de vouloir bien me faire la grâce de la mettre sous ses yeux. Mon profond respect pour son auguste personne m'a seul empêché de vous l'envoyer ouverte, et j'autorise Votre Excellence à l'ouvrir, si l'usage le permet.

« J'ai l'honneur d'être, etc. »

Lettre au prince régent d'Angleterre

« Altesse Royale, jouet de la tempête politique, errant, sans asile, un étranger faible, malheureux, ose s'adresser avec confiance à votre âme royale.

« Deux fois dans ma vie, j'ai eu le malheur de me trouver hors de ma patrie, toujours croyant ne remplir que de grands et nobles devoirs. Lors de mon premier exil, le séjour de l'Angleterre adoucit les peines de ma jeunesse, et je comptais sur elle encore pour couler quelques jours tranquilles dans mes vieux ans. Cependant, on me fait craindre de m'en avoir repoussé. Et qui pourrait m'attirer une telle sévérité ? Serait-ce le lieu d'où je sors, les soins que je m'y plaisais à y donner, les sentiments, les tendres vœux que j'y reportais sans cesse ? Mais, Prince, à Longwood, je professais une grande et rare vertu ; j'y soutenais, avec mes dignes compagnons, l'honneur de ceux qui entourent les rois. Après nous, on ne dira plus qu'il n'est pas de fidélité, d'amour pour les monarques malheureux.

« De tels actes pourraient-ils être persécutés, m'interdire un asile ? Et puis, celui qui toujours grand a tracé pour moi, du roc de l'adversité, ces paroles qui m'ont enflé le cœur : *Soit que vous retourniez dans la patrie, soit que vous alliez ailleurs, vantez-vous partout de la fidélité que vous m'avez montrée* ; celui-là, dis-je, ne m'a-t-il pas donné un titre, des droits à la bienveillance de tous les rois ? Prince, je me place sous votre protection royale.

« Dans l'abord journalier et les conversations fréquentes de celui qui a gouverné le monde et rempli l'univers de son nom, j'ai conçu et exécuté d'écrire jour par jour tout ce que j'en verrais, tout ce que j'en entendrais.

« Ce recueil de dix-huit mois, unique dans sa nature, mais encore informe, inexact, non arrêté, inconnu à tous, même à l'auguste personne qui en était l'objet, m'a été saisi : Prince, je le place aussi sous votre protection royale ; j'ose vous en supplier au nom de la justice, de la vérité, au nom de l'histoire.

« Que Votre Altesse Royale daigne, dans sa bonté, prononcer que je dois trouver un refuge à l'ombre de ses ailes, et j'irai y chercher un lieu où je puisse, tranquille, me *ressouvenir* et *pleurer*.

« Je suis, avec le plus profond respect, etc.

« Le comte de LAS CASES. »

En réponse à ma lettre à lord Ch. Sommerset, je reçus de lui l'autorisation que j'avais demandée pour mon fils, de partir pour l'Europe par la première occasion. Je voulais qu'il en profitât, je l'en pressai, le lui ordonnai même ; mais il s'y refusa absolument, et écrivit à cet égard une lettre au gouverneur qui me causa des sensations trop douces et honore trop son cœur pour que je me refuse à la mentionner ici.

« Mon père, lui mandait-il, vient de me lire la permission que vous m'accordez de me rendre en Europe, il m'a supplié, ordonné d'en profiter.

« Milord, je ne ferai point usage de votre indulgence, et j'oserai désobéir à mon père. Les peines du corps ne sont rien ; celles du cœur sont tout. Privé depuis deux ans de ma mère, je la pleure à chaque instant ; toutefois, je n'abandonnerai jamais mon père dans un climat qui n'est pas le sien, et dans une situation si étrange pour lui. Ma santé n'est plus rien pour moi : heureux si je puis lui être de quelque consolation, et alléger, en les partageant, les maux qui depuis longtemps s'accumulent chaque jour autour de lui.

« Je préfère mourir à ses côtés que de vivre loin de lui. Je suis trop fier de ses nobles vertus, trop avide de ses grands exemples pour le perdre de vue un instant. Je mourrai s'il le faut, ici : on pourra compter deux victimes au lieu d'une.

« Je ne vous en remercie pas moins, milord, du fond de mon cœur, de votre bonne volonté pour moi. Combien il m'eût été doux, combien je vous eusse béni de l'avoir étendue jusqu'à mon père !

« J'ai l'honneur, etc. »

Cette lettre fut sans doute lue en famille chez lord Ch. Sommerset, et y fit naître les sentiments dont elle était digne ; car le lendemain, le jeune docteur étant venu, et moi l'ayant pris à part pour qu'il fît usage de son ascendant médical sur mon fils, afin de le déterminer à partir, au lieu de m'écouter, il courut à la chambre de mon fils, lui sautant au cou pour ce qu'il venait de faire, disait-il, l'assurant qu'il l'eût mésestimé s'il en eût agi autrement ; et, l'entraînant à la fenêtre, il le présenta à deux dames restées dans leur calèche ; et ce furent alors beaucoup de salutations réciproques ; c'étaient les deux filles de lord Ch. Sommerset, qui avaient voulu, ce matin, conduire elles-mêmes le docteur jusque dans la cour de notre prison, et probablement satisfaire l'intérêt de la curiosité que les expressions de mon fils avaient fait naître.

Cependant notre situation continuait d'être déplorable dans notre espèce de cachot : nos fenêtres, sans rideaux, donnaient sur une cour couverte d'un sable enflammé. Dans cet hémisphère opposé, bien qu'au mois de janvier, nous nous trouvions dans cet instant sous les ardeurs brûlantes de l'été ; nous étouffions.

Au-dedans toujours même gêne, mêmes restrictions, mêmes contrariétés ; toujours mêmes honneurs de notre déjeuner et de notre dîner par les mêmes officiers ; j'étais surtout vivement heurté dans le cœur de cette dernière circonstance, et résolu de m'y soustraire à tout prix, je gardai le lit et y pris désormais mes repas, décidé à n'en pas sortir si l'on n'allégeait mes tourments. Je souffrais d'ailleurs de violents maux d'estomac ; j'avais parfois la fièvre ; ma santé était totalement dérangée. L'officier de garde m'avait fait connaître, il est vrai, qu'il avait ordre de me conduire dans la ville et même aux environs dès que je lui en exprimerais le désir ; mais je l'en avais remercié pour moi, et n'en voulus profiter que pour mon fils.

Personne n'arrivait jusqu'à moi ; soit que l'officier, qui me savait incommodé, crût me rendre service, soit que cela lui fût interdit, il repoussait sévèrement toute tentative à cet égard, ce qui amena une circonstance des plus singulières. En face de notre porte était un fond de corridor où il nous était permis d'aller, et qui nous devenait indispensable maintes fois le jour. M'y étant rendu, et trouvant dans le voisinage une porte ouverte, contre toute habitude, j'eus la curiosité de la franchir, et un escalier rapide me conduisait sur les combles de la plate-forme du château, d'où je dominais la ville du Cap, et la vaste mer à perte de vue. Frappé de la beauté du spectacle, je m'oubliai dans les méditations qu'il faisait naître, et deux heures s'étaient écoulées avant que je songeasse à revenir. Le hasard avait fait que j'étais sorti durant la promenade de mon fils avec notre officier ; or, la sentinelle avait été changée pendant cet intervalle, si bien que quand je me présentai à la porte, ce soldat la croisa de son fusil, et me repoussa fort brutalement ; plus j'insistais, plus il se fâchait. Cela me parut plaisant ; mais je trouvais plus plaisant encore de descendre les escaliers, de traverser les cours et d'aller au corps de garde extérieur demander main-forte pour pouvoir rentrer dans ma prison. Aux premières paroles, l'officier de service, effrayé de me voir là, s'élança en fureur dans les escaliers jusqu'au factionnaire, et là commença entre eux deux la plus violente querelle ; l'officier l'accabla d'injures et le menaça de le faire rouer de coups. Le soldat, furieux de son côté, et les yeux hors de la tête, jurait qu'après tout il avait fait pourtant son devoir ; et moi, tranquille spectateur, je ne pouvais m'empêcher de sourire d'un tel esclandre, auquel ni l'un ni l'autre, au fait, ne comprenait rien, et que moi seul aurais pu expliquer. Toutefois la paix se fit aux dépens du captif : on me remit sous les barreaux et tout rentra dans le calme.

Le jeune docteur était le seul qui parvînt jusqu'à moi : il me visitait souvent ; sa conversation me faisait du bien ; il me répétait chaque fois de songer à ma santé ; il devinait, disait-il, le siège de mon mal, et s'affligeait qu'il fût hors de son pouvoir d'y porter remède. Je l'assurai que le plus efficace qu'il pût me procurer en cet instant, serait de m'obtenir un lecteur capable aussi d'écrire sous ma dictée ; je le demandais vainement depuis mon arrivée, l'état de mes yeux m'interdisait toute occupation, on la défendait strictement à mon fils ; et les journées me devenaient insupportables, si je devais demeurer ainsi, laissé oisivement à mes cruelles pensées.

Le docteur m'apprit que le gouverneur allait partir pour faire le tour de la colonie, qu'il ferait une absence de trois mois, ce qui allait éterniser pour moi un avenir que je ne pouvais plus endurer. Cette circonstance me détermina à faire une dernière tentative, bien que je comptasse peu sur le succès, et seulement pour n'avoir rien à me reprocher, car la manière horrible et tout à fait inconvenante dont j'étais traité m'étonnait moins qu'elle n'eût dû le faire : j'y avais été préparé. On nous avait répété souvent à Sainte-Hélène que lord Charles Sommerset était notre ennemi personnel ; et en arrivant ici, m'informant de son caractère et de l'accueil probable que j'en devais attendre, on m'avait dit : « Monsieur le comte, sous peine d'être chien ou cheval, on n'attire guère son attention. » Et depuis, je m'étais répété tristement plus d'une fois, dans les ennuis de ma prison : en effet, comme je ne suis ni chien ni cheval, voilà pourquoi, sans doute, je n'entends point parler de lui. On va voir bientôt combien peu il méritait tout cela.

Profitant d'une phrase de sa première lettre dans laquelle il avait exprimé le désir de me rendre mon séjour le moins désagréable possible, je m'en servis comme d'une occasion naturelle pour lui faire parvenir, dans la lettre suivante, toute ma pensée sur le traitement que j'éprouvais.

« Milord, j'apprends que Votre Excellence est à la veille de partir pour une longue absence, ce qui me détermine, en dépit d'une extrême répugnance, à entamer, quoi qu'il m'en coûte, un sujet pénible, celui de quelques détails domestiques. Je m'y crois obligé, afin, s'il m'échappait jamais avec le temps quelques paroles publiques de mécontentement, de ne pas encourir de Votre Excellence le très juste reproche de ne lui en avoir pas donné connaissance.

« Mais avant d'entrer en matière, milord, et pour que vous ne m'accusiez pas de ridicule dans ce que je pourrais dire plus bas, comme aussi pour vous donner une idée juste de mes circonstances, qu'il est très simple que vous ne connaissiez pas, que Votre Excellence me permette de lui faire observer, avec tout l'embarras de celui qui se voit obligé de s'annoncer et de se nommer lui-même, qu'il n'est personne ici sur la ligne duquel, *sous tous les rapports quelconques*, je ne puisse, je ne doive me placer naturellement et sans gêne. Ensuite, je ne demande ni ne sollicite aucune indulgence, ni faveur relative à mes besoins personnels, n'ayant d'autre désir que d'être laissé, sur cet objet, à mes propres ressources.

« Ces deux points établis et déterminés, je passe à l'article de votre lettre dans lequel vous avez la bonté de me faire connaître votre désir de rendre mon séjour ici le moins pénible possible. J'aurai l'honneur, à ce sujet, de faire savoir à Votre Excellence que je suis dans un vrai cachot, où il me serait difficile de vivre longtemps.

« Renfermé avec mon fils dans une très petite chambre, avec l'extrême chaleur de la saison, malades tous les deux, nous respirons l'un sur l'autre ; nous ne saurions y bouger ; nos lits la remplissent en entier. La réflexion d'un soleil brûlant, par une fenêtre sans rideaux, me force de passer la journée dans mon lit. Une pièce de même nature est à côté il est vrai ; mais c'est une salle à manger, dont deux de vos officiers me font les honneurs. Si j'y entre parfois, ce n'est qu'en calculant les moments. Une troisième chambre vient ensuite ; c'est celle de l'officier que vous avez commis à ma garde, et je dois la traverser, quoi qu'il m'en coûte, pour les besoins les plus indispensables.

« Quelque dure, quelque effroyable que me soit cette position, j'ai été matelot, j'ai été soldat ; et mieux encore, je suis homme, je saurais la dévorer en silence et bien au-delà ; je ne vous en parle ici que pour répondre au paragraphe obligeant de votre lettre. Il n'y a point de feu chez nous ; si la santé de mon fils ou quelques besoins passagers demandent un peu d'eau chaude, il faut y renoncer, ou recourir à la charité des voisins. Le docteur a vainement ordonné des bains pour mon fils, on ne peut y parvenir. S'il me vient la moindre fantaisie, et que je veuille me la procurer, on m'objecte que Votre Excellence a ordonné de pourvoir à tout ; ce qui, dès cet instant, réprime, par délicatesse, mon désir, et ne le satisfait pas.

« J'épargne à Votre Excellence une foule de détails trop au-dessous d'elle et de moi. Arrive le supplice des repas. Deux officiers pleins d'attentions, d'égards et de politesse, j'aime à le confesser, y président, mais leurs soins mêmes, chose étrange et pourtant vraie, accroissent ma peine, en me forçant de m'étudier sans cesse à y répondre, lorsqu'il serait très naturel et fort désirable pour moi de laisser errer mes idées loin du séjour où je me trouve. De plus, nos usages, nos habitudes, nos mœurs sont tout à fait différents. Je me vois plusieurs heures à table, quand je n'y demeurais pas une demi-heure. Et quel sujet de conversation étrangère peut désormais être sans inconvénients pour moi ! V. S. a trop de jugement pour ne pas sentir que cette position doit être, en effet, un supplice. Ma tristesse est sans doute pénible à mes compagnons de table, comme leur gaieté me serait importune. La solitude la plus entière est mon seul lot ; elle seule peut me complaire : aussi je n'ai pu continuer longtemps ; je mange dans mon lit.

« De quelle nécessité peut être un officier attaché à ma personne ? J'ose le demander à Votre Excellence, et je me plais à répéter ici que je ne saurais assez me louer de celui qu'elle m'a donné. Serait-ce pour ma surveillance ? La sentinelle qui est à ma porte semble suffisante. Serait-ce une attention pour transmettre les désirs que j'aurais pu former ? Mais je n'en ai aucun. Serait-ce pour légitimer les visites que je recevais ? Mais je n'en puis recevoir d'autres que celle que désigne l'autorité. Serait-ce pour m'accompagner dans mes courses ? Mais il ne saurait m'arriver de faire un pas qui puisse être à charge à un officier : je ne sortirai jamais.

« Milord, puisque vous avez arrêté que je demeurerais votre prisonnier, quelle objection Votre Excellence aurait-elle à me placer dans une maison en ville, me permettant d'y employer, à mes frais, le domestique, le cuisinier, etc., qu'il me plairait, avec les précautions qu'elle jugerait convenables, et laissé à moi-même. Votre Excellence aura pourvu à tout et n'entendra plus parler de moi. S'il me prenait fantaisie de faire un tour en voiture ou autrement, j'écrirais à l'officier, je connais son obligeance, il ne me refusera pas. J'ai dit une maison à la ville, milord, la nature de l'incommodité de mon fils, qui exige par-dessus tout l'assistance constante et parfois subite des médecins, m'interdit tout à fait la campagne.

« Tels sont les détails que je me suis cru forcé d'adresser à Votre Excellence. Je désire qu'ils lui soient moins désagréables, moins pénibles qu'à moi.

« J'ai l'honneur, etc. »

Cette lettre, par sa nature, devait amener un résultat décisif. La réponse immédiate fut l'arrivée de l'adjudant général venant me dire, au nom du gouverneur : 1° qu'il avait donné des ordres pour que mon fils eût dès demain une chambre à lui seul ; 2° que l'officier, dès cet instant, ne mangerait plus avec nous ; 3° que l'on s'occupât aussitôt de nous préparer un lieu plus salubre ; enfin, que si j'avais tout autre désir, on s'empresserait de le satisfaire, etc.

Tels étaient les effets de ma lettre, son succès, comme on voit, était des plus complets, au-delà même de mes espérances, et je me félicitais de l'avoir écrite, puisqu'elle me donnait la satisfaction de découvrir dans lord Charles Sommerset des dispositions que je n'avais pas attendues. Mais ce ne devait pas être là tout encore ; le lendemain matin, de fort bonne heure, un colonel, premier aide de camp du gouverneur, m'écrit qu'il a une communication à me faire de la part de Son Excellence, et qu'il me demande mes ordres pour l'heure à laquelle il me conviendrait de le recevoir. Sur ma réponse, il arrive et me dit qu'il est chargé de la part du gouverneur, de m'apprendre qu'il a quitté la ville ce matin, pour une tournée de trois mois, qu'il est bien fâché de savoir que j'ai été aussi mal, qu'il me prie de lui faire la grâce de croire que cela a été tout à fait à son insu ; qu'il n'a rien de plus à cœur que de me faire supporter mon séjour ; qu'il m'offre sa maison de campagne, ses gens et tout ce qui s'y trouve ; qu'il me prie de m'en mettre en possession, me faisant répéter que si j'ai tout autre désir, je n'ai qu'à le faire connaître, que les ordres sont de les satisfaire. J'ai accepté sans hésitation, et le colonel est allé prendre les mesures nécessaires pour notre immédiate translation.

Alors, j'ai pu voir combien on avait calomnié le caractère du gouverneur ; alors j'ai eu la preuve certaine que lord Charles Sommerset avait les formes, la grâce et les manières de son rang éminent : combien peuvent différer les hommes ! A Sainte-Hélène, une lettre telle que la mienne eût probablement fait resserrer les chaînes : ici elle valait l'offre d'un palais ; et cette seule observation suffit pour caractériser les deux autorités avec lesquelles j'avais eu à traiter. C'est qu'au fait, lord Sommerset était loin de mériter ce que j'en avais entendu. Tout homme a ses détracteurs : peu de chefs ont le bonheur de leur échapper. Lord Charles Sommerset, ainsi que j'ai pu m'en convaincre par la suite, était noble, généreux, moral, très religieux et d'une nature tout à fait bienveillante. Aucun mal, celui surtout qui a pesé sur moi, ne venait de lui, mais bien des subordonnés exécutant d'habitude le travail et influençant les décisions ; or, ceux qui dirigeaient ici, soumis aux préjugés vulgaires de nation, nous haïssaient comme Français et s'estimaient heureux des rigueurs dont ils pouvaient nous accabler à ce titre.

Si je m'étais procuré les rapports de société avec le gouverneur, ce qui, j'ai eu des raisons de le croire, ne m'eût pas été difficile, je ne doute pas qu'ayant occasion de plaider ma cause tête à tête avec lord Charles, je n'eusse réussi à obtenir ce que je demandais, parce que c'était de toute justice ; mais il n'était pas de ma situation de chercher à m'en approcher, et il était dans l'inclination de son entourage de l'empêcher de venir à moi ; il se fit bien annoncer plusieurs fois, mais il n'exécuta jamais son dessein.

MERCREDI 29 JANVIER AU SAMEDI 5 AVRIL.

Translation à Newlands, maison de campagne des gouverneurs. Détails, etc.

Aujourd'hui, de très bonne heure, avec une exactitude parfaite, ainsi qu'il avait été arrêté avec le colonel aide de camp, une voiture à quatre chevaux s'est trouvée à notre porte ; nous nous sommes mis en route et en moins de trois quarts d'heure nous avons atteint Newlands (terrains neufs), maison de campagne des gouverneurs, qui pourrait passer pour une jolie habitation d'Europe. Il nous fut aisé de voir que quelques années s'étaient écoulées depuis son nom primitif, car elle est entourée d'arbres très élevés, d'un grand nombre de bosquets et de beaucoup de vergers en plein rapport.

Un aide de camp du gouverneur nous en mit en possession avec toutes les formes de la politesse la plus recherchée ; et voulant me faire reconnaître le terrain, me disait-il, et m'expliquer toutes les circonstances environnantes, il me pria de le parcourir avec lui, ne disant pas un mot des limites ni des restrictions, et trouvant le moyen de glisser adroitement que les soldats que je voyais n'étaient autres que la garde ordinaire du gouverneur, et n'avaient pas d'autre consigne que celle qui existait pour lui ; que je pouvais me regarder dans la maison comme chez moi ; que tout y était à mes ordres, et il prit congé.

Laissés à nous-mêmes, et parcourant ces lieux charmants, nous nous disions être passés subitement d'une affreuse prison à un lieu de délices. Ces appartements soignés, des volières dans le voisinage, des oiseaux de toute espèce, des fleurs en abondance, ces bosquets nombreux, ces belles promenades, et avec tout cela ce silence, cette solitude, le tout nous semblait quelque chose de magique : nous trouvions qu'il y avait du *Zémire et Azor*.

Tout dans la maison avait été mis à notre usage, et restait dans l'état où il avait été occupé ; rien n'avait été mis de côté. Mon fils, en ouvrant une boîte à couleurs, aperçut un dessin non encore achevé d'une des filles de lord Charles ; c'était le portrait de l'objet révéré que nous pleurions, car où ne se trouve-t-il pas ? Le modèle était à côté ; une mauvaise esquisse, espèce de caricature prise à bord du *Northumberland*, qui nous poursuit partout, et que nous détruisons partout avec ce zèle ardent des missionnaires brisant les images des faux dieux. Dans sa verve, et pour début poétique, mon fils écrivit au bas du dessin difforme de Mlle Sommerset :

Sous vos doigts élégants tout devrait s'embellir ;
C'est aux belles surtout à peindre le courage ;
Du héros des héros, du Mars de l'avenir,
Comment avez-vous pu défigurer l'image ?

Et moi j'y joignis une petite médaille, ressemblance plus fidèle de Napoléon. Puis nous resserrâmes soigneusement le tout, ravis de notre espièglerie et jouissant d'avance de la surprise de miss Sommerset, lisant un jour, sans colère, la censure que nous nous étions permis de faire de son dessin.

Le gouverneur avait poussé l'attention jusqu'à faire venir pour moi de la ville un maître d'hôtel en titre, qui devait prendre mes ordres pour ma nourriture de chaque jour, me disait-il, me donnant à entendre que je pouvais ordonner avec profusion ; mais j'avais pris des mœurs spartiates ; je le priai donc de borner ses soins au simple nécessaire ; et quant à lui, changeant sa destination, je l'établis, dès cet instant, mon lecteur ; en quoi il me fut véritablement précieux : du reste, par un hasard singulier, c'était précisément le neveu du seul habitant que je connusse à Sainte-Hélène, le cher Amphitryon, notre bon et ancien hôte de Briars, que j'aime beaucoup.

En revoyant l'aide de camp, qui nous visitait assez régulièrement, ayant charge expresse, disait-il, de veiller à notre bien-être, je le priai de faire parvenir nos remerciements et notre reconnaissance à lord Ch. Sommerset, pour toute la grâce dont il nous entourait afin de déguiser notre captivité. « Car c'en était toujours une, lui faisais-je dire, puisque, malgré nous, nous pleurions loin de Sainte-Hélène et loin de l'Europe. »

Notre sortie de prison et notre établissement à Newlands furent pour nous une véritable révolution : nous reçûmes des visites, beaucoup de personnes s'empressèrent de nous voir. Le général Hall, commandant en l'absence du gouverneur, vint, accompagné de sa femme, qui, joignant à une très jolie figure les manières les plus douces et les plus agréables, parlait très bien le français. Son mari avait été onze ans prisonnier en France, et elle était venue l'y joindre en dépit des grandes restrictions existantes entre les deux pays. Elle n'avait pas craint, pour y parvenir, de s'exposer à traverser la Manche, autant que je puis me le rappeler, en simple canot. L'un et l'autre se trouvaient de grande connaissance avec beaucoup de mes amis de Paris. Le général Hall, d'une sévère franchise et d'une grande loyauté, me dit qu'il se trouverait heureux d'acquitter sur moi, sans songer aux différences d'opinion, tous les bons traitements qu'il avait généreusement éprouvés en France, et il tint parole.

Je reçus aussi la visite du colonel Ware, dont la femme avait sa sœur mariée à un des membres du ministère actuel. Demeurant à un quart d'heure de Newlands, il venait me faire l'offre, disait-il, d'un bon voisinage, qu'il n'a cessé, en effet, de nous rendre des plus agréables par les communications les plus suivies et les plus aimables. Enfin, il n'est pas jusqu'à une femme des plus distinguées sous tous les rapports, et accidentellement dans la colonie, qui n'eût la charité chrétienne de venir visiter un captif ; ce qu'elle renouvela plusieurs fois, et ce qui fut un inespérable bonheur ; car son acte de bienveillance était rehaussé de tout le prix d'une conversation charmante, de manières pleines de grâce et d'une modestie séduisante : c'était véritablement une fleur d'Europe égarée dans les bruyères du Cap.

Il est encore une foule de fonctionnaires de toutes armes et de tout rang qui s'empressèrent de venir visiter notre solitude, et s'efforcèrent d'alléger nos peines avec une sympathie et un intérêt tout à fait touchants. La connaissance de leur bienveillance eût pu leur valoir alors, de la part de leurs ministres, des désagréments, et peut-être des destitutions ; et aujourd'hui encore, quoi qu'il m'en coûte, je tairai leurs noms à tout hasard ; mais qu'ils sachent bien qu'aucune de leurs paroles n'ont été perdues pour mon cœur : je me sens né pour la reconnaissance.

La curiosité s'en mêlait aussi, il n'était point d'étranger arrivant dans la colonie, tous les nombreux passagers de l'Inde, surtout, qui ne voulussent visiter Newlands. J'étais un rayon échappé de Longwood : on tenait à voir celui qui venait d'auprès de Napoléon, tant il était constamment et partout dans tous les esprits, dans toutes les conversations.

J'eus l'occasion alors de répondre à bien des questions qui m'étaient adressées sur sa personne, ce que je faisais toujours avec une étendue dans laquelle je me complaisais. Que de préventions je détruisais ! Que de surprises je causais ! car il serait difficile d'imaginer aujourd'hui combien le défaut de communication de deux peuples, pendant tant d'années, leur irritation mutuelle, avaient accumulé sur l'Empereur d'atroces mensonges ou d'absurdes niaiseries. Croirait-on qu'un militaire d'un rang distingué, de beaucoup d'esprit lui-même, me priait de lui dire franchement entre nous, si Napoléon était capable d'écrire un peu : il le supposait soldat, et pas autre chose. Je crois, en vérité, qu'il n'était pas éloigné de douter qu'il sût lire. Je lui ris au nez, et lui demandai s'il n'avait donc jamais eu connaissance de ses proclamations militaires. Sans doute, répondait-il, mais il les avait supposées de ses faiseurs ; et je l'étonnai beaucoup, et il convint n'avoir plus rien à dire, quand je lui appris qu'à vingt-sept ans il était membre de l'Institut de France, réunion indubitablement la première, la plus savante du monde.

Dès que j'avais été établi à Newlands, mon premier soin avait été de songer à envoyer à Longwood quelques-uns des objets que je savais y manquer. Je connaissais par expérience combien, dans ce lieu de douleur, on demeurait privé de toutes choses, surtout de celles qu'une longue habitude pouvait avoir rendues nécessaires ou agréables : je savais qu'on y attachait peu de prix, il est vrai ; mais c'était à moi, le cœur plein de ces souvenirs, à y pourvoir, me disais-je. Je fis donc rechercher ce qu'il pouvait y avoir de mieux en vin de Constance, vin de Bordeaux, café, liqueurs, huile, eau de Cologne, etc., demandant des qualités extrêmement supérieures, ou pas du tout. Le Cap est encore très mal pourvu de nos délicatesses d'Europe. A l'exception du vin de Constance, qui est indigène, on ne trouvera de tout le reste que peu ou même rien. J'avais eu la précaution de demander au général Hall s'il se prêterait à mon envoi ; ce qu'il fit avec la plus grande obligeance. Il est vrai que pour que ces petits objets présentassent le moins de difficulté possible pour leur admission à Sainte-Hélène, j'avais voulu y demeurer tout à fait étranger, je n'avais même pas voulu les voir, ayant prié des officiers de l'état-major d'avoir la bonté d'en faire la recherche, et ne me réservant d'autres soins que celui du payement. C'est avec ces précautions, et en les faisant connaître à sir Hudson Lowe, que je lui adressai le tout. On lit dans M. O'Méara que ce gouverneur se montra très heurté de ma démarche, la disant injurieuse au gouvernement anglais ; et à moi, il me répondit dans le temps que, bien qu'il dût reconnaître que j'avais mis une grande réserve dans la manière de m'y prendre, cependant il ne pouvait permettre que des objets fussent remis à Longwood, parce que lui seul était chargé, au nom du gouvernement anglais, de pourvoir à tous les besoins de cet établissement. Il oubliait s'être plaint maintes fois de n'avoir les sommes suffisantes et que nous, de notre côté, nous lui avions fait connaître souvent qu'il nous laissait manquer du nécessaire. Néanmoins, j'ai su plus tard qu'il avait fini par remettre le tout à sa destination, et j'ai eu l'inexprimable satisfaction d'apprendre que le vin de Constance, surtout, y avait fait plaisir. L'Empereur se l'était particulièrement réservé ; il ne l'appelait plus que de mon nom. Dans ses derniers moments, dégoûté de tout, quand il ne savait plus que prendre : « Donnez-moi du vin de Las Cases », disait-il. Quelles paroles pour moi !

Je renvoyai dans le même temps à sir Hudson Lowe le titre éventuel que, dans les angoisses de mon départ, le grand-maréchal m'avait remis contre les quatre mille louis laissés à l'Empereur. Il portait que cette somme me serait remboursée sur-le-champ. Et comme je me refusais à le prendre, le gouverneur, sir Hudson Lowe, m'avait dit ironiquement : « Prenez toujours, vous irez où sont les fonds du général, et cela vous servira à vous faire payer. » Le souvenir de cette circonstance m'étant revenu plus tard, et ne doutant pas des rapports que sir Hudson Lowe en aurait fait à ses ministres, je crus devoir lui renvoyer ce titre, tout en lui recommandant de vouloir bien adresser auprès de son gouvernement les *commentaires erronés* dont il n'avait sûrement pas manqué d'accompagner cette circonstance. « Je ne m'étais réservé, lui mandais-je, que la simple signature comme plus précieuse que la somme même ; et je rendais le reste pour détruire à ses yeux les fausses idées qu'il m'avait laissé apercevoir. Tout titre m'était inutile, ajoutais-je ; chacun des parents de l'Empereur ne manquerait pas de se disputer sans doute l'honneur de me rendre ma somme, ou, au besoin, le premier Français que je rencontrerais m'en ouvrirait un compte. »

Deux mois s'étaient déjà écoulés à Newlands, et, d'après ce que l'on a vu plus haut, bien des lecteurs seront tentés de croire que nos jours y avaient été heureux ; mais est-il de bonheur dans la captivité, loin de la patrie... Seulement nous y avions passé le temps le mieux que nous avions pu ; nous avions régularisé nos heures et distribué du travail. Mon fils continuait ses leçons. Le piano des demoiselles Sommerset était une de ses diversions, et moi je me faisais lire beaucoup. J'avais des livres sous la main, et les amis me fournissaient régulièrement les journaux et les publications nouvelles. Le soir venu, mon fils et moi, nous errions ensemble sous ces beaux ombrages, ou bien encore, comme il avait acheté un cheval, il faisait parfois des excursions dans le voisinage, et rentrait en fournissant des courses devant moi dans les belles allées de Newlands, où, assis, je me complaisais à le regarder... Il me semblait le voir revivre et se développer.

Je dois le confesser, dans ces belles soirées d'été, entouré d'un firmament aussi pur, respirant une fraîcheur délicieuse sous ces beaux arbres, tout au spectacle ravissant d'une aussi belle nature, j'ai goûté parfois encore quelques heures pleines et entières ; c'étaient mes adieux à la vie... La raideur d'âme à laquelle nous avaient montés les traitements de Sainte-

Hélène, venant à se détendre sous les charmes d'un si beau ciel et de la tranquillité parfaite du lieu, je me suis surpris plus d'une fois à me dire : que le reste de ma famille n'est-il ici !... Ah ! si encore l'Empereur était aussi bien !... Mais que ces moments d'oubli étaient rares et courts ! car, je le répète, il ne saurait être l'idée même de bonheur de pleine et entière jouissance loin de chez soi et des objets qui attachent ; si bien que l'on puisse être d'ailleurs, on traîne partout le désert avec soi. Ce sentiment, l'impatience qu'il me causait, le besoin de voir finir mes peines prenaient sensiblement sur ma santé : j'avais des insomnies constantes devenues un véritable supplice ; j'avais beau travailler, prendre de l'exercice le jour, prolonger fort tard le moment de mon coucher, à peine au lit et malgré moi, je revenais aussitôt sur le chaînon écoulé ; je comptais un jour de moins de mon exil, et je m'attachais involontairement à calculer et recalculer le nombre de ceux nécessaires encore pour recevoir de Londres l'ordre de notre délivrance, les chances qui pouvaient la retarder, etc. ; et ces idées, une fois saisies de mon esprit, amenaient l'impossibilité absolue de clore l'œil : ce qui renouvelait pour moi, chaque nuit, un des tourments les plus cruels qui puissent s'imaginer.

Cependant, le retour du gouverneur approchait, et je commençais à m'inquiéter d'avoir à me trouver ainsi avec lui dans sa maison, ne pensant pas qu'il pût être bienséant ni agréable, pour l'un ou pour l'autre, d'avoir à confondre de la sorte, sous un même toit, l'hospitalité avec la réclusion ; mais mon embarras cessa bientôt. Soit réalité, soit prétexte, le secrétaire colonial vint me faire connaître que, par l'arrivée prochaine de lord Amherst, revenant de son ambassade de la Chine, le gouverneur se trouvait obligé de me donner une autre demeure.

Ce secrétaire colonial, dont je n'ai jamais parlé, bien que le second personnage civil de la colonie, était un homme tout à fait excentrique au physique et au moral. Il avait été membre de plusieurs parlements, était instruit de tout, dissertant sur tout, et le plus souvent brouillant tout ; aussi disait-on assez plaisamment que c'était une encyclopédie dont on avait mêlé les feuilles à la reliure. Il se mit d'abord en tête de nous placer dans un établissement qu'il avait commencé, et qu'il eût fait louer au gouvernement. Heureusement nous échappâmes, parce qu'il s'y trouva des difficultés insurmontables, comme d'être obligé de s'y rendre par mer, je crois, et ensuite de n'être pas sûr, une fois là, de pouvoir communiquer avec nous à volonté ; enfin, on se fixa, pour notre nouveau séjour, sur une honnête famille, à huit ou dix lieues du Cap, à *Tygerberg* (montagne du Tigre), tirant son nom de la grande quantité de tigres qui s'y trouvaient au moment de l'occupation.

Cette occupation n'était pas fort ancienne, car tous ces terrains n'appartiennent exclusivement à la civilisation que depuis assez peu de temps ; des personnes encore pouvaient me dire avoir vu elles-mêmes des tigres apparaître dans les belles allées de Newlands, que nous occupions en ce moment. Il paraît que les Hollandais, se bornant à la mer, se sont occupés peu, ou du moins avec lenteur, des progrès d'une grande colonisation. Aujourd'hui les choses vont changer de face sous l'industrie et l'activité des Anglais. Tous ces pays, et la ville du Cap surtout, que les marins nomment l'*Auberge* indispensable des deux mondes, sont infailliblement appelés à de hautes et de brillantes destinées : le sol y est riche et le ciel admirable. On peut cultiver presque partout à la fois et les productions de la zone tempérée et celles des tropiques. Les émigrations anglaises accourent en foule, et l'étendue est sans bornes : la population doit s'y accroître rapidement. L'Europe envahit l'Afrique par le midi, et la race européenne la couvrira dans l'avenir comme elle couvre déjà l'Amérique ; comme de Botany-Bay, elle couvrira, avec le temps, la Nouvelle-Hollande, d'où elle subjuguera la Chine. La race européenne couvrira le globe et le régira ; heureux si elle expie, par les bienfaits de la civilisation, les crimes de la conquête ou l'impureté de l'origine !

DIMANCHE 6 AVRIL AU MARDI 19 AOÛT.

Séjour à Tygerberg ; le nom de Napoléon familier au désert. Manuscrit de Sainte-Hélène ; détails, etc.

Nous avons quitté Newlands vers le milieu du jour, et sommes arrivés à Tygerberg à la nuit. Notre nouvel hôte, M. Baker, né à Coblentz ou dans les environs, s'est trouvé comme un de nos compatriotes par son origine, ses opinions et sa sympathie. Toute la famille était à l'avenant, et composée des meilleures gens du monde. Il eût été difficile pour nous de trouver ailleurs plus de soins, d'égards, d'attentions ; tous nos désirs étaient prévenus, devinés, accomplis. Alors commença la troisième époque de notre captivité au Cap. La première, au château, était une prison insupportable ; heureusement elle ne dura que dix jours : la deuxième avait été de plus de deux mois à Newlands, séjour charmant, demeure des plus douces : la troisième enfin, à Tygerberg, véritable désert, devait durer plus de quatre mois, et encore mes chaînes devaient-elles se prolonger ensuite !

Ici nous nous trouvions situés presque sur les confins des hordes errantes. Le pays était parsemé d'habitations isolées et à d'assez grandes distances, occupées par des cultivateurs de diverses nations, défrichant des terrains nouveaux pour se faire une fortune, ce à quoi l'on doit réussir indubitablement avec de la persévérance, de l'ordre, et quelques premiers fonds. Toutefois, bien qu'aux extrémités du monde civilisé, nous trouvâmes presque aussitôt et partout plus que de la bienveillance. Nos événements européens n'y étaient ni inconnus ni indifférents ; ils y avaient été recueillis même avec partialité, la majeure partie de la population se trouvant hollandaise, et liée à notre système national ; aussi y trouvai-je, à mon grand étonnement, le nom de Napoléon des plus familiers. Le coq le plus fameux de la contrée, le plus souvent victorieux, s'appelait Napoléon ! Le coursier le plus renommé, Napoléon ! Le taureau le plus indomptable, Napoléon ! Toujours Napoléon !!! Je ne pouvais m'empêcher d'en rire ; mais c'est qu'au fait chacun a sa manière de vanter, de consacrer les héros, et ici on prétendait bien avoir donné le plus beau nom que l'on connût.

Malgré notre éloignement de la ville, nous recevions pourtant quelques visites, et il était doux pour nous de mesurer le degré d'intérêt par celui de la distance et des embarras. C'est dans ce désert que nous apprîmes le naufrage d'un de nos bâtiments français, l'*Alouette*, qui fit côte dans les environs du Cap : je fus assez heureux pour y faire parvenir les preuves du vif intérêt que j'y prenais ; car je n'ai jamais mieux senti qu'aux extrémités de la terre combien la patrie rend frères, en dépit des troubles politiques. Déjà, pour mon propre compte, j'avais recueilli, avec la plus douce satisfaction, la preuve des mêmes sentiments à mon égard : des compatriotes pénétrèrent mystérieusement jusqu'à nous dans le désert : d'autres, antérieurement, avaient franchi l'enceinte de Newlands, au péril de leur sûreté et au détriment de leur fortune, pensaient-ils, pour venir me proposer des services ; il n'est pas jusque dans la prison resserrée de la ville où les soins ingénieux de quelques Français n'eussent pénétré ; et c'est dans de telles situations que de tels témoignages sont précieux et dignement sentis.

Au demeurant, l'intérêt et la bienveillance ne se bornaient pas à nos compatriotes : un capitaine américain me fit offrir de m'enlever de ma solitude : il avait prévu tout, pourvu à tout, me faisait-il dire, je n'avais qu'à vouloir ; car je n'avais qu'un hôte, et non pas un geôlier. Mais à quoi cela m'eût-il conduit ? Il n'était qu'un seul point, un seul but pour moi, Londres et le voisinage des ministres anglais.

Nous nous efforcions de passer le temps à l'aide de nos occupations habituelles. Je m'étais procuré un lecteur, et je l'employais beaucoup. En dépit de la distance, nos amis continuaient à nous fournir les journaux et les publications nouvelles. C'est alors que je lus l'ouvrage de M. Hobhouse, le premier, je crois, qui ait parlé favorablement de Napoléon, et ait hasardé d'en dire quelque bien ; celui du docteur Warden, fort erroné, bien qu'avec les meilleures intentions du monde, j'en suis sûr ; enfin le fameux *Manuscrit de Sainte-Hélène*, qui a tant excité l'intérêt et la curiosité de l'Europe. On s'y est partagé chaudement, on s'y est épuisé en conjectures sur son authenticité et sa véritable origine ; mais l'étonnement, les incertitudes qu'il m'a causés à moi-même, les combinaisons qu'alors il me fit faire, ne sauraient se rendre. Quels furent mes sentiments, ma surprise à cette lecture, où des pages de vérité, qui me semblaient dérobées à mes propres secrets, se mêlaient à d'autres pages pleines d'erreurs les plus triviales ! Il fut des morceaux où je m'arrêtais, doutant que je fusse bien éveillé ; j'en reconnaissais la substance, parfois des phrases entières, de propres expressions. Je me rappelais les avoir transcrites dans le temps de la bouche même du narrateur. Elles étaient dans les papiers mêmes que sir Hudson Lowe m'avait retenus à Sainte-Hélène. J'aurais pu affirmer que toutes les grandes et belles idées, la haute politique, les hautes conceptions, tout ce qui attache et séduit dans le fameux *Manuscrit*, se trouvait consigné dans mon journal, et recueilli dans la conversation de Napoléon. Si ma lecture ne m'eût présenté que cela, je n'eusse pas douté un instant que l'ouvrage ne fût sorti de Longwood directement ; car les dates, à la rigueur, m'eussent permis ce calcul : six à sept mois s'étaient écoulés depuis mon expulsion de Sainte-Hélène. Mais d'où provenait l'alliage qui s'y trouvait ? C'était une bizarrerie dont je ne pouvais me rendre compte. Serait-ce, me disais-je, une infidélité commise sur mes papiers, dont certaines parties auraient été nouées par des mains étrangères ? Mais, outre que je repoussais tout d'abord cette injurieuse pensée, que je ne pouvais me permettre sans preuves, quelle apparence que ce fût une autorité aussi ennemie qui publiât de la sorte ce dont le résultat, après tout, devait être favorable en masse à l'illustre victime de l'ostracisme des rois.

Du reste, quel vrai sentiment avait dicté cet ouvrage ? Il est souvent équivoque. Quelles mains y avaient travaillé ? Elles sont des plus contradictoires. Qu'a-t-on réellement prétendu ? L'écrit présente plusieurs styles, plusieurs esprits, plusieurs échelles d'informations. Sa composition semble et doit avoir été une marqueterie ; autrement comment avoir été aussi familier avec les hautes conceptions secrètes de l'interlocuteur, celles de son cabinet, et se trouver si étranger à sa propre opinion sur des actes publics, opinion que tant de monde a pu tenir de lui ; sur son premier mariage, la situation des Français en Égypte, le jugement du duc d'Enghien, etc.

Celui-là qui aurait obtenu par lui-même des vérités si confidentielles, pourrait-il être réduit à les mêler à des erreurs aussi vulgaires ; et si la force de tête de quelqu'un a pu le conduire à deviner ces grandes vérités, comment la justesse de son esprit ne l'a-t-elle pas porté à se procurer l'exactitude sur le reste. Enfin je ne parlerai pas de cette recherche d'expressions singulières et de mauvais goût qui décelèrent un effort d'imitation si mal saisie ; je ne citerai pas non plus les nombreux et incroyables anachronismes ; toutes ces considérations et plusieurs autres encore me rendirent, et m'ont conservé depuis, la chose tout à fait inexplicable.

Cependant, les jours couraient, et je ne voyais point de terme à mon exil. Le temps nécessaire pour recevoir des nouvelles de Londres était écoulé, et rien ne venait. Une profonde mélancolie s'était saisie de moi, j'étais au désespoir ; j'avais de constants et violents maux d'estomac, mes insomnies se perpétuaient, ma santé s'altérait de jour en jour, le mal faisait des progrès rapides. Alors se déclarèrent les maux de tête qui ne m'ont plus quitté. Déjà à Balcombe's cottage et à Newlands, à la suite de longues et fortes préoccupations, j'avais éprouvé, mais à de très grands intervalles, comme un coup électrique, une véritable étincelle au cerveau, que j'attribuais à la lassitude du travail, ce qui me le faisait interrompre, et c'était là tout ; mais ici, tout à coup, se manifesta une douleur continue, accompagnée, si j'étais debout, de légers étourdissements et parfois de maux de cœur ; voilà le commencement et l'origine d'un mal qui, depuis plus de cinq ans, a parcouru toutes les parties de ma tête sous des symptômes variés, et avec différentes nuances de douleur, sans me la laisser tout à fait libre un seul jour. Durant un temps, c'étaient des élancements violents et fort répétés tantôt au-dessus d'un œil, tantôt au-dessus de l'autre accompagnés d'un bruissement insupportable dans les oreilles. J'ai été sourd, puis cela s'est passé tout à fait. A une autre époque, toute conversation, surtout pour peu que j'y misse de la chaleur, amenait aussitôt comme un gonflement dans le voisinage des oreilles, lequel m'embarrassait la mâchoire. J'en ai été parfois à croire qu'il surgissait subitement de gros boutons ou espèces de petites bosses sous mes cheveux. Elles existaient réellement, mais très momentanément. D'autres fois encore, j'avais tous les muscles du cou pris et très douloureux. Cet état, en Allemagne, m'a conduit à une telle débilité, qu'il m'était devenu impossible de m'occuper de quoi que ce fût, d'agir, même de dicter seulement quelques lignes. Toutefois, j'ai toujours pu supporter qu'on me fît la lecture sans inconvénient et pendant plusieurs heures de suite.

J'ai vainement épuisé partout les conseils de la Faculté ; aucun remède n'a jamais produit de soulagement immédiat, et jusqu'ici je n'en ai pas trouvé de plus efficace que de n'en faire aucun.

Depuis mon retour en France, mon état s'était singulièrement amélioré, et je gagnais chaque jour, à l'aide du repos et de la solitude, bien que pour peu qu'il m'arrivât de causer quelque temps ou de m'arrêter sur une pensée, ma souffrance revenait plus ou moins forte : c'était aussitôt comme une main de plomb qui me comprimait le milieu de la tête.

Dans mon état d'amélioration, apprenant qu'on se plaignait de nombreuses négligences dans les premiers volumes du *Mémorial*, j'ai voulu mettre un peu plus de soin à la rédaction des suivants. J'ai abusé du mieux que j'éprouvais, et je suis retombé dans un état pire peut-être qu'antérieurement, au point de m'être vu forcé d'interrompre plusieurs fois cette dernière livraison, et d'avoir eu souvent la crainte de ne pouvoir la terminer ; mais aujourd'hui c'est plutôt débilité que douleur ; le plus léger travail réveille mon incommodité première, et y ajoute une faiblesse extrême et subite en toute ma personne ; j'ai grande peine à marcher, j'éprouve une hésitation, un frémissement, dès que je me trouve debout ; la terre semble me manquer, je chancelle, j'ai un léger mal au cœur, et je dois m'appuyer, dans la crainte de tomber ; on a des vertiges à la tête, moi je croirais les avoir sous les pieds. Mais je reviens à mon sujet.

Dans mon état d'incommodité nouvelle et chaque jour croissante, j'écrivis au gouverneur pour qu'il me fût permis de revenir à la ville, plus près du secours des médecins : ce fut vainement : lord Charles Sommerset était devenu insensible pour moi.

Dans toute l'impatience et l'horrible tourment que me causait la prolongation de ma captivité, j'avais renouvelé plusieurs fois, depuis mon séjour à Tygerberg, et en termes violents peut-être, mes sollicitations auprès du gouverneur pour qu'il me laissât retourner en Europe. J'ai eu des raisons de croire que je l'avais parfois ébranlé. Soit justice naturelle de sa part, ou toute autre cause, j'ai lieu d'être certain qu'il n'était pas sans hésitation ni sans inquiétude à cet égard. « Était-il bien convenable en effet, se disait-il, qu'il fût devenu geôlier de la façon de sir Hudson Lowe ? Avait-il bien, après tout, le droit de me priver ainsi de ma liberté ! » Mais ses méchants conseillers étaient là pour le raffermir. « Ne m'avait-on pas bien logé, bien nourri ? lui disaient-ils. De quoi donc avais-je à me plaindre, et comment avais-je reconnu de si bons traitements et tant de bienveillance ? En affectant de ne jamais sortir, de ne me montrer nulle part, pour mieux constater ce qu'il me plaisait, disaient-ils, d'appeler mon emprisonnement et sa tyrannie. Quelles avaient été les expressions de mes lettres toujours si déplacées, si violentes ? » car ils en avaient tiré grand parti contre moi, surtout dans une circonstance spéciale : à l'arrivée de lord Amherst et de l'amiral Plampin, lord Charles Sommerset, dans l'intention peut-être de leur créer la facilité de me voir et de me questionner, ou par tout autre motif, m'avait envoyé par une ordonnance, au fond de mon désert, une invitation pour un bal solennel donné, autant que je puis me le rappeler, à l'occasion de la fête du prince de Galles : l'ordre était d'attendre ma réponse. Je la fis sur la carte d'invitation même, et dans des termes très durs ; j'étais outré que lord Charles Sommerset semblât soupçonner si peu la situation affreuse dans laquelle il me retenait, et qu'il me jugeât capable d'aller à un bal dans l'état de deuil où je me trouvais. « Enfin, concluait victorieusement le perfide entourage, si Sa Seigneurie avait fait une faute en me gardant, il était désormais trop tard pour en revenir ; car il avait déjà été fait assez de mal, disait-on, pour demeurer toujours blâmable, et l'on aurait en outre l'air de n'avoir pas su ce qu'on voulait faire : ce serait se condamner soi-même ; il valait donc bien mieux, tout considéré, laisser aller désormais la chance jusqu'au bout[1]. »

Tant de circonstances réunies contre moi avaient concouru à m'aliéner tout à fait lord Charles Sommerset, et à l'aigrir au point de le porter, en cette occasion, en dépit de son naturel même, jusqu'à l'inhumanité. A la lettre que je lui adressai pour lui peindre l'état de ma santé et le besoin indispensable d'aller me faire soigner à la ville, il me fit répondre froidement par son aide de camp de service, qu'il ne pouvait rien

1. Le hasard a placé plus tard dans mes mains la condamnation matérielle de lord Charles Sommerset. Je possède, par duplicata, une lettre du sous-secrétaire d'État Goulburn à Mme de Las Cases, à Paris, sous la date du 21 février 1817, portant : « Qu'il a commission de lord Bathurst de lui faire connaître le départ de son mari, de Sainte-Hélène pour le Cap, et que dans le cas où il se déciderait à retourner en Europe, il peut y être attendu à peu près pour le mois de mai. » Et je n'ai quitté le Cap que trois mois plus tard, vers la fin d'août !!! Lord Bathurst n'avait donc pas compté qu'on dût m'y garder, lord Charles Sommerset, en m'y retenant, n'avait donc pas exécuté les ordres de son ministre ; il n'avait fait qu'obéir aux suggestions de sir Hudson Lowe !!! Je n'ai aucune raison assurément de soupçonner que lord Bathurst ait pu être touché le moins du monde de cette irrégularité pourtant si funeste pour moi ; mais si j'ai bien deviné lord Charles, je dois être sûr qu'il en aura été affligé et l'aura regrettée. Aussi est-ce dans cette persuasion qu'aujourd'hui je la lui pardonne du fond de mon cœur. *(Las Cases.)*

changer à ses résolutions, mais qu'il donnerait des ordres pour que j'eusse toute assistance médicale ! Or, j'étais à huit ou dix lieues de la ville, le médecin ne pouvait se présenter guère qu'une fois la semaine ; il ordonnait des remèdes qu'il eût fallu aller chercher à la ville, ce qui les rendait impraticables. Je perdis patience à la lecture d'une réponse qui me semblait bien plutôt une ironie barbare qu'un moyen de soulagement ; et, dans mon indignation, m'adressant directement au secrétaire colonial, je lui écrivis : « Que comme c'était par sa direction que j'avais été transféré chez M. Baker, j'avais l'honneur de le prévenir que, me trouvant dans l'absolu besoin du voisinage des médecins, j'allais, ne supposant pas qu'il pût s'y opposer, me rendre à la ville chez le docteur Leisching, beau-père de M. Baker, pour m'y faire traiter. » Il se hâta de me répondre qu'ayant pris les ordres du gouverneur, Son Éminence me faisait savoir que ses instructions ne lui permettaient pas de me laisser venir au Cap.

Mais je résolus de n'en tenir aucun compte, et j'écrivis de nouveau au secrétaire colonial : « Qu'en dépit de sa lettre, à moins qu'on n'employât la force pour m'empêcher de sortir de Tygerberg, j'allais me mettre en route pour la ville ; que rien n'était plus aisé que de me faire arrêter aux portes, et de m'y tenir renfermé plus sévèrement que je ne l'étais à Tygerberg ; que j'y aurais gagné du moins de me trouver à portée de médecins et de remèdes ; que je pouvais ne pas attacher un grand prix à la vie peut-être, mais que je pensais qu'il était un certain devoir de la défendre. » Heureusement la permission de mon départ, arrivant enfin de Londres, se croisa précisément avec ma démarche ; autrement je ne sais pas comment cela eût fini. Le gouverneur me fit savoir cette nouvelle, l'accompagnant de l'offre d'un logement préparé pour moi à la ville. Je le refusai et me rendis, ainsi que je l'avais annoncé, dans la famille du docteur Leisching, où je retrouvai tous les soins affectueux, la tendre hospitalité de Tygerberg, dans un ménage patriarche, dont le spectacle et les vertus suffisent pour faire du bien.

Mais alors commencèrent de nouvelles contrariétés : je devais en être abreuvé jusqu'au bout. Le gouverneur, en m'apprenant que j'étais libre de partir, m'avait mandé qu'il se présentait deux occasions, et qu'il attendait que je lui fisse connaître mon choix. Je répondis immédiatement que la plus prompte serait pour moi la préférable. J'attendais donc avec confiance les derniers avis du gouverneur et mes passeports. Je gardais le lit. Deux jours se passèrent, l'un des bâtiments appareilla. Qu'on juge de mes angoisses et de mon supplice, surtout quand il s'éclaircit que le gouverneur n'avait plus rien à me dire, que c'était désormais à moi de me tirer d'affaire comme je l'entendrais. Je me récriai violemment sur ce qu'on m'avait fait manquer ainsi le premier départ ; mais la chose était sans remède ; et, comme il se trouvait en rade un gros bâtiment de transport ramenant en Angleterre un régiment d'artillerie, je suppliai le gouverneur de me permettre d'en profiter, à cause surtout des secours médicaux qu'il pouvait me présenter. Il fut répondu qu'il n'y avait plus de place. Vainement représentai-je que, s'il se trouvait deux officiers d'artillerie de plus, on ne les laisserait sûrement pas en arrière, et que, si on avait deux matelots à embarquer encore, ils trouveraient bien certainement leur place, qu'il ne nous en fallait pas davantage. Tous mes raisonnements furent inutiles ; il me fut objecté que ce bâtiment touchait à Sainte-Hélène, et que cette circonstance suffisait pour me l'interdire. Il fallut me soumettre à la force, et borner le choix que m'avait si généreusement laissé le gouverneur au seul bâtiment qui existât en rade. C'était un très petit brick, véritable coquille, sur laquelle il s'agissait de faire trois mille lieues ; n'importe, je ne balançai pas, je me serais plutôt jeté à la nage que d'attendre un seul instant. Le marché fut aussitôt et aveuglément conclu : je ne respirais plus que pour appareiller.

Le capitaine de mon brick me prévint qu'il avait reçu les ordres du gouverneur de m'interdire toute communication avec la terre, si, dans le cours de sa traversée, il se trouvait dans l'obligation de relâcher, et, arrivé en Angleterre, de ne pas me laisser débarquer sans avoir pris les ordres du gouvernement. J'étais donc encore véritablement prisonnier entre les mains de cet homme, et pourtant on m'obligeait à lui payer la somme qu'il lui plaisait de me demander. C'était une circonstance si étrange, me semblait-il, que j'eus le désir de la constater, dans la crainte qu'un tel récit de ma part ne pût laisser quelque doute. Aussi, m'adressant au gouverneur pour la dernière fois en lui demandant nos passeports, je lui faisais observer cette singularité, et je le priais de vouloir bien, par sa réponse, certifier que j'avais pourvu moi-même au payement de mon passage à bord du brick, devenu par ses instructions ma nouvelle prison ; mais, comme on le juge bien, je ne reçus que mes passeports, et pas un mot de plus.

Traversée en Europe

ESPACE DE PRÈS DE CENT JOURS

MERCREDI 20 AOÛT 1817
AU VENDREDI 15 NOVEMBRE.

Appareillage du Cap. Traversée.
Mouillage en Angleterre.

Vers le soir nous gagnons la plage, conduits par nos deux excellents hôtes de Tygerberg et du Cap, dont les soins hospitaliers, les attentions extrêmes et toutes les marques d'une véritable affection nous ont imposé une reconnaissance profonde. Il faisait calme ; mais en mettant le pied dans le canot, et comme par magie s'élève tout à coup un vent favorable. Nous nous écriâmes tous que c'était d'un bon augure ; mais il fut loin de s'accomplir : on verra que la traversée devait être des plus longues, et les approches de l'arrivage effrayantes et terribles.

Nous atteignîmes le bâtiment ; on leva l'ancre ; et enfin nous fûmes sous voile pour cette route d'Europe tant désirée.

Avec le moment de l'appareillage, avait fini, pour moi et pour mon fils, la ville du Cap, et les côtes d'Afrique : non que le lendemain elles fussent déjà hors de vue, mais parce que nous demeurions ensevelis l'un et l'autre, dans le fond du bâtiment, en proie à un mal de mer effroyable qui dura longtemps, et dont nous crûmes que nous expirerions. Notre logement était si petit, si sale, si incommode ! notre brick n'était guère que de deux cents tonneaux et de douze hommes d'équipage, dont deux mousses ; encore à l'exception du capitaine et du bosseman, son second, qui seuls pouvaient compter pour deux bons matelots ; du cuisinier, vieillard impotent ; tout le reste n'était que des enfants. Une telle exiguïté était d'autant plus sensible à mes yeux, et devait réagir d'autant plus fortement sur ma disposition naturelle au mal de mer, qu'au *Griffon* près, je n'avais jamais été que sur des vaisseaux de soixante-quatorze, montés de sept à huit cents hommes.

Toutefois, soit que cette secousse devint un remède naturel, ou autrement, il est certain qu'en dépit de cette affreuse incommodité, malgré une nourriture exécrable, et dans l'absence et le besoin de toutes choses, ma santé et celle de mon fils se trouvèrent bientôt sensiblement améliorées ; et puis, adressez-vous à la médecine ! C'est que, comme le disait souvent l'Empereur, l'homme est une machine à vivre, et que les fonctions de sa nature sont plus fortes encore que toute la science des hommes.

Au bout de treize jours de navigation, nous atteignîmes le tropique du Capricorne et les vents réguliers.

Huit jours après, le dimanche 7 septembre, nous passâmes à la vue de Sainte-Hélène ; mais à la distance de plus de quinze lieues, à peine pouvait-elle s'apercevoir : il faudrait y avoir été comme moi, y avoir été conduit par les mêmes motifs, en avoir emporté l'affection et les autres sentiments que j'y avais puisés, pour soupçonner tout ce que ce voisinage me fit éprouver, les pensées qu'il fit naître, les regrets qu'il remua. J'avais eu en mon pouvoir d'y demeurer, et j'avais choisi de m'en bannir moi-même !... Aussi bien l'expérience du Cap me faisait craindre de ne m'être décidé que sur des chimères.

Désormais nous voguions à l'aise vers la Ligne, sur cette mer des Tropiques, sur laquelle nous avions plus de trois mille lieues à parcourir. Notre petite barque composait tout notre univers ; quel champ de méditations que de se trouver seul et durant près de cent jours sur le vaste Océan, sans autre abri que l'immense voûte des cieux ; sur un atome flottant, séparé par une frêle planche seulement, et de la voracité des monstres et des abîmes sans fin !... Quel élément pourtant notre audace s'est soumis ! Quels avantages n'a-t-elle pas su s'en créer ! Ah ! que l'homme est grand, que ses efforts sont sublimes, que ses succès sont admirables !

Des myriades de poissons nous environnaient, et semblaient là plus spécialement dans leur empire. Parfois on eût dit que ce n'était qu'avec peine que le vaisseau allait se frayer un passage au milieu d'eux. Dans cette mer, généralement unie et tranquille, éternellement soumise aux vents toujours les mêmes, les voiles une fois orientées, on n'a plus guère qu'à laisser aller ; aussi chacun des matelots employait la plupart du temps son oisiveté à tâcher de saisir quelques-uns de ces nombreux poissons qui nous entouraient, et leurs succès, assez rares, étaient pour nous un grand objet de contentement et de joie. Nous étions si mal nourris et tellement au rebours de nos habitudes, qu'un albicorne, une bonite, un dauphin, qui peut-être de leur nature ne sont pas fort bons, nous semblaient délicieux, et qu'une telle capture faisait le régal de tous : c'était une véritable fête ; nous aurions, je crois, mangé du requin.

Que Dieu fasse paix, du reste, à notre cher capitaine, pour la viande, le poisson salé et autres horreurs dont il nous empoisonnait régulièrement deux fois par jour, en dépit de l'énorme rançon qu'il nous avait imposée, et pour laquelle il nous avait promis si bonne chère et si commode logement. Mais une auge, un véritable fumier, quatre ou cinq gros pains, quelques douzaines de vieux coqs, telle fut toute sa magnificence, et voilà la bonne foi des corsaires. Le ciel en préserve ceux qui me suivront !...

Dans l'état d'isolement où nous nous trouvions, on n'en est que plus préparé à toutes les impressions, et c'était un bonheur pour nous, une véritable joie, à mesure que nous avancions, de découvrir une étoile de notre hémisphère natal, de retrouver toutes nos constellations d'Europe. Chaque soir, sous ce beau ciel, je donnais à mon fils des leçons d'astronomie, le jour il s'exerçait à des observations nautiques avec le capitaine, lequel nous dédommageait des sensualités corporelles, sur lesquelles il nous avait si fort trompés, en alimentant notre esprit par de longues et nombreuses lectures, dont il s'acquittait, au demeurant, à merveille.

Au bout d'un mois, le 20 septembre, nous rentrâmes enfin dans notre hémisphère septentrional, en traversant l'équateur presque en même temps que le soleil qui descendait, vers le midi, à contrebord de nous. Nous dépassâmes avec beaucoup de bonheur le voisinage nord de la Ligne, où les calmes et les orages sont infaillibles. Là, la fournaise de l'équateur se combinant avec la fournaise des sables africains conspirent de concert pour tourmenter, troubler la nature, qui exprime sa lassitude par des calmes prolongés, ou se réveille par des torrents de pluie et des éclats de tonnerre terribles.

Vingt-cinq jours après, nous dépassâmes le second tropique et atteignîmes les confins de nos vents variables.

Nous avions quitté le Cap en hiver, et après avoir traversé la zone embrasée des tropiques, nous retrouvions de nouveau l'hiver aux portes de l'Europe : ainsi des tempêtes stationnaient aux deux extrémités de notre course : nous avions heureusement esquivé celles du départ ; restaient celles de l'arrivée : nous les trouvâmes à leur poste et furieuses.

Au bout d'une vingtaine de jours de vents variables, insignifiants, incertains, nous arrivâmes à la vue des Açores. Notre voyage avait acquis déjà le caractère d'une extrême longueur. Il n'est pas sans exemple qu'on se soit rendu du Cap en Angleterre en trente jours ; la traversée commune est de cinquante : nous tenions la mer depuis plus de quatre-vingts jours, et nous n'en étions encore qu'aux grandes difficultés. En effet, à la vue des Açores commencèrent nos tribulations, et ce que nous appelâmes notre *semaine de la passion*.

Le 1er novembre, premier coup de vent, modéré, il est vrai ; mais comme pour commencer, et nous mettre en train.

Le 2, calme pour respirer. Le 3, second coup de vent supportable encore ; mais dans la nuit, qui se trouvait des plus obscures, troisième coup de vent, et cette fois, véritable ouragan. Le vent saute avec une détonation terrible de l'arrière à l'avant, soufflant avec furie ; il prend à revers le peu de voiles que nous portions, et en un instant, aussi rapidement que la pensée, le côté du vaisseau est dans l'eau, la mer atteint presque le pied des mâts. Une grande partie des tonneaux de sa cargaison sont culbutés, et viennent ajouter par leur poids à l'inclinaison déjà si effrayante du bâtiment. Heureusement le vent dévore les voiles, qui lui sont abandonnées, autrement nous achevions de sombrer. Chacun se croyait noyé, et nous devions l'être : le destin l'emporta, notre heure n'était pas venue ; nous eûmes le bonheur de surnager. C'est un accident de la sorte, et à peu près dans les mêmes parages, qui, en 1782, submergea la *Ville de Paris*, et quatre autres vaisseaux de soixante-quatorze. Notre capitaine et son second, naviguant depuis vingt ans, nous assuraient n'avoir jamais éprouvé un vent aussi violent. Un plus fort serait impossible, disaient-ils, la mer en était blanche et lumineuse aussi loin que la vue pouvait s'étendre. Ce coup de vent, qui dura trois heures dans sa plus grande force, se prolongea toute la journée du 4 et partie du lendemain.

Le 5, la fin du jour devint supportable ; mais ce n'était qu'un répit.

Le 6, quatrième coup de vent soufflant avec violence tout le long du jour. Il va croissant dans la nuit ; nous sommes obligés de fuir devant lui ; la mer est furieuse, elle s'empare du pont, on est obligé de fermer hermétiquement l'ouverture par laquelle nous sortions de notre cabine, et nous demeurons enfermés au fond du bâtiment, à la seule lueur d'une lampe lugubre : c'était l'antre de Neptune qui menaçait de devenir bientôt celui de Pluton. Nous étions littéralement sous l'eau, dont les vagues ondulaient sur nos têtes.

Cet état dura tout le jour du vendredi 7. Malade de la mer, depuis longtemps je n'avais pas bougé de mon hamac ; sur les quatre heures de l'après-midi, je profite d'un moment d'embellie, pour essayer de me traîner à l'issue de notre hideux refuge, et y considérer un peu l'état des choses ; et vraiment le spectacle était grand, sublime, imposant, terrible : le vaste Océan, ombragé d'un ciel rouge de fureur, hérissé d'innombrables montagnes rugissantes, sillonné de profondes vallées et d'abîmes sans mesure, formait un ensemble qui saisissait d'une sainte horreur. Notre petite barque glissait avec une admirable rapidité entre deux montagnes mouvantes, dont les bords venaient se mêler souvent sur notre pont, menaçant à chaque instant de s'y réunir pour notre destruction finale, tandis que par-derrière de longues et serpenteuses vagues semblables aux monstres fantastiques de la fable, nous poursuivaient avec une incessante ardeur, élevant leurs têtes hideuses au-dessus de notre poupe, d'où elles semblaient plonger sur nous pour contempler leur proie qui leur échappait toujours, mais non sans qu'elles nous enlevassent par-ci par-là les bois de nos parties supérieures. Dans cet état, le péril était des plus éminents : on se parlait peu, on se considérait en silence : on laissait courir le temps. Il est certain qu'il suffisait d'un faux coup de gouvernail, de la plus petite inattention, de la plus légère négligence pour nous engloutir à jamais. Si nous eussions été atteints par une de ces redoutables vagues de derrière, elle eût tout entraîné sous son poids ; c'est même ce que nous avions à redouter davantage. Nous fûmes menacés plus d'une fois d'être enfoncés dans notre retraite ; le choc des vagues frappait sur nous avec la véritable détonation du canon. Nous les voyions avec effroi faire des progrès sur nous ; et une grande partie de la nuit terrible qui suivit fut employée à nous retrancher et à nous renforcer contre elles.

Mon fils, qui ne pouvait ni se coucher, ni dormir, montait souvent aux nouvelles et revenait ensuite près de moi, qui demeurais gisant sur mon hamac. Dans la longueur de cette nuit cruelle, ne sachant que faire pour nous distraire de notre situation, et afin de tromper le temps, s'il était possible, j'essayai un moment de dicter à mon fils : c'était un morceau d'histoire ancienne ; mais bientôt une vague, dans un des enfoncements partiels, vint inonder mon hamac et le papier de mon fils. Nous nous crûmes à notre dernière heure : il me saisit la main, disant avec assez de gaieté : « Du moins, nous nous enfoncerons en bonne compagnie ; nous descendrons avec nos Grecs et nos Romains. » Il est sûr, pour le dire en passant, que je pus voir mon fils supporter ces crises vraiment effrayantes de manière à en être plus que satisfait. Il les considérait avec calme, les suivait avec curiosité et en parlait librement ; et ce que peuvent seulement quelques mois de plus sur notre machine ! ce que peut pourtant la force des muscles sur la nature des sensations ! C'est dans cette situation-là même, et dans tout le sang-froid dont il me donnait la preuve, qu'il me disait que dans la route à Sainte-Hélène à bord du *Northumberland*, pas plus d'un ou deux ans auparavant, il avait passé plusieurs nuits blanches dans son lit, et fort malheureux par la seule crainte d'être submergé durant son sommeil. Si faible alors qu'il n'y avait même pas l'apparence du danger ! si intrépide aujourd'hui quand la mort pouvait être regardée comme certaine !... Il arriva même que son attitude en cette occasion fut importune à notre capitaine, qui, un moment, la traita de scandale. Ce capitaine, que nous avions cru être un loup de mer, et qui, à l'essai, ne se trouva rien moins que cela, qui, dans l'excès du péril, avait tout abandonné à son second, et dans son découragement demeurait étendu sur son lit, rêvant sans doute à ses péchés, à ses voleries sur nous peut-être, car on connaît la dévotion, les scrupules des matelots en péril ; cet homme, dis-je, retrouva ses forces pour faire une scène à mon fils, sur ce qu'il s'était permis, disait-il, une expression gaillarde, et osait fredonner un air en cet instant ; ce qui, disait-il, et dans la situation terrible où nous nous trouvions, était fait pour offenser Dieu ; que son inexpérience et sa jeunesse seules pouvaient lui avoir caché le danger où nous étions depuis huit jours de finir à toute minute : et en ceci il disait vrai.

Au demeurant, tout ce qu'on vient de lire ne devait pas être encore la limite de nos dangers, ni le terme de nos craintes. La tempête durait toujours, et semblait croître encore ; enfin, le samedi 8, vers le matin, l'homme qui tenait le gouvernail, à titre de plus adroit, de plus intrépide dans l'équipage, déclara qu'il ne s'en chargeait plus. Les étourdissements le gagnaient, disait-il, et il craignait que quelque faute de sa part ne devînt funeste à tous. Alors il fallut avoir recours à la dernière ressource, celle de *mettre à la cape*, c'est-à-dire de faire venir le vaisseau en travers du vent, manœuvre des plus délicates dans la situation désespérée où nous nous trouvions, parce qu'on courait risque d'être englouti en l'exécutant. Toutefois la Providence fut de nouveau pour nous : nous y parvînmes avec le plus rare bonheur, et un cri fervent de reconnaissance et de joie de tout l'équipage nous l'apprit en bas. Nous nous estimâmes des plus heureux, bien que d'être engloutis désormais par le travers, au lieu de l'être auparavant par le derrière, fût la principale différence. Pourtant il est vrai de dire qu'à peine nous fûmes dans cette nouvelle attitude, que le vaisseau se trouva, par rapport à ce qui venait de cesser, comme s'il fût arrivé au port. Pour moi, j'avais vu prendre à regret la détermination de changer de route, car nous interrompions par là notre course vers le dénouement de nos maux ; mais à peine me fus-je trouvé un peu plus à mon aise, que rien dans le monde n'eût pu m'amener à reprendre la situation que nous venions de quitter. C'est que dans l'état désespéré où nous nous trouvions depuis tant d'heures, on finit par prendre son parti ; mais dès que la confiance revient, on répugne extrêmement à se résigner de nouveau.

Ce terrible coup de vent durait depuis trois jours : notre semaine se complétait. Je comptais beaucoup sur le dimanche qui allait commencer non seulement à cause du changement de lune, mais aussi à cause de la bienveillance toute particulière dont ce jour avait été constamment pour nous depuis notre départ ; et nos espérances ne furent point déçues, car, dans la nuit du samedi, le temps devint supportable, et au jour, nous pûmes nous mettre en route. Il est sûr que, par un concours singulier, les dimanches, depuis le Cap, avaient toujours été marquants et heureux : c'était un dimanche que nous avions passé le tropique du Midi et gagné les vents alizés ; c'était un dimanche que nous avions vu Sainte-Hélène ; un autre dimanche que nous avions atteint l'Ascension ; un dimanche que nous avions coupé la Ligne ; un dimanche que nous avions franchi le second tropique ; un dimanche que nous avions gagné la hauteur de Gibraltar, premier point de la grande patrie européenne ; enfin, c'était un dimanche que nous étions arrivés à celle de Bayonne ou de Bordeaux, commencement de notre chère France ; et c'était un dimanche encore où en cet instant, nous finissions cette terrible semaine à la hauteur de Brest. Nous pouvions en toute justice compter désormais sur quelques beaux jours, nous disions-nous ; il nous semblait avoir assez chèrement payé notre tribut ; nous espérions avoir épuisé la fureur des vents ; la sonde nous rapportait du fond européen ; nous ne rêvions plus qu'au beau reste du voyage. Vain calcul ! notre heureux dimanche écoulé, arrive un cinquième coup de vent. Cependant nous commencions à être engagés à l'entrée de la Manche, bien que sans avoir eu pourtant encore connaissance de terre, ce qui faisait que notre véritable position nous était inconnue. La prudence commandait de reprendre le large : heureusement cela ne fut pas long ; et remettant en route, nous arrivâmes enfin à la vue du cap Lézard ; mais il était dit que nous ne pouvions avoir vingt-quatre heures heureuses. Un épais brouillard succède presque aussitôt, et un sixième coup de vent se déclare sous les apparences les plus sinistres. Il venait du sud et nous mettait en perdition. Nous nous trouvions engagés désormais et sans abri ; d'un côté nous donnions sur le cap Lézard, l'autre nous conduisait sur les îles Scilly, extrêmement dangereuses ; la mer était des plus grosses, nous n'avions pas une connaissance précise des lieux ; la nuit venait, et elle était de quatorze heures. Que de sujets d'inquiétude ! quelle perplexité pour l'imagination et le calcul ! la tristesse était grande, et le découragement complet, quand un violent orage de pluie accompagné de tonnerre, bien qu'au milieu de novembre et par un grand froid, vint enfin comme nous désensorceler ; le vent saute tout à coup du bon côté et pour cette fois termine tous nos embarras, en nous conduisant dans la rade des Dunes, où nous jetons l'ancre. Heureux, cent fois heureux d'avoir échappé à de si terribles et si nombreux dangers ! Plus tard, en Allemagne, lisant les papiers anglais, nous y trouvions chaque jour l'annonce des plus grands malheurs arrivés précisément à la même époque et dans les mêmes parages. Un vaisseau avait sombré, l'autre avait été englouti, un autre avait été vu flottant sur le côté sans mâts et sans créatures vivantes, un autre avait péri, corps et biens, à l'arrivage. La saison était citée comme des plus affreuses, les accidents étaient sans nombre, et il faudrait y avoir été exposé comme nous pour deviner les impressions sympathiques que nous causaient de pareils récits, et les vives actions de grâce à la Providence que chaque fois ils réveillaient en nous !

Voyage de la Tamise à Francfort

ESPACE DE VINGT JOURS

DU 16 NOVEMBRE AU 11 DÉCEMBRE 1817.

On m'interdit l'Angleterre. Déportation à Ostende. Persécutions en Belgique, en Prusse, etc. ; douces compensations. Arrivée à Francfort.

Nous n'avions, la veille, jeté l'ancre aux Dunes que pour passer la nuit. Au jour nous avons appareillé pour donner dans la Tamise ; notre destination était pour Londres ; aucun accident ne semblait plus pouvoir me l'interdire désormais, et déjà je calculais l'heure de l'arrivée. Toutes mes espérances pouvaient enfin se réaliser, je reprenais toute ma confiance ; mais combien je me trompais !

Arrivé à Gravesand, où stationne un vaisseau spécialement chargé de la police des étrangers, un agent de l'autorité, à mon seul nom, me signifia que je ne pouvais aller plus loin, et que je devais le suivre immédiatement avec mes effets à bord de l'*Alien-Ship* (vaisseau des étrangers). J'eus beau me récrier, lui faire voir combien mon passeport me mettait en règle, c'était là précisément la pièce de ma condamnation. On m'a appris depuis que, longtemps avant mon arrivée en Angleterre, cette mesure avait été ordonnée pour moi dans tous les ports.

Une fois à bord de l'*Alien-Ship*, on mit le scellé sur mes papiers, et l'on me dit que je devais attendre les derniers ordres du gouvernement. J'avais écrit à lord Bathurst, dès l'instant de notre mouillage aux Dunes ; je lui écrivis de nouveau en cet instant. Je ne savais pas ce qu'il voulait faire de moi ; mais il me paraissait impossible qu'il ne s'empressât pas de me faire paraître devant lui : il ne pouvait surtout m'entrer dans la pensée qu'il se refusât à cette occasion si favorable d'entendre contradictoirement tout ce qui se serait passé à Sainte-Hélène ; or, pourtant, on va voir que c'est précisément ce qui arriva.

A la réclusion près, on m'avait traité à l'*Alien-Ship* avec toutes sortes d'attentions ! Le capitaine, qui, ayant fort peu à faire depuis la paix, n'y paraissait que le jour, me destina son propre lit.

Harassé de ces nouveaux contretemps, souffrant de mes maux habituels, et dans l'ennui de ma nouvelle prison, je m'étais couché, de bonne heure, lorsque je fus éveillé tout à coup, dans le milieu de la nuit, par une voix glapissante : « Comte ! comte ! s'écriait quelqu'un qui me cherchait partout, et qui, dans son empressement, ne s'était même pas donné le temps de prendre de la lumière, *c'est le plaisir du prince régent* que vous quittiez à l'instant la Grande-Bretagne. » Encore dans le vague de mon sommeil troublé, il m'échappa de répondre :

« Assurément voilà un bien triste et sot plaisir pour Son Altesse Royale ; mais vous, monsieur, qui êtes-vous ? » Et il m'apprit qu'il était messager d'État ou des ministres. Je lui dis de vouloir bien aller attendre que je me trouvasse prêt, et j'essayai vainement d'achever ma nuit. Au point du jour, on me fit descendre avec mon fils dans un bateau ; nous fûmes débarqués avec mystère : on nous emballa dans une chaise de poste, et l'on se dirigea par la route la plus courte sur Douvres, où mon conducteur me dit qu'il avait ordre de me déposer, à mon choix, dans le paquebot de Calais ou d'Ostende, les deux seuls points sur lesquels il me fût permis d'opter.

A Douvres, il se trouva, par un motif ou par un autre, que nous ne pûmes appareiller immédiatement, et il me fut dit que ce ne pourrait être même avant deux ou trois jours. On nous enferma dans une auberge, où, sous les efforts apparents de m'être agréable, notre gardien exécuta sur moi la plus basse des manœuvres. Si l'on se plaint sur le continent de mesures ignobles de la part d'agents de police, celui auquel nous avions affaire en cet instant ne demeure assurément pas en arrière de ceux d'aucun pays. Comme il m'arriva de prononcer par hasard qu'il était bien fâcheux qu'on eût mis le scellé sur mes papiers, parce qu'autrement j'aurais profité de mon séjour pour écrire quelques lettres, il se récria sur la dureté qu'il y aurait à me priver de cette satisfaction, qui était des plus innocentes et des plus justes, disait-il ; et il courut lui-même briser les scellés, et me remit tous mes papiers, m'exhortant à tâcher d'alléger un contretemps dont il était fâché d'être l'instrument. Eh bien, tout cela n'était qu'un piège pour se ménager la satisfaction de saisir ce que j'aurais écrit dans la confiance qu'il m'aurait inspirée. Cet homme, durant les jours que nous fûmes ensemble, n'avait cessé de faire le bon apôtre auprès de nous, tout en nous débitant, il est vrai, cent impertinences qui m'avertissaient assez de toute sa turpitude. Il me disait, par exemple, que lui et les siens se faisaient un devoir de ne pas connaître d'autre loi que le *plaisir* du prince ; il me parlait de son *maître*, lord Sidmouth, le ministre de l'Intérieur ; de son *maître* qui avait précédé lord Sidmouth, et ainsi de suite : et comme pour me moquer je disais que j'avais cru qu'il appartenait au ministère et non au ministre, il me répondait de la meilleure foi du monde que je me trompais, que c'était au ministre qu'il appartenait ; car c'était lui qui lui donnait ses appointements et pouvait les lui retirer, ajoutant d'autres sottises pareilles, qui tenaient bien plus du nègre esclave à la Jamaïque, que d'un Blanc européen, citoyen de la Grande-Bretagne ; ce qui, du reste, m'eût été fort égal, si ses nobles principes ne s'étaient pas exercés sur ma personne, ainsi qu'on va le voir.

Au moment précis du départ, lorsque j'allais me mettre en marche, cet homme, jusque-là si complaisant et si obséquieux, me dit, d'un air assez insolent, qu'il avait une petite formalité à remplir vis-à-vis de moi, et s'emparant de tous mes effets, il fit, dans tout mon linge et sur tous mes vêtements, les recherches les plus minutieuses, se saisissant de tous mes papiers, sans aucune formalité quelconque, se refusant même à toute espèce d'inventaire. Je poussais les hauts cris, je me réclamais des magistrats, j'exigeais que l'on reçût au moins mes protestations ; mais il me fut répondu que dans la situation où je me trouvais, et vu ma qualité d'étranger, je demeurais en dehors du bénéfice des lois que j'implorais, et il me fallut partir de la sorte, laissant néanmoins après moi la lettre suivante à lord Sidmouth :

« Milord, c'est avec le plus vif regret que j'ai l'honneur d'écrire à Votre Seigneurie, certain que je ne serai plus à temps de recevoir sa réponse, qui peut-être comblerait mon désir.

« Depuis quatre jours je me trouve entre les mains de votre messager, qui, à son arrivée, a fait lever le scellé qu'on avait apposé sur mes papiers, me disant qu'il les remettait à ma disposition. Depuis, il m'a vu écrire, m'y a encouragé même, et a attendu le moment du départ pour saisir, en votre nom, jusqu'au dernier de mes papiers. C'est un piège, milord, qu'il n'entre nullement dans mon cœur de faire remonter plus haut que l'homme qui l'a exercé. Ce messager n'entendait que l'anglais, il s'est aidé d'un second, se donnant pour entendre tant soit peu le français, lequel a voulu lire mes papiers un à un, et encore les garder tous. Il y aurait eu pour huit jours de lecture, et je ne pensais pas qu'un simple particulier eût un pareil droit sur moi.

« On m'a tout retenu : lettres, notes, cahiers d'étude de mon fils, titres de propriété, secrets domestiques, pièces officielles de sir Hudson Lowe et de lord Charles Sommerset, mes agendas journaliers, et jusqu'à une lettre au ministre de la Police de France et une autre à ma femme, que dans mon oisiveté ici j'avais déjà dictées pour pouvoir les expédier en abordant à Ostende. On m'en a séparé sans vouloir en faire l'inventaire ni les coter : c'était l'ordre de Votre Seigneurie, disait-on. Dans le premier moment d'indignation, j'ai protesté contre une telle violence, et demandé qu'un magistrat pût recevoir ma plainte. Je ne consignerai pas ici la réponse qui m'a été faite.

« Revenu à moi, ne redoutant rien autant que de voir mon nom mêlé à des discussions publiques, et réfléchissant qu'il était impossible que Votre Seigneurie eût ordonné une pareille déviation de toutes les jurisprudences du monde, qui veulent que l'autorité se mette en garde contre celui qui, dans un pareil cas, pourrait prétendre qu'on lui a soustrait ou ajouté quelques pièces, je me suis restreint à supplier de toutes les manières, et par tous les arguments possibles, le messager qui ordonnait de mes destinées, de vouloir bien retarder mon départ jusqu'à ce que j'eusse pu écrire à Votre Seigneurie et qu'il pût lui-même obtenir la confirmation de ses ordres rigoureux. Cet homme, qui avait retardé trois jours sur de légers motifs, s'est montré inflexible dans cette circonstance grave. J'ai eu beau lui représenter que je n'avais nulle objection à laisser voir tous mes papiers aux personnes confidentielles que Votre Seigneurie aurait nommées à ce sujet, mais qu'il était dans les intérêts même de Votre Seigneurie qu'on observât certaines formes à mon égard ; que dans l'examen des papiers ma présence serait utile, sinon absolument nécessaire, pour donner des explications sur bien des choses qu'on ne saurait comprendre sans moi ; mais que cependant il jetait ma personne sur le continent, et envoyait les papiers à Londres ; qu'il était à craindre qu'il n'y eût quelques méprises, que vingt-quatre heures éclairciraient tout. Il m'a été répondu froidement que je ne devais pas être inquiet d'un retour du continent s'il était nécessaire, parce que vous en payeriez les frais. Dans quelles mains, milord, Votre Seigneurie m'a-t-elle placé !!! Dans une autre circonstance, et bien sûrement contre votre intention, j'ai été dans l'obligation d'imposer silence à celui qui me gardait, à cause de ses grossières injures sur l'illustre personne que je vénère le plus au monde.

« Enfin, milord, depuis que j'ai abordé vos rivages, j'ai été traité comme un malfaiteur ; et pourtant quel est mon crime ? La différence d'opinions politiques, à ce qu'on pourrait croire, et une captivité volontaire à Longwood ! Mais ce dernier acte n'est-il pas des plus nobles, des plus généreux, et tellement honorable, qu'il n'est personne, qui, dans le fond du cœur, ne se trouvât fier d'en avoir donné l'exemple. Milord, la douceur de mœurs et la justice naturelle qu'on donne à Votre Seigneurie n'ont pu autoriser tout ce qui m'est arrivé, j'en suis sûr. J'ai obtenu et je me suis empressé d'apposer mon cachet sur les papiers qui m'ont été enlevés, non pour me prémunir contre Votre Seigneurie, mais au contraire pour remédier, dans ses intérêts, aux défauts de forme qu'auraient pu commettre ses agents.

« Je supplie Votre Seigneurie de revenir sur ce qui me concerne, et de ne pas prononcer sur mes papiers sans avoir de moi les éclaircissements qu'elle pourrait désirer, et qu'elle recevra en toute satisfaction. J'affirme d'avance qu'il n'en est pas un, quelle que soit la différence d'opinion et de sentiment qu'on y rencontre, qui ne puisse supporter l'investigation judiciaire ou les discussions à l'amiable. On ne saurait y trouver rien d'intéressant en matière d'État, ni de secret en politique. Je n'ai jamais eu aucune chose de ce genre, et si j'en avais possédé, les occasions ne m'auraient pas manqué pour les avoir soustraites depuis longtemps.

« Ce serait peut-être ici le cas, milord, de mentionner en même temps à Votre Seigneurie les papiers qui m'ont été retenus à Sainte-Hélène, ainsi que beaucoup d'autres objets dont j'aurai à entretenir Votre Seigneurie ou lord Bathurst ; mais le peu d'instants qui me sont laissés, et le désordre d'idées qu'amènent des circonstances aussi subites et aussi imprévues, me le font remettre à un autre moment.

« Je vais attendre avec anxiété que Votre Seigneurie daigne m'honorer d'une réponse. Dans quel lieu ? je ne sais ; à Bruxelles, si on me permet d'y demeurer.

« J'ai l'honneur d'être, etc. »

On me jeta dans un paquebot, et je fis voile pour Ostende ; et ici, puisque je me suis permis parfois de parler de mes souffrances physiques, qu'on me pardonne si, pour donner une plus juste idée des souffrances que j'avais dû éprouver dans ma longue traversée, j'ose faire remarquer que, malgré les cent jours que je venais de passer sous voiles, et bien que le temps ne fût pas précisément mauvais, je trouvai néanmoins le secret d'être encore malade de la mer à bord de mon paquebot, ce qui assurément était bien ridicule, mais n'en était pas moins.

Dès le lendemain j'atteignis Ostende, et débarquai sans que personne ne m'eût rien dit. Je crus pour cette fois encore toucher au terme de mes maux et avoir recouvré ma liberté ;

mais je me trompais de nouveau ; des persécutions d'une autre espèce allaient au contraire commencer ; ce n'est pas toutefois que je n'eusse à me louer beaucoup des premiers instants.

A mon auberge, et sans que je sache comment on avait pu me deviner, un agent de l'autorité locale vint me dire qu'il avait ordre de me garder en surveillance, et qu'il s'était fait un devoir de venir me demander comment je voulais que cette formalité fût remplie. Depuis longtemps je n'étais pas fait à des manières si polies, aussi ce fut mon observation, ajoutant qu'il me suffisait d'une telle démarche pour m'abandonner en toute confiance à ce qui lui plairait de faire de moi ; et comme sa politesse avait donné lieu d'allonger entre nous une conversation dont sa curiosité semblait avide, il lui arriva bientôt de me dire qu'il allait me faire une question bien indiscrète, déplacée peut-être, mais qu'il ne résistait pas à savoir s'il était vrai que j'eusse quitté Napoléon, parce que le malheur l'avait aigri au point qu'on ne pouvait plus vivre avec lui ; car les papiers ministériels anglais avaient répandu cent fables à mon sujet, toutes plus ridicules les unes que les autres. Je lui répondis en souriant : « Monsieur, si j'avais aucun mal à dire de Napoléon, si j'avais la moindre plainte à faire de lui, croyez que vous ne me garderiez pas en cet instant, et que je serais loin d'être maltraité nulle part. » Sur quoi il se récria à son tour, en se frappant le front, que c'était une réponse qu'il eût dû se faire à lui-même, et il n'en devint que plus affectueux pour moi. Du reste, ayant appris de moi que mon intention était de me rendre à Bruxelles, il n'imposa, en me quittant, d'autre condition à mon entière liberté, que de ne pas partir sans l'en avoir prévenu, m'assurant d'ailleurs qu'une décision à mon égard ne pouvait tarder vingt-quatre heures, un courrier ayant été expédié au gouverneur de la province, et son prompt retour devant suffire, probablement, pour me laisser entièrement libre.

J'employai le retard qui m'était imposé à écrire aux deux ministres de la Police de France et des Pays-Bas, relativement à la situation dans laquelle j'allais me trouver désormais.

« Monsieur le comte, disais-je à celui de France, je crois bien faire en abordant sur le continent, que d'instruire Votre Excellence des circonstances qui me concernent ; j'espère qu'elle approuvera les motifs qui m'y déterminent.

« Depuis un an que j'ai été arraché soudainement de Longwood, je suis promené en captif de rivage en rivage. A mon entrée dans la Tamise, il m'a été signifié de repartir à l'instant pour le continent, ne me laissant d'autre choix que Calais ou Ostende.

« Un sentiment de délicatesse et de prudence m'a fait préférer Ostende. De tous les pays, la France était celui où il était plus naturel de surveiller mon apparition ; j'ai voulu, monsieur le comte, épargner ce soin à votre département, et m'éviter à moi-même les inconvénients qui auraient pu en être la suite. Cette double considération m'a fait adopter le parti cruel de m'exiler volontairement. Un autre motif s'y est joint encore, c'est la facilité dont j'espère jouir ici (en dehors de toute idée politique, dans le seul sentiment de mes affections privées et personnelles, par la voie légale qu'admettent les règlements d'Angleterre, et sous le couvert même de ses ministres), de procurer quelque adoucissement et des consolations innocentes aux martyrs de Longwood. Ces devoirs pieux et sacrés auraient pu être mal interprétés en France, et donner lieu peut-être à de justes obstacles.

« Monsieur le comte, j'espère qu'un exposé aussi naturel et aussi franc détruira à vos yeux les idées défavorables qu'auraient pu suggérer les circonstances de ma situation ; et c'est par une suite de la même intention, que je prends la liberté d'inclure ici, sous votre couvert, une lettre ouverte pour ma femme, osant réclamer vos bontés pour elle, dans ce qui pourrait dépendre de votre ministère pour lui faciliter les moyens de venir partager mon exil volontaire. Daignez agréer, etc. »

Quant à celui des Pays-Bas, je lui écrivais : « Qu'on cherche d'ordinaire à échapper à la surveillance ; que je venais, au contraire, implorer la sienne. Je lui répétais, comme dans la précédente, ce qui venait de m'arriver dans la Tamise, et qu'on m'avait jeté sur le continent sans avoir prononcé aucun motif ni argué aucun grief.

« Je l'informais que je venais d'écrire au ministre de la Police de France, pour lui faire connaître les motifs qui me portaient à m'exiler volontairement. Je lui exposais que je me trouvais fort malade, et que mon fils était dans un état de santé alarmant ; que je venais de faire une traversée de cent jours sur un petit bâtiment ; que j'ignorais l'existence de ma femme et de tous les miens, que je ne savais plus où en étaient mes affaires domestiques, et je le suppliais, par toutes ces raisons, de me permettre de demeurer quelques jours à Bruxelles, pour respirer et me reconnaître ; pour faire venir ma femme, et profiter des secours de la médecine ; que peut-être aussi durant ce temps, le ministère anglais, dans la dureté et la précipitation duquel il devait nécessairement y avoir eu quelque méprise, reviendrait-il à me permettre d'assister en personne, ainsi que je l'avais demandé, à l'examen des papiers qu'il m'avait saisis.

« Enfin, je finissais par l'assurer que je ne rapportais ni vues ni idées politiques ; que tout se réduisait en moi à de purs sentiments d'affection privée, de tendre dévouement personnel ; que ces sentiments étaient naturels, honorables, et que l'aveu que je lui en faisais devait être le garant qu'ils ne pouvaient inquiéter personne. »

Je dois à la justice et à la reconnaissance de dire que ma lettre au ministre de la Police de France amena de sa part, lorsque les occasions s'en présentèrent, tout ce qu'on devait attendre au moins de l'homme de bonne compagnie. Il n'en fut pas de même de celui des Pays-Bas ; je n'eus d'autre réponse de lui que des gendarmes. Des ordres furent expédiés partout pour me retrouver : on croyait m'avoir perdu ; car, ainsi que me l'avait dit celui chargé de ma surveillance, la permission du gouverneur de me laisser mettre en route n'avait pas tardé à arriver, et j'en avais profité immédiatement, prenant, à cause de mon état de souffrances, les voies commodes, mais obscures et lentes, celles des canots, ce qu'on n'avait pas deviné : l'on me cherchait bien loin d'Ostende, que j'étais presque encore à ses portes. Ma confiance et ma sécurité avaient tout dérouté ; on n'avait pas bien encore mon signalement, on était fort en peine pour me reconnaître, et ce fut moi-même qui ne tardai pas à calmer ces inquiétudes, en venant me livrer, comme on dit, dans la gueule du loup.

Au bout de trois jours de voyage, arrivant fort tard à Bruxelles, mon premier soin fut d'envoyer à la police donner connaissance de mon arrivée, et demander la décision qu'aurait portée le ministre à mon sujet, d'après la lettre que je lui avais adressée d'Ostende. La réponse généreuse à mon innocente confiance fut d'envoyer faire investir mon auberge dès l'instant même, et l'on attendit avec impatience le point du jour pour me signifier que j'eusse à sortir, sans le moindre délai, du royaume des Pays-Bas. J'étais très souffrant, j'avais de la fièvre, je demandai vainement qu'on eût la compassion de m'accorder au moins un jour. Il fallait assurément qu'il y eût des inconvénients bien graves à me laisser séjourner dans Bruxelles, ou qu'on fût facilement porté à être barbare envers moi ; on ne me donna pas une heure. Je fus placé, entre un commissaire de police et un gendarme, dans une voiture, et jeté sur le grand chemin. Ceux-ci, témoins de mon état, me prirent en pitié et consentirent à s'arrêter au bout de quelques heures pour me procurer un peu de repos, et recevoir quelques pansements nécessaires : mais sous la condition expresse que je me remettrais en route dès le lendemain de bon matin, sous la garde des surveillants désignés pour les remplacer, ce qui fut fidèlement exécuté et répété de ville en ville, en dépit des observations et des témoignages réitérés de tous les médecins. Victime de si cruels traitements, je crus devoir m'adresser à l'ambassadeur de France en Belgique, qui ne manquerait pas, me disais-je, de s'élever avec violence contre un tel état de choses ; car, sans motif légitime et en violation des lois, traiter de la sorte un Français confié à sa protection, c'était un outrage à son caractère public.

Je lui donnai donc connaissance des mesures vexatoires et barbares exercées en cet instant sur ma personne.

Je lui disais « qu'en abordant à Ostende, j'avais écrit au ministre de la Police de France les motifs qui me portaient à demeurer en dehors ; que j'avais écrit en même temps au ministre de la Police des Pays-Bas, pour le supplier de trouver bon que je séjournasse quelques instants à Bruxelles ; et qu'arrivé fort tard, libre et sans surveillance, dans cette dernière ville, je m'étais empressé d'en donner connaissance à Son Excellence ; mais que le lendemain, j'avais été réveillé subitement avant le jour, entouré de quatre personnes de la police, et de deux gendarmes, et qu'il m'avait été signifié, en dépit de mon état très souffrant, qu'il fallait partir à l'instant ; qu'en vain j'avais demandé un médecin pour qu'il pût constater mes besoins ; qu'il m'avait été dit qu'on allait me l'accorder pour la forme ; mais qu'il me faudrait partir, quelle que fût son opinion ; qu'en effet j'avais été transporté à Louvain, en malfaiteur et moribond, sous l'escorte d'un officier de police et d'un gendarme ; qu'en arrivant à la nuit dans cette ville, mon mal ayant augmenté, couvert de vésicatoires, la fièvre m'ayant pris, j'avais demandé à séjourner le lendemain ; que le bourgmestre avait eu l'inhumanité de me le refuser, en dépit de deux ou trois déclarations très fortes des médecins ; qu'ayant demandé que le médecin, du moins, pût m'accompagner dans ma voiture, au lieu du gendarme, qui suivrait à cheval, cela m'avait été refusé encore ; que tout ce qu'on pouvait me permettre, m'avait-on dit, était que le médecin m'accompagnât dans une seconde voiture ; ce qui était une ironie sans doute ».

J'ajoutais « que j'étais bien sûr qu'un tel traitement ne pouvait me venir de lui, qui seul pourtant, dans cette circonstance, aurait le droit d'influer sur mon sort ; que j'étais trop familier avec les sentiments de notre nation pour supposer un instant que ses instructions pussent porter la proscription de quelqu'un contre lequel il n'y avait, ni n'avait pu y avoir de loi ni de motifs d'en agir ainsi ; que les mauvais traitements que j'éprouvais ne pouvaient donc me venir que des autorités du pays, où je ne devais pourtant être considéré, en toute justice, que comme simple voyageur ; qu'à ce titre je leur demandais quel était donc mon crime, et quels étaient leurs droits sur ma personne ; et je finissais par déposer entre ses mains mes intérêts, dont il était, par son poste, le protecteur naturel ».

Et afin de mieux réveiller son attention à mon égard, je lui donnais des nouvelles de Mme Bertrand, sœur de sa femme ; nouvelles que j'avais reçues précisément en quittant Douvres, et je lui offrais, si Mme de La Tour du Pin avait quelque chose à faire dire à sa sœur, qui en serait bien heureuse, de m'en charger avec plaisir, ayant l'intention de lui écrire régulièrement tous les mois, par la voie qu'admettaient les règlements anglais, sous le couvert même des ministres.

Cette lettre resta sans réponse de la part de Son Excellence. C'est que ses efforts furent vains sans doute : alors l'impulsion, peut-être même les ordres, venaient d'outre-mer.

Je continuai de la sorte sans répit, colporté de place en place, de commissaire en commissaire, de gendarme en gendarme, à travers tout le royaume des Pays-Bas ; et quand parfois, dans l'excès de mes souffrances, je demandais quel pouvait être le motif d'un aussi doux traitement, on me répondait simplement que tel avait été l'ordre transmis ; et au fait personne ne semblait en savoir davantage. Arrivé sur le territoire prussien, à Aix-la-Chapelle, les agents des Pays-Bas m'y déposèrent contre un reçu, comme on eût fait d'un ballot, et les Prussiens, à leur tour, de me pousser tout aussi rapidement de poste en poste, de commissaire en commissaire, de gendarme en gendarme ; et quand je leur demandais, à eux aussi, pourquoi tout cela, ils me répondaient ingénument qu'ils n'en savaient rien, mais qu'on m'avait jeté chez eux, et qu'ils me jetaient dehors. Demandais-je à demeurer, ils répondaient poliment qu'ils ne voulaient pas de moi sur leur territoire ; et des amis, car l'on va voir que j'en trouvais partout, me soufflaient à l'oreille d'en rendre grâce au ciel, de me hâter surtout de mettre à profit cette bonne fortune, des bannis français ayant été, il y avait peu de temps, traînés sur les bords de la Baltique, et confinés dans des forteresses. Alors je déclarai que je voulais aller à Francfort, ce qui parut faire plaisir à nos hôtes, les Prussiens, parce que cela, disaient-ils, ne les regardait plus ; ce dont je me réjouissais fort aussi pour mon compte, d'après ce qu'on venait de m'apprendre.

Mais après avoir peint, bien faiblement encore, tout ce qu'on venait de m'infliger de sauvage et de brutal, toutes les peines et les souffrances dont on m'avait accablé, je serais injuste et peu reconnaissant, et je me priverais moi-même de la jouissance la plus douce, si je taisais l'espèce de compensation que je recueillais partout à chaque pas.

Mon histoire avait fait grand bruit, elle s'était répandue au loin, elle me devançait, les papiers publics s'en étaient emparés. On savait qui j'avais suivi, qui j'avais voulu soigner, pour qui je souffrais, et l'on s'efforçait de m'en tenir compte. La bienveillance, la sympathie dans toutes les classes s'empressaient autour de moi ; je me trouvais environné de démonstrations publiques ou d'offres secrètes, et alors me revinrent à l'esprit ces paroles de Napoléon, dont au surplus j'ai eu maintes fois depuis occasion de me ressouvenir : « Mes chers amis, de retour en Europe, vous verrez que d'ici encore je donne des couronnes. » Or, en est-il de plus pure, de plus douce, que l'estime, l'affection, la sympathie de ceux mêmes qui ne vous connaissent pas ou ne vous ont jamais vu ! Quelle main toute-puissante peut dispenser rien de comparable ? Je retrouvais ces sentiments dans les auberges, sur les grands chemins, partout. Les postillons, les gendarmes, tout ce qui se trouvait sur ma route, s'adressait à moi avec une espèce d'orgueil et de joie. L'un me disait : « Moi, je sors de la garde impériale » ; un autre : « J'étais gendarme français » ; un autre : « J'ai été soldat de Napoléon. » Ces souvenirs, et la bienveillance qui en était la suite, se montraient dans tous les États, dans tous les rangs. Deux fois, dans la Belgique, on m'offrit de m'enlever, tout ayant été soigneusement prévu d'avance, me faisait-on dire : c'était précisément la même offre que celle du capitaine américain au Cap ; offre, du reste, qui s'est renouvelée encore plus tard, de la part de quelques Anglais auxquels j'étais tout à fait inconnu, et qui avaient résolu de partir de Londres pour venir m'arracher de Francfort, où ils me croyaient plus mal que je n'étais ; mais toujours ma réponse était la même : « A quoi bon ! pourquoi gâterais-je une si belle cause ? »

La sollicitude, le tendre intérêt remontaient jusqu'aux agents de l'autorité même. L'un d'eux, malgré la surveillance qu'il exerçait, m'offrit de se charger de tout papier que j'aurais la confiance de lui remettre ; j'en profitai, parce que je n'y voyais aucun inconvénient, quelque mauvaise intention d'ailleurs qu'il eût pu me déguiser, et j'adressai à une personne éminente en Angleterre une note en six lignes, mais fort vive, sur les traitements dont les ministres anglais, depuis un an, me rendaient la victime, avec prière d'y donner de la publicité s'il n'y avait pas d'inconvénient. J'y joignais, dans la même intention, le fragment de la lettre de l'Empereur, dont il m'avait été permis de prendre copie, observant que j'eusse continué d'en jouir en secret, si les contes absurdes et outrageants répandus dans les journaux ne me faisaient une espèce de devoir de la rendre publique ; le tout, au demeurant, était laissé à sa décision discrétionnelle.

Quelle ne fut ma surprise de voir le tout, dès le surlendemain, dans les papiers de la Belgique. J'en fus vivement affligé : il n'était point dans mon caractère de faire tout ce bruit ; j'étais désolé surtout que celui à qui je m'adressais en Angleterre, et qui ne me connaissait pas, reçût ma lettre précisément par la voie de l'impression, ce qui n'était pas davantage dans mon genre. Je ne concevais pas non plus comment la chose avait pu arriver. J'ai appris depuis que mon confident, dans l'excès de son zèle, s'était adjoint trois ou quatre personnes du même sentiment, et que, lues dans un petit conciliabule, ils avaient décidé qu'au lieu de perdre le temps à envoyer ces pièces en Angleterre, où l'on n'en ferait peut-être aucun usage, il valait mieux les rendre publiques à l'instant et sur les lieux mêmes, où en effet elles causèrent la plus grande sensation. En dépit de toute la contrariété que j'en éprouvai alors elles me furent, par l'événement, du plus grand avantage.

Enfin, je ne finirais pas si je voulais citer les traits touchants dont je fus l'objet, les offres de toute espèce, argent, vêtements, etc. ; et il n'est pas jusqu'à des gens du peuple qui ne s'empressassent d'apporter leur offrande. L'un d'eux, pénétrant par force dans ma chambre, dont il était arraché en arrière par les gendarmes, me criait qu'il n'avait que deux habits, qu'il voyait bien à ma taille que le second ne pouvait me servir ; qu'il allait le vendre et m'en jetterait l'argent par la fenêtre. Quelles souffrances, quels tourments ne s'effaceraient pas devant les sensations causées par de tels actes !

Cependant, à Cologne, on fut obligé de me laisser séjourner vingt-quatre heures, tant je me trouvais malade ; mais cet accroissement de souffrances fut pourtant un bonheur pour moi ; j'étais au lit, sommeillant, quand tout à coup se précipite dans ma chambre le valet de place avec cette joie qu'on est sûr de causer, et qu'on éprouve soi-même en donnant une bonne nouvelle. Il m'annonce Mme de Las Cases. Je n'avais pu savoir encore si elle existait ; je pensais avoir mal entendu, je crus que je rêvais. Les battants s'ouvrent, c'était elle. La pauvre malheureuse, dans toute la rigueur de la saison, au travers de la pluie et des neiges, courait depuis longtemps après moi, sans pouvoir m'atteindre ! Dès qu'elle avait appris par les papiers publics mon arrivée en Europe et ma déportation à Ostende, elle s'était mise aussitôt en route pour cette dernière ville ; et ce ne fut qu'à ses portes qu'elle apprit que j'en étais parti. Elle me suivait depuis, à la piste des persécutions et des tourments qu'on faisait peser sur moi et dont chacun sur sa route, les passants mêmes, l'entretenaient, ou bien encore qu'elle lisait chaque matin dans les journaux ; entourée d'ailleurs elle-même partout, et de la part de tous, de cet intérêt, de cette bienveillance, de ces soins, de cet empressement dont on a vu que j'avais été l'objet. Depuis longtemps, elle avait l'affreuse contrariété de demeurer toujours à peu d'heures de moi, mais sans jamais pouvoir m'atteindre, ce que nous ne dûmes qu'au séjour accidentel de Cologne.

Séjour en Allemagne

DEPUIS L'ARRIVÉE À FRANCFORT JUSQU'AU SÉJOUR D'OFFENBACH ESPACE DE QUINZE MOIS

Séjour à Francfort. Mes efforts pour adoucir la situation de Longwood ; lettres à Marie-Louise, aux souverains alliés. Ma lettre à lord Bathurst. Pétition au parlement d'Angleterre. Relations avec les divers membres de la famille de l'Empereur. Mesures pour pourvoir aux besoins de Longwood ; détails, etc. Voyage aux eaux de Bade. Séjour à Mannheim ; motifs de ce choix. Congrès d'Aix-la-Chapelle ; mes efforts ; détails. Lettre de Madame Mère, etc. Note aux souverains. Nouveaux documents officiels reçus de Longwood et adressés aux souverains. Lettres du comte Las Cases au comte Bertrand et au sous-secrétaire d'État Goulburn. Nouveaux efforts ; détails, etc. État de l'opinion. Arrivée du brick le Musquito. *Dernière vexation ; le ministère badois me fait sortir de Mannheim ; détails, etc. Retraite à Offenbach.*

La bande prisonnière arriva enfin à Francfort, après plus de quinze jours d'une persécution dont les pays civilisés et en état tranquille offrent peu d'exemples. Un officier prussien, beaucoup moins chargé, disait-il, avec politesse, de me garder que de me faire bien traiter, m'y avait conduit. Il ne me permettait de communication libre avec personne, et ne devait me quitter qu'après une décision authentique et finale à mon égard.

En mettant le pied à Francfort, je me hâtai d'envoyer à notre ambassadeur, ainsi que je l'avais fait à celui que nous avions dans les Pays-Bas, la lettre suivante :

« Monsieur le comte, j'ai l'honneur, en arrivant dans cette

ville, de réclamer la protection de votre caractère public contre les mesures rigoureuses exercées depuis longtemps sur ma personne.

« On s'est saisi de moi, on me transporte, contre mon gré, de ville en ville, sous escorte, avec tous les détails de la captivité. Ceux qui en agissent ainsi avouent ingénument qu'ils me poussent en avant de la sorte, parce que je leur suis arrivé ainsi de l'arrière : ils n'ont, du reste, aucun motif spécial ni ordre positif. En traversant les Pays-Bas, je me suis réclamé à ce sujet de l'ambassadeur de France à la cour de La Haye ; mais on a précipité ma course avec une telle rapidité qu'il m'a été impossible de recevoir aucune réponse. Je prends la liberté de vous envoyer la copie de la lettre que je lui ai adressée, afin de mettre Votre Excellence au fait des premiers détails de mon affaire.

« Monsieur le comte, je suis en cet instant au cent trentième jour de route, harassé, fatigué, malade, infirme ; je me trouve comme roulé jusqu'ici par la fureur des flots ; je succombe, si enfin je ne trouve le port. J'implore, au nom de l'humanité et de la justice, qu'on me laisse respirer un moment. J'ai trouvé une erreur établie sur toute ma route : ceux qui disposaient de ma personne ont tous éprouvé un grand étonnement, quand la discussion est venue à éclaircir qu'il n'y avait en France contre ma personne aucune loi ou acte public ou particulier, et qu'il n'avait jamais rien existé qui eût pu les provoquer. Je vous prie, monsieur le comte, d'avoir à ce sujet l'extrême bonté de vouloir bien, par votre témoignage, prévenir ici toute méprise qui influerait sur la décision à prendre à mon égard, et m'accorder la protection naturelle que je dois trouver dans votre caractère public. J'ai l'honneur d'être, etc.

« P.-S. Je dois prévenir Votre Excellence, peut-être, que, pressé par la circonstance, j'ai écrit, il y a quelques jours, à S. M. l'empereur d'Autriche pour lui demander un asile dans ses États au cas où ma liberté serait gênée ; mais un pays lointain, étranger à mes mœurs et à mon langage, ne saurait me convenir que par nécessité. J'ai besoin de m'éloigner le moins possible de France, pour revoir ma famille et veiller à mes intérêts domestiques, négligés depuis trois ans. Bruxelles, qui, à ces avantages, joindrait, à cause de la langue, celui de me donner les moyens de suivre l'éducation de mes enfants, est le lieu qu'il me serait heureux d'habiter. J'ai prié M. de La Tour du Pin, à La Haye, de me l'obtenir et j'ose vous supplier de vouloir bien y joindre les moyens qui sont en votre pouvoir. »

Je n'eus pas à Francfort plus de réponse que je n'en avais eu en Belgique. Toutefois, Son Excellence ne demeura pas inactive à mon égard, et il me fut assuré qu'elle avait, dès l'instant, requis près du Sénat de la ville libre et souveraine mon extradition dans les vingt-quatre heures. Heureusement, l'officier prussien qui était dans l'obligation de me suivre, et que cette continuation de voyage n'arrangeait pas, faisait intervenir sa légation pour qu'on me retînt. On se débattait donc à mon sujet, et j'étais résolu d'abord d'attendre paisiblement à qui demeurait l'embarras de ma personne. Mais, d'après de sages conseils, je m'adressai à l'ambassadeur d'Autriche (baron de Wessenberg), pour lui faire connaître que je m'étais adressé à son souverain pour implorer un asile dans ses États, et que je serais heureux qu'on voulût bien me laisser attendre sa décision ici. Il me suffit de ce peu de mots auprès d'un homme généreux et loyal, pour que mes nouvelles contrariétés trouvassent aussitôt leur terme. Il intervint immédiatement, me déclara provisoirement sous la protection de son souverain, et requit le *statu quo* à mon égard, jusqu'aux premières nouvelles de sa cour.

Alors tout se calma, alors finit enfin la vague britannique, qui, amoncelée de si loin, frappait depuis si longtemps sur mon existence. Le Sénat de la ville libre me souffrit ; l'officier prussien prit congé. Aux bourrades succédèrent les politesses ; le prince de Hardenberg, auquel je m'étais plaint de mon arrestation dans les provinces rhénanes, me répondit s'en être fâché lui-même. Il me vint de Vienne, avec bienveillance, l'asile demandé. Je fus libre, et j'acquis même la perspective de voir désormais ma tranquillité respectée ; car la réponse de M. le duc de Richelieu, ministre des Affaires étrangères, à qui notre ambassadeur à Francfort s'était adressé à mon sujet, fut, me dit-on, qu'on n'avait qu'à me laisser en repos.

M. le duc de Richelieu, dans son indépendance, n'avait fait qu'obéir, sans doute, à sa générosité naturelle, tandis qu'il est à croire que celle de M. l'ambassadeur à Francfort, jadis ministre diplomatique de Napoléon auprès du roi Jérôme, se trouva gênée par le besoin de donner des gages, ce qui était très bien assurément ; seulement j'avais le droit de trouver malheureux qu'en cette occasion ce fût à mes dépens.

Mes premiers soins, dès que je pus disposer de mes actions, furent tous au grand motif qui m'avait fait quitter Sainte-Hélène, et m'avait ramené en Europe. Bien que je me visse repoussé de Londres, où j'avais établi mes plus grandes espérances, je n'en pris pas avec moins d'ardeur la voie qui me restait encore.

J'écrivis d'abord à Marie-Louise, comme mon premier devoir, et lui adressai ma lettre ouverte, et sous le couvert même de M. le prince de Metternich, ministre directeur de l'Autriche ; puis je m'adressai aux trois grands souverains alliés. Voici mes lettres :

Lettre à Marie-Louise,
écrite du cap de Bonne-Espérance
et expédiée d'Europe

« Madame, à peine hors de Sainte-Hélène, je crois de mon devoir de déposer avec empressement aux pieds de Votre Majesté des nouvelles de votre auguste époux. J'ai été subitement arraché d'auprès de lui, sans aucun indice préalable, et comme frappé de mort subite à ses côtés, sans qu'il ait pu le prévoir : si bien que je ne suis pas assez heureux pour me trouver chargé d'aucune commission ou transmission spéciale à Votre Majesté. C'est dans ses conversations et son habitude de chaque jour, durant dix-huit mois, que je dois prendre ce que j'ose faire parvenir à Votre Majesté.

« Dans l'oubli des affaires du monde, l'empereur Napoléon se reposait le plus souvent dans les souvenirs et les affections de sa famille. Il souffrait de n'avoir jamais reçu, bien qu'il l'eût officiellement demandé à ceux qui le gardent, des nouvelles de ce qui lui était le plus cher. Votre Majesté trouvera ce chagrin vivement exprimé, de la propre main de son époux, dans la lettre qu'il m'a fait l'honneur de m'écrire après qu'on m'eut séparé de lui. J'oserai prendre la liberté d'en placer une copie sous les yeux de Votre Majesté[1].

1. Voyez la lettre de l'empereur Napoléon au comte de Las Cases. *(Las Cases.)*

« La santé de l'Empereur, à mon départ, était fort attaquée ; il était très mal sous tous les rapports, éprouvant beaucoup de nécessités et privé de toutes jouissances. Heureusement son moral triomphait de tout ; son âme impassible demeurait calme et sereine.

« Je l'ai vu contraint de faire vendre chaque mois une portion de son argenterie pour fournir aux besoins journaliers, et il a été réduit à accepter la petite somme dont un serviteur fidèle, en le quittant, était assez heureux de pouvoir disposer en Angleterre.

« Madame, dans toute l'émotion des sentiments de mon âme, j'ose, en serviteur pieux, prendre la liberté de déposer aux pieds de Votre Majesté, et dans l'espoir de lui être agréable, un sacrifice qui m'est cher, des cheveux de votre auguste époux, que je me trouvais posséder depuis longtemps. J'ose y joindre encore un tracé de Longwood, fait par mon fils pour sa mère. Les regards de Votre Majesté aimeront sans doute à parcourir en détail ce désert lointain.

« Madame, en arrivant en Europe, mon premier soin serait de courir aux pieds de Votre Majesté, si un devoir religieux ne me faisait demeurer en Angleterre, pour y consacrer tous les instants du reste de ma vie à tâcher de faire parvenir, par les voies légales qu'admettent les règlements anglais, quelques consolations sur l'affreux rocher qui retient à jamais toute l'ardeur de mes soins. Les ministres britanniques ne pourront me refuser ce religieux emploi ; je le solliciterai avec chaleur, et le remplirai avec loyauté. Je suis, etc.

« Le comte de LAS CASES.

« P.-S. Madame, à mon arrivée en Europe, repoussé d'Angleterre, saisi sur le continent, et retenu très malade à Francfort, j'obtiens dans cet instant un asile dans les États de votre auguste père. Je profite du premier moment de ma liberté, pour adresser à Votre Majesté des lignes qui furent tracées pour elle aux extrémités de l'Afrique, à trois mille lieues de distance. Je supplie Votre Majesté de daigner les recevoir avec bienveillance, et cela me consolera d'une partie de mes peines. »

Lettre au prince de Metternich, renfermant la précédente

« Prince, je m'empresse d'exprimer à Votre Altesse tous mes remerciements, pour la faveur d'un asile obtenu dans les États de S. M. l'Empereur.

« Je prends en même temps la liberté de joindre, sous votre couvert, une lettre pour S. M. Marie-Louise ; et ici, prince, je vous conjure d'agréer que, mettant de côté le caractère public de Votre Altesse, je ne m'adresse qu'à votre caractère privé. J'entends demander un conseil bien plutôt qu'accomplir un acte. Absent depuis si longtemps d'Europe, ce ne serait qu'innocemment et contre mon gré que je viendrais à blesser quelques convenances. Je m'abandonne ici à la seule effusion de mon cœur.

« Prince, c'est l'ensemble de ces sentiments qui me porte à livrer ouverte, à votre discrétion et à votre jugement personnel, la lettre que j'inclus ici. C'est encore l'ensemble des mêmes sentiments qui me porte à vous peindre l'empereur Napoléon en proie sur son roc à la persécution de quelques ennemis personnels et à l'abandon du reste de l'univers. Je ne vis désormais que pour l'espoir de lui porter quelques consolations. Je sais celles qui lui seraient les plus chères par l'habitude journalière de dix-huit mois, et, j'ose le dire, l'abandon et l'épanchement de quelques instants. Qui le connaît comme moi ? Napoléon sent et s'exprime sur son histoire passée comme si elle avait déjà trois cents ans : il n'est demeuré en arrière que sur les sentiments de famille. Quels qu'aient été les événements de la politique, il ne doute nullement des sentiments domestiques. Comment, par quelle voie, de quelle manière, sans blesser la convenance ni les règles, ni les intentions, pourrai-je obtenir des informations directes de ses plus proches, de sa femme, de son fils ? Prince, j'ose vous répéter que je m'adresse ici d'homme à homme : c'est un cœur qui en questionne un autre.

« Durant mon séjour à Sainte-Hélène, nous n'avons communiqué ou pu communiquer avec le commissaire autrichien ; Votre Altesse a dû lire dans un document public[1],

1. Lettre de M. le comte de Montholon en réponse à sir Hudson Lowe. *(Las Cases.)*

adressé en réponse au gouverneur, que “si les commissaires autrichien et russe étaient venus pour veiller à ce que Napoléon obtînt les égards et les traitements qui lui étaient dus, la démarche de ces envoyés rappelait le caractère de leurs maîtres ; mais que lui, gouverneur, ayant déclaré qu'ils n'avaient ni droit, ni autorisation, ni interférence sur ces objets, les avait, par cette déclaration, rendus inadmissibles”. Napoléon, en même temps, exprima publiquement qu'il les recevrait volontiers comme simples particuliers ; toutefois, nous ne les avons pas vus davantage, soit que les instructions fussent telles, soit, comme j'ai plus lieu de le croire, que le gouverneur voulût, à ce titre, les soumettre à un interdit qui aurait blessé leur caractère.

« Votre Altesse verra, dans la copie d'une lettre transcrite pour S. M. Marie-Louise, la rigueur dont on a usé vis-à-vis d'un botaniste autrichien, et la peine qu'en a éprouvée l'empereur Napoléon. Je renouvelle encore ici à Votre Altesse l'expression de la nature de mes sentiments et l'assurance du profond respect avec lequel je suis, etc.

« Le comte de LAS CASES.

« P.-S. Dans le cas où ma lettre à S. M. Marie-Louise viendrait à ne pas lui être remise, je supplie de Votre Altesse la faveur signalée de vouloir bien ordonner que le petit paquet de cheveux qu'elle renferme me soit renvoyé. »

Lettre à S. M. l'Empereur de Russie

« Sire, un sentiment, un devoir religieux me conduit aux pieds de Votre Majesté.

« Le serviteur pieux et fidèle d'une royale victime de l'adversité ose élever la voix jusqu'à votre trône, qu'entourent toutes les prospérités de la fortune ; dédaignerez-vous de l'entendre ?

« Soudainement arraché d'auprès de Napoléon, et comme frappé de mort subite à ses côtés, j'erre depuis comme dans un autre univers, traînant partout avec moi l'image des maux dont j'ai été le témoin, et que je ne puis plus partager.

« Sire, c'est à vos pieds que mon cœur me suggère de venir chercher un adoucissement à mes peines, un espoir à mes vœux.

« Votre traité du 2 août 1815, avec vos hauts alliés, consacre que Napoléon est votre prisonnier, et abandonne à l'Angleterre la possession de sa personne, tous les soins, toutes les mesures de sa détention.

« Sire, je ne parlerai point contre ce traité ; je ne me plaindrai même pas des détails dont les ministres anglais accompagnent la portion que vous avez confiée à leurs dispositions.

« La politique, les hauts intérêts, les grands griefs, quelque lourds qu'ils pèsent sur son âme, sont ici loin de ma pensée : les seuls soins domestiques, en cet instant, remplissent mon cœur.

« J'implore donc Votre Majesté, ainsi que j'ai fait auprès de ses hauts alliés[1], pour qu'elle daigne protéger la demande que j'adresse au gouvernement anglais, de permettre que je me consacre, à Londres, à procurer à l'illustre captif, en dedans des règlements et des lois, quelques jouissances morales et des adoucissements corporels qui ne seront d'aucune charge à personne.

« Sire, ma demande est une faveur innocente, naturelle, simple, sans objections raisonnables, et je ne suis pas sans titres essentiels pour venir la solliciter de Votre Majesté. Elle est loin d'y être étrangère.

« En abandonnant à d'autres la garde et la détention du captif, Votre Majesté n'a pas renoncé certainement à veiller aux égards, aux attentions qu'on devait à sa personne sacrée. En renonçant à toute interposition politique, Votre Majesté n'a pu s'interdire de contribuer aux consolations qu'approuveraient ses sentiments privés, aux adoucissements qui demeureraient en dehors de l'objet principal.

« Sire, tous les jours, à Sainte-Hélène, on remue, on fait peser des chaînes en votre nom. Auriez-vous accordé que votre nom n'y parvînt que pour autoriser seulement d'odieuses et d'intolérables rigueurs ?

« Sire, celui sur lequel elles s'exercent est celui-là même à qui vous avez donné longtemps le nom de *frère*. Votre âme royale ne peut l'oublier ; votre cœur ne saurait y être insensible. J'implore donc ici, pour une légère faveur, votre sym-

1. Pareilles lettres avaient été écrites à l'empereur d'Autriche et au roi de Prusse, à quelques variations près, commandées par les circonstances individuelles de ces princes. *(Las Cases.)*

pathie, vos souvenirs, votre dignité même. Votre âme magnanime, sire, s'est montrée trop amie de la morale publique, elle nous a montré trop de générosité et de délicatesse privées dans ses diverses relations, pour que je désespère un instant.

« Et quelle est, encore une fois, cette faveur que je place sous votre protection, sire ? D'être souffert seulement près du lieu de communication et d'envoi, c'est-à-dire sur le point le plus opportun, dans la position la plus propre à pouvoir, *d'après les formes voulues et les règlements prescrits*, continuer de loin les soins domestiques qu'il ne m'est plus permis d'exercer dans la prison même : voilà tout.

« Toutefois, sire, j'implore et j'attends cette faveur de Votre Majesté. Et combien ne deviendrais-je pas heureux si elle daignait y ajouter de faire descendre jusqu'à moi de confier à mes soins cette partie de l'intérêt moral et privé auquel ses grands engagements ne sauraient l'avoir fait renoncer pour son propre compte. Et qui mieux que moi, sire, saurait comment s'en acquitter ? Qui pourrait s'y livrer avec plus d'ardeur ? Je me suis banni de ma patrie pour pouvoir y consacrer désormais, sans distraction et sans gêne, le reste de ma vie. Daignez m'entendre et me satisfaire, sire, je vous en conjure. Et à qui doivent se reporter ces soins que je propose ? En faveur de qui vous sollicité-je ici de pouvoir me dévouer, sire ? C'est de celui que vous appelâtes votre ami.

« Ah ! sire, assez de prodiges, de gloire, remplissent le règne de Votre Majesté ; l'histoire en est déjà pourvue. Qu'on y trouve des actes d'une vertu plus rare ; faites quelque chose pour l'éternité !... Que l'histoire dise de vous : Au milieu du plus terrible conflit politique qui fut jamais, il montra quelque chose encore au-dessus de la victoire ; ce fut le souvenir, le respect d'une vieille amitié !!!...

« Que de fois, sur notre rocher, sire, j'ai entendu l'empereur Napoléon, traitant de ce qui le concerne comme si c'était déjà de plusieurs siècles en arrière, parlant déjà le langage de l'histoire, dire : "Je n'ai eu avec l'empereur Alexandre qu'une guerre de politique : elle était étrangère aux sentiments individuels, je ne dois pas lui supposer une animosité personnelle." Une circonstance qui serait digne de vous, sire, a dû l'y confirmer : un bruit nous parvint, au haut de notre rocher, que le commissaire de Votre Majesté à l'île de Sainte-

Hélène avait, à la suite de ses instructions, et de la propre main de Votre Majesté, la recommandation positive de porter les mêmes égards, les mêmes respects à l'empereur Napoléon qu'à elle-même. Nous l'avons entouré, sire, de ce rapport que nous savions lui plaire : il était dans le caractère de Votre Majesté, et nous nous y sommes abandonnés, sans toutefois avoir trouvé à nous en convaincre ; car, pendant tout mon séjour du moins, nous n'avons pu avoir aucune communication avec le commissaire de Votre Majesté. Elle aura su sans doute que Napoléon, requis par le gouverneur de Sainte-Hélène de recevoir le commissaire de Votre Majesté et celui de son allié l'empereur d'Autriche, fit répondre : "Que si ces commissaires étaient chargés de la part de leurs maîtres de veiller à ce que, dans une île au milieu de l'Océan, séparée du reste de la terre, on ne manquât pas aux égards qui lui étaient dus, il reconnaissait là le caractère de ces deux princes ; mais que le gouverneur ayant déclaré qu'ils n'avaient rien à voir ni à interférer dans ce qui se passait sur ce rocher, ils devenaient dès cet instant sans mission à ses yeux." Toutefois il ajouta qu'il serait ravi de les voir comme particuliers ; ce qui demeura sans effet, soit qu'ils ne l'aient jamais su, soit que leurs instructions ne le leur permissent pas, soit enfin (ce que je ne crois pas improbable) que le gouvernement anglais ait voulu les soumettre alors à une dépendance que n'admettait pas leur caractère.

« Sire, si j'ai osé, en cette occasion, élever mon humble voix jusqu'à Votre Majesté, j'en ai puisé la hardiesse dans le dévouement profond, vif, inaltérable, que je conserve pour celui qui régna sur moi, qui fut mon maître..., et ce sentiment doit me faire trouver grâce devant Votre Majesté. Je suis, etc.

« Le comte de Las Cases. »

Encore le cœur gros de tous les mauvais traitements que j'avais éprouvés de la façon du ministère anglais, je me crus une obligation, une espèce de devoir public, d'en adresser des plaintes à lord Bathurst par la lettre ci-après, demeurée au surplus confidentielle pendant plus de dix mois, et qui eût pu le demeurer toujours, si son premier subordonné, le sieur Goulburn, sous-secrétaire d'État, par des paroles fausses et déplacées à mon sujet, dans la Chambre des communes, ainsi qu'on le verra plus bas, n'était venu me forcer en quelque sorte à donner de la publicité à ma lettre, publicité qui, au demeurant, devient pour le lecteur un gage de plus de l'authenticité et de l'exactitude de tous les faits mentionnés ici.

Lettre du comte de Las Cases
à lord Bathurst

« Milord, si je supportais sans rien dire les actes arbitraires et tyranniques, l'infraction des lois, le mépris des formes, la violation des principes, dont je suis la victime depuis plus d'un an que je me trouve entre les mains de vos agents, mon silence pourrait être pris pour un acquiescement tacite qui me rendrait coupable envers moi-même, envers vous, envers la société tout entière : envers moi qui ai de grands redressements à prétendre ; envers vous qui les ignorez peut-être, et vous empresseriez de les accorder ; envers la société entière, dans l'intérêt de laquelle tout homme de bien doit se montrer intraitable sur les écarts du pouvoir, pour l'honneur des lois et la sécurité de ceux qui viennent après lui.

« Milord, si j'ai tant tardé à vous adresser mes griefs, n'en accusez que vous-même, la persécution que j'ai rencontrée sur vos rivages, et celle dont vous avez donné l'impulsion dans les pays voisins. Il semblerait en effet qu'on a inventé pour moi un supplice nouveau : la déportation sur les grands chemins. Je me suis vu colporté de ville en ville comme un malfaiteur, et bien que moribond, sans qu'on pût m'en donner aucun repos. Comment vous écrire ?

« Si j'adresse ici personnellement à Votre Seigneurie tout ce qui me concerne, c'est comme étant de votre département et en votre nom qu'ont commencé les actes dont j'ai à me plaindre ; que c'est dans votre département et en votre nom qu'ils ont continué, et que si, depuis, d'autres mains ont pesé sur moi, c'est Votre Seigneurie qui m'a placé sous leurs coups, ce sont ses suggestions qui ont dicté le traitement que j'ai reçu.

« Milord, je suis un des quatre auxquels vos ordres réduisirent, à Plymouth, le grand nombre de ceux qui recherchaient le bonheur et la gloire de suivre l'illustre victime de *la terrible hospitalité du* Bellérophon ; je remplissais de mon mieux à Longwood ma religieuse et sainte occupation ; j'y dévouais toutes les facultés de mon cœur et de mon âme aux adoucissements de la captivité la plus dure qui fut jamais, quand je m'en suis vu soudainement enlevé par le gouverneur de Sainte-Hélène. Il était dans ses droits peut-être ; j'avais enfreint ses règlements : je n'étais coupable, après tout, que d'avoir usé du droit de tout captif, celui de déjouer sans scrupule la surveillance de son geôlier ; car il n'avait été rien laissé entre nous à la délicatesse, à la confiance, à l'honneur. Je ne me suis point plaint de l'acte exercé envers moi. Je n'ai souffert que dans ce qui a pu heurter gratuitement celui duquel on me séparait ; c'est presque à ses côtés, presque sous ses yeux qu'on m'a saisi ; ce qui lui a fait écrire, ainsi que vous l'aurez lu, qu'en me voyant de sa fenêtre, entraîné dans la plaine, au milieu de nombreux panaches flottants et de chevaux qui caracolaient autour de moi, il avait eu l'idée des sauvages de la mer du Sud, qui, dans leur joie féroce, dansent autour de la victime qu'ils vont dévorer.

« Milord, il a pu m'être permis de croire que la cause de ce qui m'est arrivé, les pièces secrètes confiées à mon domestique, sur sa propre sollicitation, n'étaient que le résultat d'un piège qui m'aurait été tendu. Le gouverneur lui-même est demeuré d'accord avec moi que les apparences pouvaient justifier ma pensée ; mais il m'a donné sa parole d'honneur qu'il y était étranger, et je l'ai cru. Ces pièces secrètes, du reste, étaient destinées, dans le principe, à passer précisément par ses mains : elles lui eussent été adressées, si, peu de temps auparavant, il ne m'avait fait dire que la continuation de mon style le porterait à m'éloigner de celui auquel je me dévouais. Cela est si vrai, et les pièces étaient si peu importantes en elles-mêmes, qu'il n'en a jamais été question depuis : elles sont demeurées tout à fait étrangères à l'événement qu'elles avaient fait naître[1].

« Milord, ma captivité à Sainte-Hélène n'était que volontaire : vous aviez prononcé dans vos règlements qu'elle ces-

1. A moins que ce ne soit ce à quoi un ministre a voulu faire allusion dans le parlement d'Angleterre, le 14 mai 1818.

Cherchant à justifier les persécutions exercées sur le comte de Las Cases, il a dit qu'on l'avait surpris à établir une correspondance en Europe par l'intermédiaire de l'Angleterre. Mais le noble lord n'a fait que l'affirmer de vive voix, et a refusé de produire les documents officiels qui en auraient établi la preuve. Chacun pourra fixer son opinion d'après cette dernière circonstance. *(Las Cases.)*

serait à mon gré ; j'ai donc signifié à sir Hudson Lowe, dès que je me suis trouvé séparé de Longwood, qu'à compter de cet instant je me retirais de sa dépendance personnelle, et que je me replaçais sous la protection des lois civiles et générales ; que si j'avais commis quelque faute, je demandais qu'il m'envoyât à mes juges ; que s'il croyait que mes papiers, que je lui avais donné le temps de parcourir assez pour les comprendre, nécessitaient d'être mis sous les yeux des ministres, je demandais qu'ils vous fussent envoyés, milord, et moi avec eux, et afin de lui rendre cette détermination plus facile, je lui exposais l'état affreux de ma santé, le danger imminent de celle de mon fils, qui réclamaient de nous envoyer tous deux à la source des premiers secours de l'art ; j'ajoutais, en outre, que j'acquiesçais d'avance, volontairement et de bonne foi, à toutes les restrictions, même illégales, que Votre Seigneurie, au besoin, jugerait à propos de m'imposer à mon arrivée en Angleterre. Sir Hudson Lowe ne crut pas pouvoir prendre ce parti ; et après de longues hésitations et m'avoir tenu captif au secret dans l'île pendant cinq ou six semaines, il finit par me déporter au cap de Bonne-Espérance, selon la lettre de ses instructions ; mesure qu'il eût pu et eût dû sans doute exécuter en peu de jours. Ce gouverneur a retenu en même temps tous ceux de mes papiers qu'il a jugé convenable, sans me permettre d'y apposer mon sceau, ou ne me le permettant qu'avec la restriction dérisoire de mon consentement exprès à ce qu'il pût le briser en mon absence, s'il le jugeait à propos, ce qui était me l'interdire.

« A la faveur de pareilles subtilités, sir Hudson Lowe pourrait dire aussi, peut-être, qu'il n'a tenu qu'à moi de revenir à Longwood. Il est très vrai que, pressé par mes arguments et par la délicatesse de sa position vis-à-vis de moi, il m'a offert d'y retourner, parce que cela le tirait d'embarras ; mais en même temps qu'il me l'offrait, il me le rendait impossible. "Vous m'avez souillé, flétri, lui disais-je, en m'enlevant sous les yeux mêmes de Napoléon : je ne pourrai plus être désormais pour lui un objet de consolation, mais bien plutôt d'injurieux et pénibles souvenirs ; je ne saurais reparaître à Longwood que sur son désir exprès." J'ai demandé d'écrire, j'ai même écrit pour connaître ce désir ; mais sir Hudson Lowe a prétendu dicter lui-même ou limiter mes expressions, j'ai dû m'y refuser. Sa situation entre captifs au secret, qu'il faisait agir séparément à son gré, était aussi par trop avantageuse ; d'ailleurs, si je retournais, sir Hudson Lowe ne consentait pas davantage à rendre mes papiers. Le lendemain, il pouvait renouveler sur moi ou sur mes malheureux compagnons ses injurieux actes d'autorité ; j'avais la douleur d'en avoir ouvert la porte ; mon retour en aurait consacré l'usage ; il ne me restait qu'à me déchirer le cœur, partir.

« Voilà, milord, je crois, toute la partie de mon affaire relative à Sainte-Hélène : elle se trouve prouvée et développée dans ma correspondance avec sir Hudson Lowe, dont vous avez saisi, dans la Tamise, et tenez en ce moment entre vos mains toutes les pièces soigneusement arrangées et mises en ordre par moi-même.

« Milord, arrivé au cap de Bonne-Espérance, je me crus bien mieux placé pour jouir de la protection de vos lois. Sorti de l'île fatale sur laquelle l'importance du sujet pouvait servir de prétexte peut-être à certaines irrégularités, je me voyais à cinq cents lieues plus loin, dans une colonie tranquille, sous le plein exercice de votre belle législation si justement vantée. Quel fut mon étonnement ! Ce que sir Hudson Lowe n'avait pas osé faire à Sainte-Hélène, me retenir captif, lord Charles Sommerset le trouva très facile au Cap ; j'eus beau lui faire les mêmes demandes, les mêmes raisonnements, offrir les mêmes concessions qu'à sir Hudson Lowe, pour être envoyé auprès de vous en Europe ; tout fut inutile, il me retint ; et ce fut l'acte de son caprice et de sa volonté ! car sir Hudson Lowe n'était point son chef, il ne pouvait lui donner des ordres. Lord Charles Sommerset était chef suprême, il jouissait pour son compte d'un pouvoir discrétionnaire ; il pouvait et devait être une espèce de juge sommaire dans mon affaire : il refusa constamment de m'entendre, repoussa tout éclaircissement ; et, malgré mes vives et instantes représentations, se contenta de faire froidement demander à trois mille lieues, à mes juges naturels, s'il ferait bien de m'envoyer à eux ; et par là il exécuta dès cet instant sur moi la plus affreuse sentence qu'aucun tribunal eût jamais pu m'infliger : un bannissement et une captivité de sept à huit mois, à trois mille lieues de ma famille, de mes intérêts, de mon pays, de mes proches, de toutes mes affections.

« Milord, d'après la sainteté de vos lois, et selon les principes classiques que vous ont légués vos pères, lord Charles Sommerset s'est rendu coupable envers moi du plus grand des crimes : d'un crime égal, aux yeux de bien des gens, et aux miens par les tourments que j'ai éprouvés, supérieur à l'homicide même. Je vous le dénonce, et j'en demande justice. Il n'est point d'Anglais à qui ces beaux privilèges sont chers, qui ne joigne ici sa voix à la mienne, et n'ait une juste idée du supplice que j'ai enduré. C'est en vain qu'on se replierait sur ce que le Cap n'est qu'une colonie sous un pouvoir militaire, et avec des lois encore en partie hollandaises. Milord, partout où arrive le nom britannique doivent régner la justice et la protection des lois anglaises ; ce qui serait un crime sur la Tamise ne saurait demeurer une chose simple sur un point de l'Afrique où flotte le pavillon d'Angleterre.

« Je n'étais point un prisonnier de guerre, je n'ai pu être qu'un prisonnier judiciaire : me tenir huit mois séparé de mes juges est un déni de justice qui ferait frémir parmi vous ; me punir sans jugement, sans sentence est une tyrannie qui révolte votre législation. Et que demandais-je à lord Charles Sommerset ? La liberté ? Non ; mais de vous être envoyé captif, et pour subir un jugement s'il y avait lieu. Il s'est fait dans ma personne un jeu de ce que la raison estime de plus sacré, de ce que le cœur a de plus doux, de ce que l'homme a de plus cher. Et quels pouvaient être ses motifs, quelles seraient ses excuses ? il me les a constamment et obstinément refusés. Et ici, milord, je demande qu'il soit bien entendu que l'indignation et la douleur ne m'emportent pas au point de ne pas distinguer en lord Charles Sommerset les égards privés dont il a cherché à adoucir ma captivité, d'avec l'horreur de l'acte public par lequel il m'y a condamné : bien qu'il soit vrai que sur la fin de mon séjour, la chaleur de mes expressions, l'importunité de mes réclamations sans doute, l'ont aigri au point de me retenir, en dépit de mes instances et d'incommodités graves, dans la campagne, hors de la portée journalière des médecins et des remèdes de la ville.

« Enfin, milord, après sept mois de captivité et vos ordres sans doute arrivés, il m'a été signifié qu'il ne me restait plus qu'à me pourvoir d'un bâtiment qui pût me conduire en Angleterre. J'ai vainement sollicité une occasion qui pût convenir à la détresse de ma santé et de celle de mon fils ;

les vaisseaux convenables m'ont été refusés par un motif ou par un autre ; je me suis vu réduit, dans le choix qui m'était laissé, au seul bâtiment qui se trouvait en partance, et indiqué d'ailleurs par Son Excellence le gouverneur lui-même. J'ai dû m'y embarquer *captif*, et pourtant à *mes frais* ; ce qui, pour le dire en passant, semble peu conciliable : c'était un brick de deux cent trente tonneaux et de douze hommes d'équipage sur lequel, privés de médecin, soumis à tous les inconvénients, à toutes les privations, à tous les maux d'un aussi petit bâtiment, il nous a fallu endurer une traversée de près de cent jours.

« Voilà, milord, toute la partie de mon affaire qui concerne le cap de Bonne-Espérance, et dont la preuve et le développement se trouvent dans ma correspondance avec lord Charles Sommerset, saisie par vos ordres dans la Tamise, et en ce moment même en votre possession.

« En atteignant vos rivages, milord, je croyais toucher enfin au terme de mes maux. J'avais eu l'honneur d'adresser, en arrivant au Cap, une lettre à S.A. le prince régent, pour me placer sous sa protection royale ; je vous en avais écrit une en même temps pour le même sujet. Je ne doutais pas que je dusse à ces lettres l'ordre de mon retour. Déjà je me faisais un bonheur qui adoucissait mes chagrins, de retrouver les amis que j'ai à Londres, d'y reprendre mes intérêts domestiques, depuis plus de trois ans négligés ou détruits. Quel a été mon étonnement ! En entrant dans la Tamise, je me suis vu aussitôt transféré à l'écart, mis au secret, mes papiers ont été scellés. Peu d'heures après un de vos messagers est venu se saisir de moi au milieu de la nuit, m'a signifié ma déportation sur le continent, et m'a conduit à Douvres pour la mettre à exécution. S'étant présenté trois jours de retard, son zèle a su mettre ce temps à profit ; il a remis tous mes papiers à ma disposition, m'a fait donner tout ce qu'il me fallait pour écrire, m'y a encouragé de son mieux, et a attendu le dernier instant du départ pour saisir, après la fouille la plus minutieuse, jusqu'à la dernière ligne d'écriture. C'est une sorte de piège, milord, que je n'ai garde d'attribuer autrement qu'à la bassesse de celui qui l'a pratiquée.

« Une circonstance de même nature s'était présentée à Sainte-Hélène. Sir Hudson Lowe, après m'avoir gardé cinq semaines au secret, où il m'avait permis tous les moyens d'écrire, voulait, à mon départ, fouiller de nouveau mes papiers ; mais il me suffit alors de lui donner à entendre l'étrange couleur que prendrait la facilité qui m'avait été offerte de consigner sur le papier les idées qu'autrement j'aurais gardées en moi-même ; sir Hudson Lowe y renonça à l'instant : c'est une justice que je dois rendre à ce gouverneur.

« Ce qu'il y a de plus étrange ici, milord, et qu'on aura de la peine à croire, c'est que votre messager, bien que j'en aie fait, a emballé tous mes papiers, et m'en a séparé sans vouloir en tracer d'inventaire, ni observer aucune des formalités que requièrent toutes les jurisprudences du monde. Persuadé que cette déviation du premier des principes provenait de l'ignorance du subalterne et non des ordres du ministre, j'ai cherché à y remédier dans vos intérêts, milord, en obtenant et m'empressant d'y apposer mon sceau, afin de vous mettre à même de régulariser à temps les fautes de votre agent. Je désire que Votre Seigneurie apprécie cette mesure : elle a été calculée de ma part, ainsi que vous le prouvera la nature de mes papiers, uniquement pour vous donner une nuance de mon caractère et une preuve de ma modération. J'ai eu l'honneur de l'écrire à l'instant même à lord Sidmouth, et de lui faire observer en même temps combien ma présence demeurait nécessaire à l'examen de mes papiers, qui, par une seule parole de moi, deviennent fort simples, tandis que mon absence peut les laisser inexplicables. Lord Sidmouth ne m'a honoré d'aucune réponse.

« Milord, votre agent, du reste, sortant de la décence et de la générosité qui caractérisent si bien les particuliers de votre nation, a accompagné sa mission de plus d'amertume qu'il ne serait facile de l'imaginer. Après m'avoir choqué une première fois par ses grossières injures sur la personne que je vénère le plus dans le monde, il a épuisé sur moi toutes les vilenies de la langue, et cela parce que je ne me prêtais pas à converser avec lui. Il avait reçu de vous l'ordre de me garder ; mais a-t-il pu croire que vous eussiez voulu étendre votre pouvoir jusqu'à me contraindre de faire société avec lui ? Cet homme avait un second sur lequel ne s'étendent point mes plaintes : bien qu'il ait partagé les mêmes torts, j'ai su néanmoins lui distinguer parfois certaine retenue, et puis il a été excité, aiguillonné par le premier.

« Milord, votre messager, en me signifiant l'ordre de ma déportation au milieu de la nuit, ne m'a laissé de choix que Calais ou Ostende. A peine à moi-même, il a fallu me décider sur-le-champ. Peu d'heures après, rendu à la réflexion, j'ai demandé s'il ne me serait pas permis d'aller en Amérique ou sur quelque autre point du continent. Il m'a répondu que non ; que d'ailleurs, d'après mon choix, il avait déjà écrit au gouvernement. J'ai insisté ; mais il m'a déclaré être sûr que tous mes efforts seraient inutiles. Son assertion pourrait-elle être vraie, milord ? Je ne saurais le croire ; toutefois ma destinée a été arrêtée en conséquence.

« On a montré à mes yeux, et l'on a refusé à mes mains l'ordre de S.A.R. le prince régent de sortir à l'instant de la Grande-Bretagne. Ce refus est-il une forme ? Était-ce une précaution ? Cet acte royal entraînerait-il une responsabilité, ou a-t-on craint que je ne m'en fisse un titre d'honneur ? Et en effet, en pourrait-il être autrement, si, n'arguant aucun grief, il ne semble punir qu'un des plus rares dévouements, celui d'un serviteur s'immolant avec son maître qu'avait abandonné la fortune.

« Milord, dans le choix rétréci que m'a fait parvenir Votre Seigneurie, j'ai donné la préférence à Ostende sur Calais par de simples motifs de délicatesse puisés dans ma tendre vénération pour la patrie ; il m'en aurait trop coûté qu'on eût pu dire que mes compatriotes m'auraient persécuté pour un acte de vertu : et peut-être de leur part c'eût-il été au moins excusable ; de la vôtre, milord, ma déportation d'Angleterre n'a été qu'un vrai caprice, une dureté sans excuse.

« Quoi qu'il en soit, me voilà sur le continent, j'y ai été jeté de votre fait et contre mon gré ; et ici, milord, qu'il me soit permis de m'arrêter un instant. Je connais toutes les circonstances de ma vie, et fortunément il n'est pas de coin en Europe où je ne puisse porter un cœur tranquille, un front serein, un pas assuré. Mais vous, milord, qui n'avez ni le loisir, ni le vouloir, ni les facilités de rechercher mon obscure carrière, si par hasard des dissensions politiques, durant lesquelles les actes poursuivis ne sont pas toujours des crimes, eussent mis ma personne en danger, si j'y eusse succombé, on m'eût dit une victime ; mais vous, milord, qui m'auriez livré, quel nom n'eût pas été le vôtre ? Ne vous exposiez-vous pas à ce qu'on pût dire : “Tandis que les lois anglaises s'enorgueillissent d'avoir aboli la traite des nègres aux îles d'Amérique, les ministres anglais trafiquent de la chair blanche sur le continent de l'Europe !!!"

« Milord, par suite de l'impulsion que Votre Seigneurie a imprimée à mes destinées, j'ai été saisi et conduit à travers le royaume des Pays-Bas, en malfaiteur et sans pitié, bien que moribond. J'en ai jeté les hauts cris. Oserais-je à ce sujet, milord, vous transcrire des vérités peu agréables ? Mais pourquoi pas ? C'est le droit de tous vos compatriotes de faire entendre la vérité sans crainte à un ministre d'Angleterre ; à plus forte raison ce doit être celui d'un étranger qui a de si justes motifs de plainte et de douleur. Eh bien, quand je me suis récrié sur un si révoltant abus à mon égard, on m'a demandé de quel point du globe je venais, d'où pouvait naître mon étonnement. Les uns m'ont dit : "Notre roi est bon, ne vous en prenez pas à lui ; il n'est que l'instrument dont on vous frappe ; la main tyrannique vient de plus loin."

« D'autres ont dit : "Le peuple anglais a depuis longtemps des comptoirs aux Indes pour son trafic ; les ministres anglais en établissent aujourd'hui sur le continent pour leur despotisme. Quand leur autorité finit en Angleterre, ils la prolongent sur le continent. C'est chez nous qu'ils ont placé leurs instruments de torture et leurs exécuteurs. Vous n'échapperez ni à leur inquisition, ni à ses supplices." Et alors les diatribes et imprécations de pleuvoir sur l'Angleterre et les Anglais. Sans doute, milord, les gens sages, instruits et sans passion sont loin de s'y tromper, et savent à qui s'en prendre exclusivement ; ils distinguent fort bien l'excellence des lois d'avec leur violation et les abus du pouvoir ; ils savent que les vrais Anglais combattent et détestent toute espèce de tyrannie chez eux et au loin ; qu'ils sont dans leur île les défenseurs les plus ardents, les gardiens les plus zélés des grandes et belles vérités qui, sur notre continent, sont l'objet de nos espérances et de nos vœux ; mais le gros du vulgaire n'y regarde pas de si près : il trouve plus court de s'en prendre à une nation en masse et de la maudire tout entière.

« Mais enfin, milord, après tout, quel est mon crime ? quel peut être le motif d'une si cruelle persécution ? J'ose vous le demander, et les pays où elle s'est prolongée par votre impulsion vous le demandent avec moi. Partout les autorités qui ont agi sur ma personne m'ont évité avec soin : elles eussent été embarrassées de mes droits, et n'eussent pu motiver leurs actes ; elles en ignorent elles-mêmes la source et la cause. Depuis le cap de Bonne-Espérance jusqu'au lieu où je me trouve, si je demande quel jugement, quelle sentence, quelle charge existe contre moi, on ne me répond que par un ordre. Si je sollicite un motif, je n'obtiens que le silence.

« Milord, j'ai eu l'honneur de vous l'écrire du Cap, et j'ose vous le répéter ici : quelle objection raisonnable s'opposait aux vœux que je formais de demeurer sur votre sol et auprès de vous ? Craignait-on que je ne parlasse, n'écrivisse sur des sujets politiques ? Mais quel inconvénient pouvait-il y avoir pour votre île ? Craignait-on que je ne fisse entendre des plaintes importunes sur votre administration ? Mais est-il un point sur le continent où l'on interdise mes cris, et où je ne trouve les esprits disposés à m'entendre ? Votre voisinage, milord, votre seul territoire n'était-il pas celui où vous aviez sur moi le plus d'action et d'autorité ? Si je me rendais coupable, n'avez-vous pas vos lois générales ? Si je me rendais désagréable, n'avez-vous pas vos lois particulières, et surtout le *bill des étrangers* ? Enfin, plus que tout cela, vous aviez pour garantie de ma réserve et de ma modération, mon désir de demeurer auprès de vous ; ce désir était extrême, milord, et je vais vous en dire la cause. Mon séjour en Angleterre accomplissait les vœux, le destin du reste de ma vie, celui de me consacrer à jamais (en dedans de vos règlements, et par les voies légales que vous avez admises) à procurer des adoucissements et des consolations à celui que je pleure. Je vous suppose assez d'élévation, milord, ainsi qu'à vos collègues, pour ne remplir, en cette circonstance, qu'un devoir politique, et demeurer étranger à toute animosité personnelle. Quand vous avez pourvu à la sûreté du captif, vous ne sauriez lui envier des indulgences qui ne vous seront point à charge ; vous les faciliterez plutôt. Or, j'implore de vous cet emploi religieux ; mon cœur a besoin de le remplir ; je le ferai avec loyauté. Je vous en eusse convaincu, milord, si j'avais pu parvenir jusqu'à vous, et je n'en désespère point encore ; je sollicite de nouveau et toujours.

« J'avais compté aussi, milord, je l'avoue, comme une chance de mon admission auprès de vous, le désir de Votre Seigneurie de saisir cette occasion singulière de vous affermir dans la connaissance de la vérité ; je pensais que votre poste et votre caractère vous en faisaient une loi. En prononçant sur les plaintes de Sainte-Hélène, quelles lumières contradictoires n'eussent pas éclairé vos nobles fonctions de *jury* ? J'eusse répondu à toutes vos questions avec candeur, sans passion ; je vous eusse convaincu sans bruit, si vous en aviez eu le désir, de toutes les erreurs dans lesquelles la multiplicité et l'importance de vos affaires vous laissent sur ce qui nous concerne. J'ai lu dans trois papiers différents (le *Times*, *New-Times* et *London-Chronicle*) votre réponse à lord Holland sur sa motion relative à Sainte-Hélène, et je puis vous assurer que presque chaque ligne est une irrégularité.

« A Dieu ne plaise, milord, que je ne vous croie dans la bonne foi ! Mais vos bureaux vous ont mal instruit. Votre Seigneurie a affirmé qu'aucun des parents de l'empereur Napoléon, excepté son frère Joseph, ne lui avait écrit ; or je lui ai remis moi-même trois ou quatre lettres venues de vous par le canal de sir Hudson Lowe, savoir : de Madame Mère, madame la princesse Borghèse et de son frère Lucien. Le fait est peu important en lui-même, milord ; mais cette inexactitude matérielle doit exciter vos doutes sur d'autres points, et donner du poids à mes assertions sur le reste. Ce qui me concerne, par exemple, est tellement défiguré que, quelque préjugé que j'aie lieu d'entretenir contre sir Hudson Lowe, je n'hésite pas à penser qu'il se récriera sans doute lui-même contre l'irrégularité de l'exposition. Du reste, milord, dans la chaleur des partis et de toute opposition, il se forme inévitablement deux *vérités*. La mienne ne saurait être précisément la vôtre. Le public le sait ; aussi c'est sur les pièces officielles qu'il aurait aimé à établir la sienne. Vous avez cru devoir les refuser, milord ; n'aurez-vous pas fixé son opinion ?

« Milord, je me résume après de si longs détails :

« 1° Je demande justice et redressement de l'abus d'autorité, de l'acte arbitraire et tyrannique par lequel lord Charles Sommerset m'a privé si longtemps de ma liberté en violation des lois positives de son pays ;

« 2° Je demande justice et redressement des formes irrégulières avec lesquelles on a saisi tous mes papiers dans la Tamise. On m'en a séparé sans vouloir, en dépit de toutes mes instances, en dresser d'inventaire ;

« 3° Je demande justice et redressement de ce qu'au mépris

de tous les principes, j'ai été livré captif sur le continent, et, par suite de l'impulsion ou des instructions données, contraint de traverser la Belgique et les pays adjacents en malfaiteur ;

« 4° Je demande la visite et la restitution prompte des papiers qui m'ont été saisis dans la Tamise. La plupart avaient été respectés par sir Hudson Lowe, et d'autres me deviennent absolument nécessaires dans l'usage journalier de mes circonstances domestiques ; ils contiennent tous mes titres de propriété et de fortune ; sans eux, je demeure privé de tout ;

« 5° Je demande la restitution de mes papiers de Sainte-Hélène, dont l'inventaire, reconnu et signé par sir Hudson Lowe, se trouve parmi les papiers saisis sur la Tamise. Mes papiers de Sainte-Hélène se réduisent à peu près à un seul manuscrit, renfermant l'espace de dix-huit mois, où, jour par jour, se trouvent inscrits, encore en désordre et sans être arrêtés, les conversations, les paroles, les gestes peut-être, de celui qui longtemps guida les destinées de l'Europe ;

« Ce manuscrit, sacré par sa nature et son objet, était inconnu à tous, et devait le demeurer ; j'en ai laissé prendre connaissance à sir Hudson Lowe suffisamment pour le convaincre de son inoffensive nature en politique. En arrivant au Cap, j'ai eu l'honneur d'écrire au prince régent par le canal des ministres, aussi bien qu'à eux-mêmes, pour mettre ces matériaux précieux sous leur protection spéciale ; je le leur demandais au nom de la justice, au nom de l'histoire ; ils sont, aux yeux de toutes les lois, ma propriété sacrée, celle de mes enfants, celle de l'avenir ;

« 6° Enfin, et sur toutes choses, je demande la restitution de la lettre que l'empereur Napoléon m'a fait l'honneur de m'adresser dans ma prison, au secret, dans l'île de Sainte-Hélène. Une lettre étrangère à la politique lue par le gouverneur de Sainte-Hélène, lue par les ministres mêmes, s'ils l'ont voulu, ne saurait dans aucun code du monde, quelque sévères d'ailleurs qu'en pussent être les expressions confidentielles, être enlevée à celui dont elle est devenue la propriété. Cet objet précieux et sacré est la récompense de ma vie, le titre de mes enfants, le monument de ma famille.

« Milord, ami naturel et réfléchi de toute convenance et de toute modération, c'est à vous que j'adresse d'abord l'énumération de mes griefs. C'est à vous seul que j'en demande sans bruit[1] le redressement. Si Votre Seigneurie croyait ne devoir pas y répondre, c'est à vos tribunaux de justice alors auxquels je me trouverais dans l'obligation d'adresser mes plaintes. Après eux, viendrait encore le tribunal de l'opinion publique, et ensuite, par-dessus tout encore, ce tribunal suprême, d'en haut qui, planant également sur la victime et les tyrannies, accomplit dans l'éternité le triomphe infaillible de tous les droits, et le châtiment final de toutes les injustices.

« J'ai l'honneur d'être, etc. »

Enfin, c'est vers ce même temps que parut aussi ma pétition au Parlement d'Angleterre ; je l'avais fait passer des déserts de Tygerberg[2] à Londres, pour qu'on en fît l'usage convenable : soit qu'elle ne fût pas parvenue, soit qu'on trouvât des inconvénients à la produire, il n'en avait pas été dit un mot ; mon retour réveilla cette circonstance. Un membre des Communes, frappé de la sensation que sa publicité venait de causer, s'offrit de la présenter lui-même, et il me fut envoyé à cet effet d'Angleterre un papier auquel j'apposai ma signature, formalité qui ne se trouva pas suffisante ; ce qui, joint à d'autres considérations, peut-être, empêcha qu'elle ne fût mise sous les yeux de la Chambre. Je la retranscris ici ; elle tient de trop près à mon sujet pour qu'on ne me le pardonne pas ; et puis ce papier, et d'autres qu'on trouve dans ce volume, ont été mutilés, défigurés, retraduits en français d'un texte étranger ; j'ai intérêt à les rétablir dans leur intégrité ; et puis encore, si l'on ne les trouvait pas ici, ils passeraient pour apocryphes ; ce que je veux éviter.

Pétition au Parlement d'Angleterre

« Un simple individu, un faible étranger, ose élever sa voix au milieu de vous, représentants du peuple d'Angleterre, mais il vous invoque au nom de l'humanité, de la justice, au nom de votre gloire. Parlerait-il en vain ? pourrait-il ne pas être écouté ?

1. Cette lettre n'a été rendue publique qu'au bout d'un an, et encore a-t-on vu plus haut, ou lira-t-on plus loin le motif qui en a amené la publicité. *(Las Cases.)*

2. Montagne du Cap.

« Jeté hors de Sainte-Hélène, enlevé d'auprès du plus grand monument des vicissitudes humaines qui fût jamais, je me traîne vers vous pour vous peindre sa situation, ses souffrances.

« Arraché soudainement d'auprès de lui, et sans qu'il ait été possible de le prévoir ; privé de toute communication, mes paroles, mes idées ne seront que de moi ; elles n'auront d'autre source que mon cœur. Peut-être l'âme altière de celui qui en est l'objet s'irritera-t-elle de la démarche que j'entreprends en ce moment, pensant qu'ici-bas il ne doit, il ne peut appeler de ses griefs *qu'à Dieu seul*. Peut-être me demandera-t-il qui m'a commis les soins et le bien-être de sa vie. N'importe ! Mon amour pour lui aura causé ma faiblesse ; je me sens déjà trop loin de son héroïque influence ; mon cœur ne peut plus renfermer les maux dont il a été le témoin : ils s'ouvrent un passage, ils m'arrachent des cris.

« Vous avez banni dans les déserts de l'Océan celui dont la magnanime confiance venait, *librement* et *par choix*, vivre au milieu de vous sous la protection de vos lois, qu'il avait crues toutes-puissantes. Sans doute vous ne cherchâtes dans votre détermination que ce qui vous semblait utile ; vous ne prétendîtes pas être justes. Autrement on vous demanderait : "Qui l'avait mis en votre pouvoir ? Qui vous avait donné le droit de le juger ? Sur quoi l'avez-vous condamné ? Qui avez-vous entendu dans sa défense ?..." Mais vous avez porté une loi... elle existe, je la respecte. Je ne suis point qualifié pour discuter le principe. Je contiendrai tout murmure, mon protêt ne sortira pas de mon cœur. Vous n'entendrez ici que les maux dont on accompagne vos décisions, et sans doute contre vos intentions.

« Représentants de la Grande-Bretagne, vous avez dit ne vouloir que vous assurer de la personne de l'empereur Napoléon, et garantir sa détention. Cet objet rempli, vous avez entendu qu'on prodiguât tout ce qui pourrait adoucir, alléger ce que vous avez pensé l'œuvre, l'obligation de la politique : tels ont été l'esprit, la lettre de vos lois, les expressions de vos débats, les vœux de votre nation, les sentiments de son honneur. Eh bien, il n'est parvenu à l'illustre captif, sur son affreux rocher, que la partie sévère de vos intentions. Heureux toutefois encore si elles n'avaient pas été outrepassées ! Mais les nuages qui couronnent son île sont moins épais, moins sombres que les peines morales et physiques qu'on amoncelle sur sa tête.

« Sous le prétexte vain d'appréhensions purement imaginaires, chaque jour on a vu de nouvelles restrictions. Son âme fière a dévoré chaque jour de nouveaux outrages ; tout exercice lui est devenu impossible ; toutes visites, toutes conversations se sont trouvées à peu près interdites. Ainsi les privations de toute espèce, les contrariétés de toute nature, se joignent pour lui à l'insalubrité mortelle d'un climat tout à la fois humide et brûlant, à la fade monotonie d'un ciel sans couleurs ni saisons. On resserre à chaque instant d'une manière effrayante le cercle de sa vie ! Il est réduit à garder sa chambre ; on va lui donner la mort !

« Avez-vous donc voulu toutes ces choses ? Non, sans doute ; et quels motifs pourraient les justifier ? La crainte d'une évasion ? Mais qu'on réunisse des militaires, des marins, des juges capables ; que l'on consulte leurs lumières ; qu'on s'instruise de leurs opinions ; et qu'on cesse de livrer un tel objet à l'arbitraire d'un seul homme, qui, pouvant prendre ses terreurs pour guide, ne s'occupera chaque jour qu'à combattre jusqu'aux fantômes que pourra lui créer son imagination frappée, sans songer qu'il ne peut détruire toutes les chances, et parvenir à la dernière qu'en donnant la mort. A Longwood, on tient toute évasion pour impossible, on n'y songe pas. Certes, chacun y voudrait accomplir l'entreprise au prix de sa vie ; la mort paraîtrait douce pour un si glorieux résultat. Mais comment tromper des officiers en constante surveillance ? Échapper à des soldats bordant le rivage ? Descendre des rocs à pic ? Se jeter pour ainsi dire à la nage dans le vaste Océan ? Franchir une première ligne de bateaux, une seconde de vaisseaux de guerre, lorsqu'on est dominé de tous les sommets, qu'on peut être environné, suivi de signaux à chaque instant et dans toutes les directions ? Et sur quelles embarcations se hasarderait-on ? Il n'en existe point à portée du rivage. Sur quel bâtiment chercherait-on un refuge ? Il n'en est de près ni de loin ; toutes voiles étrangères, celles de votre nation même, deviennent la proie de vos croiseurs si elles s'approchent, sans d'urgents motifs, de l'île maudite.

« Avec de telles précautions et de telles circonstances, l'île entière n'est-elle donc pas une prison suffisamment sûre ! devrait-il être nécessaire d'y encercler sans cesse des prisons dans des prisons ? Et si, ce qui est impossible, tant de difficultés pouvaient être vaincues, l'immensité des mers, la presque totalité des terres, ne demeurent-elles pas encore une nouvelle prison ?

« Or, qui pourrait porter des hommes dans leur bon sens à rêver d'aussi ridicules efforts ? Qui pourrait induire dans Longwood à des pensées si follement désespérées ? Aussi l'empereur Napoléon en est toujours aux mêmes projets, aux mêmes désirs qu'il exprima lorsqu'il vint avec confiance, *librement* et *de bonne foi*, au milieu de vous : "Une retraite et du repos sous la protection de vos lois positives ou de celles de l'Amérique." Voilà ce qu'il voulait, voilà ce qu'il veut encore, ce qu'il demande toujours.

« Si donc l'île de Sainte-Hélène, par sa nature, n'est pas déjà une prison suffisante ; si elle n'a pas l'avantage de faire concourir la sûreté avec l'indulgence, alors on a trompé votre choix et vos intentions. A quoi bon nous envoyer mourir misérablement dans un climat qui n'est pas le nôtre ? A quoi bon toutes vos dépenses additionnelles ? A quoi bon votre nombreuse garnison et son grand état-major ? A quoi bon votre établissement de mer ? A quoi bon les gênes qu'on impose au commerce de cette île malheureuse ? Il était tant de points dans vos dominations européennes, où vous pouviez nous garder sans frais, et où nous nous serions estimés moins malheureux ! Si cette île, au contraire, par sa nature et à l'aide des précautions exprimées ci-dessus, présentait en elle-même tout ce que la sagesse, la prudence humaine peuvent croire nécessaire, alors toutes additions aggravantes ne seraient-elles pas autant de vexations inutiles, d'actes tyranniques et barbares exécutés contre votre intention ? Car vous n'avez pu vouloir qu'on torturât Napoléon, qu'on le fît mourir à coups d'épingle ; et pourtant il n'est que trop vrai qu'il périt par des blessures incessantes de chaque jour, de chaque heure, de chaque minute.

« Si vous n'avez voulu voir en lui qu'un simple prisonnier, et non l'objet de l'ostracisme des rois, roi lui-même ; si vous n'avez prétendu lui donner qu'une prison ordinaire, et non lui choisir un lieu où l'on pût adoucir l'irrégularité de son exil ; si on n'a voulu le confier qu'à un geôlier et non à un officier d'un grade éminent, qui, par ses habitudes des affaires du monde, sût allier ce qu'il doit à la sûreté du captif avec le respect et les égards qu'il commande ; si on n'a voulu suivre que la haine et la vengeance, et toutes les passions étroites, vulgaires ; si on n'a voulu enfin que confier au climat la mort de l'illustre ennemi, charger la nature d'un acte qu'on n'osait pas exécuter soi-même ; si on a voulu tout cela, je m'arrête ; je n'ai plus rien à dire, je n'ai déjà que trop dit.

« Mais si, dans le sens de votre bill même, vous avez voulu entourer votre acte politique, comme vous l'avez fait en effet, de toutes les intentions d'une nation grande, noble, honorable, je puis continuer ; car vous aurez voulu tout le bien que peut permettre la circonstance, vous aurez interdit tout le mal que ne commanderait pas la nécessité. Vous n'avez pas voulu qu'on privât le prisonnier de tout exercice, en lui imposant inutilement des conditions ou des formes qui eussent fait de cette jouissance un tourment.

« Vous n'avez pas voulu qu'on lui prescrivît la nature de ses paroles, la longueur de ses phrases ; vous n'avez pas voulu qu'on restreignît son enceinte primitive, sous prétexte qu'il ne faisait pas un usage journalier de son étendue ; vous n'avez pas voulu qu'on le forçât de se réduire à sa chambre, pour ne pas se trouver au milieu des retranchements et des palissades dont on entoure ridiculement son jardin, etc.

« Or, toutes ces choses existent, elles se sont succédé chaque jour, bien qu'elles soient jugées inutiles, et que beaucoup de vos compatriotes les condamnent et en gémissent.

« Vous n'avez pas voulu qu'au grand détriment de sa santé et de ses aises, il fût condamné à une mauvaise, petite, incommode demeure, tandis que l'autorité en aurait de grandes et de belles à la ville et à la campagne qui eussent été beaucoup plus commodes, plus convenables, et eussent sauvé l'envoi du fameux palais, ou, pour parler plus correctement, de l'immense quantité de madriers bruts pourrissant aujourd'hui, sans emploi, sur le rivage, parce qu'on a trouvé qu'il faudrait de sept à huit ans pour accomplir la bâtisse projetée. Vous n'avez pas voulu qu'en dépit des sommes que vous y consacrez, les nécessités de la vie, toutes les subsistances fournies journellement à Longwood fussent du dernier rebut, lorsqu'il en existerait pour d'autres de meilleure qualité ; vous n'avez pas voulu qu'on poussât l'outrage vis-à-vis de Napoléon jusqu'à vouloir le forcer de discuter les petits détails de sa dépense ; qu'on le sommât de fournir un surplus qu'il ne possédait pas ; ou qu'à défaut, on le menaçât de réductions impossibles ; qu'on le forçât de s'écrier dans son indignation : "De le laisser tranquille, qu'il ne demandait rien : que quand il aurait faim, il irait s'asseoir au milieu de ces braves dont il apercevait les tentes au loin, lesquels ne repousseraient pas le plus vieux soldat de l'Europe." Vous n'avez pas voulu que Napoléon se trouvât contraint par là de faire vendre son argenterie pièce à pièce, afin de subvenir à ce qui lui manque chaque mois, et qu'il se trouvât réduit à accepter ce que des serviteurs fidèles étaient assez heureux pour pouvoir déposer à ses pieds.

« O Anglais ! est-ce ainsi qu'on peut traiter en votre nom celui qui a gouverné l'Europe, disposé de tant de couronnes, créé tant de rois ! Ne craignez-vous pas le cri de l'histoire ? Et si jamais elle venait à graver : "Ils l'ont trompé pour s'en saisir, et puis ont marchandé son existence." Souffrirez-vous que l'on compromette à ce point vos sentiments, votre caractère, votre honneur ? Est-ce donc là votre bill, sont-ce là vos intentions ? Et quel rapport de si inconvenables mesures ont-elles avec la sûreté ?

« Vous n'avez pas voulu que l'autorité se fît une étude puérile et barbare dans ses paroles, ses règlements et ses actes, de rappeler sans cesse ce qu'il eût été délicat de ne mentionner jamais, en nous répétant chaque jour que nous nous abusons étrangement sur notre position ; en interdisant sévèrement tout respect inusité, en punissant même, nous a-t-on dit, celui en qui l'habitude l'aurait laissé échapper ; en restreignant les journaux qui nous parviennent à ceux qui pourraient nous être les plus désagréables ; en nous procurant volontiers les libelles, et soustrayant ou retenant, au contraire, les ouvrages bienveillants ; enfin, en nous imposant la somme littérale de la déclaration par laquelle nous achetions l'esclavage et le bonheur de soigner un objet révéré, en nous contraignant d'y admettre des dénominations contraires à nos habitudes et à nos lois, se servant ainsi de nos propres mains pour dégrader l'objet auguste que nous entourions ; et toutefois, nous avons dû le faire, parce que, sur notre refus, nous avons été menacés d'être arrachés tous à notre doux emploi, jetés aussitôt sur un bâtiment et déportés au cap de Bonne-Espérance. De quel intérêt ces mesures cruelles et tyranniques peuvent-elles être à la sûreté ?

« On croira avec peine que Napoléon, s'informant s'il pouvait écrire au prince régent, l'autorité ait répondu qu'on ne laisserait passer sa lettre qu'au cas qu'elle fût ouverte, ou qu'on l'ouvrirait pour en prendre connaissance. Procédé que réprouve la raison, également injurieux aux deux augustes personnes.

« Sainte-Hélène avait été choisie pour nous, avait-il été dit, afin que nous pussions y jouir d'une certaine liberté et de quelque indulgence. Mais nous ne pouvons parler à personne ; il nous est interdit d'écrire à qui que ce soit ; nous sommes restreints dans nos plus petits détails domestiques. Des fossés, des retranchements entourent nos demeures ; une autorité sans contrôle nous gouverne... Et l'on avait choisi Sainte-Hélène pour nous procurer quelque indulgence ! Mais quelle prison en Angleterre eût donc pu être pire pour nous ? Certes, il n'en est aucune aujourd'hui qui ne nous semblât un bienfait. Nous nous trouverions en terre chrétienne, nous respirerions l'air européen. Une autorité supérieure, contradictoire, nous mettrait à l'abri des ressentiments personnels, de l'irritation du moment, ou même du défaut de jugement.

« Il a été insinué, ou interdit même aux officiers de votre nation de se présenter devant celui dont ils surveillent la garde ; il a été défendu aux Anglais mêmes, quels que soient le rang et la confiance qu'ils possèdent, de nous approcher et de s'entretenir avec nous, sans des formalités qui équivalent à une interdiction, dans la crainte que nous leur dépeignissions les mauvais traitements dont on nous accable. Précaution inutile à la sûreté mais qui prouve l'envieuse attention qu'on met à nous empêcher de faire parvenir la vérité. On nous a fait un crime de nos efforts à ce sujet, comme si de vous la faire parvenir, surtout quand elle intéresse votre bonheur, votre caractère, n'était pas bien mériter de vous.

« Certes, vous n'avez pas voulu qu'on portât la tyrannie sur nos pensées et nos sentiments, au point de nous insinuer ou de nous dire que, si nous continuions à nous exprimer librement dans nos lettres à nos parents, à nos amis, nous serions arrachés d'auprès de Napoléon et déportés de l'île ; circonstance qui a précisément amené ma déportation, en me portant à faire passer clandestinement les lettres mêmes que j'avais d'abord destinées pour le gouverneur, et que je lui aurais envoyées, sans son inquiétante insinuation ; insinuation gratuitement tyrannique, puisque ces lettres étaient envoyées ouvertes aux ministres, accompagnées, au besoin, de notes de l'autorité locale ; qu'elles pouvaient être retenues par les ministres, si elles étaient inconvenantes, ou livrées même aux lois, si elles étaient criminelles ; et que, dans tous les cas, elles devaient avoir à leurs yeux le mérite d'être un moyen de plus d'obtenir la vérité.

« Certes, vous n'avez pas voulu que ceux qui avaient obtenu la faveur de demeurer auprès de Napoléon se trouvassent en dedans des lois pour leur sévérité, et fussent jetés en dehors pour leurs bienfaits. C'est pourtant ce qui nous a été positivement signifié. Vous n'avez pas voulu qu'on saisît mes papiers les plus secrets et les plus sacrés, et que, bien que je les eusse fait parcourir sommairement pour en laisser connaître la nature, on m'en séparât, on me refusât d'y apposer mon sceau. Vous n'avez pas voulu qu'on se fît sur ma personne un jeu barbare de ce qu'il y a de plus saint et de plus sacré parmi vous ; qu'au mépris de mes constantes réclamations d'être rendu à la liberté ou livré aux tribunaux ; qu'en dépit de mes offres réitérées de me soumettre volontairement d'avance à toutes les précautions, même arbitraires, qu'on voudrait m'imposer en Angleterre, on me retînt captif à Sainte-Hélène, on m'envoyât de cette île au cap de Bonne-Espérance, pour me faire revenir, avec le temps, du Cap vers Sainte-Hélène, me promenant ainsi prisonnier sur la vaste étendue des mers dans de frêles bâtiments, au grand détriment de la santé de mon fils, dont la vie était en danger ; au péril de la mienne qu'on a affligée d'infirmités qui doivent m'accompagner au tombeau, si toutefois elles ne m'y précipitent avant le temps.

« Vous n'avez pas voulu qu'arrivé au Cap, l'autorité m'y retînt arbitrairement sans discussions, sans examen, sans information, et m'y fît sécher dans les angoisses de la douleur, de l'attente et du désespoir, sous le prétexte ridicule d'envoyer à deux mille lieues demander à mes juges naturels, aux ministres auxquels je sollicitais si vivement d'être livré, si l'on ferait bien de m'envoyer à eux ; et exécutant déjà sur moi, par ce seul fait, une sentence mille fois plus terrible que ne saurait être celle de tous les juges, savoir : de me priver durant plusieurs mois de ma liberté, de me retenir tout ce temps captif aux extrémités de la terre, séparé de ma famille, de mes amis, de mes intérêts, de tous mes sentiments, consumant péniblement dans le désert le peu de jours qui me restent. Certes, sous l'empire des lois positives, on ne saurait se jouer tyranniquement ainsi de la liberté, de la vie, du bonheur des individus.

« O Anglais ! si de tels actes demeuraient impunis, vos belles lois ne seraient plus qu'un vain nom. Vous porteriez la terreur aux extrémités de la terre, et il ne serait plus ni liberté ni justice au milieu de vous.

« Tels sont les griefs [1] que j'avais à vous faire connaître, et qui sont développés avec d'autres encore dans une lettre ci-jointe, qu'en quittant Sainte-Hélène j'ai remise à l'autorité, dans l'espoir qu'elle pourrait lui faire faire un retour sur elle-même.

« Beaucoup de ces griefs eussent mérité peut-être que nous ne voulussions pas les apercevoir ; toutefois, je me suis fait la violence de vous les exposer. Il n'en est pas de si petits qui n'intéressent votre bonheur.

« Et quelles peuvent être les causes de pareilles mesures ? D'où peuvent venir ces graduelles attaques, ces aggravations continues ? Comment les aura-t-on justifiées ? Nous l'ignorons.

« Ce n'est pas du reste qu'à Sainte-Hélène l'autorité conteste le péril de la santé du captif, l'imminent danger de sa vie, la probable et prompte issue d'un tel état de choses. "Mais c'est lui qui l'aura voulu, se contente-t-on d'observer froidement ; ce sera sa faute." Mais y prend-on bien garde ? Confesser que Napoléon cherche la mort, n'est-ce pas confesser qu'on lui rend la vie intolérable ? "D'ailleurs, continue-t-on, pourquoi se refuser à prendre l'exercice nécessaire, parce qu'un officier doit l'accompagner ? Qu'a donc cette formalité de si heurtant, de si pénible ? Pourquoi s'obstiner à en faire une si grande affaire ?" Mais qui peut se croire le droit de juger des sensations de l'illustre victime ? Napoléon se prive et se tait ; que veut-on de plus ? Du reste, on l'a répété cent fois, ce n'est ni la couleur de l'habit, ni la différence de nation qui crée la répugnance : mais la nature de la chose en elle-même, et ses effets inévitables. Si, dans un

1. Les griefs de Longwood, adressés à sir Hudson Lowe, qu'on a vus plus haut. *(Las Cases.)*

pareil exercice, le bénéfice du corps demeurait de beaucoup au-dessous des souffrances de l'esprit, cet exercice serait-il un avantage ?

« "Mais, insinue-t-on encore (car il n'est pas une même échelle pour tous les esprits et tous les sentiments), pourquoi des égards si recherchés, des attentions, des soins si extraordinaires ? Après tout, c'est un captif de distinction, peut-être ; mais qu'est-il donc de plus ? quels seraient ses titres ?"

« Ce qu'il est ? quels sont ses titres ? Je vais le raconter :

« Napoléon est la première, la plus étonnante destinée de l'histoire. C'est l'homme de la renommée, celui des prodiges, le héros des siècles. Son nom est dans toutes les bouches, ses actes agitent toutes les imaginations, sa carrière demeure sans parallèle. Quand César médita de gouverner sa patrie, César en était déjà le premier par sa naissance, ses richesses ; quand Alexandre entreprit de subjuguer l'Asie, Alexandre était roi, et fils d'un roi qui avait préparé ses succès ; mais Napoléon, s'élançant de la foule pour gouverner le monde, se présente seul, sans autre auxiliaire que son génie : ses premiers pas dans la carrière sont autant de merveilles ; il se couvre aussitôt de lauriers immortels, il règne dès cet instant sur tous les esprits : idole de ses soldats, dont il a porté la gloire jusqu'aux nues ; espoir de la patrie, qui, dans ses angoisses, pressent déjà qu'il sera son libérateur ; et cette attente n'est point trompée. A sa voix expirante, Napoléon, interrompant ses mystérieuses destinées, accourt des rives du Nil, il traverse les mers au risque de sa liberté et de sa réputation, il aborde seul aux plages françaises. On tressaille de le revoir, des acclamations, l'allégresse publique, le triomphe le transportent dans la capitale. A sa vue, les factions se courbent, les partis se confondent ; il gouverne, et la révolution est enchaînée !

« Le seul poids de l'opinion, la seule influence d'un homme ont tout fait. Il n'a pas été besoin de combattre, pas une goutte de sang n'a coulé ; et ce ne sera pas la seule fois qu'un tel prodige signalera sa vie.

« A sa voix les principes désorganisateurs s'évanouissent, les plaies se ferment, les souillures s'effacent. La création semble encore une fois sortir du chaos.

« Toutes les folies révolutionnaires disparaissent, les seules grandes et belles vérités demeurent. Napoléon ne connaît aucun parti, aucun préjugé n'entache son administration. Toutes les opinions, toutes les sectes, tous les talents se groupent autour de lui : un nouvel ordre de choses commence.

« La nation respire et le bénit, les peuples l'admirent, les rois le respectent, et l'on est heureux, l'on va s'honorer de nouveau d'être Français.

« Bientôt on l'éleva sur le trône ; il devint empereur. Chacun connaît le reste : on sait de quel lustre, de quelle puissance il honora sa couronne. Souverain par le choix des peuples, consacré par le chef de la religion, sanctionné par la main de la victoire, quel chef de dynastie rassembla jamais des titres aussi puissants, aussi nobles, aussi purs ? Qu'on recherche !...

« Tous les souverains se sont alliés à lui par le sang ou les traités ; tous les peuples l'ont reconnu. Anglais, si seuls vous faites exception, cette exception n'a tenu qu'à votre politique, elle n'a été qu'une affaire de forme : bien plus, vous êtes précisément ceux qui auront vu dans Napoléon les titres les plus sacrés, les moins incontestables. Les autres puissances auront pu obéir peut-être à la nécessité. Vous, vous n'aurez fait que vous rendre à vos principes, à votre conviction, à la vérité, car telles sont vos doctrines que Napoléon, quatre fois l'élu d'un grand peuple, a dû nécessairement, malgré vos dénégations publiques, se trouver souverain dans le fond de vos cœurs : descendez dans vos consciences !... Or, Napoléon n'a perdu que son trône ; un revers l'en a arraché, le succès l'y eût fixé pour jamais. Il a vu marcher contre lui onze cent mille hommes : leurs généraux, leurs souverains ont proclamé partout qu'ils n'en voulaient qu'à sa seule personne. Quelle destinée !... Il a succombé, mais il n'a perdu que le pouvoir ; tous ces caractères augustes lui demeurent et commandent le respect des hommes. Mille souvenirs de gloire le couronnent toujours, l'infortune le rend sacré ; et, dans cet état de choses, le véritable homme de cœur n'hésite pas à le considérer comme plus vénérable sur son rocher qu'à la tête de six cent mille hommes, imposant des lois.

« Voilà quels sont ses titres.

« Vainement les esprits bornés ou les cœurs de mauvaise foi voudraient le charger, comme de coutume, d'être la cause offensive de tous les maux, de tous les troubles dont nous avons été les victimes. Le temps des libelles est passé ; la vérité doit avoir son tour. Déjà les nuages du mensonge s'éclaircissent devant le soleil de l'avenir. Un temps viendra qu'on lui rendra pleine justice ; car les passions meurent avec les contemporains ; mais les actes vivent avec la postérité, qui n'a point de bornes. Alors on dira que les grandes actions, les grands biens furent de lui ; que les maux furent ceux du temps et de la fatalité.

« Qui ne commence à voir aujourd'hui que, malgré sa toute-puissance, il n'eut jamais le choix de sa destinée ni de ses moyens ? que, constamment armé pour sa propre défense, il ne recula sa destruction que par des prodiges toujours renaissants ; que, dans cette lutte terrible, on lui rendait obligatoire de tout soumettre, s'il voulait survivre et sauver la grande cause nationale. Qui, parmi vous, Anglais, songe à nier surtout cette dernière vérité ? N'a-t-on pas maintes fois, au milieu de vous, proclamé *la guerre viagère* ; et vos alliés secrets n'avaient-ils pas dans le fond du cœur ce que votre position vous permettait de dire tout haut ! Ne vous vantez-vous pas encore en cet instant que vous l'eussiez combattu tant qu'il eût subsisté ? Ainsi, toutes les fois qu'il vous a proposé la paix, soit que ses offres fussent sincères, soit qu'elles ne le fussent pas, cela vous importait peu : votre décision était arrêtée. Quel parti, dès lors, lui restait-il donc, et quel reproche pourrait-on hasarder contre lui, dont on ne fût déjà coupable soi-même ? Et qui aujourd'hui prétendrait encore mettre en avant le reproche banal de son ambition ? Qu'a-t-elle donc eu de si neuf, de si extraordinaire, et surtout de si exclusif dans sa personne ?

« Étouffait-elle en lui le sentiment, quand il disait à l'illustre Fox, que désormais les lois, les mœurs, le sang faisaient tellement de l'Europe une même famille, qu'il ne pouvait plus y avoir de guerre que ce ne fût une guerre civile ?

« Était-elle irrésistible, quand, nous peignant tous ses inutiles efforts pour empêcher la rupture du traité d'Amiens, il concluait que l'Angleterre, malgré tous les avantages d'aujourd'hui, gagnerait pourtant encore à s'y être tenue ; que toute l'Europe y eût gagné, que lui seul peut-être, son nom et sa gloire y eussent perdu ?

« Était-elle bien avide et commune cette ambition, quand, à Châtillon, il préférait la chance de perdre un trône à la certitude de le posséder aux prix de la gloire et de l'indépendance nationale ?

« Était-elle incapable d'altération, quand on lui a entendu dire : "Je revenais de l'île d'Elbe, un tout autre homme. On ne l'a pas cru possible, et l'on a eu tort. Je ne fais pas les choses de mauvaise grâce ni à demi. J'eusse été tout à fait le monarque de la Constitution et de la paix."

« Était-elle insatiable, quand, après la victoire dont il se regardait comme certain à Waterloo, sa première parole aux vaincus allait être à l'instant même l'offre du traité de Paris, et une union sincère et solide qui, confondant les intérêts des deux peuples, eût assuré l'empire des mers à l'Angleterre, et forcé le continent au repos ?

« Était-elle aveugle et sans motifs, quand, après son désastre, passant en revue les conséquences politiques qu'il avait tant prévues, et frémissant des probabilités de l'avenir, il s'écriait : "Il n'est pas jusqu'aux Anglais mêmes qui auront peut-être à pleurer un jour d'avoir vaincu à Waterloo" ?

« Et qui pourrait donc songer désormais à revenir avec avantage sur cette ambition ? Ce ne sauraient être les peuples, tout frappés qu'ils sont de la conduite de ceux qui l'ont renversé. Seraient-ce les souverains ? Mais ceux qui ne parlaient que de justice avant le combat, quel usage ont-ils fait de la victoire ? Qu'on cesse donc de répéter d'oiseuses allégations. Elles purent être un excellent prétexte ; elles seraient de pitoyables justifications. Qu'on se contente d'avoir vaincu !...

« Mais je m'emporte : où m'entraînent la force de la vérité, la chaleur du sentiment, l'élan du cœur ! Je reviens à mon objet.

« Représentants de la Grande-Bretagne, prenez cet état de choses en considération nouvelle. La justice, l'humanité, votre honneur, votre gloire vous le demandent. Sainte-Hélène est insupportable ; son séjour équivaut à une mort certaine et préméditée ; vous ne voudrez pas vous en rendre responsables aux yeux des siècles. Napoléon fut vingt ans votre terrible ennemi ; il vous souviendra d'*Annibal* et de l'*infamie romaine*... Vous ne voudrez pas souiller d'une pareille tache les belles pages de votre histoire présente. Sauvez à votre administration l'odieuse, l'horrible inculpation d'avoir trafiqué du sang du prisonnier. L'histoire en fournit plusieurs exemples : tous nous font horreur. Et quel plus grand caractère encore ne serait pas réservé à celui-ci ! car il est aisé de le prédire, quand

Napoléon ne sera plus, quand on pourra croire le forfait accompli, alors Napoléon deviendra l'homme des peuples : alors il ne sera plus que la victime, le martyr des rois. Ainsi le voudra la marche inévitable de la force des choses et du sentiment des hommes. Sauvez nos annales modernes d'un tel scandale et de ses dangereuses conséquences.

« Sauvez la royauté de ses propres aveuglements ; sauvez les intérêts les plus sacrés des grands monarques au nom desquels s'exécute la victime ; sauvez la majesté royale dans le premier de ses attributs, le plus saint de ses caractères, son *inviolabilité*. Si les rois eux-mêmes portent la main sur les représentants de Dieu sur la terre, quel frein, quel respect prétendraient-ils opposer aux attentats des peuples ? Il n'est point ici-bas de prospérité à l'abri du temps ou de la fortune ; le cercle des vicissitudes enveloppe tous les trônes. Cette cause est la cause de tous les rois présents ou à venir. Un oint du Seigneur, dégradé, avili, torturé, immolé, ne peut, ne doit être qu'un objet d'indignation, d'horreur pour l'histoire, de frémissement pour les rois...

« Rappelez Napoléon au milieu de vous, laissez-le venir trouver le repos sous la protection de vos lois : qu'elles jouissent de son insigne hommage. Ne les privez pas de leur plus beau triomphe. Et qui pourrait vous arrêter ?

« Serait-ce votre première décision ? Mais en le rappelant, vous montreriez à tous les yeux que vous ne fûtes alors guidés que par la force des circonstances, la loi de la nécessité.

« Serait-ce votre repos intérieur ? Mais la pensée en serait insensée, le doute une injure, un outrage à vos institutions, à vos mœurs, à toute votre population.

« Serait-ce la sûreté de l'Europe ? Mais les vérités de circonstances n'ont qu'un temps, et ce n'est qu'au vulgaire qu'il appartient de les perpétuer, de les mettre en avant longtemps après qu'elles n'existent plus. Napoléon dans sa toute-puissance pouvait être l'effroi de l'Europe ; réduit à sa seule personne, il ne peut plus en être que l'étonnement, la méditation. Et de bonne foi, que pourrait-il aujourd'hui, même avec du pouvoir, contre la sûreté de la Russie, celle de l'Autriche, de la Prusse, la vôtre ?

« Enfin, serait-ce ses arrière-pensées qu'on pourrait redouter ? Mais Napoléon n'en a d'autres aujourd'hui que celles du repos. A ses propres yeux, dans sa propre bouche, sa prodigieuse carrière a déjà toute la distance des siècles. Il ne se croit plus de ce monde, ses destinées sont accomplies. Pour une âme d'une telle élévation, le pouvoir n'a de prix que pour conduire à la célébrité, à la gloire ? Or, quel mortel en accumula davantage sur sa tête ? La mesure n'en semble-t-elle pas au-dessus de l'imagination des hommes ? Ses revers mêmes n'en ont-ils pas été pour lui des sources abondantes ? Existe-t-il rien de comparable au retour de l'île d'Elbe ? Et plus tard, quelle apothéose que les regrets d'un grand peuple ? Un grand nombre parmi vous ont traversé nos provinces, pénétré dans nos foyers ; vous connaissez nos secrets, nos sentiments. Si la patrie lui était moins chère que la gloire, qu'aurait-il à désirer après ce qu'il a laissé en arrière ? Son âge avancé, sa santé perdue, le dégoût des vicissitudes, peut-être celui des hommes, la satiété surtout des grands objets qu'on poursuit ici-bas, ne lui laissent plus rien de neuf aujourd'hui, de désirable qu'un asile tranquille, un heureux et doux repos. Il vous les demande, Anglais, et vous les lui devez ; vous les devez à l'héroïque magnanimité avec laquelle il vous donna la préférence sur tous ses autres ennemis. Sachez, osez, veuillez être justes. Rappelez-le, et vous aurez consacré la seule gloire qui semble manquer à votre condition présente. Les admirateurs, les vrais amis de vos libertés et de vos lois l'attendent de vous ; ils le réclament. Vous avez mis en défaut ceux qui se plaisent à vanter tous les biens qui découlent de votre belle constitution. “Où sont donc, disent ces adversaires avec une ironie triomphante, cette générosité, cette élévation de sentiments, cette inflexibilité de principes, cette moralité publique, cette force d'opinion que vous nous disiez, chez ce peuple libre, être en quelque sorte supérieures à la souveraineté même ! Où sont les fruits tant vantés de ce sol classique des institutions libérales ? Tout ce pompeux échafaudage, ces peintures imaginaires ont donc disparu devant les dangers qu'avait fait courir un seul homme, ou bien encore devant la haine et la vengeance qu'il a laissées après lui. Et qu'aurait fait de plus ce pouvoir absolu que nous défendons et que vous décriez tant ? Il eût fait moins peut-être ; mais bien sûrement il n'eût pas pu faire davantage. Il se fût montré sensible, sans doute, à la noble et magnanime confiance de son ennemi ; ou, s'il se fût décidé, parce que la chose lui eût été utile, il eût mis du moins plus d'énergie, de franchise, d'élévation dans son injustice ; il ne se fût pas abaissé, pour pallier son tort aux yeux des peuples, à y associer gratuitement ses voisins. Il eût évité surtout de se laisser envelopper dans ce dilemme accablant ; ou, quand vous avez conclu votre inique traité d'ostracisme [1], la victime n'était pas encore en votre pouvoir, et vous avez eu la lâcheté de lui tendre la main pour vous en saisir ; ou vous la teniez déjà, et vous avez sacrifié votre gloire, l'honneur de votre pays, la sainteté, la majesté de vos lois, à des sollicitations étrangères.

« "Anglais, pour pouvoir répondre, vos amis sont obligés de se retourner vers nous : ils attendent."

« Pour moi, malgré une funeste expérience de deux années, telle est encore ma confiance en vos principes, que je compte toujours sur votre justice ; et j'ai osé parler devant vous, ne consultant que mon cœur, persuadé que ce serait du milieu de vos rangs mêmes que je verrais s'élever la défense et les talents dignes de cette grande et belle cause. Quoi que vous décidiez, au reste, mes destinées à moi sont arrêtées.

« Où que demeure la victime, je veux aller porter à ses pieds le peu de jours qui me restent encore [2], et dans ce tribut de sentiments, je croirai n'avoir rien fait que pour moi. Quand je le suivis d'abord, j'obéissais plutôt à l'honneur, je suivais la gloire. Mais aujourd'hui je pleure loin de lui toutes les qualités du cœur qui attachent l'homme à l'homme. Combien de vos compatriotes l'ont approché ? Ils vous diraient tous la même chose. Qu'on les consulte ! Anglais ! est-ce donc là l'homme dont on vous avait fait la peinture ? Est-ce bien avec connaissance de cause que vous avez prononcé sur son sort ?...

« Le comte de LAS CASES. »

Cependant ma sollicitude ne s'était pas bornée aux lettres adressées aux souverains et rapportées plus haut, mes soins s'étaient portés avec ardeur sur tous les points et tous les

1. Traité de Vienne (9 juin 1815).

2. Toute sollicitation à cet égard a été vaine auprès du ministère anglais. Cette demande, plusieurs fois répétée, est demeurée sans réponse, ou n'a produit qu'un refus, ainsi qu'on le verra spécialement dans une des lettres de ce recueil. *(Las Cases.)*

objets que j'avais pu imaginer. Dès que j'avais été rendu à la liberté, je m'étais vu entouré des bannis français qui se trouvaient à Francfort, et qui, partageant mes sentiments, me montrèrent l'intérêt le plus tendre. Tous, sans excepter même ceux qui n'avaient à disposer que du denier de la veuve, m'offrirent ce qu'ils possédaient, non seulement pour les besoins personnels qu'ils me supposaient, mais encore pour l'objet pieux qui m'occupait tout entier. J'eus aussi le bonheur de trouver dans la même ville la comtesse de Survilliers, dont l'extrême bonté n'est qu'une des vertus. Enfin, des négociants distingués de Francfort, sur le seul bruit de mes aventures, et par pure sympathie, me firent les offres les plus généreuses, et il n'est pas jusqu'à des membres de la diplomatie, en si grand nombre dans cette ville, qui ne me fissent parvenir indirectement des preuves de bienveillance. Tout cet ensemble me mit à même de savoir aussitôt où se trouvaient tous les membres de la famille de l'Empereur, et me procura les moyens les plus efficaces d'entrer promptement en relation avec chacun d'eux, pour pourvoir sans délai aux besoins de celui au soulagement duquel j'avais résolu, leur apprenais-je, de consacrer tous mes efforts, tous mes moments, toute mon existence.

D'un autre côté, je m'étais imposé la règle d'écrire régulièrement une fois par mois, à jour fixe, au grand-maréchal, afin d'obtenir les indications nécessaires pour pouvoir me rendre le plus utile possible ; et j'envoyais cette lettre ouverte au sous-secrétaire d'État des colonies, avec lequel j'avais, par ce moyen, ouvert une correspondance que je jugeais la plus sûre et la plus propre à remplir mon objet. Je le suppliai et il me promit d'envoyer régulièrement à Longwood les journaux, brochures, ouvrages nouveaux et autres objets de consommation journalière que je lui indiquais, ou dont je le priais de vouloir bien faire lui-même la désignation, contre l'acquittement que j'en ferais à son ordre.

Tous les parents de l'Empereur, sa mère, ses frères, ses sœurs (et je n'étais particulièrement connu d'aucun d'eux, à l'exception du prince Lucien) me répondirent aussitôt avec les expressions les plus vives, les plus touchantes : c'était la première nouvelle authentique ou à peu près qu'ils recevaient de l'illustre victime, mandaient-ils, et ils étaient heureux de trouver enfin un intermédiaire à l'aide duquel ils pussent lui faire parvenir leur respect, leur dévouement et leurs vœux, ils ne demandaient qu'à savoir ce qu'ils avaient à faire. Une rétribution annuelle de cent cinquante mille francs fut immédiatement résolue et organisée : c'était la somme que je jugeais indispensable aux nécessités de Longwood. Ils s'en partagèrent la charge, et déjà je tenais entre les mains la quote-part de plusieurs d'entre eux, quand j'eus la satisfaction de pouvoir la leur renvoyer, en les prévenant de réserver pour d'autres moments leurs bonnes intentions, dont, à moins de cas imprévus, je n'aurais pas besoin de deux à trois ans. C'est qu'il s'était trouvé un dépôt de quelques centaines de mille francs appartenant à l'Empereur, et je m'estimais heureux de pouvoir donner d'aussi bonne heure, aux membres de la famille, une preuve de la régularité, de la réserve et de la réflexion avec laquelle j'opérais : malheureusement je me pressai trop, car l'argent qui avait été promis, et devait être fourni chaque mois, soit par des méprises, des embarras de banque ou la négligence des agents, fut plus d'une année à se réaliser, ce qui me causa beaucoup de chagrin et d'embarras ; car les treize lettres de change que j'avais laissées au grand-maréchal en partant avaient été promptement dépensées, et il avait continué de tirer de nouvelles traites sur mon banquier ou sur d'autres à Londres, qui laissèrent protester ces lettres de change, l'un parce qu'il n'avait plus de fonds à moi, les autres parce qu'ils n'en avaient reçu de personne ; ce qui amenait des frais énormes, compromettait Longwood, et faisait le sujet des gorges chaudes des papiers ministériels anglais.

Dès que je fus instruit de ce malheureux contretemps, j'écrivis à Londres que je me rendais, une fois pour toutes, personnellement garant de toutes les traites qui arriveraient de Longwood, et qu'elles seraient remboursées à ordre à Francfort ; et j'y pourvoyais du mieux que je pouvais avec l'argent de Madame Mère, le seul que j'eusse tenu en réserve, et que je lui ai fait rendre depuis, et celui de quelques amis, quand le mien propre était épuisé ; car mes quatre mille louis m'étaient rentrés, et d'une manière assez singulière pour que je le mentionne. Quelqu'un très délicatement situé d'ailleurs, et qui se trouvait avoir de l'argent à l'Empereur, bien qu'il ne me connût pas, soupçonnant que je pouvais avoir quelques besoins, me fit tenir indirectement cent mille francs, sans aucun titre de ma part. C'était le seul moyen qu'il eût imaginé sans doute d'accorder la prudence avec sa délicatesse ; de sorte que je me suis trouvé remboursé sans avoir jamais produit de créance ni donné de reçu, et que je ne sache pas qu'il s'en trouve de traces dans aucun compte.

Six mois s'étaient déjà écoulés, la belle saison était venue, et mes souffrances, que les contrariétés et les peines d'esprit avaient fort empirées, me firent ordonner les eaux de Bade ; mais étais-je bien libre de m'y rendre ? Nous vivions dans un temps si singulier ; on se faisait partout, en cet instant, un tel jeu des droits et de la destinée d'un Français, que chacun, autour de moi, doutait fort de ma liberté, et moi-même je n'étais pas sans quelque inquiétude, tant j'étais habitué à voir violer toute justice à mon égard. On a vu que je n'avais trouvé d'asile à Francfort que par la protection spéciale de l'ambassade autrichienne ; j'avais demandé un refuge en Autriche, conditionnellement, il est vrai ; mais en m'accordant cette faveur, on pouvait avoir eu l'idée de s'en prévaloir comme d'une espèce de droit sur ma personne. Quoi qu'il en soit, je tenais tellement à constater ma droiture et à me montrer reconnaissant des procédés bienveillants de M. le baron de Wessenberg, que je crus devoir aller lui donner connaissance de mon départ, tout en lui demandant s'il me considérait comme sous sa surveillance ; mais il dissipa d'un mot mes scrupules et mes craintes, en me répondant avec la loyauté et la grâce qui le caractérisent, qu'on avait prétendu me donner l'hospitalité, et non me donner une prison.

Je me rendis donc à Bade, où j'eus l'honneur d'être reçu par le grand-duc et la grande-duchesse, presque avec mystère, il est vrai, mais avec tout l'accueil et tous les sentiments que je devais attendre d'enfants adoptifs de Napoléon. Il y avait d'autant plus de mérite en eux à le témoigner, qu'il se trouvait dans leur entourage et leur haute confiance d'état certains ennemis acharnés de la cause que j'avais suivie, qui regardaient comme une espèce de scandale politique ce vif intérêt, cette grande bienveillance du couple souverain à mon égard. Ce n'est pas, au surplus, que j'en mésusasse ; car, dans ces réunions d'eaux, toujours si bruyantes, et cette année particulièrement remarquable, je m'étais retiré tout à fait à l'écart, vivant dans une solitude profonde, ne paraissant jamais, et me dérobant scrupuleusement à une curiosité naturelle à ces lieux de dissipation et d'oisiveté.

Cette réserve de ma part, cette circonspection me valurent, du reste, l'honneur d'entrevues augustes où je pus jouir de l'inestimable satisfaction d'apprécier toute l'étendue du dévouement et de la tendresse portés à celui auquel je m'étais consacré. L'une de ces entrevues surtout, par la nature du rendez-vous, celle du lieu, des formes, etc., composerait un véritable épisode de roman. Toutefois je n'en dirai rien par plusieurs considérations ; aussi bien je suis forcé d'être bref, et je dois glisser rapidement ou sauter à pieds joints sur une foule de circonstances, non seulement par la peine que j'ai à dicter, mais aussi pour ne pas épuiser la patience des lecteurs.

En quittant l'excellent grand-duc, je lui demandai à demeurer dans ses États, et fus me fixer à Mannheim. J'avais choisi cet endroit, parce qu'en me conservant, comme à Francfort, l'avantage de toutes mes correspondances, il ne me présentait pas les inconvénients de cette dernière ville, dans laquelle j'en avais trouvé beaucoup, dont plusieurs d'une nature fort délicate, et je cherchais à leur échapper.

Je ne sortais presque jamais, et n'abusais guère plus de ma liberté que du temps du commissaire prussien, mais je m'étais créé l'obligation de recevoir tout le monde. Je ne me dissimulais pas qu'il se présenterait sans doute des malintentionnés déguisés ; mais je savais aussi qu'il était tant de gens de toutes les classes et venant parfois de si loin, uniquement conduits par le sentiment ! Or, je ne me serais pas pardonné, pour échapper à un perfide, de courir le risque de navrer peut-être un cœur de bonne foi, qui, dans ses regrets et sa douleur, croyait pouvoir trouver près de moi quelques mots de jouissance et de consolation. Mais, par suite de ma facilité, on s'imaginerait difficilement tout ce que j'eus à entendre, les questions qui me furent faites, les idées que l'on me suggéra, les insinuations de tout genre, etc. L'un me proposait de se charger de mes commissions les plus secrètes, les plus chanceuses, les plus lointaines, un autre m'offrait d'être mon intermédiaire avec des personnages marquants et très chauds ; un autre voulait se rendre déguisé à Parme, me garantissant de remettre à l'impératrice Marie-Louise en personne tous mes paquets. Que sais-je ? je n'en finirais pas.

Enfin, je reçus plusieurs fois, et de gens de diverses contrées, la proposition d'aller tenter l'évasion de Napoléon. Les uns étaient conduits par l'enthousiasme ; d'autres spéculaient ; d'autres encore tendaient des pièges sans doute ; la provocation est devenue si effrontée, si commune de nos jours ! Heureusement que toute ma garantie à moi était de n'avoir rien à cacher. Je ne possédais aucun secret, je n'avais donc que des désirs ou des vœux à exprimer en réponse ; et dans la position avouée où je m'étais placé, les rapports qu'on en aurait été faire n'eussent assurément appris rien de bien neuf ; aussi ne m'en est-il jamais arrivé le moindre désagrément. Toutefois, en adoptant Mannheim, qui est à l'écart, et où je vivais dans un isolement absolu, ne voyant personne, j'obviais tout d'un coup à la plupart de ces inconvénients dont j'étais assailli, au contraire, dans une ville de passage comme Francfort, rendez-vous naturel des agioteurs de tout genre, des intrigants de toute espèce ; et de plus, je constatais aux yeux intéressés à m'observer, combien je voulais demeurer étranger à tout indigne moyen.

Le congrès d'Aix-la-Chapelle approchait, et j'avais fondé sur cette auguste réunion de grandes espérances, toutes les âmes généreuses les partageaient : on ne pouvait pas s'imaginer que des souverains ne se montrassent pas sensibles au tourment de Napoléon, que chacun d'eux avait si longtemps traité d'ami, de frère et de fils, surtout quand ils auraient un récit authentique et fidèle de son supplice. Je m'étais donné tous les soins pour qu'ils se trouvassent entourés, assaillis de sollicitations et de lumières. J'avais écrit à Marie-Louise ; j'étais chargé de faire présenter aux souverains une lettre de Madame Mère ; tous les autres parents devaient agir de leur côté, et j'avais moi-même soigneusement réuni, pour chacun des souverains, tous les documents authentiques existants, et tracé une note relative, incluse dans une lettre adressée à *eux-mêmes*. Il n'est pas jusqu'à lord Castlereagh auquel je ne crusse devoir la communiquer, comme représentant le roi d'Angleterre. Voici toutes ces pièces. Qu'on me pardonne, au surplus, si on y trouve souvent des répétitions et parfois jusqu'aux mêmes phrases, c'est qu'au fait elles ne concernent toutes qu'un seul et même objet, que cet objet se trouve réduit à sa plus simple expression, que le cercle est fort rétréci, et qu'il ne reste qu'à tourner sur soi-même.

A l'Impératrice Marie-Louise

« Madame, revenu des lieux où l'on fait périr votre époux, que de maux j'aurais à vous peindre !!! Mais vous êtes sa femme, la mère de son fils, quelles paroles pourraient parler plus haut que ce qui doit se retracer naturellement à votre cœur.

« Je pense devoir faire connaître à Votre Majesté que je vais profiter de la réunion des souverains alliés pour porter à leurs pieds, d'une voix défaillante, les supplications d'un adoucissement au sort affreux, aux peines cruelles qu'on fait peser en leur nom, et qui ne peuvent être dignement senties que par un serviteur dévoué comme moi ou par un sang aussi proche comme est le vôtre.

« Mais, Madame, quels pourraient être mes titres auprès des droits de Votre Majesté, estimés saints, sacrés tout-puissants, tenus en vénération par toute la terre.

« Veuillez les faire valoir, Madame, et la postérité, l'histoire, qui consacrent aussi des couronnes, vous ceindront d'un diadème aussi impérissable que la sainte morale qui subjugue les hommes, et les douces vertus qui remplissent l'âme de délices[1]. Je suis, etc.

« Le comte de LAS CASES. »

Madame Mère aux souverains alliés
à Aix-la-Chapelle

« Sires, une mère affligée au-dessus de toute expression a espéré depuis longtemps que la réunion de Vos Majestés Impériales et Royales lui rendrait le bonheur.

« Il n'est pas possible que la captivité prolongée de l'empereur Napoléon ne prête point l'occasion de vous entretenir, et que votre grandeur d'âme, votre puissance, le souvenir des événements passés ne portent Vos Majestés Impériales et Royales à vous intéresser pour la délivrance d'un prince qui a eu tant de part à leur intérêt, et même à leur amitié.

« Laisseriez-vous périr dans un exil de tourments un souverain qui, confiant dans la magnanimité de son ennemi, se jeta dans ses bras ? Mon fils aurait pu demander un asile à

1. Cette lettre a été mise à la poste à Vienne ; on ignore si elle est jamais parvenue : il est probable que non. *(Las Cases.)*

l'empereur, son beau-père, il aurait pu s'abandonner au grand caractère de l'empereur Alexandre dont il fut jadis l'ami ; il aurait pu se réfugier chez Sa Majesté prussienne, qui, sans doute, se voyant implorée, ne se serait rappelé que son ancienne alliance ; l'Angleterre peut-elle le punir de la confiance qu'il lui a témoignée ?...

« L'empereur Napoléon n'est plus à redouter : il est infirme. Fût-il plein de santé, eût-il les moyens que la Providence lui mit jadis dans les mains, il abhorre la guerre civile.

« Sires, je suis mère, et la vie de mon fils m'est plus chère que ma propre vie. Pardonnez à ma douleur la liberté que je prends d'adresser à Vos Majestés Impériales et Royales cette lettre.

« Ne rendez point inutile la démarche d'une mère qui réclame contre la longue cruauté exercée sur un fils.

« Au nom de celui qui est bon par essence, et dont Vos Majestés Impériales et Royales sont l'image, intéressez-vous à faire cesser les tourments de mon fils ; intéressez-vous à sa liberté. Je la demande à Dieu, je la demande à vous, qui êtes ses lieutenants sur la terre.

« La raison d'État a ses limites, et la postérité, qui immortalise tout, adore par-dessus tout la générosité des vainqueurs. Je suis, etc.

« MADAME MÈRE. »

N. B. Cette lettre est restée sans réponse. D'autres démarches furent faites en faveur de Napoléon par des personnes de sa famille ; mais elles ne m'ont pas été connues d'une manière assez authentique pour pouvoir les mentionner ici.

Note adressée aux souverains alliés, en congrès à Aix-la-Chapelle

Octobre 1818.

« Sires, la majesté royale n'a point de juges sur la terre ; toutefois, puisque les souverains eux-mêmes, la dépouillant de son attribut le plus sacré, l'ont soumise à leur tribunal, je viens avec une respectueuse confiance leur parler en faveur d'un monarque longtemps reconnu par eux tous, aujourd'hui déchu par eux, captif en leur nom, et donnant en ce moment à l'univers l'exemple de la plus grande, de la plus terrible vicissitude qui fut jamais ! Et qui pourrait s'en dire à l'abri, si l'on viole l'inviolabilité !

« Fidèle à sa dignité, supérieur à l'infortune, il n'attend que de la mort seule la fin de ses tourments : mais moi, arraché inopinément du roc fatal où je l'entourais de mes soins pieux, je veux encore lui consacrer au loin les restes d'une vie défaillante, et chercher à adoucir des maux que je ne puis plus partager.

« Cette mission sacrée, que j'ose entreprendre en cet instant, je me la donne moi-même ; je la puise dans mon tendre dévouement à sa personne, dans la chaleur de mes affections privées pour celui qui fut mon maître.

« Étranger ici à toute politique, je n'aurai d'autre impulsion, je ne prendrai d'autre guide que cette morale sainte et sacrée, qui enchaîne les rois et les peuples : elle sera ma force, mes droits, mon excuse.

« Napoléon, sur son roc, est en proie aux tourments, aux privations de toute nature, aux mauvais traitements des hommes et aux calamités du climat. C'est un fait notoire à tous aujourd'hui, suffisamment prouvé par les documents authentiques sortis du lieu même, et dont j'ose placer ici quelques-uns sous les yeux des hauts souverains.

« Or, si le droit de la guerre, si le droit des nations ont dû être méconnus pour le repos du monde, *a-t-on dit*, l'humanité du moins ne saurait aussi avoir perdu tous ses droits.

« Depuis trois ans, la paix a partout succédé à la guerre, les passions se sont calmées ; les nations, les individus se sont réconciliés ; le gouvernement, les partis ont désarmé ; le droit commun a partout repris son empire ; un homme seul n'a point participé à ces bienfaits. Il demeure seul encore en dehors des lois humaines, jeté sur un roc stérile, livré à un climat dévorant, voué aux angoisses d'une mort lente, qu'abreuvent chaque jour la haine et les outrages. Quel terme fixe-t-on à un aussi étrange supplice ? S'il est condamné à vivre, cet état d'exception n'est-il pas trop cruel ? Ne l'est-il pas encore bien davantage, s'il était condamné à mourir ? Et quels ont été ses crimes ? Qui l'a entendu ? Où est le tribunal, sa sentence, ses juges, leurs droits ? Dira-t-on qu'il n'y a eu d'autres garanties contre lui, d'autres sûretés que la prison, les chaînes, la mort ? Dira-t-on qu'on ne peut s'en fier à ses actes, à ses promesses, à ses serments ? Citera-t-on le retour de l'île d'Elbe ? Mais il y était souverain. On avait signé des engagements avec lui, les a-t-on tenus ? Cette fois, en abandonnant le continent, il a abdiqué toute souveraineté, il a déclaré sa carrière politique terminée ; c'est donc un tout autre état de choses. Mais même, dans le cas où la mort seule pourrait assouvir la haine et les craintes, *pourquoi alors ne l'avoir pas donnée franchement ?* (Ce sont ses propres paroles.) *Une mort prompte, sans être plus juste, serait plus humaine et moins odieuse, elle deviendrait un bienfait.* Voilà ce qu'il a dit lui-même, écrit, répété ; qui oserait démentir une telle assertion ?

« Et quels assez puissants motifs perpétuerait-on pour justifier une aussi intolérable situation ?

« A-t-on voulu punir ses envahissements passés ? Mais les peuples ont épuisé leur ressentiment dans la victoire : ils gardent le silence.

« Aurait-on voulu user de représailles ? Mais Napoléon s'est trouvé maître chez les autres : en a-t-il agi ainsi ? Qu'on se reporte à Austerlitz, au bivouac de Moravie, à Vienne, à Tilsitt, aux conférences de Dresde ; bien plus, qu'on le prenne dans ce dont l'histoire aura le plus de peine à le défendre : Charles IV, captif dans ses mains, put à son gré, et toujours en roi, occuper ou Compiègne, ou Marseille, ou Rome ; et Ferdinand se vit à Valençay constamment entouré de tous les soins, de tous les respects qu'il pouvait prétendre. Un prince qui lui disputait le trône tombe dans ses mains ; quel usage Napoléon fit-il de la victoire ? La liberté immédiate du prisonnier atteste sa magnanimité, et l'histoire la consacrera à côté des indignes traitements dont on l'accable.

« Aurait-on cru devoir renouveler pour lui l'ostracisme des Anciens ? Mais les Anciens, en repoussant d'au milieu d'eux les talents qu'ils croyaient redoutables, n'immolaient point leur victime ; ils ne la transportaient pas dans un autre univers, ne la fixaient pas sur un affreux rocher, ne l'entraînaient pas sous un climat brûlant ; en un mot ne chargeaient pas la nature d'un crime qu'on semblerait ici n'oser pas exécuter soi-même.

« Enfin, craindrait-on que ce nom ne fît encore trop au milieu de nous ? Mais qu'on prenne garde de manquer le grand but. Toujours la persécution intéresse les peuples, toujours elle remue les masses constamment généreuses : et si l'on veut fournir des partisans, ne suffit-il pas de faire des martyrs ? De quelles nécessités sont donc d'aussi extraordinaires, d'aussi étranges mesures ? Pourquoi violerait-on ainsi à la fois le code des nations, le code des souverains, le code des particuliers ?

« Parmi les nations civilisées, la fureur s'apaise devant un ennemi désarmé, et parmi les sauvages mêmes il demeure sacré, surtout s'il est confié à la bonne foi.

« Pourquoi donc continuerait-on de lutter péniblement encore contre ce que réclament l'humanité, la justice, la religion, la morale, la politique, toutes les lois de la civilisation ? Pourquoi ne pas s'abandonner plutôt à ce que commande la générosité, ce qu'exigent la dignité, la gloire, les vrais intérêts ? Osons le dire ici : les rares exemples des rois dévoués aux tourments et à la mort sont toujours flétris par l'histoire ; et elle ne doit les rappeler qu'avec horreur aux peuples, aux rois qu'avec saisissement !!!...

« Depuis que j'ai été enlevé de Sainte-Hélène, j'ignore personnellement les altérations qu'aurait pu éprouver le traitement infligé à Napoléon ; mais, avant mon départ, il était intolérable, sous le rapport de sa dignité personnelle et de son existence morale et physique : y aurait-on porté des modifications longtemps réclamées en vain par ses serviteurs, encore n'aurait-on pas pu changer l'influence mortifère du climat, ni toute l'horreur de cet affreux séjour. Ces circonstances sont telles, qu'elles suffisent seules pour empoisonner toutes les sources de la vie. Il n'est point en Europe de cachot qui ne soit préférable, et pas un être humain, quelque force de corps, quelque force d'âme qu'on lui supposât, qui pût, en de telles circonstances, résister longtemps aux terribles effets d'une aussi pernicieuse prison.

« Aussi la victime est-elle déjà atteinte d'un mal qui doit la conduire infailliblement sous peu à la mort. La Faculté n'hésite point à le prononcer ; et moi, dans les angoisses de mon âme, j'ose venir l'exposer devant les augustes souverains, en laissant à leur humanité, à leur propre cœur, à leur haute sagesse à y pourvoir.

« Certes, on ne saurait m'accuser, moi, d'un manque de respect, de dévouement à la souveraineté. Ces témoignages de ma vie seront en ce moment la garantie de ma hardiesse auprès des hauts souverains : comme le sentiment de leur dignité, de leurs intérêts, de leur gloire, demeurera celle de mes espérances et de mes vœux.

« Le comte de LAS CASES. »

Lettre à S. M. l'Empereur d'Autriche
(renfermant la note ci-dessus), à lui-même

« Sire, j'ai osé, le 10 février dernier, déposer aux pieds de Votre Majesté la sollicitude et les vœux d'un serviteur fidèle en faveur de son maître.

« Que Votre Majesté daigne pardonner à ma constance, pût-elle lui devenir importune ! J'ose ici placer sous ses yeux une note nouvelle en faveur de celui qui fut son frère, et dont elle fit son fils. Je prends la liberté d'accompagner cette note de quelques documents authentiques.

« Sire, mon espérance et mes excuses sont dans les qualités privées, les vertus profondes de Votre Majesté. L'Europe se plaît à reconnaître, à proclamer en vous le plus droit, le plus moral, le plus humain, le plus religieux des hommes : et pourtant c'est en votre nom qu'on torture, qu'on fait mourir celui à qui vous unîtes votre fille chérie, celui que votre choix et la religion ont rendu votre fils.

« Ah ! sire, frémissez qu'on ne rapporte à vos yeux sa tunique ensanglantée !... Et s'il était arrivé ce jour de la justice éternelle, où le juge suprême des hommes et des rois, faisant entendre ses jugements terribles, demanderait : Qu'as-tu fait de ton fils ? qu'est-il devenu ? Pourquoi séparas-tu l'époux de l'épouse ? Comment osas-tu désunir ce qui avait été conjoint et béni en mon nom ? Je puis bien accorder la victoire à qui il me plaît ; mais nul ne saurait en abuser contre mes saintes lois, sans encourir ma colère...

« Sire, je m'arrête : en aurais-je trop dit ? Que Votre Majesté pardonne : ce sont les sentiments désordonnés, les cris perçants que m'arrache le meurtre de mon maître, exécuté à mes yeux. Sire, c'est à vos genoux et tout hors de moi que j'en appelle à votre intercession ; c'est contre l'homicide que je vous invoque. Ah ! ne soyez pas insensible !... Je suis, etc.[1].

« Le comte de LAS CASES. »

1. Une pareille note fut adressée à l'empereur Alexandre et au roi de Prusse, avec des changements analogues. *(Las Cases.)*

A lord Castlereagh
en lui adressant la note aux souverains alliés

« Milord, j'ai l'honneur d'adresser à Votre Seigneurie copie d'une note que j'ai pris la liberté d'adresser aux souverains alliés.

« J'ai cru devoir vous la transmettre, milord, à cause du respect profond que je porte à l'auguste personne que vous représentez, et des sentiments que m'inspirent les talents personnels de Votre Seigneurie.

« Quelles que soient vos opinions, milord, sur cette note, peut-être même vos oppositions, V.S. a trop de générosité d'âme pour condamner tout à fait et sans réserve, j'en suis sûr, ces constants efforts d'un serviteur fidèle, qui a voué aux adoucissements et à la consolation de celui qui fut son souverain, jusqu'au dernier soupir de son existence.

« Milord, combien V.S. a influé sur cette grande destinée ! Combien elle peut y influer encore ! Que ne puis-je faire arriver ma voix jusqu'à vous ! Dans les angoisses et les longueurs de mes solitudes, j'ai parcouru souvent le cercle des grands motifs qui avaient pu dicter vos terribles et cruelles déterminations. Je n'ai pu trouver que l'intérêt de votre patrie, la loi rigoureuse de la nécessité, la conviction du caractère et des dispositions de celui sur lequel vous frappiez ; enfin la gloire et la responsabilité de votre administration. Mais, milord, V.S. a-t-elle bien pu recueillir le complet ensemble de tous les éléments contradictoires ? A-t-elle bien pu épuiser toutes les sources d'informations et de lumières ? Que ne m'a-t-il été possible d'approcher V.S. ? Ou que le délabrement de ma santé et de mes facultés ne me permet-il de lui exposer dignement tout ce que j'ai dans le cœur et dans la pensée ! Vous en demeureriez frappé peut-être, milord, et peut-être bien des objets captiveraient votre étonnement et vos plus graves méditations.

« J'ai l'honneur, etc.

« Le comte de LAS CASES. »

L'époque du congrès arrivée, je me rendis à Francfort, où, par l'effet du hasard, j'arrivai le jour même de l'entrée de l'empereur Alexandre. C'était une occasion bien propice sans doute pour solliciter la faveur de lui être présenté ; et son affabilité reconnue, la facilité avec laquelle il se laisse approcher, peut-être aussi la circonstance particulière qui me concernait, devaient me faire espérer de l'obtenir facilement ; aussi m'y excita-t-on ardemment de tous côtés : c'était le moyen le plus sûr d'accomplir mon objet, disait chacun, et l'on m'imputa à tort de ne vouloir pas le tenter. Mais j'avais longuement pesé, à part moi, le pour et le contre d'une telle démarche, et j'étais loin de partager l'opinion commune sur la probabilité de son résultat. Et à quoi pourrait me conduire cette haute faveur ? m'étais-je demandé. Pouvais-je prétendre remuer par mon éloquence le cœur du souverain ? Et si mes paroles eussent pu le toucher comme homme, la décision finale ne devait-elle pas émaner du concours de plusieurs autres ? Et puis, dans ces moments si courts et si embarrassés, étais-je bien sûr de parler avec autant de suite et de régularité que j'écrirais ? Était-il convenable que je lui remisse en temps inopportun, et comme j'eusse pu le faire d'une pétition ordinaire, des pièces authentiques que je ne destinais qu'aux souverains réunis ? Et si l'empereur Alexandre venait, comme il n'était que trop probable, à s'exprimer devant moi sur Napoléon d'une manière que je n'eusse pu m'empêcher de contredire, ne pouvait-il pas arriver que j'eusse irrité, aigri celui que je prétendais adoucir ? Cette dernière considération surtout m'avait déterminé d'autant plus, qu'à côté de ces nombreux inconvénients il ne se présentait à moi qu'un seul avantage, et qu'il m'était tout personnel : l'insigne faveur d'approcher le premier des monarques, de converser avec celui duquel Napoléon avait dit sur son roc : « Si je meurs ici, voilà mon héritier en Europe. »

Au surplus, ce souverain me savait dans la ville ; on m'apprit qu'il l'avait mentionné dans une de ses réunions, et j'avais la presque certitude qu'on devait lui avoir parlé de moi ; et cela par suite d'une circonstance assez particulière pour trouver place ici. Ma chambre, dans l'hôtel où j'étais descendu, se trouvait toucher précisément celle d'un de ses généraux (Ouvaroff), qui avait sa haute confiance et l'habitude de tous ses instants. La seconde ou la troisième soirée après mon arrivée, le maître de l'auberge entre chez moi pour me dire que ce général est prêt à me recevoir, et qu'il se fera un plaisir de m'accorder l'entretien que je lui ai demandé. Dans mon étonnement, ma réponse fut d'abord qu'on allât dire qu'il y avait erreur ; puis, réfléchissant tout à coup que c'était peut-être une circonstance heureuse ménagée par le ciel, je courus après l'homme qui exécutait déjà sa commission, et de la porte j'expliquai moi-même qu'il y avait méprise sans doute, puisque je n'avais pas eu l'honneur de demander une pareille faveur. Sur quoi, le général courant à moi comme pour me retenir, et renvoyant ses aides de camp, il me dit avec grâce et politesse que, méprise ou autrement, il allait se trouver heureux de cette occasion de faire connaissance et de causer avec moi, et nous eûmes en effet une conversation fort longue, et toute, comme on peut le croire, sur Sainte-Hélène.

Je n'étais venu à Francfort que pour faire déposer authentiquement toutes mes pièces à chacune des délégations respectives. Cette opération finie, je retournai promptement à Mannheim, toujours pour échapper au mouvement et aux intrigues de Francfort, où plusieurs ne manquèrent pas de m'offrir, auprès du congrès, des services qu'ils disaient pouvoir être très importants, me proposant d'y être des agents très chauds de mon affaire ; ce qu'il m'eût fallu, comme de raison, payer très cher, et l'on a vu que j'avais à peine de quoi pourvoir aux premiers besoins de celui pour les intérêts chanceux duquel on me demandait de grosses sommes ; mais pendant la durée du congrès, et en attendant quelque décision favorable des souverains, il devait me parvenir, jusque dans ma solitude de Mannheim, des preuves nouvelles de la méchanceté de sir Hudson Lowe et des mauvais traitements qu'il continuait d'exercer sur ses victimes. Je fus déterré à Mannheim par un malheureux maître-canonnier d'un vaisseau de la compagnie des Indes, et il me parvint un gros paquet du général Bertrand.

On trouve assez au long, dans M. O'Méara, l'histoire de ce maître-canonnier, et toutes les vexations qu'il éprouva de la part du gouverneur et de ses confidents, pour avoir été porteur d'un buste du jeune Napoléon, dont il espérait tirer quelques bénéfices en en faisant hommage à Longwood. Ce buste, que l'on avait voulu d'abord faire jeter à la mer, puis essayer d'en déguiser l'existence en l'enlevant, sous le prétexte même d'en faire présent à Napoléon, fut enfin, par la force de la voix et de l'indignation publique, envoyé en effet à Longwood, et le comte Bertrand fit passer au canonnier, tant pour la valeur du buste que pour l'indemniser des vexations et des pertes qu'il lui avait causées, une des lettres de change que je lui avais laissées en partant, de la valeur de trois cents louis. Le comte Bertrand, en la lui adressant, le priait de vouloir bien lui en accuser réception ; mais ce pauvre homme, loin d'avoir pu accuser une telle réception, n'avait même pas eu connaissance de la lettre du comte Bertrand. Il avait dû continuer sa route vers l'Inde, après le don de son buste, avec la seule annonce verbale de sir Hudson Lowe, « que les gens de Longwood lui avaient destiné quelque gratification, et qu'on lui en donnerait connaissance avec le temps ». Au retour de l'Inde, il fut interdit au malheureux, tout le temps de sa relâche à Sainte-Hélène, de descendre à terre, et l'on se contenta de lui dire encore que ce dont on lui avait parlé concernant ses intérêts se trouverait à Londres, à l'Amirauté. Arrivé en Angleterre, ses recherches lui procurèrent en effet la lettre de change de trois cents louis : c'était la première connaissance qu'il en avait ; mais plus de dix-huit mois s'étaient écoulés : les personnes sur qui elle était tirée n'avaient plus les fonds nécessaires, et il lui fallut quitter Londres avec la persuasion et la douleur d'avoir perdu et son buste et son argent. C'était un habitant de la Dalmatie : retournant dans son pays par la voie de Trieste, il traversait tristement l'Allemagne, lorsque, par le plus grand des hasards, il apprit à Francfort qu'il trouverait à Mannheim le signataire de sa lettre de change : il m'arriva, et sa joie fut vive, et ses malédictions contre sir Hudson abondantes, en recevant un argent qui lui composait désormais une petite fortune, disait-il, et ferait le bonheur de sa vie.

Quant au gros paquet que je reçus aussi vers ce même temps du grand-maréchal, il se composait d'une longue lettre de lui, écrite par ordre de l'Empereur, et de diverses pièces authentiques venues en dehors de la voie régulière. Mais, à mon grand étonnement, le même jour où il me parvenait, j'en lisais le contenu dans les papiers belges, tiré et retraduit des journaux anglais. Devinant les intentions de Longwood, je ne m'empressai pas moins d'en envoyer copie à lord Liverpool, ainsi qu'on va le voir. J'insère ici la plupart de ces pièces, la lettre du comte Bertrand surtout, parce que, reprenant avec quelques détails les mauvais traitements éprouvés par l'Empereur depuis l'instant où je l'avais quitté, elle procure au lecteur dix-huit mois de plus de l'historique de Longwood ; et puis quelques-unes des pièces portent des apostilles de la main même de Napoléon, et sont trop remarquables pour être passées sous silence.

Lettre du comte de Las Cases
à lord Liverpool

« Milord, je reçois à l'instant une longue lettre du comte Bertrand, et le même courrier, à mon grand étonnement, me la montre imprimée dans le *Vrai Libéral* de Bruxelles, retraduite du *Morning-Chronicle* de Londres.

« Dire à Votre Seigneurie comment cela est arrivé, c'est hors de mon pouvoir ; mais l'assurer que c'est à mon grand regret et sans ma participation, est la vérité.

« Je ne m'explique qu'en me disant qu'un de vos compatriotes n'aura voulu se charger de ce paquet de Longwood qu'autant qu'il lui aura été ouvert, et qu'il lui sera demeuré prouvé qu'il intéressait l'honneur de son pays. Arrivé à Londres, il en aura tout à la fois donné connaissance au public et me l'aura expédié.

« Milord, si, d'après mes constantes sollicitations, j'avais obtenu la faveur de résider en Angleterre, il n'en eût pas été de même. Persuadé, ainsi que le comte Bertrand semble le soupçonner, que les vexations atroces et les détails odieux qu'on accumule journellement à Longwood peuvent être étrangers et inconnus à l'administration, c'est à vous, milord, qui présidez cette administration, et à vous seul, que je fusse accouru d'abord donner connaissance de ces torts inouïs, vous fournissant ainsi les moyens, et vous laissant le mérite de les redresser vous-même.

« Je supplie Votre Seigneurie de croire que ce n'eût été qu'après avoir épuisé vainement tout ce que les formes, la bienséance et les hiérarchies commandent, que je me serais abandonné au parti extrême de recourir enfin à l'opinion publique, qui, elle-même, se plaît à m'accueillir et à ne se prononcer qu'en dernier ressort.

« J'en ai donné la preuve, milord, lorsque, après dix mois d'un silence absolu de lord Bathurst aux divers griefs dont j'avais eu l'honneur de lui demander le redressement, leur publicité eût été au moins excusable, et que pourtant je n'y ai cédé encore que lorsque les expressions déplacées d'un membre de vos Communes sont venues le rendre indispensable.

« J'en ai donné la preuve, milord, dans les vives instances hasardées par l'impulsion de mon cœur à Aix-la-Chapelle, et transmettant soigneusement à lord Castlereagh même copie des sollicitations et des griefs que je déposais respectueusement aux pieds des hauts souverains.

« Enfin, c'est pour vous en donner, autant qu'il en reste en moi, une nouvelle preuve, milord, que j'ai fait copier à la hâte la lettre du comte Bertrand, afin que vous puissiez en avoir une connaissance authentique, directe et la placer sous les yeux de S.A.R. le prince régent.

« Milord, demeuré victime des souffrances physiques infligées par l'insalubrité de Sainte-Hélène, aussi bien que des peines morales dont on a accompagné ma séparation, l'état déplorable de ma santé, qui me fait interdire par la Faculté tout travail quelconque, ne me permet pas de rien ajouter à la lettre que j'ai l'honneur de vous faire transcrire. D'ailleurs, quel commentaire pourrait égaler les seuls faits qu'elle présentera à vos regards !

« J'ai l'honneur d'être avec la plus haute considération, milord, etc.

« P.-S. Milord, après m'être adressé à Votre Seigneurie pour les intérêts d'une importance si haute et si sacrée, me sera-t-il permis de profiter de cette occasion toute naturelle pour descendre avec vous à des objets qui me sont purement personnels ?

« Ne dois-je espérer aucun redressement, obtenir aucune réponse concernant les griefs nombreux sur lesquels j'ai fait entendre mes plaintes ? Dois-je surtout demeurer privé des papiers qu'on me retient à Sainte-Hélène depuis deux ans, en dépit de mes nombreuses protestations à sir Hudson Lowe lui-même ; malgré la lettre que j'ai eu l'honneur d'adresser pour cet objet, du Cap, à S.A.R. le prince régent ; celle que j'ai écrite au même sujet, du même lieu, à un de vos collègues ; enfin celle que j'ai adressée de Francfort à lord Bathurst ?

« Ce silence constant et absolu à des demandes si justes et si réitérées serait-il un déni formel de justice ? Je ne saurais le croire, milord ; j'ai été élevé à connaître la force, la supériorité de vos lois, à savoir le respect que chacun de vous est tenu de leur porter quel que soit son rang ou son poste. Je préfère penser que la faute en est à moi, qui ne sais point m'y prendre, et manque peut-être aux formes exigées ; mais dans ce cas encore, milord, ne serait-il pas convenable, juste, délicat de me les faire connaître ou même d'y suppléer. Milord, je l'invoque de votre générosité. Ces papiers, que dans le temps j'ai laissé parcourir à sir Hudson Lowe, sont d'une considération tout à fait étrangère à la réclusion qui vous occupe : ils ne sauraient, sous ce rapport, vous être d'aucune importance ; mais, à moi, ils sont chers et précieux au-delà de toute expression. »

Lettre du comte Bertrand
au comte de Las Cases

Longwood, 18 juillet 1818.

« J'ai reçu le 7 juin, mon cher Las Cases, la lettre que vous m'avez fait l'honneur de m'écrire le 15 janvier dernier, et depuis j'ai reçu, le 13 de ce mois, celles des 15 février, 15 mars et 15 avril[1], que j'ai communiquées, et qui ont décidé l'Empereur à me dire de vous écrire. J'ai reçu, il y a quatre mois, une caisse de livres et de brochures qui m'était adressée par M. Goulburn, et depuis une offre extrêmement obligeante d'envoyer un tableau qui se trouvait dans la chambre de Saint-Cloud, relatif au baptême du petit Napoléon. M. Henri Goulburn avait eu la complaisance de débattre le prix de ce tableau avec le propriétaire et d'en réduire le prix à moitié. On n'a pas voulu répondre à cette offre, parce que cela a paru tellement contraster avec ce qui se passait ici, qu'on l'a prise pour une démarche tenant à des discussions parlementaires, à peu près comme celles relatives à la maison de bois. Cependant l'honnête procédé qu'on a tenu à votre égard, et tout ce que vous me dites dans votre dernière lettre[2] me frappe si vivement !... Serait-il possible que les horribles

1. Voyez plus bas la copie de ces lettres. *(Las Cases.)*
2. L'expérience semble n'avoir que trop prouvé qu'il y avait plus de connaissance des hommes à Longwood, que dans le correspondant de Francfort. *(Las Cases.)*

vexations que nous éprouvons ne fussent pas faites de l'aveu du gouvernement anglais, et que l'Empereur mourût ici victime de la haine particulière du gouverneur ! Les gouvernements et les princes peuvent si facilement être trompés, que, dans ce doute, je vous écris cette lettre.

« Les choses sont bien changées depuis votre départ, en l'année 1817, et celle-ci 1818. Les vexations envers l'Empereur sont devenues telles, qu'on doit les caractériser d'un attentat contre sa vie. Vous allez en juger par le détail : il ne se peut que vous n'ayez lu dans les journaux du mois de mars des observations sur le discours de lord Bathurst ; mais depuis, les choses ont bien empiré, et la haine du gouverneur de ce pays n'a plus connu de bornes.

« Quand vous êtes parti, l'Empereur avait renoncé à monter à cheval pour se soustraire aux pièges et aux insultes dont on voulait le rendre l'objet en le faisant insulter par les sentinelles. Depuis, il a dû se priver même de la promenade à pied pour éviter les mêmes inconvénients. Pendant les mois de mars et d'avril, l'Empereur sortait quelquefois pour venir chez ma femme, et quelquefois aussi il s'asseyait à cinquante pas de la maison, sur le banc que vous connaissez, où il restait une demi-heure ou une heure. On a trouvé le moyen de l'en empêcher et de l'obliger à ne plus sortir de la chambre. On savait que cela n'était pas très difficile : on mit pour jardinier un soldat du 66e ; on avait stationné chez moi un sergent d'ouvriers, l'un et l'autre fort utiles à la maison, soit pour ôter quelques mauvaises herbes qui pouvaient empester l'air (car aucun jardin n'est possible dans cette localité), soit pour raccommoder la maison, qui est en ruine et fait eau à chaque pluie. Cela paraît fort raisonnable. Mais le gouverneur a investi ces deux soldats du droit d'arrêter qui leur plaît, aux portes mêmes et sous les fenêtres de l'Empereur. Dès ce moment, il n'est plus sorti, et voilà plus de cent jours qu'il n'a pas même mis la tête à la fenêtre.

« Ce climat, ce défaut absolu d'exercice, cette mauvaise habitation ont affecté sa santé, de manière que vous ne le reconnaîtriez plus. Depuis la fin de septembre 1817, il a eu les premiers symptômes d'une hépatalgie chronique, que vous savez être mortelle en ce pays. Il avait pour le soigner le bon O'Méara, en qui vous savez qu'il a confiance. Sir Hudson Lowe, dans le mois d'avril, au moment où ce médecin lui était le plus nécessaire, l'a forcé de donner sa démission, voulant lui imposer M. Baxter, que vous connaissez ; l'Empereur a refusé de voir aucun médecin. Il a été, depuis le 10 avril jusqu'au 10 mai, sans médecin ; et enfin les commissaires russe et autrichien qui étaient ici, indignés, ont fait connaître au gouverneur que si, dans cette circonstance, l'Empereur mourait, eux-mêmes ne sauraient que dire, si l'opinion se répandait en Europe qu'il avait été assassiné. Il paraît que cela a décidé le gouverneur à restituer le médecin ; mais il n'est sorte de mauvais traitements qu'il ne lui ait fait éprouver. Ils ont voulu le faire chasser de la table des officiers du 66ᵉ, et ces braves militaires n'ayant pas voulu participer à un acte aussi arbitraire, il a fait donner lui-même l'ordre par le colonel à ce médecin, de cesser de manger avec ses officiers. Il a écrit à Londres, et il est probable qu'on chassera ce médecin. L'Empereur n'en recevra aucun autre ; et si le prince régent ou le lord Liverpool ne prennent pas connaissance de ce fait, il mourra ici de maladie, même privé de l'assistance de son médecin. Cependant l'Empereur est très malade ; depuis deux mois il se lève à onze heures du matin et se recouche à deux heures. Il eut, il y a peu de jours, une crise très violente, produite par le mercure que le docteur O'Méara lui fait prendre : cela lui était indiqué par le mal de foie. Le docteur O'Méara, fort effrayé de sa responsabilité, me proposa de faire appeler M. Baxter et le chirurgien du *Conquérant*. Ce sont les deux premiers médecins de ce pays. Vous savez la répugnance que l'Empereur avait contre M. Baxter, fondée sur ce qu'il était un ancien chirurgien-major du bataillon italien que commandait sir Hudson Lowe. Cette répugnance depuis s'est fort accrue, parce qu'il s'est prêté, depuis le mois d'octobre 1817 jusqu'au mois de mars 1818, à rédiger des bulletins pleins de faussetés, et qui ont trompé son gouvernement et l'Europe. Mais il ne vit pas d'inconvénient, quoiqu'il s'en souciât peu, à ce qu'on appelât le sieur Stokoe, qui effectivement vint à Longwood le même jour à trois heures après midi, mais ne voulut pas entrer chez l'Empereur, considérant sa responsabilité comme compromise, et en danger de perdre une place qu'il avait acquise par quarante ans de service. Cela me parut si extraordinaire, que je ne voulus pas le croire. Je le vis, il me témoigna ses regrets : car c'est un homme qui est fort respectable : cela s'expliqua très facilement ; c'était une insinuation qui lui avait été faite comme au sieur Cole, banquier, que vous connaissez, avec qui j'avais quelque compte d'argent à régler, que je fis appeler chez moi, et qui, en arrivant, me déclara qu'il ne pouvait me parler qu'en présence de l'officier d'ordonnance, parce que sans cela il serait perdu. Comme de raison, je m'y suis refusé. La même chose est arrivée, il y a peu de jours, avec le sieur Fowler, arrivé d'Angleterre, avec qui j'avais un compte à régler pour quelques centaines de livres sterling d'objets d'habillement qu'on avait fait faire à Londres. Il est vrai que vous ne connaissez pas la position où nous nous trouvons aujourd'hui, qui ne peut en rien se comparer à celle où nous étions de votre temps. Mais alors même elle était vexatoire, et vous connaissez assez ce prince pour que vous eussiez dû vous opposer à ce qu'aucune personne de la famille de l'Empereur ne vînt ici. Le spectacle des humiliations, des vexations, de la haine auxquelles il est en proie, lui serait tout à fait insoutenable, si sa mère ou quelqu'un de ses frères venait à le partager. Même le comte de Montholon et moi, qui sommes seuls aujourd'hui auprès de lui, il nous a plusieurs fois engagés à partir, à nous soustraire à un pareil traitement, et à le laisser seul ; que son agonie serait moins amère s'il ne nous en voyait pas les victimes. Depuis longtemps vous savez que les officiers ne venaient plus chez moi ; mais sur la route, quand nous les rencontrions, ils avaient l'honnêteté de causer avec ma femme : ils en ont eu la défense, non par écrit, mais par insinuation ; de sorte qu'il est arrivé plusieurs fois que ces officiers, nous apercevant, se sont détournés de la route.

« Les choses en sont venues au point que le linge sale reste plusieurs jours à être visité par le capitaine d'ordonnance, et quelquefois par l'état-major ; scène fort indécente et fort déshonorante pour eux, mais qui n'a pour but que l'outrage et l'insulte.

« Au mois de juin 1816, un store-ship (vaisseau-magasin) apporta un buste de marbre du petit Napoléon. Sir Hudson Lowe fut donner l'ordre de le jeter à l'eau. Il l'a depuis nié ; mais nous en avons l'attestation juridique ; car cet acte a révolté et lady Malcolm, qui était encore dans ce pays, et tous les capitaines du store-ship qui s'y trouvaient alors.

« Depuis, en février dernier, le store-ship le *Cambridge* a apporté deux gravures du petit Napoléon, qu'il avait achetées sur les quais de Londres. Sir Hudson Lowe les a fait acheter, en disant que c'était pour en faire cadeau au père, et lorsqu'un mois après les officiers de ce bâtiment ont appris que c'était au contraire pour les lui soustraire, ils n'ont pu dissimuler leur indignation qu'un pareil trait fût fait par un Anglais.

« Toute cette conduite du directeur ne peut pas être ignorée du gouvernement britannique. Si on s'est fait répéter à Londres, par lord Amherst, ce que lui a dit l'Empereur ; si on a interrogé le capitaine Popleton, qui a été deux ans officier d'ordonnance, et que vous connaissez ; si on a interrogé le colonel Nichols du 66ᵉ ; si on a interrogé le colonel Fehrzen du 53ᵉ, et tant d'autres, on a dû connaître quels ont été les indignes traitements qu'on se permet ici.

« S'il est des ennemis de l'Empereur en Europe qui eussent approuvé le gouvernement anglais s'il l'eût fait périr ouvertement et publiquement à bord du *Bellérophon*, il n'en est aucun qui un jour ne couvre d'imprécations et d'opprobre, et ne désavoue ceux qui le font périr d'une manière aussi lâche.

« Comment concilier tout cela avec ce que vous m'écrivez ? Peut-être par une correspondance astucieuse, pleine de faussetés et tissue avec adresse. Toutefois, nous avons fait nos plaintes depuis deux ans, assez ouvertement, et on doit être instruit à Londres de la conduite criminelle qu'on tient ici.

« Vous serez étonné que je vous parle des commissaires français, autrichien et russe qui sont ici. Pendant que vous y étiez, nous ne les avons jamais vus. Aujourd'hui, ils n'ont pas vu l'Empereur, ni ne sont venus chez nous ; mais nous les avons rencontrés plusieurs fois sur les chemins de l'enceinte, manière assez ridicule de se voir. Si l'Empereur ne les reconnaît pas comme commissaires, il n'a jamais refusé de les recevoir comme étrangers.

« Quant au gouverneur, il ne l'a pas vu depuis le mois d'avril 1816, et vous êtes au fait des raisons que l'Empereur avait de ne pas le recevoir, après les insultes qu'il en avait reçues. Dans cet état de choses, que sir Hudson Lowe se venge, cela n'est pas d'un caractère généreux sans doute, mais cela s'explique. Mais comment le gouvernement peut-il continuer depuis deux ans sa confiance à un homme qui en abuse aussi étrangement ?

« Je vous prie donc instamment, et au nom de l'Empereur,

de faire connaître la situation des choses, à la famille et à ses parents ; d'exiger *impérieusement* qu'aucun d'eux ne vienne accroître ses maux, en venant les partager.

« Vous nous dites que le gouvernement anglais nous a abonnés au *Morning-Chronicle*. Il en est pour ce journal comme pour le *Times* ; on nous l'envoie en ôtant les numéros qu'il convient d'ôter. Ainsi, on nous a envoyé quelques numéros de février, quelques numéros de mars, mais on a ôté tous ceux qu'il a plu de soustraire : n'avoir pas une série de journaux, c'est pire que de n'avoir rien.

« Comment nous enverrait-on des livres ? lorsque aussitôt qu'un store-ship arrive, le premier soin du gouverneur est d'acheter tous les livres qui s'y trouvent surtout en français, pour nous priver de les acheter.

« Quant aux brochures que vous nous annoncez, nous n'avons reçu le 12 mars, qu'une caisse dont vous trouverez ci-joint l'état, ce qui nous fait penser que probablement on aura gardé le reste.

« J'ai lu cette lettre à l'Empereur, qui en a approuvé le contenu ; mais qui a trouvé que j'avais faiblement exprimé tout ce que la conduite qu'on tient à son égard a de lâche. Il désire que j'y ajoute deux apostilles, qui vous feront connaître quelle est sa pensée tout entière sur l'officier qu'on a préposé à la garde de ce pays. Jusqu'à cette heure, le traitement du calomélas n'a pas amélioré l'état du foie, et lui a produit d'autres incommodités.

« Recevez, mon cher Las Cases, l'assurance de mes sentiments les plus affectueux.

« Le comte BERTRAND.

« P.-S. Dans le peu de jours qui se sont écoulés depuis que ma lettre est écrite, il s'est passé bien des événements qui vous prouveront combien notre situation empire tous les jours, loin de s'améliorer, comme vous paraissez le croire. Vous savez que le capitaine Mackay, officier du 53ᵉ, avait été remplacé à Longwood, comme officier d'ordonnance, par le capitaine Popleton, du même régiment, et celui-ci, à son départ, par le capitaine Blackeney, du 66ᵉ, officier qui, comme ses prédécesseurs, jouissait de la meilleure réputation dans son régiment. Dès les premiers jours de son arrivée, il trouva que le gouverneur exigeait de lui des choses bien peu dignes d'un homme d'honneur ; mais comme depuis cela s'est fort accru, il a enfin vivement désiré, aussitôt que son année de service dans ce poste avilissant serait à son terme, d'en être quitte. On sait qu'il a déclaré confidentiellement à ses amis du régiment, qu'il était impossible à un homme d'honneur de continuer à rester dans ce poste sans perdre sa propre estime. Il se peut aussi que sir Hudson Lowe n'ait pas été satisfait des sentiments connus de ce capitaine. Quoi qu'il en soit, le 20 de ce mois, un officier envoyé dans l'île pour y commander les milices, et dont vous connaissez les anciennes relations avec sir Hudson Lowe, le seul de tout l'état-major du gouverneur que l'Empereur ait refusé de voir, vint s'installer pour officier d'ordonnance, et avec lui, sous divers prétextes, un autre officier ; de sorte qu'on en avait deux au lieu d'un. Il paraît que quelques chambres et effets du gouvernement, qui avaient été donnés en commun pour l'officier d'ordonnance et le docteur O'Méara, ont donné lieu à des démêlés vifs entre eux.

« J'adressai, le 22, la protestation A au gouverneur, qui me fit envoyer un cartel par cet officier. Il était au-dessous de mon caractère et de ma situation de provoquer sir Hudson Lowe ; mais, dans cette circonstance, je crus devoir lui adresser la lettre cotée B.

« Le 24, il a fait partir de Longwood le docteur O'Méara, en vertu, a-t-il dit, d'un ordre de lord Bathurst, ainsi que vous le verrez par la lettre du gouverneur, cotée C, au comte de Montholon, qui lui a répondu la lettre D.

« Le docteur O'Méara, comme vous savez, a été donné à l'Empereur, par une décision du Conseil, en remplacement de son propre médecin, et sur la demande spéciale que j'en adressai à l'amiral Keith. Il ne pouvait être ôté à l'Empereur que par un ordre du Conseil. Si cet ordre existe, pourquoi ne nous en donne-t-on pas connaissance ? Certainement, ni le Conseil, ni lord Bathurst n'eussent ôté à l'Empereur le médecin de son choix, ils en sentaient la conséquence, sans le remplacer au préalable par un autre qui eût sa confiance.

« Mais y eût-il même un ordre du Conseil, cela ne justifierait point le gouverneur, car cet ordre, donné dans des circonstances ordinaires, ne pouvait être exécuté au moment où l'Empereur était gravement malade ; on n'a jamais pu entendre qu'on lui enlevât son médecin au milieu du traitement d'une maladie aussi sérieuse, et qui attaque sa vie, surtout lorsque, depuis le mois d'avril, on a demandé que, si on voulait lui ôter le docteur O'Méara, on envoyât d'Europe un médecin qui le remplaçât, et qui eût la confiance du malade, demande dont la réponse doit arriver avant trois mois.

« Je termine, mon cher Las Cases ; j'ai le cœur déchiré.

« BERTRAND. »

PREMIER ENVOI DE LIVRES CONTENUS DANS UNE CAISSE REMISE LE 12 MARS 1818

Biographie moderne	3 volumes.
L'Ermite de la Chaussée-d'Antin	2 –
Le Franc Parleur	2 –
L'Ermite de la Guyane	3 –
Tableau historique de la Littérature depuis 1789	1 –
La France et les Français en 1817	1 –
Histoire du donjon et château de Vincennes	3 –
Bulletins de Paris, 1815	1 –
Les Devoirs	1 –
Histoire des Sociétés secrètes de l'année 1815	1 –
Le Faux Dauphin	2 –
Le Cri du Peuple	1 –
Anecdotes curieuses et intéressantes	1 –
De l'Organisation de la Force armée, 1817	1 –
TOTAL	23 volumes.
Lettres normandes et champenoises	15 numéros.

« *Nota*. Ces livres n'ont point été envoyés sur votre demande ; mais d'après une lettre écrite à la nièce de ma femme, la comtesse de Liedekerke, fille de Mme La Tour du Pin, lettre qui nous a été renvoyée de Londres, et par suite de laquelle M. Goulburn a bien voulu se charger d'envoyer quelques livres et brochures dont on avait demandé l'envoi régulier chaque mois. Depuis le 28 mars, au reste, nous n'avons plus rien reçu, quoiqu'il soit arrivé plusieurs store-ships et bâtiments de guerre.

« BERTRAND. »

DEUXIÈME ENVOI REÇU LE 28 MARS 1818

Histoire des Campagnes de 1814 et 1815,
par Alphonse de Beauchamp .... 4 volumes.
Itinéraire du retour de l'île d'Elbe .... 2 –
Précis de la vie du duc d'Otrante .... 1 –
TOTAL[1] .... 7 volumes.

Première apostille
écrite par l'Empereur au dos de
la lettre de sir Hudson Lowe,
datée du 18 novembre 1817

« Cette lettre, celles des 24 juillet et 26 octobre derniers, sont pleines de mensonges. Je me suis enfermé dans mon appartement, depuis dix-huit mois, pour me mettre à l'abri des outrages de cet officier. Aujourd'hui, ma santé est affaiblie, elle ne me permet plus de lire de si dégoûtants écrits ; ne m'en remettez plus.

« Soit que cet officier se croie autorisé par des instructions verbales et secrètes de son ministre, comme il l'a fait entendre, soit qu'il agisse de son propre mouvement, ce que l'on pourrait arguer du soin qu'il prend à se déguiser, je ne puis le traiter que comme mon assassin.

« Si on eût envoyé dans ce pays un homme d'honneur, j'aurais éprouvé quelques tourments de moins, sans doute, mais on se fût épargné bien des reproches de l'Europe et de l'histoire, que le fatras d'écrits de cet homme astucieux ne saurait tromper.

« Longwood, ce 23 novembre 1817.

« NAPOLÉON. »

Seconde apostille
écrite en marge de la lettre de sir Thomas Reade
au comte Bertrand, du 25 avril 1818

« 1° Je vous ai fait connaître hier, quand vous m'avez présenté cette lettre, que je ne voulais point en prendre

1. Ce dernier envoi surtout est assurément une mauvaise plaisanterie ; et, vu les circonstances locales et morales, on laisse à la caractériser dignement. *(Las Cases.)*

connaissance, et que vous ne deviez pas me la traduire, puisqu'elle n'était pas dans les formes usitées depuis trois ans.

« 2° Ce nouvel outrage ne déshonore que ce fat. Le roi d'Angleterre seul est fondé à traiter d'égal avec moi.

« 3° Cette conduite astucieuse cependant a un but : empêcher que vous ne fassiez connaître *la trame criminelle que l'on ourdit depuis deux ans contre ma vie*.

« 4° C'est ainsi qu'ayant l'air d'ouvrir des recours aux réclamations, on les ferme.

« 5° C'est ainsi qu'ayant eu l'air de vouloir me loger, en annonçant une bâtisse depuis trois ans, je suis toujours dans cette grange insalubre, et aucune bâtisse n'est encore commencée.

« 6° C'est ainsi qu'ayant eu l'air de me laisser la faculté de monter à cheval on m'empêche, par des moyens indirects, de pouvoir le faire et de prendre de l'exercice : première cause de ma maladie.

« 7° On emploie les mêmes moyens pour empêcher de recevoir aucune visite. On a besoin des ténèbres.

« 8° C'est ainsi qu'après avoir attenté à mon médecin ; l'avoir forcé à donner sa démission, ne voulant pas être un instrument passif et privé de toute moralité, on le tient cependant en arrestation à Longwood, voulant faire accroire que je m'en sers, sachant bien que je ne veux pas le voir, que je ne l'ai pas vu depuis quinze jours, et que je ne le verrai jamais tant qu'on ne l'aura pas mis en liberté, fait sortir de l'oppression où il se trouve, et rendu à son indépendance morale, en ce qui concerne l'exercice de ses fonctions.

« 9° C'est ainsi qu'on commet un faux caractérisé en faisant faire des bulletins par un médecin qui ne m'a jamais vu, ne connaît ni mon état, ni ma maladie ; mais cela est bon pour tromper le prince, le peuple d'Angleterre et l'Europe.

« 10° On sourit avec un plaisir féroce aux nouvelles souffrances que cette privation des secours de l'art jette sur cette longue agonie.

« 11° Demandez que cette apostille soit envoyée à Liverpool, ainsi que votre lettre d'hier et celles des 13 et 14 avril, afin que le prince régent connaisse mon assassin, et qu'il puisse le faire connaître publiquement.

« 12° S'il ne le fait pas, *je lègue l'opprobre de ma mort* à la maison régnante d'Angleterre.

« Longwood, le 27 avril 1818.

« NAPOLÉON. »

Pièce A. *Protestation adressée au gouverneur, le 22 juillet 1818*

« Au nom de l'empereur Napoléon,

« Je suis chargé de protester :

« 1° Contre toute violation de l'enceinte par les domestiques, ouvriers ou autres, que vous revêtiriez secrètement de l'autorité publique ;

« 2° Contre les insultes faites au docteur O'Méara, pour l'obliger à s'en aller d'ici, et contre les empêchements publics ou secrets que vous avez mis ou que vous mettriez à ce que Napoléon se fît assister dans sa maladie, comme consultant, par un officier de santé en qui il aurait confiance, accrédité au service de S. M. britannique, ou reconnu pour exercer publiquement ses fonctions dans l'île ;

« 3° Contre les témoignages, les rapports, les écrits de l'officier de milice Hyster, qui n'est placé à Longwood, que pour être un instrument de haine et de vengeance.

« Le comte BERTRAND. »

Pièce B. *Au gouverneur sir Hudson Lowe*

Longwood, 25 juillet 1818.

« Monsieur le gouverneur, j'ai l'honneur de vous envoyer une lettre que je reçois.

« Le vieillard me paraît en démence. Il ne peut avoir connaissance de ma correspondance officielle que par vos ordres. Je ne lui réponds ni ne lui répondrai. Il n'est qu'un mandataire, et si son principal officier général veut me demander raison, je suis prêt à lui faire honneur.

« J'ai l'honneur d'être,

« Le comte BERTRAND. »

Pièce C. *Du gouverneur au comte de Montholon*

Plantation-House, le 25 juillet 1818.

« Monsieur, je me fais à moi-même l'honneur de vous apprendre, pour l'information de Napoléon Bonaparte, que, selon l'instruction que j'ai reçue du comte de Bathurst, datée du 16 mai 1818, il m'est enjoint de retirer M. O'Méara d'auprès de sa personne, et qu'en conséquence j'ai donné des ordres pour qu'il ait à quitter Longwood sur-le-champ.

« Le contre-amiral Plampin a reçu, à la même occasion, des instructions des lords de l'Amirauté, pour lui faire quitter cette île.

« Après l'éloignement de M. O'Méara, les instructions du comte de Bathurst portent, en outre, que j'aie à enjoindre au docteur Baxter de donner ses soins, comme médecin, à Napoléon Bonaparte toutes les fois qu'il en sera requis, et d'informer particulièrement ce docteur qu'il ait à considérer la santé de Napoléon Bonaparte comme le principal objet de son attention. En communiquant cet arrangement, il m'est enjoint de ne pas manquer d'avertir, en même temps, que si Napoléon Bonaparte a quelque motif pour n'être point satisfait de l'assistance médicale du docteur Baxter, ou s'il préfère quelque autre médecin de cette île, je suis parfaitement disposé à acquiescer à cet égard à ses désirs, et à permettre à tout autre praticien médical qu'il pourra choisir, de lui donner ses soins, pourvu que celui-ci se conforme strictement aux règles établies et en vigueur.

« Ayant ainsi expédié au docteur O'Méara les ordres pour son départ, j'ai donné les instructions nécessaires à M. Baxter. Il sera prêt à se rendre à Longwood à la première demande qui lui en sera faite.

« En même temps, jusqu'à ce que je sois informé des désirs de Napoléon Bonaparte à ce sujet, je donnerai ordre pour qu'un officier de santé soit toujours à Longwood, en cas d'appel subit.

« J'ai l'honneur d'être, etc.

« HUDSON LOWE. »

Pièce D. *Du comte de Montholon au gouverneur*

« Monsieur le gouverneur, le docteur O'Méara a quitté hier Longwood, forcé de laisser son malade au milieu du traitement qu'il dirigeait. Le matin, ce traitement a cessé, ce matin un grand crime a commencé d'avoir son exécution !!! Les lettres de M. le comte Bertrand des 13, 24, 26 et 27 avril dernier ne laissent rien à dire. L'Empereur ne recevra jamais d'autre médecin que le sieur O'Méara, parce qu'il est le sien, ou celui qui lui serait envoyé d'Europe, conformément à la lettre ci-dessus citée, du 13 avril.

« J'ai communiqué la lettre que vous m'avez écrite hier. Ce que j'ai l'honneur de vous écrire est la substance de la réponse qu'on m'a chargé de vous transmettre.

« J'ai l'honneur d'être, etc.

« Le comte de MONTHOLON. »

Lettre du comte Bertrand
à Son Éminence le cardinal Fesch[1]

« Monseigneur, le sieur Cipriani, maître d'hôtel de l'Empereur, est décédé à Longwood le 27 février dernier, à quatre heures de l'après-midi. Il a été enterré dans le cimetière protestant de ce pays, et les ministres de cette Église lui ont rendu les mêmes devoirs qu'ils eussent rendus à quelqu'un de leur secte. On a eu soin de faire mettre dans l'extrait mortuaire que je vous enverrai, mais dont l'extrait de ma lettre peut tenir lieu, qu'il était mort dans le sein de l'Église apostolique et romaine. Le ministre de l'Église de ce pays aurait volontiers assisté le mort, et celui-ci aurait désiré un prêtre catholique ; comme nous n'en avons pas, il a paru ne pas se soucier d'un ministre d'une autre religion. Je serais bien aise que vous nous fissiez connaître quels sont les rites de l'Église catholique à ce sujet, et si on peut faire administrer un catholique mourant par un ministre anglican. Nous ne pouvons, du reste, trop nous louer du bon esprit et du zèle que, dans cette circonstance, ont montré les ministres de la religion de ce pays. Cipriani est mort d'une inflammation de bas-ventre. Il est mort le vendredi et le dimanche précédent il avait fait son service sans aucun pressentiment. Un enfant d'un des domestiques du comte de Montholon était

1. Nous avons cru devoir insérer ici la présente lettre, parce qu'elle multiplie les détails intérieurs de Longwood, et ajoute des traits à tout ce qui a été dit de sa véritable situation. *(Las Cases.)*

mort à Longwood quelques jours avant ; une femme de chambre est morte il y a quelques jours d'une même maladie. C'est l'effet du climat malsain de ce pays, où peu d'hommes vieillissent. Les maux de foie, la dysenterie et les inflammations de bas-ventre font beaucoup de victimes parmi les naturels, mais surtout les Européens. Nous avons senti dans cette circonstance, et nous sentons tous les jours le besoin d'un ministre de notre religion. Vous êtes notre évêque, nous désirons que vous nous en envoyiez un français ou italien. Veuillez, dans ce cas, faire choix d'un homme instruit, ayant moins de quarante ans, et surtout d'un caractère doux, et qui ne soit entêté de principes anti-gallicans.

« Le sieur Pierron, officier, a pris le service de maître d'hôtel ; mais il a été très malade, et, quoique convalescent, est encore en mauvais état. Le cuisinier est aussi dans la même situation. Il serait donc nécessaire que vous, ou le prince Eugène, ou l'Impératrice, envoyassiez un maître d'hôtel et un cuisinier français ou italiens, de ceux qui ont été au service des maisons de l'Empereur, ou qui le seraient des maisons de sa famille.

« Votre Éminence trouvera ci-joint : 1° les papiers qu'on a trouvés dans le portefeuille du sieur Cipriani ; 2° une épingle qu'il portait habituellement, et que j'ai cru devoir envoyer pour sa femme ; 3° le décompte de tout ce qui lui revient, montant à la somme de 8 287 fr., ou 345 liv. sterl. 5 sh. 10 p. ; 4° une lettre de change pour la solder à ses héritiers. Sachant que vous avez soin de son fils, et que sa fille est chez Madame, l'Empereur entend qu'il connaisse la fortune que laisse Cipriani, qui paraît avoir des fonds assez considérables placés à Gênes, pour assurer un sort à ses deux enfants.

« Je ne veux pas vous affliger en vous parlant de la santé de l'Empereur, qui est peu satisfaisante. Cependant, son état n'a pas empiré depuis les chaleurs. Je pense que vous cacherez ces détails à Madame. N'ajoutez aucune foi à toutes les fausses relations qu'on peut faire en Europe. Tenez comme règle et comme seule chose vraie que depuis vingt-deux mois l'Empereur n'est pas sorti de son appartement, et si ce n'est quelquefois et rarement pour venir voir ma femme. Il n'a guère vu personne, si ce n'est deux ou trois Français qui sont ici, et l'ambassadeur anglais à la Chine.

« Je prie Votre Éminence de présenter mes respects à

Madame et aux personnes de sa famille et d'agréer les sentiments avec lesquels j'ai l'honneur d'être, etc.

« Comte BERTRAND. »

Première lettre du comte de Las Cases au général comte Bertrand[1]

« Je viens vous consacrer le premier instant qui m'appartient. Voilà déjà plus d'un an que je suis loin de Longwood, et depuis ce temps, que de peines, de chagrins et de traverses de toutes espèces !!! Je laisse aux papiers publics à vous en instruire. J'écarterai de mes lettres toute parole, tout sujet qui pourrait servir de prétexte à vous en priver. Je veux faciliter de tout mon pouvoir le seul but que je me propose, celui de faire arriver jusqu'à vous les preuves d'une sollicitude qui va faire l'objet du reste de ma vie. J'ai trop présents la consolation et le bonheur dont m'étaient auprès de vous autres quelques souvenirs d'Europe, pour ne pas me vouer entièrement à vous procurer cette espèce de consolation, ô mes chers compagnons qui remplissez à jamais mes pensées de chaque jour et de tous les moments ! Je vous écris donc

1. On a cru devoir joindre ici les lettres suivantes du comte de Las Cases : 1° parce qu'elles se trouvent mentionnées dans la lettre précédente du comte Bertrand, et qu'elles servent à en compléter le sens et l'intelligence ; 2° parce qu'elles font connaître la candeur et la bonne foi qui présidaient à cette correspondance avec Longwood ; 3° enfin, parce qu'elles mettent à même d'apprécier dignement l'assertion étrange du sieur Goulburn, qui, recevant ces lettres et y répondant avec politesse, n'a pas craint néanmoins d'affirmer, dans la Chambre des communes, en une certaine occasion, que les expressions de leur auteur se présentaient toujours enveloppées d'une double interprétation. Comment l'homme de bonne foi à qui ont été adressées les lettres ci-dessus, qui a reçu et doit avoir lu la lettre à lord Bathurst surtout, peut-il se permettre de dire que les expressions de leur auteur se présentent toujours enveloppées d'une double interprétation ! Certes, M. Goulburn doit être difficile en fait de sens explicite et prononcé, ou bien il n'entend pas le français. Mais a-t-il lu ? a-t-il mal lu ? a-t-il voulu lire ? et, semblable à lord Bathurst, ne s'exprimerait-il pas, ainsi que son noble patron dans ses fameuses dénégations à lord Holland, dans la Chambre des pairs, non d'après ce qui est, mais seulement d'après ce qu'il lui est avantageux de dire ? C'est le besoin surtout de mettre chacun à même de juger du mérite des assertions du sieur Goulburn, qui a amené la communication de ces lettres. La négligence, l'abandon qu'on y remarque démontrent assez combien peu elles étaient destinées à devenir publiques. *(Las Cases.)*

au premier instant où je me trouve libéré de surveillance personnelle ; et tous les mois au moins, régulièrement à pareil jour, je vous donnerai une semblable marque de mes soins incessants. Des obstacles étrangers pourront les empêcher peut-être d'arriver jusqu'à vous ; mais, de ma part, la mort seule pourra m'y faire manquer ; et j'invoque ici, au nom de tous les sentiments, ceux qui, chargés de la censure de mes lettres, croiraient y trouver des motifs de les intercepter ; je les supplie de me faire connaître, afin de me donner l'occasion de les éviter, les déviations involontaires de ma part qu'ils croiraient condamnables. La morale publique ne saurait interdire le besoin et la consolation des sentiments domestiques. Or ce sont eux uniquement que je chercherai à satisfaire auprès de vous.

« Je viens de recevoir en Autriche, l'asile que j'avais demandé dès que je me suis vu inquiété dans ma liberté. Je me rendrai à Lintz sitôt que ma santé, qui est déplorable, me permettra de pouvoir supporter la route. Les maux de tête que j'ai pris au Cap ne font qu'accroître, et demeurent fort inquiétants. Je vais faire usage des libres communications qui me sont permises désormais, pour obtenir des informations précises sur toutes les personnes qui peuvent vous être chères. Aujourd'hui je ne puis vous envoyer que ce que j'ai recueilli indirectement.

« Ma femme, qui par le plus grand des bonheurs éprouvait le refus de venir à Sainte-Hélène, précisément au moment où j'en sortais moi-même, et qui est venue me joindre sur les grands chemins, où j'étais colporté comme un ballot, retourne à Paris chercher mes autres enfants. Elle me mettra à même de vous donner quelques détails dans ma première lettre, touchant votre famille, celles de Montholon et de Gourgaud.

« J'ai pu m'assurer que Sa Majesté Marie-Louise se portait très bien à Parme, que son fils, à Schœnbrunn, y est resplendissant de santé et de beauté. La comtesse de Survilliers est retenue ici par une santé très chancelante ; elle reçoit de temps à autre des nouvelles de son mari, qui est bien en Amérique. Ses deux filles sont à merveille : l'aînée est une ressemblance frappante de l'auguste chef de la famille. La princesse Borghèse, Madame Mère, le prince de Canino, le cardinal Fesch, le prince Louis, sont à Rome et en bonne santé ; le reste de la famille, la princesse Élisa, le comte de Montfort et la princesse Murat, sont dans différentes parties de l'Autriche. J'espère, avec le temps, pouvoir vous transmettre des détails plus directs et plus positifs. J'éprouve le plus vif regret de n'avoir pu débarquer et me fixer en Angleterre. Je suis privé d'exécuter immédiatement moi-même la recherche et l'envoi de tout ce que j'imaginerais propre à porter quelques légères distractions sur votre affreux rocher. C'est un devoir religieux que j'ai sollicité auprès des ministres britanniques, et que je solliciterai chaque jour de nouveau ; ma constance ne désespérera jamais de les toucher sur ce point. Toutefois, quelque éloigné que je sois, je ne manquerai pas de remplir cet objet sacré à l'aide de quelque intermédiaire ; seulement vous recevrez, plus tard et moins complets, les résultats de mes efforts et de mes soins.

« Soignez tous votre santé ; vivez pour la consolation, la tendresse, le bonheur et les vœux de ceux qui vous admirent et vous aiment.

« J'ai reçu, en touchant à Douvres, une lettre de vous, du 22 juillet, et une de sir Hudson Lowe, du 29. Elles m'apprennent que vous avez reçu le peu de choses que j'avais adressées du Cap à Longwood, ce que je n'avais pas compris jusque-là ; que vous avez reçu le titre éventuel que vous m'aviez remis, et que je vous ai renvoyé, concernant l'argent que j'avais osé déposer aux pieds de l'Empereur en partant, et que j'avais été assez heureux de voir accepté. Sir Hudson Lowe m'apprend que tous les billets que je vous avais laissés à ce sujet ont été négociés. J'espère qu'on y aura fait strictement honneur. Je ne sais encore où j'en suis moi-même. Je n'ai pas eu jusqu'ici la possibilité d'écrire une ligne à mon agent à Londres, ni d'en recevoir aucune.

« Je regrette bien de n'avoir point en mon pouvoir et à ma disposition la relation des campagnes d'Italie. Cette époque éloignée, déjà étrangère à la politique de nos jours, a désormais tout le mérite de l'histoire. Elle est vivement désirée ; la science et les contemporains la réclament. Je m'estimerais heureux qu'elle fût livrée à ma discrétion ; et, dans le cas où vous m'obtiendriez cette faveur [1], je vais pourvoir au moyen

1. La réponse du comte Bertrand fut qu'on n'attendait qu'une occasion favorable pour m'envoyer ces *Campagnes. (Las Cases.)*

d'en profiter sans retard, en demandant dès cet instant, à Londres, quelles seraient les formalités qu'on imposerait ici et là-bas, pour que ce manuscrit pût me parvenir. Je prierai qu'on veuille bien transmettre aussi la réponse qui me sera faite, à sir Hudson Lowe, afin que vous puissiez juger, de votre côté, si ce que l'on prescrivait vous semblerait convenable.

« A votre tour, mon cher général, écrivez-moi par toutes les occasions ; mandez-moi toutes les commissions qui vous viendront à l'esprit, sérieuses et frivoles, aisées ou difficiles, n'importe. Dites-vous bien, répétez-vous sans cesse, que je ne vis que pour vous tous. Mon corps seul a quitté votre rocher.

« Le comte de LAS CASES. »

Du comte de Las Cases à M. Goulburn,
en lui adressant la précédente

« Monsieur, j'apprends de ma femme l'extrême bonté avec laquelle vous avez bien voulu, en différentes circonstances, lui transmettre, au nom de lord Bathurst, à Paris, des nouvelles de moi et de mon fils. Veuillez bien en recevoir mes remerciements et ma reconnaissance.

« Oserais-je (si comme je le comprends, vous vous trouvez sous lord Bathurst, à la tête de la direction des affaires de Sainte-Hélène) implorer de vous la faveur de me diriger sur certains points relatifs à la correspondance avec cet endroit.

« Oserais-je vous solliciter, au nom de tous les sentiments qui peuvent habiter dans un cœur humain et sensible, de seconder, d'accord avec vos propres règlements, mes religieuses intentions de chercher à porter quelque consolation et quelque adoucissement aux douleurs qu'on y éprouve.

« Oserais-je vous prier de m'obtenir de lord Bathurst, de savoir s'il me sera permis de faire parvenir à Longwood les livres, brochures, papiers publics et autres objets que je croirais y pouvoir être agréables : dans le cas de l'affirmative, vous priant, monsieur, de vouloir bien désigner vous-même la personne de confiance que vous voudriez, pour en faire la recherche et l'achat à Londres, ne me réservant que d'en payer le montant à vos ordres.

« Oserais-je vous prier, si dans les lettres ouvertes que je vous adresserai pour Sainte-Hélène vous y aperceviez la moindre phrase douteuse qui pût vous inquiéter, de l'effacer vous-même de mon consentement, pour ne pas en gêner l'expédition, et avoir la bonté de m'en prévenir, pour que je ne retombasse pas dans le même inconvénient.

« Vous pourrez lire, monsieur, dans la lettre que j'ai l'honneur de vous envoyer aujourd'hui pour Longwood, que j'y fais la demande d'un manuscrit (les *Campagnes d'Italie*) étranger à la politique du temps, mais précieux pour l'histoire et la science. Dans le cas où l'on voudrait bien me le confier de Longwood, pourrais-je obtenir de vous que vous voulussiez bien m'en faciliter le prompt envoi, en prescrivant dès cet instant à sir Hudson Lowe les formalités qu'il y aurait à remplir de part et d'autre pour qu'il pût me parvenir.

« Je sais, monsieur, qu'au milieu de tous vos embarras, ce que j'ose vous demander peut multiplier vos soins ; toutefois, je ne désespère pas de les obtenir par la sainteté des motifs qui me portent à vous les demander. Je vous en aurai la plus vive et la plus sincère reconnaissance. C'est dans l'intention de me rendre le moins importun possible et de simplifier d'autant l'objet de mes désirs, que j'ai cru pouvoir m'adresser directement à vous, monsieur, au lieu de m'adresser à lord Bathurst ; ce en quoi j'ose espérer que je n'ai rien fait d'inconvenable ; ce serait fort innocemment et tout à fait contre mon gré.

« J'ai l'honneur d'être, etc.

« Le comte de LAS CASES. »

Deuxième lettre du comte de Las Cases au général comte Bertrand

Francfort, le 15 février 1818.

« Me voilà fidèle à mon engagement ; je vous écris après un mois, et à pareil jour de ma première lettre. Je tiens à consacrer la même date, pour que vous soyez certain qu'elle ne vous manquera jamais. Toutefois, des parties de ma lettre seront peut-être plus fraîches que sa date, par la circonstance du silence de Mme de Las Cases, dont j'attendais chaque jour des nouvelles de Paris. Elle m'a quitté il y a près d'un mois. Elle devait aller voir tous vos parents, ainsi que ceux des généraux Gourgaud et Montholon. Je devais en recevoir les détails les plus circonstanciés. A mon grand étonnement, je n'en entends point parler ; et ne voulant pas retarder plus longtemps à vous écrire, je me vois réduit à renvoyer au mois prochain tous les détails que je suis bien sûr qu'elle aura été prendre avec autant de zèle et de soin que si c'était moi-même.

« J'ai la satisfaction de savoir que ma première lettre vous a été envoyée : je l'avais accompagnée d'une lettre d'envoi à M. Goulburn : je viens de recevoir sa réponse. Je me fais un vrai plaisir de reconnaître qu'elle est pleine d'attentions, d'égards et satisfaisante sur tous les points ; ce qui me donne l'espoir qu'il y avait le vice de ne pas s'entendre.

« On m'assure qu'on sera toujours prêt à vous transmettre mes lettres lorsqu'elles seront de même nature, et ne présenteront pas plus d'objections. On ajoute que, conformément à ma demande, on vous transmettra les livres et pamphlets que je désignerai. On s'offre de se les procurer et d'en surveiller exactement l'envoi, se réservant de m'en envoyer de temps à autre le montant pour être acquitté par moi. On me fait savoir que, s'il est agréable à l'Empereur de me confier les *Campagnes d'Italie*, sir Hudson Lowe reçoit des instructions pour les transmettre en Angleterre, d'où on me les fera remettre, dans les formes exprimées, de Longwood même, après en avoir pris la connaissance nécessaire. Enfin, l'on m'apprend que mes papiers saisis dans la Tamise m'ont été renvoyés sur-le-champ, et sans avoir été ouverts, que les fatalités seules peuvent m'en avoir privé jusqu'ici, ce qui en effet est encore de la sorte.

« J'espère donc qu'avec cette présente lettre vous recevrez déjà quelques publications. Malheureusement je suis loin et bien mal placé pour les choisir et les avoir dans toute leur nouveauté ; mais je vais écrire à Londres pour tâcher de remédier à cet inconvénient. J'espère aussi, par la même occasion, pouvoir vous faire expédier bien des objets dont vous manquez ou qui pourraient vous être agréables, ou bien encore essentiels à la santé de l'Empereur.

« Sa Majesté Marie-Louise se porte à merveille et est toujours à Parme. Son fils, d'après les nouvelles de peu de jours, de quelqu'un qui l'avait vu à un bal d'enfants, était beau comme l'Amour, et faisait les délices de Vienne ; ce sont ses propres expressions. Il danse avec fureur, et s'en acquitte à merveille.

« J'ai été, pour tous les membres de la famille de l'Empereur, un objet du plus tendre et du plus touchant intérêt. Je me suis vu entouré, pressé de leurs offres et de leurs vœux. Je serai assez heureux de vous transmettre de leurs nouvelles régulièrement tous les mois.

« Le prince Jérôme m'a fait dire que ses offres pour moi ne connaîtraient d'autres bornes que *l'impossible*. Il a recueilli près de lui le bon et vertueux Planat, qui, depuis notre séparation du *Bellérophon*, poussé de tourmente en tourmente, était menacé de périr sur la plage. La princesse Hortense me mande qu'elle a été bien persécutée ; mais que si le motif de ses tourments avait été le tendre et respectueux dévouement qui remplissait son cœur, elle en était fière et heureuse.

« Toutes les fois que ma santé me le permet, je vais faire ma cour à la princesse Joseph[1], que sa mauvaise santé tient dans la retraite la plus absolue, et alitée la plupart du temps. Nous parlons de Sainte-Hélène. Nos pensées traversent les mers ; ce sont d'heureux instants pour nous. Ses filles sont à merveille. Son mari, d'après de très fraîches nouvelles, était en bonne santé. Il avait pris soin de deux domestiques de l'empereur Napoléon, dont le gouvernement anglais avait jugé à propos de diminuer l'établissement de Longwood.

« Le prince Lucien me donne des nouvelles de toute la famille réunie à Rome. Madame, M. le cardinal Fesch, la princesse Borghèse et le prince Louis se portent à merveille, et joignent leurs vœux et leurs prières pour la santé et la conservation de leur auguste parent. Pour le prince Lucien, il est heureux, dit-il, à Rome : il vient d'établir avantageusement ses trois filles. Toutefois, son esprit et son cœur se dirigent sans cesse sur Sainte-Hélène : il ne peut plus se faire à l'idée de voir son frère languir et mourir dans son exil : il me somme de lui dire, du fond de mon cœur, si l'Empereur serait aussi heureux de le voir, qu'il le serait lui-même de se présenter à lui ; et il me charge, ce que j'exécute par le même courrier, de demander au gouvernement anglais s'il veut lui accorder de passer à Sainte-Hélène pour y demeurer deux années, ou toujours si son frère ne le renvoie, avec ou sans

1. Julie Clary, femme de Joseph Bonaparte.

sa femme et ses enfants ; sa femme lui disputant l'honneur de le suivre ; s'engageant à ce que lui ou les siens ne contribuent à aucun accroissement quelconque de dépense, se soumettant à toutes les restrictions imposées à son frère, et offrant de se soumettre à toutes celles qu'on jugerait à propos de lui imposer personnellement avant son départ, ou après son retour.

« Mon cher général, je ne puis m'empêcher de revenir encore à vous prier de voir si l'Empereur daignerait me confier les *Campagnes d'Italie* ; vous me ferez parvenir ensuite celles d'Égypte à leur tour. Ce sont deux trésors pour le monde savant et pour l'histoire, tout à fait étrangers à la politique du temps, par conséquent sans nulle objection. J'ai fait parvenir à Londres tous les remerciements de la comtesse Bertrand, pour les souvenirs gracieux qu'on avait bien voulu lui témoigner, et les attentions aimables qu'on avait eues pour ses enfants. Si j'avais pu demeurer en Angleterre, je me serais occupé, moi, sur les lieux, de chercher quelque chose qui pût être agréable à ces dames. De si loin, je n'ai que mes vœux : ils sont bien sincères pour elles et pour vous tous, mes chers compagnons. Le roc fatal ne sort point de mon cœur.

« Ma santé continue d'être bien mauvaise ; mes maux de tête s'aggravent journellement, les médecins ne savent qu'en dire. Que Dieu me la conserve pour le service et pour le bien de mon cœur ! Je vous embrasse tous bien tendrement. Pour vous autres, soignez votre santé, portez-vous bien, ce sera ma récompense, celle de vos amis, qui vous aiment comme moi.

« Le comte de LAS CASES. »

Lettre du comte de Las Cases à M. Goulburn, en lui adressant la précédente

Francfort-sur-le-Mein, le 4 mars 1818.

« Monsieur, je reçois à l'instant votre lettre, la réponse satisfaisante qu'elle contient à tous les articles de la mienne, les procédés et l'obligeance personnels dont vous voulez bien me donner la preuve : j'en suis extrêmement touché et tout à fait reconnaissant.

« Je vous envoie une seconde lettre pour Longwood. Tout ce que vous me rappelez touchant les papiers de la campagne d'Italie, lorsque j'étais encore à Sainte-Hélène, est très juste. Veuillez bien faire agréer mes remerciements à lord Bathurst, pour les instructions qu'il fait adresser à sir Hudson Lowe, afin de me faciliter l'envoi de ces papiers, dans le cas où l'empereur Napoléon daignerait trouver agréable de me les confier.

« Je vais écrire à Londres pour qu'on vous remette, monsieur, une note des livres et des publications que je désirerais que vous eussiez la bonté de transmettre à Longwood. Je suis trop loin des lieux pour pouvoir les choisir à temps. Dans tous les cas, si les premières occasions étaient trop promptes pour que cette note vous fût remise, oserais-je vous prier d'expédier de vous-même les dernières brochures de MM. de Pradt, Fiévée, Benjamin Constant, Chateaubriand, celles sur le Concordat, etc., etc. ? Voudriez-vous y joindre, de votre choix, ce que vous croirez de meilleur, de plus neuf, de plus recommandable dans vos publications ? Auriez-vous la bonté d'abonner l'établissement de Longwood au *Journal du Commerce*, si toutefois, depuis mon départ, ils ne reçoivent déjà un journal français, comme aussi de vouloir bien l'abonner, de votre choix, à un de vos journaux de l'opposition. Le *Courrier* et le *Times* leur étaient communiqués, étant communs dans l'île. J'acquitterai ponctuellement la dépense que vous voudrez bien m'en adresser, vous priant seulement de ne pas en laisser monter les réclamations partielles trop haut, non plus que de les tirer sur moi à vue. Je n'ai point de fonds à ma disposition ; ceux que j'avais été assez heureux d'offrir et de voir accepter ne me sont point encore remboursés. Je suis donc réduit à puiser dans la bourse d'autrui et d'un chacun : je suis le *mendiant de Bélisaire*[1].

« Encouragé par la grâce de votre réponse *officielle*, et dans l'espoir de rencontrer de plus en vous des dispositions *officieuses*, j'oserai étendre mes demandes jusqu'à vous prier de vouloir bien faire comprendre dans les envois à Longwood des objets que je crois agréables aux jouissances ou essentiels à la santé du prisonnier de Longwood. Auriez-vous la bonté de faire chercher quelques livres du meilleur café qu'il serait

1. Bélisaire, glorieux général au service de Justinien, empereur du VIe siècle. Il eut, si l'on en croit la légende, les yeux crevés et fut réduit à la mendicité.

possible de trouver dans Londres, et une certaine quantité du meilleur vin de Bordeaux existant ? Je sais par expérience, pour ce dernier, qu'on pouvait s'en procurer sur les lieux, de la cave des propriétaires mêmes, du prix de six à sept francs, qui était supérieur à tout ce que le commerce laissait circuler. Je mettrais du prix à ce qu'il fût possible de se procurer quelque chose de la sorte. Monsieur, dans toute la vérité de mon âme, en dehors de tout ressentiment et de toute humeur, je puis vous assurer qu'il n'arrivait que trop souvent que le vin présenté à Napoléon n'était pas supportable, et qu'il en était ainsi de la plupart des choses à son usage. Ce qui pourra vous aider à le comprendre, c'est de vouloir bien réfléchir que nous subsistions à Longwood, à *l'entreprise*. Votre gouvernement débourse les sommes, nul doute ; mais vous connaissez assez les affaires pour savoir les inconvénients et les abus des fournitures. Ceci n'est pas un cri nouveau de ma part, c'est un épanchement. Du Cap, j'ai fait parvenir du vin de Constance ; il a été trouvé très bon, a causé quelque plaisir. Voudriez-vous bien ordonner qu'on en fît un second envoi à mon compte. Un autre objet auquel je tiendrais beaucoup, serait de tâcher d'obtenir de nos huiles de Provence, sur les lieux mêmes, et ce qu'il y aurait de meilleur. On ne nous a jamais rien donné de ce genre qui ne fût tout à fait repoussant ; on y sentait vivement la privation d'eau de Cologne, dont l'habitude ou la santé même demandait un grand usage.

« Monsieur, je sais que j'ose exprimer ici des détails tout à fait hors de votre sphère, je n'imagine pas même comment, avec la meilleure volonté, vous en pourriez venir à bout convenablement ; cependant, la seule humanité, les procédés, les égards les plus communs sembleraient donner droit à de pareilles indulgences. C'est pour obvier à tout, et satisfaire en même temps à tout, que je sollicitais si vivement, si ardemment la permission de me fixer sur vos rivages. Tout ce que j'ose vous indiquer ici eût été mon unique et ma constante occupation. Je l'eusse, du reste, remplie sans reproche ; on eût pu s'en rapporter à moi ; j'eusse été fidèle à tout ce que j'eusse promis : et quel inconvénient y eût-il eu à permettre des soins aussi innocents et aussi naturels ? Quel nom n'a-t-on pas le droit de donner, au contraire, aux interdictions cruelles qu'on a prononcées. Pourrait-on les maintenir ? Je désire et sollicite toujours un adoucissement en ma faveur, c'est-à-dire en faveur du bien. Je demeure à Francfort, comme si l'on ne m'avait pas encore délivré de mon surveillant ; je ne sors guère davantage de ma chambre ; j'eusse été de même à Londres.

« Monsieur, je vais terminer ma longue lettre en vous priant de mettre sous les yeux du ministre la demande que je viens d'être chargé de lui faire de la part du prince Lucien Bonaparte ; savoir : de lui accorder de passer à Sainte-Hélène pour y demeurer deux années, avec ou sans sa femme et ses enfants ; s'engageant à ce que lui et les siens ne contribuent à aucun accroissement quelconque de vos dépenses, se soumettant à toutes les restrictions imposées à son frère et offrant de se soumettre à toutes celles qu'on jugerait à propos de lui imposer personnellement, avant son départ, ou après son retour.

« Ce que vous avez la bonté de me dire relativement à mes papiers saisis dans la Tamise, est le premier mot que j'en aie entendu depuis que j'en suis privé. Je viens de prier le ministre britannique ici de vouloir bien les réclamer à Berlin où ils paraissent oubliés. Je vous assure que j'en ai éprouvé et que j'en éprouve chaque jour de grandes privations et de véritables dommages.

« J'ai l'honneur d'être, monsieur, avec une parfaite considération, etc.

« Le comte de LAS CASES. »

Troisième lettre du comte de Las Cases
au général comte Bertrand

Francfort, le 15 mars 1818.

« Je trouve un certain plaisir, mon cher général, en vous écrivant ma troisième lettre, à penser que ma première doit être déjà fort près de vous. J'espère que ma seconde est déjà en route, bien que je ne sois pas assez heureux pour en avoir la certitude. On a dû vous expédier avec elle un bon nombre de publications, et je vais donner une petite note de quelques autres à envoyer avec la présente.

« Je reçois des nouvelles de ma femme, qui est à la veille de quitter Paris, pour venir avec mes enfants se fixer auprès de moi. Elle me mande avoir vu la famille de Gourgaud, et lui avoir donné sur lui et votre établissement tous les renseignements qu'elle avait recueillis de moi. Sa mère et sa sœur se portent très bien ; elles le comblent de vœux et de tendresse. Votre famille, monsieur le grand-maréchal, était en province, et il y a longtemps qu'on n'en avait point entendu parler. Quant aux parents de Montholon, Mme de Las Cases n'a pas été assez heureuse pour en rencontrer aucun. J'espère, dans ma première, pouvoir vous parler des vôtres, malgré leur éloignement de la capitale.

« Tous les membres de la famille de l'Empereur se portent très bien. J'ai eu des nouvelles de chacun d'eux depuis ma dernière, et j'en aurai chaque mois de manière à pouvoir vous en donner régulièrement. Tous le suivent de leurs vœux et ne vivent qu'en lui. La plupart étaient demeurés jusqu'à présent tout à fait privés de ses nouvelles. Le peu que j'ai pu leur en transmettre leur a été bien précieux et bien cher. Pour satisfaire à leur intérêt et à leur tendresse si naturelle, je vais prier le gouvernement anglais, lorsqu'il recevra des nouvelles de Sainte-Hélène, de vouloir bien laisser arriver jusqu'à moi l'état de la santé de l'Empereur : c'est une grâce que je solliciterai au nom de toute une nombreuse famille. J'espère qu'il ne la refusera pas au sentiment qui porte à la demander.

« Le prince Jérôme me fait l'honneur de me mander que les conditions imposées à sa correspondance, et son profond respect pour son frère, qu'il se plaît à reconnaître pour son second père, ont pu seuls le porter à se priver du bonheur de lui écrire lui-même et de déposer à ses pieds toute son existence. Si la situation de l'Empereur ne se trouve pas améliorée l'année prochaine, il se propose de demander au gouvernement anglais la liberté de se rendre à Sainte-Hélène avec sa femme et son fils, ne pensant pas qu'à cette époque, son voyage puisse rencontrer aucune objection raisonnable. La reine, sa femme, à qui rien d'héroïque et d'élevé ne saurait être étranger, partage les mêmes sentiments et forme les mêmes vœux.

« Le cardinal Fesch m'écrit, de son côté, au nom de Madame et au sien, me disant d'observer qu'étant les seuls à n'être point distraits par les liens de la propre famille, ni par la crainte de lui créer des inconvénients, je dois m'adresser à eux de préférence, pour tout ce qui pourrait concourir à adoucir en quoi que ce soit l'affreuse situation de l'Empereur.

« La comtesse de Survilliers, que j'ai l'honneur de voir très souvent, et dont les vœux voyagent vers Sainte-Hélène, est dans un très mauvais état de santé. Elle souffre beaucoup et donne même des inquiétudes. Les princesses, ses filles, sont à merveille.

« Je viens enfin de recevoir les papiers qui m'avaient été saisis dans la Tamise. Ils m'ont atteint après quatre mois de courses inutiles, et pour moi de privations journalières. La fatalité seule a dû créer ce retard à ma peine ; car ils m'ont été rendus sans avoir été ouverts.

« Il me tarde bien de recevoir de vos nouvelles et toutes vos commissions. Malheureusement, la distance est si grande, et les communications si peu régulières, que je dois attendre encore longtemps. Demandez-moi tout ce que vous voudrez ; jusque-là je suis réduit à deviner. Vous ne tarderez pas à recevoir la partie du *Moniteur* qui vous manque. J'écris aujourd'hui à ce sujet.

« Je viens enfin de recevoir des nouvelles de mon agent de Londres. Il me mande avoir fait honneur à tous mes billets, j'en suis heureux ; mais il me mande avoir reçu de plus deux nouveaux billets de vous, qu'il s'est vu dans la nécessité de refuser, faute de s'être trouvé prévenu ou autorisé de moi ; je suis affligé de cette circonstance. Depuis que je vous avais quitté, je n'avais pu avoir de relation avec lui ; je viens de lui répondre sur-le-champ, pour le charger d'y remédier autant qu'il pourrait en être en son pouvoir. Il ne me dit pas du reste ce que pouvaient être ces deux billets.

« Ma santé demeure toujours aussi mauvaise, si même elle n'empire beaucoup. Je m'en désespère d'autant plus que la saison devient très belle, et que cette circonstance n'apporte aucune amélioration à mon état. C'est ce qui me fait demeurer à Francfort, où je me trouve au centre d'un grand nombre d'eaux thermales, où les médecins vont m'envoyer.

« Monsieur le grand-maréchal, recevez, pour vous et mes chers compagnons, l'expression de tous mes vœux et de tous mes sentiments ; la colonie occupe et remplit ma vie. Soignez-vous tous, c'est le vœu de ceux qui vous aiment ; chaque jour je le recueille pour vous autres. Il y a ici aux environs plusieurs des bannis ; quelques-uns étaient de votre connaissance particulière. Ils vous aiment et vous vénèrent.

« Le comte de LAS CASES. »

Lettre du comte de Las Cases à M. Goulburn, en lui adressant la précédente

Francfort, le 27 mars 1818.

« Monsieur, j'ai l'honneur de vous adresser ma troisième lettre pour Sainte-Hélène. Je reçois à l'instant même les papiers qui m'avaient été saisis à Douvres ; ils me sont remis sans avoir été ouverts. Je suis reconnaissant de ce procédé. Il n'avait jamais été dans ma pensée de me refuser à leur communication ; ma lettre à lord Sidmouth, publiée malheureusement à mon insu et contre mon gré, en fait foi. Je suis fâché que l'entêtement et le zèle mal entendu d'un agent subalterne aient créé cette circonstance, qui m'a valu quatre mois de peines et de privations journalières.

« Monsieur, je dois m'empresser de vous faire observer un fait qui m'a paru inexplicable, et qui peut-être vous aura échappé. Vous m'avez fait l'honneur de m'écrire le 12 février ; votre lettre m'a été remise par le ministre de Sa Majesté britannique en cette ville, le 28 du même mois, et le *Times* du 2 mars contient un article renfermant, à peu de chose près, le sens et même les paroles de votre lettre, que j'aurais fait connaître, dit-on. Or, comme je ne puis avoir fait parvenir à Londres cette circonstance en vingt-quatre heures, je n'ai pas besoin de me justifier à vos yeux de mon indiscrétion ; il me suffit de placer le fait sous vos yeux, et de l'abandonner à votre calcul [1], vous assurant que je mets trop

1. Cette circonstance mérite d'être rapportée, sinon pour son importance, du moins pour son inexplicable singularité.

La lettre du secrétaire d'État, datée du 12 février, a été remise au comte de Las Cases, à Francfort, le 28 du même mois, par le ministre britannique en cette ville, et le *Times*, du 2 mars, c'est-à-dire vingt-quatre heures après environ, contenait ce qui suit : « Une lettre particulière de Francfort-sur-le-Mein nous apprend que le comte de Las Cases y est traité avec la plus grande attention, qu'il s'y trouve sous la protection spéciale des ministres d'Autriche et d'Angleterre. Le comte a même dernièrement montré une lettre du sous-secrétaire d'État, dans laquelle, entre autres offres obligeantes, il est autorisé à envoyer, par l'intermédiaire du département des colonies, tous les livres, pamphlets, journaux que le général Bonaparte pourrait demander. Cela suggère naturellement la question suivante : *Le gouvernement anglais considérerait-il le comte de Las Cases comme le chargé d'affaires de Napoléon en Europe ?* »

A présent, le fond de l'article relatif au sous-secrétaire d'État est exact

de prix à ce que vous voulez bien me transmettre, pour lui donner la moindre publicité. C'est un égard que je dois à votre obligeance et à la considération que je vous porte.

« Monsieur, je vous prie d'abonner l'établissement de Longwood à la *Minerve française*, et de continuer d'y joindre les publications nouvelles, françaises et anglaises, que vous croiriez dignes de quelque intérêt.

« M. le cardinal Fesch m'écrit de Rome qu'il a fait deux fois l'offre de la collection du *Moniteur* pour l'établissement de Longwood. On a déjà à Sainte-Hélène jusqu'en 1807 ; il n'y manque plus que de 1808 jusqu'à l'année présente. Si vous aviez quelque objection à y expédier ces portions offertes par M. le cardinal, vous prêteriez-vous à ce qu'elles remplaçassent du moins celles que vous voudriez bien choisir et y expédier vous-même ? Le motif d'une économie nécessaire me porte à oser vous en faire la proposition.

« Monsieur, toute la famille de l'empereur Napoléon se réunit pour que je vous supplie, au nom des sentiments les plus naturels et les plus tendres, d'avoir l'extrême bonté de me faire parvenir l'état de la santé de leur auguste parent, toutes les fois que vous recevrez quelque chose d'officiel. C'est une grâce que nous vous demandons tous, et dont j'espère que votre cœur ne refusera pas de gratifier tant de personnes, qui en demeureront vivement reconnaissantes. Je sais, monsieur, que toutes les fois que j'ai l'honneur de vous écrire, ce sont de nouvelles importunités que je vous adresse, ou de nouveaux embarras que je vous crée ; mais je vous assure du fond de mon cœur que c'est contre mon gré, et que je m'estimerais heureux de pouvoir vous en débarrasser au prix de mes propres peines. Ceci me porte naturellement

---

et vrai, jusqu'à certaines expressions mêmes. Le comte de Las Cases est sans doute exempt de se justifier de l'indiscrétion qui aurait propagé ses paroles en vingt-quatre heures de Francfort à Londres, et il faut, pour avoir rencontré si juste dans cet article, qu'on ait ouvert la dépêche du sous-secrétaire d'État dans sa route de Londres à Francfort, ou bien à Londres même ; ou bien encore qu'on ait fouillé dans ses bureaux. Cela est sans réplique ; et alors qui a pu le faire ? Comment et pourquoi ? Et quel peut être le but de l'article en question ?

Ce n'est pas, du reste, le seul exemple que l'on ait eu de l'intime relation de certains articles de journaux avec la correspondance confidentielle de Longwood. On est prêt à les produire avec des preuves tout aussi incontestables. *(Las Cases.)*

à vous demander, dans l'intention du bien et d'un avantage commun, si vous pouvez me dire, non dans votre capacité publique, mais comme homme privé, si je dois renoncer tout à fait à l'espoir d'aller un jour auprès de vous accomplir le ministère religieux auquel j'ai pieusement voué le reste de mes facultés et de ma vie. Si j'en pouvais concevoir la moindre espérance, j'en recommencerais demain la demande régulière à milord Bathurst ; mais si je dois y renoncer absolument, je me donnerai bien de garde d'une démarche qui ne pourrait avoir pour résultats que de ramener des observations et des plaintes amères, qu'il est dans mon caractère d'éviter autant que je le puis.

« J'ai l'honneur d'être, etc.

« Le comte de LAS CASES. »

Quatrième lettre du comte de Las Cases
au général comte Bertrand

Francfort, 15 avril 1818.

« Mme de Las Cases a continué ses informations sur votre famille et celle de ces messieurs ; j'ai écrit moi-même directement ; mes lettres ont été remises par un valet de chambre à moi : j'ai appris que votre famille était bien et tranquille. La sœur du général Gourgaud m'a écrit directement une lettre extrêmement aimable, pleine de tendresse pour son frère. Quant à ma troisième tentative, bien que réitérée, elle n'a produit qu'un silence absolu. Vous trouverez, monsieur le grand-maréchal, mes détails bien stériles ; ce n'est pas ma faute, je vous mande tout ce que je peux : vous auriez tort de juger, par ma stérilité, de tous mes soins et de mes efforts incessants.

« Je continue à recevoir des nouvelles de tous les membres de la famille de l'Empereur. Ils sont tous bien dans leur santé. Son fils est toujours beau. L'Impératrice, me mande-t-on, est fort maigrie. J'ai vu dernièrement quelqu'un d'auprès la princesse Murat : il était spécialement chargé de me peindre ses tendres sollicitudes pour son auguste frère, son dévouement et ses vœux. Je viens de recevoir une lettre de la princesse Élisa, pleine des mêmes sentiments. Tous ne vivent que pour penser à celui qui leur tient de si près, qui les combla de bienfaits, et compose aujourd'hui l'ensemble de leurs sentiments. La princesse Élisa habite Trieste : elle me mande avoir écrit cinq fois à Sainte-Hélène. Le cardinal m'écrit, de son côté, que de Rome on y écrit fort souvent. On m'a répondu de Londres à la demande que j'avais faite, et dont je dois vous avoir parlé dans ma dernière, pour que le prince Lucien pût aller visiter son auguste frère. La réponse ne m'a pas paru assez claire pour que je vous l'envoie avant d'avoir demandé un nouvel éclaircissement. Le prince Jérôme, qui parlait de faire la même tentative l'année prochaine, n'a pu différer aussi longtemps une démarche dont le succès comblerait son cœur : il va s'adresser lui-même au prince régent, pour qu'il lui soit permis, avec sa femme et son fils, d'entreprendre immédiatement ce voyage.

« Le cardinal me donne le plus grand détail de tous les membres de la famille établis à Rome. La princesse Hortense est tranquille à Augsbourg, où son frère vient la voir de temps à autre ; elle s'occupe de l'éducation de son second fils ; elle a eu l'aîné auprès d'elle pendant plusieurs mois : il a développé, durant ce court voyage, toutes les qualités qui honorent, attachent et intéressent. Il est retourné à Rome auprès de son père, qui s'est fixé dans cette ville.

« J'espère que ma première lettre vous est parvenue à l'heure qu'il est, et je compte les jours et les heures qui doivent m'apporter votre réponse, parce qu'alors je saurai plus particulièrement ce que je pourrai faire pour être agréable à chacun de vous tous. Dites-vous bien que je ne vis que pour cela, moi et les miens ; que la mort même ne saurait interrompre le cours de mes efforts à cet égard. Je me serai donné un successeur ; faites-moi donc connaître tous vos désirs. Rien ne sera impossible à mon zèle, à l'affection et au dévouement de ceux qui me secondent.

« On me répond de Londres, avec beaucoup de complaisance, sur tous les objets que j'indiquais pour vous être adressés. On m'assure qu'on va vous expédier les diverses brochures que j'ai indiquées. On vous abonne, me dit-on, au *Morning-Chronicle* et au *Journal du Commerce*, celui de Paris que l'on m'a dit être le meilleur. Du reste, sur ce point comme sur tout autre, mandez-moi vos désirs. Dites tout ce qui pourrait faire plaisir à l'établissement.

« Quant à des provisions, vin, café, huile, etc., que je mentionnais dans ma lettre, on me répond qu'on venait de vous faire un envoi considérable, et de la meilleure qualité. On m'en envoie la liste. On ajoute que lord Holland en avait fait un de son côté, à la demande de la princesse Borghèse : on m'en envoie aussi la liste.

« Ma santé, malheureusement, est toujours aussi déplorable ; je ne vois aucun amendement ; les médecins me défendent absolument tout travail. Je vais aller prendre quelques eaux ; je vous manderai dans ma première, suivant les apparences, mon déplacement de Francfort. J'ai occasion de voir ici plusieurs des bannis qui ont trouvé un refuge temporaire dans cette ville ou dans les environs : on les flatte chaque jour de leur prochain rappel ; l'opinion le demande, leur écrit-on ; on pense que ce sera vers la fin de cette année que tous les Français auront le droit d'habiter la France. Les rigueurs exercées envers eux semblent, du reste, me demeurer tout à fait étrangères. Mme de Las Cases, à son retour à Paris, a reçu d'anciens amis beaucoup de conseils et d'offres à mon sujet. Ils se sont empressés, fort obligeamment, d'offrir leurs démarches et leur crédit : mais elle a constamment répondu que je n'avais, à la rigueur, besoin de personne, et puis que je n'étais pas dans l'intention de mettre à l'épreuve la bienveillance de qui que ce fût ; que je me bannissais volontairement pour un saint et religieux ministère ; et en effet il ne sera plus de patrie pour moi, monsieur le grand-maréchal, tant que vous serez où vous êtes, et qu'il existera une seule chance pour que mes efforts, mon dévouement et mon zèle puissent vous amener quelque consolation utile ou agréable. Jusque-là je serai errant dans le monde : je promènerai partout, s'il le faut, mon atmosphère de douleur et de zèle. De votre côté, conservez-moi votre souvenir, donnez-moi la consolation d'imaginer que nos pensées se croisent et s'échangent quelquefois. De la patience et du courage, ce sont les vertus des héros : qui sait mieux que moi que ce sont celles de vous tous ? Adieu, je vous embrasse, etc.

« Le comte de LAS CASES.

« P.-S. J'écris pour qu'on vous envoie la *Minerve française*, ouvrage nouveau en grande recommandation, qui a succédé au *Mercure*, et la *Bibliothèque historique*, dont on parle aussi beaucoup.

« J'attends ma femme tous les jours ; sitôt qu'elle sera

arrivée, je vais faire voyager mon fils ; il est d'âge à finir son éducation. Je veux qu'il tire profit de ses heureux commencements. Il désire que vous et Mme Bertrand receviez les expressions de sa reconnaissance pour les bontés que vous avez toujours eues pour lui. »

Lettre du comte de Las Cases à M. Goulburn,
en lui adressant la précédente

Francfort-sur-le-Mein, le 26 avril 1818.

« Monsieur, je vous remercie beaucoup, et avec une sincère reconnaissance, de l'exactitude avec laquelle vous voulez bien répondre à mes lettres, et des détails dans lesquels vous voulez bien entrer.

« J'espère qu'à l'heure qu'il est les diverses publications que vous me mentionnez seront parties pour Sainte-Hélène. Je vous prie de vouloir bien y joindre la *Minerve française*, tout ce qui a paru, et ce qui continuera à paraître de cet ouvrage ; de même pour la *Bibliothèque historique*. Et, une fois pour toutes, je vous prie de donner vos ordres à votre libraire ou correspondant, pour que vous puissiez comprendre dans les envois, et sans indication ultérieure de ma part, tout ce qui paraîtrait de remarquable, français et anglais, de quelque opinion que ce soit.

« Je vous remercie des informations que vous voulez bien me donner sur tous les approvisionnements qu'on vient d'expédier à Sainte-Hélène, et les deux listes (numéros 1 et 2) que vous avez eu la complaisance d'y joindre. J'oserai vous prier de vouloir bien comprendre, par la première occasion, quelques bouteilles de liqueurs de la Martinique, mais *réelles* ; on trompe souvent sur cet objet. Vous me pardonnerez ce petit détail ; vous savez combien je m'estimerais heureux de vous l'éviter, en l'exécutant moi-même ; ce qui me conduit naturellement à vous dire combien j'attends avec impatience votre réponse à ma dernière lettre sur ce dernier objet.

« Vous m'informez, monsieur, que si le prince Lucien Bonaparte désire sortir d'Italie, il doit s'adresser à un des ambassadeurs des grands pouvoirs à Paris. Il me reste à vous prier de me laisser savoir si, l'ayant obtenu, il peut se flatter que votre gouvernement lui permette, d'après sa demande que j'ai eu l'honneur de vous transmettre, de se rendre à Sainte-Hélène.

« Agréez, monsieur, l'expression sincère de la haute considération, etc.

« Le comte de LAS CASES. »

Cinquième lettre du comte de Las Cases
au général comte Bertrand

Francfort-sur-le-Mein, le 15 mai 1818.

« Je ne vous écrirai, aujourd'hui, mon cher Bertrand, que pour être exact et fidèle à la date que je me suis invariablement prescrite chaque mois pour vous donner de mes nouvelles. Rien n'est changé dans ma situation, je ne pourrais que vous répéter mot à mot les mêmes choses renfermées dans ma dernière. J'espérais pouvoir vous expédier ma lettre d'un autre endroit ; mais des maux d'yeux très violents, qui sont venus accroître mes autres incommodités, m'ont empêché jusqu'à présent de me mettre en route pour quelques eaux thermales de l'Allemagne méridionale où je me rendrai pourtant sous peu de jours.

« J'ai la satisfaction d'apprendre que mes lettres précédentes vous ont été régulièrement expédiées, et que beaucoup de brochures sont parties. Je désire qu'elles vous soient un passe-temps. Malheureusement je vous approvisionne un peu en aveugle ; les localités seront mon excuse, je fais de mon mieux : je suis si mal placé pour cela ! Un tel soin demanderait une capitale. L'on ne me permet pas d'habiter Londres, et je ne pourrais à Paris remplir mon objet. Le même éloignement m'empêche de songer à vous envoyer bien des petites choses dont je pourrais m'occuper moi-même si j'étais sur les lieux. J'avais eu la pensée de vous compléter un petit attirail de chimie ; mais j'y renonce, j'apprends qu'il vous serait inutile.

« Tous les parents de l'Empereur se portent bien et attendent avec impatience le cours régulier de vos lettres, dont ils ne doutent pas, quand vous aurez reçu ma première et connu ma résolution invariable de vous donner des leurs exactement tous les mois. Ma femme me rejoindra sous peu de jours, et pour ne plus me quitter, j'espère.

« Adieu, mon cher général, recevez mes vœux.

« Le comte de LAS CASES. »

Lettre du comte de Las Cases à M. Goulburn, en lui adressant la précédente

Francfort-sur-le-Mein, 19 mai 1818.

« J'ai l'honneur de vous remercier de l'obligeance avec laquelle vous voulez bien me laisser connaître le départ de mes lettres pour Sainte-Hélène, ainsi que celui des brochures et journaux dont vous avez bien voulu les accompagner.

« Je suis fâché que vous ayez été dans le cas de garder le silence sur certains articles de ma dernière lettre. Ma discrétion saura interpréter ce silence. Je dois à l'obligeance personnelle que vous m'avez montrée jusqu'ici de ne pas y revenir davantage.

« J'écris à M. le cardinal Fesch, d'après un article de votre lettre, qu'il peut adresser, par la voie qu'il jugera la plus convenable, la suite des *Moniteurs*, à compter de 1808, à l'office de lord Bathurst à Londres ; que Sa Seigneurie admet leur transmission à Sainte-Hélène.

« Monsieur, quant à l'article de votre lettre concernant la demande que j'avais eu l'honneur de vous faire d'un bulletin régulier de la santé de Napoléon, au nom et en faveur des membres de sa famille, qu'il me soit permis de vous prier de faire observer à milord Bathurst que toute la famille de l'empereur Napoléon n'est point à Rome, qu'il a une sœur et sa famille à Francfort, un frère et sa famille en Autriche, deux autres sœurs et leur famille aux environs de Vienne et à Trieste, sans compter d'autres encore, qui tous mettent le plus grand prix et regarderaient comme une véritable faveur pour leur cœur, que les sentiments qui ont porté lord Bathurst à donner des nouvelles régulières à Rome, le fissent condescendre à leur en laisser parvenir régulièrement aussi. Je n'ignorais pas la satisfaction qui avait été procurée jusqu'ici à la princesse Borghèse ; mais cette satisfaction ne revenait pas de Rome sur tous les membres de la famille en Allemagne, où la route se trouvait alors beaucoup plus *circuiteuse* que celle que j'avais l'honneur de demander. Quelques titres et quelques droits que mon cœur me donnât peut-être à solliciter pour moi-même une part de ce bulletin, je saurai faire abnégation entière et me mettre tout à fait de côté ; et ne doutant pas que la faveur ne fût plus appréciée par ceux pour qui je la sollicite, si elle venait directement de lord Bathurst plutôt que de passer par mes mains, je solliciterai donc de nouveau et au nom de la comtesse de Survilliers (la princesse Joseph Bonaparte), qui réside en cette ville, d'avoir la bonté de lui faire parvenir régulièrement les mêmes nouvelles qu'il veut bien adresser à la princesse Borghèse à Rome. La comtesse de Survilliers se chargera de les communiquer à toute la famille en Allemagne.

« Monsieur, je viens d'apprendre, par les journaux, le retour inattendu du général Gourgaud. Cette diminution sensible auprès de Napoléon, cette privation nouvelle d'un serviteur de plus, me pénètre le cœur et me fait prendre le parti de vous prier de vouloir bien demander à lord Bathurst qu'il me soit permis de retourner à Sainte-Hélène, accompagné de ma famille. Cette intention et ce désir ne me quittèrent jamais, ainsi que Sa Seigneurie pourra s'en convaincre dans toute ma correspondance avec sir Hudson Lowe, au moment de quitter la colonie. Je ne pense pas qu'il fût nécessaire d'en demander l'agrément à l'empereur Napoléon, parce que j'ose me flatter que sa réponse ne saurait être douteuse. Toutefois, si lord Bathurst le jugeait nécessaire, je supplie Sa Seigneurie d'en faire la demande elle-même ; elle pourra s'apercevoir que dans ma lettre à Longwood, je me suis abstenu de mentionner cette circonstance ; des considérations de délicatesse, que Sa Seigneurie saura apprécier, m'ont retenu. L'état déplorable de ma santé ne sera point un obstacle ; j'ambitionne d'aller trouver un tombeau aux pieds de celui que je vénère, et aux soins duquel je trouverais doux de consacrer le dernier souffle de ma vie.

« Agréez, monsieur, l'expression de la parfaite considération, etc.

« Le comte de LAS CASES. »

Je me hâtai, à la réception des documents envoyés par le comte Bertrand, d'en expédier une copie à chacun des souverains à Aix-la-Chapelle. J'en pris occasion de renouveler mes instances : je les implorais pour qu'ils portassent du secours à l'illustre victime. « Quelques jours encore, disais-je, et il ne serait plus temps ; le médecin qu'on venait de lui arracher (un Anglais) déclarait publiquement, dans Londres, qu'un plus long séjour sur ce roc insalubre allait donner la mort ; j'osais leur présenter que leur humanité, les sentiments de leur cœur seraient arrêtés peut-être par des dénégations formelles, mais quelles paroles contradictoires leur justice aurait-elle entendues ? Je leur demandais qu'il me fût permis d'arriver jusqu'à eux ; je sollicitais l'unique faveur de comparaître dans l'intérêt de cette cause sacrée ; me résignant, exprimais-je, si je ne prouvais la vérité des documents déposés à leurs pieds, à ce que ma honte et mon sang expiassent d'avoir osé leur vouloir en imposer. »

En même temps je ne perdais pas une occasion, un instant, une pensée qui aurait pu multiplier les chances de quelque succès. Je m'adressai à quiconque l'on m'apprenait avoir quelque influence sur le cœur des monarques. J'écrivis surtout à M. de La Harpe, cet instituteur de l'empereur Alexandre, si connu, si vénéré, que l'on m'avait dit être en cet instant auprès de lui à Aix-la-Chapelle.

« Monsieur, lui disais-je, on m'a fait parvenir, et l'on m'a assuré que vous aviez daigné prendre quelque intérêt à ma situation, à la constance et aux efforts du sentiment qui l'ont amenée, et qui la continuent. Ce mouvement généreux ne saurait m'étonner. Rien de ce qui est noble, grand, humain, philanthropique ne saurait, dans ma pensée, être étranger dans M. de La Harpe. Il est connu à tous par les doctrines qu'il a enseignées, et qu'il ne prenait qu'en lui-même.

« Monsieur, ce sera donc dans la persuasion de l'intérêt qui semble vous avoir touché que je m'adresserai à vous en toute confiance. On m'a assuré vous avoir communiqué les premiers papiers que j'adressai en Europe, touchant la sainte cause à laquelle j'ai voué jusqu'au dernier soupir de ma vie. J'ose prendre la liberté d'ajouter ici un petit supplément, dans l'espoir d'enrichir de motifs puissants les intentions, peut-être les efforts de votre bon cœur.

« J'avais une brochure d'observations sorties du roc même, et de la dictée de l'illustre victime ; plus, la relation circonstanciée de ce qui s'était passé depuis notre départ de Paris, jusqu'au moment où j'ai été arraché de l'île fatale. Ces deux pièces, monsieur, vous seront remises à Aix-la-Chapelle. Vous trouverez ici les derniers détails qui me sont parvenus :

ils vous prouveront que les mauvais traitements, les outrages, la barbarie ne font qu'accroître au lieu de diminuer ; vous en serez touché, j'en suis sûr, et vous toucheriez *quiconque* il vous serait permis d'en entretenir. Qui sur la terre pourrait demeurer insensible à de tels faits, à un tel spectacle ! J'ajouterai que la victime est attaquée du foie ; que ce mal est promptement mortel dans le lieu et sous le climat auquel il est condamné. Il est digne de vous, monsieur, de remuer des vertus que vous avez créées. Le cœur que vous avez orné ne saurait vous être fermé. Vous avez trop bien implanté les idées du beau, du juste, du magnanime, pour que ces glorieuses qualités se refusent à une aussi méritoire et aussi glorieuse application ; et quelle plus digne, plus noble, plus grande occasion se présenta jamais ? Quelle que puisse être la situation d'esprit et de cœur de l'auguste source d'où on la sollicite, tout est gloire dans sa condescendance et sa sympathie. S'il se ressouvient d'une ancienne amitié, s'il aime encore, rien n'est plus doux, et jamais spectacle ne fut plus moral aux yeux des peuples. S'il hait, rien n'est plus grand, plus magnanime.

« Ce royal intérêt semble demeurer seul pour compléter son immortelle couronne. Sa belle histoire l'attend et le sollicite. Mais est-ce bien à moi à vous le dire ? Qu'imaginerais-je de généreux qui vous fût nouveau, ainsi qu'à celui dont le caractère brille en effet et en toute justice dans les annales publiques, ou les actes privés de nos affaires et de nos temps ?

« J'ai eu l'honneur d'écrire directement à ce sujet. Mais ma lettre aura-t-elle atteint l'auguste personne à laquelle j'avais osé l'adresser ? Je vous en envoie une copie pour y remédier, s'il y avait occasion : elle vous exprimera mieux que je ne saurais vous le dire la nature de mes soins, celle de mes vœux, de mes efforts, de mes espérances. Vous y verrez que la politique est en dehors de toutes mes pensées ; que l'humanité, la morale et les affections du cœur sont tout ce qui m'anime, tout ce que je poursuis, tout ce que j'invoque. Ces sentiments sont faits pour être accueillis par vous, et pour être bien reçus de celui aux pieds duquel j'ai cherché à les faire parvenir. Je m'autoriserai des droits qu'ils doivent avoir sur votre cœur pour vous supplier de me faire parvenir ce que j'en dois espérer, ou de me guider dans une meilleure route, s'il y avait lieu, pour arriver à me faire entendre. Le respect m'empêche de profiter de la circonstance favorable pour chercher à m'approcher ; mais si je venais à apprendre qu'il ne fût pas impossible d'être admis à une auguste présence, j'y traînerais avec joie et confiance ma débile et défaillante existence. Tout travail m'est interdit : les souffrances de ma tête ne me permettent aucune occupation suivie ; et c'est mon plus douloureux tourment. Mon cœur est plein de sentiments et d'efforts qu'il me devient impossible de mettre en pratique.

« Daignez agréer, etc.

« Le comte de LAS CASES. »

Enfin, il n'est pas jusqu'aux talents étrangers que je ne cherchasse à stimuler, et dans le nombre des voix qui s'élevèrent alors, la brochure d'un célèbre publiciste allemand attira assez les attentions supérieures pour servir de prétexte à machiner les entraves à la liberté de la presse.

Quoi qu'il en soit, le congrès se finit, et pas un mot ne sortit en faveur de Napoléon ; en cette occasion ni dans aucune autre je n'eus jamais la moindre réponse à une seule de mes lettres ; et s'il me fut insinué parfois quelque chose indirectement et avec mystère, je dus m'en défier comme d'un piège tendu à ma personne, ce qui eût été peu, ou à ma cause, qui était tout pour moi.

Ainsi, tous mes efforts furent vains, tous mes vœux furent trompés, tous mes soins furent perdus... et on le laissa mourir !... Au fait, que pouvait auprès des souverains la vérité toute nue, sans l'entourage d'aucune adresse, ni l'alliance d'aucuns intérêts, contre les insinuations de méchants qui veillaient avec toute l'ardeur du fanatisme politique, celle des ressentiments privés et des appréhensions éventuelles ? Ils firent si bien, que dans le conseil des rois la crainte l'emporta sans doute sur la générosité. Ils démontrèrent combien l'intérêt était universel et rendait la victime redoutable ; et il est vrai de dire, à la gloire des sentiments généreux, que l'opinion s'était prononcée partout avec une grande chaleur, non moins en Allemagne qu'en tout autre pays, et peut-être qu'à la réflexion des hauts personnages qui en furent les témoins, cette opinion si bienveillante fit-elle beaucoup de mal à celui qu'elle voulait servir, comme s'il eût été dans la destinée de Napoléon que l'intérêt des Allemands lui devînt aussi funeste dans l'adversité, que leur animosité lui avait été fatale au temps de sa toute-puissance. Au nombre des efforts pour maintenir la hideuse captivité de Napoléon, on a été jusqu'à supposer aux ministres anglais une basse intrigue, une indigne déception : on a voulu que, pour raffermir les souverains ébranlés, ils eussent forgé tout exprès un prétendu complot d'évasion. On s'est fondé sur l'à-propos, l'éclat, la profusion avec laquelle l'arrivée du brick le *Musquito* fit répandre soudainement dans toute l'Europe cette nouvelle qui, une fois qu'elle eut produit l'effet attendu, celui de contrebalancer la faveur de l'opinion, n'a plus donné lieu à aucune mention ultérieure, à aucun détail, à aucune confirmation quelconque ; conjecture injurieuse, imaginée sans doute, et dans laquelle les ministres anglais ne sont probablement coupables que d'avoir donné lieu de les en soupçonner, par les nombreux antécédents dans lesquels ils se sont dégradés en agissant contre Napoléon.

A mon chagrin vint se joindre encore la crainte de voir les anciennes vexations me relancer dans ma paisible solitude. Nous approchions du printemps de 1819 ; l'excellent grand-duc de Bade venait de mourir ; ceux qui ne nous y aimaient pas, devenus plus forts par la circonstance, me firent signifier, à l'insu du nouveau souverain peut-être, que j'eusse à sortir des États de Bade. L'ordre ne me fut donné que verbalement, et l'on me dit même que je ne le recevrais pas autrement. Le motif de mon éloignement, disait-on, était l'intention de vivre en bonne amitié avec la France et la crainte que mon séjour ne lui fût désagréable : c'était à faire rire de pitié. Je dédaignai, du reste, de dire que le ministère français avait trouvé bon qu'on me laissât en repos ; l'intolérance d'opinion eût trouvé un autre motif tout aussi ridicule. Celui chargé d'exécuter contre moi voulut bien m'accorder quelques jours de préparatifs ; mais j'étais à peu près comme le philosophe grec qui portait tout sur sa personne, et je serais parti à l'instant de la notification même, si Mme de Las Cases ne se fût trouvée avec une fluxion de poitrine qui la mettait en grand péril. J'assurai que je ne me donnerais que le temps de la voir hors de danger ; et bien qu'on me donnât alors le conseil bienveillant de solliciter du gouvernement la permission de demeurer, je le dédaignai encore ; et, à peu de jours de là, je me mis en route pour Offenbach, où Mme de Las Cases devait venir me joindre dès qu'elle serait en état de voyager.

Si je me trouvai si heurté de ce traitement inattendu, c'est que j'avais déjà oublié tous ceux dont j'avais été accablé par les autorités anglaises, et que, depuis plus d'une année que j'étais sur le sol allemand, je n'étais plus fait à de pareilles formes, que j'étais gâté, au contraire, par la faveur, l'intérêt et les égards dont je m'étais vu partout l'objet, même de la part de ceux d'une opinion contraire ; et puis, c'est qu'en sortant de Mannheim j'étais loin d'être embarrassé sur un nouveau domicile : des amis, dans leurs bienveillantes précautions, avaient parfois pressenti divers gouvernements voisins : j'étais assuré d'une réception favorable dans plusieurs. Un des princes auxquels on s'était adressé à cet égard avait même répondu gaiement : « Oui, sans doute, qu'il soit reçu et bien traité. Loin de repousser un homme de ce caractère, un prince qui s'y connaîtrait devrait en faire vacciner ses courtisans. » Toutefois, en m'étendant ici avec autant de complaisance sur mes succès, je ne dois pas non plus déguiser mes échecs. Par-ci par-là j'attrapais bien aussi mes petites mortifications, tout ne saurait être rose ; et sans compter l'expulsion de Mannheim, par exemple, dont il vient d'être question, on se scandalisait fort dans un autre lieu des égards qu'on montrait pour moi, étant, disait-on, un de ces misérables qui avaient arrêté le roi de France à Varennes, et qui, plus tard, avaient fait peut-être pis encore. Dans un autre endroit, un baron, qui donnait une grande soirée, racontait à ses invités qu'il avait enfin vérifié ce qu'était ce comte, ce conseiller d'État de Napoléon dont l'arrivée avait fait tant de bruit dans la ville. Ce n'était, apprenait-il, que son cuisinier à Sainte-Hélène ; et que n'ayant pas eu le moyen de le solder en le congédiant, il l'avait, pour s'acquitter, créé comte et conseiller d'État. Si le baron croyait ce qu'il disait, assurément, c'était un bon homme, et s'il ne voulait que le faire croire à ses convives, il devait les reconnaître pour de bonnes gens. Ce qu'il y avait de plaisant, du reste, car il faut tout dire, c'est qu'en effet le cuisinier de Longwood avait passé il y avait peu de jours ; et voilà pourtant comment naissent et croissent les anecdotes, les biographies de salon ; et puis le diable ne les déracinerait plus.

Je pouvais rire de la méchanceté ou de la bêtise ; leurs faits et leurs dires n'étaient que ridicules et grotesques, mais il se présenta une circonstance d'une haute nature qui eût pu m'affliger excessivement, si je ne savais combien l'erreur qui se presse autour des souverains peut altérer la justice de leurs jugements. On m'assura que quelqu'un, après le congrès d'Aix-la-Chapelle, se trouvant en mesure de toucher, vis-à-vis l'empereur Alexandre, l'affreuse situation de Napoléon, et s'étayant des récits authentiques produits par moi, ce prince avait répondu : « Il ne faut pas croire non plus tout ce que celui-là est venu nous débiter en Europe : c'est un intrigant. » Comme on peut pourtant tromper les princes, même les plus éclairés, ceux qui se produisent davantage et qu'on aborde le plus ! A moins qu'il n'en fût avec celui-ci comme avec Napoléon, qui employait parfois des expressions fâcheuses avec des significations à lui, et nullement injurieuses. Ce qui pourtant ici semblerait difficile à raccommoder. Par bonheur, encore que j'ai déjà pour moi le temps, ce véritable creuset des caractères : des années se sont écoulées depuis, et l'opinion unanime, j'ose l'espérer, de tous ceux qui ont été à même de me connaître ou de me suivre, me justifierait assez d'une telle inculpation. Un intrigant ! moi, qui ai épuisé sur un roc toutes les vanités de ce monde ; moi, qui dans les nues de Longwood, ait vu toutes choses de si haut, qu'elles sont demeurées si petites à mes yeux ! Moi, auquel qui que ce soit sur la terre ne saurait plus aujourd'hui rien faire désirer ! Moi enfin qui, ne me regardant plus comme de ce monde, ne puis avoir et n'ai, en effet, d'autre ambition, tout au plus d'autre vœu que celui de Diogène [1] : qu'on ne me gêne pas dans ma part de soleil.

1. Philosophe grec, dit le Cynique (413-323), qui professait le mépris des richesses. Alexandre lui ayant demandé s'il pouvait faire quelque chose pour lui, il répondit : « Oui, ôte-toi de mon soleil. »

Depuis l'arrivée à Offenbach jusqu'au retour en France

ESPACE DE PLUS DE DEUX ANS

Séjour à Offenbach. Détails. Arrivée de Mme de Montholon en Europe. Voyage à Bruxelles. Séjour à Liège, à Chaude-Fontaine, à Sohan, près Spa, à Anvers, à Malines. Mort de Napoléon. Retour en France. Conclusion.

Offenbach est une jolie petite ville du grand-duché de Darmstadt, située sur le Mein, à deux lieues de Francfort. Je m'étais établi, suivant ma coutume, dans une espèce de petit ermitage : il était sur le bord du fleuve, et à deux pas de la ville.

Mes maux de tête, sous leurs divers symptômes, ne m'avaient jamais quitté ; à Mannheim, j'avais éprouvé des douleurs très aiguës. Au bout de quelque temps de séjour à Offenbach, mon incommodité prit assez subitement un caractère nouveau, insupportable, alarmant. C'est alors que commencèrent un malaise universel, une débilité croissante qui, interdisant l'emploi de toutes les facultés, amenaient le complet dégoût de la vie ; alors aussi commencèrent ce frémissement instantané sous mes pas et dans toute ma personne, ces éblouissements subits que j'eusse pu appeler le clignotement de l'existence. Combien de fois, dans cet état, et sans en rien témoigner, je me suis couché avec la pensée, j'ai presque dit l'espérance, de ne plus me réveiller ! Mme de Las Cases, dans l'excès de son inquiétude, voulant que j'interrompisse toute espèce d'occupation quelconque, dont au fait j'étais absolument incapable, me supprima mes lettres, et écrivit à des parents de l'Empereur, pour les prévenir de ma véritable situation, et les engager à me nommer un successeur dans les soins que je m'étais créés. Déjà depuis longtemps, par précaution, moi-même je les avais priés de m'adjoindre quelqu'un dont c'eût été le bonheur et dont le choix eût été agréable à l'Empereur [1]. Il était auprès de l'un

1. Le colonel Planat, officier d'ordonnance, qui nous avait suivis jusqu'à Plymouth, et qui, sur les derniers temps, avait même obtenu l'autorisation de se rendre à Sainte-Hélène. *(Las Cases.)*

d'eux : mais, par un motif ou par un autre, cela ne put se faire, et la nécessité me força d'interrompre sans que rien fût pourvu pour y suppléer.

J'épuisai vivement tous les secours de la médecine, et si les soins domestiques, les tendres sollicitudes qui m'entouraient de toutes parts y eussent pu quelque chose, mon incommodité n'eût plus été qu'un bonheur, par la satisfaction de me les voir prodiguer : on aime à s'arrêter sur ce qui fut doux, et je ne saurais assurément mieux rendre tout le grand intérêt qu'on me portait, et la nature des récompenses que me valaient les sentiments que j'avais montrés, les efforts que j'avais tentés, qu'en disant que mon petit ermitage s'est vu honoré de la présence de trois reines, et, je crois, le même jour : deux se trouvaient déchues, il est vrai ; mais en ce moment même, par l'élévation de leur âme, la simplicité de leurs manières, l'éclat de leurs autres qualités, elles n'en captivaient pas moins le respect universel autant qu'à l'époque de leur plus haute splendeur.

C'est à Offenbach que me fut adressée, dans sa marche pour Sainte-Hélène, la petite colonie que le cardinal Fesch y expédiait : elle se composait d'un aumônier, d'un chirurgien, d'un médecin, d'un valet de chambre, tous du choix du cardinal. A mon arrivée en Europe, je lui avais écrit être sûr que l'envoi d'un prêtre, capable aussi d'écrire sous la dictée et d'aider un peu au travail, serait fort agréable à l'Empereur, et j'avais employé son intermédiaire pour y intéresser la conscience du Saint-Père qui, en effet, l'exigea des ministres anglais, lesquels s'y étaient refusés jusque-là, ou y avaient attaché des conditions inadmissibles. C'est aussi d'Offenbach que j'expédiai pour Longwood deux charmants portraits : l'un du jeune Napoléon, peint d'après lui dans l'année même, et envoyé par le roi Jérôme ; l'autre était celui de l'impératrice Joséphine par Sain, dont la reine Hortense faisait le sacrifice. Il était monté sur une magnifique boîte à thé en cristal. Ce choix du cristal était une précaution délicate de la reine, qui avait fait aussi exécuter la monture de manière à ce qu'il devînt impossible de pouvoir soupçonner aucune supercherie d'écriture cachée. Le premier de ces deux portraits est parvenu : le valet de chambre de l'Empereur m'a dit, depuis, que Napoléon, en l'apercevant, s'en était saisi avec avidité et l'avait baisé. Moi, qui sais combien peu l'Empereur était démonstratif, je puis juger par là de toute l'étendue de sa satisfaction et de sa joie. Quant au portrait de l'impératrice Joséphine, il n'est jamais arrivé à Longwood, bien que, par un contraste assez singulier, on s'y soit trouvé, par suite de quelques mémoires, avoir acquitté les frais de douane de son entrée en Angleterre.

Vers la fin de l'été, Mme de Las Cases, par ordre des médecins, me traîna aux eaux de Schwalbach, où je fus pour tous un objet de commisération. J'en fus ramené sans en avoir obtenu aucun bénéfice ; mais alors une circonstance ranima, pour un instant, mes forces et me fit quitter l'Allemagne.

Tout à coup j'apprends par les papiers publics le retour de Mme de Montholon en Europe : elle avait été, ainsi que moi, repoussée d'Angleterre et débarquée à Ostende. Je ne pus résister à aller chercher des détails authentiques dont j'étais privé depuis si longtemps. Je courus vers elle pour la rejoindre, soit qu'on lui permît de séjourner dans le pays, soit qu'on la forçât, à mon exemple, de courir les grands chemins, et dans ce cas je pouvais lui être utile, j'avais de l'expérience.

Voyageant avec mystère, car je me rappelais trop bien tous les mauvais traitements reçus jadis dans les Pays-Bas, je joignis Mme la comtesse de Montholon à Bruxelles. Non seulement elle pouvait y demeurer, mais elle y avait été reçue avec des égards tout particuliers ; et un journal de l'endroit ayant annoncé qu'elle serait obligée de poursuivre sa route, un article semi-officiel avait réfuté cette nouvelle, en s'appuyant surtout de ce que les Pays-Bas étaient *la terre de l'hospitalité*. Il n'en fallut pas davantage ; la Belgique me paraissait presque la France ; au milieu des Belges, je me croyais parmi des compatriotes. J'écrivis donc à Mme de Las Cases notre bonne fortune, pour qu'elle se hâtât de venir me joindre ; et fuyant Bruxelles pour les mêmes motifs qui m'avaient fait sortir de Francfort, je choisis Liège, en souvenir du tendre accueil que j'y avais reçu lors de mon infortuné passage dix-huit mois auparavant, et je fus m'y établir, non sans appréhension de quelque malencontre nouvelle ; et j'avais tort ; car je dois dire avec vérité et reconnaissance que, durant près de deux ans et demi que j'ai parcouru le pays en toutes directions, sans aucune demande, aucune sollicitation, pas même d'avertissement préalable, ce pays jadis si funeste pour moi, fut toujours en effet depuis la terre de l'hospitalité ; n'ayant jamais eu à m'apercevoir d'aucune autorité quelconque, si ce n'est par la tranquillité, le repos dont je jouissais sous son ombre : l'influence, la malveillance étrangère avaient cessé.

C'est dans ce temps que mon fils demanda de nouveau, et pour son propre compte, de retourner à Longwood. J'ai la réponse de lord Bathurst qui s'y refuse. Plus tard, la princesse Pauline, qui venait d'obtenir de s'y rendre, m'écrivit pour me mander si mon fils voudrait l'y accompagner ; mais alors, hélas ! il n'était plus temps !...

Ni l'affection, ni les soins de mes amis à Liège, où je restai tout l'hiver ; ni le site agreste de Chaude-Fontaine, où je passai le printemps ; ni l'hospitalité généreuse du digne et bon propriétaire du charmant lieu de Justlanville qui me força d'accepter pour l'été, à quelques pas de lui, la demeure de Sohan aux portes de Spa et de Verviers, ni la bienveillance de tous les siens, si nombreux, si bienfaisants, si considérés dans le pays, ne purent améliorer mon état ni fixer mon séjour : et pourtant il me serait difficile de rendre dignement la bienveillance extrême, les dispositions touchantes, l'esprit sympathique de toute la population de ces contrées si prospères, si riches, si florissantes sous le régime impérial, et demeurées si reconnaissantes. Combien de fois, dans mes promenades solitaires, les gens de la campagne, les artisans, se retournant après m'avoir croisé, ne se sont-ils pas écriés : *Vivent les bons amis et la fidélité !* Paroles douces qui remuaient le cœur. Combien de fois, si nous manquions de quelques légumes ou autres objets semblables, n'avons-nous pas été obligés, auprès des gens les plus pauvres, de les faire acheter sous le nom de quelque voisin, parce qu'à nous on ne voulait que les *donner* ! Que de traits de ce genre j'aurais à citer, et de bien d'autre nature encore ! Mais j'abrège autant que je puis, j'écris en courant ; aussi bien je me sens embarrassé de me trouver seul en scène ; et cependant je ne veux pas laisser de lacune ; ceci doit être, de ma part, une espèce de compte rendu.

J'allai passer mon second hiver à Anvers avec des amis sincères que j'aime tendrement et que m'avait créés mon expédition de Flessingue dix ans auparavant ; et au printemps je gagnai Malines sans aucun motif, seulement parce que je ne pouvais rester plus longtemps dans le même endroit. J'avais le besoin de changer ; j'étais le malade qui s'agite et se retourne dans son lit, cherchant vainement les douceurs du sommeil. Deux fois, pendant nos deux années de la Belgique, Mme de Las Cases voulut me conduire dans le Midi, et deux fois, au moment de l'exécution, des circonstances forcées vinrent nous arrêter ; contretemps, au surplus, qui furent pour nous autant de véritables faveurs de la fortune. Sans le premier, nous nous serions trouvés engagés à une journée en dedans de la frontière, au moment même d'une catastrophe funeste et sanglante ; et sans le second, nous serions arrivés à Nice précisément au moment de l'explosion constitutionnelle du Piémont ; et nul doute que, dans les deux cas, et assez naturellement, nous n'eussions été soumis à des désagréments au moins passagers.

Cependant se tint le congrès de Laybach, et je ne pus résister à tenter de nouvelles sollicitations encore. J'adressai une nouvelle lettre à chacun des trois hauts souverains. Voici celle à l'empereur Alexandre :

« Sire, une nouvelle occasion solennelle se présente d'élever jusqu'à Votre Majesté d'humbles et respectueux accents ; je la saisis de nouveau avec empressement.

« Je craindrai peu de me rendre importun : mon excuse et mon pardon sont dans la générosité de votre âme.

« Sire, rappeler en ce moment à votre attention et à celle de vos hauts alliés l'auguste captif que vous appelâtes longtemps votre frère et votre ami, chercher à détourner vos pensées et les leurs sur cette victime, dont la cruelle agonie m'est toujours présente, c'est, je le sais, faire entendre la cloche de la mort au milieu de la joie et des festins ; mais en cela, sire, je crois, aux yeux de Votre Majesté même, remplir un honorable et pieux devoir, dont l'accomplissement me demeurerait toujours doux, quelque périlleux qu'il pût être !...

« Sire, réduit à un état d'infirmité et de faiblesse qui me permet à peine de lier quelques idées, je vais suivre l'instinct de mon cœur, au défaut des facultés de ma tête, en me contentant de reproduire littéralement ici à Votre Majesté la note que j'osai lui adresser à Aix-la-Chapelle ; aussi bien, les circonstances étant demeurées les mêmes, rien n'ayant changé depuis à cet égard, que pourrais-je faire de mieux que de replacer sous les yeux de Votre Majesté le même tableau, les mêmes faits, les mêmes raisonnements, les mêmes vérités.

« Seulement, si, en dépit de ce que je semblais y affirmer alors, l'illustre victime, contre mon attente et celle de la Faculté, respire encore ; si elle n'a pas déjà succombé, j'oserai observer à Votre Majesté que cette prolongation inespérée de sa vie, qui n'est pour elle que la continuité de son supplice, est peut-être pour Votre Majesté un bienfait du ciel que la Providence ménage à votre cœur et à votre mémoire... Ah ! sire, il en est donc temps encore !... Mais le moment précieux peut échapper à chaque instant à *toute votre puissance* !... Et que seraient alors des regrets tardifs, impuissants, qui ne pourraient apaiser votre cœur, ou restituer à votre mémoire un acte magnanime, généreux, une nature de gloire la plus douce, la plus morale, la plus recommandable à la postérité, la mieux entendue peut-être dont vous eussiez pu embellir votre glorieuse vie ? Je veux dire l'oubli des injures, le dédain des vengeances, les souvenirs de l'ancienne amitié, enfin le respect dû à la majesté royale, à *un oint du Seigneur* !!!

« Sire, depuis mon retour en Europe, séparé de la société des hommes, en proie à des souffrances désespérées puisées à Sainte-Hélène même, appartenant désormais et sans retour bien plus à l'autre vie qu'à celle-ci, j'élève dans ma retraite, chaque jour avec ardeur, mes mains vers le Tout-Puissant pour qu'il daigne toucher le cœur de Votre Majesté, et l'éclairer sur une portion si essentielle de ses intérêts et de sa gloire.

« Je suis, etc.

« Le comte de LAS CASES. »

Quelles prophéties que plusieurs de ces lignes ! Hélas ! elles étaient à peine sous les yeux des monarques, qu'il n'était plus !... Il avait cessé de vivre, de souffrir !... En ouvrant le *Moniteur*, je trouvai l'annonce fatale... Bien qu'elle ne pût me surprendre, qu'elle fût depuis longtemps certaine à ma raison, je n'en demeurai pas moins frappé, saisi comme d'un événement inattendu, qui n'eût jamais dû arriver...

Le lendemain je reçus une lettre de Londres, avec des détails circonstanciés, et les conjectures auxquelles certains de ces détails pouvaient donner matière ; et cette lettre se terminait disant : « C'est le 5 mai, vers les six heures du soir, à l'instant même où le coup de canon annonçait le coucher du soleil, que sa grande âme a quitté la terre... » Et ce que peuvent les rapprochements !... Près de Napoléon, et par son impulsion même, j'avais pris l'habitude de tenir registre de chacun de mes jours ; ce qu'il regrettait fort, me répétait-il souvent, de n'avoir pas fait pour son propre compte : « Une ligne de ressouvenir, disait-il, seulement deux ou trois mots indicatifs. » Or, j'avais toujours continué depuis, et je courus comme on se l'imagine, chercher avec empressement le 5 mai, pour savoir où j'étais, ce que je faisais, ce qui m'arrivait à l'instant fatal ; et que trouvai-je ? – *Orage subit ; abri sous une grange ; terrible éclat de tonnerre.* – C'est que me promenant vers le soir, à cheval, dans la campagne, hors de Malines, et par un temps superbe, il survint tout à coup un de ces orages d'été, tellement fort, que je me vis forcé de me réfugier à cheval sous une grange, et là éclata un si violent coup de tonnerre, que je le crus tombé à mes côtés. Hélas ! tout ce qui se passait ailleurs ! si loin, au même moment !... La chose pourra paraître plus qu'étrange peut-être, mais peu de temps encore s'est écoulé, et il se trouve sans doute à Malines, ou dans les environs, des physiciens, des météorologistes tenant compte de l'état du ciel : à eux de vérifier et de contredire.

Au bruit de la mort de Napoléon, on doit le dire, ce ne fut partout qu'un seul cri, un même sentiment, dans les rues, dans les boutiques, sur les places publiques ; les salons mêmes témoignèrent quelque chose, les cabinets seuls se montrèrent insensibles. Que dis-je, insensibles !... Mais après tout, c'était naturel : ils respiraient enfin à leur aise !...

Pendant sa vie, au temps de sa puissance, il avait été assailli de pamphlets et de libelles, à sa mort, on fut inondé tout à coup de productions à sa louange : contraste, du reste, qui repose un peu de tant de bassesses du cœur humain. Ce furent partout et de toutes parts des compositions en prose et en vers, des peintures, des portraits, des tableaux, des lithographies, et mille petits objets plus ou moins ingénieux constatant bien plus que ne saurait faire toute la pompe des rois, la sincérité, l'étendue, la vivacité des sentiments qu'il laissait après lui.

Un curé, sur les bords du Rhin, dont le lieu avait reçu

quelque bien particulier de l'Empereur, assembla ses paroissiens et les fit prier pour son ancien bienfaiteur.

Dans une grande ville de Belgique, un grand nombre de citoyens souscrivirent pour un service funèbre solennel, et s'ils s'en abstinrent, ce fut bien plus comme convenance de leur part, que par suite d'une interdiction supérieure. Alors se vérifièrent ces paroles que je lui avais souvent entendu répéter : « Avec le temps, rien ne sera beau, ne frappera l'attention comme de me rendre justice... Je gagnerai chaque jour dans l'esprit des peuples... Mon nom deviendra l'étoile de leurs droits, il sera l'expression de leurs regrets, etc., etc. »

Et toutes ces circonstances se sont vérifiées en tout pays et partout. Un pair de la Grande-Bretagne, à peu de temps de là, disait en plein parlement : « Que les personnes mêmes qui détestèrent ce grand homme ont reconnu que depuis dix siècles il n'avait point paru sur la terre un caractère plus extraordinaire. L'Europe entière, ajouta-t-il, a porté le deuil du héros ; et ceux qui ont contribué à ce grand forfait sont voués au mépris des générations présentes aussi bien qu'à celui de la postérité [1]. »

Deux professeurs allemands, soit qu'ils eussent toujours reconnu son vrai caractère, soit qu'ils fussent guéris, par l'expérience, de leurs préventions nationales, ont élevé un monument à sa mémoire, avec quelques inscriptions indiquant qu'avec lui tombe un voile funèbre sur les droits des peuples et la course ascendante de la civilisation.

Nos écrivains ont défendu sa mémoire, nos poètes l'ont célébrée, et de nos orateurs, dans la tribune législative, ont proclamé tout haut l'attachement qu'ils lui avaient porté, ou se sont honorés des distinctions qu'ils en avaient reçues.

Voilà des faits qui me sont connus, sans compter tant d'autres encore sans doute que j'ignore.

Il ne me restait plus désormais qu'à rentrer dans la patrie. Traversant la frontière après cette seconde émigration, je ne pus m'empêcher de songer aux circonstances de mon retour lors de la première, et quelle différence de sentiments les distinguait ! Alors, il me semblait à chaque pas marcher au milieu d'une population hostile : à présent je ne croyais que rentrer dans la famille.

1. Discours de lord Holland. *Pilote* du 3 août 1822. *(Las Cases.)*

Bientôt je revis tous mes compagnons de Longwood ; et, les embrassant, je ne pouvais me défendre d'une douloureuse réflexion. Nous nous retrouvions tous ; mais celui pour lequel nous avions couru sur ce roc fatal, celui-là seul y était demeuré, et je me rappelais qu'il nous l'avait dit ainsi, et tant d'autres choses encore !

J'appris de tous ces témoins oculaires les détails et les circonstances des mauvais traitements qui, depuis moi, avaient toujours été croissant, et je vis que les temps que j'avais connus n'avaient point été encore les moments les plus malheureux.

Je lus ses dernières volontés ; j'y trouvai mon nom trois et quatre fois, et de sa propre main !... Quelles émotions en moi ! Assurément, je n'avais pas besoin de cela pour ma récompense ; depuis longtemps je la portais au-dedans de moi ; mais que ces ressouvenirs m'étaient chers et doux !... Combien ils m'étaient plus précieux que des millions ! Et toutefois il y joignait de grosses sommes sur ceux des siens qui lui tiennent de plus près et lui furent les plus chers. S'ils les acquittent jamais, tant mieux ; cela les intéresse désormais bien plus que moi... Je me serais complu, du reste, à ne me considérer, en quelque façon, que comme un dépositaire. J'ai même voulu prendre les devants ; mais il a fallu m'arrêter ; mes moyens ne me permettaient guère de faire des avances. Mon bonheur eût été grand de retirer quelques vétérans civils et militaires ; dans nos longues soirées, nous eussions souvent parlé de ses batailles, ou raconté de son cœur...

Enfin, je reçus, grâce à l'entremise zélée d'un des plus beaux caractères de la pairie anglaise, les papiers qui m'avaient été retenus à Sainte-Hélène, et sur lesquels, en dépit de toute la force des lois, je ne comptais plus. Dans la situation où je m'étais trouvé, avec les sentiments qu'elle m'avait laissés, je me crus dans l'obligation indispensable d'aider, puisque j'en avais quelques moyens, à faire mieux connaître celui qu'on avait tant méconnu ; et, en dépit de mon état, je me mis à l'ouvrage. Le ciel a béni mes efforts, en me permettant d'aller jusqu'au bout, et de terminer tant bien que mal ce que j'ai le bonheur de faire en cet instant. Si j'ai réussi à ramener des cœurs justes et droits, si j'ai détruit des préjugés, vaincu des préventions, j'ai atteint mon but le plus cher, le plus doux : ma mission est accomplie.

Testament de Napoléon

NAPOLÉON.
Cejourd'hui, 15 avril 1821, à Longwood,
île de Sainte-Hélène. Ceci est mon testament,
ou acte de ma dernière volonté.

I

1° Je meurs dans la religion apostolique et romaine, dans le sein de laquelle je suis né, il y a plus de cinquante ans.

2° Je désire que mes cendres reposent sur les bords de la Seine, au milieu de ce peuple français que j'ai tant aimé.

3° J'ai toujours eu à me louer de ma très chère épouse, Marie-Louise ; je lui conserve jusqu'au dernier moment les plus tendres sentiments ; je la prie de veiller pour garantir mon fils des embûches qui environnent encore son enfance.

4° Je recommande à mon fils de ne jamais oublier qu'il est né prince français, et de ne jamais se prêter à être un instrument entre les mains des triumvirs [1] qui oppriment les peuples de l'Europe. Il ne doit jamais combattre, ni nuire en aucune autre manière à la France ; il doit adopter ma devise : *Tout pour le peuple français*.

5° Je meurs prématurément, assassiné par l'oligarchie anglaise et son sicaire ; le peuple anglais ne tardera pas à me venger.

6° Les deux issues si malheureuses des invasions de la France, lorsqu'elle avait encore tant de ressources, sont dues aux trahisons de Marmont, Augereau, Talleyrand et La Fayette. Je leur pardonne ; puisse la postérité française leur pardonner comme moi !

1. Le roi d'Angleterre, l'empereur d'Autriche et celui de Russie.

7° Je remercie ma bonne et très excellente mère, le cardinal[1], mes frères Joseph, Lucien, Jérôme, Pauline, Caroline, Julie, Hortense, Catarine, Eugène, de l'intérêt qu'ils m'ont conservé ; je pardonne à Louis le libelle qu'il a publié en 1820 : il est plein d'assertions fausses et de pièces falsifiées.

8° Je désavoue le *Manuscrit de Sainte-Hélène* et autres ouvrages sous le titre de *Maximes, Sentences*, etc., que l'on s'est plu à publier depuis six ans : ce ne sont pas là les règles qui ont dirigé ma vie. J'ai fait arrêter et juger le duc d'Enghien, parce que cela était nécessaire à la sûreté, à l'intérêt et à l'honneur du peuple français, lorsque***[2]... entretenait, de son aveu, soixante assassins à Paris. Dans une semblable circonstance, j'agirais encore de même.

II

1° Je lègue à mon fils les boîtes, ordres, et autres objets tels qu'argenterie, lit de camp, armes, selles, éperons, vases de ma chapelle, livres, linge qui a servi à mon corps et à mon usage, conformément à l'état annexé, coté *(A)*. Je désire que ce faible legs lui soit cher, comme lui retraçant le souvenir d'un père dont l'univers l'entretiendra.

2° Je lègue à lady Holland le camée antique que le pape Pie VI m'a donné à Tolentino.

3° Je lègue au comte de Montholon deux millions de francs comme preuve de ma satisfaction des soins filiaux qu'il m'a rendus depuis six ans, et pour l'indemniser des pertes que son séjour à Sainte-Hélène lui a occasionnées.

4° Je lègue au comte Bertrand cinq cent mille francs.

5° Je lègue à Marchand, mon premier valet de chambre, quatre cent mille francs. Les services qu'il m'a rendus sont ceux d'un ami. Je désire qu'il épouse une veuve, sœur, ou fille d'un officier ou soldat de ma vieille garde.

6° *Idem*, à Saint-Denis, cent mille francs.

7° *Idem*, à Novarre (Noverraz), cent mille francs.

8° *Idem*, à Piéron (Pierron), cent mille francs.

9° *Idem*, à Archambault, cinquante mille francs.

10° *Idem*, à Coursot, vingt-cinq mille francs.

1. Le cardinal Fesch.
2. Le comte d'Artois (futur Charles X).

11° *Idem*, à Chandellier, vingt-cinq mille francs.

12° A l'abbé Vignali, cent mille francs. Je désire qu'il bâtisse sa maison près de Ponte Nuovo di Rostino.

13° *Idem*, au comte de Las Cases, cent mille francs.

14° *Idem*, au comte de Lavalette, cent mille francs.

15° *Idem*, au chirurgien en chef Larrey, cent mille francs. C'est l'homme le plus vertueux que j'aie connu.

16° *Idem*, au général Brayer, cent mille francs.

17° *Idem*, au général Lefèvre-Desnouettes, cent mille francs.

18° *Idem*, au général Drouot, cent mille francs.

19° *Idem*, au général Cambronne, cent mille francs.

20° *Idem*, aux enfants du général Mouton-Duvernet, cent mille francs.

21° *Idem*, aux enfants du brave Labédoyère, cent mille francs.

22° *Idem*, aux enfants du général Girard, tué à Ligny, cent mille francs.

23° *Idem*, aux enfants du général Chartrand, cent mille francs.

24° *Idem*, aux enfants du vertueux général Travot, cent mille francs.

25° *Idem*, au général Lallemand l'aîné, cent mille francs.

26° *Idem*, au comte Réal, cent mille francs.

27° *Idem*, à Costa de Bastelica en Corse, cent mille francs.

28° *Idem*, au général Clausel, cent mille francs.

29° *Idem*, au baron Méneval, cent mille francs.

30° *Idem*, à Arnault, auteur de *Marius*, cent mille francs.

31° *Idem*, au colonel Marbot, cent mille francs. Je l'engage à continuer à écrire pour la défense de la gloire des armées françaises, et à en confondre les calomniateurs et les apostats.

32° *Idem*, au baron Bignon, cent mille francs. Je l'engage à écrire l'histoire de la diplomatie française de 1792 à 1815.

33° *Idem*, à Poggi di Talavo, cent mille francs.

34° *Idem*, au chirurgien Emmery, cent mille francs.

35° Ces sommes seront prises sur les six millions que j'ai placés en partant de Paris en 1815, et sur les intérêts à raison de cinq pour cent depuis juillet 1815. Les comptes en seront arrêtés avec le banquier par les comtes Montholon, Bertrand et Marchand.

36° Tout ce que ce placement produira au-delà de la somme de cinq millions six cent mille francs, dont il a été disposé ci-dessus, sera distribué en gratifications aux blessés de Waterloo, et aux officiers et soldats du bataillon de l'île d'Elbe, sur un état arrêté par Montholon, Bertrand, Drouot, Cambronne et le chirurgien Larrey.

37° Ces legs, en cas de mort, seront payés aux veuves et enfants, et au défaut de ceux-ci, rentreront à la masse.

III

1° Mon domaine privé étant ma propriété, dont aucune loi française ne m'a privé, que je sache, le compte en sera demandé au baron de La Bouillerie, qui en est le trésorier ; il doit se monter à plus de deux cents millions de francs ; savoir : 1° le portefeuille contenant les économies que j'ai, pendant quatorze ans, faites sur ma liste civile, lesquelles se sont élevées à plus de douze millions par an, si j'ai bonne mémoire ; 2° le produit de ce portefeuille ; 3° les meubles de mes palais, tels qu'ils étaient en 1814 ; les palais de Rome, Florence, Turin compris ; tous ces meubles ont été achetés des deniers des revenus de la liste civile ; 4° la liquidation de mes maisons du royaume d'Italie, tels qu'argent, argenterie, bijoux, meubles, écuries ; les comptes en seront donnés par le prince Eugène et l'intendant de la couronne, Campagnoni.

NAPOLÉON.

(Deuxième feuille.)

2° Je lègue mon domaine privé, moitié aux officiers et soldats qui restent de l'armée française, qui ont combattu depuis 1792 à 1815 pour la gloire et l'indépendance de la nation ; la répartition en sera faite au prorata des appointements d'activité ; moitié aux villes et campagnes d'Alsace, de Lorraine, de Franche-Comté, de Bourgogne, de l'Ile-de-France, de Champagne, Forez, Dauphiné, qui auraient souffert par l'une ou l'autre invasion. Il sera de cette somme prélevé un million pour la ville de Brienne, et un million pour celle de Méry.

J'institue les comtes Montholon, Bertrand et Marchand mes exécuteurs testamentaires.

Ce présent testament, tout écrit de ma propre main, est signé et scellé de mes armes.

NAPOLÉON.

(Sceau.)

ÉTAT *(A)* JOINT À MON TESTAMENT

Longwood, île de Sainte-Hélène,
ce 15 avril 1821.

I

1° Les vases sacrés qui ont servi à ma chapelle à Longwood.

2° Je charge l'abbé Vignali de les garder et de les remettre à mon fils quand il aura seize ans.

II

1° Mes armes ; savoir : Mon épée, celle que je portais à Austerlitz, le sabre de Sobieski, mon poignard, mon glaive, mon couteau de chasse, mes deux paires de pistolets de Versailles.

2° Mon nécessaire d'or, celui qui m'a servi le matin d'Ulm, d'Austerlitz, d'Iéna, d'Eylau, de Friedland, de l'île de Lobau, de la Moskowa et de Montmirail ; sous ce point de vue, je désire qu'il soit précieux à mon fils. (Le comte Bertrand en est dépositaire depuis 1814.)

3° Je charge le comte Bertrand de soigner et conserver ces objets, et de les remettre à mon fils lorsqu'il aura seize ans.

III

1° Trois petites caisses d'acajou, contenant la première trente-trois tabatières ou bonbonnières ; la deuxième, douze boîtes aux armes impériales, deux petites lunettes et quatre boîtes trouvées sur la table de Louis XVIII, aux Tuileries, le 20 mars 1815 ; la troisième, trois tabatières ornées de médailles d'argent, à l'usage de l'Empereur, et divers effets de toilette, conformément aux états numérotés I, II, III.

2° Mes lits de camp, dont j'ai fait usage dans toutes mes campagnes.

3° Ma lunette de guerre.

4° Mon nécessaire de toilette, un de chacun de mes uniformes, une douzaine de chemises, et un objet complet de chacun de mes habillements, et généralement de tout ce qui sert à ma toilette.

5° Mon lavabo.

6° Une petite pendule qui est dans ma chambre à coucher de Longwood.

7° Mes deux montres et la chaîne de cheveux de l'Impératrice.

8° Je charge Marchand, mon premier valet de chambre, de garder ces objets, et de les remettre à mon fils lorsqu'il aura seize ans.

IV

1° Mon médaillier.

2° Mon argenterie et ma porcelaine de Sèvres dont j'ai fait usage à Sainte-Hélène (état *B* et *C*).

3° Je charge le comte Montholon de garder ces objets, et de les remettre à mon fils quand il aura seize ans.

V

1° Mes trois selles et brides, mes éperons, qui m'ont servi à Sainte-Hélène.

2° Mes fusils de chasse au nombre de cinq.

3° Je charge mon chasseur Noverraz de garder ces objets et de les remettre à mon fils quand il aura seize ans.

VI

1° Quatre cents volumes choisis dans ma bibliothèque, parmi ceux qui ont le plus servi à mon usage.

2° Je charge Saint-Denis de les garder et de les remettre à mon fils quand il aura seize ans.

NAPOLÉON.

ÉTAT *(A)*

1° Il ne sera vendu aucun des effets qui m'ont servi ; le surplus sera partagé entre mes exécuteurs testamentaires et mes frères.

2° Marchand conservera mes cheveux, et en fera faire un bracelet avec un petit cadenas en or, pour être envoyé à l'impératrice Marie-Louise, à ma mère et à chacun de mes frères, sœurs, neveux, nièces, au cardinal, et un plus considérable pour mon fils.

3° Marchand enverra une de mes paires de boucles à souliers, en or, au prince Joseph.

4° Une petite paire de boucles, en or, à jarretières, au prince Lucien.

5° Une boucle de col, en or, au prince Jérôme.

ÉTAT *(A)*

Inventaire de mes effets que Marchand gardera pour remettre à mon fils

1° Mon nécessaire d'argent, celui qui est sur ma table, garni de tous ses ustensiles, rasoirs, etc.

2° Mon réveille-matin ; c'est le réveille-matin de Frédéric II que j'ai pris à Potsdam (dans la boîte n° III).

3° Mes deux montres, avec la chaîne des cheveux de l'Impératrice, et une chaîne de mes cheveux pour l'autre montre. Marchand la fera faire à Paris.

4° Mes deux sceaux (un de France, enfermé dans la boîte n° III).

5° La petite pendule dorée qui est actuellement dans ma chambre à coucher.

6° Mon lavabo, son pot à eau et son pied.

7° Mes tables de nuit, celles qui me servaient en France, et mon bidet de vermeil.

8° Mes deux lits de fer, mes matelas et mes couvertures, s'ils se peuvent conserver.

9° Mes trois flacons d'argent où l'on mettait mon eau-de-vie que portaient mes chasseurs en campagne.

10° Ma lunette de France.

11° Mes éperons (deux paires).

12° Trois boîtes d'acajou, n°s I, II, III, renfermant mes tabatières et autres objets.

13° Une cassolette en vermeil.

Linge de toilette : 6 chemises ; 6 mouchoirs ; 6 cravates ; 6 serviettes ; 6 paires de bas de soie ; 4 cols noirs ; 6 paires de chaussettes ; 2 paires de draps de batiste ; 2 taies d'oreillers ; 2 robes de chambre ; 2 pantalons de nuit ; 1 paire de bretelles ; 4 culottes-vestes de casimir blanc ; 6 madras ; 6 gilets de flanelle ; 4 caleçons ; 6 paires de guêtres ; 1 petite boîte pleine de mon tabac ; 1 boucle de col en or (renfermée dans la petite boîte n° III) ; 1 paire de boucles à jarretières en or (renfermée dans la petite boîte n° III) ; 1 paire de boucles en or à souliers (renfermée dans la petite boîte n° III).

Habillement : 1 uniforme de chasseur ; 1 *dito* grenadier ; 1 *dito* garde nationale ; 2 chapeaux ; 1 capote grise et verte ; 1 manteau bleu (celui que j'avais à Marengo) ; 1 zibeline pelisse verte ; 2 paires de souliers ; 2 paires de bottes ; 1 paire de pantoufles ; 6 ceinturons.

NAPOLÉON.

ÉTAT *(B)*

Inventaire des effets que j'ai laissés chez M. le comte de Turenne

1 sabre de Sobieski (c'est par erreur qu'il est porté sur l'état *A* ; c'est le sabre que l'Empereur portait à Aboukir, qui est entre les mains de M. le comte Bertrand) ; 1 grand collier de la Légion d'honneur ; 1 épée en vermeil ; 1 glaive de consul ; 1 épée en fer ; 1 ceinturon de velours ; 1 collier de la Toison d'or ; 1 petit nécessaire en acier ; 1 veilleuse en argent ; 1 poignée de sabre antique ; 1 chapeau à la Henri IV et une toque, les dentelles de l'Empereur ; 1 petit médaillier ; 2 tapis turcs ; 2 manteaux de velours cramoisi brodés, avec vestes et culottes.

1° Je donne à mon fils le sabre de Sobieski.
Idem, le collier de la Légion d'honneur.
Idem, l'épée en vermeil.
Idem, le glaive de consul.
Idem, l'épée en fer.
Idem, le collier de la Toison d'or.
Idem, le chapeau à la Henri IV et la toque.
Idem, le nécessaire d'or pour les dents, resté chez le dentiste.

2° A l'impératrice Marie-Louise, mes dentelles.
A Madame, la veilleuse en argent.
Au cardinal, le petit nécessaire en acier.
Au prince Eugène, le bougeoir en vermeil.
A la princesse Pauline, le petit médaillier.
A la reine de Naples, un petit tapis turc.
A la reine Hortense, un petit tapis turc.
Au prince Jérôme, la poignée de sabre antique.
Au prince Joseph, un manteau brodé, veste et culotte.
Au prince Lucien, un manteau brodé, veste et culotte.

NAPOLÉON.

Ce 24 avril 1821, Longwood.

Ceci est mon codicille, ou acte de ma dernière volonté.

Sur les fonds remis en or à l'impératrice Marie-Louise, ma très chère et bien-aimée épouse, à Orléans, en 1814, elle reste me devoir deux millions, dont je dispose par le présent codicille, afin de récompenser mes plus fidèles serviteurs, que je recommande du reste à la protection de ma chère Marie-Louise.

1° Je recommande à l'Impératrice de faire restituer au comte Bertrand les trente mille francs de rente qu'il possède dans le duché de Parme, et sur le mont Napoléon de Milan, ainsi que les arrérages échus.

2° Je lui fais la même recommandation pour le duc d'Istrie, la fille de Duroc, et autres de mes serviteurs qui me sont restés fidèles et qui me sont toujours chers ; elle les connaît.

3° Je lègue, sur les deux millions ci-dessus mentionnés, trois cent mille francs au comte Bertrand, sur lesquels il versera cent mille francs dans la caisse du trésorier, pour être employés, selon mes dispositions, à des legs de conscience.

4° Je lègue deux cent mille francs au comte Montholon, sur lesquels il versera cent mille francs dans la caisse du trésorier, pour le même usage que ci-dessus.

5° *Idem*, deux cent mille francs au comte Las Cases, sur lesquels il versera cent mille francs dans la caisse du trésorier, pour le même usage que ci-dessus.

6° *Idem*, à Marchand, cent mille francs, sur lesquels il

versera cinquante mille francs dans la caisse, pour le même usage que ci-dessus.

7° Au maire d'Ajaccio, au commencement de la Révolution, Jean-Jérôme Levi, ou à sa veuve, enfants ou petits-enfants, cent mille francs.

8° A la fille de Duroc, cent mille francs.

9° Au fils de Bessières, duc d'Istrie, cent mille francs.

10° Au général Drouot, cent mille francs.

11° Au comte Lavalette, cent mille francs.

12° *Idem*, cent mille francs ; savoir :

Vingt-cinq mille francs à Pierron, mon maître d'hôtel.

Vingt-cinq mille francs à Noverraz, mon chasseur.

Vingt-cinq mille francs à Saint-Denis, le garde de mes livres.

Vingt-cinq mille francs à Santini, mon ancien huissier.

13° *Idem*, cent mille francs ; savoir :

Quarante mille francs à Planat, mon officier d'ordonnance.

Vingt mille francs à Hébert, dernièrement concierge à Rambouillet, et qui était de ma chambre en Égypte.

Vingt mille francs à Lavigné (Lavigne), qui était dernièrement concierge d'une de mes écuries, et qui était mon piqueur en Égypte.

Vingt mille francs à Jeannet-Dervieux, qui était piqueur des écuries, et me servait en Égypte.

14° Deux cent mille francs seront distribués en aumône aux habitants de Brienne-le-Château qui ont le plus souffert.

Les trois cent mille francs restants seront distribués aux officiers et soldats du bataillon de ma garde de l'île d'Elbe actuellement vivants, ou à leurs veuves ou enfants, au prorata des appointements, et selon l'état qui sera arrêté par mes exécuteurs testamentaires, les amputés ou blessés grièvement auront le double. L'état en sera arrêté par Larrey et Emmery.

Ce codicille est écrit tout de ma propre main, signé et scellé de mes armes.

NAPOLÉON.

Ce 24 avril 1821, à Longwood.

Ceci est mon codicille, ou acte de ma dernière volonté.

Sur la liquidation de ma liste civile d'Italie, telle qu'argent, bijoux, argenterie, linge, meubles, écuries dont le vice-roi est dépositaire, et qui m'appartiennent, je dispose de deux millions que je lègue à mes plus fidèles serviteurs. J'espère que, sans s'autoriser d'aucune raison, mon fils Eugène Napoléon les acquittera fidèlement ; il ne peut oublier les quarante millions de francs que je lui ai donnés, soit en Italie, soit par le partage de la succession de sa mère.

1° Sur ces deux millions, je lègue au comte Bertrand trois cent mille francs, dont il versera cent mille francs dans la caisse du trésorier pour être employés, selon mes dispositions, à l'acquit de legs de conscience.

2° Au comte de Montholon, deux cent mille francs, dont il versera cent mille francs à la caisse, pour le même usage que ci-dessus.

3° Au comte Las Cases, deux cent mille francs, dont il versera cent mille francs à la caisse, pour le même usage que ci-dessus.

4° A Marchand, cent mille francs, dont il versera cinquante mille francs à la caisse, pour le même usage que ci-dessus.

5° Au comte Lavalette, cent mille francs.

6° Au général Hogendorf, Hollandais, mon aide de camp réfugié au Brésil, cent mille francs.

7° A mon aide de camp Corbineau, cinquante mille francs.

8° A mon aide de camp Caffarelli, cinquante mille francs.

9° A mon aide de camp Dejean, cinquante mille francs.

10° A Percy, chirurgien en chef à Waterloo, cinquante mille francs.

11° Cinquante mille francs, savoir :
Dix mille francs à Pierron, mon maître d'hôtel.
Dix mille francs à Saint-Denis, mon premier chasseur.
Dix mille francs à Noverraz.
Dix mille francs à Cursot, mon maître d'office.
Dix mille francs à Archambault, mon piqueur.

12° Au baron Méneval, cinquante mille francs.

13° Au duc d'Istrie, fils de Bessières, cinquante mille francs.

14° A la fille de Duroc, cinquante mille francs.

15° Aux enfants de Labédoyère, cinquante mille francs.

16° Aux enfants de Mouton-Duvernet, cinquante mille francs.

17° Aux enfants du brave et vertueux général Travot, cinquante mille francs.

18° Aux enfants de Chartrand, cinquante mille francs.

19° Au général Cambronne, cinquante mille francs.

20° Au général Lefèvre-Desnouettes, cinquante mille francs.

21° Pour être répartis entre les proscrits qui errent en pays étrangers, Français, ou Italiens, ou Belges, ou Hollandais, ou Espagnols, ou des départements du Rhin, sur ordonnances de mes exécuteurs testamentaires, cent mille francs.

22° Pour être répartis entre les amputés ou blessés grièvement de Ligny, Waterloo, encore vivants, sur des états dressés par mes exécuteurs testamentaires, auxquels seront adjoints Cambronne, Larrey, Percy et Emmery, il sera donné double à la garde, quadruple à ceux de l'île d'Elbe, deux cent mille francs.

Ce codicille est écrit entièrement de ma propre main, signé et scellé de mes armes.

NAPOLÉON.

Ce 24 avril 1821, à Longwood.

Ceci est un troisième codicille à mon testament du 15 avril.

1° Parmi les diamants de la couronne qui furent remis en 1814, il s'en trouvait pour cinq à six cent mille francs qui n'en étaient pas, et faisaient partie de mon avoir particulier ; on les fera rentrer pour acquitter mes legs.

2° J'avais chez le banquier Torlonia de Rome deux à trois cent mille francs en lettres de change, produits de mes revenus de l'île d'Elbe, depuis 1815 ; le sieur de la Perruse, quoiqu'il ne fût plus mon trésorier, et n'eût pas de caractère, a tiré à lui cette somme ; on la lui fera restituer.

3° Je lègue au duc d'Istrie trois cent mille francs dont seulement cent mille francs réversibles à la veuve, si le duc était mort lors de l'exécution du legs. Je désire, si cela n'a aucun inconvénient, que le duc épouse la fille de Duroc.

4° Je lègue à la duchesse de Frioul, fille de Duroc, deux cent mille francs ; si elle était morte avant l'exécution du legs, il ne sera rien donné à la mère.

5° Je lègue au général Rigaud, celui qui a été proscrit, cent mille francs.

6° Je lègue à Boisnod, commissaire ordonnateur, cent mille francs.

7° Je lègue aux enfants du général Letort, tué dans la campagne de 1815, cent mille francs.

8° Ces huit cent mille francs de legs seront comme s'ils étaient portés à la suite de l'article 36 de mon testament, ce qui porterait à six millions quatre cent mille francs la somme des legs dont je dispose par mon testament, sans comprendre les donations faites par mon second codicille.

Ceci est écrit de ma propre main, signé et scellé de mes armes.

NAPOLÉON.

(Sceau.)

Au dos : Ceci est mon troisième codicille à mon testament, tout entier écrit de ma main, signé et scellé de mes armes.

Sera ouvert le même jour et immédiatement après l'ouverture de mon testament.

NAPOLÉON.

Ce 24 avril 1821, Longwood.

Ceci est un quatrième codicille à mon testament.

Par les dispositions que nous avons faites précédemment, nous n'avons pas rempli toutes nos obligations, ce qui nous a décidé à faire ce quatrième codicille.

1° Nous léguons au fils, ou petit-fils du baron Dutheil (Duteil), lieutenant général d'artillerie, ancien seigneur de Saint-André, qui a commandé l'école d'Auxonne avant la Révolution, la somme de 100 000 (cent mille francs) comme souvenir de reconnaissance pour les soins que ce brave général a pris de nous, lorsque nous étions comme lieutenant et capitaine sous ses ordres.

2° *Idem*, au fils, ou petit-fils du général Dugommier, qui a commandé en chef l'armée de Toulon, la somme de cent mille francs (100 000) ; nous avons, sous ses ordres, dirigé ce siège, et commandé l'artillerie ; c'est un témoignage de souvenir pour les marques d'estime, d'affection, et d'amitié que nous a données ce brave et intrépide général.

3° *Idem*. Nous léguons cent mille francs (100 000) au fils ou petit-fils du député à la Convention, Gasparin, représentant du peuple à l'armée de Toulon, pour avoir protégé et sanctionné de son autorité le plan que nous avons donné, qui a valu la prise de cette ville, qui était contraire à celui envoyé par le Comité de salut public. Gasparin nous a mis par sa protection à l'abri des persécutions de l'ignorance des états-majors qui commandaient l'armée avant l'arrivée de mon ami Dugommier.

4° *Idem.* Nous léguons cent mille francs (100 000) à la veuve, fils, ou petit-fils de notre aide de camp Muiron, tué à nos côtés à Arcole nous couvrant de son corps.

5° *Idem* (10 000) dix mille francs au sous-officier Cantillon, qui a essuyé un procès comme prévenu d'avoir voulu assassiner lord Wellington, ce dont il a été déclaré innocent. Cantillon avait autant de droit d'assassiner cet oligarque, que celui-ci de m'envoyer pour périr sur le rocher de Sainte-Hélène. Wellington, qui a proposé cet attentat, cherchait à le justifier sur l'intérêt de la Grande-Bretagne. Cantillon, si vraiment il eût assassiné le lord, serait couvert, et aurait été justifié par les mêmes motifs, l'intérêt de la France, de se défaire d'un général qui d'ailleurs avait violé la capitulation de Paris, et par là s'était rendu responsable du sang des martyrs Ney, Labédoyère, etc., et du crime d'avoir dépouillé les Musées, contre le texte des traités.

6° Ces 410 000 francs (quatre cent dix mille francs) seront ajoutés aux six millions quatre cent mille francs dont nous avons disposé, et porteront nos legs à six millions huit cent dix mille francs ; ces quatre cent dix mille francs doivent être considérés comme faisant partie de notre testament, article 35, et suivre en tout le même sort que les autres legs.

7° Les neuf mille livres sterling que nous avons données au comte et à la comtesse Montholon, doivent, si elles ont été soldées, être détruites et portées en compte sur les legs que nous leur faisons par nos testaments ; si elles n'ont pas été acquittées, nos billets seront annulés.

8° Moyennant le legs fait par notre testament au comte Montholon, la pension de vingt mille francs accordée à sa femme est annulée ; le comte de Montholon est chargé de la lui payer.

9° L'administration d'une pareille succession, jusqu'à son entière liquidation, exigeant des frais de bureau, de courses, de missions, de consultations, de plaidoiries, nous entendons que nos exécuteurs testamentaires retiendront trois pour cent sur tous les legs, soit sur les six millions huit cent mille francs, soit sur les sommes portées dans les codicilles, soit sur les deux cent millions de francs du domaine privé.

10° Les sommes provenant de ces retenues seront déposées dans les mains d'un trésorier, et dépensées sur mandat de nos exécuteurs testamentaires.

11° Si les sommes provenant desdites retenues n'étaient pas suffisantes pour pourvoir aux frais, il y sera pourvu aux dépens des trois exécuteurs testamentaires et du trésorier, chacun dans la proportion du legs que nous leur avons fait par notre testament et codicille.

12° Si les sommes provenant des susdites retenues sont au-dessus des besoins, le restant sera partagé entre nos trois exécuteurs testamentaires et le trésorier, dans le rapport de leurs legs respectifs.

13° Nous nommons le comte de Las Cases, et à son défaut, son fils, et à son défaut, le général Drouot, trésorier.

Ce présent codicille est entièrement écrit de notre main, signé et scellé de nos armes.

NAPOLÉON.

Première lettre. A M. Laffitte.

Monsieur Laffitte, je vous ai remis en 1815, au moment de mon départ de Paris, une somme de près de six millions, dont vous m'avez donné un double reçu ; j'ai annulé un des reçus, et je charge le comte Montholon de vous présenter l'autre reçu, pour que vous ayez à lui remettre, après ma mort, ladite somme, avec les intérêts à raison de cinq pour cent, à dater du 1er juillet 1815, en défalquant les payements dont vous avez été chargé en vertu d'ordres de moi.

Je désire que la liquidation de votre compte soit arrêtée d'accord entre vous, le comte Montholon, le comte Bertrand, et le sieur Marchand, et, cette liquidation réglée, je vous donne, par la présente, décharge entière et absolue de ladite somme.

Je vous ai également remis une boîte contenant mon médaillier ; je vous prie de le remettre au comte Montholon.

Cette lettre n'étant à autre fin, je prie Dieu, monsieur Laffitte, qu'il vous ait en sa sainte et digne garde.

Longwood, île Sainte-Hélène, 25 avril.

Seconde lettre. A M. le baron La Bouillerie.

Longwood, île Sainte-Hélène,
ce 25 avril 1821.

Monsieur le baron La Bouillerie, trésorier de mon domaine privé, je vous prie d'en remettre le compte et le montant, après ma mort, au comte Montholon, que j'ai chargé de l'exécution de mon testament.

Dits notables et pages d'anthologie

DITS NOTABLES DE NAPOLÉON

SUR LE POUVOIR

Le cœur d'un homme d'État doit être dans sa tête, p. 1528.

J'ai été gâté, il faut en convenir, j'ai toujours commandé ; dès mon entrée dans la vie, je me suis trouvé nanti de la puissance, et les circonstances et ma force ont été telles, que dès que j'ai eu le commandement, je n'ai plus reconnu ni maîtres ni lois, p. 1391.

Quand je veux interrompre une affaire, je ferme son tiroir, et j'ouvre celui d'une autre. Elles ne se mêlent point, et ne me gênent ni ne me fatiguent point l'une par l'autre... Veux-je dormir, je ferme tous les tiroirs, et me voilà au sommeil, p. 1309.

Qu'on ne pense pas que je suis un Louis XVI ! Qu'on n'attende pas de moi des oscillations journalières ! Pour être devenu empereur, je n'ai pas cessé d'être citoyen. Si l'anarchie devait être consacrée de nouveau, j'abdiquerais pour aller dans la foule jouir de ma part de la souveraineté, plutôt que de rester à la tête d'un ordre de choses où je ne pourrais que compromettre chacun, sans pouvoir protéger personne, p. 218.

Les hommes qui ont changé l'univers n'y sont jamais parvenus en gagnant des chefs ; mais toujours en remuant des masses. Le premier moyen est du ressort de l'intrigue, et n'amène que des résultats secondaires ; le second est la marche du génie, et change la face du monde !, p. 541.

SUR LES HOMMES

Non, il n'est pas vrai que les hommes soient aussi ingrats qu'on le dit ; et si l'on a si souvent à s'en plaindre, c'est que d'ordinaire le bienfaiteur exige encore plus qu'il ne donne, p. 674.

Au fait, les hommes ont leurs vertus et leurs vices, leur héroïsme, et leur perversité ; les hommes ne sont ni généralement bons ni généralement mauvais, mais ils possèdent et exercent tout ce qu'il y a de bon et de mauvais ici-bas ; voilà le principe : ensuite le naturel, l'éducation, les accidents, font les applications, p. 675.

SUR LE PEUPLE

Je n'ai point usurpé la couronne, je l'ai relevée dans le ruisseau ; le peuple l'a mise sur ma tête : qu'on respecte ses actes !, p. 157.

Le premier devoir du prince, sans doute, est de faire ce que veut le peuple ; mais ce que veut le peuple n'est presque jamais ce qu'il dit : sa volonté, ses besoins, doivent se trouver moins dans sa bouche que dans le cœur du prince, p. 313.

SUR LES FRANÇAIS

Tous les Français sont frondeurs, turbulents ; mais non conspirateurs, encore moins conjurés. Leur légèreté est tellement de nature, leurs variations si subites, qu'on ne pourrait dire qu'elles les déshonorent : ce sont de vraies girouettes au gré des vents ; mais ce vice chez eux est sans calcul ; et voilà leur meilleure excuse, p. 451.

SUR L'OPINION PUBLIQUE

L'opinion publique est une puissance invisible, mystérieuse, à laquelle rien ne résiste ; rien n'est plus mobile, plus vague et plus fort ; et toute capricieuse qu'elle est, elle est cependant vraie, raisonnable, juste, beaucoup plus souvent qu'on ne pense, p. 254.

SUR LA VERTU PATRIOTIQUE

Jeunes gens, il ne faut pas craindre la mort ; quand on ne la craint pas, on la fait rentrer dans les rangs ennemis, p. 1528.

SUR CORNEILLE

La tragédie échauffe l'âme, élève le cœur, peut et doit créer des héros. Sous ce rapport, peut-être, la France doit à Corneille une partie de ses belles actions ; *aussi, messieurs, s'il vivait, je le ferais prince*, p. 426.

SUR VOLTAIRE

Il est étonnant, pour revenir à Voltaire, combien peu il supporte la lecture. Quand la pompe de la diction, les prestiges de la scène ne trompent plus l'analyse ni le vrai goût, alors il perd immédiatement mille pour cent. On ne croira qu'avec peine, qu'au moment de la Révolution, Voltaire eût détrôné Corneille et Racine : on s'était endormi sur les beautés de ceux-ci, et c'est au Premier consul qu'est dû le réveil, p. 542.

SUR HOMÈRE

Homère, dans sa production, était poète, orateur, historien, législateur, géographe, théologien : c'était l'encyclopédiste de son époque, p. 624.

SUR LA RELIGION

Dire d'où je viens, ce que je suis, où je vais, est au-dessus de mes idées, et pourtant tout cela est. Je suis la montre qui existe et qui ne se connaît pas. Toutefois, le sentiment religieux est si consolant que c'est un bienfait du Ciel que de le posséder, p. 785.

SUR L'ADVERSITÉ

Mes véritables souffrances ne sont point ici... ! Si je ne considérais que moi, peut-être aurais-je à me réjouir !... Les malheurs ont aussi leur héroïsme et leur gloire !... L'adversité manquait à ma carrière !... Si je fusse mort sur le trône, dans les nuages de ma toute-puissance, je serais demeuré un problème pour bien des gens ; aujourd'hui, grâce au malheur, on pourra me juger à nu !, p. 275.

Faites vos plaintes, messieurs, que l'Europe les connaisse et s'en indigne ! Les miennes sont au-dessous de ma dignité et de mon caractère : *j'ordonne* ou *je me tais*, p. 200-201.

SUR LA COLONISATION

Le système colonial que nous avons connu est fini pour tous, pour l'Angleterre qui possède toutes les colonies, comme pour les autres puissances qui n'en possèdent plus aucune. L'empire des mers, aujourd'hui, appartient à l'Angleterre, sans discussion... Il faut qu'elle imagine une espèce d'émancipation de ses colonies ; aussi bien beaucoup lui échapperont avec le temps, et c'est à elle à profiter du moment pour s'assurer des liens nouveaux, et des rapports plus avantageux, p. 1206.

SUR L'EUROPE

Une de mes plus grandes pensées avait été l'agglomération, la concentration des mêmes peuples géographiques qu'ont dissous, morcelés les révolutions et la politique. Ainsi, l'on compte en Europe, bien qu'épars, plus de trente millions de Français, quinze millions d'Espagnols, quinze millions d'Italiens, trente millions d'Allemands : j'eusse voulu faire de chacun de ces peuples un seul et même corps de nation. C'est avec un tel cortège qu'il eût été beau de s'avancer dans la postérité et la bénédiction des siècles. Je me sentais digne de cette gloire !, p. 1462.

LES PROPHÉTIES DE NAPOLÉON

L'Europe pleurera bientôt la perte de l'équilibre auquel mon Empire français était absolument nécessaire. Elle est dans le plus grand danger ; elle peut être à chaque instant inondée de Cosaques et de Tartares. Et vous, Anglais, vous pleurerez votre victoire de Waterloo ! On amènera les choses à ce que la postérité, les gens instruits, les vrais hommes d'État, les vrais hommes de bien, regretteront amèrement que je n'aie pas réussi dans toutes mes entreprises, p. 1157.

L'Europe ne formera bientôt plus que deux partis ennemis : on ne s'y divisera plus par peuples et par territoires ; mais par couleur et par opinion. Et qui peut dire les crises, la durée, les détails de tant d'orages !, p. 519.

Je ne pense pas qu'après ma chute et la disparition de mon système, il y ait en Europe d'autre grand équilibre possible que l'agglomération et la confédération des grands peuples, p. 1465.

Aussi, même quand je ne serai plus, je demeurerai encore pour les peuples l'étoile de leurs droits, mon nom sera le cri de guerre de leurs efforts, la devise de leurs espérances, p. 511.

PAGES D'ANTHOLOGIE

La famille de Napoléon, p. 104 à 115.

La conception du pouvoir impérial, p. 270 à 275.

La bataille d'Arcole, p. 579 à 594.

La France et l'Angleterre, p. 612 à 615.

Pouvoir temporel et pouvoir spirituel, p. 1093 à 1104.

Une interprétation de l'histoire de la Révolution française, p. 1219 à 1227.
L'Europe, p. 1462 à 1465.
Libres propos de Napoléon, p. 1522 à 1530.

*Personnages**

* Nous avons volontairement supprimé de l'*Index*, pour ne pas le surcharger, les noms des épouses ou des enfants des personnages mentionnés dans le *Mémorial*, sauf lorsque leur importance politique ou anecdotique méritait d'être soulignée.

Parfois Las Cases a écorché certains noms propres ; nous avons, dans ce cas, rétabli leur orthographe traditionnelle entre parenthèses.

Révolution. Général de division en 1800, il se distingua d'une manière éclatante à Iéna (1806), Friedland (1807) et en Espagne (1808). Proscrit à la seconde Restauration, il fut rappelé à l'activité par Louis-Philippe en 1830 et devint gouverneur de l'Algérie en 1834 : 278, 853.

Drouot, 1774-1847. Il fit toutes les campagnes de la Révolution et parvint sous l'Empire au grade de colonel-major dans l'artillerie de la garde impériale et à celui de général en 1813. Il rendit d'éminents services à Wagram en 1809, Lützen et Bautzen (1813). Il accompagna l'Empereur à l'île d'Elbe. Il vécut retiré après l'abdication de Napoléon : 457, 482, 483, 871, 875, 1063, 1244n.

Du Barry (Jeanne Bécu, comtesse), 1743-1793, maîtresse de Louis XV ; elle eut une influence néfaste sur les idées politiques du roi. Elle fut exécutée sous la Révolution pour intrigue royaliste : 880.

Dubois, 1756-1837 ; médecin de l'impératrice Marie-Louise, il l'accoucha en 1811. Il fut nommé en 1820 professeur de clinique à la faculté de Paris : 473.

Duchatel, dame du palais de l'impératrice Joséphine ; une des maîtresses de Napoléon : 244.

Duchesnois, 1777-1835, tragédienne, sociétaire du Théâtre-Français en 1804 ; elle excellait dans les pièces de Racine, notamment dans *Phèdre* : 831.

Du Colombier (Mme et Mlle) : *voir Colombier (du).*

Ducos, 1747-1816, avocat, député à la Convention, président du Conseil des Anciens en 1796. Après le 18 brumaire, il fut avec Bonaparte et Sieyès un des trois consuls. Sénateur sous l'Empire, il dut s'exiler à l'avènement de Louis XVIII : 923, 924.

Dufresne, économiste, directeur général de la trésorerie après le 18 brumaire : 430, 790.

Dugommier, 1738-1794, général ; député de la Martinique à la Convention, il fut chargé avec Bonaparte du siège de Toulon (1793) : 130, 135, 136, 187.

Dugua (général Alexandre) ; il se signala au siège de Toulon, durant la campagne d'Égypte, et finit gouverneur de Saint-Domingue : 711, 717, 718.

Dulau, professeur au collège de Sorèze : 764.

Dumas, 1762-1806, général, créole. Il servit dans l'armée française sous les ordres de Dumouriez, puis sous ceux de Bonaparte et fut réformé en 1802. Il était le père d'Alexandre Dumas : 720.

Dumerbion, général sous la Révolution, commandant de l'armée d'Italie en 1794 ; il eut Bonaparte comme adjoint : 254.

Dumolard, partisan de la monarchie constitutionnelle durant la Révolution ; il parvint cependant à échapper à la guillotine, fut un des membres des Cinq-Cents, mais, proscrit le 18 fructidor,

Otto, 1754-1817. Badois d'origine, il remplit sous la Révolution et l'Empire d'importantes missions diplomatiques aux États-Unis, à Berlin, à Londres ; il négocia le mariage entre Marie-Louise d'Autriche et Napoléon : 537, 1119.

Oudinot, 1767-1847, brillant général. On le vit dans tous les combats des guerres de l'Empire. Il adhéra cependant à la déchéance de Napoléon. Pair de France, il participa sous la Restauration à l'expédition d'Espagne (1823). Il fut, sous Louis-Philippe Ier, gouverneur des Invalides : 628, 1055, 1057, 1062, 1073, 1082.

Ouvaroff, général : 1748.

Pahlen (comte de), 1745-1826, gouverneur de Saint-Pétersbourg ; il fut un des instigateurs du complot contre l'empereur de Russie, Paul Ier : 1034.

Paoli, 1725-1807, général et législateur corse. Il lutta contre la domination génoise sur la Corse. Après l'annexion de la Corse par la France (1768), il quitta l'île. Au moment de la Révolution, rêvant de rendre l'île enfin indépendante, il appela les Anglais à l'aide. Suspect, mis hors la loi par la République française, il mourut exilé en Angleterre. Bonaparte, qui, avec sa famille, avait été un de ses plus chauds partisans sous l'Ancien Régime, s'opposa à son action lorsque l'Angleterre intervint : 111, 113, 122, 128, 130, 252, 690, 691.

Paravicini (Gertruda), 1741-1788, sœur de Charles Bonaparte, marraine de Napoléon : 118n.

Park, voyageur britannique : 865.

Parthoneaux (pour Partouneaux), général. Blessé au siège de Toulon (1793). Il eut, après une carrière bien remplie, à protéger la retraite de la Grande Armée en Russie : 413.

Pastoret (marquis de), 1756-1840, président de l'Assemblée législative (1792), il se retira en Suisse après le 10 août de la même année. Député des Cinq-Cents en 1795. Il fut déporté après le 18 fructidor. Il revint sous le Consulat et professa la philosophie durant tout l'Empire : 689.

Patrault ; il appartenait à l'ordre des Frères minimes et enseigna à Brienne : 119, 120, 1317.

Paul Ier, 1754-1801, empereur de Russie, fils de Catherine II. Ennemi exaspéré de la Révolution française, à demi dément, il périt dans une conspiration. Son fils Alexandre Ier lui succéda : 155, 835, 1028-1041, 1460.

Pelet, 1777-1858, général. Il se signala à Leipzig et durant la campagne de France en 1814. Il eut une carrière politique après la révolution de 1830, et fut promu directeur du Dépôt de guerre : 1043n.

Pérignon, 1754-1818, maréchal de France ; ambassadeur à Madrid,

Table du Mémorial

CHAPITRE DIXIÈME

JUILLET 1816

AOÛT 1816

SEPTEMBRE 1816

OCTOBRE 1816

CHAPITRE ONZIÈME

NOVEMBRE 1816